*Engel der Finsternis*

Caleb Carr

# *Engel der Finsternis*

*Roman*

Aus dem Amerikanischen
von K. Schatzhauser

WILHELM HEYNE VERLAG
MÜNCHEN

Titel der amerikanischen Originalausgabe:
The Angel of Darkness
Die Originalausgabe erschien bei Random House, New York

*Umwelthinweis:*
Dieses Buch wurde auf chlor- und säurefreiem Papier gedruckt.


Satz: Leingärtner, Nabburg
Druck und Bindung: Wiener Verlag, Himberg
Printed in Austria

ISBN 3-453-13848-1

*Für meine Mutter und meinen Vater*

*»Daß jemand im Irrenhaus war, ist ohne Belang, was anderes aber, wenn er wieder draußen ist.«*

THEODORE ROOSEVELT

# Kapitel 1

*19. Juni 1919*

Wahrscheinlich gibt es irgendeine lässige Art, eine solche Geschichte zu beginnen, einen Kunstgriff, mit dem man die Leute sicherer einlullen kann als der beste Beutelschneider in der Stadt. Aber es ist nun einmal so, daß dafür weder meine Zunge glatt genug, noch mein Verstand flink genug ist. Wörter haben in meinem Leben keine große Rolle gespielt, und obwohl ich im Laufe der Jahre so manchem begegnet bin, der als großer Denker und Redner unserer Zeit gilt, bin ich nach den Maßstäben der meisten Menschen ein schlichter Mann geblieben. Deshalb dürfte auch eine schlichte Art des Beginns am ehesten zu mir passen.

Als erstes sollte ich wohl getreu dieser schlichten Art erklären, warum ich an einem so schönen Abend, an dem man noch gute Umsätze machen kann, meinen Laden zugemacht habe und ins Hinterzimmer gegangen bin. Für diese Art Abend habe ich früher gelebt: Man kann alles, was auf der Straße geschieht, in sich aufnehmen, ohne mehr Deckung zu haben als seine Hemdsärmel. Dabei bläst man den Rauch eines Dutzends guter Zigaretten zu den Sternen über der Stadt empor, und es kommt einem so vor, als könnte es sich doch lohnen, in diesem Irrenhaus zu leben. Es ist nach Mitternacht. Der Verkehr – inzwischen sind es Benzinkutschen und Lastwagen statt der alten Klepper, die Kaleschen und rumpelnde Fuhrwerke ziehen – ist deutlich abgeflaut, und bald werden die Damen und Herren von ihrem Souper aus dem Albemarle Hotel und dem Hoffman House herüberkommen, um sich ihre Zigaretten zu holen, welche die erlesensten Tabaksorten enthalten. Nachdem sie sich kurz gefragt haben, warum ich so früh geschlossen habe, werden sie sich einen anderen Laden suchen. Dann wird es um das Flatiron Building, das Eckhaus, das aussieht wie ein riesengroßes Bügeleisen, richtig still werden. Mit seiner verspielten steinernen Fassade beherrscht es nach wie vor den Madison Square. Zur Zeit seiner Entstehung lagen sich Architekten und Kritiker seinetwegen ständig in den Haaren. Sicher, der Turm der Versicherungsgesellschaft Metropolitan Life auf der anderen Seite des Parks ist höher, aber er hat nicht annähernd soviel Stil oder Ausstrahlung. Neben dem Flatiron Building wirken Gebäude wie der Madison Square Garden, auf dem das einst allgemein als schockierend empfundene Standbild einer unbekleideten Diana thront, einfach wie Überbleibsel einer anderen Epoche, von der man im Rückblick den Eindruck hat, sie wäre in einer einzigen Nacht vorübergegangen. Eine muntere Nacht, sagen vermutlich viele, aber für manche von uns war es eine sonderbare und gefährliche Zeit, in deren Verlauf wir Dinge über das Verhalten von Menschen erfahren haben, von denen die meisten vernünftigen Leute am liebsten nie etwas erfahren würden. Sogar die wenigen, die vielleicht scharf darauf waren, haben durch den Weltkrieg ihr gerütteltes Maß an Entsetzen mitbekommen. Jetzt wollen die Leute nur noch ihren Spaß haben, und zwar verschärft.

Das dürfte die Triebfeder all jener sein, die in meinen Laden herüberkommen, um an Tabakwaren zu kaufen, was sie für die langen Stunden an den Spieltischen und in den Ballsälen brauchen. Finstereren Beweggründen würde allein schon das Wetter einen Strich durch die Rechnung machen. Weich legen sich die Arme der Nachtluft um all diese begeisterten, hoffnungsvollen Menschen, die in die Stadt stürmen werden wie ein streunender Hund, der tief unten in einem Aschenhaufen einen Knochen gewittert hat. Natürlich hat das meiste von dem, was sie tun, keine große Bedeutung, das aber spielt keine Rolle. Die Annahme, man müsse es unbedingt morgen noch einmal probieren, wenn man heute nacht nicht findet, was man sucht, ist Bestandteil des sonderbaren Vergnügens, bei dem man sich einreden läßt, auf den ausgetretenen, schmutzigen Straßen dieser Großen Zwiebel sei alles möglich.

Ich erinnere mich an das Gefühl; ich habe es selbst viele Male empfunden, bevor ich meinen gegenwärtigen beklagenswerten Zustand erreichte. Daß ich mir jetzt fast die Lunge aus dem Leibe huste, hat mir die Freude an diesem Dasein stark vermindert, denn die Wonnen der Welt kann nur schwer genießen, wer überall dort, wohin er sich wie ein elendes verwundetes Tier schleppt, Blut- und Eiterkleckse hinterläßt. Trotzdem ist mein Gedächtnis so gut wie eh und je, und ich kann mich auf jeden Fall an die unvermischte Freude erinnern, die Nächte wie diese mit sich brachten, das Gefühl, draußen und allein zu sein, während die ganze Welt vor einem lag und wartete. Ungeachtet seines Hustens zieht man sich in einer solchen Nacht nicht ohne wirklich guten Grund aus dem Laden zurück. Aber genau diesen Grund hat mir Mr. John Schuyler Moore geliefert.

Er ist vor etwa einer Stunde hereingekommen, voll wie eine Strandhaubitze (was niemanden erstaunt, der ihn kennt), und hat Gift und Galle gespuckt, was für Memmen doch Redakteure, Zeitungsherausgeber und überhaupt Amerikaner seien. Wenn man ihn so reden hört (vielleicht sollte ich besser sagen, wenn man den Wein und den Whisky so reden hört), ist es angesichts all der verborgenen Schrecken, Tragödien und Verwüstungen, an denen unsere Gesellschaft leidet, ein Wunder, daß dies Land es überhaupt so weit gebracht hat. Ich bestreite wohlgemerkt nicht, was der Mann sagt; nach den vielen Jahren, die ich im Haus und in Diensten des mit mir und Mr. Moore befreundeten Dr. Laszlo Kreisler verbracht habe – ein exzellenter Erforscher abweichenden menschlichen Verhaltens –, kann ich die düsteren Aussagen meines Besuchers nicht als Deliriumsphantasien eines Betrunkenen abtun. Aber wie es bei solchen Leuten oft ist, er ist mit seinen bitteren Anschuldigungen nicht lange allgemein geblieben, sondern hat nach einem speziellen Opfer gesucht. Da aber sonst niemand in der Nähe war, konnte es nicht ausbleiben, daß er auf mich verfiel.

Ganz speziell bezieht sich seine Klage auf das Buch, an dem er in den Monaten seit Präsident Roosevelts Tod geschrieben hat. Nicht nur ich, wir alle haben es gelesen, Mr. Moore unsere Meinung dazu gesagt und ihm Glück gewünscht. Es geht darin um den Fall Beecham; der erste Fall, in dem der Doktor, Mr. Moore, Miss Sara Howard, die beiden Kriminalbeamten Isaacson, Cyrus Montrose und ich gemeinsam ermittelt haben. Keiner von uns, auch nicht der Doktor, hat ernsthaft angenommen, Mr. Moore werde jemanden finden, der es druckt, denn es handelt sich dabei nicht um die Art Geschichte, die ein Verleger bei klarem Verstand veröffentlichen würde. Sicher, manche Leute wollen, daß ihnen beim abendlichen Lesen ein Schauer über den Rücken läuft, doch auch diese besondere Geschmacksrichtung hat ihre Grenzen, und die Beecham-Morde gehen über diese Grenzen so weit hinaus, wie man sich das heutzutage nur vorstellen kann. Vielleicht *muß* man die Geschichte erzählen, wie Mr. Moore behauptet, aber das gilt für viele Geschichten, die trotzdem nie erzählt werden, einfach weil es den Leuten unerträglich ist, sie sich anzuhören.

Mein erster Fehler an diesem Abend bestand darin, diesen Gedanken Mr. Moore mitzuteilen.

Er bedachte mich mit einem Blick, wie ich ihn noch nie an ihm gesehen hatte. Er war richtig wütend. Ich kenne John Schuyler Moore seit meinem elften Lebensjahr, das heißt, seit etwa vierundzwanzig Jahren, und es würde mir schwerfallen, einen anständigeren, gerechteren und im großen und ganzen liebenswürdigeren Mann zu benennen. Aber er ist ein stilles Wasser, und wie bei den meisten seines Schlages verbirgt sich tief im Inneren eine Bitterkeit und Verletzlichkeit, die manchmal einfach nicht anders kann und ans Tageslicht muß. Ich war verschiedentlich Zeuge, wie sich das seinen Weg nach außen gebahnt hat, aber nie so heftig wie heute abend. Er *will*, daß die Beecham-Geschichte ihr Publikum findet, und er war richtig wütend auf alle, die ihn daran hindern, ganz zu schweigen von denen, die sich nicht einmal die Mühe machen, seine innere Unruhe zu verstehen. In diesem Fall war das – leider – ich.

Mr. Moore ist nicht mehr jung, und die rötlichen Hautfalten rund um seinen gestärkten Hemdkragen legen Zeugnis davon ab, wie er sein Leben gelebt hat. Aber wenn es um Ungerechtigkeit und um das geht, was ihm als Dummheit erscheint, lodert in seinen erzürnten

Augen das gleiche Feuer wie eh und je. Trotz seiner über sechzig Jahre ist der Mann keine Spur nachgiebiger, als er es in meinem Alter war. Da ich all das wußte, nahm ich an, daß er seine Ansichten ausführlich darzulegen beabsichtigte, und stieg auf eine der hölzernen Leitern im Laden, um ein großes Gefäß mit einer besonders teuren Mischung aus türkischem Tabak und solchem aus Georgien herunterzuholen. Dann stellte ich einen zweiten Rohrstuhl unter die kleine gestreifte Markise vor meinen beiden Schaufenstern – auf ihnen steht in feinsten Blattgoldbuchstaben S. TAGGERT, TABAKWAREN, 1A IN- UND AUSLÄNDISCHE MISCHUNGEN – und machte mich daran, mit meinem edelsten englischen Papier Zigaretten zu drehen. In diesem Rahmen begannen wir beide, während die Mailuft weiterhin die übleren Gerüche der Stadt ostwärts trieb.

»Ja, Stevie«, erklärt der große Journalist in eben dem Ton, der dafür gesorgt hat, daß man ihm in allen Redaktionen an der Ostküste den Stuhl vor die Tür gesetzt hat. »Offenbar bist auch du jetzt entschlossen, dich an der Verschwörung des Schweigens gegenüber den Schreckenstaten zu beteiligen, die in der Gesellschaft Amerikas geschehen.«

»Rauchen Sie eine, Mr. Moore«, erwidere ich, Verschwörer, ohne es zu ahnen, »und überlegen Sie, was Sie gerade gesagt haben. Sie sprechen von *mir*, Stevie, der sich von Kindesbeinen auf mit Ihnen auf die Jagd nach verbrecherischen Taten wie im Fall Beecham gemacht hat.«

»Das *dachte* ich auch«, gibt mein Gesprächspartner unsicher zurück. »Aber bei deinem Ton mußte ich mich doch fragen, ob ich mich nicht geirrt habe.«

»Feuer?« sage ich und reibe ein Streichholz an meiner Hose, während Mr. Moore in seinen Taschen herumsucht. »Sie irren sich nicht«, fahre ich fort, »aber man muß wissen, wie man mit Menschen redet.«

»Aha!« sagt er. »Und ich weiß also nicht, wie ich mein Publikum ansprechen muß? Dabei habe ich für die besten Blätter in unserem Lande gearbeitet und berichte zur Zeit auf den Seiten der *New York Times* über die wichtigsten Vorkommnisse des Tages!«

»Haben Sie sich nicht so großartig«, gebe ich zurück. »Die *Times* hat Sie, soweit mir bekannt ist, zweimal an die frische Luft gesetzt, eben weil Sie *nicht* wußten, wie Sie Ihr Publikum anzusprechen hatten. Der Fall Beecham war ziemlich starker Tobak, vielleicht zu stark für Ihre Leser gleich nach dem Frühstück. Vielleicht hätten Sie die Sache behutsamer angehen müssen, ein bißchen schonender anfangen, statt dem Leser gleich mit abgemurksten Strichjungen, Kannibalismus und Augäpfeln im Einmachglas zu kommen.«

Zischend entfährt dem großen Autor der Rauch, und ein kaum wahrnehmbares Nicken zeigt, daß er mir möglicherweise recht gibt. Vielleicht war der Bericht über einen geistesgestörten Mörder, der seine Wut an einigen der unglücklichsten jungen Männer dieser Stadt ausließ, nicht die beste Möglichkeit, die Leute mit Dr. Kreislers psychologischen Theorien oder den verborgenen Sünden der amerikanischen Gesellschaft vertraut zu machen. Dies Bewußtsein (sofern ich recht habe und er es hat) beunruhigt Mr. Moore sichtlich nicht besonders. Ein tiefes, klagendes Stöhnen, das aus ihm herausdringt, scheint zu sagen: Ich lasse mich hier in Angelegenheiten meines Berufes nicht von einem ehemaligen Kleinkriminellen beraten, der jetzt mit Tabakwaren handelt. Ich lache darüber, ich kann nicht anders, denn in diesem Augenblick ähnelt Mr. Moore mehr einem schmollenden Kind als einem wütenden alten Mann.

»Sehen wir uns die Sache doch einmal im Rückblick an«, sage ich und fühle mich jetzt besser, da seine Wut einer Art Resignation Platz macht. »Wir wollen all diese Fälle durchgehen und feststellen, ob wir einen finden können, der nicht ganz so blutrünstig ist und trotzdem Ihren Zwecken dient.«

»Das geht nicht, Stevie«, murmelt Mr. Moore niedergeschlagen. »Du weißt ebensogut wie ich, daß der Fall Beecham die erste und letzte Illustration dessen war, was Kreisler in all den Jahren sagen wollte.«

»Möglich«, gebe ich zurück. »Vielleicht aber eignen sich andere ebenso dazu. Sie haben immer gesagt, daß ich das beste Gedächtnis von uns allen habe – möglicherweise kann ich Ihnen helfen, einen zu finden.« Hier gebe ich mich eine Spur zurückhaltend: Ich weiß schon, welchen Fall ich als eindrucksvollsten und verblüffendsten von all denen heranziehen würde, mit denen wir uns je beschäftigt haben. Aber ich darf ihn nicht zu früh und mit zu großem Nachdruck herausstellen, sonst wirkt er auf Mr. Moore in seinem jetzigen Zustand nur wie ein rotes Tuch auf den Stier. Er zieht einen Flachmann heraus und will gerade einen ordentlichen Schluck nehmen, als eine Fehlzündung von einem Ford-Pritschenlaster wie ein Kanonenschlag durch die Straße donnert, worauf Mr. Moore fast einen halben Meter in die Luft springt. So reagieren alte Leute nun einmal auf dergleichen; sie haben sich nie richtig an die Geräusche der neuen Zeit gewöhnt. Jedenfalls überdenkt er, nachdem er sich brummelnd wieder gesetzt hat, meinen Vorschlag eine Minute lang, aber ein langsames Kopfschütteln zeigt, daß er wieder bei der hoffnungslosen Schlußfolgerung angekommen ist: Nichts von allem, was wir gemeinsam erlebt haben, ist so gut und so klar wie der Fall Beecham. Ich atme tief ein und sage ganz gelassen nach einem kräftigen Zug an meiner Zigarette: »Und was ist mit Libby Hatch?«

Mein Freund erbleicht ein wenig und sieht mich an, als käme die Frau gerade in dem Augenblick mit der Absicht aus den Geschäftsräumen herein, ihn dafür büßen zu lassen, wenn er etwas Falsches sagt. Die Nennung ihres Namens ruft diese Wirkung bei jedem hervor, der je ihren Weg gekreuzt hat oder ihr in die Quere gekommen ist.

»Libby Hatch?« wiederholt Mr. Moore leise. »Nein. Nein, das geht nicht. Das wäre – ähm – nein, es geht einfach nicht ...« Auf diese Weise fährt er fort, bis ich endlich zu Wort komme, um ihn fragen zu können, *warum* das nicht gehe. »Nun ja«, gibt er mit einer Stimme zur Antwort, die immer noch wie die eines ziemlich entsetzten Halbwüchsigen klingt, »wie könnte man – wie sollte man ...«, und dann erinnert sich ein Teil seines Gehirns, der nicht vom Alkohol benebelt ist, offenbar daran, daß die Frau seit über zwanzig Jahren tot ist... Er weitet die Brust und wird ein wenig kühner.

»Erstens«, sagt er und hebt einen Finger. Als Hinweis darauf, daß wohl noch eine ganze Salve von Punkten folgen wird, hält er weitere Finger in Bereitschaft. »Erstens dachte ich, daß du eine Geschichte anführen wolltest, die nicht so schauerlich ist wie die von Beecham. Im Fall Hatch geht es nicht nur um Entführung, sondern auch um Mord an Kleinkindern und Grabräuberei – *wir* haben die Gräber ausgeraubt ...«

»Stimmt«, sage ich, »aber ...« Doch offenbar gibt es kein Aber – Mr. Moore ist nicht bereit, die Vernunft zu Wort kommen zu lassen. Ein weiterer Finger schnellt empor, und er fährt fort, ohne sich aus dem Konzept bringen zu lassen: »Zweitens sind die moralischen Folgerungen« – den Ausdruck liebt er besonders – »im Fall Hatch eher noch beunruhigender als im Fall Beecham.«

»Richtig«, melde ich mich zu Wort. »Und genau deshalb ...«

»Schließlich«, sagt er mit dröhnender Stimme, »wärst *du*, Stevie Taggert, nicht einmal dann der Mann, die Geschichte zu erzählen, wenn sie nicht so unglaublich entsetzlich und beunruhigend wäre.«

Diese Behauptung verwirrt mich ein wenig. Eigentlich war mir gar nicht der Gedanke gekommen, ich *könnte* der Mann sein, die Geschichte zu erzählen, aber es gefällt mir nicht, daß er sagt, ich käme dafür nicht in Frage. Er scheint damit wirklich etwas andeuten zu wollen.

In der Hoffnung, ihn falsch verstanden zu haben, frage ich ihn geradeheraus, was mich daran hindern soll, die entsetzliche Geschichte der Libby Hatch zu berichten, wenn mir der Sinn danach steht. Zu meiner großen Enttäuschung teilt er mir mit, daß ich weder über den dazu nötigen Bildungsstand verfüge, noch über die dafür erforderliche Ausbildung. »Glaubst du etwa«, sagt er, »man könnte ein Buch so einfach schreiben, wie man eine Quittung ausstellt? Glaubst du etwa, für die Kunst eines Autors sei nicht mehr erforderlich als für das Verkaufen von Tabak?« Offenbar habe ich ihn in seinem Stolz ziemlich tief gekränkt, und ich merke, daß mich der Beschwipste an meiner Seite etwas weniger amüsiert als zuvor. Dennoch will ich ihm eine letzte Chance geben.

»Haben Sie vergessen«, frage ich ihn, »daß sich Dr. Kreisler selbst um meine Bildung gekümmert hat, nachdem ich zu ihm gezogen war?«

»Ein paar Jahre ohne formale Schulung«, sagt der Herr Leitartikler und tut den Einwand hochnäsig ab, »lassen sich nicht im entferntesten mit einem Studium in Harvard vergleichen.«

»Na ja, sagen Sie mir Bescheid, wenn ich mich irre«, blaffe ich ihn an, »aber Ihr Studium in Harvard hat Ihnen nicht besonders dabei geholfen, der Welt *Ihr* kleines Manuskript bekannt zu machen.« Bei dieser Mitteilung verengen sich seine Augen. »Außerdem bin ich nie dem Alkohol verfallen«, fahre ich fort und reibe Salz in die Wunde, »obwohl das ja die wichtigste Anforderung an Herren Ihres Berufs zu sein scheint. Davon abgesehen, denke ich aber, daß ich ganz gut abschneide, verglichen mit Euch Schreiberlingen.«

Das letzte Wort sage ich mit einer gewissen Betonung, denn auf diese Kränkung reagiert mein Besucher besonders empfindlich. Aber ich übertreibe es nicht – mit der Äußerung will ich ihn ja nicht durchbohren als vielmehr etwas sticheln, und das gelingt. Einige Sekunden lang bleibt Mr. Moore stumm, als er aber den Mund wieder öffnet, weiß ich, daß er etwas sagen wird, was dieser Kränkung gleichkommt oder sie übertrifft. Wie zwei Hunde in einer der eigens für den Kampf angelegten Gruben in meinem früheren Wohnviertel haben wir einander genug umtänzelt, angebellt und abgeschätzt – jetzt ist es an der Zeit, nach einem Ohr zu schnappen.

»Feigheit und Dummheit der New Yorker Zeitungsherausgeber und des amerikanischen Lesepublikums haben nichts mit irgendeiner Unfähigkeit *meinerseits* zu tun, die Geschichte zu erzählen«, zischt Mr. Moore. »Und wenn der Tag kommt, an dem ich von *dir*, Taggert, etwas über das Schreiben, über Kreislers Werk oder über *irgend etwas* lernen kann, von Tabakblättern abgesehen, hänge ich mir mit Vergnügen eine Schürze um und arbeite eine geschlagene Woche hinter deiner Verkaufstheke!«

An dieser Stelle sollten Sie etwas wissen: Mr. Moore und ich wetten beide gern. Schon mit acht Jahren habe ich für andere Kinder in unserem Viertel das erste illegale Wettbüro für das Kartenspiel Pharao betrieben, und Mr. Moore war jederzeit bereit, bei einem interessanten Glücksspiel mitzumachen. Unsere Freude am Glücksspiel war überhaupt der Auslöser unserer Freundschaft: Der Mann hat mir alles beigebracht, was ich über Pferderennen weiß, und das gebe ich auch gern zu, *trotz* all seiner Herablassung. Also lache ich bei seiner letzten Kampfansage nicht und übergehe sie auch nicht achselzuckend. Ich sehe ihm einfach fest in die Augen und sage: »Geritzt.«

Dann bekräftigen wir die Wette erst durch Spucken (das hat er von mir gelernt) und dann durch Händeschütteln (das habe ich von ihm gelernt). Uns beiden ist klar: Jetzt gilt sie. Er steht auf, zieht ein letztes Mal an seiner Kippe und sagt: »Gute Nacht, Stevie.« Es klingt fast freundlich, als hätte unser Gespräch nicht stattgefunden. Die ganze Sache befindet sich jetzt auf einer anderen Ebene: Es ist nicht mehr das, was er als intellektuelle Übung bezeichnet, sondern eine Wette, und weiter darüber zu reden würde sie nur entweihen. Ab jetzt geht es nur noch darum, die Partie zu Ende zu bringen, bis der eine gewonnen und der andere verloren hat. Wahrscheinlich werde ich ihn nicht mehr besonders oft sehen, bis wir erfahren, wer der Gewinner und wer der Verlierer ist.

Damit bin ich für heute abend (und vermutlich für viele künftige Abende) mit meinen Erinnerungen an den Fall Hatch allein: an die Leute, die uns geholfen, und an jene, die uns im Weg gestanden haben, an die guten Freunde (zum Teil waren sie mehr als das), die wir im Verlauf der Jagd verloren haben, an die sonderbaren Orte, an die uns diese Jagd geführt hat – und an Libby Hatch selbst. Jetzt, da Mr. Moore gegangen ist und ich Gelegenheit habe, über die Sache ein wenig nachzudenken, macht es mir überhaupt nichts aus zuzugeben, daß die meisten seiner Aussagen zutrafen: In vielerlei Hinsicht war ihre Geschichte viel beunruhigender und schreckenerregender als alles, was uns bei der Verfolgung des Schlächters John Beecham untergekommen ist. Unter gewöhnlichen Umständen könnte mich sogar die Gänsehaut, die mich überläuft, und das Erschauern meiner Seele, das immer stärker wird, während ich mich in die Erinnerungen vertiefe, dazu veranlassen, mich, was die Wette betrifft, geschlagen zu geben.

Aber dann setzt der Husten ein: ein rauhes, zuckendes Würgen aus dem Nichts, das Blutströpfchen und weiß Gott was noch alles auf das Blatt vor mir schleudert. Sonderbarerweise merke ich, daß mich der Husten veranlassen wird weiterzuschreiben, ganz gleich, wie sehr es mich innerlich fröstelt. Dr. Kreisler hat mir erklärt, was es vermutlich mit diesem Husten auf sich hat; ich weiß nicht genau, wie viele Jahre oder auch nur Monate mir auf dieser Erde noch bleiben werden. So mag mich also Libby Hatch holen, weil ich versuche, ihre Geschichte zu erzählen. Mag mir ihr sonderbares und erbärmliches Gespenst den Atem rauben, weil ich es wage, diese Geschichte an den Tag zu bringen. Höchstwahrscheinlich würde sie mir damit einen Gefallen tun – denn mit dem Husten würden auch die Erinnerungen aufhören …

Aber so gnädig würde bestimmt weder das Geschick noch Libby je sein. Die einzige Stelle, an der ihre Erinnerung spuken wird, sind die Papierbögen vor mir, deren Zweck es nicht ist, einen Verleger zufriedenzustellen, sondern eine Wette zu entscheiden. Danach werde ich sie dem hinterlassen, der zufällig auf sie stößt, wenn ich nicht mehr bin, und sie sich genauer ansieht. Die Geschichte mag den Leser entsetzen und ihm so widernatürlich erscheinen wie nur irgendeine, die je wirklich vorgefallen ist. Das Wort *widernatürlich* ist im Lauf der Tage, an denen der Fall verhandelt wurde, unwahrscheinlich oft gefallen. Aber mein Gedächtnis ist nicht zusammen mit meiner Lunge dahingeschwunden, und Sie dürfen mir glauben: Wenn wir aus der Geschichte der Libby Hatch überhaupt etwas lernen können, dann wohl, daß zum Reich der Natur jede Erscheinungsform dessen gehört, was die Gesellschaft ›widernatürliches‹ Verhalten nennt, daß es, wie Dr. Kreisler immer wieder gesagt hat, unter der Sonne nichts wirklich *Widernatürliches* gibt.

# KAPITEL 2

Mit einem leisen scharrenden Geräusch begann alles: Ein Schuh rieb sich an der aus Bruchstein und Backsteinen bestehenden Fassade von Dr. Kreislers Haus Nr. 283 im Ostteil der Siebzehnten Straße. Dies – jedem Jungen mit einer Kindheit ähnlich der meinen vertraute – Geräusch hörte ich am Spätabend des Sonntags, 20. Juni 1897, durch das Fenster meines Zimmers. Es ist fast auf den Tag genau zweiundzwanzig Jahre her. Ich lag auf dem Bett und versuchte mich in die Lektionen zu vertiefen, die mir Dr. Kreisler für die folgende Woche aufgetragen hatte – Rechenaufgaben und Geschichtstexte –, was mir aber nicht so recht gelingen wollte. Auch jener Abend war viel zu sehr mit den Düften des Frühlings angefüllt und zu sehr in Mondschein getaucht, als daß man hätte ernsthaft denken (oder gar schlafen) können. Wie in New York nur allzu häufig, war der Frühlingsanfang naß und kalt gewesen, ein deutlicher Hinweis darauf, daß wir nur eine oder zwei Wochen erträgliches Wetter haben würden, bevor die Hitze mit aller Macht einsetzte. An jenem bewußten Sonntag hatte es den ganzen Tag geregnet, aber gegen Abend hatte es aufgeklart, und es sah ganz so aus, als dürfte man sich auf einen der wenigen kostbaren milden Tage freuen. Wenn jetzt also jemand sagt, daß ich das Geräusch vor meinem Fenster zum Teil deshalb hörte, weil ich auf einen Vorwand wartete, hinausgehen zu können, will ich das nicht bestreiten; noch eher aber trifft es zu, daß ich, so weit meine Erinnerung zurückreicht, schon immer auf die Geräusche der Nacht geachtet habe, ganz gleich, wo ich mich gerade befinden mochte.

Mein Zimmer im Hause des Doktors lag im dritten Stock, zwei Etagen und eine halbe Welt entfernt von seinem herrlichen Salon und dem Eßzimmer im Erdgeschoß und immer noch vier Meter in der Senkrechten von seinem großen, wenn auch recht schlicht eingerichteten Schlafzimmer und seinem Arbeitszimmer mit den Polstermöbeln im zweiten Stockwerk entfernt. In den einfachen Mansarden des Dachgeschosses (welche die meisten Menschen als »Dienstbotenkammern« abtun würden) hatte Cyrus Montrose – der den Doktor im Wechsel mit mir kutschierte und Arbeiten im Haushalt für ihn erledigte – das große Zimmer nach hinten, von dem ein kleinerer Raum abging, den wir als Vorratskammer nutzten. Mein Zimmer lag nach vorn und war nicht annähernd so groß wie seines; aber ich war auch nicht annähernd so groß wie Cyrus, der deutlich über eins achtzig maß. Außerdem muß man sagen, daß dies Zimmer immer noch ziemlich feudal war, zumindest nach den Vorstellungen eines Dreizehnjährigen der nacheinander erst eine Ein-Zimmer-Mietwohnung nahe Five Points mit seiner Mutter und ihren verschiedenen

Kerlen geteilt hatte, dann auf solchen Abschnitten von Fußwegen oder Gäßchen zwischen Häusern genächtigt hatte, auf denen er einige Stunden Ruhe finden konnte (nachdem ich mit drei Jahren meine besagte Mutter und Kerle zum ersten Mal und endgültig im Alter von acht Jahren verlassen hatte), und sich schließlich aus einer Zelle in einem Gebäude herausgekämpft hatte, das die Bullen lachend die »Baracke« der Knaben-Aufbewahrungsanstalt auf Randalls Island nannten.

In bezug auf dieses elende Heim kann ich ebensogut noch etwas klarstellen, weil dann manches von selbst deutlich wird. Vielleicht hat es der eine oder andere von Ihnen schon in der Zeitung gelesen, daß ich fast einen Wärter umgebracht hätte, der sich mir unsittlich genähert hatte, während ich auf der Insel eingesperrt war. Man möge mich nicht für gefühllos halten, wenn ich in gewisser Hinsicht immer noch wünsche, ich hätte ihn umgebracht, denn er hatte auch andere Jungen schon bedrängt, und ich bin sicher, daß er damit weitergemacht hat, nachdem man meinen Fall unter den Teppich gekehrt und den Kerl wieder in sein Amt eingesetzt hatte. Vielleicht klingen meine Worte bitter, ich weiß nicht; ich sehe mich selbst nicht als verbittert an. Aber ich habe durchaus den Eindruck, daß mich das, was mich als Jungen wütend gemacht hat, nach all diesen Jahren immer noch wurmt. Wenn also ein Teil dessen, was ich auf den folgenden Seiten zu sagen habe, nicht die verzeihende Milde des Alters zu spiegeln scheint, liegt das ausschließlich daran, daß es mir nie so vorgekommen ist, als wirkte sich die Zeit in der gleichen Weise auf das Leben und die Erinnerungen aus wie auf den Tabak.

Im Dachgeschoß von Dr. Kreislers Haus gab es nur noch einen weiteren Raum, der jedoch schon seit langem nicht mehr für Zwecke des Haushalts genutzt wurde. Diesen durch einen kurzen Gang von Cyrus' und meinem Zimmer getrennten Raum bewohnte gewöhnlich das Hausmädchen; doch hatte schon seit einem ganzen Jahr keine lebende Seele mehr darin gehaust. Ich sage »keine lebende Seele«, weil er neben den wenigen trübseligen Besitztümern Mary Palmers die noch trübseligeren Erinnerungen an diese junge Frau enthielt, deren Tod im Lauf des Falles Beecham dem Doktor das Herz gebrochen hatte. Seither hatte uns eine Reihe von Köchinnen und Dienstmädchen betreut, die vor dem Frühstück kamen und nach dem Abendessen wieder gingen. Manche von ihnen waren tüchtig gewesen, andere einfach katastrophal. Doch weder Cyrus noch ich klagten je über den Wechsel, denn uns lag ebensowenig wie dem Doktor daran, jemanden auf Dauer ins Haus zu nehmen. Schließlich hatten wir beide Mary gleichfalls geliebt, wenn auch natürlich in ganz anderer Weise als der Doktor...

Jedenfalls lag ich an jenem 20. Juni gegen elf Uhr abends in meinem Zimmer und versuchte, einige der Lektionen durchzuarbeiten, als ich hörte, wie unten die Haustür ins Schloß fiel. Ich spürte, wie sich mein Körper so anspannte wie immer, wenn nachts eine Tür geht. Als ich aufmerksam lauschte, hörte ich auf dem blaugrünen Treppenläufer schwere, kräftige Schritte. Ich entspannte mich: Cyrus' Art zu gehen war ebenso unverkennbar wie seine tiefen Atemzüge und das muntere Summen, das ihn stets begleitete. Ich ließ mich wieder aufs Bett fallen und hielt das Buch auf Armeslänge über mich, im Bewußtsein, daß mein Freund bald den schwarzen Schopf durch die Tür hereinstecken würde, um mir guten Abend zu sagen.

»Alles ruhig, Stevie?« fragte er mit leiser Stimme, die zugleich sanft und kräftig klang.

Ich nickte und sah dann zu ihm hin. »Ich nehme an, daß sich der Doktor im Institut befindet.«

Cyrus nickte ebenfalls. »Für eine Weile zum letzten Mal. Er möchte die Zeit nutzen …« Eine Pause trat ein, dann gähnte er. »Bleib nicht so lange auf – du sollst ihn morgen früh abholen. Ich hab den Landauer zurückgebracht. Nimm am besten die Kalesche, damit sich eins der Pferde ausruhen kann.«

»In Ordnung.«

Dann hörte ich, wie er schweren Schritts dem hinteren Teil des Hauses zustrebte und die Tür zu seinem Zimmer sich schloß. Ich legte mein Buch hin und blickte abwesend zuerst auf die einfache blauweiß gestreifte Tapete um mich herum, dann auf das Mansardenfensterchen am Fußende meines Bettes, durch das ich die belaubten Wipfel der Bäume im Stuyvesant-Park auf der anderen Straßenseite sehen konnte.

Ich verstand damals so wenig wie heute, wie das Leben ganze Berge von Hindernissen vor einem Mann auftürmen kann, der es nicht verdient hat, während sich einige der größten Halunken und Dummköpfe, die es auf der Welt gibt, ihr Leben lang den lieben langen Tag amüsieren. Ich konnte den Doktor in jenem Augenblick so deutlich sehen, als stünde ich im Institut neben ihm (damit ist das Kreislersche Institut für Kinder im Ostteil des Broadway gemeint): Schon längst hatte er dafür gesorgt, daß alle Kinder im Bett lagen, und den Mitarbeitern die letzten Anweisungen zu Neuankömmlingen oder schwierigen Fällen gegeben. Inzwischen dürfte er an seinem großen Schreibtisch im Sprechzimmer sitzen und den Papierstapel darauf abarbeiten, teils weil es sein mußte, und teils, um nicht daran denken zu müssen, daß alles zu Ende sein sollte. Vermutlich saß er im Schein seiner grüngoldenen Tiffany-Lampe da, zupfte an seinem Schnurrbart und dem kleinen Bärtchen unterhalb seines Mundes und rieb sich von Zeit zu Zeit den verkrüppelten linken Arm, der ihm nachts allem Anschein nach mehr zu schaffen machte als tagsüber. Aber höchstwahrscheinlich würde es viele Stunden dauern, bis die Müdigkeit in seine scharfen schwarzen Augen trat. Nur wenn er das lange schwarze Haar auf die Papiere legte und unruhig eindöste, würde er überhaupt etwas Schlaf bekommen.

Es war nämlich für den Doktor ein tragisches Jahr voller Widrigkeiten gewesen. Angefangen hatte alles, wie ich schon gesagt habe, mit dem Tod der einzigen Frau, die er je aufrichtig geliebt hatte, und richtig schlimm war es geworden, als sich vor kurzem einer seiner jungen Schutzbefohlenen im Institut das Leben genommen hatte, ohne daß man den Grund dafür kannte. Darauf war eine Gerichtsverhandlung zur Untersuchung der Zustände im Institut gefolgt und eine gerichtliche Verfügung ergangen, derzufolge sich der Doktor sechzig Tage lang von seinem Institut fernhalten mußte, während die Polizei in der Angelegenheit ermittelte. Diese sechzig Tage sollten am nächsten Vormittag beginnen – doch habe ich über all das später noch viel mehr zu berichten.

Während ich dort lag und mir die Sorgen des Doktors durch den Kopf gehen ließ, hörte ich also mit einem Mal unter meinem Fenster das scharrende Geräusch, das ich bereits erwähnt habe. Wie schon gesagt, erkannte ich es sofort – immerhin hatte ich es mit den eigenen Füßen oft genug selbst erzeugt. Während mein Herz voll Unruhe, vor allem aber voll Erregung, schneller zu schlagen begann, überlegte ich einen Augenblick, ob ich nicht Cyrus holen sollte, aber als ich hörte, wie derjenige, der an der Hausecke emporkletterte, mehrfach ausglitt, wußte ich, daß ich mit dem Besucher ohne weiteres selbst fertig werden würde. Ich legte also mein Buch beiseite, schlich zum Fenster und steckte den Kopf hinaus.

Wenn ich an jene Tage – und noch mehr an jene Nächte – denke, muß ich bisweilen lächeln. Wie oft sind wir über Dächer gekrochen, um uns durch das Fenster in die Wohnung anderer Leute zu schleichen, während der größte Teil der Stadt in tiefem Schlummer lag. Natürlich war das für mich weder neu, noch überraschte es mich: Kaum, daß ich gehen konnte, hatte mich meine Mutter dazu angehalten, in Häuser einzubrechen und herauszuholen, was sich bei einem Hehler wieder losschlagen ließ. Aber das Bild, das die jungen, achtbaren Bekannten des Doktors aus der feinen Gesellschaft der Stadt boten, wenn sie mit einem Brecheisen Fenster öffneten und sich als Amateur-Einbrecher Zutritt zum Haus verschafften – das fand und finde ich nach wie vor lustig. Nichts aber rief bei mir ein breiteres Lächeln hervor, als was ich in jener Nacht sah: Miss Sara Howard verstieß gegen praktisch jedes Gebot in der Bibel des Einbrechers, sofern es derlei je gegeben hat, und sie fluchte ununterbrochen wie ein alter Seebär. Zwar war sie gekleidet wie tagsüber auch – sie trug ein einfaches dunkles Kleid mit einem Haufen modischer Unterröcke –, doch fiel es ihr trotz ihrer zweckdienlichen Kleidung sichtlich schwer, sich an der Regenrinne und den vorstehenden Steinen der Hausecke festzuhalten. Fast wäre sie in den Vorgarten des Doktors gestürzt und hätte sich höchstwahrscheinlich jeden Knochen im Leibe gebrochen. Ursprünglich hatte sie ihr Haar wohl in einem Knoten auf dem Kopf festgesteckt, aber es hatte sich inzwischen genauso aufgelöst wie sie selbst. In ihrem nicht unhübschen Gesicht war Enttäuschung zu lesen.

»Da haben Sie aber Glück, daß ich kein Bulle bin, Miss Howard«, sagte ich und schob mich auf die Fensterbank hinaus. Sprachlos sah sie zu mir her, und in ihren grünen Augen glomm ein Licht auf, auf das jeder Smaragd neidisch gewesen wäre. »Die hätten Sie schon vor dem Frühstück in den achteckigen Turm gesteckt.« Der achteckige Turm war ein von einer Kuppel gekröntes, bedrohlich aussehendes Bauwerk, von dem zwei Gebäudeflügel abgingen, und das allgemein bekannte Frauengefängnis und Irrenhaus der Stadt New York.

Miss Howard runzelte lediglich die Stirn und nickte zu ihren Füßen hinab. »Es sind die verflixten Schuhe«, sagte sie. Als ich ihrem Blick folgte, erkannte ich, worin ihre Schwierigkeit bestand. Statt vernünftiger leichter Schuhe, die ihr die Möglichkeit gegeben hätten, mit den Fußspitzen die Lücken des Mauerwerks auszunutzen, trug sie – Frischling, der sie war – schwere genagelte Bergschuhe, ähnlich denen, mit deren Hilfe der Mörder John Beecham die Mauern aller möglichen Gebäude bezwungen hatte. Vermutlich hatte der Gedanke an ihn sie auf diese Art Schuhwerk gebracht.

»Dafür braucht man ein Seil und eine spezielle Ausrüstung«, sagte ich und hielt mich mit der Rechten am Fensterrahmen fest, während ich ihr meinen linken Arm anbot. »Vergessen Sie nicht, daß Beecham an senkrechten Backsteinmauern emporgeklettert ist. Außerdem verstand er etwas von der Sache«, fügte ich lächelnd hinzu, während ich sie zu mir auf die Fensterbank hinaufzog.

Nach Luft ringend sah sie mich von der Seite an. »Das ist nicht nett von dir, Stevie«, sagte sie schließlich. Dann aber trat ein Lächeln auf ihr zuvor empörtes Gesicht, wie überhaupt ihre Stimmung und ihr Aussehen häufig von einem Augenblick auf den nächsten umschlägt wie bei einer begossenen Katze. »Hast du eine Zigarette?«

»Wie ein Hund Flöhe«, sagte ich, griff ins Zimmer und gab ihr eine. Dann nahm ich mir selbst eine, riß ein Zündholz auf der Fensterbank an, und wir beide steckten unsere Glimmstengel an. »Das Leben drüben am Broadway ist wohl langweilig?«

»Ganz im Gegenteil«, sagte sie und blies den Rauch zum Park hinüber. Dann holte sie ein Paar normale Schuhe aus einem Beutel, den sie um den Hals trug. »Ich glaube, ich habe endlich einen Fall, bei dem es nicht um untreue Ehemänner oder ein Kind reicher Eltern geht, das unter die Räder gekommen ist.«

Hier muß ich etwas nachtragen. Nach dem Fall Beecham waren mit Ausnahme von Miss Howard alle Angehörigen unseres kleinen Ermittlungstrupps wieder ihren üblichen Aufgaben nachgegangen. Mr. Moore hatte seine alte Stelle zurückbekommen und verfaßte Kriminalreportagen für die *Times*, wobei er allerdings so oft wie eh und je mit den Redakteuren zusammenstieß. Lucius und Marcus Isaacson versahen wieder Dienst bei der Polizei, wo sie, einst von Commissioner Roosevelt als New

Yorks Polizeichef befördert, umgehend wieder zu Detective Sergeants degradiert wurden, als jener den Posten eines Unterstaatssekretärs im Marineministerium in Washington übernahm und die New Yorker Polizeibehörde wieder in ihren alten Schlendrian verfiel. Dr. Kreisler war in sein Institut und zu seiner Aufgabe als Sachverständiger in Kriminalfällen zurückgekehrt, und Cyrus und ich kümmerten uns erneut um seinen Haushalt. Miss Howard hingegen brachte es nicht über sich, wieder als Sekretärin zu arbeiten, nicht einmal in der Einsatzzentrale der Polizei. Also hatte sie unser altes Hauptquartier am Broadway Nr. 808 gemietet und dort einen privaten Ermittlungsdienst ins Leben gerufen. Sie arbeitete ausschließlich für Frauen, zumal es Frauen damals ausgesprochen schwerfiel, jemanden zu finden, der solche Dienste für sie verrichtete (das heißt nicht, daß es heute leicht wäre). Der Haken an der Sache war, daß die einzigen Frauen, die sich ihre Dienste leisten konnten, betuchte Damen aus den besseren Kreisen waren, die wissen wollten, ob ihr Mann fremdging (im allgemeinen lautete die Antwort ja), oder was die ungeratenen Erben des Familienvermögens in ihrer reichlich bemessenen Freizeit trieben. Im Verlauf eines ganzen Geschäftsjahres hatte Miss Howard es mit keinem einzigen interessanten Mordfall oder auch nur einer hübschen finsteren Erpressungsgeschichte zu tun bekommen, und ich vermute, das ganze Detektivgeschäft fing an, sie anzuöden. An jenem Abend aber spiegelte sich in ihrem Gesicht die Gewißheit, daß ihr ein wirklich aufregender Fall übertragen worden war.

»Nun«, sagte ich, »wenn das so wichtig ist, hätten Sie doch durch die Haustür kommen können. Damit hätten Sie viel Zeit gespart und obendrein nicht Kopf und Kragen riskiert.«

Wäre ein Erwachsener Sara Howard so gekommen, sie hätte den kleinen einschüssigen Derringer herausgezogen, den sie immer irgendwo versteckt bei sich trug, und ihn dem Frechling unbehaglich nah unter die Nase gehalten. Mir gegenüber hatte sie sich immer anders verhalten, vermutlich weil ich so viel jünger war, und wir konnten offen miteinander reden. »Ich weiß«, sagte sie und lachte ein bißchen über sich selbst, während sie die Nagelschuhe auszog, in ihren Beutel stopfte und die anderen anzog. »Ich hatte gedacht, die Übung würde mir guttun. Ich habe gemerkt, daß man Verbrechern selbst ein bißchen ähneln muß, wenn man sie fangen will.«

»Tatsächlich?«

Miss Howard band sich die Schuhe zu, drückte ihre Zigarette aus, streute den Tabak aus dem Stummel in alle Winde, drehte dann den Papierrest zu einem Kügelchen zusammen und schnippte es fort. »Nun, Stevie – Dr. Kreisler ist wohl nicht da?«

»Nein«, sagte ich. »Er ist im Institut. Morgen früh muß er da raus.«

»Ich weiß.« Miss Howard senkte vor aufrichtig empfundenem Mitgefühl und Kummer den Kopf. »Das hat ihn sicher schrecklich mitgenommen«, fügte sie leise hinzu.

»Bestimmt. Es ist fast so schlimm wie – na, Sie wissen schon.«

»Ja...« Mit abwesendem Blick wandten sich ihre grünen Augen dem Park zu, dann kehrte sie mit einem Ruck in die Wirklichkeit zurück. »Wenn der Doktor nicht da ist, könntet ihr, du und Cyrus, mir doch eigentlich zur Hand gehen. Immer vorausgesetzt, ihr habt Lust dazu.«

»Wohin soll's gehen?«

»Zu Mr. Moore«, sagte sie und steckte sich das Haar wieder zum gewohnten Knoten auf. »Er reagiert weder auf die Türklingel noch auf das Telephon.«

»Dann ist er wahrscheinlich nicht zu Hause. Sie kennen ihn doch – am besten gehen Sie ins Tenderloin und suchen ihn in den Glücksspielsalons. Seine Großmutter ist erst seit sechs Monaten tot, da kann er noch nicht sein *ganzes* Erbe verjuxt haben.«

Miss Howard schüttelte den Kopf. »Der Portier sagt, daß John seit einer Stunde zurück ist. Mit einer jungen Dame. Sie haben das Haus seitdem nicht wieder verlassen.« Ein spitzbübisches Lächeln trat auf ihre Züge. »Der ist zu Hause – er will einfach nicht gestört werden. *Du* kannst aber dafür sorgen, daß wir reinkommen.«

Einen Augenblick lang dachte ich an den Doktor und daran, wie sehr er sich bemüht hatte, mich von meinem lebenslangen Hang zu jener Art von Tätigkeit abzubringen, auf die Miss Howard jetzt anspielte. Aber wie schon gesagt, mein Zögern war nur kurz. »Cyrus ist vorhin nach Hause gekommen«, sagte ich und lächelte zurück. »Er macht bestimmt mit – in letzter Zeit kommt man sich hier vor wie in einer Totenkammer. Ein bißchen Spaß würde uns guttun.«

Ihr Lächeln weitete sich zu einem breiten Grinsen. »Wunderbar! Ich wußte doch, daß ich vor die richtige Schmiede gekommen bin, Stevie.«

Ich nickte. »Ja«, sagte ich und zog mich ins Zimmer zurück. »Sie hatten nur die falschen Schuhe an.«

Noch einmal lachte Miss Howard und tat so, als wollte sie mir einen Schwinger versetzen, doch dann machten wir uns auf, Cyrus zu wecken.

Ich hatte durchaus richtig vermutet, daß Cyrus, nachdem sich die Dinge im Haus an der Siebzehnten Straße ein ganzes Jahr lang recht und schlecht dahingeschleppt hatten, bereit sein würde, bei etwas mitzumachen, was den faden Alltagstrott durchbrach. Schon nach wenigen Sekunden stand er in seinem leichten Tweedanzug, mit gestärktem Hemd und umgebundener Krawatte vor uns, und auf dem Weg nach unten stülpte er sich den geliebten alten steifen Hut auf den Kopf. Wir hörten zu, wie Miss Howard erklärte, daß wir Mr. Moore dringend zum Haus Broadway Nr. 808 schaffen müßten, wo eine Dame in großer Seelenqual auf ihre Rückkehr warte. Bei dem Fall gehe es, wie Miss Howard erklärte, »nicht nur um ein Verbrechen, sondern möglicherweise auch um internationale

Verwicklungen«. Mehr wollte sie uns nicht verraten, und mehr brauchten auch weder ich noch Cyrus zu wissen – uns stand der Sinn nach Abwechslung, und aus Erfahrung wußten wir, daß wir diese angesichts unserer Führerin höchstwahrscheinlich bekommen würden. Langatmige Erklärungen mußten warten. Wir stoben förmlich durch das Vestibül hinaus in den von einem Eisenzaun umgebenen Vorgarten. Cyrus vergewisserte sich – vorsichtig wie immer –, daß das Haus sicher abgeschlossen war, bevor wir uns über den schmalen Weg zum Tor aufmachten und auf dem Gehweg der Siebzehnten Straße erst in Richtung Westen gingen und später nordwärts in die Dritte Avenue einbogen.

Es war weder angebracht, den zweispännigen Landauer und die Pferde aus der Remise zu holen, noch Zeit mit dem Versuch zu vergeuden, eine Droschke anzuhalten, denn zum einen war es vier Uhr morgens, und zum anderen betrug die Entfernung zum Haus Gramercy Park Nr. 34, wo Mr. Moore nach dem Tod seiner Großmutter zu Anfang des Jahres Wohnung genommen hatte, lediglich einen halben Häuserblock. Während wir auf der Dritten Avenue aus dem Lichtkreis einer Straßenlaterne in den der nächsten traten und an schlichten drei- und vierstöckigen Häusern und gelegentlich unter einer die Breite des Gehwegs überspannenden Markise eines Lebensmittel- oder Grünkramstandes vorüberkamen, hängte sich Miss Howard links bei Cyrus und rechts bei mir ein und begann, sich zu dem wenigen an nächtlichem Treiben zu äußern, dessen wir unterwegs ansichtig wurden. Sie war erkennbar bemüht, ihre momentane Erregung dadurch zu zügeln, daß sie einfach drauflosplauderte. Cyrus' und meine Antworten fielen recht einsilbig aus, und in Null Komma nichts bogen wir in die Zwanzigste Straße ein und erreichten das große, aus braunem Sandstein errichtete Haus Gramercy Park Nr. 34. In einigen Erker- und Turmfenstern war noch Licht zu sehen. Es war einer der ältesten Wohnblocks der Stadt und einer der ersten, die man in Eigentumswohnungen aufgeteilt hatte. Nach dem plötzlichen Tod seiner Großmutter hatte Mr. Moore eine Weile erwogen, in eins der eleganten Häuser in den besseren Vierteln der Stadt zu ziehen, zum Beispiel ins Dakota, aber ich nehme an, daß er es letztlich nicht über sich brachte, sich so weit von dort zu entfernen, wo er seine Jugend verbracht hatte. Nach dem Verlust des noch verbliebenen Angehörigen von den beiden, denen er je nahestand (der andere, sein Bruder, war schon vor vielen Jahren von einem Boot ins Wasser gestürzt, nachdem er sich mit Morphium vollgepumpt und danach bewußtlos getrunken hatte), hatte sich Mr. Moore sehr bemüht, das Haus seiner Großmutter am Washington Square zu behalten, aber gemäß ihrer letztwilligen Verfügung sollte es verkauft und der Erlös zwischen ihren zerstrittenen blaublütigen Erben aufgeteilt werden. Sich auf diese Weise mit einem Mal vollständig allein zu finden, war für Mr. Moore verwirrend genug, da brauchte er nicht auch noch in eine unbekannte Gegend der Stadt zu ziehen. So kehrte er schließlich zum

Gramercy Park zurück, wo er aufgewachsen war und seine ersten Eindrücke von den Schattenseiten des Lebens empfing, denn er hatte sich als Halbwüchsiger im Gaswerksbezirk im Osten der Stadt herumgetrieben.

Während wir die Stufen zu den braunen Marmorsäulen links und rechts der Eingangstür mit ihren farbigen Glasfenstern emporstiegen, achtete ich auf den zwei Häuserblocks breiten und einen Häuserblock langen finsteren Streifen aus Bäumen und Hecken und Wegen hinter uns: der Gramercy Park. Ihn umstanden die Häuser von Reichen sowie private Klubs wie der *Players*. Zwar umgab den Park ein schmiedeeiserner Zaun von rund zwei Metern Höhe, doch konnte ihn jeder Verbrecher aus dem Gaswerksbezirk, der sein Handwerk verstand, überwinden und sich im Park verstecken, um ahnungslose Passanten zu überfallen. Erst als ich einen Polizisten sah, der seine Runde machte, war ich bereit, meinen Blick von dem finsteren Park abzuwenden und mich zu Cyrus und Miss Howard zu gesellen.

Die Eingangstür war, um jene Tageszeit nicht weiter verwunderlich, fest verschlossen, aber im Rahmen saß der kleine Knopf einer elektrischen Klingel. Miss Howard drückte darauf, und wir hörten es irgendwo im Inneren läuten. Schon bald sah ich, daß eine kleine Gestalt hinter dem Buntglas langsam auf uns zukam, und wenige Sekunden darauf stand uns ein alter Herr in gestreifter Weste und schwarzer Hose gegenüber, der wie jemand aussah, den man vor etwa zehn Jahren hätte beerdigen sollen. Bei unserem Anblick verzog er mißbilligend das faltige Gesicht.

»Wirklich, Miss Howard, das ist äußerst ungehörig«, brummelte er mit keuchender Stimme. »Äußerst ungehörig. Wenn Mr. Moore auf Ihr Klingeln nicht reagiert, bin ich sicher...«

»Ist schon in Ordnung, Stevenson«, sagte Miss Howard eiskalt. »Ich habe mit ihm telephoniert, und er hat meine Freunde und mich ersucht zu kommen. Wahrscheinlich stimmt mit seiner Klingel was nicht. Für den Fall, daß sie wieder einmal nicht funktionieren sollte, hat er mir gesagt, wo er den Ersatzschlüssel versteckt hat.«

Der wandelnde Leichnam musterte Cyrus und mich lange und ziemlich von oben herab. »So, hat er?« murmelte er. »Nun, mich trifft *keine* Schuld, wenn hier etwas nicht so ist, wie es sein sollte. Ausgesprochen ungehörig, aber...« Er wandte sich der Aufzugtür hinter ihm zu. »Wenn es sich so verhält, kommen Sie besser herein.«

Wir folgten ihm, und er öffnete zuerst die hölzerne Aufzugtür und schob dann das Scherengitter zurück, um den Weg in die luxuriöse Aufzugkabine freizugeben. Ich setzte mich auf die samtbezogene Polsterbank, um den alten Portier zu ärgern (was mir gelang), betrachtete aufmerksam das polierte Mahagoni und Messing um mich herum und überlegte, welches arme Geschöpf wohl sein halbes Leben damit verbringen mußte, dafür zu sorgen, daß alles ständig so blitzte. Für den Fall, daß dies Los den Alten vor uns traf, war ich bereit zuzugeben, daß er allen Grund hatte, zänkisch zu sein. Er schloß das Gitter und die Tür, legte ein paar abgenutzte und fleckige Lederhandschuhe an und schlug dann kräftig gegen das eingefettete Stahlseil des Aufzugs – das von unten durch den Fußboden kam und oben durch die Decke wieder verschwand –, um ihn in Gang zu setzen. Sanft glitten wir bis zum vierten Stock empor, wo Mr. Moore die Räume bewohnte, die an der Nordseite des Gebäudes zum Park hin lagen.

Oben folgten Cyrus und ich Miss Howard durch einen beige gestrichenen langen Flur, von dem mehrere, ebenfalls auf Hochglanz polierte Holztüren abgingen. Miss Howard klopfte an Mr. Moores Tür und tat dann so, als warte sie, daß man ihr öffne. Dann wandte sie sich an den Portier, der uns nicht aus den Augen ließ, und sagte: »Es ist schon spät, Stevenson. Wir dürfen Sie nicht noch länger am Schlafen hindern.«

Der Portier nickte zögerlich, bestieg dann aber den Aufzug, schloß die Türen hinter sich und glitt wieder hinab.

Kaum war er verschwunden, legte Miss Howard ein Ohr an die Tür und sah mich mit blitzenden grünen Augen an. »So, Stevie«, flüsterte sie. »Jetzt bist du an der Reihe.«

Auch wenn ich seit meinem Einzug bei Dr. Kreisler vor zwei Jahren gebessert war, besaß ich nach wie vor einen Teil meines alten Werkzeugs, da es ja gelegentlich von Nutzen sein konnte. Dazu gehörte mein kleiner Satz Dietriche, mit deren Hilfe ich die ziemlich einfachen Zuhaltungen im Schloß von Mr. Moores Tür rasch überwunden hatte. Mit einem leisen Klick sprang sie auf, was Miss Howard ein begeistertes Lächeln entlockte.

»Das mußt du mir wirklich mal beibringen«, murmelte sie und tätschelte mir den Rücken, während sie die Tür weiter aufstieß. »So, auf geht's.«

Mr. Moore hatte so viele der Möbel seiner Großmutter in der Wohnung untergebracht, wie ihm seine Familie überlassen hatte, und an den Wänden hingen einige schöne englische Landschaftsbilder, bei deren Auswahl Dr. Kreisler geholfen hatte. Daher hatte die Wohnung sozusagen zwei Gesichter – an manchen Stellen fühlte man sich wie im Haus einer alten Dame und an anderen wie im Heim eines Junggesellen. Insgesamt umfaßte die Wohnung sieben Zimmer in einer verrückten Anordnung, die in einem gewöhnlichen Haus keinen rechten Sinn ergeben hätte. Im Gänsemarsch zogen wir durch den im Dunkeln liegenden großen Flur und achteten darauf, stets auf dem Läufer zu bleiben, damit man unsere Schritte nicht hörte. Nach einer Weile kamen wir an verschiedenen Kleidungsstücken vorbei, die teils einem Mann und teils einer Frau gehörten. Bei diesem Anblick runzelte Miss Howard die Stirn, und ihre Mißbilligung verstärkte sich noch, als wir, vor dem Schlafzimmer angekommen, Gekicher und Gelächter hörten. Miss Howard stellte sich vor die Tür und wollte gerade kräftig mit der Faust dagegenschlagen, als sie sich mit einem Mal öffnete und eine Frau herauskam.

Und was für eine Frau! Das kann ich jetzt mit noch mehr Verständnis sagen als damals. Das lange goldene Haar reichte ihr bis zur Taille, und sie hatte ein Laken um sich gewickelt, das sie mit einer Hand hinter sich zusammengerafft hielt. Ihre Beine begannen mit zwei schlanken Knöcheln und schienen erst irgendwo in der Gegend der Wohnungsdecke zu enden – dabei hatte das Haus hohe Decken, das kann ich Ihnen flüstern. Sie kicherte noch, während sie herauskam, und wir hörten, daß Mr. Moore ihr aus dem Zimmer nachrief, sie solle nicht vergessen, wiederzukommen.

»Gleich, John, gleich«, sagte sie mit wohlklingender Stimme. Ihre roten Lippen waren üppig. »Nur 'nen kleinen Augenblick.« Sie schloß die Tür, wandte sich dem Badezimmer zu, das am Ende des Korridors lag – und dann fiel ihr Blick auf uns.

Wortlos lächelte sie uns verwirrt an. Miss Howard lächelte zurück, was sie allerdings sichtlich Mühe kostete. Dann hob sie einen Finger an die Lippen zum Zeichen, daß die Frau schweigen sollte. Diese ahmte die Geste nach, kicherte noch einmal – sie war sichtlich angeheitert – und setzte dann ohne ein Wort der Erklärung an oder von uns ihren Weg zum Badezimmer fort. Daraufhin lächelte Miss Howard etwas weniger geheuchelt – es wirkte durchaus eine Spur boshaft – und öffnete die Schlafzimmertür.

Im schwachen Lichtschein, der aus dem Gang ins Zimmer fiel, erkannten wir kaum mehr als ein Durcheinander aus Laken auf einem sehr großen Bett, doch war klar, daß darunter jemand lag. Cyrus und ich blieben an der Tür zurück, Miss Howard hingegen trat entschlossen ans Bett und blieb dort stehen, als wartete sie auf etwas. Schon bald begann sich die Gestalt unter den Laken zu regen, woraufhin die entblößte obere Hälfte von Mr. Moores Körper zum Vorschein kam. Sein kurzes Haar war zerstrubbelt und sein gutaussehendes Gesicht wirkte glücklich. Mit geschlossenen Augen griff er wie ein Kind nach Miss Howard und schlang ihr die Arme um die Taille. Sie machte dabei keinen besonders glücklichen Eindruck, regte sich aber nicht. Als Mr. Moore das Kleid spürte, murmelte er: »Nein, Lily, nein, du *darfst* dich nicht anziehen, du *darfst* nicht gehen. Diese Nacht *darf* nie enden …«

Bei diesen Worten zückte Miss Howard den Derringer. Bis auf den heutigen Tag kann ich nicht sagen, wo sie ihn immer versteckte, so daß er nie zu sehen und dennoch stets zur Hand war; aber wie ein Blitz hielt sie ihn Mr. Moore vor die geschlossenen Augen und das lächelnde Gesicht. Als sie den Hahn zurückschnappen ließ, verschwand das Lächeln, und die Augen öffneten sich.

»Ich glaube, John«, sagte sie mit gelassener Stimme, »daß ich sogar durch die Laken deine beiden Hoden mit einem Schuß treffen könnte – ich rate dir also, mich loszulassen.«

Mit einem Aufschrei fuhr Mr. Moore zurück, dann bedeckte er sich vollständig mit dem Laken wie ein Halbwüchsiger, den man bei verbotenem Tun ertappt hat.

»Sara!« rief er halb ängstlich und halb wütend. »Was zum Teufel tust du hier? Und wie bist du reingekommen?«

»Durch die Tür«, sagte Miss Howard schlicht, während der Derringer wieder in den Falten ihres Kleides verschwand.

»Durch die Tür?« knurrte Mr. Moore. »Aber die ist doch bestimmt abgeschlossen...« Mit einem Blick zur Zimmertür erkannte er erst Cyrus und dann mich – und sogleich begriff er. »Ach so – Stevie!« Während er seine Haare glattstrich und sich zu fassen versuchte, erhob er sich zu voller Größe, nach wie vor von seinem Laken umhüllt. »Ich hätte gedacht, Taggert, daß es dir die Mannesehre verbieten würde, dich an einer solchen Intrige zu beteiligen. Und was habt ihr mit Lily getan?«

»Sie ist im Bad«, teilte ihm Miss Howard mit. »Sie schien nicht im geringsten enttäuscht zu sein, uns zu sehen. Wahrscheinlich hast du nachgelassen, John.«

Mr. Moore runzelte lediglich die Stirn und sah erneut zur Zimmertür her. »Ich werde dir mitteilen, was ich zu sagen habe, Cyrus. Ich weiß, daß du ein anständiger Mensch bist, und vermute daher, daß es für deine Anwesenheit einen guten Grund gibt.«

Cyrus nickte, wobei ein herablassendes Lächeln auf seine Züge trat, wie so oft, wenn er mit Mr. Moore sprach. »Miss Howard sagt, es gibt einen solchen Grund, Sir«, teilte er ihm mit. »Das genügt mir. Am besten fragen Sie sie selbst danach.«

»Und wenn ich nicht mit ihr sprechen möchte?« knurrte Mr. Moore.

»Dann werden Sie sehr lange auf eine Erklärung warten müssen...«

Da ihm nichts anderes übrigblieb, zuckte Mr. Moore die Achseln und ließ sich nach einer Weile wieder aufs Bett fallen. »Na schön, Sara. Sag mir, was so brandeilig ist, daß du dafür bei mir einbrechen mußtest. Und gib mir um Gottes willen eine Zigarette, Stevie.«

Während ich ihm eine anzündete und dann hinstreckte, stellte sich Miss Howard vor ihn. »Ich habe einen Fall, John.«

Mr. Moore stieß einen tiefen, raucherfüllten Seufzer aus. »Glänzend. Möchtest du die Titelseite, oder begnügst du dich mit einem Platz weiter hinten im Blatt?«

»Ach was, John«, sagte Miss Howard ganz ernsthaft. »Ich glaube, daß es wirklich eine große Sache ist.«

Ihr Ton nahm Mr. Moores Stimme einen Teil des Sarkasmus. »Schön – worum geht es?«

»Eine Frau ist heute abend nach Nummer 808 gekommen. Señora Isabel Linares. Klingelt's?«

Mr. Moore rieb sich nachdenklich die Stirn. »Nein. Aber da scheint sie etwas mit dir gemein zu haben. Mach schon, Sara, keine Spielchen. Wer ist sie?«

»Ihr Mann heißt Narciso Linares«, sagte Miss Howard. »Klingelt's *jetzt* bei dir?«

Mr. Moore hob langsam den Blick, auf eine Weise beunruhigt, die Miss Howard ganz offenbar freute. »Doch nicht etwa… Der hat doch was mit dem spanischen Konsulat zu tun?«

»Er ist Privatsekretär des spanischen Konsuls.«

»Na schön. Und was treibt seine Frau nach Nummer 808?«

Miss Howard begann mit großen Schritten im Raum auf und ab zu gehen. »Sie hat eine vierzehn Monate alte Tochter. Hatte, besser gesagt. Die Kleine ist vor drei Tagen entführt worden.«

Mr. Moores Gesicht nahm einen zweifelnden Ausdruck an. »Sara. Wir sprechen von der Tochter des Privatsekretärs des spanischen Konsuls in New York. Es handelt sich dabei um eben das Spanien, das unser Freund im Marineministerium« – damit meinte er Mr. Roosevelt – »wie auch Mr. Randolph Hearst, gewisse meiner Vorgesetzten, einige der führenden Köpfe der Wirtschaft unseres Landes, aber auch ein großer Teil unserer Bevölkerung seit Jahren öffentlich beleidigen und in den Krieg zu treiben versuchen. Glaubst du allen Ernstes, dieses Spanien würde, sofern man ein solches Kind hier in New York entführte, nicht Zeter und Mordio schreien und seine amerikanischen Kritiker der Barbarei bezichtigen? Man hat schon aus minder bedeutenden Beweggründen Kriege geführt oder versucht abzuwenden.«

»Genau darum geht es, John.« Während Miss Howard fortfuhr, traten Cyrus und ich näher heran, denn wir waren sehr an dem interessiert, was sie jetzt sagte, und wollten uns kein Wort entgehen lassen. »Man sollte doch *meinen*, daß die spanischen Stellen so reagierten, oder? Aber nichts von alledem. Die Dame erklärt, zu der Entführung sei es gekommen, als sie eines Abends allein mit der Kleinen im Central Park war. Sie habe den Entführer nicht sehen können – er habe ihr von hinten mit einem Gegenstand auf den Kopf geschlagen. Als sie zu Hause ihrem Mann den Vorfall berichtete, habe dieser ganz merkwürdig und sonderbar reagiert. Er habe sich um seine Tochter in keiner Weise besorgt gezeigt und seine Frau aufgefordert, niemandem ein Sterbenswörtchen von der Sache zu berichten – man werde auf eine Lösegeldforderung warten, und wenn keine käme, hieße das, daß ein Verrückter das Kind entführt und umgebracht habe.«

Mr. Moore zuckte die Achseln. »So was kommt durchaus vor, Sara.«

»Aber er hat nicht mal *versucht*, die Polizei einzuschalten! Ein ganzer Tag ist vergangen, ohne daß eine Lösegeldforderung gekommen wäre, und schließlich hat Señora Linares erklärt, wenn ihr Mann nicht die Behörden informieren wolle, werde sie das tun.« Miss Howard hielt inne und rang die Hände ein wenig. »Er hat sie geprügelt, John. Ziemlich schlimm. Du solltest sie sehen – du *wirst* sie sehen. Sie wußte nicht ein noch aus – ihr Mann hat gesagt, es werde ihr noch schlimmer ergehen, wenn sie noch mal davon spreche, zur Polizei zu gehen. Schließlich hat sie sich einer Freundin im französischen Konsulat anvertraut, einer Frau, der ich vor ein paar Monaten in einer kleineren Eheangelegenheit geholfen habe. Die Französin hat ihr von mir erzählt, und jetzt wartet die Señora auf uns. Du mußt mitkommen und mit ihr reden ...«

»Mach mal halblang«, sagte Mr. Moore, hielt die Zigarette hoch und versuchte, seine Nacht der Wonnen zu retten. »Du vergißt dabei einiges. Erstens sind das Diplomaten. Da gelten andere Gesetze. Ich weiß zwar nicht genau, *welche*, aber sie sind anders. Zweitens, wenn nicht einmal dieser Linares die Sache weiter verfolgen will, wie kommen dann wir dazu –«

Das plötzliche Auftauchen der Frau hinter uns, mit der er noch vor wenigen Minuten das Bett geteilt hatte, unterbrach Mr. Moore. Sie mußte ihre Kleidungsstücke in der Diele aufgesammelt haben, denn sie war vollständig angezogen und bereit zu gehen.

»Entschuldige, John«, sagte sie mit ruhiger Stimme. »Ich weiß nicht, was diese Leute wollen, aber es klingt wichtig ... daher denke ich, daß es besser ist, wenn ich jetzt gehe. Du brauchst mich nicht zur Tür zu bringen.«

Sie wandte sich zum Gehen, und mit einem Mal sah Mr. Moore aus, als hätte er ein paar Sekunden auf dem elektrischen Stuhl gesessen. Verzweifelt schrie er: »Nein!«, zog das Laken wieder fest um sich und stürmte zur Schlafzimmertür. »Nein, Lily, warte!«

»Ruf mich morgen im Theater an!« sagte die Frau von der Wohnungstür aus. »Ich würde gern noch mal mit dir darüber sprechen!« Damit war sie fort.

Mr. Moore trat zu Miss Howard hinüber und sah sie mit einem glühenden Blick an. »*Du*, Sara Howard, hast soeben zerstört, was eine der besten drei Nächte meines Lebens zu werden versprach!«

Miss Howard lächelte ein ganz klein wenig. »Ich will nicht fragen, welche die beiden anderen waren. Nein, wirklich, John, es tut mir leid. Aber die Sache ist von größter Bedeutung.«

»Das will ich hoffen.«

»Glaub mir, sie ist es. Du hast das Wichtigste noch nicht gehört.«

»So ...?«

»Señora Linares ist unter größter Geheimhaltung nach den Bürostunden zu mir gekommen. Um sicher zu sein, daß ihr niemand aus dem Konsulat folgte, hat sie die Hochbahn über der Dritten Avenue nach Süden genommen. Als sie an der Neunten Straße ausstieg, ist sie über den Bahnsteig zur Treppe gegangen, die zur Straße hinabführt – und hat zufällig in den letzten Wagen gesehen.«

Miss Howard hielt einen Augenblick inne, um zu erreichen, daß Mr. Moore neugierig wurde. »Sara, du kannst dir diese dramatischen Pausen schenken. Sie bessern meine Stimmung nicht. *Was* hat sie gesehen?«

»Ihr Kind, John.«

Mr. Moore verzog das Gesicht. »Du willst sagen, daß sie *geglaubt* hat, ihr Kind zu sehen – Wunschdenken, etwas in der Art.«

»Nein, John. Es war ihr *Kind.* In den Armen einer Frau.« Miss Howard gestattete sich eine weitere Pause und lächelte. »Einer weißen *Amerikanerin.*«

Mr. Moore verdaute diesen kleinen Leckerbissen mit einer Art gequältem, aber interessiertem Stöhnen. Der Nachrichtenjäger begann den Lebemann zu verdrängen. Mit keineswegs glücklicherem Gesichtsausdruck, aber allem Anschein nach in sein Schicksal ergeben, wandte er sich mir zu. »Stevie, willst du mir als Sühne für euer Eindringen helfen, meine Sachen zusammenzusuchen? Dann gehen wir nach Nummer 808 und bemühen uns festzustellen, worum es bei dieser Sache geht. Aber so wahr mir Gott helfe, Sara, ob du deine Pistole dabei hast oder nicht, wenn sich dieser Fall als Seifenblase erweist, wirst du den Tag bedauern, an dem wir uns kennengelernt haben!«

»Das hab ich längst getan«, sagte Miss Howard mit einem Lachen, in das Cyrus und ich einstimmten. »Los, Stevie. Wir wollen sehen, daß wir unseren zerknitterten Freund hier wieder hinkriegen. Wir haben es eilig.«

# Kapitel
# 3

Den Weg hinüber zum Broadway Nr. 808 hatte ich ein ganzes Jahr lang nicht gemacht, aber das wäre niemandem aufgefallen, der gesehen hätte, wie zielstrebig mein Körper ihn ging. Ich erinnere mich, in *Die Grundlagen der Psychologie* gelesen zu haben – jenem bedeutenden Werk, das Professor William James, Dr. Kreislers alter Lehrer in Harvard, einige Jahre zuvor verfaßt hatte und durch das ich mich im Zusammenhang mit dem Fall Beecham mitsamt unserer gesamten Ermittlergruppe gekämpft hatte –, daß das Gehirn nicht das einzige Organ ist, das Erinnerungen speichert. Einige weniger hoch entwickelte Teile des Körpers (beispielsweise Muskeln) besitzen gleichfalls die Fähigkeit, im Bedarfsfall auf Erfahrungen zurückzugreifen. Sofern sich das tatsächlich so verhält, lieferten in jener Nacht meine Beine den Beweis dafür, denn ich hätte den Weg sogar dann gefunden, wenn mir jemand das Rückenmark unterhalb der Hirnrinde durchtrennt und mich einfach mit meinem Stammhirn hätte herumlaufen lassen wie einen der armen Laborfrösche, die Professor James und seine Studenten unaufhörlich zu zerschnippeln schienen.

Während wir am Gramercy Park entlang und später durch Irving Place zogen, hielt ich erneut scharf Ausschau nach irgendwelchen Jungs aus dem Gaswerksbezirk, die vielleicht unterwegs waren, um betrunkene feine Herren auf dem Rückweg von den Glücksspielsalons im Tenderloin auszunehmen. Aber es schien keinerlei Gefahr in der Luft zu hängen – lediglich der feuchte, saubere Geruch, der an den früher gefallenen Regen erinnerte. Daher ließ meine Aufmerksamkeit nach, je weiter südwärts wir kamen. Miss Howard wollte nach wie vor keine weiteren Angaben über ihren Fall machen, bis wir das Haus mit der Nummer 808 erreicht und mit der betreffenden Dame geredet hatten. Daher waren wir zielstrebig auf nichts anderes bedacht, als Mr. Moore dorthin zu lotsen. Das war nicht ganz so einfach, wie es vielleicht klingt. Wir hatten den Weg durch Irving Place gewählt, weil wir wußten, daß wir an Brübachers Weingarten vorbeikommen würden, wenn wir über die Vierte Avenue und dann südwärts zum Union Square gingen, und dort waren sicherlich noch eine ganze Reihe von Mr. Moores Zechkumpanen mit dem dort üblichen Treiben beschäftigt: Wetten darüber abzuschließen, ob vorbeikommende Fußgänger, Kutschen und Fuhrwerke imstande waren, Zusammenstöße mit den Straßenbahnen zu vermeiden, die den Broadway entlanggedonnert kamen und den Platz mit Höchstgeschwindigkeit überquerten. Der davon ausgehenden Verlockung hätte Mr. Moore kaum widerstehen können. Doch hatte Irving Place in Gestalt von Pete's Tavern an der Achtzehnten Straße seine eigene Ablenkung: ein gemütliches altes Trinklokal, einst bevorzugter Aufenthaltsort von Boss Tweed und seinen Tammany-Jungs. In jüngster Zeit hatte Mr. Moore dort häufig den Abend mit verschiedenen befreundeten Literaten und Journalisten verbracht. Sobald wir aber die orangefarben glühenden Lichter in den verräucherten Fenstern vom Pete's hinter uns hatten, war mir klar: Mr. Moore hatte verstanden, daß seine letzte Aussicht auf Rettung vorüber war. Sein Knurren verwandelte sich in deutlich hörbares Jammern.

»Sieh mal, Sara, morgen ist Montag«, sagte er protestierend, als wir die Vierzehnte Straße erreichten. Links von uns ragte die Fassade von Tammany Hall auf, Versammlungshaus der Demokratischen Partei in New York und Synonym für politische Korruption. Wie immer mußte ich beim Anblick des Gebäudes an einen aus Backsteinen errichteten verrückten, riesigen Kleiderschrank denken. Mr. Moore deutete hinüber. »Es kostet mich eine unsägliche Mühe, mit dem fertig zu werden, was Croker und die anderen Mistkerle da drin treiben« – Richard Croker war der in den Skandal von Tammany Hall verwickelte politische Führer der Demokraten –, »und jetzt noch diese spanische Geschichte.«

»Unsinn, John«, gab Miss Howard scharf zurück. »Die Politik ist in unserer Stadt im Augenblick im richtigen Fahrwasser, das weißt du auch. Der Oberbürgermeister Strong ist eine lahme Ente, wie nur je eine im Rathaus gesessen hat, und weder Croker noch Platt« – der Letztgenannte war Führer der Republikaner in New York – »wird zulassen, daß im November wieder ein Reformbürgermeister die Wahlen gewinnt. Bis zum Winter wird das politische Geschäft in New York schmutzig sein wie eh und je, und niemand ist darauf angewiesen, daß du es jemandem erzählst.«

Gleichsam zur Unterstreichung von Miss Howards Aussage drang ein laut brüllendes Gelächter in die Nacht, während wir durch die vom Regen verdünnte Mischung aus Pferdeäpfeln und Pferdepisse wateten, welche die Fahrbahn der Vierzehnten Straße bedeckte. Auf der anderen Seite angekommen, wandten wir uns um und sahen einen kleinen Trupp gutgekleideter betrunkener und sehr glücklich wirkender Männer, die aus Tammany Hall kamen. Jeder hatte eine dicke Zigarre im Mund.

»Hm«, gab Mr. Moore entmutigt brummend von sich und sah zu den Männern hinüber, während er uns weiter westwärts folgte. »Ich bin nicht sicher, daß es *so* einfach ist, Sara. Falls aber doch, wird damit das noch kniffligere Problem der Kubakrise nicht gelöst. Wir haben Madrid gegenüber einen kritischen Punkt erreicht.«

»Ach was.« Miss Howard blieb gerade lange genug stehen, um Mr. Moore am Ärmel zu packen und dann um so rascher mit sich zu ziehen. »Selbst wenn du nicht Lokalreporter, sondern für die Außenpolitik zuständig *wärst*, könntest du im Augenblick überhaupt nichts tun. General Woodford« – damit meinte sie den neuernannten amerikanischen Gesandten in Madrid – »ist noch nicht einmal nach Spanien aufgebrochen, und Präsident McKinley hat auch nicht die Absicht, ihn in Marsch zu setzen, solange ihm kein vollständiger Bericht von seinem Sonderbeauftragten in Kuba vorliegt – wie hieß er noch mal? Ach ja, Calhoun.«

»Wie zum Teufel soll ich mich mit einer jungen Frau streiten, die mein verdammtes Blatt gründlicher liest als ich...?« murmelte Mr. Moore verzagt.

»All das bedeutet«, faßte Miss Howard zusammen, »daß du dich morgen in der Redaktion um nicht mehr zu kümmern brauchst als die üblichen Gewalttaten des Sommers – ach ja, und um Königin Viktorias Thronjubiläum. Sicher läßt es sich die *Times* nicht entgehen, das bis zum letzten Tropfen auszumelken.«

Mr. Moore mußte unwillkürlich lachen. »Es bleibt der Aufmacher, solange die Festlichkeiten dauern – mit Sonderbildteil am Sonntag. Mein Gott, Sara, wird es dir eigentlich nie *langweilig*, dich um all die Einzelheiten zu kümmern?«

»In diesem Fall sind sie mir nicht bekannt, John«, sagte Miss Howard, während wir den Broadway entlanggingen. Die Fahrgeräusche der Kutschen wurden ein wenig leiser, weil hier ihre Räder auf den glatter gepflasterten Teil der Straße gelangten, aber auch der verminderte Lärm vermochte Miss Howards innere Unruhe nicht zu stillen. »Ich sag es dir frei heraus, die Sache macht mir angst. Sie hat etwas Entsetzliches an sich...«

Nach einigen Sekunden, in denen wir schweigend weitergegangen waren, kam erst der neugotische Turm der Grace-Kirche in Sicht, der sich mit einer Art schwereloser Majestät über die umgebenden Gebäude erhob, dann sah man die gelben Backsteine und die einem Kreuzgang nachempfundenen Fenster des Gebäudes Nummer 808, wo sich einst unser Hauptquartier befand. Obwohl es dorthin näher war als zur Kirche – das Haus stand am Rande des Friedhofs in Richtung Norden, von wo wir kamen –, sah man in jenem Teil der Stadt immer als erstes den Kirchturm. Nicht einmal die stets glänzenden Fenster vom Kaufhaus McCreery auf der anderen Seite des Broadways oder das riesige gußeiserne Denkmal des Krämerwesens in Gestalt des alten Stewart-Ladens an der Zehnten Straße konnten ihr auch nur annähernd das Wasser reichen. Als einziges Gebäude war Nummer 808 noch am ehesten dazu imstande, und das auch nur deshalb, weil es vom selben Architekten stammte, James Renwick, der wohl die Ansicht vertreten hatte, diese kleine Broadway-Kreuzung solle nicht einfach ein schlichter Marktplatz sein, sondern eine Erinnerung an unsere Vorfahren, die im Mittelalter gelebt hatten.

Als wir uns der kunstvollen schmiedeeisernen Tür von Nummer 808 näherten – die Leute sprachen von *Jugendstil*, was mir immer ziemlich sinnlos vorkam, da ich mir vorstellen konnte, daß der nächste dahergelaufene Kunstjünger sich gleich wieder das Etikett *Jugend* unter den Nagel reißen würde –, verharrten Cyrus, Mr. Moore und ich eine Weile, bevor wir eintraten. Wir hatten nicht etwa Angst, aber man darf nicht vergessen, daß jenes Gebäude erst vor einem Jahr unser zweites (und manchmal erstes) Heim bei einer Ermittlung gewesen war, in deren Verlauf unvorstellbare Schrecken ans Licht gekommen und einige unserer guten Freunde erbarmungslos getötet worden waren. Alles am Broadway sah mehr oder weniger genauso aus wie während jener finsteren Tage: die Kaufhäuser, das Gemeindehaus der Kirche mit dem im Schatten liegenden geisterhaften Kirchhof, das schöne, aber nicht überladene, Hotel St. Denis auf der anderen Straßenseite (auch ein Werk Mr. Renwicks) – alles war wie zuvor, und das rief die Erinnerungen um so lebhafter ins Gedächtnis. Diese Erinnerungen veranlaßten uns, eine Minute innezuhalten, ehe wir eintraten.

Miss Howard schien unser Zaudern zu spüren und bedrängte uns nicht. Ihr war klar, daß es seinen Grund hatte.

»Ich verlange eine ganze Menge von euch«, sagte sie, während sie den Blick über die Straße streichen ließ und selbst, was bei ihr seltener vorkam, zauderte. »Aber ich sage euch – sobald ihr diese Frau gesehen und mit ihr nur einige Minuten gesprochen habt, euch die Vorfälle habt beschreiben lassen …«

»Ist ja schon gut, Sara«, fiel ihr Mr. Moore ins Wort, der sich offenbar entschlossen hatte, nicht mehr zu klagen. Er hatte die Stimme dem weihevollen Augenblick entsprechend gesenkt. Dann wandte er sich erst mir und dann Cyrus zu, als wolle er sich vergewissern, daß er für uns alle sprach. Wir brauchten ihm nicht zu sagen, daß das der Fall war. »Es dauert einfach ein Weilchen«, sagte er und hob den Blick zur Fassade des Hauses. »Aber wir sind bereit. Geh voran.«

Durch die marmorne Vorhalle erreichten wir den Aufzug und ließen uns langsam zum sechsten Stock hinauftragen. Ein Blick auf Cyrus und Mr. Moore zeigte mir: Bei aller Unruhe war ihnen ebenso klar wie mir, daß wir nicht wieder herunterkommen würden, ohne uns auf etwas eingelassen zu haben, was uns vielleicht noch leid tun würde. Teils geschah es aus Freundschaft zu Miss Howard; teils ging es auf etwas zurück, was jeder geborene New Yorker im Blut hat: ein Gespür für die Sache, wie man sie auch nennen mag – die Geschichte, den Fall, die Angelegenheit. Wie auch immer sich das verhielt, wir standen im Begriff, uns darauf einzulassen. Sicher, wir konnten beten, daß es dabei nicht um so etwas Vernichtendes ging wie im Fall Beecham, aber mehr als beten konnten wir nicht, denn wir hatten nicht die Kraft, jetzt noch zu kneifen.

Der Aufzug blieb so ruckartig und plötzlich stehen, wie das in Geschäftsgebäuden üblich ist, denn ein solches war Nummer 808. Möbelhersteller und Ausbeutungsbetriebe hatten dort ihren Sitz, was aber genau einer der Gründe für Dr. Kreislers Entscheidung gewesen war, unser Hauptquartier dort aufzuschlagen: Wir hatten unsere Ermittlung unter dem harmlosen Deckmantel eines Kleinunternehmens durchführen können. Jetzt aber spielte Geheimhaltung für Miss Howard keine Rolle mehr, und im fünften Stock konnte ich durch das Aufzuggitter sehen, daß sie auf ihre Tür eine sehr geschmackvolle Aufschrift hatte malen lassen:

AGENTUR HOWARD

NACHFORSCHUNGSUNTERNEHMEN FÜR FRAUEN

Sie schob das Gitter beiseite, schloß die Tür zu dem großen Raum auf, der sich fast über die gesamte Geschoßbreite erstreckte, und hielt sie fest, während wir eintraten.

Die Dunkelheit im Inneren wurde ausschließlich von den Bogenlampen unten auf dem Broadway und der Beleuchtung in McCreerys Fenstern in den oberen Stockwerken auf der anderen Straßenseite ein wenig erhellt. Dies wenige Licht aber genügte, um zu erkennen, daß Miss Howard im Inneren kaum Veränderungen vorgenommen hatte. Nach wie vor füllte das von Dr. Kreisler im Vorjahr auf einer Antiquitätenversteigerung erworbene Mobiliar – es hatte einst dem Marchese Luigi Carcano gehört – den Raum an. Der Diwan, der große Mahagonitisch und schwellende Polstersessel standen am gewohnten Ort auf den grünen Orientteppichen und ließen den Raum ganz unvermutet anheimelnd erscheinen. Der Billardtisch hatte jetzt weiter hinten nahe der Küche seinen Platz und war mit Brettern und einem seidenen Überwurf bedeckt. Vermutlich hätte er Miss Howards weiblicher Kundschaft kein besonderes Vertrauen eingeflößt. Aber die fünf großen Büroschreibtische waren noch da, nur nebeneinander und nicht wie ursprünglich im Kreis, und der Stutzflügel stand nach wie vor in einer Ecke nahe einem der neugotischen Fenster. Bei seinem Anblick ging Cyrus hinüber, hob mit einem Lächeln den Deckel, drückte sacht zwei Tasten nieder und sah dann zu Miss Howard hin.

»Immer noch gestimmt«, sagte er leise.

Sie nickte lächelnd. »Immer noch gestimmt.«

Er legte seinen Hut auf die Bank, setzte sich an den Flügel und begann zu spielen. Zuerst nahm ich an, er würde eine der Opernmelodien vortragen, die er in unserem Haus immer für den Doktor spielen mußte, merkte aber bald, daß es eine getragene traurige Volksweise war, die ich nicht sogleich unterbringen konnte.

Mr. Moore, der von einem anderen Fenster zum kaum wahrnehmbaren Schimmer des Hudson in der Ferne hinübersah, wandte sich mit strahlendem Lächeln zu Cyrus um. »›Shenandoah‹«, murmelte er leise, als wollte er damit bestätigen, daß Cyrus genau das richtige Lied getroffen hatte, den sonderbaren und trübseligen Gedanken Ausdruck zu verleihen, die jeder von uns beim Anblick des Raumes empfunden hatte.

Ich sah, daß Miss Howard in einem anderen, jetzt im Schatten liegenden Winkel eine weitere Veränderung vorgenommen hatte: Dort stand ein großer fünfteiliger japanischer Wandschirm; er war vollständig aufgeklappt. Hinter einem Ende des Paravents konnte man einen Teil einer großen schwarzen, mit Eiche eingefaßten Schreibtafel auf ihrem Gestell sehen: Es war *die* Tafel, die, die wir alle kannten. Wie lange sie wohl schon dort versteckt sein mochte?

Miss Howard, die uns einige Minuten Zeit gelassen hatte, mit unserer Rückkehr an diesen Ort fertig zu werden, rieb sich jetzt die Hände und sprach erneut mit einigem Zögern, was wir von ihr gar nicht so kannten. »Señora Linares ist in der Küche und trinkt Tee. Ich hole sie.«

Sie ging in den hinteren Teil des Raums, wo eine schwach erleuchtete Tür auf so etwas wie Leben hinwies. Unwillkürlich ging ich in eine der Fensternischen, von denen man auf den Friedhof hinabsieht, setzte mich dort auf meinen gewohnten Wachposten und nahm ein Federmesser aus der Tasche, um mir die Fingernägel zu stutzen, während Cyrus weiterspielte. Die Stimmen der beiden Frauen drangen aus der Küche. Es klang, als wären sie weit fort.

Schon bald tauchten zwei Umrisse vor dem schwachen Lichtschein im Gang zur Küche auf, und obwohl es fast vollständig dunkel war, erkannte ich, daß Miss Howard die andere Dame stützte – wohl weniger, weil diese nicht selbst stehen konnte (obwohl sie leidend zu sein schien), sondern eher, um ihr ein wenig über ihre große Angst hinwegzuhelfen. Als sie in die Mitte des Raumes traten, erkannte ich, daß die Frau gut aussah und vollständig schwarz in Atlas und Seide gekleidet war. Auf dem Kopf trug sie einen breitrandigen Hut, von dem ein schwerer schwarzer Schleier herabhing, und in der Hand hielt sie einen Schirm mit Elfenbeingriff, auf den sie sich stützte, als Sara ihren Arm losließ.

Wir anderen standen auf, aber Señora Linares' ganze Aufmerksamkeit schien Cyrus zu gelten. »Bitte spielen Sie weiter«, sagte sie mit angenehm klingender Stimme, die aber durch stundenlanges Weinen gelitten zu haben schien. »Es ist eine wunderbare Melodie.«

Cyrus erfüllte ihr den Wunsch, ohne aber die Lautstärke zu steigern. Mr. Moore trat vor und hielt ihr die Hand hin. »Señora Linares – mein Name ist John Schuyler Moore. Vermutlich hat Miss Howard Ihnen mitgeteilt, daß ich Reporter bin ...«

»... von der *New York Times*«, vervollständigte die Frau seinen Satz, während sie ihm leicht die Hand schüttelte. »Ich muß Ihnen offen gestehen, Señor, daß ich dieser Begegnung nicht zugestimmt hätte, wenn Sie für eine der anderen Zeitungen dieser Stadt arbeiteten – beispielsweise für eins der Blätter, die Pulitzer und Hearst gehören. Die haben abscheuliche Lügen über das Verhalten meiner Landsleute gegenüber den Kubanern verbreitet.«

Mr. Moore sah sie einen Augenblick aufmerksam an. »Ich fürchte, daß es sich so verhält, Señora – aber zumindest ein Teil dessen, was sie drucken, dürfte der Wahrheit entsprechen.« Señora Linares senkte den Kopf ganz leicht, und man konnte ihre Trauer und Scham sogar durch den Schleier spüren. »Glücklicherweise«, fuhr Mr. Moore fort, »sind wir nicht hier, um über Politik zu reden, sondern über das Verschwinden Ihrer Tochter, immer vorausgesetzt, wir dürfen sicher sein, daß zwischen dem einen und dem anderen keine Verbindung besteht.«

Miss Howard warf Mr. Moore einen überraschten und mißbilligenden Blick zu, und Señora Linares erhob wieder stolz den Kopf. »Ich habe Miss Howard mein Wort gegeben – die Dinge verhalten sich genau so, wie ich sie geschildert habe.«

Miss Howard schüttelte den Kopf. »Ehrlich, John, wie kannst du nur ...«

»Ich bitte Sie und dich um Entschuldigung«, erwiderte er. »Aber es scheint doch wirklich ein merkwürdiger Zufall zu sein. Gegenwärtig spricht man von Krieg zwischen unseren Ländern so geläufig wie vom Wetter – und von allen Diplomatenkindern in ganz New York verschwindet auf geheimnisvolle Weise ausgerechnet die Tochter eines hohen spanischen Beamten.«

»John«, sagte Miss Howard, nunmehr verärgert, »vielleicht sollten wir zwei einmal ...«

Aber Señora Linares hob die Hand. »Nein, Miss Howard. Wir müssen es zugestehen, wenn Mr. Moore Zweifel hegt. Aber sagen Sie mir doch, Sir: Wenn ich lediglich eine untergeordnete Figur in irgendeinem abgekarteten diplomatischen Spiel wäre – würde ich das Spiel dann so weit treiben?« Mit diesen Worten schlug die Frau ihren Schleier über den schwarzen Hut zurück und trat näher ans Licht, das zum Fenster hereinfiel.

Nun ist man in dem Teil der Lower East Side, wo ich geboren wurde und meine ersten acht Lebensjahre verbracht habe, an den Anblick von Frauen gewohnt, die von ihren Kerlen in die Mangel genommen worden sind, und wegen des besonderen Geschmacks meiner Mutter in bezug auf ihre Gefährten hatte ich ziemlich anschaulich mitbekommen, wie es aussieht, wenn ein Mann eine Frau ordentlich durchwalkt. Aber nichts von dem, was ich in all den Jahren gesehen hatte, war so schlimm wie die Verwüstungen, die jemand im Gesicht dieser ausgesprochen entzückenden Dame angerichtet hatte. Eine gewaltige Schramme zog sich von oberhalb ihres linken Auges bis zur Wange, das Auge selbst war so angeschwollen, daß sie es nicht öffnen konnte, und in der Wange klaffte eine offene Wunde. Zu beiden Seiten der Nase war ihr Gesicht lila, schwarz, gelb und grün verfärbt, und der Fleck reichte ihr bis unter das rechte Auge, das sie gerade noch öffnen konnte. Es ließ sich deutlich erkennen, daß das Nasenbein gebrochen war. Die gesamte Haut des Kinns war abgeschürft, und die rechte Mundhälfte zog sich wegen einer weiteren schlimmen Wunde zu einer fortwährenden Grimasse nach unten. Die Art, wie sie sich bewegte, zeigte deutlich, daß sie Schmerzen hatte und vermutlich am ganzen Körper auf ähnliche Weise mißhandelt worden war.

Als die Señora hörte, wie Mr. Moore, Cyrus und ich gleichzeitig fassungslos die Luft durch die Zähne einsogen, versuchte sie zu lächeln, und in ihrem schönen braunen Auge (es war das rechte), das sie öffnen konnte, blitzte ein Fünkchen auf. »Falls mich jemand fragen sollte«, murmelte sie, »würde ich sagen, daß ich die Marmortreppe im Konsulat herabgestürzt bin – nachdem ich vor Kummer über den Tod unseres Kindes das Bewußtsein verloren habe. Sie müssen nämlich wissen, mein Gatte und Konsul Baldasano haben beschlossen, daß ich, sofern Außenstehenden gegenüber eine Erklärung unvermeidbar ist, sagen soll, meine Tochter sei einer Krankheit zum Opfer gefallen. Aber sie ist nicht tot, Señor.« Auf den Schirmstock gestützt, tat sie einen oder zwei mühsame Schritte nach vorn. »Ich habe sie gesehen! Ich habe ... gesehen ...« Es sah aus, als stände sie im Begriff, ohnmächtig zu werden, und Miss Howard eilte zu ihr und führte sie zu einem der Polstersessel des Marchese Carcano. Ich wandte mich an Mr. Moore und nahm in seinem Gesicht viele verschiedene Empfindungen wahr, die miteinander im Widerstreit lagen: Wut, Entsetzen, Mitgefühl, aber vor allem Bestürzung. Er machte eine undeutliche Handbewegung zu mir hin. »Stevie ...«

Ich hatte die Packung schon herausgeholt und steckte jedem von uns eine Zigarette an. Ich gab ihm eine, sah zu, wie er einige Male auf und ab schritt, und sprang ihm schließlich aus dem Weg, als er auf den Telephonapparat zustürmte, der auf einem Schreibtisch hinter mir stand. »Die Sache ist für uns ein paar Nummern zu groß«, murmelte er, während er den Hörer abnahm. Dann sagte er, diesmal lauter: »Vermittlung? Geben Sie mir bitte die Polizeizentrale in der Mulberry Street. Hauptbüro, Kriminalabteilung.«

»Was?« sagte Miss Howard bestürzt, und auf Señora Linares' Gesicht spiegelten sich alle Anzeichen des Schreckens wider. »John, nein, ich hatte dir doch gesagt ...«

Mr. Moore hob die Hand. »Mach dir keine Sorgen. Ich will nur feststellen, wo sie sich aufhalten. Du kennst die beiden, Sara. Wenn wir sie darum bitten, werden sie die Sache vertraulich behandeln.«

»Wer?« flüsterte die Dame Linares, aber Mr. Moore wandte seine Aufmerksamkeit erneut dem Telephon zu.

»Hallo? Zentrale? Hören Sie, ich habe eine dringende persönliche Mitteilung für die Detective Sergeants Isaacson. Können Sie mir sagen, wo sie sich aufhalten? ... Ah, gut. Vielen Dank.« Er legte auf und wandte sich zu mir. »Stevie – wie es scheint, hat man drüben am Pier der Cunard-Linie eine Leiche gefunden. Lucius und Marcus untersuchen den Fall. Was meinst du, wie schnell du es schaffst, die beiden herbeizubringen?«

»Wenn mir Cyrus hilft, eine Droschke aufzutreiben«, erklärte ich, »eine halbe Stunde. Auf keinen Fall mehr als eine Dreiviertelstunde.«

Mr. Moore wandte sich Cyrus zu. »Also los.«

Wir verließen den Raum und rannten beide auf den Fahrstuhl zu. Bevor wir ihn betraten, blieb ich noch einmal kurz stehen und wandte mich zu Mr. Moore um, der noch in der offenen Tür stand. »Meinen Sie nicht, daß wir ...«

Rasch schüttelte er den Kopf. »Wir wissen noch nicht, worum es sich handelt. Ich werde ihn erst auffordern, hierher zurückzukehren, wenn wir unserer Sache sicher sind.«

Cyrus legte mir eine Hand auf die Schulter. »Er hat recht, Stevie. Vorwärts.«

Ich trat in den Aufzug, Cyrus knallte das Gitter zu, und wir glitten im Schacht abwärts.

Weil das Hotel St. Denis genau gegenüberlag, war es immer sehr leicht gewesen, von Nummer 808 aus zu fast jeder Tages- und Nachtzeit eine Droschke zu bekommen: Auch diesmal standen zwei davor, als Cyrus und ich hinübergingen. Die vordere war eine Kalesche, mit einer graue Stute davor, die gut im Futter stand und kräftig aussah. Auf dem Bock saß ein alter Kutscher, über dessen verblichener roter Livree ein vollständig zerdrückter Zylinderhut thronte. Der Kutscher war eingenickt und roch aus zwei Metern Entfernung nach Schnaps.

Ich wandte mich an Cyrus. »Bring ihn nach hinten«, sagte ich und sprang auf den Kutschbock, um den Alten hinabzubefördern. »He – he, Opa! Auf, auf, Sie haben 'ne Fuhre!«

Der Kutscher gab einige verwirrte Laute von sich, während ich ihn zu der kleinen eisernen Stufe an der linken Seite und hinab zu Cyrus schob: »Was ... was ... was treibst du da eigentlich?«

»Ich fahre«, teilte ich ihm mit, setzte mich zurecht und nahm die Zügel in die Hand.

»Das geht nicht!« rief er aufbegehrend, während ihn Cyrus auf einen der Fahrgastsitze niederdrückte, sich neben ihn setzte und den niederen Schlag schloß.

»Keine Sorge, Opa. Der Junge ist ein erstklassiger Kutscher«, sagte Cyrus und hielt ihn gut fest. »Außerdem zahlen wir dir das Doppelte vom normalen Tarif«.

»Aber ich krieg Ärger mit der Polizei!« brüllte der Alte, nahm den Zylinder ab und zeigte uns die daran befestigte Marke, die als Konzession galt. »Das kann ich mir nicht erlauben – ich bin behördlich zugelassener Droschkenkutscher.«

»Ach ja?« Ich sah mich nach ihm um, nahm den Hut und setzte ihn mir auf. »Dann bin es jetzt halt *ich* – setz dich also friedlich hin und gib Ruhe!«

Das eine tat er, aber nicht das andere, und so jammerte er immer noch wie ein angestochenes Schwein, als ich schon der Stute die Zügel auf das Hinterteil klatschen ließ und wir mit einer Geschwindigkeit auf das Pflaster des Broadway stoben, die meine Einschätzung des Tieres aufs glänzendste bestätigte.

# KAPITEL 4

Als wir die Ecke der Neunten Straße umrundeten, hatte die Droschke eine – ich gebe es zu: sogar für meine Verhältnisse – so atemberaubende Geschwindigkeit erreicht, daß die Räder fast auf der einen Seite abhoben. Der Anleger der Cunard-Linie befand sich vor der Zeit der wirklich großen Schiffe der Gesellschaft (der *Mauretania* und der beklagenswerten alten *Lusitania*) noch am unteren Ende der Clarkson Street, die knapp eine Nebenstraße nördlich der West Houston Street verlief; letztere zu durchfahren aber vermied ich, solange ich konnte. Noch spät in der Sonntagnacht drängten sich dort vermutlich Nutten, deren betrunkene Freier sowie andere Ganoven in einem geschäftigen Gewimmel, das in den Monaten seit dem Weggang des Polizeipräsidenten Roosevelt nach Washington nur noch dichter geworden war und uns entsetzlich aufhalten würde. So sahen wir allmählich, nachdem wir an den stillen Wohnblocks der Neunten Straße vorbei über die Sechste Avenue gerast waren und uns über die Christopher Street westwärts voranarbeiteten, deutliche Anzeichen für das, wovon Miss Howard auf unserem Weg zum Haus Nummer 808 gesprochen hatte: Die verbrecherischen Elemente trieben in beträchtlicher Anzahl ihr Unwesen ganz offen außerhalb ihres Unterschlupfes wie Spelunken und Bordellen und ohne eine Spur des Respekts vor dem Gesetz, den ihnen Mr. Roosevelt für kurze Zeit eingebleut hatte. Inmitten dieses Treibens sahen wir hier und da Polizisten, die all das taten, was der Polizeipräsident, der nachts selbst auf den Straßen Streife gegangen war, mit so viel Mühe hatte ausmerzen wollen: Sie nahmen Schmiergelder, tranken öffentlich vor Kneipen und Tanzlokalen, amüsierten sich mit Huren und schliefen, wo die Müdigkeit sie übermannte. Die Unterwelt der Stadt richtete sich erkennbar darauf ein, daß sie bald wieder freie Bahn haben würde – sie war sich unübersehbar dessen bewußt, daß Roosevelt fort war und ihm sein auf Reformen bedachter Vorgesetzter, nämlich Oberbürgermeister Strong, bald folgen würde.

Als wir die Bleecker Street erreichten, stach mir etwas ins Auge (und ich gebe zu, es gab mir auch einen Stich in die Magengrube), so daß ich zu Cyrus' Überraschung die Zügel hart zurückriß. »Was gibt's, Stevie?« fragte er, doch ich starrte nur, für den Augenblick völlig verwirrt, zu einem Fleck verblaßter blauer Seide und einem blonden Schopf auf der anderen Straßenseite hinüber. Dem Ton von Cyrus' Stimme entnahm ich, daß er dasselbe gesehen hatte wie ich, und mir war klar, daß er die Stirn runzelte: »O *Kat*...«

Erneut schnalzte ich mit den Zügeln und lenkte das Pferd hinüber zu der blauen Seide und dem Blondhaar. Beide gehörten Kat Devlin, einer –

sagen wir im Augenblick einfach – Freundin. Sie arbeitete in einer der Spelunken unten an der Worth Street, die Spielhölle und Bordell zugleich war. Neben ihr ging ein gutgekleideter Mann, der ohne weiteres ihr Großvater hätte sein können, denn Kat war erst vierzehn Jahre alt. Als die beiden versuchten, die Bleecker Street zu überqueren, lenkte ich die graue Stute stracks auf sie zu.

»Dafür haben wir keine Zeit, Stevie«, hörte ich Cyrus freundlich, aber mit Nachdruck sagen.

»Es dauert nur eine Minute«, sagte ich rasch.

Kat fuhr beim plötzlichen Auftauchen des Pferdes zusammen und hob den Blick, wobei die blauen Augen in ihrem hübschen Gesichtchen wütende Blitze schleuderten. »He! Was zum Teufel soll das...?« Dann erkannte sie mich. Ihr Blick hellte sich auf, sie wirkte aber nach wie vor verblüfft. Allmählich trat ein Lächeln auf ihre schmalen Lippen. »Nanu, Stevie! Was treibst du denn hier? Noch dazu mit der Droschke – willst du mir die Kundschaft verschrecken?« Bei diesen Worten wandte sie sich lächelnd dem Alten an ihrer Seite zu und hakte sich fester bei ihm unter, so daß mein Herz noch mehr schmerzte. Er tätschelte ihren Arm mit einer Hand, die in einem teuren Handschuh steckte, und grinste ihr zu, daß es einem schlecht werden konnte.

»Das wollte ich dich gerade auch fragen, Kat«, sagte ich. »Ist das nicht 'n bißchen weit im Westen für dich?«

»Mit mir geht es eben in der Welt aufwärts«, sagte sie. »Nächste Woche zieh ich endgültig bei Frankie aus und arbeite in der Hudson Street. Im Lokal der Dusters.« Mit einem Mal schniefte sie tief und schmerzlich, lachte ein wenig, um es zu überspielen, und wischte sich flink die Nase. Auf ihrem mottenzerfressenen Handschuh zeigte sich ein wenig Blut – und schlagartig wurde mir alles klar, wie es so schön heißt.

»Im Lokal der Dusters«, sagte ich, und Angst schlich sich in mein schmerzendes Herz. »Kat, du kannst doch nicht...«

Da sie sich offenbar denken konnte, was kommen würde, strebte sie wieder dem Gehweg zu. »Das ist 'n guter Bekannter«, sagte sie zu ihrem Begleiter. Dann rief sie mir über die Schulter zu: »Besuch mich doch im Lauf der Woche mal bei Frankie, Stevie!« Es war ebensosehr eine Aufforderung, mich zurückzuziehen, wie eine Einladung. »Und hör auf, Droschken zu klauen!«

Ich wollte etwas sagen, irgend etwas, um zu erreichen, daß sie ihren Freier sausen ließ und mit uns kam, aber Cyrus packte mich mit festem Griff an der Schulter. »Hat keinen Sinn, Stevie«, sagte er im selben freundlichen, aber entschlossenen Ton wie zuvor. »Wir haben keine Zeit.«

Ich wußte, daß er recht hatte, doch wollte ich nicht aufgeben, und ich spürte, wie sich mein Körper so sehr anspannte, daß mir einen Augenblick lang alles vor den Augen verschwamm. Mit einem plötzlichen kurzen Aufschrei riß ich die lange Peitsche aus ihrem Halter, hob sie über den

Kopf und zielte damit nach dem Mann, der neben Kat die Straße überquerte. Sie erfaßte seinen Zylinder an der Krempe, schnitt ein kräftiges Loch hinein und schleuderte ihn an die zwei Meter weit in eine Pfütze aus Regenwasser und Pferdepisse.

Kat wandte sich zu mir um. »Stevie! Verdammt noch mal! Du kannst doch nicht...«

Aber ich wollte nichts mehr hören. Ich ließ die Zügel auf die graue Stute herniederklatschen, daß sie erneut die Straße entlangstob. Kats laute Verwünschungen folgten mir, waren aber nicht zu verstehen.

Vermutlich ist inzwischen klargeworden, daß Kat mir mehr war als einfach eine gute Freundin. Aber sie war in keiner Weise mein Mädchen, eigentlich war sie niemandes Mädchen. Ich könnte unmöglich sagen, welche Stellung sie in meinem Kosmos einnahm. Vielleicht, daß sie der erste Mensch war, zu dem ich je eine intime Beziehung hatte, nur daß eine solche Aussage glückliche Bilder einer jungen Liebe heraufbeschwören würde, die weit von der Wirklichkeit entfernt wären. In Wahrheit war sie eine Sphinx und ein Rätsel – und sie würde immer verwirrender werden und ihr Leben eine unerwartete Wendung nehmen, die dafür sorgte, daß es mit dem Fall verflochten wurde, den wir gerade zu entwirren begannen.

Noch in der Hudson Street war ich ganz aufgewühlt und dachte nicht daran, das Tier langsamer laufen zu lassen, während ich hart am Zügel ruckte, damit es nach links einbog. Wieder drohten die Räder der Droschke vom Boden abzuheben, so daß der Kutscher vor Angst aufschrie. Von Cyrus aber kam kein Laut des Protests, denn er war meine Art zu fahren gewohnt und wußte, daß ich noch nie ein Fuhrwerk zum Kippen gebracht hatte. An den verblaßten roten Backsteinen der alten Kapelle St. Luke zu unserer Rechten und dann an den Etablissements und Geschäften der unteren Hudson Street vorbei erreichten wir in kürzester Zeit die Clarkson Street. Wieder vollführten wir eine wilde Wendung, diesmal nach Westen. Unvermittelt wurde das Ufer des Hudson vor uns sichtbar. Sein Wasser war schwärzer als die Nacht, und am Anleger am Ende der Straße ging es für diese Tageszeit ungewöhnlich geschäftig zu.

Als die Lagerhäuser und schäbigen Seemannsunterkünfte auf dem letzten Stück der Clarkson Street hinter uns lagen, ließ sich vor dem tiefgrün gestrichenen Aufbau des langen Cunard-Anlegers der Umriß eines großen Dampfers ausmachen, der dort stolz vor Anker lag – die noch keine fünf Jahre alte *Campania*. Im Licht ganzer Ketten kleiner Lichter auf dem Bootsdeck waren ihre beiden tiefroten, schwarz bekrönten Schornsteine, die schmucke weiße Brücke und die Rettungsboote sowie die stattliche Linie ihres Rumpfes zu sehen. Man ahnte förmlich, welche erstaunlichen Wundertaten die Gesellschaft, die den Transatlantikverkehr begründet hatte, in nicht allzu ferner Zukunft noch vollbringen würde.

Nahe dem Anleger stand eine ziemlich große Gruppe von Menschen am Ufer. Im Näherkommen sah ich, daß viele von ihnen Bullen waren, teils in Uniform, teils Kriminaler in Zivil. Außerdem sah man eine Handvoll Seeleute und Hafenarbeiter und sonderbarerweise auch eine Gruppe von Jungen, die nichts am Leibe trugen als nasse, an den Knien abgeschnittene Hosen. Sie waren in große Tücher gehüllt, unter denen sie deutlich sichtbar zitterten. Sie hüpften auf der Stelle, sei es wegen der Kälte des Flußwassers, in dem sie offenkundig geschwommen hatten, sei es vor Aufregung. Obwohl einige Fackeln und die elektrische Taschenlampe eines der Hafenarbeiter die Szene beleuchteten, war von den beiden Isaacsons nichts zu sehen. Das hatte nicht unbedingt etwas zu bedeuten – sie konnten sich ohne weiteres in Taucherglocken am Boden des Hudson befinden und nach Spuren suchen, die der durchschnittliche New Yorker Kriminalbeamte als wertlos angesehen hätte.

Als wir das Ufer erreichten, nahm Cyrus ein paar Münzen aus seiner Börse, steckte sie dem Droschkenkutscher in die zitternde Hand und sagte lediglich: »Warten Sie hier.« Zwar wäre der Mann gar nicht imstande gewesen, dieser Aufforderung zuwiderzuhandeln, trotzdem behielt ich sicherheitshalber seinen Hut mit der Konzession auf dem Kopf, während wir uns durch die Menge zu drängen begannen.

Da mich die meisten New Yorker Bullen mit noch weniger Achtung behandelten, als sie gewöhnlich für Schwarze aufbrachten, überließ ich es Cyrus, mit ihnen zu reden. Ich hatte schon einen oder zwei entdeckt, denen ich damals über den Weg gelaufen war, als ich unter dem Spitznamen »Stevepipe« bekannt, und zugegebenermaßen in der Mulberry Street zu Recht, berüchtigt war. Als er sich nach den Brüdern Isaacson erkundigte, wurde er mit dem Ausruf »Ein Nigger will mit den Judenlümmeln reden!« zur Mitte der Menschengruppe gewiesen. Wir arbeiteten uns dorthin vor – noch konnten wir nicht sehen, was da geschah.

Ich hatte die beiden Kriminalbeamten einige Monate lang nicht gesehen, doch hätte man sie sich in keiner typischeren Umgebung vorstellen können. Auf dem Betonstreifen des Ufers kauerten sie über einem großen Stück leuchtendrotem Wachstuch. Der hochgewachsene, gutaussehende Marcus mit seinen dunklen Locken und der großen, geschwungenen Nase hatte ein Bandmaß und einige stählerne Meßinstrumente neben sich liegen und war eifrig damit beschäftigt, die Maße eines noch nicht näher erkennbaren Gegenstandes festzustellen, über dem er kniete. Sein jüngerer Bruder Lucius, der kleiner und stämmiger war als jener und durch dessen schütteres Haar an einigen Stellen die ständig schwitzende Kopfhaut zu sehen war, stocherte mit etwas herum, was den medizinischen Instrumenten ähnelte, wie sie Dr. Kreisler in seinem Sprechzimmer hatte. Ein Polizeihauptmann, den ich kannte – er hieß Hogan –, beäugte ihr Tun und schüttelte den Kopf wie alle Altgedienten, wenn sie die Isaacsons bei der Arbeit sahen.

»Das hier reicht beileibe nicht aus, um irgendwie aussagekräftig zu sein«, sagte Captain Hogan lachend. »Es wäre einfacher, wir würden den ganzen Fluß abfischen, um was zu finden, was uns weiterbringt – zum Beispiel 'nen *Kopf.*« Die Bullen um ihn herum stimmten in sein Gelächter ein. »*Das* da gehört jedenfalls sofort ins Leichenschauhaus, auch wenn ich keine Ahnung hab, was die Jungs dort damit anfangen sollten.«

»Wir haben hier eine ganze Reihe wichtiger Spuren«, sagte Marcus, ohne sich umzuwenden. Seine volle Stimme klang zuversichtlich. »Zumindest können wir uns vorstellen, wie es geschehen ist.«

»Und sofern wir es fortschaffen, zerstören wir lediglich zusätzliche Spuren«, fügte Lucius rasch und erregt hinzu. »Wenn Sie uns also bitte diese Leute freundlicherweise vom Leibe halten würden, damit wir weiterarbeiten können, Captain Hogan. Anschließend ist noch Zeit genug für Ihre Lieferung ans Leichenschauhaus.«

Hogan lachte erneut und wandte sich ab. »Typisch Jude, sich über alles den Kopf zu zerbrechen. Na schön, Leute, zurück, wir wollen die *Experten* nicht bei der Arbeit stören.«

Als Hogan zu uns herübersah, zog ich mir, in der Hoffnung, auch weiterhin nicht erkannt zu werden, den Kutscherzylinder tiefer ins Gesicht. Cyrus trat zu ihm und sagte mit weit mehr Respekt in der Stimme, als er meines Wissens tatsächlich empfand: »Sir, ich habe eine sehr wichtige persönliche Mitteilung für die beiden Kriminalbeamten.«

»Ach ja?« sagte Hogan. »Die wollen bestimmt nicht von irgend 'nem hergelaufenen Zulukaffer bei ihrer wissenschaftlichen Aufgabe gestört werden ...«

Aber die Isaacsons hatten Cyrus bereits gehört und sich umgewandt. Bei seinem Anblick lächelten beide. »Was treiben Sie denn hier?« rief Marcus. Er sah sich um, und mir war klar, daß er nach mir suchte. Ich hatte bereits einen Finger vor die Lippen gelegt, damit er nichts sagte, wenn er mich erkannte. Er verstand und nickte, nach wie vor lächelnd, dann tat Lucius dasselbe. Beide erhoben sich von den Knien, und zum ersten Mal konnten wir sehen, was auf dem Wachstuch lag.

Es war der Oberkörper eines Mannes, der unmittelbar unterhalb der Rippen durchtrennt war. Den Hals hatte man auf die gleiche Weise behandelt, und ich sah sofort, daß hier kein Fachmann am Werk gewesen war. Auch die Arme fehlten. Die Wunden sahen ziemlich frisch aus, und da man kaum etwas roch, konnte man annehmen, daß das Leichenteil nicht besonders lange im Wasser gelegen hatte.

Auf ein Nicken von Cyrus hin traten Lucius und Marcus mit uns beiseite, und flüsternd begrüßten wir einander freundlich.

»Hast du den Beruf gewechselt, Stevie?« fragte Lucius und wies auf meinen Hut, während er sich mit einem Taschentuch die Stirn wischte.

»Nein, Sir«, antwortete ich. »Aber wir hatten es schrecklich eilig herzukommen. Miss Howard ...«

»Sara?« fiel mir Marcus ins Wort. »Fehlt ihr was? Ist was passiert?«

»Sie ist in Nummer 808, Sir«, sagte Cyrus. »Mit einer Mandantin und Mr. Moore. Sie hofft aber, daß Sie ihr bei dem Fall helfen können. Es ist dringend – aber es darf nichts davon bekannt werden.«

Lucius seufzte. »Wie alles, was die Kriminalistik voranbringen könnte. Dabei haben wir alle Hände voll damit zu tun, die Leute hier daran zu hindern, die Reste da zu nehmen und an die Löwen in der Menagerie des Central Park zu verfüttern.«

»Was ist passiert?« fragte ich und ließ den Blick zu dem halben Oberkörper auf dem Wachstuch hinüberwandern.

»Einige Jungen haben das dort im Fluß entdeckt«, sagte Marcus. »Ziemlich stümperhafte Arbeit. Ist bestimmt erst ein paar Stunden tot. Aber es gibt einige interessante Einzelheiten, und wir wollen alles genau aufnehmen. Habt ihr noch fünf Minuten Zeit?«

Cyrus nickte, und die Kriminalbeamten machten sich wieder an die Arbeit. Ich konnte hören, wie Lucius den anderen Polizisten verschiedene Einzelheiten mitteilte. Seinem Ton war deutlich zu entnehmen, daß ihm bewußt war, Perlen vor die Säue zu werfen, und er verhielt sich vielleicht deshalb eine Spur anmaßend. »Ihnen fällt *gewiß* auf, Captain, daß man sowohl das Fleisch wie auch die Wirbelsäule mit einer Art primitiven Säge durchtrennt hat. Wir können die Möglichkeit ausschließen, daß ein Medizinstudent oder Anatom Körperteile an sich bringen wollte – diese Leute würden auf keinen Fall solche Schäden anrichten. Aber diese rechteckigen Wunden, an denen Hautstücke fehlen, sind außergewöhnlich aufschlußreich – man hat sie offenbar mit Absicht weggeschnitten, höchstwahrscheinlich, um besondere Merkmale zu entfernen. Vielleicht waren es Tätowierungen – schließlich befinden wir uns am Hafen –, es können aber auch einfach Muttermale gewesen sein. Also dürfen wir annehmen, daß der Mörder sein Opfer nahezu mit Sicherheit ziemlich gut gekannt hat …«

Nachdem ich genug von dem am Boden liegenden Werk des Schlächters und der Art gesehen hatte, wie die Bullen abwechselnd über Lucius' Kommentare lachten und sie einfach abtaten, wandte ich mich zu den Jungen um, die den Rumpfteil gefunden hatten. Sie alle waren noch immer über ihren Fund bestürzt und so aufgeregt, daß sie nach wie vor nervös auf der Stelle hüpften. Da ich den magersten von ihnen kannte, schob ich mich hinüber, um mit ihm zu reden.

»He, Nosy«, sagte ich leise, worauf sich der Angesprochene umdrehte und mir zugrinste. Ich brauchte ihm nicht mal eigens zu sagen, daß er vor den Bullen meinen Namen nicht laut aussprechen sollte. Er gehörte zu der Jungenbande, die mit dem verrückten Butch zusammenarbeitete, einem von Monk Eastmans Stellvertretern. Ich hatte mit denen zu tun gehabt, bevor man mich auf Randalls Island einsperrte. Ihm war klar, daß ich nichts mit den Bullen zu tun haben wollte, denn sie machten sich ein krankhaftes Vergnügen daraus, jeden zu triezen, den sie einmal als Unruhestifter kennengelernt hatten, ob er etwas angestellt hatte oder nicht.

»Stevepipe!« flüsterte Nosy, zog sich das Stück Segelleinen fester um die Schultern und rieb sich den großen, sonderbar geformten Gesichtserker, dem er seinen Spitznamen verdankte. »Du *kutschierst*? Ich dachte, du arbeitest für den verrückten Doktor?«

»Tu ich auch«, sagte ich. »Ist 'ne lange Geschichte. Was war hier los?«

»Na ja«, sagte er und tanzte erneut vor Erregung auf und ab. »Ich und Slap und Louie der Kotzbrocken hier« – ich nickte zu den anderen Jungs hinüber, und sie erwiderten den Gruß – »sind einfach am Anleger langgezogen. Weißt du, wir wollten sehen, ob da vielleicht 'n Stück herrenloses Gepäck rumliegt...«

Ich lachte einmal kurz auf. »›Herrenloses Gepäck‹? Mensch, Nosy, wer's glaubt.«

»Tja, irgendwas mußt du ja sagen, wenn dich die Bullen packen, oder? Jedenfalls sind wir so am Anleger langgeschoben und haben dann das rote Paket da draußen treiben gesehen. Weil wir dachten, es könnte was Vernünftiges drin sein, sind wir ins Wasser gesprungen, wo wir sowieso kurze Hosen anhatten. Wir haben es auch gut an Land gebracht – aber du kannst dir denken, was war, als wir es aufgemacht haben.« Er pfiff durch die Zähne und lachte. »O Mann, Louie der Kotzbrocken hat bestimmt acht Mal gekotzt – dabei hat er bloß 'nen halben Magen.«

»He, he«, sagte der Angesprochene aufgebracht. »Ich hab dir schon 'ne Million Mal gesagt, Nosy, was mit meinen Innereien los ist. Ich bin ohne all das Zeugs auf die Welt gekommen, drum!«

»Na klar, was sonst«, sagte Nosy. »Jedenfalls haben wir 'nen Bullen geholt, vielleicht gibt's ja 'ne Belohnung. War natürlich Essig damit. Jetzt wollen die uns nicht gehen lassen – glauben vielleicht, daß wir was damit zu tun haben! Mal ehrlich, warum sollen wir Leute zersägen? Und wie überhaupt, Scheiße noch mal? Einer von meinen Leuten ist 'n Volltrottel« – er wies auf den Jungen, den er Slap genannt hatte und der sichtlich kaum was von dem mitzubekommen schien, was um ihn herum vorging –, »und der andere hat bloß 'nen halben Magen...«

»Verdammt, Nosy!« sagte Louie der Kotzbrocken. »Ich hab doch gesagt...«

»Ja, ja, ich weiß schon, deine Innereien!« gab Nosy zurück. »Jetzt halt mal die Luft an! Okay?« Mit einem Grinsen wandte er sich wieder mir zu. »Verdammte Trottel. Und was bringt dich hierher, Stevepipe?«

»Ah«, sagte ich. Ich drehte mich der Menschengruppe zu, die den Rumpfteil umdrängte, und sah, daß sie im Begriff stand, sich aufzulösen. »Ich wollte 'n paar Kumpel abholen.« Unterdessen kamen Cyrus und die beiden Isaacsons auf mich zu. »Ich muß jetzt weg. Aber ich komm diese Woche mal bei Frankie vorbei. Bist du da?«

»Wenn die Bullen uns hier weglassen«, sagte Nosy, immer noch grinsend. »Ich nehme an, die wollen uns für die Sache hier einlochen«, fuhr er fort, während ich mich schon entfernte. »Sind zwar voll daneben, aber wer sagt, daß Bullen nicht daneben sind, stimmt's, Stevepipe?«

Ich grinste zurück, legte grüßend einen Finger an die Hutkrempe und trat dann zu Cyrus und den Isaacsons, um mit ihnen im Laufschritt zur Droschke zu eilen.

Der Kutscher war schon wieder weggesackt, wurde aber schlagartig wach, als Cyrus einstieg, und jammerte ein wenig. Vielleicht hatte er unsere Fahrt für einen Alptraum gehalten. »Nein... nein... Nicht noch mal! Paßt auf, ihr zwei, ich hol die Bullen, wenn...«

Marcus, der sich auf die kleine eiserne Stufe gestellt hatte, während sein Bruder auf der gegenüberliegenden Seite dasselbe tat, zeigte seine Dienstmarke vor. »Wir *sind* die Bullen, Sir«, sagte er mit Nachdruck, schwang eine Tasche mit Instrumenten über die Schulter und hielt sich an der Kutschenwand fest. »Bleiben Sie einfach ruhig sitzen, es dauert nicht lange.«

»Das weiß ich inzwischen«, stöhnte der Alte, der sich in sein Schicksal zu fügen schien. »Hab's schon mal erlebt.«

Ich setzte mich wieder auf den Bock, und schon bald rumpelten wir über das Pflaster der Clarkson Street. Die sonderbare Szene am Ufer lag hinter uns, und wir nahmen an – fälschlich, wie sich herausstellte –, nie wieder etwas damit zu tun zu haben.

Auf unserer rasenden Fahrt zurück nach Osten konnte ich weder die Erinnerung an den entsetzlichen Anblick noch an meine entmutigende Begegnung mit Kat und ihrem Freier vergessen. Doch als wir wieder in die Hudson Street einbogen und uns nordwärts wandten, lenkte ein vertrautes und – angesichts der Situation und meines Grübelns – willkommenes Geräusch meine Aufmerksamkeit ab: Die Brüder Isaacson fielen übereinander her, kaum daß die anderen Polizeibeamten außer Hörweite waren.

»Du konntest es dir wohl nicht verkneifen, was?« hörte ich Marcus über dem Lärm der Hufschläge sagen.

»Was konnte ich mir nicht verkneifen?« sagte Lucius mit einer Art weinerlichen Quiekstimme, offenbar schon in der Defensive, denn er klammerte sich am Kutschkasten fest, als gälte es sein Leben.

»Du mußtest unbedingt alle schulmeistern, als wären wir in der Grundschule«, sagte Marcus verärgert.

»Ich war dabei, wichtige Beweisstücke zu sichern«, sagte Lucius. Ein Blick über die Schulter zeigte mir, daß sie über Cyrus und den verwirrten Kutscher hinweg einander anmachten wie zwei streitende Halbwüchsige. Cyrus lächelte mir zu – Szenen wie diese hatten wir schon Hunderte Male erlebt. Der Kutscher hingegen schien die sonderbare Auseinandersetzung als weiteren Beweis dafür anzusehen, daß ihn Wahnsinnige entführt hatten.

»›Wichtige Beweisstücke sichern‹«, äffte ihn Marcus nach. »Aufgeplustert hast du dich! Als hätten wir nicht schon genug Ärger mit den Kollegen am Hals, ohne daß du dich aufführst wie 'ne Grundschullehrerin!«

»Das ist doch lachhaft«, sagte Lucius, aber Marcus achtete nicht weiter darauf.

»Lachhaft? Damit bist du schon mit acht immer gekommen!«

»Marcus!« Lucius versuchte sich zu beherrschen. »Das ist nicht der richtige Ort, um ...«

»So war's immer, wenn wir aus der Schule nach Hause kamen: ›Mama, Papa! Ich kann all meine Aufgaben aufsagen, hört mal, hört mal!‹«

»... um persönliche Dinge ...«

»Dir scheint nie der Gedanke gekommen zu sein, daß Mama und Papa es langsam leid sein könnten, sich tagtäglich deinen ganzen Unterrichtsstoff anzuhören. Aber du mußtest unbedingt ...«

»Sie waren stolz auf mich!« brüllte Lucius, der den Versuch aufgegeben hatte, seine Würde zu bewahren.

»Hast du eigentlich angenommen«, sagte Marcus, während ich die graue Stute durch die Christopher Street und dann ostwärts durch die Zehnten Straße lenkte, um ein Wiedersehen mit Kat auf jeden Fall zu vermeiden, »Hogan würde in die Mulberry Street gehen und sagen: ›Hut ab vor den Isaacsons! Die verstehen ihr Geschäft aber wirklich und haben uns mal richtig die Augen geöffnet!‹? Erreicht haben wir damit nur, daß wir unserer Entlassung 'nen Schritt näher gekommen sind!«

In diesem Stil ging die »Diskussion« weiter, bis ich die Droschke nordwärts in den Broadway lenkte und vor dem Hotel St. Denis wendete. Es gab auf der ganzen Welt keine besseren Kriminalbeamten als die beiden Isaacsons – das hatten sie im Fall Beecham bewiesen. Nicht nur waren sie in Kriminalistik, Medizin und Jura ausgebildet, sie verfolgten auch die Fortschritte auf dem Gebiet der Spurensicherung und hielten sich im Hinblick auf technische Verfahren auf dem laufenden, ganz gleich, wo auf der Welt sie entwickelt wurden. Beispielsweise hatten sie durch ihre Kenntnis der Daktyloskopie, die bis dahin noch nicht allgemein anerkannt war, erst Licht in den Fall Beecham gebracht. Sie verfügten über ein ganzes Arsenal von Kameras, Chemikalien und Mikroskopen und griffen in Fällen, die dem durchschnittlichen Ermittler völlig schleierhaft schienen, darauf zurück. Aber sie stritten gern miteinander und hackten meist aufeinander ein wie zwei alte Hähne im Hühnerhof.

Vor dem Hotel überließen wir den Droschkenkutscher sich selbst, Cyrus steckte ihm noch ein wenig Kleingeld zu, und ich gab ihm den Hut zurück. Dann eilten wir hinüber zum Gebäude Nummer 808 und nahmen wieder den Aufzug. In der Kabine setzten die beiden Kriminalbeamten ihren Streit fort, zwar in verminderter Lautstärke, aber keineswegs mit vermindertem Ungestüm.

»Marcus, ich bitte dich«, sagte Lucius schäumend vor Wut. »Wir können doch zu Hause darüber reden.«

»Na klar«, murmelte Marcus, zog sein Jackett gerade und strich sich das dichte Haar zurück. »Damit du Mama ins Spiel bringen kannst.«

»Was soll das jetzt heißen?« sagte Lucius aufgebracht.

»Sie nimmt dich in Schutz. Wie sie's immer tut, weil sie es nicht übers Herz bringt, deine Gefühle zu verletzen. Natürlich wird sie *behaupten*, daß sie immer gern zugehört hat, wenn du den Unterrichtsstoff runtergeleiert hast. Aber in Wahrheit hat es sie zu Tode gelangweilt. Glaub mir – das hat sie mir gesagt, wenn du nicht in der Nähe warst.«

»Du elender …!« setzte Lucius an, aber da hatte der Aufzug den fünften Stock erreicht und hielt mit dem üblichen heftigen Ruck an. Saras gemaltes Schild an der Tür schien die Brüder schlagartig in die Wirklichkeit der Erwachsenenwelt zurückzuholen. Sie verstummten beide und ließen das Thema so plötzlich fallen, wie sie es aufgenommen hatten. Es hatte Cyrus und mich im Aufzug die größte Mühe gekostet, nicht vor Lachen laut herauszuplatzen, aber als wir unser einstiges Hauptquartier betraten, nahm der Ernst unserer Aufgabe auch uns wieder gefangen.

# Kapitel 5

Wir fanden Mr. Moore, Miss Howard und die Señora mehr oder weniger so vor, wie wir sie verlassen hatten. Mr. Moore hatte allerdings auf einem Stuhl ganz nahe der Frau Platz genommen und hörte ihr aufmerksam zu. Ihm war anzumerken, daß sie einen ziemlich starken Eindruck auf ihn machte. Man muß freilich sagen, daß Mr. Moore für bezaubernde Frauen ein leichtes Opfer war – und man mußte Señora Linares unbedingt als bezaubernd bezeichnen, trotz der Wunden, der Blutergüsse und des Schleiers, den sie wieder vor dem Gesicht hatte. Miss Howard schritt rauchend auf und ab, vermutlich nicht allein von der Brutalität entsetzt, der die Frau zum Opfer gefallen war, sondern auch von der Vorstellung, wie häufig Frauen doch mißhandelt wurden, ob arm oder reich, ohne auch nur das geringste dagegen unternehmen zu können.

Beim Eintritt der Isaacsons ließ Señora Linares das gleiche Unbehagen erkennen wie anfänglich uns gegenüber, aber Mr. Moore beruhigte sie bald mit den Worten: »Das sind die Herren, von denen ich gesprochen habe. Die besten Kriminalisten in der gesamten Polizeitruppe New Yorks. Auf ihre Diskretion ist absolut Verlaß.« Dann hob er mit breitem Lächeln den Blick und schüttelte Lucius und Marcus die Hand. »Hallo, Männer. Schlimme Dinge im Hafen, wie ich höre.«

»Hallo, John«, sagte Marcus und beantwortete das Lächeln mit einem Nicken.

»Wieder ein Mord, den Hogans Leute für unlösbar halten«, sagte Lucius. »Wenn man mich fragt, ist es einfach ein Fall von ...«

»Aber dich hat niemand gefragt, oder?« sagte Marcus, worauf ihn Lucius ansah, als würde er gleich einen Wutanfall bekommen. Marcus ließ die Sache auf sich beruhen, wandte sich Miss Howard zu und umarmte sie höflich, aber voll aufrichtiger Freude. »Hallo, Sara, Sie sehen blendend aus.«

»Sie sind ein blendender Lügner, Marcus«, sagte Miss Howard. Dann trat sie zu Lucius hinüber und gab ihm ein Küßchen auf die Wange, weil sie wußte, daß er sie von sich aus nie berühren würde. »Hallo, Lucius.«

Der jüngere Isaacson stand mit einem knallroten Kopf da, holte ein Taschentuch hervor und wischte sich die Stirn. »Ah! Hallo, Sara. Es ist, es ist großartig, Sie zu sehen.«

»Wären nur die Umstände erfreulicher«, sagte Miss Howard und wandte sich ihrer Besucherin zu. »Meine Herren, das ist Señora Isabel Linares.«

Beide Isaacsons hoben die Brauen. »Etwa die Gattin des Privatsekretärs von Konsul Baldasano?« fragte Marcus mit ruhiger Stimme.

Die Dame nickte bestätigend; Mr. Moore seinerseits wandte sich kopfschüttelnd ab und murmelte: »*Ich* bin der Reporter, so was müßte *ich* wissen ...« Dann sagte er laut zu den Isaacsons: »Hören Sie – ich könnte doch mit Ihnen beiden hinten eine Tasse Kaffee trinken und Ihnen den Fall schildern.«

Verwirrt, aber zugleich neugierig stimmten sie zu und folgten ihm. Einen Augenblick lang herrschte verlegenes Schweigen, bis Miss Howard, die in derlei Dingen sehr geschickt war, sich an Cyrus wandte: »Die Señora hat gesagt, daß ihr dein Spiel sehr gefallen hat. Vielleicht kennst du etwas aus ihrer Heimat?«

»Nein«, sagte die Dame entschlossen, wobei sie aber nicht unfreundlich klang. »Nein, Señor, ich bin ... nicht in der Stimmung für diese Art von Musik. Und Erinnerungen ... Was Sie da gespielt haben, was war das?«

»Es war eine amerikanische Volksweise«, sagte Cyrus und setzte sich an den Stutzflügel.

»Es war so bewegend«, sagte die Señora. »Dürfte ich noch eins hören?«

Cyrus neigte den Kopf, überlegte kurz und begann dann leise das alte Lied »Lorena« zu spielen. Die Dame setzte sich wieder auf ihren Stuhl, seufzte tief auf und hörte einige Minuten zu. Dann legte sie Miss Howard eine Hand auf den Arm. »Ich hoffe nur, daß wir das Richtige tun, Miss Howard, und ich nicht in Wahrheit verrückt bin.«

»Das sind Sie bestimmt nicht«, sagte Miss Howard. »Mit Verrückten habe ich eine gewisse ... Erfahrung.«

»Ihr Señor Moore scheint da weniger sicher zu sein.«

»So ist er nun mal. Er ist Journalist. Von denen gibt es zwei Sorten – Zyniker und Lügner. Er gehört zur ersten Gruppe.«

Señora Linares brachte ein leises, gequältes Lachen zustande. Kurz darauf kam Mr. Moore wieder mit den Isaacsons herein. Marcus blieb am Billardtisch mit dem Schutzüberzug stehen und stellte seine Instrumententasche darauf ab. Als er mit Mr. Moore auf uns zutrat, öffnete Lucius die Tasche, nahm die glänzenden Instrumente heraus und legte sie sorgfältig nebeneinander hin.

Marcus stellte sich neben Miss Howard, während sich Mr. Moore neben der Señora auf den Boden hockte. »Wenn wir Ihnen helfen sollen«, begann er, »müssen wir einiges genau wissen: erstens Art und Umfang Ihrer Wunden an Gesicht und Schädel, zweitens, was genau im Central Park und an der Hochbahnstation vorgefallen ist. Mit Ihrer Erlaubnis werden die Männer Ihre Verletzungen untersuchen und Ihnen einige Fragen stellen. Es kann sein, daß Ihnen das lästig erscheint – aber ich versichere Ihnen, es ist unerläßlich.«

Erneut seufzte Señora Linares tief auf, beugte sich dann vor, hob den Schleier und nahm ihren Hut ab. Dabei sagte sie lediglich: »Nun denn.«

Sogleich holte Marcus eine Stehlampe näher heran und sagte freundlich: »Vielleicht ist es besser, Sie machen die Augen zu.« Daraufhin schloß sie das eine Lid, das sie noch bewegen konnte, und er schaltete das grelle elektrische Licht an.

Beim Anblick ihrer Verletzungen verzog er schmerzlich das Gesicht – immerhin ein Mann, der kurz zuvor eine Leiche untersucht hatte, die man enthauptet, in Stücke gehackt und halb durchgesägt hatte. Die Frau war aber auch wirklich übel zugerichtet.

Lucius trat mit verschiedenen medizinischen Instrumenten und Meßgeräten zu seinem Bruder und reichte ihm an, was dieser brauchte. Ohne den Blick von dem zu nehmen, was sich im Lichtkegel in der Mitte des Raumes tat, spielte Cyrus weiter, da es die Dame zu beruhigen schien. Ich sprang wieder auf meine Fensterbank und steckte mir eine Zigarette an; auf keinen Fall wollte ich mir auch nur das geringste entgehen lassen.

»Sara«, sagte Lucius, der sich dem Kopf der Dame mit zwei Instrumenten näherte, die wie stählerne Sonden aussahen. »Ob Sie wohl das Protokoll führen könnten?«

»Selbstverständlich«, sagte Miss Howard und nahm Block und Stift zur Hand.

»Wir fangen also mit der Verletzung am Hinterkopf an. Sie geht auf den Überfall im Park zurück, Señora?«

»Ja«, sagte Señora Linares. Obwohl ihr Gesicht schmerzhaft zuckte, rührte sie sich nicht.

»Und das war genau wann und wo?« fragte Marcus, während auch er sich die Wunde genau ansah.

»Donnerstag abend. Ana – meine Tochter – und ich waren gerade aus dem Metropolitan-Kunstmuseum gekommen. Ich gehe oft mit ihr dorthin. Der Skulpturensaal hat es ihr besonders angetan, warum, weiß ich nicht. Beim Anblick der Statuen ist sie immer ganz aufgeregt, kann nur lächeln und staunen... Jedenfalls sitzen wir gewöhnlich draußen in der Nähe des ägyptischen Obelisken, und sie schläft ein wenig. Auch der Obelisk hat sie stets fasziniert, wenn auch auf andere Weise.«

»Und dort wurden Sie überfallen – in aller Öffentlichkeit?«

»Ja.«

»Aber niemand hat es gesehen?«

»Es hat ganz den Anschein. Es hatte kurz zuvor geregnet und sah wieder nach Regen aus – vielleicht sind viele im Haus geblieben, um nicht naß zu werden. Jedenfalls waren einige sehr hilfsbereite Menschen da, als ich wieder zu mir kam.«

Marcus hob den Blick zu seinem Bruder. »Siehst du den Winkel? Außerdem ist keine Platzwunde zu sehen.«

»Genau«, sagte Marcus mit gleichfalls unbeteiligt klingender Stimme. »Vermutlich keine Gehirnerschütterung.« Dann fragte er die Señora: »Hatten Sie anschließend irgendwelche ungewöhnlichen Empfindungen? Vielleicht ein Summen in den Ohren oder bunte Flecken vor den Augen?«

»Nein.«

»Waren Sie benommen, hatten Sie ein Druckgefühl im Kopf?«

»Nein«, antwortete Señora Linares. »Ich war beim Arzt, und er hat gesagt...«

»Wenn es Ihnen recht ist«, sagte Lucius, »wollen wir versuchen, die Ergebnisse Dritter außer acht zu lassen. Wir haben ziemlich viel Erfahrung mit New Yorker Ärzten – und ihren Ansichten in solchen Fällen.«

Daraufhin verstummte die Dame und sah ein wenig drein wie ein Schulmädchen, das unaufgefordert gesprochen hatte.

»Also keine Gehirnerschütterung«, murmelte Marcus. »Ziemlich gute Arbeit.«

»Perfekter Winkel«, sagte Lucius. »Saubere Arbeit – *es sei denn*... Und Sie sagen, daß Sie nicht gesehen haben, wer Sie niedergeschlagen hat?«

»Nein. Ich muß sofort bewußtlos gewesen sein, wenn auch wohl nicht sehr lange. Als ich zu mir kam, war er fort. Mit Ana.«

»Sie sagen ›er‹«, merkte Marcus an. »Haben Sie einen bestimmten Grund dafür?«

Die Dame sah mit einem Mal verwirrt drein. »Es... ich weiß nicht. Ich wäre nie auf den Gedanken gekommen, daß...«

»Ist schon in Ordnung«, sagte Marcus. »War nur 'ne Frage.« Dann aber sah er Miss Howard an – und der besorgte Ausdruck, der auf beider Gesichter trat, zeigte mir, daß es sich um alles andere als »nur 'ne Frage« gehandelt hatte.

Marcus setzte seine Befragung fort: »Wie groß sind Sie?«

»Hm – so um die eins fünfundsechzig.«

Marcus nickte und murmelte: »Genau quer über den Schädel, aber es war kein Totschläger.«

»Dafür ist der Aufschlagpunkt zu genau definiert«, stimmte Lucius zu. »Vermutlich ein Stück Rohr. Am neuen Flügel des Museums in der Fünften Avenue werden gerade die Sanitäranlagen eingebaut...«

»Da liegen viele Rohre rum.« Marcus sah zu mir her. »Stevie, komm doch mal her.«

Ein wenig erstaunt folgte ich der Aufforderung und trat zwischen Marcus und Lucius, um mir die häßliche Beule auf dem Hinterkopf der Dame anzusehen. »Kommt dir das bekannt vor?« fragte Marcus mit dem Anflug eines Lächelns.

»Haben Sie meine Akte in Mulberry Street studiert?« fragte ich.

»Beantworte einfach die Frage«, sagte Marcus.

Ich sah mir die Verletzung noch einmal an und nickte dann. »Jau. Unbedingt möglich. Kurzes Stück Bleirohr.«

»Gut«, sagte Marcus und schickte mich mit einem Nicken zurück zu meiner Fensterbank.

(Na schön, jetzt weiß die Welt also, wie ich an meinen Spitznamen gekommen bin – und wer auf eine genauere Beschreibung scharf ist, braucht sich keine Sorgen zu machen – das kommt in dieser Geschichte auch noch an die Reihe).

Dann machten sich die Isaacsons daran, das Gesicht der Dame zu begutachten, wobei sie rasch wieder das rechte Auge schloß. Mit einem flüchtigen Blick nahm Lucius die Blutergüsse und das gebrochene Nasenbein in Augenschein und nickte dabei. »Das dürfte das Werk Ihres Mannes sein.«

»Sehr auffällig«, sagte Marcus. »Weicht in jeder Hinsicht von dem anderen ab.«

»Genau«, fügte Lucius hinzu. »Und das läßt darauf schließen –«

»Genau«, sagte Marcus. »Und Sie sagen, daß weder Sie noch sonst jemand im Konsulat je eine Lösegeldforderung erhalten hat, Señora?«

»Nein, nie.«

Die Isaacsons tauschten zuversichtliche Blicke aus und nickten einander zu. Allmählich schien sich ihrer eine gewisse Erregung zu bemächtigen. »Na schön«, fuhr Marcus fort und kniete sich auf den Boden. Die Dame zuckte ein wenig zusammen, als er ihre Hand nahm: Es sah aus, als wollte er sie beruhigen, dann aber merkte ich, daß einer seiner Finger an der Innenseite ihres Handgelenks emporwanderte. »Halten Sie bitte die Augen geschlossen«, sagte er und zog seine Taschenuhr heraus. »Dann sagen Sie uns alles über die Frau, die Sie mit Ihrem Kind im Zug gesehen haben, alles, woran Sie sich erinnern können.«

Mr. Moore flüsterte Miss Howard etwas zu. Es sah ganz so aus, als kehrten seine Zweifel zurück.

»Schweigen Sie bitte noch, John«, rief ihm Lucius zu. »Wir setzen Sie in ein paar Minuten ins Bild. Es wird allmählich spät, und man wird die Dame zu Hause vermissen …«

»Darüber brauchen Sie sich den Kopf nicht zu zerbrechen«, sagte Señora Linares. »Ich suche anschließend eine gute Freundin auf, die im französischen Konsulat arbeitet – es ist die Dame, die mich zu Miss Howard geschickt hat. Sie hat Zimmer im Hotel Astoria reserviert, und wir haben meinem Mann gesagt, daß wir die Nacht auf dem Land verbringen werden.«

»Im Astoria?« sagte Marcus mit breitem Grinsen. »Das ist bestimmt besser als jede Nacht, die *ich* je auf dem Lande war.« Die Dame lächelte gleichfalls, so gut ihr das mit dem übel zugerichteten Gesicht möglich war. »Nun denn«, fuhr Marcus fort. »Erzählen Sie uns über die Frau …«

Bei diesen Worten trat dasselbe Entsetzen auf Señora Linares' Gesicht, das sie den ganzen Abend zu erkennen gegeben hatte, und sie konnte nicht umhin, ihr unverletztes Auge zu öffnen. »Noch nie im Leben hatte ich solche Angst«, murmelte sie. »Solche Angst vor dem Bösen.« Marcus wies sie mit einer Fingerbewegung an, das Auge wieder zu schließen, und sie befolgte die Aufforderung, woraufhin er erneut auf seine Taschenuhr sah. »Natürlich nicht gleich. Nein, zuerst saß sie einfach da und hielt Ana.

Sie war, wie mir schien, wie ein Kindermädchen oder eine Säuglingsschwester gekleidet. Die Art, wie sie Ana ansah, wirkte durchaus freundlich – vielleicht sogar in gewissem Maße liebevoll. Aber als sie den Blick hob und aus dem Fenster sah« – die Dame umklammerte mit ihrer freien Hand die Stuhllehne –, »waren es die Augen eines Tieres. Wie bei einer Großkatze, böse und... ja... *hungrig*. Bevor ich das Gesicht gesehen habe, war ich der Ansicht, ich hätte um meine Ana Angst gehabt, aber erst in dem Augenblick wußte ich wirklich, was Angst war.«

»Können Sie sich an die Farbe ihrer Kleidung erinnern?« fragte Lucius. Ich hatte den Eindruck, daß hinter der Frage mehr steckte als der Wunsch, eine weitere Einzelheit zu erfahren. Aber die Dame sagte, sie könne sich nicht erinnern. »Oder ob sie einen Hut trug?« Wieder blieb sie die Antwort schuldig.

»Es tut mir leid«, sagte sie. »Das Gesicht hat mich so in seinen Bann geschlagen, daß mir nur wenig anderes aufgefallen ist.«

Miss Howard bemühte sich eifrig, all das niederzuschreiben. Mir fiel auf, daß Mr. Moore zu ihr hinsah und dabei die Augen verdrehte, als hielte er all diese dramatischen Einzelheiten lediglich für das Gewäsch eines hysterischen Weibsbildes, das, wie wohl auch er einzuräumen bereit war, Schreckliches erlebt hatte. Die Isaacsons hingegen warfen einander Blicke zu, die etwas gänzlich anderes sagten. In ihnen lag Wissen, Zuversicht und Erwartung. Ich merkte, daß Mr. Moore ein wenig enttäuscht war, weil er nicht verstand, was sie herausbekommen hatten.

»Und Sie sind sicher, daß die Frau Sie nicht gesehen hat?« fragte Lucius.

»Ja. Ich befand mich ziemlich weit unter dem Dach des Bahnsteigs, als ich neben dem Zug hergelaufen bin, und es war schon dunkel. Zwar habe ich geschrien und bin auf das Fenster zugesprungen, als der Zug den Bahnhof verließ, aber da fuhr er schon viel zu schnell. Vielleicht hat sie gesehen, daß da *jemand* war, aber sie hat mich mit Sicherheit nicht erkennen können.«

»Könnten Sie in etwa sagen, für wie groß und schwer Sie die Frau halten?« fragte Lucius und sah sich noch einmal die Wunde am Hinterkopf der Dame an.

Sie überlegte einen Augenblick. »Sie saß im Zug«, sagte sie schließlich, »so daß ich es nicht genau sehen konnte, aber sie dürfte nicht viel größer sein als ich. Möglicherweise ein bißchen schwerer, viel aber nicht.«

»Tut mir leid, daß die Sache so viel Zeit in Anspruch nimmt«, sagte Marcus. »Aber eins noch – haben Sie zufällig ein Bild Ihres Kindes bei sich?«

»Ach – ja«, die Dame wandte sich auf ihrem Stuhl um. »Ich habe eine Photographie mitgebracht, weil Miss Howard darum gebeten hatte – haben Sie es zur Hand, Miss Howard?«

»Ja«, sagte Miss Howard und nahm ein gerahmtes Bild von etwa acht mal dreizehn Zentimetern vom Mahagonitisch. »Hier ist es.«

Während sie es der Señora gab, rührte sich Marcus nicht und versuchte, deren rechte Hand festzuhalten, so daß sie genötigt war, das Bild mit der Linken zu nehmen. Sie warf einen Blick darauf, und Marcus beobachtete sie aufmerksam, ohne dabei die Uhr aus dem Auge zu lassen. Anschließend gab sie es Lucius, der es seinem Bruder zeigte.

»Die Aufnahme ist erst einige Wochen alt«, sagte die Dame. »Sie ist durchaus bemerkenswert, denn man findet nur selten einen Photographen, der das wahre Wesen eines Kindes festzuhalten versteht. Ana ist so lebendig und voll Lebensfreude, und diesem Mann ist es recht gut gelungen, das auszudrücken, meinen Sie nicht auch?«

Die beiden Isaacsons warfen einen denkbar flüchtigen Blick auf das Bild, dann sah Lucius, der nicht zu wissen schien, wohin er es legen sollte, zu mir her. »Stevie, würdest du ...«

Ich sprang wieder von meiner Fensterbank herunter, um es zu holen und Miss Howard zurückzugeben, die eifrig dabei war, Notizen zu machen. Ich sah mir die Aufnahme kurz an und war – nun, in gewisser Weise war ich verblüfft. Ich habe nicht viel Erfahrung mit kleinen Kindern und mache mir normalerweise auch nichts aus ihnen. Aber dieses pausbäckige kleine Mädchen mit dem weichen, dunklen Schopf, den riesigen, fast runden, schwarzen Augen und einem Lächeln, wie wenn es jede Freude genießen wollte, die ihm das Leben zu bieten vermochte – dieses Mädchen hatte etwas, was sozusagen ans Herz rührte. Vielleicht lag das daran, daß es eine ausgeprägtere Persönlichkeit zu sein schien, als es Kleinkinder gewöhnlich sind; es konnte aber auch mit meinem Wissen zusammenhängen, daß man es entführt hatte.

Während ich wieder an meinen Platz zurückkehrte, murmelte Marcus – den Blick nach wie vor fest auf das Zifferblatt seiner Uhr geheftet – ein langgezogenes »Gut«, dann ließ er die Hand der Dame endlich los und stand auf. »Sehr schön. Jetzt sollten Sie ein wenig ruhen, Señora. Cyrus?« Der Angesprochene hörte mit seinem Klavierspiel auf und ging zu Marcus hinüber. »Sicher wird Mr. Montrose Sie gern zum Astoria begleiten. Unter seinem Schutz haben Sie nichts zu befürchten.«

Die Dame sah Cyrus voll Vertrauen an. »Das denke ich auch.« Dann trat wieder Verwirrung auf ihr Gesicht. »Und was ist mit meiner Tochter?«

»Ich will Ihnen die Wahrheit nicht verhehlen«, sagte Marcus. »Es handelt sich um einen ausgesprochen schwierigen Fall. Ihr Mann hat Ihnen verboten, die Polizei zu verständigen?«

Señora Linares nickte kläglich.

»Nur ruhig Blut«, fuhr Marcus fort und begleitete sie gemeinsam mit Miss Howard zur Tür. »Auf lange Sicht kann sich das als Vorteil erweisen.«

»Aber Sie sind doch selbst Polizeibeamte?« sagte die Dame verwirrt, als ihr Cyrus das Aufzuggitter öffnete. Sie setzte sich den breitrandigen schwarzen Hut auf und steckte ihn mit einer etwa zwanzig Zentimeter langen Hutnadel fest, an deren einem Ende ein Schmuckstein saß.

»Ja – und nein«, sagte Marcus. »Entscheidend ist, daß Sie die Hoffnung nicht aufgeben. Ich denke, daß wir Ihnen im Verlauf der nächsten vierundzwanzig Stunden mitteilen können, was wir zu tun imstande sind.«

Die Dame wandte sich Miss Howard zu, die lediglich hinzufügte: »Bitte glauben Sie mir, wenn ich Ihnen sage, daß Sie bei niemandem in besseren Händen sein könnten als bei diesen beiden Herren.«

Señora Linares nickte, trat dann in den Aufzug und schlug den Schleier vors Gesicht. »Ich werde also warten.« Sie warf noch einen Blick in das Büro und fügte ganz ruhig hinzu: »Besser gesagt, wir werden wohl *alle* warten ...«

Mr. Moore sah sie ziemlich erstaunt an. »›Alle‹? Worauf denn?«

Sie wies mit ihrem Schirm in den Raum. »Dort stehen doch *fünf* Schreibtische, nicht wahr? Und es sieht ganz so aus, als ob Sie alle ... Ja, ich denke, wir werden alle warten. Auf den Mann, der am fünften Schreibtisch sitzt. Oder einmal saß ...«

Ich glaube, jeden von uns überlief beim Klang ihrer gelassenen Worte ein Schauer.

Wortlos nickte Marcus der Señora zu und sagte dann zu Cyrus: »Auf kürzestem Wege zum Astoria, dann kommen Sie zu uns ins Lafayette. Wir treffen uns auf der Terrasse. Es gibt Fragen, die nur Sie und Stevie beantworten können.«

Cyrus nickte und setzte seinen steifen Hut auf. Miss Howard warf Señora Linares einen letzten ermutigenden Blick zu und sagte: »Versuchen Sie zu hoffen, Señora.«

Die Señora nickte lediglich, dann waren sie und Cyrus fort.

Marcus schritt auf und ab, während Lucius die medizinischen Instrumente einpackte. Miss Howard trat an eins der Fenster und sah trübselig auf den Broadway hinab. Nur Mr. Moore schien es nicht abwarten zu können.

»Und?« sagte er schließlich. »Was haben Sie herausbekommen?«

»'ne ganze Menge«, sagte Lucius unbeteiligt. »Aber es genügt nicht.«

Er ließ eine Pause eintreten, und Mr. Moore hob die Arme. »Und, werden Sie Ihr Wissen weitergeben, meine Herren, oder ist es ein Geheimnis zwischen Ihnen und der Dame?«

Marcus lachte einmal kurz auf. »Sie ist ziemlich klug ...«

»Ja«, sagte Miss Howard vom Fenster her und lächelte ein wenig.

»Klug?« fragte Mr. Moore. »Oder verrückt?«

»Auf keinen Fall«, sagte Lucius rasch. »Sie ist alles andere als verrückt.«

Mr. Moore schien kurz vor dem Platzen zu stehen. »Na schön. Werden Sie mir jetzt sagen, wie die Sache steht – oder nicht?«

»Doch, John«, sagte Marcus. »Aber zuerst wollen wir ins Lafayette gehen. Ich komme um vor Hunger.«

»Ich auch«, sagte Lucius und griff nach der Instrumententasche. »Stevie?«

»Ich könnte was runterbringen«, sagte ich. In Wahrheit brannte ich ebenfalls darauf zu erfahren, was die Kriminalbeamten dachten; aber auch mich hatten die Abschiedsworte der Dame tief getroffen, und ich befand mich nicht in besonders zuversichtlicher Stimmung.

Miss Howard nahm eine kurze Jacke von einem Kleiderständer nahe der Tür. »Dann wollen wir aufbrechen. Wir müssen die Treppe nehmen – es ist niemand mehr im Gebäude, der den Aufzug nach oben bringt.«

Auf dem Weg zur Hintertür schloß sich Mr. Moore uns an, nach wie vor enttäuscht. »Was ist bloß in euch alle gefahren?« wollte er wissen. »Ich meine, es ist doch eine ganz einfache Frage – *gibt* es einen Fall, oder gibt es keinen?«

»Es gibt einen«, sagte Marcus. Er wandte sich Miss Howard zu. »Was das betrifft, geht Ihr Wunsch in Erfüllung.«

Sie lächelte wieder, sah aber nach wie vor kummervoll drein. »Man muß mit seinen Wünschen wirklich vorsichtig sein ...«

Mr. Moore stemmte die Hände in die Hüften. »Und was soll *das* wieder heißen? Ich gehe *nirgendwo* hin, bevor mir jemand erklärt hat, was hier gespielt wird! Wenn es einen Fall gibt, warum blast ihr dann einer wie der andere Trübsal?«

Stöhnend warf sich Lucius die Tasche über die Schulter. »Kurz gesagt sieht die Sache so aus, John: Es gibt durchaus einen Fall, aber er ist außerordentlich verwickelt. Ich brauche Ihnen kaum zu sagen, daß er angesichts der daran Beteiligten große Wellen schlagen und äußerst unangenehm werden könnte. Aber die Frau hat recht. Ohne *ihn* ...«, er wandte sich um und sah auf den Schreibtisch rechts neben den vier anderen, »... ist die Sache aussichtslos.«

»Wenn man bedenkt, was er durchgemacht hat«, fügte Miss Howard hinzu, während wir alle zur Feuertreppe in der Nähe der Küche gingen, »ist es mehr als fraglich, ob er mitmacht. Ich weiß nicht mal, ob es von uns *richtig* wäre, ihn darum zu *bitten*.« Sie ließ eine Pause eintreten und wandte sich dann mir zu. »Wie Marcus schon sagt, es gibt Fragen, die nur du und Cyrus beantworten können.«

Ich spürte, wie sich die ganze Aufmerksamkeit im Raum auf mich konzentrierte. In dieser Art Situation habe ich mich noch nie wohl gefühlt, aber es sah ganz so aus, als müßte ich etwas sagen. »Nun – ich nehme an, daß wir auf Cyrus warten sollten, aber ...«

»*Aber*?« sagte Marcus.

»Aber meiner Ansicht nach«, sagte ich, »hängt alles von morgen früh ab. Wie er damit fertig wird, daß er das Institut verlassen muß. Sie haben recht, Miss Howard – ich weiß auch nicht, ob es richtig wäre, ihn zu bitten ...«

Sie nickte, drehte sich um und verschwand durch den schwarzen Ausgang, der zur Treppe führte. Mit mehr oder weniger den gleichen unsicheren Empfindungen machten wir uns alle an den langen, dunklen Abstieg zum Broadway.

# Kapitel 6

Während wir auf der von Grünpflanzen überwucherten Terrasse des Café Lafayette an der Ecke Neunte Straße und University Place ein ziemlich verspätetes Abendessen zu uns nahmen, teilten uns die Brüder Isaacson mit, welche Schlüsse sie aus ihrem Gespräch mit Señora Linares gezogen hatten. An der Hypothese, die sie vertraten, wurde ihre Begabung deutlich, aus einem allem Anschein nach undurchdringlichen Faktengewirr unerwartete Schlüsse zu ziehen – und wie üblich schüttelten wir anderen voller Erstaunen den Kopf darüber.

Die Wunde am Hinterkopf der Señora, erklärten die beiden, ließ zwei Schlüsse auf den Angreifer zu: entweder handelte es sich um einen erfahrenen Schläger, einen Spezialisten, der über große Erfahrung verfügte, Leute lediglich bewußtlos zu schlagen, oder um einen eher schwachen Menschen, der ihr einen tödlichen Schlag versetzen wollte, ihr dann jedoch keinen wirklich schweren Schaden zugefügt hatte. Die erste Möglichkeit war nicht ohne weiteres nachzuvollziehen: Ein Fachmann hätte, nach dem Winkel, aus dem der Schlag geführt worden war, und der Stelle nach zu urteilen, wo er getroffen hatte, etwa ebenso groß sein müssen wie sein Opfer, und statt eines Totschlägers hätte er einen sehr viel härteren und gefährlicheren Gegenstand nehmen müssen, beispielsweise ein Stück Rohr. Zudem hätte sich so einer nicht der Gefahr ausgesetzt, zu einer für ihn äußerst ungünstigen Tageszeit an einer überaus belebten Stelle – nämlich unmittelbar vor dem Eingang zum Metropolitan Museum – entdeckt zu werden.

Angesichts dieser Erwägungen waren die Kriminalbeamten bereit, den Gedanken fallenzulassen, daß die kleine Ana Opfer eines berufsmäßigen Entführers geworden war, ganz gleich, ob dieser im Auftrag anderer oder auf eigene Rechnung arbeitete. Solche Leute würden auf keinen Fall das Risiko eingehen, jemanden mit einem nicht umwickelten Stück Rohr auf den Schädel zu schlagen, und ganz gewiß würden sie sich für ihr Vorhaben eine abgelegenere Stelle aussuchen als den ägyptischen Obelisken im Central Park. Damit blieb noch die Möglichkeit, daß es sich um einen Gelegenheitstäter handelte, der ohne festen Plan gearbeitet haben dürfte – und es war durchaus möglich, sogar wahrscheinlicher, daß es sich dabei um eine Frau handelte. Es war in diesem Zusammenhang unerheblich, daß die Señora »er« gesagt hatte: Sie hatte eingeräumt, daß sie die betreffende Person nicht gesehen hatte, und da sie aus einer der Oberschicht angehörenden Diplomatenfamilie stammte, hatte sie einfach angenommen, eine Frau sei einer solchen Tat nicht fähig. Aber den Schlag hätte ohne weiteres eine Frau durchschnittlicher Kraft führen können, die etwa so groß war wie die Señora – und der Beschreibung nach, die sie selbst von der Frau im Zug geliefert hatte, könnte diese durchaus als Täterin in Frage kommen.

Mr. Moore wollte wissen, was man prinzipiell von der Beschreibung durch die Señora halten könne. Warum seien die Kriminalbeamten so ohne weiteres bereit, der Aussage der Spanierin Glauben zu schenken? War es nicht für jemanden, der nur mit einem Auge richtig zu sehen vermochte und lediglich einen flüchtigen Blick auf das entführte Kind hatte werfen können, eine erstaunlich detaillierte Geschichte? Noch dazu, wo die Frau nach dieser Begegnung gewiß unter Schock gestanden hatte? Keineswegs, fuhr Lucius fort: Tatsächlich fänden sich in der Beschreibung der Señora gewisse Einzelheiten nicht, die ein »zwanghafter Lügner« (aus der Arbeit mit dem Doktor wußte ich, daß damit Leute gemeint waren, die ihre eigenen Lügen glaubten) hinzugefügt hätte. Beispielsweise habe sie nur ganz allgemein sagen können, wie die Frau gekleidet war, ohne Farben angeben zu können, und sie könnte sich nicht einmal erinnern, ob die andere eine Kopfbedeckung getragen hatte oder nicht. Es gebe aber auch weitere, kompliziertere Gründe, um anzunehmen, daß sie bezüglich dieser Sache die Wahrheit gesagt hatte – Lucius sprach von »physiologischen Gründen«.

Er erklärte, daß vor einiger Zeit einige besonders helle Köpfe in der Welt der Kriminalisten den Gedanken in Umlauf gesetzt hätten, daß es bei einem Menschen zu gewissen körperlichen Veränderungen komme, wenn er die Unwahrheit sage – beispielsweise beschleunigten sich Puls und Atmung, werde vermehrt Schweiß abgesondert, die Muskelspannung nehme zu, und so weiter. Zwar gebe es für diese und andere, weniger auffallende Veränderungen keine erhärtete medizinische oder, wie sich Lucius ausdrückte, »klinische« Bestätigung, doch war mir aufgefallen, daß Marcus während der gesamten Befragung im Zusammenhang mit der geheimnisvollen Frau im Zug das Handgelenk der Señora gehalten hatte. Obwohl sie über einige sehr beunruhigende Themen gesprochen hatten, erklärte er nun, sei ihr Puls unverändert geblieben – sogar, als sie das Photo ihres Töchterchens ansah. Wie so viele der Techniken und Schlußfolgerungen der Brüder Isaacson wäre das in keinem Gerichtssaal der Vereinigten Staaten als Beweismittel anerkannt worden, es bestärkte sie aber in ihrer Annahme, daß man der Señora unbedingt Glauben schenken könne.

Das genügte, um Mr. Moores Zweifel an der Señora auszuräumen – doch noch blieb die wichtigere Frage, ob Dr. Kreisler bereit war, an dem Fall mitzuwirken oder nicht. Man fragte mich, wie auch Cyrus, nachdem er vom Astoria zurückgekehrt war, in diesem Zusammenhang ziemlich gründlich aus, und ich gebe zu, daß wir beide nach einer Weile ein wenig mürrisch wurden. Wie sehr uns der Fall auch fesseln mochte, in erster Linie schuldeten wir dem Doktor Treue, und der Fall Linares stellte zunehmend weit höhere Anforderungen als eine Abendunterhaltung. Weder Cyrus noch ich waren sicher, daß der Doktor in der Lage war, sich auf ein so anspruchsvolles Unternehmen einzulassen. Zwar würde unserem Freund und Arbeitgeber, wie Mr. Moore sagte, durch den Gerichtsbeschluß bedingt viel freie Zeit entstehen, doch brauche der Doktor auch dringend Ruhe und Erholung. Auf Miss Howards Aussage hin, am meisten Ruhe und Trost scheine der Doktor zu finden, wenn er etwas zu tun habe, sagte Cyrus, es gehe ihm schlechter, als wir alle ihn je erlebt hätten, und früher oder später müsse jeder Mensch innehalten und Atem schöpfen. Es gab einfach keine Möglichkeit, die Reaktion von Dr. Kreisler vorherzusehen, und am Ende unserer Mahlzeit waren wir wieder bei dem angekommen, was ich den anderen bereits gesagt hatte, als wir das Haus Nummer 808 verlassen hatten: Die Reaktion des Doktors auf unser Ansinnen werde davon abhängen, wie sehr es ihn mitnahm, daß er sein Institut verlassen mußte. Cyrus und ich versprachen Mr. Moore, daß einer von uns beiden in der *Times*-Redaktion anrufen werde, sobald der Doktor zu Hause sei. Dann gingen wir alle unserer Wege, wohl jeder unter dem sonderbaren Vorgefühl, daß die Folgen dessen, was auch immer wir in den nächsten ein, zwei Tagen tun würden, weit über die Grenzen Manhattans, eine Insel, die mit einem Mal irgendwie kleiner zu sein schien als zuvor, Wellen schlagen würde.

Es gelang mir, einige Stunden zu schlafen, nachdem wir zu Hause angekommen waren, doch konnte man den Schlaf nicht unbedingt als erholsam bezeichnen. Um Punkt acht wurde ich wach. Noch während ich aus dem Bett sprang, fiel mir ein, daß es der erste Sommertag war. Ich sah, daß die letzten Regenwolken verschwunden waren und eine frische Brise aus Nordwesten blies. Ich zog mich an, kämmte mich einigermaßen ordentlich und eilte dann hinaus zur Remise des Doktors, um unserem stets zuverlässigen Rappwallach Frederick eine Handvoll Hafer zu geben und ihn als Vorbereitung auf sein Tagewerk ein wenig zu striegeln. Als ich ins Haus zurückkehrte, schloß ich aus dem Klappern von Töpfen und Geschirr, das aus der Küche drang, daß Mrs. Leschko – eine Frau, die nicht einmal fähig war, Wasser zum Sieden zu bringen, ohne Lärm zu schlagen – eingetroffen sein mußte. Ich begnügte mich mit einer eilig hinuntergestürzten Tasse ihres bitteren Kaffees, dann stieg ich auf den Bock der Kalesche und fuhr davon.

Ich nahm den üblichen Weg – Zweite Avenue südwärts zur Forsyth Street, dann nach links in den East Broadway –, ohne dabei Frederick zu hetzen, da ich wußte, daß er am Vorabend hatte schwer arbeiten müssen. Der Weg führte an vielen der Tanzpaläste, Spelunken, Spielsalons und Kneipen der Lower East Side vorüber, deren Anblick es mir nur noch schwerer machte zu verstehen, wie sich die Dinge um alles in der Welt so hatten entwickeln können, daß diese Fahrt überhaupt nötig war. Dabei war alles nur allzu offensichtlich: Paulie McPherson, ein zwölfjähriger

Junge, den Dr. Kreisler in sein Institut aufgenommen hatte, war vor einigen Wochen mitten in der Nacht wach geworden, aus seinem Schlafsaal in einen Waschraum gegangen und hatte sich dort mit einem Stück Vorhangschnur an einem alten Gasrohr aufgehängt. Der Junge war ein kleiner Dieb mit einem so kurzen Vorstrafenregister gewesen, daß sich keiner meiner alten Kumpel in der Bande des verrückten Butch dazu bekannt hätte; geschnappt hatte man ihn – sollte man es für möglich halten? – beim Versuch, einem Bullen in Zivil in die Tasche zu greifen. Wegen seiner Unerfahrenheit hatte ihm der Richter die Möglichkeit gegeben, ein paar Jahre im Kreisler-Institut zu verbringen, nachdem der Doktor den Jungen untersucht und diese Möglichkeit angeraten hatte. Auch wenn Paulie ein Kleinkrimineller war, ein Dummkopf war er nicht, und so waren ihm die anderen Möglichkeiten durchaus klar gewesen. Er hatte also sofort angenommen.

An alldem war überhaupt nichts ungewöhnlich: Mehrere der Schüler im Institut des Doktors waren auf ähnliche Weise dorthin gelangt. Nachdem Paulie am East Broadway eingetroffen war, hatte nichts darauf hingewiesen, daß mit ihm etwas nicht in Ordnung sein könnte. Sicher, er war ein bißchen übellaunig und maulfaul, aber darüber hinaus hatte es nicht den kleinsten Hinweis darauf gegeben, daß er sich irgendwann mal aufhängen könnte. Auf jeden Fall war die Nachricht von seinem Selbstmord bis zur Stadtverwaltung und in die Salons der feinen New Yorker Gesellschaft gedrungen wie, ich sag es mal unmißverständlich, Scheiße durch ein Kanalrohr. Eine ganze Reihe von Stammtisch-Experten betrachtete den Zwischenfall als klaren Beweis für Dr. Kreislers Unfähigkeit und die Gefährlichkeit seiner Ansätze. Der Doktor wiederum hatte noch nie einen seiner Schutzbefohlenen verloren, weshalb der unerwartete und unerklärliche Selbstmord die durch Mary Palmers Tod hervorgerufene Depression noch vertieft hatte.

Und aus diesem Grund war ein großer Teil der scheinbar unerschöpflichen Energie des Doktors dahingeschwunden, eine Energie, die es ihm so viele Jahre hindurch ermöglicht hatte, den nahezu täglichen Angriffen ihm feindlich gesinnter Kollegen, Sozialkritiker, Richter, Anwälte und durchschnittlicher Alltagsnörgler zu begegnen, mit denen er bei seiner Arbeit im Institut und als Sachverständiger in Strafverfahren immer wieder zu tun hatte. Auch wenn er nicht aufgegeben hatte – das hätte nicht seinem Wesen entsprochen –, hatte er doch etwas von seinem Schwung und seiner Selbstsicherheit eingebüßt, einen Teil seiner natürlichen Streitlust, mit der es ihm stets gelungen war, seine Feinde in Schach zu halten. Um die Veränderung zu verstehen, hätte man ihn vor den hier beschriebenen Ereignissen erleben sollen, und zwar wie ich aus allernächster Nähe. O Mann, was hatte ich vor etwa zwei Jahren erlebt…

Zu unserer ersten Begegnung war es im Gebäude des Polizeigerichts am Jefferson-Markt gekommen, das wie das Schloß eines böhmischen

Fürsten aussah und mir für seinen Verwendungszweck immer viel zu schön vorkam. Wie schon gesagt, habe ich, seit ich drei war, vorwiegend auf eigenen Füßen gestanden, und vollständig, seit ich acht war, weil ich es inzwischen satt hatte, meine Mutter und ihre verschiedenen Männerbekanntschaften mit den Früchten meiner Einbrüche zu ernähren. Das Faß kam zum Überlaufen, als meine Alte vom Suff auf Rauschgift umstieg und regelmäßig im Chinesenviertel die Opiumhöhle eines Rauschgifthändlers aufsuchte, den alle Welt nur Fett Sack nannten (sein richtiger chinesischer Name ließ sich nicht aussprechen, und er schien nie zu merken, welche Beleidigung in dem wirklich passenden Spitznamen steckte). Ich teilte ihr mit, daß ich nicht viele Achtjährige kannte, die klauten, damit ihre Mutter genug Alkohol und Drogen hatte – mit einer Bemerkung also, mit der sich jedes Kind unter Garantie ein paar saftige Ohrfeigen einfängt. Immerzu auf mich eindreschend kreischte sie, wenn ich schon so entsetzlich undankbar sei, könne ich ebensogut für mich selbst sorgen, und ich teilte ihr mit, daß ich das sowieso zum größten Teil schon tat. Dann verschwand ich ein für alle Mal aus ihrem Gesichtskreis und schloß mich einer Bande von Gassenkindern in unserer Nachbarschaft an. Meine Mutter zog bei Fett Sack ein und sorgte mit ihrem Körper statt mit meinen Diebereien dafür, daß es ihr nie an Drogen fehlte.

Jedenfalls kümmerten sich die Mitglieder meiner Bande ziemlich gut umeinander. In Winternächten drängten wir uns über warmen Abluftschächten, und wenn wir sommers in den Flüssen der Stadt Abkühlung suchten, sorgten wir dafür, daß wir nicht absoffen. Mit zehn Jahren hatte ich mir einen ziemlichen Ruf als Taschendieb und Allzweckkrimineller verschafft; meine Spezialität war aber Taschendiebstahl. Obwohl ich nicht besonders kräftig war, hatte ich eine gewisse Fertigkeit darin entwickelt, mich mit einem kurzen Stück Bleirohr zu verteidigen, und so war mein Spitzname »the Stevepipe« aus dem Wort »pipe« für Rohr und meinem Vornamen entstanden. Viele der anderen Halbwüchsigen trugen Schußwaffen oder Messer bei sich, aber mir war aufgefallen, daß die Bullen einen besser behandelten, wenn man nicht bis an die Zähne bewaffnet war. Da ich mit denen weiß Gott schon genug Ärger hatte, brauchte ich den nicht noch durch Waffenbesitz zu steigern.

Eines Tages machte sich dank meines Vorstrafenregisters und meines Rufes der verrückte Butch an mich heran. Wie ich schon gesagt habe, führte er die Jungs an, die für Monk Eastmans Bande arbeiteten. Ich hatte Monk schon immer gut leiden können; er trug hochelegante Hüte, und seine Zimmer waren stets voller Katzen und Vögel. Zwar verdiente der verrückte Butch seinen Ehrennamen für meinen Geschmack nur allzu gerecht, doch ließ ich mir die Gelegenheit zum Aufstieg in der Unterwelt nicht entgehen. Statt auf eigene Rechnung Taschen zu leeren, kassierte ich bald mit meiner Bande ganze Scharen von Bürgern ab, außerdem raubten wir Lieferwagen aus, nachdem wir die Straße gesperrt hatten, und schleppten aus Läden und Lagerhäusern, was wir tragen konnten. Sicher, ein paar Mal hat man mich hoppgenommen, aber ich wurde auch wieder entlassen, denn unsere Truppe war so groß, daß es selbst einem Staatsanwalt gewöhnlich ziemlich schwerfiel, jemandem eine bestimmte Tat nachzuweisen. Außerdem war ich erst elf und konnte, wenn nötig, das unschuldige Waisenkind spielen.

Aber der Richter, vor dem ich eines Tages im Gebäude am Jefferson-Markt stand, nahm mir weder dieses Vorgaukeln ab noch auch nur eine einzige meiner Ausreden. Die Bullen hatten mich eingebuchtet, weil ich einem Kaufhausdetektiv bei B. Altman's an der Neunzehnten Straße das Bein gebrochen hatte, nachdem ich mit meiner Bande erwischt worden war, wie wir die Taschen von Kunden leerten. Normalerweise ging ich beim Einsatz der Waffe, die mein Markenzeichen geworden war, geschickter zu Werke und sorgte dafür, daß keine Knochen zu Bruch gingen, sondern lediglich ein blauer Fleck blieb – aber der Kaufhausdetektiv hatte mich an der Kehle gepackt, so daß ich fast erstickt wäre. Also fand ich mich in Null Komma nichts im Hauptverhandlungssaal des Gerichtsgebäudes am Jefferson-Markt wieder und bekam in dessen hohem Uhrturm eine gewaltige Lektion erteilt.

Der alte Schwätzer hinter dem Richtertisch warf mir alles an den Kopf von »nikotinsüchtiger Gewohnheitsraucher« (ich hatte geraucht, seit ich fünf war) über »Trunkenbold« (daran sieht man, wie wenig er wußte – ich rührte das Zeug nämlich nie an) und verstieg sich schließlich zu der Behauptung, ich sei von einer angeborenen und geradezu »pathologischen gemeingefährlichen Zerstörungswut« besessen. Zwar konnte ich mir unter diesem Ausdruck damals so gut wie nichts vorstellen, aber der Vorwurf wurde zum Schlüssel meiner Rettung. Es fügte sich nämlich, daß an jenem Tag ein gewisser auf die Psyche spezialisierter Menschenfreund, dem insbesondere Kinder am Herzen lagen, vor dem Gerichtssaal darauf wartete, in einem anderen Fall als sachverständiger Zeuge aufgerufen zu werden. Als der Richter seinen Satz mit dem »pathologisch« losließ und mich anschließend zu zwei Jahren auf Randalls Island verknackte, hörte ich mit einem Mal, wie sich irgendwo hinter mir eine Stimme erhob. Ich hatte noch nie dergleichen gehört – jedenfalls nicht in einem Gerichtssaal. Sie war teils deutsch, teils ungarisch gefärbt und dröhnte mit dem Donnerhall und der Rechtschaffenheit eines Predigers aus vergangenen Jahrhunderten.

»Und *worauf*«, verlangte der Besitzer dieser Stimme zu wissen, »stützen Euer Ehren gerade diese psychologische Schlußfolgerung über den Jungen?!«

Bei diesen Worten wandten sich die Augen aller Anwesenden dem hinteren Teil des Gerichtssaals zu, wo sie etwas erblickten, was für die meisten von ihnen aber offenbar ein vertrauter Anblick war: den namhaften Irrenarzt Dr. Laszlo Kreisler, einen der zugleich verhaßtesten und geachtetsten Männer der Stadt. Mit Augen, in denen ein kohlschwarzes Feuer brannte, trug er seinen Angriff vor, wobei sein langes Haar und sein Umhang hinter ihm dreinflatterten. Ich konnte nicht wissen, daß auch ich eines Tages mit diesem Anblick vertraut sein würde; aber damals erschien er mir als der unglaublichste und unverfrorenste Mensch, den ich je gesehen hatte.

Der Richter stützte müde einen Augenblick lang die Stirn in die Hand, als hätte der liebe Gott gerade einen Krötenregen auf sein kleines Stückchen Land herniedergesendet. »Dr. Kreisler…«, begann er.

Aber dieser hatte bereits anklagend einen Finger erhoben. »Hat man den Jungen begutachtet? Hat Ihnen einer meiner geschätzten Kollegen irgendeinen Anlaß geliefert, sich solcher Ausdrücke zu bedienen? Oder sind Sie, wie die meisten Polizeirichter dieser Stadt, einfach der Ansicht, daß Sie sich in solchen Angelegenheiten als Fachmann gebärden dürfen?!«

»Dr. Kreisler…«, unternahm der Richter einen erneuten Anlauf, womit er aber ebensowenig Glück hatte.

»Haben Sie auch nur die leiseste Vorstellung von den Symptomen dessen, was Sie als ›angeborene Zerstörungswut‹ hinstellen? Wissen Sie überhaupt, ob eine solche pathologische Verhaltensweise *existiert*? Dies unerträgliche, unqualifizierte Hetzvokabular…«

*»Dr. Kreisler*!« brüllte der Richter und ließ die Faust auf den Tisch sausen. »Das ist *mein* Gerichtssaal! Sie haben mit diesem Fall nichts zu tun. Ich verlange…«

»Nein, Sir!« gab der Doktor zurück. *»Ich* verlange; Sie haben *mich* in diesen Fall einbezogen – mich und jeden anderen anständigen Psychologen, der sich in Hörweite Ihrer unverantwortlichen Äußerungen befindet! Dieser Junge…«, mit diesen Worten wies er auf mich und sah mich zum ersten Mal überhaupt an – und ich bin nicht sicher, daß ich imstande bin, alles zu beschreiben, was in diesem Blick lag: In seinen Augen blitzte eine Botschaft der Hoffnung, und ein kaum wahrnehmbares Lächeln, das so schnell verschwand, wie es gekommen war, forderte mich auf, Mut zu fassen. All das in einem kurzen Augenblick. Zum ersten Mal im Leben hatte ich den Eindruck, daß jemand, der älter war als fünfzehn Jahre, wirklich Anteil an meiner Existenz nahm. Daß man bislang ohne dies Gefühl ausgekommen ist, merkt man erst richtig, wenn jemand einen darauf aufmerksam macht, daß es diese Möglichkeit gibt; und wenn das dann geschieht, löst das bei einem eine ganz besondere Empfindung aus.

Das Gesicht des Doktors wurde gleich wieder streng und starr, als er sich erneut dem Richter zuwandte und ihn anblaffte: »Sie haben dem Jungen ›angeborene Zerstörungswut‹ unterstellt. Ich verlange, daß Sie den Beweis für diese Behauptung erbringen! Ich verlange, daß noch einmal über ihn verhandelt wird, wobei der Befund zumindest *eines* qualifizierten Irrenarztes oder Psychologen mit heranzuziehen ist!«

»Sie können verlangen, was Sie wollen!« fuhr in der Richter an. »Das ist *mein* Gerichtssaal, und hier gilt, was *ich* sage! Jetzt haben Sie bitte die Güte zu warten, bis der Fall aufgerufen wird, zu dem Sie aussagen sollen, oder ich brumme Ihnen wegen ungebührlichen Verhaltens vor Gericht eine Strafe auf!«

Ein Schlag mit seinem hölzernen Hammer, und ich war auf dem Weg nach Randalls Island. Aber als ich den Gerichtssaal verließ, sah ich erneut zu dem sonderbaren Mann hin, der da – aus dem Nichts, wie es mir damals vorkam – aufgetreten war, um sich für mich in die Bresche zu werfen. Er erwiderte meinen Blick mit einem Ausdruck, der deutlich machte, daß die Angelegenheit für ihn alles andere als erledigt war.

So kam es auch. Drei Monate später fand in meiner Zelle mit den feuchten Ziegelwänden im Hauptflügel der Knaben-Aufbewahrungsanstalt jene »Begegnung« mit einem Wärter statt, von der ich schon gesprochen habe. Nun ist es so, daß sich fast überall ein Stück Bleirohr finden läßt, wenn man nur richtig hinschaut – und so hatte auch ich schon ziemlich bald nach meiner Ankunft auf der Insel eins gefunden. Ich hielt es in meiner Matratze versteckt, weil ich annehmen mußte, daß der Tag kommen würde, da mich einer der Jungen oder Knastwärter zwingen würde, es zu benutzen – und dem Kerl, der das schließlich täte, würde es auf alle Zeiten leid tun. Als der Wärter mich nach unten drückte und seinen Hosenladen aufknöpfte, griff ich nach meinem Rohr, und binnen zwei Minuten war einer seiner Arme an drei und der andere an zwei Stellen gebrochen; er hatte einen angeschlagenen Fußknöchel und einen ganzen Haufen Knochensplitter, wo vorher sein Nasenbein gewesen war. Vom Brüllen der anderen Jungen angefeuert, drosch ich noch immer auf ihn ein, als mich schließlich ein paar andere Wärter wegrissen. Der Anstaltsleiter verlangte eine Untersuchung, um entscheiden zu können, ob ich in ein Irrenhaus gehörte, und die Presse bekam Wind von der Sache. Dr. Kreisler wurde auf den Fall aufmerksam, tauchte bei der Untersuchung auf und verlangte erneut, daß ohne vorherige ordnungsgemäße psychologische Untersuchung kein Urteil gesprochen werden dürfe. Diesmal war der Richter sehr viel vernünftiger, und der Doktor bekam seinen Willen.

Zwei Tage lang saßen er und ich in einem Raum auf der Insel und redeten miteinander – den größten Teil des ersten Tages sprachen wir nicht einmal über meinen eigentlichen Fall. Er fragte mich nach meiner Kindheit und, was noch wichtiger war, berichtete mir viel über seine eigene. Damit baute er einen großen Teil meines Unbehagens gegenüber diesem Mann ab, dem ich zwar dankbar war, dem gegenüber ich aber dennoch eine Art ängstlicher Scheu empfand. Im Verlauf der ersten Stunden erfuhr ich so manches Schreckliche über sein Leben, wovon sonst fast niemand etwas wußte oder weiß – inzwischen habe ich begriffen, daß er damals seine eigene Vergangenheit als Mittel benutzte, mir die meine zu entlocken.

Es war ganz merkwürdig: Während wir miteinander sprachen, begann ich – soweit das einem ungebildeten Jungen möglich war – zu verstehen, daß ich möglicherweise nicht einfach blind drauflos handelte, sondern mich unter Umständen ebensosehr aus Wut wie aus Notwendigkeit zu einem Leben des Verbrechens und der Zerstörung entschlossen hatte. Diesen Gedanken hatte mir der Doktor nicht etwa eingepflanzt, sondern mich selbst darauf kommen lassen, indem er Mitgefühl für alles, was ich durchgemacht hatte, und sogar eine Art Bewunderung für meine Haltung an den Tag legte. Tatsächlich schien er es nicht nur bemerkenswert, sondern in gewisser Weise auch belustigend zu finden, daß ich all das Bisherige überlebt hatte und so und nicht anders handelte. Daher gewann ich bald den Eindruck, daß ich dem Mann mehr lieferte als statistische Angaben – er unterhielt sich richtig gut bei dem, was er von mir hörte.

Das war das wahre Geheimnis seines Erfolges bei Kindern und Jugendlichen: Er handelte weder aus Mildtätigkeit noch aus vorgetäuschter Großherzigkeit, wie es Missionsbrüder tun. Kinder in schwierigen Lebensumständen, ob arm oder reich, hatten so großes Vertrauen zu ihm, weil sie merkten, daß es ihm Freude machte, ihnen zu helfen. Man merkte, daß er ausgesprochen gern Zeit und Mühe für seine jungen Schutzbefohlenen aufwendete, aber auf eine Weise, die zumindest teilweise eigennützig war. Es war, als fiele es ihm dadurch leichter, die traurigen Bestandteile der Erwachsenenwelt zu ertragen, in der er einen so großen Teil seiner Zeit zubrachte – die Gefängnisse, Irrenhäuser, Krankenhäuser und Gerichtssäle: Auf der einen Seite gewann er daraus Hoffnung für die Zukunft und auf der anderen unverfälschtes Vergnügen. Als junger Mensch hält man Ausschau nach einem Erwachsenen, der einem nicht nur deshalb hilft, damit er bei Jesus gut angeschrieben ist, sondern weil er es gern tut. Damit will ich nur sagen, daß jeder seine eigene Methode hat, etwas zu erreichen. Daß der Doktor so unkompliziert und offen war, machte es um so einfacher, ihm zu vertrauen.

In der Befragung, bei der es darum ging, ob ich als geistesgestört einzustufen sei oder nicht, verwendete der Doktor alles, worüber wir gesprochen hatten, um die Anschuldigung, daß ich nicht bei Trost wäre, in Stücke zu reißen. Er stützte seine Aussagen mit einem Gedankengebäude, das er sich im Laufe der Jahre erarbeitet hatte und das er »Kontext-Theorie« nannte. Sie enthielt den Kerngedanken, der hinter seiner ganzen Arbeit stand, und lief im großen und ganzen darauf hinaus, daß man Handeln und Antriebe eines Menschen erst dann richtig verstehen kann, wenn man die näheren Umstände seiner frühen Kindheit und Jugendjahre mit einbezieht. Man sollte glauben, daß das einsehbar und unverfänglich ist, aber in Wahrheit hatte er es ausgesprochen schwer damit, seine Vorstellung gegen den Vorwurf zu verteidigen, all das laufe herkömmlichen amerikanischen Überzeugungen zuwider, ließe sich damit doch jede Art verbrecherisches Treiben rechtfertigen. Aber der

Doktor hat immer die Ansicht vertreten, daß es einen gewaltigen Unterschied macht, ob man etwas erklärt oder rechtfertigt, und daß es ihm lediglich darum gehe, das Verhalten von Menschen zu verstehen, nicht aber, Verbrechern das Leben zu erleichtern.

Zu meinem Glück fanden seine Worte an jenem Tag ein aufnahmebereites Publikum. Die Anwesenden nahmen ihm seine Darstellung meines Lebens und Verhaltens ab. Aber als er dann vorschlug, mich in sein Institut aufzunehmen, widersetzten sie sich doch. Sie waren wohl nach wie vor überzeugt, ein so übler Bengel wie »Stevepipe« müsse irgendwo untergebracht werden, wo man ihn an der kurzen Leine halten könne. Sie fragten Dr. Kreisler, ob er keine andere Lösung vorschlagen könne. Er dachte ziemlich lange nach, ohne mich anzusehen, und erklärte dann, er sei bereit, mich in seinem Haushalt in Dienste zu nehmen und persönlich die Verantwortung für mein künftiges Verhalten zu tragen. Auf diesen Vorschlag hin rissen die Mitglieder des Befragungsausschusses die Augen weit auf, und einer von ihnen fragte den Doktor, ob das sein Ernst sei. Er bejahte, und nach einigem Hin und Her beschloß man, den Vorschlag des Doktors anzunehmen.

Zunächst fühlte ich mich ein wenig unsicher; nicht weil ich irgendeinen Anlaß gehabt hätte, dem Doktor zu mißtrauen, sondern weil ich an den beiden in seiner Gegenwart verbrachten Tagen begonnen hatte, über mich selbst nachzudenken und mich zu fragen, ob ich überhaupt je imstande sein würde, meine Lebensweise zu ändern. Diese Zweifel quälten mich, während ich in meiner Zelle meine wenige Habe zusammensuchte und mich durch den abweisenden Hof der Knaben-Aufbewahrungsanstalt zur Kutsche des Doktors aufmachte (an jenem Tag war er mit dem burgunderfarbenen Landauer gekommen). Der Anblick eines riesigen Schwarzen auf dem Bock war auch nicht gerade dazu angetan, meine Verwirrung zu vermindern, aber er hatte ein freundliches Gesicht. Der Doktor stieg aus, lächelte und wies mit einer Hand zu dem Mann empor.

»Das ist Cyrus Montrose«, sagte er. »Es interessiert dich vielleicht, daß auch er auf dem Weg ins Zuchthaus war – und ihm stand möglicherweise ein weit schlimmeres Geschick bevor als dir –, bevor sich unsere Wege kreuzten und er anfing, für mich zu arbeiten.« (Später erfuhr ich, daß Cyrus in jungen Jahren einen korrupten irischen Bullen umgebracht hatte, der in einem Freudenhaus, in dem Cyrus Klavier spielte, eine junge farbige Prostituierte fast zu Tode geprügelt hatte. Cyrus' Eltern waren im Verlauf der gegen die Wehrpflicht gerichteten Unruhen des Jahres 1863 von einem irischen Pöbelhaufen umgebracht worden, und der Doktor hatte bei der Verhandlung mit Erfolg darauf hingewiesen, daß Cyrus angesichts seiner Lebensgeschichte auf die Situation in dem Freudenhaus unmöglich anders hätte reagieren können).

Ich nickte dem breitschultrigen Mann zu, der seinen steifen Hut lüftete und mich gutmütig musterte. »Ich werde also auch für Sie arbeiten«, sagte ich unsicher, »oder?«

»Ja, das wirst du«, sagte der Doktor, »aber auch lernen. Du wirst Lesen und Rechnen lernen und dich neben vielem anderen mit Geschichte beschäftigen.«

»Tatsächlich?« sagte ich und mußte schwer schlucken, denn ich hatte in meinem ganzen Leben keinen einzigen Tag in der Schule verbracht.

»Ja«, sagte der Doktor, holte ein silbernes Etui hervor, entnahm ihm eine Zigarette und zündete sie an. Er sah meinen geradezu süchtigen Blick. »Ach ja – *damit* ist Schluß, junger Mann. Rauchen ist ab sofort gestrichen. Und das hier brauchst du auch nicht mehr.« Mit diesen Worten trat er an mein kleines Bündel, zog das Stück Bleirohr zwischen den Kleidungsstücken hervor und warf es auf einen mit schütterem Gras bewachsenen Fleck Erde.

Es sah ganz so aus, als würde mir nichts als das Lernen bleiben, und das verursachte bei mir eine nicht geringe Unruhe. »Und was ist mit der Arbeit?« brachte ich schließlich heraus. »Was muß ich tun?«

»Du hast einmal gesagt«, sagte der Doktor, als er wieder einstieg, »daß es gewöhnlich deine Aufgabe war, die Auslieferfuhrwerke zu kutschieren, denen ihr mit der Bande des verrückten Butch aufgelauert habt, um sie auszurauben. Hatte das einen bestimmten Grund?«

Ich zuckte die Achseln. »Ich mag Pferde. Und ich konnte ziemlich gut kutschieren.«

»Dann mach dich mit Frederick und Gwendolyn bekannt«, sagte der Doktor und wies mit der Zigarette auf den Wallach und die Stute vor seinem Landauer. »Und nimm die Zügel.«

Bei dieser Aufforderung fühlte ich mich schon deutlich besser. Ich trat zu den Tieren, tätschelte dem gutaussehenden Rappwallach das lange Maul, fuhr der braunen Stute mit der Hand über den Widerrist und grinste fröhlich. »Ernsthaft?«

»Dir scheint der Gedanke an die Arbeit mehr zuzusagen als der ans Lernen«, sagte der Doktor. »Wir werden sehen, wie sich das einteilen läßt. Cyrus, du könntest einmal herunterkommen und mir bei meinem Terminplan helfen. Ich finde mich da nicht so richtig zurecht. Meinen Notizen nach sieht es so aus, als hätte ich vor zwei Stunden im Gericht an der Essex Street sein müssen.« Während der stämmige Schwarze vom Bock herabstieg, sah der Doktor noch einmal zu mir her. »Nun? Hast du nichts zu tun?«

Ich grinste ihm wieder zu, nickte dann, sprang auf den Bock und ließ die Zügel auf das Hinterteil der Pferde klatschen.

Von da an ist es mit mir vorwärts und aufwärts gegangen.

Ja, es waren schöne Zeiten, bevor wir den Namen John Beecham zum ersten Mal hörten und als Mary Palmer noch lebte. Schöne Zeiten, die wohl kaum wiederkehren würden. Die Leute, die sich stets gegen den

Doktor und seine Kontext-Theorie stellten (meiner Ansicht nach war deren Triebfeder die Furcht vor seiner Art der Untersuchung gewalttätigen und gesetzwidrigen Verhaltens, die dazu führte, daß er sich mit der Art und Weise beschäftigte, wie Amerikaner ihre Kinder aufzogen), hatten im allgemeinen gegen seine Argumente vorgebracht, daß die Vereinigten Staaten auf der Vorstellung von der Willensfreiheit des Menschen gründeten. Jeder Mensch habe das Recht zu denken und zu handeln, wie er das für richtig halte – und sei dafür verantwortlich –, ganz gleich, wie die Umstände seines früheren Lebens ausgesehen haben mochten. Der Doktor widersprach dem auf der Gesetzesebene nicht; er suchte einfach tiefergehende wissenschaftliche Antworten. So war es gekommen, daß eine Art Pattsituation in der Auseinandersetzung zwischen dem umstrittenen Irrenarzt und den Menschen herrschte, denen er ein Dorn im Auge war, Nach dem Selbstmord des kleinen Paulie McPherson aber witterten die Feinde des Doktors eine Gelegenheit, diese Pattsituation zu durchbrechen – und sie nutzten sie.

Nun war der Richter, der bei der ersten Anhörung in dieser Sache den Vorsitz hatte, ein unparteiischer Mann. Statt das Institut des Doktors einfach zu schließen, ordnete er den sechzigtägigen Untersuchungszeitraum an, von dem ich schon gesprochen habe, unterstellte die Kinder im Institut vorläufig der Vormundschaft des Gerichts und übertrug dessen provisorische Leitung dem pensionierten Direktor eines Waisenhauses, einem gewissen Pfarrer Charles Bancroft. Der Doktor durfte sein Institut nicht betreten, solange das Verfahren andauerte: Für einen Menschen seines ruhelosen Temperaments konnten zwei Monate eine wahre Ewigkeit sein, zumal Dr. Kreisler nicht wußte, wie es danach weitergehen würde. Bei der Frage, wie sehr es ihn treffen würde, wenn er das Institut aufgeben mußte, ging es nicht nur um ihn – eine entscheidende Rolle spielten dabei die Kinder, denn wenn während seiner Abwesenheit auch nur eins von ihnen seelisch zusammenbrach (und einige standen kurz davor), würde der Doktor, das war mir klar, die Schuld ausschließlich bei sich selbst suchen. Er hatte seine Schutzbefohlenen stets aufgefordert, ihre Kraft aus dem Bewußtsein zu ziehen, daß mindestens ein Mensch auf der Welt an sie glaubte, und sich auf diese Kraft zu stützen, wenn Hindernisse auftauchten. Aber wären sie dazu imstande, wenn der Einsatz so hoch und das Ergebnis so ungewiß war …?

Der Hall eines Schusses dröhnte plötzlich aus einer Seitengasse, unmittelbar nachdem ich in die Forsyth Street eingebogen war, was mich aus meinen Tagträumen riß und Frederick dazu veranlaßte, sich aufzubäumen. Flink suchte ich die Gegend mit den Augen ab. Die Störung kam aus einem alten Hinterhofgebäude, das der Hölle so ähnlich war wie nur irgend etwas, in dem je ein lebender Mensch gehaust hatte. Ohne den Blick von jener Gasse zu nehmen, sprang ich vom Bock, um Frederick zu beruhigen, indem ich ihm den kräftigen Hals streichelte und ihm ein paar

Zuckerstückchen gab, die ich stets bei mir hatte, wenn ich ausfuhr. Schon bald sah ich, wer geschossen hatte: ein verwirrt dreinblickender kleiner und drahtiger Mann mit hängenden Schnurrbartenden, der einen Schlapphut trug. Frech wie Oskar trug er eine alte doppelläufige Schrotflinte in der Hand. Es war ihm offensichtlich einerlei, ob ihn jemand sah oder nicht. Ein Kreischen folgte ihm, aber er antwortete darauf lediglich, ohne sich umzudrehen: »Und jetzt nehm ich mir deinen verdammten Liebhaber vor!« Dann verschwand er mit eiligem Schritt um die Ecke der Eldridge Street. Natürlich war weit und breit kein Bulle zu sehen: In jenen Teil der Stadt kamen ohnehin nur selten welche, und wäre einer in der Nähe gewesen, hätte ihn der Knall höchstwahrscheinlich dazu veranlaßt, schleunigst in die entgegengesetzte Richtung zu laufen.

Ich stieg wieder auf den Bock der Kalesche und fuhr rasch zum Institut hinüber. Als ich am East Broadway den Bau mit den Nummern 185-187 erreichte – die beiden Backsteinhäuser mit schwarzen Schmuckelementen, die der Doktor vor Jahren gekauft und zu einem Gebäude vereinigt hatte –, zeigte sich, daß vor der Treppe am Haupteingang ein junger Polizist stand. Ich sprang herab, tätschelte Frederick ein bißchen und gab ihm noch ein Stück Zucker. Dann trat ich zu dem Bullen, der offenbar so neu im Revier war, daß er mich nicht zu kennen schien.

»Vermutlich interessiert es Sie nicht besonders, daß ein Ganove mit 'ner Schrotflinte durch die Eldridge Street zieht«, sagte ich.

»Was du nicht sagst«, gab er zurück und musterte mich von Kopf bis Fuß. »Und was geht dich das an?«

»Nichts«, sagte ich achselzuckend. »Ich dachte nur, es könnte Sie was angehen.«

»Ich bin hier postiert«, erklärte er, rückte seine leichte Sommermütze zurecht und blies sich so auf, daß sein blauer Uniformrock fast geplatzt wäre. »Auftrag des *Gerichts.*«

»Nicht zu fassen«, sagte ich. »Nun, vielleicht könnten Sie Dr. Kreisler sagen, daß sein Fahrer da ist, wo das Gericht, wie es scheint, nichts Wichtigeres zu tun hat, als ihn hier wegzuschaffen.«

Drohend sah er mich an, bevor er sich der Treppe zuwandte. »Weißt du eigentlich«, sagte er, während er zur Haustür hinaufging, »daß du mit so 'ner frechen Klappe Ärger kriegen kannst, Jungchen?«

Ich wartete, bis er drinnen war, dann spuckte ich kopfschüttelnd in den Rinnstein. »Blas mich am Hobel«, murmelte ich. »Von wegen Jungchen.« (Vielleicht sollte ich dazu sagen, daß all die Jahre, die ich bei Dr. Kreisler verbracht habe, an einem – wenn man von meiner Vorliebe für Zigaretten absieht – nichts geändert haben, und das ist meine Haltung Bullen gegenüber.)

Nach wenigen Minuten tauchte der Mann wieder auf. Ihm folgten Dr. Kreisler und eine kleine Gruppe seiner Schüler sowie ein fromm dreinblickender Mann, der nur aus Haut und Knochen bestand. Vermutlich war das Pfarrer Bancroft. Die Kinder, es waren einige der jüngeren Schutzbefohlenen des Doktors, bildeten einen ziemlich typischen Querschnitt durch seine »Kundschaft«: ein kleines Mädchen, Tochter wohlhabender Eltern aus den vornehmen Stadtvierteln, die ihr ganzes Leben lang nicht bereit gewesen war, zu irgend jemandem außer ihrem Kindermädchen auch nur ein Wort zu sprechen – bis sie Doktor Kreisler kennenlernte; ein Junge (seinen Eltern gehörte ein Lebensmittelgeschäft in Greenwich Village), der einfach deswegen mehr Prügel bezogen hatte, als ihm zustanden, weil er kein Wunschkind war und die Eltern seinen Anblick nicht ertragen konnten. Dann war da noch ein Mädchen von zehn Jahren, das ein Bekannter des Doktors in einem Freudenhaus gefunden hatte (der Doktor hatte sich gehütet, ihn zu fragen, wie er in jenem bewußten Haus auf sie gestoßen war); ein Junge aus einem großen Herrenhaus auf Rhode Island, der den größten Teil seines achtjährigen Lebens damit zugebracht hatte, in einer unendlichen Kette von Wutanfällen zu zerstören, was ihm zwischen die Finger kam.

Alle waren in die graublaue Uniform des Instituts gekleidet, die der Doktor selbst entworfen hatte und die alle Kinder tragen mußten, damit die Wohlhabenderen nicht auf die Ärmeren herabsehen konnten. Die Kleine, die nie mit ihren Angehörigen gesprochen hatte, hielt den Doktor an einem Bein fest umklammert, so daß er kaum mit dem Pfarrer Schritt halten konnte, dem er gerade letzte Anweisungen und Ratschläge gab. Das andere Mädchen hatte beide Hände hinter dem Rücken verschränkt und sah aus, als sei ihr nicht klar, was da gespielt wurde. Die beiden Jungen flankierten den Doktor, lachten und stießen einander ausgelassen an, wobei er ihnen jeweils als Schutzschild gegen den anderen diente. Alles in allem war es eine ziemlich typische Szene für das Institut; doch wer genau hinsah, entdeckte Hinweise darauf, daß etwas Ungewöhnliches vor sich ging.

Den deutlichsten Hinweis lieferte der Doktor selbst. Sein schwarzer Leinenanzug war voller Knitterfalten; er schien die ganze Nacht durchgearbeitet zu haben. Auch wenn der Zustand seiner Kleidung nicht darauf hingewiesen hätte, wäre es an seinem Gesicht deutlich geworden: Er wirkte angespannt und erschöpft, und von der Zufriedenheit, die man ihm sonst im Institut ansehen konnte, war nichts mehr zu spüren. Bei seinem Gespräch mit Pfarrer Bancroft ging er ungewohnt unsicher vornübergebeugt. Der Geistliche schien das zu merken: Er legte dem Doktor die Hand auf die Schulter und sprach ihm gut zu, sich die Sache nicht so sehr zu Herzen zu nehmen und vielmehr zu versuchen, aus den kommenden Wochen das Beste zu machen, denn gewiß werde alles gut ausgehen. Bei diesen Worten verstummte der Doktor, schüttelte resigniert den Kopf und rieb sich die müden schwarzen Augen. Mit einem Mal schien er sich dann der Kinder bewußt zu werden, die ihn umgaben.

Lächelnd bemühte er sich um eine gewisse Munterkeit, während er erst das eine kleine Mädchen von seinem Bein löste und dann die beiden Jungen beruhigte, indem er mit ihnen sprach, wie er es mit uns allen tat, nämlich voll Zuneigung und von gleich zu gleich, als bestünde keine Altersschranke zwischen ihnen. Als er den Blick hob und mich am Bordstein sah, merkte ich, daß er sich so lange zusammenzunehmen versuchte, bis er die Kalesche erreicht hatte – aber das zweite Mädchen machte ihm das ziemlich schwer. Hinter dem Rücken holte sie einen Rosenstrauß hervor, der in einfaches Papier eingeschlagen war. Jede einzelne der weißroten Blüten ließ den vollen Glanz des jungen Sommers erkennen. Lächelnd ging der Doktor in die Knie, um die Blumen entgegenzunehmen, aber als der einstige gefallene Engel, dem er eine neue Kindheit geschenkt hatte, den Doktor umarmte, verschwand dessen Lächeln, und es kostete ihn sichtlich alle Kraft, seine Fassung zu bewahren. Er erhob sich eilends, forderte die Jungen noch einmal auf, sich einwandfrei zu benehmen, schüttelte Pfarrer Bancroft die Hand und rannte dann förmlich die Treppe herab. Ich hielt ihm die Tür der Kalesche auf, und er sprang hinein.

»Nach Hause«, brachte er angestrengt heraus, und wie der Blitz saß ich, die Peitsche in der Hand, auf dem Bock. Die Kinder winkten noch, als ich in der Richtung, aus der ich gekommen war, um die Ecke bog; aber ohne darauf zu achten, drückte sich Dr. Kreisler tief in die braunen Lederpolster des Sitzes.

Während der ganzen Fahrt schwieg er, selbst als ich ihm schilderte, wie ich dem Verrückten mit der Schrotflinte begegnet war. Ich sah mich ab und zu um, um zu sehen, ob er überhaupt wach war. Zwar war das der Fall, doch schien er nichts von der Schönheit des heutigen Sommermorgens wahrzunehmen. Dabei wehte eine frische Brise unaufhörlich den Duft von Sommergrün und frischem Laub durch die Straße und überdeckte damit fast den Gestank der Abfallhaufen und des Mists und Urins der Pferde. Er drückte sich die zur Faust geballte Rechte gegen den Mund und starrte vor sich hin, während er mit der Linken den Rosenstrauß so fest umklammerte, daß ihm eine der Dornen in den Handballen drang. Ich hörte, wie er vor Schmerz die Luft ein wenig einsog, sagte aber nichts – ich hätte nicht gewußt, *was* ich sagen sollte. Der Mann war am Ende; das ließ sich deutlich erkennen, und das Beste, was ich für ihn tun konnte, war, ihn so schnell wie möglich nach Hause zu bringen. Daher teilte ich Frederick durch ein Rucken am Zügel mit, daß er schneller laufen solle, und schon bald hatten wir den Stuyvesant-Park erreicht.

Im Haus an der Siebzehnten Straße wandte sich der Doktor, dessen Gesicht inzwischen vor Erschöpfung aschgrau war, an Cyrus und mich. »Ich muß versuchen, ein wenig zu ruhen«, murmelte er und machte sich daran, die Treppe hochzusteigen. Er zuckte zusammen und blieb noch einmal stehen, als im Gang zur Küche ein Eimer mit einem Geräusch umgestoßen wurde, das selbst für Mrs. Leschkos Verhältnisse gewaltig war. Diesem Getöse folgte eine Kette von Äußerungen, von denen ich annahm, daß es sich um russische Flüche handelte.

Der Doktor seufzte. »Könntet ihr die Frau bitten, dafür zu sorgen, daß im Haus für ein paar Stunden Ruhe herrscht, sofern es möglich ist, eine Verständigung mit ihr herbeizuführen? Falls sie keine Ruhe geben kann, gebt ihr den Nachmittag frei.«

»Ja, Sir, Doktor«, sagte Cyrus. »Wenn Sie was brauchen –«

Der Doktor hob lediglich eine Hand und nickte bestätigend, dann verschwand er nach oben. Cyrus und ich sahen einander an. »Nun?« flüsterte er mir zu.

»Es ist nichts«, sagte ich. »Aber ich hab 'ne Idee ...«

Ein weiteres Poltern und weitere Flüche kamen aus der Küche. »Kümmer du dich um Mrs. Leschko«, sagte ich. »Ich ruf Mr. Moore an.«

Cyrus nickte, dann stürmte ich durch den Küchenflur an der Masse aus blauem Leinen und drallem Fleisch vorüber, die brummelnd den Boden aufwischte und die ich als Mrs. Leschko wahrnahm. Durch die Küche mit ihren weißgekachelten Wänden, an denen Töpfe und Pfannen hingen, erreichte ich schließlich die Speisekammer, an deren Wand ein Telephon hing. Ich schloß die Tür, ergriff den Hörer, zerrte die Sprechmuschel auf meine Höhe herunter und bat das Fräulein vom Amt, mich mit der *New York Times* zu verbinden. Kurz darauf hatte ich Mr. Moore an der Strippe.

»Stevie?« sagte er. »Bei uns hat sich was ergeben. Ziemlich interessant.«

»Ja? Irgendwas über die Kleine?«

»Nur die Bestätigung, daß sie tatsächlich verschwunden ist – seit Tagen hat keiner der Angestellten im Konsulat sie mehr gesehen. Nach allem, was die Señora durchgemacht hat, wollte ich mich nicht weiter oben erkundigen. Na ja – und was gibt's bei euch?«

»Es geht dem Doktor ziemlich schlecht«, teilte ich ihm mit. »Er ist nach oben gegangen, um sich auszuruhen, und ich glaube ...«

Mr. Moore wartete ab, bis ich alles berichtet hatte. Im Hintergrund hörte ich das Klappern von Schreibmaschinen. »Du glaubst ...«

»Ich weiß nicht – unser neuer Fall. Wenn Sie es ihm richtig darstellen, könnte er ... Ich meine ... die ganze Verbindung mit der spanischen Angelegenheit ... und die Señora, wenn wir sie dazu veranlassen könnten, mit ihm zusammenzutreffen ... und das Bild des kleinen Mädchens ...«

»Worauf willst du hinaus, Stevie?«

»Nun ja ... er ist ziemlich niedergeschlagen. Wenn aber dieser Fall in die richtige Richtung führt ...«

»Ahhhh«, kam es mit etwas mehr Begeisterung von Mr. Moore. »Ich *verstehe* ... Nun, deine Erziehung fängt an, Früchte zu tragen, Kleiner.«

»Finden Sie?«

»Wenn ich dich richtig verstehe, willst du sagen, daß bei diesem Fall einige unangenehme Dinge über genau die Art von Leuten aus der feinen

Gesellschaft zutage kommen könnten, die jetzt versuchen, den Doktor mundtot zu machen. Und daß es dabei um ein unschuldiges kleines Kind geht, macht die Sache nur um so interessanter. Stimmt's?«

»Nun, ja. So in der Art.«

Mr. Moore pfiff durch die Zähne. »Ich will dir was sagen, Stevie – Ich kenne Laszlo aus einer Zeit, in der wir beide jünger waren, als du jetzt bist. Ganz egal, wie erschöpft und ausgelaugt er ist – wenn ihn das nicht auf die Beine bringt, können wir gleich seine Beerdigung in die Wege leiten, denn dann ist er bereits jetzt schon tot.«

»Ja. Aber wir müssen ihm die Sache irgendwie richtig beibringen.«

»Laß dir darüber keine grauen Haare wachsen. Ich hab mir da schon was zurechtgelegt. Sag ihm, daß wir anderen zum Cocktail vorbeikommen.« Ich hörte, wie jemand im Hintergrund nach Mr. Moore rief. »Ja«, antwortete er, wobei er wohl den Mund von der Sprechmuschel wegdrehte, denn seine Worte wurden leiser. »Was? *Bensonhurst*? Nein, Harry, nein und abermals nein. Mein Gebiet ist New York! Es ist mir egal, was Platt sagt, Bensonhurst ist *nicht* New York! Es war außerdem gar nicht meine Geschichte! Na schön, von mir aus!« Seine Stimme wurde wieder deutlicher. »Ich muß aufhören, Stevie – irgendein durchgedrehter Mediziner hat heute nacht in Bensonhurst versucht, seine Angehörigen zu erschießen, und unser Bericht darüber scheint den Behörden nicht zu behagen. Also vergiß nicht – wir kommen zum Cocktail vorbei.«

»Moment, Sie haben mir noch nicht erzählt, wie sich die Geschichte weiterentwickelt hat...«

»Später«, sagte Mr. Moore.

Dann kam nur noch ein Knistern aus der Leitung, und mir blieb keine Wahl, als bis zum Abend zu warten, um zu erfahren, was um alles in der Welt Mr. Moore zuvor gemeint hatte.

# Kapitel 7

Dr. Kreisler schlief bis in den Nachmittag hinein. Er rief Cyrus zu sich ins Arbeitszimmer, und ich steckte den Kopf zur Tür hinein, um ihm mitzuteilen, daß Mr. Moore, Miss Howard und die Brüder Isaacson zum Cocktail vorbeikommen wollten, was ihn ein wenig aufzumuntern schien. Dann machte er sich gemeinsam mit Cyrus daran, die Post durchzugehen, um die er sich in den letzten Tagen nicht gekümmert hatte. Während die beiden damit beschäftigt waren, versuchte ich einige Stunden zu lernen, brachte es aber nicht fertig, mit ganzem Herzen bei der Sache zu sein. Ich tröstete mich mit dem Gedanken, daß man in den Sommermonaten von einem Heranwachsenden kaum erwartete, daß er was für die Schule tat, und ging hinunter zur Wagenremise. Dort rauchte ich heimlich eine Zigarette, gab Frederick noch etwas Hafer und striegelte ihn. Schließlich kam Gwendolyn an die Reihe, die wie immer geduldig gewartet hatte. Sie war so kräftig wie Frederick, aber nicht so feurig. Dieses freundliche Tier schaffte es, meine Sorgen etwas zu vertreiben.

Unsere Gäste trafen gegen halb sieben ein. Noch immer stand die Sonne leuchtend hinter den beiden niedrigen quadratischen Türmen der St.-Georgs-Kirche an der Westseite des Stuyvesant-Parks, war es doch der längste Tag des Jahres. Es hieß, daß das Wetter in der kommenden Woche voraussichtlich beständig bleiben würde. Mr. Moore und die anderen kamen die Treppe zum Salon empor, wo der Doktor einen Brief las, während Cyrus eine traurige Opernmelodie spielte und dazu sang. Es klang so, wie wenn zwei verliebte Menschen im Sterben lagen, denn nach dem wenigen zu schließen, was ich über Opern so in Erfahrung gebracht hatte, schien es sich mehr oder weniger immer darum zu handeln. Wie immer verfolgte ich die kommende Szene aus einem im Schatten liegenden Winkel eine Treppe höher.

Der Doktor erhob sich und schüttelte allen Eintretenden freundlich die Hand. Mr. Moore schlug ihm kräftig mit den Worten auf den Rücken: »Du siehst greulich aus, Laszlo.« Daraufhin strebte er zielbewußt einer silbernen Dose entgegen, die Zigaretten mit einer wohlriechenden Mischung aus schwarzem russischem und blondem Virginia-Tabak enthielt.

»Es ist sehr gütig von dir, das zu registrieren«, sagte der Doktor seufzend, sah zu Miss Howard hin und wies auf den Sessel ihm gegenüber. »Bitte, Sara.«

»Wie gewohnt ist John der Takt in Person«, sagte sie und setzte sich. »Alles in allem finde *ich*, Doktor, daß Sie bemerkenswert gut aussehen.«

»Ich weiß nicht«, gab dieser zweifelnd von sich. »Alles in allem …« Miss

Howard lächelte verlegen, nachdem ihr offenbar klar wurde, wie ungeschickt ihr Kompliment doch gewesen war, aber seinerseits mit einem Lächeln teilte ihr der Doktor mit, daß er den Besuch zu schätzen wisse. »Und auch die Herren Kriminalbeamten sind gekommen«, fuhr er fort. »Das ist in der Tat eine angenehme Überraschung. Gerade heute ist ein Brief von Roosevelt eingetroffen – ich habe ihn vorhin gelesen.«

»Tatsächlich?« sagte Lucius und schob sich mit seinem Bruder näher an den Ohrensessel des Doktors heran. »Was schreibt er denn?«

»Ich möchte wetten, daß er die Leute bei der Marine nicht annähernd so unter Druck setzt wie früher unsere Streifenpolizisten«, sagte Marcus.

»Ich unterbreche nicht gern«, sagte Mr. Moore quer durch den Raum, »aber eigentlich wollten wir Cocktails trinken. Dürfen wir uns bedienen, Kreisler?« Er wies auf einen in seiner Nähe stehenden Servierwagen aus Mahagoni, auf dessen Glasplatte lauter Flaschen standen. »Ich nehme nicht an, daß der Küchendragoner da unten sie machen wird. Was ist die Frau eigentlich, eine Art Flüchtling oder so was?«

»Mrs. Leschko?« Während der Doktor den Namen sprach, wies er mit dem Kopf in Richtung Servierwagen. Sogleich rannte Mr. Moore darauf zu, als befände er sich in der Wüste und stünde kurz vor dem Verdursten. »Sie ist unsere Haushälterin, und zu meinem immerwährenden Bedauern auch unsere Köchin. Ich habe Cyrus den Auftrag erteilt, eine andere Stellung für sie zu suchen, möchte sie aber nicht gern entlassen, solange sie noch nichts hat.«

»Willst du damit sagen, daß du tatsächlich ißt, was sie kocht?« fragte Mr. Moore. Er nahm sechs Gläser und goß in jedes Gin, ein wenig Vermouth und einen Schuß Bitter. Das Ergebnis nannte er *Martinis*, ich habe aber auch schon Barkellner gehört, die *Martínez* dazu sagten. »Laszlo, du kennst die russische Küche«, fuhr er fort, während er die Gläser herumreichte. »Die essen das Zeug doch nur, weil sie müssen.«

»Das ist mir schmerzlich bewußt, Moore, das kannst du mir glauben.«

»Was ist jetzt mit dem Brief?« sagte Miss Howard, nachdem sie ein wenig an ihrem Glas genippt hatte. »Was hat unser geschätzter Herr Unterstaatssekretär zu sagen?«

»Nichts Gutes, fürchte ich«, sagte der Doktor. »Seiner letzten Mitteilung hatte ich entnommen, daß er und Cabot Lodge sich ziemlich lange in Henry Adams' Haus aufgehalten hatten. Henry befindet sich zur Zeit in Europa, und sein sonderbarer Bruder scheint im Eßzimmer seines Hauses hofzuhalten, solange jener fort ist.«

»Brooks?« sagte Miss Howard. »Beunruhigt Sie das, Doktor?«

»Sie glauben doch nicht etwa, daß irgend jemand tatsächlich auf ihn *hört*?« fügte Marcus hinzu.

»Da bin ich nicht sicher«, sagte der Doktor. »Jedenfalls habe ich Roosevelt in einem Brief wissen lassen, daß Brooks Adams meiner Ansicht nach möglicherweise unter krankhaften Wahnvorstellungen leidet. In seiner

Antwort erklärt er zwar, daß er meine Ansicht teilt, manche Gedanken, die der Mann vertritt, aber für durchaus bedenkenswert hält.«

Lucius verdrehte die Augen. »Eine entsetzliche Vorstellung. All das Gerede von ›Kriegerblut‹ und ›Kampfesmut‹ ...«

»Völliger Unsinn, was sonst«, sagte der Doktor. »Wenn Männer wie Brooks Adams fordern, daß wir Krieg führen müssen, damit aus unseren Landsleuten wieder richtige Kerle werden, beweisen sie nur, wie entartet sie schon sind. Falls der Bursche je in die Nähe eines Schlachtfeldes käme ...«

»Reg dich nicht auf, Laszlo«, sagte Mr. Moore. »Brooks ist im Augenblick in Mode, aber niemand nimmt ihn ernst.«

»Möglich, aber Männer wie Roosevelt und Lodge nehmen die Ideen ernst, die er vertritt.« Der Doktor erhob sich und trat kopfschüttelnd zu einem der großen Palmkübel, der nahe einer der offenen Fenstertüren stand. »Jetzt sitzen sie da in Washington und versuchen wie die Schuljungen, einen Krieg gegen Spanien vom Zaun zu brechen. Ich sage dir, eine solche Auseinandersetzung würde unser Land tiefgreifend verändern, und nicht unbedingt zum Besseren.«

Lächelnd trank Mr. Moore. »Du hörst dich an wie Professor James. Er hat haargenau dasselbe gesagt. Du hast doch nicht etwa mit ihm gesprochen?«

»Sei nicht albern«, sagte der Doktor, den die Erwähnung seines früheren Lehrers, mit dem er in der Tat schon seit vielen Jahren kein Wort mehr gewechselt hatte, ein wenig peinlich zu berühren schien.

»Nun ja«, sagte Lucius, um Unparteilichkeit bemüht, »die Spanier haben durchaus Grund, uns zu grollen. Schließlich haben wir sie dafür, wie sie die kubanischen Aufständischen behandelt haben, alles mögliche, von ›Schweine‹ bis zu ›Schlächter‹, genannt.«

»Wie kann jemand ein ›Schwein‹ und zugleich ein ›Schlächter‹ sein?« sagte Miss Howard.

»Keine Ahnung, aber die Spanier haben es geschafft«, antwortete Mr. Moore. »Sie haben sich aufgeführt wie sadistische Wilde, um den Aufstand niederzuschlagen – Konzentrationslager, Massenhinrichtungen ...«

»Ja, aber die Aufständischen waren in ihren Mitteln auch nicht gerade wählerisch«, gab Marcus zu bedenken. »Sie haben nicht nur gefangene Soldaten abgeschlachtet, sondern sogar Zivilisten, die nicht bereit waren, ihre ›Sache‹ zu unterstützen.«

»Marcus hat recht, Moore«, warf der Doktor ein. »Bei diesem Aufstand geht es nicht um Freiheit oder Demokratie, sondern um Macht. Die eine Seite hat sie, und die andere will sie. Das ist alles.«

»Stimmt«, sagte Mr. Moore achselzuckend.

»Und *wir* erwecken den Eindruck, als strebten wir eine Art amerikanisches Weltreich an«, fügte Lucius hinzu.

»Das kann man wohl sagen.« Der Doktor ging wieder zu seinem Sessel, nahm Roosevelts Brief zur Hand und überflog ihn noch einmal. Er setzte sich wieder, faltete ihn zusammen und legte ihn mit einem Laut des Abscheus beiseite. »Aber – genug davon.« Er fuhr sich mit der Hand über das Gesicht. »Schön, ich schlage vor, ihr sagt mir, was euch herführt.«

»Was uns herführt?« sagte Mr. Moore so unschuldig und erstaunt, daß es jedem Unterhaltungskünstler in einem der billigen Vergnügungslokale der Bowery zur Ehre gereicht hätte. »Was sollte uns *herführen*? Sorge, das Bedürfnis, dir moralische Unterstützung angedeihen zu lassen. All das.«

»Sonst nichts?« fragte der Doktor mißtrauisch.

»Doch.« Mr. Moore wandte sich kurz dem Klavier zu. »Cyrus, könntest du was weniger Trauerkloßiges spielen? Ohne Zweifel sind wir alle schrecklich bedrückt, weil Othello aus Versehen seine märchenhafte Gemahlin erdrosselt hat, aber wenn wir sehen, welche Pracht die Natur da draußen entfaltet, könnten wir doch solche Gefühle hintanstellen. Kennst du zufällig etwas, was nicht so – nun – fade ist? Es ist immerhin Sommer, Freunde und Kollegen!«

Daraufhin leitete Cyrus zu »White« über, einem beliebten Lied aus den vierziger Jahren, das Mr. Moore in die richtige Stimmung zu versetzen schien. Er wandte sich mit strahlendem Lächeln an den Doktor, der ihn besorgt musterte.

»In manchen Augenblicken zweifle ich an deinem Verstand, Moore«, sagte er.

»Ach, komm schon, Kreisler!« erwiderte Mr. Moore. »Ich verspreche dir, alles wird gut. Wir haben sogar den lebenden Beweis dafür mitgebracht, daß sich die Dinge in deinem Sinn zu entwickeln beginnen.« Mit leichtem Nicken wies er auf Marcus und Lucius.

»Die Isaacsons?« sagte der Doktor und sah die beiden an. »Aber was können *sie* damit zu tun haben?«

Marcus sah verärgert zu Mr. Moore hin und gab ihm dann sein leeres Glas. »Wirklich geschickt, John«, sagte er. »Ich glaube, als Barkellner sind Sie besser.«

»Soll mir ein Vergnügen sein!« sagte Mr. Moore und tänzelte wieder zum Servierwagen hinüber.

Der Doktor gab den Versuch auf, von seinem Journalistenfreund eine vernünftige Auskunft zu bekommen, und wandte sich den beiden Isaacsons zu. »Meine Herren? Haben Moores Nerven vollständig versagt und ihn veranlaßt, Sie aus irgendwelchen Wahnvorstellungen heraus mit herzubringen?«

»Es war nicht John«, sagte Marcus.

»Sie dürfen sich bei Captain O'Brien dafür bedanken«, fügte Lucius hinzu, »sofern ›bedanken‹ das richtige Wort ist.«

»Dem Leiter der Kriminalpolizei?« fragte Kreisler. »Und wofür?«

»Dafür, daß Sie uns in den nächsten sechzig Tagen ziemlich häufig sehen werden, wie ich fürchte«, sagte Marcus. »Ihnen ist doch bekannt, daß das Gericht eine polizeiliche Untersuchung der Vorgänge in Ihrem Institut angeordnet hat.«

Was als nächstes kommen würde, war mir sofort klar, wie auch bestimmt dem Doktor; dennoch sagte er einfach ja.

»Nun«, fuhr Lucius anstelle seines Bruders fort, »wir haben den Auftrag erhalten, die Untersuchung durchzuführen.«

»Was?« In der Stimme des Doktors mischte sich Entsetzen mit Erleichterung. »Sie beide? Aber weiß O'Brien denn nicht...«

»Daß wir mit Ihnen befreundet sind?« sagte Marcus. »Das ist ihm durchaus klar und steigert vermutlich sein Vergnügen. Sie müssen nämlich wissen... Wie fangen wir nur an?«

Da die Erklärung dessen, was im Verlauf des Tages im Polizeipräsidium vor sich gegangen war, immer wieder vom üblichen Gezänk der beiden Beamten darüber unterbrochen wurde, wer wofür verantwortlich sei, fasse ich die Sache am besten selbst kurz zusammen.

Angefangen hatte es mit dem Leichenteil, den Cyrus und ich in der Nacht im Hafen nahe dem Cunard-Anleger gesehen hatten. (Nun, eigentlich hatte es mit dem Eintritt der Brüder Isaacson in die Polizei angefangen, denn mit ihren fortschrittlichen Methoden und besonderen Verfahrensweisen hatten sie sich sogleich bei allen unbeliebt gemacht, zumal sie Juden waren. Aber was diesen speziellen Fall betraf, hatte die Leiche den Auslöser geliefert.) Es war jedem, vom einfachen Streifenpolizisten am Ort des Geschehens bis hinauf zu den Captains Hogan und O'Brien, in der Kriminalpolizei klar, daß sich der Leichenfund zu einem sensationellen Fall auswachsen würde. Kein Sommer in New York ist vollständig ohne einen beeindruckenden geheimnisvollen, blutrünstigen Mord, und jener Fall erfüllte alle Voraussetzungen, angefangen bei der Wahrscheinlichkeit, daß bald weitere Leichenteile an anderen Stellen der Stadt angespült würden (und das geschah dann auch). Die Presse hatte den Fall schon breit ausgewalzt und würde damit fortfahren, und sie hatte genau vermerkt, wer an seiner Lösung arbeitete. Aber jeder machte bei dem Spielchen mit: Die Bullen mußten der Öffentlichkeit den Fall als harte Nuß präsentieren, damit sie sich mit Lorbeeren schmücken konnten, wenn die Zeit dafür gekommen war.

Die Brüder Isaacson hatte man mitten in der Nacht an den Anleger beordert, als Captain O'Brien schlief. Hätte man geahnt, was dort auf sie wartete, wären sie nie so nahe an die Sache herangelassen worden. Eher hätte sich O'Brien einen Arm abgehackt, als ausgerechnet den beiden Beamten, die nicht müde wurden, ihm mitzuteilen, daß seine Methoden geradezu lächerlich veraltet seien, den Fall anzuvertrauen, der zum größten Knüller des Sommers werden konnte. Aber die Isaacsons hatten jede Aussicht darauf zunichte gemacht, indem sie einen Bericht entsprechend dem verfaßt hatten, was wir Lucius in jener Nacht am Fluß hatten sagen hören: Alles weise darauf hin, daß es sich um ein im Affekt begangenes

Verbrechen handele und der Täter dem Opfer nahestehen müsse, da er dessen unveränderliche Kennzeichen gekannt und sorgfältig beseitigt habe – kurz, es müsse sich um jemanden handeln, dem in erster Linie daran lag, die Identität des Opfers nicht bekannt werden zu lassen und den Verdacht von sich abzulenken. Aber damit waren die höheren Chargen der Kriminalpolizei nicht zufrieden. Lieber stellten sie sich den Täter als verrückten Anatomen oder Medizinstudenten vor, der mit Körperteilen handelte, die Art von unheimlicher Geschichte, die unfehlbar die Phantasie der Öffentlichkeit heißlaufen läßt. Genau diese Version hatte die Polizei noch in derselben Nacht den Zeitungen mitgeteilt. Daß alle Hinweise einer solchen Vorstellung geradezu Hohn sprachen, interessierte die Herren von der Kriminalpolizei nicht sonderlich. Die wirkliche Lösung eines Verbrechens war unerheblich, wenn sich eine erfundene Geschichte zum eigenen Vorteil ausschlachten ließ.

Jedenfalls sah Captain O'Brien am Montag morgen den Bericht der Brüder Isaacson und erkannte, daß er die beiden von dem Fall so fern halten mußte wie nur irgend möglich, wenn er »das Geheimnis des Rumpfes ohne Kopf« so richtig ausschlachten wollte. Nun ergab es sich, daß er am selben Vormittag zwei Beamte mit der Untersuchung der Umstände beauftragen mußte, die zum mutmaßlichen Selbstmord des kleinen Paulie McPherson geführt hatten, sowie der Zustände, die ganz allgemein im Kreisler-Institut für Kinder herrschten. Es dürfte ihm ein diebisches irisches Vergnügen bereitet haben, den Brüdern Isaacson mitzuteilen, daß sie von der Ermittlung im Fall mit dem Rumpf entbunden und dafür mit dem Fall McPherson betraut seien. O'Brien wußte, daß sie mit Dr. Kreisler bekannt waren. Da er, wie die meisten Polizeibeamten, nichts für ihn übrig hatte, war er nur allzugern bereit, ihm möglichst viele Knüppel zwischen die Beine zu werfen. Sofern die Sache schlecht ausging und die beiden Isaacsons sich gegen ihren Freund stellen mußten, wäre das für O'Brien nur um so amüsanter; falls die Sache aber im Sande verliefe, wäre es ihm zumindest gelungen, die beiden Kriminalbeamten von dem wichtigeren Fall mit dem »Rumpf ohne Kopf« fernzuhalten.

»Und jetzt sind wir hier«, sagte Marcus schließlich. »Tut mir leid, Doktor. Wir werden versuchen, es für Sie so wenig unangenehm und – nun ja – so wenig würdelos wie möglich zu machen.«

»Dafür werden wir sorgen«, pflichtete Lucius beflissen bei.

Der Doktor bemühte sich, die beiden möglichst zu beruhigen. »Es braucht Ihnen wirklich nicht peinlich zu sein. Es stand nicht in Ihrer Macht, es zu verhindern. Mit etwas Ähnlichem hätte man eigentlich rechnen müssen, und wir wollen versuchen, das Beste daraus zu machen.« Einen Augenblick überschattete Trauer seine Stimme. »Immer wieder habe ich mich und meine Mitarbeiter gefragt, was den Jungen dazu getrieben haben mag, sich das Leben zu nehmen – aber wie ich fürchte, ergebnislos. Eigentlich bin ich sicher, daß kein Vorfall im Institut den Jungen dazu veranlaßt hat, doch müssen Sie das selbstverständlich selbst entscheiden. Sie wissen hoffentlich, daß es keine zwei Menschen auf der Welt gibt, in deren Händen ich die Angelegenheit lieber sähe als bei Ihnen.«

»Vielen Dank, Sir«, murmelte Lucius.

»Ja«, sagte Marcus. »Allerdings fürchte ich, daß wir Ihnen ziemlich lästig sein werden.«

»Unsinn«, sagte Dr. Kreisler. Ich konnte seiner Stimme anhören, daß die Erleichterung, die er empfand, weil sich die Dinge so entwickelten, geradezu in eine Art Glücksgefühl überging. Die Art und Weise, wie Mr. Moore und Miss Howard lächelten, zeigte mir, wie entzückt sie waren, daß es so gekommen war. Der Grund dafür ließ sich unschwer denken: Nicht nur steigerte der den Brüdern Isaacson erteilte Auftrag die Aussichten dafür, daß sich der Doktor an der Untersuchung des Falles Linares beteiligte, zugleich würden uns die Gaben der beiden Kriminalbeamten vierundzwanzig Stunden am Tag zur Verfügung stehen. Wenn das kein Grund war, glücklich zu lächeln!

»Es ist ohnehin ziemlich viel Lärm um nichts«, sagte Mr. Moore, während er allen ein zweites Glas in die Hand drückte. »In der Redaktion der *Times* meint man, daß die Sache im Sande verlaufen wird.«

»Tatsächlich?« murmelte der Doktor. Es klang nicht besonders überzeugt.

»Absolut.«

Als sich Mr. Moore, am Sessel des Doktors angekommen, vorbeugte, um ihm den Cocktail zu geben, fiel ein Päckchen Papiere und Briefe aus der Innentasche seines Jacketts.

»O verdammt«, sagte er mit einer Stimme, die durchaus überzeugend geklungen hätte, wäre mir nicht bekannt gewesen, daß das Hauptziel des Abends darin bestand, den Doktor für den Fall Linares zu erwärmen. »Laszlo«, fuhr er mit einer Handbewegung zu den Papieren fort und gab zugleich Lucius ein Glas, »würdest du bitte ...«

Der Doktor bückte sich und hob die verstreuten Papiere auf. Während er sie aufeinanderschichtete, überflog er sie. Dann erstarrte er unvermittelt in der Bewegung: Er hielt das Photo der kleinen Ana Linares in der Hand.

Während er es aufmerksam betrachtete, vermutlich ganz, wie es der gerissene Mr. Moore vorausgesehen hatte, trat ein Lächeln auf seine Züge.

»Ein reizendes Kind«, sagte er. »Das Kind von Bekannten, John?«

»Hm?« machte Mr. Moore ganz unschuldig.

»Eigentlich ist sie viel zu schön, als daß sie mit dir *verwandt* sein könnte«, fuhr der Doktor fort, worauf die anderen ein wenig lachten. Das war ihr erster Fehler, denn er hatte das Photo noch keinem gezeigt – wenn sie aber alle das hübsche lächelnde Gesicht kannten, das darauf zu sehen war, konnte etwas nicht stimmen. Mißtrauisch äugte der Doktor in die Runde. »Ach so ist das«, sagte er, immer noch ruhig, und zu Mr. Moore gewandt. »Darf ich fragen, um wen es sich handelt?«

»Ach, es ist nichts weiter, Laszlo«, sagte Mr. Moore und nahm das Päckchen von Briefen und Papieren wieder an sich. »Laß gut sein.«

Unterdessen sah ich, wie Lucius die Abendausgabe der *Times* zur Hand nahm und sich nervös vors Gesicht hielt, obwohl deutlich zu sehen war, daß er nicht darin las.

Der Doktor beugte sich zu Mr. Moore vor. »Was meinst du mit ›nichts‹? Trägst du seit neuestem die Photos namenloser Kinder mit dir herum?«

»Nein, aber nun, es ist nichts, worüber du dir Sorgen machen solltest.«

»Ich mache mir keine Sorgen«, erwiderte der Doktor. »Warum sollte ich?«

»Genau«, sagte Mr. Moore. »Es gibt keinen Grund dazu.«

Der Doktor sah ihn aufmerksam an. »Machst du dir etwa Sorgen?«

Mr. Moore nippte lediglich an seinem Cocktail und hob eine Hand. »Bitte, Laszlo – du hast genug um die Ohren. Laß einfach gut sein.«

»John«, sagte der Doktor, mit einer Stimme, in der ehrliche Besorgnis lag. »Sofern du Ärger hast...« Er hielt inne, als ihm Miss Howard eine Hand auf den Arm legte.

»Sie brauchen John nicht weiter zu bedrängen, Doktor«, sagte sie. »Es handelt sich um eine Sache, mit der *ich* mich beschäftige. Er hat mir dabei geholfen, nichts weiter. Ich habe ihm das Photo geliehen.«

Der Doktor lehnte sich wieder in seinem Sessel zurück und wandte sich an Miss Howard, jetzt weniger besorgt und eher erregt. »Ah! Ein Fall, Sara?«

»Ja«, war ihre schlichte Antwort.

Ich konnte sehen, daß es den Doktor erstaunte, wie wenig mitteilsam seine Freunde waren. Zu Lucius, der nach wie vor einen nervösen Eindruck machte, sagte er: »Detective Sergeant, ich denke, daß Ihnen das Lesen der Zeitung eher gelingt, wenn Sie sie richtig herum halten.«

»Ach!« sagte Lucius verlegen und befolgte laut raschelnd den Rat, während Marcus leise aufseufzte. »Ja, ich – ich glaube, Sie haben recht, Doktor.«

Nach einem weiteren Augenblick des Schweigens sagte der Doktor: »Vermutlich helfen Sie beide ebenfalls Miss Howard bei ihrem Fall.«

»Eigentlich nicht«, antwortete Marcus unbehaglich. »Jedenfalls nicht sehr. Trotzdem ist die Sache – in gewisser Hinsicht interessant.«

»Uns wäre Ihre Meinung dazu wichtig, Doktor«, sagte Miss Howard. »Ich meine, inoffiziell. Vorausgesetzt, wir belästigen Sie damit nicht.«

»In keiner Weise«, antwortete der Doktor, und aus der Art, wie er das sagte, gewann ich den Eindruck, daß er nicht nur bereits eine Vorstellung davon hatte, was vor sich ging, sondern auch bereit war, sich darauf einzulassen.

Mr. Moore spürte, daß der Doktor angebissen hatte. Munter sah er auf die Uhr. »Nun, ich denke, wir sprechen am besten beim Abendessen weiter darüber. Ich habe einen Tisch bei Mouquin's reserviert. Kreisler, du kommst doch sicher mit?«

»Eigentlich...« Zwar pflegte sich der Doktor seit einer Weile gesellschaftlichen Verpflichtungen unter einem Vorwand zu entziehen, aber an jenem Abend war er zu gespannt, als daß er auch nur den Versuch dazu unternommen hätte. »Ach, warum nicht? Mit Vergnügen.«

»Schön«, sagte Mr. Moore. »Und Cyrus wird uns bestimmt gern fahren – nicht wahr, Cyrus?«

»Ja, Sir«, erklärte dieser fröhlich.

Mr. Moore wandte sich dem Treppenhaus zu. »Stevie!«

»Bin schon da!« rief ich und kam die Treppe herabgeeilt.

»Bitte die Kalesche«, sagte Mr. Moore. »Cyrus, würdest du den Doktor für heute abend stadtfein machen?«

Cyrus nickte, während ich nach unten und zur Haustür hinaus stürmte, um Gwendolyn das Zaumzeug anzulegen und sie anzuschirren.

Als ich vorfuhr, kamen die anderen gerade aus dem Haus. Ich gab Cyrus die Zügel, und während alle einstiegen, mahnte mich der Doktor, den Abend zu nutzen und früh schlafen zu gehen. Ich konnte über diese Vorstellung nur lachen, wartete damit aber, bis sie alle abgefahren waren.

# KAPITEL 8

Die Vorfreude, die mich schon den ganzen Nachmittag förmlich aufgefressen hatte, setzte an jenem Abend erneut ein. Ich ging zur Küche hinab und teilte Mrs. Leschko mit, daß sie früher nach Hause gehen könne, da ich mich um die Gläser und alles andere im Salon kümmern würde. Sie schenkte mir ein breites Lächeln und riß mir vor Dankbarkeit fast die Wangen ab. Dann packte sie ihre Sachen und verschwand. Ich ging zum Salon empor, räumte den Servierwagen auf und brachte die Gläser nach unten, um sie abzuwaschen. Danach nahm ich mir mehrere Stunden lang die Geschichte des alten Rom sowie eine halbe Schachtel Zigaretten vor, nicht ohne von Zeit zu Zeit einen Ausflug zu unserem neuen Eisschrank zu unternehmen, aus dem ich mir etwas zum Knabbern holte. Trotz allem konnte ich mir gelegentliche Anfälle nervösen Aufundabgehens und die immer wiederkehrende Frage nicht verkneifen, ob sich der Doktor bereit erklären würde, bei der Suche nach der kleinen Ana Linares mitzuwirken.

Nachdem er die anderen jeweils vor ihrer Wohnung abgesetzt hatte, kehrte er gegen Mitternacht ins Haus an der Siebzehnten Straße zurück. Nach den Maßstäben der Gruppe war das früh, aber angesichts dessen, daß er sich in den letzten Wochen kaum Muße gegönnt hatte, nahm ich die Zeit seiner Rückkehr als gutes Zeichen. Er kam allein ins Haus – Cyrus versorgte im Stall nebenan Gwendolyn –, und als ich hörte, wie die Haustür ins Schloß fiel, ging ich zum Salon hinab, denn ich wußte, daß er sich dort gewöhnlich einen Schlaftrunk eingoß. Damit er nichts merkte, hatte ich mir Schlafanzug und Morgenmantel angezogen und fuhr mir auf dem Weg nach unten ein- oder zweimal mit den Händen durch das Haar, um es wirr erscheinen zu lassen. Dann trat ich ausgiebig gähnend in den Salon, wo der Doktor mit einem Glas Kognak in seinem Sessel saß. Offensichtlich hatte er sich noch einmal den Brief Mr. Roosevelts vorgenommen.

Bei meinem Eintreten – ich gab mir große Mühe, schlaftrunken dreinzublicken – hob der Doktor den Blick. »Stevie? Wieso bist du noch auf? Es ist schon spät.«

»Erst Mitternacht«, gab ich zur Antwort und trat ans Fenster. »Ich muß wohl eingeschlafen sein.«

Er lachte leise auf. »Ein glänzender Versuch, Stevie. Aber ein bißchen durchsichtig.« Ohne darauf einzugehen, lachte ich ein wenig in mich hinein und zuckte die Achseln. Der Doktor stellte sein Glas beiseite und trat ans andere Fenster. Nach einer Weile sagte er ganz ruhig: »Ist dir klar, was die von mir wollen?«

Es hatte den Anschein, als käme die Frage unvermittelt, aber ich hatte wohl etwas in der Art erwartet, denn ich antwortete, ohne zu zögern: »Mhm. Mehr oder weniger.«

»Und wie lange weißt du das schon?«

»Miss Howard hat uns gestern abend davon berichtet.«

Der Doktor nickte, lächelte kurz und sah dann wieder zum Fenster hinaus. »Ich bin nicht sicher, ob ich das kann.«

Ich zuckte wieder die Achseln. »Das sollten Sie selbst entscheiden. Ich meine, ich verstehe – wie die Dinge liegen ...«

»Ja.« Ohne sich umzudrehen, fügte er hinzu: »Beim vorigen Mal hätten wir dich fast verloren.«

Das erstaunte mich. Ich war überzeugt gewesen, daß er bei der Abwägung, ob er in den Fall Linares eingreifen sollte oder nicht, in erster Linie an Mary Palmer denken würde, und hatte glatt vergessen, wie *ich* dem Sensenmann bei dem Überfall, der sie das Leben gekostet hatte, nur um Haaresbreite entkommen war – übrigens auch Cyrus, woran ich den Doktor gleich erinnerte.

»Er ist erwachsen«, erklärte er. »Wenn mir Cyrus sagt, daß er bereit ist, die möglichen Gefahren auf sich zu nehmen, ist das seine Entscheidung. Gott weiß, daß er aus dem Fall Beecham eine – eine Lehre ziehen konnte ...« Er ließ eine Pause eintreten, holte tief Luft und atmete dann langsam und müde wieder aus. »Aber bei dir liegt die Sache anders.«

Ich dachte darüber nach. »Ich hätte nie geglaubt ... ich meine, ich war der Ansicht, Sie würden eher ...«

»Ich weiß«, erwiderte der Doktor. »Es sähe dir nicht ähnlich, anders zu denken. Du hattest zu lange keine Gelegenheit anzunehmen, daß du von Bedeutung bist, Stevie. Aber so ist es. Daß das auch für Mary galt, muß ich dir nicht eigens sagen. Aber sie ... sie ist jetzt fort.« Das war alles, was er über sie sagen konnte, und es war mehr, als er mir gegenüber je gesagt hatte.

»Ich kann mich trotzdem nicht daran gewöhnen«, sagte ich, bevor ich mir Zeit genommen hatte, über meine Worte nachzudenken, »daß sie nicht mehr da ist.«

»Nein, das werden wir wahrscheinlich nie.« Der Doktor nahm seine Uhr heraus und machte sich in einer bei ihm ungewohnten Weise daran zu schaffen: als wisse er nicht so recht, wie er sagen sollte, was ihm durch den Kopf ging. »Ich ... rechne nicht damit, je Kinder zu haben, Stevie. Ich meine, eigene. Aber wenn ich einen Sohn hätte ... ich könnte nur wünschen, daß er deine Unerschrockenheit besäße. In jeder Hinsicht.« Er steckte die Uhr wieder ein. »Ich darf dich durch das, was ich tue, nicht erneut in Gefahr bringen.«

»Das mag sein«, sagte ich. »Aber ...« Auch mir fiel es schwer, auszusprechen, was ich sagen wollte. »Aber ich war mein Leben lang in Gefahr. Ich meine, bevor ich zu Ihnen gekommen bin. So was Besonderes ist das nicht – solange es einen vernünftigen Grund dafür gibt. Und dieser Fall –

nun, Sie sehen das Bild des kleinen Mädchens, und es ist ziemlich klar, was mit dem Fall auf uns zukommen könnte.« Ich stampfte leicht mit dem Fuß auf, als wollte ich meinen Standpunkt verdeutlichen. »Denken Sie nicht, ich will Sie aus der Sache raushalten, das ist alles. Die anderen wissen, daß sie Sie brauchen. Falls ich im Weg bin, können Sie mich … ich weiß nicht, irgendwo hinschicken. Aber Sie sollten denen helfen. Weil die Sache wirklich schlimm und ernst werden könnte, wie Lucius gesagt hat.«

Bei diesen Worten lächelte der Doktor und sah mich prüfend an. »Und wann hat er das gesagt?«

Ich lachte ein bißchen und schlug mir ärgerlich mit der Faust an die Stirn. »Ach so, wahrscheinlich gestern abend.«

»Aha.«

Wir standen einfach da und sahen auf den Stuyvesant-Park hinaus. Es kam mir so vor, als hätte es ziemlich lange gedauert, dabei können es nur wenige Minuten gewesen sein – nicht einmal Zeit genug für Cyrus, seine Arbeit im Stall zu beenden. Dann sagte der Doktor: »Die beiden Isaacsons haben heute morgen die beim Überfall auf Mrs. Linares verwendete Waffe gefunden – weißt du das schon?«

Ich fuhr erregt zu ihm herum. »Nein. Mr. Moore hatte nur gesagt, daß es eine Entwicklung gegeben hätte. Was war es, ein Stück Rohr?«

»Dein altes Markenzeichen«, sagte der Doktor mit einem Nicken und holte sein Zigarettenetui hervor. »Es lag unter einer Bank in der Nähe des ägyptischen Obelisken. Sie haben mehrere Fingerabdrücke darauf gefunden. Außerdem Blutspuren, doch läßt sich unmöglich sagen, von wem oder auch nur, von welcher Art Lebewesen das Blut stammt. Ich fürchte, auf diesem forensischen Teilgebiet bleibt noch viel zu tun …« Er steckte sich eine Zigarette an und blies den Rauch mit bedrücktem, doch zugleich auch fasziniertem, Ausdruck zum offenen Fenster hinaus. »Wer zum Teufel hat ein Interesse daran, die Tochter eines hohen spanischen Beamten zu entführen, ohne für sich etwas dabei herauszuschlagen?«

Ein Lächeln stahl sich auf mein Gesicht. »Sie werden ihnen also helfen.«

Der Doktor seufzte erneut. »Ich stecke, wie es aussieht, in einer Zwickmühle. Ich möchte nicht, daß du fortgeschickt wirst, andererseits kann ich nicht zulassen, daß du dich in Gefahr begibst.« Er zog wieder an seiner Zigarette. »Sag mir – wie würdest *du* ein solches Problem lösen?«

»Ich?«

»Ja. Was glaubst du, wie ich dabei vorgehen soll?«

Ich suchte nach Worten. »Sie sollten … nun, Sie sollten tun, was Sie immer getan haben. Einfach mein Freund sein. Sich darauf verlassen, daß ich mich um mich selbst kümmern kann. Denn das kann ich.« Ich stieß ein kleines grunzendes Lachen aus. »Mindestens so gut wie alle anderen.«

Der Doktor lächelte, trat dann zu mir herüber und fuhr mir mit einer

Hand durch die Haare. »Das stimmt schon. Und du hast es mit dem bei dir gewohnten Respekt vor Erwachsenen gesagt.«

Dann öffnete sich die Haustür, und Cyrus kam die Treppe herauf. Er blieb stehen, als er mich im Salon sah, als nähme er an, daß es sich um eine private Unterhaltung handelte, aber der Doktor rief ihn herein.

»Du kannst es ruhig auch wissen, Cyrus«, sagte er und drückte seine Zigarette in einem Aschenbecher aus. »Es sieht ganz so aus, als würden wir uns erneut mit Detektivarbeit beschäftigen – immer vorausgesetzt, daß du einverstanden bist.«

Cyrus nickte einfach. »Sehr wohl, Sir.«

»Du wirst ein Auge auf unseren jungen Freund hier haben, nicht wahr?« fügte der Doktor hinzu. »Es sieht so aus, als hätte er sich schon mit den beiden Isaacsons zu allen Stunden der Nacht in der Stadt herumgetrieben.«

Er hob den Blick vom Aschenbecher und sah Cyrus an. »Du weißt wohl nicht zufällig etwas darüber?«

Darauf lächelte Cyrus lediglich und sah mit gefalteten Händen zu Boden. »Möglich ist das schon, Doktor, ja.«

»Dachte ich es mir doch«, sagte der Doktor und schritt der Treppe entgegen. »Nun ... ich werde mich jedenfalls zurückziehen. Kann sein, daß wir in nächster Zeit wenig Schlaf bekommen.« Er blieb noch einmal stehen und wandte sich zu uns um. »Und ihr beide seid vorsichtig. Gott allein weiß, wohin uns die Sache führen kann.«

Cyrus und ich murmelten feierliche Gelöbnisse des Inhalts, daß wir uns bemühen würden, auf uns achtzugeben; aber als der Doktor nach oben entschwunden war, seinem Schlafzimmer entgegen, konnte uns nichts auf der Welt daran hindern zu lächeln.

# Kapitel 9

Am nächsten Vormittag rief der Doktor Miss Howard, Mr. Moore und die beiden Isaacsons an, um ihnen seine Entscheidung mitzuteilen und Miss Howard zu bitten, sie möge für den Abend im Hause Broadway Nr. 808 eine Zusammenkunft mit Señora Linares vereinbaren, damit er mit ihr sprechen könne. Miss Howard rief bald zurück und teilte mit, daß Señora Linares um halb neun dort sein könne. Daraufhin zog sich der Doktor in sein Arbeitszimmer zurück, um sich für die bevorstehende Aufgabe zu rüsten und Unterlagen für das Gespräch zusammenzustellen. Gelegentlich erteilte er Cyrus und mir einen Auftrag, schickte uns in verschiedene Läden und Bibliotheken, um Bücher und Zeitschriften herbeizuschaffen. Dies geschäftige Tun hätte mich fast daran gehindert, mich um meine eigenen dringenden Geschäfte jenes Nachmittags zu kümmern: Ich mußte für mich und Mr. Moore auf das erste wirkliche Klasserennen der Saison setzen, das Vorstadt-Vorgaberennen auf der Bahn des Jockey-Clubs von Coney Island in Sheepshead Bay. Aber ich brachte alles unter einen Hut, und Mr. Moore und ich gewannen schließlich an jenem Tag recht ordentlich.

Gegen Viertel vor acht am Abend teilte uns der Doktor mit, daß es Zeit sei, sich auf den Weg zu machen, da er zu Fuß gehen wolle. Als Grund gab er das schöne Wetter an, aber ich vermute, daß ihn die Aussicht, nach Nummer 808 zurückzukehren, weit nervöser machte, als er angenommen hatte. Der Spaziergang hinüber zum Broadway und dann nach Süden schien ihn aber zu beruhigen. Als wir unser einstiges Hauptquartier erreicht hatten, begann die Sonne unterzugehen. Angesichts der herrlichen goldenen Tönung des Himmels über den Dächern konnte man sich nur schwer vorstellen, daß wir im Begriff standen, uns auf ein wirklich gefährliches Abenteuer einzulassen.

Dr. Kreisler betrat das Gebäude Nummer 808 ungefähr so, wie wir anderen zwei Tage zuvor: bedächtig und zurückhaltend, so daß sich die Erinnerungen nachhaltig bemerkbar machen konnten, bevor er etwas Endgültiges tat oder sagte. Solange uns der Aufzug zum sechsten Stock emportrug, herrschte Schweigen, aber als der Doktor Miss Howards Aufschrift an der Tür sah, schüttelte er mit leisem Lachen den Kopf.

»Das dürfte hinreichend euphemistisch sein«, murmelte er. »Sara scheint ihre Kundschaft gut zu kennen …«

Dann gingen wir hinein. Dort saßen Miss Howard und Señora Linares bereits auf zwei Sesseln. Die Besucherin war wie beim vorigen Mal schwarz gekleidet, hatte aber den Schleier zurückgeschlagen. So ließ sich sehen, daß ihre Wunden in der Zwischenzeit nur wenig geheilt waren. Sie schien sehr erleichtert, Dr. Kreisler kennenzulernen, und während sie miteinander sprachen, öffnete sie sich in ganz anderer Weise als bei der Befragung durch Mr. Moore und die beiden Isaacsons. Der Doktor konzentrierte sich nahezu ausschließlich auf Señora Linares, doch fiel mir an den kurzen Blicken, mit denen er sich von Zeit zu Zeit im Raum umsah, auf, daß er auch an anderes dachte: Dinge, die noch nicht so weit zurücklagen, als daß man sie für wirklich beendet halten konnte.

Die Befragung durch den Doktor dauerte etwas über eine Stunde und behandelte selbstverständlich auch Themen, denen die meisten Menschen keinerlei Beziehung zum vorliegenden Fall zugebilligt hätten. So fragte er nach den Angehörigen der Besucherin, nach ihrer Kindheit, dem Ort, wo sie aufgewachsen war, wollte wissen, auf welche Weise sie ihren Gatten kennengelernt und warum sie ihn geheiratet hatte. Dann folgten tiefergehende Fragen über die Art ihrer Beziehung zu ihm in den letzten Jahren. Bereitwillig antwortete sie auf all diese Fragen, obwohl sie erkennbar nicht so recht zu wissen schien, worauf er damit hinauswollte. Ich vermute, daß er angesichts ihrer Kooperationsbereitschaft auch noch weiter gefragt hätte, wenn das möglich gewesen wäre, aber als sie merkte, daß die Uhr halb zehn zeigte, wurde sie zutiefst unruhig und erklärte, sie habe sich keine gute Ausrede für ihre Abwesenheit auszudenken vermocht und müsse daher umgehend heimkehren. Cyrus besorgte ihr eine Droschke und kehrte gerade in dem Augenblick in den fünften Stock zurück, als sich die Dunkelheit endgültig über die Stadt senkte.

Während Cyrus' kurzer Abwesenheit wanderte der Doktor schweigend im Raum auf und ab. Möglicherweise überdachte er, was er soeben gehört hatte, vielleicht gingen ihm auch frühere Fälle durch den Sinn, und möglicherweise war es eine Mischung aus beidem. Was auch immer es sein mochte, niemand dachte im entferntesten daran, ihn zu unterbrechen, so daß ihn erst das Geräusch des zurückkehrenden Fahrstuhls aus seinen tiefen Gedanken riß. Er hob den Blick und schien verständnislos dreinzusehen, dann wandte er sich an Miss Howard, die im Lichtkreis einer Lampe saß, die sie kurz zuvor eingeschaltet hatte.

»Nun, Sara«, sagte er. »Was ist aus unserer Tafel geworden?«

Mit einem breiten Lächeln rannte Miss Howard förmlich zu dem japanischen Wandschirm hinüber und zog die große Tafel auf ihren Rollen herbei, so daß sie den Tischen gegenüberstand. Offenkundig war sie vor kurzem saubergewischt worden.

Der Doktor trat an die Tafel und sah nachdenklich auf ihre leere schwarze Fläche. Dann legte er sein Jackett ab, ergriff ein nagelneues Stück Kreide, brach es in der Mitte entzwei und schrieb mit zügigen Bewegungen die Wörter MÖGLICHE POLITISCHE ERKLÄRUNGEN quer über die Tafel. Das halbe Stück Kreide in der geschlossenen Hand schüttelnd, kehrte er zu uns zurück.

»Ich fürchte, wir fangen mit einem Weg an, der uns nicht weiterführt«, sagte er. »Unsere erste Aufgabe ist es, jede mögliche politische Komponente dieses Verbrechens zu erkunden – auch wenn ich von vornherein gestehen muß, daß ich von deren Existenz nicht überzeugt bin.«

Unwillkürlich glitt Mr. Moore hinter einen der Schreibtische und fragte: »Deiner Überzeugung nach ist es also ein Zufall, daß es sich bei dem Kind um die Tochter des Sekretärs des spanischen Konsuls handelt, Kreisler?«

»Ich habe in diesem Zusammenhang keinerlei Überzeugung, John – wohl aber vermute ich, wie auch die beiden Isaacsons gesagt haben, daß es sich um eine willkürliche und wahllos ausgeführte Tat handelt. Ich muß dir leider auch sagen, daß gerade deshalb unsere Aussichten, der Mutter das Kind zurückbringen zu können – und das ist ja wohl unser Ziel –, ziemlich trübe sind.« Mit einer einzigen Bewegung zeichnete er einen Kreis in die Mitte der Tafel und markierte dann einzelne Stellen auf dem Kreisbogen, während er weitersprach. »Ich denke, auch du wirst verstehen, Moore, daß jeder Versuch einer politischen Erklärung zu einer Art logischem Zirkel führt, der nirgends endet. Fangen wir einmal hier an.« Er stieß mit der Kreide auf die Zwölf-Uhr-Position des Kreises. »Das Kind ist auf die Weise entführt worden, wie es die Señora geschildert hat – ich denke nicht, daß es in dieser Hinsicht irgendwelche Zweifel an ihrer Wahrheitstreue gibt. Sie ist ein starker, in sich ruhender Mensch – das sehen wir schon daran, daß sie allein hergekommen ist. Wäre sie eine neurotische Frau, die um Mitgefühl und Aufmerksamkeit buhlt…« Mit einem Mal ließ der Doktor eine Pause eintreten und sah zum Fenster hinaus. »… und wir alle wissen, daß es solche Geschöpfe gibt… In dem Fall würden wir ihr als Publikum kaum genügen, und eine aus den Fingern gesogene Geschichte über eine Entführung wäre zusammen mit einem Bericht über eine Mißhandlung kaum das geeignete Mittel, die gewünschte dramatische Wirkung zu erzielen. Nein. Ihr Hintergrund, ihre Stellung, ihre Denkweise – all das weist darauf hin, daß sie die Wahrheit sagt. Wir müssen also annehmen, daß jemand der Mutter einen Schlag auf den Kopf versetzt und das Kind entführt hat, und zwar ein Fachmann, sofern wir Moores Hypothese eines politischen Hintergrundes akzeptieren.«

»Der hätte sich dafür kaum am hellichten Tag 'ne Stelle ausgesucht, wo ihn jeder sehen kann«, ließ sich Lucius vernehmen und schlug ein Notizbuch auf, um den Verlauf des Gesprächs festzuhalten.

»Ah, mein lieber Detective Sergeant, ich teile Ihre Vorbehalte«, sagte der Doktor, »doch dürfen wir diese Theorie nicht einfach deshalb verwerfen, weil wir für denkbar halten, daß sie falsch ist.« Sogleich schrieb er ENTFÜHRUNG AUS POLITISCHEN GRÜNDEN DURCH EINEN FACHMANN ans obere Ende des Kreises. »Vielleicht war der Entführer ja besonders mutig und stolz auf seine Fähigkeiten. Unter Umständen handelt es sich um jemanden, dem es Freude bereitet, unter ungewöhnlich gefährlichen Bedingungen zu arbeiten.«

»Mit einem Stück Bleirohr«, fügte Marcus hinzu. In seiner Stimme lag erkennbar Sarkasmus.

»Mit einem Gegenstand, dessen er sich schnell entledigen kann, damit die Polizei ihn nicht bei ihm findet, falls man ihn aus irgendeinem Grund festhalten sollte. Immerhin pflegte unser junger Freund dahinten auf der Fensterbank« – der Doktor wies mit einem Daumen in meine Richtung – »aus eben diesem Grund eine solche Waffe mit sich zu führen. Stimmt doch, Stevie, oder?«

Ich sah mich im Raum um und merkte, daß alle Blicke auf mich gerichtet waren. »Nun – ja, ich glaube schon.« Da sie mich weiter ansahen, rutschte ich unbehaglich hin und her. »Ich hab damit aufgehört!« sagte ich rasch, was sie zum Lachen zu reizen schien.

»Also schön«, sagte der Doktor. »Wir haben es mit einem Profi zu tun, der überdies zufällig genauso groß ist wie sein Opfer und bemerkenswert behutsam zuschlägt.« Der Doktor setzte jetzt die Kreide rechts am Kreis an. »Aber wer könnte sein Auftraggeber sein? Moore? Du trittst für diese These ein – nenn mir deine Kandidaten.«

»Daran fehlt es uns nicht«, verkündete Mr. Moore von seinem Schreibtisch aus. »Gegenwärtig käme ein diplomatischer Zwischenfall zwischen unserem Land und Spanien vielen Leuten mehr als gelegen. Wir können mit den Befürwortern eines Krieges in unserem Land anfangen ...«

»Na schön«, sagte der Doktor und schrieb US-BEFÜRWORTER EINES KRIEGES an die Tafel. »Es handelt sich also um die amerikanischen Bürger, denen gleichgültig ist, wer den Krieg vom Zaun bricht, vorausgesetzt, daß wir ihn gewinnen.«

»Genau«, sagte Mr. Moore. Dann runzelte er die Brauen. »Ich glaube aber nicht, daß die unbedingt den Eindruck erwecken wollen, als wären wir Amerikaner so brutal.«

»Wer noch?« fragte der Doktor.

»Die Exilkubaner hier in New York«, sagte Mr. Moore. »Auch ihnen wäre alles gerade recht, was einen Krieg auslöst.«

»Die kubanische Revolutionspartei«, fügte Marcus hinzu, »hat ein Büro in der Front Street, nahe den Hafenanlagen an der East Side. Es ist ein heruntergekommener alter Kasten – da sitzen sie oben im dritten Stock. Lucius und ich können sie uns morgen gleich mal vorknöpfen, wenn es Ihnen recht ist.«

»Gleich heute nacht erschiene mir sinnvoller«, sagte Dr. Kreisler. »Wenn die das Kind gefangenhalten, dürften sie weit wahrscheinlicher mitten in der Nacht über sein Schicksal entscheiden, als am hellen Tag.« Rechts neben den Kreis schrieb er KUBANISCHE REVOLUTIONÄRE.

»Am ehesten kommen als Täter aber wohl die Spanier selbst in Frage«, sagte Mr. Moore. »Sie schaffen das Kind beiseite, ohne der Mutter etwas davon zu sagen, weil sie ihr nicht zutrauen, daß sie ihre Rolle richtig spielen würde.«

»Und ohne das Unrecht an die große Glocke zu hängen?« sagte Miss Howard. »Welchen Grund sollten sie haben, in einem solchen Fall nicht in alle Welt hinauszuposaunen, wie übel man ihrem Land mitgespielt hat?«

Mr. Moore zuckte die Achseln. »Vielleicht warten sie auf den passenden Augenblick. Du kennst doch die Lage in Washington, Sara – du hast selbst gesagt, daß McKinley immer noch nach einer Möglichkeit sucht, ohne Krieg aus der Sache herauszukommen. Vielleicht warten sie, bis er überhaupt keinen Ausweg mehr hat.«

»Würden sie in dem Fall dann das Kind nicht erst später beiseite schaffen?« sagte Miss Howard. »Oder hätten sie es nicht schon früher getan? Die Hysterie war im Frühjahr viel schlimmer als jetzt.«

»Vielleicht haben sie einfach den falschen Zeitpunkt erwischt«, bot der Doktor als Erklärung an und schrieb SPANISCHE KRIEGSPARTEI an die Tafel. »Die Männer, die gegenwärtig an der Spitze Spaniens stehen, sind wahrlich keine Genies. Die Kriegstreiber sind entweder psychopathische Sadisten wie Weyler...«, damit meinte er den unrühmlichen Generalgouverneur Kubas, General Weyler, der angefangen hatte, kubanische Bauern in sogenannte »Konzentrationslager« zu stecken, wo sie den Aufständischen nicht helfen konnten und wie die Fliegen Krankheiten und dem Hunger zum Opfer fielen, »oder größenwahnsinnige Monarchisten, die von den Tagen der Konquistadoren träumen.« Der Doktor trat von der Tafel zurück. »So – damit dürfte die Liste der Verdächtigen vollständig sein. Eine dieser Gruppen beauftragt einen Berufsverbrecher, dieser entführt das Kind, das in ein Versteck gebracht wird, und zwar von...«

»Der Frau im Zug«, warf Miss Howard ein. »Sie hat sich um das Kind gekümmert – es sei denn, Sie glauben, daß sich Señora Linares geirrt hat, als sie die Kleine zu sehen meinte.«

»Bei einer anderen Frau würde ich das für möglich halten«, sagte der Doktor. »Aber bei ihr? Nein. Sie besitzt die Kraft, herzukommen und die Sache in Einzelheiten mit uns zu besprechen, obwohl ihr klar ist, was es für sie bedeuten kann, wenn ihr Mann davon erfährt. Diese Frau gibt sich weder Täuschungen hin, noch ist sie hysterisch. Ich glaube ihr, wenn sie sagt, daß sie das Kind gesehen hat.« Ans untere Ende des Kreises auf der Tafel schrieb er FRAU IM ZUG: – der Doppelpunkt zeigte, daß er die Absicht hatte, noch etwas hinzuzufügen. »Schön, John«, fuhr er fort, »erkläre jetzt die geheimnisvolle Frau in einem politischen Zusammenhang.«

Mr. Moore sah ratlos drein. »Na ja, sie kümmert sich um das Kind, so, wie Sara es gesagt hat. Sie war wie 'ne Säuglingsschwester gekleidet, hat Señora Linares gesagt – wahrscheinlich ist das ihr Beruf, und man hat sie für diese Aufgabe angestellt.«

»Und sie erledigt ihre Aufgabe, indem sie das Kind mitten in der Nacht im letzten Wagen der Hochbahn über die Dritte Avenue transportiert? Ich fürchte, das kommt nicht hin, John, und das ist dir wohl auch klar. Ich neige allerdings dazu, deiner Vermutung zuzustimmen, daß sie von Beruf Säuglingsschwester oder dergleichen ist.« Er fügte seinen zuletzt geschriebenen Wörtern SÄUGLINGSSCHWESTER ODER -PFLEGERIN hinzu und sagte dann: »Aber aus gänzlich anderen Gründen.«

»Vielleicht war sie auf dem Weg zum Hauptquartier der Kubaner«, wandte Mr. Moore ein.

»John«, sagte Miss Howard ziemlich herablassend. »Wer es sich leisten kann, für seine Zwecke einen Entführer und eine Säuglingsschwester zu engagieren, hat auch das Geld für 'ne *Droschke*.«

»Hast du diese kubanischen Revolutionäre schon mal gesehen, Sara?« fragte Mr. Moore und übertraf sie seinerseits an Herablassung. »*Ich* ja – das ist der mottenzerfressenste Haufen, der mir je über den Weg gelaufen ist. Wieviel Geld auch immer der Zeitungszar Hearst darauf verwenden mag, die Kriegsbegeisterung zu schüren, *sie* bekommen nicht viel davon ab.«

»Damit hat John wahrscheinlich recht«, sagte Marcus. »Vielleicht haben sie kein Geld mehr.«

»Das erklärt aber nach wie vor nicht, was die Frau in dem Zug wollte«, wandte der Doktor ein. »Eigentlich liegt den Leuten doch daran, das Kind verborgen zu halten, statt es vor der halben Stadt herumzuzeigen, oder nicht? Es muß einen Grund geben, warum man zuläßt, daß sie in der Öffentlichkeit gesehen wird, und dieser Grund muß eine politische Dimension haben.«

Lucius meldete sich zu Wort. »Nun – da gibt es eigentlich nur einen.«

Der Doktor wandte sich um. »Ja?«

»Sie *wollten*, daß man die Kleine sah.«

Dr. Kreisler nickte. »Ja. Danke. Das ist in der Tat die einzige Möglichkeit.« Dann schrieb er ABSICHTLICHE ZURSCHAUSTELLUNG an die Tafel. »Irgendwo *sollte* jemand – vielleicht sogar die Mutter – die Kleine sehen, damit die Entführer beweisen konnten, daß sie sie tatsächlich haben und es ihnen ernst ist. Ideal für so etwas wäre in der Tat ein sehr öffentlicher Ort. Damit kommen wir zu unserem letzten Punkt …« Der Doktor trat an die linke Seite des Kreises. »Nachdem unsere Entführer bewiesen haben, daß das Kind in ihrer Gewalt ist, geben sie ihre Forderungen bekannt. Doch scheint die Señora der Ansicht zu sein, daß das bisher nicht geschehen ist.«

»Linares wie auch Konsul Baldasano könnten sie belügen«, sagte Lucius. »Vielleicht haben sie die Forderung erhalten und sind nicht bereit, sie zu erfüllen. Sie wollen keinen Ärger und sagen daher der Mutter die Unwahrheit.«

Der Doktor schrieb FORDERUNGEN: und erwog dabei das Für und Wider. »Ja. Auch diesmal ist es die einzige wirkliche Möglichkeit, Lucius, es sei denn, Moore hat recht, und sie warten auf den richtigen Zeitpunkt. Aber ganz gleich, ob sie warten oder man ihre Forderung nicht erfüllt hat – was würde eine solche Gruppe wollen? Eine einfache Entführung gegen Lösegeld scheidet hier aus, denn es steht zu bezweifeln, daß sich die Spanier einer bloßen Geldforderung widersetzen würden. Wir müssen bei der politischen Dimension bleiben – und das bedeutet?«

»Nun«, sagte Mr. Moore, »die amerikanischen Hurrapatrioten und die Kubaner kennen nur ein Ziel: Krieg. Dabei geht es eigentlich weniger um irgendwelche ›Forderungen‹.«

Der Doktor drehte sich um und wies lächelnd mit einem anklagenden Finger auf seinen alten Freund. »Genau. Danke, Moore. Damit scheiden zwei der von dir selbst vorgeschlagenen möglichen Schuldigen aus.« Er wandte sich wieder an die Tafel. Als er unter FORDERUNGEN: das Wort KRIEG schrieb, änderte sich Moores Gesichtsausdruck.

»Wovon redest du, Kreisler?«

»Sie entführen ein Kind. Ihr Ziel ist ein diplomatischer Zwischenfall. Das Verschwinden des Kindes soll den Auslöser dafür liefern – wichtig ist ausschließlich, daß es nicht da ist. Davon abgesehen bedeutet es eine Belastung.«

Miss Howards Gesicht hellte sich auf. »Ja. Und in dem Fall muß man sich fragen, wieso das Kind noch lebt.«

»So ist es, Sara«, sagte der Doktor. »Sowohl für die Partei der amerikanischen Kriegstreiber wie für die Kubaner ist die Kleine nichts als ein lebendiger Risikofaktor – sie kann nur zu ihrer Ergreifung beitragen. Sofern eine der beiden Gruppen hinter der Entführung stünde, läge die Kleine tot am Grunde eines unserer Flüsse oder vielleicht, wie beim Leichenfund der Isaacsons von Sonntag nacht, in Stücken am Grunde mehrerer Flüsse. Von allen möglichen politischen Sündenböcken hätten ausschließlich die Spanier ein Interesse daran, das Kind am Leben zu erhalten – gleichzeitig aber hätten sie auch das größte Interesse daran, sie außer Sichtweite zu halten, und am ehesten die Mittel, dafür zu sorgen, daß dies Ziel erreicht wird. Somit …«, der Doktor zeichnete eine scharfe Linie auf die Tafel, die nach oben wies, »haben wir einen Kreis, der nirgendwohin führt. Wie ich schon sagte, es ist möglich, daß die Zeit die Analyse als richtig bestätigt, jedoch …« Er ließ eine Pause eintreten, sah auf sein Werk und sah mit den Worten »Detective Sergeant« fragend zu Lucius hinüber.

»Doktor?«

»Haben Sie das Diagramm abgezeichnet?«

»Ja, Sir.«

»Gut. Bewahren Sie es für den unwahrscheinlichen Fall auf, daß wir uns noch einmal damit beschäftigen müssen.« Er nahm einen Wischlappen zur Hand.

»Und was ist Ihre Meinung, Dr. Kreisler?« fragte Marcus.

»Daß das alles *Unfug* ist«, erklärte der Angesprochene und wischte mit energischen Handbewegungen aus, was er geschrieben hatte.

Als er erneut von der Tafel zurücktrat, stand lediglich zweierlei darauf: oben EINE ENTFÜHRUNG und unten DIE FRAU IM ZUG: SÄUGLINGSSCHWESTER ODER -PFLEGERIN. »Wenn wir von all den unwahrscheinlichen Einzelheiten im Zusammenhang mit dem Kreis absehen, ergibt sich eine weit sinnvollere geometrische Anordnung.« Langsam und kraftvoll zog er die Kreide von den Wörtern am oberen Ende der Tafel zu denen am unteren. »Eine Gerade.«

Wir alle sahen einige Sekunden lang hin: Mit einem Mal kam es uns vor, als gebe es schrecklich viel freien Platz auf der Tafel.

Seufzend legte Mr. Moore die Füße hoch. »Und was genau bedeutet das, Kreisler?«

Der Doktor wandte sich um, sein Gesicht war von aufrichtiger Besorgnis getrübt. »Ich verstehe, daß du diesem Verbrechen eine politische Erklärung unterzulegen versuchst, John, denn die andere Lösung ist in der Tat weit beunruhigender und brisanter. Aber sie ist auch weit wahrscheinlicher.« Er nahm sein Zigarettenetui heraus und hielt es nacheinander Miss Howard, Marcus und Mr. Moore hin. Ich hätte auch gern eine geraucht, das aber mußte warten. Nachdem sich alle ihren Glimmstengel angesteckt hatten, ging der Doktor wieder auf seine übliche Weise im Raum auf und ab und erklärte dabei: »Ich bin überzeugt, daß die Ergebnisse der körperlichen Untersuchung durch die beiden Kriminalbeamten wie stets einwandfrei sind. Höchstwahrscheinlich wurde Señora Linares von einer anderen Frau überfallen, die das von ihr verwendete Rohrstück am Tatort vorfand. Das, wie auch ihre Bereitschaft, die Tat am hellen Tag sowie an einem öffentlich zugänglichen Ort zu begehen, weist auf eine spontane Handlung hin. Daß sie ihr Opfer nicht stärker verletzt hat, dürfte ein reiner Glücksumstand sein und auf ihre begrenzten Kräfte zurückgehen, nicht aber auf das Geschick eines Berufsverbrechers im Umgang mit dieser Art Waffe.«

»Nun schön«, knurrte Mr. Moore, der erkennbar nicht überzeugt war. »In dem Fall habe ich nur eine einzige Frage. Die jedoch dürfte sich schwer beantworten lassen: Warum?«

»Ja.« Der Doktor trat an die Tafel und schrieb in großen Buchstaben auf ihre linke Seite WARUM? »Eine Frau bringt ein Kind in ihre Gewalt. Sie verlangt kein Lösegeld. Mehrere Tage später wird sie in der Öffentlichkeit gesehen, wie sie sich um das Mädchen kümmert, als wäre es ... als wäre es ...« Der Doktor schien nach den richtigen Worten zu suchen.

Miss Howard lieferte sie ihm. *»Als wäre es ihr eigenes.«*

Einen Augenblick lang ließ der Doktor seine glänzenden schwarzen Augen auf Miss Howard ruhen. »Wie stets, meine Herren«, sagte er, »dringt Sara mit ihrer einzigartigen Klarsichtigkeit zum Kern der Dinge vor. Als wäre es ihr eigenes Kind. Überlegt doch ... Wer immer diese Frau sein mag, sie hat von allen Kindern in New York eins entführt, dessen Verschwinden eine internationalen Krise auslösen könnte. Denk einen

Augenblick lang darüber nach, Moore – was sagt uns das, vorausgesetzt, die Entführung hat keinerlei politische Dimension?«

Spöttisch gab Mr. Moore zurück: »Das sagt uns, daß sie ihre verdammten Hausaufgaben nicht gemacht hat.«

»Was willst du damit sagen?«

Jetzt meldete sich Cyrus zu Wort. »Damit meint er – wenn Sie mich entschuldigen wollen, Mr. Moore –, daß sie dem Impuls des Augenblicks gehorcht hat, ohne die möglichen Folgen zu bedenken.« Er sah sich im Kreis der anderen um, lächelte ein wenig und richtete den Blick auf den Boden. »Darüber weiß ich ein bißchen Bescheid ...«

»So ist es, Cyrus«, sagte der Doktor und begann, unter der Überschrift WARUM? verschiedenes zu notieren. »Vielen Dank. Es bedeutet, daß sie einem augenblicklichen Drang nachgegeben hat, der nicht nur stärker war als ihre Selbstbeherrschung, sondern ihr auch die Möglichkeit nahm, die Sache zu planen und die näheren Lebensumstände ihres Opfers vorher zu erkunden. Eben ihre Hausaufgaben zu machen, wie es Moore ziemlich bissig ausgedrückt hat. Was könnte die Ursache für ein so unbedachtes Vorgehen sein?«

»Ich sage ungern, was offen auf der Hand liegt«, sagte Marcus, »aber ... offenbar wollte sie unbedingt ein Kind haben.«

»Stimmt«, bestätigte der Doktor mit einem Nicken und fügte diesen Punkt dem bei, was er bereits unter der Überschrift WARUM? vermerkt hatte. Dann wischte er aus, was unten auf der Tafel stand, und schrieb es in der Mitte an den rechten Rand. Nunmehr standen oben drei allgemeine Kategorien: WARUM? – EINE ENTFÜHRUNG – DIE FRAU IM ZUG: SÄUGLINGSSCHWESTER ODER -PFLEGERIN. Ganz rechts daneben blieb noch Platz für weitere Angaben.

»Aber sie wollte nicht irgendein Kind«, ergänzte Lucius sogleich. »Sondern *dieses.*«

»Und zwar unbedingt«, fügte Miss Howard hinzu.

»Gut«, sagte der Doktor. Dann schrieb er oben an den rechten Rand der Tafel DAS KIND DER LINARES. »Jetzt aber sollten wir alle ein wenig innehalten – wir sind den Ereignissen zu weit voraus.« Er trat zurück und betrachtete mit den anderen die Tafel. »Allmählich zeichnet sich das Bild ab«, murmelte er und drückte befriedigt seine Zigarette in einem Aschenbecher aus. »Ja, Detective Sergeant, sie will die kleine Linares. Aber wie John gesagt hat, sie kann nicht gewußt haben, *wer* das ist – und Ihre Untersuchung der Frau zeigt, daß es sich offenbar um einen spontanen Überfall gehandelt hat. Wenn Sie die Elemente in Beziehung zueinander setzen, zu welchem Ergebnis kommen Sie dann?«

Lucius dachte nur einige Minuten darüber nach. »Daß es nicht darauf ankam, *wer* die kleine Linares ist – sondern *was* sie ist.«

»*Was* sie ist?« sagte Mr. Moore verwirrt und nach wie vor nicht vollständig vom Sinn dieser Art des Vorgehens überzeugt. »Sie war ein *Kleinkind* – und wir haben bereits gesagt, daß die Frau ein Kind wollte.«

Miss Howard lachte. »Gesprochen wie ein unverbesserlicher Junggeselle. Sie war nicht einfach irgendein Kleinkind, John – auch Kleinkinder unterscheiden sich voneinander, haben ihre eigenen Merkmale.« Sie wandte sich der Tafel zu. »Und daher können uns die Besonderheiten des Kindes etwas über das Wesen seiner Entführerin sagen.«

»Brava!« rief der Doktor mit lauter Stimme und trat an die rechte Seite der Tafel. »Weiter, Sara – Sie sollten die Sache jetzt übernehmen.«

Miss Howard stand auf und begann ihrerseits, vor der Tafel auf und ab zu schreiten. »Nun«, sagte sie, während der Doktor mit der Kreide in der Hand bereitstand. »Wir wissen, daß Ana fröhlich war – ein von Natur aus glückliches Menschenkind. Vielleicht laut, aber auf eine Weise, welche die Menschen bezauberte.«

»Weiter, weiter«, sagte der Doktor, während die Kreide quietschend über die Tafel fuhr.

»Außerdem war sie gesund – sie war in den Genuß aller Vorzüge gekommen und schien sie alle zu verkörpern.«

»Ja?«

»Und aufgeweckt. Sie war so frühreif, daß ihr Dinge Freude machten, die uns als große Kunstwerke gelten und denen sie auf ihre ganz eigene Weise unbefangen gegenübertrat. Das weist auf Empfänglichkeit hin.«

Mr. Moore murrte: »Du redest von ihr, als wäre sie bereits eine *Persönlichkeit*...«

»Das ist sie auch, John«, sagte der Doktor, während er immer noch schrieb. »So schwer es dir auch fällt, dir das vorzustellen. Noch etwas, Sara?«

»Nur noch – daß sie als geradezu logisches Ziel eines solchen Überfalls erscheinen muß, wie ich befürchte. Ihre offene Art hat gewiß, wie ich schon gesagt habe, Aufmerksamkeit erweckt... bewundernde Aufmerksamkeit bei den meisten...«

»Und begehrlichen Neid bei einer anderen«, sagte Marcus und stieß eine so gewaltige Rauchwolke aus, daß sein Bruder heftig husten mußte. »Oh, entschuldige, Lucius«, sagte er. Es klang aber nicht, als wäre es besonders ehrlich gemeint.

»Glänzend«, sagte der Doktor. »Mehr als genug für einen guten Anfang. Jetzt also wollen wir im Licht dieser Beobachtungen jene schattenhafte Frau im Hochbahnwaggon betrachten. Wir haben bereits festgestellt, daß sie sich ihr Opfer nicht ausgesucht hat. Statt dessen hat sie allem Anschein nach einem unwiderstehlichen augenblicklichen Drang nachgegeben, die Kleine an sich zu bringen, ganz gleich, wer sie sein mochte. Irgendwelche weiteren Schlußfolgerungen?«

»Vermutlich hat sie keine eigenen Kinder«, sagte Marcus.

»Möglich«, gab der Doktor zurück und notierte den Gedanken. »Aber das gilt für viele Frauen, die trotzdem nicht hergehen und Kinder entführen.«

»Vielleicht kann sie keine eigenen *bekommen*«, gab Miss Howard zu bedenken.

»Schon besser. Aber warum adoptiert sie keins? In der Stadt wimmelt es von Kindern, um die sich niemand kümmert.«

»Vielleicht geht das ebenfalls nicht«, sagte Lucius. »Ein juristisches Hindernis – wahrscheinlich eine ganze Latte Vorstrafen, wenn man nach ihrem Verhalten in diesem Fall urteilen darf.«

Der Doktor dachte darüber nach. »Noch besser. Eine Frau, die kein eigenes Kind zur Welt bringen kann und kein fremdes Kind adoptieren darf, weil sie vorbestraft ist.«

»Aber es geht noch weiter«, murmelte Miss Howard nachdenklich. »Sie *will* nicht irgendein Kind, um das sich niemand kümmert. Sie fühlt sich speziell zu diesem Kind hingezogen, ein Kind, um das man sich gern kümmert, wenn man sich ansieht, was für ein Wonneproppen das ist. Wenn wir also annehmen, daß all das eine bestimmte Saite anschlägt...« Sie ließ eine Pause eintreten.

»Sara?« sagte der Doktor.

Miss Howard schien innerlich zu erschauern. »Entschuldigung. Aber über dem Ganzen... scheint mir eine Art Tragik zu liegen. Wäre es möglich, daß sie Kinder hatte und sie verloren hat – beispielsweise durch Krankheit oder wegen sonstiger ungünstiger Lebensumstände?«

Der Doktor dachte darüber nach. »Der Gedanke leuchtet mir ein«, sagte er schließlich. »Er paßt zur Situation. Die meisten von uns – mit Ausnahme von Leuten wie Moore – empfinden, wenn vielleicht auch unbewußt oder nur schwach, eine gewisse Sehnsucht, wenn sie ein Kind wie Ana Linares sehen. Könnte es sein, daß eine Lebenstragödie der Auslöser dafür war, daß diese Sehnsucht bei der Täterin unwiderstehlich wurde? Sollte die Kleine das gesunde und glückliche Kind sein, das sie sich stets gewünscht hat?«

»Und auf das sie offensichtlich Anspruch zu haben meint«, fügte Marcus hinzu.

»Was ist mit der Kleidung der Frau?« sagte Lucius. »Sofern Señora Linares recht hat und es sich bei ihr um eine Art Säuglingsschwester oder Kinderpflegerin handelt...«

»Ah, Detective Sergeant, Sie haben meine Gedanken gelesen«, sagte der Doktor. »Denn was haben wir gerade beschrieben? Doch wohl eine Frau, die es sich zum Beruf gemacht hat, für Kinder zu sorgen.«

»O nein«, sagte Mr. Moore, erhob sich und trat einige Schritte zurück. »Nein, nein, nein. Ich merke schon, in welche Richtung das gehen soll...«

Der Doktor lachte. »Das liegt ja auch klar auf der Hand, Moore! Aber warum hast du Angst davor? Du hast im Fall Beecham doch bewiesen, daß du für solche Arbeit begabt bist!«

»Das ist mir egal!« sagte Mr. Moore. Der Abscheu, den er an den Tag legte, war nur zur Hälfte gespielt. »Mir war jede *Minute* zuwider! Noch nie hatte ich mich mit einer so langweiligen und elenden Schinderei abgeben müssen …«

»Trotzdem beginnt an dieser Stelle der schwierige Teil unserer Nachforschungen«, sagte der Doktor. »Wir werden jedes Krankenhaus, jedes Findlingsheim und jede Pflegestelle in dieser Stadt heimsuchen, kurz, allen Frauen auf den Zahn fühlen, die sich von Berufs wegen mit Kindern beschäftigen. Die Frau ist *hier* zu finden – zusammen mit dem Kind, und wenn man Señora Linares' Augen trauen darf – wovon ich überzeugt bin –, übt sie eine Tätigkeit auf diesem Gebiet aus.«

Lucius' Gesicht war zu einem menschlichen Fragezeichen geworden. »Aber, Doktor. Wir haben nicht mal einen Namen. Lediglich eine Beschreibung. Ich meine, wenn wir ein Photo hätten, irgendeine Art Bild …«

Der Doktor legte die Kreide hin und klopfte sich den weißen Staub von den Händen und Weste. »Ja, haben wir denn keins?«

Lucius sah noch verwirrter drein. »Kein was?«

»Ich spreche von einem Bild«, sagte der Doktor. »Immerhin besitzen wir eine ausgesprochen lebendige Beschreibung.« Er nahm sein Jackett auf und schlüpfte wieder hinein. Dann fuhr er fort: »Meine Herren, das wichtigste Merkmal dieses Falles scheint Ihnen entgangen zu sein. Was hat uns im Fall Beecham gefehlt, was fehlt bei den meisten Verbrechen dieser Art? Eine genaue Täterbeschreibung. Wir aber besitzen eine – und ich vermute, wenn wir uns die genau ansehen, wird sie noch weit mehr Einzelheiten liefern als bisher.«

»Aber wie können wir das in ein Bild übersetzen?« fragte Miss Howard.

»*Wir* nicht«, erklärte der Doktor. »Das überlassen wir Leuten, die das gelernt haben.« Er zog seine silberne Uhr heraus, ließ den Deckel aufspringen und sah auf das Zifferblatt. »Mir wäre zwar jemand von Sargents Fähigkeiten am liebsten, aber der hält sich zur Zeit in London auf und würde außerdem ein geradezu unsinnig hohes Honorar verlangen. Eakins könnte das wohl machen, aber der ist in Philadelphia – sogar das ist angesichts der Dringlichkeit unserer Aufgabe zu weit. Wir müssen rasch handeln, denn unsere Gegenspielerin kann die Stadt jeden Augenblick verlassen …«

»Habe ich das richtig verstanden, Kreisler«, sagte Mr. Moore noch verwirrter als zuvor. »Willst du etwa, auf die bloße Beschreibung der Señora Linares gegründet, ein Porträt dieser Frau in Auftrag geben?«

»Ich glaube, daß eine Skizze genügen würde«, sagte der Doktor und steckte seine Uhr wieder ein. »Die Porträtkunst ist unglaublich komplex, Moore. Ein guter Porträtist muß eine Art natürlicher Psychologe sein. Ich sehe keinen Grund, warum wir nicht, vorausgesetzt, wir geben der Señora lange genug Zeit, ein durchaus ähnliches Bild zustande bringen könnten. Die vorrangige Aufgabe besteht darin, den richtigen Zeichner zu finden. Ich denke, daß ich weiß, wie ich einen finden kann.« Er sah zu mir her.

»Stevie? Wollen wir dem Pfarrer einen Besuch abstatten? Ich denke, daß wir ihn zu dieser Zeit zu Hause und an der Arbeit finden werden – vorausgesetzt, er ist nicht zu einem seiner nächtlichen Ausflüge aufgebrochen.«

Ich wurde munter. »Pinkie?« fragte ich und sprang von der Fensterbank herab.

»Na klar doch!«

Marcus sah von mir zu Dr. Kreisler. »›Pinkie‹? ›Der Pfarrer‹?«

»Ein guter Bekannter«, sagte der Doktor. »Albert Pinkham Ryder. Wie die meisten Exzentriker hat er viele Spitznamen.«

»Ryder?« Auch diesen Vorschlag mochte Moore nicht billigen. »Ryder ist kein Porträtist – und er braucht Jahre, um ein Bild fertigzustellen.«

»Das stimmt, aber er hat einen ausgeprägten psychologischen Spürsinn. Er wird imstande sein, jemanden zu empfehlen, da habe ich keinen Zweifel. Du darfst gern mitkommen, Moore – Sie auch, Sara.«

»Gern«, sagte Miss Howard erfreut. »Seine Arbeit ist faszinierend.«

»Hm, ja«, sagte der Doktor unsicher. »Es ist aber immerhin möglich, daß Ihnen seine Wohnung und sein Atelier weniger faszinierend vorkommen.«

»Das kann man laut sagen«, warf Mr. Moore ein. »Auf mich brauchst du nicht zu zählen – ich krieg da jedes Mal 'ne Gänsehaut.«

Der Doktor zuckte die Achseln. »Wie du willst. Detective Sergeant – ich bitte Sie ungern, etwas zu tun, von dem ich fürchte, daß es sinnlos ist, aber vielleicht könnte es sich lohnen, die Kubaner… wie haben Sie das noch ausgedrückt?«

»Wir könnten sie uns vorknöpfen«, sagte Lucius. Es klang, als gäbe es nicht vieles, was er weniger gern täte. »Das wird ein Fest… Schwarze Bohnen, Knoblauch und tiefverwurzelte politische Überzeugungen. Nun, da ich kein Spanisch spreche, verstehe ich auch nicht, was sie sagen.«

»Ich bitte sehr um Entschuldigung«, sagte der Doktor. »Aber wir müssen so vielen Spuren nachgehen wie nur irgend möglich – und so schnell wie möglich.«

Wir alle strebten der Tür zu, wobei Marcus gemächlich die Nachhut bildete. »Nur eins noch, Doktor«, murmelte er und schritt langsam weiter, wobei er über etwas nachzugrübeln schien. »Señor Linares. Unsere Theorie – und ich stimme ihr vollständig zu – sagt, daß jemand die Kleine entführt hat, der nicht wußte, um wen es sich dabei handelt.«

»Und weiter?« sagte der Doktor.

»Warum versucht Linares in dem Fall die Sache geheimzuhalten?« Auf dem Gesicht des Kriminalbeamten zeigte sich unverhohlene Besorgnis. »Die bewußte Frau ist höchstwahrscheinlich Nordamerikanerin, ganz gleich, wie ihre psychologischen Besonderheiten aussehen mögen. Das könnte doch die spanische Regierung ohne weiteres ausschlachten, um die Entführung als politisch motiviert hinzustellen. Warum also nutzt sie die Gelegenheit nicht?«

Mr. Moore wandte sich mit recht selbstgefälligem Gesichtsausdruck an den Doktor. »Nun, Kreisler?«

Dieser sah zu Boden und nickte einige Male lächelnd. »Ich hätte es mir denken sollen, daß *Sie* diese Frage stellen würden, Marcus.«

»Tut mir leid«, sagte der Kriminalbeamte. »Aber wie Sie schon sagen, wir müssen allen Möglichkeiten nachgehen.«

»Sie brauchen sich nicht zu entschuldigen«, sagte der Doktor. »Ich hatte lediglich gehofft, keine Antwort darauf geben zu müssen, denn es ist die einzige Frage, bei der ich vor einem völligen Rätsel stehe. Falls wir aber die Antwort finden, fürchte ich, daß wir dabei auch auf einige ziemlich unangenehme – und gefährliche – Tatsachen stoßen. Aber diese Erwägungen sollten uns nicht daran hindern, sogleich zu handeln.«

Marcus dachte über die Antwort nach und stimmte dann mit einem leichten Nicken zu. »Wir müssen es aber im Kopf behalten.«

»Keine Sorge, Detective Sergeant. Das tun wir auch ...« Er gestattete sich noch eine langsame und nachdenkliche Runde um den Raum und blieb am Fenster stehen. »Während wir uns hier unterhalten, hält irgendwo da draußen eine Frau ein Kind in den Armen, ohne zu ahnen, daß es zu einem Instrument schrecklicher Zerstörung werden könnte – in seiner Unschuld ebenso zerstörerisch wie die Kugel, die ein Mörder abfeuert, oder eine Bombe, die ein Verrückter wirft. Aber ich fürchte, daß die Zerstörung vor allem bereits im Geiste der Entführerin eingesetzt hat. Ja, wir werden auf die Gefahren achten, die der Welt drohen, Marcus – aber wieder einmal muß unsere Hauptbemühung dem Versuch gelten, das Denken und die Persönlichkeit unseres Gegners zu erkunden. Wer ist die Frau? Wodurch ist sie so geworden? Vor allem aber – wird sich die fürchterliche Raserei, die sie zu ihrer Handlungsweise getrieben hat, am Ende gegen das Kind kehren? Ich befürchte, ja, und das wohl eher früher als später.« Er wandte sich uns wieder zu. »Eher früher als später ...«

# Kapitel 10

Es ist mir immer so vorgekommen, als gäbe es in diesem Leben zwei Arten von Menschen: die einen können mit den sonderbarsten Geschöpfen etwas anfangen und die anderen nicht. Ich vermute, daß ich im Unterschied zu Mr. Moore stets zur ersten Gruppe gehört habe. Das war wohl auch nötig, denke ich, für jemanden, der gern in Dr. Kreislers Haus lebte, denn die Leute, die da ein und aus gingen – sogar solche wie Mr. Roosevelt, die viel auf dem Kasten hatten und später Erfolg hatten und berühmt wurden –, gehörten zu den eigenartigeren unter den Charakteren, denen man damals begegnen konnte. Von all diesen eigenartigen, wenn auch bemerkenswerten, Menschen aber war keiner eigenartiger als der Mann, den ich am liebsten »Pinkie« nannte, Mr. Albert Pinkham Ryder.

Dieser hochgewachsene, freundliche und umgängliche Mann mit dem langen Bart und den durchdringenden Augen war nicht nur von Beruf Künstler, sondern auch seiner innersten Überzeugung nach. Da er nach außen aber wie ein Mönch oder Priester wirkte, nannten ihn seine Freunde auch den »Pfarrer« oder »Bischof Ryder«. Er lebte in einer Mietwohnung im Hause Nr. 308 im Westteil der Fünfzehnten Straße und brachte viele seiner Nächte damit zu, daß er dort arbeitete oder die Straßen, Parks und sogar die Vororte der Stadt New York zu Fuß durchstreifte. Dabei studierte er das Mondlicht und die Schatten, was sich dann auf vielen seiner Gemälde niederschlug. Diese einsame Seele – seiner eigenen Einschätzung nach ein Einsiedler – war in der gruseligen alten Walfängerstadt New Bedford im Bundesstaat Massachusetts als Sohn einer Quäkerin unter vielen Brüdern aufgewachsen. Da er in seiner Kindheit außer ihnen keinerlei Gesellschaft gekannt hatte, dürfte das seine äußerst sonderbare Art erklären, mit Frauen umzugehen. Er war durchaus höflich, und zwar auf eine Weise, die ritterlich gewirkt hätte, wenn sie nicht so überaus absonderlich gewesen wäre. Einmal hatte er beispielsweise in seinem Haus einen wunderschönen Gesang gehört, und sobald er die Frau aufgespürt hatte, der die herrliche Stimme gehörte, machte er ihr einen Heiratsantrag. Zwar konnte sie wirklich gut singen, doch kannte man sie auf der Straße und dem örtlichen Polizeirevier auch wegen anderer Fertigkeiten, und nur, weil ihm mehrere Bekannte dieses Vorhaben ausredeten, blieb es Pinkie erspart, sich nach Strich und Faden ausnehmen zu lassen.

Er mochte Kinder; er war selbst eine Art merkwürdiger großer Junge und sah mich stets gern (was man von manchen der anderen Bekannten des Doktors nicht unbedingt sagen konnte). Immerhin war er unter Kunstkennern im Jahre 1897 so bekannt, daß es ihm sein finanzieller Erfolg gestattete, mehr oder weniger zu leben, wie es ihm gefiel – und dieses

Leben ähnelte weitgehend dem einer Packratte, die in ihr Nest trägt, was sie herbeischleppen kann, auch wenn sie nicht weiß, was sie damit anfangen soll. Nichts warf er fort, weder leere Tüten vom Lebensmitteleinkauf noch ein Stück Bindfaden oder auch nur ein Aschehäufchen, und auf die meisten Menschen dürften die von ihm bewohnten Räume wohl abschreckend gewirkt haben. Aber seine unaufdringliche Freundlichkeit und die Anziehungskraft, die von seinen verträumten Gemälden mit den unscharfen Umrissen ausging, waren mehr als ein bloßer Ausgleich dafür, vor allem, was mich betraf, einen Jungen von der Lower East Side, der es gewohnt war, daß sich in Wohnungen der Abfall zu Bergen türmte. Daher begleitete ich den Doktor immer sehr gern, wenn er zu ihm fuhr, zumal er beim Essen die gleichen Vorlieben hatte wie ich: Stets hatte er ein Eintopfgericht auf dem Herd, und wenn er in einem Restaurant am Hafen aß, bestellte er am liebsten Austern, Hummer und gebackene Bohnen.

An jenem Abend unternahmen wir die Pilgerfahrt zu ihm lediglich zu dritt – Miss Howard, der Doktor und ich –, da Cyrus (der zwar Pinkies Bilder bewunderte, aber wie Mr. Moore nicht viel von seinen Lebensgewohnheiten hielt) lieber schlafen wollte. Das Haus, in dem Pinkie lebte, lag unmittelbar westlich der Achten Avenue an der Fünfzehnten Straße und sah aus wie Tausende in jener Gegend: eine schlichte alte Häuserzeile in Backsteinbauweise voller Mietwohnungen. Wir fuhren mit einer Droschke hin, und um uns brandete der zu dieser späten Abendstunde immer dichter werdende Verkehr: Alle Welt strebte dem Vergnügungsviertel Tenderloin entgegen. In Pinkies zur Straße gelegenem Fenster brannte ein Kerosinlämpchen.

»Er ist zu Hause«, sagte Dr. Kreisler. Er entlohnte den Kutscher und nahm Miss Howards Arm. »Sara, ich muß Sie ein wenig vorbereiten. Zwar ist mir bekannt, daß Sie es abscheulich finden, wegen Ihres Geschlechts zuvorkommend behandelt zu werden, aber bei Ryder müssen Sie unbedingt eine Ausnahme machen. Er tut es in aller Unschuld und meint es ganz ernst – dahinter verbirgt sich keinesfalls die Absicht, Frauen als schwach und zerbrechlich erscheinen zu lassen, das versichere ich Ihnen.«

Während wir zu der kleinen Veranda vor dem Haus emporstiegen, nickte Miss Howard, auch wenn sie nicht ganz überzeugt schien. »Ich will es mal drauf ankommen lassen«, sagte sie. »Wenn es aber kränkend wird …«

»In Ordnung«, sagte der Doktor. »Stevie? Lauf doch schon mal vor, damit Ryder Bescheid weiß.«

Ich rannte los und stürmte die im Dunkeln liegende Treppe bis vor Pinkies Wohnungstür hoch, klopfte kräftig und machte mich mit lauter Stimme bemerkbar. Ich wußte, daß er bisweilen nicht einmal gute Freunde einließ, wenn ihn gerade der Schaffensrausch gepackt hatte, aber ich war sicher, daß er irgendwie reagieren würde. »Mr. Ryder?« rief ich. »Ich bin's, Stevie Taggert, mit dem Doktor!«

Von drinnen hörte ich eine Art Rascheln, wie man es von Eichhörnchen kennt, die in einem Haufen Herbstlaub herumturnen, dann näherte sich jemand mit schleppenden Schritten der Tür. Der Jemand blieb stehen, und eine ganze Weile hörte ich sogar draußen im Vorraum schweres Atmen. Schließlich fragte eine tiefe, volltönende Stimme, die zugleich ein wenig besorgt klang: »Stevie?«

»Ja, Sir«, gab ich zur Antwort.

Ein Schloß wurde geöffnet, und als sich der Türflügel bewegte, trat eine breitschultrige Gestalt in die Öffnung. Zuerst sah ich den Bart, dann die hohe glänzende Stirn und schließlich die Augen, von denen ich nie genau mitbekam, ob sie hellbraun oder blau waren.

Mit dem Gruß »Hallooo, Pinkie!« trat ich ein und ging vorüber an den Stapeln von Büchern, Zeitschriften und Plunder, die sich in seinem Salon türmten, stracks in den hinteren Teil der Wohnung, wo sich sein Atelier – und der Eintopf – befand.

Er lächelte auf seine ganz besondere Weise, die Dr. Kreisler stets »rätselhaft« nannte.

»Hallo, kleiner Stevie«, sagte er und wischte seine mit Farbe bekleckſten Hände an einem Lappen ab. Zwar lebte er schon seit vielen Jahren in New York, doch sprach er immer noch wie ein Neuengländer aus früheren Zeiten. »Was führt dich zu so später Stunde in diese Gegend?«

»Der Doktor kommt auch gleich«, sagte ich und ging zwischen den Wänden voller ungerahmter Bilder hin und her, die ein ungeschultes Auge für fertige Arbeiten gehalten hätte: herrliche goldglänzende Landschaften, sturmgepeitschte finstere Seestücke sowie Szenen aus den Gedichten, Dramen und Mythen, die Pinkie so fesselten. Er war selbst ein Dichter, und man konnte, wie schon gesagt, seine vom Ardennerwald in Shakespeares *Wie es euch gefällt* oder von desselben Autors Märchenstück *Der Sturm* beeinflußten Impressionen für fertig halten – ihm selbst aber war es fast unmöglich, ein Bild je als vollendet anzusehen, und er arbeitete, wie Mr. Moore gesagt hatte, noch jahrelang an ihnen, bis er sie endlich den inzwischen schier verzweifelten Käufern übergab, die vor Urzeiten dafür bezahlt hatten.

Mit einem Holzlöffel schöpfte ich mir eine ordentliche Portion aus seinem herzhaften Lammeintopf, den er mit frischen Äpfeln gesüßt hatte. Dann sah ich mich aufmerksam im Atelier um. »Das ist ja 'ne ganze Menge, Pinkie«, rief ich ihm zu. »Und wie viele davon sind verkauft?«

»Genug«, antwortete er aus dem Salon. Dann hörte ich die Stimmen des Doktors und Miss Howards und rannte zurück, weil ich mir das Ritual nicht entgehen lassen wollte, dessen sich Pinkie befleißigte, wann immer ihn eine Dame in seiner Klause aufsuchte.

Sich tief verneigend sagte er mit polternder Stimme: »Es ist mir eine große Ehre«, und er meinte es aufrichtig. Dann machte er mit der Hand eine einladende Geste. »Bitte ...« Als nächstes machte er sich daran, durch all den Krempel im Zimmer einen Pfad zu seinem einzigen Sessel zu bahnen, ein recht zerschlissenes, aber bequemes, altes Möbel, das am Fenster zur Straße stand. Sobald er auf dem Fußboden Platz geschaffen hatte, breitete er einen kleinen Perser-Vorleger davor aus, damit Miss Howard ihre Füße darauf stellen konnte, wenn sie sich setzte, ähnlich einer Zigeunerkönigin auf ihrem Thron. Zwar hätte sie sich unter normalen Umständen ein solches Verhalten verbeten, aber bei Pinkie wirkte all das so natürlich und ernsthaft, daß sie ihre übliche Reaktion unterdrückte.

»Nun, Albert«, sagte der Doktor munter, »du siehst gut aus. An einigen Stellen vielleicht ein bißchen angeschwollen. Wie geht es deinem Rheuma?«

»Es liegt unentwegt auf der Lauer«, gab Pinkie mit einem Lächeln zurück. »Aber ich habe meine Mittel dagegen. Darf ich euch beiden ein weniges zu essen anbieten? Oder zu trinken? Bier? Wasser?«

»Ja, mir ein Glas Bier, Albert«, sagte der Doktor und sah zu Miss Howard hin. »Es ist ein schöner Abend, wenn auch nicht ganz so kühl, wie ich erwartet hatte.«

»Mir auch gern ein Bier«, sagte Miss Howard.

Pinkie hielt seinen langen Zeigefinger hoch, um anzudeuten, daß er gleich wiederkommen würde, dann machte er sich auf den Weg in den hinteren Teil der Wohnung. Mir fiel auf, daß seine Füße dabei ein zischelndes, raschelndes Geräusch machten. Als ich den Blick senkte, sah ich, daß er übergroße Schuhe trug, die mit Stroh und einer Masse gefüllt waren, die aussah wie gekochte Hafergrütze.

»Sie wissen vermutlich«, sagte ich, während ich ihm folgte, »daß Sie Hafergrütze in den Schuhen haben.«

»Es gibt nichts Besseres gegen Rheuma«, teilte er mir mit und spülte einige verdächtig aussehende Gläser mit kaltem Wasser ab. »Das Gehen schmerzt mich in letzter Zeit ein wenig. Stroh und kalte Hafergrütze – so heißt die Lösung.« Er machte sich wieder auf den Weg nach vorn.

»Na schööön«, sagte ich achselzuckend und folgte ihm. »Sie müssen es ja wissen, denn niemand in New York geht so viel zu Fuß wie Sie.«

Mit leichtem Schnaufen stellte Pinkie die Gläser und einige Flaschen auf eine alte Lattenkiste, die ihm als Tisch diente, und begann das Bier einzuschenken. »So«, sagte er und gab dem Doktor und Miss Howard ein Glas. »Auf Sie, Miss Howard«, trank er ihr zu und sagte dann versonnen:

»Ach, wäre ich doch eine Fee!
Wie gern ersparte ich Euch Weh,
Samt Fährnis, Gram und allem Kummer –
Auch hütete ich Euren Schlummer.
Wie reizend kleidet euch die Tugend,
Der holde Zauber Eurer Jugend!«

»Bravo, Albert«, sagte der Doktor, riß sein Glas empor und trank. »Deine Verse?« fragte er, wohl wissend, daß es sich so verhielt.

Bescheiden neigte Pinkie den Kopf. »Na ja, sie sollten deiner Begleiterin angemessen sein.«

Miss Howard schien wahrhaft gerührt – was so leicht kein Mann fertigbrachte. »Danke, Mr. Ryder«, sagte sie, hob ihr Glas und trank ihm ihrerseits zu. »Das war vortrefflich.«

»Sagen Sie, Pinkie«, warf ich ein, denn ich wußte, daß er auch gern zum Pferderennen ging, »wie haben Sie heute bei den Vorstadtrennen abgeschnitten?«

Ein Gemisch aus Enttäuschung und Erregung trat auf seine Züge. »Bedauerlicherweise hatte ich keine Zeit, meine Wette abzugeben«, sagte er. »Aber es ist sonderbar, daß du von den Rennen sprichst, Stevie …« Erneut hob er seinen langen Zeigefinger und bedeutete uns, ihm ins Atelier zu folgen, was wir auch taten. »Wahrlich ein merkwürdiger Zufall! Sehen Sie, an diesem Bild hier arbeite ich gerade. Man könnte sagen, es habe eine Geschichte. Vor einigen Jahren hat ein Kellner, mit dem ich nur kurz, aber in geselliger Weise, bekannt war, die gesamten Ersparnisse seines Lebens bei einem Pferderennen gesetzt – und verloren. In seiner Verzweiflung hat er sich erschossen.«

»Wie furchtbar«, sagte Miss Howard; doch konnte ihr Entsetzen nicht darüber hinwegtäuschen, daß sie sich von den Bildern, die sie umgaben, in Bann geschlagen fand.

»Ja«, sagte Pinkie. »Ich habe dann angefangen nachzudenken. Ich will nicht im einzelnen sagen, was dabei herausgekommen ist – aber das Ergebnis müssen Sie sehen, denn ich glaube schon, daß darin Möglichkeiten stecken.«

Er trat mit uns in eine Ecke des Raumes, wo auf einer großen Staffelei eine Leinwand von etwa sechzig mal neunzig Zentimetern stand, die mit einem dünnen fleckigen Tuch verhängt war. Pinkie entzündete eine Gaslampe in der Nähe, drehte die Flamme hoch und trat dann dicht vor die Staffelei. »Es ist natürlich noch lange nicht fertig«, sagte er. »Aber – nun ja …«

Er nahm das Tuch fort.

Dort stand das schaurigste seiner Bilder, das ich je gesehen habe. Es zeigte eine unebene ovale Rennbahn, die ein ungleichmäßiger Stangenzaun umgab. Hinter einer großen, eklig wirkenden Schlange, die sich auf dem Schlammboden im Vordergrund wand, sah man in der Ferne einige kahle Hügel aufragen, über denen sich ein so trüber Himmel wölbte, daß es ebensogut Tag wie Nacht sein konnte. Auf der Rennbahn erkannte man einen einsamen Reiter – der Schnitter Tod –, der, die Sense hoch erhoben, ohne Sattel verkehrtherum auf dem Pferd saß, so daß er in die falsche Richtung zu reiten schien.

Zwar waren Pinkies Bilder meist geheimnisvoll, doch dieses war ausgesprochen grausig und geradezu furchteinflößend. Der Doktor und Miss Howard aber waren sichtlich beeindruckt, denn beider Augen leuchteten vor Begeisterung.

»Albert«, sagte der Doktor schließlich, »das ist meisterhaft. Bedrückend, aber ein Meisterwerk.«

Verlegen trat Pinkie bei diesen Worten in seinen Schuhen voll Hafergrütze von einem Fuß auf den anderen, und noch einmal, als Miss Howard hinzufügte: »Außergewöhnlich. Wirklich... Unglaublich fesselnd...«

»Ich nenne es einfach ›Die Rennbahn‹«, sagte Pinkie.

Ich sah vom Doktor und Miss Howard zu Pinkie und schließlich wieder auf das Bild. »Ich versteh das nicht«, sagte ich.

Lächelnd sah Pinkie zu mir her und strich sich den Bart. »*Das* gefällt mir. Was verstehst du nicht, kleiner Stevie?«

»Was ist mit der Schlange?« fragte ich und zeigte auf sie.

»Was siehst *du* in ihr?« fragte er zurück.

»Sie muß verdammt schnell sein, wenn sie mit dem Pferd mithalten will.« Das schien Pinkie zutiefst zu befriedigen. »Und das Pferd läuft in die falsche Richtung, Pinkie – das sollten Sie aber wissen.«

»Ja«, sagte er und sah auf das Bild.

»Und was ist mit dem Himmel?« fragte ich. »Soll es Tag oder Nacht sein?«

»Weißt du«, sagte Pinkie und schloß seine Augen zu einem Zwinkern, »darüber hab ich mir keine Gedanken gemacht.«

»Hm«, sagte ich und sah mir das Bild noch einmal an. »Tut mir wirklich leid, Pinkie, aber mich macht das nervös. Ich würde lieber das da nehmen.« Ich wies auf ein Bild mit vielen bunten Farben, das ein hübsches junges Mädchen mit rötlich-blondem Haar zeigte. Darüber lag zwar eine gewisse Melancholie, aber es wirkte beruhigend, nicht bedrückend.

»Ah«, sagte Pinkie. »Mein ›Junges Mädchen aus Arkadien‹. Ja, mir gefällt es auch – und es ist fast fertig. Du hast wirklich einen guten Blick, Stevie.« Er verhängte das beunruhigende Bild auf der Staffelei wieder. »So, Laszlo, und was führt dich her? Willst du dich nach meinem Gesundheitszustand erkundigen, oder gibt es einen anderen Anlaß? Ich vermute letzteres, denn du bist nicht der Mann, der etwas grundlos tut.«

Der Doktor sah ein wenig verlegen beiseite. »Wirklich, Albert«, sagte er lächelnd, »aber du hast recht. Ich habe Ihnen ja gesagt, Sara, daß Albert ohne weiteres Psychologe hätte werden können, wenn er das gewollt hätte.« Pinkie löschte die Gaslampe, und wir kehrten in seinen Salon zurück. »Kurz gesagt wollen wir uns von dir eine Empfehlung holen, Albert.«

»Eine Empfehlung?«

»Wir brauchen einen Porträtzeichner«, sagte der Doktor, während sich Miss Howard wieder auf ihren von Flöhen zerbissenen Thron niederließ. »Einer, der imstande ist, ein Porträt statt nach dem Leben nach einer genauen Beschreibung anzufertigen.«

Pinkie sah verblüfft drein. »Ein ungewöhnliches Anliegen, Laszlo.«

»Es kommt eigentlich von mir, Mr. Ryder«, sagte Miss Howard. Das war sehr klug, denn wenn das Ansinnen von einem Mann ausgegangen wäre, hätte Pinkie vielleicht Unrat gewittert, aber bei einer Frau würde er der Sache nicht weiter nachgehen, schon gar nicht, wenn sie jung und hübsch war. »Es handelt – oder handelte – sich um eine ferne Verwandte, die recht früh gestorben ist. Auf See. Dann haben wir gemerkt, daß wir kein Bild von ihr besitzen, nicht einmal ein Photo, das uns an sie erinnern könnte. Mit meiner Kusine – sie lebt in Spanien, wo auch unsere verstorbene Verwandte daheim war – habe ich mich darüber unterhalten, wie sehnlich wir uns ein Bild zur Erinnerung wünschen, und der Doktor hat gesagt, man könnte unter Umständen nach Erinnerungen und Beschreibungen eines anfertigen.« Sie nippte an ihrem Bier. Sie machte das ziemlich verführerisch. »Halten *Sie* das für möglich? Ich bin voller Bewunderung für Ihre Arbeit und würde Ihrer Ansicht blind vertrauen.«

Nun, Pinkie ging ihr geradewegs auf den Leim: Er packte die Aufschläge seiner abgewetzten Flauschjacke, richtete sich aus seiner üblichen gebückten Haltung fast vollständig auf und begann, auf und ab zu gehen, als hätte er an seinen Füßen die feinsten Lacklederschuhe und ginge nicht auf Stroh und Hafergrütze. »Ich verstehe«, sagte er nachdenklich. »Ein interessanter Gedanke, Miss Howard. Es geht also um eine Frau?«

»Ja«, sagte sie.

»Es gibt in New York eine ganze Reihe ausgezeichneter Porträtisten. Normalerweise wäre Chase die erste Wahl – kennst du ihn, Kreisler?«

»William Merritt Chase?« sagte der Doktor. »Ich bin ihm nur einmal kurz begegnet, aber ich kenne seine Arbeit. Und du hast recht, Albert, eine erstklassige Wahl…«

»Ach, bei Licht besehen ist er wohl doch nicht der Richtige«, schnitt ihm Pinkie das Wort ab. »Wenn es um eine Frau geht… und Sie sich nur auf Erinnerungen stützen können… müßte auch eine Frau die Aufgabe übernehmen.«

Diese Worte zauberten ein in keiner Weise gekünsteltes Lächeln auf Miss Howards Gesicht.

»Was für ein wunderbarer Einfall, Mr. Ryder!« Sie sah den Doktor scharf an. »Und wie erfrischend…« Der Doktor rollte lediglich die Augen und wandte sich ab. »Kennen Sie zufällig eine?«

»Oft verspotten mich meine Kollegen, weil ich mir die Arbeiten so vieler Maler und Zeichner wie möglich ansehe«, erklärte Pinkie, »ohne auf ihre Herkunft oder ihr Geschlecht zu achten. Ich bin der Ansicht, daß fast jedes ernsthafte Bild Aufmerksamkeit verdient, ganz gleich, wer es gemalt hat. Ja, ich glaube, daß ich die Richtige für Sie habe. Sie heißt

Cecilia Beaux.« Miss Howard neigte den Kopf nachdenklich. »Haben Sie von ihr gehört, Miss Howard?« fragte Pinkie.

»Der Name kommt mir bekannt vor«, sagte Miss Howard zögernd. »Unterrichtet sie zufällig?«

»So ist es. An der Pennsylvania Academy. Sie hat dort eine glänzende Zukunft vor sich.«

Miss Howard runzelte die Stirn. »Nein, dann ist sie es doch nicht...«

»Aber sie gibt auch Privatunterricht«, fuhr Pinkie fort. »Zweimal wöchentlich in New York. Daher bin ich auf sie verfallen.«

»Und wo?« fragte der Doktor.

»Im Haus von Mrs. Cady Stanton.«

»Natürlich!« sagte Miss Howard mit leuchtendem Gesicht. »Mrs. Cady Stanton und ich sind gute alte Bekannte. Ich habe sie von Miss Beaux reden hören – und zwar voller Bewunderung.«

»Dazu hat sie auch allen Anlaß«, erklärte Pinkie. »Die Arbeit dieser Frau – nun, Laszlo, ich kann nur sagen, daß sie die Wesensart des jeweiligen Menschen genau erfaßt. Man schätzt sie in Europa hoch ein und wird es im Laufe der Zeit auch hier tun. Sie malt bemerkenswerte Porträts – vor allem von Frauen und Kindern. Ja, je länger ich darüber nachdenke, desto mehr bin ich davon überzeugt, daß Cecilia Beaux genau die Person ist, die Sie suchen.«

»Und ich kann sie über Mrs. Cady Stanton erreichen«, sagte Miss Howard mit einem Blick auf den Doktor. »Gleich morgen früh.«

»Nun, denn«, der Doktor hob wieder sein Bierglas, »dann ist unser Problem ja gelöst. Ich wußte, daß ich von dir die richtige Empfehlung bekommen würde, Albert – du bist ein wandelndes Nachschlagewerk.« Errötend lächelte Pinkie, wurde dann aber wieder ernst, als der Doktor fortfuhr: »Und das Bild die ›Rennbahn‹ – ist es schon verkauft?«

Die beiden Männer begannen, sich über das künftige Schicksal des beunruhigenden Gemäldes zu unterhalten, wobei sie weiter Bier tranken. Zwar hatte Pinkie sein Werk noch nicht verkauft, erklärte aber immer wieder, daß er noch lange nicht daran denke, sich von ihm zu trennen, da es bei weitem nicht fertig sei. (Das wurde es übrigens tatsächlich erst 1913.) Das sagte er von all seinen Bildern, und der Doktor zeigte sich ebenso enttäuscht wie die meisten Sammler, wenn es darum ging, Pinkie auf eine klare Aussage festzunageln. Schließlich ließ Dr. Kreisler das Thema fallen, und sie begannen, sich ganz allgemein über Kunst zu unterhalten. Daher ging ich wieder ins Atelier hinüber und aß noch etwas von dem köstlichen Eintopf. Dabei sah ich mir noch einmal ›Junges Mädchen aus Arkadien‹ genauer an und merkte zum ersten Mal, daß es sich um ein Porträt Kats handelte, nur daß es in der für unseren Gastgeber so kennzeichnenden unscharfen Art gemalt war.

Wir blieben noch etwa eine Stunde bei Pinkie und ließen es uns inmitten der Stapel von Resten, Müll und Abfällen gutgehen. Es war ein sonderbares Leben – der alte Junge lebte ausschließlich für seine Bilder und war ausgesprochen glücklich dabei. Er verlangte nicht mehr als schlichte Kost, wenn sie nur eßbar war, einen Raum, in dem er arbeiten konnte, und die Möglichkeit, lange Spaziergänge zu unternehmen, dann ging es ihm gut. Nichts leichter als das, könnte man sagen – doch darauf antworte ich: Ja, aber immerhin so schwierig, daß es unter einer Million Menschen nur ein einziger schafft.

# Kapitel 11

Am nächsten Morgen rief Miss Howard bei uns an, um mitzuteilen, daß sie Verbindung mit der berühmten Elizabeth Cady Stanton aufgenommen habe. Berühmt deshalb, weil sie ein halbes Jahrhundert lang für die Rechte der Frau gekämpft hatte. Wie es aussah, kannte Miss Howard jene Dame (die darauf bestand, neben dem Namen ihres Mannes auch ihren Mädchennamen zu verwenden) schon seit ihrer Kindheit und bewunderte sie. Da Mrs. Cady Stanton im Tal des Hudson äußerst vornehme Verwandte hatte, die nicht weit vom Besitz der Familie Howard entfernt lebten, hatte Miss Howard sie schon früh über gemeinsame Freunde kennengelernt. Sie hatte den Doktor darauf hingewiesen, daß es keinesfalls ohne Schwierigkeiten abgehen werde, wenn Mrs. Cady Stanton als Vermittlerin unseres Treffens mit Miss Cecilia Beaux dienen sollte, da das aufgeweckte alte Mädchen Miss Howards persönliche und berufliche Verbindungen durchaus kannte. So war ihr beispielsweise klar, daß Miss Howard keine kürzlich verstorbene Verwandte hatte, weshalb es nicht sehr sinnvoll sei, diese Geschichte noch einmal aufzutischen. Also mußte unsere Freundin überlegen, wie sie es anstellen konnte, die Verpflichtung einer Porträtistin unverfänglich erscheinen zu lassen. Auf der anderen Seite war es Mrs. Cady Stanton ebenfalls bekannt, daß Miss Howard als Privatdetektivin arbeitete, und sie würde unbedingt bei der für Donnerstag abend im Haus Broadway Nr. 808 angesetzten Porträtsitzung anwesend sein wollen, weil sie die Sache für ausreichend spannend hielt. Da Miss Howard keine Möglichkeit hatte, der Dame in höflicher Weise zu bedeuten, sie solle sich um ihre eigenen Angelegenheiten kümmern, blieb ihr nichts anderes übrig, als ihr den Wunsch zu erfüllen. Es sah also ganz so aus, als würden wir bei dieser Gelegenheit einen zusätzlichen Gast haben.

Unterdessen bekam Miss Howard eine Mitteilung von Señora Linares, in der es hieß, daß ihr Mann wegen ihrer wiederholten Abwesenheit mißtrauisch geworden sei und sie vermutlich das Haus zum letzten Mal verlassen könne, so daß der Donnerstag abend die letzte Gelegenheit sei, zu klären, was sich klären lasse. Zwar hatte das »Vorknöpfen« der Vertreter der kubanischen Revolutionspartei durch die Brüder Isaacson außer bösem Blut nichts bewirkt, doch waren die beiden seither überzeugt, daß weder der Verstand noch das Organisationsvermögen eines jener Männer ausreichen würde, so etwas wie die Entführung von Ana Linares auf die Beine zu stellen. Auf diese Bekräftigung seiner Theorie hin, daß es sich um das Werk einer auf eigene Faust vorgehenden Frau handeln müsse, verschanzte sich der Doktor am Mittwoch nachmittag in seinem Arbeitszimmer und war auch am folgenden Morgen noch nicht wieder daraus hervorgekommen. Er hatte strenge Anordnung gegeben, ihn auf keinen Fall zu stören. Das Essen wurde ihm auf einem Tablett hineingebracht. Mr. Moore und Miss Howard kamen gegen zwei Uhr am Donnerstag nachmittag, um das Vorgehen bei der Porträtsitzung zu planen. Als sie merkten, daß sich der Doktor nach wie vor eingeschlossen hatte, wollten sie von mir wissen, was es gebe, worauf ich antwortete, ich wisse es nicht, da ich ihn seit vierundzwanzig Stunden nicht gesehen hätte. Da es aber Zeit war, alles für den Abend vorzubereiten, beschlossen wir drei, nach oben zu gehen und festzustellen, wie die Dinge standen.

Als Mr. Moore an der Tür des Arbeitszimmers klopfte, antwortete ihm ein schroffes »Bitte gehen Sie!«. Er sah mich an, aber ich konnte nur die Achseln zucken.

»Was zum Teufel ist los, Kreisler?« fragte Mr. Moore. »Du bist jetzt seit zwei Tagen da drin – und es wird Zeit für die Porträtsitzung.«

Ein langes aufgebrachtes Stöhnen drang aus dem Arbeitszimmer, dann wurde von innen ein Riegel zurückgeschoben. Der Doktor öffnete die Tür. Er war in Hausjacke und Pantoffeln und steckte die Nase in ein Buch. »Ja, und ich könnte zwei *Jahre* hier drin verbringen, bis ich etwas wirklich Nützliches gefunden habe.« Er sah uns ausdruckslos an und bedeutete uns dann mit einer Kopfbewegung, daß wir ihm folgen sollten.

Mahagoni-Bücherregale nahmen drei der getäfelten Wände des Arbeitszimmers ein, und der große Schreibtisch des Doktors stand an der vierten Wand vor dem Fenster. Überall stapelten sich Bücher und aufgeschlagene Zeitschriften. Nicht alle sahen aus, als hätte man sie sorgfältig dort hingelegt, manche waren augenscheinlich geworfen worden.

»Ich habe versucht«, erklärte der Doktor, »einige Forschungsergebnisse zusammenzustellen, die es uns ermöglichen, uns mit den psychologischen Besonderheiten der Mutter-Kind-Beziehung vertraut zu machen. Nicht zum ersten Mal bin ich von meinen Kollegen enttäuscht.«

Mit breitem Lächeln schob Mr. Moore einige Zeitschriften von einem Sofa und ließ sich darauf nieder. »Das höre ich gern«, sagte er. »Ein Vortrag bleibt uns also diesmal erspart?«

Diese Anspielung galt dem Fall Beecham, in dessen Verlauf der Doktor von jedem in der Gruppe verlangt hatte, nicht nur die Werke zu lesen, die als Grundlage der Psychologie angesehen wurden, sondern auch von Spezialisten verfaßte Artikel, die besondere Bedeutung für unsere Nachforschungen hatten. Auch Cyrus und ich hatten das meiste mitgelesen, um uns auf dem laufenden zu halten; es war eine sehr hochgestochene Lektüre gewesen. Es dürfte nur wenige Menschen auf der Welt geben, die imstande sind, um etwas so viel Wind zu machen wie der durchschnittliche Psychologe und Seelenarzt.

Der Doktor sah Mr. Moore stirnrunzelnd an. »Für den Fall, daß du dir wenigstens einen Bruchteil von dem gemerkt hast, was du im vorigen

Jahr gelernt hast«, sagte er mit einer gewissen Herablassung, »wüßte ich nicht, daß noch viel zu tun bliebe. Es ist zum Davonlaufen. Ganz und gar vernünftige, rational denkende Männer fangen an, wie Schwachsinnige zu lallen, wenn es um einen bestimmten Instinkt geht, nämlich den der Mutter! Hör dir an, was der hochmögende Herr G. H. Schneider zu sagen hat – einer von James' Lieblingsautoren, John.« (Mr. Moore hatte gemeinsam mit dem Doktor in Harvard studiert und, wenn auch nur sehr kurz, gleichfalls Vorlesungen bei Professor James belegt.) »›Sobald das Weib Mutter wird, ändert sich sein ganzes Denken und Fühlen, ja, sein ganzes Wesen. Bis zu jenem Zeitpunkt war eine solche Frau ausschließlich auf das eigene Wohlergehen bedacht, auf die Befriedigung ihrer Eitelkeit; es hatte sie gedünkt, die ganze Welt wäre eigens für sie geschaffen; was auch immer um sie herum vorging, nahm sie nur insoweit zur Kenntnis, als es sich auf ihre persönlichen Lebensumstände bezog. Jetzt aber‹« – und an dieser Stelle nahm die Stimme des Doktors einen boshaft sarkastischen Klang an – »›steht nicht mehr sie selbst im Mittelpunkt der Welt, sondern ihr Kind. Sie denkt nicht an den eigenen Hunger, sondern sorgt zuerst dafür, daß das Kind zu essen hat. Sie bringt für das häßliche schreiende Etwas ein Unmaß von Geduld auf, wo sie bis dahin jeder Mißklang, jedes noch so leise unangenehme Geräusch nervös gemacht hatte.‹ Ich frage Sie, Sara, haben Sie je einen solchen Blödsinn in Reinkultur gehört?«

Ein resignierter Ausdruck trat auf Miss Howards Züge. »Ich fürchte, das entspricht der allgemeinen Wahrnehmung.«

Der Doktor ließ sich nicht beirren. »Ja, aber hören Sie nur, wie er fortfährt: ›So zumindest verhält es sich bei allen unverdorbenen, natürlich empfindenden Müttern, doch sie scheinen bedauerlicherweise immer seltener zu werden.‹ Was glauben Sie: Behandelt er anschließend die seelische Beschaffenheit der immer zahlreicheren ›*wider*natürlichen Mütter‹? Er denkt nicht dran!« Der Doktor legte das Buch beiseite.

Während der Doktor diese Tirade vortrug, schien sich in Miss Howards Kopf ein Gedanke herauszubilden, denn sie runzelte die Brauen. Offensichtlich war ihr ein Einfall gekommen. »Doktor …«, begann sie.

Aber er war noch nicht fertig. Er nahm ein weiteres Buch zur Hand und las empört vor: »Und hören Sie James selbst: ›Der Instinkt der elterlichen Liebe ist bei einer Frau stärker ausgeprägt als bei einem Mann – die Hingabe, mit der sich eine Mutter für ein krankes oder sterbendes Kind aufopfert, ist möglicherweise das schönste moralische Schauspiel im Leben des Menschen‹, und damit Schluß der Diskussion! Ich wüßte gern, was solche Menschen sagen würden, wenn ich ihnen meine Dutzende im Laufe von Jahren zusammengetragenen Fallstudien von Frauen vorlegte, die ihre Kinder verprügeln, in brennende Öfen stecken, verhungern lassen oder ohne weitere Umschweife einfach umbringen? Es ist unglaublich!«

»Ja, Doktor«, begann Miss Howard erneut. »Aber ich frage mich – hat dies auf Vorurteile gestützte Denken irgendeinen Nutzen?«

»Nur in bezug auf die Schlußfolgerung, die solche Menschen daraus ziehen, Sara«, sagte der Doktor höhnisch, schleuderte das Buch dorthin, wo schon ein ganzer Stapel anderer lag, und nahm das erste wieder zur Hand. »Ein kurzer Kommentar von Schneider genügt, um alles klar zu sehen: ›Mit einem Wort gesagt hat sie‹ – damit meint er die Mutter – ›ihre Ich-Bezogenheit ganz und gar auf ihr Kind übertragen.‹«

»Ja, genau das ist es«, sagte Miss Howard. »Nehmen wir an, Sie wären eine solche widernatürliche Mutter, die ihre Kinder verloren hat und keine weiteren bekommen kann – hätten Sie dann nicht auch das Bedürfnis, sich auf irgendeine Weise ein Kind zu verschaffen, und sei es nur, um zu beweisen, daß Sie imstande sind, in angemessener Weise auszuführen, was die Gesellschaft als weibliche Grundfunktion ansieht?«

Das Gesicht des Doktors zeigte Verständnislosigkeit, er ließ die Hände sinken, dann warf er auch Schneiders Buch auf den Stapel, auf dem schon das Werk von James gelandet war. »Und je nach individueller Situation«, sagte er nickend, »könnte dieser Drang so übermächtig werden, daß er die übliche Hemmschwelle niederreißt… nun, wo waren *Sie* während der letzten beiden Tage, mein Orakel zur weiblichen Psyche?« Er trat zu Sara und legte ihr die Hände auf die Schultern. »Es hat mich Gott weiß wie viele Stunden und Seiten fruchtlosen Lesens gekostet, um genau zu der Schlußfolgerung zu gelangen!« Er ging an die Tür und rief in die Diele hinaus: »Cyrus! Laß mir ein Bad ein, wenn es dir nichts ausmacht, und leg mir frische Kleidung heraus!« Dann wandte er sich wieder an Miss Howard. »Beim letzten Mal, als wir zusammengearbeitet haben, haben wir uns mit den bekannten Gesetzen der Psychologie beschäftigt. Diesmal, fürchte ich, werden uns die Vorurteile unserer Gesellschaft dazu zwingen, einige neue zu formulieren. Machen Sie sich sorgfältig Notizen, und seien Sie stets in der Nähe, denn Ihre Sehweise brauchen wir am dringendsten. Wir anderen können nicht…«

Ein leises Schnarchen vom Sofa her unterbrach ihn; wir alle drehten uns um und sahen, daß Mr. Moore eingenickt war. »Nun«, seufzte der Doktor, »sagen wir einfach, daß gewisse andere Standpunkte nicht so entscheidend sind. Wir wollen ihn aber im Augenblick nicht stören – wenn er nämlich Pech hat, muß er morgen durch die Straßen der Stadt ziehen.«

Nachdem der Doktor fertig angekleidet war, stellte sich heraus, daß die einzige Möglichkeit, Mr. Moore zu wecken, darin bestand, ihn zu einem verspäteten Mittagessen in Mr. Charlie Delmonicos Restaurant am Madison Square einzuladen. Da dieser kürzlich an der Vierundvierzigsten Straße eine Filiale eröffnet hatte, um Schritt mit der Entwicklung zu halten (es war unter den Wohlhabenden Mode geworden, in den Norden der Stadt zu ziehen), hatte Dr. Kreisler – da er es nicht über sich brachte, ganz fortzubleiben – das Restaurant am Madison Square in letzter Zeit seltener als zuvor aufgesucht. Damit wollte er zeigen, daß er Mr. Delmonicos

Beteuerungen, nicht daran zu denken, jenes Restaurant zu schließen, keinen Glauben schenkte, was der Doktor wiederum nur für eine Frage der Zeit hielt.

Cyrus und ich gingen mit den anderen zum Madison Square. Zwar aßen wir nie gemeinsam mit dem Doktor im Restaurant – das wäre damals unmöglich gewesen –, aber wir begleiteten ihn gern, denn ich hatte mich mit dem französischen Küchenchef, Mr. Ranhofer, angefreundet und bekam daher gewöhnlich manchen guten Bissen zugesteckt, den ich mit Cyrus im Park teilen konnte. Also gingen wir mit dem Doktor und seinen Gästen bis zum Haupteingang, wo Charlie Delmonico stand und jeden begrüßte, der eintrat. Dr. Kreisler gab ihm die Hand, und Delmonico schüttelte sie, obwohl der Doktor halb im Ernst erklärte: »Ich spreche nach wie vor nicht mit Ihnen, Charles.« Als sie drinnen verschwunden waren, lief ich um die Ecke zum Lieferanteneingang.

Dort drängte ich mich durch laut rufende Männer, die Rinderviertel, Lammhälften, Kisten voll Obst und Gemüse wie auch voller mit Eisstückchen bedeckter Fische herbeischleppten. Am Ende eines dunklen Ganges lag die Küche, an deren gewölbter Ziegeldecke Dutzende von Töpfen und Pfannen hingen. Mr. Ranhofers Stimme brach sich an den gekachelten Wänden, als er ausrief: »Nein, nein, nein! Schwein! Das würde ich keinem Tier zu fressen geben! Warum nur kannst du das nicht kapieren?« Sein Gebrüll galt, wie ich bald sah, einem jungen Dessertkoch, der sich diese Kränkungen sehr zu Herzen zu nehmen schien und aussah, als würde er gleich in Tränen ausbrechen. Mr. Ranhofer, dessen gewaltiger rundlicher Körper vollständig in Weiß gehüllt warund dessen stacheliger Schnurrbart die gleiche Farbe hatte, versuchte, sich ein wenig zu beruhigen, und trat dann an den Arbeitsplatz des jungen Mannes. »So, komm, ich zeig es dir – aber ein letztes Mal!«

Während ich auf das Ende der Vorführung wartete, sah ich mich in der riesigen Küche um, in der zwei bis zweieinhalb Dutzend Köche, Hilfsköche und Küchenjungen wie von Sinnen arbeiteten und brüllten, was die Lunge hergab – bisweilen ohne daß ich hätte sehen können, wem das Geschrei galt. Gelegentlich schossen von den Feuerstellen bunte Flammen auf, hundert verschiedene Gerüche – manche angenehm, andere lediglich sonderbar – verschmolzen zu einem nicht näher definierbaren Aroma. Das Ganze hatte Ähnlichkeit mit Szenen aus den Irrenhäusern, die ich mit dem Doktor besucht hatte – nur daß die Menschen in den eleganten Speiseräumen über uns beträchtliche Summen für das zahlten, was aus diesem Tollhaus kam.

Schließlich sah ich meine Gelegenheit und packte Mr. Ranhofer an der Schürze. »Hallo! Mr. Ranhofer!«

Er wandte sich um, lächelte kurz und runzelte gleich darauf abweisend die Stirn. »Bitte – Stevie – geh! Heute nicht, hier herrscht der helle Wahnsinn – ich sage dir, Wahnsinn!«

»Den Eindruck hab ich«, sagte ich.

»Er bringt mich noch um – dieser Charles bringt mich noch um! Drei private Mittagsgesellschaften und anschließend eine Abendgesellschaft für achtzig Personen! Wie um Himmels willen kann ein Mensch so etwas bewältigen.«

»Ach, Sie schaffen das schon«, sagte ich so beruhigend, wie ich konnte. »Sie haben es bis jetzt noch immer geschafft. Deswegen sind Sie doch auch der Chef von diesem Haufen.«

Damit hatte ich Erfolg. Mit einem flüchtigen Lächeln rief er: »Frank! Zweimal Krabben! *Sofort*!« Er wischte sich die Hände ab und ließ den Blick voll Verzweiflung durch das Chaos in der Küche schweifen. Dann sah er mich wieder an. »Bitte – Stevie – nimm das Essen und geh. Heute hab ich keine Zeit, mich zu unterhalten –« Etwas lenkte seine Aufmerksamkeit auf sich. »*Nein*! Schluß! Laß das, du *Hornochse*, wie kannst du nur –« Dann verschwand er wie ein geölter Blitz.

Ich ließ mir die Portionen von dem Mann geben, den er Frank gerufen hatte. Er nahm keine Sekunde lang den Blick von seinem Vorgesetzten, als fragte er sich, wann der Blitz bei *ihm* einschlagen würde. Im Hinausgehen stibitzte ich je zwei Gabeln und Servietten aus einem Gestell und lief dann durch den Gang zurück, durch den inzwischen noch mehr Männer Eßbares herbeischleppten.

Cyrus saß im Madison-Square-Park hinter einer langen Reihe von Droschken, die an der Fünften Avenue auf Fahrgäste warteten. Ohne mein Tempo zu verringern, schlängelte ich mich durch sie hindurch und rannte über die Rasenfläche am Rande des Parks, sprang über die Bank, gab Cyrus einen der Essenbehälter, eine Gabel und eine Serviette und setzte mich neben ihn ins Gras. Wir unterhielten uns, während wir uns die Krabben zu Gemüte führten – sie waren so, wie ich es damals gern hatte, einfach in Butter gedünstet – und dazu den als Beilage mitgelieferten Bananenreis mit italienischem Salat verzehrten. Es war ein köstliches Mahl, das um so herrlicher mundete, da es nichts gekostet hatte. Als ich fertig war, legte ich mich hin und steckte mir eine ins Gesicht.

»Cyrus«, sagte ich und sah durch die Äste und Zweige zum Himmel hoch. »Was glaubst du, wie lange es dauert, bis der Doktor Mrs. Leschko auf die Straße setzt?«

»Keine Ahnung«, sagte Cyrus, während er die letzten Reste seiner Mahlzeit vertilgte. »Aber so kann es nicht für alle Zeiten weitergehen.«

»Nein.« Ich wartete eine Weile, bis ich sagte, was mir auf der Seele lag, seit ich am Vorabend Pinkies *Junges Mädchen aus Arkadien* gesehen hatte. »Cyrus?«

»Ich bin noch da.«

»Glaubst du, der Doktor könnte Kat einstellen? Als Hausmädchen, meine ich?«

Die lange Pause, die darauf folgte, sagte mir deutlich, was Cyrus dachte. Dann sagte er: »Sie müßte arbeiten wollen. Sie hat Rosinen im Kopf. Sie stellt sich das Leben anders vor, als es ist. Ich bezweifle, daß es sie interessieren würde.«

»Ja, nehme ich auch an. Ich dachte nur…«

»Ich weiß«, sagte er und gab sich große Mühe, Mitgefühl zu zeigen. »Du könntest den Doktor fragen – aber wie gesagt, sie müßte gewillt sein zu arbeiten.«

Ich verfolgte das Thema nicht weiter, und nach wenigen Minuten des Schweigens sprachen wir von etwas anderem. Aber der Gedanke hatte sich in meinem Kopf festgesetzt, und ich war entschlossen, ihn weiterzuverfolgen.

Als der Doktor, Mr. Moore und Miss Howard das Restaurant verließen, war es vier Uhr – und sie sahen nicht besonders glücklich aus. Der Doktor ging mit den knappen Worten »Wir gehen zu Fuß« an Cyrus und mir vorbei, und wir übrigen folgten ihm. Ich ließ mich absichtlich zurückfallen, wie auch Cyrus und Miss Howard, so daß nur noch Mr. Moore mit dem Doktor Schritt hielt und mit ihm sprach. Weder Cyrus noch ich brauchten zu fragen, was geschehen war. Miss Howard las uns unsere Wißbegier vom Gesicht ab.

»Es war entsetzlich«, sagte sie. »Die ganze Stadt weiß, daß im Institut eine Untersuchung stattfindet. Sogar seine Freunde haben ihn geschnitten. Es war, als wären wir überhaupt nicht anwesend gewesen. Gott sei Dank hat sich Charlie anständig verhalten, sonst wäre es vollends unerträglich gewesen.«

Wir gingen weiter den Broadway entlang.

Man hätte sich denken können, daß die sogenannte »gute Gesellschaft« so reagieren würde. Natürlich tat der Doktor so, als berührte ihn das nicht, aber mir war klar, daß es ihn in Wirklichkeit zutiefst grämte. Wie Miss Howard gesagt hatte, gab es in jenen Kreisen der Gesellschaft nur wenige, die den Doktor zu ihren Freunden zählten, und mit ansehen zu müssen, wie auch die sich uneinfühlsam von ihm zurückzogen… Nun, mir war es nur recht, daß wir zu Fuß zum Broadway Nr. 808 gingen. So konnte ich hoffen, daß es Mr. Moore auf dem langen Weg dorthin fertigbrachte, den Doktor wieder auf unser Vorhaben einzustimmen.

Das gelang ihm auch tatsächlich, jedenfalls soweit man das vernünftigerweise erwarten konnte. Als wir das Gebäude mit der gelben Backsteinfassade erreicht hatten, warteten die Brüder Isaacson bereits auf uns, und der Doktor sprach ganz sachlich mit ihnen. Im Aufzug zum fünften Stock wandte sich das Gespräch der Frage zu, wie wir die Porträtsitzung unseren Gästen darstellen sollten. Miss Howard hatte offenkundig Señora Linares gebeten, nichts über den eigentlichen Hintergrund zu sagen, teilte uns aber zugleich mit, Mrs. Cady Stantons außergewöhnliche Neugier werde sich keinesfalls mit »nichts« zufriedengeben. Sie habe, fuhr sie fort, mit dem Gedanken gespielt zu behaupten, es handele sich bei der Porträtierten um eine gute Freundin – oder Verwandte – der Señora, aber da wären dann noch deren blaue Flecken und Verletzungen zu erklären. Nach denen aber, da war sich Miss Howard sicher, würde sich Mrs. Cady Stanton in allen Einzelheiten erkundigen, denn über das Thema prügelnde Ehemänner hielt sie schon seit Jahrzehnten Vorträge. Tatsächlich hätten andere Vorkämpferinnen der Frauenbewegung Mrs. Cady Stanton schon häufig kritisiert, weil diese die Forderung nach dem Wahlrecht der Frauen mit der Forderung nach einer Änderung der Umstände verknüpfte, die zu Gewalttätigkeiten in der Ehe führten (Trunksucht und so weiter), außerdem verlange sie, daß man es Frauen durch eine Lockerung der Scheidungsgesetze erleichtere, sich einer solchen Ehe zu entziehen. Ich muß sagen, daß ich das gut verstand: Dort, wo ich herkam, war es den meisten Frauen piepegal, wer Präsident des Landes war – sie hatten viel zuviel damit zu tun, die Tobsuchtsanfälle ihrer Ehemänner zu überleben.

Während Miss Howard und Mr. Moore noch darüber nachdachten, welche Lüge sie Mrs. Cady Stanton auftischen sollten, schlug der Doktor vor, wir sollten einfach jeden Vorwand fallenlassen und ihr die Wahrheit sagen – jedenfalls soweit es möglich war. Weder gebe es einen Anlaß, ihr mitzuteilen, wer Señora Linares *wirklich* sei, noch müsse man ihre Tochter ins Gespräch bringen. Wir könnten einfach sagen, eine Frau habe sie im Central Park überfallen und ausgeraubt, und sofern Mrs. Cady Stanton mehr daraus zu machen gedenke, dürfe sie das gern versuchen. Miss Howard gefiel der Gedanke nicht besonders, und sie gab erst nach, als uns ein elektrischer Summer, der mit einem Knopf in der Eingangshalle des Gebäudes verbunden war, das Eintreffen von Señora Linares anzeigte. Als sich Miss Howard nach unten begab, um den Gast abzuholen, ging uns auf, daß Mrs. Cady Stanton ihrer Überzeugung nach auf nichts anderes aus war, als »mehr daraus zu machen«.

Die Señora war ziemlich aufgeregt, als sie aus dem Aufzug trat, denn sie vermutete, daß ihr entweder ihr Mann oder jemand anders gefolgt sei. Cyrus wurde hinabgeschickt, um die nähere Umgebung zu erkunden, konnte aber niemanden entdecken, der den Anschein erweckte, als beobachtete er das Haus Nummer 808. Obwohl das die Señora ein wenig beruhigte, fiel es ihr schwer, sich auf die Anweisungen zu konzentrieren, die ihr der Doktor bezüglich dessen gab, was sie vor den anderen Frauen sagen sollte und was nicht. Als der Summer wieder ertönte, geriet sie in Panik, aber Mr. Moore blieb bei ihr und beruhigte sie, während Miss Howard die vielversprechende Porträtistin zusammen mit der lebenden Legende heraufholte.

# KAPITEL 12

Niemand von uns wußte genau, was wir zu erwarten hatten, als wir den Aufzug wieder nach oben rumpeln hörten. Ich für meinen Teil befürchtete, ein nach Mottenkugeln riechender, verdrießlicher alter Drache würde wie eine der Furien zur Tür hereingestürmt kommen. So war ich ziemlich entgeistert – und, nach ihren verblüfften Gesichtern zu urteilen, auch alle anderen –, als eine überaus gediegen, aber dennoch modisch gekleidete Dame voll Anmut zur Tür hereinschritt. Ihr Haar war sorgfältig in Locken gelegt, und den Spitzenbesatz ihres Kragens verzierte eine große hübsche Kamee. Einen Augenblick lang dachte ich, sie müsse die Malerin sein: Die Frauenrechtlerinnen, die ich bis dahin gesehen hatte, gaben nicht viel auf Schmuck und modische Kinkerlitzchen. Ihr schneeweißes Haar und die faltige Haut aber zeigten mir, daß sie vom Alter her unmöglich die künstlerische Zukunftshoffnung sein konnte, von der Pinkie gesprochen hatte. Ihre Augen allerdings blitzten wach und jugendlich, was mir den Eindruck vermittelte, daß sie zwar jemandes Großmutter sein mochte, aber kaum als solche behandelt zu werden wünschte. Zwar hatte die berühmte Veteranin im Kampf der Frauen einen Stock mit Messingknauf in der Hand, doch hielt sie sich stolz und aufrecht. Mrs. Elizabeth Cady Stanton war der einzige Mensch, der je die Unverfrorenheit besessen hatte, die Bibel vom Standpunkt der Frau aus umzuschreiben.

Hinter ihr trat eine jüngere Dame ein, die Miss Howards ältere Schwester hätte sein können, so sehr ähnelten sie einander im Aussehen, in der schlichten Art, sich zu kleiden, und im Auftreten. Miss Cecilia Beaux' Gesicht war wohlgeformt, aber nicht ausgesprochen schön, und in erster Linie fesselten darin die geradezu hypnotisierenden, leuchtenden Augen. Sie trug über einer durchgeknöpften kragenlosen Bluse, deren Halsausschnitt mit einem schmalen Band verziert war, einen leichten Leinenkasack und einen dazu passenden Rock. Es sah ganz so aus, als seien die Gemeinsamkeiten zwischen den beiden nicht nur oberflächlicher Art, denn sie unterhielten sich bereits wie alte Freundinnen. Miss Howard berichtete Miss Beaux über unseren Besuch bei Pinkie, und jene sprach über einen ähnlichen Besuch, den sie gemacht hatte. Später erfuhr ich noch, daß die beiden einen ähnlichen Hintergrund hatten, stammten sie doch aus wohlhabenden Familien (Miss Howards Eltern lebten, wie schon gesagt, im Tal des Hudson, und Miss Beaux' in Philadelphia), welche die ungewöhnliche Lebensweise ihrer jeweiligen Tochter aufs äußerste mißbilligten.

Alle Anwesenden wurden einander vorgestellt, woraufhin ich mich bald wortlos auf meine Fensterbank zurückzog. Als Mrs. Cady Stanton von einem zum anderen sah, konnte man auf ihrem Gesicht erkennen, daß sie die Situation zu erfassen versuchte, damit aber nicht besonders weit kam. Während Miss Beaux Skizzenblock und Stifte herausnahm und sich einen Stuhl heranzog, um sich neben die Señora zu setzen, lieferte Miss Howard die erdachten – oder wie es der Doktor lieber genannt hätte, unvollständigen – Begründungen dafür, daß wir uns der Dienste von Miss Beaux versichert hatten. Mit zusammengekniffenen Augen, aber durchaus verbindlich klingender Stimme fragte Mrs. Cady Stanton nach: »Haben Sie gesagt, daß eine *Frau* das getan hat, Sara? Das ist ungewöhnlich – und sie war auf Geld aus?«

Unter Aufbietung seines ganzen Charmes versuchte Mr. Moore die Fragen zu entschärfen. »In New York geht es meist um Geld, Mrs. Cady Stanton – und meiner Erfahrung nach gibt es in dieser Stadt eigentlich nur recht wenig, was man mit Fug und Recht ›ungewöhnlich‹ nennen kann.«

Schlagartig wurde ihr Gesicht abweisend, und sie sah Mr. Moore streng an. »Tatsächlich, Mr.... Moore, finden Sie? Nun, ich lebe schon seit vielen Jahren hier, und es waren mitunter nicht unbedingt die besten Wohngebiete, Mr. Moore. Wenn eine Frau im Central Park am hellichten Tag eine andere überfällt, ist das meiner Erfahrung nach kein gewöhnliches Vorkommnis. Vielleicht kann einer der hier anwesenden Polizisten das bestätigen.« Sie ließ ihren Kopf zu den Brüdern Isaacson herumfahren, die nicht recht wußten, wie sie sie behandeln sollten, und denen die Bezeichnung ›Polizist‹ offensichtlich nicht besonders zusagte.

»Ach«, sagte Lucius und nahm sein Taschentuch heraus, um sich die Stirn zu wischen. »Ich könnte... das heißt...«

»Normalerweise nicht«, sagte Marcus schließlich, so fest, wie es jemandem in der Situation nur möglich war, »aber es ist durchaus schon vorgekommen.«

»Tatsächlich?« Es war klar, daß Mrs. Cady Stanton nichts auf seine Antwort gab. »Dann nennen Sie mir doch ein paar Beispiele dafür.«

Im Verlauf dieses kleinen Meinungsaustausches hatte sich Miss Howard mit Miss Beaux und Señora Linares in eine Ecke des Raumes zurückgezogen, und die Señora hatte begonnen, der Porträtkünstlerin zu schildern, wie ihre Angreiferin ausgesehen hatte. Als der Doktor merkte, daß diese wichtige Sache Mrs. Cady Stanton entgehen würde, wenn das Streitgespräch weiterginge, legte er sich ins Mittel: »Wenn Sie einmal ein oder zwei Tage Zeit haben, Mrs. Cady Stanton, werde ich Ihnen gern eine beliebige Zahl von Fällen nennen, bei denen es um Gewaltverbrechen von Frauen geht.«

Sie wandte sich ihm zu. »*Von* Frauen *gegen* andere Frauen?« fragte sie ungläubig.

»Gegen andere Frauen«, sagte der Doktor mit einem Lächeln, dem man ansah, daß es ihm ernst war. »Töchter gegen Mütter, Schwestern gegen

Schwestern, Rivalinnen gegen Rivalinnen – und selbstverständlich auch Mütter gegen Töchter.« Er nahm sein Zigarettenetui heraus. »Stört es Sie, wenn ich rauche? Und darf ich Ihnen eine Zigarette anbieten?«

»Nein, vielen Dank. Aber rauchen Sie ruhig.« Sie sah den Doktor etwa eine Minute lang an und wies dann mit erhobenem Finger auf ihn, während er seine Zigarette anzündete. »Ich habe von Ihnen gehört, Doktor, und einige Ihrer Arbeiten gelesen. Ihre Spezialität ist die Psychologie von Verbrechern und Kindern.«

»So ist es«, sagte der Doktor.

»Aber nicht die von Frauen«, sagte Mrs. Cady Stanton. »Sagen Sie mir doch, Doktor, warum spezialisiert sich niemand von denen, die sich mit Psychologie beschäftigen, auf Frauen?«

»Eine interessante Frage«, sagte der Doktor. »Ich habe sie mir kürzlich selbst erst gestellt.«

»Ich will sie Ihnen beantworten.« Sie drehte sich so in ihrem Sessel, daß sie ihm voll ins Gesicht sah, und begann ihm dann einen Vortrag zu halten. »Psychologen beschäftigen sich aus einem einfachen Grund nicht mit dem Verhalten von Frauen: Die weitaus meisten von ihnen sind Männer. Unausweichlich würde sich als Ergebnis einer solchen Untersuchung herausstellen, daß immer dann, wenn sich eine Frau so verhält, wie Sie es beschrieben haben, die Ursache ihre brutale Unterjochung durch einen Mann beziehungsweise eine an ihr verübte Gewalttat ist.« Ihre Augen zogen sich wieder zusammen; sie wirkte aber diesmal etwas verbindlicher. »Sie hatten in jüngster Zeit Unannehmlichkeiten, Dr. Kreisler, und ich kenne auch den Grund dafür. Sie bemühen sich, das Tun von Verbrechern jeweils in deren – wie nennen Sie es noch? – ›individuellem Kontext‹ zu erklären. Aber die Leute wollen keine Erklärungen. Sie haben den Eindruck, daß Sie den Verbrechern einfach Ausreden liefern.«

»Und was ist Ihr Eindruck, Mrs. Cady Stanton?« fragte der Doktor.

»Ich bin überzeugt, daß keine Frau mit einem anderen Wunsch auf die Welt kommt, als die Rolle auszufüllen, welche ihr die Natur zugewiesen hat. Frauen wollen Leben hervorbringen und hegen. Als Mütter des Menschengeschlechts besitzen sie eine natürliche Einfühlungsgabe und göttliche Schöpferkraft. Wenn diese Kraft in ihr Gegenteil verkehrt wird, dürfen Sie sicher sein, daß dabei ein Mann seine Hände im Spiel hat.«

»Was Sie sagen, klingt überzeugend«, sagte der Doktor, »aber ich habe den Eindruck, daß die dahinterstehenden Vorstellungen nicht ganz leicht nachzuvollziehen sind. Soll das heißen, daß Frauen eine besondere Sorte von Geschöpf sind, unempfänglich für die Regungen, die Männer bewegen?«

»Nein, unempfänglich nicht, Doktor, weit davon entfernt. In Wahrheit rühren diese Regungen sie viel stärker an. Auch für die Wurzeln dieser Empfindungen sind sie empfänglicher. Sie reichen meiner Überzeugung nach weit tiefer, als selbst ein so gebildeter, fortschrittlicher Mann wie Sie vermuten würde.«

»Tatsächlich?«

Mrs. Cady Stanton nickte und faßte sich, wie man das bei Frauen häufig sieht, an die weißen Locken, ohne daß dieser Anflug eitlen Verhaltens sie selbst peinlich berührt hätte, was mich bei einem Menschen ihres Alters und ihrer Ansichten erstaunte. »Ich stimme mit einigem von dem überein, was Sie geschrieben haben, Doktor. Eigentlich sogar mit vielem. Soweit ich sehen kann, besteht Ihre einzige Schwierigkeit darin, daß Sie Ihre Vorstellung von ›Kontext‹ nicht weit genug fassen.« Mit gebieterischer Gebärde verschränkte sie die Hände auf dem Knauf ihres Spazierstocks. »Was halten Sie von der Auswirkung der vor der Geburt im Mutterleib verbrachten Zeit auf die Entstehung des Individuums?«

»Ich weiß, daß es sich dabei um eins Ihrer Lieblingsthemen handelt«, sagte der Doktor.

»Sie bestreiten diesen Ansatz also?«

»Mrs. Cady Stanton – es gibt keine klinischen Hinweise darauf, daß eine Mutter, abgesehen von den körperlichen Merkmalen, irgendeinen gestaltenden Einfluß auf die Frucht in ihrem Leibe hat.«

»Falsch, Sir! Ihre Meinung könnte nicht abwegiger sein. In den neun Monaten des vorgeburtlichen Lebens prägt eine Mutter dem formbaren Wesen in ihrem Leib alle körperlichen und geistigen Empfindungen und alle Gedanken ein, die sie hat!«

Der Doktor sah inzwischen so drein, wie es wohl General Custer getan hat, als ihm seine Späher mitteilten, seiner Armee stünden einige Indianer mehr gegenüber, als man ursprünglich angenommen hatte. Mrs. Cady Stanton machte aus dem, was er ursprünglich als Ablenkungsmanöver angesehen hatte, immer mehr eine ausgewachsene Auseinandersetzung. Schon nach zehn Minuten verstand ich fast nichts mehr davon, hauptsächlich weil ich nicht richtig zuhörte; ich wollte mitbekommen, was beim Tun der anderen drei Frauen herauskam. Also glitt ich in einem Augenblick, von dem ich annahm, daß es niemand merken würde, von meiner Fensterbank herunter und schob mich in die fernste Ecke des Raumes, bis ich schließlich dorthin gelangte, wo Miss Beaux zeichnete. Ich hörte Señora Linares gerade sagen: »Nein … nein, das Kinn war weniger ausgeprägt. Und die Lippen ein wenig schmaler … Ja, so …«

»Aha«, sagte Miss Beaux, den leuchtenden Blick auf den großen Skizzenblock vor sich geheftet. »Alles in allem würden Sie sagen, daß sie eher angelsächsisch als südländisch aussah. Stimmt das?«

Señora Linares dachte darüber nach und nickte dann. »Ich hatte mir das noch nicht ganz bewußtgemacht – ja, sie wirkte sehr nordamerikanisch, ungefähr wie Leute aus den älteren Teilen des Landes, beispielsweise Neuengland.«

Ich schob mich neben Miss Howard und sah auf die Zeichnung. Sie war noch so unscharf wie eins von Pinkies Gemälden, wenn Miss Beaux auch an einigen Stellen klarere und deutlichere Linien gezogen hatte. Das Gesicht, das da allmählich entstand, war so, wie es die Señora gesagt hatte: eckig, wie gemeißelt, nicht unattraktiv, aber hart. Solche Gesichter konnte man in der Tat in Dörfern von Massachusetts oder Connecticut sehen.

Mit einem Mal fiel Miss Howard meine Gegenwart auf, und lächelnd flüsterte sie: »Hallo, Stevie.« Dann sah sie mit unfreundlichem Blick in die Mitte des Raumes, wo der Doktor und Mrs. Cady Stanton nach wie vor miteinander stritten. »Vermutlich hättest du jetzt gern eine Zigarette.«

»Na klar, immer«, sagte ich, ohne den Blick von Miss Beaux' feinen Händen zu lösen, die sich flink und sicher über den Skizzenblock bewegten. Sie zog eine Linie, schattierte oder verstärkte sie, je nachdem, was erforderlich war, radierte sie aus, wenn die Señora sagte, daß es so nicht stimme. Als sie merkte, daß ich ihr zusah, lächelte auch sie.

»Hallo«, sagte sie, ebenfalls im Flüsterton. »Du bist wohl Stevie?«

Ich konnte nur nicken. Um die Wahrheit zu gestehen, glaube ich, daß ich mich ein bißchen in sie verknallt hatte.

»Das klingt, als ob sich die beiden großartig amüsierten«, sagte sie, ohne ihre Arbeit zu unterbrechen, wobei sie mich von Zeit zu Zeit mit dem gleichen sanften Lächeln bedachte, das durch ihre bemerkenswerten Augen strahlend wirkte. »Worüber um alles in der Welt unterhalten sie sich bloß?«

»Ich weiß es nicht genau«, sagte ich, »aber Mrs. Cady Stanton hat den Doktor richtig auf die Palme gebracht – und das so schnell wie noch niemand vor ihr.«

Miss Beaux schüttelte den Kopf, nach wie vor belustigt. »Sie wollte ihn unbedingt kennenlernen ... Bei Menschen, die sie fesseln, kommt das oft vor: Sie ist so auf einen Gedankenaustausch mit ihnen erpicht, daß sie schließlich mit ihnen streitet.«

»Ja«, sagte Miss Howard, »ich fürchte, das hab ich auch schon getan.«

»Ich auch«, sagte Miss Beaux, nach wie vor mit leiser Stimme. »Und dann könnte ich mich tagelang selber ohrfeigen. Es passiert mir vor allem mit Männern – die meisten sind so verdammt hochnäsig, daß man gleich hergeht und einen, von dem man glaubt, daß er anders sein könnte, mit seinen Ansichten eindeckt.«

»Und Felsen in der Brandung, die sie sind«, stimmte Miss Howard zu, »laufen sie gleich weg und verstecken sich hinter einem schnatternden Haufen niedlicher Hohlköpfe.«

»Ach! Es ist zum Haareausraufen ...« Erneut sah mich Miss Beaux an. »Was ist mit dir, Stevie?«

»Mit mir, Miss?«

»Ja. Wie stehst du zu jungen Damen – ist dir lieber, daß sie klug sind, oder sollen sie deine Ansichten einfach übernehmen?«

Ich fuhr mir mit der Hand an den Kopf und begann nervös, eine Haarsträhne zwischen den Fingern zu drehen. Als mir bewußt wurde, daß das kindisch wirken mußte, ließ ich es gleich wieder sein. »Ich ... weiß nicht«, sagte ich und dachte an Kat. »Ich hab noch nicht ... ich meine, ich kenne nicht viele ...«

»Stevie würde sich nicht mit einer dummen Gans abgeben, Cecilia«, sagte Miss Howard und legte mir beruhigend die Hand auf den Arm. »Darauf können Sie sich verlassen – er gehört zu den Vernünftigen.«

»Daran habe ich nie gezweifelt«, sagte Miss Beaux freundlich. Dann wandte sie sich erneut der Señora zu. »Und jetzt die Augen. Sie haben gesagt, daß die Sie am meisten gefesselt haben?«

»Ja«, bestätigte die Señora. »Sie waren das einzige Merkmal, das an ihrem Gesicht exotisch wirkte. Katzenaugen, wie ich zu Miss Howard gesagt habe. Fast ... kennen Sie die altägyptischen Stücke im Metropolitan Museum, Miss Beaux?«

»Gewiß.«

»So in der Art. Ich glaube nicht, daß sie besonders groß waren, aber die Wimpern waren ziemlich dicht und dunkel und ließen die Augen groß wirken. Dann die Farbe – leuchtend bernsteinfarben, würde ich sagen, fast golden ...«

Ich sah zu, wie sich Miss Beaux' Hände auf der Zeichnung nach oben arbeiteten – dann fuhr mein Kopf herum, als ich von der anderen Seite des Raumes meinen Namen rufen hörte.

»Stevie! Was treibst du dahinten?« Es war der Doktor. »Mrs. Cady Stanton möchte gern mit dir sprechen.«

»Mit mir, Doktor?« sagte ich und hoffte, daß ich mich verhört hatte.

»Ja, mit dir«, wiederholte er lächelnd und winkte mich zu sich her. »Komm.«

Ich wandte mich zu Miss Howard um und sah sie wie mit dem letzten Blick eines zum Tode Verurteilten an, dann stand ich auf und ging schleppenden Schritts zu dem Sessel hinüber, auf dem Mrs. Cady Stanton thronte. Als ich dort ankam, legte sie ihren Stock beiseite und nahm meine beiden Hände in ihre.

»Nun, junger Mann«, sagte sie und betrachtete mich aufmerksam. »Du bist also einer der Zöglinge Dr. Kreislers, nicht wahr?«

»Ja, Ma'am«, sagte ich, so teilnahmslos, wie ich konnte.

»Er sagt, daß du in deinen wenigen Lebensjahren schon eine ganze Menge mitgemacht hast. Erzähl mir doch«, sie beugte sich näher zu mir, so daß ich kleine weiße Härchen auf ihren alternden Wangen erkennen konnte, »machst du deiner Mutter Vorwürfe?«

Die Frage kam ein wenig unerwartet, und ich warf einen Blick auf den Doktor. Er nickte einfach, als wollte er sagen: Nur zu, sag ihr, was du für richtig hältst.

»Ob ich ...« Ich ließ eine Pause eintreten, während ich überlegte. »Ich weiß nicht, ob Vorwürfe das richtige Wort ist, Ma'am. Sie hat mich auf die schiefe Bahn gebracht, das kann man nicht anders sagen.«

»Zweifellos, weil es ihr ein Mann eingeredet hat«, sagte Mrs. Cady Stanton, »oder sie dazu gezwungen hat.«

»Meine Mutter hatte 'nen ganzen *Haufen* Männer, Ma'am«, sagte ich rasch. »Ehrlich gesagt kann ich mir nicht vorstellen, daß einer von denen sie je zu irgendwas gezwungen hat. Sie hat mich losgeschickt, weil sie anfänglich Schnaps und später dann Drogen brauchte.«

»Und beides haben ihr Männer zur Verfügung gestellt.«

Ich zuckte die Achseln. »Wenn Sie das sagen, Ma'am.«

Mrs. Cady Stanton sah mich aufmerksam an. »Mach ihr keine zu schweren Vorwürfe, Stevie. Nicht einmal wohlhabende Frauen können sich in dieser Welt ihre Lebensumstände immer aussuchen, und arme Frauen so gut wie nie.«

»Sicher wissen Sie das besser als ich«, sagte ich. »Aber wie gesagt, ich glaub nicht, daß ich ihr Vorwürfe mach, Ma'am. Mein Leben war einfach leichter, als ich nichts mehr mit ihr zu tun hatte – das ist alles.«

Die alte Dame sah mich eine Weile an und nickte dann. »Eine kluge Aussage, mein Sohn.« Dann wurde sie etwas lebhafter und schüttelte meine Arme. »Ich möchte wetten, daß du ziemlich viel angestellt hast, bis du dem Doktor begegnet bist. Das ist bei euch Bengels so. Meine drei Ältesten waren Jungen, und da hörte der Ärger nie auf! Die Einwohner ganzer Städte haben wegen ihrer Schandtaten nicht mehr mit mir gesprochen.« Dann ließ sie meine Hände los. »Aber nichts von alldem ändert etwas an meiner Ansicht, Dr. Kreisler ...«

Während sie fortfuhr, sah ich erneut zum Doktor hin. Er lächelte noch einmal und bedeutete mir mit einer Kopfbewegung, daß ich dorthin zurückkehren konnte, woher ich gekommen war. Sein Gespräch mit Mrs. Cady Stanton kam rasch wieder in Gang.

Es dauerte etwa zwei Stunden, bis Miss Beaux ihre Zeichnung fertig hatte, und so lange blieb ich bei den Frauen sitzen, antwortete, wenn man mich ansprach, und beobachtete im übrigen nur, was geschah. Es war ein fesselnder Prozeß: die Wörter kamen aus Señora Linares' Mund, gingen in Miss Beaux' Ohr, verwandelten sich in Bewegungen ihrer Hände, die den Erinnerungen und Absichten der Señora bisweilen sehr genau zu entsprechen schienen, gelegentlich aber auch weniger genau. Im Verlauf ihrer Arbeit zeichnete Miss Beaux eine ganze Schachtel schwerer weicher Bleistifte stumpf und verbrauchte einen ganzen Radiergummi, bis gegen acht Uhr ein wirklich lebendes Gesicht auf ihrem Blatt Gestalt gewonnen hatte. Während wir uns alle um die Zeichnung drängten, um sie anzusehen, entstand eine Art entsetztes Schweigen, das stumm Señora Linares' Aussage bestätigte: Es war kein Gesicht, das man leicht vergißt.

Ganz wie der Doktor gesagt hatte, war es ihr gelungen, sich an weit mehr einzelne Züge des Gesichts jener Frau zu erinnern, nachdem sie endlich die Möglichkeit hatte, ihre Erinnerungen lebendig werden zu lassen. Zu der Frau, die uns da vom Skizzenblock entgegensah, paßte jedes der Adjektive, die unsere Mandantin zu ihrer Beschreibung verwendet hatte. Zweifellos fielen an ihr als erstes die Augen auf, vielleicht aber sollte ich besser sagen, der Ausdruck der Augen. Señora Linares hatte ihn hungrig genannt, und so wirkte er unbestritten. Das aber war nicht alles; die Katzenaugen vermittelten noch einen weiteren Eindruck, der mir nur allzu vertraut war, den ich aber nicht ansprechen mochte. Ich hatte ihn bei meiner Mutter gesehen, wenn sie von mir oder ihren Kerlen etwas gewollt hatte, aber auch bei Kat, wenn sie ihrem Geschäft nachging. Es war etwas *Verführerisches* – die betreffende Person bot dem Gegenüber an, ihm jegliche Aufmerksamkeit und Zuneigung zu schenken, nach der ihm der Sinn stand, sofern er etwas Verbotenes für sie tat. Das übrige Gesicht der Frau – sie mochte um die Vierzig sein – war früher wahrscheinlich einmal sehr anziehend gewesen, wirkte inzwischen aber hart und verhärmt, von schweren Jahren voller Erfahrungen gezeichnet, wenn man nach der Linie des Unterkiefers gehen konnte. Die Nase war klein, aber die Nasenlöcher waren vor Erregung gebläht, die schmalen Lippen fest zusammengepreßt, so daß sich kleine Fältchen an den Mundwinkeln zeigten, und die hohen Wangenknochen deuteten die Form des Schädels an, wobei ich unwillkürlich sogleich an Pinkies Bild mit dem Sensenmann auf dem Pferd denken mußte.

Auf diese Frau paßten alle spekulativen Annahmen des Doktors und der anderen: Sie war entschlossen und verzweifelt, eine Frau, die in ihrem Leben viel Schweres durchgemacht hatte und bereit war, zurückzuschlagen. Aber nicht nur der Doktor, auch Pinkie hatte mit seiner Voraussage recht gehabt: Miss Beaux hatte, ohne den von ihr gezeichneten Menschen je gesehen zu haben, dessen Wesensart genau erfaßt.

Ich glaube, daß alle, auch Miss Beaux selbst, ein wenig über das erschraken, was sie da geschaffen hatte; die Señora jedenfalls saß stumm da und nickte, und es sah ganz so aus, als hätte sie am liebsten geweint, würde sich aber beherrschen. Das Schweigen wurde erst gebrochen, als Mrs. Cady Stanton sagte: »So sieht ein von der Erfahrung der Gefühlskälte geprägtes Gesicht aus, meine Herren, ein Gesicht, das die Männergesellschaft auf alle Zeiten verhärtet hat.«

Bei diesen Worten erhob sich Miss Howard und nahm Mrs. Cady Stantons Arm. »Ja. So ist es. Ach – ich habe gar nicht gemerkt, wie spät es schon ist. Sicherlich wollen Sie dinieren, Mrs. Cady Stanton, und Sie auch, Cecilia.« Sie wandte sich um und schüttelte der Jüngeren die Hand. »Und es war mir ernst mit dem, was ich gesagt habe – ich würde liebend gern in Ihre Zeichenklasse kommen oder zumindest mit Ihnen zu Mittag oder zu Abend essen. Wann immer Sie in der Stadt sind.«

Bei diesen Worten wurde Miss Beaux deutlich munterer, und es kam mir vor, als sei sie erleichtert, ihre eigene Schöpfung hinter sich lassen zu können. »Ach ja, das würde mir gefallen, Sara. Es war wirklich ausgesprochen fesselnd.«

Während wir uns alle voneinander verabschiedeten, begann Miss Howard, die beiden Damen unauffällig zum Ausgang zu bugsieren. Ich wagte nicht recht, zu Miss Beaux hinzugehen, aber sie kam auf mich zu, nahm meine Hand und sagte, sie sei sicher, wir würden einander bald wieder begegnen – vielleicht könne ich einmal mit ihr und Miss Howard zu Mittag essen.

Während die Damen in den Aufzug stiegen, wandte sich Mrs. Cady Stanton noch einmal an den Doktor. »Ich denke, auch *wir* werden einander wiedersehen, Doktor. Es war für mich sehr erhellend – und wie ich hoffe, auch für Sie.«

»So ist es«, gab der Doktor höflich zurück. »Ich freue mich schon darauf.« Dann wandte er sich an Miss Beaux und nahm einen Scheck aus der Tasche: »Ich hoffe, daß Sie das annehmbar finden. Miss Howard hat mir Ihr übliches Honorar genannt, aber angesichts der ungewöhnlichen Umstände und Ihrer Bereitschaft herzukommen … nun …«

Nach einem kurzen Blick auf den Scheck weiteten sich Miss Beaux' Augen. »Das ist … wirklich sehr großzügig, Doktor. Ich weiß nicht, ob ich …«

»Ach was«, sagte er und sah das Bild an, das auf einem Tisch vor der Señora stand. »Eigentlich ist das, was Sie uns gegeben haben, unbezahlbar.«

Klirrend rastete das Aufzuggitter hinter den drei Frauen ein, dann schloß der Doktor die Tür und lauschte auf das Summen des Motors, während er überlegte.

Ich atmete einmal scharf ein. »Es tut mir nicht leid, daß die alte Ziege verschwindet«, sagte ich und wandte mich ab.

Der Doktor und die anderen lachten. »Was für ein Mundwerk«, sagte Mr. Moore, der auf dem Sofa lag. »Wie eine Maschine.«

»Ja, eine wahre Schande.« Der Doktor trat zur Señora. »Hätten das Schicksal und unsere Gesellschaftsordnung sie nicht dazu veranlaßt, ihre Gedanken auf einen schmalen politisch geprägten Ausschnitt der Wirklichkeit zu konzentrieren, wäre aus ihr vermutlich eine erstklassige Wissenschaftlerin geworden.« Er kniete sich neben die Señora und sagte: »Ich brauche Sie nicht zu fragen, ob das die Frau ist – es steht in Ihrem Gesicht geschrieben. Aber gibt es etwas, was ich jetzt für Sie tun kann?«

Ihre Lippen zitterten, als sie antwortete: »Bringen Sie meine Tochter zurück, Doktor.« Schließlich lösten sich ihre Augen von der Zeichnung, und sie nahm Tasche und Hut auf. »Ich muß gehen – es ist schon spät. Ich kann sonst nicht ins Haus zurück.« Sie erhob sich und sah den Doktor noch einmal flehend an. »Ist es möglich, Doktor? Werden Sie das schaffen?«

»Ich glaube, daß wir jetzt gute Aussichten haben«, sagte er und nahm ihren Arm. »Cyrus?«

Cyrus stand auf, bereit, die Señora zu einer Droschke zu begleiten. Sie murmelte, so gut sie konnte, ihren Dank an alle und trat dann mit Cyrus in den Aufzug, den Miss Howard wieder nach oben gebracht hatte. Als sie sah, wie es um die Señora stand, legte sie die Arme um sie, worauf die Señora zu weinen begann. Dann fuhren die drei zum Broadway hinab.

Die beiden Isaacsons schlenderten herbei, um sich die Zeichnung noch einmal anzusehen. »Falls die Beaux mal mit der Kunst nicht genug verdient, hat sie eine große Zukunft mit Steckbriefen vor sich«, sagte Marcus anerkennend.

»Wirklich bemerkenswert«, sagte Lucius. »Ich hab im Verbrecheralbum Photos gesehen, die nicht so gut sind.«

»Ja«, sagte der Doktor. »Und da Sie gerade von Photos sprechen, meine Herren, wir werden etwa ein Dutzend Abzüge von der Zeichnung brauchen. Wenn Sie das erledigen könnten?«

»Morgen früh sind sie zur Stelle«, sagte Marcus und rollte das Blatt zusammen, um es mitzunehmen. »Und wir auch.«

»*Ich* nicht!« meldete sich Mr. Moore vom Sofa.

»Na hör mal, Moore«, sagte der Doktor beschwichtigend. »Du leistest die eigentliche Ermittlungsarbeit. Du bist der Infanterist, der unbesungene Held ...«

»Tatsächlich?« sagte Mr. Moore. »Nun, ich wäre gern zur Abwechslung mal der *besungene* Held, Kreisler – warum kannst du nicht von Tür zu Tür gehen ...« Er verstummte, als die Tür weit aufgerissen wurde. Cyrus kam herein, behutsam einen Arm um Miss Howard gelegt. Zwar konnte sie allein gehen, schien aber sehr benommen zu sein. Wir alle stürzten hin, und der Doktor sah beide aufmerksam an.

»Cyrus!« sagte er. »Was ist geschehen?«

»Mir ... mir fehlt nichts ...«, flüsterte Miss Howard und versuchte, zu Atem zu kommen. »Es ist nur der Schreck ... nichts weiter ...«

»Was für ein Schreck?« sagte Mr. Moore. »Das muß ja ein gewaltiger Schreck gewesen sein, um dich dermaßen mitzunehmen, Sara – was war es denn?«

»Wir haben die Señora in eine Droschke gesetzt«, erklärte Cyrus und griff in seine Jackettasche, »und kamen gerade in die Eingangshalle zurück. Als wir hineingingen, hat sich das hier dicht neben Miss Howards Kopf in den Türrahmen gebohrt.

Er streckte uns seine große Hand hin und präsentierte eine Art Dolch, eine der sonderbarsten Waffen, die wir je gesehen hatten: Der Griff aus unbearbeitetem Stahl war mit Leder umflochten, während die glänzende Klinge mehrere S-förmige Windungen bildete und aussah wie eine Schlange.

Lucius nahm den Dolch und hielt ihn gegen das Licht. »Glauben Sie, daß der Werfer einen von Ihnen damit treffen wollte?« fragte er.

»Keine Ahnung, Detective Sergeant. Ich bin nicht sicher. Aber ...«

»Aber?« sagte Marcus.

»Nun, wenn man bedenkt, wie das Ding genau in den Türrahmen gefahren ist, würde ich sagen, nein. Sicherlich wollte der Angreifer drohen. Mehr nicht.«

»Aber auch nicht weniger«, sagte der Doktor und nahm die Waffe zur Hand. »Hat die Señora nicht gesagt, daß sie das Gefühl hatte, man sei ihr hierher gefolgt?«

»Gesehen haben Sie niemanden?« fragte Mr. Moore Cyrus.

»Nein, Sir. Einen Jungen, der um eine Ecke lief – aber der kann das nicht gewesen sein. Wenn Sie mich fragen, war das ein Meisterwerfer.«

Der Doktor gab Lucius den Dolch zurück. »Ein Meisterwerfer – der damit eine Warnung ausspricht.« Er wies auf die Waffe. »Eine sonderbare Klinge, Detective Sergeant. Kennen Sie so etwas?«

Lucius runzelte die Stirn. »Durchaus, obwohl mir das Gegenteil lieber wäre. Es ist ein sogenannter *Kris*, auch als Malaiendolch bekannt. Die Leute dort schreiben dieser Waffe mystische Kräfte zu.«

»Aha«, sagte der Doktor. »Dann hatte die Señora also recht. Ihr Mann weiß, wo sie war. Wir können nur hoffen, daß er den Grund ihres Besuchs nicht kennt und daß sie imstande ist, sich eine Geschichte auszudenken, die er ihr glaubt.«

»Augenblick mal«, sagte ich. »Wieso sind Sie so sicher, daß sie recht hat? Was ist das Ding überhaupt? Wer sind die Malaien?«

»Seeräuber und Söldner«, sagte Marcus. »Wilde Burschen, die im Westpazifik zu Hause sind, zum Beispiel auf den Philippinen.«

»Ja und?«

Der Doktor nahm den Dolch wieder auf. »Die Philippinen, Stevie, sind eine der wichtigsten Kolonien Spaniens und ein hochgeschätztes Juwel in der Krone des Reiches. Nun ...« Ohne den Dolch aus den Augen zu lassen, ging er auf die Mitte des Raumes zu. »Es sieht ganz so aus, als hätten wir heute Abend einen Trumpf in die Hand bekommen – und einen eingebüßt.« Er sah uns alle mit großem Ernst an. »Wir müssen etwas unternehmen.

# KAPITEL 13

Zwar hatte der sonderbare Dolch von den Philippinen weder Miss Howard noch Cyrus ein Leid getan, doch sorgte er dafür, daß Mr. Moore seine Unentschlossenheit aufgab, mit der Suche nach der Frau auf unserer Skizze zu beginnen. Er und Miss Howard (deren Eltern neben dem Anwesen im Tal des Hudson auch ein Haus am Gramercy Park besaßen) kannten einander seit ihrer gemeinsam verbrachten Kindheit, und obwohl sie stets voll Entschiedenheit erklärte, sie sei zu ihrem Schutz nicht auf Männer angewiesen – was durchaus so sein mochte –, sagte Mr. Moore die Vorstellung nicht zu, verrückte Filipinos könnten mit einem wurfbereiten Kris ihr oder einem von uns anderen nachstellen. So kam er an einem schönen Freitag frühmorgens ins Haus Nummer 808, in der Hand eine lange Liste aller Stellen in der Stadt, die Kinder- und Säuglingspflege anboten. Seinen Vorgesetzten bei der *New York Times* hatte er mitgeteilt, er werde eine Weile nicht kommen, und wenn ihnen das nicht recht sei, dürften sie ihn gern auf die Straße setzen. Das hatte sie nicht weiter erstaunt, war doch Mr. Moore in seiner Redaktion als loser Vogel bekannt. Da die Knüller, die er immer wieder lieferte, es der Mühe wert erscheinen ließen, seine Flatterhaftigkeit zu ertragen, kündigte man ihm nicht, sondern gab ihm Urlaub von unbestimmter Dauer. (Nur wenige Male ging er in den Jahren, die er bei der *Times* verbrachte, zu weit und bekam den Stuhl vor die Tür gesetzt, doch selbst in jenen Fällen handelte es sich nur um ein vorläufiges Exil.)

Die beiden Isaacsons, Miss Howard und Mr. Moore teilten die auf der Liste verzeichneten Adressen untereinander auf und gingen daran (jeweils mit einem Photo von Miss Beaux' Skizze ausgerüstet), Erkundigungen einzuziehen. Dabei stießen sie in vielen Fällen auf Leute, die alles andere als auskunftsfreudig waren. Uns in der Siebzehnten Straße war klar, daß die Sache Zeit brauchen und diese schneller vergehen würde, wenn wir sie mit sinnvollem Tun ausfüllten. Also schloß sich der Doktor erneut in seinem Arbeitszimmer ein und kämmte weitere psychologische Texte durch, im Bemühen, einen hypothetischen Hintergrund für die Frau festzulegen, der wir auf die Fährte zu kommen hofften. Gelegentlich aus jenem Raum dringende Ausrufe, Flüche und Verwünschungen wiesen jedoch darauf hin, daß er damit, wie schon zu Anfang der Woche, nicht recht weiterkam. Die Brüder Isaacson hatten Cyrus insgeheim gebeten, einen Bericht über alle Mitarbeiter des Doktors im Institut abzufassen, da sie die dortige Untersuchung gleichzeitig mit dem Fall Linares führen mußten. Niemand kannte diese Mitarbeiter – Lehrer, Schwestern und sogar die Wärter – besser als Cyrus, und er lieferte einige sehr ins Detail gehende Einschätzungen ab.

Im Zusammenhang mit dem Malaiendolch war mir meine Unwissenheit wieder schmerzlich bewußt geworden: Von den Philippinen hatte ich nicht einmal gewußt, wo sie lagen, und schon gar nicht kannte ich ihre Bedeutung für das spanische Reich. Also bat ich den Doktor um einige Bücher und Monographien, die mir helfen konnten, die Verwicklungen Spaniens mit den Vereinigten Staaten zu verstehen. Da ihm mein ungeheucheltes Interesse gefiel, erfüllte er umgehend meinen Wunsch, und ich vergrub mich mit den Büchern in mein Zimmer.

Ich vertiefte mich so sehr in diese Grübeleien, daß ich noch am Samstag abend damit beschäftigt war – zwei Tage gründlichen Lesens, länger, als je in den beiden Jahren, die ich jetzt schon beim Doktor in Dienst stand. Als bei Anbruch der Nacht ein Gewitter von Nordwesten herüberzog, ging mir schlagartig auf, daß die Woche schon so gut wie um war, und siedendheiß fiel mir ein, daß Kat gesagt hatte, sie beabsichtige im Laufe der folgenden Woche bei Frankie aus- und bei den Dusters einzuziehen, die das Hafenviertel unterhalb der Vierzehnten Straße und die West Side als ihr Revier beanspruchten. Nachdem ich mich überzeugt hatte, daß sich der Doktor nach wie vor in seinem Arbeitszimmer eingeschlossen hatte, sagte ich Cyrus, ich wolle mir ein wenig die Beine vertreten, und machte mich auf den langen, nassen Fußmarsch zur Kreuzung von Baxter und Worth Street in meinem einstigen Revier.

Frankies Kneipe in der Worth Street Nr. 55, in der ich etwa sechs Monate zuvor Kat kennengelernt hatte, war so düster wie nur je ein Ort, an dem ein junger Mensch eine Mußestunde zugebracht hat. Hauptattraktionen des Lokals waren blutige Kämpfe, die Hunde und Ratten in einer tiefen Grube miteinander austrugen, in den Hinterzimmern eine Ansammlung noch jüngerer Mädchen als in anderen Etablissements, und ein abscheuliches Gebräu aus mit Butter, Benzol und zerriebenen Cocablättern versetztem Rum, das man trank. Im Laufe meiner Verbrecherkarriere hatte ich mich nie lange dort aufgehalten, auch wenn ich viele kannte, die das taten, doch hatte mich meine Bekanntschaft mit Kat, wie ich bedauernd zugeben muß, in den letzten Monaten immer wieder veranlaßt, dieses Lokal aufzusuchen und in seiner gewalttätigen und schmutzigen Atmosphäre vermutlich weit mehr Stunden zuzubringen, als mir guttat.

In New York eingetroffen war Kat etwa ein Jahr, bevor ich sie in Gesellschaft ihres Vaters, der ein unbedeutender Betrüger war, kennenlernte. Nach seinem Tod (er war in einer Winternacht betrunken in den East River gefallen) hatte sie sich monatelang auf anständige Weise durchzuschlagen versucht, indem sie mit einem alten Kinderwagen über die Straßen der Stadt zog und geröstete heiße Maiskolben zum Kauf anbot. Das war keineswegs so einfach, wie man annehmen mochte, denn in New

York gehörten Maiskolbenverkäuferinnen einer besonderen Kategorie an: Zwar waren die meisten von ihnen keine Huren, doch nahmen Durchschnittsbürger – insbesondere auswärtige Besucher – grundsätzlich das Gegenteil an, ohne daß man den Grund dafür gewußt hätte. Der Doktor sagt, es habe mit »unbewußten Assoziationen« zu tun, die den meisten Menschen im Zusammenhang mit jungen Mädchen kommen, wenn jene allein auf der Straße etwas Heißes verkaufen, das mehr oder weniger eine, wie die Psychologen sagen, »phallische« Gestalt hat. Wer weiß ... Jedenfalls waren viele Männer, die den Mädchen Maiskolben abkauften, überzeugt, sie böten in Wirklichkeit sexuelle Dienste an, und nachdem Kat einmal dahintergekommen war, wieviel mehr sie verdienen konnte, wenn sie dieser Vorstellung entsprach, nutzte sie die Gelegenheit weidlich. Ich halte ihr das nicht vor; das würde niemand tun, der je selbst auf der Straße gelebt hat. Man kann es verdammt leid und müde werden, barfuß den ganzen Tag in der Kälte herumzustehen und Maiskolben anzubieten, ohne daß man damit genug Geld verdient, sich in einer wenn auch noch so üblen Absteige der Stadt ein Bett für die Nacht leisten zu können.

Anfangs gabelte Kat ihre Kunden auf der Straße auf, aber nach einer Weile diente ihr Frankies Kneipe als Stammquartier, weil ihr das eine gleichmäßigere Beschäftigung ermöglichte, sicherer war und ihr, wie sie sagte, körperlich weniger Schmerzen bereitete. Ich traf sie zufällig, als ich bei Frankie vorbeisah, um einen alten Kumpel zu treffen. Es ist traurig und sonderbar zu sehen, wie ein einziges Jahr auf dem Kinderstrich ein Mädchen vom Lande verändern kann: Schon als wir einander kennenlernten, war sie richtig abgebrüht und hatte in ihrem kurzen Leben mehr von der Welt mitbekommen als ein Durchschnittsbürger in Jahrzehnten. Vielleicht habe ich mich gleich beim ersten Mal in sie verguckt, ich bin da nicht ganz sicher; falls aber nicht sofort, dann zumindest bald darauf. Ich hatte gleich gemerkt, daß ihre Kaltschnäuzigkeit nur aufgesetzt war und ihren natürlichen Anstand verdeckte, auch wenn sie das nie zugegeben hätte. Vielleicht wollte ich ja auch erleben, daß eins der armen Dinger bei Frankie den Übergang in ein besseres Leben schaffte, denn immerhin hatte ich gelernt, daß so etwas tatsächlich möglich war. Natürlich waren das lauter romantische Jungenträume, aber in diesem Leben gibt es nicht viel, das stärker ist als solche.

Sie ließ sich für die Zeit bezahlen, die ich mit ihr zubrachte, und sagte, das müsse sie, weil Frankie sonst wütend auf sie wäre. Meist sind wir an jenen Abenden einfach nach hinten gegangen und haben uns unterhalten; sie erzählte mir von den Jahren, da sie mit ihrem Vater von einer Kleinstadt zur anderen gezogen war, stets auf der Flucht vor den Hütern des Gesetzes. Ich erzählte ihr, wie ich in New York aufgewachsen war, von meiner Alten und meiner Karriere in der Unterwelt. Es dauerte Monate, bis es zu einer körperlichen Beziehung zwischen uns kam, und dann auch nur, weil sie von Frankies gepanschtem Schnaps getrunken hatte. Ich war dabei ziemlich unbeholfen, denn ich besaß auf dem Gebiet keinerlei Erfahrung, sie hingegen war schon sehr routiniert und machte sich über meine Unwissenheit und Verlegenheit lustig. Schließlich brachten wir es zustande, und sie erklärte, es sei gar nicht einmal schlecht gewesen. Es war aber nicht so, wie ich mir ein Zusammensein mit ihr erträumt hatte. Wir haben das nie wiederholt, sind aber Freunde geblieben, auch wenn meine immer wiederkehrenden Versuche, sie von ihrem Gewerbe abzubringen, mitunter dafür sorgten, daß sie richtig böse auf mich wurde.

Auf meinem Weg nach Süden kam ich an jenem Abend an mehreren Straßen vorüber, in denen ich früher gelebt hatte. Dort standen einige der schlimmsten Mietskasernen der Stadt, eine wahre Wohnhölle. Da die meisten Leute wegen des Regens drinnen blieben, hatte ich keine besondere Angst vor einem Überfall. Schon bald umrundete ich die Ecke der Worth Street und näherte mich Frankies Kneipe. Dort ging es an Samstagabenden natürlich besonders wild zu, und im Näherkommen sah ich halbe Kinder, die betrunken oder unter dem Einfluß von Drogen aus dem Kellergeschoß hervorkamen. Während ich mich durch sie hindurch die Treppe hinabdrängte und jene unter ihnen begrüßte, die ich kannte, stieß ich auf Nosy, den Jungen, den ich Anfang der Woche am Hafen gesehen hatte. Er sagte, obwohl er und seine Freunde nichts am Leibe getragen hatten als eine kurze Hose, hätten die Bullen sie die ganze Nacht festgehalten und erst am nächsten Morgen wieder laufenlassen. Sie hätten sich die ganze Woche über die Berichte in den Zeitungen schiefgelacht, in denen es immer wieder hieß, der »Rumpf ohne Kopf« sei das Werk eines verrückten Anatomen oder Medizinstudenten. Sogar der Schwachkopf, den Nosy Slap nannte, hatte begriffen, was für ein blühender Unsinn das war.

Der Rauch in Frankies Kneipe hing so dicht, daß ich nicht einmal die Rückwand des Raumes sehen konnte. Am Lärm – Jungen schrien ihre Wetteinsätze heraus, ein Hund bellte und knurrte, Ratten quiekten – erkannte ich, daß in der Grube ein heißer Kampf tobte. Ich sah gar erst nicht hin, weil mir davon nur speiübel wurde, und drängte mich weiter durch die Menge ins Hinterzimmer. Von dort aus gelangte ich schließlich an die Tür des kleinen Raumes, von dem ich wußte, daß sich Kat ihn mit zwei anderen Mädchen teilte. Auf mein lautes Klopfen ertönte ein Kichern, dann sagte Kat: »Nur herein, aber wenn du dich amüsieren willst, kommst du zu spät!« Ich öffnete die Tür.

Kat stand neben der verwanzten Matratze, einen kleinen Koffer aus Weidengeflecht offen vor sich. Ihre beiden Freundinnen Betty und Molly, die ich auch kannte, tranken, und zwar offensichtlich schon eine ganze Weile. Ein Blick auf Kat zeigte mir, daß sie gleichfalls schon ziemlich viel intus hatte. Bei meinem Anblick lächelte sie breit, und die beiden anderen begrüßten mich lachend. Dann kam Kat zu mir und legte mir die Arme um den Hals. Sie roch nach Benzol.

»Stevie!« sagte sie. »Du bist zu meiner Abschiedsfeier gekommen! Wie lieb von dir!«

Ich umarmte sie unbeholfen, woraufhin Betty sagte: »Vorwärts, Stevie, hol's dir, solang du es kriegen kannst!« Dann kicherten sie erneut los.

Ich gab Betty mit dem losen Mundwerk ein paar Dollar. »Du und Molly, ihr könntet euch doch an der Bar amüsieren.«

»Für zwei Dollar?« Sie sah das Geld an, als wären es die Bestände der Washingtoner Bundesbank. »Du scheinst es ja zu haben, mein Freund!« Im Hinausgehen murmelte sie: »Und biete ihm was, bei seiner letzten Nummer!« Kat lachte, die Tür schloß sich, wir waren endlich allein.

»Ich meine das ernst, Stevie«, sagte Kat und sah mir ein wenig benommen in die Augen. »Es ist lieb von dir, daß du gekommen bist.« Dann besann sie sich eines anderen und breitete ihre Arme aus. »O nein, Augenblick mal. Ich bin böse auf dich. Deine verdammte Peitsche hat mich fast den Freier gekostet. Warum mußtest du das tun? Er war alt, es hat nur ein paar Minuten gedauert, ihn glücklich zu machen. Eine so einfache Arbeit findet man nicht alle Tage.«

Die Worte schmerzten mich im tiefsten Inneren, aber ich versuchte, es nicht zu zeigen. »Bei den Dusters wird's noch schwerer sein.«

»Ach was«, sagte sie kopfschüttelnd. »Ich kann mir da meine Kunden aussuchen. Das hat mein Neuer gesagt.«

»Dein Neuer? Und wer ist das?«

»Ding Dong, jetzt weißt du's.« Stolz stemmte sie die Hände in die Hüften. »Wie gefällt dir das, Mr. Laufbursche?«

Wenn mich ihre erste Bemerkung innerlich geschmerzt hatte, traf mich die zweite wie ein Vorschlaghammer. »Ding Dong«, flüsterte ich. »Kat – du kannst doch nicht ...«

»Und warum nicht? Wenn du glaubst, daß er zu alt ist – er mag junge Mädchen. Das hat er mir selbst gesagt. Und weil er zu den Gründern der Bande gehört, bin ich in der ganzen Stadt sicher. Außerdem brauch ich keinen zu bedienen, wenn er nicht sagt, daß es in Ordnung ist.«

Einige Minuten lang sagte ich nichts. Im Laufe der Zeit, die ich beim verrückten Butch verbracht hatte, war mir dieser Ding Dong oft über den Weg gelaufen: Er kommandierte die minderjährigen Hilfstruppen der Hudson Dusters. Sein einfacher, aber brutaler Kniff bestand darin, sie von Kokain abhängig zu machen und es ihnen dann nach Bedarf zu geben oder zu verweigern. Alle Mitglieder der Dusters-Bande schnupften die Droge, und manche spritzten sie sich sogar. Sie machte sie gewissenlos, gefährlich und gewalttätig, und zwar in einem solchen Ausmaß, daß ihnen die meisten anderen Banden aus dem Weg gingen. Die Dusters waren bei New Yorks wohlhabender Boheme gut angesehen, da diese deren Hang nach Kokain teilte und sich gern im Hauptquartier unter sie mischte, einer alten Spelunke an der Hudson Street. Es kam, wie ich zu meinem Bedauern gestehen muß, keineswegs selten vor, daß hochgebildete Menschen – die zugleich irregeleitete Trottel waren – in Liedchen und Gedichten das Lob von deren Anführer Goo Goo Knox sangen, so daß einem richtig schlecht davon werden konnte.

Das Blut auf Kats Handschuh an dem Abend, als wir ihr zufällig in der Christopher Street begegnet waren, hatte mir gezeigt, auf welche Weise sie bei den Dusters gelandet war, und als genügte das nicht, setzte sie sich jetzt auf das Bett und holte eine bis zum Rand mit dem feinen weißen Pulver gefüllte Bonbondose hervor.

»Du auch mal?« fragte sie auf die halb beschämte Weise der Drogenabhängigen, wenn sie sich nicht mehr bezähmen können und vor den Augen anderer ihre Energiequelle anzapfen müssen. »Ich kann soviel kriegen, wie ich will.«

»Das glaub ich dir sofort«, sagte ich. Dann ist es mit mir durchgegangen. Ich habe mich neben sie gesetzt und angefangen: »Hör mal, Kat. Ich hab da 'ne Idee. Ich könnte dich aus dem ganzen Schlamassel hier rausholen. Der Doktor braucht 'n Mädchen – 'ne Haushaltshilfe, die mit im Haus wohnt. Bestimmt könnte ich ihn dazu kriegen, wenn du Lust hast...«

Das laute Geräusch, mit dem sie das Zeug von ihrem Handgelenk schnupfte, unterbrach mich. Ihr Gesicht verzog sich, weil es wohl ziemlich brannte, dann wurden ihre Züge wieder glatt. Schließlich lachte sie. »Als *Dienstmädchen*? Stevie – das ist ja wohl nicht dein *Ernst*!«

»Warum nicht?« sagte ich. »Du hast 'n Dach überm Kopf, für alles ist gesorgt, du hast regelmäßige Arbeit –«

»Ja, ja«, sagte sie. »Kann mir schon denken, was ich für den Doktor tun müßte, um die Arbeit zu behalten.«

Eine Welle des Zorns durchfuhr mich, und ich packte sie so fest am Handgelenk, daß das übrige Kokain herunterfiel. »Sag so was nicht«, stieß ich durch meine zusammengebissenen Zähne hervor. »Sprich nie so vom Doktor. Nur weil du nie Leuten wie ihm begegnet bist...«

»Stevie, verdammt noch mal!« schrie Kat und versuchte, das verschüttete Kokain zusammenzukratzen. »Du kapierst ja wohl überhaupt nichts, was? Noch nie Leuten wie ihm begegnet? Ich hab Neuigkeiten für dich, mein Junge. Leuten wie ihm bin ich von dem Tag an begegnet, wo ich in die Stadt gekommen bin, und ich hab sie bis hier! Alte Männer, die was für dich tun wollen, hab ich kennengelernt – aber sie wollen für alles 'ne Gegenleistung! Und ich hab es *satt*! Ich will 'nen Mann für mich allein, einen wie Ding Dong, keinen dummen Jungen mit albernen Ideen...« Dann unterbrach sie sich und versuchte, sich zu beruhigen. »Tut mir leid, Stevie. Ich mag dich, das weißt du – von Anfang an. Aber ich will, daß aus mir was *wird* – ich weiß nicht, vielleicht Revuetänzerin oder Schauspielerin. Und eines Tages will ich 'nen reichen Mann heiraten und Dienstmädchen haben, 'nen ganzen Haufen. Aber ich will keins sein, in drei Teufels Namen!«

Ich stand auf und ging zur Tür. »Schon gut«, murmelte ich. »War nur so 'n Einfall…«

Sie folgte mir und legte wieder die Arme um mich. »War auch lieb gemeint, Stevie – aber ich bin nicht die Richtige dafür, für mich ist das nichts. Wenn du dich da wohl fühlst, schön für dich.«

Ich nickte. »Schon gut…«

Sie drehte mich zu sich herum und nahm mein Gesicht in beide Hände. »Besuch mich ruhig ab und zu – aber du mußt dich anständig benehmen. Vergiß nicht – ich gehör jetzt Ding Dong. In Ordnung?«

»Ja… in Ordnung.« Ich öffnete die Tür.

»Stevie?« Als ich mich umsah, lächelte sie. »Krieg ich keinen Abschiedskuß?«

Zögernd, aber zugleich verlangend beugte ich mich vor, um ihr den Wunsch zu erfüllen. Gerade in dem Augenblick, als sich mein Gesicht dem ihren näherte, troff ihr ein Blutrinnsal aus der Nase über die Lippe. »Verdammt!« sagte sie, wandte sich ab und wischte das Blut mit dem Ärmel ab. »Das passiert jedes Mal…«

Ich konnte nicht mehr. »Bis dann, Kat«, sagte ich und lief zur Tür hinaus, lief, ohne stehenzubleiben, durch die Bar, an der Kampfgrube vorbei, bis ich schließlich auf die Straße hinausstürzte. Jungen, deren Gesichter ich nicht erkennen konnte, riefen mir etwas zu, aber ich hörte nicht auf zu rennen, lief immer schneller. Ich war den Tränen nahe, und das sollte niemand sehen.

Nach einer Weile merkte ich, daß ich in der Nähe des Hudson war. Ich ging rasch ans Ufer, wo mich der beruhigende Geruch des Flusses daran hinderte, zusammenzubrechen und zu weinen. Ich sagte mir, daß ich ein Trottel sei, mir Kats Geschick so sehr zu Herzen zu nehmen – schließlich war es ihre eigene Entscheidung. Niemand hielt ihr eine Pistole an den Kopf und zwang sie, den Weg zu gehen, den sie eingeschlagen hatte. Zwar tat sie mir leid, doch war es einfach lachhaft, die Sache so schwer zu nehmen. Das habe ich mir bestimmt tausend Mal vorgesagt, während ich zusah, wie im Dunkeln die Boote, Fähren und Schiffe den Hudson entlangfuhren oder ihn überquerten. Was mich aber schließlich zur Ruhe brachte, war nicht mein Versuch, die Dinge vernünftig zu sehen, sondern der Anblick des Flusses, der mir immer den Eindruck vermittelte, als gäbe es noch Hoffnung. So ist der Hudson, und wie ihn stelle ich mir alle großen Flüsse dieser Erde vor: Er vermittelt das tiefe und bleibende Gefühl, daß alles Treiben der Menschen an seinen Ufern bald vorübergeht und kurzlebig ist, nicht der Stoff, aus dem die Geschichten gemacht werden, die später im großen Bericht über dieses Erdenrund eine Rolle spielen werden.

Schließlich bin ich weit nach drei Uhr morgens zu Dr. Kreislers Haus zurückmarschiert und die Treppen hinaufgestolpert, um zu Bett zu gehen. Die Tür zum Arbeitszimmer stand offen, die zum Schlafzimmer hingegen war geschlossen – möglicherweise ein Hinweis darauf, daß er endlich schlief. Dann aber fiel mir ein schmaler Lichtstreif am unteren Rande der Schlafzimmertür ins Auge. Während ich nach oben ging, erlosch das Licht; aber der Doktor kam nicht heraus, um mich zu fragen, wo ich mich aufgehalten hatte oder warum ich so spät zurückkam. Wahrscheinlich hatte sich Cyrus die Geschichte schon zusammengereimt und ihm gesagt, was los war; vielleicht respektierte er auch einfach mein Privatleben. Auf jeden Fall war ich dankbar, in mein Zimmer gehen, die Tür zumachen und mich auf mein Bett legen zu können, ohne mit jemandem reden zu müssen.

Nur wenige Stunden später wurde ich heftig wachgerüttelt. Ich war noch angekleidet, und es dauerte einige Zeit, bis ich ganz aus meinem sehr tiefen Schlaf erwachte. Ich erkannte Cyrus' Stimme, bevor ich sein Gesicht sah: »Stevie, los, wach auf! Wir müssen aufbrechen!«

Ich setzte mich bolzengerade aufrecht, weil ich annahm, ich hätte verschlafen und vergessen, etwas zu erledigen. Allerdings fiel mir nicht sofort ein, was das gewesen sein könnte. »In Ordnung«, sagte ich schläfrig und zog mir die Schuhe an. »Ich schirr die Pferde an.«

»Hab ich schon erledigt«, sagte Cyrus. »Zieh dir frische Sachen an, wir treffen uns mit den anderen.«

»Warum?« fragte ich und holte mir ein Hemd aus der Kommode. »Was ist passiert?«

»Sie wissen, wer sie ist.«

Ich ließ eine Handvoll Kleidungsstücke zu Boden fallen. »Heißt das... die Frau auf der Skizze?«

»Genau die«, gab Cyrus zur Antwort. »Und Miss Howard sagt, daß es 'nen ganzen Haufen interessante Einzelheiten gibt. Wir treffen die anderen am Museum.« Weil ich mich noch immer etwas tapsig bewegte, hielt mir Cyrus das Hemd hin. »Los, Junge, aufgewacht – du mußt fahren!«

# Kapitel 14

Als wir von der Fünften Avenue in den Central Park und dort nach rechts auf die Auffahrt zum Metropolitan Museum einbogen, ging mir erst auf, wie verrückt, wagemutig oder verzweifelt die Frau gewesen sein mußte, von der wir annahmen, daß sie die kleine Ana entführt hatte. Die Baustelle für den zur Fünften Avenue weisenden neuen Flügel des Museums erstreckte sich über die gesamte Fläche zwischen der Einundachtzigsten und Dreiundachtzigsten Straße, und im Park nahm die große rote Backsteinmasse der nach Westen orientierten drei älteren Baukörper ungefähr soviel Platz ein wie ein weiterer Häuserblock. Der Doktor und die Architekten unter seinen Bekannten nannten das Metropolitan einen »Stilbastard« – bei den älteren drei Flügeln mischten sich Elemente imitierter Gotik und Renaissance –, und was vom zur Fünften Avenue hin gelegenen Bau zu sehen war, bezeichneten sie als »Schöne Künste«. Wie sehr auch immer sich die verschiedenen Teile nach Anlage und Farben unterschieden – selbst der älteste von ihnen war kaum älter als der, der gegenwärtig gebaut wurde, und so hatten in der kurzen Zeit zwischen diesen Bauabschnitten in jenem Teil des Parks nicht viele Bäume und Büsche wachsen können. Hinzu kam, daß man einen großen Teil dessen, was gepflanzt worden oder einfach so gewachsen war, im Verlauf der fortwährenden Bauarbeiten wieder herausgerissen hatte. Genau darauf hatten sich die Brüder Isaacson mit ihrer Aussage bezogen, der Täter habe sein Verbrechen am hellichten Tag und an einer Stelle begangen, wo ihn jeder sehen konnte. Weit und breit gab es nur einen einzigen Gegenstand von einer gewissen Höhe, und das war der ägyptische Obelisk vor dem Haupteingang des Museums (der bald zum Seiteneingang würde), und genau dort war Señora Linares überfallen worden. Wie schon gesagt, war die Entführung entweder eine sehr mutige, verzweifelte oder eben verrückte Tat, je nachdem, wie man die Sache betrachtete.

Wir waren so schnell gefahren, wie ich die Pferde antreiben konnte. Unterwegs versuchte der Doktor mir dies und jenes von der Titelseite der *Times* mitzuteilen und berichtete mir, daß in Havanna kubanische Aufständische die Insassen einer Postkutsche abgeschlachtet hatten, während zugleich die kubanische Regierung erklärt habe, sie habe einige der Rädelsführer des Aufstandes unschädlich gemacht (später erwies es sich, daß der erste Bericht der Wahrheit entsprach, beim zweiten hingegen der Wunsch der Vater des Gedanken gewesen war). Doch fiel es uns schwer, uns auf etwas anderes als das zu konzentrieren, was uns erwarten würde. Der Frühgottesdienst in den Kirchen am oberen Ende der Fünften Avenue war gerade zu Ende, und die wohlhabenden Familien der Mansion Row kamen gerade in dem Augenblick heraus, als ich Frederick wiederholt antrieb, womit ich einigen Leuten Angst und Schrecken einjagte, die wohl der Ansicht waren, man könne am Sonntagmorgen gedankenverloren jene Prunkstraße überqueren, ohne daß einem Gefahr drohe. Außer wütenden Rufen schickten mir die feinen Damen und Herren sogar einige Flüche nach, weil ihre Sonntagskleidung Spritzer von Kot und Pferdepisse abbekommen hatte, und ich meinerseits warf ihnen ein paar nicht sehr nette Äußerungen an den Kopf. Aber nichts hielt unseren Vorwärtsdrang auf, und so hielten wir kurz vor elf an den Stufen zum Eingang des Metropolitan.

Normalerweise wäre der Doktor gern hinübergegangen, um festzustellen, welche Fortschritte man beim Bau des neuen Flügels gemacht hatte: Er war mit dem ursprünglichen Architekten, dem einige Jahre zuvor verstorbenen Mr. Richard Morris Hunt, ebenso eng befreundet gewesen wie mit dessen Sohn, der inzwischen die Leitung der Arbeiten übernommen hatte. Aber wie die Dinge an diesem Tag standen, sprang er einfach aus der Kalesche, stürmte die Stufen zum Museum empor und erreichte zwischen einem hohen Paar eiserner Lampen das mit Granit eingefaßte Portal. Cyrus folgte ihm, und ich durfte überlegen, was ich mit der Kalesche tun sollte. Ich sah einen anderen Kutscher in der Nähe und bot ihm einen halben Dollar mit der Bitte, ein Auge auf unser Gespann zu haben; es werde nur wenige Minuten dauern. Es war mehr als der übliche Preis für einen solchen Gefallen – den ich selbst bisweilen anderen Fahrern erwies –, und der Mann nahm das Geld gern. Dann rannte auch ich die Stufen empor, wobei ich einen Blick auf die roten Klinkermauern, den grauen Granitbogen des Eingangs und das hohe, spitze Dach des Gebäudes warf. Ich fühlte mich wie jedes Mal, wenn ich dort ankam: als beträte ich eine Art Tempel, dessen Riten und Gottesdienst mir einst so fremd erschienen waren wie die der Hindus, die sich ein Handtuch um den Kopf wickeln. Je länger ich aber unter dem Dach des Doktors lebte, desto besser lernte ich sie im Laufe der Zeit verstehen.

Die Räume gleich hinter dem Eingang enthielten die in meinen Augen langweiligsten Bestände des Hauses: Skulpturen, alte (oder soll ich besser sagen: antike) Tongefäße und Gläser sowie Hervorbringungen des altägyptischen Kunsthandwerks. Aufgrund der Beschreibung, welche die Señora von der Entführerin ihres Kindes geliefert hatte, nahm der Doktor an, daß wir unsere Freunde in jenem Saal finden würden, und so war es auch. Mr. Moore und Miss Howard befanden sich in der Nähe eines geschnitzten und bemalten Gesichts einer Ägypterin, hielten Miss Beaux' Skizze daneben und nickten. Offenkundig waren sie übereinstimmend der Ansicht, daß die Augen gut getroffen waren. Mit einem Mal aber brach Mr. Moore aus irgendeinem Grund in ein sonderbares Lachen aus. Er wirkte übermüdet und schien daher beim kleinsten Anlaß zu lachen.

Die Brüder Isaacson ihrerseits gingen aufgeregt, aber ohne erkennbares Ziel, einen kleinen Stapel Papiere durch. Zu jener Stunde befanden sich nicht viele andere Besucher dort, und als wir unseren Freunden zustrebten, strahlten sie mit einem Mal alle, als hätte man sechs oder sieben Feiertage zu einem einzigen verdichtet.

»Es ist eine so eindeutige Identifizierung, wie ich je eine erlebt habe«, sagte Lucius und trat zu uns. Dabei bemühte er sich zwar, seine Stimme zu beherrschen, doch sah es ganz so aus, als würde er jeden Augenblick aus seiner durchschwitzten Kleidung bersten.

»Verblüffend«, fügte Marcus hinzu. »Nach einer *Skizze*! Doktor, wenn wir je erreichen könnten, daß unsere Abteilung diesen Einfall übernimmt, würde das den gesamten Prozeß der Identifikation und Verfolgung von Straftätern revolutionieren.«

Miss Howard und Mr. Moore eilten als nächste herüber. »Nun ja, Doktor«, sagte Miss Howard. »Es hat ein bißchen gedauert, aber ...«

»Du wirst es nicht glauben«, sagte Mr. Moore und lachte wieder auf jene sonderbare Weise. »Es ist einfach zu köstlich, Laszlo, du wirst es nie glauben, das sage ich dir!«

Ungeduldig schüttelte der Doktor den Kopf. »Ich werde es tatsächlich nicht glauben, wenn mir niemand sagt, was zum Teufel ›es‹ ist! Reiß dich doch ein bißchen zusammen, Moore – vielleicht kann mir einer berichten, worum es geht.«

Schleppenden Schritts trat Mr. Moore beiseite und hielt den Kopf in einer Art erschöpften Staunens, wobei er sich bemühte, sein Lachen zu unterdrücken. Die Aufgabe, zu enthüllen, was sie entdeckt hatten, fiel Marcus zu: »Wenn ich Ihnen nun sagen würde, Doktor, daß die Frau, die wir suchen, im vorigen Jahr – gerade zu der Zeit, als wir gemeinsam im Fall Beecham ermittelt haben – nur ein Stückchen von Ihrem Haus entfernt gearbeitet hat?«

Ich merkte, wie mir der Unterkiefer herunterfiel, und sah, daß es dem Doktor und Cyrus nicht anders ging. Zugleich aber wußten wir alle sogleich, wovon Marcus sprach.

»Sie meinen ... im städtischen Entbindungsheim?« fragte der Doktor mit leiser Stimme, den Blick auf den Sarkophag einer ägyptischen Mumie gerichtet, ohne ihn offenbar richtig wahrzunehmen.

Mit breitem Lächeln bestätigte Lucius: »Genau dort. Dessen bedeutendster Wohltäter nach wie vor ...«

»... Morgan ist«, fuhr der Doktor tonlos fort. »Pierpont Morgan.«

»Das bedeutet«, sagte Miss Howard, »daß Morgan zu der Zeit, als Sie und John in seinem Haus – *bewirtet* wurden, diese Frau bezahlt hat, damit sie sich um Mütter und Neugeborene kümmerte.« In dem Lächeln, mit dem sie zu Mr. Moore hinübersah, waren Zweifel an seinem gegenwärtigen Geisteszustand zu erkennen. »Das, und seine Übermüdung, ist der Grund dafür, daß er so aufgekratzt ist. In diesem Zustand befindet er sich, seit wir es herausbekommen haben, und ich bin nicht sicher, wie wir ihn daraus befreien können.«

Mr. Moores Heiterkeit war durchaus verständlich. Sie mochte noch durch die Erleichterung gesteigert worden sein, daß wir den Aufenthalt unserer Beute festgestellt hatten, ging aber sicherlich in erster Linie auf die Entdeckung zurück, daß die fragliche Frau einst (wenn auch nur mittelbar) im Dienst des großen Finanzmagnaten gestanden hatte, der bei unserer Untersuchung der Beecham-Mordfälle eine entscheidende Rolle gespielt hatte und bisweilen auch lästig gewesen war. Es handelte sich um eine Art poetische – und, ja, auch amüsante – Gerechtigkeit. Im Laufe jener Untersuchung waren nämlich Mr. Moore und der Doktor wegen der Auswirkungen, die der Fall auf die Stadt hatte, gewaltsam abgeholt und zu einer Machtprobe in J. Pierpont Morgans Villa gebracht worden. Zwar war diese Begegnung für unsere Sache vorteilhaft ausgegangen, doch hegten die beiden seither keine besonders freundlichen Empfindungen für den mächtigsten Geschäftsmann, Bankier – und größten Philanthropen – des Landes.

Zu den zahlreichen mildtätigen Werken Mr. Morgans hatte es gehört, den größten Teil der Mittel für die Verlegung des New Yorker Entbindungsheims in ein großes Herrenhaus zur Verfügung zu stellen, das früher Mr. Hamilton Fish gehört hatte. Es stand, wie Marcus gesagt hatte, einen knappen halben Häuserblock vom Haus des Doktors entfernt an der Ecke Siebzehnte Straße und Zweite Avenue. Böse Zungen – Menschen, die Morgan kannten – behaupteten, diese Erweiterung habe er möglich gemacht, damit genug Betten für die Niederkunft all seiner Geliebten zur Verfügung standen. Wie auch immer die Wirklichkeit aussehen mochte, das Entbindungsheim gehörte zu den wenigen klinischen Einrichtungen, zu denen der Doktor keinen Kontakt hatte, obwohl es dort kleine Kinder gab: teils, weil weder die unverheirateten verarmten Mütter noch ihre Neugeborenen, die dort Aufnahme fanden, in das Spezialgebiet des Doktors fielen, vor allem aber, weil an der Spitze jener Einrichtung Dr. James W. Markoe stand, der, wie es der Zufall wollte, zugleich Mr. Morgans Hausarzt war.

Eine verblüffende Reihe von Zusammenhängen, könnte man sagen; aber ein gebürtiger New Yorker weiß, was für ein Dorf New York in Wahrheit ist und daß derlei Dinge recht häufig vorkommen. So dauerte es zwar eine gute halbe Minute, bis der Doktor all diese Angaben in sich aufgenommen hatte, aber auch nicht länger, und schon bald dachte er wieder an die Verwertbarkeit der Neuigkeiten. »Sie sagen, daß sie im vorigen Jahr dort gearbeitet hat.« Seine Augen richteten sich auf Marcus. »Ich vermute also, daß sie seitdem entlassen wurde oder selbst gekündigt hat.«

»Teils, teils«, sagte Marcus, »und zwar geschah das unter Umständen, die undurchsichtig zu nennen noch freundlich wäre.« Er zog ein einzelnes Blatt aus dem Bündel Papiere, das er in der Hand hielt. »Doktor Markoe war heute morgen nicht im Entbindungsheim, und als wir ihn in seiner Wohnung ansprachen, hat er sich geweigert, uns Auskünfte zu geben. Wir hätten ihn natürlich in amtlicher Eigenschaft aufsuchen und unter Druck setzen können, glaubten aber weiterzukommen, wenn wir den Schwestern etwas Kleingeld in die Hand drückten. So war es dann auch – und hier ist das Ergebnis.« Er zeigte auf das mit Notizen bedeckte Blatt. »Keine der Schwestern, die im vorigen Jahr dort gearbeitet haben, hatte den geringsten Zweifel daran, wen die Frau auf der Skizze darstellt – eine gewisse Elspeth Hunter.«

Marcus hatte, bevor er den Namen nannte, eine winzige Pause von höchstens einer Sekunde gemacht, doch kam es einem ewig lang vor, wie ich das im Fall Beecham auch schon mal erlebt hatte. Wenn aus einem unbekannten, namenlosen Menschen, auf dessen Fährte man sich seit längerem befindet – ohne überhaupt zu wissen, ob es ihn wirklich gibt –, statt eines Bündels von Beschreibungen und Theorien mit einem Mal ein lebendes Individuum wird, ruft das eine unheimliche und erschreckende Wirkung hervor: Mit einem Mal ist man sicher, daß man sich an einem Rennen beteiligt, in dem es um einen sehr hohen Preis geht und man erst aufhören kann, wenn man gewonnen oder verloren hat.

»Haben Sie noch mehr in Erfahrung bringen können?« fragte der Doktor.

»Die Schwestern wußten nichts weiter«, teilte ihm Marcus mit. »Aber wir konnten mit Hilfe der Akte jener Frau die eine oder andere Lücke schließen.«

Lucius sah den Doktor bedeutungsvoll an: »Ihre Akte – bei uns in der Zentrale.«

»Aha …«, sagte der Doktor schnaufend. »Sie hat also eine kriminelle Vergangenheit?«

»Es handelt sich eher um Anschuldigungen«, fuhr Marcus fort. Bevor er weitersprechen konnte, stürmte lärmend eine von mehreren Frauen beaufsichtigte Kindergruppe in den Saal, um sich die Sarkophage anzusehen.

Mit einem Blick auf die Kinder sagte der Doktor: »Nach oben.« Daraufhin strebten wir alle der gußeisernen Wendeltreppe entgegen und stiegen eilig zu den oberen Räumen empor. Eilig durchschritten wir einige Säle der Gemäldegalerie, bis wir in einen mit amerikanischer Malerei gelangten – er war leer.

»So«, sagte der Doktor, durchquerte mit schnellem Schritt den Raum und nahm auf einer Ruhebank gegenüber Leutzes Monumentalgemälde *Washington überquert den Delaware* Platz. Als sich Schritte näherten, sah er sich in die Richtung um, aus der wir gekommen waren – es war der nach wie vor in sich hineinlachende Mr. Moore. »Weiter, Marcus«, sagte der Doktor.

Marcus zog mehrere Blätter aus seinem Stapel. »Wir haben uns die Akte in der Mulberry Street… ausgeliehen. Es sieht ganz so aus, als hätte Dr. Markoe Anzeige gegen Schwester Elspeth Hunter – sie ist übrigens verheiratet – erstattet, nachdem mehrere Schwestern einen Verdacht gegen sie geäußert hatten. Dabei ging es um Patienten, die sie betreut hat.«

Gerade in dem Augenblick erreichte uns Mr. Moore. Als er Marcus' letzte Worte hörte, normalisierte sich sein Verhalten so plötzlich, daß es mich beunruhigte: Wenn die Stimmung eines Menschen von einer Sekunde auf die andere umschlägt, muß das tiefgreifende Gründe haben. »Mach dich auf etwas gefaßt, Kreisler«, sagte er und verjagte den letzten Rest seiner Lachlust mit einem tiefen Seufzer.

Ohne weiter darauf einzugehen, hob der Doktor lediglich die Hand. »Patienten?« sagte er. »Meinen Sie damit die Mütter, um die sie sich kümmerte?«

»Nein, die nicht«, sagte Miss Howard. »Die Säuglinge.«

»Es sieht ganz so aus«, fuhr Marcus fort, »als wäre im Laufe der acht Monate, die Schwester Hunter im Entbindungsheim tätig war, eine unverhältnismäßig große Zahl von Säuglingen, mit denen sie zu tun hatte, gestorben – und zwar meist schon wenige Wochen nach der Geburt.«

»Gestorben?« wiederholte der Doktor leise und verwirrt. Es kam mir so vor, als passe diese Mitteilung in keiner Weise zu einer Vorstellung, die er sich gemacht hatte. »*Gestorben*…« Er sah einen Augenblick zu Boden. »Aber – *wie*?«

»Schwer zu sagen«, sagte Marcus. »Der Polizeibericht nennt keine Einzelheiten. Die Schwestern aber behaupten, alle Kinder – neben vier Fällen, in denen alle übereinstimmten, gab es einige fragliche – seien bei der Geburt vollständig gesund gewesen, hätten aber sehr bald Atemstörungen bekommen.«

»Anfälle von Atemnot, für die es keine Erklärung gab«, fügte Lucius hinzu, »und einer wie der andere hat zu einer Zyanose geführt.«

»Hä?« machte ich.

»Eine typische blaurote Färbung von Lippen, Haut und Nagelbett«, erläuterte Lucius. »Verursacht durch einen verminderten Hämoglobingehalt des Blutes, im allgemeinen ein Hinweis auf eine Störung des Lungen-Gaswechsels. Oder auf eine Vergiftung.« Er sah wieder zum Doktor hinüber. »Gewöhnlich kam es zu zwei oder drei leichteren Anfällen, dann starb das Kind im Verlauf eines weiteren. Und jetzt kommt es: Jedes Mal, wenn ein Kind starb, war es Schwester Hunter, die es zu einem der Ärzte gebracht hat, oder sie war mit ihm allein auf der Station.«

Dr. Kreisler hielt den Blick unausgesetzt auf den Boden geheftet. »Haben die Ärzte im Entbindungsheim je einen Zusammenhang zwischen den Vorfällen hergestellt?«

»Sie wissen doch, wie das in solchen Einrichtungen läuft«, sagte Miss Howard. »In manchen Fällen waren die Mütter schon nicht mehr im Entbindungsheim und hatten ihre Kinder dort zurückgelassen. Unter solchen Umständen ist die Sterblichkeit hoch, und die Behörden stellen normalerweise keine Fragen. Dr. Markoe hat der Polizei den Fall lediglich gemeldet, weil ihn die Schwestern darauf aufmerksam gemacht haben. Er ist kein schlechter Mensch, aber ...«

»Aber wenn man einen toten Säugling und ohnehin zuwenig Betten und Pflegepersonal hat«, sagte Mr. Moore, »läßt man ihn auf den Töpferacker schaffen und wendet sich dem nächsten Fall zu.«

»Die Ärzte haben Schwester Hunters Bemühungen um die Zyanose-Kinder eigentlich immer sehr geschätzt«, sagte Marcus. »Sie hatten den Eindruck, daß sie unermüdlich versuchte, das Leben der Säuglinge zu erhalten.«

»Ich verstehe ...« Der Doktor erhob sich und trat an das Gemälde, um einem von General Washingtons erstarrten Ruderern ins Auge zu sehen. »Und was hat die Schwestern auf den Gedanken gebracht, daß etwas nicht stimmen könnte?«

»Ihnen sind die Ähnlichkeiten zwischen den verschiedenen Fällen zu groß erschienen, als daß sie auf Zufall beruhen konnten«, sagte Marcus.

»War Schwester Hunter besonders unbeliebt?« fragte der Doktor.

Marcus nickte. »Da liegt der Hund begraben – offensichtlich war sie äußerst tüchtig, sehr selbstherrlich und ziemlich nachtragend, wenn ihr jemand in die Quere kam.«

Der Doktor wiegte den Kopf. »Jedenfalls, wenn man den anderen Schwestern glauben will. Ich fürchte, Marcus, wir müssen die Aussage mit einem gewissen Vorbehalt betrachten – kleinliche Eifersüchtelei und Streit finden sich in *allen* Zweigen der Medizin.«

»Heißt das, Sie wollen den Schwestern nicht unbedingt glauben?« sagte Miss Howard.

»So würde ich das nicht sagen«, erwiderte der Doktor. »Aber es ist einfach ...« Er schüttelte wieder den Kopf. »Nun, fahren Sie fort.«

Marcus zuckte die Achseln. »Wie Sara schon sagt, die übrigen Schwestern haben die Sache vor Dr. Markoe gebracht. Er ist zur Polizei gegangen, und Schwester Hunter wurde vorgeladen. Sie hat alle Vorwürfe heftig bestritten und sich so sehr empört, daß sie fristlos kündigte. Nicht eins dieser Verbrechen – sofern es sich um *Verbrechen* handelt – ließ sich beweisen. In jedem einzelnen Fall deutete die Diagnose auf spontanen Atemstillstand. So, wie Schwester Hunter die Fälle geschildert hat, hatte sie nichts unversucht gelassen, die Säuglinge so lange wie möglich am Leben zu halten. Markoe neigte dazu, ihr zu glauben, aber – nun ja, er muß dafür sorgen, daß Gelder hereinkommen. Da kann er sich auch nicht den kleinsten Hinweis auf einen Skandal erlauben.«

»So ist es, Marcus«, sagte Dr. Kreisler. Dann hob er warnend einen Finger. »Vergessen Sie nicht – man kann die Tatsachen so auslegen, daß sie die Aussagen von Schwester Hunter stützen.«

»Wie schon gesagt, hat Dr. Markoe diese Betrachtungsweise vertreten. Er wollte den Fall nach Schwester Hunters Kündigung nicht weiterverfolgt sehen, und so blieb der Polizei keine Handhabe. Mrs. Hunter ist daher als freier Mensch nach Hause gegangen.«

»Und haben wir eine Vorstellung, wo dies Zuhause ist?« fragte der Doktor und hielt den Atem an.

»Ja – jedenfalls, wo es *war*«, sagte Lucius. »Die Adresse steht im Polizeibericht. Hm ...« Er nahm seinem Bruder ein Blatt aus der Hand. »Bethune Street Nr. 39, in Greenwich Village.«

»Gleich über dem Fluß«, warf ich ein.

»Wir müssen uns Gewißheit verschaffen«, sagte der Doktor, »aber höchstwahrscheinlich wohnt sie nicht mehr dort.« Er setzte sich wieder, sah voll ungekünstelter und verbittert wirkender Verblüffung zu der Wand voller frühamerikanischer Porträts hinüber. »Gestorben ...«, sagte er wieder, als könne er es nicht glauben. »*Verschwunden* – das hätte ich erwartet, aber gestorben ...«

Miss Howard nahm neben ihm Platz. »Ja, es scheint nicht besonders gut ins Bild zu passen, oder?«

»Nicht nur das, Sara«, sagte der Doktor und hob resigniert die Hände. »Es ist schlicht und einfach paradox.« Einige Augenblicke lang schwiegen beide, und wir konnten von unten das Lachen und Rufen der Kinder hören. Dann erhob sich der Doktor. »Nun, Detective Sergeant, wozu haben Sie uns herbestellt, nachdem Sie all das herausbekommen haben?«

»Wir waren der Ansicht, daß wir die Sache ebensogut hier wie woanders besprechen könnten«, sagte Lucius. »Wir hatten noch keine Gelegenheit, das ganze Gebiet gründlich zu durchsuchen – oder zu rekonstruieren, wo sich diese Mrs. Hunter aufgehalten hat. Da es Sonntag ist und wir sonst nicht viel erreichen können ...«

Der Doktor zuckte die Achseln. »Stimmt«, sagte er und erhob sich. »... läßt sich ebensogut feststellen, zu welchen Ergebnissen uns die mechanische Methode führt. Señora Linares hat gesagt, daß sich das Kind gern in der Skulpturengalerie aufhielt. War das nicht so?«

»Ja, Sir«, sagte Lucius. »Im ersten Stock, Nordflügel.«

»Dann wollen wir nicht länger warten«. Der Doktor wies mit ausgestrecktem Arm auf die Treppe. »Detective Sergeant, würde es Ihnen etwas ausmachen ...«

»Notizen für die Tafel«, sagte Lucius und nahm seinen kleinen Block heraus. »Selbstverständlich nicht, Doktor.«

Wir kehrten in den Teil des Museums zurück, das dessen Betreiber gern »Skulpturengalerie« nannten, obwohl die meisten der dort befindlichen Bildwerke, wie mir der Doktor bei einem unserer ersten Besuche mitgeteilt hatte, lediglich Gipsabgüsse bedeutender Statuen aus anderen Galerien und Institutionen auf der ganzen Welt waren. Man hatte sie in New York für jene Menschen aufgestellt, die nie eine Gelegenheit haben würden, zu reisen und die Originale zu sehen. Damit war das einheitliche leuchtende Weiß vieler der Stücke erklärt, wie auch die Art, in der sie beieinanderstanden, fast wie in einem Lagerhaus. Die gleichfalls weißen Stuckdecken warfen das Sonnenlicht, das sanft durch die großen Fenster hereinfiel, ebenso zurück wie der polierte rote Marmorfußboden. Die damit kontrastierende dunkle Wandtäfelung verlieh dem Ganzen zusammen mit den bogenförmigen Türöffnungen einen erhabenen Eindruck. Doch aus den Skulpturen machte ich mir – ähnlich wie aus dem Zeug im Erdgeschoß des Südflügels – nicht besonders viel, und ich zweifle, ob es für mich einen großen Unterschied bedeutet hätte, wenn es die Originale gewesen wären. Man sah Götter, Göttinnen, Ungeheuer und Könige (oder zumindest Stücke davon) aus der griechischen und römischen Antike; sonderbare Fabeltiere und mit leerem Blick dreinsehende Männer aus Babylonien; dazu Akte, Schalen und Vasen aus aller Herren Länder... Was ein vierzehn Monate altes Mädchen daran hätte interessieren können, war mir unerfindlich. Zwar hörte ich zu, wie die anderen ihre Gedanken austauschten, doch schien mir die Frage viel wichtiger, was all das für Elspeth Hunter bedeutet haben mochte.

»Immer vorausgesetzt, daß ihre Aufmerksamkeit hier auf Ana und ihre Mutter gefallen ist, und nicht im Park«, sagte Mr. Moore.

»Aber John, du machst ja Fortschritte«, stichelte Miss Howard. »Du hast ja das Kind mit Namen genannt. Allerdings, was du da vermutest, ist äußerst unwahrscheinlich. Sofern wir bei unserer Annahme bleiben, daß Anas munteres Wesen die Aufmerksamkeit der Entführerin geweckt hat, müssen wir es als wahrscheinlich ansehen, daß sie hier auf sie gestoßen ist – denn hier hat sich Ana am liebsten aufgehalten.«

»Damit hat Sara wahrscheinlich recht, John«, sagte der Doktor. »Das hier war, aus welchem Grund auch immer, der Lieblingsspielplatz der kleinen Linares. Allerdings frage ich mich, was eine in Ungnade gefallene Kinderschwester hier zu suchen hat.« Er sah sich in dem Raum um, der wie eine Mischung aus Mausoleum und Menagerie wirkte. »Was mag Elspeth Hunter so unwiderstehlich hierhergelockt haben?«

Die Frage blieb eine gute Viertelstunde lang ohne Antwort, und schließlich gab jeder zu, daß ihm nichts einfiel. So beschlossen wir, den nächsten Ort aufzusuchen, von dem wir wußten, daß sich Mrs. Hunter dort aufgehalten haben mußte: die Baustelle nahe der Fünften Avenue, wo sie vermutlich nach dem Stück Bleirohr gegriffen hatte. Als wir hinaustraten, machte ich dem Kutscher ein Zeichen, um ihm zu bedeuten, daß es nicht mehr lange dauern würde. Ich begleitete den Doktor und Miss Howard, die auf dem befestigten Weg in Richtung Osten gingen; die Brüder Isaacson, Mr. Moore und Cyrus hingegen schwärmten aus und machten sich daran, das Gras und den Schutt vor der eigentlichen Baustelle zu durchsuchen, die zu jener Zeit nichts weiter war als ein riesiges Loch in der Erde.

»Haben Sie die Zeichnungen des neuen Flügels gesehen?« fragte Miss Howard den Doktor unterwegs.

Er stieß lediglich ein »Mhm« aus. Vermutlich dachte er an etwas anderes. Dann sagte er: »Ach so. Ja, ich hab die Originale gesehen, bevor der alte Hunt gestorben ist. Außerdem die neue Fassung seines Sohnes – ziemlich aufsehenerregend.«

»Ja«, sagte Miss Howard mit einem Nicken. »Eine Bekannte von mir arbeitet in Hunts Büro. Das wird sehr eindrucksvoll – mit ziemlich vielen Plastiken.«

»Plastiken?«

»Als Fassadenschmuck.«

»Ach ja.«

»Mir ist klar, daß das jetzt ein bißchen so klingt, als ob es nichts mit dem zu tun hätte, was uns eigentlich beschäftigt«, sagte Miss Howard und lachte. »Aber es gibt eine Verbindung zu dem, was wir uns vorhin angesehen haben, Doktor. Alle für die Fassade vorgesehenen allegorischen Figuren – die vier künstlerischen Hauptdisziplinen, die vier großen Zeitalter der Kunst – werden weiblich sein. Ist Ihnen das aufgefallen? Nur die kleineren steinernen Medaillons stellen männliche Gestalten dar – es sind Porträts bedeutender Künstler.«

Der Doktor schob sich näher an sie heran. »Es kommt mir vor, als wären Sie da auf der richtigen Fährte, Sara.«

Miss Howard zuckte die Achseln. »Ich fürchte, die Sache ist ziemlich abgedroschen. Alle allegorischen Figuren sind weiblich – alle abgebildeten Menschen Männer. Bei den Standbildern im Saal dahinten verhält es sich ebenso. Die weiblichen Gestalten sind Gottheiten oder namenlose Idealdarstellungen von Schönheit und Weiblichkeit – im Normalfall dem Kopf eines Mannes entsprungen –, die historisch bedeutsamen Persönlichkeiten aber, denen man einen Namen zuordnen kann, sind Männer. Sagen Sie mir – was lernt ein junges Mädchen für das spätere Leben daraus?«

»Ich fürchte, nichts Nützliches.« Er legte ihr freundschaftlich die Hand um den Ellbogen und lächelte ein wenig hilflos. »Daß sich das jahrtausendelang so fortgesetzt hat, macht die Sache nur unendlich schlimmer. Frauen auf Podesten … Der Wechsel steht bevor, Sara – doch nähert er sich mit der Geschwindigkeit eines wandernden Gletschers. Aber kommen wird er – man wird Sie und Ihresgleichen nicht auf alle Zeiten idealisieren.«

»Es ist eine *widernatürliche* Idealisierung!« sagte Miss Howard, streckte ein Bein in die Luft und hob ihre freie Hand, als wäre sie ein Standbild. »In Wirklichkeit liegt darin ebenso viel Verunglimpfung wie Verehrung. Ich betrachte unser Gespräch als keineswegs ausschließlich philosophisch, sondern versuche, mir Gedanken darüber zu machen, was Mrs. Hunter dorthin geführt haben könnte. Sehen Sie sich doch einmal diese Standbilder da drin an. Die Erdmutter Ischtar der Babylonier und Assyrer war zugleich Göttin des Krieges, ein grausames, strafendes Miststück.« Sie warf mir einen flüchtigen Blick zu. »Tut mir leid, Stevie ...«

Ich konnte nur lachen. »Da hab ich schon Schlimmeres gehört.«

Breit lächelnd fuhr sie mit ihrer Schimpfkanonade fort: »Oder nehmen Sie die Griechen und Römer mit ihren durchtriebenen und intrigierenden Göttinnen. Oder Kali, die Muttergottheit der Hindus, die um sich herum Tod und Vernichtung verbreitet. Immer wieder scheint es *zwei* Gesichter zu geben.«

Dr. Kreislers Augen verengten sich. »Denken Sie jetzt an die offensichtlichen Widersprüche in Elspeth Hunters Verhalten?«

Miss Howard nickte. »Ich glaube schon. Ich bin mir allerdings der Wechselbeziehung nicht sicher. Allerdings hat Señora Linares gesagt, daß sich die Frau, die sie im Zug gesehen hat, einerseits aufrichtig um Ana zu kümmern schien, zugleich aber auch, daß sie aussah wie ein Raubtier. Jetzt zeigt sich, daß sie als Säuglingsschwester in einem der schwierigsten – und bewundernswürdigsten – Zweige ihres Berufs gearbeitet hat. Die Ärzte sehen in ihr eine Heldin, und ihre Kolleginnen eine Mörderin.«

In diesem Augenblick kam Cyrus auf uns zugetrabt; die anderen drei Männer folgten ihm. »Hier gibt es nichts, was von Interesse sein könnte, Doktor. Der Detective Sergeant möchte aber die Sache noch einmal durchgehen.«

»In Ordnung«, sagte der Doktor. »Sagen Sie ihm, daß wir ihm zur Verfügung stehen.« Dann fügte er, zu Miss Howard gewendet, hinzu: »Verfolgen Sie Ihre Gedanken weiter, Sara. Auch ich habe das Gefühl, daß etwas daran ist, nur weiß ich noch nicht genau, was.«

Die Brüder Isaacson traten mit Mr. Moore zu uns, und Lucius stellte sich in die Mitte unseres kleinen Kreises, um weiter Notizen zu machen.

»Schön«, sagte er und wies auf die Eingangsstufen. »Gegen fünf Uhr kommt Señora Linares mit Ana aus dem Museum.« Als nächstes wies er auf die riesige Baugrube. »Die Arbeiter haben Feierabend gemacht oder sind gerade dabei. Es ist Donnerstag, und da sie am nächsten Vormittag zurückkehren werden, räumen sie nicht so gründlich auf wie vor dem Wochenende, so daß auf der Baustelle weit mehr herumliegt, als wir jetzt sehen.« Er trat zu einer Ansammlung von Installationsmaterial, das ein nutzloser Holzzaun zum Teil den Blicken verbarg. »Schwester Hunter weiß bereits, was sie tun will – zumindest im groben. Sie sucht nach einer Waffe und sieht den Haufen Rohre da durch den Zaun. Von dort aus gelangt sie hinter ihr ausersehenes Opfer, was erklärt, daß die Señora sie in keinem Augenblick wahrgenommen hat.« Er ging ein wenig westwärts, auf den ägyptischen Obelisken zu. »Sie läßt sich Zeit und wartet, bis die Señora den Obelisken erreicht.« Wir alle folgten ihm dorthin. »Nur hier stehen einige Bäume – und damit ist es die einzige Stelle, an der sie zuschlagen kann, wenn sie sich Sorgen um ihr Entkommen macht. Inzwischen ist es kurz nach fünf. Noch eine viertel oder halbe Stunde, und Leute werden auf dem Heimweg von der Arbeit in den Park kommen oder einfach, um ein bißchen frische Luft zu schnappen. Es sieht nach Regen aus, sie muß also nicht mit vielen Spaziergängern rechnen. Andererseits ist es sommerlich warm, daher könnten doch ziemlich viele Leute – mit Regenschirmen – auf dem Heimweg durch den Park gehen. Das heißt, sie muß schnell handeln.«

In der Zwischenzeit hatten wir die im Achteck angeordneten Bänke um den gut zwanzig Meter hohen Obelisken erreicht. Es war tatsächlich weit und breit die einzige Stelle, die durch Bäume ein wenig abgeschirmt wurde, da der Obelisk aus rotem Granit (wie uns Lucius sagte) seit 1881 dort stand, dem Jahr, in welchem das Oberhaupt Ägyptens ihn den Vereinigten Staaten zum Geschenk gemacht hatte.

»Die Wolken halten die Leute davon ab herzukommen«, fuhr Lucius fort. »Die Stelle liegt abseits und dient ausschließlich zum Ausruhen – der Weg in die Stadt oder zurück führt nicht hier vorbei. Also kommt nur jemand hierher, der sich ein wenig hinsetzen möchte.« Das stimmte – der Obelisk stand ein wenig erhöht abseits der Parkwege. »Mrs. Hunter weiß, das ist ihre einzige Gelegenheit. Sie nähert sich der Señora von hinten, als sich diese auf eine Bank setzen will, und gibt ihr eins über den Hinterkopf. Dann nimmt sie das Kind und geht – wohin?« Der Detective Sergeant sah sich neugierig um. »Am nächsten liegt die Fünfte Avenue – aber vielleicht will sie nicht, daß jemand sie schnell gehen sieht. Um aber die Bethune Street wieder zu erreichen, muß sie zur West Side gegangen sein, um dort entweder an der Sechsten oder Neunten Avenue in die Hochbahn zu steigen, immer vorausgesetzt, daß es zu ihren Gewohnheiten gehört, mit dem Zug zu fahren.«

»Wenn sie keine Stelle mehr hat«, fügte Marcus hinzu, »dürfte sie das aus Sparsamkeit vorgezogen haben.«

»Ja, aber die Señora hat sie auf der Linie der *Dritten* Avenue gesehen«, warf Mr. Moore ein. »Das spricht dafür, daß sie nicht mehr in der Bethune Street wohnt.«

»Vielleicht hast du recht, John«, sagte der Doktor bedächtig, den Blick auf den Obelisken gerichtet. »Sara und ich haben gerade über etwas gesprochen, was möglicherweise ...« Er hielt inne, sein Blick ruhte auf dem Sockel des Obelisken. Er trat langsam hinüber und suchte mit den Augen einen tiefen Riß im unteren Teil des großen Monolithen ab. Er spähte hinein und hob eine Hand, als wolle er etwas ergreifen; dann trat er zurück und wandte sich an Marcus und Lucius.

»Detective Sergeants?« sagte er, und seine Stimme klang erregt. »Würden Sie bitte herkommen? Da drinnen scheint etwas zu sein.«

Marcus und Lucius eilten zu ihm. Marcus nahm eine kleine Zange heraus, spähte in den Riß, führte dann langsam die Zange ein, erfaßte etwas und zog es heraus. Ein winziges Stück leichtes Baumwollgewebe.

Er legte es auf den Fußweg nahe dem Sockel des Obelisken und streifte sich ein Paar sehr dünne Handschuhe über. Wir alle drängten uns um ihn, als er das verschmutzte und feuchte weißlich-gelbe Stück Stoff auseinanderzuziehen begann. Allmählich wurde dessen Gestalt erkennbar.

»Sieht aus wie eine winzige ... Mütze«, sagte Mr. Moore.

»Ein Babymützchen«, sagte Miss Howard und wies auf einen weißen Spitzenbesatz am vorderen Ende und zwei dünne geflochtene Baumwollbänder, mit deren Hilfe man die Haube unter dem Kopf zusammenbinden konnte.

»Da ist noch was«, sagte Marcus und zog das Gewebe weiter auseinander. Am hinteren Ende erkannte man eine feine goldene Stickerei: »A – N – A«, las er vor. Während wir anderen hinsahen, hob der Kriminalbeamte den Blick und spähte in den Park hinaus. »Aha ... sieht ganz so aus, als ob sie nach Westen gegangen wäre. Wahrscheinlich hat sie sich der Mütze für den Fall entledigt, daß jemand sie anhielt – wahrscheinlich der einzige Gegenstand, an dem man die Kleine hätte identifizieren können.«

»Keine voreiligen Schlüsse, Marcus«, sagte Lucius. »Sie kann die Mütze hier reingestopft haben und in die entgegengesetzte Richtung gegangen sein.«

»Ich weiß nicht«, sagte Mr. Moore, der zwischen dem Obelisken und den Bänken stand. »Die Stelle liegt immerhin zehn bis zwölf Meter vom Weg entfernt – das würde Zeitverschwendung bedeuten. Es gäbe viele andere Verstecke, wenn sie nach Osten gegangen wäre – angefangen bei der Baustelle.«

»So ist es«, sagte Dr. Kreisler und sah wieder auf den Obelisken. »Aber außerdem ist da noch die Frage, *wo* sie die Mütze verborgen hat – die *genaue* Stelle ...«

»Was meinen Sie damit?« fragte Marcus.

Aber der Doktor wandte sich an Miss Howard. »Der ägyptische Obelisk. Sein Gegenstück steht in London. Wissen Sie, wie man die beiden nennt, Sara?« Miss Howard schüttelte den Kopf. »Kleopatras Nadeln«, fuhr der Doktor fort und hob den Blick zur Spitze. »Ein unheilverkündender Name. Kleopatra war eine todbringende Frau.«

»Zugleich aber«, sagte Miss Howard, die verstanden hatte, worauf der Doktor hinauswollte, »nannte man sie ›Mutter Ägyptens‹. Ganz zu schweigen davon, daß sie Caesars und Antonius' Geliebte war – sie hat sogar Caesars Sohn zur Welt gebracht.«

»Caesarion«, sagte der Doktor mit einem Nicken.

»Wovon zum Teufel redet ihr beiden?« erkundigte sich Mr. Moore.

Aber der Doktor achtete nicht auf ihn. »Angenommen«, fuhr er fort, näher zu Miss Howard tretend, »das offenkundige Paradox ist keine Frage, sondern die Antwort. Etwas verbindet die beiden Gesichter der Frau, die beiden Seiten der Münze. Wie dies verbindende Element beschaffen ist, wissen wir nicht, aber die Beziehung besteht. Wir sehen uns also weniger einer Ungereimtheit als einer gestörten Einheit gegenüber. Unterschiedliche Aspekte eines einzigen Zustands – miteinander verbundene Stadien eines *einzigen* Prozesses.«

Miss Howards Gesicht verdüsterte sich. »In dem Fall würde ich sagen, daß uns die Zeit davonläuft.«

Der Doktor warf ihr einen flüchtigen Blick zu, in dem Verständnis lag, und rief dann: »Marcus! Wie lange haben die Kinder im Durchschnitt gelebt, um die sich Schwester Hunter gekümmert hat?«

»Höchstens ein paar Wochen«, sagte Marcus.

»Laszlo«, sagte Mr. Moore begehrlich, wie immer, wenn er den Eindruck hatte, daß man ihn nicht auf dem laufenden hielt, »sag schon – wovon redet ihr eigentlich?«

Nach wie vor, ohne auf ihn zu achten, zählte der Doktor an den Fingern ab: »Sie hat das Kind an einem Donnerstag an sich gebracht – das ist zehn Tage her.« Er sah wieder zu Miss Howard hin. »Sie haben recht, Sara, es kann sein, daß für die Frau jetzt eine kritische Phase beginnt. Stevie!« Ich eilte zu ihm. »Haben wir alle Platz in der Kalesche?«

»Nicht, wenn es schnell gehen muß«, sagte ich. »Aber ich sehe keine Droschke in der Nähe.«

»Ich will auch keine«, gab der Doktor mit Nachdruck zurück. »Wir sollten alle beieinander bleiben, damit ich alles erklären kann.«

»Nun – der Verkehr ist wohl nicht besonders schlimm«, sagte ich. »Da müßten wir 'nen vernünftigen Trab hinkriegen. Frederick hat sich 'n paar Tage ausruhen können, er macht bestimmt mit.«

»Dann hol die Kalesche – jetzt gleich!«

Während ich losrannte, hörte ich Mr. Moore wieder fragen, worum es gehe, woraufhin ihm der Doktor mitteilte, er werde seine und Miss Howards Theorie auf dem Weg in die Stadt erklären. Als ich das Gespann vor ihm zum Stehen brachte, stieg Cyrus zu mir auf den Bock, und Miss Howard quetschte sich zwischen Lucius und den Doktor auf den Sitz. Marcus und Mr. Moore stellten sich links und rechts auf die Trittstufen, so wie es die beiden Isaacsons bei unserer Fahrt mit der requirierten Droschke getan hatten.

»Wohin?« rief ich nach hinten, obwohl mir ziemlich klar war, wie die Antwort lauten würde.

»Bethune Street Nr. 39«, sagte der Doktor. »Sofern wir Glück haben, wohnt Mrs. Hunter mit ihrem Mann noch dort – andernfalls wissen etwaige Nachmieter vielleicht, wo sie jetzt zu finden sind.«

»Am schnellsten geht es durch den Park«, sagte ich. »Ich kenn da 'n paar Abkürzungen.«

»Nur zu!« rief der Doktor, woraufhin ich Frederick die Zügel auf das Hinterteil klatschen ließ und südwärts über den Kutschweg des Central Park davonfuhr.

# Kapitel 15

Kaum war Frederick in einen flotten Trab verfallen, mit dem ich ihn über die breite Grasfläche von Sheep Meadow treiben wollte (eine fragwürdige Angelegenheit, das ist mir klar, aber eine Abkürzung ist eine Abkürzung), als der Doktor seine Darlegung begann: »Zu Beginn unserer kriminalistischen Untersuchungen«, sagte er zu seinen Kollegen, »sind wir von der Erwägung ausgegangen, daß der verbrecherische Geist medizinisch gesprochen durchaus gesund und wie der eines jeden anderen gesunden Menschen beschaffen sein kann – entsprechend dem Kontext der individuellen Erfahrung. Ich habe in den letzten zwölf Monaten in meinem Beruf nichts erlebt, was die Ansicht stützen könnte, Geisteskrankheiten träten unter Kriminellen häufiger auf, als ich damals annahm. Auch legt nichts von dem, was wir über diese Schwester Hunter erfahren haben, den Schluß nahe, daß sie an *Dementia praecox*« – mit diesem Begriff bezeichneten Irrenärzte damals, was inzwischen als *Schizophrenie* bekannt ist – »oder einer minderschweren seelischen Erkrankung leidet. Sie mag impulsiv sein und das vielleicht sogar in extremem Umfang – aber Impulsivität für sich genommen ist ebensowenig ein Hinweis auf eine Geisteskrankheit wie Jähzorn oder ein Übermaß an Schwermut. Ihre Fähigkeit, ihr Tun genau zu kalkulieren, speziell unter Zeitdruck, stützt die Annahme, daß wir es mit einem geistig ganz und gar gesunden Menschen zu tun haben.«

Kopfschüttelnd sah Mr. Moore zum Westteil des Central Park hinüber, als wir wieder auf dem Kutschweg fuhren. »Warum nur wünsche ich, daß wir es diesmal mit einer Verrückten zu tun hätten?« sagte er seufzend.

»Dafür gibt es gute Gründe«, sagte Lucius. »Es kommt vor, daß Verrückte gefährlich sind, aber sie lassen sich leicht aufspüren.« Der Detective Sergeant kritzelte wieder auf seinen Block. »Weiter, Doktor.«

»Wir gehen also von der Voraussetzung aus, daß diese Frau bei klarem Verstand ist«, fuhr der Doktor fort. »Sie hat ein Kind entführt und unter Umständen andere getötet. Über die Gründe dafür können wir nur spekulieren.«

»Und was tun wir, falls wir sie erwischen?« fragte Marcus. »Wir haben es hier mit einer Art heiliger Kuh zu tun, Doktor – ganz gleich, wie viele Frauen kleine Kinder in Fürsorgeeinrichtungen umbringen, ganz gleich, wie viele Mütter ihre Brut aus welchen Gründen auch immer aus dem Weg räumen, ganz gleich, wie viele alte Urscheln sich mit Abtreibungen eine goldene Nase verdienen – die Leute sind nur scharf auf Beziehungen von Frauen und Kindern, in denen es um Fürsorglichkeit geht. Sie haben ja gehört, was Mrs. Cady Stanton kürzlich zu dem Thema zu sagen hatte.

Sie vertritt die Meinung der Mehrheit: Sobald sich eine Frau ablehnend gegenüber Mutterschaft und Kindern verhält, ist sie entweder verrückt, oder der Mann und die von ihm geschaffene Gesellschaft stecken irgendwie dahinter.«

Der Doktor versuchte Marcus mit einer Handbewegung Einhalt zu gebieten. »Ich weiß, ich weiß. Aber auch hier müssen wir uns über die allgemeinen Ansichten hinwegsetzen und uns auf die Tatsachen konzentrieren. Am meisten von allen springt dabei ins Auge: Wir sehen uns einer Frau gegenüber, die zwei allem Anschein nach diametral entgegengesetzte Verhaltens- und Handlungsweisen verkörpert. Die eine behütet das Leben, die andere schadet ihm, tötet es vielleicht sogar. Sofern wir annehmen, daß sie geistig gesund ist, müssen wir eine Verbindung zwischen den beiden herstellen.«

»Schwierig«, sagte Mr. Moore. »Ausgesprochen schwierig.«

»Wieso, John?« sagte der Doktor, als wir den Park an seiner Südwestecke verließen, an der Reitschule vorüberfuhren und auf einer wenig belebten Straße das Kolumbus-Denkmal umrundeten. »Wer von uns kann behaupten, daß er nie einander entgegengesetzte Bedürfnisse empfindet und widersprüchliche Ziele verfolgt? Nimm einmal dich selbst. Wie oft verläßt du das Haus, um deinem Körper ungeheure Mengen eines flüssigen Gifts in Gestalt teuren Alkohols zuzuführen, während du gleichzeitig Zug um Zug ein toxisches Alkaloid inhalierst, das unter dem Namen Nikotin bekannt ist…«

»Und wer leistet mir sehr häufig dabei Gesellschaft?« sagte Mr. Moore beleidigt.

»Darum geht es nicht«, sagte der Doktor. »Dann besteht bisweilen die Notwendigkeit, daß du dich nach diesen Anfällen der Selbstzerstörung viele Stunden lang schonst und dich verwöhnen läßt, als wärst du ein Kind. Wie läßt sich *das* miteinander vereinbaren?«

»Schon gut, schon gut«, sagte Mr. Moore verärgert. »Aber es ist ein himmelweiter Unterschied, ob du dich über meine schlechten Gewohnheiten lustig machst oder uns zeigst, daß sich eine Frau einerseits liebevoll um die Erhaltung von Leben kümmert – schließlich ist sie Säuglingsschwester – *und* den Wunsch hat, Kinder umzubringen, *obwohl* sie angeblich geistig gesund ist.«

»Helfen Ihnen Ihre bisherigen Forschungsergebnisse in dieser Angelegenheit weiter?« erkundigte sich Lucius.

»Ich fürchte, nein«, gab der Doktor mit der gleichen Bedrücktheit zurück, die im Zusammenhang mit diesem Fall schon seit Tagen an ihm zu beobachten war. »Wie ich Sara bereits bedeutet habe, gibt es in der zeitgenössischen Literatur kaum Ansätze zu einer Beschäftigung mit diesem Gegenstand. Weder Krafft-Ebing noch Freud sind bereit, sich über die sexuelle Dimension der Beziehung einer Mutter zu ihren Kindern zu äußern, schon gar nicht, wenn es um Jungen geht. Eben diese Männer aber finden nichts dabei, sich ausführlich mit dem Wunsch der Kinder zu beschäftigen, ihre Eltern zu vernichten, sei es buchstäblich oder nur im übertragenen Sinne. Auch hier liegt das Schwergewicht wieder bei den Jungen – man denke an den Ödipus-Komplex. Darüber hinaus gibt es noch einige Forschungsarbeiten zur Frage der von Männern gegen Kinder ausgeübten Gewalt. Sie aber stehen gewöhnlich im größeren Zusammenhang der Sekundärwirkungen von Alkoholismus und Drogensucht. Vergeblich aber habe ich bisher nach aussagekräftigen Abhandlungen zu Übergriffen von Frauen gegen ihnen anvertraute – ob eigene oder fremde – Kinder gesucht. Offenbar besteht ganz allgemein darüber Einstimmigkeit, daß es sich dabei um Extremfälle oder um verzögerte Äußerungen einer nachgeburtlichen Psychose handelt. Wo man diesen Zusammenhang nicht konstruieren kann, spricht man einfach von Geisteskrankheit unbekannter Ursache. Ich fürchte, daß in bezug darauf Gerichtsakten und gerichtliche Untersuchungen weit hilfreicher waren als die Psychologie.«

»Tatsächlich?« sagte Marcus; vor seinem Eintritt in den Polizeidienst hatte er eine recht gründliche juristische Ausbildung genossen. »Fortschrittliches Denken bei Anwälten wäre mir neu.«

»Stimmt«, sagte der Doktor. »Damit will ich auch nicht etwa sagen, daß Gesetzgeber oder Rechtspflege die Sache systematisch untersucht hätten. Aber die Gerichte müssen sich den Tatsachen stellen, die vor sie gelangen – und dazu gehören nur allzuhäufig Fälle, in denen Mütter, Kinderpflegerinnen und andere erwachsene Frauen Gewalt an den ihnen anvertrauten Kindern verüben, die sich in vielen Fällen zudem noch im Säuglingsalter befinden.«

»Aber wenn ich nicht irre«, sagte Marcus, »meinen die Vertreter des Rechtswesens meist, daß Armut oder eine uneheliche Geburt der Grund für eine Kindestötung sind.«

»So ist es – aber manche Fälle, von denen einige großes Aufsehen erregt haben, haben sich weder dadurch erklären lassen, daß die Mutter unverheiratet war oder zu arm, das Kind durchzubringen, noch konnte man sie mit der pauschalen Behauptung von Unzurechnungsfähigkeit unter den Teppich kehren. Zweifellos erinnern Sie sich noch an den Fall Lydia Sherman?«

Dieser berüchtigte Name fiel gerade in dem Augenblick, als wir auf der Achten Avenue über die Zweiundvierzigste Straße fuhren. Die Brüder Isaacson wie auch Miss Howard gerieten geradezu ins Schwärmen.

»Lydia Sherman«, sagte Lucius mit wehmütiger Stimme. »Die *Königin der Giftmischerinnen*. Das war vielleicht ein Fall …«

»Wir werden nie erfahren, wie viele Leute sie wirklich auf dem Gewissen hatte«, sagte Marcus im gleichen Ton. »Es können ohne weiteres Dutzende gewesen sein.«

»Und ein Teil davon waren Kinder – darunter auch eigene«, sagte Miss

Howard, womit sie wieder auf unser Thema zurückkam. »Dabei war sie weder arm noch unverheiratet, als sie die vergiftet hat.«

»Genau, Sara«, sagte der Doktor. »Sie hatte ihren Mann getötet, und die Kinder standen ihr bei dem Wunsch, eine neue Ehe einzugehen, ›im Wege‹, wie sie sich ausdrückte. Zeitungsberichte gab es zuhauf – aber die Irrenärzte jener Zeit hätten es, wie auch die späterer Jahre, am liebsten gesehen, wenn es diesen Fall nicht gegeben hätte. Dabei haben nicht wenige von ihnen sie bei der Verhandlung für geistig gesund erklärt – und das liegt gute fünfundzwanzig Jahre zurück.«

»Ich möchte diese kleine bewundernde Runde nur ungern stören«, sagte Mr. Moore, »aber Lydia Sherman war keine Kinderschwester, sondern ein verlogenes Weib auf der Suche nach einem reichen Mann.«

»Gewiß, John«, sagte Miss Howard. »Aber zugleich auch ein lebender Beweis dafür, daß der bloße Zufall der Geburt, nämlich daß ein Mensch als Frau auf die Welt gekommen ist, nicht zwangsläufig mit der Begabung – oder auch nur der Neigung – einhergeht, Leben zu bewahren.«

»Dank ihrer und ähnlicher Fälle«, ergänzte der Doktor, »brauchen wir Professor James' gefühlsduseliges Gefasel nicht ernst zu nehmen, der behauptet, der Elterninstinkt sei bei einer Frau stärker ausgeprägt als bei einem Mann und die Sorge der Mutter um das kranke Kind geradezu der Edelmut in Reinkultur. Zwar waren Lydia Shermans Kinder krank, aber diese Krankheit hat sie mit Hilfe einer Arsenvergiftung *herbeigeführt* – und ihre selbstlose Fürsorge bestand darin, daß sie ihnen weitere Dosen dieses Giftes verabreicht hat. Nein, ich komme immer wieder auf eine kurze Aussage zurück, auf die ich vor einigen Tagen gestoßen bin –«

Miss Howard erriet, wovon er sprach. »Herrn Schneiders Bemerkungen über die Ich-Bezogenheit von Müttern.«

Der Doktor nickte. »Um die anderen ins Bild zu setzen: Bei Schneider heißt es, eine Mutter habe, sobald ihr Kind zur Welt gekommen ist, ich zitiere: ›ihre Ich-Bezogenheit ganz und gar auf das Kind übertragen‹.«

»Inwiefern soll uns das weiterbringen?« fragte Mr. Moore. »Schwester Hunter war weder die Mutter der Kinder im Entbindungsheim, noch ist sie die des entführten Mädchens.«

»Aber die Art, wie sie Ana an sich gebracht hat«, sagte Lucius, »weist darauf hin, daß sie unter Umständen glaubte – wie hast du das noch genannt, Marcus? –, einen *Anspruch* auf das Kind geltend machen zu können.«

»Richtig.« Ich hörte, wie der Doktor sein Zigarettenetui zuschnappen ließ. »Und vergessen Sie das Verhalten der Frau im Zug nicht – sie hat sich um das Kind gekümmert, *als wäre es ihr eigenes*. Zu solchen seelischen Bindungen zwischen Pflegerin und Patient kommt es häufig – vor allem bei Kindern. Es ist nicht zu übersehen, John, daß diese Frau sich durch das, was Sara ›Zufall der Geburt‹ nennt, allem Anschein nach nicht davon abhalten läßt, in äußerst besitzergreifender Weise fremden Kindern gegenüber Muttergefühle an den Tag zu legen.«

»Aha«, sagte Mr. Moore und steckte sich einen seiner Sargnägel an. »Das muß ich wohl verpaßt haben.« Ich hörte, wie er den Rauch ausstieß, dann sagte er mit einem gewissen Nachdruck: »Aber du bringst da etwas durcheinander, Kreisler. Nehmen wir an, das stimmt alles und sie hat Kindern gegenüber, die es ihr angetan haben, diese Empfindungen und überträgt, aus welchen Gründen auch immer, ihre ›Ich-Bezogenheit‹ auf sie. Gut und schön – aber im Unterschied zu deinem sehr einfühlsamen Beispiel, in dem du von meinen Gewohnheiten sprichst, geht sie *von* einer fürsorglichen Haltung aus und bewegt sich *zu* einer zerstörerischen hin. Keins der Kinder ist krank, wenn sie mit ihnen zu tun bekommt – aber am Ende sind alle tot. Was geschieht da? Sie können ihr nicht, wie bei Lydia Sherman ›im Wege sein‹ – es sind Kinder, die sie sich ausgesucht hat und deren Nähe sie sucht. Was geschieht da also?«

»Glänzend, Moore«, sagte der Doktor. »Da liegt das eigentliche Geheimnis dieses Falles. Die Frau investiert ihr gesamtes Selbstwertgefühl in die Kinder; dennoch vernichtet sie sie. In der Tat: Was geschieht da?«

»Könnte es eine Art mittelbarer Selbstmord sein?« sagte Lucius.

»Nein – das wäre zu einfach«, sagte Miss Howard. »Verzeihen Sie, wenn ich das sage, Lucius – aber wie oft kann man sich umbringen, und sei es auch nur stellvertretend? Ich vermute, Doktor, wir müssen uns an den Dualismus halten, über den wir vorhin gesprochen haben: die Frau, die zugleich als Schöpferin wie als Zerstörerin auftritt.«

Ein allgemeines »Was?« entfuhr allen gleichzeitig, woraufhin Miss Howard und der Doktor den Inhalt ihrer im Museum geführten Unterhaltung kurz zusammenfaßten.

»Wollen Sie damit sagen, daß sich ein Teil von Schwester Hunter mit der Vorstellung identifiziert, daß eine Frau über zerstörerische Kräfte verfügt?« wollte Marcus wissen.

»Warum nicht?« sagte Miss Howard schlicht. »Haben Sie sich noch nie im Leben mit einer zerstörerischen männlichen Gestalt identifiziert, Marcus?«

»Doch, schon, aber …«

Ich brauchte mich nicht umzudrehen, um mir vorzustellen, daß Miss Howard enttäuscht den Kopf schüttelte. Ich konnte nur hoffen, daß sie nicht nach dem Derringer tastete. »… aber da waren Sie noch ein *Junge*«, sagte sie ziemlich bitter. Marcus blieb ihr die Antwort schuldig – aber es war ja auch keine mehr nötig. »Mädchen hingegen hegen keine zerstörerischen oder wütenden Gedanken«, fuhr sie fort, »und träumen daher nie von der Macht, sie in die Wirklichkeit umzusetzen. Meinen Sie das?«

»Nun ja«, sagte Marcus ein wenig verlegen. »Wenn Sie es *so* sagen, klingt es ziemlich töricht.«

»Stimmt«, sagte Miss Howard.

»Das ist es aber auch«, fügte der Doktor hinzu. »Ich bitte um Vergebung, Detective Sergeant, aber denken Sie doch einmal – das habe ich von Sara – an die paradoxen Beispiele, die junge Mädchen zu sehen bekommen, wenn sie aufwachsen. Auf der einen Seite bringt man ihnen bei, daß sie dem friedvollen, fürsorglichen Geschlecht angehören. Für ihre Empfindungen der Wut und der Aggression gibt es kein Ventil. Aber sie sind Menschen; wie Sara sagt, wäre es einfach töricht anzunehmen, daß nicht auch sie Wut, Haß und Feindseligkeit empfinden. Dabei erfahren sie aus dunklen Quellen – durch Mythen, Legenden und die Geschichte – von grausamen Göttinnen und verbrecherischen Königinnen, denen es ihre schöpferische oder einfach überlegene Macht gestattet hat, sich der Wut, der Rache und der Zerstörung hinzugeben. Welche Lehre würden Sie aus all dem ziehen?«

Eine Pause trat ein, dann sagte Lucius ganz leise: »Die eiserne Faust im Samthandschuh.«

»Detective Sergeant«, sagte der Doktor herzlich, »ich glaube nicht, daß ich je etwas von Ihnen gehört habe, was der Poesie so nahe kommt. Ein wahrhaft glänzender Vergleich – stammt er von Ihnen?«

»Nein, ich«, Lucius wand sich ein wenig, »ich glaube, daß ich das irgendwo gehört habe.«

»Nun, jedenfalls paßt es hervorragend«, sagte der Doktor. »Tödliche Wut, hinter einem Schleier verborgen, der sich den Vorstellungen unserer Gesellschaft vom idealen oder zumindest annehmbaren weiblichen Verhalten soweit wie möglich annähert.«

»Gut und schön«, sagte Mr. Moore ungeduldig. »Damit haben wir aber immer noch keine Antwort auf die Frage: Warum geht eine Frau her, wenn sie all diese verhüllte Wut empfindet, und beschließt, Mutter zu werden, Säuglingsschwester oder das Kind einer anderen zu entführen und sich darum zu kümmern, als wäre es ihr eigenes? Mir sieht das nicht sehr nach Wut aus.«

»Wir sagen auch nicht, daß es sich so verhält, John«, erklärte Miss Howard. »Nicht in *dem* Stadium. In der Fürsorge für das Kind äußert sich die erste Hälfte des Wesens – die annehmbare, die der beständigen Behauptung entspricht, daß Frauen fürsorglich sein müssen und ihre wesensgemäße Rolle nicht ausfüllen, wenn sie das nicht sind. In diesem Stadium kommt es zur Übertragung der Ich-Bezogenheit.«

»Na schön«, sagte Mr. Moore und stampfte mit einem Fuß auf den Kutschentritt, daß die ganze Kalesche schaukelte. »Und wie paßt dieser ganze verdammte Unsinn mit der ›bösen Göttin‹ da hinein?«

»Ich will dir einen hypothetischen Fall schildern«, sagte der Doktor. »Stell dir vor, du bist eine solche Frau. Vielleicht hattest du eigene Kinder, hast sie aber verloren – durch Krankheit, Unfall, irgendein Unglück, selbstverschuldet oder auch nicht. Auf jeden Fall hast du den Eindruck, daß man dir deine wichtigste Rolle im Leben und in der Gesellschaft genommen hat. Also suchst du nach anderen Möglichkeiten, dich um Kinder zu kümmern, und ergreifst den Beruf einer Säuglingsschwester. Aber irgend etwas bedroht deine neugewonnene Möglichkeit, deine ureigentliche Aufgabe zu erfüllen. Es bringt dich so sehr auf, daß du glaubst – wie es Marcus formuliert hat –, einen *Anspruch* darauf zu haben, als zürnende Urgöttin aufzutreten, die das Leben so *nimmt*, wie sie es *gibt*.«

»Und was ist dies Etwas?« sagte Mr. Moore eifrig. Er vermutete wohl, daß die Antwort nicht mehr lange auf sich warten lassen konnte.

Wir hatten die Dreiundzwanzigste Straße erreicht und kamen an ihrer Nordwestecke am alten, zerfallenden Opernhaus vorüber. Dort, wo es an die Achte Avenue stieß, erhob sich ein riesiges häßliches Reklameschild, das in Glühbirnenschrift anzeigte, welche Art von Unterhaltung dort zur Zeit geboten wurde: VARIETÉ.

Ich hörte, wie der Doktor »Ach ja, die alte Oper« sagte, und zwar in einem Ton, bei dem ich mich unwillkürlich fragte, ob darin wirklich Sehnsucht lag oder er einfach Mr. Moore ein bißchen auf die Folter spannen wollte. »Dort haben wir herrliche Inszenierungen gesehen ...«

»Kreisler!« Mr. Moore schien der Geduldsfaden zu reißen. »*Was* ist dies Etwas?«

Die Stimme des Doktors blieb gelassen. »Sara?«

»Es gibt nur eine einzige Möglichkeit«, sagte Miss Howard. »Die Kinder fügen sich nicht, zumindest vom Standpunkt dieser Frau aus. Sie versucht, fürsorglich zu sein, aber die Kinder sprechen nicht auf die Fürsorge an. Sie weinen. Sie werden krank. Sie weisen ihre Aufmerksamkeit und Pflege zurück, ganz gleich, wieviel Mühe sie sich gibt. Sie redet sich ein, das sei Schuld der Kinder. Das muß sie tun, denn die andere Möglichkeit ...«

Schließlich begriff Mr. Moore. »Die andere Möglichkeit wäre das Eingeständnis, daß sie *unfähig* zur Fürsorge ist.« Er stieß ein leises Pfeifen aus. »Großer Gott ... Wollt ihr damit sagen, daß diese Frau ihr ganzes Leben auf etwas aufgebaut hat, was sie einfach nicht beherrscht?«

»Wenn man bedenkt, auf welche Weise sie vermutlich aufgewachsen ist«, sagte der Doktor, »welche Wahl bleibt ihr da? Angesichts ihres Versagens muß sie immer neue Versuche unternehmen, mit neuen Objekten ihrer Fürsorge, und diese Versuche müssen immer intensiver ausfallen.«

»Ich frage mich, John«, fügte Miss Howard anzüglich hinzu, »ob du verstehst, wie belastend, ja, geradezu unerträglich, es für eine Frau in unserer Gesellschaft ist, ach was, in jeder *beliebigen*, wenn sie eingestehen muß, daß sie sich nicht zur Mutterschaft eignet. Wie könnten die Frauen so etwas vor sich selbst eingestehen? Sicher, sie können sich dafür entscheiden zu sagen, daß sie keine Mutter sein *wollen* – aber öffentlich nachgewiesen zu bekommen, daß sie es nicht *können*?«

Mr. Moore mußte geraume Zeit darüber nachdenken, und er nahm den

Gesprächsfaden nicht unbedingt sehr elegant wieder auf: »Aber... ich meine... warum *kann* sie nicht? Was... nun ja, was *fehlt* ihr?«

Ich meinte, an dieser Stelle den Hahn des Derringers schnappen zu hören; aber es war nur Miss Howards Zungenschnalzen. Ich konnte nicht umhin, mich umzudrehen, und sah, wie die anderen Mr. Moore verblüfft anstarrten. »Manchmal bist du wirklich unerträglich, John«, spie Miss Howard förmlich aus. »Eine unglaublich aufgeklärte Einstellung: ›Was fehlt ihr?‹ Man sollte dir...« Sie ballte die Faust, aber der Doktor hielt sie fest.

»*Sofern* du mit ›Was fehlt ihr‹ meinen solltest, welcher Kontext eine solche Frau hervorgebracht haben könnte«, begann er, »müssen wir das erkunden. Es nützt dabei aber gar nichts, Schuld oder Versagen bei der Frau zu suchen. Vergiß nicht, John, wir müssen uns, entsprechend dem letzten Fall, darum bemühen, die Gegebenheiten durch *ihre* Augen zu sehen und alles ebenso zu verstehen und zu erleben wie *sie*.«

»Ach so.« Mr. Moores Stimme klang ein wenig zerknirscht. »Na dann.«

»Wir sind jetzt an der Vierzehnten«, teilte Lucius den anderen mit. »Nur noch ein paar Nebenstraßen bis zur Bethune Street.«

Wir bogen westwärts in die Vierzehnte Straße ein und kamen auf unserem Weg zur Greenwich Street an den geschlossenen Fleisch-Abpackbetrieben vorüber, wo im Laufe der Jahre so viel Blut über die Pflastersteine gelaufen und in den Boden eingedrungen war, daß die Straße ständig, auch an diesem angenehm kühlen Sonntag nachmittag, danach roch. Es war nicht unbedingt ein gutes Omen für das, was uns erwartete. Nachdem wir die Ecke Horatio Street/Greenwich Street hinter uns gelassen hatten, säumten wieder Wohnhäuser unseren Weg, manche zwei oder drei Stockwerke hoch, andere nur einstöckige Gebäude mit Mansarden, die fast so groß wirkten wie die Häuser selbst. Bäume unterschiedlichen Alters standen davor. Bei manchen waren Äste bis in die Straße hinausgewachsen und vorüberkommende Fahrzeuge hatten sie teilweise abgerissen.

Inzwischen begannen wir, uns darüber zu unterhalten, wie wir beim Erreichen des Hauses Bethune Street Nr. 39 vorgehen sollten. Auf Anregung des Doktors hielt ich erst einmal die Kalesche an und sprang vom Bock, um das Verdeck zu schließen. Da wir nicht gut alle an der Tür des Ehepaars Hunter klopfen konnten – das hätte ziemlich lächerlich ausgesehen –, war es das beste, wenn die anderen nicht zu sehen waren. Damit waren ich, Cyrus und zumindest eine weitere Person aus unserer Gruppe gemeint, und als wir unseren Weg fortsetzten, stellte sich heraus, daß Miss Howard diejenige sein würde. Alle stimmten überein, daß die beiden Isaacsons vorangehen und der Doktor sie begleiten sollte: Sofern Schwester Hunter mit ihrem Mann nach wie vor dort lebte und zu Hause war, wäre es das beste, wenn Lucius und Marcus in ihrer Eigenschaft als Kriminalbeamte dort auftraten, denn immerhin befände sich wahrscheinlich die kleine Ana Linares irgendwo im Hause und ließe sich vielleicht finden.

Für den Fall, daß sie ärztliche Hilfe brauchte, wäre der Doktor gleich zur Hand.

Sofern das Ehepaar Hunter nach wie vor dort lebte, aber *nicht* daheim war, würden die Brüder Isaacson durch Befragen der Nachbarn festzustellen versuchen, wann mit ihrer Rückkehr zu rechnen war, während wir anderen nach ihnen Ausschau hielten. Wenn aber die Hunters umgezogen waren, erklärten Lucius und Marcus, wäre es das beste, durch Vorzeigen ihrer Dienstmarken die neuen Mieter oder Besitzer des Hauses einzuschüchtern und auf diese Weise zu erreichen, daß sie die Anschrift der vorigen Bewohner preisgäben.

Da wir uns nicht zu viert in der Kalesche verstecken konnten, während die Isaacsons und der Doktor zum Haus gingen, wurde beschlossen, daß Mr. Moore sie begleiten sollte. Miss Howard wirkte anfangs ein wenig verärgert und sagte, sie wolle gleichfalls zu denen gehören, die an die Tür klopften. Aber der Doktor erläuterte ihr, daß die Anwesenheit eines weiteren weiblichen Wesens lediglich Sand ins Getriebe streuen würde, wenn es sich bei Schwester Hunter um die Art Frau handelte, die wir bei ihr vermuteten. Das schien einleuchtend, wenn man bedachte, was sie mit ihren Kolleginnen im Entbindungsheim durchgemacht hatte. Da Miss Howard dem nichts entgegenzusetzen hatte, ließ sie die Sache auf sich beruhen. Zum Trost sagte ich ihr, ich könne die Kalesche sicher ganz in der Nähe des Hauses abstellen, so daß sie, Cyrus und ich im Schutz des Verdecks beobachten könnten, was vor sich gehe, sofern und sobald Schwester Hunter heraustrat, um ihre Besucher zu empfangen.

Alles in allem schien die Sache recht einfach, und als wir aus der Greenwich Street in die Bethune Street einbogen, von wo aus wir wieder das Wasser des Hudson sehen konnten, begann ich mich zu fragen, welchen Sinn all diese philosophischen Erörterungen hatten. Es sah ganz so aus, als würden die Brüder Isaacson einfach hineingehen, die Kleine herausholen, falls sie da war, und sie dann ihrer Mutter zurückgeben. Ganz simpel, könnte man sagen.

Genau das meinen, wie ich bald erfahren sollte, Seelenärzte, wenn sie von »Selbsttäuschung« sprechen.

# KAPITEL 16

Das Haus Nummer 39 war ein zweistöckiger roter Backsteinbau auf der Südseite der Bethune Street. In den wenigen Blumenkästen kämpften Pflanzen mit letzter Kraft gegen das Verwelken. Allein das schon hätte mir zu denken geben müssen: Zwar war der Juni kühl und feucht gewesen, hatte aber auch warme, sonnige Tage gehabt, so daß es für die Blumen keinen Grund gab, so kläglich auszusehen – außer natürlich, im Hause wohnte jemand, der sich nicht auf ihre Pflege verstand. Jedenfalls brachte ich die Kalesche unmittelbar vor den zwei oder drei kleinen Stufen zum Stehen, die zur Haustür emporführten. Mr. Moore und Marcus sprangen herab, damit der Doktor und Lucius aussteigen konnten. Dann nahmen Cyrus und ich ihre Plätze im Inneren ein und spähten zusammen mit Miss Howard durch die kleine Glasscheibe hinten im Verdeck. Auf dem Gehweg knöpften die beiden Isaacsons ihre Jacketts zu, nahmen ihre Dienstmarken zur Hand und versuchten, eine möglichst amtliche Miene aufzusetzen. Der Doktor und Mr. Moore folgten ihnen auf dem Fuße.

Sie gingen zur Haustür, und Marcus klopfte kräftig an.

»Jetzt wird es spannend«, flüsterte Miss Howard.

Einige Minuten vergingen. Marcus klopfte erneut. Undeutlich hörten wir eine krächzende und zugleich wehleidige Stimme aus einem der oberen Stockwerke. Als sie verstummte, klopfte Marcus abermals.

Dann wurde die Tür ruckartig aufgerissen, und eine gutproportionierte Frau zeigte sich. Über einem rotgemusterten Kleid mit schwarzem Spitzenkragen trug sie eine graue Schürze, deren Bänder um Hals und Taille zusammengeknotet waren.

Das Gesicht erkannten wir alle sofort: Es war die von Miss Beaux gezeichnete Frau; es war die Frau, deren Geschichte wir alle gründlich kannten: Schwester Elspeth Hunter in höchsteigener Person.

»Großer Gott«, flüsterte Cyrus neben mir. Ich wandte mich ihm einen Augenblick lang zu und erkannte auf seinem Gesicht bestürztes Staunen. »Kann es denn wirklich so einfach sein ...«

Auf der kleinen Veranda vor dem Haus, gerade drei Meter von uns entfernt, ließ Schwester Hunter ihre leuchtendgoldenen Augen von einem der vor ihr stehenden Männer zum anderen gleiten. Man sah ihrem Gesicht förmlich an, daß ihr eine ganze Reihe von Fragen durch den Kopf rasten. Sie wischte sich die nassen Hände an ihrer Schürze ab, und gerade, als ich erwartete, den Ausdruck von Unruhe oder Entsetzen auf ihren Zügen zu entdecken, zeigte sie ganz allmählich ein verschämtes Lächeln.

»*Nun* ...«, sagte sie ruhig in einer Art schwebendem Ton, der zu ihrem Gesichtsausdruck paßte. Dann nestelte sie an ihrem dichten, schönen kastanienbraunen Haar herum. »Mit einem Mal bin ich ja richtig *beliebt.* Kann ich etwas für Sie tun – meine Herren?« Sie sprach nicht ganz so, wie ich es erwartet hatte: In ihrer Sprechweise lag kein Zungenschlag, der auf Neuengland hinwies, wohl aber ein kleiner Anflug, der ihre Herkunft vom Lande zeigte.

Marcus trat vor. »Guten Tag. Gehe ich recht in der Annahme, daß Sie Mrs. Elspeth Hunter sind?«

»Ja«, sagte sie mit gekräuselten Lippen, wobei sie Marcus langsam von Kopf bis Fuß musterte. »Sie gehen ganz recht, Mister ...«

Er hielt seine Dienstmarke hoch. »Detective Sergeant Marcus Isaacson von der New Yorker Kriminalpolizei.«

Schwester Hunter nahm die Dienstmarke zur Kenntnis, ohne mit der Wimper zu zucken. Sofern wir mit unserem Verdacht recht hatten, war sie so kühl wie nur je ein Verbrecher, den ich im Laufe meiner Jahre in der Branche erlebt hatte.

»Aha«, sagte sie, ohne ihr kokettes Lächeln aufzugeben. Mit der Frage: »Und sind das Ihre Mitstreiter, Detective Sergeant?« wandte sie sich an Lucius, wobei ihr Lächeln nur noch breiter wurde.

Es war, als hätte sie gewußt, daß Lucius vor Unbehagen nicht wissen würde, wohin er schauen sollte, und genau so verhielt es sich. »Ich bin, äh ...«, er hielt ihr gleichfalls seine Marke hin, »... ich bin Detective Sergeant Lucius Isaacson. Ebenfalls von der New Yorker Kriminalpolizei.«

»Sie sind doch nicht etwa Brüder?« sagte Schwester Hunter und ließ ihre goldenen Augen von einem zum anderen hüpfen. »Wie wunderbar – und man läßt Sie auch noch zusammen arbeiten! Sie sind ganz anders, als ich erwartet hätte – ich war immer der Ansicht, die New Yorker Polizisten hätten alle miteinander irische Namen wie Mahoney und trügen einen mächtigen Schnurrbart.« Die Brüder Isaacson lachten ein wenig darüber; es war genau die Art Späßchen, die sie zu schätzen wußten.

Als Schwester Hunter den Blick auf Mr. Moore und den Doktor richtete, gab sie ihre schelmische Art fast vollständig auf. »Diese Herren sind aber doch sicher nicht von der Polizei?« sagte sie.

»Nein«, sagte Marcus. »Mr. John Schuyler Moore und Dr. Laszlo Kreisler unterstützen uns – bei der Arbeit an einem Fall.«

Ein Anflug aufrichtig wirkender Ehrerbietung und Zurückhaltung trat auf ihre Züge. Sie sah Dr. Kreisler mit ihrem sonnigen Blick geradewegs in die schwarzen Augen. »Ich ... weiß gar nicht, was ich sagen soll ...« Es schien ihr tatsächlich schwerzufallen, die richtigen Worte zu finden. »Natürlich habe ich von Ihrer Arbeit gehört, Doktor. Wissen Sie, ich war früher Schwester im Städtischen Entbindungsheim ein Stückchen weiter unten in Ihrer Straße ...«

»Das ist mir bekannt«, teilte ihr der Doktor kühl mit. Es kam mir so vor, als beunruhigte es ihn, daß das Gespräch so lange dauerte.

»Ich hoffe nicht, daß Sie mir das übel anrechnen«, fuhr Schwester Hunter fort. »Ich weiß, daß Dr. Markoe der Ansicht war – nun, einige Ihrer Schriften habe ich gelesen und fand sie ausgesprochen interessant.«

Der Doktor neigte ganz leicht den Kopf; doch wenn er auch offenkundig *begriffen* hatte, daß sie etwas in ihm anrühren wollte, war ebenso offenkundig, daß ihr das gelungen war.

Als sich Schwester Hunter Mr. Moore zuwandte, blieb ihr Gesicht einige Augenblicke lang undurchdringlich; dann zeigte sie erneut ein kokettes Lächeln, und schon bald machte sie ihm ganz unumwunden schöne Augen. »Und Mr. Moore?«

Er erwiderte ihr Lächeln und legte dann seine Karten in einer Art auf den Tisch, die den Amateur zeigte, der er eigentlich nicht war. »Von der *New York Times*«, sagte er und hielt ihr die Hand hin.

In der Kalesche stieß Miss Howard verblüfft den Atem aus. »Der Teufel soll mich holen«, flüsterte sie. »Alle vier hat sie um den Finger gewickelt ... die ist ja unglaublich auf Draht.«

»Ich kann ihre Sprechweise nicht ganz einordnen«, sagte ich gelassen. »Es klingt nicht nach Neuengland und auch nicht wie von hier.«

»Nein«, flüsterte Miss Howard und schüttelte lächelnd den Kopf. »So spricht man dort, wo ich herkomme, vielleicht noch ein bißchen weiter im Norden. Gehört hab ich den Akzent schon mal ...«

Auf den Stufen vor dem Haus sagte der Doktor: »Ich denke, Detective Sergeant, wir sollten uns bemühen, mit unserer Aufgabe weiterzukommen.«

»Ja«, sagte Marcus. »Mrs. Hunter, wir haben Grund zu der Annahme ...«

»Bitte«, sagte sie und lächelte ihn erneut auf die gleiche schelmische Weise an wie vorher. Dann wies sie mit einer Hand ins Innere des Hauses. »Was auch immer es sein mag, ich bin sicher, daß sich bei einem Täßchen Tee angenehmer darüber reden läßt.«

Mit irgendwie spiegelbildlichen Bewegungen sahen die Männer auf den Stufen und wir drei in der Kalesche einander verblüfft an. Da hatten wir so verschwörerisch geplant, auf welche Weise wir in das Haus gelangen könnten, um festzustellen, ob sich die kleine Linares darin befand, daß die offen ausgesprochene Einladung wie ein Tritt vor die Brust wirkte.

»*Was?*« flüsterte Miss Howard, als sie die Sprache wiedergefunden hatte.

»*Tee?*« fügte Cyrus, ähnlich vor den Kopf geschlagen, hinzu.

»Ich hoffe, daß sie klug genug sind, ihn nicht zu trinken«, war das einzige, was mir einfiel.

Schwester Hunter stand an der Tür und wartete auf eine Antwort.

Schließlich brachte Lucius heraus: »Ich weiß nicht, ob Ihnen vollständig klar ist, was –«

»Detective Sergeant«, sagte sie mit einer Stimme, die teils mütterlich, teils immer noch schelmisch klang. »Ich habe in den letzten Jahren, wie Sie vermutlich wissen, so viel Schweres erlebt, daß mir durchaus klar ist, daß Sie nicht zum Vergnügen hergekommen sind. Ich schlage lediglich vor, daß wir die Sache so zivilisiert wie möglich behandeln. Nichts weiter.«

Verwirrt sah Lucius zum Doktor hin, der die Angelegenheit mit undurchdringlichem Gesicht einen Augenblick lang erwog. Dann nickte er ihm achselzuckend zu, wie um zu sagen: Wenn sie es uns leichtmachen möchte ...

»Großer Gott«, flüstert Miss Howard. »Die gehen tatsächlich rein.«

Die vier Männer machten sich daran einzutreten, wobei der Doktor den Schluß bildete. Als er über die Schwelle trat, tippte ihm Schwester Hunter auf die Schulter und sprach ihn erneut mit, wie es schien, ungeheuchelter Achtung an: »Äh ... Doktor?«

Er wandte sich um, und sie sah uns drei in der Kalesche an – nicht etwa in unsere Richtung, nein, sie sah uns richtig *an*.

»Wollen Sie nicht Ihre anderen Begleiter ebenfalls ins Haus bitten? Ich möchte nicht unhöflich scheinen ...«

Der Doktor sah zu uns herüber und wirkte einen Augenblick lang unsicher; doch wer den Doktor auf diese Weise hereinlegen wollte, und sei es auch nur für kurze Zeit, mußte schon sehr früh aufstehen.

»Ach, das ist nicht nötig«, sagte er. » Es sind meine Dienstboten.«

Mit diesen Worten trat er ins Haus.

Schwester Hunter sah die Straße entlang zum Fluß hinüber und dann nach Osten. Sie hob den Arm, als wollte sie jemandem in der Ferne zuwinken. Dann sah sie wieder unmittelbar uns in der Kutsche an. All ihr Lächeln und ihre Ehrerbietung waren wie weggeblasen, und zum ersten Mal sah ich in ihren goldenen Augen unerbittliche und sogar mörderische Grausamkeit. Allein dieser Anblick hätte genügt, mir Unbehagen zu bereiten; aber als ich die Straße entlang sah, um festzustellen, wem Schwester Hunter zugewinkt haben mochte, wurde aus meinem Unbehagen schlagartig eine tiefe und bedrohliche Angst.

Mehrere Gestalten, ein Erwachsener und Jungen, die ein paar Jahre älter schienen als ich, kamen mit dem munteren Schritt auf uns zu, der für Gewohnheitskokser so kennzeichnend ist. Der Mann war mittelgroß und stolzierte wichtigtuerisch, die Jungen – alle in Lumpen – schwangen Knüppel und Axtstiele in einer Weise, die deutlich zeigte, daß sie Ärger suchten und überzeugt waren, ihn gefunden zu haben. Als sie näher kamen, konnte ich im Gesicht des Mannes Einzelheiten erkennen – sein ekelerregendes, fieses Lächeln und den verstörten Blick seiner glänzenden Augen. Dabei ging mir auf, daß ich ihn kannte, und Furcht überfiel mich: Es war Ding Dong, so massiv unter dem Einfluß von Kokain, wie nur irgendwann. Die Jungen in seinem Schlepptau schienen sich in einem ähnlichen Zustand zu befinden. Wie zuvor Schwester Hunter sahen sie uns alle unverwandt mit einem Blick an, der nichts Gutes verhieß.

Ich lehnte mich zurück und wollte einen Warnruf ausstoßen, doch aus irgendeinem Grund brachte ich nichts anderes heraus als: »Ach du dicke Scheiße!«

# Kapitel 17

»Wer sind die?« fragte Miss Howard, die ihren Blick, durch meinen kleinen vulgären Ausbruch veranlaßt, von Schwester Hunters Haus gelöst hatte.

»Etwa Freunde von dir, Stevie?« sagte Cyrus. Seine Stimme klang ruhig, aber noch während er sprach, holte er den Messingschlagring, den er gewöhnlich bei sich trug, aus der Jackentasche und schob ihn sich auf die rechte Hand, die er dann unauffällig versteckte.

»Eigentlich nicht«, sagte ich. »Aber ich kenn den grinsenden Affen vorne dran. Er heißt Ding Dong und ist Anführer von den Kerlen, die mit den Hudson Dusters rumziehen.«

»*Ding Dong*?« sagte Miss Howard und lächelte trotz ihrer Nervosität. »Das kann nicht sein wirklicher Name sein.«

»Doch, Miss«, sagte ich. »Er hat in den Köpfen von genug Leuten die Glocken läuten lassen, um sich den Namen zu verdienen.«

»Aber was könnten die von uns wollen?« fragte sie. Zugleich verschwand ihre Hand – zu meiner großen Erleichterung – in einer Falte ihres Kleides.

»Wenn ich das wüßte«, sagte ich. »Aber es ist mir so vorgekommen, als hätte ihnen die Frau ein Zeichen gemacht. Ganz gleich, was jetzt passiert, Miss Howard, Sie sollten besser Ihre Kugelspritze bereithalten.«

Die Gruppe der Dusters kam näher, und Ding Dongs halbverrücktes Grinsen – das unverständlicherweise so viele Frauen so unwiderstehlich fanden (wie es schien, auch Kat) – wurde immer breiter, als er beim Anblick der Kalesche merkte, daß ich zu den Insassen gehörte. Ich versuchte, ihm und seinen Kumpanen nicht in die Augen zu schauen, aber da mir die tückischen Blicke nicht gefielen, mit denen sie Frederick bedachten, überwand ich meine Angst, sprang hinaus und eilte nach vorn, um das Zaumzeug zu ergreifen.

Während Ding Dong, die Hände in die Hüften gestützt, vor mir stehenblieb, schlich sich Cyrus – der gleichfalls aus dem Wagen gesprungen war – vorsichtig auf der Gehwegseite um Frederick herum.

»Man hat mir ja gesagt, daß es stimmt«, sagte Ding Dong, wobei der Ausdruck in seinen Augen immer verrückter wurde. »Man hat mir gesagt, es stimmt, aber ich konnte es nicht glauben – Stevepipe arbeitet als Laufbursche. Wie gefällt es dir, die Scheiße von dem Klepper wegzuschaufeln, Stevie?«

Ich sah von Ding Dong zu seinen Jungs hinüber. »Besser, als deine zu schaufeln«, sagte ich, woraufhin zwei der Burschen mit Knüppeln auf mich zukamen.

Aber Ding Dong hob die Arme und lachte. »Du hast schon immer blöde rumgequatscht wie ein Stümper, Stevie«, sagte er. »Und wenn du ein Stück Rohr hattest, konntest du sogar wie einer kämpfen. Du hast nicht zufällig ... äh ... eins dabei?«

Bevor ich etwas sagen konnte, trat Cyrus hinter Fredericks Kopf hervor. »Er braucht keins«, sagte mein Freund, die Hand nach wie vor in der Jackentasche. »Warum sagst du uns nicht einfach, was du willst?«

Ding Dongs Grinsen schien noch breiter zu werden, als er Cyrus einen Augenblick lang musterte. »Das is aber 'n mächtig großer Nigger, Stevie«, sagte er. »Aus was für 'nem Affenstall hast du den denn geholt?« Er und seine Spießgesellen lachten ein wenig und hofften wohl, daß Cyrus auf die Kränkung reagieren würde. Sie schienen enttäuscht, als er das nicht tat.

»Was willst du, Ding Dong?« sagte ich.

Keiner der Dusters lächelte mehr, als sie einige Schritte näher traten. »Die Frage ist, Stevepipe«, sagte Ding Dong, »was willst *du*? Wer hat dir erlaubt, um das Haus hier rumzuschnüffeln?«

»Geht dich das was an? Wieso?«

Ding Dong zuckte die Achseln. »Es steht auf dem Gebiet der Dusters – das müßte genügen.«

Ich sah ihn aufmerksam an. »Schon – genügt aber nicht. Was willst du wirklich?«

Ding Dongs Grinsen zeigte sich wieder. »Unser kleiner Scheißer war doch immer schon 'n kluges Bürschchen. Vielleicht will ich es dir heimzahlen, daß du mir beim letzten Mal den Arm zu Brei geschlagen hast.«

Ich überhörte das und versuchte immer noch zu überlegen, wieso sie genau hier auftauchten, wo wir uns jetzt befanden. »Als ihr die Straße langgekommen seid, konntest du nicht wissen, daß ich in der Kutsche sitze«, teilte ich ihm meine Gedanken mit. »Die Alte da drin hat euch ein Zeichen gegeben – wieso?«

Seine Gefolgsleute strafften sich erkennbar und klatschten ihre Knüppel in die offenen Handflächen. Ding Dong trat ganz nah an mich heran. »Laßt die Frau zufrieden, Stevepipe, hörst du? Ich rate euch gut: Laßt sie zufrieden, und bleibt von ihrem Haus weg.«

Es gibt Gelegenheiten, da können sich Menschen, die mit einem vorlauten Mundwerk auf die Welt gekommen sind, einfach nicht beherrschen. Einen Augenblick lang dachte ich an Kat; dann grinste ich meinerseits Ding Dong tückisch an. »Sag bloß nicht, daß das eins von deinen Weibern ist, Ding Dong«, sagte ich. »'ne Frau über vierzehn würdest *du* doch nur anfassen, wenn sie deine *Mutter* wär.«

Bei diesen Worten verschwand Ding Dongs Grinsen, und er führte einen gewaltigen Hieb nach meinem Kopf. Ich tauchte unter Frederick durch, um mir die Peitsche zu holen, die in ihrem Halter am Fußbrett steckte. Ding Dong folgte mir, und in dem Augenblick stellte sich Cyrus mit der hoch erhobenen Schlagringhand vor die anderen. Bevor es jedoch zu Tätlichkeiten kommen konnte, sprang Miss Howard heraus, packte Ding Dong an den Haaren und drückte ihm den kurzen Lauf ihres Derringers gegen den Schädel.

»Schluß jetzt!« rief sie zu den Dusters hinüber. »Verschwindet, wir sind im Auftrag der Polizei hier!«

Ding Dong war nicht so dumm, daß er versucht hätte, nach der Waffe zu greifen, aber er lachte laut. »›Auftrag der Polizei‹? 'ne Gangsterbraut, 'n Nigger und 'n kleiner Junge? Ich bin nicht von *gestern*, Schwester ...«

Er stöhnte tief auf, als ihm Miss Howard den Knauf ihrer Pistole über den Schädel zog und ihm dann den Lauf wieder ans Ohr setzte.

»Noch ein Wort, und in deinem hohlen Kopf scheppert eine Einundvierziger-Kugel rum! Sag jetzt deinen Kumpels, sie sollen abschwirren!«

Vor Schmerzen aufstöhnend, nickte Ding Dong. »In Ordnung, Leute – ich glaub, wir haben klargemacht, was wir wollen. Das genügt erst mal.«

Zögernd zogen sich die anderen zurück, und Cyrus senkte seine Rechte ein wenig. Ich hielt die Pferdepeitsche nach wie vor hoch erhoben, denn ich kannte diese Typen besser als meine Freunde, und mir war klar, daß die Gefahr erst gebannt war, wenn sie aus unserem Blick verschwunden waren. Miss Howard schob Ding Dong mit einer groben Bewegung zu seinen Kumpanen hinüber, daß er stolpern mußte. Er sagte, wobei er wieder lächelte: »Bist 'n wildes Miststück, was? Ich werd's mir merken. Und ihr merkt euch, was ich euch gesagt hab: Bleibt von dem Haus weg, und kommt ja nicht auf den Gedanken ... Jimmy!«

Mit einer plötzlichen Bewegung, die sie vermutlich schon oft in ähnlichen Situationen geprobt hatten, warf einer der Dusters Ding Dong seinen Axtstiel zu. Ding Dong stürmte darauf an Cyrus vorbei und stieß Frederick das flache Ende des Holzes kräftig in die Weichen. Der Wallach bäumte sich vor Schmerz und Verwirrung auf, woraufhin die ganze Bande Cyrus bedrängte, der allein links neben Frederick stand. Ding Dong traf ihn mit dem Axtstiel in die Rippen, zugleich rammte ihm einer seiner Leute den Knüppel wuchtig gegen die Brust. Der jetzt waffenlose Junge namens Jimmy mußte dafür büßen, denn er bekam den Schlagring ins Gesicht, anschließend wehrte Cyrus den Hieb eines weiteren Angreifers ab.

Mittlerweile hatte Miss Howard die Gruppe erreicht und drohte zu schießen; ich hingegen tauchte unter dem immer noch unruhigen Frederick hindurch und hob die Peitsche, mit der ich nach Ding Dongs Gesicht zielte. Ich schnitt ihm einen hübschen Schmiß in die linke Backe, und wandte mich um, ohne mich zu sehr an meinem Erfolg zu weiden. Dabei sah ich, daß einer der Dusters auf Miss Howard losstürmte, so daß ihr keine Möglichkeit blieb, auf die anderen zu zielen, während ein weiterer gerade seinen Knüppel hob, um einen tückischen Schlag gegen Cyrus' Kopf zu führen, der möglicherweise tödlich enden könnte.

Ich rief laut »Cyrus!« und rannte auf den Duster zu – doch war mir klar, daß ich zu spät kommen würde. Der Knüppel senkte sich, und das verrückte, blutrünstige Lachen in der Kehle des Schlägers zeigte, wie entsetzlich der Schlag sein würde. Dann aber, ohne daß ich begriffen hätte, wie, verschwand alle Wut aus dem Gesicht des Dusters, und seine Augen weiteten sich. Die Arme hoch erhoben, hielt er mitten in der Bewegung inne, und der Ausdruck völliger Verwirrung trat auf sein Gesicht. Er stammelte »*Ding Dong*?« – es war wie eine Frage –, dann sank er in sich zusammen.

Das war so unvermittelt, daß alle einen Moment lang hinsahen – außer mir. Ich hatte als einziger über den zu Boden gestürzten Duster hinweg freies Blickfeld und nutzte die Gelegenheit, mich rasch in der Straße umzusehen. Deshalb konnte ich gerade noch erkennen, daß ein wuschelhaariger schwarzer Junge – der Größe nach mochte er etwa zehn Jahre alt sein – um die Ecke verschwand. Er trug Kleidung, die deutlich zu groß für ihn war.

Ding Dong eilte auf seinen am Boden liegenden Helfershelfer zu, der inzwischen das Bewußtsein verloren hatte. Miss Howard wehrte ihren Angreifer schließlich mit dem Derringer ab, während Cyrus wieder mit dem Schlagring gegen Jimmy losging, doch zog es dieser vernünftigerweise vor davonzulaufen. Ding Dong drehte den bewußtlosen Duster um und zog etwas aus dessen Wade. »Was zum *Teufel* …«, murmelte er und hob dann den Blick zu mir.

In der Hand hielt er ein dünnes Stöckchen von etwa fünfundzwanzig Zentimetern Länge – und es war deutlich zu sehen, daß er annahm, ich sei die Ursache für das Befinden seines Kumpans. »Was zum Teufel hast du mit ihm getan, Stevie, du elender …«

Als er auf mich zustürmte, feuerte Miss Howard einen Schuß in die Luft ab. Das genügte den Dusters, die mit Recht annehmen mußten, daß Miss Howard mittlerweile wütend genug war, die nächste Kugel einem von ihnen zu verpassen. Wie eine klägliche Meute verrückter Hunde, was sie letztlich auch waren, drängten sie sich um ihren bewußtlosen Kumpan und hoben ihn auf. Ding Dong warf mir das Stück Holz vor die Füße: »Das vergeß ich dir nicht, Stevie«, sagte er, diesmal ohne zu grinsen. »Ich werd dran denken, wenn ich Kat heute nacht ordentlich durchvögle!«

Jetzt war die Reihe an mir, wütend zu werden; aber Cyrus legte seine kräftigen Arme um mich, und so mußte ich ohnmächtig mit ansehen, wie Ding Dong mit seinen Spießgesellen lachend um die Ecke der Greenwich Street abzog.

»Merk es dir!« hörte ich ihn noch aus der Ferne rufen. »Bleibt von dem Haus weg – und laßt die Frau zufrieden!«

Der Schuß hatte die Isaacsons, den Doktor und Mr. Moore auf die Straße gelockt. Schwester Hunter stand in der Haustür und tat so, als sei sie über den Vorfall entsetzt. Nach einer Weile gelang es uns allen, uns wieder zu beruhigen, auch wenn es mir besonders schwerfiel. Als der Doktor Miss Howard fragte, was geschehen sei, sagte sie ganz ruhig: »Später, Doktor.« Und fügte hinzu: »Ich vermute, daß die Kleine nicht im Haus ist.«

Der Doktor sah sie ein wenig verblüfft an. »Sie haben mit Ihrer Vermutung recht. Aber wie kommen Sie darauf?«

»Die ganze Sache ist viel komplizierter, als sie aussieht«, sagte sie und bat mich, das Stöckchen aufzuheben, das den Duster niedergestreckt hatte. »Jedenfalls müssen wir hier weg, und zwar augenblicklich.«

Der Doktor nickte, dann traten die vier Männer zu Schwester Hunter, die gleichfalls auf den Gehweg gekommen war. »Ist einer Ihrer Leute verletzt worden, Doktor?« fragte sie und gab sich immer noch sehr besorgt. »Kann ich helfen? Ich habe Verbandmaterial im Hause ...«

»Nein, Mrs. Hunter«, beschied er sie ziemlich streng.

»Ich fürchte, es gibt hier in der Gegend eine ganze Reihe ausgesprochen gefährlicher Typen.« Mit ihren goldenen Augen sah sie dem Doktor gerade lange genug ins Gesicht, um zu zeigen, daß es ihr mit ihren nächsten Worten ernst war. »Vielleicht sollten Sie gehen, bevor sie mit Verstärkung zurückkommen.«

Der Doktor sah sie eine Weile aufmerksam an. Dann sagte er: »Ja, das sollten wir vielleicht tun.«

»Auf, und zwar unverzüglich!« rief uns Marcus zu. »Wie ich die Dusters kenne, kommen die bestimmt zurück, und zwar nicht in geringer Zahl.«

Wir alle machten uns daran, wieder in und auf die Kalesche zu steigen – das heißt mit Ausnahme des Doktors. Er stand weiterhin da und sah Schwester Hunter an. Vermutlich wartete er darauf, daß sie noch etwas sagte. Sie wich und wankte nicht, und nach einigen Sekunden hob sie lediglich eine Augenbraue, lächelte ein wenig und sagte: »Es tut mir leid, daß ich Ihnen bei Ihrer Untersuchung nicht behilflich sein konnte.«

Er wartete einen kurzen Augenblick, bevor er antwortete: »Aber Sie haben mir bereits geholfen, Mrs. Hunter, wirklich.« Er tat einen Schritt auf sie zu – und sie trat einen Schritt zurück. Zum ersten Mal sah es aus, als beherrsche sie die Situation nicht mehr völlig. »Unser Besuch hier war sehr erhellend. Und wir werden unsere Arbeit fortsetzen. Das kann ich Ihnen versichern.«

Schließlich wandte er sich ab und stieg ein. Ich sah, wie sich Schwester Hunter auf dem Absatz umwandte, wobei ein unheilvoller Ausdruck auf ihr Gesicht trat. Dann stürmte sie geradezu in ihr Haus und knallte die Tür laut hinter sich zu.

Inzwischen hatte sich Frederick ein wenig beruhigt. Da ihn aber die kleinste Kleinigkeit ohne weiteres wieder hätte aufscheuchen können, zog ich nicht am Zügel, um ihm zu zeigen, daß er antraben sollte, sondern schnalzte nur mit der Zunge und überließ es ihm selbst, das Tempo zu bestimmen. Damit hoffte ich ihm den letzten Rest des Schreckens zu nehmen. Bei uns würde das nicht ganz so einfach sein. In nicht mehr als zehn Minuten war entsetzlich viel geschehen, ohne daß auch nur einer von uns wußte, was es im einzelnen gewesen war, und keiner war imstande, mehr als einen kurzen Tatsachenbericht zu formulieren, so einschneidend waren unsere jeweiligen Erlebnisse gewesen.

Nachdem wir die Hudson Street überquert hatten und damit aus dem Gebiet der Dusters heraus waren, bestand unsere erste wichtige Aufgabe darin, festzustellen, wie schwer Cyrus verletzt war. Er und Mr. Moore tauschten die Plätze – Mr. Moore setzte sich zu mir auf den Kutschbock –, damit der Doktor seinen Brustkorb untersuchen konnte, während ihn die anderen besorgt fragten, wie er sich fühle. Zwar hatte er Quetschungen erlitten, aber weil seine gewaltigen Muskeln die Knochen geschützt hatten, war nichts gebrochen. Nicht nur er hatte großes Glück gehabt – auch wir, wenn man bedenkt, mit wem wir es zu tun gehabt hatten. Welches Interesse Ding Dong und die Hudson Dusters an Elspeth Hunter oder ihrem Haus haben konnten, war selbstverständlich nur eine von hundert Fragen, die nach unserer Stippvisite in der Bethune Street wie Geister über uns herfielen; und die Erwachsenen beschlossen, daß sie erst etwas Kräftiges zu trinken und vielleicht auch etwas zu essen brauchten, um die Sache in aller Ruhe durchzugehen. Aus dem angenehmen Vormittag war ein schöner Nachmittag geworden, und ein kühler Nordwind sorgte dafür, daß die Temperatur gerade einmal zwanzig Grad betrug. Angesichts dieser Umstände beschlossen wir, wieder einmal die einladende Geschütztheit der Terrasse des Café Lafayette aufzusuchen, um einen Imbiß zu uns zu nehmen und zusammen mit ihm unsere Erlebnisse zu verdauen.

# KAPITEL 18

Bis wir das Café Lafayette erreicht hatten und an unserem Tisch auf der von Grünpflanzen bestandenen Terrasse saßen, konnten wir schon über das Abenteuer lächeln und sogar ein wenig lachen.

»Nun!« sagte Miss Howard laut aufseufzend und nahm die Speisekarte entgegen, die ihr der Kellner gab. »Ich stelle ungern dumme Fragen, aber wenn sich Ana Linares nicht in Schwester Hunters Haus befindet, wo in aller Welt ist sie *dann*?«

»Ich weiß es nicht«, sagte Marcus. »Aber wir haben das Haus Zentimeter für Zentimeter abgesucht ...«

»Sogar den Keller«, warf Lucius ein, während er die Speisekarte überflog.

»... und nicht den geringsten Hinweis auf die Anwesenheit eines Kindes gefunden.« Verblüfft und ermattet stützte Marcus den Kopf auf eine Hand. »Nichts.«

»Wenn ich bedenke, was euch dreien auf der Straße passiert ist«, sagte Mr. Moore und griff nach der Weinkarte, »fällt mir als einzige Lösung ein, daß die Dusters an der Sache beteiligt sind und die Kleine irgendwo versteckt halten.«

Ich hatte mich auf den Fußboden gesetzt und begonnen, mich unter das üppige Grün zu schieben, das vom Geländer am Rande der Terrasse wucherte (die gutmütigen Kellner gestatteten mir das gewöhnlich), doch bei Mr. Moores Worten hielt ich inne. »Die Dusters sollen bei *so was* beteiligt sein?« sagte ich ungläubig.

»Warum nicht, Stevie?« sagte Mr. Moore. »Meinst du, die sind über eine Entführung erhaben?«

Mich weiter dazu zu äußern erschien mir unangebracht, und ich warf einen Blick auf den Doktor, um mich zu vergewissern; er aber sah unverwandt auf den Tisch. »Nun«, erwiderte ich unsicher. »Vielleicht nicht gerade *erhaben* ... wohl aber ... nun ... zu *blöd* oder zu verrückt.«

Lucius nickte einige Male. »Da hat der Junge nicht unrecht. Organisieren und Komplotte schmieden gehört nicht zu den Stärken der Dusters. Genau deshalb lassen die anderen Banden sie in Ruhe: Die Dusters verfügen über keinerlei Organisation, die bewirken könnte, daß sie mit anderen Gruppen in Konflikt geraten oder deren Begehrlichkeit wecken. Sie sind Maulhelden und Schläger – aber außerstande, eine Entführung und Erpressung zu planen.«

Der Doktor sagte mit entschiedener Stimme und ohne den Blick zu heben: »Ich halte jede Wette, daß sich das Kind im Haus jener Frau befindet.«

Mr. Moore zischte: »Kreisler, wir waren da – sie hat uns erlaubt, alles zu untersuchen.«

»Und?« fragte Miss Howard.

»Der einzige Mensch, der außer ihr dort lebt, ist ihr Mann. Er muß an die fünfzehn Jahre älter sein als sie und ist Halbinvalide. Allem Anschein nach ist er in jungen Jahren im Bürgerkrieg verwundet worden und ist nie wieder richtig gesund geworden.«

»Das schon«, sagte der Doktor eine Spur gereizt. »Zumindest sind seine Wunden verheilt. Geblieben ist ihm ein Hang zu Opiaten.«

Marcus sah verwirrt drein. »Aber er ist bettlägerig, seine Frau hat gesagt...«

»Sie wäre sogar dann unfähig, ein wahres Wort zu äußern, wenn ihr Leben davon abhinge«, sagte der Doktor. »Was seine Bettlägerigkeit angeht – auch ich wäre bettlägerig, wenn ich, wie er, bis oben hin voll Morphium gepumpt wäre. Sind Ihnen die Einstiche in seinen Armen und der Geruch im Schlafzimmer nicht aufgefallen?«

»Doch«, sagte Lucius, was ihm einen verärgerten Blick seines Bruders eintrug. »Doch, Marcus, es liegt auf der Hand – der Mann muß sich seit Jahren Morphium spritzen.«

»Zweifellos mit Hilfe seiner Frau«, fügte Dr. Kreisler hinzu. »Der guten Schwester Hunter.«

»Erzählen Sie«, forderte ihn Miss Howard auf, »wie hat sie sich drinnen gegeben? Ich muß nämlich sagen, vor der Haustür hat sie auf Ihnen allen gespielt wie auf einem Klavier.«

Während die anderen betreten dreinsahen, hörte der Doktor auf, ein finsteres Gesicht zu machen, und lachte. »Damit haben Sie recht, Sara! Ich habe das zwar gespürt, konnte es am Anfang aber nicht verhindern.«

»Wie macht sie das?« sagte Miss Howard. »Wie hat sie sich gegeben, als Sie in ihrer Höhle waren?«

»Nun, ich sag mal so...« Mr. Moore hatte die Wein- und Speisekarte beiseite gelegt, vermutlich, weil er sich entschieden hatte, was er bestellen wollte. Trotz seiner zur Schau getragenen Sicherheit schien er nicht so recht zu wissen, was er sagen sollte. »Ich weiß, daß du es nicht leiden kannst, wenn Männer anders reden, als ihnen der Schnabel gewachsen ist, bloß weil du dabei bist, und deshalb sage ich es ganz offen: Ich hätte nicht sagen können, ob mich die Frau lieber gevögelt oder umgebracht hätte.«

Bei diesen Worten spie Lucius etwas von dem Wasser, das er gerade getrunken hatte, an die Außenmauer des Restaurants, wo es oberhalb eines Tisches, der zum Glück unbesetzt war, auf die Steine traf. Alle platzten vor Lachen heraus, und als der Kellner kam, fiel es ihm nicht leicht, unsere Bestellungen aufzunehmen. Schließlich begann auch er zu lachen, ohne daß er gewußt hätte, warum, und noch auf dem Weg zurück zur Küche lachte er.

»Großer Gott, John«, sagte Miss Howard und versuchte, sich wieder einzukriegen. »Ich weiß ja, daß ich gesagt hab, ihr sollt in meiner Gegenwart offen reden, aber ...«

»Tja«, sagte der Doktor. »Sie können es sich nicht aussuchen, meine liebe Sara. Entweder sagt John es Ihnen unverblümt, oder er tut es nicht.« Nach wie vor lachend, legte er Mr. Moore eine Hand auf den Rücken. »Bei der *Times* vergeudest du dein Talent, Moore. Bei aller Farbigkeit ist deine weiß Gott nicht druckfähige Aussage doch zutreffend. Elspeth Hunter besteht aus einer endlosen Kette scheinbarer Widersprüche – und manches davon wirkt sich zweifellos tödlich aus.«

Marcus wischte sich mit seiner Serviette einige Lachtränen aus den Augenwinkeln und sagte: »Und Sie glauben also wirklich, daß sich das Kind im Haus befindet, Doktor? Obwohl wir es mit dem Segen der Hausfrau gründlich durchsucht haben?«

»Ich würde im Zusammenhang mit diesem Geschöpf ungern ein Wort wie ›Segen‹ verwenden«, erklärte der Doktor. Unterdessen wurde Weißwein für die Erwachsenen und für mich eine Flasche Limonade aufgetragen. »Wir wollen nicht vergessen, daß wir nur den Teil des Hauses durchsucht haben, der für unsere Augen sichtbar war.«

Marcus sah verwirrt drein. »Was wollen Sie damit sagen?«

Aber der Doktor wandte sich mit einer Frage an Lucius. »Detective Sergeant, auf welche Weise ließe sich die Vermutung bestätigen oder entkräften, das Haus Bethune Street Nr. 39 sei vor nicht allzu langer Zeit auf eine uns nicht bekannte Weise – in seiner Substanz verändert worden, und zwar so, daß wir nichts davon sehen können?«

Lucius zuckte die Achseln und nahm einen Schluck Wein, kaum, daß ihn Mr. Moore eingegossen hatte. »Sofern es um eine Veränderung der Bausubstanz geht, hätte sie auch dann eine Baugenehmigung beantragen müssen, wenn sie den auf diese Weise geschaffenen Raum von vornherein für verbrecherische Zwecke benutzen wollte. Andernfalls liefe sie Gefahr, daß ihr die Bauaufsicht einen Strich durch die Rechnung macht. Am einfachsten wäre es also, man geht zur Baubehörde und nimmt Einblick in die Unterlagen. Das ist nicht kompliziert.«

Mr. Moore lachte kurz auf. »Glaubst du etwa, daß die Frau in dem Haus ein Geheimzimmer eingerichtet und das Kind darin eingesperrt hat?«

Ohne darauf zu achten, richtete der Doktor das Wort weiter an Lucius. »Geht die Art der durchgeführten Arbeiten aus den Unterlagen hervor?«

»Mehr oder weniger. Zumindest liefern sie einen Anhaltspunkt. Warum, Doktor?«

Nun wandte sich Dr. Kreisler dem immer noch lächelnden Mr. Moore zu, dessen Gesicht aber ganz ernsthaft wurde, als er den Blick mit unerschütterlicher Entschlossenheit auf eine riesige Silberplatte voller Austern richtete, die in die Mitte des Tisches gestellt wurde. »*Versuch* es nicht einmal«, sagte er. »Ich habe mein Laufpensum erledigt. Ich hetze keiner verrückten Idee nach, die du aus irgendeinem Heftchenroman gefischt hast...«

»Keine Sorge, Moore«, sagte der Doktor. »Sara wird dich begleiten.« Miss Howard, die gerade eine Auster in die Hand genommen hatte, wirkte zwar nicht besonders begeistert, seufzte aber ergeben. »Außerdem«, fuhr der Doktor fort, »bezweifle ich sehr, daß einem von euch beiden die andere Aufgabe zusagen würde, die zu erledigen ist – ganz davon abgesehen, besitzt ihr auch nicht die dafür nötigen behördlichen Vollmachten.«

Lucius hatte gerade eine Auster geschlürft, und als ich mir selbst eine nehmen wollte, hörte ich, wie er erwartungsvoll die Luft einsog. Auf sein Gesicht trat ein besorgter Ausdruck.

»Sie müßten sich mal wieder jemanden – wie hatten Sie noch gesagt, Marcus? Ja, sich jemanden ›zur Brust nehmen‹. Wir müssen unbedingt wissen, wieso sich die Hudson Dusters so brennend für das interessieren, was im Haus Bethune Street Nr. 39 und um es herum geschieht. Ich schlage vor, daß Sie sich in den nächsten Nächten ein wenig in der Gegend umsehen und dem einen oder anderen der weniger bedrohlich wirkenden Bandenmitglieder auf den Zahn fühlen. Sie müssen ja nicht gleich soweit gehen wie unser alter Freund Inspector Byrnes, wenn auch die Androhung des dritten Grades möglicherweise...«

»Wir sind im Bilde, Doktor«, sagte Marcus. »Das dürfte nicht allzuschwer sein.« Er wandte sich seinem Bruder zu. »Vergiß aber deinen Ballermann nicht, Lucius.«

»Wie kommst du darauf, daß ich ihn vergessen könnte?« knurrte Lucius. »Und was werden Sie tun, Doktor? Werden Sie Ihre psychologischen Untersuchungen weiter vorantreiben?«

»Wenn ich überzeugt wäre, daß es einen Sinn hätte, würde ich das tun«, gab der Doktor zur Antwort, schluckte eine Auster und trank einen Schluck Wein. »Möglicherweise sitzt auf Blackwells Island sogar die eine oder andere Frau, die aufzusuchen in diesem Zusammenhang nützlich sein könnte. Aber es gibt eine weitere Seltsamkeit, die mich noch mehr beschäftigt.« Er wandte sich an Cyrus und sah dann zu Boden – offenbar suchte er mich. »Stevie, komm doch mal einen Augenblick her.« Ich folgte der Aufforderung und schlürfte den salzigen Saft aus einer Austernschale. Dann stellte ich mich neben Cyrus. »Wo hast du das Stöckchen, das dieser Ding Dong in der Wade seines Spießgesellen entdeckt hat?«

Ich hatte es ganz vergessen und hob einen Finger zum Zeichen, daß ich gleich zurück sein würde. Dann setzte ich über das eiserne Gitter der Terrasse, lief zur Kalesche und sah unter dem Kutschbock nach. Zu meinem Glück lag das Stöckchen noch da. Ich ergriff es, sprang zurück über das Gitter und gab dem Doktor das eigentümliche angespitzte Ding.

»Wir haben es hier mit einer äußerst sonderbaren Übereinstimmung zu tun«, sagte er, während er den dünnen Schaft näher untersuchte. »Wie Cyrus gesagt hat, ist an dem Abend, an dem der Malaiendolch in den Türrahmen von Nummer 808 fuhr, ein kleiner Junge um die Ecke gelaufen – das einzige Lebewesen, das weit und breit zu sehen war.«

»So ist es«, sagte Cyrus. »Er sah aus, als ob er zehn oder elf Jahre alt wäre.«

»Und, Stevie, du sagst, daß du aus der Bethune Street einen Jungen etwa desselben Alters hast verschwinden sehen, unmittelbar nachdem der Duster zu Boden gestürzt ist?«

»Ja. Und zwar ein Schwarzer. Es war hell genug, um das einwandfrei zu sehen.«

Der Doktor nickte, und ich griff nach einer weiteren Auster, bevor die anderen alle aufgegessen hatten. »Cyrus?« sagte Dr. Kreisler. »Können Sie etwas über die Rassenzugehörigkeit des Jungen sagen, den Sie gesehen haben?«

Cyrus schüttelte den Kopf. »Dazu war es zu dunkel. Er könnte schwarz gewesen sein. Ausschließen kann ich das nicht.«

»Und wie war er gekleidet?«

»Wie ein Straßenjunge«, sagte Cyrus achselzuckend. »Ausgebeulte Sachen – wahrscheinlich ausrangierte Klamotten von anderen Leuten.«

»Oder, wie Stevie behauptet, Kleidung, die eindeutig zu groß für ihn war?«

»Könnte man sagen.«

Der Doktor nickte, doch schien sein Gesicht unbeteiligt. Dann betrachtete er erneut das Stöckchen. »Mithin ist während unserer Ermittlung entweder ein und dasselbe Kind zweimal aufgetaucht, oder es waren zwei verschiedene. Beim ersten Mal handelte es sich um eine feindselige Handlung oder zumindest eine Warnung. Beim zweiten Mal war es das genaue Gegenteil...« Etwas schien die Aufmerksamkeit des Doktors zu fesseln, und seine Nase bewegte sich über seinem Schnurrbart hin und her wie bei einem Kaninchen. »Was ist das?«

Mr. Moore hob den Blick und sah sich um, während ein Kellner das leere Austerntablett abräumte. »Was ist was?«

»Dieser... *Geruch*«, sagte der Doktor. Er sah sich um, dann kehrten seine Augen zu dem Stöckchen zurück. Er hielt es näher ans Gesicht und wedelte mit dem angespitzten Ende unter seiner Nase hin und her. »Hm... ganz unverkennbar, Chloroform...« Er roch erneut. »Und noch etwas...« Da er nicht herausbekam, was es war, gab er das Stöckchen an Lucius weiter, gerade als der nächste Gang aufgetragen wurde, so daß er beinahe ein schönes Stück gedünsteten Lachs aufgespießt hätte, das Lucius zusammen mit grünen Bohnen und Kartoffeln bestellt hatte. »Können Sie das identifizieren, Detective Sergeant?« fragte er.

Lucius hielt das Stöckchen vorsichtig von seinem Teller fern und roch an der Spitze. »Ja, das Chloroform rieche ich«, sagte er nachdenklich. »Und das andere...« Mit einem Mal hellte sich seine Miene auf, dann aber sah er erregt und besorgt drein. »Stevie, würdest du sagen, daß der Duster tot war, als sie ihn weggeschleppt haben?«

»Tot?« sagte ich und nahm dem Kellner zugleich den Teller mit meinem Leibgericht ab – gegrilltes Steak und Bratkartoffeln mit reichlich Salz –, um mich damit wieder in meine kleine grüne Höhle zurückzuziehen. »Nein. Bewußtlos war er, aber... er hat noch geatmet.«

Lucius roch wieder an dem Stöckchen und gab es dann seinem Bruder weiter. »Falls der Duster auch jetzt noch atmet, ist derjenige, der das hier verwendet hat, ein ebensolcher Fachmann auf seinem Gebiet wie der mit dem Dolch.«

Auf Marcus' Züge trat ein leichtes Lächeln der Anerkennung, als auch er an dem Stöckchen schnupperte. »Brechnuß«, murmelte er. Die Sache nahm ihn so gefangen, daß ihn das dampfende Brathähnchen mit Estragonsauce, das vor ihm auf dem Tisch stand, nicht mehr zu interessieren schien.

»*Was*?« sagte Miss Howard, beugte sich zu ihm hinüber und sah entsetzt das Stöckchen an.

»Damit ist die Anwesenheit des Chloroforms erklärt«, sagte Lucius und begann zu essen.

Mr. Moore, der noch vor wenigen Sekunden beim Anblick seiner Bachforelle in Mandelsauce außerordentlich begeistert dreingeblickt hatte, ließ jetzt enttäuscht sein Besteck sinken. »Na schön, ich bin mal wieder der Trottel.« Dann fragte er entschlossen: »Worüber redet ihr eigentlich?«

»Über die Brechnuß«, teilte ihm Miss Howard mit, als wenn das jeder verstanden hätte, den man auf den Gehweg draußen vor dem Restaurant darauf angesprochen hätte. »Eine Pflanze, die von Natur aus Strychnin enthält.«

»Natürlich!« sagte der Doktor, mit den Fingern schnippend. »Strychnin! Ich wußte doch, daß ich es kannte.«

»Es ist wasserlöslich, in Alkohol schlecht und in Chloroform besonders gut löslich«, erläuterte Lucius. »Wer zum Beispiel sein Opfer bewegungsunfähig machen, aber nicht töten möchte, muß das genaue Mischungsverhältnis kennen – das ist weiß Gott nicht einfach.«

»Wieso nicht?« fragte ich, woraufhin ich mich über mein Steak hermachte und meine Limonade trank.

»Weil Strychnin stärker ist als andere Gifte, die ähnlichen Zwecken dienen«, sagte Marcus, gab Miss Howard das Stöckchen und wandte sich seinem Hähnchen zu. »Beispielsweise besteht das Pfeilgift Curare aus mehreren Bestandteilen – einer davon ist Strychnin –, und genau wegen dieser Mischung läßt sich seine Wirkung leichter berechnen. In reiner Form hingegen ist Strychnin äußerst tückisch – deshalb wird es auch häufig gegen Ungeziefer eingesetzt, das man auf andere Weise nicht loswerden kann. Seine Wirkung übertrifft noch die von Arsen.«

»Aber was macht Sie so sicher, daß es sich um reines Strychnin handelt?« fragte der Doktor.

»Der Geruch ist ziemlich eindeutig«, sagte Lucius. »Und das Chloroform als Lösungsmittel weist gleichfalls darauf hin. Aber ich nehme es gern mit nach Hause und prüfe es nach. Ist ziemlich einfach. Man nimmt ein wenig Schwefelsäure und Chromkali ...«

»Na klar«, sagte Mr. Moore, der inzwischen eifrig seiner Forelle zusprach. »Mach ich pausenlos ...«

»Sehr schön«, sagte der Doktor. »Aber nehmen wir für den Augenblick an, daß Sie recht haben, Detective Sergeant. Wären Sie imstande, aus dem Stegreif zu sagen, wer solche Kenntnisse besitzen könnte?«

»Nun«, sagte Lucius, »es scheint sich um eine Art Blasrohrpfeil oder Wurfpfeil irgendwelcher Eingeborenen zu handeln.«

»Ja«, sagte der Doktor, »das nehme ich auch an.«

»Aber ich könnte nicht sagen, wer auf der Jagd oder im Kampf reines Strychnin verwendet.«

»Dieser Frage nachzugehen«, sagte der Doktor und machte sich über eine Portion Krabbenbrot her, »soll meine Aufgabe für morgen sein.«

»Aha«, sagte Mr. Moore und hielt seine Gabel empor. »Endlich eine geheimnisvolle Äußerung, die ich entschlüsseln kann – du gehst zu Boas.«

»Genau, Moore. Bestimmt wird er mir wieder mit größter Bereitwilligkeit behilflich sein.«

Dr. Franz Boas, Leiter der Abteilung Anthropologie am naturhistorischen Museum, war eng mit dem Doktor befreundet und hatte im Vorjahr unserer Gruppe im Fall Beecham mit entscheidenden Hinweisen weitergeholfen. Wie Dr. Kreisler war auch er deutscher Herkunft, aber später als jener ins Land gekommen. Nach einem Psychologiestudium hatte er sich der Anthropologie zugewandt und war dann nach Amerika ausgewandert, und so war es kein Wunder, daß es zwischen ihm und dem Doktor eine ganze Reihe von Gemeinsamkeiten gab. Bei Dr. Kreislers Besuchen im Hause Boas' kam es im Eßzimmer immer zu lebhaften Unterhaltungen und gelegentlich auch zu Streitgesprächen, in deren Verlauf Dr. Boas bisweilen ins Deutsche verfiel, worin ihm Dr. Kreisler sofort folgte, so daß ich unmöglich hätte sagen können, worüber in aller Welt sie sich gerade in die Haare geraten waren. Insgesamt aber war Dr. Boas ein umgänglicher Mensch, und wie bei den meisten wirklichen Genies war ihm geistiger Hochmut fremd.

»Ich nehme den Kris und dies Geschoß mit«, sagte Dr. Kreisler, »und werde ihm die Geschichte von dem Kind oder den Kindern schildern, die wir gesehen haben, als die Waffen benutzt wurden. Vielleicht kann er oder einer seiner Mitarbeiter etwas dazu sagen, das uns weiterhilft. Ich muß gestehen, daß mir die ganze Sache äußerst unklar ist.«

Dann herrschte gefräßige Stille, ein Zeichen, daß wir die Grenze unseres Verständnisses der Ereignisse an jenem Vormittag erreicht hatten. Eine Weile aßen, tranken und erholten wir uns einfach. Schließlich aber unterbrach Miss Howard das allgemeine Schweigen.

»Wenn man bedenkt, wie impulsiv das Vorgehen dieser Frau wirkte«, sagte sie bedächtig, wobei sie einen Schluck Wein trank und mit ihrem Nachtischteller – frische Erdbeeren mit heißer Schokoladensauce – spielte, »scheint sie in unglaublich zielgerichteter Weise dafür gesorgt zu haben, daß man ihr nicht auf die Schliche kommt.« Sie biß in eine Erdbeere, von der die Sauce herabtropfte. »Vermutlich ein weiteres Paradox, Doktor?«

»Genauso ist es, Sara«, sagte Dr. Kreisler und tunkte seinerseits eine Erdbeere in die Schokoladensauce. »Bedenken Sie bitte – das gilt für alle –, daß man diese Paradoxa nicht als Widersprüche ansehen darf. Sie sind Bestandteil eines einzigen Prozesses. So, wie eine Schlange vorankommt, indem sie sich erst nach links und dann nach rechts windet, verfolgt auch Schwester Hunter ihre verzweifelten Ziele. Sie ist impulsiv und dann wieder berechnend, schmeichlerisch und liebenswürdig bis zum Exzeß, dann mit einem Mal bedrohlich bis hin zum Mord. Eine allem Anschein nach achtbare Frau mit einem bettlägerigen Mann, die zugleich in enger Beziehung zu einer der verkommensten und gewalttätigsten Banden in der Stadt steht. Gemessen an ihrem Verhalten wirkt ein äußerlich betrachtet übertriebenes Verbrechen geradezu verständlich. Sogar der Weg, dem ein zwanghafter Massenmörder wie John Beecham folgte, wirkt im Vergleich mit dem Verhalten dieser Frau nahezu geradeaus und folgerichtig – wenn ihn auch Tote säumten. In mancherlei Hinsicht befinden wir uns bezüglich Elspeth Hunter auf einem weit schwieriger zu sondierenden Gelände, weil es bisher kaum kartographiert wurde …«

Bald darauf war die Mahlzeit beendet. Da sonntags alle Stellen geschlossen waren, die Dr. Kreisler als mögliche Informationslieferanten genannt hatte, einigten wir uns darauf, daß wir heimkehren und uns ein wenig ausruhen wollten. Vor dem Café Lafayette nahmen die Brüder Isaacson eine Droschke. Der Doktor bot Mr. Moore und Miss Howard an, sie unterwegs abzusetzen, und dann ging es zurück in die Siebzehnte Straße, wo ich die Kalesche in der Remise abstellte und Fredericks Wunde versorgte, die ihm Ding Dong mit seinem Stoß zugefügt hatte.

Man sah zwar nicht viel, aber als ich die Salbe auftrug, merkte ich, daß das Tier noch Schmerzen hatte. Das Bewußtsein, daß ein Kerl, den ich schon immer für einen der schlimmsten gehalten hatte – und nach meinem Besuch bei Kat am Vorabend noch mehr haßte als zuvor –, dem wehrlosen Tier solche Qualen bereitet hatte, steigerte meine Wut auf ihn nur noch, und während ich mich um Frederick kümmerte, flüsterte ich ihm zu, ich würde Ding Dong die Wunde am eigenen Leibe heimzahlen, und zwar mit Zinsen …

Während ich diesen bitteren Gedanken nachhing, merkte ich kaum, daß Cyrus hereinkam. Er tätschelte Fredericks Hals, sah ihm in die Augen und sprach ihm tröstend zu. Dann fragte er: »Ist mit ihm alles in Ordnung?«

»Ja«, sagte ich, hielt Fredericks linken Hinterlauf hoch und kratzte etwas hart gewordenen Schlamm aus dem Huf. »Es ist kein sehr großer Striemen. Der Schreck war wohl schlimmer als der Schmerz.«

»Bist ein zäher Bursche«, sagte Cyrus und tätschelte Frederick sanft das Maul. Dann kam er zu mir herüber. Ich hatte den Eindruck, daß ihm etwas auf der Seele lag.

»Miss Howard hat das nicht gehört. Ich meine, was Ding Dong über Kat gesagt hat.«

Mein Herz tat einen kleinen Hüpfer, aber ich kratzte weiter.

»Sie war zu weit weg. Und sie hatte genug anderes zu tun.« Cyrus hockte sich neben mich. Ein flüchtiger Blick zeigte mir auf seinem breiten Gesicht eine gewisse Neugier, oder, eher noch, Mitgefühl. »*Ich* hab es aber gehört.«

»Mhm«, war alles, was ich herausbrachte.

»Willst du darüber reden, Stevie?«

Ich bemühte mich erfolglos, die Frage mit einem Lachen abzutun. »Da gibt's nicht viel zu sagen. Sie ist jetzt sein Mädchen.« Fast wäre ich an den Worten erstickt. »Ich hab's ihr gesagt – du weißt schon, daß sie hier arbeiten kann. Du hattest recht. Sie hat andere Pläne ...«

Cyrus stieß einen Laut aus, der mir zeigte, daß er verstand. Dann legte er mir eine Hand auf die Schulter. »Brauchst du was?«

»Nee«, sagte ich, ohne den Blick vom Huf des Pferdes zu lösen. »Ist schon in Ordnung. Ich mach hier nur zu Ende.«

»Na schön... gibt keinen Grund, daß der Doktor diesen Teil der Geschichte erfährt. Soweit ich seh, hat das mit dem Fall nichts zu tun.«

»Hast recht.« Schließlich gelang es mir, meinem Freund kurz in die Augen zu schauen. »Danke, Cyrus.«

Er nickte nur, erhob sich und ging langsam hinaus.

Ich blieb noch eine Weile und arbeitete weiter. Der hart gewordene Schlamm in Fredericks Huf löste sich um so leichter, je mehr er sich mit meinen lautlos fallenden Tränen vermischte.

# KAPITEL 19

Es ist wirklich sonderbar, wie man abends von einer Sache überzeugt zu Bett gehen und am nächsten Morgen aufwachen kann, um zu sehen, daß das Gegenteil der Fall ist...

Als ich am Sonntag abend schon bald nach Sonnenuntergang einschlief, war ich ganz sicher, daß ich Kat nie wiedersehen würde: Auch wenn mein Herz es vielleicht ertragen hätte, das Lokal der Dusters aufzusuchen, so stand es seit der Begegnung in der Bethune Street so schlecht um die Kontakte zwischen mir und Ding Dong, daß ich es gar nicht hätte zu probieren brauchen. Die Erkenntnis, daß meine eigenartige Beziehung zu Kat mit einem Mal endgültig vorbei zu sein schien, erzürnte und betrübte mich den ganzen Sonntag nachmittag und -abend wie in einem Wechselbad der Gefühle. Schließlich war ich so niedergeschlagen, daß es der Doktor – obwohl ihn der Fall Ana Linares stark beschäftigte – für nötig hielt, in mein Zimmer zu kommen und mich zu fragen, ob mir auch nichts fehle. Ich verriet ihm nicht, was los war, und natürlich merkte er, daß ich ihm etwas vorenthielt, drang aber nicht in mich, sondern sagte nur, ich solle ein bißchen mehr schlafen, denn schon am nächsten Morgen sähe bestimmt alles anders aus.

Ich erwachte am Montag morgen kurz nach halb neun und merkte, daß sich der Doktor und Cyrus zur Fahrt ins Naturhistorische Museum bereit machten. Mrs. Leschko hatte sich verspätet, nicht zum ersten Mal, und Cyrus machte den Kaffee, und das mit einem weit besseren Ergebnis als unsere russische Köchin. Zu dritt saßen wir in der Küche, vor uns standen riesige Becher mit einem köstlichen Gebräu aus mittelamerikanischen Kaffeebohnen, und der Doktor versuchte mich aufzumuntern, indem er die Einzelheiten eines Aufmachers aus der *Times* laut vorlas, in dem es um neue Entwicklungen im Fall des »geheimnisvollen Rumpfes ohne Kopf« ging. Offenbar war unterdessen auch die untere Hälfte des nach wie vor nicht identifizierten Rumpfes aufgetaucht, und zwar war sie – in das gleiche rote Wachstuch gewickelt, das Cyrus und ich am Anleger der Cunard-Linie gesehen hatten – am bewaldeten Ufer nahe der Undercliff Avenue weit im Norden von Manhattan angetrieben worden. Nachdem sogar der von der Polizei hinzugezogene Leichenbeschauer deren Annahme zurückgewiesen hatte, ein verrückter Anatom oder Medizinstudent müsse der Täter sein – man hatte an der Leiche ein Dutzend Stichwunden und mehrere Einschüsse entdeckt, die von Kugeln des Kalibers 8 mm stammten –, wartete sie mit einer anderen Theorie auf, die in der Bevölkerung Panik und Unruhe hervorrufen sollte. Die Polizei erklärte nämlich, bei der Leiche handele es sich um einen der beiden vor einigen

Wochen aus dem Irrenhaus King's Park auf Long Island entwichenen Geistesgestörten. Uns allen war klar, daß sich diese Vermutung höchstwahrscheinlich ebenso in Wohlgefallen auflösen würde wie die vorige, doch wer auch immer der Unglückliche sein mochte, dessen Leiche über die ganze Stadt verteilt worden war, die dem Fall entgegengebrachte öffentliche Aufmerksamkeit konnte uns nur recht sein, denn so würden wir unsere Arbeit unauffällig fortsetzen können.

Kurz vor neun brachen der Doktor und Cyrus mit Gwendolyn und der Kalesche auf. Zwar hätte eine Fahrt zum Naturhistorischen Museum normalerweise zu meinen Aufgaben gehört, aber angesichts des kühlen, grauen Vormittags sowie meiner gedrückten Stimmung erschien mir der Gedanke eher tröstlich, daß ich das Haus hüten sollte. Außerdem empfahl es sich natürlich, daß jemand dablieb, um festzustellen, was in aller Welt aus Mrs. Leschko geworden war. Also begleitete ich die beiden zur Kalesche, winkte ihnen nach und sah einen Augenblick lang zum trüben Himmel hoch, bevor ich wieder ins Haus zurückkehrte.

Kaum hatte ich die Tür geöffnet, als hinter der Hecke an der Ostseite des kleinen Vorgartens eine Stimme flüsterte: »Stevie.«

Vorsichtig schloß ich die Haustür wieder, ging zur Hecke hinüber, beugte mich darüber und sah …

Kat. Sie hatte sich an die Wand des Nachbarhauses gekauert, ihre Kleidung war zerknittert, ihr Haar aufgelöst, und die Erschöpfung stand ihr ins Gesicht geschrieben. Ich hätte nicht erstaunter sein können, wenn sie ein Geist oder eine der Sirenen aus der Sage gewesen wäre, so sehr hatte ich mich in den vergangenen zwölf Stunden mit der Vorstellung abgefunden, sie nie wiederzusehen.

»Kat?« sagte ich betont leise. Dann rannte ich um die Hecke herum zu ihr. »Was zum Teufel tust du hier? Bist du schon lange hier?«

»Seit etwa vier Uhr«, sagte sie und spähte die Straße hinauf und hinab, wohl mehr, um mir nicht in die Augen sehen zu müssen, als um etwas zu suchen. »Glaube ich.« Tränen traten ihr in die Augen, und sie schniefte laut. Als sie sich die Nase mit einem schmutzigen alten Taschentuch wischte, zeigten sich darauf Blutspuren.

»Aber warum?«

Kläglich zuckte sie die Achseln. »Ich mußte da weg – er war gestern abend wie ein Verrückter. Manchmal bin ich mir gar nicht sicher, ob er nicht sogar verrückt *ist* …«

»Ding Dong?« sagte ich. Sie nickte. Ich senkte den Blick. »Es ist meine Schuld, oder?«

Rasch schüttelte sie den Kopf, wobei ihr immer dickere Tränen in die blauen Augen traten, Augen, die meinem Blick nach wie vor auswichen. »Das war nicht der Grund. Jedenfalls nicht in erster Linie …« Mit einem Mal schluchzte sie laut auf. »Stevie, er hat noch drei andere feste Mädchen – *drei*! Und ich bin die *älteste*! Davon hat er mir nichts gesagt!«

Ich wußte nicht, was ich darauf sagen sollte – natürlich verwunderte mich die Neuigkeit nicht, aber das wollte ich ihr nicht auf die Nase binden. »Das heißt«, sagte ich zögerlich, »ihr habt euch gestritten oder so?«

»Die Fetzen sind nur so geflogen«, sagte sie. »Ich hab ihm gesagt, daß ich auf keinen Fall die zweite Geige spiel, schon gar nicht, wenn die andere ein zwölf Jahre altes Stück Scheiße ist...« Sie schlug sich mit der Faust gegen die Schläfe. »Jetzt sind aber meine Sachen alle da...«

Ich lächelte ein wenig. »All deine Sachen, Kat? Du hast zwei Kleider, einen Mantel und ein Umschlagtuch...«

»Und die alte Brieftasche von meinem Vater!« sagte sie aufbrausend. »Die mit dem Bild von meiner Mutter – die ist auch noch da!«

Ich sah ihr offen ins Gesicht. »Aber das ist nicht der wahre Grund, warum es dir so dreckig geht, stimmt's?« Ich faßte sie am Ellbogen, um zu erreichen, daß sie mich ansah. »Er gibt dir keinen Koks mehr, hab ich recht?«

»Der Scheißkerl!« stöhnte sie und schluchzte wieder. »Er weiß, wie dringend ich das jetzt brauch, und er hat geschworen, daß er mir immer was geben will!« Schließlich sah sie mir doch noch in die Augen, richtig rührend, um sich mir dann in die Arme zu werfen. »Stevie, ich verlier den Verstand, ich brauch es so dringend.«

Ich legte ihr die Arme um die zitternden Schultern. »Komm«, sagte ich. »Wir wollen reingehen – ein bißchen starker Kaffee tut dir bestimmt auch gut.«

Ich zog sie hoch und führte sie zur Haustür, wobei ich sie fast tragen mußte. Dort angekommen, blieb sie ängstlich stehen.

»Sind die auch bestimmt alle weg?« sagte sie und sah zu den Fenstern des Salons empor. »Ich hab extra gewartet. Ich wollte nicht, daß du Ärger kriegst...«

»Sie sind weg«, sagte ich so beruhigend, wie ich nur konnte. »Aber es gäb da sowieso keinen Ärger. Nicht beim Doktor.«

Sie stieß leise einen unsicheren Laut aus, als wir hineingingen.

Ich führte sie in die Küche und gab ihr einen Becher von dem Kaffee, den Cyrus gemacht hatte. Mit großen Augen sah sie sich um, während sie trank, und ich gebe zu, daß mir der Gedanke, sie könnte für den Doktor arbeiten, gleich wieder in den Kopf schoß, als ich den Blick in ihren Augen sah. Also ging ich mit ihr nach oben in den Salon, um das Haus richtig auf sie wirken zu lassen. Durch den starken Kaffee ein wenig zu Kräften gekommen, ging sie etwas mutiger als zuvor umher und lächelte sogar, verblüfft von all den wunderbaren und schönen Dingen, die der Doktor besaß – und noch mehr darüber, daß ich in einem solchen Haus lebte.

»Bestimmt mußt du für ihn schuften, daß die Schwarte kracht«, sagte sie und öffnete die silberne Zigarettendose auf dem marmornen Kaminsims.

»Halb so wild«, sagte ich und setzte mich in den Sessel des Doktors, als wäre ich der Herr des Hauses. »Anstrengender ist, daß ich lernen muß.«

»*Lernen*?« sagte Kat und machte ein angewidertes Gesicht. »Warum denn das, in drei Teufels Namen?«

Ich zuckte die Achseln. »Er behauptet, wenn ich mal in so 'nem Haus leben will, geht das nicht anders.«

»Wem will er denn damit was vormachen?« sagte sie. »Ich wette, daß der es nicht durch Lernen bis hierher geschafft hat.«

Ich zuckte wieder die Achseln, denn ich wollte nicht zugeben, daß der Doktor in der Tat von Haus aus vermögend war.

»Ich kann aber verstehen, warum es dir hier gefällt«, fuhr sie fort und sah sich weiter um. »Kein Vergleich zur Hudson Street.«

Bei diesen Worten kam mir mit einem Mal ein Gedanke, der mir vielleicht schon gleich hätte kommen sollen, als ich Kat vorhin sah, wenn mir nicht die Sorge um sie wie gewöhnlich die Sinne so verwirrt hätte.

»Kat«, sagte ich. »Wie lange warst du bei den Dusters?«

Sie setzte sich mir gegenüber in den großen Lehnsessel und hielt die Arme um ihren Körper geschlungen, als würde sie frieren. Dann nahm sie achselzuckend einen Schluck Kaffee. »Keine Ahnung – vielleicht 'nen Monat oder so. Jedenfalls hab ich Ding Dong etwa um die Zeit kennengelernt.«

»Du weißt doch ziemlich genau, wer da kommt und geht, was?«

Wieder zuckte sie die Achseln. »Stammkunden kenn ich, aber du weißt ja selbst, wie das ist. Jeden Abend kommen feine Pinkel, die sich ihren Rausch holen wollen. Da muß mehr oder weniger die halbe Stadt schon drin gewesen sein.«

»Aber regelmäßige Besucher würdest du erkennen?«

»Glaub schon. Um was geht's denn?« Sie stand auf und kam zu mir herüber. »Du guckst so komisch, Stevie. Was hast du?«

Ich sah einen Moment lang auf den Boden, dann nahm ich ihre Hand. »Komm mit.«

Ich ging mit ihr zur Treppe und zerrte sie richtiggehend zum Arbeitszimmer des Doktors hoch. Die Vorhänge waren noch vorgezogen, und man konnte kaum etwas deutlich erkennen. Auf dem Weg zum Fenster stolperte ich mehrfach, und als ich kräftig an der Vorhangschnur zog, erkannte ich, daß noch mehr Bücherstapel auf dem Boden lagen als sonst und eine noch größere Unordnung herrschte als in den Vorwochen.

Kat sah sich stirnrunzelnd um und wischte sich die Nase. »Das Zimmer hier gefällt mir überhaupt nicht«, sagte sie angewidert. »Was will der bloß mit all den verdammten Büchern?«

Ich gab keine Antwort; ich war eifrig damit beschäftigt, die Papiere auf dem Schreibtisch des Doktors zu durchsuchen, hoffte ich doch, daß die Isaacsons zumindest ein Exemplar dagelassen hatten ...

Ich fand es unter einem dicken Wälzer von Dr. Krafft-Ebing: eins der

Photos von der Skizze, die Miss Beaux von der Entführerin angefertigt hatte.

Ich trat näher ins Licht, das durch die weißen Stores vor dem Fenster hereinkam, und machte Kat ein Zeichen, näher zu kommen.

»Hast du die schon mal gesehen?« fragte ich und zeigte ihr das Bild.

Ich sah sofort, daß Kat sie kannte. »Klar«, sagte sie. »Das ist Libby.«

»Libby?«

»Libby Hatch. Eins von Goo Goos Weibern«, erklärte sie. Goo Goo Knox war der Anführer der Dusters. Kats Gesicht verzog sich wie immer, wenn sie etwas nicht verstand, so, als säße ihre Nase an der Spitze eines Bohrers. »Was zum Teufel will dein Doktor mit einem Bild von Libby? Übrigens ziemlich gut getroffen.«

»Libby Hatch also«, sagte ich leise und sah einige Augenblicke aus dem Fenster – mir ging auf, daß die Geschichte weit komplizierter war, als sie ursprünglich ausgesehen hatte – ganz wie es Miss Howard angedeutet hatte.

Ich packte Kat wieder bei der Hand. »Komm!«

Sie wirbelte förmlich hinter mir her wie eine Stoffpuppe, als ich zur Tür eilte, mich dann wieder umwandte und zum Schreibtisch zurückrannte, wo ich ein ledergebundenes Buch mit Adressen und Telephonnummern aufschlug, das der Doktor dort liegen hatte.

»Stevie!« sagte Kat. »Könntest du bitte aufhören, mich so rumzuzerren? Ich bin nicht besonders gut in Form!«

»'tschuldige«, sagte ich, schlug das Buch mit einer Hand unter »I« auf, fand die Nummer, die ich suchte, und stürmte dann wieder zur Tür, Kat immer noch im Schlepptau.

»Aua!« schrie sie auf. »Stevie, hörst du mir überhaupt zu?«

Ohne ihr zu antworten, zerrte ich sie in die Küche. Dort ließ ich schließlich ihre Hand los, um in die Speisekammer zu gehen, wo ich nach dem Hörer und der Sprechmuschel des Telephons griff. Kurz darauf hatte ich die Vermittlung in der Leitung und gab dem Fräulein die Nummer der Brüder Isaacson, besser gesagt, die ihrer Eltern, in deren Haus an der Zweiten Straße zwischen der Ersten und Zweiten Avenue sie lebten, dicht neben dem alten Marble-Friedhof und nicht weit von zwei oder drei Synagogen entfernt.

Das Freizeichen war zu hören, und dann meldete sich brüllend eine Frauenstimme, wie es viele Leute tun, welche die großartige Erfindung des Telephons noch nicht recht durchschaut haben.

»Hallo?!« sagte sie. »Who ist da?«

»Ich möchte gern mit einem der beiden Detective Sergeants sprechen«, sagte ich.

Kat trat mit besorgter Miene einen Schritt zurück. »Stevie – du willst mir doch nicht etwa die Bullen auf den Hals schicken?« Wie üblich nahm sie an, daß alles, was geschah, mit ihr zu tun haben mußte.

»Beruhige dich«, sagte ich und schüttelte den Kopf, »es ist ... geschäftlich.«

Es gefiel mir, mit so einem Wort um mich werfen zu können. »Nimm dir noch Kaffee. Wir haben auch 'nen Eisschrank, wenn du möchtest ...«

Ich unterbrach mich, weil die Frau am Telephon mir etwas zubrüllte. »Detective Sergeant – welcher, Lucius or Marcus?«

»Hä? Ach so. Egal – ich meine, es ist gleichgültig.«

»Marcus, er ist nicht hier! Ist in Zentrale! Ich geb you Lucius. Who ist am Apparat?«

»Sagen Sie ihm einfach: Stevie.«

»Stevie?« wiederholte sie. Es klang nicht besonders beeindruckt. »Was for 'n Stevie?«

Ich wurde ein wenig ungeduldig. »*Doktor* Stevie!« sagte ich, was Kat, die dabei war, den neuen Eisschrank auf Eßbares zu inspizieren, mit einem leisen Lachen quittierte. »*Geschäftlich*«, sagte sie mit einem wissenden Seitenblick auf mich. »Na klar doch ...«

»Ach so, *Doktor* Stevie!« sagte die Frau in der Leitung befriedigt. »Wait einen Augenblick, bitte.«

Sie stellte das Telephon so laut hin, daß es mir in den Ohren hallte und ich den Hörer ein Stückchen beiseite nehmen mußte. »Großer Gott!« sagte ich und hoffte, daß mein Trommelfell nicht geplatzt war. »Die ganze verdammte Familie ist überspannt ...«

Kurz darauf schien das Telephon am anderen Ende wieder auf dem Tisch zu tanzen, und ich hörte Lucius' Stimme, der allerdings nicht in den Apparat sprach. »Nein, Mama, Stevie ist kein Arzt. Er ist einfach – bitte, Mama, geh!« Die Frau gab einige unverständliche Protestlaute von sich, dann hörte man wieder Lucius. »Mama! *Geh*!« Er atmete tief durch und meldete sich dann. »Stevie?«

»Am Apparat.«

»Tut mir leid. Sie versteht noch immer nicht, wie man damit umgeht, und ich glaube auch nicht, daß sie es je begreifen wird. Was gibt's?«

»Ich hab Neuigkeiten, und ich glaube, daß das Ihnen und Ihrem Bruder Arbeit sparen wird. Können Sie mit ihm zusammen herkommen?«

»Ich schon«, sagte Lucius. »Ich habe die chemische Analyse der Probe, die ich von der Spitze des Stockes genommen habe, gerade eben beendet. Es ist übrigens tatsächlich Strychnin. Aber Marcus hat in der Zentrale zu tun und geht von dort zum Institut des Doktors.«

»Ich glaube, Sie sollten ihm lieber sagen, daß er auch kommen soll«, sagte ich. »Ich glaub, ich hab was sehr Wichtiges gefunden.«

»Wo ist der Doktor?«

»Mit Cyrus im Museum. Sie bleiben aber bestimmt nicht mehr lange. Können Sie herkommen?«

»Ich nehme gleich eine Droschke und versuche, Marcus im Institut abzufangen.« Dann brüllte er in den Raum: »Nein, Mama, was du da riechst, sind die Chemikalien, da gibt es nichts zu putzen...« Er wandte sich wieder an mich. »Ich muß Schluß machen, bevor sich meine Mutter in Brand steckt. In einer halben Stunde bin ich da.« Es knackte in der Leitung, und ich hängte den Hörer auf.

Als ich in die Küche zurückkehrte, sah ich, daß Kat irgendwo ein paar Eier und Heringe gefunden hatte und sich daran machte, sie in einer großen Pfanne zu braten. »So«, sagte sie lächelnd. »Und wie geh'n die ›Geschäfte‹?«

Mich verblüffte so sehr, was sie tat, daß ich auf die Frage nicht einging. »Kat – du kannst *kochen*?«

»Komm mir bloß nicht so«, sagte sie munter. »Meinst du etwa, Papa und ich hätten Dienstboten gehabt, Mr. Stuyvesant Park? Ich hab ständig für ihn gekocht. Spiegelei mit Brathering – das nenn ich 'n Frühstück.« Sie versuchte, ein Ei am Rand der Pfanne aufzuschlagen, aber ihre Hand zitterte so sehr, daß es ihr nicht gelang. Das Lächeln wich aus ihrem Gesicht, und sie atmete heftig. »Stevie«, sagte sie – wieder, ohne mich anzusehen –, »hat dein Doktor wohl... ich meine, behandelt der hier Patienten?«

»Nee, nee«, sagte ich und schüttelte den Kopf, denn ich wußte genau, worauf sie hinauswollte. »Kommt nicht in Frage, Kat.«

»Es ist nur...« Immer noch zitterte ihre Hand, und ihr traten Tränen der Verzweiflung in die Augen. »Ich weiß nicht, ob ich die Eier aufschlagen kann...«

Ich versuchte, mich an etwas Bestimmtes zu erinnern, etwas, was der Doktor mal gesagt hatte, als ich noch selbst im Institut war und er mit einem Jungen zu tun hatte, dem es sogar schlimmer ging als jetzt Kat. Es war darum gegangen, was ein plötzlicher Entzug von Drogen dem menschlichen Körper antun kann. Ich wußte, daß er irgendwo in seinem kleinen Sprechzimmer im Erdgeschoß etwas Kokain aufbewahrte, war aber nicht bereit, es Kat zu geben. Als sie dann aber mit einem Mal einen leisen Schrei ausstieß, sich dann an den Unterleib griff und eilig auf einen Stuhl setzte, dämmerte mir, daß ich langsam wohl etwas tun müßte, und rannte in das Sprechzimmer. Dort öffnete ich eine kleine Vitrine, die eine Reihe von Flaschen enthielt. Ich ließ den Blick darübergleiten und sah, daß sich in einer von ihnen eine Tinktur befand, von der ich wußte, daß man sie Kleinkindern bei Kolikanfällen zur Stillung ihrer Schmerzen gab. Da sich auch Kat in einem solchen Zustand zu befinden schien, nahm ich an, daß ihr die Tinktur nicht schaden könnte, und lief daher damit durch die Diele zu ihr.

»Hier«, sagte ich und gab ihr die Flasche. »Probier das.«

Sie hielt eine Hand auf den Unterleib gepreßt und stöhnte, nahm aber einen kräftigen Schluck. Dann hielt sie die Flasche von sich und streckte die Zunge heraus. »Bäh! Was zum Teufel ist das?«

»Es beruhigt die Eingeweide.«

»Ich brauch Koks!« sagte sie und stampfte mit dem Fuß auf.

»Kat, so was hab ich hier nicht. Bleib bitte ruhig. Nimm noch 'nen Schluck davon.« Ich hielt ihr die Flasche hin, aber sie schüttelte den Kopf. Der Geschmack war ihr wohl ziemlich zuwider gewesen. Nachdem sie dann aber doch noch einen Schluck genommen hatte, schien sie sich wieder etwas zu beruhigen. »Besser?« fragte ich.

Sie nickte langsam. »Schon. Oijoijoi ...« Schließlich löste sie die Hand von ihrem Unterleib und atmete tief durch. »Ja, geht schon besser.«

»Vielleicht willst du jetzt was essen?« Ich ging mit ihr zum Herd. »Ich bin inzwischen übrigens nicht mehr so sicher, ob du wirklich kochen kannst.«

Kat lachte kurz auf und nahm wieder ein Ei zur Hand, diesmal ohne Zittern. »Warte nur, Bürschchen«, sagte sie und zerbrach die braune Schale mit geübter Hand am Rand der Pfanne. »Du wirst dir noch wünschen, daß du jeden Tag so frühstücken könntest.« Sie zuckte kurz zusammen und wandte sich dem Tisch zu. »Gib mir noch was von dem Zeug, ja? Schmeckt grauenhaft, hilft aber.«

Während sie sich mit den Eiern und Heringen zu schaffen machte, nahm sie immer wieder einen Schluck aus der Flasche, und ihre Stimmung hellte sich sichtlich auf. Die nächste halbe Stunde gehörte zu den glücklichsten Zeiten, die ich je mit ihr verbracht habe. Wir machten Frühstück und aßen es in der Küche wie zwei gewöhnliche Menschen, unterhielten uns, lachten und vergaßen für den Augenblick, was sie zum Haus des Doktors geführt hatte. Sie erzählte, was sie tun würde, wenn sie eines Tages ein großes, schönes eigenes Haus hätte, und obwohl ich nicht glaubte, daß man auf dem Strich ein solches Haus verdienen könnte, schwieg ich, um ihren Tagtraum nicht zu zerstören, der sie so fröhlich und gesund erscheinen ließ.

Es tat mir ehrlich gesagt ein bißchen leid, als es kurz nach zehn schließlich an der Haustür klingelte. Ich hatte angefangen, unser Frühstücksgeschirr abzuwaschen, und Kat hatte sich eine Zigarette angesteckt, malte sich munter weiter ihre Zukunft aus und scherzte sogar darüber, wie sie mich als Hausangestellten beschäftigen würde. An die Möglichkeit, daß sie und ich eines Tages als Erwachsene unter einem Dach leben könnten, hatte ich nicht einmal in meinen Träumen gedacht; ich konnte auch an jenem Morgen mit dieser Vorstellung nicht ganz vertraut werden, so sehr schien mir das alles außerhalb des Reichs der Möglichkeiten zu liegen. Wenn ich genauer darüber nachdenke, halte ich es für wahrscheinlich, daß Kats Vorstellungskraft deutlich besser entwickelt war als meine.

Ich trocknete mir die Hände an einem Küchentuch und lief zur Haustür. Kat scherzte, daß ich ihr Butler sei, und forderte mich auf, niemanden einzulassen, da sie heute nicht empfange. Sie fuhr ordentlich zusammen, als ich mit den beiden Isaacsons in die Küche kam – sie war noch nicht überzeugt, daß deren Besuch nichts mit ihr zu tun hatte. Ich stellte ihr die

Detective Sergeants vor, und zu viert gingen wir in den Salon, wo wir alle Platz nahmen. Ich lief gleich ins Arbeitszimmer des Doktors weiter, um das Bild von Schwester Hunter zu holen. Als ich damit herunterkam, stritten sich die Brüder – auf ihre übliche übertrieben kindische Weise – gerade über das genaue Mischungsverhältnis von chemischen Substanzen, die bei der von Lucius an jenem Vormittag durchgeführten Analyse hätte verwendet werden müssen. Kat saß auf der Kante desselben Lehnstuhls, in dem sie schon zuvor gesessen hatte, sah die beiden verwundert an und fragte sich bestimmt insgeheim, warum sich Bullen um alles in der Welt so aufführen mußten.

»So«, sagte ich und gab Kat, die aufgestanden war, das Bild in die Hand. »Sag den beiden Herren, wer diese Frau ist.«

Sie sah uns drei einen Augenblick lang an und flüsterte mir dann zu: »Aber ich hab es dir doch schon gesagt.«

»Ja«, flüsterte ich zurück, »aber sag es denen da. Mach dir keine Sorgen, dir passiert nichts.«

»Das hab ich schon mal woanders gehört«, sagte sie. Dann fuhr sie laut fort: »Sie heißt Libby Hatch. Sie ist – nun, sie und Goo Goo ...«

»Goo Goo Knox?« fragte Marcus. »Der Räuberhauptmann bei den Hudson Dusters?«

»Genau der«, sagte Kat. »Sie ist seine feste Freundin. Na ja, eine von ihnen. Diese Dreckskerle haben alle reichlich Weiber ...« Dann nahm sie sich zusammen und fuhr fort: »Aber im Augenblick ist sie die Nummer eins bei ihm.«

»*Libby Hatch*?« sagte Lucius und nahm das Bild zur Hand. »Bist du sicher?«

»Na klar. Ich hab doch Augen im Kopf.«

Lucius sah sie aufmerksam an. »Du weißt nicht zufällig, wo diese ›Libby Hatch‹ wohnt?«

Kat nickte eifrig. »Gleich um die Ecke vom Hauptquartier der Dusters, in der Bethune Street. Sie ist mit 'nem alten Knacker verheiratet, aber der ist schon halb tot, und deswegen muß sie sehen, wo sie bleibt. Das Haus steht unter dem Schutz der Bande – wer es sich auch nur von außen ansieht, landet im Fluß. Bestimmt nicht, um zu schwimmen, wenn Sie verstehen, was ich meine.«

Lucius wollte etwas sagen, aber Marcus hielt einen Finger hoch. »Miss Devlin? Entschuldigung – würden Sie uns drei einen Augenblick entschuldigen?«

»Klar«, sagte Kat und sah noch verwirrter drein als zuvor. Dann wandte sie sich mir zu. »Stevie, vielleicht könnte ich nach unten gehen und noch 'n bißchen von der Medizin nehmen?«

»Klar doch«, sagte ich. »Sie steht noch an ihrem Platz.«

Sie bemühte sich, den beiden Isaacsons zuzulächeln. »Es sind nur Magenschmerzen. Bin gleich wieder da.«

Lucius und Marcus sahen ihr nach. Lucius schien die Mitteilung, die sie uns gemacht hatte, stark zu erregen. Er wollte sich gerade darüber äußern, als Marcus fragte: »Stevie, woher wissen wir, ob man ihr trauen kann?«

Die Frage traf mich ein wenig unvorbereitet. »Woher... nun... Es ist nun mal so. Wir sind befreundet. Ich kenn sie schon seit... nun, lange. Warum sollten wir ihr nicht trauen können?«

Marcus sah mir unverwandt in die Augen. »Weil sie auf den Strich geht und kokainsüchtig ist.«

Das versetzte zwar meinem Stolz einen Schlag, aber nicht lange, denn ich merkte an Marcus' Blick, daß er mich nicht hatte kränken wollen – er wollte nur sicher sein, daß uns niemand aufs Glatteis führte. Ich sah bei meiner Antwort zu Boden. »Deswegen muß sie noch lange keine Lügnerin sein. Ich übernehme die Verantwortung für sie.«

»Das mit der Drogensucht verstehe ich«, sagte Lucius und sah verwirrt zu seinem Bruder. »Die Anzeichen sind ziemlich deutlich. Aber was hat dich auf den Gedanken gebracht, daß sie anschaffen geht, Marcus?«

»Ein Mädchen in dem Alter, die bei den Dusters lebt? Das ist keine Missionsschule, Lucius.«

»Hm«, sagte Lucius betrübt. »Da hast du recht. Aber immerhin stimmt ihre Angabe, wo die Hunter wohnt, mit unseren Erkenntnissen überein. Was hätte sie davon, uns mit dem Rest einen Bären aufzubinden? Ich würde sagen, wir glauben ihr einfach – nicht zuletzt, weil uns das die Sache sehr erleichtern kann.«

»Inwiefern?« sagte Marcus.

Aber Lucius wandte sich als nächstes an mich. »Stevie, meinst du, sie könnte uns... einen Gefallen tun?«

Ich schüttelte den Kopf. »Einen Gefallen wahrscheinlich nicht. Wir... ich meine, ich... habe ihr gestern ziemliche Ungelegenheiten bereitet. Außerdem ist es nicht ihre Art, jemandem einen Gefallen zu tun. Wenn allerdings dabei etwas für sie herausspringen würde – dann könnte man sie vielleicht überreden.« Ich sah die beiden ernsthaft an. »Aber nur, wenn es nicht gefährlich ist.«

»Das dürfte es wohl nicht sein«, sagte Lucius rasch.

»Woran denkst du, Lucius?« fragte sein Bruder.

Genau in dem Augenblick kam Kat die Treppe hochgerannt und stürmte wieder ins Zimmer. »Stevie, da kommen Leute ins Haus.«

»Laß dir darüber keine grauen Haare wachsen«, sagte ich und ging zur Treppe hinaus. »Wahrscheinlich ist es die Haushälterin. Ich frag mich schon den ganzen Morgen, wann die endlich aufkreuzt.«

»Nein, es sind zwei Männer«, sagte Kat aufgeregt und folgte mir. »Stevie, das ist sicher dein Doktor! Ich dürfte nicht hier sein, er wird dich dafür bestrafen!«

Ich sah ins Treppenhaus hinab und erkannte, daß die beiden Ankömmlinge in der Tat der Doktor und Cyrus waren. Beruhigend legte ich ihr eine Hand auf den Arm und drückte ihn sanft. »Keine Sorge«, sagte ich, von ihrer Angst ein wenig belustigt. »Ich hab dir gesagt, daß es in Ordnung ist. Er ist nicht so, wie du denkst.«

»Aber wir haben seine Sachen gegessen und die Medizin ...«

»Mach dir keine Sorgen«, sagte ich, als der Doktor munter die Treppe emporgeschritten kam. »Geh rein. Ich sag dir doch, es ist in Ordnung.«

Zögernd nickte sie, doch ohne sich zu rühren, und als der Doktor oben auf dem Treppenabsatz ankam, versteckte sie sich langsam hinter meinem Rücken. Mit großen Augen nahm sie sein langes, dunkles Haar wahr, die schwarzen Augen und die Kleidung, die sogar im Sommer dazu paßte. Er lächelte, ich hatte völlig vergessen, wie eindrucksvoll – und auch furchterregend – er wirken konnte, wenn man ihn zum ersten Mal sah.

»Stevie!« sagte er mit einer Stimme, in der Zufriedenheit lag. »Wir sind früher zurückgekommen, als ich gedacht hätte. Offensichtlich steht dies Teilgebiet der Anthropologie noch vor der Entwicklung – die Hälfte von Boas' Mitarbeitern und mehrere Studenten von der Columbia-Universität haben sich die Waffe angesehen; dennoch konnte keiner eine vollständige Erklärung liefern. Es sieht so aus, als komme der Wurfpfeil auf Inseln im Südwestpazifik vor, doch ist man sich noch nicht ganz sicher, ob ...« Er hielt mit einem Mal inne, als er Kats kleine Gestalt sah, die sich hinter mir versteckte. »Nun«, sagte er mit einem Lächeln, »ich wußte gar nicht, daß du Gesellschaft hast, Stevie. Ich bitte um Entschuldigung, daß ich so stürmisch hereingeplatzt bin.«

Cyrus kam mit schwerem Schritt die Treppe herauf und rief: »Stevie, geht es dir nicht gut? In der Küche steht 'ne halbleere Flasche mit Opiumtinktur.« Dann sah auch er Kat. »Ach je«, sagte er mit einem kritischen Blick auf sie, lächelte ein wenig und neigte den Kopf. »Hallo, Kat«, sagte er höflich, aber ohne besondere Wärme in der Stimme.

»Mr. Montrose«, sagte sie leise.

Die Brüder Isaacson kamen aus dem Salon, und der Doktor sah an mir und Kat vorüber zu ihnen hin. »Ah! Auch die Herren von der Polizei – gut. Das wird uns Zeit sparen.« Er lächelte wieder zu mir her. »Stevie? Werde ich nicht vorgestellt?«

»Oh«, sagte ich. »Nein, ich meine, ja, ich meine ...«

Kat sprang ganz schnell hinter meinem Rücken hervor und hielt ihm ganz flüchtig die Hand hin, wobei sie aussah, als nähme sie an, daß der Doktor sie abweisen könnte. »Katharine Devlin, Sir«, sagte sie. Kaum hatte der Doktor die Hand berührt, als Kat sie zurückzog und wieder hinter mir Deckung nahm. »Stevie hat mich nicht eingeladen, Sir. Ich bin von selbst gekommen.«

»Stevies Freunde sind jederzeit willkommen«, sagte der Doktor schlicht. »Ich denke aber, daß wir uns im Salon viel wohler fühlen würden, was?«

Ich spürte, wie sich Kats kleine Brüste unter heftigen Atemzügen senkten und hoben, während sie sich fest an meinen Rücken drückte. »Ich glaub, ich muß gehen«, sagte sie unsicher.

Aber ich hielt sie zurück. »Kat, es ist in Ordnung«, beharrte ich. »Komm, ich möchte, daß du dem Doktor auch erzählst, was du uns erzählt hast. Außerdem will dich der Detective Sergeant noch etwas fragen.«

Äußerst zögernd ging sie mit uns in den Salon zurück, ohne hinter meinem Rücken hervorzukommen. Ihre blauen Augen hielt sie unverrückt auf den Doktor gerichtet: Schon seit langem war sie fest überzeugt, daß er es nicht ehrlich meinte, und seine Freundlichkeit machte sie nur um so kribbeliger und mißtrauischer. Der Doktor trat an den Kamin, nahm eine Zigarette und bot auch Marcus eine an. Dann zündete er sich seine Zigarette an und nahm im Sessel Platz.

»Bitte«, sagte er und wies auf sein altes (oder soll ich besser sagen: antikes) französisches Sofa. »Wollt ihr euch nicht setzen?« Vermutlich war er von ihrer Haltung ebenso belustigt wie ich, behielt das aber aus Anstand für sich.

Sie nickte, setzte sich und hätte mir fast alle Knochen gebrochen, als sie an meinem Hemd zerrte und mich dadurch zwang, dicht neben ihr Platz zu nehmen. Sie drängte sich eng an mich und löste ihren ängstlichen Blick nur so lange von dem Doktor, wie nötig war, um zu sehen, was die beiden Isaacsons im Schilde führen mochten.

»Miss Devlin hat uns sehr nützliche Angaben gemacht«, sagte Lucius und gab dem Doktor das Photo. »Sie scheint Elspeth Hunter zu kennen.«

In die Höflichkeit des Doktors mischte sich mit einem Mal Erregung, und seine Augen begannen heiß zu glühen – was Kat nur noch nervöser machte, als er sie wieder ansah.

»Tatsächlich, Miss Devlin? Sie kennen die Frau?«

»Ich weiß nicht, von welcher Frau der redet«, sagte sie und ruckte kurz mit dem Kopf in Richtung Lucius. »Aber falls Sie Libby Hatch meinen, ja, die kenn ich.«

»Kat verbringt einen Teil ihrer Zeit im Hauptquartier der Dusters«, fügte ich hinzu, weil ich nicht wollte, daß sie das selbst erklären mußte. »Sie sagt, sie kennt Schwester Hunter als ›Libby Hatch‹ und außerdem, daß sie zu den Bräuten von Goo Goo Knox gehört.«

»Goo Goo ...?« sagte der Doktor verwirrt. »Ach so: Knox, der Bandenführer der Dusters. Ich frage mich, mit wieviel Kokain die sich vollpumpen, um sich solche albernen Namen auszudenken.«

Kat gab einen Laut von sich, als sei sie beunruhigt, aber als ich sie ansah, merkte ich, daß sie lächelte – es war wohl eine Art kurzes Auflachen gewesen. Zum ersten Mal machte sie den Eindruck, als könnte sie glauben, daß der Doktor in Ordnung war.

Er stimmte in ihr Lachen ein und sagte ermutigend: »Miss Devlin« – die

Anrede gefiel ihr sichtlich –, »Sie sagen also, daß zwischen der Frau auf diesem Bild und Knox eine intime Beziehung besteht?«

»Sie ist im Augenblick seine Braut Nummer eins«, erklärte Kat.

»Tatsächlich?« sagte der Doktor.

»Und ihr Haus steht unter seinem persönlichen Schutz«, fügte Lucius mit Nachdruck hinzu.

»Ach?« Der Doktor sah Kat erneut an. »Können Sie sich dafür einen besonderen Grund vorstellen, Miss Devlin?«

Achselzuckend lockerte Kat ihren Griff um meinen Arm ein wenig. »Goo Goo ist ziemlich wild – und soweit ich gesehen hab, Libby auch. Die sind viel zusammen oben in seinem Zimmer. Es heißt, daß es da manchmal 'n bißchen verrückt zugeht. Es heißt auch, daß sie – nun ja, – für ihn *tanzt.*«

»Sie tanzt?« wiederholte der Doktor ein wenig verwirrt.

Verlegen aus dem Fenster sehend, nickte Kat. »Sie wissen schon, Sir – sie *tanzt.* Er läßt die Kapelle raufkommen, und die spielen dann vor seiner Tür. Und sie – tanzt.«

Schließlich ging dem Doktor auf, daß Kat von etwas sprach, was zu jener Zeit mit einer ganzen Reihe verschiedener Bezeichnungen belegt wurde, wir heute aber Striptease nennen. »Ach so«, sagte er. »Entschuldigen Sie meine Unwissenheit, Miss Devlin. Es war nicht meine Absicht, als Dummkopf zu erscheinen.«

»Nein, nein, Sir«, gab sie achtungsvoll zurück. »Es gibt für Sie keinen Grund, das zu kennen. Jedenfalls ist sie, wie gesagt, im Augenblick eine von denen, die ihm gewachsen sind – noch besser als die jüngeren. Sie gibt sich große Mühe, diese Libby.«

»Libby«, wiederholte der Doktor leise und stieß sich mit dem Knöchel des Zeigefingers gegen den Mund, während er über die Sache nachdachte. »Libby ...« Er wandte sich den Isaacsons zu. »Ein Deckname?«

Marcus dachte kurz darüber nach und zuckte dann die Achseln. »Es könnte eine Verkleinerungsform von Elspeth sein – und daß sie so eine verwendet, ist gut möglich, denn der Name Elspeth ist ziemlich altertümlich.«

»Hatch könnte ihr Mädchenname sein«, sagte Lucius, »sie verwendet ihn in Situationen, in denen sie nicht identifiziert werden möchte. Keine Frau dürfte viele Angebote als Säuglingsschwester bekommen, wenn bekannt wird, daß sie für jemanden wie Goo Goo Knox – tanzt. Aber es gibt noch einen wichtigen Punkt, Doktor.« Lucius trat zu ihm und warf einen kurzen Blick auf Kat. »Wir müssen jetzt auf der kriminalistischen Ebene zweierlei tun: zum einen beweisen, daß sich das Kind in Schwester Hunters Haus befindet, und zum anderen zeigen, daß Schwester Hunter die Urheberin des Überfalls im Central Park war.« Er sah erneut zu Kat hin und lächelte sie sehr freundlich an. »Ich denke, daß uns Miss Devlin bei beidem helfen kann.«

Kat wandte sich zu mir und sagte leise: »Stevie… du hast gesagt, ich würde keinen Ärger kriegen…«

»Keine Angst, Kat«, sagte ich.

»Und was soll das Gerede von 'nem Kind und 'nem Überfall?«

»Sie brauchen nicht zu fürchten, daß Sie in irgend etwas hineingezogen werden, Miss Devlin«, warf der Doktor von seinem Sessel aus ein. »Die Detective Sergeants untersuchen einen Fall. Wir helfen ihnen ein wenig dabei. Das ist alles.«

Als sich Kat jetzt dem Doktor zuwandte, knurrte sie ein wenig und sah ihn trotzig an. »Ich will in so was nicht verwickelt werden«, sagte sie. »Schon gar nicht, wenn es mit Goo Goo zu tun hat. Der würde sogar dann, wenn er *nicht* kokst, jeden halb totschlagen, bevor der die Frau nur angesehen hätte.«

»Es ist denkbar, Miss Devlin«, sagte Marcus, so zartfühlend ihm das möglich war, »daß dabei eine durchaus beträchtliche Gegenleistung für Sie herausspringt.«

Kat sah ihn mit zusammengekniffenen Augen an. »Sie meinen – Geld?«

Marcus nickte.

»Geld nützt einem im Krankenhaus nicht viel, und auch nicht am Grund des Flusses.«

»Und wenn es so viel wäre, daß Sie nie wieder in die Hudson Street zurückkehren müßten?« sagte der Doktor.

Kats Gesicht wirkte verständnislos. »Wie kann das sein? Wenn ich die Dusters auch nur 'n ganz klein bißchen verpfeif, gibt es in der ganzen Stadt keinen Ort mehr, wo ich mich verstecken kann.«

Der Doktor zuckte die Achseln. »Sind Sie dem Leben in dieser Stadt so verfallen? Vielleicht haben Sie Angehörige in einem anderen Teil des Landes?«

»Und ich versichere Ihnen, daß wir von Ihnen nichts erwarten, was Sie in eine Gefahrensituation bringen könnte«, fügte Lucius hinzu.

»*Alles* ist gefährlich, wenn man mit denen zu tun hat«, sagte Kat. Dann sah sie wieder zum Doktor hin. »Ich hab 'ne Tante, die in San Francisco wohnt – sie ist Opernsängerin.«

»Tatsächlich?« sagte der Doktor begeistert. »Die haben dort ein äußerst vielversprechendes Ensemble. Was singt sie – Sopran? Mezzosopran?«

»Sie singt *in der Oper*«, antwortete Kat. Sie hatte nicht den blassesten Schimmer, wovon der Doktor sprach, und das sah man ihr auch an. »Sie hat mir mal 'nen Brief geschrieben, wie mein Papa gestorben war, und da steht drin, sie könnte mich auch als Sängerin unterbringen. Ich kann singen – Stevie kann das bestätigen.«

Sie wandte sich an mich, als erwarte sie von mir Unterstützung. Ich nickte einfach nachdrücklich und sagte: »Doch, ja, kann sie, das stimmt«, obwohl ich von ihrer Stimme nicht viel gehört hatte. Außerdem bin ich von klein auf stockunmusikalisch und hatte also keine Möglichkeit, das zu beurteilen. Vielleicht konnte sie tatsächlich singen.

»Nun denn«, sagte der Doktor. »Eine Fahrkarte nach San Francisco – mit Bahn oder Schiff, was Ihnen lieber ist – und, sagen wir, einige hundert Dollar, damit Sie ... sich einleben können.« Ich hatte Kats Augen noch nie so groß gesehen. »Als Gegenleistung erwarten wir lediglich ...« Der Doktor hielt mit einem Mal inne und wandte sich verwirrt an Lucius: »Detective Sergeant, was zum Henker erwarten wir eigentlich dafür?«

Lucius wandte sich, unablässig lächelnd, wieder an Kat. »Ein Kleidungsstück mit Knöpfen«, sagte er. »Nichts weiter.«

Kat sah ihn mit offenem Mund an. »'n Kleidungsstück? Sie meinen, was zum Anziehen?«

»Ja«, sagte Lucius. »Am besten etwas von ihrer Oberbekleidung, etwas, was sie sowohl zu Hause bei sich als auch bei den Dusters trägt. Und möglichst auch noch auf der Straße. Ideal wäre eine Kostümjacke oder ein Jackett.«

»Ich verstehe«, sagte Marcus und schlug sich gegen die Stirn, »natürlich!«

Kat sah die beiden an, als überstiege deren Verrücktheit noch das Maß dessen, was sie ursprünglich angenommen hatte. »'ne Kostümjacke oder 'n Jackett«, sagte sie.

»Mit Knöpfen«, fügte Lucius hinzu und nickte.

»Mit Knöpfen«, wiederholte Kat und nickte ebenfalls. »Irgend 'ne besondere Art von Knöpfen?«

»Am besten große. Je größer, desto besser.«

»Und möglichst glatt«, fügte Marcus hinzu.

»Richtig«, stimmte Lucius zu. »Glatte.«

Kat sah sie einige Sekunden lang an und öffnete dann den Mund. Da sie nicht sogleich Worte fand, sah sie erst mich und dann wieder die beiden an. Ihre blauen Augen verengten sich, wobei ein leichtes Lächeln ihren Mund umspielte. »Mal seh'n, ob ich das verstanden hab. Ich soll Libby Hatch 'ne Kostümjacke oder 'n Jackett stibitzen. Mit großen, glatten Knöpfen. Und dafür krieg ich 'ne Fahrkarte nach San Francisco und 'n paar hundert Dollar, um mich da einzurichten.«

»Unser Angebot steht«, sagte der Doktor und sah selbst ein wenig unbehaglich zu den Brüdern Isaacson hinüber.

Kat wandte sich wieder mir zu. »Meinen die das ernst, Stevie?«

»Ich glaube schon«, sagte ich lächelnd. Der Gedanke, daß Kat die Stadt verlassen könnte, sagte mir nicht besonders zu, wenn ich ehrlich bin, aber die Vorstellung, daß sie dadurch von Ding Dong, den Dusters und allem fortkam, das mit ihrem jetzigen Leben zusammenhing, drängte jeden anderen Gedanken in den Hintergrund. »Los, Kat«, stachelte ich sie an. »'ne *Jacke* läßt du doch im Schlaf mitgehen.«

Sie schlug mich kräftig auf den Oberschenkel. »Kein Grund, das so auszuposaunen, Stevie Taggert«, tadelte sie mich leise. Dann sah sie wieder zu den anderen hin und stand auf. »In Ordnung, Leute... äh, meine Herren. Abgemacht. Es kann aber 'nen Tag oder zwei dauern...«

»Je eher, desto besser«, sagte Dr. Kreisler, erhob sich und hielt ihr die Hand hin. »Aber ein oder zwei Tage ist schon in Ordnung.«

Kat schüttelte ihm die Hand, diesmal weit weniger scheu, und lächelte dann breit. »Schön!« sagte sie. »Dann mach ich mich mal gleich an die Arbeit!« Sie drehte sich zu mir um und spielte die Schüchterne, etwa so wie in der Küche. »Stevie, würdest du mich...« Sie suchte nach Worten.

»... zum Ausgang begleiten«, beendete ich ihren Satz. »Na klar.«

Der Doktor nahm einige Geldscheine heraus und gab sie mir. »Sieh zu, daß sie an der Ecke eine Droschke nimmt, Stevie.« Er verbeugte sich vor Kat. »Es war uns ein Vergnügen, Sie kennenzulernen, Miss Devlin. Ich freue mich auf den erfolgreichen Ausgang unserer gemeinsamen Unternehmung.« Dann sah er zu Lucius hin. »Ganz gleich, als was sie sich herausstellt...«

Ich nahm Kats Arm, und wir gingen hinaus.

Als wir draußen waren und zur Zweiten Avenue hinübergingen, begann sie, wie eine Vierjährige herumzuhüpfen. »Stevie!« kreischte sie fast. »Ich fahr nach Kalifornien! Kannst du das glauben? Kannst du dir das vorstellen? *Ich* in San Francisco!«

»Hast du tatsächlich 'ne Tante, die Opernsängerin ist?« fragte ich, als sie mir die Arme so fest um den Hals schlang, daß sie mich fast erwürgt hätte.

»So gut wie«, sagte sie. »Jedenfalls arbeitet sie im Opernhaus. Und eines Tages singt sie da, bestimmt, hat sie mir jedenfalls gesagt.«

»Hm«, sagte ich, nicht vollständig überzeugt. »Sie ist aber doch nicht etwa ein Flittchen, Kat, oder?«

»Nein, ist sie nicht, vielen Dank, Stevie«, gab sie gekränkt zurück. »Und ich mach auch Schluß damit! Mein Leben wird sich ändern, jawohl, ändern – und alles, was ich dafür tun muß, ist Libby Hatch 'ne Jacke klauen! 'ner Frau 'ne Jacke klauen, der es schwerfällt, ihre Klamotten anzubehalten, nach allem, was man weiß!«

Wir waren jetzt an der Ecke – genau gegenüber dem Entbindungsheim der Stadt New York, fiel mir auf –, und als ich eine Droschke herbeiwinkte, verzog sich Kats Gesicht noch einmal. »Was die wohl damit wollen, Stevie? Der Doktor und die beiden Bullen? Das sind schon komische Vögel, die zwei.«

»Ich weiß nicht«, sagte ich, und mit einem Mal wurde mir klar, daß ich es wirklich nicht wußte. »Aber ich krieg das raus.« Dann fragte ich sie: »Und du kommst zurecht, Kat? Ich meine, mit Ding Dong und so weiter?«

»*Der*?« sagte sie gedehnt. »Der kann von Glück sagen, wenn er mich auch nur sieht, bevor ich mit der Sache fertig bin. Soll er sich mit seinen kleinen Zwölfjährigen amüsieren – ich fahr nach Kalifornien!«

»Du solltest besser deiner Tante vorher schreiben«, sagte ich. »Feststellen, ob sie überhaupt noch da ist und daß alles in Ordnung geht.«

»Hab ich auch schon dran gedacht«, gab sie zurück und trat vom Gehweg auf die Fahrbahn, als die Droschke anhielt. »Mach ich gleich heute abend.« Bevor sie einstieg, umarmte sie mich flüchtig. »Danke, Stevie«, flüsterte sie mir ins Ohr. »Du bist 'n richtiger Freund, ganz ehrlich.« Dann löste sie ihre Arme von mir und sah noch einmal zum Haus des Doktors hinüber. »Und was du über deinen Chef gesagt hast, stimmt auch – er ist 'n feiner Kerl. Aber aussehen tut er, als wär er 'n Satansbraten, das muß ich schon sagen!«

Ich hätte sie sehr gern geküßt, aber sie sprang in die Droschke und schloß den kleinen Schlag hinter sich. Dann wedelte sie dem Kutscher mit den Dollarnoten vor dem Gesicht herum, die ich ihr gegeben hatte. »Hudson Street – und lassen Sie sich Zeit. Ich will die Fahrt genießen!«

Der Kutscher knallte mit der Peitsche, Kat winkte mir zu und wandte sich dann um, damit ihr möglichst nichts entging. Es sah aus, als gehörte ihr die Stadt – und darüber mußte ich lächeln.

Während die Droschke verschwand, drehte ich mich um und rannte zum Haus zurück. Ich wollte unbedingt wissen, wovon um alles in der Welt die Brüder Isaacson gesprochen hatten.

# Kapitel 20

Im Haus lief ich Dr. Kreisler direkt in die Arme, der vor seinem kleinen Sprechzimmer stand, die Flasche mit der schmerzstillenden Tinktur in der Hand, die ich in der Küche hatte stehenlassen. Er hielt mir eine Standpauke, weil ich eigenmächtig mit Betäubungsmitteln hantiert hatte. Offenbar war das Zeug ein Opiat, und das erklärte natürlich, warum es nicht nur bei Säuglingen half, die unter Koliken litten, sondern auch bei der verzweifelten Kat so gut gewirkt hatte. Ich teilte ihm mit, daß ich davon keine Ahnung gehabt hätte, man könne das schließlich überall frei kaufen. Er erklärte, er verstehe, warum ich angesichts ihres Zustands (den er, wie die Isaacsons auch, bald durchschaut hatte) darauf verfallen sei, ermahnte mich aber, nie wieder ohne seine Erlaubnis Medikamente aus dem Sprechzimmer zu nehmen, denn ihm gefalle der Gedanke nicht, künftig im Hause Dinge wegschließen zu müssen.

Die Haustürglocke unterbrach diese unangenehme, wenn auch wohlverdiente Strafpredigt. Da wir recht nah bei der Tür standen, klang die Tonfolge, die vom Aufprall elektrisch betätigter Hämmer, die auf zwei lange Röhren im Vestibül schlugen, erzeugt wurde, besonders laut, und der Doktor und ich fuhren zusammen. Er stöpselte die Flasche mit der schmerzstillenden Tinktur zu, stellte sie in sein Sprechzimmer zurück und sagte lediglich: »Ich hoffe, wir haben uns verstanden, Stevie.« Ich versicherte ihm, daß das der Fall sei, und er machte sich auf ins Vestibül.

Schon bevor er die Haustür öffnete, konnte ich durch das dicke Holz Miss Howards zornerfüllte Stimme hören. Ihr antwortete etwas unverständlich Gemurmeltes von Mr. Moore, woraufhin sie in Protestäußerungen ausbrach. Nachdem der Doktor die Tür geöffnet hatte, stürmte sie durch das Vestibül in die Diele. Ihr Gesicht war gerötet, und sie sah verärgert aus, lächelte aber wider Willen.

»Schluß, John, die Sache ist erledigt. Du brauchst nicht weiterzumachen.«

Mr. Moore kam mit großen Schritten herein und warf Miss Howard einen kecken Blick zu, der aber nur halb ernst gemeint zu sein schien. »Mir egal«, sagte er. »Zwei Stunden in dem Loch, dafür wirst du mir büßen …«

Der Doktor sah die beiden erstaunt an. »Ein bißchen spät für Frühlingsgefühle, Moore. Was zum Kuckuck treibt ihr?«

»Sie haben nicht zufällig ein Beruhigungsmittel, Doktor?« fragte Miss Howard. »Offenkundig ist John heute morgen zu der Ansicht gekommen, er werde vielleicht von seinem Auftrag entbunden, wenn er sich im Archiv wie ein ekelhaftes Schwein aufführt. Den ganzen Vormittag hat er mir zugesetzt ...«

»Ich bin noch nicht mal richtig in Fahrt gewesen«, sagte Mr. Moore und tat so, als wolle er nach Miss Howard greifen. »Du hast nicht die geringste Ahnung, wie ekelhaft ich wirklich sein kann, Sara.«

»Moore«, sagte der Doktor und packte seinen Freund leicht am Kragen. »Ich hätte gedacht, daß ein solch kindisches Verhalten selbst unter deiner Würde ist. Reiß dich bitte zusammen. Wir haben inzwischen wichtige Erkenntnisse gewonnen und können jetzt, wo ihr beide hier seid, gemeinsam nach Nummer 808 hinübergehen, um alles auszuwerten.«

»Na schön«, sagte Mr. Moore, den Blick fest auf Miss Howard gerichtet. »Ich kann warten.«

Sie drehte sich einfach um und sah in den großen Spiegel in der Diele, wobei sie sich das Haar hinten am Kopf wieder feststeckte. »Ich fürchte, ich werde wirklich eines Tages auf dich schießen müssen, John. Hast du die Skizze noch?«

»Ja, ja«, sagte Mr. Moore, hörte mit dem Herumalbern auf und entnahm seiner Innentasche ein gefaltetes Blatt Papier. *»Zwei Stunden* in dem stickigen Grab, Kreisler – wußtest du eigentlich, daß man zur Zeit der Revolution da Gefangene festgehalten hat? Und unsere ganze Beute besteht nur aus einer einzigen verdammten Bleistiftskizze. Allerdings haben wir Glück gehabt – ich nehme an, es hätte genausogut zwei *Tage* dauern können.«

»Ihr habt also etwas gefunden«, sagte der Doktor, ohne auf das Gejammer zu achten. »Unterlagen?«

»Nur eine Kopie der Baugenehmigung«, sagte Mr. Moore. »Die Pläne selbst sind – natürlich auf mysteriöse Weise – verschwunden.«

Der Doktor sah mit offenkundiger Befriedigung und Erregung zu mir her. »Nun – interessante Entwicklungen auf allen Gebieten!« Er eilte ins Treppenhaus und rief nach oben: »Detective Sergeants! Cyrus! Auf zum Broadway!« Dann wandte er sich an mich. »Stevie, kümmerst du dich bitte um Gwendolyn und kommst dann nach? Wir gehen zu Fuß zum Broadway, damit die Brüder Isaacson und ich diesen beiden von den Entdeckungen des heutigen Vormittags berichten können.«

»Wird gemacht«, sagte ich und ging an die Tür, um den Auftrag auszuführen. »Aber am liebsten würde ich erst wissen, warum die beiden die Jacke wollen!«

Miss Howard sah verwirrt drein. »Was für eine Jacke?«

Die Isaacsons und Cyrus waren inzwischen am Fuß der Treppe angekommen. »Wieder zur Nummer 808, nehme ich an?« sagte Marcus.

»Ganz recht«, sagte der Doktor. »Und zwar schnellstens.«

Sie gingen alle hinaus, und ich machte mich auf zur Remise. Mr. Moore folgte den anderen in gemächlichem Schritt. »Es ist wohl noch nicht Mittagszeit«, hörte ich ihn kläglich murmeln. »Großer Gott, ich hätte nie geglaubt, daß Detektivarbeit solchen Hunger macht. Kein Wunder, daß die meisten Bullen so dick sind ...«

Ich striegelte Gwendolyn etwas weniger gründlich als sonst und verstaute ihr Geschirr und alles andere, ohne es zu reinigen. Das würde ich später tun, nahm ich mir vor. Dann ging ich hinaus, schloß alles gründlich ab und machte mich über die Siebzehnte Straße auf zum Broadway. Unterwegs hielt ich die Augen offen, bestrebt, meine Freunde unter den zahlreichen Menschen zu entdecken, die an jenem Montag morgen zur Arbeit oder zum Einkaufen unterwegs waren. Schließlich holte ich die anderen ein, als sie vom Union Square aus die Vierzehnte Straße überquerten. Aber ich kam ein wenig zu spät: Der Doktor und die Isaacsons hatten schon längst Kats Geschichte beendet, und daher verpaßte ich um Haaresbreite Miss Howards Bericht über das, was sie und Mr. Moore bei ihrem Besuch auf der Behörde herausgefunden hatten. Ich fand es daher sehr anständig von ihr, daß sie sich kurz aus der Gruppe löste, um mich ins Bild zu setzen.

Vor etwa zwei Jahren hatten Elspeth Hunter und ihr Mann Micah tatsächlich beantragt, ziemlich umfangreiche Umbauarbeiten an ihrem Haus durchführen zu dürfen – und zwar im Keller. Die Genehmigung dazu war ihnen erteilt worden. Da aber die Bauunterlagen fehlten und die Kopie der Genehmigung über allgemeine Angaben nicht hinausging, ließ sich mehr nicht ermitteln (und dabei hatten wir noch Glück, überhaupt soviel herausbekommen zu haben). Miss Howard hatte Mr. Moore anschließend veranlaßt, sich hinzusetzen und alles zu notieren, was ihm noch über das Kellergeschoß einfiel, das zu durchsuchen Schwester Hunter ihn geradezu ermutigt hatte. Miss Howard nahm an, daß es irgendwo dort einen Hinweis geben müsse, und daher hatte sie alle Abmessungen und alle Gegenstände, an die sich Mr. Moore erinnern konnte, notiert und skizziert. Zwar war ihnen bisher nichts aufgefallen, aber vielleicht hatten sie bislang etwas übersehen oder falsch gedeutet, was die beiden Isaacsons vielleicht für wichtig hielten.

Wir hatten das Gebäude Broadway Nr. 808 erreicht, als Lucius gerade erklären wollte, warum er von Elspeth Hunter (oder Libby Hatch) eine Jacke mit großen Knöpfen benötigte. Der Doktor entschied aber, daß er damit warten solle, bis wir oben seien. Dort würden wir alles in Ruhe erfahren. Zwar neigte Lucius nicht dazu, die Dinge breit auszumalen, und war auch nicht besonders eitel, doch genoß er es gelegentlich – wie sein Bruder an jenem Abend erklärt hatte, als wir die beiden am Anleger der Cunard-Linie abgeholt hatten –, seine geistigen Gaben leuchten zu lassen. Als wir im Aufzug hinauffuhren, zeigte das breite Lächeln auf seinem Gesicht, wie sehr es ihm gefiel, daß (außer natürlich Marcus) keiner von uns seinen Plan durchschaut hatte. Trotz meiner Neugier bewunderte ich Marcus geradezu, weil er nichts verriet und seinem jüngeren Bruder die Gelegenheit gab, ein wenig zu protzen: Es war ein seltener Hinweis darauf, daß zwischen den beiden letztlich eine innige Beziehung bestand, was wohl auch nötig war, sonst hätten sie die gemeinsamen Jahre gewiß nicht durchgestanden, in denen sie sich von der Pike auf durch die einzelnen Beförderungsstufen der Polizei emporgearbeitet hatten.

Oben angekommen, konnte ich durch die zur Straße gelegenen Fenster des Büros sehen, daß im Westen, jenseits des Hudson, die Wolkendecke dichter wurde. Vermutlich sogen die Wolken sich voll, und bald würde es einen richtigen Guß geben. Wir setzten uns alle, Lucius stellte sich neben die große Tafel, nahm ein Stück Kreide und schüttelte es in der geschlossenen Hand, wie es der Doktor sonst gern tat. Er bewunderte Dr. Kreisler rückhaltlos und schien ihn mitunter in jungenhafter Weise in kleinen wie in großen Dingen nachzuahmen.

Nachdem er für Mr. Moore und Miss Howard seine Überzeugung wiederholt hatte, daß wir nunmehr einen Beweis dafür brauchten, daß Schwester Hunter nicht nur Ana Linares in ihrer Gewalt hatte, sondern auch die Señora im Park überfallen hatte, erläuterte er, inwiefern ein so einfaches Kleidungsstück wie eine Jacke mit Knöpfen diesen Beweis liefern konnte. Das mit den Knöpfen war ziemlich einfach, wenn man es einmal gehört hatte, und ich ärgerte mich ein wenig, daß ich nicht selbst darauf gekommen war: Hatten die Isaacsons doch eine ganze Reihe deutlicher Fingerabdrücke auf dem Bleirohr gefunden, das sie in der Nähe des ägyptischen Obelisken entdeckt hatten. Jetzt benötigten sie nur noch Schwester Hunters Fingerabdrücke zum Vergleich. Sie hatten nicht selbst etwas aus ihrem Haus entwenden wollen, weil sie den Eindruck hatten, sie gehöre zu den Menschen, denen die geringste Veränderung auffällt. Da das Haus der Hunters, wie wir inzwischen wußten, unter dem persönlichen Schutz von Goo Goo Knox stand, war das vermutlich eine kluge Entscheidung gewesen; doch brauchten wir nach wie vor einen Gegenstand, auf dem sich die Fingerabdrücke finden ließen. Dafür eignete sich am besten ein Kleidungsstück mit Knöpfen, da diese vermutlich keine Abdrücke außer ihren eigenen tragen würden; und große, glatte Knöpfe böten reichlich Platz für vollständige Abdrücke mehrerer Fingerspitzen.

Blieb die Frage, warum Lucius eine Kostümjacke oder ein Jackett haben wollte, ein Kleidungsstück, das Schwester Hunter mit Sicherheit sowohl zu Hause anlegte, als auch auf der Straße trug. Die Antwort auf diese Frage führte uns auf ein geheimnisvolles neues Gebiet: die Identifikation von Menschen mit Hilfe von Haaren. Offensichtlich hatte sich die Kriminalistik so weit entwickelt, daß man mit Hilfe eines Mikroskops – ein Gerät, das man sich als eine Art Fernrohr für unvorstellbar kleine Gegenstände vorstellen muß – in Erfahrung bringen konnte, ob ein bestimmtes Haar von einem Menschen oder einem Tier stammte, und, sofern es ein Menschenhaar war, auch noch, von wem. Dazu aber brauchte man ein Haar des Betreffenden zum Vergleich. Lucius war sicher, daß sich an der kleinen Mütze, die der Doktor am Fuß des ägyptischen Obelisken entdeckt hatte, einige von Ana Linares' Haaren befanden: Kleinkinderhaare ließen sich, wie es schien, am allerleichtesten von allen identifizieren, da sie, mit Lucius' Worten, »kurz, besonders fein und in ganz spezieller Weise pigmentiert« waren. Wir brauchten also ein weiteres Muster von Anas Haar, und das hofften die Isaacsons an einem Kleidungsstück von Schwester Hunter zu finden. Sie würden es unter das Mikroskop legen, und dann war es möglich, die beiden Muster zu vergleichen und festzustellen, ob sie identisch waren oder nicht.

Doch warum eignete sich eine Kostümjacke oder ein Jackett am besten dazu, ein solches Vergleichshaar zu finden? fragten wir Lucius. War es nicht vernünftiger, dazu eine Bluse oder ein noch intimeres Bekleidungsstück zu wählen? Die Antwort, die er uns darauf gab, machte uns mal wieder deutlich, was wir an ihm hatten. Wir wußten bereits, daß sich Schwester Hunter frech wie Oskar mit dem Kind in der Öffentlichkeit gezeigt hatte; vermutlich nahm sie an, daß ihr niemand je die Entführung nachweisen würde (da sie kein Lösegeld verlangt hatte), und sie nutzte wahrscheinlich jede Möglichkeit, die sich bot, allen zu zeigen, daß sie imstande war, ein eigenes, glückliches und gesundes Kind zu haben. Hemden, Röcke, Unterwäsche – all das trug sie im Hauptquartier der Dusters und Gott weiß wo noch. Wie wir inzwischen wußten, schreckte sie nicht gerade vor körperlicher Nähe bei allen möglichen Leuten zurück, und daher dürfte sich auf solchen Kleidungsstücken eine große Zahl verschiedener Haare finden, die zu analysieren viel Zeit kosten würde. Die Zeit aber wurde immer knapper: Wenn man die Vorfälle im Entbindungsheim als Maßstab nahm, würde es nicht mehr lange dauern, bis Schwester Hunters erwiesene Unfähigkeit, sich um Kleinkinder zu kümmern, ihre Folgen zeitigte. Dann würde es ihr auch schwererfallen, für die kleine Ana Linares zu sorgen, deren Lage und Zustand sich dadurch nur verschlechtern konnte. Sofern Schwester Hunter die Schuld für das Fehlschlagen ihrer Beziehung bei dem Kind suchte (und Dr. Kreisler war überzeugt, daß sie das bei anderen Kindern in der Vergangenheit getan hatte und wieder tun würde), konnte es nur eine Frage der Zeit sein, bis auch die kleine Ana unerklärliche Anfälle von Atemnot bekam, die letztlich zum Tode führen würden.

Deshalb also wollten die Isaacsons eine Kostümjacke haben oder – was in jenem vergleichsweise kühlen Juni wahrscheinlicher getragen wurde – ein Jackett: ein Kleidungsstück, das Schwester Hunter vermutlich sogleich ablegte, wenn sie einen Raum betrat, in dem andere Menschen anwesend waren (so daß die Zahl der möglichen verschiedenen Haare gering blieb), das sie aber tragen würde, wenn sie mit dem Kind unterwegs war, welches sie, wie damals in der Hochbahn an der Dritten Avenue, eng an sich gedrückt halten dürfte.

Es war ein kluges Gedankengebäude, und als Lucius mit seiner Vorstellung zu Ende war, klatschten wir alle ein wenig Beifall, auch sein

Bruder. Die anderen fragten mich, ob Kat das Kleidungsstück auch wirklich beschaffen könne, aber ich beruhigte sie in dieser Hinsicht. Ohne es wörtlich zu formulieren, gab ich ihnen zu verstehen, daß es nicht viele Dinge des alltäglichen Gebrauchs gab, die Kat nicht an sich bringen konnte, wenn sie nur wollte.

Dann kam die Frage auf, was wir bezüglich Schwester Hunters Kellergeschoß zu unternehmen gedachten. Miss Howard heftete die von ihr angefertigte Skizze an die Wand, und wir alle betrachteten sie aufmerksam. Die anderen bestürmten Mr. Moore mit Fragen nach Einzelheiten, die er größtenteils nicht annähernd beantworten konnte, obwohl er sich frei im Keller des Hauses hatte bewegen können.

»Ich hab da nach der Kleinen gesucht, verdammt noch mal!« sagte er aufgebracht, nachdem er gefragt worden war, ob ihm irgendwelche Betonflächen oder Balken aufgefallen seien, die neuer schienen als der Rest. »Ich wußte nicht, daß man eine archäologische Untersuchung von mir erwartete. Es war ein ganz normaler Keller mit einem gestampften Lehmboden. Da standen ein Waschkessel, ein paar Schränke und Gartengeräte herum. Außerdem war da, glaube ich, auch ein Regal mit Einmachgläsern, aber das würde ich nicht beschwören. Und dann das Übliche, ihr wißt schon: Haushaltskram, ausrangierte Möbel, alte Bilderrahmen ...«

»Und sehen die Räume so aus?« fragte der Doktor mit einem Blick auf die Zeichnung.

»So ist es.«

Der Doktor gab einen Laut der Enttäuschung von sich. »Hier ist nichts Bemerkenswertes zu sehen. Wir finden den Schlüssel zu dem Geheimnis wahrscheinlich nur, wenn wir den Bauunternehmer finden, der die Arbeiten ausgeführt hat.«

»Ach je.« Miss Howard hob den Blick, ihre Augen weiteten sich, als wäre ihr wieder etwas eingefallen, was sie kurzfristig vergessen hatte. »Der ist tot. Wir haben gefragt.«

Der Doktor fuhr zu ihr herum. »Was ist er?«

»Tot«, teilte ihm Mr. Moore schlicht mit. »Er ist unmittelbar nach Fertigstellung der Arbeiten gestorben. Er schien mit dem Beamten befreundet gewesen zu sein, mit dem wir im Archiv gesprochen haben. Er hat es offenbar häufig frequentiert.«

Der Doktor rieb sich die Schläfen. »Hat der Mann auf dem Amt zufällig gesagt, woran der andere gestorben ist?«

»Hat er«, sagte Mr. Moore und suchte gedankenverloren in seinen Taschen. Schließlich förderte er ein eingewickeltes Sahnebonbon zutage. »Ah ... Kraftnahrung!«

»Moore«, sagte der Doktor ungeduldig.

»Hm? Ach ja. Der Bauunternehmer. Ich hab den Namen hier – er steht auf der Baugenehmigung.« Er zog ein Blatt Papier heraus, wobei er vernehmlich an seinem Sahnebonbon lutschte. »Henry... Bates. Sein Büro hatte er in Brooklyn. Jedenfalls hat er, ein paar Tage nachdem er mit der Arbeit im Haus der Hunters fertig war, einen schweren Herzinfarkt erlitten. Kann ich gut verstehen, ich würde auch einen kriegen, wenn ich für die Frau arbeiten müßte.«

Der Doktor stützte den Kopf auf die Hand und seufzte. Miss Howards Nervosität steigerte sich dadurch nur. »Scheint Ihnen das wichtig, Doktor?«

Er hob den Kopf und rieb sich müde die Augen. »Ich sehe darin in der Tat ein merkwürdiges Zusammentreffen.«

»Wir hatten schon einmal so etwas Merkwürdiges in dieser Angelegenheit«, sagte Mr. Moore mit einer wegwerfenden Handbewegung. »Man sollte nicht zu viele solcher zufälligen Zusammentreffen auf Lager haben.«

»Ich will kein einziges davon auf Lager haben, Moore«, brüllte der Doktor zurück. »Ich glaube nicht an Zufälle! Marcus, ich schlage vor, daß Sie möglichst viel über diesen Bauunternehmer namens Henry Bates in Brooklyn in Erfahrung bringen. Immerhin ist es möglich, daß er Angehörige hatte.«

»Und die werden seine Krankengeschichte kennen«, sagte Marcus und notierte nickend den Namen auf seinem Block.

Miss Howard schlug sich die Hand vor die Stirn. »Natürlich, ach je...«

»Worüber zum Teufel regt ihr euch alle so auf?« fragte Mr. Moore, und ich muß sagen, daß er auch *mir* ein bißchen schwer von Begriff schien. »Der Mann hatte also 'nen Herzinfarkt, na und?«

»Moore«, sagte der Doktor und bemühte sich, so geduldig wie möglich zu sein. »Erinnerst du dich zufällig an den Massenmörder Dr. H. H. Holmes, der deiner Großmutter im vorigen Jahr so viele schlaflose Nächte bereitet hat?«

»Natürlich«, sagte er. »Wer würde das nicht? Hat er doch in seinem ›Folterschloß‹ wer weiß wie viele Menschen umgebracht.«

»Genau«, sagte der Doktor. »Das ›Folterschloß‹. Ein allem Anschein nach undurchdringliches Gewirr von geheimen Räumen und verborgenen Kammern, alle von Holmes höchstselbst für seine unvorstellbar sadistischen Praktiken entworfen.«

»Und?« wollte Mr. Moore wissen. »Was hat das hiermit zu tun?«

»Weißt du, was Holmes als erstes getan hat, als sein Schloß fertig war?«

»Vermutlich jemanden umgebracht.« Er verzog keine Miene.

»So ist es. Er hat den einzigen Menschen auf der Welt getötet, der außer ihm die genauen Pläne der Anlage kannte.«

Schließlich hörte Mr. Moore auf, schmatzend an seinem Bonbon zu lutschen. »Ach so...« Er hob langsam den Blick. »Das war doch wohl nicht...«

»Doch«, sagte der Doktor schlicht. »Der Bauunternehmer.«

Mr. Moore ließ den Blick von einem zum anderen schweifen und erhob sich unvermittelt. »Ich geh nach Brooklyn«, sagte er und stürmte voll Tatendrang zur Tür. Vermutlich wollte er dadurch Frotzeleien über seine Begriffsstutzigkeit entgehen.

»Ich komme mit«, sagte Marcus und folgte ihm. »Vielleicht kann uns meine Dienstmarke Türen öffnen.«

»Wir brauchen die *genaue* Todesursache!« rief ihnen der Doktor nach, als sie schon unter der Tür standen. »Außerdem möglichst viele Einzelheiten über die Umbauarbeiten, über die er vielleicht mit seinen Angehörigen gesprochen hat, wenn er überhaupt welche hatte!«

Die Tür fiel ins Schloß, und wir anderen hörten den Doktor entmutigt brummeln: »Ich hätte es mir denken müssen. In der kalten Jahreszeit ist es schon schwer genug, daß sich John auf etwas konzentriert, aber im Sommer…« Nach einer Pause sah er sich erneut die Skizze an der Wand an. »Das Kellergeschoß«, murmelte er. »Das Kellergeschoß…«

Miss Howard trat neben ihn. »Es war meine Schuld, Doktor. Ich hätte früher daran denken sollen!«

Freundlich sagte der Doktor: »Ich glaube nicht, daß wir dadurch sehr viel kostbare Zeit vergeuden, Sara. Selbst wenn wir im Zusammenhang mit der Anlage des Kellergeschosses irgendein entsetzliches Geheimnis aufdecken, bleibt immer noch die Frage, wie wir diese Erkenntnis nutzen können. Angesichts der Haltung von Señor Linares ist es ausgeschlossen, daß die Polizei offiziell dort hingehen kann, nicht nur wegen der damit verbundenen Gefahr für die Señora, sondern auch, weil ihr Mann Diplomat ist. Die Leute aus der Mulberry Street würden nie wagen, sich den Wünschen eines ausländischen Amtsträgers zu widersetzen, selbst wenn wir sie von der Notwendigkeit überzeugen könnten, daß man der Sache nachgehen muß. Welche Gefahr uns drohen würde, wenn wir noch einmal dort hingingen, ist uns hinlänglich klar – ein Wort von Elspeth Hunter, und wir würden uns, wie Miss Devlin gesagt hat, am Grunde des Flusses wiederfinden. Außerdem ist da noch unser unbekannter Freund mit seinen Wurfpfeilen und Dolchen…«

»Haben Sie darüber etwas in Erfahrung bringen können?« fragte Lucius.

»Nur teilweise«, sagte der Doktor. »Um eine brauchbare Lösung des Rätsels zu finden, müssen wir Zuflucht zu einer Vermutung nehmen – und zwar zu einer etwas sonderbaren. Wir haben es mit zwei Waffen zu tun. Die erste ist, wie Sie, Detective Sergeant, schon gesagt haben, das wohlbekannte Markenzeichen von Seeräubern und Söldnern sowie Verbrechern im Hafen von Manila. Der Ursprung der zweiten Waffe ist weniger klar. Wir nehmen an, daß sich ein Eingeborenenvolk ihrer bedient, und angesichts ihrer geringen Größe müßte sie ihren Ursprung bei einem der Pygmäenstämme Afrikas, Südamerikas oder des Südostpazifiks haben. Das Strychnin gestattet es uns, die Herkunft etwas genauer einzugrenzen – die Art der Verwendung wie in unserem Fall ist lediglich von den Eingeborenen Javas bekannt.«

»Java?« sagte Lucius. »Das liegt doch in Niederländisch-Ostindien – weit südwestlich von den Philippinen. Das scheint aber gar nicht zum Kris zu passen.«

»So ist es, Detective Sergeant«, sagte der Doktor. »Aber vergessen Sie nicht, daß sich im Hafen von Manila gewalttätige und kriminelle Elemente aus aller Herren Länder ein Stelldichein geben. Wer sich dort in einer bestimmten Gesellschaft bewegt, lernt sicherlich Waffen kennen, die aus noch entfernteren Gegenden als Java kommen – und sofern er aufgrund seiner ethnischen Herkunft zum Gebrauch einer bestimmten Waffe neigt, sind die Aussichten um so größer, daß er genau diese verwenden wird.«

»Was meinen Sie damit?« sagte Miss Howard.

Der Doktor wandte sich von der Skizze ab und trat einen Schritt beiseite. »In bestimmten abgelegenen Teilen der Philippinen – beispielsweise im Nordteil der Insel Luzon und auf der Halbinsel Bataan – leben kleine Gruppen von Pygmäen, die sich selbst ›Aeta‹ nennen, von den Spaniern und Filipinos hingegen als ›Negritos‹ bezeichnet werden. Die Angehörigen dieser kleinwüchsigen, dunkelhäutigen Stämme sind die Ureinwohner jener Inseln, und man nimmt an, daß sie vom asiatischen Festland dorthin gewandert sind, als jener Teil des Pazifiks noch vom Eis bedeckt war. Sie haben deutlich negroide Züge« – der Doktor sah zu mir und Cyrus hin –, »und ihre Körpergröße beträgt im Durchschnitt etwa einen Meter vierzig. So ist es ohne weiteres möglich, daß man einen von ihnen hierzulande …«

Cyrus nickte. »Für einen Zehnjährigen halten könnte.«

»Genau.«

Mit einem Mal flüsterte Miss Howard, tief aufstöhnend: »Mein Gott.«

Der Doktor wandte sich ihr zu. »Sara? Ihnen ist doch nicht etwa aus Ihren Gesprächen mit Señora Linares noch etwas eingefallen?«

»Doch«, sagte sie und fragte gar nicht erst, wie der Doktor auf die Vermutung gekommen war. »Der Vater ihres Mannes – er stammt aus einer alten Diplomatenfamilie – war früher im Büro des Generalgouverneurs tätig – in *Manila* …«

Der Doktor nickte lediglich. »Auf der Insel Luzon. Es *mußte* eine Verbindung bestehen. Die Aeta gelten in der philippinischen Gesellschaft nichts. Sollte es einen von ihnen, aus welchen Gründen auch immer, nach Manila verschlagen haben, wäre praktisch der einzige Ort, wo man seine Anwesenheit dulden würde, der Hafen gewesen. Dort hätte er höchstwahrscheinlich, außer daß er die vertrauten Jagd- und Kampftechniken seines Stammes anwendete, auch alles andere gelernt, was er zum Überleben brauchte. Wie viele andere Eingeborenenvölker schätzen die Aeta Treue über alles. Hätte also ein solcher Mann je einem Menschen in einer Machtposition gedient oder wäre näher mit ihm bekannt geworden …« Er wandte sich an Miss Howard. »Sie müßten irgendwie mit Señora Linares Verbindung aufnehmen und feststellen, ob ihr Mann je einen solchen Eingeborenen in seinen Diensten hatte.«

»Das wird nicht einfach sein«, sagte Miss Howard, »sie steht Tag und Nacht unter ziemlich scharfer Aufsicht.«

»Dann müssen wir uns etwas einfallen lassen«, sagte der Doktor. »Wir müssen das unbedingt in Erfahrung bringen. Am Verhalten dieses geheimnisvollen kleinen Mannes sind bisher zwei allem Anschein nach entgegengesetzte Absichten deutlich geworden – wir müssen den Grund dafür feststellen, um zu wissen, ob wir erneut mit seinem Auftreten zu rechnen haben.« Als er wieder zur Skizze an der Wand trat, klang seine Stimme entmutigt. »Doch all das bringt uns in der Sache mit dem verdammten Kellergeschoß keinen Schritt weiter... Wie kommen wir da rein? Und wenn wir drin sind, wie stellen wir fest, ob sie das Kind da versteckt hält, und wo?«

Lucius gab einen Knurrlaut von sich. »Es kommt nicht oft vor, daß ich die üblichen Polizeimethoden vorschlage«, brummelte er. »Aber in diesem Fall würde ich manches darum geben, einfach nach bewährter Manier die Tür einzutreten und einen Bluthund auf die Spur der Kleinen zu setzen.«

Eine oder zwei Minuten lang schwiegen alle. Ich saß einfach auf meiner Fensterbank, die Knie unter das Kinn gezogen, und wartete darauf, daß jemand einen brauchbaren Vorschlag machte. Es dauerte eine ganze Weile, bis ich in meiner Versunkenheit merkte, daß sich Cyrus mehrfach leise geräuspert hatte, womit er offenbar mich auf sich aufmerksam machen wollte. Als ich zu ihm hinsah, hob er die Brauen mit einem Ausdruck, der zu sagen schien: »*Nun*...?« Ich hatte keine Ahnung, was er damit meinte, und teilte ihm das mit, indem ich die Brauen runzelte und die Schultern hob. Er sah rasch zu den anderen hinüber, und als er merkte, daß sie nach wie vor unverwandt auf die Skizze starrten, kam er zu mir herüber und beugte sich vor, wie um aus dem Fenster zu sehen, als wolle er, daß niemand mitbekam, was er mir sagen wollte.

»Du kennst doch den Jungen da in Manhattan?« sagte er leise, indem er beiläufig einen Arm an den Fensterrahmen legte und sich die Hand vor den Mund hielt. »Den mit dem Tier.«

Einen Augenblick lang wußte ich nicht, worauf er hinauswollte, und auch als ich begriffen hatte, wen er meinte, wurde mir nicht klar, was er beabsichtigte. »Meinst du Hickie den Teutonen?« sagte ich. »Klar, natürlich kenn ich den, aber...«

»Und du hast doch das Haus von der Frau gesehen?« sagte Cyrus. »Kämst du da rein?«

Die Frage entsetzte mich ein wenig – immerhin hatten inzwischen alle ein sauberes Bild von mir. »*Die* Klitsche?« sagte ich schließlich. »Klar, natürlich, aber...«

Jetzt sah mich Cyrus geradeheraus an. »Du bist jetzt am Zug, Stevie...«

Er trat beiseite und ließ mich leicht verwirrt zurück. Ich flüsterte ihm verzweifelt »Aber Cyrus...« hinterher, aber offenbar doch so laut, daß sich der Doktor umwandte.

»Stevie? Hast du etwas beizutragen?«

Ich drehte mich zu ihm um und schüttelte unschuldig den Kopf. »Nein, Sir.«

Cyrus murmelte, zur Wand gerichtet: »Doch.«

»*Nein*«, sagte ich aus dem Mundwinkel.

»Schön«, sagte er, »wenn du nicht willst...«

»Was gibt's?« fragte der Doktor, der sich keinen Reim auf unser Geplänkel machen konnte. »Stevie, wenn du eine Lösung für diese ausweglose Situation hast, dann raus mit der Sprache...« Er wies mit der Hand auf die Skizze.

Ich blieb reglos sitzen und dachte über die Sache nach. Dann erhob ich mich mit kaum verhohlenem Seufzen. Es blieb mir ja doch nichts anderes übrig. Immerhin hatte auch ich zu denen gehört, die dem Doktor zugeredet hatten, er müsse sich am Versuch zur Rettung des Kindes beteiligen; und während ich mich durch den Raum schleppte, überlegte ich, daß ich es ihm schuldig war, den nächsten Schritt zu tun, wenn ich die Möglichkeit dazu hatte. Ich warf Cyrus einen kurzen Blick zu, der soviel bedeuten sollte wie »Vielen Dank für den Ärger, den du mir da gemacht hast« – den er mit einem breiten Grinsen quittierte –, und trat zu den dreien, die vor der Skizze standen.

»Nun ja«, begann ich unsicher. »Möglicherweise... äh... muß man nicht so vorgehen, wie Detective Sergeant Lucius meint. Man könnte vielleicht dasselbe Ergebnis ohne großes Aufsehen erreichen.« Ich wies auf die Skizze. »Wenn Sie der Ansicht sind, daß man die Kleine im Keller rausschnuppern kann, auch wenn Sie nicht genau wissen, wo Schwester Hunter sie versteckt hält – braucht man vielleicht nicht mit Bullen und 'nem Bluthund da reinzugehen. Weiß zufällig jemand, wie die Fenster auf der Rückseite des Hauses aussehen?«

»Ja«, sagte Lucius. »Ich habe eigens darauf geachtet. Sie sind vergittert. Es sind keine sehr dicken Stäbe, sie stehen aber ziemlich eng beieinander.«

»Dann braucht man also 'nen Spreizer«, sagte ich.

Lucius nickte. »Ja, aber nicht einmal damit dürfte man eine Öffnung schaffen können, die groß genug ist, um einen Menschen durchzulassen.«

»Ich denk auch nicht an einen *Erwachsenen*«, sagte ich. »Aber...«

Der Doktor sah mich an, und es hatte den Anschein, als wüßte er nicht, ob er sich aufregen oder begeistern sollte. »Stevie – willst du damit sagen, daß *du* hinein könntest?«

Ich nickte mit größter Zurückhaltung. »Ich hab gesehen, daß gleich neben dem Haus 'n Mietstall ist. Da kann man sich gut verstecken. Wenn die Luft rein ist, spreizt man die Gitterstäbe, geht rein und sieht sich im Keller um. Wenn die Kleine dort sein sollte, könnte ich sie rausholen.«

»Und *wie* willst du sie finden?« fragte Lucius.

Achselzuckend teilte ich allen mit: »Ich hab da 'nen Kumpel.« Prüfend ruhte der Blick des Doktors auf mir. »Ich meine, ich hatte 'nen Kumpel, 'n Jungen, der in Häuser einsteigt, wie ich früher. Wir nennen ihn Hickie den Teutonen, weil er behauptet, von deutschen Adligen abzustammen. Stimmt aber nicht – seine Vorfahren sind aus Holland oder so. Jedenfalls hat er 'n dressiertes Frettchen. Es heißt Mike. Hickie nimmt es in 'nem Sack mit, wenn er was ausbaldowert. Es kann durch ganz enge Öffnungen schlüpfen.« Ich wies auf die Skizze. »Ich könnte es mit da reinnehmen. Hat 'ne verdammt gute Nase.«

»Und woher weiß es, wonach es suchen soll?« fragte Miss Howard.

»Da hat Hickie 'nen Kniff«, erläuterte ich. »Er tut ihm was in den Käfig, das so aussieht oder so riecht wie das, was Mike rausholen soll, und es kriegt erst dann wieder was zu fressen, wenn es das begriffen hat. Meistens dauert es nicht besonders lange. 'n paar Tage.«

Lucius dachte eine Weile darüber nach und sah dann zu Dr. Kreisler hin. »Das könnte einen Versuch wert sein«, sagte er. Man hörte seiner Stimme an, daß ihm die damit verbundenen Gefahren klar waren, er aber von der Erfolgsaussicht zugleich begeistert war.

»Müßten wir da nicht zuerst eine Möglichkeit finden, die Hunters aus dem Haus zu schaffen?« fragte Miss Howard.

»Nur die Frau«, sagte ich. »Wir wissen, daß sie sich mit Goo Goo Knox rumtreibt, und ... müssen nur warten, bis sie abends mal abschwirrt. Ich glaub nicht, daß sich ihr Mann um das Kind kümmert, wenn es ihm so dreckig geht, wie alle sagen. Wahrscheinlich versteckt sie es, wenn sie weg ist. Ich würde im Erdgeschoß einsteigen – wahrscheinlich durch die Küche. Von da geht es gleich in den Keller. Die schlafen doch im ersten Stock, oder? Wir haben den Mann von draußen gehört.«

»So ist es«, bestätigte Lucius beflissen.

»Die Sache wär also auch ohne weiteres möglich, wenn er im Haus ist. Ich hab so was oft gemacht. Nicht für 'n Kind, aber groß kann der Unterschied zwischen 'nem Sack voll Sachen und 'nem Kind ja wohl nicht sein.«

Über die eigentliche Aufgabe war nicht mehr viel zu sagen. Mir war klar, was als nächstes kommen würde. Der Doktor sagte: »Würden Sie uns beide bitte entschuldigen« und schob mich in den hinteren Teil des Raumes. Dort verschränkte er die Arme und sah, nachdem er kurz gewartet hatte, zum Fenster hinaus.

»Stevie, an dem Plan gefällt mir einiges nicht.«

»Mir auch nicht«, sagte ich. »Wenn Sie 'ne andere Idee haben, bin ich sofort dafür.«

»Genau das ist der Haken«, erklärte er. »Wir haben keine, und das weißt du wohl.«

»Ja. Aber ich hab mir das nicht ausgedacht, das war Cyrus. Vielleicht ist es ja auch ganz einfach. Sie geben mir einen der beiden Isaacsons mit, damit einer Schmiere steht, und wenn wir die Kalesche in dem Stall bereithalten, müßte alles klargehen. Mit 'ner Kanone und 'ner Dienstmarke kann er jeden in Schach halten, mit Ausnahme der Dusters vielleicht, aber bis die dahintergekommen sind, was los ist, sind wir über alle Berge. Vielleicht kommen sie auch nie dahinter.«

Natürlich war es dem Doktor weder recht, daß ich mich in Gefahr begab, noch, daß ich meine alten Diebesgewohnheiten wieder aufnahm; aber nach seinem Gesichtsausdruck zu urteilen, war ihm bewußt, daß uns keine andere Wahl blieb. Daß Miss Howard und Lucius Feuer und Flamme für den Plan waren, setzte noch das Tüpfelchen aufs i. So kam es, daß ich gegen zwei Uhr wieder einmal auf dem Weg in meine alte Gegend war, wo ich Hickie den Teutonen mit seinem Frettchen Mike aufspüren wollte.

# KAPITEL 21

Ich nahm an, daß ich Hickie beim Schwimmen im East River finden würde, auch wenn es für New Yorker Verhältnisse ein kühler Sommernachmittag war. Der Junge brauchte das Wasser wie ein Fisch. Außerdem lagen dort Schiffe mit Ladung, und die beste Möglichkeit, sich auf den Docks umzusehen, ob irgendwo etwas für ihn herausspringen konnte, bestand darin, harmlos herumzuschwimmen und sich unauffällig ein Bild zu machen. Doch bestand Hickies gewöhnliche Beute nicht aus Schiffsfracht – wie schon gesagt, war er Einbrecher. Er verstand sein Handwerk so gut, daß er völlig auf eigene Rechnung arbeitete, war aber auch zugleich so geachtet, daß er die Möglichkeit hatte, sich einer beliebigen Gruppe anzuschließen, wenn das für ein bestimmtes Vorhaben sinnvoll erschien. Alles in allem war er aber eher ein Einzelgänger – wenn man seine Tiere nicht in Betracht zog. Er lebte in einem verlassenen Kellergeschoß an der Monroe Street nördlich der Brooklyn Bridge mit einer ganzen Menagerie von Hunden, Katzen, Eichhörnchen, Schlangen, Waschbären und was weiß ich. Die einzigen Tiere, die er nicht in seiner Nähe duldete, waren Ratten. Er richtete seine Hausgenossen darauf ab, die Schmarotzer zu vernichten, wo immer sie auftauchten. Dazu muß man wissen, daß Hickies Eltern – Einwanderer, die in ihrer Wohnung an der Eldridge Street in Heimarbeit Zigarren drehten – beraubt und erschossen worden waren, als Hickie zwei oder drei Jahre alt war. Es hatte über vierundzwanzig Stunden gedauert, bis jemand das Verbrechen entdeckt und den kleinen Jungen gefunden hatte: Inzwischen hatten die Ratten schon reichlich Zeit gehabt, sich über die Leichen herzumachen. Daß Hickie hatte mit ansehen müssen, wie seine Eltern von den Viechern halb aufgefressen worden waren, war der Auslöser dafür, daß er sein Leben lang nicht lockerließ, bis jede Ratte in seiner Reichweite tot war. In einer Stadt wie New York wurde ihm also nie langweilig.

Wie ich es mir gedacht hatte, fand ich Hickie an jenem Nachmittag hinter dem Fischmarkt an der Fulton Street – ein großes, mit Brettern verkleidetes Gebäude, dessen drei kleine Türmchen »Kuppeln« genannt wurden –, wo er nackt mit einigen anderen Jungen herumschwamm. Ein paar Frachtschoner und ein Raddampfer lagen im Hafen, neben der Fulton-Street-Fähre, deren Anleger sich gleich neben dem Fischmarkt befand. Einige der kleineren Kinder sprangen vom Bugspriet der Schoner ins Wasser, wobei sie gut aufpaßten, nicht auf den Kai zu fallen und sich den Hals zu brechen. Angst hatte offenbar niemand. Hickie hatte mir oft erzählt, daß seiner Ansicht nach jeder Junge, der gelernt hatte, in einem Fluß mit so gefährlichen Strömungen wie dem East River zu schwimmen, das Recht hatte, selbst zu entscheiden, wann und wo er sich den Schädel einschlagen wollte.

Ich schlängelte mich durch die lärmende Menge um den Fischmarkt mit seinem unverkennbaren Geruch und schob mich dann an der Wand des Gebäudes entlang dorthin, wo die Jungen unaufhörlich im East River untertauchten und wieder an die Oberfläche kamen.

»He, Hickie!« rief ich, als ich seinen Kopf auftauchen sah. »Falls du an Lungenentzündung eingehen willst, machst du es genau richtig!«

Er grinste mir breit zu, wobei eine große Zahnlücke sichtbar wurde, die er zwei Bullen verdankte. »Waf wagft du, Ftevie?« rief er. »Ift doch einfach grofartig im Waffer!«

»Komm raus«, schrie ich. »Ich hab dir 'n Geschäft vorzuschlagen!«

Mit einer Kopfbewegung warf er sein schwarzes Haar in den Nacken und kam flink zu mir geschwommen. »Fwimmen und Gefäft wind tfei Paar Ftiefel«, sagte er, kam wie ein bleicher Blitz aus dem Wasser geschossen und rannte zu seinem kleinen Kleiderstapel. Er trocknete sich mit einem Lumpen ab, der vielleicht einmal ein Handtuch gewesen war, und zog sich rasch an. »Wie gehtf dir, Ftevie? Hab dich lange nicht hier gewehen.«

»Hab mich hier auch rar gemacht«, sagte ich. Mir fiel auf, daß Hickies Stimme tiefer geworden war. Er war wohl ein oder zwei Jahre älter als ich, aber klein für sein Alter. »Hab gearbeitet. Das geordnete Leben läßt einem nicht viel freie Zeit.«

»Genau defhalb geh ich ihm auf dem Weg«, sagte Hickie, der inzwischen ein altes Hemd und eine Wollhose mit Hosenträgern anhatte. Er zog ein Paar ausgelatschte Treter an und schüttelte mir die Hand, dann setzte er sich eine Tuchmütze schräg aufs Ohr, so daß sie ein Auge verdeckte. »Wenn ich nicht fwimmen gehen könnte, wenn mir danach ift, hätt daf Leben für mich keinen Winn. Waf führt dich tfu mir, mein Freund?«

Ich nahm einige Steinchen auf und schleuderte sie ins Wasser. »Hast du noch immer Mike?«

»Mike?« sagte Hickie, als hätte ich mich nach einem Angehörigen erkundigt. »Klar hab ich Mike noch! Den würd ich doch nie im Ftich laffen. Er ift der geborene Rattentöter.«

»Verleihst du ihn?«

»Ob ich ihn verleih?« Hickie verschränkte die Arme, stützte das Kinn auf eine Hand und legte einen Finger an die Nase, während er nachdachte. »Nee ... ich glaub nicht, daf ich je auf den Gedanken gekommen wär. Käm mir irgendwie gemein vor. Mike ift fein eigener Herr.«

Es war ihm ernst damit, und der Versuch, ihm zu sagen, daß ein Tier nur ein Tier ist, wäre sinnlos gewesen. »Nun, ich könnt ihn brauchen«, sagte ich. »Vielleicht für 'ne Woche. Gegen erstklassige Bezahlung.«

Hickie klopfte sich nach wie vor mit dem Finger an die Nase. »Eine Woche? Mal wehn ...« Mit einem Mal leuchteten seine Augen auf. »Fragen wir ihn doch welbft! Wenn er wich mit dir anfreundet, Ftevie, heift daf, daf er einverftanden ift – und in dem Fall will ich ihm nicht im Wege ftehen!«

Hickie brach in Richtung auf die Elendsbehausung auf, die er sein Zuhause nannte, ganz der Westentaschen-Verbrecher, der er war. Ich ging neben ihm her und dachte mir, daß der Junge sicherlich eine glänzende Zukunft vor sich hatte, vorausgesetzt, er blieb dem langen Arm des Gesetzes immer einen Schritt voraus.

Unterwegs zur Monroe Street, deren Barackensiedlung eine der ältesten und schlimmsten der Stadt war, berichteten wir einander, wie es uns in der Zwischenzeit ergangen war. Wie die meisten Gebäude dort, war das, in dem Hickie wohnte, ein verfallenes Holzhaus, das aus dem vorigen Jahrhundert übriggeblieben sein mochte. Was er »Kellergeschoß« nannte, war eher eine Art Höhle. Ins Innere gelangte man durch ein finsteres Seitengäßchen, in dem man sich den Weg durch Aschenhaufen und zum Trocknen aufgehängte Wäschestücke bahnen mußte, dann führte eine alte steinerne Treppe zu einem Gelaß mit einem gestampften Lehmboden. Mit Ausnahme des wenigen Lichts, das durch ein hohes, verdrecktes Fenster an der Vorderseite des Gebäudes hereinfiel, war es darin dunkel – und kaum näherten wir uns, begann ein ganzes Rudel von Hunden laut zu bellen. Im Inneren zündete Hickie eine Kerosinlampe an, und sogleich gewann der Raum Leben: Dort gab es nicht nur die Hunde, die wir schon gehört hatten, sondern auch Katzen, die fauchend vor ihnen zurückwichen, sowie Dutzende weiterer kleinerer Tiere, die so durcheinanderwimmelten, daß man den Eindruck hatte, das Mauerwerk sei lebendig geworden. Hickie begrüßte all seine Tiere mit Hingabe, was eine ganze Weile dauerte. Unterdessen wartete ich mißtrauisch, weil ich nicht wußte, welche von ihnen Fremden gefährlich werden konnten und welchen man trauen durfte.

Hinter den wenigen Möbelstücken, die Hickie sein eigen nannte, stand ein alter Spülstein mit einem Abfalleimer darin. Sein Inhalt war im ganzen Raum verstreut, und schon bald arbeitete sich ein mittelgroßer Waschbär daraus hervor, der Hickie durchaus schuldbewußt ansah.

»Willy!« rief Hickie und rannte so schnell auf den Abfalleimer zu, daß es für den Waschbären kaum möglich (wenn auch nicht unmöglich) war, über das Wasserrohr, das zum Spülstein führte, die Flucht zu ergreifen. »Wie oft muf ich dir noch wagen, Schluf mit dem Wühlen im Müll!« Er sah zu dem Tier hin, das sich an das Wasserrohr klammerte. »Du führft dich auf, alf würdest du nie waf zu freffen kriegen, du undankbaref, kleinef…«

Ich mußte lachen. »Hickie, er ist ein Waschbär. Was erwartest du da groß?«

Hickie stemmte die Hände in die Hüften und fuhr fort, das Tier tadelnd anzusehen. »Waf ich erwarte? 'n bifchen normalen Anstand und Dankbarkeit, wonft kann er von mir auf in der Goffe flafen!« Dann trat er weiter in den Raum hinein und zündete noch eine Lampe an, die er in der Hand behielt. »Ich hab ihn nach Kaiwer Wilhelm genannt, aber er denkt überhaupt nicht dran, wich kaiwerlich aufzuführen, *der* nicht…« Hickie bedeutete mir, ihm zu folgen; und als ich sah, daß sich eine große Schlange meinen Füßen näherte, beschloß ich, den anderen Tieren trotzig die Stirn zu bieten und weiter in den Raum vorzudringen. »Wo«, sagte Hickie und erkletterte einen riesigen Haufen alter Schrankkoffer. »Komm und wag Mike guten Tag.«

In der Dunkelheit konnte ich undeutlich eine große Rahmenkonstruktion auf den Koffern erkennen, und als Hickie die Lampe hochhielt, sah ich, daß es ein aus ein paar Kanthölzern und Maschendraht bestehender Käfig war. In seinem Inneren sauste ein langer dürrer Schatten aufgeregt hin und her, dem ein ebenso langer buschiger Schwanz folgte. »Mike!« Schließlich war Hickie hoch genug gestiegen, um die Lampe hinstellen und sich auf einen der Koffer in der Nähe des Käfigs setzen zu können. »Mike, ich hab 'nen alten Kumpel mitgebracht, der dich begrüfen und dir 'nen Vorflag machen will – aber *Mike*!« Auf Hickies Gesicht trat mit einem Mal ein breites Grinsen, was seine Zahnlücke um so deutlicher hervortreten ließ. »Ftevie! Wieh dir *daf* mal an!«

Von der Decke des Käfigs nahm Hickie eine tote Ratte herunter und hielt sie am Schwanz. Sie war über und über mit Biß- und Kratzspuren bedeckt, und in ihrer Kehle klaffte eine große Wunde. »Waf hab ich dir gefagt?« rief Hickie begeistert aus. »Hat daf Miftding doch glatt durch den Draht erwift! Mike ift unerreicht, wenn ef darum geht, Ratten umzubringen!« Begeistert schleuderte Hickie den Kadaver zu Boden, öffnete den Käfig, griff hinein und holte das etwa sechzig Zentimeter lange grauweiße Frettchen heraus. Dessen kleine schwarze Augen ruhten mit einem Ausdruck auf Hickies Gesicht, den man als Erkennen deuten konnte: Er drehte sich auf Hickies Schoß auf den Rücken, sprang dann mit einer einzigen Bewegung, als hätte man ihn aus einer Flasche geschüttet, hoch und auf die Schulter seines Herrn. Hickie lachte laut auf, das Frettchen sprang ihm wieder auf den Schoß und kratzte sich mit den kurzen Vorderläufen hinter den runden Ohren und an der spitzen Schnauze. Es sah zu mir her, wobei die kleinen dolchartigen oberen Schneidezähne über seinem fellbedeckten Unterkiefer sichtbar wurden. »Kitfel mich, Mike, mein Junge!« rief Hickie und rieb den Leib des Tieres mit aufrichtiger Zuneigung und Wonne. »Dann tu ich dir den Gefallen auch!«

Das Frettchen schien das zu genießen und war kurz darauf so ruhig, daß Hickie es aufnehmen konnte. »Komm, Ftevie, komm her und wieh dir Mike genau an!« Er sah dem Tier in die Augen. »Wo, Mike, daf ift Ftevie Taggert. Du haft ihn fon früher gewehn, bift ihm aber nicht vorgeftellt worden. Ftevie – Mike.« Bevor ich wußte, wie mir geschah, hatte er mir das Tier an die Brust gelegt, so daß ich es festhalten mußte. »Waf meinft du, Mike!«

Das Tier sah mich nur eine Sekunde lang an und rannte mir dann mit einem Mal den Arm empor, wobei sich seine scharfen Krallen durch mein Hemd und ein wenig in meine Haut bohrten. Anfangs war es ein sonderbares Gefühl – nicht eigentlich schmerzhaft, aber merkwürdig; bald darauf waren die geschmeidigen Bewegungen des Tieres um Hals und Schultern herum so leicht, daß es in der Tat nur ein Kitzeln war.

»Was tut er, Hickie?« fragte ich und begann zu lachen.

»Er macht wich mit dir bekannt, Ftevie. Er ist unbeftechlich und wird dir bald wagen, waf er von dir hält!«

Mike lief auf meinem anderen Arm herunter, sprang kurz auf einen der Koffer und kam dann wieder auf meinen Schoß gerannt. Er schnupperte mit seiner ständig in Bewegung befindlichen Nase an meinem Hemd, steckte den Kopf zwischen zwei Knöpfe und war mit einem Mal im Inneren des Hemdes verschwunden. Während ich vor Schrecken tief Luft holte, spürte ich warmes Fell und kalte Krallen auf meiner nackten Haut. »Hickie!« sagte ich halb belustigt, halb ängstlich.

»Daf macht er ganf welten«, sagte Hickie, »er hat dich wohl in wein Hertf gefloffen. Ich würde wagen, du haft 'nen Teilhaber, Ftevie, mein Wohn!« Hickie klatschte in die Hände und rieb sie dann an den Beinen, offensichtlich hocherfreut, daß mich Mike so schnell akzeptiert hatte. Als das Frettchen aus meinem Hemd wieder auftauchte, streichelte ich ihm den Rücken und spürte dabei, daß sein Herz geradezu rasend schlug: wie eine kleine Dampfmaschine, so schnell, daß man glauben konnte, es müßte gleich platzen. Dann drehte sich Mike wieder auf den Rücken und ließ mich, ganz wie zuvor Hickie, seinen Bauch kitzeln.

»Mike, Mike, Mike«, sagte Hickie und tat so, als sei es ihm nicht recht. »Wirf dich nicht weg, mein Junge, denk an deine Würde!« Über seine eigenen Worte lachend, sah er zu mir auf. »Du haft mit Pferden tfu tun, waf, Ftevie?«

»Ja«, bestätigte ich. »Wir haben zwei, 'ne Stute und 'nen Wallach. Wieso fragst du – kannst du das riechen?«

»Nee«, sagte Hickie und schüttelte den Kopf. Dann nickte er zu Mike hinüber. »Aber er. Er ift ganz farf auf Pferdegeruch. Und er mag dich, daf ift wicher. Alwo, Ftevie – worum geht ef bei der Angelegenheit?«

Ich wußte nicht, wieweit ich Hickie in den Fall einweihen durfte, aber das Wesentliche mußte ich ihm schon sagen, da ich seine Anweisungen brauchte, um Mike für die bevorstehende Aufgabe abrichten zu können. Also erklärte ich, daß mein Arbeitgeber und ich versuchten, jemandem auf die Spur zu kommen, von dem wir Grund hatten anzunehmen, daß man ihn in einem bestimmten Haus gegen seinen Willen in einem verschlossenen Raum festhielt. Ich fragte ihn, ob Mike das feststellen könne, wenn sich der Betreffende in dem Haus befand, und ob er das richtige Zimmer finden würde. Aber ja, erklärte Hickie, das wäre verglichen zu vielen Aufgaben, die er schon gelöst hatte, geradezu ein Kinderspiel. Dann fragte ich, was ich tun müsse, um ihm seine Aufgabe beizubringen, und erfuhr mit Staunen, daß nichts weiter nötig sei als ein Kleidungsstück der betreffenden Person – je dichter es am Körper getragen worden sei, desto besser, weil dann deren Körpergeruch um so intensiver sei. Mike sei bereits so gut dressiert, daß er meist ohne Umschweife verstehe, was von ihm erwartet werde, wenn man für ihn die Verbindung zwischen einem bestimmten Gegenstand oder Geruch und seinen Mahlzeiten herstelle. Daher seien nur wenige Tage nötig, um ihn abzurichten. Am besten nähme ich ihn so lange zu mir, erklärte Hickie, damit er sich noch besser an mich gewöhnen könne. Ich sagte, daß ich dabei keine Schwierigkeiten sähe, und fragte dann, was ich dem kleinen Burschen eigentlich zu fressen geben müsse.

»Frettchen wind Fleiffreffer«, sagte Hickie, ganz Fachmann, »aber verdirb ihn mir nicht. Blof kein Fteak oder Lammkotelett – fang ihm einfach 'n paar Mäuwe, wenn du kannft. Wenn nicht, tut'f auch 'n Ftück Karnickel. Drei- oder viermal am Tag, wolange du ihn abrichteft, damit er kapiert, waf du von ihm willft.«

»Kann ich ihn im Käfig mitnehmen?«

»Na klar«, sagte Hickie, nahm das sonderbare Ding von den Koffern herunter und kletterte damit auf den Fußboden. »Wir müffen nur 'n Ftück Ftoff wuchen, um ihn tfutfudecken, denn er verträgt den Ftrafenverkehr nicht bewonderf gut.« Hickie begann im Abfall zu wühlen, der sich in seinem Raum stapelte.

»Und was ist mit dem Geld, Hickie? Ich hab dir ja gesagt, erstklassige Bezahlung.«

Als er ein Stück altes Segeltuch herbeibrachte, mußte er sich mit einem seiner Hunde, einer mittelgroßen Bulldogge, darum prügeln. »Daf Geld? Hm, mal wehen, Schluf, Beauregard, laf daf Ding lof!« Schließlich entriß er dem Hund das Segeltuch, und als er damit den Käfig erreicht hatte, kletterte ich mit Mike von dem Kofferhaufen herunter. »Wo waf mach ich tfum erften Mal.« Vorsichtig nahm er mir Mike aus den Armen und hielt ihn hoch, um ihm in die Augen zu sehen. »Mach deine Wache anftändig, und halt dich wacker, hörft du?« Er küßte das Tier auf den Kopf, schob es in den Käfig und deckte ihn zu. »Mal wehen... Mike bedeutet mir 'ne ganfe Menge.«

Es war ziemlich klar, daß Hickie von mir ein Angebot erwartete, und so nannte ich aufs Geratewohl einen Betrag, der mir ziemlich hoch erschien. »Wie wär's mit fünfzig Dollar? Für die Woche.«

Hickie wurde von der Leidenschaft des Feilschens gepackt, wie man das oft bei Leuten beobachten kann, denen man mehr geboten hat, als sie erwartet hatten, und die deswegen glauben, sie könnten vielleicht noch mehr herausschlagen. »Wagen wir wiebfig, Ftevie, für meinen Weelenfrieden – und dann bift du der feine Kerl, für den ich dich immer gehalten hab.«

Ich nickte, und wir besiegelten das Geschäft mit einem Handschlag. »Du mußt aber mitkommen, um das Geld abzuholen«, sagte ich. »Soviel hab ich nicht dabei.«

»Ich würde Mike wowiewo nich weglaffen, ohne zu wehen, wohin du ihn mitnimmft«, sagte Hickie. Er nahm den Käfig in die Hand und wies auf die Tür. »Nach dir, mein Junge!«

Wir gingen durch die Barackensiedlung hinüber zur Park Row, wo man leicht eine Droschke nach Norden bekommen konnte. Es war eine angenehme Fahrt, Hickie quoll über von Geschichten über alte gemeinsame Freunde, das Frettchen Mike wurde beim Geruch des Pferdes vor uns in seinem Käfig ganz wild, und sicher fragte sich der Kutscher, was um alles in der Welt zwei Burschen wie wir vorhaben mochten – ganz davon zu schweigen, was sich wohl in dem sonderbaren Verschlag befand, der auf Hickies Schoß stand.

Als wir das Haus an der Siebzehnten Straße erreichten, zeigte sich, daß der Doktor, Cyrus und Miss Howard zurückgekehrt waren – von Mrs. Leschko hingegen war nach wie vor nichts zu sehen, was den Doktor veranlaßte zu überlegen, ob er die Polizei rufen sollte. (Er tat es nicht; und gegen halb sechs abends kam die Frau schließlich hereingetorkelt, wobei sie sinnloses Zeug über Kosaken, den russischen Zaren und ihren Mann brabbelte. Der Doktor teilte ihr mit, sie solle nach Hause gehen und am nächsten Morgen wiederkommen.) Hickie war ziemlich beeindruckt zu sehen, wo ich nach all den Jahren des Stehlens und Betrügens gelandet war, und ich glaube, daß er beim Anblick des Hauses einen Moment lang überlegte, ob es nicht doch sinnvoll sein könnte, ein geordnetes bürgerliches Leben zu führen. Er machte einen ziemlichen Eindruck auf die anderen, vor allem auf den Doktor, der sich sehr für die von Hickie erdachten Methoden der Tierdressur interessierte.

»Wirklich bemerkenswert«, sagte der Doktor, nachdem sich Hickie in meinem Zimmer von Mike verabschiedet hatte und wieder gegangen war. »Weißt du, Stevie, auf meiner Reise nach St. Petersburg habe ich einen glänzenden russischen Physiologen und Psychologen namens Pawlow kennengelernt, der sich mit den Ursachen tierischen Verhaltens beschäftigt und ähnlich wie dieser Hickie vorgeht. Ich glaube, er könnte von einem Gespräch mit deinem Freund eine Menge lernen.«

»Daraus wird wahrscheinlich nichts«, sagte ich. »Der verläßt seine gewohnte Umgebung nicht gern, nicht mal, wenn es Geld zu verdienen gibt – und ich nehme an, daß er weder lesen *noch* schreiben kann.«

Der Doktor lachte ein wenig und legte mir einen Arm auf die Schulter. »Ich meinte das eigentlich mehr hypothetisch ...«, sagte er.

Mit dem Einzug des Frettchens Mike in mein Zimmer entstand eine Situation, wie ich sie noch nie zuvor erlebt hatte. Mit einem Mal hatte ich ein Haustier, einen Zimmergenossen, und im Lauf der nächsten Tage wurde mein eigenes Tun stark von der Notwendigkeit bestimmt, das

Tier zu füttern und auf seine Aufgabe vorzubereiten. Ich war für ein anderes Lebewesen verantwortlich, eine Situation, die mir nie zuvor gefallen hätte. Dennoch merkte ich, daß sie mir nicht viel ausmachte, als ich mich schließlich in einer solchen befand. Tatsächlich stand Mike im Mittelpunkt meiner Aufmerksamkeit, und er bereitete mir durch sein munteres und zutrauliches Wesen viel Freude. Miss Howard brauchte mehr als einen Tag, um mit Señora Linares Verbindung aufzunehmen, und einen weiteren, um ein Stück von Anas Nachtwäsche in die Hände zu bekommen. Ich brachte währenddessen den größten Teil der Zeit damit zu, entweder mit Mike in meinem Zimmer herumzutollen, in unserem Keller Mäuse für ihn aufzutreiben oder auf das Tier einzureden, als erwartete ich Antworten von ihm. Ich hatte schon früher Leute gesehen, die sich Haustieren gegenüber auf diese Weise verhielten, ohne dieses Verhalten zu verstehen, da ich selbst nie ein solches Tier besessen hatte. Mit einem Mal begriff ich die Veränderung, die bei mir stattfand, und je länger ich mit Mike zusammen war, desto mehr verbannte ich den Gedanken aus meinem Kopf, daß er jemals wieder verschwinden würde.

In der Zwischenzeit kam es zu einer ganzen Reihe von Entwicklungen, die mich sowieso ablenkten. Marcus und Mr. Moore spürten nämlich die Witwe des Bauunternehmers Henry Bates auf, und was sie an Neuigkeiten zum Broadway mitbrachten, war beunruhigend: Bates' Frau hatte erklärt, nicht nur sei ihr Mann in seinem Leben nicht einen einzigen Tag krank gewesen, er habe auch ein Herz wie ein Ochse gehabt. Außerdem sei er nicht etwa einen oder zwei Tage nach Fertigstellung der Arbeit für Schwester Hunter gestorben, sondern am selben Tag, und zwar im Haus Bethune Street Nr. 39, nachdem er eine Tasse Tee mit etwas Whiskey, die ihm die Hausherrin reichte, getrunken hatte. Das Ganze lag etwa ein halbes Jahr zurück, und wie es schien, hatte Schwester Hunter persönlich dem Coroner Meldung gemacht. Sie hatte erklärt, Bates sei tot umgefallen, als er, mit seinem schweren Werkzeugsack beladen, das Haus verlassen wollte. Der Coroner hatte Mrs. Bates mitgeteilt, derlei komme vor, und es sei durchaus möglich, daß ihr Mann einen Herzfehler hatte, ohne etwas davon zu ahnen. Er hatte Mrs. Bates gefragt, ob er eine Autopsie durchführen solle, um seine Vermutung zu bestätigen, aber die abergläubische und geradezu fanatisch religiöse Frau hatte sonderbare Vorstellungen darüber, was mit der Seele ihres Mannes geschehen würde, wenn man ihm das Herz aus dem Leibe schnitte.

Diese eher irrationale Haltung von Mrs. Bates erschwerte es Marcus und Mr. Moore, die von ihr als nächstes vorgetragene Theorie – ihr Mann sei von Schwester Hunter verführt worden – zu glauben, obwohl die beiden es der Schwester durchaus zugetraut hätten. Die Aussage hingegen, die Auftraggeberin im Haus Bethune Street Nr. 39 habe den Bauunternehmer regelmäßig angewiesen, die Bautrupps auszutauschen, schien ihnen Sinn zu machen: Es war verständlich, daß Schwester Hunter möglichst wenige Menschen zu Mitwissern über das gesamte Bauvorhaben machen wollte. Als einziger wußte Mr. Bates über alles Bescheid; und sowohl der Doktor als auch Lucius waren überzeugt, daß wir in der Bethune Street vermutlich Reste von getrocknetem Digitalis finden würden, wenn wir nur lange danach suchten. Vielleicht züchtete Schwester Hunter sogar Fingerhutpflanzen in ihrem Garten. Woher aber auch immer sie die Substanz bezog, die das Herz auch des stärksten Menschen zum Stillstand bringen kann, es wäre für sie ein Kinderspiel gewesen, sie in die schicksalhafte Tasse Tee zu schmuggeln und den verräterischen Geruch des Gifts durch den Whiskey zu überdecken.

All das schien durchaus in die Kategorie zu gehören, die der Doktor »hypothetisches Denken« nannte – und das war es ja wohl auch. Aber wer je den kalten Blick gesehen hatte, der in Elspeth Hunters goldene Augen treten konnte, hätte keine Sekunde lang daran gezweifelt, daß sie einer solchen Tat fähig war. Wie dem auch sei, die Vorstellung, daß wir es mit einem Menschen zu tun hatten, von dem wir mit gutem Grund annehmen durften, daß er nicht nur eine ganze Anzahl kleiner Kinder umgebracht hatte, sondern zumindest auch einen erwachsenen Mann, war mehr als nur ein wenig furchterregend. Es sah ganz so aus, als entdeckten wir von Tag zu Tag etwas Neues über die Frau, was uns bewies, wie unvorstellbar gefährlich sie war. Das machte es uns nicht leichter, unseren Einbruch in ihr Haus vorzubereiten. Aber außer der Vorsichtsmaßnahme, diesmal mehr Schußwaffen mit größerer Feuerkraft mitzunehmen, ließ sich unser Plan nicht verbessern. Als Miss Howard am Donnerstag morgen mit einem von Ana Linares' winzigen Nachthemden eintraf, lag die ganze Verantwortung nunmehr auf meinen Schultern. Ich hatte jetzt einige Stunden vor mir, Mike mit seiner empfindlichen Nase dahin zu bringen, daß er das tat, was wir von ihm verlangten.

Zusammen mit dem Nachthemd brachte Miss Howard eine Bestätigung dessen, worüber der Doktor auf dem Weg zum Naturhistorischen Museum und danach spekuliert hatte: In der Tat stand ein Eingeborener von den Philippinen im Dienst des Señor Linares, ein unheimlicher kleiner Geselle, hatte die Señora erklärt, dessen bloße Anwesenheit ihr eine Gänsehaut über den Rücken jage und den sie nicht im Hause schlafen lasse, so daß er seine Nächte auf dem Hof verbringen müsse. Der unter dem Namen *El Niño* bekannte Pygmäe, fuhr sie fort, diene der Familie Linares schon seit vielen Jahren, doch wisse sie selbst nicht recht, was seine Pflichten eigentlich seien. Miss Howard berichtete uns zudem, daß die eheliche Beziehung der Linares äußerst angespannt zu sein schien, und die Señora hatte ihr berichtet, daß sie ihren Mann längst verlassen hätte, wenn sie nicht eine gläubige Katholikin wäre.

Zu allem Überfluß erschienen jetzt in der *Times* täglich Schlagzeilen über das »Geheimnis des Rumpfes ohne Kopf«, wobei sich der Fall, wie es Lucius von Anfang an vorausgesagt hatte, vor den hilflosen Augen der Polizei zu einer der üblichen langweiligen Mordgeschichten entwickelte. Am Dienstag ließ sich die Theorie, das Opfer sei einer der entflohenen Irren von Long Island, eigentlich nicht mehr halten; statt dessen behauptete die Polizei nunmehr, es handele sich um die Tat eben jenes verrückten Metzgers, der vor einigen Jahren in einem berühmt gewordenen Fall ein junges Mädchen namens Susie Martin auf ähnliche Weise getötet und zerstückelt habe. Allerdings war auch diese These, die der Pathologe, welcher mit dem Fall Martin betreut gewesen war, den Bullen wie ein Weihnachtsgeschenk präsentiert hatte, im Handumdrehen widerlegt: Eine ganze Reihe von Leuten, die nahe Angehörige vermißten, hatten sich im Leichenschauhaus die kopflosen Rumpfteile angesehen, und bis Mittwoch hatten immerhin neun dieser Besucher sie eindeutig als Überreste eines gewissen William Guldensuppe identifiziert, der als Masseur im türkischen Bad von Murray Hill tätig gewesen war.

Die Bullen waren dieser neuen Spur gefolgt (zögernd, wie ich wetten würde) und hatten bis Donnerstag nicht nur entdeckt, daß Guldensuppe lange mit einer guten Bekannten, einer Mrs. Nack, in einem Haus in Hell's Kitchen gewohnt hatte, sondern daß jene Bekannte ihre Gunst in jüngster Zeit einem anderen Mitbewohner ihres Hauses geschenkt hatte, einem Mann namens Martin Thorn. Es gab Augen- und Ohrenzeugen eines öffentlich über diese Sache ausgetragenen heftigen Streites zwischen Guldensuppe, Nack und Thorn. Die Kriminaler spürten Mrs. Nack schnell auf, und als Ergebnis eines vierundzwanzigstündigen unerbittlichen Verhörs, bei dem auch der dritte Grad angewendet wurde, hatte sie gestanden, Guldensuppe gemeinsam mit Thorn getötet und zerstückelt zu haben. Da Thorn jedoch nirgendwo aufzufinden war, gab es für die Polizei nur eine Möglichkeit, das Interesse an dem Fall wachzuhalten: Sie kontrollierte in der ganzen Stadt Bahnhöfe und Schiffsanleger und blies zur Jagd auf Thorn, zuerst im ganzen Land, und dann auch jenseits der Grenzen.

»Der Mann ist bestimmt noch hier«, kommentierte Lucius das geschäftige Treiben in der Mulberry Street. »Hör auf meine Worte, Stevie; er hat die Stadt nicht verlassen und wird das auch nicht tun.« Wieder einmal würde erst die Zeit lehren, wie es sich in Wahrheit verhielt; aber ich wäre auf keinen Fall bereit gewesen, gegen den Detective Sergeant zu wetten.

Am Freitag wurde uns eine Nachricht von Kat überbracht, daß sie eine von Libby Hatchs Jacken in ihren Besitz gebracht habe und bereit sei, sie uns zuzuspielen. Allerdings hatte sie den Eindruck, daß Ding Dong von irgend etwas Wind bekommen hatte, und wollte sie uns daher nicht im Haus an der Siebzehnten Straße übergeben, da die Dusters wußten, daß ich dort lebte und arbeitete. Ich bat sie durch einen Boten, die Jacke noch am selben Abend zum Broadway Nr. 808 zu bringen, wo die beiden Isaacsons inzwischen ein Labor eingerichtet hatten und die Untersuchung vornehmen konnten, die uns Sicherheit darüber verschaffen würde, ob Schwester Hunter wirklich Ana Linares entführt hatte und irgendwo im Hause Bethune Street Nr. 39 verborgen hielt.

# KAPITEL 22

Kat kam nach Einbruch der Dunkelheit, und ich holte sie mit dem Fahrstuhl unten ab. Sie trat auf dem Marmorfußboden der Eingangshalle des Gebäudes von einem Fuß auf den anderen, trällerte ein Liedchen und drehte sich im Takt dazu. Als der Fahrstuhl unten ankam, wandte sie sich um. Schon von weitem konnte ich sehen, daß sie wieder gekokst hatte.

»Stevie«, rief sie mit einem eher beunruhigenden Lächeln. »Ich hab das Ding!« Sie hielt ein in Packpapier gewickeltes und mit Bindfaden zusammengebundenes Paket hoch.

Als ich das Gitter aufzog, sprang sie in den Fahrstuhl und drängte sich an mich, wobei sie grundlos laut lachte. »Nimm dich zusammen, Kat«, sagte ich und gab mir Mühe, meine Stimme nicht so enttäuscht – wenn nicht gar wütend – klingen zu lassen, wie ich mich gerade fühlte, »das ist eine ernste Angelegenheit.«

Sie legte spöttisch die Stirn in Falten. »Oh, tut mir leid, Inspektor.« Dann schloß sich das Gitter, und während der Aufzug, in dem nahezu völlige Dunkelheit herrschte, nach oben fuhr, schlang sie die Arme um mich und sagte mir leise ins Ohr: »Willst du noch mal, Stevie? Gleich hier im Aufzug? Ist doch schon lange her ...«

Ich stellte den Steuerhebel so ruckartig auf HALT, daß sie von mir zurücktaumelte.

»Kat!« sagte ich, nach wie vor um Beherrschung bemüht. »Warum zum Teufel mußtest du in diesem Zustand hier aufkreuzen?«

Sie kniff die blauen Augen zusammen. Mit vermutlich vom Kokain gesteigerter Boshaftigkeit fuhr sie mich an: »Nicht in dem Ton, Stevie Taggert! Hab ich nicht die ganze Woche Kopf und Kragen riskiert, um dir und deinen Freunden zu besorgen, was ihr wolltet? Wenn ich das ein bißchen feiern will, jetzt, wo alles geklappt hat, darf ich doch wohl hoffen, daß Euer Hochwohlgeboren mir verzeiht!«

Verärgert stieß ich die Luft aus und wies mit dem Kopf auf das Paket. »Am besten nehm ich es gleich an mich«, sagte ich. »Ich treff dich dann später und bring' dir das Geld und die Fahrkarte.«

»O nein«, gab Kat giftig zurück und hielt das Paket fest. »Auf *den* Trick fall ich nicht rein. Ich krieg mein Geld jetzt, und auf die Hand! Wenn dir meine Anwesenheit peinlich ist, mach dir keine Sorgen, ich bleib nicht lange! Wozu auch? Ihr seid sowieso 'n Haufen komischer Heiliger, da feier ich mein Glück lieber heute abend mit Leuten, die was vom Feiern verstehen!«

Ich packte den Steuerhebel und setzte den Fahrstuhl wieder in Gang. »Na schön«, sagte ich. »Wie du willst.«

»Wie ich will? Du willst doch, oder?« Ihr Gesicht dem Aufzuggitter zugewandt, versuchte sie, ihre Frisur in Ordnung zu bringen. »Verdammt noch mal… Was sich manche Leute doch einbilden, bloß weil sie zufällig auf der anderen Seite gelandet sind…«

Der Rest von Kats Besuch verlief nicht viel besser. Weil sie wütend war, sagte sie kaum etwas, trotzdem war es mir – und bestimmt auch allen anderen – klar, daß sie nicht nur gelegentlich schnupfte. Jedenfalls war sie jetzt bis oben hin voll Koks. Aber immerhin hatte sie Wort gehalten. Als wir das Paket auf dem Billardtisch gleich neben dem Mikroskop der beiden Isaacsons und ihren Röhrchen mit Fingerabdruck-Pulver öffneten, zeigte sich, daß es eine auf Taille geschneiderte rote Atlasjacke enthielt – mit großen, glatten, schwarzen Knöpfen, ganz wie bestellt. Kat wollte an Ort und Stelle ausbezahlt werden, und ihre Stimmung besserte sich nicht, als der Doktor sagte, daß sie warten müsse, bis die Kriminalbeamten festgestellt hätten, ob die Jacke wirklich der Frau gehöre, die wir als Elspeth Hunter kannten. Sie erklärte, daß sie die Überprüfung der Fingerabdrücke abwarten werde, mehr aber nicht. Weder könne sie sich vorstellen, wofür wir die Jacke überhaupt haben wollten, noch sei sie bereit zu warten, um das zu erfahren. Sie habe sich verpflichtet, mit einer Jacke aus dem Besitz von Libby Hatch aufzutauchen, erklärte sie; sobald sich herausstellte, daß sie Wort gehalten habe, würde sie verschwinden. Nach diesen Worten warf sie sich mürrisch in einen der großen Lehnsessel.

Es dauerte nicht lange, die Fingerabdrücke abzunehmen. Da die Knöpfe schwarz waren, stäubte Marcus mittels eines Kamelhaarpinsels feines grauweißes Aluminiumpulver darüber. Als er darauf blies, blieb eine deutliche Anordnung welliger Linien zurück, die er mit dem Photo der Abdrücke auf dem Bleirohr verglich, das wir im Central Park gefunden hatten. Kaum hatte er dem Doktor zugenickt und »Stimmt überein« gesagt, sprang Kat auf, die das wohl für ihr Stichwort hielt, und trat zum Doktor hinüber. »Alles in Ordnung?« fragte sie ihn ziemlich unruhig.

Der Doktor – den offenbar nicht nur Kats körperlicher Zustand, sondern auch ihre erkennbar schlechte seelische Verfassung beunruhigte – sagte herzlich: »Es ist in der Tat alles in Ordnung, Miss Devlin. Können wir Ihnen zum Dank etwas anbieten? Vielleicht eine Tasse Kaffee oder Tee?«

»Mein Geld und meine Fahrkarte«, sagte sie und hielt ihm die offene Hand hin. Dann fügte sie hinzu: »Vielen Dank, Sir.« Mit einem Blick auf mich zog sie die Augen zu schmalen Schlitzen zusammen und stieß hervor: »Ich möchte nicht länger bleiben, als ich erwünscht bin, und auch keinem zur Last fallen.«

Der Doktor ließ den Blick von ihr zu mir und wieder zurück wandern. Ich vermute, daß er gern noch etwas gesagt hätte, doch nickte er schließlich nur und entnahm seiner Brusttasche einen Umschlag. »Dreihundert Dollar in bar«, sagte er mit einem Lächeln, »und eine Fahrkarte nach San

Francisco. Sie ist die nächsten sechs Monate gültig. Ach ja«, fügte er hinzu, als Kat den Umschlag schon fast an sich gerissen hatte, »und zwar für ein Abteil erster Klasse. Als Zeichen unserer Anerkennung.«

Daraufhin wurde sie ein wenig zugänglicher, zwar nicht mir, wohl aber ihm gegenüber. »Das ist… sehr großzügig von Ihnen, Sir. Vielen Dank.« Sie sah mit dem Anflug eines Lächelns auf den Umschlag. »Ich bin noch nie erster Klasse gefahren. Mein Papa hat immer gesagt…« Sie schien sich zur Ordnung zu rufen und verfiel wieder in ihre abweisende Haltung. »Ich geh dann, Sir. Wenn's recht ist.«

Der Doktor nickte. »Schade, daß Sie nicht länger bleiben können.« Gerade, als sie sich abgewandt hatte, sagte er noch: »Miss Devlin…« Er entnahm einer anderen Tasche seines Jacketts eine Visitenkarte und gab sie ihr. »Ich betreibe in der Stadt eine Art… *Schule*, für junge Leute, die ihr Leben ändern wollen oder müssen. Hier ist die Anschrift und die Telephonnummer. Sollten Sie je wieder in New York sein und sich für diese Art… Hilfe interessieren, zögern Sie bitte nicht, anzurufen oder vorbeizukommen.«

Kat sah auf die Karte, und auf ihr Gesicht trat wieder ein tückischer Ausdruck. Aber sie zwang sich zu einem Lächeln. »Ja, davon hab ich gehört, Doktor.« Sie hob den Blick zu ihm. »Ich hab auch gehört, daß Sie da nicht mehr zu bestimmen haben.«

Bei diesen Worten fuhr ich dazwischen. »Komm, Kat«, sagte ich und drängte sie zur Tür.

»Wer braucht also diese… *Hilfe*, Doktor?« rief sie ihm über die Schulter zu.

Ich schob sie trotz ihres Widerstandes in den Aufzug, knallte die Tür zu und schloß laut krachend das Gitter. Dann riß ich den Steuerhebel gewaltsam herum, und wir glitten hinab. »So hättest du nicht reden dürfen«, sagte ich durch zusammengebissene Zähne. »Er wollte dir nur helfen, Kat. Was ist bloß mit dir los? Kannst du von keinem Hilfe annehmen?«

»*Ich will keine Hilfe*!« brüllte sie. »Ich will mich selbst um mich kümmern, wenn es dir nichts ausmacht!«

»Ach ja? Das schaffst du aber großartig!«

»Vielleicht siehst du das anders – aber ich bin kein Laufbursche, und ich bin auch noch nicht stinkbesoffen in den Fluß gefallen! Laß mich einfach zufrieden, Stevie, ja?« Sie wandte sich wieder ab, schluckte ein paar Tränen herunter und beruhigte sich wieder. Dann warf sie einen Blick auf den Umschlag in ihren Händen und riß ihn auf. »Ich zähl das jetzt nach«, sagte sie, offensichtlich darauf aus, mich weiter zu piesacken. Sie breitete den Inhalt des Umschlags auf ihrer Handfläche aus. Obenauf lag die Fahrkarte. »Hm, erste Klasse. Die könnte ich verkaufen und mir drei Fahrkarten dafür kaufen…« Dann entdeckte sie etwas Kleingedrucktes am Rand. »Was heißt das – ›nicht… übertragbar… nicht… erstattungsfähig‹? Was soll das?«

Da ich ebenfalls noch ziemlich wütend war, verkündete ich triumphierend: »Das bedeutet, daß du die Karte nicht einfach verkaufen und das Geld einstecken kannst.«

Damit wollte ich ihr weh tun und erzielte auch die gewünschte Wirkung. »Du meinst, falls das mit meiner Tante gelogen war und ich einfach mehr Geld für Koks haben wollte, würde das nicht gehen?«

Inzwischen hatten wir das Erdgeschoß erreicht. Ich legte die Hand an den Aufziehgriff des Gitters, aber bevor ich öffnete, fiel mir noch etwas ein. »Wir müssen wissen, wann die Frau bei den Dusters ist. Am besten abends, und sie muß auch bestimmt aus dem Haus gehen.«

»Na schön, wenn du keine anderen Sorgen hast«, sagte Kat, wobei ihre Zähne hörbar knirschten. »Morgen abend steigt bei denen 'n ganz großes Fest. Goo Goo hat nämlich Geburtstag. Sie ist bestimmt da. Ich nicht. Kann ich jetzt gehen?«

Ich öffnete ihr das Gitter, ohne zu antworten. Einen Augenblick lang sah sie mich kopfschüttelnd an, dann stürmte sie hinaus. »Wiederseh'n, Stevie«, sagte sie, immer noch aufgebracht.

Normalerweise wäre ich ihr nachgelaufen, aber das brachte ich an jenem Abend einfach nicht fertig. Das hatte eine ganze Reihe von Gründen, von denen ich manche bald darauf und andere erst nach Jahren richtig verstanden habe. Aber bis auf den heutigen Tag frage ich mich, wie sich die Dinge entwickelt hätten, *wenn* ich ihr gefolgt wäre …

Ich wartete einige Minuten und fuhr dann wieder nach oben. Miss Howard erwartete mich schon am Aufzug, und während sich alle anderen um den Billardtisch drängten und Lucius bei der Arbeit am Mikroskop zusahen, zog sie mich ans Fenster, das zur Straße ging.

»Ist alles in Ordnung?« fragte sie leise.

Ich bemühte mich, meinen Ärger darüber zu unterdrücken, daß jeder im Raum Zeuge meiner persönlichen Angelegenheiten geworden war, hob die Hände und wischte mir den Schweiß von der Stirn. »Ja, Miss«, sagte ich, »es ist nichts Besonderes …«

Es kam mir vor, als hätte sie mir prüfend ins Gesicht gesehen, aber da ich zu Boden blickte, bin ich mir dessen nicht ganz sicher. »Ich habe dich richtig eingeschätzt«, sagte sie, und das veranlaßte mich, den Blick zu heben. Dabei sah ich, daß sie lächelte. »Du würdest nicht auf einen Dummkopf hereinfallen.«

»Nein, Miss«, gab ich zur Antwort. »Ich hab viel zuviel damit zu tun, daß ich *selber* einer bin.«

»Laß es gut sein«, sagte sie rasch und legte mir leicht die Hand auf den Arm. »Damit machst du dich nicht zum Narren. Deine Kat ist ein kluges Mädchen – klug und unabhängig in einer Welt, die von ihr erwartet, daß sie dumm ist und sich unterordnet. Außerdem ist sie hübsch. Jedenfalls hübsch genug, daß sie es riskieren kann, sich ihr Leben selbst einzurichten – und klug genug zu glauben, daß sie die mit einem solchen Leben verbundenen Gefahren zu beherrschen vermag. Aber das kann sie nicht. Niemand kann das. Deswegen leidet letztlich sie am meisten unter ihrem Verhalten – ganz gleich, wie du darunter leiden magst.«

Ich schlug mit der Faust gegen den Fensterrahmen und stellte aus lauter Hilflosigkeit eine Frage, auf die ich die Antwort eigentlich schon wußte. »Aber... sie könnte doch einen anderen Weg wählen, wenn sie wirklich wollte, oder nicht?«

»Theoretisch, ja«, sagte Miss Howard nickend. »Aber überleg selbst, Stevie: Wenn dir der Doktor keinen anderen Weg angeboten hätte, hättest du dir dann einen *ausgesucht*?«

Ich sah beiseite, denn ich wollte keine aufrichtige Antwort geben. Vielleicht wußte ich gar nicht, was ich hätte sagen können. Glücklicherweise machten Lucius' Worte eine weitere Unterhaltung überflüssig. »Ja«, sagte er so laut, daß auch wir am Fenster es hören konnten. »Ja, es sind die gleichen Haare... eine vollkommene Übereinstimmung!« Miss Howard und ich wandten uns zu ihm, als er den Blick vom Okular des Mikroskops hob. Das schweißüberströmte Gesicht strahlte wie bei einem Kind. »Die Kleine befindet sich zweifellos in dem Haus!«

Noch während Cyrus und der Doktor Lucius die Hand schüttelten, riß Marcus seinen Bruder förmlich vom Stuhl, weil er ebenfalls einen Blick durch das Mikroskop werfen wollte. Miss Howard und ich liefen hinüber, um unsererseits Lucius zu beglückwünschen, und warteten dann darauf, daß auch wir in das Mikroskop blicken durften. Ich muß zugeben, daß ich ein bißchen enttäuscht war, als die Reihe schließlich an mir war, denn alles, was ich zu sehen bekam, waren zwei undeutlich erkennbare gleich lange Stücke, die aussahen, als stammten sie von einem Bindfaden oder einem Seil. Für das geschulte Auge allerdings, versicherte man mir, waren es zwei vielfach vergrößerte Haare vom Kopf ein und desselben Kindes: Ana Linares.

So hatten wir schließlich unseren Beweis, und außerdem stand uns jetzt der Weg zum Eingreifen offen. So groß im Verlauf der letzten Tage meine Besorgnis bezüglich unseres Vorhabens gewesen war, in jenem Augenblick fühlte ich mich einfach großartig bei der Entscheidung, alle anderen Erwägungen außer acht zu lassen und den Einbruch zu wagen.

»Jetzt«, sagte der Doktor und trat an die Tafel, um sich die Notizen darauf noch einmal anzusehen und einige Ergänzungen vorzunehmen, »fehlt uns nur noch ein Zeitpunkt, bei dem wir sicher sein dürfen, daß die Frau nicht im Hause ist.«

»Den haben wir.« Erst als mich alle erstaunt ansahen, kam mir richtig zu Bewußtsein, daß ich das laut gesagt hatte. »Morgen abend feiert Goo Goo Knox Geburtstag«, fuhr ich fort, »... da ist sie bestimmt bei den Dusters.«

Der Doktor warf mir einen forschenden Blick zu und nickte dann bedächtig. »Also morgen abend«, sagte er. Erleichtert warf er sein Stück

Kreide in die Luft und fing es auf. »Sie wird in ihre zweite Haut schlüpfen und uns damit eine Gelegenheit geben, einen Blick auf ihr *alter ego* zu werfen. Die Frau mit den zwei Namen, den zwei Gesichtern und dem Doppelleben hat – ihr selbst ganz und gar unbewußt – ihre beiden Hälften gegeneinander aufgeboten. Wir wollen beten, daß wir unsere Aufgabe zu Ende führen können, bevor dieser Konflikt ins Verderben geführt hat.« Der Doktor richtete seine schwarzen Augen auf die Tafel. »Wir müssen das Werk der Bewahrerin unterbrechen, bevor die Zerstörerin ihren Willen bekommt…«

# KAPITEL 23

Vierundzwanzig Stunden später. Alles war dunkel.

Mit Marcus und dem Frettchen Mike, das in einem Lederbeutel herumturnte, den ich mir umgehängt hatte, lag ich in der Kalesche. Die Plane über uns verwehrte dem wenigen Licht, das durch die Fenster des Stalls neben dem Haus Bethune Street Nr. 39 fiel, den Zutritt – und hielt die abgestandene Julihitze fest. Lucius hatte das Fahrzeug vor etwa zwanzig Minuten eingestellt und dem Stallburschen mitgeteilt, er habe in der Nähe zu tun und werde irgendwann vor Mitternacht zurückkehren. Dann hatte er Frederick einen Futtersack mit Hafer umgehängt und sich aufgemacht, während der Stallbursche wieder auf den Gehsteig hinausgegangen war, um sich das Feuerwerk anzusehen, das über dem Hudson abgebrannt wurde. Keiner von uns hatte bei der Planung des Einbruchs daran gedacht, daß der dafür vorgesehene Tag der Vorabend des amerikanischen Nationalfeiertags war. Die Stadt war an diesem 3. Juli voller feiernder Zecher, die in ausgelassener Stimmung Knallfrösche losließen. Als Marcus und ich uns schließlich über die Situation klar wurden, kamen wir zu dem Ergebnis, daß sie uns zum Vorteil gereichen müsse, da jeder in der Stadt – der Stallbursche nicht ausgenommen – darauf bedacht sein dürfte, am munteren Treiben teilzuhaben. Oder es in Grenzen zu halten. Damit wäre auch die Polizei anderweitig beschäftigt. Alles in allem schienen uns das günstige Voraussetzungen für einen Einbruch zu sein.

Die anderen hatten den Tag damit zugebracht, mir letzte Anweisungen zu geben, und ich hatte mit Mike noch einmal alles geprobt. Ich zweifelte nicht am Gelingen unseres Vorhabens: Mike war klar, daß er Futter bekam, sobald er den Geruch von Ana Linares' Nachthemd erkannte. (Da ich ihn in Mißachtung von Hickies Anweisungen mit erstklassigen Fleischstücken vom Metzger um die Ecke verwöhnt hatte, war seine bereits beträchtliche Begeisterungsfähigkeit geradezu auf die Spitze getrieben worden.) Was meine Rolle beim Einbruch betraf, war ich meiner Sache sicher; Sorge machte mir lediglich, daß der Doktor erwartete, daß ich es nicht nur fertigbrachte, das Kind aus dem Haus zu schaffen, sondern mir auch genau zu merken, was ich sah. Damit hoffte er seine Einsicht in Schwester Hunters Verhalten vertiefen zu können. Zwar begriff ich diesen Wunsch und war auch darauf bedacht, ihn nicht zu enttäuschen, aber er hatte einfach keine Vorstellung davon, was es bedeutete, in das Territorium eines anderen Menschen einzudringen, und der Versuch, es zu erklären, wäre wohl aussichtslos gewesen. Bei einem Einbruch standen intellektuelle Gedankenspiele nicht unbedingt oben auf der Prioritätenliste.

Als es endlich dunkel wurde, bestieg ich gemeinsam mit den beiden Isaacsons die Kalesche. Bei unserem Aufbruch sah ich auf Cyrus' Gesicht gewisse, und auf dem des Doktors deutliche Anzeichen von Besorgnis; Miss Howard und Mr. Moore hingegen schienen guten Mutes zu sein und riefen uns aufmunternde Worte nach, als wir schließlich ratternd vor dem Haus in der Siebzehnten Straße abfuhren. Wir waren ohne Zwischenfälle bis in den Stall gelangt – jedenfalls war das der Eindruck, den Marcus und ich unter der Plane hatten –, was uns die Zeit des Abwartens im Versteck bedeutend erleichtert hatte. Der Plan sah vor, daß Lucius – er war mit einem .32er *New-Service*-Revolver ausgerüstet, der neuesten Errungenschaft aus Mr. Samuel Colts Waffenfabrik – im Schutz eines Fabrikeingangs an der Washington Street das Haus in der Bethune Street im Auge behielt und, sobald er Schwester Hunter fortgehen sah, mit der Erklärung in den Stall zurückkehrte, er habe etwas vergessen: unser Signal, daß wir uns an die Arbeit machen konnten. Danach würde er wieder seinen Posten beziehen und eine Viertelstunde vor Mitternacht zurückkehren. Das ließ uns etwa eineinhalb Stunden für die Erledigung des Auftrags – mehr als genug, wenn alles wie vorgesehen ablief.

Wie gesagt lagen Marcus und ich in der Kalesche. Etwa zwanzig unbehagliche Minuten waren seit Lucius' Weggang verstrichen. Von Zeit zu Zeit hörten wir, wie eine Kutsche oder ein Pferd hereingebracht wurde oder den Stall verließ, aber wir rührten uns nicht, bis es schließlich leise an die Seite unserer Kalesche klopfte. Ohne die Plane zu verschieben, begann Lucius auf dem Boden des Wagens herumzustöbern und nahm ein Kästchen zur Hand, das er unter den Fahrersitz gestellt hatte. Es enthielt eine großkalibrige Schrotflinte von Holland and Holland mitsamt einer Schachtel Patronen: Lucius war wohl der am schwersten bewaffnete Mann weit und breit – und das bedeutete damals in der Gegend, wo wir uns befanden, einiges.

»In Ordnung«, flüsterte er uns durch die Plane zu. »Sie ist vor ein paar Minuten gegangen. Im zweiten Stock brennt kein Licht mehr, es sieht ganz so aus, als wäre ihr Mann schon im Bett. Sie hat sich ganz auffällig geschminkt und …«

Ich bildete mir ein, sogar in der Dunkelheit unter der Plane Marcus' Zorn zu spüren. »Lucius!« flüsterte er.

»Mhm«, ließ sich sein Bruder vernehmen.

»Halt den Rand und verschwinde, ja?«

»Na schön. Der Stallbursche ist immer noch draußen. Ich glaub, er hat getrunken.«

»Würdest du jetzt bitte verschwinden?«

»Ist ja schon gut …«

Schritte entfernten sich. Lediglich das ferne Krachen der Knallfrösche und das Knattern des Feuerwerks über dem Hudson unterbrach die folgende Stille.

»In Ordnung, Stevie«, flüsterte Marcus nach einigen Minuten und zog die Plane ein Stück zurück. »Ich seh mich mal um ...« Er steckte den Kopf hinaus, hob ihn ein wenig und zog ihn dann wieder ein. »Die Luft ist rein, vorwärts!«

Nahezu lautlos stiegen wir aus der Kalesche. Der Abend war warm, aber nicht heiß – die größte Sommerhitze stand der Stadt erst noch bevor –, und daher störte unsere dunkle Kleidung uns in keiner Weise. An den Füßen hatte ich ein Paar leichte Ledermokassins, während Marcus im Augenblick auf Socken ging. Er hatte einen Beutel ähnlich jenem umgehängt, in dem Mike herumzappelte, nur größer. Darin schleppte er ein Paar genagelte Kletterschuhe, eine Spreizvorrichtung für das Fenstergitter, eine schwere Seilrolle, ein Brecheisen und einen kräftigen Hammer. In einem Halfter trug er das gleiche Revolvermodell wie sein Bruder, allerdings mit einem größeren Kaliber aufgerüstet, um erforderlichenfalls etwas mehr Nachdruck ausüben zu können. Ich selbst hatte Miss Howards Derringer samt einem halben Dutzend Kugeln in der Hosentasche und außerdem ein etwa zwanzig Zentimeter langes Stück Bleirohr.

Wir sahen, daß Lucius die Kalesche ganz in der Nähe eines der hinteren Fenster im Stall hatte abstellen können, so weit wie möglich vom Eingang und dem Stallburschen entfernt. So gelang es uns, ohne große Mühe durch das Fenster das Gäßchen hinter dem Stall zu erreichen. Wir legten den Weg an der Rückfront des Gebäudes entlang wortlos zurück und sahen uns nach einer Weile einer drei Meter hohen Backstein-Umfassungsmauer gegenüber, die das Huntersche Grundstück begrenzte. Sie schien erst in jüngerer Zeit errichtet worden zu sein, war jedenfalls kaum älter als zwei oder drei Jahre.

»Nun«, sagte ich mit einem Blick darauf, »man könnte glauben, jemand möchte, daß man bestimmte Dinge nicht sieht.«

Marcus nickte und holte sein aufgewickeltes Seil und die Kletterschuhe heraus. »Ich schieb dich rüber und halt das eine Tauende fest. Du nimmst das andere, läßt dich drüben runter und suchst eine Stelle, an der du es festmachen kannst.«

»Ziehen Sie sich ruhig schon mal die Schuhe an«, sagte ich, nahm das Tauende zwischen die Zähne und suchte zwischen den Steinen an der Stallecke nach Halt für meine Finger. »Wenn ich hier nicht raufkomm, ohne geschoben zu werden, bin ich zu lange aus dem Geschäft gewesen«, teilte ich ihm mit, den Mund voll kratzigem Hanf.

Mit Hilfe der Ecksteine sowie eines ziemlich soliden Regenrohrs befand ich mich schon nach kurzer Zeit auf der Mauer. Noch schneller hätte ich es geschafft, wenn ich nicht so darauf bedacht gewesen wäre, daß sich Mike nirgendwo stieß: Aber ich war nicht schlecht für jemanden, der so lange aus der Übung war wie ich. Von oben hatte ich einen guten Blick auf die Häuser, die am Südende der Bank Street an das Gäßchen stießen, wie auch auf den Garten hinter dem Haus der Hunters. Zwar war nur in wenigen Fenstern trüber Lichtschein zu erkennen, aber da man nicht wissen konnte, ob jemand mit guten Augen hinausspähte und uns sah, mußten wir uns an jener Stelle besonders flink bewegen.

Das war auch Marcus klar, und so dauerte es nicht lange, bis er seine genagelten Kletterschuhe angezogen hatte. Als ich auf der Mauerkrone saß, hielt er bereits das Seil sichernd in den Händen. Ich schlang mir das andere Ende um den Leib und machte mich mit dem Rücken zum Haus an den Abstieg. Unten angekommen, sauste ich zu den hinteren Fenstern und rüttelte probehalber am Gitter, das aus festen, fast zwei Zentimeter starken Eisenstäben bestand. Das konnten wir uns zunutze machen. Ich legte das Seil mehrfach um die Stäbe, verknotete es und ruckte ein paar Mal daran: Das Gitter würde Marcus' Gewicht mit Leichtigkeit aushalten. Ich ging zurück zur Mauer und schnalzte einige Male mit den Fingern.

Während der Arbeit am Fall des Mörders John Beecham hatte Marcus diesen als erfahrenen Bergsteiger identifiziert und sich im Verlauf der Jagd selbst zu einem recht guten Kletterer gemausert. Daher wunderte es mich in keiner Weise, daß er fast geräuschlos das obere Ende der Backsteinmauer erreichte, ebenso leise an ihr herabglitt, um schließlich in ein ungepflegtes Blumenbeet zu springen. Da wir es eilig hatten, verweilten wir nicht lange, um Atem zu schöpfen oder uns ausgiebig im Garten hinter dem Haus umzusehen. Trotzdem fiel uns auf, wie sonderbar öde der Garten mit seinen Plattenwegen und den wenigen Blumen- und Kräuterbeeten wirkte. Um diese Jahreszeit grünte und wucherte es überall, aber jener Garten bot ein Bild, als schrieben wir Anfang März. Lediglich eine Efeupflanze rankte an der Hauswand empor.

»Das ist richtig unnatürlich«, flüsterte ich. »Hier müßte doch zumindest Unkraut wachsen ...«

Marcus gab ein zustimmendes Geräusch von sich. Ein Schauer schien ihn zu durchfahren, dann faßte er mich am Arm, nahm den Spreizer aus dem Beutel und gab ihn mir, wobei er zum Fenster hinübernickte. Das Gerät bestand aus zwei Metallschienen, die man auseinanderdrücken konnte, indem man mittels eines in eine Stahlhülse gesteckten Brecheisens eine Spindel drehte, die quer zwischen zwei in der Mitte verbundenen und oben wie unten an den Schienen befestigten Stäben saß. Ich setzte den Spreizer genau zwischen zwei Gitterstäbe und drehte versuchshalber einige Male: Sie begannen sich zu biegen. Aber als sie an ihre Nachbarstäbe stießen (der Abstand zwischen zwei Stäben betrug jeweils etwa fünfzehn Zentimeter), mußte mir Marcus helfen und das Brecheisen einige Male kräftig drehen.

»Ihnen ist hoffentlich klar, daß Sie gegen das Gesetz verstoßen, Detective Sergeant«, flüsterte ich mit dem Anflug eines Lächelns.

»Durchaus«, antwortete er mit breitem Grinsen. »Aber es gibt Gesetze und Gesetze ...«

Die Stäbe knirschten, was in der Stille des Gartens erschreckend laut klang; aber als einen halben Häuserblock weiter im Westen ein paar Knallfrösche laut krachten, war mir klar, daß wir keinen wirklichen Lärm verursachten. Es dauerte nicht einmal eine weitere halbe Minute, bis wir eine Öffnung geschaffen hatten, die groß genug war, daß ich Kopf und Schultern hindurchstecken konnte. Das genügte.

»Alles klar«, flüsterte ich, und bevor Marcus den Spreizer auf den Boden gelegt hatte, war ich schon halb im Haus und ließ mich nur dadurch bremsen, daß er mir die Hand auf die Schulter legte. »Denk dran: Auf keinen Fall nach oben gehen! Wenn du aber was Interessantes siehst …«

»Ich weiß.«

»Und vergiß den Sekretär im Wohnzimmer nicht – er war zugeklappt, als wir da waren.«

»Das haben wir doch alles schon besprochen.«

Marcus atmete tief ein, nickte und zog sich dann in eine nahegelegene Ecke zurück, die im Schatten lag. Ich drückte mich vollends durch die Stäbe und holte dann vorsichtig Mike nach. Schließlich stand ich in Elspeth Hunters Küche.

Als erstes fiel mir der abgestandene und ein wenig faulige Geruch auf. Er war nicht so stark, daß mir davon schlecht geworden wäre, aber doch unangenehm, ungesund. Überhaupt wirkte die Atmosphäre in einer Weise unsauber, wie ich mir das nicht einmal im Haushalt der ärmsten Mütter von Einwandererfamilien hätte vorstellen können, die ich an der Lower East Side kennengelernt hatte. In einer dunklen Ecke stand ein von Insekten umschwirrter offener Eimer mit Abfall. Als ich an dem fleckigen Spülstein vorüberkam, warf ich einen Blick auf einige der Töpfe und Tiegel, die darüber hingen, und faßte dann hin: Alle waren mit einer dünnen Fettschicht bedeckt. Auch sie waren eigentlich nicht richtig schmutzig, aber sauber waren sie auch nicht. Ich wischte mir die Finger an der Hose ab und ging weiter.

Die anderen hatten mir erzählt, zwischen der Küche und dem Wohnzimmer liege ein schmaler Gang, von dem aus eine Tür unter das Treppenhaus gehe: Dort müsse der Kellerabgang sein. Ich trat ins Wohnzimmer. Es enthielt einige alte Möbelstücke: einen Sessel, ein Sofa und einen Schaukelstuhl. Eine stark mitgenommene hölzerne Umrandung umgab den kleinen offenen Kamin, und ein staubiger, fleckiger Läufer lag auf dem Boden. Gleich links neben der Tür, zu der ich hereinkam, stand der Sekretär, von dem Marcus gesprochen hatte, ein verkratztes und stark angeschlagenes, billig furniertes Möbel. Aber er war nicht verschlossen, und im von Straßenlaternen erhellten Halbdämmer konnte ich sehen, daß hinter den Glastüren in der oberen Hälfte einige Bücher und auch Photos standen: außer verblaßten Daguerreotypien eines Mannes und einer Frau, beide mit faltigem Gesicht, einige neuere, hübsch gerahmte Kleinkinderphotos. Meist waren es Einzelaufnahmen, aber eine zeigte eine Gruppe von drei älteren Kindern.

Keins von ihnen lächelte.

Ich versuchte, die Klappe am unteren Teil des Sekretärs zu öffnen, aber sie war verschlossen. Das Schlüsselloch an ihrem oberen Ende war verlockend – es hätte mich nicht einmal eine Minute gekostet, das Schloß zu öffnen –, aber ich überlegte, daß es besser sei, mich zuerst der wichtigeren Aufgabe zuzuwenden. Hinter der Tür am gegenüberliegenden Ende des Zimmers ging die Treppe nach oben. In ihrer Holzverkleidung war eine Tür, die zum Kellerabgang gehörte. Ich ging rasch hinüber, spähte nach oben, um festzustellen, ob alles in Ordnung war, und nahm dann ein Fläschchen Maschinenöl aus meiner Hemdtasche. Damit beträufelte ich die Scharniere der Kellertür, steckte das Fläschchen wieder ein, wischte mir die Hände an der Hose ab, ergriff den Türknauf, drehte ihn und öffnete lautlos die Tür.

Vor mir führte eine Treppe ins Dunkel hinab. Ich hatte keine große Lampe mitbringen wollen, weil Mike schon ziemlich viel Platz einnahm, wohl aber hatte ich eine Kerze und Zündhölzer dabei. Da uns aufgefallen war, daß sich über der Haustür eine elektrische Lampe befand, nahm ich an, daß im ganzen Haus elektrische Leitungen lagen. Also tastete ich mich langsam mit einer Hand an der Wand entlang in die Schwärze hinab und hielt nach einer Lampe Ausschau, nachdem sich meine Augen immer mehr an die Dunkelheit gewöhnt hatten. Auf etwa halber Treppe fand ich endlich eine Lampe an der Decke des Kellergeschosses. Sie ließ sich von dort, wo ich stand, leicht erreichen. Also schlich ich hinauf, um die Tür zu schließen, beugte mich hinüber und schaltete das Licht an. Dann ging ich ganz nach unten.

Kaum hatte ich den Fuß auf den Lehmboden gesetzt, als Mike in seinem Sack immer unruhiger wurde und leise zu quieken begann.

»Schon gut, mein Junge«, flüsterte ich. »Gleich ist es soweit.« Ich sah mich um: Mr. Moores Skizze des Kellers war sogar ziemlich genau. Man sah lediglich einen Waschkessel an einer tragenden Ziegelwand, einige Schränke, die alte Farbdosen zu enthalten schienen, Gartengerätschaften (verrostet, was mich nicht weiter verwunderte), Stühle und einen Tisch in noch schlechterem Zustand als die oben im Haus; eine Anzahl leerer Bilderrahmen und ein hölzernes Regal voller Einmachgläser. Nur beim Fußboden hatte Mr. Moore unrecht gehabt. Das aber war leicht zu verstehen, denn er bestand zwar in Wirklichkeit aus Beton, war aber so dicht mit Ruß und Schmutz bedeckt, daß man das ohne weiteres für gestampften Lehm halten konnte.

Nur Hinweise auf ein Kind gab es nicht, und auch keine darauf, daß sich je eines dort aufgehalten hatte.

Mike schien unterdessen einen Anfall zu bekommen, und als ich hinabsah, merkte ich, daß er seine Schnauze zwischen den beiden Schnallen herausschob, mit denen der Sack zugemacht war. »In Ordnung, Mike, du bist dran«, sagte ich und beugte mich vor, um die Schnallen zu öffnen. Kaum hatte ich eine gelöst, als er auch schon herausschoß und genauso, wie ich es bei meinem Besuch in Hickies Höhle das erstemal gesehen hatte, an meinem Bein entlang auf den Boden glitt: als bestünde er aus einer Flüssigkeit. Die Schnauze hoch über seine gespreizten Vorderpfoten gereckt, rannte er einmal um den großen Waschkessel herum. Er blieb eine Sekunde stehen und stellte sich dann auf die Hinterbeine, wobei er sich flink mit seinen kleinen, dunklen Augen im ganzen Raum umsah. Dann schoß er hinter die Möbelstücke, um sie herum, durch die Bilderrahmen und seitlich an einem alten Schrank empor.

Ich runzelte die Brauen. »Was hast du, Mike?« sagte ich, aber er ließ sich nicht unterbrechen, wie ein blinder Hund in einem Metzgerladen herumzuirren: Offenbar konnte er riechen, was er suchte, es aber nicht erreichen. Dann gelangte er an das Regal mit den Einmachgläsern, das neben dem Waschkessel an der tragenden Trennwand stand, wo er sich dermaßen aufführte, daß ich schon befürchtete, er könnte einen Schlaganfall bekommen. Er sprang in das Regal hinein, verschwand hinter den Gläsern, tauchte wieder auf und sauste wie ein Blitz zum nächsten Regalbrett empor. Ebenso schnell war er wieder auf dem Fußboden und rannte um das Gestell herum.

Ununterbrochen schnüffelte und kratzte er, schnüffelte und kratzte. Es war, als wollte er eine Möglichkeit finden, das Regal zu verschieben.

Ich weiß nicht mehr, wann ich endlich begriff, was ich da sah; aber wie lange auch immer es dauerte, es war *zu lang*, denn ich hätte es gleich beim Anblick des Regals verstehen müssen. Schließlich hatte ich genug Hinweise bekommen: die Blumenkästen am Sonntag; der ungepflegte Garten hinter dem Haus; die schmuddelige Küche; der Zustand des Wohnzimmers, das so gastlich wirkte wie die Baracken in der Knaben-Aufbewahrungsanstalt, ganz zu schweigen von all den Gesprächen über Schwester Hunters Wesensart, die ich gehört hatte. All das war Bestandteil eines Musters, und dazu gehörte auch das Regal mit den Einmachgläsern – es bedurfte eines halbverrückten Frettchens, damit ich die Zusammenhänge verstand.

»Augenblick mal«, murmelte ich und trat an das Regal. »Eingemachtes? Wem will sie damit was vormachen?«

Ich nahm eins der Gläser, öffnete den Deckel, unter dem ein Gummiring saß, und sah eine dicke Schicht Schimmel, die den Inhalt bedeckte. Mit verzogenem Gesicht schloß ich den Deckel gleich wieder und nahm das nächste Glas zur Hand: dasselbe Bild. Ich versuchte es mit zwei weiteren Gläsern von verschiedenen Stellen des Regals und merkte, daß auch sie ähnlich aussahen. Ich trat einen Schritt zurück und überlegte. Dann sah ich zu Mike hinüber: Nach wie vor kratzte er wie verrückt am

Regal. Erst vorn, dann rechts und links davon. Der Betonboden hinderte ihn zwar daran, auf die andere Seite des Regals zu gelangen, aber er bemühte sich unverzagt weiter.

»Mhm«, machte ich und trat wieder vor. »Dann wollen wir mal sehen ...« Ich holte tief Luft, packte eine der Ecken des Regals, bemühte mich, es von der Mauer wegzuziehen, und ...

Und nichts. Ich versuchte es erneut mit meinem ganzen Gewicht – ohne das geringste Ergebnis. Ebensogut hätte ich versuchen können, das Haus beiseite zu schieben. Mein Blick fiel auf die rostigen Gartengeräte. Ich rannte hin, nahm eine alte Hacke und versuchte, ihr metallenes Blatt in eine schmale Spalte zwischen dem hinteren Teil des Regals und den Ziegeln zu schieben. Die Spalte war fast zu schmal. Mit der Faust hämmerte ich die Hacke hinein und hatte schließlich eine kleine Ansatzfläche. Als ich aber das Regal, den Stiel als Hebel benutzend, von der Wand wegdrücken wollte, zerbrach die Hacke in zwei Teile – und zwar nicht der Stiel, sondern das Blatt aus geschmiedetem Stahl.

»Was zum Teufel ...?« murmelte ich und sah das zerbrochene Gerät ratlos an.

Zwar war das eigenartig, aber ich hatte in meinem Leben an genug Einbrüchen teilgenommen, um zu wissen, daß man vor einem Tresor, den man nicht öffnen kann, nicht stehenbleibt, um zu überlegen, woran das liegt. Ich sammelte den nach wie vor aufgeregten Mike ein, der sich voll Ungestüm gegen mich wehrte, als ich ihn wieder in seinen Sack steckte. Vermutlich war er der Ansicht, seine Aufgabe nicht ordnungsgemäß erledigt zu haben. Ich verschloß den Sack wieder und kehrte zur Treppe zurück. Als ich sie zur Hälfte erstiegen hatte, ertönten ...

... Schüsse. Bewegungslos blieb ich stehen und überlegte fieberhaft, auf welche Weise ich gegebenenfalls meine Anwesenheit im Keller erklären könnte. Dann aber begriff ich: Ich hatte keine Schüsse gehört, sondern Knallfrösche draußen auf der Straße. Dem Geräusch nach mußte jemand sie unmittelbar vor dem Haus gezündet haben. Ich stieß einen Seufzer der Erleichterung aus, und da ich jetzt wieder Herr meiner selbst war, löschte ich das Kellerlicht, stieg vorsichtig zur Tür empor und öffnete sie, dank der geölten Scharniere lautlos.

Vom Wohnzimmer aus hörte ich eine Gruppe junger Burschen draußen auf der Straße lachen. Dann detonierten noch ein paar Knallfrösche mit peitschenscharfem Geräusch, das sich deutlich von dem fernen dumpfen Donner des Feuerwerks jenseits des Hudson abhob. Ich sah mich rasch um. Mir war klar, daß wir das Kind an diesem Abend nicht aus dem Haus schaffen würden, wollte aber auch nicht mit leeren Händen gehen. Irgend etwas mußte es da doch geben ...

Ich sah auf den Schreibschrank und mußte an Marcus' Worte denken: Wenn die Frau es für nötig gehalten hatte, die Klappe zu schließen, bevor sie ihre unangemeldeten Besucher hereingebeten hatte, war klar, daß sich etwas darin befand, was für uns von Nutzen sein konnte. Ich nahm meinen Ring mit den Dietrichen aus der Hosentasche, lief hinüber und öffnete das Schloß schneller, als selbst ich es für möglich gehalten hatte. Als ich den Deckel aufklappte, war ich zuerst enttäuscht: Die kleinen hölzernen Fächer enthielten nur einige Briefe, und auf dem verschossenen Löschblatt davor lag ein Stapel Papiere. Aber bevor ich den Deckel wieder schloß, entschied ich mich, meinen Diebesinstinkt, der mir sagte, daß derlei Dinge wertlos waren, zu überwinden, und nahm einige der Papiere zur Hand, um ihren Inhalt zu überfliegen – was sehr klug war, wie sich herausstellte.

Anfangs verstand ich deren Bedeutung nicht. Die obenliegenden waren auf Bögen mit dem Briefkopf des St.-Luke's-Krankenhauses geschrieben und an Elspeth Hatch gerichtet. Es schien sich dabei um Gutachterberichte zum Zustand eines Kindes namens Jonathan zu handeln. Darunter lag eine Reihe von Krankenhaus-Aufnahmeformularen, die sich auf dasselbe Kind zu beziehen schienen, und schließlich lagen da einige gefaltete Zeitungsblätter, dem Datum nach an die zwei Jahre alt. Ich blätterte zurück zu den Krankenhaus-Aufnahmeformularen, ohne zu wissen, was ich suchte, oder besser gesagt: Sie waren mit einer für mich unlesbaren Handschrift bedeckt, und alles schien schrecklich kompliziert.

Dann aber entzifferte ich einige Wörter, die mich erstarren ließen: Am unteren Rand eines der Formulare stand das maschinengeschriebene Wort DIAGNOSE: – und unmittelbar daneben hatte jemand ATEMSTILLSTAND, ZYANOSE gekritzelt. Das genügte mir. Ich nahm den ganzen Papierstapel, steckte ihn mir unter das Hemd und schloß den Sekretär. Ich war sicher, daß ich da etwas Wertvolles gefunden und meine Zeit nicht vertrödelt hatte. Die anderen würden Augen ma...

»Keine Bewegung, du kleiner Wicht!«

Ich gehorchte. Man hatte mich schon früher gestellt, und wer einen solchen Befehl bekommt, ist im allgemeinen gut beraten, wenn er ihn befolgt, bis sich eine Gelegenheit ergibt, die Situation einzuschätzen und zu sehen, mit wem man es zu tun hat. Also hob ich die Hände ein wenig und drehte mich langsam in die Richtung, aus der die wütende, entschlossene und irgendwie vertraute Stimme gekommen war. Es war die nach oben führende Treppe.

Der Mann, der dort stand und die Fünfzig wohl überschritten hatte, mußte Micah Hunter sein. Er trug ein stark verschossenes weißes Nachthemd, unter dessen Saum man zwei knochige Beine sah. Das graue, faltige Gesicht – in dem ein ungepflegter Schnurrbart von ähnlicher Farbe prangte – zeigte den verrückten, unsicheren Blick des Morphinisten. Bestimmt war er randvoll. Mit zittrigen Händen hielt er ein Gewehr in der Hand, und als ich mich umwandte, riß er ungläubig die Augen auf.

»*Du*!« stieß er hervor. Dann begann er sich unruhig umzusehen, und leise Klagelaute kamen aus seiner Kehle. »*Du*...?« wiederholte er, diesmal weniger nachdrücklich. »Wo... wo ist Libby? *Libby*!« Wieder sah er mich angstvoll an. »Das kann nicht sein. Das *kannst* nicht du sein... es war nicht hier...« Seine Stimme wurde kräftiger, aber die Angst darin blieb unvermindert. »Es ist nicht das richtige Haus – und außerdem *hab ich dich schon umgebracht*!«

# KAPITEL 24

Man hat mir im Lauf meines Lebens eine ganze Menge sonderbarer Dinge gesagt, aber das war das schärfste. Offenbar war der alte Trottel fest davon überzeugt, daß er mich schon mal getötet hatte, das ließ sich am verzweifelten Ausdruck seines vom Drogenkonsum zerfressenen Gesichts deutlich erkennen. Aber warum er das annahm, konnte ich mir nicht im entferntesten vorstellen.

Dann waren wieder Knallfrösche auf der Straße zu hören, und Micah Hunter fuhr herum, das Gewehr auf die Haustür gerichtet. »So!« sagte er, und Entschlossenheit verdrängte einen Teil seiner Furcht. »Du bist also nicht allein, du Aufrührer!« Er richtete das Gewehr auf die Tür und sah ganz so aus, als sei er bereit, mit jedem zu kämpfen, der eintrat. »Kommt schon, ihr Scheißkerle …«

»Hunter!« Bei diesem Ausruf fuhr der Kopf des Mannes ebenso wie meiner zur Diele herum, aus welcher Richtung Marcus' Stimme erklungen war. »Hunter!« rief er noch einmal durch das Küchenfenster. Wieder packte Angst den Alten. »Ziehen Sie sich zurück, Mann! Das ist ein Befehl!«

»Hauptmann?« murmelte Hunter. »Hauptmann Griggs?«

»Ich hab Ihnen befohlen, sich zurückzuziehen, Mann! Sie sind verwundet – kampfunfähig! Wir brauchen Sie nicht – kehren Sie ins Lazarett zurück!«

»Ich … verstehe nicht …« Hunter sah wieder mich an, dann ließ er seinen Blick durch das Haus schweifen. »Wo ist Libby? Es geht mir nicht gut!«

»Vorwärts!« sagte Marcus barsch. »Legen Sie die Waffe aus der Hand, und kehren Sie ins Lazarett zurück!«

»Aber ich …« Hunter ließ das Gewehr zu Boden gleiten …

Darauf hatte ich nur gewartet. Wie ein Blitz war ich in der Diele und rannte zum Küchenfenster. Der Alte rief mir etwas nach, was ich aber nicht verstand. Nichts hätte mich jetzt daran hindern können, wie ein Wasserstrahl durch die Gitterstäbe zu gleiten. Marcus half mir heraus und bildete dann an der Backsteinmauer mit verschränkten Händen eine Räuberleiter, damit ich schneller hinaufgelangte. In einer solchen Situation pfiff ich auf meinen Einbrecherstolz. Am Seil ließ ich mich in das Gäßchen hinab und packte dann das Ende, das dort herunterhing. Ich sah mich rasch um und entdeckte in der Nähe ein Regenrohr. An ihm befestigte ich das Seil und flüsterte: »Los!« Marcus' Stiefel kratzten an der Mauer, als er hinaufkletterte, und schon bald ließ er sich neben mir zu Boden fallen, wobei die Nägel unter seinen Sohlen fest auf den harten Boden des

Gäßchens trafen. Seinem Gesichtsausdruck nach war der Aufprall schmerzhaft gewesen.

»Zieh es rüber!« sagte er. Als ich am Seil ruckte, kam es klatschend über die Mauer geflogen. Während wir zum offenen Fenster in der Rückwand des Stalles rannten, rollte ich es eilends um meinen Arm auf und gab es Marcus, der es in seinem Sack verstaute. Dann stiegen wir durch das Fenster in den Stall, schlossen es, sprangen in die Kalesche und legten uns unter die Plane. Wir beide atmeten ebenso schwer wie der kleine Mike.

»Und jetzt?« sagte ich. Da ich ganz außer Atem war, fiel mir selbst das Flüstern schwer.

»Pst!« machte Marcus. Eine kleine Ewigkeit lagen wir einfach nur da und lauschten. Hunde bellten in den Hinterhöfen, und in der Ferne konnten wir Micah Hunter brüllen hören, verstanden aber seine Worte nicht.

»Ich glaube, wir sind in Sicherheit«, sagte Marcus schließlich. »Die Leute in der Gegend dürften solche Sachen von ihm gewohnt sein. Wir dürfen nicht in Panik verfallen.« Er zog die Uhr heraus und sah nach der Zeit. »Lucius müßte in der nächsten halben Stunde kommen. Versuch einfach, ruhig zu atmen – und keinen Mucks!«

Ich befolgte seine Anweisung und holte tief Luft. Zugleich streichelte ich den verwirrten Mike durch das Leder des Umhängebeutels. »Verdammter Mist«, sagte ich schließlich, als ich zu Atem kam. »Ich glaube, der verrückte Alte hätte mich einfach mir nichts, dir nichts abknallen können.«

»Den hat das Feuerwerk aufgeregt«, sagte Marcus. »Und das Morphium. Ich möchte wetten, daß seine Alte dem immer 'ne ordentliche Dosis verabreicht, bevor sie abends abschwirrt. Wer nach einer kräftigen Injektion während der ersten Stunden zu sich kommt, leidet im allgemeinen an Wahnvorstellungen. Er schien zu glauben, daß er wieder im Bürgerkrieg war, und hat dich wohl für 'nen Jungen von den Konföderierten gehalten, den er irgendwann erschossen hat.« Er holte Luft. »Was ist mit der Kleinen?«

»Lange Geschichte«, sagte ich. »Sie ist auf jeden Fall da unten – da gibt's kein Vertun. Aber es wird schwer, wenn nicht sogar unmöglich sein, sie da rauszukriegen. Das Regal mit den Einmachgläsern muß so 'ne Art Geheimtür sein, aber ich krieg sie nicht auf. Dafür hab ich was anderes gefunden ...«

Ich erstarrte, als ich hörte, wie jemand leise an die Seite der Kalesche klopfte. »Stevie? Marcus?« Es war Lucius. »Seid ihr da drinnen?«

»Ja«, sagte Marcus. »Gesund und munter.«

»Ich hab jemand schreien gehört«, sagte Lucius. »Aus dem Haus. Was war los?«

»Später«, flüsterte Marcus. »Bring uns hier raus.«

»Was ist mit der Kleinen? Habt ihr sie?«

»Lucius! Bring uns hier raus – sofort!«

Schon kurz darauf ruckte die Kalesche an. Lucius bezahlte den Stallburschen, dann waren wir auf der Straße und wandten uns nach links: Lucius hatte sich mit Recht dazu entschlossen, den Fluß entlang nach Norden zu fahren, so weit wie möglich vom Hauptquartier der Dusters entfernt. Schon nach einem halben Häuserblock klapperte Frederick im munteren Trab dahin, und als wir spürten, daß die Kutsche eine Rechtskurve beschrieb, nahmen Marcus und ich an, daß wir uns unter der Plane hervorwagen durften.

Immer noch zuckte Feuerwerk am Himmel über dem Hudson, und Gruppen von Menschen standen am Ufer, um dem Lichterspiel zuzusehen. Wir aber ließen uns nicht aufhalten, sondern eilten weiter dem Gebäude Broadway Nr. 808 entgegen. Lucius quoll über vor Fragen, aber Marcus bat ihn zu warten, bis wir angekommen seien. Ich öffnete den Beutel, um nachzusehen, wie es um Mike stand. Er spähte zu mir hoch, nach wie vor hochgradig aufgeregt, im übrigen aber putzmunter. Ich atmete tief durch und lehnte mich in den Sitz der Kalesche. Dann zog ich die Papiere aus dem Hemd, die ich im Haus an mich gebracht hatte, gab sie Marcus, steckte mir eine Zigarette an und bot ihm ebenfalls eine an.

Wir waren beide bitter enttäuscht darüber, wie die Dinge gelaufen waren, und gerade deshalb wußten wir das warme Willkommen zu schätzen, mit dem uns die anderen bei unserer Rückkehr im Haus Broadway Nr. 808 empfingen, obwohl deren Enttäuschung, als sie sahen, daß wir ohne das Kind gekommen waren, zweifellos nicht geringer war als unsere eigene. Während wir die Ereignisse noch einmal durchgingen, dachten vermutlich weder Marcus noch ich darüber nach, was sonst noch hätte fehlschlagen können. Miss Howard schloß mich fest in die Arme und hob mich dabei vom Boden hoch, und der Doktor drückte mich so fest, daß er mich fast zerquetschte. Dabei lächelte er unausgesetzt. Offensichtlich machte ihnen das Mißlingen unseres Auftrags nicht allzuviel aus, Hauptsache, wir hatten das Abenteuer heil überstanden. Die freundliche Aufnahme würde es uns erleichtern, alles über den Einbruch haarklein zu berichten.

Der Doktor ließ uns aus Mr. Delmonicos Restaurant ein Abendessen heranschaffen, was Marcus' Lebensgeister sichtbar wieder weckte. Was mich betrifft, so war ich dem Doktor zutiefst dankbar, daß er nicht nur für mich ein einfach gegrilltes Steak mit Bratkartoffeln bestellt hatte, sondern den Küchenchef Ranhofer auch gebeten hatte, einige rohe Filetstücke für Mike mitzuschicken. Mr. Moore hatte wie bei einem Büfett alles auf dem Billardtisch angerichtet: Es gab Oliven und Staudensellerie, Sardellen auf Toast, Fasan und Perlhuhn (zusammen mit einigen schmückenden Federn), Stopfleber in Aspik, Lammkoteletts, Hummer und Krabbensalat, Reispudding, kleine Baisers mit Obst, neapolitanisches Speiseeis und selbstverständlich mehrere Flaschen Champagner, Wein,

Bier und für mich Limonade. Während die Erwachsenen ihre Teller mit erlesenen Köstlichkeiten beluden, zog ich mich mitsamt meinem Steak, den Filetstücken und Mike, der sich als nahezu ebenso hungrig erwies wie ich, auf meine Fensterbank zurück. Einer nach dem anderen gingen die Großen mit ihren Speisen und Getränken zu den Sesseln und Schreibtischen hinüber, und als sie dort Platz genommen hatten, wendeten wir uns alle den sonderbaren Ereignissen zu, die Marcus und ich kurz zuvor erlebt hatten. Wir begannen mit einer Schilderung, danach übergab Marcus dem Doktor die von mir entwendeten Papiere. Dabei sah ich, wie sich eine dunkle Wolke auf Dr. Kreislers Züge legte.

»Was gibt's, Doktor?« fragte Marcus und öffnete ein Fenster, um die angenehme warme Abendbrise hereinzulassen, die sich mit den Geräuschen der Feiernden auf der Straße vermischte. »Soweit ich sehen konnte, handelt es sich bei den Dokumenten unter Umständen um das Material, das wir benötigen, um ein Muster im Verhalten dieser Frau nachzuweisen.«

»Möglich, Marcus«, sagte der Doktor und sah die Papiere durch. »Das läßt sich jetzt noch nicht sagen. Aber mit größter Wahrscheinlichkeit liefern sie – oder besser gesagt, ihr *Fehlen* – Schwester Hunter einen Hinweis darauf, wer in ihr Haus eingedrungen ist, und warum.«

»Na, hör mal, Kreisler«, sagte Mr. Moore und balancierte vorsichtig einen überladenen Teller auf einer Sessellehne. »Wenn ihr unser Besuch am Sonntag unsere feindseligen Absichten nicht schon ganz offen verraten hat, wüßte ich nicht, was noch nötig wäre.«

»Mir bereitet nicht die Feindseligkeit *uns* gegenüber Sorge, John«, sagte der Doktor, der immer noch in den Krankenhausberichten las, »wohl aber denke ich an die Möglichkeit, daß Schwester Hunter dem Kind die Schuld für unser Vorgehen geben könnte. Sie besitzt diese besondere Fähigkeit, die Verantwortung für alles, was mißglückt – ob in ihrem eigenen Leben oder im Leben der Kinder, mit denen sie in Berührung kommt –, auf die Kinder abzuwälzen.«

Während wir diese beunruhigende Vorstellung auf uns wirken ließen, wandte er sich wieder den Papieren zu. Mit einem Mal riß er die Augen weit auf. »Großer Gott...« Er stellte den Teller hin, um schneller blättern zu können. »Großer Gott...«, wiederholte er.

»Was haben Sie gefunden, Doktor?« fragte Miss Howard stellvertretend für uns alle.

Aber der Doktor sah lediglich Marcus an. »Wie viele von diesen Briefen haben Sie gelesen?«

Marcus kaute an seinem Lammkotelett und zuckte mit den Achseln. »Genug, um mir einen Überblick zu verschaffen: Sie war für ein Kind namens Jonathan zuständig, das mehrere Zyanoseanfälle erlitten hat, von denen der letzte tödlich war.«

Der Doktor klopfte mit einem Finger auf den Papierstapel. »Ja, aber die

Beziehung war nicht die zwischen Schwester und Patient. Das Aufnahmeformular hier gibt den Nachnamen des Kindes an: ›Hatch‹. Es handelte sich um *Jonathan Hatch. Ihren leiblichen Sohn.*«

Selbst mir fiel bei diesen Worten der Unterkiefer herunter, und ich mußte gleich an die Photos von Säuglingen und Kindern denken, die ich im Haus Bethune Street Nr. 39 im Sekretär gesehen hatte. »Sie war nicht als Schwester im St.-Luke's-Krankenhaus«, fuhr der Doktor fort, »sondern hat das Kind als Patienten dort eingeliefert. Insgesamt dreimal.«

Marcus saß einfach da, der Kotelettknochen baumelte ihm weiter in der Hand. »Aber ... ich hatte angenommen ...«

Der Doktor wedelte mit der Hand, was soviel bedeutete wie »natürlich, natürlich« – es war genauso deutlich, als hätte er es laut gesagt. Er las und suchte weiter. Dann trat erneut der Ausdruck des Entsetzens in seine Stimme. »*Grundgütiger*, sie gibt hier Eins West Siebenundfünfzigste Straße als ihre Arbeitsstelle an.«

Klirrend zerschellte Mr. Moores Weinglas am Boden. »Großer Gott!« sagte er entsetzt. »Das ist doch Corneil Vanderbilts Haus.«

Cyrus war noch damit beschäftigt, die vorherige Neuigkeit zu verdauen. »Aber ich hatte gedacht, wir wären uns einig, daß die Frau keine Kinder bekommen konnte.«

Der Doktor wedelte weiter mit der Hand. »Stimmt, Cyrus. Es gibt auch keinen Hinweis darauf, daß sie ... Augenblick mal. Hier.« Er griff nach den Zeitungen im unteren Teil des Papierstapels und gab sie Cyrus. »Sieh mal zu, was du damit anfangen kannst.«

Cyrus, der auf einem Stück Fasan herumkaute, nahm den Teller in die eine und die Papiere in die andere Hand. Dann trat er an einen der Schreibtische, wo er zugleich lesen und essen konnte.

Der Doktor hob den Blick nicht von den Krankenhausberichten. »Alle diese Fälle passen genau zu dem Muster, das die Schwestern im Städtischen Entbindungsheim beschrieben haben. Jedesmal, wenn die Frau ins Krankenhaus kam – sie tritt hier als ›*Mrs. Elspeth Hatch*‹ auf –, litt der achtzehn Monate alte Jonathan bereits an Erstickungs- und Zyanoseanfällen. Jedesmal war es mitten in der Nacht. Die Mutter erklärte, das Keuchen des Kindes habe sie geweckt. Als sie an sein Bett getreten sei, habe sie gemerkt, daß es nicht atmen konnte. Die beiden ersten Briefe klingen recht dramatisch: ›Hätten Sie, Mrs. Hatch, das Kind ein wenig später in ärztliche Behandlung gebracht‹, schreibt der zuständige Arzt in der ersten Mitteilung, ›wäre es höchstwahrscheinlich gestorben. Den Aussagen unseres Pflegepersonals nach war Ihre Besorgnis, während Sie auf den Befund warteten, ausgesprochen rührend.‹ Wer in Gottes Namen hat das geschrieben?« Als er weiterlas, fiel mir ein, daß er oft mit Ärzten zusammengearbeitet hatte, die im St.-Luke's-Krankenhaus tätig waren. »Hm ... ›Dr. J. Langham‹. Ist mir nicht bekannt.«

»Der sollte Groschenromane schreiben«, sagte Mr. Moore, der mit einer Serviette um seinen Sessel herum Wein und Glasreste vom Fußboden aufwischte. »Steht noch was über Vanderbilt da drin?«

»Nein«, sagte der Doktor. »Aber sie hat offensichtlich in einer Wohnung nahe der Siebenundfünfzigsten Straße gelebt – deswegen ist sie mit dem Kind ins St. Luke's gegangen, das damals noch in der Vierundfünfzigsten Straße lag. Hier sind noch ein paar Angaben. Unter ›Alter‹ gibt sie an ›siebenunddreißig‹. Beruf: Hausmädchen. Geburtsort: Stillwater, New York.« Der Doktor hob den Blick. »Kennt das jemand?«

»Liegt das nicht im Norden?« sagte Lucius.

»Von hier aus gesehen liegt im Bundesstaat New York ja nicht viel im Süden, Lucius«, sagte Miss Howard und lächelte. »Ja, ich kenne den Ort, Doktor. Es ist eine kleine Stadt am Oberlauf des Hudson, nahe Saratoga.« Sie räusperte sich stolz und aß ein Häppchen. »Genau das Gebiet, wenn sich jemand daran erinnern möchte, in dem ich ihre Herkunft aufgrund ihrer Sprechweise vermutet habe.«

»Herzlichen Glückwunsch, Sara«, sagte der Doktor. »Wir wollen hoffen, daß Sie bei der Aufdeckung kommender Ungeklärtheiten ebenso erfolgreich sein werden. Cyrus? Haben Sie in den Zeitungen etwas entdeckt?«

Cyrus antwortete nicht. Er hatte aufgehört zu essen, obwohl sein Teller erst zur Hälfte leer war, und er hielt den Blick auf das vergilbte alte Zeitungspapier gerichtet, als läse er die eigene Todesanzeige.

»Cyrus?« wiederholte der Doktor. Als er hinsah und den Ausdruck auf Cyrus' Gesicht bemerkte, stand er sofort auf und eilte zu ihm. »Was gibt's? Was haben Sie gefunden?«

Langsam hob Cyrus den Blick. Er schien durch den Doktor hindurchzusehen. »Sie hat es schon mal gemacht …«

»Was meinst du damit? Was hat sie gemacht?« fragte Mr. Moore.

Wir anderen schwiegen, denn obwohl es uns lieber gewesen wäre, wir hätten es nicht verstanden, war uns klar, was Cyrus sagen wollte.

Er wies auf die Zeitungen und wandte sich an Mr. Moore. »Hier sind vier Ausschnitte. Die ersten drei aus dem *Journal* und der *World* berichten über eine Entführung im Mai 1895. Dabei geht es um ein Paar namens Johannsen, das im Ostteil der Fünfundfünfzigsten Straße einen Lebensmittelladen besaß. Die beiden hatten einen Sohn von sechzehn Monaten, Peter. Die Mutter wurde in einer Nebenstraße überfallen, als sie allein mit dem Kind nach Haus ging. Der Junge wurde entführt. Die Johannsens haben nie eine Lösegeldforderung bekommen.«

Unterdessen griff der Doktor gierig nach den Zeitungen und begann sie durchzublättern. »Und der letzte Ausschnitt?« fragte er.

»Aus der *New York Times*«, sagte Cyrus. »Zwei Monate später. Es ist der Bericht über den Tod von Jonathan Hatch. Achtzehn Monate alt. Betrauert von seiner untröstlichen Mutter …«

»*Libby*«, beendete der Doktor den Satz. Dann winkte er Lucius. »Detective Sergeant – bei diesen Formularen hier müßte sich eine körperliche Beschreibung des Kindes finden.«

Lucius lief hinüber und nahm die Krankenhausformulare entgegen. »Beschreibung, Beschreibung…«, murmelte er, wobei er die Blätter durchging. »Hier haben wir es: Beschreibung.«

»Welche Haar- und Augenfarbe steht da?« fragte der Doktor.

»Mal sehen… Größe…, Gewicht…, ach da! Augen: blau. Haare: blond.«

»Nordischer Typus«, murmelte der Doktor. »Das hat in dem Alter allerdings nichts zu bedeuten, aber…« Er schlug mit der Hand auf den Tisch. »Warum nur behält sie das Zeug? Als Trophäen? Zur Erinnerung?«

Während ich Mike ein weiteres Stückchen rohes Fleisch vor die Schnauze hielt und zusah, wie er es an sich riß und zerfetzte, sagte ich leise: »Sie hat sein Bild…«

Der Doktor sah zu mir her. »Tatsächlich, Stevie?«

Ich wandte mich ihm zu und nickte. »Es war im Schreibschrank. Ein kleiner, blonder Junge. Blaue Augen. Das Bild sah ziemlich neu aus, ich meine, verglichen mit…«

Ich unterbrach mich, weil mir mit einem Mal klar wurde, was meine nächsten Worte möglicherweise bedeuten konnten.

»Ja, Stevie?« sagte der Doktor ruhig.

»… verglichen mit den anderen«, beendete ich meinen Satz und sah aus dem Fenster zum im Dunkel liegenden Friedhof unter uns. Mit einem Mal überlief es mich kalt. »Sie hat noch mehr. Zwei, drei einzelne Kinder – Säuglinge, wie die kleine Linares und den hier. Außerdem ist da ein Bild mit drei anderen Kindern. Sie waren älter.«

Wieder herrschte benommenes Schweigen; dann sagte Mr. Moore leise: »Du nimmst doch nicht an… nicht *alle*…«

»Ich nehme überhaupt nichts an«, antwortete der Doktor und trat an die Tafel.

»Aber das…« Mr. Moore schenkte sich nach. »Ich meine, die ganze Vorstellung ist…«

»Widernatürlich.« Marcus hatte sich zu Wort gemeldet. Ich wandte mich ihm zu und merkte, daß er mich ansah. Bestimmt erinnerte er sich an den Augenblick, als wir den toten und düsteren Garten hinter dem Haus Bethune Street 39 betreten hatten.

»Ich muß Sie dringend ersuchen, dieses Wort nicht zu verwenden«, sagte der Doktor mit ernstem Nachdruck. »Das gilt für alle. Es ist den Atem nicht wert, der nötig ist, es auszusprechen, und es lenkt uns vom wichtigeren Ergebnis unserer letzten Unternehmung ab. Wir haben eine Tür geöffnet, und sehen uns weiteren geschlossenen Türen gegenüber.« Er nahm ein Stück Kreide zur Hand und machte sich an die Arbeit. »Wir müssen eine Unzahl neuer Fährten – und höchstwahrscheinlich Spuren weiterer Verbrechen – verfolgen. Ich fürchte, in dieser Angelegenheit liegt das Schlimmste noch vor uns.«

Bei dieser Mitteilung schien kaum noch einer rechte Lust zum Essen zu haben – mit Ausnahme von Mike. Mir fiel auf, wie laut er schmatzte, und ich sah zu ihm hinab, wie er auf meinem Schoß saß und so glücklich, wie ihm das wahrscheinlich möglich war, sein Fleisch genoß. Mit einem Finger streichelte ich ihm das weiche Fell hinter den Ohren.

»Wenn du dich das nächste Mal grämst, weil du ein Frettchen und kein Mensch bist, Mike«, murmelte ich, »solltest du dich an all das erinnern ...«

Der Doktor wandte sich uns zu und sah eine Ansammlung ausdrucksloser, niedergeschlagener Gesichter. Da er merkte, daß unser Appetit deutlich nachgelassen hatte, ging er wieder dorthin, wo sein Teller und sein Weinglas standen, und nahm beides zur Hand.

»Kommt, kommt«, sagte er, vielleicht etwas munterer, als er sich selbst fühlte, »diese Speisen sind zu gut, als daß man sie einfach stehenlassen sollte, und keiner von euch kann mit leerem Magen arbeiten.«

Mr. Moore hob trübselig und verwirrt den Blick. »Arbeiten?«

»Gewiß, Moore«, sagte der Doktor, biß von seinem Toast mit Stopfleber ab und nahm einen Schluck Wein. »Wir haben jetzt die Neuigkeiten sortiert, die uns diese kleine Unternehmung geliefert hat. Jetzt müssen wir sie noch auswerten. Wenn unsere Gegnerin heimkehrt, wird sie zweifellos sofort merken, was wir getan haben, und dementsprechend handeln. Daher drängt die Zeit jetzt mehr denn je.«

»Aber Kreisler«, sagte Mr. Moore, nach wie vor offenbar nicht überzeugt. »Was gibt es da auszuwerten? Wir können die kleine Linares nicht rausholen, ohne das Haus einzureißen, und haben nach wie vor keine Möglichkeit, die Polizei einzuschalten. Sobald diese Frau, ganz gleich, wie sie in Wirklichkeit heißt, Goo Goo Knox sagt, was los ist, muß sich jeder von uns nachts vor Angriffen der verdammten Hudson Dusters schützen! Was zum Teufel können wir deiner Ansicht nach tun, um das abzuwenden?«

Lucius hielt das Gesicht in den Händen, und es sank immer tiefer. »Die Frau hat sich wirklich erstklassig abgesichert, Doktor. Ganz wie es Sara neulich gesagt hat.« Er hob den Kopf und zog ein Taschentuch heraus, mit dem er sich den Schweiß von der Stirn zu wischen begann. Bald aber gab er den Versuch auf. »Ich befürchte, daß ich hier etwas wiederhole, aber ... Der Fall Beecham war viel unmittelbarer. Er hat uns *herausgefordert*, und es gab Dinge, an die wir uns halten konnten, Punkte, von denen aus wir mit einer gewissen Folgerichtigkeit vorgehen, und Punkte, zu denen wir uns mit einer gewissen Folgerichtigkeit bewegen konnten. Aber das hier ... Jedesmal, wenn man meint, man hat was erreicht, stößt man auf was Neues, und das ganze Bild erscheint in einem anderen Licht.«

»Als ob ich das nicht wüßte, Detective Sergeant«, gab der Doktor zurück. »Aber denken Sie daran, daß zwischen diesem und unserem letzten Fall ein entscheidender Unterschied besteht: Irgendein verborgenes Element in Beecham wollte unbedingt, daß man seinem Treiben Einhalt gebot.«

»Sein geistig gesunder Teil«, sagte Mr. Moore. »Willst du damit sagen, daß diese Libby Hatch geisteskrank ist? In dem Fall ...«

»Geisteskrank nicht, John.« Der Doktor ging zur Tafel und schrieb unter die von der Frau verwendeten Namen das Wort ZURECHNUNGSFÄHIG und unterstrich es. »Aber in ihrem Verhalten zeigt sich ein so geringes Maß an Selbstkenntnis und Selbst*er*kenntnis, daß man bisweilen glauben könnte, sie sei geisteskrank. Auf der anderen Seite ist sie in vielen Fällen durchaus imstande, sich in schlüssiger Weise zu verhalten. Beispielsweise habt ihr alle darauf hingewiesen, daß es ihr diesmal gelungen ist, ihr Treiben hervorragend abzusichern.«

Marcus hob den Blick. »Diesmal?« wiederholte er.

»Hm, ja«, sagte der Doktor und trank einen Schluck Wein. »Diesmal.« Er zeichnete einen großen Kasten dorthin, wo auf der Tafel DIE FRAU IM ZUG stand, und schrieb darunter FRÜHERE VERBRECHEN. Wieder darunter schrieb er die Ziffern 1 bis 6. Neben die 1 setzte er die Angabe PETER JOHANNSEN 1895: entführt im Mai, Verwandlung in Jonathan Hatch; starb im Juli im St.-Luke's-Krankenhaus. Erstickt. »Und warum sollte sie diesmal nicht bereit gewesen sein?« fuhr der Doktor fort und trat einen Schritt zurück. »Sie hatte ja nun wahrlich genug Übung. Wenn wir die uns vorliegenden Elemente richtig deuten, dürfen wir wohl annehmen, daß diese Frau alle Kinder, die Stevie auf den Photos gesehen hat – mindestens sechs und vielleicht auch mehr –, als ihre eigenen ausgegeben hat: Entweder waren sie es tatsächlich, oder sie hat noch mehr Entführungen auf dem Kerbholz. Und ebenso dürfen wir sicher sein, daß die ihr dann auch zum Opfer gefallen sind.«

»Sie hebt bei sich zu Hause Bilder von Kindern auf, die sie umgebracht hat?« sagte Mr. Moore.

»Tu nicht so entsetzt, Moore. Immerhin haben wir bereits festgestellt, daß sie überzeugt ist, nicht für den Tod dieser Kinder verantwortlich zu sein – das läßt ihre Psyche nicht zu. Ihr stellt sich die Sache so dar, daß sie *trotz* und nicht *wegen* ihrer Fürsorge sterben – sie sieht in ihnen unvollkommene Geschöpfe, die mutwillig ihre unermüdlichen mütterlichen Bemühungen um sie zunichte machen.«

»Sicher, soweit waren wir schon, Doktor«, meldete sich Miss Howard niedergeschlagen zu Wort – dabei war sie stets die letzte, die sich unterkriegen ließ. »Aber wie kann uns das hier helfen? Ich meine, praktisch gesehen? Wie können wir uns das zunutze machen, um ein Kind zu retten, dessen Vater an seiner Rettung nicht interessiert ist und uns ganz im Gegenteil seinen finsteren Diener auf den Hals hetzt, damit dieser uns zu verstehen gibt, daß wir sie *keinesfalls* retten sollen?«

Der Doktor wandte sich zu ihr um. »Und was sollten wir also tun, Sara?« fragte er aufgebracht. »Aufgeben? Obwohl wir wissen, daß die Kleine sterben wird, und das vielleicht schon bald? Obwohl wir nicht ahnen, welche politischen Auswirkungen ein solcher Tod haben kann?«

»Nein«, sagte sie rasch mit ebenso viel Nachdruck wie der Doktor. »Aber ich durchschaue den Fall einfach nicht.«

Der Doktor hockte sich neben sie und nahm ihren Kopf in seine Hände. »Das liegt daran, daß Sie auf Ihren gewohnten Bahnen denken, Sara – geradeaus, ohne Umschweife, linear. Sie müssen denken lernen wie *sie*. Seien Sie indirekt, wählen Sie Umwege, und seien Sie von mir aus auch *hinterhältig*.« Er nahm ihren Teller und gab ihn ihr. »Vor allem aber essen Sie.«

»Doktor ...« Marcus, der es irgendwie geschafft hatte, seine Mahlzeit zu beenden, erhob sich und wies mit seiner Bierflasche auf die Tafel. »Ich glaube, ich verstehe. Stevie und ich haben einiges gesehen, als wir dort waren. Wir haben auch angefangen, einiges zu verstehen. Ich meine, was die Frau betrifft. Schon möglich, daß sie das Verbrechen gut geplant hat, aber – das ändert nichts daran, daß sie in mancherlei Hinsicht *nicht* die fähigste aller Frauen ist.«

»Das kann man laut sagen«, warf ich ein. »Sie hätten die Küche sehen sollen – ich würde um keinen Preis da was essen wollen. Und der Garten – wie ein Friedhof.«

»Weiter«, sagte der Doktor hoffnungsfroh.

»Nun«, Marcus nahm einen tiefen Zug aus der Flasche, »es scheint einfach unvorstellbar, daß eine solche Frau in sechs Fällen ein Verbrechen so erfolgreich wie beim jetzigen begangen hat. Wir dürfen auch nicht vergessen, daß ein Teil von dem, was wie ihre Geschicklichkeit wirkt, in Wahrheit Glück war. Falls sie nicht wußte, wer Ana Linares ist, kann ihr auch nicht klargewesen sein, daß der Vater weder bereit sein würde, sich um den Verbleib seines Kindes zu kümmern, noch zur Polizei zu gehen. Sie hat also in Wirklichkeit *durchaus* Fehler gemacht – wir können sie nur nicht ausschlachten. Das aber hindert uns nicht daran, uns in anderer Weise auf ihre Fährte zu setzen – ich meine, in der Vergangenheit.«

»Großartig«, stöhnte Mr. Moore auf. »Wir kommen im Fall nicht weiter, und Mr. Marcus hält sich für H. G. Wells und will auf Zeitreise gehen. Nun, wenn Sie Ihre kleine Zeitmaschine bauen, klettern wir alle rein und ...«

»Nein, Augenblick, John.« Miss Howards grüne Augen blitzten wieder wie eh und je, und sie setzte sich auf. »Er hat recht. Sie muß früher an irgendeiner Stelle Fehler gemacht haben – nur hat sich damals niemand darum gekümmert. Wenn wir den Fall Linares im Augenblick auf Eis legen und den anderen Todesfällen nachgehen, könnten wir von einer Seite an sie herankommen, wo sie nicht damit rechnet.«

»Sieh dir doch mal an, John, was wir bisher gefunden haben«, stimmte ihr der Doktor zu. »Wir wissen mittlerweile, woher die Frau kommt. Das ist von entscheidender Bedeutung, und dem muß man nachgehen, denn alle solche Mörder zeigen schon in einem frühen Stadium ihres Lebens ein abweichendes Verhalten. Wir wissen nahezu mit Sicherheit, welche Verbrechen sie vor der Entführung der kleinen Linares begangen hat. Damals hat man das offenbar als eine Art Unfall abgetan, doch wenn wir mit den Ärzten sprechen, die damit befaßt waren, und die Angelegenheit im Lichte unseres jetzigen Wissens noch einmal durchgehen, haben wir sehr gute Aussichten, diese Betrachtungsweise zu ändern.«

Mr. Moore hatte sich all das aufmerksam angehört, und ich konnte sehen, daß er am liebsten widersprochen hätte. Doch dann schien ihm etwas durch den Kopf zu gehen: »Sara – hattest du gesagt, daß sie aus einem Ort nahe Saratoga kommt?«

Miss Howards Gesicht verzog sich angesichts der unerwarteten Frage. »Meinst du Stillwater? Ja. Es liegt ungefähr fünfundzwanzig Kilometer südöstlich der Heilquellen. Gleich am Hudson. Warum, John?«

Mr. Moore dachte einen Augenblick lang nach und hielt dann einen Finger hoch. »Ein guter Freund von mir hat bei der Staatsanwaltschaft von Manhattan gearbeitet. Er ist nicht weit von Saratoga aufgewachsen. Als er vor ein paar Jahren aus New York fort mußte, ist er dorthin als Stellvertreter des Staatsanwalts zurückgekehrt. Ballston Spa ist doch nach wie vor Hauptstadt des Bezirks, oder?«

»So ist es«, sagte Miss Howard.

»Nun«, fuhr Mr. Moore fort, an Dr. Kreisler gewandt. »Wenn jene Frau da oben gegen irgendwelche Gesetze verstoßen hat, sollten wir mit Rupert Picton reden. Er ist der geborene Anklagevertreter, denn er kennt nichts Schöneres, als im Dreck herumzuwühlen.«

»Na bitte, John«, sagte der Doktor und hob sein Glas. »War das schwer? Und wir sollten nicht vergessen – wir haben eine Beziehung zwischen der Frau und den Vanderbilts zur Zeit des letzten Mordes hergestellt. Auch dem müssen wir nachgehen.«

Als der Name jener bedeutenden Familie fiel, nahm Mr. Moores Gesicht einen so hämischen Ausdruck an wie das eines kleinen Jungen mit einer Schachtel Streichhölzer. »Ja, und da mach ich gern mit«, sagte er. »Corneil Vanderbilt, der aufgeblasene alte Frömmler – ich will dabeisein, wenn wir ihm mitteilen, daß sein Hausmädchen kleine Kinder entführt und erstickt hat!«

»Wir sollten uns nicht zu übereilten Schlußfolgerungen hinreißen lassen, meine Herren«, sagte Lucius. »Wir haben es bisher erst mit einem *möglichen* Fall von Tötung zu tun sowie mit zwei eindeutigen Fällen von Entführung.«

»Das weiß *ich*, und das wissen *Sie*, Lucius«, sagte Mr. Moore, »aber *Vanderbilt* weiß das nicht. Ich möchte ihm einfach eins reinwürgen, dem ...«

»Das war deutlich«, fiel ihm der Doktor ins Wort, »und du sollst dabeisein, wenn ich mit Vanderbilt spreche. Eine letzte Frage bleibt noch offen.« Er schritt wieder auf und ab – ein Zeichen dafür, daß der Augenblick des Zweifels überwunden war und die Arbeit am Fall weitergehen sollte – und schüttelte wieder das Kreidestück in der Linken. »Wir wissen, daß es bei Libby Hatch – so sollten wir sie wohl künftig nennen – bezüglich Ana Linares nahezu mit Sicherheit zu einer folgenreichen Krise kommen wird. Ich bin auch überzeugt, nachdem ich Stevies und Marcus' Bericht über den Zustand ihres Mannes gehört habe, daß sie ihn Schritt für Schritt mit Morphium um die Ecke bringt, und zwar so, daß sein Tod als Ergebnis seiner eigenen Degeneration erscheint. Das sichert ihr die Art von Mitgefühl und Bewunderung, die sie so dringend benötigt, jedenfalls soweit wir immer wieder sehen. Ganz davon abgesehen sind mit seinem Dahinscheiden zusätzliche Vorteile verbunden: nicht nur erbt sie seine Pension, sondern auch das Haus, von dem ich vermute, daß es ihm gehört – ganz davon zu schweigen, daß ihrer Beziehung zu Knox dann nichts mehr im Wege steht. Die Frage ist nur, wie können wir das drohende Unheil verhindern? Wenn wir uns weiterhin vor ihr verborgen halten, wird sie annehmen, daß wir uns geschlagen geben. Zeigen wir ihr aber, daß wir dabei sind, ihre Vergangenheit zu erkunden …«

»Wird sie erst dann neue Morde wagen«, beendete Miss Howard seinen Gedanken, »wenn wir aufhören, uns um ihr Treiben zu kümmern.«

»Planen Sie etwa, offen mit ihr zu reden, Doktor?« fragte Lucius. »Ich muß Sie an das erinnern, was Mr. Moore über die Dusters gesagt hat: Wenn sie erfährt, daß wir hinter ihr her sind, wird sie Knox auffordern, uns die Dusters auf den Hals zu hetzen.«

»Genau deshalb werden Sie und Ihr Bruder mit ihr sprechen, Detective Sergeant. Und zwar nicht in unserem Namen, sondern im Namen Ihrer Dienststelle. Möglich, daß man uns daran hindern würde, der Sache offiziell nachzugehen, aber das braucht sie ja nicht zu wissen, oder? Es ist weder ein Durchsuchungsbefehl noch eine Anklageschrift erforderlich; der einfache Hinweis dürfte genügen, daß die Polizei Kenntnis von ihren früheren Taten hat und sie künftig im Auge behalten wird. Sofern Sie so auftreten, als sprächen Sie in amtlicher Eigenschaft, wird sie diese Lesart an Knox weitergeben. Trotz ihrer Gewaltbereitschaft sind die Dusters weder darauf scharf, sich mit der Polizei anzulegen, noch in offene Messer zu laufen. Man darf durchaus davon ausgehen, daß sie nicht bereit sind, ihre Freiheit, ihre Kokainquellen oder ihren Status als romantisches Idol der New Yorker Boheme irgend jemandem zuliebe aufs Spiel zu setzen, nicht einmal, wenn es um Knox' gegenwärtige Favoritin geht.«

Marcus sah seinen Bruder an. »Klingt schlüssig.«

»Das sollte es auch sein, und noch weit mehr«, sagte der Doktor, wobei er die Zeitungsberichte und Krankenhausdokumente emporhielt. »Wir haben jetzt die Vergangenheit dieser Frau – jedenfalls Teile davon. Das hat uns bisher gefehlt: irgendein Hinweis auf das, was hinter ihrem gegenwärtigen Verhalten liegt, irgendein ›Zugang‹, wie Sara gesagt hat. Bisher waren wir in erster Linie deshalb gelähmt, weil wir über keinerlei Unterstützung durch meinen Berufsstand verfügen, leidet er doch wie der Rest unserer Gesellschaft an einer Kurzsichtigkeit, die uns daran hindert zu sehen, daß eine Frau, eine Mutter, solcher Verbrechen fähig ist. Daher sind wir mit Zögern und voller Unsicherheit vorgegangen, haben versucht, Dinge über diese Frau in Erfahrung zu bringen, von denen jeder von uns in den Tiefen unseres Geistes wünschte, daß sie nicht zutreffen. Sicher, wir wußten, wie sie aussieht, und wir hatten auch Hinweise auf ihr zerstörerisches Verhalten in jüngerer Zeit, aber wieviel ließ sich dem schon entnehmen? Nunmehr aber verfügen wir über spezifische Angaben über ihre Vergangenheit. Wir dürfen nicht zögern, uns dieser *Schlüssel* zu ihrem Wesen zu bedienen.«

»Außer vielleicht, Doktor…«, mit einem Mal stand Miss Howard auf und sah zu mir her, »um einen Augenblick lang die Leistung dessen anzuerkennen, dessen Tapferkeit uns zu diesen Schlüsseln verholfen hat.«

Sie hob ihr Weinglas – und trank mir zu. Unruhig rutschte ich hin und her, als sich auch die anderen mir zuwandten. Die Mutlosigkeit war von ihren Gesichtern gewichen, an ihrer Stelle sah man jetzt Zuversicht, Bereitschaft – und Lächeln. Einer nach dem anderen hoben sie ihre Gläser und Flaschen; ich gebe gern zu, daß mich das ganz schön verlegen gemacht hat. Dennoch habe auch ich ein wenig gelächelt.

»Auf Stevie«, sagte Miss Howard, »er hat für uns getan, was kein anderer hätte tun können, weil er ein Leben geführt hat wie keiner von uns.«

Darauf sagten die anderen im Chor: »Auf Stevie!«, nahmen einen ordentlichen Schluck und kamen dann wie eine große Welle auf mich zu.

Ich sah zuerst Mike an und dann aus dem Fenster. Ich fühlte mich zugleich so unbehaglich und so wohl wie noch nie im Leben.

»Schon gut, schon gut«, sagte ich und wehrte mit den Händen ihre Bekundungen von Zuneigung und Wertschätzung ab. »Vergessen Sie nicht, daß wir noch etwas zu tun haben…«

# KAPITEL 25

Am Sonntag brachte ich das Frettchen Mike zu Hickie zurück und hatte deshalb dann keinen Gefährten mehr, der mir half zu vergessen, wie schlimm es zwischen Kat und mir stand. Gott sei Dank gingen am Montag morgen unsere Ermittlungen weiter, und schon bald hatte ich alle Hände voll zu tun, den Doktor und die anderen durch die Stadt zu kutschieren, und konnte nicht mehr groß darüber nachdenken, wo Kat sein oder was sie gerade tun mochte. Ich wußte, daß sie ihrer Tante geschrieben hatte und auf eine Antwort warten wollte, bevor sie nach Kalifornien aufbrach; und ich konnte nur hoffen, daß sie vorher noch einmal mit mir Kontakt aufnahm. Aber wer hofft, ist schon einen Schritt weiter als jemand, der sich Sorgen macht, und da Kat nunmehr ihr Geld und ihre Fahrkarte hatte, nahm ich an, daß ich meine Sorge um sie getrost beiseite schieben konnte, ganz gleich, ob ich von ihr hören würde oder nicht.

Am Montag morgen machte sich der Doktor mit Mr. Moore und mir auf den langen Weg zum St.-Luke's-Krankenhaus, das im Vorjahr aus seinem alten Domizil an der Vierundfünfzigsten Straße in fünf neue Gebäude gezogen war, die zwischen der Amsterdam Avenue und dem Morningside Drive, Ecke Hundertvierzehnte Straße, lagen. Ich begleitete die beiden bis zum Eingang eines der Gebäude – es war zufällig der Vanderbilt-Bau –, wo sich Schwestern in himmelblauen bodenlangen Kleidern und weißen Schürzen bemühten, daß ihre weißen Häubchen nicht vom Kopf purzelten, während sie die stählerne Wendeltreppe hinauf- und hinabeilten, die um einen kleinen Aufzug herumlief. Der Doktor und Mr. Moore nahmen den Aufzug zu einem der oberen Stockwerke, ich hingegen kehrte zur Kalesche zurück und fuhr hinunter nach Morningside. Dort verbrachte ich die nächsten Stunden damit, eine Zigarette nach der anderen zu rauchen und von der Höhe der steilen Felsen auf das sich weithin erstreckende Harlem hinabzuschauen.

Der Besuch lief nicht so gut ab, wie es sich der Doktor erhofft hatte: Die Ärzte, Chirurgen und Schwestern, die sich zwei Jahre zuvor um Mrs. Libby Hatch und ihren »Sohn« gekümmert hatten, zeigten sich von der Vorstellung entsetzt, daß Mrs. Hatch den Jungen umgebracht haben könnte, und der Doktor hatte sich an höhere Stellen wenden müssen, um Zugang zu den Unterlagen zu erlangen. Aus diesen aber ging über Mrs. Hatchs Besuche im Krankenhaus nichts Neues hervor: In den Unterlagen stand lediglich, was wir schon aus den entwendeten Dokumenten wußten, nämlich, daß sie umsichtig und besonnen gehandelt und sich während ihrer Heimsuchung auf eine Weise verhalten habe, die beim

Personal des St.-Luke's-Krankenhauses uneingeschränkte Bewunderung und Mitgefühl hervorgerufen hatte.

Diese Einschätzung fand der Doktor besonders interessant, wie er mir und Mr. Moore auf der Fahrt zurück in die Stadt mitteilte. Er berichtete, es gebe in Deutschland eine Gruppe von Irrenärzten, Psychologen und Nervenspezialisten – die man wohl Neurologen nannte –, die beim Studium der weiblichen Hysterie festgestellt hatten, daß die Patientinnen bisweilen in der gleichen Weise abhängig von ärztlicher Anteilnahme waren, wie es Leute, die sich Morphin spritzen oder Kokain schnupfen, von Drogen sind. Sofern das auch für Libby Hatch zutreffe, sagte der Doktor, sei es denkbar, daß sie diese Sucht auf dem Umweg über die Krankheit der Kinder befriedigte, um die sie sich kümmerte (oder eben nicht). Man könne sagen, daß sie zwei Fliegen mit einer Klappe schlage: Sie konnte ihre Unfähigkeit als Mutter vertuschen und dabei zugleich von Schwestern und Ärzten Zuwendung und Lob einheimsen. Ob sie tatsächlich von dieser Sucht befallen sei, würden wir allerdings erst mit Sicherheit erfahren, wenn wir mehr über ihre Vergangenheit in Erfahrung brächten, denn ein solches Merkmal bilde sich bereits zu einem frühen Zeitpunkt im Leben heraus und tauche dann immer wieder auf. Vielleicht würden wir sogar noch den Tag erleben, an dem wir dieses Bedürfnis auf irgendeine Weise gegen sie verwenden könnten, da es sich dabei letzten Endes, wie bei jedem negativen Verhalten, um eine große Schwäche und Beschränkung handele, die den davon betroffenen Mensch verraten und letztlich zugrunde richten könne.

Nachdem Mr. Moore offenbar gründlich über all das nachgedacht hatte, kam er zu dem Ergebnis, ein solches Bedürfnis könne der Grund dafür gewesen sein, daß Libby Hatch (oder Mrs. Hunter) Dr. Kreisler völlig anders behandelt hatte als ihn oder die beiden Kriminalbeamten. Sicher, sie sei jedem der Männer in einer Weise begegnet, die geeignet war, an seine Schwäche oder Eitelkeit zu appellieren, aber vielleicht liege hinter ihrer besonders achtungsvollen Haltung dem Doktor gegenüber auch mehr verborgen. Vielleicht habe sie nicht angenommen, daß sich ein solcher Mensch an der Untersuchung der Entführung beteiligte, und habe ihn möglicherweise bei unserem Abschied deshalb mit einer offenkundigen Herzlichkeit behandelt, weil sie das Bedürfnis empfand, er möge sich ihr gegenüber ebenso verhalten und sie als unschuldig ansehen. Das würde auch eine Erklärung dafür liefern, warum sie so wütend geworden war, als der Doktor ihren Anflug von Herzlichkeit zurückgewiesen hatte. Sofern sie aber tatsächlich den unbewußten Wunsch einer Billigung ihres Verhaltens durch den Doktor empfinde, fuhr Mr. Moore fort, sollten die Brüder Isaacson bei der Drohung ihr gegenüber auf jeden Fall durchblicken lassen, daß sich auch Dr. Kreisler weiterhin an der Ermittlung beteiligen werde. Das könne sozusagen als kleiner Gewissenswurm dienen, den man ihr einpflanze, um ihre Unsicherheit zu schüren. Als wir an jenem Abend in der Siebzehnten Straße mit Marcus und Lucius zusammentrafen, stimmten sie dieser Überlegung rückhaltlos zu und beschlossen, sie in ihren Erklärungen Mrs. Hunter gegenüber zu berücksichtigen.

Zuvor aber wollten sie mit Miss Howards Hilfe den Todesfällen im Entbindungsheim weiter nachgehen, da sie unserer Gegnerin so gut gerüstet wie möglich gegenübertreten wollten. Das aber erwies sich als ausgesprochen schwieriges Unterfangen – es war schon schwer genug, die Mütter jener Kinder aufzuspüren, aber nahezu unmöglich, sie zum Reden zu bringen. Das städtische Entbindungsheim besuchten, wie schon gesagt, ledige und arme Frauen, von denen viele bei der Aufnahme einen falschen Namen angaben. Das galt insbesondere für die eher Begüterten unter ihnen, denn das waren entweder Frauen, die das Ergebnis ehelicher Untreue vertuschen wollten, oder solche, welche die Vorzüge des Ehestandes genossen hatten, ohne sich zuvor um die damit verbundenen Formalitäten zu kümmern. Es kostete die Brüder Isaacson und Miss Howard Tage, auch nur eine einzige Frau zu finden, die bereit war zu bestätigen, daß einer der toten Säuglinge ihr Kind gewesen war. Als sie eine solche endlich aufgespürt und ihr von ihrem Verdacht berichtet hatten, komplimentierte diese die Besucher eilends hinaus, da sie mit der Sache nichts zu tun haben wollte, befürchtete sie doch juristische Verwicklungen. Also ging die Suche weiter.

Unterdessen wandten sich der Doktor und Mr. Moore ihrer nächsten Aufgabe zu: Sie suchten den ehrenwerten Mr. Cornelius Vanderbilt II. auf, den Mr. Moore als »Corneil« bezeichnet hatte. (Dieser Name unterschied ihn zum einen von seinem Großvater, dem räuberischen und etwas übergeschnappten alten Kauz, mit welchem die Familie Bekanntheit erlangte, und zum anderen von seinem Sohn, Cornelius III., der ›Neily‹ gerufen wurde.) Mr. Cornelius II. hatte zwar stets eine offene Hand für wohltätige Einrichtungen, war aber zugleich auch einer der selbstgerechtesten Männer in ganz New York. Ganz sicherlich lag ihm nicht im entferntesten daran, mit einem so umstrittenen Menschen wie Dr. Kreisler zusammenzutreffen. Sofern einer aus unserer Gruppe Zutritt zu dem – unter Architekten als ›französisches Renaissanceschloß‹ bekannten – gewaltigen Palast erlangen wollte, der das gesamte Ende der Fünften Avenue zwischen der Siebenundfünfzigsten und Achtundfünfzigsten Straße einnahm, wäre dazu die Vermittlung eines Dritten erforderlich. Anders gesagt, Mr. Moore würde seine Eltern um Vermittlung bitten müssen, was er aus tiefstem Herzen verabscheute. Sie erreichten für Donnerstag nachmittag eine Audienz bei dem Potentaten, teilten ihrem Sohn aber zugleich mit, daß er, ganz gleich, worüber gesprochen werde, keinesfalls Mr. Vanderbilts Sohn Neily erwähnen solle, der für den alten Herrn zur Zeit Luft sei.

Allem Anschein nach hatte der junge Mann die Stirn gehabt, eine Frau zu heiraten, die er liebte, die seiner Familie aber wegen ihrer untergeordneten gesellschaftlichen Stellung nicht genehm war. Ohne sich um seine Eltern zu scheren, war er nach der Hochzeit mit ihr nach Europa gereist und erst vor kurzem zurückgekehrt. Unterdessen hatte das frischvermählte Paar der Hautevolee in der ganzen Stadt beständig Gesprächsstoff geliefert. Die Sympathien der meisten gehörten dem jungen Paar, da die neureichen Vanderbilts in den Augen der alteingesessenen New Yorker Familien wie denen Mr. Moores und Miss Howards als Emporkömmlinge galten. Selbstverständlich hatte sich auch die Skandalpresse des Themas bemächtigt (und die Partei der jungen Liebenden ergriffen, um die Auflage zu steigern). Die Angelegenheit hatte Cornelius II., der zur Zeit zwischen seinem Palast in New York und seinem noch lachhafteren kunstvoll-komplizierten Märchenschloß in Newport auf Rhode Island hin und her pendelte, sehr zu schaffen gemacht, und inzwischen war er so verbittert und eingeschnappt, daß es ihn fast umbrachte. Ein Mann, der siebzig Millionen Dollar und das gesamte Eisenbahnnetz des Bundesstaats New York sein eigen nannte, ließ sich von der romantischen Eskapade zweier junger Leute zur Verzweiflung treiben. Mitunter fällt es wirklich schwer, reiche Leute zu verstehen...

Auf jeden Fall fuhren wir am Donnerstag nachmittag mit der geschlossenen Kalesche in den nördlichen Teil der Stadt. An jenem achten Juli regnete es zwar, aber es war inzwischen so warm, daß nicht einmal der Regen die Stadt abkühlte, geschweige denn die Luft reinigte. Wir fuhren durch besonders übel riechenden Pferdemist, und gelangten, als Murray Hill hinter uns lag, in den Teil der Stadt, wo sich zwischen der Fünfzigsten und Sechzigsten Straße die großen Herrenhäuser erhoben. Nach einer Weile schließlich kamen wir an den anderen Palästen der Familie Vanderbilt vorüber, die alle in unmittelbarer Nähe der Prunkvilla von Cornelius II. standen. Mir war es immer als der Hauptzweck all dieser Kästen erschienen, daß ihre Besitzer einander damit übertrumpfen wollten, auch wenn man dazu immer mehr Schmuckelemente anbringen mußte, so daß die Bauten irgendwann lächerlich oder zumindest ausgesprochen häßlich wirkten.

Das galt für kein Gebäude mehr als das an der Siebenundfünfzigsten Straße West Nr. 1. Das leuchtende Rot der Backsteine stach gegen das Weiß des für die Fensterleibungen verwendeten Kalksteins ab. Auch wenn die Schmuckelemente den Eindruck der französischen Renaissance hervorrufen sollten, ähnelte das Ganze in meinen Augen eher einem Zirkuszelt. Den Augen weit wohlgefälliger war der Teil, den Richard Morris Hunt – von dem der neue Flügel des Metropolitan Museum stammt – hinten angebaut hatte. Man konnte ihn sogar schön finden, wenn man nicht auf den Rest achtete. Doch wer die Fassade von Süden aus sah, hatte den Eindruck, daß er es mit dem Werk eines übergeschnappten Witzboldes zu tun hatte. Was irgendwie ja auch stimmte – nur schade, daß Cornelius selbst den Witz nicht verstand.

Etwa einen halben Häuserblock südlich der Siebenundfünfzigsten Straße hörte der Lärm unserer Kutsche wie auch der der Fahrzeuge um uns herum schlagartig auf: Man hatte um das Gebäude Siebenundfünfzigste Straße West Nr. 1 die Straßen weiträumig gemulcht – mit Baumrinde oder so –, damit den kränklichen Mr. Vanderbilt die Geräusche vorüberkommender Pferde und Kutschen nicht störten. Es mag heutzutage unglaublich erscheinen, daß einmal ganze Straßenzüge mit Mulch zugeschüttet wurden, um zu erreichen, daß ein einziger Mann seine Ruhe bekam; aber Cornelius II. war nun einmal für die Stadt sehr wichtig, vor allem wegen seiner philanthropischen Großtaten. Der Doktor meinte allerdings, daß Vanderbilt selbstverständlich nicht der Lärm krank machte. Man hätte ihn in einen mit Beton und Blei ausgekleideten Raum setzen können, er würde auch dort weiter leiden, solange es ihn wurmte, wie wenig Macht er über seinen Sohn besaß und daß es ihm nicht gelungen war, ihn zu halten.

Am palastartigen Stadthaus der Vanderbilts eingetroffen, teilte der Doktor Mr. Moore mit, er müsse angesichts der großen Mühe, die es gekostet habe, das Gespräch zustande zu bringen, alles unterlassen, was Mr. Vanderbilt verärgern könne – denn ihn zu ärgern hatte Mr. Moore ja angekündigt. Sie würden einfach dem kranken, alten Mann mitteilen, daß sie festzustellen versuchten, auf welche Weise sich mit Mrs. Hunter Kontakt aufnehmen lasse, da diese dem Doktor womöglich in einem Fall behilflich sein könne, an dem er gerade arbeite – nichts weiter. Widerwillig erklärte sich Mr. Moore damit einverstanden, dann gingen die beiden die Treppe zu dem großen, bogenförmigen Eingang empor. Mr. Moore klingelte, ein Lakai öffnete die Tür und teilte ihnen mit, Mr. Vanderbilt erwarte sie im »Maurensalon« im hinteren Teil des Gebäudes. Mir war klar, daß er damit ein Rauchzimmer meinte, das vermutlich aussah wie eine Illustration zu *Tausendundeine Nacht*. Solche Salons waren damals unter reichen Leuten der letzte Schrei. Ich stieg also vom Kutschbock und fragte den Lakaien, als er wieder zurückkehrte, ob er kurz ein Auge auf die Kalesche haben könne, da ich einige Nebenstraßen weiter für den Doktor eine Besorgung zu machen hätte. Der Mann war so anständig, mir den Gefallen zu tun, und ich rannte um die Ecke der Fünften Avenue. Am hinteren Teil des Hauses nahe der hübschen Kutscheneinfahrt, die Mr. Hunt entworfen hatte, sah ich, daß zwischen mir und dem Park, der sich hinter dem Gebäude erstreckte, ein hoher schmiedeeiserner Zaun aufragte. Ihn zu überklettern hätte mich natürlich keine Mühe gekostet, aber da selbst an diesem regnerischen Nachmittag Spaziergänger unterwegs waren, hieß es vorsichtig sein.

Ich versuchte es mit einem alten Trick: Ich sah zum hohen Dach des Hauses auf der gegenüberliegenden Straßenseite empor, das kaum weniger protzig war als das der Vanderbilts, wies nach oben und schrie: »Gleich springt er!«

So etwas sorgt unter Garantie dafür, daß ein New Yorker alles stehen und liegen läßt und in die angegebene Richtung schaut. Die Leute, die an jenem Nachmittag auf der Fünften Avenue spazierengingen, bildeten da keine Ausnahme, aber bis sie begriffen, daß ich sie genasführt hatte, war ich schon über den Zaun geklettert und so schnell ich konnte durch den Park gerannt, um mich hinter einer der quadratischen Säulen der Kutscheneinfahrt zu verstecken. Ich ließ den Blick über die Rückseite des Gebäudes wandern und sah schon bald am westlichen Ende ein offenes Erkerfenster. Ich ging darauf zu und vernahm auch gleich Stimmen. Es war nicht schwer, mich am anderen Ende des Erkers zu verstecken, wobei ich mir nur einen kurzen Blick in den Raum gestattete.

Sofern es ein Wort gibt, mit dem sich der Geschmack der Familie Vanderbilt beschreiben ließe, steht es mir nicht zu Gebote. Vielleicht könnte man einfach sagen, daß ihnen der Sinn nach »immer mehr« stand. Immer mehr Steine, wenn sie bauten, immer mehr Schnörkel, wenn sie etwas zu verzieren hatten, und immer mehr Essen, wenn sie bei Tisch saßen. Der »Maurensalon«, in den ich an jenem Tag spähte, war ein äußerst beeindruckendes Beispiel dafür. Es genügte offenbar nicht, daß die volle zwei Stockwerke hohe Täfelung der Wände so teuer wie möglich war oder daß kompliziertere Muster hineingeschnitzt waren als in ihre arabischen Vorbilder – nein, die Wände mußten sogar mit kostbaren Einlegearbeiten verziert werden. Sie bestanden unter anderem, sollte man es für möglich halten, aus Perlmutt. Perlmutt-Intarsien an den Wänden! Bei jemandem, der es fertigbringt, diese Art Unsinn in Auftrag zu geben – und wahrscheinlich bei keinem Geringeren als Mr. Louis Comfort Tiffany entwerfen ließ –, braucht man sich meiner Ansicht nach nicht zu wundern, wenn ihn der Schlag trifft, weil sich der leibliche Sohn weigert, ihm zu Willen zu sein. An der hohen Decke war eine gewaltige Tiffany-Kugellampe befestigt, von der kleinere Lampen, ebenfalls aus Tiffany-Glas, in kreisförmiger Anordnung herabhingen. Darunter standen vor einem maurischen Kamin aus Marmor auf mehreren riesigen, dicken Perserteppichen einige samtbezogene hochlehnige Stühle. Auf diesen sah ich den Doktor und Mr. Moore sitzen, die in dem großen Raum irgendwie verloren wirkten; ihnen gegenüber saß – trotz der Julihitze in eine dicke Felldecke gehüllt – Mr. Vanderbilt, der so aussah, wie es sein Zustand erwarten ließ: ein Mann, der langsam, aber unaufhaltsam, dem Tod entgegengeht. Das langgezogene Gesicht und die blitzenden Augen, die wahrscheinlich selbst aus der Entfernung viele Menschen einschüchtern konnten, waren jetzt voller Trauer, und er sprach mit brüchiger Stimme.

»Und was veranlaßt Sie zu glauben, daß ich Ihnen dabei behilflich sein könnte?« fragte er.

Ich duckte mich wieder, damit mich niemand sah, und hörte, wie Mr. Moore antwortete: »Die Frau war eine Zeitlang bei Ihnen als Hausmädchen beschäftigt, Mr. Vanderbilt – zumindest hat sie auf einigen Krankenhausformularen, die wir eingesehen haben, Sie als Arbeitgeber genannt.«

»Ja und?« gab Mr. Vanderbilt in einem Ton zurück, den man höflich als herablassend bezeichnen könnte. »Ja, sie war hier beschäftigt. Aber ihre Privatangelegenheiten wurden als genau solche respektiert. Elspeth Hatch hat unser Vertrauen genossen, und zwar von Anfang an.«

»Und das war...«, sagte der Doktor.

Ich hörte einen heiseren Laut der Verärgerung, woraufhin Mr. Moore hinzufügte: »Wenn die Sache nicht so dringend wäre, Mr. Vanderbilt...«

»Dringend?« meldete sich der Alte zu Wort. »Sie sagen, es sei dringend, sind aber nicht bereit, mir mitzuteilen, worum es geht?«

»Das Schweigegebot des Arztes in Angelegenheiten seines Patienten«, sagte der Doktor. »Das werden Sie gewiß verstehen.«

»Und wir würden Sie bestimmt nicht belästigen«, fügte Mr. Moore hinzu, »wenn uns eine andere Wahl bliebe.«

»Nun ja«, knurrte Mr. Vanderbilt. »Zumindest scheinen Sie einzusehen, daß Sie mich tatsächlich belästigen. Wenn ich Ihre Familie weniger hoch schätzte, Mr. Moore...«

»Ja, Sir«, sagte Mr. Moore. »Ich verstehe.«

Mr. Vanderbilt sprach unwirsch weiter: »Eingestellt haben wir Elspeth Hatch gleich nach ihrer Ankunft in New York – ich glaube, das war im Sommer 94. Schon bald nach ihrer Tragödie. Wir hatten über Freunde im Norden von ihrem Unglück erfahren, und meine Gattin war der Ansicht, daß es für Mrs. Hatch eine gute Möglichkeit wäre, von dort fortzugehen und ihre Vergangenheit hinter sich zu lassen, wenn wir ihr eine Stelle anböten. Wir brauchten damals ohnehin ein Mädchen. Mrs. Vanderbilt ist eine Frau von außergewöhnlichem Mitgefühl«, er gab erneut einen Grunzlaut von sich, »und sie hat Lebensart...«

Wieder folgten einige Augenblicke des Schweigens. Ich malte mir aus, wie der Doktor und Mr. Moore einander ansahen und überlegten, auf welche Weise sich feststellen ließe, worum es sich bei der von Mr. Vanderbilt erwähnten »Tragödie« handelte. Angesichts seiner Einstellung sah es nicht danach aus, als würde er etwas über das persönliche Unglück seiner früheren Hausangestellten preisgeben, wenn er annahm, daß seine Besucher es nicht ohnehin wußten.

»Das war in der Tat ungewöhnlich teilnahmsvoll von Ihrer Gattin, Sir«, sagte der Doktor schließlich. »Und zweifellos hat es Mrs. Hatch geholfen, sich von diesem schweren Schlag zu erholen. Bei solch unerfreulichen Erlebnissen ist ein Ortswechsel oft das einzige, was hilft.«

»Nennen Sie das ein ›unerfreuliches Erlebnis‹«, knurrte ihn Mr. Vanderbilt an, »wenn ein Geisteskranker einem die Kinder vor den Augen abknallt? Sind Sie ein Anhänger des Understatement, Doktor, oder hat Ihre Arbeit Sie menschlicher Tragik gegenüber schon so weit abgestumpft?«

Bei diesen Worten riß ich die Augen auf; und ich konnte mir vorstellen, wie schwer es dem Doktor und Mr. Moore fallen mußte, eine ähnliche Reaktion zu unterdrücken.

»Es lag keinesfalls in meiner Absicht, abgebrüht zu wirken, Sir«, sagte der Doktor schließlich. »Vielleicht hindert mich in der Tat meine Arbeit bisweilen daran ... *Morde* ...«, er sagte das Wort zögernd, als rechnete er mehr oder weniger mit Widerspruch, der allerdings nicht kam, »... mit dem gebührenden Einfühlungsvermögen zu behandeln.«

Was Mr. Vanderbilt diesmal von sich gab, war eher ein Schnauben als ein Knurren. »Wie Sie meinen. Jedenfalls ist sie zwei oder drei Monate später hier eingetroffen. Sie hat übrigens bei ihrer Arbeit ungewöhnlichen Fleiß an den Tag gelegt, wenn man bedenkt, wie ungewiß das Schicksal ihrer ältesten Tochter nach wie vor war.«

»Ach natürlich«, sagte Mr. Moore. »Und wann, sagten Sie, hat sie ihren Dienst quittiert ...?«

»Das habe ich gar nicht erwähnt, Mr. Moore. Na ja, sie hat uns im Mai des darauffolgenden Jahres verlassen, nach ihrer Wiederverheiratung und nachdem man ihren Neffen ihrer Fürsorge anvertraut hatte. Ich wollte ihr eine Referenz ausstellen, und zwar ohne jede Einschränkung, aber sie hat erklärt, sie wolle in einen Pflegeberuf eintreten. Daraufhin habe ich ihr mitgeteilt, daß sie nicht zögern solle, sich bei mir zu melden, falls ich ihr in dieser Hinsicht behilflich sein könne. Sie hat sich aber seitdem nicht gemeldet. Mehr, meine Herren, kann ich Ihnen beim besten Willen nicht mitteilen.«

Ich hörte, wie eine Tür geöffnet wurde und eine devote Stimme sagte: »Ich bitte um Entschuldigung, Sir, aber die gnädige Frau sagt, daß es für Sie Zeit zu ruhen ist.«

»Ja«, antwortete Mr. Vanderbilt, »ich komme. Nun, meine Herren, ich muß den Anordnungen meines Arztes Folge leisten. Ich hoffe, es gelingt Ihnen, Mrs. Hatch zu finden – vermutlich trägt sie inzwischen einen anderen Namen.«

»Vielen Dank, Mr. Vanderbilt«, sagte Mr. Moore. »daß Sie uns empfangen haben. Sie waren außerordentlich entgegenkommend – und hilfreich. Reisen Sie bald nach Newport?«

»Bereits morgen. Deshalb muß ich meine Kräfte schonen. Ich werde Sie zur Tür begleiten lassen.«

»Bitte, Sir«, sagte der Doktor. »Machen Sie sich keine Mühe. Wir finden unseren Weg allein. Und noch einmal vielen Dank.«

Man hörte Stühlerücken und Schritte. Jetzt mußte ich mich schleunigst davonmachen. Nachdem ich abgepaßt hatte, daß niemand auf der Straße zu sehen war, lief ich, so schnell ich konnte, zum Zaun, warf mich darüber, landete auf dem Gehweg und schritt munter davon, ohne auf die erstaunten Blicke eines Paares zu achten, das gerade auftauchte. Ich bemühte mich, den Eindruck zu erwecken, als spränge ich jeden Tag – und sonntags auch mal öfter – über die Zäune von Millionärsvillen.

Ich erreichte die Kalesche kurz nach dem Doktor und Mr. Moore, so daß ich meine Abwesenheit erklären mußte. Das hatte den Vorzug, daß sie mir ihr Gespräch mit Mr. Vanderbilt nicht zu berichten brauchten, auch wenn es dem Doktor wohl mißfiel, daß ich zum zweiten Mal innerhalb einer Woche fremden Grund und Boden betreten hatte. Aber der Eindruck dessen, was sie gehört hatten, verdrängte offenbar alle anderen Gedanken.

»Wie ich das hasse!« sagte Mr. Moore, als wir uns auf den Rückweg machten. »Ich hasse es. Es ist haargenau, wie Lucius es gesagt hat: Jedesmal, wenn wir glauben, daß wir etwas erreicht haben, taucht, zack!, etwas Neues auf, und das ganze Bild verändert sich.«

»Und was macht dich so sicher, daß sich das Bild verändert hat, Moore?« fragte der Doktor.

»Du hast doch gehört, was er gesagt hat, Kreisler!« rief Mr. Moore aufgebracht aus. »Ein Geisteskranker hat die Kinder der Frau ›vor ihren Augen‹ niedergeschossen! Was zum Teufel soll *das* nun schon wieder?«

Der Doktor zuckte die Achseln. »Alles mögliche. Es kann zutreffen, es kann aber auch etwas sein, was sie sich zusammenphantasiert hat.«

»Kreisler«, sagte Mr. Moore und schlug verärgert mit der Hand gegen den Schlag der Kalesche. »Er hat gesagt, daß die Bekannten der Vanderbilts darüber geredet haben. Glauben Sie denn, daß sie im ganzen Land umherzieht und sich Geschichten über tote Kinder aus den Fingern saugt, um das Mitgefühl anderer auf sich zu lenken?«

»Nicht im ganzen Land. Zu dem Vorfall ist es allem Anschein nach nahe der Stadt gekommen, wo sie herkommt. Falls also an der Sache überhaupt etwas Wahres ist, müßte uns das dein Bekannter bei der Bezirksstaatsanwaltschaft sagen können. Hast du schon Verbindung mit ihm aufgenommen?«

»Ich habe ihm am Montag geschrieben«, sagte Mr. Moore verdrossen. Seine Stimmung paßte zum heiß-feuchten Wetter. »Am Dienstag habe ich ihm telegraphiert. Aber ich sollte ihm wohl noch einmal kabeln oder versuchen, ihn ans Telephon zu bekommen. Um sicherzugehen.« Er raffte sich noch einmal auf. »Was hat Vanderbilt nur damit gemeint, daß ihr ›Neffe‹ ihrer Fürsorge anvertraut wurde?«

»Der Neffe ist höchstwahrscheinlich nur ihrer Phantasie entsprungen«, gab der Doktor zurück. »Oder weniger rücksichtsvoll formuliert: ist nur eine Schimäre. Irgendwie mußte sie ja das plötzliche Auftauchen des kleinen Johannsen in ihrem Leben erklären.«

»Ach so.« Es munterte Mr. Moore nicht auf, daß er jetzt auch diesen Aspekt verstanden hatte. »Großer Gott, das ist ja so, als wollte man versuchen, mit den Machenschaften von drei verschiedenen Leuten Schritt zu halten.«

»So ist's«, sagte der Doktor. »Schicht auf Schicht …«

Anschließend schien Mr. Moore jeden Versuch aufzugeben, die sonderbaren Dinge zu verstehen, die Mr. Vanderbilt gesagt hatte, und begnügte sich damit, Zigaretten zu rauchen und alle paar Minuten zu wiederholen: »Ich *hasse* das!« Dabei trat er gegen die Kutschenwand, als hätten wir nicht ohnehin verstanden, was er meinte. Dr. Kreisler bemühte sich, den Freund damit abzulenken, daß er auf die Titelseite der *Times* zu sprechen kam. Aber was da stand, war nicht dazu geeignet, unsere Stimmung aufzumuntern. Der Polizei war es endlich gelungen, Martin Thorn zu fassen, den man für den Täter im Fall des »geheimnisvollen Rumpfes ohne Kopf« hielt. Ganz wie von Lucius vorausgesagt, hatte er die Stadt während der ganzen Zeit, da man auf ihn Jagd machte, nicht ein einziges Mal verlassen. Wir hatten Grund zu der Annahme, daß Öffentlichkeit und Polizei auch weiterhin durch diesen Fall abgelenkt wurden – zwar lag ein Geständnis von Thorn vor, doch widersprach es allen von der Polizei zusammengetragenen »Beweismitteln« und aufgestellten Hypothesen –, und noch im günstigsten Fall würde die Lösung einige Tage in Anspruch nehmen. Weitaus mehr Sorge machte es uns allerdings, daß Mr. Roosevelts engster Freund und politischer Verbündeter in Washington, Senator Henry Cabot Lodge, den Präsidenten McKinley ganz offen drängte, auf allen Ebenen eine härtere Linie gegen Spanien zu verfolgen. Die Kräfte im Lande, die einen Krieg befürworteten, wurden ungeduldig, und obwohl uns keineswegs klar war, wie sich eine solche Maßnahme auf unsere Ermittlungen auswirken würde, schien das Ganze auf nichts Gutes hinzudeuten. Schließlich fand sich ein Bericht, der für den Doktor und Mr. Moore von eher persönlicher Bedeutung war: Madame Lilian Nordica, die zu ihren Lieblingssängerinnen an der Metropolitan Oper gehörte, war in London schwer erkrankt. Die *Times* stellte es so hin, als stehe die Diva kurz vor dem Dahinscheiden, doch zeigte sich letzten Endes, daß in dem Bericht maßlos übertrieben worden war. Aber allein schon die Möglichkeit eines solchen Verlustes genügte, um den Doktor zu ebenso mutlosem Schweigen zu veranlassen wie Mr. Moore.

Weder der Regen noch der Gestank auf den Straßen ließ erkennbar nach. Das war zu jener Jahreszeit ein schlechtes Zeichen, denn es konnte nur bedeuten, daß dieses Wetter eine ganze Weile fortdauern würde. Wie sich zeigte, war es tatsächlich der Anfang der ersten wirklich bedrohlichen Periode des Sommers, nämlich jener Art Naturphänomen, das sich die Zeitungen als »Hitzewelle« zu bezeichnen angewöhnt hatten. Im Verlauf der folgenden Woche fiel das Thermometer selten unter dreißig Grad, und nachts konnte man wegen der hohen Luftfeuchtigkeit und des fehlenden Windes fast nicht schlafen. Bald beschränkte sich unsere Ermittlung darauf, daß wir auf eine Mitteilung von Mr. Moores altem Freund aus Ballston Spa warteten und weiterhin nach einer aussagebereiten Frau suchten, deren Kind im Entbindungsheim der Fürsorge von Schwester

Hunter anvertraut gewesen war. Im Zusammenhang mit diesen Erkundigungen kutschierte ich die Brüder Isaacson und Miss Howard im Verlauf der nächsten Tage in Elendsviertel der Stadt oder, schlimmer noch, in die Vororte. Am folgenden Montag begannen viele von uns zu bezweifeln, daß es Mr. Moores alten Freund überhaupt gab – er hatte immerhin zweimal telegraphiert, um mitzuteilen, was wir wollten, ohne daß eine Antwort gekommen wäre. Das konnte zwar sowohl etwas Gutes als auch etwas Schlechtes bedeuten, bedrückte uns aber angesichts der übrigen Umstände und des Wetters doch ziemlich.

Hinzu kam die Angst, und so hat man eine gute Vorstellung davon, wie es um uns stand. Zum ersten Mal äußerte sich die Angst, als vereinzelt Angehörige der Hudson Dusters im Stuyvesant Park auftauchten. Sie drohten zwar nicht, da ihnen vermutlich nicht daran lag, so weit außerhalb ihres ureigenen Gebietes in Händel verwickelt zu werden; doch wollten sie uns offenkundig an ihre Existenz erinnern und darauf hinweisen, daß wir uns – Polizei hin oder her – lieber um unsere eigenen Angelegenheiten kümmerten. Diese Besuche waren, trotz aller Beunruhigung, die von ihnen ausging, nichts im Vergleich damit, daß ein paar von uns – auch ich – wiederholt El Niño sahen, den Pygmäen von den Philippinen, der in Señor Linares' Diensten stand. Wie die Dusters unternahm auch er keinen Versuch, uns anzugreifen oder auch nur zu bedrohen; aber er war da und behielt uns im Auge, zweifellos Dolch und Giftpfeile in Bereitschaft für den Fall, daß wir mit unserer Untersuchung erkennbar vorankamen.

Zugleich mußten die Brüder Isaacson ihre Untersuchung im Institut des Doktors fortsetzen. Sie hatten niemandem von uns mitgeteilt, zu welchen Ergebnissen sie gelangt waren; genau gesagt hatten sie sich mit keinem Wort zu dem Thema geäußert, lediglich einmal, als sie Cyrus über die dort beschäftigten Mitarbeiter befragt hatten, und einmal, als sie von mir wissen wollten, ob mir an Paulie McPhersons Verhalten etwas aufgefallen sei, was zur Erklärung seines Selbstmordes beitragen könne. Ich konnte ihnen leider nicht weiterhelfen, und aus der enttäuschten Art, wie sie das hinnahmen, zog ich den Schluß, daß sie mit dieser Frage auch anderswo nicht mehr Glück gehabt hatten.

Am Montag, dem 12. Juli, tauchten die beiden schließlich mit recht grimmigem Gesichtsausdruck im Hause an der Siebzehnten Straße auf. Es war später Nachmittag, und nicht nur dauerte die Hitzewelle ungebrochen an, sie hatte sogar bereits ihr erstes Opfer verlangt, ein kleines Kind, das mit einem Sonnenstich ins Krankenhaus an der Hudson Street eingeliefert worden war. (Als ich das hörte, kam mir unwillkürlich der Gedanke, daß es nicht weit von dem Haus entfernt lag, in dem Libby Hatch als Schwester Elspeth Hunter lebte.) Der Doktor war in seinem Arbeitszimmer beschäftigt, Cyrus kümmerte sich im Stall um die Pferde, und ich half in der Küche Mrs. Leschko die Reste eines halben Dutzends Teller aufzukehren, die sie in einem kennzeichnenden Anfall nachdrücklichen und zerstörerischen Saubermachens mit dem Stiel eines Mops in Stücke geschlagen hatte.

Als es klingelte, lief ich zur Tür und überließ den Rest der jammernden Mrs. Leschko. Die Kriminalbeamten gaben sich ganz und gar dienstlich und fragten sogleich nach dem Doktor. Ich sagte ihnen, daß er sich im Arbeitszimmer aufhalte, und sie gingen unverzüglich nach oben. Es sah ganz so aus, als hätten sie gehofft, diesen Augenblick vermeiden zu können, sich aber in ihr Schicksal gefügt. Auf keinen Fall wollte ich mir etwas von dem entgehen lassen, was jetzt kommen würde. Also ließ ich ihnen ein Stockwerk Vorsprung, folgte dann mit Abstand und rannte sofort an die Tür zum Arbeitszimmer, als ich hörte, daß sie sich schloß. Lautlos legte ich mich auf den teppichbedeckten Boden und spähte durch den schmalen Spalt am unteren Ende der Tür. Außer vielen Bücher- und Papierstapeln sah ich auch Beine.

»Es tut uns leid, Sie belästigen zu müssen, Doktor«, hörte ich Marcus sagen, als seine Füße vor einem Sessel in Nähe des Schreibtisches zur Ruhe gekommen waren. »Aber wir hielten es für richtig, Ihnen mitzuteilen, wie es mit der ... anderen Angelegenheit steht.«

Eine Pause trat ein, und Lucius wippte nervös mit den Füßen zwischen den Sofabeinen. »Es handelt sich nicht unbedingt um eine schlechte Nachricht – allerdings können wir auch nicht sagen, daß sie gut ist.«

Der Doktor atmete tief ein. »Nun, meine Herren?«

»Soweit wir sagen können«, begann Marcus, »gibt es keinen Grund anzunehmen, daß irgend etwas oder irgend jemand in Ihrem Institut am Selbstmord des kleinen McPherson ursächlich beteiligt war. Wir haben wiederholt alle Angestellten befragt und eine allgemeine Chronologie der Vorfälle vom Zeitpunkt, da der Junge dorthin gebracht wurde, bis zum Zeitpunkt seines Todes zusammengestellt. Nichts, aber auch gar nichts, läßt den Schluß zu, daß er in einer Weise behandelt wurde, die selbstzerstörerische Neigungen hätte auslösen können.«

»Nicht einmal die wenigen Mitarbeiter, die nicht besonders miteinander auskommen«, fuhr Lucius fort, »finden etwas an der Art auszusetzen, wie sich die jeweils anderen dem Jungen gegenüber verhalten haben. Wir haben keinerlei Angehörige aufspüren können, wissen also noch nicht einmal, ob Paulie McPherson überhaupt sein richtiger Name war.«

»Ich habe selbst versucht, jemanden ausfindig zu machen«, fügte der Doktor leise hinzu. »Ohne jeden Erfolg.«

»Wir haben auch die Schnur untersucht, die er verwendet hat«, sagte Marcus, bemüht, einen zuversichtlichen Klang in seine Stimme zu legen. »Sie paßt zu keiner der Vorhangschnüre im Hause. Er muß sie also mitgebracht haben ...«

»Ein Hinweis darauf, daß er eine solche Tat schon vor seinem Eintreffen dort erwogen hatte«, sagte Lucius.

»Und *das* wird meiner Ansicht nach vor Gericht nützlich sein«, fuhr

Marcus fort. »Was das Datum der Verhandlung betrifft ...« Marcus ließ wieder eine Pause eintreten, bevor er fortfuhr, »Richter Reinhart, der bei der ersten Anhörung den Vorsitz hatte, hat bis zuletzt für sich behalten, daß er am Ende diesen Monats in den Ruhestand geht. Seine Fälle werden auf verschiedene andere Richter verteilt. Der Ihre wird Richter Samuel Welles zugewiesen.« Ich hörte einen scharfen Laut aus dem Mund des Doktors. »Ja. Wir wissen bereits, daß Sie ihm schon früher einmal begegnet sind«, sagte Marcus.

»Mehrfach«, sagte der Doktor.

»Wir kennen ihn nicht persönlich«, sagte Lucius, »haben aber gehört, daß er recht unnachgiebig sein soll.«

»Das ist nicht meine Hauptsorge«, teilte ihm der Doktor mit. »Gewiß, er ist mitunter unnachgiebig, aber ich habe ihn auch schon milde erlebt. Genau das ist der Haken. Er ist völlig unberechenbar, und es ist mir nie gelungen, mir ein so klares Bild von seiner Haltung zu machen, daß ich imstande gewesen wäre, meine Aussagen dementsprechend auszurichten. Außerdem besteht er in Fällen wie diesem nicht unbedingt auf zwingenden Beweisen für ein Fehlverhalten. Sofern die Behörden die Absicht haben, meinem Institut dadurch Schaden zuzufügen, daß sie es als fragwürdig hinstellen ...«

»Das dürfte die Absicht sein, die hinter dem Ganzen steckt«, sagte Marcus.

»... gibt sich Welles möglicherweise mit der bloßen Tatsache zufrieden, daß der kleine McPherson umgekommen ist, als er meiner Obhut anvertraut war.«

»Ja.« In Lucius' Stimme mischten sich Hoffnung und Trübsal in eigenartiger Weise. »Genau deshalb haben wir angenommen, es sei besser, gleich zu Ihnen zu kommen – um Ihnen zu sagen, daß die Sache vermutlich in der Verhandlung entschieden wird. Man hat den Termin übrigens ein wenig hinausgeschoben. Allem Anschein nach befindet sich Welles bis Anfang September im Urlaub, und ...«

Als mit einem Mal laute Stimmen im Treppenhaus ertönten, konnte ich nicht weiter lauschen und wandte den Kopf. Dann wurde mir klar, daß auch der Doktor und die Brüder Isaacson wahrscheinlich hören konnten, daß jemand ins Haus gekommen war. Also stand ich auf und ging nach unten, um nicht beim Lauschen erwischt zu werden. Durch die Stäbe des Treppengeländers konnte ich sehen, daß Mr. Moore, Miss Howard und Cyrus auf dem Weg nach oben waren.

»Wo zum Teufel steckt er denn?« fragte Mr. Moore atemlos und mit lauter Stimme.

»Ich glaube, der Doktor ist in seinem Arbeitszimmer, Mr. Moore«, erklärte Cyrus verwirrt und nicht unbedingt erfreut. »Wenn Sie mir einfach sagen ...«

»Nein, nein«, wehrte Mr. Moore ab. »Wir sagen es ihm, alle zusammen!

Komm, Cyrus, du bist ebenfalls an der Sache beteiligt. Du sollst auch erfahren, was es gibt!«

Mr. Moore kam geradezu ungestüm die Treppe hoch, denn er nahm immer zwei Stufen auf einmal. Bei meinem Anblick wäre er beinahe ohnmächtig zu Boden gesunken.

»Stevie!« schnaufte er. »Ist er oben? Großer Gott, ich bin durch die halbe verdammte Stadt gerannt...«

»Wirklich, John«, sagte Miss Howard. Auch sie war ein wenig atemlos, weil sie ihm dicht auf den Fersen folgte, war aber nicht annähernd so aufgelöst wie er. »Von deinem Haus bis hierher mußt du kaum durch die halbe Stadt laufen. Wenn du nur ab und zu ein bißchen Sport treiben würdest...«

»Es ist... allgemein bekannt«, keuchte Mr. Moore, »daß... zu viel Bewegung... nicht gut ist. Gerade jetzt... bin ich... der lebende Beweis dafür. Nun, Stevie?«

Ich wies mit einem Nicken auf das Arbeitszimmer. »Er ist da drin. Mit den Brüdern Isaacson.«

Das verbesserte Mr. Moores Stimmung schlagartig. »Glänzend«, sagte er. »Dann muß ich nicht noch mehr herumrennen.« Er trat, von uns anderen gefolgt, auf die Tür des Arbeitszimmers zu. Baß erstaunt sah ich, daß er einfach eintrat, ohne groß anzuklopfen.

Der Doktor saß an seinem Schreibtisch und hob den Blick, verblüfft und, wie zuvor Cyrus, wegen des Mangels an Höflichkeit ein wenig verstimmt. Die beiden Kriminalbeamten erhoben sich gleichfalls mit dem Ausdruck der Überraschung, während sich Mr. Moore keuchend am Türknauf festhielt.

Er hob einen Umschlag empor. »Das ist gerade gekommen... mit Eilboten... von Rupert Picton.« Er rang immer noch nach Atem. »Wie ich diesen Fall *hasse*...«

# KAPITEL 26

Während der erschöpfte Mr. Moore den Umschlag öffnete, schoben sich Cyrus, Miss Howard und ich zu den anderen ins Arbeitszimmer. Unser Freund entfaltete den Briefbogen, holte tief Luft und begann zu lesen. Kaum hatte er die Grußformel vorgelesen – »Moore, Du alter Schweinehund!« –, als er, immer noch nach Atem ringend, auf die Knie fiel. Mit den Worten: »Lies du« gab er Miss Howard den Brief, kroch dann zum Sofa und zog sich hinauf.

»Was zum Teufel ist mit ihm los, Sara?« fragte der Doktor. »Ist er betrunken, oder hat man lediglich auf ihn geschossen?«

»Schlimmer«, sagte Miss Howard. »Er ist gerannt. Aber was den Brief betrifft, hat er recht. Er trägt das Datum von gestern. »Hören Sie: ›Moore, Du alter Schweinehund! Ich würde mich gern ausführlicher darüber äußern, was für eine sich im Schlamm suhlende, widerwärtige ...‹«

»Den Teil kannst du überspringen!« meldete sich Mr. Moore vom Sofa zu Wort.

Lächelnd fuhr Miss Howard fort: »... zuerst aber muß ich auf Deine Sendungen antworten, die sich auf meinem Schreibtisch türmten, als ich heute aus den Adirondacks zurückkam. Scherz beiseite, John, und paß gut auf: Sollte es Dir tatsächlich gelungen sein, Dich in Deiner unendlichen Weisheit in eine privat geführte Ermittlung gegen die Frau einzuschalten, die hier am Ort als Libby Hatch bekannt ist, sei so vorsichtig, wie es Dir nur möglich ist. Was Du von Mr. Vanderbilt erfahren hast, stimmt in der Tat, oder besser gesagt, es gilt als allgemein akzeptierte Erklärung für ein abscheuliches Verbrechen, das hier vor etwas mehr als drei Jahren verübt worden ist. Auf Mrs. Hatchs drei Kinder wurde geschossen – sie behauptet, von einem herumziehenden verrückten Schwarzen, den aber niemand außer ihr gesehen hat. Zwei der Kinder sind dabei ums Leben gekommen. Das dritte hat zwar überlebt, ist aber seither stumm. Trotz gründlicher Suche hat man weder einen Hinweis auf den Schwarzen noch irgendeinen Menschen gefunden, der ihn gesehen hat. Trotzdem hat man es unterlassen, den Fall nach Ausstellung der Totenscheine weiter zu verfolgen – so weit reichen Mrs. Hatchs Verbindungen, und so wenig Material hat zur Verfügung gestanden, mit dem sich eine andere Betrachtungsweise des Falles hätte stützen lassen. Ich hatte meine eigene Ansicht dazu – und nach Deinen Erlebnissen zu urteilen, kannst Du Dir bestimmt denken, wie die aussieht.

Was die anderen Angelegenheiten betrifft, denen du nachgehst, bin ich zwar entsetzt, doch erstaunt es mich in keiner Weise, von ihnen zu hören. Ich halte die Frau für einen der gefährlichsten Menschen in unserem Lande. Nur schade, daß ich bisher sonst niemanden davon überzeugen konnte. Du läßt durchblicken, daß Eure Ermittlung in New York ein wenig auf der Stelle tritt. Sofern es sich nach wie vor so verhält, rate ich Dir, das als Mahnung zur Besonnenheit zu verstehen. Geh unter keinen Umständen selbst gegen Libby Hatch vor. Sofern die Leute, mit denen Du zusammenarbeitest, ihr Fach auch nur annähernd verstehen, solltet Ihr keine Zeit vergeuden, sondern so rasch wie möglich hierherkommen. Von Dr. Kreisler habe ich selbstredend gehört, und ich kenne auch seine Schriften. Ich wäre entzückt, seine Bekanntschaft zu machen.

Falls Ihr kommt, telegraphiert mir doch den Zeitpunkt Eures Eintreffens. Es ist mir tödlich ernst, John – unternehmt keinesfalls den Versuch, diese Frau mit einer privaten Ermittlung zur Strecke zu bringen. Selbst wenn Ihr die gesamte Polizei hinter Euch hättet, würde ich mir an Eurer Stelle Sorgen machen – Mrs. Hatch würde eine Möglichkeit finden, sie alle hinters Licht zu führen und Euch umzubringen, sobald sich die Möglichkeit dazu bietet. Entweder laßt die Finger davon, oder kommt her, und wir werden zusehen, was wir gemeinsam unternehmen können. Alles andere führt zur Katastrophe.

Dein Freund Rupert Picton.'«

Miss Howard faltete das Blatt zusammen und steckte es wieder in den Umschlag. »Das ist alles«, sagte sie.

Der Doktor saß eine Weile regungslos da, dann sah er zum Sofa hinüber, wo sich Mr. Moore erholt zu haben schien. »Dein Freund scheint eine ziemlich drastische Ausdrucksweise zu lieben, Moore.«

»Laß dich davon nicht irreführen«, sagte Mr. Moore und erhob sich, um sich aus einer Zigarettenschachtel zu bedienen, die auf dem Schreibtisch des Doktors lag. »Er ist einer der scharfsinnigsten Juristen, denen ich je begegnet bin. Er hätte jedes beliebige Staatsamt bekleiden können, aber der Dummkopf hat sich nicht davon abbringen lassen, es auf die ehrliche Tour zu versuchen. So hat er wegen der Korruption in der Staatsanwaltschaft von New York beim Gesetzgeber Zeter und Mordio geschrien und ist prompt aus der Stadt gejagt worden. Anschließend hat man gerüchteweise gehört, daß er eine Art Nervenzusammenbruch erlitten hat.« Mr. Moore steckte sich eine Zigarette an. »Einzelheiten darüber habe ich nie erfahren.«

Leicht verwirrt meldete sich Cyrus zu Wort. »Will er damit sagen, daß *sie* die Kinder erschossen hat?«

»Ja«, sagte Miss Howard. »Er scheint sich seiner Sache ziemlich sicher zu sein.«

»Damit wird die Liste der Opfer länger«, sagte Lucius.

»Es könnte sich um die drei größeren Kinder auf dem Photo handeln, das ich im Schreibtisch gesehen hab«, warf ich ein.

»Das, was Picton schreibt, könnte hinhauen«, sagte Lucius. »Man kann bei drei Kindern, die groß genug sind, sich zu wehren – oder zu reden, wenn sie überleben –, nicht gut eine Zyanose hervorrufen.«

»Aber es paßt nicht recht ins Bild, oder?« sagte Cyrus. »Soweit wir wissen, hat sie bisher nur Säuglinge umgebracht, weil sie mit solch kleinen Kindern nicht zurechtkam.«

»Das ist in der Tat ein Rätsel, Cyrus«, sagte der Doktor und spielte mit einem Federhalter, der auf seinem Schreibtisch lag. »Aber in allen Fällen ist die wichtigste Übereinstimmung nach wie vor die, daß jemand mit der Absicht gegen die Kinder vorgegangen ist, sie zu töten.«

Marcus stieß einen verblüfften Seufzer aus. »Wenn das Ganze nicht so entsetzlich wäre, würde ich sagen, daß es lachhaft ist...«

»Weit davon entfernt, Marcus«, sagte der Doktor. »Diese Neuigkeit bestätigt lediglich, wie tief verwurzelt die Obsessionen dieser Frau sind. Ihre Vergangenheit paßt einwandfrei zu ihrem gegenwärtigen Verhalten.« Seine Stimme wurde leiser, als er die Worte sagte, die schon fast zu seinem Leitspruch geworden waren: »Der Schlüssel liegt in den Einzelheiten...« Er erhob sich, trat ans Fenster und sah in den kleinen Park hinaus, der sich hinter dem Haus erstreckte. »Die finden wir aber nicht hier, sondern im Norden des Bundesstaates. Wenn wir wirklich vorankommen wollen, müssen wir hinfahren.«

»Ist das auch klug?« fragte Lucius. »Wenn wir aus der Stadt fortgehen, nimmt sie womöglich an, daß wir ihr das Feld kampflos überlassen – und Gott allein weiß, was dann geschieht.«

»Wir werden erst abreisen, nachdem Sie beide mit ihr gesprochen haben, Detective Sergeant«, sagte der Doktor. »Überdies haben Sie jetzt die Möglichkeit, ihr klarzumachen, daß Sie auch über das Vergangene im Bilde sind. Wir können nur hoffen, daß sie sich dadurch zu noch größerer Vorsicht veranlaßt sieht. Wenn wir hierbleiben, kommen wir aber mit Sicherheit nicht weiter. Die Vergangenheit kann uns den Schlüssel zur Lösung des Falls liefern – mit ihr müssen wir uns beschäftigen.«

Marcus meldete sich erneut zu Wort und fragte zögernd: »Und was ist mit der anderen Sache, Doktor? Macht es Ihnen nichts aus, daß Ihre eigene Angelegenheit noch nicht... erledigt ist?«

Der Doktor zuckte die Achseln. »Wie Sie beide gesagt haben, Marcus, kann ich vor der Verhandlung nur wenig tun. Hätte es irgendwelche Geheimnisse zu enthüllen gegeben, dann hätten Sie beide sie sicherlich aufgedeckt. Ob ich bleibe oder fortgehe, ist ziemlich einerlei.« Ich sah, daß ein Ausdruck auf sein Gesicht trat, der mir wie ein Anflug von Bitterkeit vorkam. »Und ich muß gestehen«, fuhr er wieder sehr leise fort, »daß ich dieser Stadt oder ihrer Bürger noch nie so überdrüssig war wie jetzt...« Er schüttelte die Bitterkeit ab und wandte sich uns zu. »Vielleicht ist es in jeder Hinsicht das beste, die Stadt für eine Weile zu verlassen.«

»Keine Frage«, sagte Mr. Moore munter. »Vor allem, wenn man das

Reiseziel bedenkt. Um diese Jahreszeit ist Saratoga einfach hinreißend. Und dann sind da noch die … die … Freizeitmöglichkeiten …«

Alle mußten kurz auflachen, und Miss Howard schleuderte ein Buch nach Mr. Moore. »Ja, wir wissen alle, warum *du* dorthin willst, John – aber für deine üblichen Vergnügungen wirst du herzlich wenig Zeit haben.«

»Ich spreche nur von den Mußestunden!« sagte Mr. Moore und versuchte dem Geschoß auszuweichen. »Schließlich können wir nicht Tag und Nacht arbeiten! Ganz offen gesagt ist Saratoga …«

»… ein widerwärtiger, ordinärer *Schweinestall*«, beendete Miss Howard seinen Satz. »Dort geben sich dicke, wohlhabende Männer dem Glücksspiel hin, betrügen ihre Frauen, indem sie sich von leichten Mädchen um den Bart gehen lassen und Prostituierten die Taschen füllen.« Die Schärfe, mit der sie das sagte, machte klar, daß es ihr mit ihren Worten ernst war.

»Das könnte von deiner Freundin Nellie Bly stammen«, gab Mr. Moore zurück und wedelte abschätzig mit der Zigarette. »Im übrigen bin ich weder verheiratet noch dick.«

»Alles eine Frage der Zeit«, sagte Miss Howard. »Wenn du schon auf Nellie zu sprechen kommst: Was sie in der *World* über den elenden Ort geschrieben hat, stimmt Wort für Wort, und um das zu schreiben, mußte sie viel Mut aufbringen.«

»Ja«, konterte Mr. Moore. »Ungefähr genausoviel, wie um ihren 75jährigen Millionär zu heiraten.«

Miss Howards Augen verengten sich, als sie zurückzischte: »Mr. Seaman ist keine fünfundsiebzig Jahre alt.«

»Nein, siebzig.« Marcus hatte das ganz in Gedanken gesagt; ein Blick von Miss Howard genügte jedoch, daß er seine Worte bedauerte. »Tut mir leid, Sara, aber er ist …«

»Großer Gott«, sagte sie und schäumte vor Wut, »wenn man bedenkt, daß Affen wie ihr die Menschheit weiterbringen sollen, ist es ein wahres Wunder, daß sie überhaupt noch existiert.«

»Kinder, Kinder!« Der Doktor klatschte in die Hände. »Wir haben wichtige Dinge zu tun. Es ist Montag abend: Wann können wir zum Aufbruch bereit sein?«

»Morgen«, sagte Mr. Moore sofort. Es lag auf der Hand, daß er am liebsten auf der Stelle zu dem bedeutenden amerikanischen Badeort Saratoga Springs aufgebrochen wäre, wo Glücksspiel, Prostitution und überhaupt alle Laster den heilenden Wassern schon längst den Rang abgelaufen hatten – ganz, wie es Miss Howard gesagt hatte.

»Marcus und ich werden etwas länger brauchen«, sagte Lucius. »Zwar glaube ich nicht, daß es schwierig sein wird, Captain O'Brien zu überzeugen, daß wir Sie im Auge behalten müssen, Doktor, aber es kann einige Tage dauern, bis wir alles Erforderliche vorbereitet haben – und außerdem steht uns noch der kleine Besuch in der Bethune Street bevor.«

»Schön«, sagte der Doktor. »Wollen wir sagen, Donnerstag morgen?« Dieser Vorschlag fand allgemeine Zustimmung, und der Doktor griff nach seiner *Times*. »Wir können mit einem Raddampfer bis Troy fahren und von dort den Zug nach Ballston Spa nehmen. Die Weiterfahrt nach Saratoga müßtest dann du selbst in die Wege leiten, Moore.«

Mit breitem Grinsen gab dieser zurück: »Kein Problem. Von Ballston fährt eine Straßenbahn bis nach Saratoga rein. Nach einer Viertelstunde, höchstens zwanzig Minuten, kann man vor Canfield's Kasino stehen.«

»Freut mich für dich«, knurrte Miss Howard. Es klang ziemlich bissig. Mr. Moore grinste sie lediglich an.

»Stevie?« sagte der Doktor, und ich eilte zu ihm. »Morgen früh gehst du zum Anleger in der Zweiundzwanzigsten Straße – sieh mal nach, welche Schiffe am Donnerstag morgen abfahren. Versuch Plätze auf der *Mary Powell* zu bekommen, falls sie fährt – sie ist meist nicht so überfüllt wie die anderen, und ihre Tageskabinen sind mir am liebsten.«

»In Ordnung«, sagte ich. »Wie viele?«

»Wir brauchen wohl nur eine«, sagte der Doktor. »Aber reserviere besser zwei für den Fall, daß der Regen nicht aufhört. Packen sollten wir sicherheitshalber für einen Monat. Moore, die Reservierung der Hotelunterkunft überlasse ich dir und Sara. Dann wäre vorerst wohl alles geregelt – wir wollen keine weitere Zeit verschwenden.«

Daraufhin verließen wir alle den Raum und machten uns an die Reisevorbereitungen. Wie immer erweckte die Aussicht, New York mitten im Sommer zu verlassen, trotz der beunruhigenden Nachrichten, die wir von Mr. Rupert Picton erfahren hatten, Erleichterung und eine geradezu schwindelerregende Freude: Wenn wir schon den elenden Fall Libby Hatch verfolgen mußten, wäre das im Norden des Bundesstaates York mit seiner grünen Wildnis weit angenehmer als in der erdrückenden Hitze von Manhattan.

Jedenfalls nahmen wir das damals an.

# Kapitel 27

Im Laufe der nächsten Tage herrschte im Haus an der Siebzehnten Straße geschäftiges Treiben. Wir mußten nicht nur unsere Sachen packen, sondern auch die Pferde in einem Tattersall unterbringen und das Haus für eine möglicherweise lange Abwesenheit vorbereiten. Darüber hinaus mußten wir jemanden finden, der im Haus gelegentlich nach dem Rechten sah, und zwar möglichst einen Menschen mit weniger zerstörerischen Neigungen als Mrs. Leschko, der hoffentlich auch die Landessprache besser beherrschte. Schließlich beauftragte der Doktor Cyrus, diese Aufgabe einem der Helfer in seinem Institut anzubieten, von dem er wußte, daß er Geld brauchen konnte, und jener stimmte dann auch zu. In dieser Beziehung hatten wir rundum Glück, denn als wir Mrs. Leschko mitteilten, daß wir verreisen und sie während unserer Abwesenheit nicht brauchen würden, sagte sie – jedenfalls vermuteten wir, daß sie das sagte –, das passe ihr ganz gut, da sie ohnehin nicht mehr für uns arbeiten könne. Offenbar hatten ihr Mann und sie beschlossen, ihr Glück im Westen zu versuchen und in einer Silber-Bergbaustadt in Nevada ein Restaurant zu eröffnen. Da sie es dem Doktor auf diese Weise erspart hatte, ihr zu kündigen, gab er ihr zwei Wochengehälter und noch eine ansehnliche Zulage obendrein. Doch keiner von uns glaubte so recht daran, daß es Mrs. Leschko gelingen würde, Abnehmer für die Ergebnisse ihrer Kochkunst zu finden. Unserer Ansicht nach hatten nicht einmal Bergleute einen solch großen Hunger.

Die *Mary Powell* fuhr tatsächlich am Donnerstag immer tagsüber nach Norden, und es gelang mir, zwei Tageskabinen auf ihr zu reservieren. Es sah ganz danach aus, als wäre das eine kluge Entscheidung gewesen, denn es hörte auch während des ganzen Dienstags nicht auf zu regnen. An jenem Nachmittag kamen Mr. Moore und Miss Howard – die sich immer noch über der Frage des sittenwidrigen Treibens in Saratoga in den Haaren lagen – ins Haus an der Siebzehnten Straße, um mit uns auf die Brüder Isaacson zu warten, die sich eine Weile zuvor zu Mrs. Hatch aufgemacht hatten, um bei ihr durchblicken zu lassen, was man schon alles über sie in Erfahrung hatte bringen können. Nervös warteten wir stundenlang im Salon, wobei Cyrus durch leises Klavierspiel die Spannung etwas von uns zu nehmen versuchte. Doch waren Cyrus' Bemühungen ziemlich vergebens, denn der auffrischende Wind und der unablässige Regen draußen schienen von einem dräuenden Unglück zu künden.

Diese Befürchtung erwies sich im nachhinein als unbegründet. Die Kriminalbeamten tauchten gegen fünf Uhr sehr erleichtert und ein wenig beschwipst auf. Ihr Besuch war denkbar gut abgelaufen: Die Dame des

Hauses Bethune Street Nr. 39 hatte sich ihnen gegenüber wie zuvor abwechselnd spröde und verführerisch gegeben und sie sogar wieder hereingebeten. Sie aber hatten sich nichts vormachen lassen und ihr vor der Haustür gesagt, was sie zu sagen hatten, auch wenn sie auf diese Weise vom Regen durchnäßt wurden. Sie hatten alle wichtigen Punkte aufgeführt, wie wir es besprochen hatten, ob sie nun zutrafen oder nicht, angefangen mit der Aussage, daß Mrs. Hatchs Treiben der Polizei wohl bekannt sei, über unsere Kenntnis ihres Verstecks im Keller bis hin zu der Erklärung, der Doktor sei in ihrem Falle weiterhin als Sonderberater der Behörden tätig. Am Schluß hatten sie noch erklärt, sie seien den drei Jahre zurückliegenden Ereignissen in Ballston Spa auf der Spur und im Begriff, dort hinzureisen, um Material zur Erhärtung des Verdachts zu sammeln. Sollte in der Zwischenzeit ihrem Mann etwas zustoßen, fuhren sie fort, oder ein Kind, auf das die Beschreibung von Ana Linares zutreffe, irgendwo tot auftauchen, müsse sie sich auf den elektrischen Stuhl in Sing Sing gefaßt machen. Zwar würden in den Vereinigten Staaten nur wenige Frauen hingerichtet, hatte man ihr erklärt, doch dürfe jemand mit ihrem mörderischen Vorleben zweifellos damit rechnen, in dieser Gruppe der Auserwählten Aufnahme zu finden.

Lucius beschrieb uns, wie die Frau auf all das reagiert hatte. Erst hatte sie die Rolle der spröden Versucherin aufgegeben, ein paar Tränen vergossen und ihre Unschuld beteuert und dann erklärt, die Kriminalbeamten verstünden die »mildernden Umstände« ihres Tuns nicht (diese Worte stammten von Lucius, nicht von ihr). Schließlich sei die reine Bosheit wieder in ihre goldenen Augen getreten, der einzige Augenblick, erklärten die Brüder, in dem sie nicht mehr sicher gewesen seien, ob sie richtig gehandelt hatten oder nicht. Immerhin hatten sich die beiden mitten im Gebiet der Hudson Dusters befunden und wären Angriffen der Bande mehr oder weniger schutzlos ausgeliefert gewesen, falls Libby Hatch ihre Schlägerfreunde auf sie angesetzt hätte. Es wäre allerdings auch möglich gewesen, daß sie die beiden Beamten einfach selbst erschossen hätte. Aber die Brüder Isaacson hatten ihr gegenüber so getan, als wüßten eine ganze Reihe von Kollegen bei der Polizei, wo sie sich befanden und warum sie hier waren. Sollten sie nicht ins Hauptquartier zurückkehren, würde man dort nicht allzu lange überlegen, was der Grund dafür sein könnte. Als er und Lucius zur wartenden Droschke zurückgekehrt seien, sagte Marcus, habe er buchstäblich spüren können, wie ihn aus der Haustür von Nummer 39 der reine Haß verfolgt habe, so wie man die Sonne auf der nackten Haut spürt. Anschließend hatten die beiden gehört, wie die Tür laut zugeknallt wurde und im Inneren des Hauses ein unterdrückter Wutschrei ertönte. Aber sie hatten unbehelligt abfahren können und auf ihrem Weg zum Haus des Doktors lediglich in der Old Town Bar an der Ecke Achtzehnte Straße/Park Avenue eine kurze Pause eingelegt, um bei einem Schluck Whiskey und einem kleinen

Bier – was bei Lucius sehr selten vorkam – ein wenig zur Ruhe zu kommen.

Nun also war der Krieg erklärt, wie sich Mr. Moore ausdrückte, und das unserer Feindin mitten ins Gesicht. Doch sogleich machte ihm der Doktor klar, wenn wir uns auch freuen dürften, daß alles so gut abgelaufen und die beiden Isaacsons wieder in Sicherheit waren, es unserer Sache nicht helfe, in Libby Hatch unsere »Feindin« zu sehen. Zweck unserer Reise sei es nicht nur, genau zu erfahren, *was* sie getan habe, sondern auch, *warum*. Zwar falle es schwer, angesichts all dessen, was wir bereits über sie wüßten, die Dinge so zu sehen, wie sie selbst sie im Laufe der Jahre, in denen sie herangewachsen und Mutter geworden war, betrachtet habe, aber genau das zu tun sei wichtiger denn je. Dabei seien Begriffe wie »Feindin« und »Krieg« nicht förderlich: Wenn wir je verstehen wollten, was die Frau zu ihren früheren und gegenwärtigen Gewalttaten getrieben habe, um einigermaßen genau voraussagen zu können, was sie als nächstes tun würde, müßten wir uns vor allem von der Vorstellung befreien, daß es sich bei ihr um eine Art Teufelin handele. Sie sei ein Mensch, den uns unbekannte Ereignisse zu unaussprechlichen Taten getrieben hatten, und wir würden nie imstande sein, diese Ereignisse richtig einzuschätzen, wenn wir sie nicht zuerst durch die Augen des jungen Mädchens und sodann durch die der jungen Frau sähen, die sie früher einmal war.

All das klang durchaus vernünftig, zumal ich vom Doktor schon oft zuvor Ähnliches gehört hatte. Möglicherweise wäre es mir leichter gefallen, ebenso vernünftig zu sein, wenn sich das Wetter am Mittwoch beruhigt hätte. Doch schon beim Morgengrauen war der Himmel schwarz, und der Wind wehte so ungestüm, daß alle Fenster im Haus in ihren Rahmen klapperten. Gegen Mittag hatte sich ein tobender Sturm aus Südwesten erhoben, der nicht nur die Stadt heimsuchte, sondern den ganzen Ostteil des Bundesstaats New York. Später erfuhren wir, es habe in Matteawan im Norden des Staates so heftig geregnet, daß mehrere Dämme gebrochen und in der dadurch ausgelösten Flut acht Menschen ertrunken seien. Schon möglich, daß die Ereignisse am Himmel einfach Wetter sind und nichts weiter zu bedeuten haben; während wir unsere letzten Vorbereitungen für den Aufbruch am folgenden Vormittag trafen, wollte mir jedoch den ganzen Tag die Vorstellung nicht aus dem Kopf gehen, daß wir den Zorn eines irgendwo hausenden mächtigen Wesens hervorgerufen hatten.

Am späten Mittwoch abend tobte der Sturm noch immer. Nach wie vor hatte ich nichts mehr von Kat gehört oder gesehen. Im Laufe der Nacht wurde es mir immer bewußter, daß sie wahrscheinlich just zur Zeit unserer Abwesenheit nach Kalifornien aufbrechen würde, und da es für mich keine Möglichkeit gab, mit ihr Verbindung aufzunehmen, würde sie annehmen, mir sei gleichgültig, was aus ihr geworden war. Mehrere Stunden lang quälten mich derartige Gedanken, wie auch die Frage, ob ich nicht rasch die Runde durch die Spelunken machen sollte, in denen sie sich aufzuhalten pflegte. Bei ihrem Besuch im Haus des Doktors hatte sie mir zwar den Eindruck vermitteln wollen, sie würde nicht zu den Dusters zurückkehren, doch ließ mich die Menge an Kokain, die sie erkennbar im Leibe hatte, als sie zum Broadway Nr. 808 gekommen war, zweifeln, daß es ihr gelungen sein könnte, sich vollständig von dort fernzuhalten. Während ich in meinem Zimmer saß und zusah, wie die Äste der Bäume im Stuyvesant Park im Gewittersturm schwankten, nahmen meine Zweifel zu. Ob sie in einer solchen Nacht wenigstens ein Dach über dem Kopf hatte? Ihre Mittel genügten mit Sicherheit, sich eine ordentliche Unterkunft zu leisten – oder hatte sie womöglich schon alles für Koks ausgegeben? War Ding Dong etwa dahintergekommen, daß sie Geld hatte, und hatte er sie vielleicht gezwungen, es ihm auszuhändigen? Wäre da noch jemand außer mir, der sich Gedanken um sie machte, jemand, dem daran lag zu wissen, wie es ihr ging? Das hoffte ich sehr, denn ganz gleich, wie unruhig ich in jener Nacht war, ich brachte es einfach nicht fertig, den Kopf zur Tür hinauszustecken. Ich sagte mir, daß es am Sturm und am Regen lag, aber eine innere Stimme hielt mir entgegen, daß ich bei solchem Wetter schon oft durch Straßen gezogen war. Dann redete ich mir schließlich ein, daß es ihre Sache sei, sich bei mir zu melden, wenn sie Hilfe brauchte, auch wenn mir klar war, daß sie das nie tun würde, so wütend, wie sie bei unserem Abschied auf mich gewesen war. In Wahrheit wußte ich eigentlich gar nicht, warum ich es nicht fertigbrachte, das Haus zu verlassen, um nach ihr zu suchen. Ich machte mir Sorgen, über das, was sie gerade irgendwo treiben mochte, fragte mich, ob ich je wieder von ihr hören würde, brachte es aber einfach nicht fertig, nach ihr zu suchen. Ich wußte nicht, woran das lag.

Als ich am nächsten Morgen wach wurde, merkte ich, daß sich das Gewitter ostwärts zum Meer hin verlagert hatte. Sonnenschein und eine leichte Brise trockneten die Spuren des Regens in kurzer Zeit, und endlich war die Temperatur auf unter fünfundzwanzig Grad gefallen. Abgerissene Äste lagen auf den Rasenflächen und Wegen des Stuyvesant Parks, aber davon abgesehen schien der Sturm in unserer Gegend keine größeren Schäden angerichtet zu haben. Es war zwar noch nicht einmal halb acht, nichtsdestotrotz würde in einer halben Stunde der vom Doktor bestellte Wagen eintreffen, der uns zum Anleger an der Zweiundzwanzigsten Straße bringen sollte, denn die *Mary Powell* würde bereits um neun Uhr ablegen. Also wusch ich mich rasch und zog mich an, setzte mich mit Schwung auf den großen und den kleinen Koffer, damit ich die Deckel zubekam, und polterte dann mit ihnen die Treppe hinunter.

Sowohl Cyrus als auch der Doktor waren selbstverständlich schon auf. Der Doktor packte in seinem Arbeitszimmer Bücher und Papiere zusammen, und Cyrus machte wieder einmal seinen starken Kaffee. Nachdem wir unser Gepäck an der Haustür gestapelt hatten, blieb uns nur noch, den Kaffee zu trinken und zu hoffen, daß wir das Schiff möglichst bald erreichten. Der Kaffee trug nicht gerade zu unserer Beruhigung bei. Ich machte einen letzten Kontrollgang zur Hintertür, zum Stall und im Park hinter dem Haus, um festzustellen, ob wirklich alles gut verschlossen war. Diese Gelegenheit nutzte ich, heimlich zu rauchen. Schließlich kam die Mietdroschke. Nachdem uns der Kutscher, ein alter Deutscher, den der Doktor in seiner Muttersprache anredete, geholfen hatte, das Gepäck einzuladen, sagten wir dem Haus auf Wiedersehen. Schließlich wußten wir nicht, wann wir wieder durch das kleine eiserne Tor in den Park eintreten würden.

Auf unserer Fahrt zum Hudson besserte sich das Wetter immer mehr. Weiterhin wehte ein mildes Lüftchen, aber am Himmel zogen nur noch ein paar große Wolken rasch dahin. An der Ecke Neunte Avenue/Zweiundzwanzigste Straße steckte ich den Kopf aus der Droschke und sah zum Anleger voraus: Die *Mary Powell* hatte festgemacht und wurde von einer großen Menschenmenge belagert. Als wir die Zehnte und danach die Elfte Avenue überquerten, nahm die Zahl der Menschen und Fahrzeuge, die dem Anleger entgegenstrebten, stetig zu. Der Geruch des großen Flusses und die Aussicht, an einen neuen und aufregenden Ort zu reisen, ließen mein Blut schneller pulsieren. Wie hektisch meine Bewegungen geworden waren, merkte ich allerdings erst, als mir der Doktor den Arm um den Kopf legte und mir im Scherz mitteilte, er sehe einfach keine andere Möglichkeit, um zu verhindern, daß mein Kopf explodiere.

Die anderen Fahrgäste am Anleger schienen ebenso aufgeregt und gleichzeitig durch den plötzlichen Wetterumschlag so erleichtert zu sein wie wir. Die meisten von ihnen hatten nicht annähernd soviel Gepäck mit – mit Schiffen wie der *Mary Powell* fuhren vorwiegend Tagesausflügler –, und so verursachte es nicht die geringste Mühe, einen Träger zu finden, der uns half, alles an Bord zu schaffen. Ich teilte dem Doktor mit, falls er und Cyrus vorausgehen und in den für uns reservierten Kabinen nachsehen wollten, wer von den anderen bereits da war, würde ich dem Mann beim Ausladen aus der Droschke und beim Transport der Gepäckstücke an Bord helfen. Sie gingen, und ich lud, von unserem kräftigen deutschen Kutscher unterstützt, zügig das Gepäck auf den Karren des liebenswürdigen italienischen Trägers. Ich verstand weder, was der eine noch was der andere sagte, aber das spielte keine Rolle; der Anblick des zur Abfahrt bereiten Flußdampfers mit seinen beiden Schornsteinen und den großen seitlichen Schaufelrädern, die den Eindruck von Zuversicht und Kraft vermittelten, erfüllte mich mit einer glücklichen, frohgemuten und erwartungsvollen Stimmung, die noch durch die Erregung gesteigert wurde, welche die bunte Ansammlung von Menschen an Bord und am Anleger erfaßt hatte.

Es ist eigentümlich, wie Kleinigkeiten dafür sorgen können, daß sich die Gemütslage eines Menschen schneller ändert, als er ausspucken kann: Ein bloßes Geräusch oder auch nur ein Duft vermag Gedanken und Empfindungen stärker zu beeinflussen als stundenlange Gespräche oder die Erlebnisse mehrerer Tage. Bei mir rief diese Wirkung an jenem Morgen der Anblick des Menschen hervor, den ich am wenigsten auf der Welt zu sehen wünschte: Ding Dong. Er saß etwa dreißig Meter weit entfernt auf einem großen Stapel Frachtstücke, und sein Blick durchbohrte mich förmlich. Auch diesmal verzog das boshafte, törichte Grinsen, das er beständig zur Schau trug, seine tückischen Züge, und kaum hatte er gemerkt, daß ich ihn gesehen hatte, sprang er zu Boden, grinste noch breiter und vollführte mit Händen und Becken eine heftige obszöne Bewegung.

Ich begriff sehr gut, was er meinte: Kat war zu ihm zurückgekehrt.

Das traf mich hart, und ich mußte den Blick senken. Dann sagte eine Stimme in meinem Kopf: *Natürlich ist sie zu ihm zurückgekehrt. Sie wußte ja nicht, wohin. Das hat sie dir zu verdanken ...*

Bis ich den Blick wieder hob, war Ding Dong in der Menge verschwunden. Höchstwahrscheinlich war er uns vom Haus des Doktors aus gefolgt. Als er zu seiner Befriedigung sah, daß wir im Begriff standen, die Stadt zu verlassen, wollte er mir wohl zum Abschied noch eine persönliche Botschaft mit auf den Weg geben, die mein Herz mit der gleichen Heftigkeit treffen würde, wie ich ihm neulich ins Gesicht geschlagen hatte. Das war ihm gelungen. Ich ließ den Koffer los, den ich in der Hand hielt, und setzte mich kraftlos darauf. Ich war so benommen, daß ich kaum hörte, wie mir eine vertraute Stimme zurief, eine Stimme, die ich mir diesmal eindeutig nicht einbildete.

»Stevie!« Einen Koffer in der Hand, trat Mr. Moore auf mich zu, von einem Träger gefolgt, der einen schweren Schrankkoffer auf dem Rücken schleppte. »Stevie«, sagte er noch einmal, als er mich erreichte. Er hockte sich neben mich. »Was gibt's, mein Junge? Was ist los? Wo ist der Doktor?«

»Die anderen ...« Ich versuchte mit aller Kraft den Schock von eben abzuschütteln. »Die anderen ... sind schon an Bord. Ich kümmere mich um das Gepäck – zusammen mit dem Träger.«

Mr. Moore legte mir fest eine Hand auf die Schulter. »Stevie, ist was passiert? Du siehst aus, als hättest du ein Gespenst gesehen.«

»Nein, kein Gespenst.« Ich konnte ihm keine vollständige Erklärung geben, aber irgend etwas mußte ich ihm sagen. »Dusters. Sie müssen uns gefolgt sein.«

Er fuhr herum und suchte mit zusammengekniffenen Augen den Anleger ab. »Sie sind aber doch nicht aufs Schiff gegangen?«

»Nee«, sagte ich. »Die sind weg. Sie wollten mir – *uns* – nur zeigen, daß sie noch ein Auge auf uns haben.«

»Na, dann komm«, forderte er mich auf. »Wenn wir Glück haben, werden wir so lange weg bleiben, daß sie uns vollständig vergessen.« Ich stand auf und ging mit Mr. Moore zur Gangway der *Mary Powell.* Unsere Träger folgten uns in geringer Entfernung. »Es sieht dir gar nicht ähnlich, dich von ihnen so durcheinanderbringen zu lassen, Stevie«, sagte Mr. Moore und stieß mich leicht an der Schulter an. »Aber nach der Keilerei kann ich das schon verstehen.«

Wortlos nickte ich und versuchte, wieder regelmäßig zu atmen, was mir auch gelang, bis wir schließlich an Bord waren. Aber das Schuldgefühl, das mir wie ein glühender Brocken in der Magengrube brannte, verschwand nicht.

Mr. Moore und ich ließen uns von den Trägern zu den Kabinen führen. Sie lagen an Backbord mittschiffs auf dem Oberdeck, waren reich möbliert und hatten getäfelte Wände. Aus ihren Fenstern würden wir bald nach der Abfahrt nicht nur die Palisades sehen können, sondern auch die Catskills und andere Bergketten entlang der Strecke. Im Augenblick aber sagte mir die Aussicht auf diese Reiseannehmlichkeiten nichts. Sobald ich das Gepäck sicher dort untergebracht hatte, wo sich der Doktor, Cyrus, Miss Howard und die Brüder Isaacson bereits aufhielten und munter miteinander plauderten, murmelte ich, ich wolle mir das Schiff ein wenig ansehen, und verschwand auf der Stelle.

Auf dem Hauptdeck fand ich unmittelbar vor den großen Speisesälen eine Herrentoilette. Als ich hineinging, warf mir der alte Wärter einen kritischen Blick zu. Ich schloß mich in einer der Kabinen ein, lehnte mich gegen eine der gefliesten Wände und steckte mir eine Zigarette an. Sie sollte mir helfen, die teuflischen Gedanken und Empfindungen zu verjagen, die an meinem Inneren zehrten. Es dauerte nicht lange, bis ich den Wärter vor meiner Tür hörte. Er räusperte sich vernehmlich: »Dieser Waschraum ist für *Herren* bestimmt.«

Ich war nicht in der Stimmung, mir das bieten zu lassen, und blaffte zurück: »Dieser Lokus ist für Fahrgäste bestimmt, alter Hornochse. Verdrück dich, wenn du nicht 'nen kaputten Arm riskieren willst.« Ich hörte, wie der Mann nach Luft schnappte, ohne aber etwas zu sagen. Als ich weiter kräftig an meiner Zigarette zog, fiel mir ein, daß er eigentlich ja nur seine Pflicht tat. »Schon gut, Kumpel«, sagte ich, jetzt ganz gelassen. »Ich bin gleich weg.« Ich gönnte mir noch ein paar Minuten, dann warf ich die Kippe in die Toilettenschüssel und ging hinaus, ohne den Mann anzusehen.

Als ich die hölzerne Treppe zum Oberdeck hochging, ertönte die Dampfpfeife des Schiffes: Wir legten ab. Da ich noch nicht soweit war, den anderen unter die Augen zu treten, ging ich zum Promenadendeck hoch und drängte mich ganz nach vorn in die enge Lücke zwischen Reling und Ruderhaus. Ich stellte mich bewußt auf die dem Anleger abgekehrte Steuerbordseite, damit ich die Menge am Ufer nicht zu sehen brauchte. Langsam schob sich die *Mary Powell* in die Fahrrinne und hatte schon bald die

Mitte des Hudson erreicht. Dort begannen sich die großen seitlich angebrachten Schaufelräder mit lautem Poltern und Rauschen zu drehen, doch war es nicht laut genug, um die Stimme zu übertönen, die sich in meinem Kopf zu Wort meldete.

*Kat ist nicht wie du*, sagte die Stimme. *Sie ist nicht in dieser Stadt aufgewachsen, und ganz gleich, was sie behauptet, hat sie das hier nie verstanden. Nur weil sie dich geärgert hat, hast du tatenlos zugesehen, wie sie wieder dahin zurückmarschiert ist, wo nichts als Ärger auf sie wartet. Das hast du genau gewußt…*

In all diese bitteren Gedanken versunken, wäre ich fast vom Deck gesprungen, als ich die Stimme des Doktors hinter mir hörte: »Von hier wirst du nicht viel zu sehen bekommen«, sagte er und trat zu mir an die Reling. »Oder wolltest du zusehen, wie die Stadt immer kleiner wird?«

Ich wandte mich um und sah, wie Hell's Kitchen allmählich hinter uns blieb. »So in der Art«, brachte ich heraus.

Der Doktor nickte, und einige schweigsame Augenblicke hindurch standen wir einfach nur da. »Bald kommen wir zu den Palisades«, sagte er schließlich. »Wollen wir auf die andere Seite gehen?«

»Klar.« Ich löste mich von der Reling und folgte ihm um das Ruderhaus herum.

Auf der Backbordseite bot sich ein so grundlegend andersartiger Blick in die Ferne, als wären wir in eine andere Welt getreten. Links von uns erhoben sich am New York gegenüber gelegenen Ufer des Hudson die kleinen, sonderbaren Häuser von Weehawken im Bundesstaat New Jersey, und vor uns boten die Außenbezirke anderer Kleinstädte einen ähnlich schmucklosen, aber friedlichen Anblick. Bald war das Ufer nur noch grün, was sich erst wieder änderte, als wir die als »Palisades« bekannten riesigen grau-braunen Klippen erreichten, die über hundert Meter weit aufragen und den Fluß kilometerweit begleiten. Sie bildeten das erste einer großen Zahl bemerkenswerter Naturwunder, die der Hudson dem Tagesausflügler zu bieten hatte, und der Eindruck, den sie auf mich machten – wie auch der Fluß selbst –, ließ alle Sorgen der Menschenwelt sogleich vergehen.

Während wir die Felsen betrachteten, atmete der Doktor tief ein und stieß sodann die Luft in einer sonderbaren Mischung aus Erleichterung und Betroffenheit aus. »Ein ungewöhnlicher Fall, Stevie«, murmelte er. »Ungewöhnlich und beunruhigend. Der menschliche Geist vermag derartige Ereignisse und Verwicklungen nicht ohne weiteres zu fassen.« Weiter zu den Palisades hinübersehend, hob er eine Hand. »Weißt du, hier drängt sich mir unwillkürlich die Erinnerung an meine Mutter auf, wenn ich darüber nachdenke. Ist das nicht eigenartig?«

»Ich weiß nicht«, sagte ich. »Kommt drauf an, warum Sie an sie denken müssen, nehm ich an.«

»Der Grund ist eigentlich eine ganz einfache Erwägung. Es war mir immer unverständlich, warum meine Mutter nie eingegriffen hat, wenn es zwischen meinem Vater und mir knirschte und krachte. Sogar als ich erst drei oder vier Jahre alt und völlig unfähig war, mich zu verteidigen, hat sie nie Partei für mich ergriffen.« Seine Augen schienen das Wasser, den Wald und die Felsen vor uns zu fragen, als könnten diese ihm einen Hinweis zur Lösung der Frage liefern, über die er nachdachte. Darin lag keinerlei Selbstmitleid, denn solche Neigungen verachtete der Doktor und mied sie. Es war einfach eine Art ehrliche, traurige Frage – und dazu hatte er allen Anlaß.

Es sah ganz so aus, als hätten die Menschen, die ihm am nächsten standen, schon vom Zeitpunkt seiner Geburt an entweder an tiefem Kummer oder an Wutanfällen gelitten, und bisweilen an beidem. Sein Vater, ein reicher deutscher Verleger, den es nach den Umstürzen, zu denen es 1848 in Europa gekommen war, nach Amerika gezogen hatte, war in Konkurs gegangen und hatte es von Anfang an auf seinen Sohn abgesehen. Zwar genoß er in der feinen Gesellschaft Beliebtheit und Bewunderung, doch im eigenen Heim spielte er den betrunkenen Tyrannen, der seine ungarische Ehefrau und die beiden Kinder (denn der Doktor hatte eine Schwester, die jetzt in England lebte) mit der flachen Hand wie auch mit den Fäusten traktierte. Weiß der Henker, warum der Doktor an jenem Tag auf die Sache zu sprechen kam, aber ich war dankbar, über etwas nachdenken und reden zu können, das nichts mit Kat zu tun hatte.

»Vielleicht wußte sie nicht, was da los war«, sagte ich achselzuckend. »Oder vielleicht hatte sie Angst, daß er sie noch schlimmer behandeln würde, wenn sie was unternahm.«

Auf das Gesicht des Doktors trat ein Ausdruck, der mir klarmachte, daß er selbst diese Möglichkeiten schon oft erwogen hatte. »Wenn man ihre von Gewalttätigkeit geprägte Beziehung zu dem Mann bedenkt«, sagte er, »dürfte es wenig wahrscheinlich, wenn nicht undenkbar sein, daß sie nichts davon mitbekommen hat. Auch die Frage, ob sie seinem Zorn eventuell ausweichen wollte, muß ich verneinen, denn sie hat ihn oft mit voller Absicht auf sich gelenkt. Mir war immer klar, daß seine Gewalttätigkeit ihr gegenüber ein abartiges Bedürfnis ihrer Seele befriedigte. Aber was ist mit der an meiner Schwester und mir ausgeübten Gewalttätigkeit? Ich kann mir nicht vorstellen, daß sie die genossen hat.« Er blinzelte ein wenig und schien mit einem Gedanken zu kämpfen. »Nein, seit wir an diesem Fall arbeiten, drängt sich mir eine andere Erklärungsmöglichkeit auf – der Gedanke, daß für meine Mutter das Wohlergehen ihrer Kinder nicht im Vordergrund stand, auch wenn sie sich durchaus darum gesorgt haben mag. Die wirkliche Frage heißt nicht, warum sie so war, sondern, warum es mir so schwerfiel, eine erklärende Theorie zu formulieren oder zu akzeptieren – warum es überhaupt eines Mordfalles bedurfte, daß ich darauf gekommen bin. Schließlich hält man es bei einem Mann kaum für ungewöhnlich, daß bei ihm die Kinder erst an zweiter Stelle oder noch dahinter kommen, auch wenn ihm das der eine oder andere vorhalten mag. Warum sollten wir das bei einer Frau anders sehen?«

»Nun«, sagte ich ganz unwillkürlich. »Weil... sie die Mutter ist... Das ist einfach von Natur aus so.«

Der Doktor lachte in sich hinein. »Das sagst *du*, Stevie?«

Mir ging auf, wie töricht meine Äußerung war, und ich versuchte, mich aus der Sache herauszumogeln: »Na ja, wir sprechen ja nicht von meiner Mutter...«

»Nein. In solchen Gesprächen scheint es nie um eine bestimmte Mutter zu gehen. Es sieht ganz so aus, als redeten wir über etwas, was Sara als Abstraktum oder Mythos bezeichnen würde.« Der Doktor nahm sein Zigarettenetui heraus. »Hab ich dir je von Frances Blake erzählt?«

»Die Frau, die Sie fast geheiratet hätten, als Sie noch in Harvard waren?« fragte ich.

»Genau die. Da hättest du staunen können. Sie war wohlhabend, lebenslustig – ziemlich intelligent, aber nicht so ehrgeizig, daß sie Zeit dafür aufgewendet hätte, etwas daraus zu machen. Frag Moore nach ihr, er konnte sie nicht ausstehen.« Der Doktor steckte seine Zigarette an und lachte leise in sich hinein. »Ich zum Schluß auch nicht mehr.« Er stieß den Rauch aus, und ein verstörter Ausdruck trat auf sein Gesicht. »In manchem war sie meiner Mutter nicht unähnlich...«

»Und was hat Sie dann an ihr angezogen?« fragte ich.

»Nun... abgesehen von diesem und jenem, was auf der Hand liegen dürfte, war sie recht verletzlich, was es ihr ermöglichte, die zerstörerische Torheit eines großen Teils dessen zu verstehen, was sie tat. Ich glaubte in meiner jugendlichen Naivität, in ihr dieses Wesensmerkmal so weit bestärken zu können, daß es die anderen überlagerte.«

»Heißt das... Sie wollten sie ändern?«

»Höre ich in deiner Stimme einen Vorwurf, Stevie?« fragte der Doktor leise lachend. »Na ja, du hättest recht damit. Ich hab mich aufgeführt wie ein Trottel... wenn man sich überlegt, daß man nur aus dem Grund, mit dem Gedanken spielt, eine Frau zu heiraten, weil man meint, man könne sie leicht ändern. Das ging natürlich nicht, denn sie war so störrisch wie ein... Nun ja. Sagen wir, sie ist in ihrem Leben stets eingefahrenen Gleisen gefolgt.«

Ich sah auf die Fluten des Hudson hinab, durch die der Bug des Dampfers glitt. »Ja, ja«, sagte ich, stieß mit einem Finger an die Reling vor mir und dachte ebenso intensiv über mein eigenes Leben nach wie über die Geschichte, der ich zuhörte.

Ein kräftiger kühler Windstoß traf uns, und der Doktor zog das Jackett enger um sich zusammen. »Natürlich lief das alles unbewußt ab«, sagte er. »Aber man kann sich unbewußt und bewußt dumm anstellen, was?« Erneut machte er einen Zug und kehrte dem Wind den Rücken zu. »Als ich dann älter wurde, begriff ich, daß etwas Unheimlicheres als der einfache Wunsch, Frances zu ändern, meiner Handlungsweise zugrunde gelegen hatte. Ich war fest überzeugt gewesen, es sei irgendwie meine Schuld, wenn sie sich nicht änderte und mit dem Leben fortfuhr, zu dem ihre eigenen Wünsche sie bestimmt hatten.«

»*Ihre Schuld*?« sagte ich und sah zu ihm auf. »Wie sind Sie darauf gekommen?«

Er zuckte die Achseln. »Nicht etwa als Ergebnis eines Denkprozesses, ich habe das so empfunden. Ich war unerfahren und jung, Stevie, und die Beziehung zur leiblichen Mutter hatte in ganz entscheidender Weise nicht gestimmt. Unwillkürlich habe ich wohl die Verantwortung dafür auf mich genommen – wegen all der Dinge, die wir schon genannt haben. Wir sehen es als ›nicht natürlich‹ an, die eigene Mutter für schreckliche Dinge verantwortlich zu machen. Also habe ich solche Empfindungen begraben und Ausschau nach einer anderen Frau gehalten, deren Verhalten ich möglicherweise ändern konnte. Es ist ein wahrer Segen, daß mir ein anderer, ebenso ursprünglicher Teil meines Wesens gesagt hat, ich könne einer solchen Bemühung nicht mein ganzes Leben opfern. Also habe ich Frances Lebewohl gesagt.« Er winkte mit der Hand in den Wind. »Trotzdem ist es eine interessante Sache – man verläßt einen Menschen, um ihn oder sie woanders und *in* einem anderen Menschen wiederzufinden.«

»Ja«, sagte ich, insgeheim verblüfft, daß er – wie immer – genau über das gesprochen hatte, was mich beunruhigte, ohne auch nur mit einem Wort auf mein Leben anzuspielen.

Dann hatte ich selbst einen nützlichen Einfall: »Es ist ungefähr so wie das, was wir in diesem Fall machen.«

»Findest du?«

Ich nickte. »Wir verlassen Schwester Hunter in New York und suchen Libby Hatch weiter im Norden. Der einzige Unterschied besteht darin, daß sie einander nicht *ähneln* – sondern die eine die andere *ist*. Vielleicht kann deshalb die Sache diesmal funktionieren – weil wir damit das richtige Ziel anpeilen.«

Der Doktor dachte darüber nach, wobei er seine Zigarette zu Ende rauchte. »Weißt du... du scheinst mir für unsere Arbeit begabt zu sein, Stevie.« Er sah sich um und steckte den Stummel in einen Sandeimer, der in der Nähe stand. »Der Wind frischt ganz schön auf. Wir haben Frühstück bestellt. Für dich Steak und Eier. Komm runter, wenn du soweit bist.«

Er warf mir einen flüchtigen Blick zu und lächelte dabei beruhigend. Dann rieb er die Hände gegeneinander und ging – ein wenig schwankend, denn dort im Unterlauf des Hudson machen sich die Gezeiten noch stark bemerkbar, so daß starker Wellengang herrscht – zur Treppe zurück und verschwand nach unten.

Ich drehte mich wieder um, sah zu den Palisades und tastete nach den Zigaretten in meiner Tasche. Dann verkniff ich es mir, noch eine zu rauchen. Die Horizontlinie vor mir war wunderschön, aber das wäre sie auch vom Fenster unserer Kabine aus, und mit einem Mal merkte ich, daß meine Stimmung umschlug. Ich wollte nicht mehr allein sein. »Nun, Libby Hatch«, sagte ich, den Blick auf den sich weithin ausbreitenden Hudson gerichtet und mit den Fingern auf die Reling trommelnd, während ich mich vom Fluß abwandte. »Jetzt kannst du dich nirgendwo mehr verstecken…«

Ohne einen weiteren Blick auf das Wasser folgte ich dem Doktor nach unten.

Hätte ich hingesehen, wäre mir gewiß eine kleine Dampfbarkasse aufgefallen, die der *Mary Powell* folgte, so schnell ihre kleine Maschine das zuließ. Wenn ich bei ihrem Anblick die Augen zusammengekniffen hätte, wäre mir möglicherweise eine kleine Gestalt am Bug aufgefallen. Gewiß hätte ich ihre dunklen Züge, das struppige Haar und die schlotternde Kleidung erkannt. Aber wie scharf auch immer ich gespäht hätte, auf keinen Fall wäre mir aufgefallen, welches Arsenal eigentümlicher asiatischer Waffen dieser geheimnisvolle Mann mit sich führte. Er hielt sie verborgen, bis er bereit war, zum Schlag auszuholen.

# Kapitel 28

Als ich beim Doktor eingezogen war und meine Lehrjahre begannen, lernte ich neben vielen anderen Dingen die Geschichte des eigenen Landes kennen. Der Doktor war der Ansicht gewesen, es sei das beste, damit ganz in der Nähe meiner Heimat anzufangen. So war es gekommen, daß ich mit Hilfe von Büchern über die Geschichte der Stadt und des Bundesstaates New York meine allerersten Reisen in die große Dunkelheit, nämlich die Geschichte der Welt, bevor ich selbst in ihr auftauchte, unternommen hatte. Auch hatte ich den Doktor gelegentlich auf Reisen in den Norden begleitet, sei es, daß er Zuchthäuser und Irrenanstalten im Tal des Hudson besuchen mußte oder daß man ihn nach Albany rief, wo er sich vor dem einen oder anderen Ausschuß zu Fragen äußern sollte, wie sich seiner Ansicht nach der Staat seinen geistesgestörten Bürgern gegenüber zu verhalten habe. Obwohl ich daher durchaus mit der schönen – wenn auch ein wenig unheimlichen – Landschaft vertraut war, die uns an jenem Tag an Bord der *Mary Powell* umgab, beschlich mich auf unserem Weg stromauf ein so sonderbares Gefühl, wie ich es noch bei keiner der früheren Reisen erlebt hatte. Nicht nur die im Dunst liegenden Berge und die grünen Weiten jenseits der Flußufer (die üblichen Besichtigungsobjekte von Ausflüglern) wurden mir deutlicher bewußt, sondern auch die Städte, die sich bis tief ins Land ausweiteten, sowie die vielen Fabriken, die man im Laufe der Jahre am Fluß entlang errichtet hatte (und nach wie vor errichtete). Anders gesagt teilte sich mir die zunehmende Anwesenheit von Menschen in einem Gebiet, von dem ich wußte, daß es noch vor hundert Jahren eine richtige Wildnis gewesen war, in bedrükkender Weise mit.

Das ganze Frühstück hindurch fragte ich mich, woran es liegen mochte, daß ich die Dinge so anders sah als zuvor, und mich beunruhigte die Frage, ob es dabei um eine dauerhafte Veränderung gehen könnte. Erst als ich anschließend mit Miss Howard zum Promenadendeck hochstieg, um mir eine Zigarette anzustecken, wurden mir meine Empfindungen etwas deutlicher: Meine veränderte Betrachtungsweise der Landschaft, durch die wir fuhren, und der dort lebenden Menschen hing mit unserer noch nicht lange zurückliegenden Entdeckung zusammen, daß Libby Hatch in einer ähnlichen Umgebung zur Welt gekommen und aufgewachsen war. Ich begann zu begreifen, daß das keineswegs eine stille, einfache Gegend war, in der die Menschen fern der Häßlichkeit und Gewalttätigkeit großer Städte wie New York in vertrauter Zwiesprache mit der Natur lebten; es war im Gegenteil eine ganze Reihe kleiner New Yorks, in denen manch einer das gleiche entmutigende und bisweilen ekelerregende Verhalten an den Tag legte wie so viele Menschen in der Großstadt. Das trostlose Bild, das immer schärfere Konturen annahm, veranlaßte mich, eine Art Wunsch zu formulieren: Wie schön wäre es doch, wenn sich die große Wildnis, die nach wie vor auf Gipfeln wie jenen der violett bekrönten Catskill-Berge existierte – sie ragten an jenem Nachmittag in der Ferne links von mir auf –, wieder über die ganze Erde ausbreitete und die häßlichen kleinen Ansiedlungen der Menschen verschlänge, die im Flußtal entstanden waren. Dieser Wunsch ist, wie vorauszusehen war, ein frommer geblieben.

Diese Einsicht änderte sich auch nicht, als wir den Mittellauf des Hudson erreichten, wo die Landsitze der alteingesessenen englischen und holländischen Familien, die sich am Fluß angesiedelt hatten, die Hügel zu unserer Rechten sprenkelten. Mr. Moore trat zu uns, und er wie auch Miss Howard wurden sehr still, als sie zu jenen Höhen hinübersahen. Mir war bekannt, daß beide allen Grund zur Schwermut hatten, verbrachten sie doch einen Großteil ihrer bittersüßen Kindheit in jener Landschaft. In Mr. Moore schien sie Erinnerungen an den Bruder wachzurufen, dessen Tod ihn so trübsinnig gestimmt und zu einem tiefen Bruch mit den Angehörigen geführt hatte, denn wie Mr. Moore sagte, hatte ihn die Familie mit ihrer unbeugsamen holländischen Art dem Morphium und Alkohol regelrecht in die Arme getrieben. Miss Howard dachte vermutlich an die vielen Jahre, in denen sie Sommer wie Herbst gemeinsam mit ihrem Vater ausgeritten war, gejagt und überhaupt ein Leben wie ein Junge geführt hatte. Er hätte so gern einen Sohn gehabt, doch war sie sein einziges Kind geblieben. Als er vor einigen Jahren in jenen Wäldern einem unaufgeklärten Jagdunfall erlegen war, hatte man von Selbstmord gemunkelt. Aber Miss Howard – die das so mitgenommen hatte, daß sie sich längere Zeit in ein Sanatorium hatte begeben müssen – war solchen Gerüchten stets entgegengetreten. Mithin war es nicht besonders erstaunlich, daß beide beim Anblick der vorüberziehenden hohen Hügel und der auf ihnen gelegenen stattlichen Landsitze so trübselig wurden. Obwohl wir schließlich wieder hinabgingen, um ein wohlschmeckendes Mittagsmahl zu verzehren, woraufhin wir uns mit einigen albernen, aber unterhaltsamen Decksspielen die Zeit vertrieben, blieb unsere Stimmung eher düster.

In Albany, der Hauptstadt des Bundesstaates New York, deren Uferfront Eisenbahngleise und Arbeitersiedlungen säumten, denn dort standen viele Fabriken, legte die *Mary Powell* nur kurz an. Der Anblick war nicht dazu angetan, mich oder sonst jemanden fröhlicher zu stimmen. Da viele der Fahrgäste dort ausstiegen, blieb offenbar nur noch an Bord, wer auf der Rückreise in den Norden war. Als nächstes ging es durch einen ausgebaggerten Abschnitt des Flusses nach Troy weiter. Zwischen Albany und Troy waren nur noch wenige Ufermeilen unbebaut, und die rauch- und feuerspeienden Fabriken, an denen wir vorüberkamen, verstärkten zusammen mit den großen Gruppen schmutziger und elender

Arbeiter, die sie verließen, den Eindruck, daß die rücksichtslos durchgesetzten belanglosen Begierden des Menschen die Landschaft immer mehr verwüsteten.

Troy war eine aufblühende, aber farblose Stadt, deren Dutzende von Ziegeleien den Fluß ebenso verschmutzten wie die Frachtdampfer, die dafür sorgten, daß die übrige Menschheit mit den neuesten mechanischen Errungenschaften auf dem Gebiet der Wäschepflege, der Feldarbeit und des Transportwesens beglückt wurde. Als wir die *Mary Powell* verließen, begann die Sonne am Westrand der Stadt in eindrucksvoller Weise unterzugehen, so daß ich Lust hatte, sie zu verlassen und der sinkenden glühenden Kugel entgegen durchs Land zu ziehen.

Um so größer war meine Enttäuschung, als wir den Bahnhof von Troy erreichten, von dem die Züge der Eisenbahngesellschaft *Delaware and Hudson Canal* abgingen. Man teilte uns mit, daß der gewaltige Sturm des Vortags auch in jenem Landesteil gewütet hatte. Dabei war zwischen Troy und Ballston Spa ein Zug entgleist, so daß wir unsere Reise erst am folgenden Vormittag fortsetzen konnten. Also mußten wir eine Nacht im nahen Hotel »Union« verbringen. Auch wenn das in keiner Weise ein übler Schuppen war, bedeutete es doch eine Enttäuschung für einen jungen Mann, der darauf brannte, die Zivilisation hinter sich zu lassen, um die Wildnis zu erleben.

Die Bahnfahrt am folgenden Vormittag bot mir einen gewissen Ausgleich, denn kaum hatten wir Troy und seine Umgebung hinter uns gelassen, als der Zug auch schon durch eine Landschaft fuhr, der man ansah, wie zauberhaft jener Landesteil einmal gewesen sein mußte, bevor die Zivilisation wie eine außer Kontrolle geratene Straßenbahn in sie hineingerast war. Wir durchquerten weite Flächen allem Anschein nach alten Waldgebiets und kamen an einigen großen silbernen Seen vorüber, doch jedesmal tauchten schon bald Bauerngehöfte oder eine Kleinstadt auf, was den Eindruck verstärkte, daß die alten Wälder im Begriff standen, den Kampf um die Herrschaft über das Land zu verlieren. Es dauerte nicht mehr lange, bis uns der Schaffner mitteilte, daß wir bald Ballston Spa erreichen würden. Je näher wir den Außenbezirken der Stadt kamen, desto deutlicher merkte ich, daß meine trübe Stimmung vom Vortag wieder zurückgekehrt war, womöglich noch stärker als zuvor. Ich erkannte bald, daß das durchaus die richtige Gemütslage für jemanden war, der sich auf dem Weg zum Hauptort des Bezirks Saratoga befand.

Während wir uns allmählich dem Ende unserer Reise näherten, las Cyrus aus einem kleinen Reiseführer für die Städte des nördlichen Hudsongebiets vor. So erfuhr ich, daß Ballston Spa einst wegen seiner Mineralquellen berühmt gewesen war. Da aber im Lauf des vergangenen Jahrhunderts viele der Heilquellen versiegt waren, hatte man in dem einst stillen kleinen Badeort eine ganze Reihe von Fabriken errichtet. Anfangs war in den großen Backsteinkästen neben Tuchen aus Wolle, Baumwolle und Leinen auch ein spezieller Säbel hergestellt worden, der wie ein türkisches Krummschwert aussah (und zwar für die Truppen der Nordstaaten im Bürgerkrieg). Auch den Fabriken war es 1897 an den Kragen gegangen. Die meisten hatten an einem ziemlich wilden Flußlauf namens Kayaderosseras (dieses alte Irokesenwort bedeutet in etwa »gewundener Wasserlauf«) gestanden, der die Stadt durchfloß. Da man aber um seine Zuflüsse herum in den folgenden Jahren viele Wälder abgeholzt hatte, wurde aus ihm ein klägliches Rinnsal, dessen Kraft bei weitem nicht mehr ausreichte, Maschinen anzutreiben. Infolgedessen hatte man Dampfmaschinen in den Fabriken aufgestellt, deren Schloten jetzt schwarzer Rauch entquoll. Die eine oder andere Fabrik stellte landwirtschaftliche Geräte her, die meisten aber Papiererzeugnisse.

Der Reiseführer, aus dem Cyrus vortrug, bemühte sich, all die Veränderungen positiv zu werten, doch konnte man kaum umhin zu erkennen, daß Ballston Spa – dank der Kurzsichtigkeit seiner Bürger – in einem einzigen Jahrhundert den Niedergang vom angesehensten Heilbad des Nordens zu einer Stadt vollzogen hatte, in der »die besten Papiertüten der Welt« hergestellt wurden. Da die alten Kurhotels nicht mit den riesigen luxuriösen Bauten konkurrieren konnten, die im nahegelegenen Saratoga Springs aus dem Boden geschossen waren, hatte man sie entweder in Wohnheime für Arbeiter umgewandelt oder »warm abgebrochen«, das heißt niedergebrannt. Obwohl 1897 in Ballston kaum noch etwas an die Glanzzeiten des einstigen Kurortes erinnerte, war niemand auf den Gedanken gekommen, den Namensbestandteil »Spa« aufzugeben.

Der Bahnhof lag am Fuß eines Hügels, der das Fabrikviertel der Stadt vom Wohnviertel der Reichen trennte. Der Hauptstraße, die am Hügelkamm entlanglief, hatte ein Einfaltspinsel den Namen High Street verpaßt; an ihr lagen fast alle Kirchen der Stadt sowie die Gebäude der Bezirksverwaltung. Der Bahnhof war nicht besonders bemerkenswert – ein langgezogener Flachbau von der üblichen Art. Die wenigen Leute, die auf unseren Zug warteten, schienen durchaus dazu zu passen. Ein Mann aber war anders: Er stand am östlichen Ende des Bahnsteigs, als wüßte er, daß Mr. Moore gern hinten im Zug saß und uns alle dazu bringen würde, es ihm gleichzutun (was er tatsächlich auch getan hatte). Der kleine rothaarige Mann sog nicht nur an einer Pfeife, als hinge sein Leben davon ab, sondern zupfte auch immer wieder an seinem sauber gestutzten Kinn- und Schnurrbart und fuhr sich mit der Hand durch das gepflegte Haar, während sein Blick in alle Richtungen wanderte und er über den Bahnsteig marschierte, als stünde dieser in Flammen. In seinen Augen, die von ferne silbrig aussahen (wie ich später merkte, waren sie von einem sehr hellen Grau), lag ein entschlossener Ausdruck und eine Spur Verwegenheit. Während unser Zug die Fahrt verlangsamte, zog dieser Mann mindestens dreimal die Uhr – ich weiß nicht, warum, schließlich lief der Zug doch gerade ein – und steckte sie jedesmal mit besorgtem Blick wieder ein, sog an seiner Pfeife und setzte seine unruhige Wanderung fort. Ich verlor ihn aus den Augen, als wir zur Tür unseres Waggons gingen, aber irgendwie hatte ich das sichere Gefühl, daß es sich um den Mann handelte, den wir aufsuchen wollten.

Als der Zug mit kreischenden Bremsen in den Bahnhof einfuhr, wandte sich Mr. Moore an uns. »Alle mal zuhören«, sagte er mit eindringlicher Stimme. »Vor allem du, Kreisler. Ich habe bezüglich Rupert einen gewissen Punkt noch nicht angesprochen, weil ich nicht wollte, daß ihr meint, man könnte ihm den Fall nicht anvertrauen. Er ist wirklich brillant, aber … nun, er kann den Mund nicht halten.«

Wir sahen einander mit einem Ausdruck an, der unsere Überzeugung spiegelte, daß es sich dabei um eine Art Scherz handeln mußte.

»Was willst du damit sagen, Moore?« fragte der Doktor. »Daß er übermäßig redselig ist …«

»Nein«, sagte Mr. Moore. »Ich will damit sagen, daß er den Mund nicht halten kann.«

Marcus lachte. »Natürlich nicht. Immerhin ist er Jurist.«

»Nein, es steckt etwas anderes dahinter«, fuhr Mr. Moore fort. »Er hat deswegen schon Ärzte aufgesucht. Es muß eine Art … Zwang oder dergleichen sein. Ich weiß nicht, wie man es genannt hat.«

»Rededrang?« fragte der Doktor mit beunruhigtem Blick.

Mr. Moore schnippte mit den Fingern. »Genau. Vor Gericht erreicht er damit Ungeahntes, im Gespräch aber kann es ein wenig anstrengend sein …« Als der Zug hielt, stieß sich Mr. Moore den Kopf an der geschlossenen vorderen Tür unseres Waggons, weil er versucht hatte auszusteigen, ohne sie zu öffnen. »Ich wollte Sie nur darauf hinweisen – er ist der liebenswürdigste Mensch, den man sich denken kann, aber die Gedanken kommen ihm einfach in den Kopf und gehen ihm zum Mund wieder hinaus. Nehmen Sie also nichts von dem, was er sagt, zu persönlich.« Er sah uns bittend an, wiegte den Kopf und stieg aus. Wir folgten ihm.

Mr. Rupert Picton ging nach wie vor rauchend auf dem Bahnsteig hin und her, der Blick seiner großen silbernen Augen war äußerst besorgt. Als Mr. Moore diesen Blick wahrnahm, trat ein herzliches Lächeln auf seine Züge.

»Picton!« rief er und ging auf seinen Freund zu. »Großer Gott, du bist ja wahnsinnig nervös!«

»Euer Zug hat Verspätung!« antwortete Mr. Picton und lächelte trotz aller Anspannung. »So ist das in letzter Zeit immer – da wird vom Krieg gegen Spanien geredet, dabei bringen wir es nicht einmal fertig, daß unsere Züge pünktlich sind! Wie geht's, wie steht's, John?«

»Gut, gut«, antwortete Mr. Moore. »Ich möchte dir meine Begleiter vorstellen. Das ist Miss Sara Howard …«

»Hallo, Mr. Picton«, sagte Miss Howard und streckte ihm die Hand hin.

»Ich fürchte, ich bin diejenige, die diese ganze unglückliche Sache ins Rollen gebracht hat.«

»Das dürfen Sie nicht denken, Miss Howard«, gab Mr. Picton zurück und schüttelte ihr kräftig die Hand, wobei er nicht nur viel, sondern auch sehr schnell redete. »Nicht Sie haben angefangen, sondern Libby Hatch, als sie zum ersten Mal unschuldiges Blut vergossen und gemerkt hat, daß ihr das Spaß macht! Sie aber haben das Ende ihrer finsteren Geschichte in die Wege geleitet, und darauf sollten Sie stolz sein. Ah! Und das ist Dr. Kreisler!« Wieder schoß die rastlose kleine Hand nach vorn. »Ich erkenne Sie nach den Bildern, die man zusammen mit Ihren Schriften veröffentlicht hat, Sir... Ihre Arbeit ist wahrhaft faszinierend!«

»Vielen Dank, Mr. Picton, es ist sehr freundlich von Ihnen...«

Aber Mr. Picton hatte sich bereits Lucius und Marcus zugewandt und schüttelte beiden mit breitem Lächeln die Hand. »Und Sie sind vermutlich die Detective Sergeants Isaacson.«

Marcus lächelte zurück und hatte gerade herausgebracht »Ja, wieso...«, als ihm das Wort abgeschnitten wurde.

»Glauben Sie nur nicht, ich besäße besondere detektivische Gaben«, sagte Mr. Picton. »Der Geruchssinn hat es mir verraten. Ich habe einen leichten Anflug von Schwefelsäure wahrgenommen...«

Lucius warf seinem Bruder einen scharfen Blick zu, als er seinerseits Mr. Pictons Hand schüttelte. »Tut mir leid, Sir. Hätte nicht *jemand* von mir verlangt, vor unserer Abreise den Strychnin-Test zu *wiederholen*...«

»Ich hoffe sehr, daß Sie all Ihre Chemikalien und Geräte mitgebracht haben«, sagte Mr. Picton und nickte ermutigend. »Wir werden das brauchen. Dann wollen wir uns mal Ihres Gepäcks annehmen...«

In dem Augenblick näherten sich Cyrus und ich der Gruppe von hinten, nachdem wir einen Träger gefunden hatten, der uns beim Transport des Gepäcks helfen sollte. Cyrus räusperte sich nur ein einziges Mal – das aber genügte, um Mr. Picton, der uns nicht hatte kommen sehen, hochfahren zu lassen.

»Was um alles in der Welt!« rief er aus und wandte sich zu Cyrus um. »Wer sind denn Sie? Ach, ich weiß schon. Sagen Sie nichts – John hat mir über Sie geschrieben. Sie sind Dr. Kreislers Bediensteter, stimmt's?... Äh... äh«

»Darf ich Ihnen Mr. Cyrus Montrose vorstellen«, sagte der Doktor, woraufhin Mr. Picton jenem die große Hand schüttelte. »Außerdem Stevie Taggert. Beide sind meine Mitarbeiter.«

Mr. Picton hielt auch mir die Hand hin und schüttelte die meine kräftig. »Der junge Herr Taggert! Sehr angenehm! Nun...« Er trat zurück, die Hände in die Hüften gestemmt, und sah uns an. »Das also ist die erlauchte Gruppe, der es gelungen ist, Furcht ins Herz der Mörderin zu senken? Ich muß sagen, daß ich Sie dafür bewundere! In diesem Bezirk hier hatte Libby Hatch nie Anlaß, beunruhigt zu sein, das kann ich Ihnen sagen.

Jetzt wollen wir Ihr Gepäck aufladen und zu mir fahren. Wir müssen uns so bald wie möglich an die Arbeit machen! Gepäckträger... folgen Sie mir!«

»Zu dir?« fragte Mr. Moore. »Aber Rupert, ich habe Zimmer im Hotel »Eagle« bestellt...«

»Und ich habe das rückgängig gemacht«, sagte Mr. Picton. »Mein Haus ist groß genug für ein ganzes Regiment, und dabei wohnen nur ich und die Haushälterin darin. Es kommt überhaupt nicht in Frage, daß ihr euch anderswo einquartiert!«

»Aber Rupert, bist du sicher, daß dir das nicht zuviel wird?« fragte Mr. Moore, während wir auf die alte Kutsche zugingen, die vor dem Bahnhof stand. »Ich habe gehört, daß es dir nicht besonders geht ...«

»Nicht besonders?!« donnerte Mr. Picton zurück. »Ich bin gesund wie ein Dollar – genaugenommen sogar gesünder, wenn man den gegenwärtigen Zustand unserer Währung bedenkt. Ich weiß, was man in New York über mich gesagt hat, bevor ich dort weggegangen bin, und ich gebe gern zu, daß ich damals Ruhe brauchte. Du kennst mich ja – ich bestreite in keiner Weise, daß ich ein bißchen reizbar und nervös bin. Aber die Gerüchte, ich hätte einen Zusammenbruch erlitten, waren nichts als weitere Versuche, in Mißkredit zu bringen, was ich gesagt hatte.«

»Hm, das kenne ich«, sagte der Doktor, als sich Mr. Picton daran machte, unser Gepäck vom Karren des Trägers in seine Kutsche zu laden, wobei er unausgesetzt seine Pfeife paffte.

»Ja, davon habe ich gehört, Dr. Kreisler!« sagte unser Gastgeber. »Sie kennen wahrscheinlich auch die Erschöpfung, die so etwas mit sich bringt – der Versuch, den Umtrieben in der Bezirksstaatsanwaltschaft einen Riegel vorzuschieben, hat mich geradezu ausgelaugt und ist meinen Nerven überhaupt nicht gut bekommen. Aber das hat ja nicht von ferne etwas mit Verrücktsein zu tun, meinen Sie nicht auch?«

»Nun ...«, sagte der Doktor langsam; wie sich zeigte, zu langsam, denn Mr. Picton fuhr fort:

»Ganz meine Rede! Wir leben in einer komischen Welt, Dr. Kreisler – und ich meine nicht komisch im Sinne von ›erheiternd‹ –, in der man einen Menschen einfach deshalb als verrückt abstempeln kann, weil er sich bemüht, weitverbreitete Korruption aufzudecken! Ach, ist ja auch egal...« Mit diesen Worten warf er unsere letzten Gepäckstücke in die Kutsche und kletterte auf den Bock. »Alles einsteigen. Mr. Montrose, vielleicht macht es Ihnen und dem jungen Herrn Taggert nichts aus, auf den Trittstufen mitzufahren und sich am Verdeck festzuhalten. Es ist nicht weit.«

»Gern!« sagte ich glücklich. Mir gefiel seine etwas sonderbare Art zu reden und zu handeln.

»Selbstverständlich, Sir«, sagte Cyrus und stellte sich mir gegenüber, nachdem die anderen eingestiegen waren.

»Recht so!« sagte Mr. Picton mit breitem Lächeln und reckte uns grüßend seine Pfeife entgegen. »Gut festhalten – es geht los!« Die Kutsche ruckte an; wir hatten den Vorplatz des Bahnhofs noch nicht verlassen, als er auch schon wieder redete: »Wie gesagt, Doktor, es ist eigentlich egal, all das Getue in New York und was die Leute dort über mich gesagt haben mögen – langfristig ist es egal. Die Welt kommt immer schneller auf den Hund, und New York wird einer der ersten Orte sein, der dort angekommen ist – wenn es nicht sogar schon soweit ist. Ich jedenfalls könnte Beispiele dafür liefern. Das ist einer der Gründe, warum ich nach Ballston zurückgekehrt bin – man kann hier tatsächlich gelegentlich etwas Gutes bewirken, ohne nach den Großen und Mächtigen schielen zu müssen.« Wieder stieß er dichte Rauchwolken aus, während er sein Pferd am Fuße des mit Türmen besetzten Hügels westwärts lenkte. »Aber wir wollen uns nicht von solchen Dingen ablenken lassen, schließlich haben wir anderes und Dringenderes zu tun.« Erneut nahm er seine Uhr heraus und sah darauf. »Sehr Dringendes. Als erstes müssen Sie alle untergebracht werden und etwas zu essen bekommen – Mrs. Hastings wird sich darum kümmern. Meine Haushälterin.« Er schüttelte den Kopf. Inzwischen strebten wir dem Westrand der Stadt zu. »Schreckliches Schicksal. Gemeinsam mit ihrem Mann hat sie den größten Teil ihres Lebens ein Textilgeschäft betrieben. Vor ein paar Jahren haben drei junge Schläger – kaum älter als unser Stevie Taggert hier – den Laden ausgeraubt, als sie nicht da war, und den Mann mit einer Schaufel totgeschlagen. Ich habe in dem Fall die Anklage vertreten, und seitdem arbeitet sie für mich – vermutlich unter anderem aus Dankbarkeit.«

»Dankbarkeit wofür?« fragte Miss Howard. »Weil Sie ihr über eine schwere Zeit hinweggeholfen haben?«

»Weil ich dafür gesorgt habe, daß die drei Mistkerle auf den elektrischen Stuhl gekommen sind!« sagte Mr. Picton. »Ah, da ist mein Haus – hinten am Ende der Straße.«

Dort, wo die High Street auf die Straße nach Charlton traf, bewohnte Mr. Picton eine Art hochherrschaftliche Villa, nicht weit vom Gericht entfernt. Sie lag nahe den einstigen Kurhotels »Aldridge Spa« (gegenwärtig ein Wohnheim) und »Iron Railing Spring«. Es waren die letzten Überbleibsel aus der munteren Zeit, die Ballston als Heilbad erlebt hatte. Den vier Türmchen an den Ecken von Mr. Pictons Villa nach zu schließen, wie auch nach der großen Veranda, die sich um das Gebäude zog, war sie jüngeren Datums als viele der anderen, an denen wir vorübergekommen waren, wirkte aber allein schon wegen ihrer Größe ein wenig unheimlich. Insgeheim fragte ich mich, was einen Mann dazu bringen mochte, allein mit seiner Haushälterin in einem solchen Gebäude zu leben. Im Park vor und hinter dem Haus waren Kletterrosen und Efeu ein wenig außer Rand und Band geraten; die Ulmen, die dort standen, waren erkennbar älter als das Gebäude – all das steigerte den Eindruck, daß es sich um eine Art verwunschene Wohnstätte handeln mußte.

»Mein Vater hat das Haus für meine Mutter bauen lassen«, erklärte Mr. Picton, als wir uns dem Gebäude näherten. »Vor fünfunddreißig Jahren galt so etwas als Höhepunkt der Neugotik. Heute hingegen – ich habe mir nie viel aus Moden gemacht und deswegen mehr oder weniger alles gelassen, wie es war. Mrs. Hastings liegt mir ständig in den Ohren, ich soll es renovieren lassen, aber ... ach, da ist sie ja!«

Eine freundlich wirkende, rundliche Frau von etwa sechzig Jahren trat im blauen Kleid mit weißer Schürze aus der Haustür, als wir in die Auffahrt einbogen. Mr. Picton hielt die Kutsche an und machte dann lächelnd eine Handbewegung zu seiner Haushälterin. »Mrs. Hastings! Sehen Sie, ich habe sie ganz leicht gefunden. Die Gästezimmer im Turm stehen doch bereit?«

»Aber gewiß, Euer Ehren«, sagte Mrs. Hastings respektvoll, wischte sich die mehlbedeckten Hände an der Schürze ab und lächelte liebenswürdig. »Das Essen wartet bereits. Herzlich willkommen – Besuch bringt Abwechslung ins Haus!«

Mr. Picton stellte uns vor, und während die anderen ins Haus gingen, blieben Cyrus und ich bei der Kutsche, um das Gepäck abzuladen.

»Na«, fragte ich meinen großen Freund. »Was meinst du?«

Cyrus schüttelte den Kopf. »Das ist wirklich ein Original, und mit dem Reden hat Mr. Moore ja nicht übertrieben.«

»Ich mag ihn«, sagte ich, als ich mich mit einigen Koffern zum Haus aufmachte. Ich sah an den hohen Mauern und dunklen Türmen vor mir empor und blieb einen Augenblick lang stehen. »Das Haus sieht so aus, als gäbe es da das eine oder andere Gespenst«, flüsterte ich über die Schulter.

Lächelnd schüttelte Cyrus erneut den Kopf. »Dir gefallen immer die wunderlichen Leute«, sagte er. Dann machte er ein ernsthaftes Gesicht. »Aber von Gespenstern will ich nichts hören.«

Im Erdgeschoß von Mr. Pictons Haus gab es einen Empfangssalon, der so groß war, daß er als Kongreßsaal hätte dienen können. Darin stand nicht nur eine große Anzahl schwerer samtbezogener Sitzmöbel um einen steinernen Kamin herum, in den man sich hätte stellen können, sondern auch der übliche Flügel und ein großer Spieltisch. In der Mitte des Hauses führte eine Treppe aus schwerer, polierter Eiche nach oben, dahinter lag, spiegelbildlich zum Empfangssalon, ein riesiges Eßzimmer, dessen Stühle, Anrichten und Tisch im gleichen Stil gehalten waren wie die Möbel im Wohnzimmer. Auch die Gästezimmer in den oberen Stockwerken – sie lagen, wie Mr. Picton gesagt hatte, in den vier Ecktürmen – waren riesig. Jedes hatte einen eigenen großen Kamin und die meisten ein eigenes Badezimmer. Als ich hinaufkam, zogen die anderen bereits umher, um sich ihr Zimmer auszusuchen, und ich hörte, wie Mr. Picton sagte: »Da haben Sie eine gute Wahl getroffen, Miss Howard – das ist wirklich das beste Zimmer im ganzen Haus! Von hier haben Sie einen herrlichen Blick auf den Park und den Fluß.«

Im zweiten Stock hörte ich, wie sich die Brüder Isaacson über ein Zimmer stritten, doch wo der Doktor und Mr. Moore untergebracht waren, deren Koffer ich trug, konnte ich erst nicht ausfindig machen. Dann hörte ich aus einem langen Gang eine leise Unterhaltung. Ich folgte ihr und sah die beiden in einem der Zimmer.

»Kreisler, ich schwöre dir, daß ich es nicht weiß«, sagte Mr. Moore, als ich die Tür erreichte. »Und ich glaube nicht, daß er etwas davon weiß. Zumindest hat er mir nie etwas darüber gesagt.«

»Verschiedene manische Verhaltensweisen könnten der Grund dafür sein«, sagte der Doktor abwägend. »Manche von ihnen gehen auf einen degenerativen Prozeß zurück.« Er warf Mr. Moore einen Blick zu, den man als unsicher bezeichnen konnte. »Wir riskieren hier viel, John.«

»Laszlo, hör mich an. Es hat seine Arbeit noch nie behindert. Man hat bei gesellschaftlichen Anlässen immer ein bißchen darüber gespottet, aber im Gerichtssaal ist das ein wahrer Segen. Er kann Verteidiger förmlich überfragen, wenn er erst mal in Schwung gekommen ist...« Als Mr. Moore mich an der Tür stehen sah, hielt er inne und lächelte mir dann zu. Vermutlich war er dankbar, das Gespräch mit dem Doktor beenden zu können. »Hallo, Stevie. Hast du zufällig meine Sachen?«

Ohne auf die Frage einzugehen, zuckte ich die Achseln, sah zum Doktor hin und wiederholte, was ich zu Cyrus gesagt hatte: »Ich mag ihn.«

»Da haben Sie es«, sagte Mr. Moore und nahm mir die beiden Koffer ab. »Sagt man nicht, daß Kinder und Hunde den Charakter eines Menschen am besten einschätzen können, Kreisler? Jedenfalls habe ich noch nichts davon gehört, daß sich Seelendoktoren in letzter Zeit auch auf dieser Liste verewigt hätten.«

»Ich versichere euch beiden, daß meine Sorgen in keiner Weise mit den Charakter des Mannes zu tun haben«, sagte der Doktor. »Er erscheint mir durchaus aufrichtig und liebenswürdig – und das ist für einen Juristen nicht schlecht. Ich sage auch nicht, daß seine Schwierigkeiten mit Sicherheit auf eine geistige oder seelische Störung zurückgehen – es gibt eine ganze Reihe somatischer Befunde, die ohne weiteres dafür verantwortlich sein könnten.«

Mr. Moore nickte. »Gut. Dann wollen wir die Sache für den Augenblick ruhen lassen.«

»Für den Augenblick«, stimmte der Doktor zu, nahm seine Koffer an sich und sah sich dann meinen Hals und meine Hände an. »Großer Gott, Stevie«, sagte er mit einer Mischung aus Vorwurf und Lachen. »Was hast du denn bloß getrieben? Sieh bloß zu, daß du dich vor dem Essen wäschst.«

Nachdem Cyrus und ich alles Gepäck ins Haus geschafft hatten, bezog ich ein Zimmer im zweiten Stock in der Nähe der Brüder Isaacson und ging ins Bad, um mich vor dem Essen zu waschen. Das Geräusch des fließenden Wassers hallte in dem großen Raum mit dem Marmorboden und den gefliesten Wänden so sehr, daß man hätte meinen können, man stünde in der Nähe eines Wasserfalls: Alles in dem Haus schien übermäßig groß zu sein – geradezu gewaltig. Und als ich mir Gesicht, Hals und Hände abtrocknete, fragte ich mich, wer ein solches Gebäude errichtet haben mochte und was aus diesem Menschen geworden war. Meine Furchtsamkeit war eigenartigerweise verflogen: So riesig und geheimnisvoll das Haus sein mochte, es kam mir vor, als füllte Mr. Picton es mit seiner betriebsamen, jedoch freundlichen Geschäftigkeit an, und ich hatte nicht mehr den Eindruck, an einem Ort zu sein, wo mir Gefahren drohten.

Als ich auf den Treppenabsatz hinaustrat, um zu den anderen zu gehen, die sich bereits im Eßzimmer versammelt hatten, fuhr ich mit der Hand über das breite Treppengeländer. Dabei kam mir der Gedanke, wie großartig es sein müßte, darauf nach unten zu rutschen. Ich wußte nicht, warum mir der Gedanke plötzlich kam, aber es war der erste wirklich lustige Einfall, den ich seit Tagen gehabt hatte. Also spähte ich hinab, und da ich im Erdgeschoß niemanden sah, beschloß ich, das Treppengeländer auszuprobieren. Ich schwang mich also fröhlich und unbeschwert hinauf, stieß mich ein wenig ab … und lag Sekunden später mit der Nase auf dem Boden der Eingangshalle. Die Eignung – sprich Glätte – des Geländers hatte meine Erwartungen bei weitem übertroffen, und so war ich mit Schwung auf dem Läufer vor dem Eingang gelandet und über den auf Hochglanz polierten Boden krachend in die Haustür gedonnert. Das veranlaßte die anderen, aus dem Eßzimmer zu eilen, wobei ich gleich das Entsetzen im Gesicht des Doktors sah.

»Stevie!« sagte er. »Was um alles in der Welt …«

»Ha!« rief Mr. Picton, nahm die Pfeife aus dem Mund und lachte herzlich. Dann kam er zu mir, um mir auf die Beine zu helfen. »Rutschiger als es aussieht, was, junger Mann? Keine Sorge – so ist es mir beim ersten Mal ebenfalls ergangen, und das war vor nicht allzu langer Zeit! Du hast dir doch nichts gebrochen?« Ich schüttelte den Kopf und merkte, wie ich rot wurde; aber Mr. Pictons offenes Eingeständnis, ähnlich töricht gewesen zu sein, beruhigte mich sehr. »Gut!« fuhr er fort. »Dann komm rein und iß etwas. Hinterher zeig ich dir den einen oder anderen Trick, wie du die Fahrt bremsen – und dein Hinterteil schonen kannst!«

Während ich den anderen ins Eßzimmer folgte, warf mir der Doktor wieder einen zürnenden Blick zu.

Mr. Picton bestand darauf, jeden von uns an seinen Platz zu geleiten und bot dem Doktor den Ehrenplatz an. »Ich fühle mich am unteren Ende des Tisches ausgesprochen wohl«, sagte er, als der Doktor protestierte. »Und diese Untersuchung führen Sie, Doktor – ich möchte nicht eine Sekunde lang den Eindruck erwecken, als sähe ich das nicht so. Wir haben an diesem Tisch eine Menge zu besprechen, und es ist mein Wunsch, daß Sie mich einfach als Ihren neuesten Verbündeten ... und Schüler betrachten.«

»Das ist außerordentlich liebenswürdig, Mr. Picton«, sagte der Doktor mit gleichmütiger Stimme, wobei er unseren Gastgeber aufmerksam musterte.

Mr. Picton setzte sich ans untere Ende des Tisches. Er nahm ein Glöckchen zur Hand und läutete, woraufhin in der Tür, die zur Küche führte, Mrs. Hastings mit dem ersten von vielen nachfolgenden Gängen erschien. »Alles stammt von den Feldern und aus den Flüssen der Umgebung«, erklärte Mr. Picton. »Zwar ist es nur einfache Kost, jedoch von erstklassigem Geschmack. John, drüben auf dem Serviertisch steht ein ganz ordentlicher Rotwein – würdest du das freundlicherweise übernehmen?« Mr. Moore folgte der Aufforderung bereitwillig, und Mr. Picton sah zu mir her. »In der Küche steht ein ganzer Kasten Limonade für unseren Freund Stevie – Mrs. Hastings wird dir eine Flasche bringen. John hat mir gesagt, daß du das gern trinkst, und ich muß gestehen, daß ich auch eine Schwäche dafür habe.« Er ließ den Blick über den Tisch schweifen und hob sein Glas, während wir schon einmal anfingen, Hühnchen, Bachforelle, Zuckererbsen, Möhrchen und Kartoffelbrei auf unsere Teller zu häufen. »Und nun – allen ein herzliches Willkommen!« Er nahm einen großen Schluck und sperrte dann seine silbrig glänzenden Augen weit auf. »Lassen Sie mich jetzt berichten, was ich über Libby Hatch weiß ...«

# Kapitel 29

»Sie ist vor etwas mehr als zehn Jahren aus Stillwater hierher gekommen«, begann Mr. Picton und bediente sich gleichfalls von den Speisen.

»Ja«, sagte Miss Howard, »Stillwater hat sie auf einem der Krankenhausformulare, die wir eingesehen haben, als ihren Geburtsort angegeben.«

»Ach ja?« sagte Mr. Picton. »Das ist nichts als eine weitere Lüge. Ich habe die Geburtsregister sämtlicher Städte in diesem Bezirk durchgesehen. Nirgendwo war eine ›Elspeth Fraser‹ verzeichnet, wie sie sich damals nannte, wohl aber hat sie eine Weile in Stillwater gelebt. Wie lange, entzieht sich allerdings meiner Kenntnis.«

»Und Sie haben den Geburtsort bei Ihren Nachforschungen nicht feststellen können?« fragte der Doktor ein wenig überrascht.

»Das würde voraussetzen, daß man mir gestattet hätte, eine solche Nachforschung durchzuführen, Doktor. Der Fall Libby Hatch mitsamt ihren überfallenen Kindern und dem Phantom-Schwarzen ist nie über das Stadium der Feststellung der Todesursache hinausgelangt. Mein damaliger Vorgesetzter sah die mit einer förmlichen Untersuchung verbundenen Kosten und Mühen nicht als gerechtfertigt an, und dieser Ansicht hat sich der Sheriff angeschlossen.«

»So was ist leider nicht ungewöhnlich«, warf Marcus ein. »Ich zweifle, daß auch nur in einem von zwanzig Fällen, bei denen es um den Tod von Kindern geht, eine Untersuchung stattfindet, die über die Feststellung der Todesursache hinausgeht. Diese Art von Verbrechen ist zu sehr im privaten Bereich – die Ermittlung der Täter und der Umstände ist einfach mit zu großen Schwierigkeiten verbunden.«

Mr. Picton hob mit einem gewissen Interesse den Blick. »Ich habe den Eindruck, daß Sie eine juristische Ausbildung haben.«

Da Marcus gerade den Mund voll süßer, butterweicher Erbsen hatte, antwortete Lucius an seiner Stelle. »Er studierte Jura, als wir anfingen, uns mit der Arbeit der Polizei zu beschäftigen. Ich selbst hatte ursprünglich Arzt werden wollen.«

»Ach so«, sagte Mr. Picton mit einem Lächeln. Er wirkte tatsächlich sehr interessiert. »Nun, Ihre Beobachtung ist richtig, auch wenn ich sagen würde, daß Ihre Schätzung zu niedrig gegriffen ist. Es würde mich wundern, wenn man bei Kindern auch nur jedem hundertsten Todesfall nachginge. Und wenn dann noch eine Weiße behauptet, ein Schwarzer habe die Tat begangen – gewiß ist sich auch Mr. Montrose im klaren darüber, daß selbst im Norden Rassenvorurteile noch durchaus lebendig sind.« Cyrus neigte lediglich den Kopf ein wenig, als wollte er bestätigen, daß ihm das nur allzu bewußt sei. »Daher hat es mich überhaupt nicht gewundert, daß mein Vorgesetzter wie auch der Sheriff Libbys Version vom Ablauf der Ereignisse so bereitwillig übernommen haben. Ich muß gestehen, daß ich damals selbst noch nicht wußte, wie sehr die früheren Lebensumstände jener Frau für ihr zukünftiges Handeln von Bedeutung sein würden. Sie müssen wissen, Dr. Kreisler, daß ich Ihre Schriften zu jener Zeit noch nicht kannte, vor allem nicht Ihre ›Kontext‹-Theorie, und so habe ich mich bei der Arbeit an dem Fall in erster Linie auf die Indizien konzentriert.«

Der Doktor sagte höflich: »Indizienbeweise und forensische Untersuchungen sind von unschätzbarer Bedeutung, Mr. Picton – daher sind wir so sehr auf die beiden Kriminalbeamten angewiesen. Aber es gibt Verbrechen, bei denen man nur wenige Hinweise dieser Art findet und die sich ausschließlich durch eine genaue Erkundung der Lebensumstände der Beteiligten aufklären lassen.«

»Inzwischen bin ich ganz Ihrer Ansicht«, gab ihm Mr. Picton zu verstehen, der mit abgehackten Bewegungen aß und dadurch an einen Vogel erinnerte. »Aber damals hatte ich, wie schon gesagt, noch keine Kenntnis von Ihren Thesen. Das einzige, wovon ich annahm, daß es Mrs. Hatchs Behauptung beweisen oder widerlegen konnte, war die Festnahme des geheimnisvollen Schwarzen, und ich habe die Suche nach ihm unter der Hand so intensiv und so lange betrieben, wie mir das möglich war. Nach einer Weile aber hat mich der Bezirksstaatsanwalt offiziell angewiesen, die Suche einzustellen und den Fall ruhen zu lassen. Inzwischen ist mir klar, daß das wenige, was ich in der kurzen Zeit über Mrs. Hatch zusammenzutragen vermocht habe, unter Umständen von Bedeutung sein könnte.«

»Durchaus«, sagte der Doktor. »Detective Sergeant?«

Lucius hatte sein Notizbuch schon gezückt. »Ich bin bereit, Sir.«

»Ach, Mr. Picton ...«, der Doktor nahm einen Schluck Wein, »kann man hier in der Stadt irgendwo eine Schreibtafel kaufen?«

»Eine Schreibtafel?« sagte Mr. Picton. »Wie groß?«

»So groß wie möglich, und so bald wie möglich.«

Mr. Picton dachte über das Ansinnen nach. »Also ... ich wüßte nicht.« Dann hellte sich sein Gesicht auf. »Warten Sie. Mrs. Hastings!« Die Haushälterin erschien nahezu augenblicklich. »Könnten Sie bitte mal in der Schule anrufen? Sagen Sie Mr. Quinn, daß ich mir gern seine größte Schreibtafel ausleihen würde, wenn das geht.«

»Eine Schreibtafel?« sagte nun auch die Haushälterin und ging um den Tisch herum, um die Weingläser nachzufüllen. »Wozu um Himmels willen brauchen Euer Ehren eine Schreibtafel? Und wohin würden wir sie stellen?«

»Bitte, Mrs. Hastings. Die Sache ist sehr dringend«, sagte Mr. Picton.

»Und wie oft soll ich Ihnen noch sagen, daß ich kein Richter im Gerichtssaal bin, sondern Staatsanwalt und Privatmann. Sie brauchen mich wirklich nicht als ›Euer Ehren‹ anzureden.«

»Als ob die dußligen Geschworenen ohne Sie die Burschen schuldig gesprochen hätten!« brummelte Mrs. Hastings und verschwand durch die Schwingtür wieder in der Küche.

Unser Gastgeber lächelte auf seine übliche nervöse Weise, zupfte sich am Bart und fuhr sich durch die Haare. »Ich denke, wir werden etwas für Sie finden, Doktor... Jetzt aber zurück zu den Fakten im Fall Libby Hatch, besser gesagt, zu dem Wenigen, was ich schließlich zusammentragen konnte. Wie gesagt, hat sie sich bei ihrer Ankunft im Ort Libby Fraser genannt. Sie hat es mit allerlei Beschäftigungen versucht, aber nichts war von Dauer – ihr Starrsinn hat sie daran gehindert, den Vorschriften in der Telephonvermittlung zu gehorchen, als Verkäuferin für Damenoberbekleidung in Moshers Laden hat sie sich abfällig über den Geschmack der Kundinnen geäußert und war deshalb nicht lange tragbar, und da sie keine vernünftige Ausbildung hatte, blieben ihr nur Tätigkeiten im Haushalt. Diese Art von Arbeit aber schien sie noch weniger zu schätzen als alles andere – sie wechselte innerhalb von drei Monaten dreimal ihre Stelle als Dienstmädchen.«

»Und dennoch hat Vanderbilt sie in den höchsten Tönen gelobt«, sagte Mr. Moore.

»Ja, das ist mir in deinem Telegramm gleich aufgefallen, John«, sagte Mr. Picton. »Sonderbar. Vielleicht hat sie ihm etwas vorgespielt oder einfach eine Weile die minder aggressive Seite ihres Wesens hervorgekehrt. Es ist nämlich so, daß kaum jemand, der sie in ihren Anfängen in Ballston erlebt hat, mit ihr auskommen konnte – sie wollte unbedingt, daß alles nach ihrem Kopf ging. Alle hatten damit gerechnet, daß sich das ändern würde, als sie beim alten Daniel Hatch, dem größten Geizkragen am Ort, Haushälterin wurde. In den meisten Dörfern hier gibt es solche Leute wie ihn. Er lebte allein mit seinen Dienstboten in einem großen, heruntergekommenen Haus vor der Stadt, trug nichts als Lumpen am Leibe und nahm nie ein Bad. Gerüchteweise hörte man, er habe in allen Wänden seines Hauses Geld eingemauert oder in Kissen eingenäht. Zu allem Überfluß war er ekelhaft wie eine Schlange und hatte einen Verschleiß an Haushälterinnen, als wollte er einen Rekord aufstellen. Aber Libby wußte, wie sie ihn packen mußte, und in den folgenden Jahren haben die Überraschungen einander förmlich gejagt.«

»Überraschungen?« sagte der Doktor.

»Und ob! Es dauerte nur wenige Monate, bis der alte Geizkragen und seine Haushälterin verlobt waren, und schon einige Wochen später folgte die Hochzeit. Das wäre für sich allein genommen nicht unbedingt erstaunlich gewesen, denn Libby Fraser sah gut aus, wirkte trotz ihrer dreißig Jahre jugendlich und konnte sich bei all ihrer Unbeherrschtheit durchaus liebenswürdig geben, wenn sie es darauf anlegte, und immerhin hatte der vertrocknete alte Hagestolz Hatch – er war damals dreiundsiebzig Jahre alt – einen ganzen Haufen Geld. Deswegen kam auch bald nach der Eheschließung eine neue Haushälterin ins Haus, eine Witwe namens Louisa Wright. Kaum neun Monate nach der Hochzeit wurde im Hause Hatch ein Kind geboren, ein Mädchen, dem im Laufe der nächsten dreißig Monate zwei Söhne gefolgt sind. Sie können sich denken, Doktor, daß das Wasser auf die Mühlen der Lästermäuler im Städtchen war. Die einen haben darin das Wirken Gottes gesehen, für andere hingegen war es Teufelswerk. Der eine oder andere hat auch den Versuch unternommen, ein wenig genauer hinter die Dinge zu kommen, weil sie fürchteten, Libby Hatch könne Böses im Schilde führen.«

»Böses?« sagte der Doktor, wobei sich seine Augenbrauen ein wenig hoben.

Mit leisem Lachen stand Mr. Picton vom Tisch auf, obwohl er seinen Teller erst zur Hälfte geleert hatte. »Ach richtig«, sagte er, sah wieder einmal auf seine Uhr und nahm die Pfeife aus der Tasche seines Jacketts. »Sie haben etwas gegen das Wort, nicht wahr, Doktor?«

Dr. Kreisler zuckte die Achseln. »Ich weiß nicht, ob ich etwas dagegen habe«, sagte er, »aber der Begriff scheint mir einfach zu mehrdeutig – ich habe mich nie recht damit anfreunden können.«

»Weil Sie der Ansicht sind, daß es Ihrer ›Kontext‹-Theorie widerspricht«, sagte Mr. Picton und nickte, wobei er, auf dem Pfeifenstiel kauend, um den Tisch herumschritt. »Aber womöglich erscheint es Ihnen verwunderlich, wenn ich Ihnen sage, daß ich in dem Punkt nicht Ihrer Ansicht bin.«

»Ach ja?«

»Ja! Ich stimme Ihrer Grundannahme zu, daß das Handeln eines Menschen nur vollständig verstehen kann, wer sich mit dem Kontext seines gesamten Lebens beschäftigt hat. Was aber, wenn dieser Kontext einen schlicht und einfach verkommenen Menschen hervorgebracht hat? Mit anderen Worten eine böse, bis ins Mark verdorbene und gefährliche Kreatur.«

»Nun«, sagte der Doktor, »ich bin nicht sicher, daß ...«

»Mir liegt nicht an einer akademischen Auseinandersetzung, Dr. Kreisler – aber glauben Sie mir, dieser Punkt wird von entscheidender Bedeutung sein, falls wir die Frau je vor Gericht bekommen!« Er musterte unsere Teller, wobei sein Kopf wie der eines verängstigten Nagetiers hin und her schnellte. Dann fragte er: »Haben alle ihr Mahl beendet? Stört es jemanden, wenn ich rauche? Nein? Gut!« Er riß ein Streichholz an seiner Hose an und sog dann rasch und kräftig an der Pfeife. »Wie gesagt – mir ist bekannt, daß Sie nicht nach Entschuldigungen für kriminelles Verhalten suchen, sondern nach Erklärungen, Doktor. Und wie ich schon gesagt habe, ich bewundere Ihre Arbeit. Aber in einem solchen Fall und einer

Stadt wie unserer hier müssen wir besonders sorgfältig darauf achten, wie wir diese Erklärungen formulieren, damit die Bevölkerung oder die Geschworenen kein zu wohlwollendes Urteil über die Frau abgeben. Glauben Sie mir, dazu neigt man bereits, und man wird sicher zögern, unsere Anklagepunkte gegen sie anzuerkennen. Eine psychologische Erklärung darf lediglich die Vorstellung betonen, daß diese Frau von Natur aus böse ist.«

»Sie scheinen von der Existenz des Bösen ziemlich überzeugt zu sein, Mr. Picton«, sagte der Doktor.

»In diesem Fall habe ich nicht den geringsten Zweifel! Und wenn ich Ihnen gewisse Dinge zeige... ich glaube, dann werden auch Sie das glauben.« Wieder nahm er die Uhr heraus und sah darauf, obwohl er das gerade eben erst getan hatte. Befriedigt nickend sagte er: »Wir müssen uns beeilen! Für den Nachtisch bleibt, wie ich fürchte, keine Zeit – unser junger Freund muß seine Süßigkeiten auf später verschieben, zusammen mit seinen Übungen auf dem Treppengeländer!« Mit einer raschen Bewegung zog er meinen Stuhl vom Tisch fort, und sodann – allerdings rücksichtsvoller – den von Miss Howard. Darauf wies er mit einem Arm auf die Tür und sah die anderen an. »Wir gehen zum Gericht hinauf und fahren danach in die östlichen Außenbezirke der Stadt.« Seine Augen wanderten bis zur Stirnseite der Tafel. »Dort, Doktor Kreisler, werden Sie Außergewöhnliches sehen, und Sie werden hören, wie eine einzelne Frau eine ganze Stadt dadurch in ihren Bann schlagen kann, daß sie erst Unheil sät und dann Mitgefühl mit ihr erzeugt. Ich denke, Sie werden, wenn Sie ihre Vorgehensweise – ganz zu schweigen von den Auswirkungen – im einzelnen kennenlernen, möglicherweise Ihre Ansicht zu der Frage ändern, ob das Böse nun existiert oder nicht.«

Wir standen auf und folgten Mr. Picton zur Haustür, denn unsere Neugier war geweckt. Bei dieser Gelegenheit fiel mir auf, daß seine aufgeregte Art ansteckend zu wirken schien, denn wir alle begannen uns schneller und nervöser als zuvor zu bewegen und zu unterhalten. Nur der Doktor schritt gemächlich, wenn auch neugierig, durch das Vestibül. Obwohl er sich, wie deutlich zu sehen war, ebenfalls mit dem Phänomen Libby Hatch beschäftigte, schien er noch über genug Energie zu verfügen, die es ihm gestattete, das Rätsel zu lösen, das unser Gastgeber darstellte.

An der Größe der an der High Street von Ballston Spa gelegenen Häuser ließ sich ablesen, daß die oberen der städtischen Gesellschaft diese Lage schon seit Generationen bevorzugten. Manche übertrafen Mr. Pictons Villa noch, die kleineren Häuser aber machten den Mangel gewöhnlich mit einem deutlich höheren Alter wett und dadurch, daß sie mit ihrem einfacheren, aber edleren Erscheinungsbild an die Zeiten erinnerten, in denen der weiße Mann erstmals die Kraft des Kayaderosseras gebändigt hatte. Um die neueren Häuser herum erhoben sich junge Bäume, eine ganze Anzahl schattenspendender alter Exemplare zeigte jedoch an, daß sie ihrerseits aus einer Zeit stammten, als es die Stadt noch nicht gegeben hatte. Beim Anblick dieser gewaltigen Eichen, Ulmen und Ahornbäume beschlich mich wieder eine seltsame Trauer, weil der Mensch aus einer Gegend, die zweifellos einmal idyllisch gewesen war, eine reizlose kleine Fabrikstadt gemacht hatte. Auf der anderen Seite schien dieses Gefühl von Schwermut und Widersinnigkeit besonders gut zu einem Ort zu passen, an dem man über eine Frau wie Libby Hatch sprach.

»Bis kurz vor der Geburt ihres zweiten Kindes«, sagte Mr. Picton, als wir sein Grundstück verließen, »blieb Libby die wechselhafte Frau, als welche die Stadt sie kannte. Dann aber änderte sich ihr Wesen schlagartig – und grundlegend. Sie schien nunmehr ganz in der Rolle der liebenden Mutter und hingebungsvollen Gattin aufzugehen und mit einer Situation glücklich zu sein, welche die meisten Frauen nicht einmal ihrer schlimmsten Feindin gewünscht hätten.«

»Ist es nicht möglich«, fragte Miss Howard, »daß sie einfach war, was sie zu sein schien, Mr. Picton? Mit Ausnahme der beiden Betroffenen kennt niemand je die intimen Geheimnisse einer Ehe. Vielleicht hatte sie sich einfach mit ihrer Aufgabe abgefunden, sich um den alten Mann zu kümmern.«

»Hör nicht auf sie, Rupert«, warf Mr. Moore ein. »Das ist nichts als ein Versuch, Vernunftgründe dafür zu finden, daß ihre gute Freundin Nellie Bly das Fossil Seaman geheiratet hat.«

Ich bin sicher, daß Miss Howard an Ort und Stelle gegen Mr. Moore vom Leder gezogen hätte, wenn wir alle Mr. Picton ein bißchen besser gekannt hätten; so aber begnügte sie sich damit, ihm einen ihrer unheilverheißenden Blicke zuzuwerfen.

Mr. Picton lachte leise in sich hinein. »Ehrlich gesagt neige ich zum Teil sogar dazu, Ihnen recht zu geben, Miss Howard.«

»Sagen Sie doch Sara«, bat ihn Miss Howard, wobei sich der Ausdruck ihres Gesichts blitzartig verwandelte und ein gewinnendes Lächeln auf ihre Züge trat.

Obwohl Mr. Picton mitten in seiner Geschichte war, errötete er und geriet ins Stammeln. »Da ... – das rechne ich mir zur Ehre an«, sagte er, »und Sie müssen Rupert zu mir sagen, Sara – außer Ihnen gefällt der Name nicht. Manchen Leuten sagt er nicht zu. Ich höre fast auf jeden Namen, wie Ihnen Moore bestätigen wird. Aber ich sollte nicht abschweifen. Ja, Sara, wenn ich annehmen könnte, daß sich Libby Hatch je auf einer noch so bescheidenen Ebene Sorgen um ihren Mann oder ihre Kinder gemacht hätte, würde mich der Fall weit weniger beschäftigen. Aber hören Sie erst, was ich Ihnen jetzt mitteilen werde. Zweieinhalb Jahre nach der Geburt ihres zweiten Sohnes schlug Libbys Gemütsverfassung wieder einmal über Nacht um. Am einen Tag war sie noch die umgängliche, gewinnende Frau gewesen, als welche die ganze Stadt sie inzwischen kannte, und am nächsten Tag war sie wieder in ihr altes Ich zurückgeschlüpft. Schlimmer noch: Mit einem Mal war sie ein mißgelauntes und verzweifeltes Nervenbündel. Niemand hatte eine Erklärung dafür – bis sich herumsprach, daß Daniel Hatch auf den Tod krank war.«

»Kam das unerwartet?« fragte der Doktor. »Er mußte ja inzwischen an die Achtzig gewesen sein.«

»Stimmt«, bestätigte Mr. Picton, »und mithin darf man es *nicht* als unerwartet ansehen. Gleichwohl hat es als Erklärung für Libbys Verhalten gedient. Offensichtlich ist ihr das Schicksal des alten Geizkragens entsetzlich nahegegangen, den sie und nur sie allein zu lieben gelernt hatte.«

»Falls sich jetzt jemand zu Tränen gerührt fühlen sollte«, sagte Mr. Moore, »mache ich darauf aufmerksam, daß Ruperts Worte sarkastisch gemeint waren.«

Auflachend nickte Mr. Picton. »Schön, ich gestehe, daß ich ausgesprochen skeptisch war. Später erfuhr ich, daß es dazu auch allen Grund gab. Sie müssen wissen, daß der alte Hatch an einer sich lange hinziehenden Krankheit litt, in deren Verlauf es zu zwei schweren Anfällen kam. Als ich aber einen Zeitplan der Ereignisse zusammenstellte, fiel mir auf, daß es *vor* dem Auftreten der Krankheit zu der deutlichen Änderung in Libbys Gemütsverfassung gekommen war. Demzufolge hatte nicht die Sorge um seine Gesundheit sie in den Grundfesten ihres Wesens erschüttert.«

»Mr. Picton«, sagte Marcus und stellte die Frage, die insgeheim jeden von uns beschäftigte: »Was für ›Anfälle‹ waren das, unter denen Mr. Hatch litt?«

Mr. Picton lächelte. »Ja, Mr. Isaacson: Es waren *Herzanfälle.*« Wir nahmen die Mitteilung schweigend auf, und unser Gastgeber blieb stehen, um etwas aus seiner Jackettasche zu nehmen. »Nachdem ich deine Mitteilung bekommen hatte, John, bin ich hinüber zum Haus der Familie Hatch gegangen. Es ist nur noch ein Trümmerhaufen, und der Garten ist die reinste wuchernde Wildnis. Aber ich habe das hier gefunden ...«

Er brachte eine verwelkte, aber noch deutlich erkennbare Blüte zum Vorschein.

»*Digitalis purpurea*«, sagte Lucius leise. »Roter Fingerhut.«

»Einfach kann es nicht gewesen sein, ihn umzubringen«, sagte Mr. Picton in einem Ton, den man fast erregt nennen konnte. »Hatch war ein zäher alter Bursche, und wie Sie sicherlich wissen, hat Digitalis, in nichttödlicher Dosierung verabreicht, eine ganze Anzahl durch das Fingerhutgift ausgelöste Nebenwirkungen.«

Lucius nickte, während wir weitergingen. »Übelkeit, Erbrechen, Sehstörungen ...«

»Der Alte hat sich fast ebenso ans Leben wie an sein Geld geklammert«, fuhr Mr. Picton im gleichen nachdrücklichen Ton fort. »Es hat an die drei Monate gedauert, bis sie schließlich genug von dem Zeug in ihn reingepumpt hatte, ohne daß einer der Dienstboten etwas davon bemerkt hätte.«

Bei diesen Worten verschwand Mr. Pictons Lächeln, und seine Stimme wurde ruhiger. »Der arme alte Kerl. Auch wenn er nicht besonders liebenswürdig war, auf diese Weise sollte niemand sterben müssen.«

»Und hat man Mrs. Hatch gegenüber nie irgendeinen Verdacht geschöpft?« fragte der Doktor.

Mr. Picton schüttelte den Kopf. »Nein. Schließlich hatte sie ihren Mann immer anständig behandelt. Wie sich aber zeigte, war Hatch seiner Frau nicht so sehr auf den Leim gegangen wie die meisten Bewohner der Stadt: Er hat sie in seinem Testament so gut wie nicht bedacht.«

»Und wem hat er alles hinterlassen?« fragte Mr. Moore. »Den Kindern?«

»Genauso ist es«, sagte Mr. Picton. »Und zwar in Gestalt einer mündelsicheren Anlage, deren Kapital erst bei Erreichung der Volljährigkeit an sie ausgezahlt werden sollte. Als Treuhänder hat er nicht etwa seine Frau Libby eingesetzt, sondern den Friedensrichter am Ort. Sie sollte nur so viel Geld bekommen, wie nötig war, um für die Familie zu sorgen. Allem Anschein nach war Hatch kurz vor seinem Ende über irgend etwas in Zorn geraten. Aber seine letztwillige Verfügung war töricht, denn mit ihr hat er seine Kinder in schreckliche Gefahr gebracht.«

»Soll das heißen, daß das Geld an seine Frau fallen würde, falls den Kindern etwas zustieße?« fragte Miss Howard.

»So ist es«, sagte Mr. Picton. »Vermutlich war sich nicht einmal der alte Herr im klaren darüber, wessen seine Frau fähig war, was auch immer er sonst von ihr gehalten haben mag. Ah, wir sind da.«

Wir befanden uns am Eingang eines Gebäudes, von dem uns Mr. Picton später mitteilte, daß man es das »neue« Gericht nannte, weil es der Justiz seit weniger als zehn Jahren diente. Es war kein besonders interessanter Bau, einfach ein großer Steinhaufen mit Giebeldach, an dessen einer Ecke sich ein quadratischer Turm erhob. Ich vermutete, daß er als Gefängnis wohl nicht zu übertreffen war, ganz gleich, was ein Architekt von der Konstruktion halten mochte: Die Mauern waren massig und dick und die Gitterstäbe vor den Zellenfenstern im Kellergeschoß so stark, daß an ihnen sogar ein Ausbrecherkönig gescheitert wäre.

»Wenn wir Glück haben, wird das bald unsere Arena sein!« verkündete Mr. Picton und sah zum Zifferblatt der Turmuhr hinauf. Wieder zog er die Uhr und verglich die Zeit. Dann ließ er seine silbrig glänzenden Augen zu uns herüberwandern. Mir kam es so vor, als schätzten sie jeden einzelnen von uns nacheinander ab. Danach lächelte er. »Ich frage mich, ob Sie überhaupt wissen, worauf Sie sich da eingelassen haben …«

Er ging die wenigen Stufen zum Eingang empor und hielt uns die große Tür auf. Als wir wortlos eintraten, lächelte er unaufhörlich weiter, ohne daß wir den Grund dafür erraten konnten.

Das Innere des Gerichtsgebäudes von Ballston machte das nichtssagende Äußere mehr als wett. Die Wände in der Eingangshalle bildeten ein angenehm wirkendes Mosaik aus unterschiedlichen Steinen in verschiedenen Farben, und die Rahmen der die ganze Geschoßhöhe einnehmenden Fenster waren aus dunkler Eiche, die ebenso auf Hochglanz poliert war wie die großen Mahagonitüren, die am hinteren Ende des Ganges zum großen Gerichtssaal und den kleineren Sitzungssälen zur Linken führten. Sonnenlicht fiel aus verschiedenen Richtungen auf den Marmorfußboden, und auf dem ersten Absatz der Marmortreppe, die nach oben zu den Amtsräumen führte, prangte ein wunderschönes Bogenfenster. Neben dem Treppengeländer erhoben sich kunstvoll geschmiedete eiserne Lampenhalter. An einer Seite der großen Eingangshalle befand sich eine Art Schilderhäuschen, und Mr. Picton wandte sich an den kräftigen Mann, der darin stand und in der Lokalzeitung, dem *Ballston Weekly Journal*, las.

»Guten Tag, Henry«, sagte er.

»Guten Tag, Mr. Picton«, antwortete der Mann, ohne den Blick zu heben.

»Hat Aggie die Akten aus dem Büro des Urkundsbeamten gebracht?« fragte Mr. Picton und führte uns zur Treppe hinüber.

»Ja«, antwortete der Mann. »Sie hat gesagt, daß es ganz so aussieht, als würden Sie wieder nach dem Nigger su...« Unvermittelt hielt der Mann inne, als er Cyrus neben Mr. Picton stehen sah; seine kleinen Augen weiteten sich, und er rieb sich verwirrt den Kopf. »Den ... äh ... den Kerl, der Mrs. Hatchs Kinder erschossen hat. Sie hat gesagt, es sieht so aus ... als ob Sie noch mal nach dem suchen wollten.«

Mr. Picton blieb am Fuß der Marmortreppe stehen. Einen Augenblick lang sah es aus, als ob er aufbrausen würde, aber er beherrschte sich, seufzte und sagte: »Henry?«

»Ja, Sir, Mr. Picton?« antwortete der Wachmann.

»Mr. Montrose hier wird eine Weile mit mir zusammenarbeiten.«

»Ach, tatsächlich, Mr. Picton?«

»Ja. Also, Henry – benutzen Sie ein anderes Wort. Ich kann mir nicht vorstellen, daß es Ihnen gefallen würde, wenn ich jeden Tag hier hereinkäme und sagte: ›Guten Morgen, Henry, Sie hohlköpfiger Abschaum‹!«

Das Gesicht des Wachmanns nahm einen so kläglichen Ausdruck an wie bei einem getretenen Hund. »Nein, Sir, das wäre mir nicht recht.«

»Dachte ich's mir doch«, sagte Mr. Picton, wandte sich ab und führte uns in den ersten Stock hoch. Dort wandte er sich an Cyrus.

»Es tut mir wirklich leid, Mr. Montrose«, sagte er.

»So was kommt vor, Sir«, entgegnete Cyrus.

»Ja, und gerade, weil es so weit verbreitet ist, hilft es unserer Sache überhaupt nicht«, sagte Picton mit einem weiteren tiefen Seufzer. »Dabei sieht das Städtchen so anheimelnd aus, nicht wahr?«

Das Vestibül im ersten Stock war nicht so edel wie die große Eingangshalle unten, aber für das Auge ebenso angenehm. Es gab eine Reihe polierter Eichentüren, die auf das Podium am hinteren Ende des Gerichtssaals führten. Wir warfen einen flüchtigen Blick in den Saal, da an jenem Tag dort nicht verhandelt wurde, und obwohl er nicht so aufwendig geschmückt war, wie die meisten Gerichtssäle, die ich aus New York kannte, sah er doch eindrucksvoll aus. Die Sitzgelegenheiten für das Publikum unten und auf dem Podium bestanden, ebenso wie der hohe Richtertisch, aus erstklassigem Obstbaumholz. Während ich in den Saal hinabspähte, wurde mir klar, daß wir unter Umständen tatsächlich die Frau mit den goldenen Augen und den vielen Namen dorthin bringen würden, damit wegen des Mordes an Gott weiß wie vielen Kindern eine Art Gerechtigkeit geschah. Bei diesem Gedanken wurde ich ganz unruhig und begann zu verstehen, warum sich Mr. Picton überlegt hatte, ob wir wirklich auf alles vorbereitet waren, was im Verlauf eines solchen Verfahrens geschehen konnte, das sicherlich umstritten und wahrscheinlich ausgesprochen unpopulär sein würde.

Mr. Pictons Amtszimmer lag ein Stück weiter auf der anderen Seite des Ganges, der zum Podium führte, und um die Ecke befanden sich die weit aufwendiger ausgestatteten Amtsräume seines Vorgesetzten, des Bezirksstaatsanwalts. Da Mr. Picton lediglich dessen Stellvertreter war, standen ihm nur zwei Amtsräume zur Verfügung: ein Vorzimmer für die Sekretärin (er arbeitete jedoch lieber allein) und ein größeres, das man vom Gang aus durch eine dicke Eichentür erreichte. Aus seinen Fenstern hatte man einen Blick auf die Gleise und den Bahnhof, der am Fuß des Hügels lag. Es enthielt ein großes Rollpult, und wie meist in Arbeitsräumen von Juristen lagen überall Gesetzessammlungen und Schriftsätze wild durcheinander. Doch begann Mr. Picton, kaum daß wir eingetreten waren, auf eine Weise Dinge aus dem Chaos herauszufischen, die deutlich zeigte, daß darin durchaus Ordnung herrschte.

»Schaffen Sie einfach irgendwo Platz, um sich hinzusetzen«, forderte er uns auf. »Ich fürchte, ich bin ein zu glühender Anhänger der Lehre, daß ein ordentliches Büro auf einen unordentlichen Geist hinweist – und umgekehrt.«

»Dazu gebe ich mein Amen«, sagte Mr. Moore und schob hurtig einige Bücher von einem großen Ledersessel, in den er sich sinken ließ, bevor jemand anders Gelegenheit dazu hatte.

Mr. Picton ging einige Akten auf seinem Tisch mit so flinken Bewegungen durch, als wäre er ein Einbrecher, der jeden Augenblick fürchten muß, bei der Arbeit gestört zu werden. Mit einem Mal sah er, daß Miss Howard noch stand, und deutete peinlich berührt nach nebenan. »Entschuldigung, Sara. Dort drin sind noch mehr Stühle. Moore, du ungehobelter Schweinehund, steh auf und biete Sara einen Platz an!«

»Du kennst sie noch nicht, Rupert«, gab Mr. Moore zurück und setzte sich bequemer hin. »Sie mag es nicht, wegen ihres Geschlechts bevorzugt behandelt zu werden.«

Cyrus hatte einen eichenen Schreibtischstuhl hereingeholt. Mit den Worten: »Bitte, Miss Howard« stellte er ihn neben sie.

»Danke, Cyrus«, sagte sie, setzte sich und trat Mr. Moore kräftig gegen das Schienbein.

Mr. Moore stieß einen lauten Schrei aus und fuhr auf. »Verdammt noch mal, Sara! Ich bin nicht bereit, mich weiterhin mißhandeln zu lassen! Es ist mir ernst! Ich fahr auf der Stelle nach Saratoga und stürze mich ins Glücksspiel. Du samt deiner Señora, ihr könnt euch aufhängen lassen!«

»Wie Sie sehen, Mr. Picton, ist unsere detektivische Vorgehensweise eher ungewöhnlich«, sagte der Doktor mit einem tadelnden Blick zu Mr. Moore. »Aber wenn Sie bitte mit Ihrer Geschichte fortfahren wollen?«

»Gewiß, Doktor.« Mr. Picton gab ihm ein Dokument. »Hier ist der Bericht von Sheriff Jones über den Vorfall. Der Mann hat sein Amt inzwischen niedergelegt.«

Während der Doktor die Blätter zu überfliegen begann, teilte Mr. Picton uns mit, was darin stand. Die Art, wie er das tat, gab uns einen Hinweis darauf, welche dramatischen Mittel ihm im Gerichtssaal zu Gebote stehen mochten.

»Mrs. Hatch will am Abend des 31. Mai 1894 mit dem Fuhrwerk ihrer Familie nach Hause gefahren sein, nachdem sie angeblich den Nachmittag mit dem Einkauf von Lebensmitteln und Gartengerät in der Stadt zugebracht hat und anschließend mit ihren Kindern zum Saratoga-See hinübergefahren ist, um sich den Sonnenuntergang anzusehen. Gegen halb elf abends, sagt sie, sei auf der Straße nach Charlton, etwa einen knappen Kilometer vor ihrem Hause, ein Schwarzer mit einem Revolver aus einem Gebüsch hervorgesprungen und habe verlangt, daß sie abstieg. Sie habe sich geweigert und weiterfahren wollen. Der Mann aber sei auf den Bock gesprungen und habe sie gezwungen, das Gefährt anzuhalten. Dann habe er beim Anblick der Kinder gesagt, sofern Mrs. Hatch seine Anweisungen nicht befolge, werde er alle drei erschießen. Obwohl kurz vor einem Nervenzusammenbruch, habe sie sich gefügt.

Der Mann habe ihr befohlen, abzusteigen und sich zu entkleiden. Das habe sie getan. Beim Ablegen der Unterwäsche sei sie gestolpert, was den Mann allem Anschein nach zu der Vermutung veranlaßt habe, sie unternehme einen Fluchtversuch oder greife nach einer Waffe. Er habe gerufen: ›Verdammtes Miststück – das geht auf deine Rechnung!‹ und habe auf die Kinder geschossen. Der dreijährige Thomas und der vierjährige Matthew seien sofort tot gewesen, die fünfeinhalbjährige Clara habe überlebt, sei aber bewußtlos geworden. Danach sei der Mann vom Fahrzeug herabgesprungen und in die Wälder geflohen. Die verzweifelte Mrs. Hatch habe zuerst versucht, sich um ihre Kinder zu kümmern und dann, als sie die Aussichtslosigkeit der Lage erfaßt habe, sich bemüht, ihr Haus so schnell wie möglich zu erreichen. Doktor Lawrence, einer der Ärzte hier am Ort, der zugleich als Leichenbeschauer fungiert, wurde hinzugezogen, konnte aber nichts tun. Clara Hatch hat überlebt, aber ihr Bewußtsein erst sehr viel später wiedererlangt. Dabei hat sich herausgestellt, daß sie die Sprechfähigkeit wie auch den Gebrauch ihres rechten Arms und der rechten Hand eingebüßt hatte.«

Mit kratzender Feder machte Lucius Notizen, und von Zeit zu Zeit ertönten unterdrückte Ausrufe des Mitgefühls (doch niemand äußerte Verwunderung). Danach fragte der Doktor: »Wurde die Kleine in den Kopf geschossen?«

Es sah so aus, als wisse Mr. Picton die Frage zu würdigen. »Nein, Doktor. Die Kugel ist oben in ihre Brust eingedrungen und am Hals wieder ausgetreten. Der Schußkanal verlief also von unten nach oben.«

»Aber ... das ergibt keinen Sinn«, sagte Lucius leise.

»Das gilt für vieles in diesem Fall«, sagte Mr. Picton. »Hier haben wir den Bericht von Dr. Lawrence.« Mit diesen Worten reichte er dem Doktor eine weitere Akte. »Bei seinem Eintreffen zeigte sich, daß Mrs. Hatch die Kinder mit Hilfe ihrer Haushälterin ins Haus gebracht hatte und sie selbst sich in einem hysterischen Zustand befand. Sie versuchte die Jungen wiederzubeleben und eilte dann wieder durch das Haus – durch alle Räume, auch den ihres toten Mannes –, wobei sie unzusammenhängende Wörter ausstieß. Schon bald erkannte Lawrence, daß Thomas und Matthew tot waren und Clara sich in äußerst schlechter Verfassung befand. Das teilte er Mrs. Hatch mit, woraufhin sie einen noch schwereren Anfall bekam. Sie sagte zu Dr. Lawrence – und ich bitte die Herren Kriminalbeamten darauf besonders zu achten –, ihr Mann habe sein Leben lang einen Revolver unter dem Kopfkissen gehabt, den sie nach seinem Tode auch dort gelassen habe. Jetzt aber fürchte sie, daß sie den Revolver an sich nehmen würde, um sich etwas anzutun, so groß seien ihr Kummer und ihr Schuldgefühl, weil sie den Angriff auf die Kinder zugelassen habe. Daraufhin hat ihr Lawrence zur Beruhigung ein wenig Opiumtinktur gegeben und die Haushälterin Mrs. Wright aufgefordert, die Schußwaffe aus Mr. Hatchs Zimmer zu holen und dafür zu sorgen, daß Mrs. Hatch keinen Zugang zu ihr habe. Daraufhin hat er Clara versorgt, so gut er konnte, und einen Wundarzt aus Saratoga angefordert.«

»Hat er einen Bericht über die Schußwunden angefertigt?« fragte Lucius, der weiterhin eifrig mitschrieb.

»Ja«, sagte Mr. Picton und übergab dem Doktor eine weitere Akte. »Allen drei Kindern hatte man in die Brust geschossen. Bei den Jungen war die Kugel ins Herz gedrungen, bei Clara aber, wie schon gesagt, von unten nach oben durch Brust und Hals gegangen. Beim Austreten dann hatte die Kugel die Wirbelsäule gestreift.«

»Und hat er sich dazu geäußert, aus welcher Entfernung die Schüsse vermutlich abgegeben wurden?« fragte Marcus.

Auch dazu konnte Mr. Picton etwas sagen, der sich zu freuen schien, daß die richtigen Fragen gestellt wurden. »Die Entfernung war denkbar gering. Sowohl an der Kleidung wie auf der Haut hat man Schmauchspuren gefunden.«

»Und wo genau hatten sich die Kinder bei dem Überfall aufgehalten?« fragte Miss Howard.

»Danach hat weder Lawrence noch Sheriff Jones gefragt«, sagte Mr. Picton und nahm eine weitere Akte zur Hand. »Sie haben Mrs. Hatch die Geschichte wohl unbesehen geglaubt. Aber Jones hat mich zu Hause angerufen und gebeten herüberzukommen. Wahrscheinlich war er fest davon überzeugt, daß auch ich ihr die Räuberpistole abnehmen würde.«

»Das aber haben Sie nicht getan?« sagte der Doktor.

»Aber nein«, sagte Mr. Picton. »Sie müssen wissen, daß ich seit meiner Rückkehr nach Ballston Spa schon mehrfach mit Libby Hatch ... zusammengetroffen war. Da drüben sehen Sie die presbyterianische Kirche, in der sie und Hatch getraut worden waren und immer den Gottesdienst besuchten.« Er wies auf das Fenster, und wir alle warfen einen Blick auf ein recht großes Gebäude mit einem Turm, das älter und weniger luxuriös schien als die anderen Kirchen an der High Street. »Bisweilen habe ich an Sonntagvormittagen einen Spaziergang dorthin gemacht, wenn die Kirche aus war, und irgendwann einmal haben gemeinsame Bekannte uns einander vorgestellt.« Mr. Picton ließ eine Pause eintreten und sah die anwesenden Männer an. »Ich brauche Ihnen wohl nicht zu sagen, wie es ist, wenn man Libby begegnet.«

»Nein, das ist nicht nötig«, sagte Mr. Moore, wobei ihn erkennbar ein Schauer überlief. »Aber was konnte sie von dir wollen, Rupert?«

»Ich will über die in dieser Frage enthaltene Kränkung hinwegsehen«, sagte Mr. Picton, »und lediglich erwähnen, daß mich ihre kokette und verführerische Art erstaunte. Im Rückblick aber ist mir klar, daß sie damit auf eine gewisse Rückversicherung für den Fall spekulierte, daß es zur unvermeidlichen Krise kam.«

»Welche Krise?« fragte Marcus.

»Hatchs Tod. Ich nehme an, daß sie ihn schon damals aus dem Weg zu schaffen plante und sich daher abzusichern versuchte, so gut es ging. Ein gewisses Wohlwollen von seiten der Staatsanwaltschaft wäre in einem solchen Fall durchaus nützlich gewesen, denn ihr mußte klar sein, daß man zumindest der Todesursache nachgehen würde. Objektiv betrachtet war ihr Vorgehen durchdacht, das muß ich unumwunden einräumen. Sie hat bei unserer Begegnung in das Gespräch, in dessen Verlauf sie mich nach den Aufgaben eines Staatsanwalts fragte, jene Art gezierte und verführerische Anmerkungen eingeflochten, mit deren Hilfe sie wohl auch Sie, meine Herren, zu betören versucht hat.« Wieder ließ Mr. Picton eine Pause eintreten und sah aus dem Fenster zur Kirche hinüber. »Aber bei mir hatte sie sich verrechnet ...«

»Tatsächlich?« sagte der Doktor, der offenbar spürte, daß er im Begriff stand, einen nützlichen Hinweis bezüglich Mr. Pictons Wesensart zu bekommen. »Inwiefern?«

»Nun, Doktor«, sagte Mr. Picton und wandte sich wieder uns zu. »Darüber bin ich hinaus. Weiß Gott.« Einen Augenblick lang schien seine Konzentration nachzulassen. »Ich habe das so oft erlebt…« Er nahm sich zusammen. »Wie jeder, der bei der Staatsanwaltschaft in New York gearbeitet hat. Ja, ich denke, daß ich Libby Hatchs wahres Wesen vom ersten Augenblick an durchschaut habe!«

Ich merkte, daß der Doktor diese Aussage glaubte, doch war er offenkundig nicht überzeugt, daß es sich dabei um die vollständige Erklärung von Mr. Pictons Verdacht handelte. Dieser aber kannte den Doktor noch nicht gut genug, um so etwas selbst zu merken, und fuhr einfach mit seinem Bericht fort.

»Ich hatte bezüglich Daniel Hatchs Todesursache von Anfang an Zweifel gehabt, aber keine rechte Möglichkeit gehabt, der Sache nachzugehen. Dr. Lawrence hatte als Todesursache ein Herzleiden angegeben, dabei war der Alte nie herzkrank gewesen. Für den Bezirksstaatsanwalt war der Fall damit erledigt. Als die Sache mit den Kindern kam – nun, ich wollte ganz besonders sichergehen, daß wir alle Fakten hatten. Also bin ich selbst zum Haus des Ehepaars Hatch gegangen, um Erkundigungen einzuziehen. Es war eine häßliche Szene, das kann ich Ihnen sagen – überall Blut… und die arme kleine Clara –, aber da der Arzt Libby die Opiumtinktur gegeben hatte und sie sich ein wenig beruhigt zu haben schien, beschloß ich, sie nach einigen Einzelheiten zu fragen. Ihrer Aussage nach hatten die Kinder vorn im Wagen gesessen, mit dem Rücken zum Kutschbock, und Clara hatte ihr Brüderchen Thomas im Arm gehalten. Libbys Aussage nach hatte sie die Kinder beim Auftauchen des Angreifers aufgefordert, zu bleiben, wo sie waren, und sie hätten ihr gehorcht.«

»Dann hätte der ›Angreifer‹ aber verdammt lange Arme haben müssen«, merkte Marcus an.

»So ist es«, sagte Mr. Picton. »Entweder hat sie sich geirrt, oder sie hat gelogen. Niemand kann bei einem offenen Fuhrwerk vom Bock aus nach hinten langen und aus kürzester Entfernung auf die Brust von drei Kindern feuern, die unter ihm mit dem Gesicht nach hinten im Kutschkasten sitzen. Selbst, wenn das dem Täter möglich gewesen wäre, hätte sich bestimmt eins der Kinder nach dem ersten Schuß bewegt, so daß diese regelrechte Hinrichtung aller drei durch aufgesetzte Schüsse nicht möglich gewesen wäre. Bleibt noch die Frage, warum er Libby nicht gleich mit erschossen hat – schließlich hatte sie sein Gesicht deutlich gesehen. Das hat sie mit der Vermutung hinwegerklärt, er müsse wohl verrückt gewesen sein, und Verrückte handeln nun einmal nicht folgerichtig. Das aber ist nicht die Art Antwort, die besonders viel Vertrauen erweckt. Am beunruhigendsten aber war ihre Haltung Clara gegenüber. Es schien ihr nicht schwerzufallen, die toten Jungen zu betrauern – sie hat sie umarmt und geküßt –, aber sie hat es kaum fertiggebracht, sich ihrer Tochter zu nähern, und ihre ständigen Fragen an Dr. Lawrence, ob die Kleine das Bewußtsein wiedererlangen würde oder nicht, schienen von einer Vielzahl von Empfindungen diktiert zu sein. Kummer dürfte kaum die stärkste davon gewesen sein, aber sehr deutlich war Schuldbewußtsein erkennbar. Das ließe sich unter Umständen darauf zurückführen, daß es ihr nicht gelungen war, ihre Kinder zu beschützen, doch hatte ich durchaus den Eindruck, daß sie Angst empfand.«

»Hat der Sheriff eine Suche angeordnet?« fragte Mr. Moore.

»Auf der Stelle. Für so etwas gibt es immer Freiwillige. Das Gebiet wurde die ganze Nacht und an den folgenden Tagen mit Suchhunden durchkämmt. Man hat in allen umliegenden Ortschaften Erkundigungen eingezogen und Männer, die sich in den Bergen gut auskennen, aber sich gewöhnlich nicht gern für solche Aufgaben einspannen lassen, dazu überredet, alle Verstecke dort zu überprüfen – so hohe Wellen hat der Fall geschlagen. Aber wie ich schon gesagt habe, man hat nie eine Spur von dem Mann gefunden.«

»Und was ist mit dem Geld?« fragte Miss Howard. »Sicherlich sind Sie nicht als einziger darauf gekommen, daß Mrs. Hatch vom Tod ihrer Kinder Vorteile zu erwarten hatte?«

»Das sollte man eigentlich meinen, Sara, nicht wahr?« sagte Mr. Picton. »Aber ich fürchte, da liegen Sie falsch. Ich habe diesen Punkt ein einziges Mal angesprochen, und zwar gegenüber dem Bezirksstaatsanwalt. Er hat mir mitgeteilt, wenn ich beruflichen Selbstmord begehen wolle, indem ich dieser Frage nachgehe, solle ich das ruhig tun – aber weder er noch sonst jemand im Amt werde mir dabei helfen! In den folgenden Monaten habe ich, wie gesagt, getan, was ich konnte: die Register des ganzen Bezirks durchgearbeitet und einen Brief um den anderen geschrieben … aber wenige Wochen nach den bewußten Ereignissen hat Libby Ballston verlassen und ihre Stelle bei den Vanderbilts in New York angetreten. Genaugenommen gab es hier für eine Frau ihres unruhigen und ehrgeizigen Wesens eigentlich keine rechten Möglichkeiten. Ein wenig Haushaltsgeld, ein verfallenes altes Haus und eine Tochter, die unausgesetzte fürsorgliche Aufmerksamkeit benötigte und deren Erholungsprozeß lange und schmerzlich sein würde.«

»Und in wessen Obhut wurde die Tochter gegeben?« fragte der Doktor.

»Einem Ehepaar, das nahe der Straße nach Malta wohnt«, sagte Mr. Picton, zog wieder einmal die Uhr und sah darauf. »Die beiden können keine eigenen Kinder bekommen und haben im Lauf der Jahre mehrfach Waisenkinder bei sich aufgenommen. Sie waren gern bereit, sich in gleicher Weise um Clara zu kümmern. Sie erwarten uns schon.«

Den Doktor schien das Gehörte ein wenig zu überraschen, aber in gewisser Hinsicht auch zu befriedigen. »Natürlich paßt es ins Bild«, sagte er, »daß sich Mrs. Hatch nicht selbst um das Kind kümmern wollte. Doch sagen Sie: Hatten ihr die Ärzte mitgeteilt, daß Clara nie wieder sprechen würde, bevor sie sich zum Weggang entschloß?«

»Aber ja!« entgegnete Mr. Picton. »Sie hielten das für unmöglich, obwohl sogar ich die Frage gestellt habe, inwiefern eine Verletzung der Halswirbelsäule die Sprechfähigkeit beeinträchtigen sollte. Aber die Mediziner in dieser Gegend sind nicht unbedingt Leuchten auf ihrem Gebiet, und manche von ihnen sind wohl recht untüchtig.« Mr. Picton klappte den Sprungdeckel seiner Uhr zu und steckte sie ein. »Aber wir sollten uns aufmachen«, sagte er und ging zur Tür. »Ich vermute, daß die Westons – das sind die Leute, von denen ich sprach – Clara nicht mit einer zu großen Zahl von Besuchern konfrontieren wollen, und daher habe ich gesagt, ich würde nur Sie mitbringen, Doktor. Die Kleine ist seelisch noch ziemlich angeschlagen und Fremden gegenüber ausgesprochen scheu – eigentlich allen Menschen gegenüber. Ich hoffe«, sagte er zu uns gewandt, »Sie nehmen mir das nicht übel.«

»Aber nein«, sagte Miss Howard. »Das ist durchaus verständlich.«

»Wir gehen nur zu meinem Haus zurück und holen den Wagen«, sagte Mr. Picton zum Doktor. Dann wandte er sich wieder an uns. »Ganz in der Nähe gibt es einen Mietstall, wo man sehr günstig Kutschen bekommt. Wir haben hier in der Gegend eine ganze Reihe lohnender Ziele, die Sie sich ansehen sollten, und zu tun finden Sie sicher auch genug.«

»Das denke ich auch«, sagte Lucius. »Besteht eine Aussicht, die Tafel noch heute zu bekommen?«

»Sie müßte spätestens im Laufe des Abends eintreffen«, sagte Mr. Picton.

»Und was ist mit dem Haus der Familie Hatch?« fragte Marcus. »Und dann das Fuhrwerk und Hatchs Revolver – wo sind die Sachen eigentlich geblieben?«

»Das Anwesen, Haus wie Grundstück, ist frei zugänglich«, antwortete Mr. Picton. »Mr. Wooley vom Mietstall kann Ihnen sagen, wie Sie dort hinfinden – es ist ganz einfach. Das Fuhrwerk steht noch im Schuppen, fällt aber allmählich auseinander. Mit dem Revolver ist es bedauerlicherweise ein wenig verzwickter. Mrs. Wright hat mir erzählt, sie habe ihn eingepackt und in einen versiegten Brunnen geworfen, der etwa hundert Schritt hügelabwärts am hinteren Ende des Gartens liegt. Vielleicht sollten Sie die Unterlagen an sich nehmen ...«, er gab Marcus den Aktenstapel, »... damit Sie unterwegs die Einzelheiten studieren können.«

»Eins noch, bevor wir aufbrechen«, sagte Miss Howard. »Wissen Sie zufällig, ob die Kinder als Säuglinge von einer Amme gestillt worden sind?«

»Von einer Amme?« sagte Mr. Picton. »Nein, davon weiß ich nichts. Das festzustellen dürfte aber nicht allzuschwer sein – Mrs. Wright lebt nach wie vor in der Stadt. Warum, Sara?«

»Ich versuche dahinterzukommen, warum die Kinder das Säuglingsalter überlebt haben. Dafür muß es Gründe geben.«

Mit zustimmendem Nicken folgte Dr. Kreisler seinem Gastgeber hinaus in die Eingangshalle. »Durchaus logisch gedacht. Bestimmt kann Ihnen Mrs. Hastings sagen, wie Sie mit der Haushälterin der Hatchs Verbindung aufnehmen können, Sara. Ein Wort zu unserem geplanten Besuch, Mr. Picton. Natürlich verstehe ich, wie delikat die Situation ist, ich würde aber dennoch gern Cyrus und Stevie mitnehmen, sofern Ihnen das recht ist.«

Mr. Picton blieb oben auf der Marmortreppe stehen und ließ unbehaglich den Blick zwischen Cyrus und dem Doktor schweifen. »Doktor Kreisler... Mr. Montrose, ich möchte nicht unhöflich erscheinen, aber... gewiß verstehen Sie die Gefahr...«

»Durchaus«, sagte der Doktor. »Und für den wenig wahrscheinlichen Fall, daß sich Mrs. Hatchs Geschichte als wahr erweisen sollte, halse ich mir eine schwere Verantwortung auf.«

»Nun gut...« Mr. Picton machte sich daran, die Treppe mit einer Geschwindigkeit hinabzugehen, die für seine Verhältnisse eher verhalten war. Dennoch bewegte er sich immer noch viel schneller als wir übrigen. »Aber...« Er wandte sich zu mir und Cyrus um. »Denkt bitte daran, daß die Situation wirklich ausgesprochen heikel ist. Ich muß die Gefühle der Westons respektieren und auch die Claras – das arme Kind hat sich mit mir recht gut angefreundet, und es wäre mir gar nicht recht, wenn ihr den langen Weg machen und dann gezwungen sein würdet, in der Kutsche zu warten...«

Der Doktor holte Mr. Picton ein und legte ihm eine Hand auf die Schulter. »Keine Sorge«, sagte er mit dem Anflug eines Lächelns. »Ich glaube nicht, daß das nötig sein wird.« Er versank kurz in Gedanken und setzte dann seinen Weg die Treppe hinab fort. »Nein, das glaube ich auf keinen Fall.«

# Kapitel 30

Nachdem wir zu Mr. Pictons Haus zurückgekehrt waren und kurz darauf seine Kutsche bestiegen hatten, fuhren wir ostwärts zum Anwesen der Westons. Außerhalb der Stadt folgte Cyrus (der sich freiwillig bereit erklärt hatte zu kutschieren) Mr. Pictons Anweisung und lenkte das Gefährt zur Malta Avenue. Kaum waren wir auf der richtigen Straße, als Mr. Picton nach Einzelheiten zum Fall Linares und all dem zu fragen begann, was wir in den vergangenen Wochen in New York erlebt hatten. Nur mit Mühe konnte der Doktor seine zahlreichen Fragen beantworten, vor allem, weil Mr. Picton trotz der Geschwindigkeit, mit der er sie abfeuerte, immer gleich zum Kern der Sache vordrang.

Als wir die Stadt hinter uns gelassen hatten, umgaben uns Bauerngehöfte und Wälder, an denen wir im Licht des Spätnachmittags vorüberfuhren. Unterdessen versuchte ich mir den mörderischen Überfall vorzustellen, der laut Libby Hatchs Aussage auf einer Straße stattgefunden hatte, die sich nicht sehr von der unterscheiden konnte, auf der wir gerade fuhren. Die Landschaft um uns herum bot ein wunderschönes Bild mit Gold- und Grüntönen, so wie es im Juli im Hudson-Tal überall zu sehen ist; dennoch war es nicht schwer, sich vorzustellen, daß ein Gewalttäter den Frieden der Landschaft brach, denn diese unbefestigten Straßen, die von einem Landstädtchen zum anderen führten, waren einsam, und nur in großen Abständen erhob sich, einziges Anzeichen von Zivilisation, hier und da ein Bauernhaus. Ein kluger Verbrecher hätte sich das zunutze machen können. Manches in Libby Hatchs Geschichte ließ sich jedoch einfach nicht mit der Vorstellung von einem klugen Verbrecher zur Deckung bringen. Selbst wenn man annahm, daß der angebliche Überfall in einer solchen einsamen Gegend stattgefunden hatte, paßten einige Dinge einfach nicht zueinander, schon gar nicht in den Augen eines Menschen, dem wie mir Mörder, Diebe und Vergewaltiger nicht unbekannt waren.

Warum zum Beispiel hätte der »Angreifer« seine Absicht aufgeben sollen, nachdem er gemerkt hatte, daß Mrs. Hatch waffenlos war? Und warum hatte er zwar die Kinder umgebracht, nicht aber die Frau, die ihn identifizieren konnte? Sofern er wirklich so dumm oder geistesgestört war, das zu tun, wieso war er dann mit einem Mal wieder so gerissen, daß er es fertiggebracht hatte, einer ganzen Reihe von Suchtrupps zu entkommen, die tagelang hinter ihm her gewesen waren? Sogar mir war klar: Libby Hatch hatte damit gerechnet, daß die Stadtbewohner mit Emotion und nicht mit Besonnenheit auf ihre Geschichte reagieren würden; und im großen und ganzen hatte sie mit dieser Einschätzung recht behalten. Aber eben nur im großen und ganzen …

Der kleine, aber offenbar gut geführte landwirtschaftliche Betrieb der Westons lag etwa zweieinhalb Kilometer von Ballston Spa entfernt gleich an der Straße nach Malta. Neben Milchkühen hatten sie Hühner, außerdem bauten sie Gemüse in größerer Menge an. Mr. Picton teilte uns mit, daß die Westons zwei Kinder angenommen hatten, die infolge tragischer Vorfälle im Städtchen – ein Eisenbahnunglück und eine uneheliche Geburt – ohne Eltern waren. Bei ihrer Erziehung hatten sie eine so glückliche Hand bewiesen, daß Mr. Picton sogleich an eine ähnliche Lösung gedacht hatte, als sich abzeichnete, daß Libby Hatch nicht am Ort bleiben und sich um die kleine Clara kümmern würde. Kurz bevor es zu dem Weg abging, der von der Hauptstraße zum holzverschalten Haus der Westons führte, teilte Mr. Picton uns mit, wir könnten zwar Mr. und Mrs. Weston gegenüber offen sprechen, sollten uns aber vorsehen, was wir in Gegenwart der Kinder sagten, da diese über den Fall Hatch nicht allzuviel wußten. Gerüchte und Nachrichten breiten sich in einem so kleinen Gemeinwesen schnell aus, und auf keinen Fall sollten die Kinder etwas erfahren, von dem nicht sicher war, ob es der Wahrheit entsprach.

Zu diesem Hinweis paßte Mr. Pictons besorgte Frage, warum der Doktor darauf bestanden habe, mich zu diesem Besuch mitzunehmen. »Ich hoffe, Sie verzeihen mir die Frage, Doktor«, sagte er. »Und du auch, Stevie. Natürlich verstehe ich, wie wichtig Claras Reaktion auf die Gegenwart von Mr. Montrose unter Umständen ist...«

»Immer vorausgesetzt«, unterbrach ihn der Doktor, »daß ihr die Westons keine Vorurteile in dieser Hinsicht eingepflanzt haben.«

»Bestimmt nicht«, gab Mr. Picton sogleich zurück. »Ich komme ziemlich regelmäßig hier heraus, um Clara zu besuchen. Wie ich schon gesagt habe, ist den Westons klar, was ich bezüglich Libby vermute, und obwohl sie nie darüber gesprochen haben, nehme ich an, daß die Jahre, in denen sie sich um Libbys Tochter gekümmert haben, auch in ihnen Zweifel an der Wahrheitsliebe dieser Frau geweckt haben.« Er warf mir einen Blick zu. »Aber welche Rolle spielt Stevie hier?«

Lächelnd sah mich der Doktor an. »Zwar würde er das nie zugeben, aber von ihm geht eine einzigartig beruhigende Wirkung auf gestörte Kinder aus. Ich habe das häufig in meinem Institut beobachtet. Außerdem wird unser Auftreten weit weniger bedrohlich wirken, wenn zumindest einer unserer Begleiter kein Erwachsener ist.«

»Ach so...«, sagte Mr. Picton gedehnt.

»Aber sagen Sie«, fuhr der Doktor fort, »hat sie wirklich seit dem Überfall kein Wort gesagt? Keinen Laut von sich gegeben?«

»Laute gelegentlich schon, doch«, sagte Mr. Picton, »aber keine Wörter.«

»Und was ist mit schriftlichen Äußerungen?«

»Nichts. Wir wissen, daß sie dazu imstande wäre – die Haushälterin, Mrs. Wright, hat ihr die Grundlagen des Lesens und Schreibens beigebracht. Aber seit dem Überfall hat Clara weder gelesen noch geschrieben. Dr. Lawrence und seine Kollegen führen das auf die Verletzung der Wirbelsäule zurück. Sie glauben das möglicherweise nicht, Doktor, aber sie haben mir tatsächlich erklärt, die Verletzung müsse sich in irgendeiner Weise mittelbar auf das gesamte Nervensystem ausgewirkt haben.«

Fast hätte der Doktor vor Abscheu ausgespien. »Hornochsen.«

»Ja«, sagte Mr. Picton. »Ich muß sagen, daß sie den Fall nie besonders energisch verfolgt zu haben scheinen. Ich selbst habe allerdings auch nicht viel mehr erreicht. Ich bin jeder Möglichkeit nachgegangen, die mir in den Sinn kam, um zu erreichen, daß mir das Mädchen etwas über die Ereignisse mitteilen würde, was auch immer. Aber alles blieb ohne Erfolg. Ich hoffe, daß Sie Erfahrung darin haben, Menschen mit derartigen Leiden dazu zu bringen, sich mitzuteilen, Doktor – denn dieses kleine Mädchen ist eine harte Nuß.«

Cyrus und ich tauschten einen flüchtigen Blick aus, dann drehte ich mich um und sah unverwandt nach vorn. Natürlich konnte Mr. Picton nicht ahnen, was er gerade eigentlich gesagt hatte, konnte nicht wissen, welche Art bittersüßer Erfahrung der Doktor in der Tat damit hatte, zum Wesen von Menschen vorzudringen – insbesondere bei einem bestimmten Menschen –, die man als unfähig abgestempelt hatte, mit der übrigen Welt in Verbindung zu treten. Denn just Mary Palmer, des Doktors verlorene Liebe, hatte unter dieser Schwäche gelitten, und seine Bemühungen, mit ihr in Verbindung zu treten, hatten am Anfang der Beziehung zwischen ihnen gestanden, die bis zu Marys Tod angedauert hatte.

»Ich ... denke, daß ich einige erfolgversprechende Verfahrensweisen kenne«, war alles, was der Doktor dazu sagte.

»Das hatte ich gehofft«, sagte Mr. Picton. »Das hatte ich in der Tat gehofft. Ach, eine Bitte noch, Doktor. Achten Sie einmal auf die Farbe von Claras Haar, Haut und Augen.«

»Wieso das?« fragte der Doktor.

»Schauen Sie gut hin«, sagte Mr. Picton und nickte bedächtig. »Ich sage Ihnen dann auf dem Rückweg etwas, was Ihnen sicherlich sehr interessant erscheinen wird ...«

Von der langen Zufahrt zum Haus der Westons aus, hinter dem ein Bach floß und ein hoher, bewaldeter Hügel lag, sahen wir einen Mann in mittleren Jahren mit kräftigen Armen und einen Jungen, der ein wenig älter aussah als ich. Die beiden waren damit beschäftigt, am Rand eines Stücks Weideland einen Stacheldrahtzaun zu reparieren. Neben dem Haus jäteten zwei Frauen auf einem großen Gemüsefeld Unkraut. Die eine war kaum erwachsen, die andere wohl etwa so alt wie der Mann. Alle vier trugen Arbeitskleidung und gingen ihrem Tun äußerst beflissen nach. Diese Haltung habe ich im Laufe der Jahre bei vielen Menschen beobachtet, die von der Landwirtschaft leben; sie müssen, um überleben zu können, gegen alle Widerstände kämpfen, die ihnen Natur und menschliche Gesellschaft in den Weg legen, empfinden aber zugleich eine eigentümliche Liebe für ein Leben, das der Natur so nahe ist.

Dann war da noch das Mädchen, von dem ich bereits wußte, daß es knapp neun Jahre alt war, welches sich nicht ganz so glatt in das friedliche Bild fügte, das sich unseren Blicken bot. Das Kleid, das es trug, war nicht zum Arbeiten bestimmt: Nicht einmal mit gesunden Armen und Händen wäre ein Kind seines Alters imstande gewesen, die Art körperliche Arbeit zu leisten, die dort vonnöten war, doch selbst aus der Ferne war offensichtlich, daß dieses Mädchen lediglich einen seiner Arme benutzen konnte. Es saß, eine Puppe und einen großen Zeichenblock auf dem Schoß, am Rand des Gartens, wobei es die Linke immer wieder mit einem Schreib- oder Zeichenstift über das Papier führte.

Der Geruch nach Stalldung machte sich etwa fünfzig Meter vom Hause bemerkbar, das ganz in der Nähe einer großen, ziegelrot gestrichenen Holzscheune stand. Als die fünf Bewohner unser Nahen bemerkten, kamen sie gemächlichen Schrittes herbei. Am langsamsten und zurückhaltendsten ging das kleine Mädchen und mußte immer wieder von der Frau ermuntert werden. Im Näherkommen sah ich, daß die Westons zwischen Mitte vierzig und Mitte fünfzig sein mußten; die tiefen Falten in ihrer wettergegerbten Haut und ihr ergrauendes Haar machten es unmöglich, beider Alter genauer zu schätzen. Ihre breiten Gesichter wirkten freundlich, was mich aber nicht sonderlich beeindruckte: Zu den schlimmsten Menschen, die ich im Leben kennengelernt habe, gehörten freundlich aussehende Pflegeeltern – eine ganze Reihe von ihnen Landleute –, die arme Stadtkinder aufgenommen und sie wie Sklaven oder noch schlechter behandelt hatten. Aber der Junge und die junge Frau machten einen durchaus glücklichen und gesunden Eindruck, und so war ich nicht übermäßig mißtrauisch.

Als Mr. Weston – mit Vornamen hieß er Josiah, wie wir später erfuhren – auf Mr. Picton zutrat, warf er Cyrus und mir einen besorgten Blick zu, was uns veranlaßte, ein wenig Abstand zu wahren.

»Ich war der Ansicht, wir hätten ausgemacht, daß Sie nur einen Besucher mitbringen wollten, Mr. Picton, Sir«, sagte er.

»Ja, Josiah«, gab Mr. Picton zurück. »Das hier ist Dr. Kreisler.« Mr. Weston wischte sich die Hand ab, um die des Doktors zu schütteln. »Aber der andere Herr und der Junge sind seine Mitarbeiter, und er hat den Eindruck, daß er möglicherweise auf ihre Mithilfe angewiesen ist, um die Situation richtig einzuschätzen.«

Josiah Weston nickte, nicht gerade überzeugt, aber auch nicht feindselig. Dann meldete sich seine Frau zu Wort: »Ich bin Ruth Weston, und das sind unsere Kinder Peter und Kate. Irgendwo da hinten«, fuhr sie fort und tat so, als suche sie hinter ihrem Rock, wo sich Clara versteckt hielt, »ist eine weitere junge Dame ...«

Clara tat nichts, um sich zu zeigen, und Peter sagte lächelnd: »Wir sehen zu, daß wir mit der Arbeit ein Stück weiterkommen, solange es noch hell ist, Papa. Komm, Katie, hilf mir.«

Die beiden gingen zu dem Weidezaun zurück. Sie machten einen durchaus munteren Eindruck, woraus ich schloß, daß sie in den Jahren, die sie bei Josiah und Ruth Weston verbracht hatten, gut behandelt worden waren. Als sie fort waren, tauchte die kleine Clara langsam hinter Mrs. Westons Rücken auf, den Zeichenblock und die Puppe unter den linken Arm geklemmt und mehrere Stifte fest in der linken Hand haltend.

»Nun!« sagte Mr. Picton munter und liebenswürdig. Dabei tat er so, als hätte er Clara noch nicht gesehen. »Wo *ist* denn mein kleines Mädchen? Wäre doch schade, wenn ich den ganzen weiten Weg gemacht hätte, um zu erfahren, daß sie verschwunden ist... Nichts von ihr zu sehen? Na schön – danke, Ruth, aber dann muß ich wohl in die Stadt zurückfahren.«

Als sich Mr. Picton daran machte, zur Kutsche zurückzugehen, eilte Clara aus ihrem Versteck hervor, um mit der Spitze von Daumen und Zeigefinger (mit dem Rest mußte sie die Stifte halten) am Schoß seines Jacketts zu ziehen. Dabei sah ich sie zum ersten Mal richtig (eigentlich zum zweiten Mal, denn ich hatte sie ja schon auf dem Gruppenphoto in der Bethune Street Nr. 39 gesehen); sie war klein und dürr, ihr hellbraunes Haar hing ihr in einem großen breiten Zopf über den Rücken; die Farbe ihrer Augen war ähnlich der Haarfarbe (wenn auch, wie mir voll Unbehagen aufging, eine Spur goldfarbener), von ihrer blassen Haut stachen die ausgesprochen rosigen Wangen deutlich ab. Wie oft bei Kindern, die in jungen Jahren Dinge erlebt haben, die jedem Menschen erspart bleiben sollten, spiegelte sich Claras Ängstlichkeit in der mitleiderregenden Nervosität ihres stummen Gesichts.

Mr. Picton drehte sich in gespielter Verblüffung um und lächelte breit. »Ach, da ist sie ja! Da taucht sie aus dem Nichts auf, Doktor, und *nie* zeigt sie mir, wie sie das macht! Komm, Clara, ich stell dir meinen Freund vor.« Sich noch immer am Schoß von Mr. Pictons Jackett festhaltend, folgte ihm die Kleine zum Doktor hinüber. »Das ist Clara, Dr. Kreisler. Clara, der Doktor arbeitet mit vielen hundert Kindern in New York, der Stadt, wo ich früher gelebt habe. Ich habe dir davon erzählt. Und er ist extra von da gekommen...«

»Extra gekommen, um deine Zeichnungen zu sehen«, unterbrach ihn der Doktor mit einem bedeutungsvollen Lächeln, mit dem er Mr. Picton bedeutete, daß er die Sache jetzt selbst in die Hand nehmen werde. Er kniete sich nieder, um dem Kind ins Gesicht zu sehen. »Zeichnest du viel, Clara?«

Sie nickte; aber wir alle konnten sehen, daß es mehr war als ein bloßes Nicken. Es war zugleich eine Art Bitte: Man könnte sagen, es war der Wunsch, der Doktor möge weiterfragen. Und das Sonderbare war, daß Cyrus und ich, obwohl wir uns beide weiterhin fernhielten, diesen Blick besser verstanden als die Westons oder Mr. Picton. Immerhin hatten wir gesehen, wie der Doktor in seinem Institut bei vielen anderen Kindern diesen Kniff angewendet hatte. Zeichnen, Malen und Modellieren gehören zu den besten Möglichkeiten, um zu erreichen, daß sich kleine Kinder über etwas äußern, was sie erlebt haben, worüber sie aber einfach nicht sprechen können. Aus diesem Grunde hatte der Doktor in seinem Sprechzimmer im Institut immer viele Zeichen- und Bastelmaterialien vorrätig.

»Ja, das dachte ich mir«, fuhr der Doktor fort und hob langsam einen Finger, mit dem er auf Claras fest geschlossene kleine Faust wies. »Du hast da ja viele Stifte. Aber keine *bunten.*« Betrübt verzog er das Gesicht, ließ es sich aber sogleich wieder aufhellen. »Weißt du, daß es Buntstifte gibt, Clara?«

Die hellbraunen Augen weiteten sich, und Clara schüttelte den Kopf, um deutlich zu machen, daß sie solche Stifte gern hätte, auch wenn sie von deren Existenz nichts geahnt hatte.

»Ja. Alle Farben, die du dir denken kannst«, sagte der Doktor. »Morgen bring ich dir aus der Stadt welche mit – denn du *brauchst* Buntstifte, wenn du die Dinge zeichnen willst, wie sie sind, nicht wahr?« Clara nickte. »Meine Freunde und ich zeichnen manchmal auch«, fuhr er fort und wies auf Cyrus und mich. »Möchtest du sie kennenlernen?« Sie nickte wieder, woraufhin er uns ein Zeichen machte näher zu treten. »Das ist mein Freund Stevie«, sagte er und wies auf mich.

»Hallo, Clara«, sagte ich und lächelte zu ihr hinab. »Zeichnet deine Freundin auch?« Ich zeigte auf ihre Puppe, woraufhin Clara den Kopf heftig schüttelte und sich mit den Stiften gegen die Brust schlug. »Ich verstehe ... Zeichnen ist deine Sache. Sie soll sich selber was suchen, was ihr Spaß macht.« Claras Schultern begannen auf und ab zu zucken, dann entrang sich ihrer Kehle ein kratzender Laut, den man für eine Art Lachen hätte halten können.

Schließlich war der entscheidende Augenblick gekommen. Der Doktor wies auf Cyrus. »Und das ist mein Freund Mr. Montrose«, sagte er.

Etwa fünfzehn Sekunden lang sah Clara mit einem Gesicht zu Cyrus hin, dessen Ausdruck sich unmöglich deuten ließ. Irgend etwas ging in ihrem Kopf vor, das war zu sehen – und obwohl niemand von uns zu sagen vermocht hätte, was das genau war, zeigte sich an der Art, wie Clara ruhig stehenblieb, daß es sich *nicht* um Angst handelte. Sofern auch nur ein Bruchteil von Libby Hatchs komplizierter Geschichte auf Wahrheit beruhte und der heimtückische Überfall durch den geheimnisvollen Schwarzen auf der Straße nach Charlton wirklich stattgefunden hatte, hätte die Kleine vor Entsetzen fliehen müssen, wenn schon nicht in die Berge, dann zumindest in die schützenden Röcke ihrer Pflegemutter.

Das aber tat sie nicht.

Schließlich lächelte Cyrus freundlich und verneigte sich. »Hallo, Clara«, sagte er mit einer besonders tief und beruhigend klingenden

Stimme. »Weißt du, als ich ein kleiner Junge war, hab ich ein wunderschönes Haus gezeichnet.« Er kniete nieder, um ihr in die Augen zu sehen. »Und weißt du, was das Sonderbare daran ist?« Clara betrachtete aufmerksam sein Gesicht und schüttelte dann langsam den Kopf. »Das Sonderbare ist, daß ich jetzt in dem Haus lebe – es ist das Haus des Doktors.« Clara dachte einige Sekunden darüber nach; dann hielt sie Cyrus ihren Zeichenblock hin.

Das Bild darauf zeigte in groben Umrissen das Haus der Westons. Cyrus lächelte breit, und wieder kam das sonderbare leise Geräusch aus Claras Kehle. »So, so«, sagte Cyrus. »Dir ist es also genauso gegangen.«

Keiner von uns kam je dahinter, ob Cyrus einen Blick auf das hatte werfen können, was Clara auf ihren Block gezeichnet hatte, bevor er mit ihr sprach, und auf die teils belustigte, teils schelmische Weise, die er bisweilen an den Tag legte, weigerte er sich, uns später darüber Auskunft zu geben. Es war ja aber auch nicht wichtig. Entscheidend war, daß man spüren konnte, wie Clara ihm in dem Augenblick, da er ihr seine kleine Geschichte erzählte, Vertrauen entgegenbrachte: Sie klemmte sich die Stifte wie den Rest ihrer Habe unter den Arm, wandte sich von Cyrus ab und nahm den Doktor bei der Hand, was Ruth Weston einen Ausruf des Staunens abnötigte und Josiah Weston veranlaßte, verblüfft eine Hand vor den Mund zu legen. Dann führte sie den Doktor hinüber zu Mr. Picton, legte seine Finger äußerst vorsichtig auf die Brust ihrer Puppe und sah fragend zu Mr. Picton hinauf.

Langsam breitete sich ein Lächeln auf Mr. Pictons Gesicht aus. »Natürlich, Clara«, sagte er in ruhigem Ton. »Ich bin sicher, daß der Doktor machen kann, daß es deinem kleinen Mädchen wieder bessergeht. Das ist nämlich seine Aufgabe, dafür zu sorgen, daß sich Kinder besser fühlen. Vielleicht gehst du mit ihm ins Haus und zeigst ihm, was deiner kleinen Freundin fehlt.«

Erneut nahm Clara die Hand des Doktors, doch sah sie zu Mrs. Weston auf, bevor sie einen Schritt tat.

»Selbstverständlich geh ich mit«, sagte die Frau als Antwort auf die Frage, die sie im Gesichtchen der Kleinen gelesen hatte. »Vielleicht können ein paar von deinen anderen Freunden auch die Hilfe des Doktors brauchen.«

Zu dritt gingen sie zum Haus hinüber und verschwanden darin.

»Da brat mir doch einer 'nen Storch«, sagte Mr. Weston und kratzte sich am Kopf. »Jetzt ist sie seit drei Jahren hier, aber bei 'nem Fremden hab ich sie noch nie so erlebt.«

»Ich hab's Ihnen ja gleich gesagt, Josiah«, sagte Mr. Picton, »Dr. Kreisler ist kein gewöhnlicher Besucher! Er ist auf seinem Gebiet einzigartig, könnte man sagen – und sein Gebiet ist die Behandlung von solchen Fällen wie Claras. Stevie? Cyrus? Wollen wir auch hineingehen?«

Cyrus nickte und ging zusammen mit Mr. Picton und Mr. Weston auf die Tür zu. Ich aber blieb, wo ich war. »Wenn es Ihnen nichts ausmacht, Sir«, sagte ich, »ich glaube, ich habe getan, was ich hier tun konnte. Wenn es nichts weiter zu tun gibt, würde ich gern zum Haus der Hatchs rüberlaufen und sehen, was die beiden Isaacsons da treiben.«

Mr. Picton warf mir einen sonderbaren Blick zu. »Das sind über fünf Kilometer, Stevie.«

»Ja, Sir. Aber ich bin es gewohnt, zu Fuß zu gehen. Ich finde mich schon zurecht.«

Mr. Picton nickte. »Na gut. Wir sehen dich dann bei mir zu Hause.«

Ich sah zu Cyrus hinüber, der mir mit leichtem Nicken Zustimmung signalisierte. Als ich schon die Einfahrt entlangrannte, fiel mir mit einem Mal meine Erziehung wieder ein. Also wandte ich mich um und rief: »War nett, Sie kennenzulernen, Mr. Weston!«

»Was?« gab er zurück, immer noch ein wenig benommen von dem, wovon er gerade Zeuge geworden war. »Ach so, gleichfalls, mein Junge!« rief er und winkte mir zu, während er mit Mr. Picton und Cyrus weiter dem Haus entgegenging. Als sie drinnen waren, rannte ich wie der geölte Blitz los. Die Zigarette steckte ich mir aber erst an, als von dem Haus schon lange nichts mehr zu sehen war.

# KAPITEL 31

Ich hatte den Weg zum Städtchen noch nicht zur Hälfte zurückgelegt, als ich mich schon zu fragen begann, ob es klug von mir war, auf diesen beschatteten Landstraßen mutterseelenallein fünf oder sechs Kilometer zu laufen. Die Sonne neigte sich immer stärker den Baumwipfeln entgegen, aber auch am hellen Mittag wäre das sonderbare Rascheln, das aus den Wäldern an mein Ohr drang, beunruhigend gewesen. Daher überkam mich eine sonderbare Mischung aus Erleichterung und gleichzeitig Enttäuschung, als ich am Rande von Ballston Spa die »Zivilisation« wieder erreichte. Mit raschem Schritt strebte ich der nach Charlton führenden Straße entgegen und zog schon bald wieder zwischen Bauerngehöften und Feldern südwestwärts durch ein Gebiet, das noch dünner besiedelt war als das im Osten von Ballston Spa. Ich hatte noch rund drei Kilometer vor mir und war entschlossen, mich nicht wieder von Furcht überwältigen zu lassen, sondern das Abenteuer zu genießen. Trotzdem muß ich zugeben, daß ich auf den Schrei eines einzigen Käuzchens hin aus Leibeskräften zu rennen begann, wo ich vorher munter ausgeschritten war. Als ich schließlich in der Ferne vertraute menschliche Stimmen hörte, legte sich ein zufriedenes Lächeln auf meine Züge und traten mir Tränen der Erleichterung in die Augen.

Doch überlief mich beim Anblick des Hauses, in dem einst die Familie Hatch gelebt hatte, wiederum ein Angstschauer, und ich fragte mich wieder, warum ich nicht bei den Westons geblieben war. Sofern es nämlich ein Gegenbild zu dem glücklichen Ort gab, an dem sie lebten, war es ohne jeden Zweifel das halbverfallene einstöckige alte Gebäude, dem ich mich da näherte. Keine der Außenwände hatte offenbar je einen Anstrich gesehen, und da sich die Holzschindeln im Laufe der Zeit schwarzbraun verfärbt hatten, sah es fast so aus, als hätte ein Feuer das Gebäude verzehrt, ohne es dabei ganz zu zerstören. Vor und hinter den geborstenen Fenstern im Erdgeschoß wucherten große Wildhecken, und im Garten hinter dem Haus ragte eine riesige abgestorbene Eiche empor. Unter ihren Ästen sah man einige verwitterte Grabsteine, die ein rostiger Eisenzaun umgab. Das Gelände vor dem Haus war eine Art Wiese, und der zusammengesunkene Schuppen war kaum noch zu sehen, denn eine Gruppe schon recht hoch gewachsener Ahornbäume war davor emporgewachsen, die zudem von wildem Wein überwuchert wurden. Um die Haustür herum fanden sich Hinweise darauf, daß sich gelegentlich Menschen dort aufhielten, doch war all das – Flaschenscherben, verrostete Konservendosen, Nachttöpfe und Waschschüsseln – wahllos verstreut. Vermutlich hatten sich Jugendliche aus der Gegend dort ausgetobt. Eine große rechteckige Fläche, die wohl einst der Garten gewesen war, lag auf der gegenüberliegenden Seite: Der Zaun, der das Gelände einst umgeben hatte, war im Laufe der Jahre nahezu vollständig unter Gebüsch und Unkraut verschwunden. Am Rand dieses letzten Hinweises auf Menschenfleiß rückte der Wald vor, offenbar entschlossen, das ganze Gelände in sich aufgehen zu lassen.

Wenn ich mich richtig an Mr. Pictons Worte erinnerte, lag der Brunnen im hinteren Teil des Gartens, und so arbeitete ich mich durch das hohe Gras und das Gebüsch voran, bis ich die Kuppe eines recht hohen Hügels am Waldrand erreicht hatte. Zwar konnte ich die anderen hören, aber da nichts von ihnen zu sehen war, legte ich die Hände vor den Mund und rief: »Detective Sergeants, Mr. Moore?«

»Stevie?« hörte ich Mr. Moore antworten. »Wir sind hier unten.«

»Wo ist ›hier‹?«

»Geh nach links, wenn du den Hügel runterkommst«, wies er mich an. »Wir sind hinter den Fichten!«

Als ich mich auf den Weg gemacht hatte, hörte ich wieder Mr. Moores Stimme. »Zum Kuckuck, Lucius, mir ist völlig egal, was für Fichten das sind.«

Nachdem ich die Hälfte des Weges zurückgelegt hatte, sah ich Mr. Moore und Marcus in Hemdsärmeln über einem Steinhaufen stehen, in dessen Mitte ein Loch war, gerade so groß, daß ein Mann hineinpaßte. Neben dem Steinhaufen lag ein hölzerner Deckel, der die Öffnung vermutlich verschlossen hatte. Mr. Moore und Marcus legten gerade einen kräftigen Ast über das Loch und zogen langsam an einem dicken Seil. Den Geräuschen nach zu urteilen, die aus der Schwärze heraufhallten, befand sich offenbar Lucius im Brunnen.

»He!« rief er. »Wollt ihr wohl aufpassen, zum Henker?«

»Wenn du doch nur ein einziges Mal mit dem Jammern aufhören würdest!« rief Marcus seinem Bruder zu.

»Du machst mir Spaß!« giftete Lucius zurück. »Ich setz mich hier unten im Dreck der Gefahr aus, mir wer weiß was für Krankheiten an den Hals zu holen ...«

Als ich bei den anderen eintraf, tauchte Lucius' Kopf mit dem schütteren Haarwuchs langsam in der Öffnung des Brunnens auf. Ich half Mr. Moore und Marcus beim Heraufziehen, und als Lucius wieder festen Boden unter den Füßen hatte, legte er sich hin, um Atem zu schöpfen.

In seinen Armen hielt er ein in braunes Papier eingewickeltes Etwas.

»Ist das der Revolver?«

»Es ist *ein* Revolver«, sagte Marcus und begann, das Seil aufzurollen. »Wir haben die Teile des Fuhrwerks demontiert, in denen Kugeln stecken könnten – die Vorderwand des Wagenkastens und den Kutschbock.«

Ich nickte und sah mich suchend um. »Wo ist Miss Howard?« fragte ich.

»In die Stadt zurück gefahren«, sagte Mr. Moore. »Sie will die frühere

Haushälterin der Hatchs, Mrs. Wright, aufspüren und ihr ein paar Fragen stellen. Wie sieht's draußen bei den Westons aus, Stevie? Und sag mal, du hast doch bestimmt 'ne Zigarette?«

Seufzend (er fragte jedesmal, obwohl er die Antwort genau wußte) nahm ich mein Päckchen heraus und gab ihm eine, dann bot ich auch Marcus eine an.

»Vielleicht vertreibt der Rauch die Biester«, sagte Marcus und schlug nach den Mücken, die unsere schweißbedeckten Stirnen umschwirrten. Dann steckte er sich mit dem brennenden Zündholz, das ich ihm reichte, die Zigarette an und stieß eine große Rauchwolke aus, die in der Tat ein paar Insekten in die Flucht zu treiben schien. »Hat der Doktor die Kleine schon gesehen?«

Ich nickte. »Es ist gutgegangen. Ich würde sagen, Mr. Picton war ziemlich verwundert, wie gut das ging. Schon nach fünf Minuten hat sie dem Doktor die Hand hingehalten.«

»Hm«, gab Mr. Moore paffend von sich. »Die Hand hinhalten ist nicht reden – gibt es Hinweise darauf, daß ihr Zustand auf psychische und nicht auf somatische Ursachen zurückgeht?«

»Sie gibt leise Grunzgeräusche von sich«, sagte ich. »Und sie kann lachen, oder jedenfalls so was Ähnliches.«

Das schien Marcus zu beruhigen. »Das läßt Schlüsse zu – glaub ich jedenfalls.« Er wandte sich seinem Bruder zu, der nach wie vor am Boden lag. »Was meinst du, Lucius?«

»Na ja«, sagte Lucius gedehnt, während er sich aufsetzte, »Sie kann Grunzgeräusche von sich geben und lachen – beides spricht dagegen, daß sie aufgrund einer körperlichen Verletzung oder Schädigung unfähig ist zu sprechen. Immer vorausgesetzt, daß die Kugel keins der Sprechorgane in der Kehle getroffen hat. In Dr. Lawrence' Bericht war auch keine Rede von einem Gehirntrauma, das üblicherweise als somatische Ursache für eine derartige Stummheit in Frage käme, wie man sie seinerzeit diagnostiziert hat.«

»Wenn also keine körperliche Verletzung die Ursache ist«, meldete sich Marcus zu Wort, »muß die Unfähigkeit zu sprechen psychisch bedingt sein.«

»Und in diesem Fall«, mischte sich Mr. Moore jetzt ein, »stehen die Aussichten gut, daß Kreisler etwas erreichen kann.«

Marcus nickte und sah, während er an der Zigarette zog, zum Hügel hoch. »Wir wollen uns die Teile des Fuhrwerks noch mal vornehmen«, sagte er und machte sich an den Aufstieg.

Mr. Moore, Lucius und ich folgten ihm. »Was suchen wir denn da?« fragte ich.

»Eine Kugel«, sagte Marcus. Mit seinen leichten Stadtschuhen rutschte er auf den dicken Laubschichten vergangener Jahre aus, die überall den Hang bedeckten. »Wenn wir großes Glück haben, finden wir auch mehrere Kugeln. Weißt du, Stevie, in Dr. Lawrence' Bericht ist bei den beiden Kugeln, mit denen Thomas und Matthew Hatch getötet wurden, nur die Rede vom Einschußloch. Die Jungen waren bereits tot, als er eintraf, und deswegen hat er sich nicht weiter um Einzelheiten gekümmert. Da Clara noch lebte, hat er den Weg der Kugel, die sie getroffen hat, sorgfältiger verfolgt. Zwar ist sie in einem steilen Winkel oben ausgetreten, trotzdem könnte sie irgendwo in einem Brett stecken – am ehesten unten im Sitzbrett.«

»Aber könnten wir denn nicht einfach Dr. Lawrence nach den Kugeln fragen, welche die Jungen getötet haben?« sagte ich, während ich neben ihm herstapfte.

»Das haben wir auf dem Weg hierher getan«, sagte Mr. Moore. »Nur ist Lawrence schon seit einem guten Dutzend Jahren als Leichenbeschauer tätig und hat in der Zeit eine Menge Leichen untersucht. Wie Marcus schon sagte, hat er seine Aufmerksamkeit in unserem Fall hier in erster Linie auf das Mädchen konzentriert. Er weiß einfach nicht, ob die Kugel im Rücken der Jungen ausgetreten ist oder nicht.«

»Das heißt, wir haben zwei Möglichkeiten«, fuhr Marcus fort. »Die eine ist allerdings langwierig und die andere so gut wie ausgeschlossen. Entweder zerlegen wir die entsprechenden Teile des Fuhrwerks in winzige Holzspänchen, um zu sehen, ob irgendwo eine Kugel steckt oder …«

»Oder?«

Marcus seufzte. »Oder wir versuchen einen Gerichtsbeschluß zu erwirken, der es uns gestattet, Thomas und Matthew zu exhumieren.«

»Der Haken an der Sache ist«, fügte Mr. Moore hinzu, »daß jeder Richter in einem solchen Fall grundsätzlich dazu angehalten ist, mit Angehörigen, sprich der Mutter, Kontakt aufzunehmen.« Er sah mich an und lächelte. »Wollen wir wetten, wie Libby Hatch auf eine solche Anfrage reagieren würde, Stevie?«

Ich schüttelte den Kopf. »Lohnt sich nicht, darüber nachzudenken.«

An einem dicken Baum vor dem Gebäude lehnte ein Brett aus Eschenholz von etwa einem Meter zwanzig mal neunzig Zentimetern sowie ein vom Zahn der Zeit benagtes Sitzbrett. Wir traten hinzu und sahen sie uns an.

»Eins versteh ich nach wie vor nicht«, sagte Mr. Moore. »Falls Libby auf die Kinder geschossen hat, hätte sie dann nicht versucht, sich den Wagen und damit die Kugeln vom Hals zu schaffen?«

»Auch bei den Fachleuten steckt die Ballistik noch in den Kinderschuhen, John«, sagte Marcus. »Außerdem hat Dr. Lawrence selbst gesagt, daß er bei den Jungen nicht nach einem Ausschußkanal gesucht hat, da sie bereits tot waren. Also hat er vermutlich diese Möglichkeit auch nicht angesprochen, solange er sich im Hause der Hatchs aufhielt, weshalb sich Libby wohl auch gar keine Gedanken darüber gemacht hat. Über die unübersehbare Wunde in Claras Nacken, die angesichts der geringen

Schußentfernung ziemlich schrecklich gewesen sein muß, hat sich Lawrence natürlich ausführlich ausgelassen.«

»Sie trägt ihr Haar in einem breiten Zopf auf dem Rücken«, sagte ich, und mit einem Mal überfiel mich eine Wehmut, die ich beim Anblick des Zopfes noch nicht so empfunden hatte. »Wahrscheinlich, um die Narbe zu verdecken.«

Marcus wiegte den Kopf, wie um zu sagen, daß das zu seiner Hypothese paßte. »Es ist aber zweifelhaft«, fuhr er fort, »ob Libby so viel von Schußwaffen versteht, daß sie sich über den Weg der Kugel beim Austritt Gedanken gemacht hat.«

Gerade in dem Augenblick hörten wir über die fast zugewachsene Zufahrt eine Kutsche auf uns zukommen und wandten uns um. Auf dem Bock einer gemieteten leichten Kutsche saß Miss Howard und zügelte einen gut im Futter stehenden Hengst. Sie hielt nicht weit von uns an, strich sich einige Strähnen aus dem Gesicht und sprang zu Boden.

»Ich hab sie gefunden!« rief sie mit breitem Lächeln und kam zu uns herüber. »Mrs. Louisa Wright wohnt in der Beach Street – in einem Haus hinter Schafers Gewächshäusern. Sie hat sieben Jahre für die Familie Hatch gearbeitet, und es scheint *nichts* zu geben, worüber sie nicht zu reden bereit ist!« Sie wies den Hügel hinab. »Was ist mit der Waffe? Habt ihr was gefunden?«

»Hoffentlich«, sagte Lucius und hielt das muffig riechende Päckchen empor.

»Aha«, sagte Miss Howard, als sie es sah. »Mrs. Wright hat mir erzählt, daß sie den Revolver mit Packpapier umwickelt hat, bevor sie ihn weggeworfen hat. Am besten fahren wir wieder zurück, schließlich haben wir noch eine Menge zu tun!« Während wir uns daranmachten, die Teile des Hatch-Fuhrwerks in die Kutsche zu laden, fragte Marcus, was Miss Howard von der einstigen Haushälterin der Familie Hatch alles erfahren hatte.

»Das erzähl ich unterwegs«, sagte sie, kletterte wieder auf den Bock und nahm die Zügel in die Hand. »Wie gesagt war sie sehr redselig. Aber eins ist mir besonders aufgefallen: Sie ist überzeugt davon, daß an jenem Abend nur auf *eins* der Kinder von Daniel Hatch geschossen wurde.«

»Was willst du damit sagen, Sara?« sagte Mr. Moore, als wir einstiegen.

Bei ihrer Antwort sah Miss Howard zu mir her. »Du hast doch Clara gesehen, Stevie?« Ich nickte. »Feine hellbraune Haare, Augen von ähnlicher Farbe, blasse Haut?« Ich nickte noch einmal. »Nun, die beiden Jungen scheinen nicht so ausgesehen zu haben.«

Sogleich mußte ich daran denken, daß Mr. Picton Dr. Kreisler auf dem Weg zum Haus der Westons aufgefordert hatte, sich die Farbe von Clara Hatchs Haaren, Haut und Augen gut anzusehen. »Das hat er also gemeint«, sagte ich.

»Was hat wer gemeint?« fragte Mr. Moore.

Doch bevor ich antworten konnte, ließ Miss Howard die Zügel auf die Hinterbacken des Pferdes klatschen, und die Kutsche ruckte an.

Mir war es recht, daß wir diesen Ort verließen, und ich freute mich zu sehen, daß Miss Howard unverzagt die Zügel einsetzte, so daß wir schnell wegkamen. Mr. Moore und ich hatten neben ihr auf dem Bock Platz gefunden, die beiden Isaacsons hingegen saßen mit der Eschenplanke, dem Sitzbrett und dem Revolver im Kutschkasten. Die Waffe wollten sie erst in Mr. Pictons Haus auspacken. Jetzt deckten sie erst einmal Miss Howard mit Fragen über Mrs. Louisa Wright ein. Miss Howard bemühte sich, so zügig und gründlich zu antworten, wie sie konnte. Alles, was sie sagte, zeigte deutlich, daß die alte Haushälterin in einer Verhandlung gegen Libby Hatch eine ausgesprochen wichtige Rolle spielen würde.

Trotz der vielen im Haus der Familie Hatch verbrachten Jahre hielt Mrs. Wright nicht viel von Libby. Da sie aber Daniel Hatch gegenüber zum Glück eine ähnliche Haltung hatte, würden ihre Äußerungen zu den Vorgängen im Hause der Hatchs bei den Geschworenen nicht den Eindruck erwecken, als hege sie lediglich einen Groll gegen ihre gutaussehende Arbeitgeberin, die zudem weit jünger war als sie. Als Marcus wissen wollte, warum es Mrs. Wright so lange dort ausgehalten habe, wenn sie beide Arbeitgeber doch so wenig leiden konnte, erklärte Miss Howard, niemand am Ort sei bereit gewesen, im Haushalt der beiden zu arbeiten, außer eben diese nüchterne und zähe Witwe. Damit seien die beiden immer stärker von ihr abhängig gewesen, und Mrs. Wright habe sozusagen an Gehalt verlangen können, was sie wollte. Auf diese Weise sei es ihr im Laufe der Zeit gelungen, aus dem alten Knauser so viel Geld herauszuholen, daß auch sie in der Stadt ein ansehnliches Haus erwerben konnte, was einer Frau in Ballston Spa mit keiner anderen Tätigkeit möglich gewesen wäre. Mrs. Wright habe bei Hatchs Tod nicht übermäßig viele Tränen vergossen; schließlich habe er ihr nichts hinterlassen. Als Libby sie zum Bleiben aufforderte, hatte die Haushälterin darauf bestanden, weiterhin das gleiche Gehalt zu bekommen. Dem habe Libby zugestimmt; vermutlich, weil es ihr zu mühevoll gewesen wäre, eine neue Kraft zu suchen und einzuarbeiten. Mit anderen Worten hatten also Gefühle Mrs. Wrights Haltung in keiner Weise gefärbt, so daß man sich wohl recht gut auf das verlassen könne, was sie miterlebt hatte und nunmehr berichtete.

Das bedeutete aber nicht, daß sie nichts für die Kinder empfunden hatte, die sich ihrer Aussage nach in einer sonderbaren und verworrenen Lage befunden hatten, welche sie in einem Zustand beständiger Unruhe hielt. Ganz wie Miss Howard vermutet hatte, war jedes der Kinder in den ersten Lebensmonaten von einer Amme versorgt worden. Das erklärte wiederum, daß es bei ihnen nicht zu den üblichen Zwischenfällen gekommen war, die auf Libby Hatchs Mangel an mütterlichen Fähigkeiten zurückgingen – vermutlich war das demnach der einzige Grund dafür, daß sie das Säuglingsalter überlebt hatten. Doch auch noch nach den ersten Monaten war das Leben für die Kinder recht hart gewesen. Clara hatte es noch am besten gehabt, da sich Daniel Hatch bei ihr ziemlich sicher war, daß es sich um sein eigenes Fleisch und Blut handelte. Doch nach der Geburt Matthews und später Thomas' hatte es Ärger gegeben, da er seine Frau inzwischen der ehelichen Untreue verdächtigte. Beide Jungen hatten, anders als die Eltern oder ihre Schwester, dichtes, gelocktes schwarzes Haar, tief dunkelbraune Augen und eine eher dunkle Hautfarbe, worin Hatch den Beweis für die Vaterschaft eines anderen sah. Zwar habe er nie zu sagen vermocht, wer jener sein könne, sei aber Libby gegenüber im Laufe der Zeit immer feindseliger geworden und habe die beiden Jungen überhaupt nicht mehr beachtet.

Sonderbarerweise, so Mrs. Wright, habe es sich dabei keineswegs um das sinnlose Gerede eines alten Mannes gehandelt: Libby habe ihn tatsächlich hintergangen, und zwar mit jemandem, von dem ihr Mann das sicher nie für möglich gehalten hätte. Es sah ganz so aus, als träfen die genannten körperlichen Merkmale von Matthew und Thomas auf Clayton Parker zu, den Geistlichen, der das Ehepaar Hatch getraut hatte und regelmäßig zu Hause besuchte, wo ihn der alte Brummbär so gastlich aufgenommen habe wie nur irgend möglich. Es sah ganz so aus, als habe Mrs. Wright mehr als einmal im Wäldchen hinter dem Haus der Familie Hatch Parker und Libby in leidenschaftlicher Umarmung gesehen. Wie der Zufall so spielt, sei es zu Libbys plötzlichem Rückfall in ihre alte Übellaunigkeit im Sommer 1893 gekommen, unmittelbar nachdem Parker seinen Vorgesetzten mitgeteilt hatte, er verschwende seine seelsorgerischen Talente in Ballston Spa, woraufhin man ihn ausgesandt habe, gute Werke im Babel der Neuzeit zu tun, also in New York.

»Was zum Teufel konnte ein Geistlicher einer Frau bieten, die mit einem der wohlhabendsten Männer im Städtchen verheiratet war?« sagte Marcus.

»Auf jeden Fall einmal Jugend, gutes Aussehen und Charme«, antwortete Miss Howard. »Ich glaube allerdings, daß Mrs. Wright recht hat, wenn sie behauptet, daß Libby allein damit nicht zufrieden gewesen wäre. Da war noch etwas, nämlich eine Art – ja, eine Art Achtbarkeit. Aber auch das kann noch nicht alles gewesen sein. Vielleicht ging es ihr um so etwas wie Erlösung ...«

»Erlösung?« sagte Lucius.

»Sozusagen ein direkter Weg zu Gott?« warf ich ein.

»Ja, das kommt der Sache recht nahe, Stevie«, antwortete Miss Howard und trieb den kleinen Rapphengst zu schnellerer Gangart an. »Ich weiß nicht so recht, was ich davon halten soll und würde mir gern anhören, was der Doktor dazu zu sagen hat ...«

Inzwischen hatten wir die Stadtgrenze erreicht. Ich stellte mich hin, um durch das Dämmerlicht des Abends zu spähen. Schon bald sah ich die

Türme von Mr. Pictons Haus. Außerdem erkannte ich, daß seine Kutsche davorstand und das Pferd schon ausgeschirrt war.

»Es sieht ganz so aus, als würden Sie gleich Gelegenheit dazu haben«, sagte ich zu Miss Howard. »Sie sind von den Westons zurück.«

Am Haus angekommen, trugen wir die aus dem Fuhrwerk der Familie Hatch stammenden Bretter auf die Veranda und gingen ins Haus. Im Wohnzimmer saß Cyrus an Mr. Pictons Flügel, und unser Gastgeber stand in einer fernen Ecke, wo der Doktor seine Notizen auf eine große Tafel übertrug, die unterdessen eingetroffen war. So war alles fast genau wie am Broadway Nr. 808. Mr. Picton schien von der Art unseres Vorgehens gefesselt zu sein.

Mit den Worten »Na, ist das nicht ein heimeliger Anblick?« machte Miss Howard die anderen darauf aufmerksam, daß wir wieder da waren.

Cyrus hörte auf zu spielen, und der Doktor trat mit Mr. Picton rasch auf uns zu. »Endlich!« sagte er. »Was gibt es Neues vom Haus der Familie Hatch? Unsere Tafel wartet!«

Im Verlauf der nächsten Stunde ging es ziemlich durcheinander, weil jeder loswerden wollte, welche Fortschritte er am ersten Tag unseres Aufenthalts hier gemacht hatte. Der Doktor und Clara Hatch waren weiterhin gut miteinander ausgekommen, nachdem ich mich zum Haus der Familie Hatch aufgemacht hatte, und wenn auch die Kleine nach wie vor kein Wort geäußert hatte, war sich der Doktor sicher, daß er sie letztlich dazu bringen würde. Leicht allerdings werde das nicht sein, erklärte er, da sich Clara in einem Zustand »verschleppter hysterischer Ich-Spaltung« befinde. Darunter verstand er, daß das, was sie gesehen hatte, so schrecklich gewesen war, daß sie es verstandesmäßig nicht fassen konnte. Mr. Picton betonte noch einmal, daß man Clara unbedingt zum Sprechen bringen müsse: Solange sie nicht klar und deutlich zu sagen vermöge, daß ihre Mutter auf sie geschossen hatte, gebe es nicht die geringste Aussicht, zu erreichen, daß der Bezirksstaatsanwalt Oakley Pearson im Falle Libby Hatch ein Anklageschwurgericht einberufe. Wir mochten mit noch so erdrückenden Indizienbeweisen aufwarten – in einem Fall, in dem die Wellen bereits schon einmal ziemlich hoch schlugen und in dem es mit Sicherheit zu einem erneuten Ausbruch von Empörung käme, wenn wir unsere Hypothese über das Verbrechen vortrügen, werde all das nichts zählen, solange die Kleine nicht spreche. Er fuhr eine ganze Weile fort, uns das auseinanderzusetzen, doch lief das Ganze auf eine einfache Aussage hinaus: Wenn man eine Frau des Mordes an ihren leiblichen Kindern bezichtigen will, genügt es nicht, lediglich zu zeigen, daß es ein Motiv, die Gelegenheit und die Mittel zur Tat gegeben hat, sondern man muß auch einen unmittelbaren Zeugen dafür aufbieten.

Gewiß würden Motiv, Gelegenheit und Mittel ihre Rolle spielen, und daher sei es sinnvoll, uns weiterhin darum zu kümmern, während sich der

Doktor gleichzeitig darum bemühe, Clara wieder zum Sprechen zu bringen. An jenem Abend sah es ganz so aus, als ließe sich die Frage des Mittels am ehesten lösen, da Lucius vermutlich just die Waffe aus dem alten Brunnen heraufgeholt hatte, aus der die Schüsse abgefeuert worden waren. Nachdem er sich von Mrs. Hastings ein Stück Wachstuch hatte geben lassen, breitete er es auf dem Flügel aus, legte vorsichtig sein feuchtes, in Packpapier gewickeltes Päckchen darauf und machte sich daran, bedächtig mit einigen seiner stählernen chirurgischen Sonden die Verpackung abzunehmen.

»Ich habe Mrs. Wright gefragt, ob ihr an der Waffe etwas aufgefallen ist, bevor sie sie in den Brunnen geworfen hat«, sagte Miss Howard, während wir uns alle um Lucius drängten. »Irgendein Hinweis darauf, daß jemand die Waffe von ihrem ursprünglichen Aufbewahrungsort fortgenommen und abgefeuert hatte. Aber sie hat gesagt, sie sei viel zu mitgenommen gewesen, als daß ihr solche Einzelheiten aufgefallen wären.«

»Verständlich«, sagte Marcus und sah zu, wie sich sein Bruder an dem Päckchen zu schaffen machte, dessen verborgener Inhalt sich nach wie vor nur undeutlich abzeichnete. »Hat sie gesagt, wie alt das Ding ist?«

»Hatch hat zu Mrs. Wright gesagt, daß er den Revolver immer unter seinem Kopfkissen hatte«, sagte Miss Howard. »Da er nicht im Bürgerkrieg gekämpft hat – er hat sich mit Geld freigekauft –, dürfen wir die Möglichkeit ausschließen, daß es sich um eine Waffe handelt, die er vom Militär mitgebracht hat.«

»Ja«, sagte Marcus. »Wahrscheinlich ist es eine, die frei im Handel erhältlich ist. Angesichts Hatchs vorgerückten Alters und weil er wahrscheinlich ein ungeübter Schütze war, wollte er vermutlich eher einen Revolver haben, der sich leicht bedienen läßt.«

»Richtig«, sagte Miss Howard, »so was wie den Peacemaker von Colt – so sieht es dem Umriß nach ja auch aus. Vermutlich eine frühe Ausführung. Wann hat es die ersten Single-Action-Modelle für das Heer gegeben? 1871? Die Zeit käme ungefähr hin.«

»Aber könnte auch eine Frau eine solche Waffe handhaben?« fragte der Doktor.

Normalerweise hätten Lucius oder Marcus auf eine solche Frage geantwortet, aber Miss Howard war ziemlich in Fahrt, und die beiden kannten sie gut genug, um sich in einer solchen Situation nicht vorzudrängeln.

»Warum nicht?« sagte sie achselzuckend. »Auf den ersten Blick könnte man annehmen, daß ein .45er-Revolver nicht unbedingt eine Waffe für eine Frau ist, aber das Heeresmodell verschießt Ganzmantelgeschosse und ist fast rückschlagfrei. Der Revolver läßt sich eigentlich ziemlich einfach bedienen, und sogar die langläufigeren Modelle wiegen nur etwas über ein Kilo – selbst wer nur wenig Erfahrung im Umgang mit Waffen hat, kann gut damit zurechtkommen.«

Ich beobachtete, daß Mr. Picton Miss Howard mit einem überraschten Blick bedachte und dann Mr. Moore ansah. »Leg dich bloß nicht mit dieser Frau an, Rupert«, sagte er.

Mit einem Mal sagte Lucius mit besorgtem Blick: »Ich glaube nicht, daß ich die Tüte in einem Stück herunterbekomme.«

»Gibt es einen Grund dafür, warum das nötig wäre?« fragte Mr. Moore.

»Wenn wir beweisen können, daß die Verpackung hier am Ort hergestellt wurde«, erklärte Marcus anstelle seines Bruders, »ist es fast ausgeschlossen, daß es sich um eine andere Waffe handelt, die jemand anders erst in jüngster Zeit weggeworfen hat.«

»Das kann man auch einfacher herausbekommen«, sagte Mr. Picton. »Sehen Sie einfach am unteren Ende nach – vielleicht steht da ja in kleinen schwarzen Buchstaben ›West Bags, Ballston Spa, New York‹.«

Lucius untersuchte den Teil der Tüte, der die Mündung des Laufs umschloß. Dann hellte sich sein Gesicht auf. »Sie haben recht, Mr. Picton. Da steht es! Ich schneide das Stück heraus ...« Er nahm ein Skalpell zur Hand und machte am unteren Teil der Tüte vier saubere kleine Einschnitte. Darauf zog er ein rechteckiges Stück des Packpapiers beiseite und legte es sorgfältig auf das Wachstuch. »So. Und jetzt können wir ...«

Unbehindert machte sich Lucius jetzt daran, streifenweise das braune Papier abzulösen. Schon bald war ein einfacher Revolver zu erkennen, wie man ihn auf den üblichen Abbildungen zum Wilden Westen sieht. Grünlicher Schimmel überzog die dunkelbraunen Griffschalen, die stählerne Trommel und der Lauf waren angerostet. Keiner von uns wußte so recht, was er denken sollte. Lucius nahm den Revolver auf, indem er eine der Sonden durch den Abzugbügel schob, betrachtete ihn gemeinsam mit seinem Bruder und lächelte dann.

»Vielen Dank an die Firma West Bags«, sagte er und atmete erleichtert auf.

»Soll das heißen, daß die Waffe in gutem Zustand ist?« fragte Mr. Moore.

»Sagen wir mal so«, antwortete Lucius. »In Ballston Spa werden in der Tat die besten Tüten der Welt hergestellt.«

Marcus nickte zustimmend, während er seinerseits die Waffe begutachtete. »Hm, ja«, sagte er mit kaum verhohlener Begeisterung. »Mit ein wenig Aufwand müßte es sogar möglich sein, sie wieder schußfertig zu machen.«

»Und das bedeutet ...?« sagte Mr. Moore.

»Einer ballistischen Überprüfung steht nichts im Wege«, sagte Miss Howard mit feinem Lächeln.

Verständnislosigkeit zeichnete sich auf Mr. Moores Zügen ab. »Einer was?«

»Für einen Vergleich brauchen wir aber eine andere Kugel«, sagte

Lucius, der die Waffe wieder hingelegt hatte. »Hoffentlich finden wir eine in den Teilen des Fuhrwerks.«

»Nicht so hastig mit die jungen Pferde«, sagte Mr. Moore.

»Inwieweit sind die Richter hier vor Ort mit ballistischen Untersuchungen vertraut, Mr. Picton?« fragte Marcus.

Mr. Picton zuckte die Achseln. »Die wissen natürlich, daß es so etwas gibt. Aber soweit ich weiß, hatten wir bisher keinen Fall, in dem ein Angeklagter aufgrund einer solchen Analyse schuldig gesprochen worden wäre. Andererseits fällt mir auch keiner ein, in dem man sie abgelehnt hätte. Unsere Richter sind in solchen Dingen nicht unbelehrbar – es macht ihnen nichts aus, von Zeit zu Zeit einen Präzedenzfall zu schaffen. Wenn wir etwas Überzeugendes haben – vor allem zusätzlich zu anderen Beweismitteln –, glaube ich, daß ich es einbringen und etwas damit erreichen kann.«

»Was will er einbringen?« sagte Mr. Moore entnervt. »Wovon wird hier eigentlich geredet?«

Ich war selbst ziemlich verwirrt und sah, daß es dem Doktor und Cyrus nicht viel besser ging. Aber wir ließen lieber Mr. Moore die dummen Fragen stellen, denn das paßte zu ihm – das sage ich mit aller Achtung vor seinen sonstigen und höher einzuschätzenden Eigenschaften.

»Wenn wir die Waffe schußfertig bekommen sollten«, sagte Lucius zu Mr. Picton, ohne groß auf Mr. Moore zu achten, »müssen wir eine Art Schießstand einrichten.«

»Der Park hinter dem Haus steht zu Ihrer Verfügung!« sagte Mr. Picton und wies nach draußen. »Dahinter liegt lediglich ein großes Maisfeld. Wenn Sie mir sagen, was Sie brauchen …«

»Nicht viel«, sagte Lucius. »Nur ein paar Baumwollballen als Kugelfang.«

»Kein Problem«, sagte Mr. Picton. »Mrs. Hastings! Wir …« Er wandte sich um und sah, daß die Haushälterin bereits in der Tür stand und uns mit verständnislosem Blick musterte. »Ah! Mrs. Hastings. Rufen Sie bitte Mr. Burke an, und sagen Sie ihm …«

»Ja, Sir«, sagte Mrs. Hastings, wandte sich ab und warf die Arme in die Luft. »Ein paar Baumwollballen, Sir, damit Sie hinter dem Haus rumballern können.«

»Das wäre die beste Lösung«, sagte Miss Howard, ohne den Blick von dem Revolver zu lösen.

»O ja«, pflichtete Mr. Moore ihr bei. Allerdings klang seine Stimme ein wenig jämmerlich, wie immer in solchen Augenblicken. »Die beste Lösung. Erklärt es uns anderen auf keinen Fall.«

Mr. Picton lachte und wandte sich dann an seinen alten Freund. »Tut mir leid, John, daß wir ein bißchen unhöflich waren. Jetzt ist eigentlich alles erledigt, was heute anstand, ich würde sogar sagen, daß alles außergewöhnlich erfolgreich verlaufen ist. Würde es dich trösten, wenn wir mit der Straßenbahn zum Canfield's fahren? Wir können beim Abendessen noch ein bißchen über die Sache reden und später dann vielleicht ein bißchen Roulette und ein paar Runden Karten spielen ...«

»Ruhe!« kommandierte Mr. Moore mit erhobener Hand und sah mit einem Mal ganz aufgeregt aus. »Alles geht nach oben und zieht sich zum Abendessen um, bevor jemand wieder von der Sache anfängt oder Rupert es sich anders überlegt! Los, alle! Vorwärts!«

»Und wenn wir nicht wollen?« begehrte Miss Howard auf, von Mr. Moore schon zur Treppe geschoben. »Mich interessiert kein ...«

»Dann fährst du einfach nach dem Essen hierher zurück«, sagte Mr. Moore. »Aber hindere andere nicht daran, ihre Seele bei Ausschweifungen aufs Spiel zu setzen!«

Ich war schon auf die Treppe zugeeilt, dann aber fiel mir noch etwas ein, und ich wandte mich an Mr. Moore. »Geben Sie meine Wetteinsätze für mich ab? Soweit ich gehört hab', dürfen da nur Erwachsene spielen.«

»Wird gemacht, Stevie«, sagte Mr. Moore. »Mach dir keine Sorgen – ich werde deine Anweisungen buchstabengetreu befolgen. In Schale werfen mußt du dich aber trotzdem, sonst läßt man dich nämlich noch nicht mal in den Speisesaal.«

Ich nickte ihm zu und lächelte. »Dafür hab ich die feinen Sachen ja auch mitgebracht – das einzige, was mich dazu kriegen kann, die anzuziehen, ist 'ne anständige Partie!«

Ich stürmte nach oben in mein Zimmer, schloß die Tür und riß den riesigen Mahagonischrank auf, wo ich den Abendanzug aufgehängt hatte, den mir der Doktor ein Jahr zuvor gekauft hatte. Vermutlich hatte er damals gehofft, ich würde Geschmack am Musiktheater finden und ihn und Cyrus vielleicht sogar ab und an in die Oper begleiten; bisher hatte ich jedoch die Loge des Doktors in der Metropolitan Opera erst ein einziges Mal beehrt, wobei ich den bewußten Abendanzug getragen hatte – das aber auch nur, weil der Opernbesuch im Fall Beecham für die Ermittlung wichtig gewesen war. Diesmal fuhr ich dagegen nur allzugern in das gestärkte weiße Hemd und den schwarzen Anzug: Um an einem ordentlichen Roulettetisch – und ich hatte gehört, so etwas gebe es in Richard Canfields berühmtem Spielsalon mit Restaurant, der landauf, landab einfach als »das Kasino« bekannt war – ein paar Einsätze zu machen, konnte man das Opfer bringen.

Allerdings bedeutete mein Eifer, die feinen Sachen jetzt anzulegen, nicht zugleich, daß ich Erfahrung damit gehabt hätte, wie sie anzuziehen waren. Unter Fluchen und Stöhnen quälte ich mich umständlich hinein, zerrte und zupfte daran herum und kam schließlich zu dem Ergebnis, daß mir jemand anders die Krawatte binden müsse. Als ich unten ankam, waren alle anderen schon zum Ausgehen bereit, und Mr. Moore zappelte ungeduldig, als mir Miss Howard liebenswürdigerweise den weißen Seidenbinder, der mir lose um den Hals baumelte, zu einer Schleife band. Endlich verließen wir das Haus und schlenderten in der lauen Sommernacht zur Haltestelle der Straßenbahn. Dort bestiegen wir frohgemut einen kleinen offenen Wagen, ohne auch nur einen Augenblick lang zu vermuten, daß unser Gastgeber mit der kurzen Reise mehr als einen Erholungsausflug beabsichtigt haben könnte.

# Kapitel 32

Die Straßenbahnlinie Ballston—Saratoga gab es offenbar erst seit einem Jahr, und das sah man auch: Der Wagen, in den wir eingestiegen waren, hatte polierte Plattformgeländer, eine saubere Einrichtung und rollte auf hochglänzenden Schmalspurgleisen. Er legte die etwa acht Kilometer zwischen Ballston Spa und der Hauptstraße von Saratoga, dem Broadway, recht flott zurück, und die erfrischende Brise, die vorn im Wagen unsere Gesichter umfächelte, versetzte uns in heitere Stimmung. Die frische Luft wirkte wie Champagner auf uns und steigerte irgendwie unsere Vorfreude. Obwohl die Fahrt kaum eine Viertelstunde dauerte, kam sie mir unendlich vor.

Schließlich fuhr der Wagen am Südende des Broadway in die größte Freizeitanlage der Vereinigten Staaten ein. Von dort aus hatten wir einen herrlichen Blick hinab ins Zentrum der Stadt; und ich muß sagen, es war wahrlich ein toller Anblick. Saratogas Broadway, den herrliche Ulmen säumten, hätte einfach so schon jeder Stadt zum Schmuck gereicht; aber hinter den Bäumen und den gepflegten Gehwegen mit den Straßenlaternen glänzten die hellen Lichter zahlloser Geschäfte und der großen Hotels, die alle miteinander allerlei Vergnügen verhießen und die überholte Bezeichnung der Stadt als »Kurort« Lügen straften. Es gab keinen Hinweis darauf, daß man in Saratoga Ruhe und Entspannung zu schätzen wußte (oder auch nur hätte finden können): Die alten Zeiten, in denen Politiker, Gelehrte und Künstler aus aller Welt dort hingeströmt waren, um gemeinsam zu »kuren« und sich über erhabene Themen auszutauschen, waren 1897 endgültig vorüber. Die Stadt war zu einem Vergnügungsort reinsten Wassers geworden.

Das Kasino Canfield's war ein rechteckiger großer Bau, der in einem schattigen grünen Park lag, dessen Hauptanziehungspunkt einst der Congress-Brunnen gewesen war (eine der vielen alten Mineralquellen der Stadt). Erbaut hatte das Kasino im italienischen Stil ein gewisser John Morrissey, ein vierschrötiger irischer Berufsboxer, der als Schläger im Dienst der korrupten politischen Gruppen New Yorks stand, zugleich aber ein berühmter Spieler war, der sich mit Hilfe seiner Gewinne im Spielsalon- und Pferdewettgeschäft etabliert und auch Saratogas erste Pferderennstrecke eingerichtet hatte. Beim Bau dessen, was damals als »Klubhaus« bezeichnet wurde, hatte er 1870/71 jeden Luxus eingesetzt, den man sich denken konnte, und im Kasino hatte vom ersten Tag an Hochbetrieb geherrscht. Allerdings hatte das Kasino dem guten Morrissey nicht das verschafft, woran ihm am meisten lag: die Anerkennung der feinen Gesellschaft, deren Mitglieder zu Tausenden in sein Etablissement strömten, um dort ihr Geld zum Fenster hinauszuwerfen. Er war 1878 gestorben. Eine Zeitlang hatte sich das Kasino in den Händen verschiedener zweitklassiger Betreiber befunden, bis sein gegenwärtiger Inhaber, Richard Canfield, es erworben und 1894 rundum erneuern lassen hatte.

Wie bei Morrissey stammte Canfields Vermögen aus dem Glücksspiel, aber ihm hing nicht die Verbrechervergangenheit an, die bei Morrissey verhindert hatte, daß man ihn als wahren Gentleman ansah. Canfield hatte Spielsalons in Providence im Bundesstaat Rhode Island und danach in New York betrieben und sich im Selbststudium während seiner Freizeit (und bei einem kurzen Aufenthalt im Gefängnis) zu einer Art Gelehrten und Kunstkritiker herangebildet. Als er Morrisseys Klubhaus übernahm, nutzte er all sein Wissen, richtete das Gebäude mit erstklassigen Möbeln und Kunstwerken ein, sah einen großen neuen Speisesaal vor und stellte mehrere weltberühmte französische Köche ein, die für seine Feinschmeckerkundschaft kochen sollten. Indem er Frauen und Jugendlichen verbot, an seinen Tischen zu spielen, hatte er sogar den Befürwortern einer Gesetzesreform eine lange Nase gedreht, die in den Anfängen seiner Tätigkeit versucht hatten, in Saratoga für Ordnung zu sorgen, und denen es sogar gelungen war, eine ganze Reihe kleinerer Häuser schließen zu lassen. Zugleich hatte Canfield für besagte Frauen und Kinder einen großen Salon eingerichtet, wo sie Eis essen und sich mit Unterhaltungen aller Art die Zeit vertreiben… und ihren Gatten beziehungsweise Vätern Anweisungen geben konnten, wie diese für sie setzen sollten.

Der Park, der das Kasino umgab, bildete mit seinen Springbrunnen, Wasserbecken, Statuen und gestutzten Bäumen, welche die Promenade bis hin zu den mit Efeu bewachsenen Wänden des zweistöckigen Kasinos säumten, einen herrlichen Rahmen für jeglichen Luxus. An jenem Abend betraten wir das Gebäude durch den Haupteingang, wobei die Brüder Isaacson erleichtert zur Kenntnis nahmen, daß Mr. Canfield zu den wenigen Betreibern von Spielsalons und Hotels in Saratoga gehörte, die nicht das Schild JUDEN UNERWÜNSCHT aufgehängt hatten. Im Inneren fanden wir uns in einem belebten großen Foyer mit knöcheltiefen Teppichen wieder, das unmittelbar vor dem öffentlich zugänglichen Spielsalon lag. Im Unterschied zu den privaten Räumen im Obergeschoß wurde hier vergleichsweise preisgünstig gespielt (eine weiße Spielmarke kostete einen Dollar, eine rote fünf, eine blaue zehn, eine gelbe hundert und eine braune tausend) – in den oberen Räumen hingegen mußte man alles mit hundert malnehmen.

Sosehr es mich in den Fingern juckte zu spielen, war ich an jenem Abend noch begieriger, das muß ich offen gestehen, den Mann kennenzulernen, den alle Welt als »Fürsten der Spieler« titulierte. Lange brauchte ich nicht zu warten: Kaum waren wir eingetreten, fiel mein Blick auf einen glattrasierten korpulenten Mann, der keineswegs ungebildet aussah. Seinen dunklen Augen schien nichts von dem zu entgehen, was um ihn herum geschah. (Sein Gesicht war so faszinierend, daß es später einmal sogar die Aufmerksamkeit eines so bedeutenden Malers wie J. A. M. Whistler erregte, der es daraufhin auf Leinwand bannte.) Als er Mr. Picton hereinkommen sah, eilte Mr. Canfield sogleich herbei und sagte, die Hand zur Begrüßung ausstreckend: »Sieh an, Mr. Picton! Haben Sie Lust auf einen Abend an den Tischen? Oder führt Columbins Küche Sie her?«

»Canfield!« sagte Mr. Picton mit aufrichtiger Fröhlichkeit. »Keins von beiden. Aber ich habe zur Zeit ein paar Gäste im Hause, denen ich erzählt habe, daß sie keinesfalls abreisen dürfen, ohne unseren bedeutendsten Beitrag zur modernen amerikanischen Kultur gesehen zu haben!« Rasch stellte er uns alle vor. Mr. Canfield begrüßte uns auf die geschmeidige Art, die den erfolgreichen Spielmagnaten auszeichnet. Aber ich las noch mehr heraus: Es sah ganz so aus, als hätten wir Anspruch auf eine Art Vorzugsbehandlung, einfach deshalb, weil wir die Gäste von Mr. Picton waren.

»Mr. Picton hat mich in einer für mich besonders schwierigen Zeit in hohem Maße unterstützt«, erklärte Mr. Canfield, als könnte er meinen Gedanken hören. »Damals, als sich die Reformer in der Stadt austobten, hat er der Bezirksregierung erklärt, sofern Saratoga nicht wieder vom Mineralwasser abhängig werden wolle, könne die Stadtverwaltung nicht umhin, »kulturell hochstehende Einrichtungen« wie das Kasino weiterbestehen lassen, ganz gleich, wie viele der kleinen Häuser sie schließe.«

»Ich wußte gar nicht, daß mein Beitrag *so* entscheidend war, Canfield«, sagte Mr. Picton. »Sogar die Reformwütigsten haben letztlich eingesehen, daß sie dabei waren, den Ast abzusägen, auf dem sie saßen. – Wie sieht's heute abend aus?«

»Es sind alle da«, antwortete Mr. Canfield und führte uns zum Speisesaal. »Brady, Miss Russell, Jesse Lewisohn – Gates ist oben, er will nach wie vor unbedingt einen Rekord aufstellen.«

Diese Aufzählung machte mich sprachlos. Namen wie der von Brillanten-Jim Brady, Großmogul unter den Lieferanten von Eisenbahnzubehör, dessen Magen sechsmal so groß war wie bei normalen Menschen und dessen Appetit nahezu ebenso gewaltig war wie seine Leidenschaft für Edelsteine, oder auch jener der berühmten Unterhaltungskünstlerin Miss Lillian Russell, Bradys ständige Begleiterin, waren damals selbstredend weithin berühmt – und sind es heute noch. Ebenso legendär aber waren in Spielerkreisen die Namen Jesse Lewisohn – »der ehrenwerte Bankhalter« – und Mr. John Gates (der sich bald den Spitznamen »Mann mit dem Millioneneinsatz« verdienen würde, weil er in Saratoga diesen Betrag – an einem einzigen Tag – verloren und fast vollständig zurückgewonnen hatte), und meist riefen sie sogar noch mehr Aufsehen hervor.

»Brady sitzt natürlich im Speisesaal«, fuhr Mr. Canfield fort, »hat sich bereits die Hälfte von Columbins Vorräten einverleibt, verlangt aber trotzdem nach mehr. Ich werde Ihnen einen Tisch möglichst weit weg von ihm anweisen lassen – auch seine Brillanten können in solchen Momenten nicht verhindern, daß sein Anblick den Appetit anderer nicht unbedingt fördert.« Er machte einem Kellner, der am Eingang zum Speisesaal stand, ein Zeichen und schüttelte Mr. Picton erneut die Hand. »Albert wird sich um Sie kümmern – ich sehe Sie dann im Spielsalon. Vermutlich wollen Sie nicht oben spielen?«

Mr. Picton schüttelte lächelnd den Kopf. »Mit meinem Gehalt? Nicht im Traum, Canfield. Wir können uns in den öffentlichen Salons schon zur Genüge ruinieren. Vielen Dank.«

Nach einer Verbeugung verschwand Mr. Canfield in der Menge; dann aber schien ihm noch etwas einzufallen, und er blieb stehen.

»Ach übrigens, Picton, ich habe gehört, daß Sie den Fall wiederaufnehmen wollen – den, bei dem die Kinder erschossen wurden?«

Wir vermochten kaum unsere Verblüffung zu verbergen; aber Mr. Picton schüttelte nur lächelnd den Kopf.

»Ist in Ordnung, Canfield«, sagte er. »Ich werde mich bemühen, Sie auf dem laufenden zu halten.«

»Sie wissen ja, wie das ist«, sagte Canfield und breitete verständnisheischend die Arme aus. »Die Leute hier setzen auf alles und jedes – das gilt natürlich auch für die Verbrecherjagd und das Verfahren. Ich wüßte nur zu gern, welche Quote ich festsetzen soll.«

»Zwei zu eins im Fall der Verbrecherjagd, im Augenblick jedenfalls«, sagte Mr. Picton. »Was das Verfahren betrifft, geb ich Ihnen noch Bescheid.«

Mr. Canfield warf ihm einen abschätzenden Blick zu. »Zwei zu eins? Sie scheinen sich Ihrer Sache ziemlich sicher zu sein.«

»Eigentlich schon«, sagte Mr. Picton. »Es könnte Sie allerdings überraschen, wen wir festnehmen werden.«

Mr. Canfield nickte, wandte sich ab und kehrte mit einem erneuten Abschiedsgruß an seine Aufgabe zurück, Leute glücklich zu machen, die für dumm verkauft werden wollten.

»Und das, meine Freunde«, sagte Mr. Picton, »meine ich damit, daß sich in diesen Kleinstädten Gerüchte schnell ausbreiten.«

»Soll das heißen, daß die Leute auf den Fall Wetten abschließen werden?« fragte der Doktor und ließ seinen Blick über die Menge der Wohlhabenden schweifen. In seine Augen trat ein Anflug des Abscheus.

»Und ob. – Moore«, sagte Mr. Picton und sah zu seinem Freund hin, »du brauchst gar nicht so glänzende Augen zu kriegen. Canfield hat seine Position nicht dadurch erreicht, daß er sich von Leuten ausnehmen läßt, die über interne Informationen verfügen.« Mr. Picton begann, auf das gegenüberliegende Ende des Foyers zuzuschreiten. »So – dann wollen wir mal essen, was?«

Zwar mochte unser Tisch, wie es Mr. Canfield versprochen hatte, weit entfernt von dem stehen, an dem Brillanten-Jim Brady mit Miss Lillian Russell saß, aber um dort hinzugelangen, mußten wir an jenem berühmten Paar vorübergehen, und das war nicht unbedingt erbaulich. Auch wenn wir keinerlei Berührung mit den beiden oder ihren Begleitern hatten, merkte ich mit einem Blick, daß etwas, was als Legende ganz amüsant sein mag, in der Wirklichkeit bisweilen recht niederdrückend sein kann. Ich wußte alles über Brillanten-Jims berühmten Juwelenschmuck, in den angeblich insgesamt an die zwanzigtausend Diamanten verarbeitet waren, und hatte natürlich auch von seiner ungezügelten Eßlust gehört. Aber nichts von all dem hatte mich auf den Anblick eines schweinsgesichtigen Mannes vorbereitet, der seine berühmte Leibesfülle unter dem Diktat der Eitelkeit in Kleidung gezwängt hatte, die ihm zwei Nummern zu klein waren, und der hier sein übliches Eßspektakel veranstaltete: Zu Anfang der Mahlzeit war sein diamantenbesetzter Bauch etwa eine Handspanne weit vom Tisch entfernt, und er hörte erst auf, wenn er damit an die Tischkante stieß. Gerade, als wir an ihm vorüberkamen, massakrierte er – er hatte einen Latz umgebunden, um seinen teuren weißen Anzug und seine kostbaren Brillanten zu schonen – eine ganze Familie von Hummern. Brady war geschmacklos, unflätig und nahm den Damen gegenüber kein Blatt vor den Mund. Offensichtlich wußte er genau, daß sie wegen seiner Millionen und weil ihnen außer ihrem hübschen Aussehen alles andere abging, seine Äußerungen nicht nur erdulden, sondern dazu auch noch lächeln oder gar lauthals lachen würden.

Neben Brillanten-Jim saß also Miss Lillian Russell. Natürlich hatte ich ihr Gesicht schon auf Plakatwänden in New York gesehen, doch kam mir der Verdacht, als ich ihrer zum ersten Mal in Fleisch und Blut ansichtig wurde, daß es sich um ausgesprochen schmeichelhafte Plakate gehandelt haben mußte. Auch sie schlappte Bradys geschmackloses, anstößiges Verhalten auf wie eine Katze eine Schale mit Milch. Ich möchte nicht wie ein Tugendbold wirken: Weiß Gott habe ich mich weder damals besonders gewählt ausgedrückt, noch tue ich das heute. Aber es gibt einen Unterschied zwischen einer gewissen Saftigkeit des Ausdrucks und widerlichem Verhalten, und dieser Unterschied war sozusagen in Brady Fleisch geworden. Wir alle kannten das Gerücht, daß Miss Russell ihre Gunst nicht ihm gewährte (es schien auch gänzlich unmöglich, daß eine Frau, welche auch immer, mit jenem von Ausschweifungen gezeichneten Faß den Geschlechtsakt hätte vollziehen können), sondern sich mit seinem Kumpan Jesse Lewisohn im Heu wälzte. An jenem Abend aber kam es mir nicht so vor, als würde Mr. Lewisohn damit eine besonders große Gunst gewährt: Miss Russell mochte eine berühmte Schauspielerin sein, doch auch an ihrer Figur war nicht spurlos vorübergegangen, daß sie an so manchem Eßtisch ordentlich zugelangt hatte. Welche armen Zofen sie auch immer in das hautenge Kleid hatten quetschen müssen, das sie an jenem Abend trug, sie hatten sich ihren Lohn ebenso sauer verdient wie jeder Bergmann unter Tage, das war sicher.

Auch an den übrigen Tischen in jenem Speisesaal – ein schöner langer Raum mit kleinen Buntglas-Oberlichtern in der Decke und einem polierten Boden aus Eichendielen – führten sich die Gäste mehr oder weniger auf wie an Bradys Tisch: Alle stopften sich voll, tranken wie die Kamele, sprachen viel zu laut und »turtelten« auf eine Weise, die einer durchschnittlichen Straßendirne in New York eine Nacht auf der Polizeiwache eingetragen hätte. Dabei handelte es sich um Menschen, die in ihrem Alltagsleben als achtbar galten und die, nach New York zurückgekehrt, die Verantwortung für wichtige Entscheidungen in Wirtschaft und Politik sowie für das Leben von Millionen gewöhnlicher Bürger trugen. Nur gut, daß wir wegen des Spielens gekommen sind, dachte ich; ich glaube nicht, daß ich es hätte ertragen können, mit diesen Leuten gesellschaftlich zu verkehren.

Ich war mit meinen Empfindungen nicht allein: Am Ende der Mahlzeit waren alle an unserem Tisch ziemlich angeekelt – und beim Hinausgehen wurde langsam klar, daß der hinterhältige Mr. Picton uns just deshalb mit dorthin genommen hatte. »Sehen Sie noch einmal gut hin«, sagte er. »Falls es uns nämlich gelingt, Libby Hatch vor Gericht zu stellen, müssen wir nicht nur mit der Empörung der einfachen Bürger rechnen – auch der Zorn dieser feinen Herrschaften wird uns mit aller Macht treffen. Ist es nicht das Wesen der Heuchelei, Doktor, daß sie Masken braucht, hinter denen sie sich versteckt? Im Vordergrund steht dabei die unantastbare Maske, die so tut, als sei der heimische Herd der Mittelpunkt einer Idylle und die Mutterschaft heilig. Falls ich recht behalte, sollten wir damit rechnen, in den nächsten Wochen einige der Gesichter hier unter den Zuhörern im Gericht von Ballston wiederzusehen.«

Da wir uns an diesem Abend eigentlich etwas entspannen wollten, war das kein besonders aufmunternder Hinweis. Miss Howard, der offenbar genügte, was sie im Speisesaal gesehen hatte, wollte gleich wieder mit der Straßenbahn zurückfahren. Der Doktor, Cyrus und die Brüder Isaacson, von denen sowieso keiner besonders spiel- oder wettfreudig war, erklärten sich bereit, sie zu begleiten, und überließen das Feld den wahren Anhängern dieser Art von Zerstreuung. Mr. Moore und Mr. Picton tranken rasch noch etwas, wobei ich ihnen in knappen Worten meine Roulette-Strategie darlegte. Bis sie den öffentlichen Spielsalon aufsuchten, hatte es ganz den Anschein, als sei es ihnen gelungen, den Abscheu zu überwinden, den sie gegenüber den Anwesenden empfanden. Da ich beim Spielen nicht dabeisein durfte, hatte ich die Wahl, ob ich mich in dem Frauen und Kindern vorbehaltenen Salon aufhalten oder hinausgehen wollte, um zu rauchen: nicht unbedingt eine schwierige Entscheidung.

Unter den tief herabhängenden Zweigen einer Trauerweide, die vom Rand eines der kleinen Zierteiche im Park vor dem Kasino über das Wasser hing, zupfte ich genervt an meinem gestärkten Kragen und meiner Frackschleife. Am liebsten hätte ich mir beides heruntergerissen. Dann paffte ich eine und dachte nach – nicht etwa über das, was dabei für mich herausspringen würde, wenn drinnen alles nach Plan liefe, sondern über das, was Mr. Picton im Speisesaal gesagt hatte. Die Vorstellung, all jene reichen und mächtigen Heuchler und Weiberhelden zu reizen – weil sie sich vielleicht richtiggehend bedroht fühlten –, indem wir Libby Hatch vor Gericht brachten, war nicht unbedingt beruhigend, und zuerst nahm ich an, daß die unangenehme Vorstellung dessen, was uns bevorstand, der Grund für meine einsetzende innere Unruhe war. Doch bald ging mir auf, daß das Unbehagen, das ich empfand, eine näherliegende Ursache hatte, die sich in meiner augenblicklichen Umgebung befand. Anfangs konnte ich nicht sagen, was das war, aber nach einer Weile begriff ich: Jemand beobachtete mich.

Ich fuhr herum, trat tiefer in den Schutz der Weide und suchte die Dunkelheit um mich herum ab, doch nirgendwo in jenem Teil des Parks war eine lebende Seele zu sehen. Trotzdem wuchs meine Überzeugung von Augenblick zu Augenblick, daß dort irgend jemand alle meine Bewegungen beobachtete. Unwillkürlich zupfte ich wieder an meiner Krawatte und an meinem Kragen, der kalte Schweiß brach mir aus, mein Atem ging schneller, und unruhig trat ich von einem Fuß auf den anderen. Schließlich rief ich in die vermeintlich leere Dunkelheit: »Wer ist da? Was wollen Sie?« Im Bewußtsein, daß es wahrscheinlich unvernünftig war, aber unfähig, mich davon abzuhalten, steckte ich eine Hand in die Hosentasche und rief: »Ich bin bewaffnet! Ich schieße ...«

Mit einem Mal flog ein dunkles Etwas wie aus dem Nichts an mir vorüber. Ein Schatten huschte schnell vom Himmel herab und prallte auf den Boden, zwar kaum vernehmbar, aber doch so gut zu hören, daß ich mit einem Aufschrei zurücksprang. Hätte ich mich nicht am Stamm der Weide festgehalten, wäre ich in den Teich gefallen. Ich hörte, wie sich schnelle Schritte entfernten, aber bis ich den Blick hob, war der Betreffende fort.

Langsam kam ich wieder zu Atem. Ich merkte, daß ich wieder allein war. Das konnte ich ebenso deutlich spüren wie zuvor die Anwesenheit des Unbekannten. Wer auch immer sich unter den überhängenden Zweigen verborgen gehalten hatte – irgendein Halbwüchsiger, wie ich törichterweise vermutete –, war davongelaufen, vermeintlich weil ich ihn durch meine Drohung mit der Waffe eingeschüchtert hatte. Offenbar hatte er mehr Angst vor mir als ich vor ihm. Als ich merkte, daß ich meine Zigarette verloren hatte, steckte ich mir eine neue an und kehrte dann ins Kasino zurück. Ich lachte angesichts meiner Tollkühnheit, weil mir damals nicht bewußt war, wie nahe ich tatsächlich einer wirklichen Gefahr gewesen war.

Doch sollte mir das noch bewußt werden, denn schon wenige Stunden später sollte ich dieser Gefahr aufs neue ins Gesicht sehen.

# Kapitel 33

An jenem Abend schnitten Mr. Moore, Mr. Picton und ich an den Spieltischen gar nicht schlecht ab, und als wir am Samstag morgen wach wurden, betrachteten wir die Aufgabe, die noch vor uns lag, wieder mit mehr Zuversicht. Der Doktor hatte sich bereits von Cyrus in einem gemieteten Einspänner zum Gehöft der Westons hinausfahren lassen, und Marcus und Miss Howard machten sich hinter Mr. Pictons Haus an den drei Ballen Rohbaumwolle zu schaffen, die inzwischen angeliefert worden waren. Unterdessen hatte sich Lucius auf der hinteren Terrasse eingerichtet und untersuchte dort gründlich jedes Bestandteil von Daniel Hatchs Revolver auf Fingerabdrücke, bevor er daranging, ihn zu zerlegen und wieder schußfertig zu machen. Da alle sinnvoll beschäftigt waren, sah es ganz so aus, als könnte Mr. Picton beruhigt sein Büro im Gericht aufsuchen, um dort nach Fällen zu suchen, die Ähnlichkeit mit unserem aufwiesen (in der Sprache der Juristen »Präzedenzfälle«). Mr. Moore und ich gedachten, uns erst einmal im Eßzimmer an Mrs. Hastings ausgezeichnetem Frühstück zu stärken.

Im Anschluß daran wurden auch wir arbeitsverpflichtet: Lucius gab jedem von uns eine Lupe, eine Chirurgensonde und ein sehr scharfes Taschenmesser. Wir sollten uns die Holzteile des Fuhrwerks der Familie Hatch vornehmen, welche die Brüder Isaacson hinter das Haus geschleppt hatten, und sie Quadratzentimeter für Quadratzentimeter untersuchen. Sobald wir etwas fanden, das unter Umständen ein Einschußloch sein könnte, sollten wir mit Hilfe der Sonde feststellen, ob Metall im Holz saß. In diesem Fall durften wir *unter keinen Umständen* versuchen, das Metallstück herauszuhebeln, sondern mußten das umliegende Holz mit Hilfe des Messers vorsichtig abtragen, um das Metallstück nicht zu beschädigen. Mr. Moore und ich hörten uns die Anweisungen eher lustlos an, denn uns war klar, daß es sogar dann ziemlich lange dauern würde, eine Kugel aus dem Holz herauszuholen, wenn wir Glück hatten und schon bald auf eine stießen. Doch bemühten wir uns, möglichst nicht zu murren, und waren schon bald in unsere Aufgabe vertieft.

Es dauerte fast eine ganze Stunde, bis wir etwas fanden, was unter Umständen ein Einschußloch sein konnte. Ich entdeckte eine kleine Öffnung in einer Ecke des Brettes und war ganz aufgeregt, als ich beim Herumstochern mit der Sonde auf etwas stieß, was mit Sicherheit aus Metall war. Ich rief die Brüder Isaacson herbei, damit sie sich dazu äußern konnten, und sie erklärten, es könne sich durchaus um eine Kugel handeln. Nunmehr komme es darauf an, das Metall auf keinen Fall mit der Messerklinge zu berühren, während ich das Holz rundherum wegschneide.

Ich gebe zu, daß ich diese Mahnung nicht recht verstand. Sofern die Kugel als Geschoß erkennbar war, was für eine Rolle spielte es da noch, ob man mit einem Messer darauf herumgekratzt hatte oder nicht?

Natürlich war das keine Frage, die man Marcus oder Lucius stellen durfte, es sei denn, man war scharf auf ein ausuferndes Referat über irgendeinen aufblühenden Zweig der Kriminalistik. In diesem speziellen Fall kamen Mr. Moore und ich in den Genuß eines dreiviertelstündigen ununterbrochenen Vortrags über das neue Gebiet der Ballistik, der durch Miss Howards Beteiligung seine Abrundung fand. Um es kurz zu sagen, es ging darum, daß bei Schußwaffen die Ballistik das Gegenstück zur Daktyloskopie bei Menschen ist. Vor einiger Zeit hatte ein Engländer entdeckt, daß der Lauf einer Waffe an einem Geschoß Spuren hinterläßt (beispielsweise durch im Metall des Laufes befindliche Riefen oder dergleichen verursacht). Dann ist man 1897, als nahezu alle Kurz- und Langwaffen gezogene Läufe besaßen, dahintergekommen, daß das aus sogenannten Zügen und Feldern bestehende Innere des Laufes der Kugel ein bestimmtes Muster aufprägt. Als »Züge« bezeichnet man die (rechts- oder linksdrehenden) spiralförmigen Nuten im Lauf, die dafür sorgen, daß die Kugel an der Mündung der Waffe einen Drall mitbekommt, der ihre Flugbahn stabilisiert; »Felder« heißen die Flächen zwischen diesen Nuten. Eine Kugel, die aus einem solchen Lauf abgefeuert wird, weist Linien auf, die genau der Anordnung von Zügen und Feldern in jenem Lauf entsprechen. Mit der auf diese Weise erfolgten Zuordnung von Kugeln zu einer bestimmten Waffe hatte man bereits gewisse Erfolge erzielt, wenn auch nicht bei uns in den Vereinigten Staaten: Einige Jahre zuvor hatte ein französischer Kollege der beiden Isaacsons, ein gewisser Monsieur Lacassagne, Zahl, Abstände und die Drehrichtung von »Rillen« auf einer Kugel, die man im Körper eines Toten gefunden hatte, dem Lauf einer Waffe zugeordnet, die sich im Besitz eines der Tat Verdächtigen befand. Er wurde später schuldig gesprochen, in erster Linie wegen des hieb- und stichfesten ballistischen Gutachtens.

Die beiden Detective Sergeants räumten jedoch ein, daß das Urteil ein wenig voreilig gewesen sei, da bisher niemand die Felder und Züge von Schußwaffen katalogisiert hatte, weder nach Hersteller noch nach Modell, und schon gar nicht nach Einzelmerkmalen bestimmter Waffen. Daher sei es ohne weiteres möglich, daß es in Frankreich eine weitere Waffe mit der gleichen Anordnung von Feldern und Zügen gegeben habe wie jene, die dem Verurteilten gehört hatte. Dennoch sei unbestritten, daß es inzwischen drei Möglichkeiten gebe, festzustellen, ob eine bestimmte Kugel aus einer bestimmten Waffe abgefeuert worden sei oder nicht: erstens das Kaliber, zweitens bestimmte Merkmale, die auf Fehler im Lauf zurückgingen (natürlich weise nicht jede Waffe zwangsläufig solche Fehler auf, aber doch recht viele) und schließlich die Anzahl und Krümmungsradien der Felder und Züge. So überzeugend all das scheinen möge, dürfe man eine Übereinstimmung zwischen Kugel und Schußwaffe in allen drei Punkten nicht unbedingt als einwandfreie Identifikation ansehen, da es nach wie vor keine Zentralbehörde gebe, die Waffenfabrikanten verpflichte, die einzelnen Angaben zu jedem ihrer Modelle registrieren zu lassen. Nach wie vor sei es möglich, daß eine bestimmte Kugel, die in bezug auf Kaliber, Fehler sowie Züge und Felder zu einer bestimmten Waffe passe, in Wirklichkeit aus einer ebenfalls dazu passenden, aber unbekannten Waffe stamme. Natürlich könnten ballistische Fachleute wie die beiden Isaacsons darauf hinweisen, daß eine solche Wahrscheinlichkeit die Größenordnung eins zu einer Million habe; aber selbst solch ein Zahlenverhältnis lasse Raum für Zweifel. Daher sähen Gerichte ballistische Gutachten, sosehr sich fortschrittliche Ermittler auch für sie einsetzten, nach wie vor nicht als zwingend an.

Bis die beiden Isaacsons und Miss Howard mit ihren Erläuterungen fertig waren, hatte ich mein Stück Metall schon ziemlich gut aus dem Holz herauspräpariert. Mein Eifer angesichts der Aussicht, eine Kugel einer ballistischen Überprüfung zuzuführen, nahm allerdings beträchtlich ab, nachdem ich erkannte, daß ich fast eine ganze Stunde damit zugebracht hatte, einen alten Nagelkopf auf das sorgfältigste aus dem Holz herauszupulen. Aber ich wußte auch, daß solche Entmutigungen bei einer Detektivaufgabe nicht ausbleiben, nahm also meine Lupe und suchte die Holzoberfläche weiter nach einem vielversprechenden Loch ab.

Unterdessen setzten Lucius, Marcus und Miss Howard ihren Vortrag fort. Inzwischen ging es darum, was der jüngere der Brüder Isaacson mit Daniel Hatchs Colt vorhatte. Bei der Ballistik geht es allem Anschein nach nicht nur um die Zuordnung von Kugeln zu Läufen, Lucius mußte auch, gestützt auf die Rost- und Pulverablagerungen auf der Peacemaker bestimmen, wann und wie oft man die Waffe zuletzt abgefeuert hatte. Die zweite Frage ließ sich, wie es schien, leicht klären: Drei der sechs Kammern der Trommel enthielten noch eine Patrone, woraus man schließen konnte, daß drei Schüsse abgegeben worden waren. Das war nicht besonders erstaunlich: Man durfte annehmen, daß drei Schüsse Libby Hatchs Kinder getroffen hatten. Doch wie so oft in der Kriminalistik lagen die Dinge nicht so einfach, wie es den Anschein hatte.

Miss Howard erklärte, wer einen Revolver in der Wohnung aufbewahre, stecke für den Fall, daß jemand versehentlich den Hammer zurückzog, ohne den Hahn zu spannen, gewöhnlich keine Patrone in die oberste Kammer. In einem solchen Fall würde der Schlagbolzen auf die leere Luft statt auf den Zünder einer Patrone treffen. Je weiter Lucius mit seiner Untersuchung kam, desto mehr neigten unsere drei Experten zu der Überzeugung, daß Daniel Hatch genau das getan hatte. Drei Kammern seines Revolvers enthielten wie gesagt noch eine Patrone, aber von den verbleibenden drei fand sich nur in zwei Fällen eine Pulverablagerung, die darauf hinweist, daß die Waffe seit dem letzten Reinigen abgefeuert worden war. Außerdem wies die dritte, leere Kammer eine stärkere Rostablagerung auf als die beiden anderen, ein Hinweis darauf, daß sie länger leer gewesen war. Den unwahrscheinlichen Fall aber, daß jemand die Waffe gefunden, abgefeuert, erneut geladen und wieder in den Brunnen geworfen hatte, glaubten Marcus und Lucius dadurch ausschließen zu können, daß sie die Rostablagerungen im Lauf maßen: Der Colt war seit Jahren nicht benutzt worden.

Das war alles in höchstem Grade beunruhigend. Unsere Hypothese, daß Libby Hatch eigenhändig auf ihre drei Kinder geschossen hatte, setzte drei Kugeln voraus; aus dem vorliegenden Colt aber waren nur zwei abgefeuert worden. Diese Unstimmigkeit machte Marcus und Lucius schwer zu schaffen, und während sie weiterhin den Revolver nach Fingerabdrücken absuchten, legten sie ihre Gesichter in so nachdenkliche Falten, daß sie aussahen wie die Rinde der alten Bäume draußen im Park. Die Abdrücke, die sie auf den Griffschalen wie auch auf dem Abzug fanden, paßten zu den Fingerabdrücken Libbys, und auch auf dem Hammer war ein Teilfingerabdruck, den sie als den ihren identifizieren zu dürfen glaubten – doch einen Hinweis darauf, daß sie je die Trommel angefaßt hatte, gab es nicht. Damit schien die Möglichkeit ausgeschlossen, daß sie die Waffe nachgeladen und noch einmal abgefeuert hatte. Wir wußten, daß eine Kugel Claras Hals durchschlagen hatte (und hoffentlich noch irgendwo im Fuhrwerk steckte); sofern jedoch nur *ein* weiterer Schuß abgefeuert worden war, wie ließ es sich da erklären, daß *zwei* Jungen den Tod gefunden hatten?

Immer düsterer gestimmt notierten Marcus und Lucius all ihre Anfangsbefunde über den Zustand des Revolvers, den sie daraufhin zerlegten, um ihn wieder schußfertig zu machen. Nach einer Weile schlug Miss Howard eine mögliche Lösung für das Rätsel der zwei Kugeln und der drei Opfer vor, was die Hoffnung wieder steigen ließ. Anhand von Mr. Pictons Akten, die noch auf dem Flügel lagen, erinnerte sie uns, daß an keiner Stelle im Bericht über die Untersuchung, die Dr. Lawrence nach dem Tod der beiden Jungen vorgenommen hatte, etwas über einen Austrittskanal am Körper eines der beiden stand. Zwar hatte Lawrence auf dem Körper der Kinder Schmauchspuren entdeckt, aber nicht spezifisch festgehalten, um welche Kinder es sich handelte: Mr. Picton hatte angenommen, damit seien neben Clara auch die beiden Jungen gemeint, da beide einer Schußverletzung erlegen waren. Das aber habe sich, so Miss Howard, möglicherweise anders verhalten. Libby Hatchs Aussage darüber, wo sich ihre Kinder befunden hatten, als die Schüsse fielen, sei für uns ebenso unglaubwürdig wie alles andere, was sie bisher erzählt habe. Mithin könnten wir innerhalb gewisser Grenzen zu einem anderen Ergebnis bezüglich des Ablaufs der Ereignisse gelangen als Mr. Picton bei seiner Ausdeutung des ihm vorliegenden Berichts.

Angenommen, sagte Miss Howard, der kleine Thomas habe auf Claras Schoß gesessen, als das Fuhrwerk anhielt. Sie war in die Brust geschossen worden, und ganz gleich, wer der Schütze gewesen sei, so wäre das nur möglich, wenn man ihr Thomas vorher vom Schoß genommen hätte. Also müßten wir uns vorstellen, daß Libby ihn woanders hingesetzt habe – wahrscheinlich auf Matthews Schoß. Dann habe sie auf Clara geschossen, was Thomas mit Sicherheit über alle Maßen aufgewühlt habe, so daß sie gleich auch auf ihn geschossen haben dürfte. Nun ist der Peacemaker eine Waffe mit großer Durchschlagskraft: Die Kugel, die Clara getroffen hatte, war ihr glatt durch Brust und Hals gedrungen. Also dürfe man annehmen, daß die Kugel, die den kleinen Thomas getroffen habe, mit Sicherheit auch durch ihn hindurchgegangen und in das eingedrungen sei, was auch immer sich hinter ihm befand – oder in jemanden, der sich hinter ihm befand, falls wir uns mit dem Gedanken anfreunden könnten, daß er tatsächlich vor Matthew gesessen hatte.

Bei diesem Gedanken fingen Marcus' und Lucius' Augen wieder an zu blitzen. Ob Miss Howard damit sagen wolle, daß *eine* Kugel beide Jungen getötet habe? Natürlich, gab sie zur Antwort, sonst ergebe die Sache angesichts der bei der Untersuchung des Colts gewonnenen Ergebnisse keinen Sinn. Doch dämpfte sie sogleich die aufkeimende Hoffnung, indem sie sagte, wir müßten auch die Möglichkeit in unsere Überlegungen einbeziehen, daß jene Kugel nicht genug Kraft gehabt habe, beide Körper vollständig zu durchschlagen und in das Holz hinter Matthew einzudringen. In dem Fall sehe es nicht gut aus; denn zu den vielen Dingen, die in Dr. Lawrences Bericht fehlten, gehörte auch ein Hinweis, ob er Kugeln aus den Leichen der beiden Jungen entfernt hatte. Mit anderen Worten, sofern sich die fehlende Kugel nicht in dem Holzstück vor uns befinde, sei sie zusammen mit Matthew Hatch auf dem Friedhof von Ballston beigesetzt worden (der zufällig gleich um die Ecke von Mr. Pictons Haus lag). Dieser Gedanke ließ das Lächeln auf den Gesichtern der beiden Kriminalbeamten sogleich wieder ersterben und trieb mich und Mr. Moore – auch Miss Howard hatte sich uns inzwischen angeschlossen – zu neuem Eifer an. Wenn es erforderlich war, würden wir das Vorderteil des Fuhrwerks und das Brett des Kutschbocks in Zahnstocher zerlegen, um die fehlende tödliche Kugel zu finden, denn ohne sie konnten wir uns vor Gericht jeden Hinweis auf die Vermutung sparen, daß es sich bei Daniel Hatchs Colt um die Tatwaffe handelte.

Während wir uns weiterhin unserer Aufgabe widmeten, wandten sich Marcus und Lucius wieder der Waffe zu. Schließlich kam Mr. Picton zur Mittagspause nach Hause, und im Verlauf der gemeinsamen Mahlzeit teilten wir ihm die Ergebnisse unserer morgendlichen Bemühungen mit. Zwar faszinierte ihn, was er da hörte, aber es beunruhigte ihn auch beträchtlich. Nachdem er wieder ins Gericht gegangen war, machten wir uns mit noch größerer Entschlossenheit wieder an die Arbeit; doch vergingen die frühen Stunden des Nachmittags ohne irgendwelche Entdeckungen.

Gegen Abend kehrten Dr. Kreisler und Cyrus zurück. Sie nahmen neben uns Platz und beteiligten sich an der Suche. Nach wie vor hatten wir nicht den geringsten Hinweis auf eine Kugel. Allmählich gab es nicht mehr viele Stellen, an denen man suchen konnte, und als erstem ging Mr. Moore auf, welch fürchterliche Bedeutung das haben konnte. Zur Cocktailstunde hatte die Entmutigung seine Stirn schon bedenklich gerunzelt; aber als Mr. Picton heimkehrte und vorschlug, wir sollten die Arbeit stehen und liegen lassen, um vor dem Abendessen einen Aperitif zu uns zu nehmen, zwang sich Mr. Moore, ein munteres Gesicht zu machen, und drängte die Isaacsons – deren Augen von der anstrengenden Arbeit schon gerötet waren –, Mr. Pictons Einladung anzunehmen. Wir anderen, sagte er, würden sogleich folgen. Marcus und Lucius nickten müde und gingen ins Haus.

Kaum waren sie außer Hörweite, als Mr. Moore eindringlich sagte: »So, Schluß für heute. Feierabend für alle.« Mit diesen Worten legte er seine Lupe aus der Hand.

»Aber warum, John?« fragte Miss Howard. »Noch ist Tageslicht, und viel brauchen wir doch nicht mehr zu untersuchen –«

»Genau das ist es«, sagte Mr. Moore. »Wir brauchen morgen früh unbedingt ein heiles Stück von dem Ding hier.«

Ich wußte immer noch nicht, worauf er hinauswollte, aber Cyrus nickte verständnisinnig. »Was Sie suchen, ist wohl nicht da, Mr. Moore?«

»Höchstwahrscheinlich nicht«, sagte Mr. Moore. »Eine .45er Kugel ist so groß, daß einer von uns inzwischen bestimmt was gefunden hätte.«

»Und warum wollen Sie dann ein Stück von dem Brett da aufheben?« fragte ich.

»Weil ich nicht möchte, daß Rupert vor Gericht lügen oder Marcus und Lucius einen Meineid leisten müssen. Es gibt nur eine einzige Stelle, wo die Kugel sein kann – und da holen wir sie. Morgen früh stecken wir sie dann in das Stück Holz, was noch übrig ist, damit die beiden sie finden. Von uns wird in dieser Sache bestimmt niemand als Zeuge aufgerufen, und deshalb brauchen wir uns keine Gedanken über Wahrheit oder Lüge zu machen – und die anderen werden nach bestem Wissen und Gewissen die Wahrheit sagen.«

Der Doktor hob die Brauen ein wenig. »John … ist dir klar, was du da vorschlägst …«

»Durchaus, Kreisler«, sagte Mr. Moore und trat beiseite. »Aber uns bleibt keine andere Wahl. Wir wissen, daß kein Richter eine Exhumierung ohne Zustimmung der Mutter anordnen würde – schon gar nicht auf die paar Hinweise gegründet, die wir bis jetzt zusammengekratzt haben.« Er hielt inne und wartete auf Gegenargumente, aber es kamen keine. »Ich geh mal in den Keller und such nach 'ner Schaufel«, fuhr er fort. »Wir machen das heute nacht.«

Miss Howard, Cyrus und ich sahen einander mit leichtem Entsetzen an, doch mit den Worten: »Moore hat recht. Es ist die einzige Möglichkeit, wie wir uns Gewißheit verschaffen können«, faßte der Doktor zusammen, was jeder von uns im tiefsten Inneren empfand.

Alle fünf nickten wir bedächtig. Aber wenn wir auch übereinstimmend der Überzeugung waren, daß uns Mr. Moores Plan die einzige Möglichkeit bot, herbeizuschaffen, was wir brauchten, und dafür zu sorgen, daß sich Mr. Picton und die beiden Kriminalbeamten keines Verstoßes gegen das Gesetz oder ihr Gewissen schuldig machten, änderte es nichts daran, daß wir eine gesetzwidrige, ruchlose Tat erwogen, für die man im Laufe der Jahrhunderte schon so manchen gehenkt hatte – wenn ihm nicht sogar Schlimmeres widerfahren war. Man könnte sagen, daß wir uns an diesen Gedanken erst ein wenig gewöhnen mußten.

Mr. Moore trieb im Keller nicht nur eine Schaufel auf, sondern auch einige kräftige Seile. All das schaffte er vor die Küchentür, während wir anderen uns im Salon aufhielten. Dann gingen wir alle zum Abendessen. Das Wissen um unser Vorhaben sorgte dafür, daß wir den größten Teil der Mahlzeit hindurch ziemlich wortkarg waren. Glücklicherweise füllte Mr. Picton die Stille mit einem nicht abreißenden Redestrom über die Fälle, mit denen er sich beschäftigt hatte; dann kehrten wir in den Salon zurück, wo Cyrus wie am Vortag noch ein wenig spielte. Schließlich war es Schlafenszeit. Wir warteten, bis Mr. Picton und die Isaacsons zu Bett gegangen waren, bevor wir einer nach dem anderen das Haus verlassen und uns um die Ecke an der Ballston Avenue treffen würden. Von dort wollten wir zum Friedhof gehen.

# Kapitel 34

Kurz nach eins wurde es im Hause vollständig still. Leise verließ ich mein Zimmer und ging nach draußen, wo ich auf dem Rasen vor dem Haus fast Mr. Moore umgerannt hätte, der gerade mit Schaufel und Seilen von der Küchenseite her um die Ecke kam. Erst als wir den vereinbarten Treffpunkt erreichten, sahen wir die Gefährten, die an unserem schaurigen Unternehmen mitwirken sollten. Der Doktor und Miss Howard teilten sich eine Zigarette, während Cyrus besorgt zu den im Dunkeln liegenden Häusern zu beiden Seiten der Straße hinüberspähte. Meiner Ansicht nach hätte er sich die Mühe sparen können: Ballston Spa war offensichtlich eine von den Kleinstädten, in denen sogar an einem Samstagabend das Leben früh erstarb – und erstorben blieb.

»Und nicht vergessen«, murmelte der Doktor, als ich und Mr. Moore zu der Gruppe stießen. »Unser Vorhaben gilt als schweres Verbrechen. Daher werden ausschließlich John und ich aktiv daran mitwirken. Stevie, du stehst an diesem Ende der Straße Wache, und du, Cyrus, beziehst am anderen Ende Posten. Sara bildet unsere letzte Rückzugslinie: Sie bewacht das Friedhofstor.«

»Mit der Artillerie«, sagte sie und zog die Waffe hervor, die sie nur bei besonderen Gelegenheiten benutzte: ihren mit Perlmutt-Griffschalen verzierten kurzläufigen .45er Colt. Während der Doktor in seinen Erklärungen fortfuhr, kontrollierte sie mit den flinken Bewegungen des Experten die Trommel.

»Sofern einer von euch jemandem begegnet, muß er absolute Unwissenheit heucheln. Ihr seid im Hause von Mr. Picton zu Gast und vertretet euch in der herrlichen Nachtluft ein wenig die Beine. Verstanden? Also ans Werk...«

Bevor sich Mr. Moore mitsamt Miss Howard und Cyrus aufmachte, fragte er den Doktor: »Warum bleibst du nicht einfach mit Stevie hier, bis wir das Loch gebuddelt haben? Je weniger Leute gleichzeitig da drin sind, desto besser – und es ist ja nicht unbedingt...« Er verschluckte zwar den Rest seines Satzes, hatte aber bereits einen Blick auf den verkrüppelten linken Arm des Doktors geworfen.

»Ich verstehe«, sagte der Doktor, der Mr. Moores Blick gefolgt war. »Ich würde dir beim Graben nicht besonders viel nützen. Nun schön. Sag Bescheid, wenn du soweit bist.«

Mit einem Nicken eilte Mr. Moore in Begleitung der beiden anderen davon. Es sah aus, als täten ihm seine Worte leid, obwohl er den Doktor damit bestimmt nicht hatte verletzen wollen.

Der Doktor und ich standen einige Minuten wortlos da. Ich wußte nicht, was ich sagen sollte, um das Unbehagen zu überspielen, das durch den Hinweis auf seinen Arm eingetreten war. Doch schon bald sah er wieder auf ihn hinab und lachte leise auf.

»Merkwürdig«, flüsterte er. »Ich hätte nie gedacht, daß er einmal zu etwas nütze sein könnte.«

»Hm?« war alles, was ich herausbrachte.

»Mein Arm«, flüsterte er weiter. »Ich hatte mich so daran gewöhnt, in ihm eine Quelle von Schmerzen und eine Erinnerung an früher zu sehen, daß ich nie auf den Gedanken gekommen wäre, er könne zu etwas anderem taugen.«

Mir war klar, was er mit »Erinnerung an früher« meinte: Als er gerade acht Jahre alt war, hatte ihm sein Vater bei der folgenreichsten ihrer Auseinandersetzungen den linken Arm gebrochen und Kreisler anschließend mit einem Fußtritt die Treppe hinabgestoßen. Das hatte die Verletzung so verschlimmert, daß der Arm nie wieder richtig heilte. Die wiederkehrenden Schmerzen in den geschundenen Knochen und Muskeln sorgten zusammen mit dem verkrüppelten Arm dafür, daß der Doktor ständig an die Qualen denken mußte, die er als Kind zu ertragen hatte. Allerdings verstand ich nicht, was er damit meinte, daß der Arm »zu etwas nütze« sein solle, und das sagte ich ihm auch.

»Damit meine ich Clara Hatch«, sagte er, löste den Blick von seinem Arm und suchte die Straße nach beiden Seiten ab. »Natürlich habe ich schon bei unserer ersten Begegnung ein gewisses Mitgefühl für sie empfunden, weil sie ihren rechten Arm nicht richtig benutzen kann, was höchstwahrscheinlich auf die Verletzung zurückgeht, die ihr von der Mutter zugefügt wurde.«

Wir zuckten beide zusammen, als leise knirschend eine Schaufel ins Erdreich drang; aber der Sommer war naß gewesen, und als die Schaufel offenbar tiefere Erdschichten erreichte, blieb das Geräusch schließlich aus. Der Doktor setzte seinen Bericht fort: »Heute habe ich mir die Übereinstimmung unserer Verletzungen zunutze gemacht, damit sie sich in meiner Gegenwart hinreichend sicher fühlt, um sich Bilder des Geschehenen ins Gedächtnis zurückzurufen.«

»Bilder?« fragte ich. »Wollen Sie damit sagen, daß sie sich nicht an die Sache erinnert?«

»Ein Teil von ihr schon«, sagte der Doktor. »Aber das Tun ihrer Seele hat weitgehend zum Ziel, solche Erinnerungen zu vermeiden und auszulöschen. Du mußt verstehen, Stevie, es behindert sie auf der Gefühlsebene, daß ihre Erfahrung keinen erkennbaren Sinn ergibt: Wie wäre es möglich, daß von der Mutter, Quelle aller Sicherheit und Fürsorge, eine tödliche Gefahr ausgeht? Außerdem weiß Clara, daß Libby noch lebt und wieder etwas gegen sie unternehmen könnte. Aber es sieht ganz so aus, als hätten die Buntstifte, die ich ihr geschenkt habe, im Verein mit der Geschichte über meinen Vater und meine eigene Verletzung zumindest dazu geführt, daß sie anfangen kann, sich diesen verworrenen Ängsten zu stellen und sie unter Umständen sogar einem anderen mitzuteilen.«

Ich lächelte. »Sie hat sich wohl richtig auf die Buntstifte gestürzt?«

Der Doktor hob die Schultern. »Du hast ja im Institut gesehen, wie das geht. Es ist erstaunlich, was ein eher banaler Gegenstand in einer solchen Situation zu bewirken vermag. Ein Spielzeug, ein Spiel – ein Buntstift. Es ist nicht besonders erstaunlich, daß sie zuerst nach einem roten gegriffen hat.«

»Blut?« sagte ich leise. Dabei kam mir der Gedanke, daß ich es an ihrer Stelle wohl kaum anders gemacht hätte.

»Ja«, sagte der Doktor und wiegte den Kopf. »Überleg doch mal, was für eine entsetzliche Szene das gewesen sein muß... Kein Wunder, daß sie nicht darüber sprechen kann und die bloße Erinnerung daran in den fernsten Winkel ihres Bewußtseins verbannt ist. Doch drängt es von dort aus ans Licht – es schreit geradezu nach Befreiung.« Der Doktor ließ eine nachdenkliche Pause eintreten. »Ein roter Fluß... Erinnerst du dich an das Bild, das sie Cyrus bei den Westons gezeigt hat? Hinter dem Haus fließt ein Bach, ihn hat sie dem Bild heute hinzugefügt. Aber er ist rot – Ströme von Blut. Neben dem Bach hat sie einen abgestorbenen Baum gemalt, dessen Wurzeln in das rote Wasser hinabreichen.« Der Doktor schüttelte den Kopf, hob dann seine Linke und ballte sie zur Faust. »Ich sage dir, Stevie, wenn wir hier auch nicht mehr erreichen sollten, als den Geist des armen Mädchens zu heilen, haben wir die Reise nicht vergebens unternommen.«

Ich dachte geraume Zeit darüber nach und fragte dann: »Wie lange wird es Ihrer Ansicht nach dauern, bis sie mit Ihnen darüber reden kann?«

»Ihr Verhalten von heute nachmittag stimmt mich eigentlich recht zuversichtlich. Es wird wohl nur eine Frage von Tagen sein, bis wir mit Hilfe von Bildern und einfachen Fragen über den Vorfall reden können. Aber um zu erreichen, daß sie spricht – dazu werde ich mir wohl noch etwas Neues einfallen lassen müssen.«

Eine Weile herrschte zwischen uns fast vollständiges Schweigen. Vermutlich versuchte ich mich mit der Vorstellung vertraut zu machen, wie die kleine Clara da draußen unter Leuten lebte, die ihr früher völlig fremd gewesen waren, sich Tag und Nacht verzweifelt bemühte, nicht darüber nachzudenken, warum sie bei ihnen leben mußte, zugleich aber diese Situation unbedingt verstehen wollte. Wie konnte ihr Gehirn funktionieren, wenn es zwei Anweisungen bekam, die in so krassem Widerspruch zueinander standen? Wie konnte sie je auch nur einen Augenblick lang schlafen oder Ruhe finden, wenn all diese Stimmen in ihrem Kopf unterschiedliche Dinge sagten? Der Gedanke war bedrückend, und ich merkte, wie mich Dankbarkeit überkam, daß ich früher in New York zumindest eine klare Vorstellung davon gehabt hatte, wer meine Feinde waren, und was ich tun mußte, um zu überleben. So fürchterlich sich meine Mutter auch aufgeführt hatte, ich glaube nicht, daß sie je meinen Tod gewünscht hatte; und zum ersten Mal sah ich darin, wenn schon keinen Segen, so doch zumindest auf einer langen Liste schrecklicher Lebensumstände einen der angenehmeren Faktoren.

Mit einem Mal näherten sich Schritte. Der Doktor und ich zogen uns in den Schatten einer Ulme zurück und warteten; aber es war lediglich Miss Howard, die uns mitteilen wollte, daß Mr. Moore fertig sei und der Doktor kommen könne.

»Da drüben ist alles ziemlich still«, sagte sie, zum Friedhof weisend. »Daher hat er Cyrus gebeten, ihm beim Heraufholen des Sarges zu helfen. Allerdings ist er nicht besonders schwer ...«

Der Doktor nickte und wandte sich dann mir zu. »Gut, Stevie«, sagte er. »Ich laß dich für ein paar Minuten allein. Sei weiterhin wachsam.«

Die beiden verschwanden in der Dunkelheit der Ballston Avenue. Ich blieb unter der Ulme und sah den Schatten zu, die der Mond warf. Ein laues Lüftchen erhob sich. Mit einem Mal tanzte mir alles mögliche vor den Augen, und meine Phantasie ging mit mir durch. Die Schatten um mich herum verwandelten sich in geisterhafte Umrisse menschlicher Gestalten, die mich nicht nur umtanzten, sondern auch angreifen wollten, davon war ich immer mehr überzeugt. Natürlich habe ich mir einzureden versucht, daß es nur der Wind sei und ich nichts zu befürchten hätte. Es handele sich um nichts anderes als eine durch das Licht und meine Augen hervorgerufene Täuschung, nichts als ...

Dann fiel mir auf, daß sich einer der Umrisse in Menschengestalt nicht bewegte, ganz davon abgesehen, daß er gar nicht hätte dort sein dürfen, wo er sich befand, wenn man bedachte, wo der Mond stand. Er war ziemlich klein, und er wies genau in Augenhöhe zwei helle Flecke auf.

Außerdem lag auf dem Gesicht etwas, was einem Lächeln verdächtig ähnlich sah.

Da Schatten meines Wissens nicht lächelten, erstarrte ich vor lauter Angst. Je mehr ich hinsah, desto mehr war ich überzeugt, daß es sich bei diesem »Es« um einen Menschen handelte. Mir war klar, daß das viele Starren meine Augen angestrengt hatte und ich nur dann imstande sein würde, Genaueres festzustellen, wenn ich erreichte, daß das Etwas unter seinem Baum hervorkam und ins Mondlicht trat. Der Versuch dazu aber konnte sich als ausgesprochen gefährlich erweisen. Doch schien das Wesen, das ich da sah, weder feindselig noch beunruhigend zu sein, und so nahm ich an, es könnte nichts schaden, wenn ich ein paar Schritte unter meinem eigenen Baum hervortrat, um mir ein besseres Bild zu verschaffen.

Ich setzte mich in Bewegung. Ein mächtiger Schauer lief mir über den Rücken, als das Schattenwesen auf der anderen Straßenseite meiner Bewegung folgte. Sobald wir aus den Schatten heraustraten, sah ich deutlich, um wen es sich handelte: El Niño, Señor Linares' philippinischer Diener. Er trug die gleichen Kleidungsstücke wie in New York, die ihm vier Nummern zu groß waren – und er lächelte mir tatsächlich zu, aus welchem Grund auch immer. Langsam hob er einen Arm, als wollte er mir irgendein Zeichen machen, und kurzfristig nahm meine Furcht ab. Der Versuch, mit mir Verbindung aufzunehmen, und das Lächeln im Verein mit seinem im Grunde angenehmen runden Gesicht ließ ihn nicht so drohend wirken. Dann aber machte er eine andere Bewegung: Er reckte den Kopf, hob eine Hand und fuhr sich mit einem Finger um den Hals. In den meisten Teilen der Welt, von denen ich gehört hatte, war das eine eindeutige Geste, aber da er immer noch lächelte, wartete ich noch ein paar Sekunden, für den Fall, daß ich ihn falsch verstanden hatte. Aber was dann kam, beruhigte mich in keiner Weise: Nach wie vor breit lächelnd, legte er sich eine Hand um die Kehle, als wollte er zudrücken und jemanden erwürgen – und er meinte ganz offensichtlich mich.

Ich zitterte wieder heftig, wandte mich um und rannte die Straße entlang dem Friedhof zu, in der festen Überzeugung, daß ich um mein Leben liefe, da mir der kleine Eingeborene, den ich für eine Art Mörder hielt, folgen würde. Ich sah mich nicht um – ich wußte von früher, wie schnell El Niño war, und wollte keine einzige Sekunde einbüßen. Am Nordrand des eingezäunten Friedhofgeländes sah ich Miss Howard, die mit dem Rücken zu mir stand. Da ich nicht um Hilfe rufen wollte, beschleunigte ich mein Tempo noch mehr, in der Hoffnung, daß sie meine Schritte hören würde. Das tat sie auch bald, und als ich bis auf etwa zehn Meter herangekommen war und sie meinen Gesichtsausdruck sehen konnte, zog sie ihren Revolver heraus und zielte damit hinter mich. Erleichtert lief ich weiter auf sie zu. Als ich dann aber sah, daß die Anspannung aus ihrem Gesicht verschwand und sie verwirrt die Arme sinken ließ, verlangsamte ich den Schritt. Sie sah mich achselzuckend an. Ich blieb stehen, schnappte nach Luft und sah mich schließlich um.

El Niño war nirgends zu sehen.

Rasch trat Miss Howard auf mich zu, während ich mich, die Hände auf die Knie gelegt, vorbeugte, um tief Luft zu holen und auf die Straße zu spucken.

»Was ist los, Stevie?« fragte sie leise.

»Der Diener von Señor Linares«, sagte ich. »El Niño – er war da hinten.«

Blitzartig fuhr Miss Howards Revolver wieder hoch, aber diesmal nur bis in Hüfthöhe. »Was hat er getan?«

»Er hat mich angesehen«, antwortete ich, als ich endlich wieder gleichmäßig atmen konnte. »Außerdem hat er mit seinen Händen ein Zeichen gemacht – ich glaube, er wollte mich umbringen. Das Sonderbare war nur, daß er dabei die ganze Zeit gelächelt hat.«

Mit der freien Hand packte mich Miss Howard am rechten Arm und zog mich zum Friedhofstor. »Komm«, sagte sie. »Das müssen wir dem Doktor mitteilen.«

Ich habe mich wirklich nie für religiös gehalten, aber als wir den Friedhof betraten, bot sich mir dort ein Bild, das mir so frevlerisch vorkam, daß ich wie erstarrt stehenblieb. Die Fläche unmittelbar vor uns wurde zum Teil vom Mond, zum Teil auch vom schwachen Schimmer zweier Bogenlampen erhellt, die von unmittelbar jenseits des Friedhofzauns die Straße beleuchteten. Dank dieser Lichtquellen war es so gut wie unmöglich, nicht zu erkennen, was da vor sich ging: Der Doktor hockte über einem kleinen Sarg, dessen Deckel an einem Erdhaufen lehnte, der zu einem frisch ausgehobenen Grab ganz in der Nähe gehörte. Der Doktor, der das Jackett abgelegt und die Hemdsärmel aufgerollt hatte, hielt in seinen behandschuhten Händen ein Skalpell und eine Zange. Er arbeitete zügig, aber sorgfältig, wie jemand, der an einem Tisch voller Hungriger einen Truthahn tranchiert. Mr. Moore stand, sich ein Taschentuch vor den Mund haltend, auf der anderen Seite des Sarges und sah beiseite. Es war unübersehbar, daß er sich kurz zuvor hatte übergeben müssen.

»Warten Sie«, war alles, was ich herausbrachte, als Miss Howard den Friedhof betrat. »Es lohnt sich nicht, ihn zu stören. Wir können es ihm sagen, wenn er rauskommt.«

Miss Howard sah mich auf eine Weise an, die mir zeigte, daß sie mein Zögern nur zu gut verstand. »Bleib hier und paß auf«, sagte sie. »Aber ich muß es ihm sagen – der Bursche war vielleicht nicht allein. Möchtest du meinen Revolver?«

Ich sah auf die Waffe in ihrer Hand, schüttelte aber nur den Kopf. Es war, wie schon gesagt, nicht mein Stil. Rasch trat Miss Howard zu Mr. Moore und dem Doktor, und obwohl ich nicht hören konnte, was sie sagte, sah ich, daß der Ausdruck äußerster Unruhe auf beider Gesichter trat. Doch war ihre Unternehmung schon zu weit gediehen, als daß die beiden Männer sie jetzt noch hätten abbrechen können, das war sogar mir klar; also schickten sie Miss Howard zum Friedhofstor zurück. Anschließend wandte sich der Doktor mit verdoppeltem Tatendrang wieder seiner Arbeit zu. Ich sah die Ballston Avenue entlang und erkannte Cyrus, der fragend zu uns hersah. Offenbar wollte er wissen, was hier vor sich ging.

Ich überlegte, ob ich zu ihm gehen und es ihm sagen sollte; dann aber drang aus der Richtung des Doktors ein Laut der Befriedigung herüber – vielleicht war der Aufschrei angesichts der Situation ein wenig zu laut. Als ich mich umwandte, sah ich, daß er etwas zwischen den Fingern hielt: Das mußte die Kugel sein. Mr. Moore sah es sich an und klopfte dem Doktor mit erleichtertem Lächeln auf den Rücken. Dann machten sie sich daran, den Deckel wieder auf den Sarg zu legen. Mit einem Blick zu mir und Miss Howard rief Mr. Moore so laut, wie er es für vertretbar hielt, meinen Namen. Während sich der Teil meines Magens, der mir nicht schon bei El Niños Anblick in die Kehle gestiegen war, hob und dem Rest nachstrebte, lief ich zu den beiden hinein.

Der Geruch nach Tod und Verfall traf mich aus drei Metern Entfernung, doch bis ich das Grab erreicht hatte, war der Deckel des kleinen Sarges glücklicherweise schon wieder geschlossen. Dann ließen Mr. Moore und ich ihn mit Hilfe der Seile in die Grube hinab, die er gegraben hatte, was uns ohne übermäßige Schwierigkeiten gelang. All das lenkte mich so ab, daß ich gar nicht mehr daran dachte, wo ich mich befand und was ich da trieb. Sobald der Sarg aber unten war und wir uns daran machten, das Loch wieder mit Erde zu füllen und das Grab anschließend mit den großen Rasensoden zu bedecken, die Mr. Moore zu Beginn seiner Arbeit sorgfältig herausgelöst hatte, nutzte ich die Gelegenheit, um mir die Grabsteine und Denkmäler um mich herum genauer anzusehen.

Voll Entsetzen merkte ich mit einem Mal, daß ich auf dem Grab des kleinen Thomas Hatch stand. Ich tat einen Schritt beiseite, um meine Arbeit von einer anderen Stelle aus fortzusetzen, und warf dabei einen Blick auf die Grabsteine der beiden Jungen. Mit Ausnahme des vom Steinmetzen darauf angebrachten Textes waren sie identisch. Im oberen Teil standen Name und Lebensalter von Thomas und Matthew Hatch, und darunter jeweils »Daniels und Elspeths geliebter Sohn«. Dann aber wichen die Texte voneinander ab – der auf Thomas' Grabstein lautete: »Ein Lamm, das zu früh zum Lamm Gottes heimgekehrt ist«, bei Matthew hingegen hieß es: »Wer an mich glaubet, der wird nimmermehr sterben«. Unten auf jedem der beiden Steine stand in weniger kräftigen und eher fließenden Lettern »In immerwährender Liebe, Mama«.

Vielleicht suchte ich lediglich etwas, was mein gereiztes Gemüt beruhigen konnte, jedenfalls fragte ich: »Wieso sind die hier und nicht hinter dem Haus der Familie Hatch beerdigt? Da gibt es doch auch 'nen Friedhof.«

»Viele Gemeinden bestehen aus Gründen der öffentlichen Gesundheit mittlerweile darauf, daß Tote nur noch auf öffentlichen Friedhöfen beigesetzt werden«, gab der Doktor zur Antwort. Dabei hielt er einen kleinen Gegenstand, den er gefunden hatte, hoch und betrachtete ihn prüfend. »Ich nehme an, das war Mrs. Hatch durchaus recht – ihr muß klar gewesen sein, daß auf einem öffentlichen Friedhof die Aussichten dafür, daß jemand tun könnte, was wir jetzt tun, weit geringer sind als auf einem privaten.«

»Zu dieser Erwägung hatte sie allen Anlaß«, sagte Mr. Moore, der die letzten Soden einsetzte und sich bemühte, die verbleibenden sichtbaren Einstiche im Boden dadurch zu kaschieren, daß er Gräser ausriß und darüberstreute. »Man kann hier viel leichter gefaßt werden.« Er richtete sich auf, betrachtete trübsinnig sein Werk und nickte zufrieden. »So ist es gut. Jetzt aber nichts wie weg.«

Der Doktor schritt eilig zum Tor. Ich wartete auf Mr. Moore, der sein Jackett wieder anzuziehen versuchte, während er gleichzeitig Schaufel und Seile schleppte. Also nahm ich ihm die hinderlichen Gegenstände ab und fragte: »Sie haben sie also gefunden, ich meine die Kugel?«

»Sieht ganz so aus«, sagte er. Er wollte sich wohl keinen zu großen Hoffnungen hingeben, bevor er nicht sicher sein konnte, allen Grund dazu zu haben.

»Und sie ist in sehr gutem Zustand. Ob es aber *die* Kugel ist oder nicht – das wird sich erst morgen herausstellen. Ich habe gehört, daß du unseren Filipino-Freund getroffen und einen kleinen Dauerlauf gemacht hast.«

Kopfschüttelnd stieß ich einen Seufzer der Erleichterung aus. »Ich dachte schon, ich wäre ein Kind des Todes.«

»Ich zweifle, daß er so etwas gemeint hat«, sagte Mr. Moore. »Du hast doch gesehen, wie er arbeitet – wenn er dich hätte umbringen wollen, kannst du sicher sein, daß du davon nichts mitbekommen hättest.«

»Hm.« Ich blieb am Tor stehen, denn mir ging auf, daß er recht hatte. »Was hat er denn dann gewollt?« fragte ich, während Cyrus im Laufschritt auf uns zukam.

»Da habe ich keinen blassen Schimmer«, sagte der Doktor, der sich schon gedacht hatte, wovon und von wem ich sprach. »Aber wir müssen versuchen, es herauszubekommen. Das wichtigste aber ist im Augenblick, Stevie, daß du die Begegnung weder vor den Isaacsons noch vor Mr. Picton erwähnst ... Was die drei betrifft ... was uns alle betrifft« – er warf einen letzten Blick auf den Friedhof, dann gingen wir alle davon –, »hat nichts von dem hier je stattgefunden.«

»Meine Lippen sind versiegelt«, sagte Mr. Moore und nahm die Zigarette, die ihm der Doktor anbot. »Ich bin sowieso nicht besonders stolz auf unser kleines Abenteuer.«

»Glaubst du, Matthew Hatch streckt die Hand aus dem Grab nach dir aus, Moore?« stichelte der Doktor. »Zur Strafe, weil du seine ewige Ruhe gestört hast?«

»Möglich«, sagte Mr. Moore. »So etwas in der Art. Du scheinst dir in dieser Hinsicht ja keine Sorgen zu machen, Kreisler.«

»Das mag daran liegen, daß ich das, was wir getan haben, ein wenig anders sehe als du«, sagte der Doktor ernst. »Vielleicht bin ich überzeugt, daß Matthew Hatchs Seele bisher eben noch keinen Frieden gefunden hatte – weder ewigen noch sonstwelchen – und daß wir ihm die einzige Möglichkeit bieten, ihn zu erlangen.« Er steckte erst Mr. Moores und dann seine eigene Zigarette an, nahm einen Zug und wurde etwas lebhafter. »Ich kann nicht verstehen«, sagte er und sprang so unvermittelt wie stets von einem Thema zum anderen, »was zum Teufel die Leute wollen. Man schickt uns in Nummer 808 eine Warnung, ein Mann rettet Cyrus in der Bethune Street das Leben, und jetzt versucht man hier, in einem anderen Teil des Landes, Stevie irgendeine Art tödliche Botschaft zu übermitteln. Was kann das nur bedeuten?«

»Vermutlich möchte uns Señor Linares mitteilen«, sagte Miss Howard, seinen Gedankensprüngen folgend, »daß er weiß, wo wir uns aufhalten – und was wir treiben.«

Mr. Moore nickte. »Sieht ganz so aus, als ob man uns in Ruhe läßt, solange wir uns nicht mit seiner Frau in Verbindung setzen oder sein Töchterchen zu finden versuchen. Wenn wir aber diese Grenzlinien überschreiten ...«

»Ob das der Sinn des Zeichens ist, das der Eingeborene Stevie gemacht hat?« sagte der Doktor nachdenklich. »Daß wir in Sachen Libby Hatch tun und lassen können, was wir wollen, solange wir nur die Familie Linares aus dem Spiel lassen?«

»Möglich«, antwortete Mr. Moore achselzuckend.

»Nun, und warum *sagt* uns der Mann das nicht einfach?« fragte der Doktor mit wachsendem Ärger. »Warum all diese geheimnisvollen Botschaften durch einen mysteriösen Mittelsmann?«

Ich schüttelte den Kopf. »Ich glaub nicht, daß er das gemeint hat ...«

»Und, Stevie?« fragte der Doktor.

»Ich weiß nicht«, sagte ich, nachdem ich kurz über die Sache nachgedacht hatte. »Ich meine – der Ausdruck auf seinem Gesicht hat nicht so gewirkt. Ich meine, auf dem Gesicht von El Niño. Ich hatte da zwar Angst, aber – wenn ich mir das jetzt so durch den Kopf gehen laß, glaub ich nicht, daß er mir drohen oder mich warnen wollte. Es war eher so ... als hätte er von mir was gewollt.«

»Was könnte er von uns wollen?« fragte der Doktor, als wir uns schon Mr. Pictons Haus näherten.

»Ich weiß es einfach nicht.« Während wir uns im Gänsemarsch ins Haus schlichen, sagte ich mit kaum hörbarem Flüstern: »Ich hab das Gefühl, daß er uns das ziemlich bald sagen wird.«

# Kapitel
# 35

Alles verlief nach Plan, wie man es sich nicht besser hätte wünschen können. In Mr. Pictons Haus schob Mr. Moore vorsichtig die Kugel in eine Vertiefung des Brettes, das wir vom Fuhrwerk der Familie Hatch mitgenommen hatten. Am nächsten Morgen wurden wir alle durch Lucius' begeisterte Rufe geweckt. Er war schon früh aufgestanden, um die Untersuchung voranzutreiben, vielleicht weil er annahm, daß wir anderen möglicherweise etwas übersehen hatten – und so sah es jetzt ja auch aus. Lucius stocherte mit einer der Sonden in einem kleinen Loch herum und teilte uns mit, er habe darin einen Gegenstand entdeckt, der mit Sicherheit aus einem weichen Metall bestehe. Während wir uns anzogen und frühstückten, machte er sich mit Marcus daran, diesen Gegenstand aus dem Holz zu befreien. Für die beiden Brüder und für Mr. Picton war es ausgesprochen spannend; wir übrigen bemühten uns, den Eindruck zu erwecken, als seien auch wir ganz aufgeregt, allerdings weiß ich bis auf den heutigen Tag nicht, wie überzeugend unsere Verstellung war.

Jubelrufe ertönten von allen Seiten, als nach der geduldigen Arbeit der beiden Kriminalbeamten die letzten Holzsplitter verschwanden und eine große, nahezu vollständig erhaltene Kugel ans Licht kam. Marcus nahm sie mit ins Haus und legte sie auf die grüne Filzbespannung des Kartentisches, damit alle sie betrachten konnten. Ich hatte in meinem Leben schon ziemlich viele solcher Geschosse gesehen, mir aber noch nie die Zeit genommen, eines so gründlich zu betrachten, wie ich das jetzt mit Hilfe einer der Lupen tat. Ich versuchte, die Merkmale zu erkennen, über die uns Marcus, Lucius und Miss Howard am Tag zuvor einen Vortrag gehalten hatten. Die Merkmale waren in der Tat deutlich sichtbar, zumindest die Züge und Felder. Die sonstigen Spuren, die der Lauf der Peacemaker darauf zurückgelassen hatte, würden die Detectives anhand einer Vergleichskugel bestimmen müssen – jetzt war es an der Zeit, eine solche zu beschaffen, indem wir hinter dem Haus die Baumwollballen ihrer Feuerprobe unterzogen.

Fachmännisch schoß Lucius aus gewisser Entfernung die drei Kugeln, die er im Colt gefunden (und ein wenig geputzt) hatte, in die Baumwolle. Nur eine davon hatte der Zahn der Zeit so stark benagt, daß sie nicht zündete; die anderen beiden waren einwandfrei. Danach mußten wir sie in der fest gepreßten Baumwolle aufspüren, was uns binnen zwanzig Minuten gelang. Wie uns Marcus und Lucius versicherten, befänden sie sich in tadellosem Zustand, so daß der Vergleich beginnen könne – er werde aber unter Umständen viele Stunden in Anspruch nehmen. Wir kehrten ins Haus zurück, wo Marcus das Mikroskop auf dem Kartentisch aufgestellt hatte. Wir taten so, als sei sicher, daß alle Kugeln zur selben Waffe gehörten, und schmiedeten schon Pläne, was wir an den kommenden Tagen tun müßten, um zu erreichen, daß ein Anklageschwurgericht zusammentrat.

Dabei konnte normalerweise nichts schiefgehen, da solche Schwurgerichte gewöhnlich willige Handlanger der Bezirksstaatsanwälte waren. Wir wußten allerdings nur allzugut, daß in unserem Fall einige besondere Umstände gegen uns sprachen, und daher mußten wir mehr als das Übliche leisten. Für Mr. Picton bedeutete das, daß er bis auf weiteres die Tage in seinem Büro verbringen, alle Informationen zu dem Fall zusammentragen und so viele Präzedenzfälle heraussuchen mußte, wie er nur konnte. Außerdem war zu überlegen, welche Augenzeugen, Sachverständigen und sonstige Zeugen zu bestellen waren. Unterdessen mußten Marcus und Mr. Moore nach New York zurückkehren, um eine ganze Reihe unerläßlicher Dinge zu erledigen. Als erstes mußten sie Libby Hatch offiziell davon in Kenntnis setzen, daß ein Anklageschwurgericht über ihren Fall entscheiden werde, für den Fall, daß sie die Absicht hatte, selbst in der Verhandlung aufzutreten und auszusagen, denn darauf hatte sie einen gesetzlichen Anspruch. (Mr. Picton erwog, Marcus als zeitweiligen Sonderbeauftragten des Gerichts einzusetzen, damit er die Benachrichtigung übermitteln konnte.) Zweitens mußten die beiden versuchen, den Prediger Clayton Parker aufzuspüren. Die letzte bekannte New Yorker Anschrift dieses möglicherweise entscheidenden Zeugen versuchte Mr. Moore dadurch zu ermitteln, daß er am Nachmittag zur presbyterianischen Kirche hinüberging. Sofern Libby Hatch zu dem Ergebnis kam, daß sie mit dem Anklageschwurgericht nichts zu tun haben wolle (was wir als wahrscheinlich annahmen), mußten Marcus und Mr. Moore schließlich in New York bleiben und durften sie möglichst nicht aus den Augen lassen, ohne daß ihnen die Hudson Dusters dabei den Schädel einschlugen.

Lucius und Cyrus ihrerseits hatten die Aufgabe, am Montag zum Haus der Familie Hatch zurückzukehren und es auf der Suche nach weiteren Spuren auf den Kopf zu stellen. Miss Howard und ich bekamen den Auftrag, möglichst viele Fakten über Libby Hatchs geheimnisvolle Vergangenheit in Erfahrung zu bringen. Die dazu erforderliche Reise würde mit einem erneuten Besuch bei Mrs. Louisa Wright beginnen, uns in die Kleinstadt Stillwater führen, wo Libby eine Weile gelebt hatte, und anschließend würde es noch Gott weiß wohin gehen. Der Doktor würde natürlich weiter mit Clara Hatch arbeiten: Es bestehe nicht die geringste Aussicht auf eine Anklageerhebung, wiederholte Mr. Picton, solange man mit der Kleinen nicht wenigstens so weit kam, daß sie in der Verhandlung auf einfache Ja-Nein-Fragen antworten konnte.

Der Doktor brach unmittelbar nach dem Mittagessen mit Cyrus zu den Westons auf, Mr. Moore ging zur presbyterianischen Kirche hinüber, und Mr. Picton begab sich ins Büro. Auch als alle wieder zurückgekehrt waren, hatte es noch keine Erfolgsmeldung vom Kartentisch im Salon gegeben. Träge verrann Stunde auf Stunde ohne den geringsten Hinweis auf einen Durchbruch. Dann aber sprang Lucius schließlich gegen halb sieben von seinem Stuhl auf und schrie wie ein Verrückter, was wir als hoffnungsvolles Zeichen zu deuten nicht umhin konnten.

Wir versammelten uns um den Kartentisch und erfuhren bald, daß sich unsere Hoffnungen auf sicheren Boden gründeten. Im großen und ganzen hatte das Tagewerk der Brüder alle Ergebnisse zutage gefördert, die wir uns nur wünschen konnten. Nicht nur paßten die Abstände der Züge und Felder auf den Kugeln (jeweils sieben, nach links weisend) vollkommen zum Lauf des Colts, sondern jede der Kugeln wies auch an der gleichen Stelle ein weiteres Merkmal auf, so klein, daß sie Stunden gebraucht hatten, es zu identifizieren. Wie Marcus sagte, ging es auf eine winzige Scharte im Stahl des Laufes kurz vor der Mündung zurück. Das verleihe dem ballistischen Gutachten der beiden Isaacsons (oder wessen auch immer, der sich mit der Waffe beschäftigte) die von uns erhoffte Wahrscheinlichkeit von eins zu einer Million, die zwar keinen zwingenden Beweis bedeute, aber doch auf eine an Sicherheit grenzende Wahrscheinlichkeit hinweise. Selbst wer annahm, ein weiteres Exemplar des Armeerevolvers vom gleichen Kaliber weise genau das gleiche Muster aus Zügen und Feldern auf wie ›unsere‹ Waffe, durfte nicht voraussetzen, daß es darüber hinaus auch noch den gleichen Fehler im Lauf aufwies. Es sehe also ganz so aus, als hätten wir ein wichtiges Hindernis umschifft und als beginne sich unsere komplizierte Falle allmählich um ihr Opfer zu schließen.

So groß war Mr. Pictons Zuversicht, daß er erklärte, er werde die Verhandlung des Anklageschwurgerichts für den kommenden Freitag anberaumen, also in lediglich fünf Tagen. Am nächsten Morgen aber zeigte sich, daß sein Vorgesetzter, Bezirksstaatsanwalt Pearson, diese Zuversicht nicht teilte: Als unser Gastgeber ihm seinen Plan mitteilte, hätte Mr. Pearson fast einen Schlaganfall erlitten und hatte rundheraus erklärt, er gedenke seinen Urlaub, den er ohnehin in zwei Wochen hatte nehmen wollen, um eine Woche zu verschieben und werde erst zurückkehren, wenn der ganze »widernatürliche« Fall Hatch vorüber sei. Das schien Mr. Picton aber nicht weiter zu bekümmern. Er verabschiedete sich munter von Mr. Moore und Marcus, die zu Mittag nach New York aufbrechen wollten, und zog sich dann in sein Büro zurück, woraufhin wir übrigen uns an unsere verschiedenen Aufgaben machten.

Für Miss Howard und mich bestand der erste Schritt in einem Besuch bei Mrs. Louisa Wright in der Beach Street. Da deren Haus in der Nähe von Schafers Gewächshäusern lag, herrschte dort fast immer Tag, denn während der ganzen Nacht wurde irgendein Teil der riesigen Anlage künstlich beleuchtet. Daher hatte Mrs. Wright – eine freundliche Dame zwischen fünfzig und sechzig Jahren, deren Mann in jungen Jahren im

Bürgerkrieg gefallen war – an ihren Fenstern besonders dichte Vorhänge anbringen lassen, was das Haus ganz sonderbar und still wie ein Grab wirken ließ. Das lauteste Geräusch machte eine Uhr auf dem Kaminsims im Salon, deren beständiges Ticken unüberhörbar zu verkünden schien, daß das Leben förmlich dahinflog. Die vielen Bilder ihres Gatten, die sich überall im Hause fanden, trugen gleichfalls zu dem Eindruck bei, man befinde sich im Haus eines Leichenbestatters.

Mrs. Wright bewirtete uns im Salon mit Tee und belegten Broten. Sie nahm trotz ihrer Freundlichkeit hinsichtlich Libby Hatchs kein Blatt vor den Mund und schien mir ausgesprochen angetan von der Möglichkeit, sich an unserer Verfolgung des Falles zu beteiligen. Als sie hörte, daß geplant sei, sie in dieser Angelegenheit vor einem Anklageschwurgericht als Zeugin aufzurufen, schien ihre Zufriedenheit keine Grenzen zu kennen. Wie sich bald zeigen sollte, war alles, was das alte Mädchen über den Prediger, Libby Hatch, ihre Kinder und den Tod des alten Daniel Hatch zu sagen hatte, ausgesprochen aufschlußreich und stimmte mit dem überein, was sie Miss Howard zuvor schon erzählt hatte. Daher war Miss Howard auch äußerst zuversichtlich, als wir gegen drei Uhr das Haus verließen, um zum Mietstall hinüberzugehen und für unsere Fahrt nach Stillwater eine Kutsche zu mieten.

Wir nahmen denselben Einspänner – mit demselben kleinen Morgan-Hengst davor –, den wir schon am Freitag benutzt hatten. Der erste Teil unserer Fahrt nach Südosten verlief zwar nicht besonders komfortabel, dafür aber angenehm schnell. Unglücklicherweise zeigte sich recht bald, daß das Gefährt weit weniger zuverlässig war als das Zugtier: Unmittelbar nachdem wir auf die Uferstraße am Hudson entlang eingebogen waren, verloren wir mit einem häßlichen knirschenden Geräusch ein Hinterrad. Zwar wurde weder das Rad noch das Fahrzeug selbst beschädigt, doch saßen wir einige Stunden am Straßenrand fest, bis sich ein vorüberkommender Bauer, der dicke Rollen Tauwerk transportierte, erbötig machte, uns beim Aufrichten des Wagens zu helfen und das Rad wieder notdürftig anzubringen. Auch das nahm viel Zeit in Anspruch, und anschließend mußten wir unserem guten Samariter im Zockeltrab zu seinem Anwesen folgen, wo er das Werkzeug zur Verfügung hatte, das nötig war, um das Rad dauerhaft zu befestigen. Miss Howard gab dem liebenswürdigen, wenn auch nicht besonders redseligen Mann für seine Hilfe fünf Dollar, und da wir uns ein wenig näher an Stillwater als an Ballston Spa befanden (wenn auch ziemlich weit von beiden Orten entfernt), beschlossen wir anschließend, weiter in Richtung Süden zu fahren und unsere zweite Aufgabe des Tages zumindest in Angriff zu nehmen.

Bis wir das Städtchen Stillwater erreichten, das lediglich aus zwei oder drei Industrieanlagen am Fluß und einigen kurzen Straßenzügen bestand, ging die Sonne unter. Auf uns wirkte der Ort weit freudloser als die meisten anderen, die wir in jener Gegend gesehen hatten: Es war schwer zu sagen, was die Fabriken herstellten, aber die Ortschaft vermittelte den allgemeinen Eindruck von Schmutz und Niedergang, so wie man das eher von größeren Städten kennt. Sogar den Hudson, dessen Wasser so weit im Norden gewöhnlich klar ist und zum Baden einlädt, schien dort eine Schmutzschicht zu bedecken. Daß auf den Straßen niemand zu sehen war, trug nicht zur Verbesserung des kalten und abweisenden Eindrucks bei, den wir gewannen; und als die Sonne schon bald nach unserer Ankunft vollständig hinter dem Horizont verschwand, fragten Miss Howard und ich uns, ob wir uns nach der Reparatur unseres Einspänners für die richtige Richtung entschieden hatten. Natürlich verbesserte das Wissen, daß Libby Hatch einst in diesem üblen Kaff gelebt hatte, das Gefühl, das es uns vermittelte, in keiner Weise.

Ich hielt an einer Stelle an, die so aussah, als könnte es die Ortsmitte sein (nach wie vor war keine Menschenseele zu sehen). Dann stiegen wir ab und streiften ein wenig umher, in der Annahme, wir müßten doch schließlich auf irgend jemanden stoßen, der uns etwas über das Städtchen sagen konnte. Nachdem wir etwa zehn Minuten lang keinerlei Hinweise auf die Anwesenheit von Menschen entdeckt hatten, hörten wir, wie sich auf der Straßenseite, die gegenüber den Fabriken am Flußufer lag, eine Tür öffnete, und sahen einen Mann aus einem der kleinen, schuppenähnlichen Häuser heraustreten, welche die Straße säumten. Als Miss Howard ihn mit dem Ausdruck der Entschuldigung ansprach, schien dieser vierschrötige Bursche von gut einem Meter achtzig vor Schreck förmlich in die Luft zu springen. Während wir eilends zu ihm hinübergingen, sah er sich besorgt um und straffte sich ein wenig. Vielleicht hielt er uns für Gesetzeshüter oder Verkünder einer Heilsbotschaft.

»Entschuldigung«, sagte Miss Howard noch einmal, als wir bei ihm ankamen, »aber wir hätten gern einige Angaben über eine frühere Bewohnerin der Stadt. Gibt es jemanden, mit dem man darüber reden kann? Ich weiß, daß es schon spät ist, aber …«

»Die werden im Wirtshaus sitzen«, sagte der Mann kurz angebunden und tat einige Schritte von uns weg. »Da ist jeder, der nicht zu Hause ist. Sind alle im Wirtshaus.« Er nickte in die ungefähre Richtung einer etwa drei oder vier Nebenstraßen hinter uns befindlichen Stelle am Ufer des Hudson.

»Oh.« Miss Howard sah hin, um zu sehen, ob sie das Wirtshaus erkennen konnte, von dem er sprach. Dann sagte sie nickend: »Aha …« und wandte sich wieder zu ihm um. »Sie können uns nicht zufällig helfen? Es ist lange her, so an die …«

»Ich wohn hier von klein auf«, sagte der Mann. »Wenn es um jemand geht, der von hier ist, weiß ich das besser als die ganzen Spaghettifresser und Iren, die herkommen, um in der Fabrik zu arbeiten.«

Miss Howard betrachtete den Mann aufmerksam und lächelte dann ein wenig. »So, so. Nun – wir hätten gern Auskünfte über eine Frau. Als sie hier lebte, hieß sie Libby Fraser, seitdem aber …«

»Libby Fraser?!« Das Gesicht des Mannes zuckte ein wenig: Nacheinander trat der Ausdruck der Verblüffung, der Angst und schließlich des Hasses darauf. »Warum zum Teufel wollen Sie was über *die* wissen?«

»Nun, wir beschäftigen uns mit einer Ermittlung...«

»Hier sagt keiner was über Libby Fraser. Hier nicht. Keiner hat was über sie zu sagen.« Die Augen des Mannes traten aus seinem ungewaschenen Gesicht hervor, als nehme seine Angst und sein Zorn unablässig zu. »Verstanden? *Keiner.* Sie ist vor langer Zeit hier weg. Wenn Sie was über die wissen wollen, dann fragen Sie da, wo sie hingegangen ist.« Er spie in den Staub der Straße. »Das wär das klügste.« Er schob sich das Hemd fester in die Hose, als wollte er zeigen, daß es ihm damit ernst war, drehte sich um – und ging in das Haus zurück, aus dem er gerade gekommen war.

Miss Howard und ich sahen ihm mit verständnislosen Gesichtern nach. »Na«, sagte sie schließlich. »Das muß man der Frau lassen, sie ruft überall, wohin sie kommt, heftige Reaktionen hervor.«

Ich spähte die Straße hinab und sah hinter den Fabriken ein Schild vor einem der Gebäude am Flußufer. Zwar konnte ich nicht lesen, was darauf stand, denn es war schon fast dunkel, aber es war ohnehin ziemlich klar, worum es ging. »Meinen Sie, daß wir es im Wirtshaus probieren sollten?« fragte ich und wies darauf hin.

»Müssen wir wohl«, sagte Miss Howard. »Wo wir schon mal hier sind.«

Statt wieder die Kutsche zu besteigen, gingen wir die zwei oder drei Nebenstraßen bis zu dem Gebäude mit dem Schild zu Fuß. Es erwies sich tatsächlich als eine Lokalität, der man in jener Kleinstadt die Bezeichnung »Wirtshaus« zubilligen konnte (in New York wäre es nicht mehr als eine üble Kaschemme gewesen). Ich war in keiner Weise sicher, ob es angebracht war, daß eine Frau und ein Halbwüchsiger unbegleitet ein solches Lokal betraten, und ich nehme an, daß Miss Howard die Besorgnis auf meinen Zügen lesen konnte. Sie nahm den Revolver mit den Perlmutt-Griffschalen heraus und zeigte ihn mir.

»Bereit?« war alles, was sie sagte, als sie die Waffe wieder in den Falten ihres Kleides verschwinden ließ.

Ich nickte ihr zu, obwohl ich nach wie vor ziemlich nervös war. »In Ordnung«, sagte ich, dann öffnete ich die Fliegentür des alten Holzhauses.

Im Inneren roch es wie immer in solchen Lokalen: nach Bier, Schnaps, Rauch und Urin. Da das Gebäude aber an einem ziemlich toten Arm des Hudson stand, war dem Ganzen auch der Geruch nach verfaultem Flußwasser beigemischt. Man sah einen langen Tresen und einen Billardtisch, erhellt wurde der Raum, in dem sich etwa zwei Dutzend Männer verteilten, von einem halben Dutzend Kerosinlampen (jedenfalls zum Teil). Kaum jemand redete oder tat etwas anderes als an die Wände oder mit den toten Augen schwer arbeitender Männer aus dem Fenster zu starren, Männer, die sich dem einzigen Freizeitvergnügen hingeben, das sie kennen und vermutlich je kennenlernen werden: vor einem Schnapsglas sitzen. Wie das in solchen Lokalen an solchen Orten üblich ist, wandten sich bei unserem Eintreten alle wie auf Kommando der Tür zu. Es verwunderte uns ein wenig, am Tresen eben den Mann stehen zu sehen, mit dem wir keine drei Minuten zuvor gesprochen hatten. Was auch immer Libby Fraser in jener Stadt gewesen sein und getan haben mochte, es hatte eine so nachhaltige Wirkung hinterlassen, daß ein von der Tagesarbeit erschöpfter Mann so schnell er konnte einen langen Umweg gelaufen war, um seine Kumpel davon in Kenntnis zu setzen, daß Fremde gekommen seien, die sich nach ihr erkundigten.

Miss Howard nickte zu dem Mann hinüber und sagte gelassen: »Hallo.« Er aber wandte sich einfach wieder dem Tresen zu, als hätte er uns noch nie gesehen. Unsicher, wie sie jetzt weiter vorgehen sollte, sah Miss Howard zu mir her.

Ich wartete, bis das gedämpfte Gemurmel im Raum wieder einsetzte, und sagte dann sehr leise: »Der Wirt.« Wir fanden eine freie Stelle am hinteren Ende des Tresens und warteten dann, daß der schmale Mann mit saurem Gesicht, der dahinter arbeitete, zu uns trat. Ohne ein Wort zu sagen, sah er Miss Howard kalt an.

»Guten Abend«, sagte sie und versuchte es erneut mit Höflichkeit. Die aber verfing diesmal genausowenig wie zuvor: Der Wirt sah sie einfach nur an. »Wir sind auf der Suche nach einigen Angaben …«

»So was gibt's hier nicht«, versetzte der Mann. »Nur was zu trinken. Sonst nichts.«

»Aha.« Miss Howard überlegte kurz und sagte dann: »In dem Fall nehme ich ein Glas Whiskey. Und mein Begleiter bekommt eine Limonade.«

»Gesüßten Zitronensaft hab ich«, sagte der Wirt und wandte mir seinen kalten Blick einen Augenblick lang zu.

»Schön, dann den«, sagte ich und hoffte, daß der Blödmann nicht merkte, wie nervös er mich machte.

Im Handumdrehen brachte er die Getränke. Miss Howard legte etwas Geld auf den Tisch und sagte: »Wir wollen die Angaben nicht umsonst …«

Das aber schien den Wirt noch mehr aufzubringen. Seine Augen zogen sich zu schmalen Schlitzen zusammen, und er beugte sich über den Tresen zu ihr vor. »Jetzt hören Sie mal, Fräulein …« Wie auf ein Zeichen sahen alle Männer im Wirtshaus wieder zu uns her. »Man hat Ihnen bereits gesagt, daß niemand hier was über Libby Fraser sagen will. Ist nicht gut, über sie zu reden – auch nicht für Fremde.«

Miss Howard sah sich flüchtig in dem dunklen, schmuddeligen Raum um und fragte dann: »Ich verstehe das nicht. Wovor haben Sie eigentlich so schreckliche Angst?«

Furcht durchzuckte mich: Wir waren nicht am richtigen Ort, um Männer ungestraft Feiglinge zu nennen. Aber sonderbarerweise sprang weder der Wirt noch sonst einer von denen, die diese Frage gehört hatten, Miss Howard an den Hals. Sie starrten einfach vor sich hin, bis schließlich der Wirt flüsternd antwortete: »Manchmal ist es besser, wenn man Angst hat. Wenn ich da an die Muhlenbergs denke ...«

»Die Muhlenbergs?« sagte Miss Howard, aber der Wirt sprach nicht weiter – offenbar hatte er schon zuviel gesagt. »Trinken Sie aus und verschwinden Sie«, sagte er und ging ans andere Ende des Tresens.

»Könnten Sie uns nicht zumindest sagen, wo die Leute wohnen?« versuchte Miss Howard ihr Glück noch einmal. »Ich glaube, Sie verstehen nicht richtig. Wir betreiben eine Ermittlung, als deren Ergebnis die Frau möglicherweise wegen schwerer Verbrechen vor Gericht gestellt wird.«

Alle schwiegen. Dann sagte einer in der Ecke, dessen Gesicht wir nicht sehen konnten: »Die wohnen in dem gelben alten Haus am Südende der Stadt.«

»Halt doch den Schnabel, Joe!« knurrte der Wirt.

»Wieso?« fragte der Mann in der Ecke. »Wenn die das Miststück fertigmachen wollen ...«

»Und wenn sie die nicht kriegen und die dahinterkommt, daß du denen geholfen hast?« sagte der Mann, den wir auf der Straße angesprochen hatten.

»Ach je ...« Es war kaum mehr als ein angstvolles Flüstern, aber es war das letzte, was wir von dem Burschen im Schatten hörten.

»Ich sag's nicht noch mal«, mahnte der Wirt. »Trinken Sie aus und *verschwinden* Sie.«

Es schien das beste, dieser Aufforderung zu folgen, da die Atmosphäre im Raum langsam unbehaglich wurde. Wie alle unwissenden Menschen machte die Angst sicher auch die hier Anwesenden kribbelig und gewaltbereit, und deshalb war ich überzeugt, daß es sich dringend empfahl, das Wirtshaus und am besten auch noch den Ort zu verlassen. Unglücklicherweise sah Miss Howard die Dinge anders. Als ich ihr auf die Schulter tippte und mich auf den Weg zur Tür machte, folgte sie mir zwar, blieb aber, am anderen Ende des Tresens angekommen, noch einmal stehen und wandte sich den Gesichtern im Raum zu.

»Haben eigentlich alle hier in der Stadt Angst vor ihr?« fragte sie.

Da mir klar war, daß sie damit entschieden zu weit gegangen war, schob ich sie zur Tür hinaus und in Richtung auf die Kutsche zu. Das aber war ihr gar nicht recht: Sie war nicht die Frau, die sich durch Drohungen eines Mannes einschüchtern ließ, und das Verhalten der Männer im Wirtshaus hatte ihre Entschlossenheit nur bestärkt, in Stillwater zu bleiben und etwas herauszubekommen. Statt also die Stadt in Richtung Norden zu verlassen, fuhren wir weiter südwärts, bis wir uns einem heruntergekommenen alten Haus näherten, das irgendwann einmal gelb gewesen sein mochte. Inzwischen war es lediglich ein Gewirr aus abgestorbenen Kletterpflanzen und abgeblätterter Farbe. Man konnte durch ein Fenster den schwachen Lichtschein einer Petroleumlampe sehen, an der ein- oder zweimal der Schemen eines Menschen vorüberging.

»Gehen wir da rein?« fragte ich und hoffte, daß Miss Howard es sich noch einmal anders überlegen würde.

»Aber ja«, sagte sie gelassen. »Ich will wissen, was zum Teufel hier passiert ist.«

Mit einem ergebenen Nicken sprang ich vom Kutschbock und folgte ihr an dem eingesunkenen niedrigen Zaun entlang, der in besseren Zeiten wohl einmal den Vorgarten umgeben hatte, der jetzt aber in völlig überwuchertem Zustand brachlag. Miss Howard hatte schon die Hand gehoben, um an die Haustür zu klopfen, dann aber fiel in der Dunkelheit mein Blick auf etwas.

»Vielleicht wollen Sie sich das mal ansehen ...«, sagte ich und stieß sie mit dem Ellbogen an.

Sie folgte mit den Augen meinem Finger dorthin, wo sich in gewisser Entfernung geschwärzte Ruinen auf dem Nachbargrundstück erhoben. Offensichtlich waren es die Überreste eines Wohnhauses, denn zu beiden Seiten der Ruine erhoben sich eingestürzte Rauchfänge. Sogar im schwachen Licht des Mondes konnten wir in den Trümmern noch gußeiserne Öfen und Teile einer Badezimmereinrichtung erkennen – eine Wanne und ein Waschbecken. In der Mitte des Ganzen wuchsen Gebüsch und junge Bäume, ein Hinweis darauf, daß das Feuer nicht in jüngster Zeit dort gewütet hatte.

Alles in allem beschwor die Szene in mir das gleiche Bild herauf, welches das Haus der Familie Hatch in Ballston Spa bot.

»Also ...«, flüsterte Miss Howard und tat einige Schritte von der Tür fort und betrachtete die trostlosen Überreste. Es kam mir vor, als dächten wir das gleiche: Vielleicht hatten die Männer im Wirtshaus nicht zu unrecht Angst gehabt.

»In *dem* Haus wär ich nicht gern gewesen«, sagte ich leise. »So ein Feuer überlebt wohl keiner.«

»Darauf kannst du Gift nehmen«, sagte Miss Howard und nickte bedächtig.

Wie sich aber zeigen sollte, irrten wir uns: Etwas *hatte* das Feuer überdauert, besser gesagt, nicht *etwas*, sondern *jemand*. Wir sollten die Frau schon bald kennenlernen.

# KAPITEL 36

Alles, was wir von dem dunklen kleinen Haus am südlichen Rand der Stadt Stillwater zu sehen bekamen, waren der Flur und das Wohnzimmer; die Erinnerung an jene Räume hat sich jedoch so tief in mein Gedächtnis gebrannt, daß ich diese Räume vermutlich mitsamt den tausend winzigen Rissen, die sich wie dem Tod geweihte Blutgefäße an den Wänden und Mauern entlangzogen, wiedererstehen lassen könnte. Doch genügt es für die Zwecke dieser Erzählung zu sagen, daß uns eine alte Schwarze auf unser Anklopfen einließ. Dem Ausdruck nach, mit dem sie uns betrachtete, bekamen die Bewohner jenes Hauses nicht viel Besuch, und sie vermittelten den Eindruck, daß ihnen das auch ganz recht war.

»Hallo«, sagte Miss Howard zu der Frau, als wir ins Haus traten. »Ich weiß, daß es ziemlich spät ist, aber ich wüßte gern, ob Mr. oder Mrs. Muhlenberg daheim sind.«

Die alte Schwarze musterte meine Begleiterin mit einem eindringlichen Blick, in dem leichtes Entsetzen lag. »Wer sind Sie?« wollte sie wissen. Bevor Miss Howard antworten konnte, tat die Alte es jedoch selbst. »Sie müssen hier fremd sein – es gibt keinen Mr. Muhlenberg. Schon seit zehn Jahren oder länger nicht mehr.«

Miss Howard nahm das leicht betreten zur Kenntnis und sagte dann: »Ich heiße Sara Howard, und das hier ist« – dabei wies sie mit dem Finger auf mich und versuchte, eine Erklärung zu finden, die der Situation angemessen schien – »mein Kutscher. Eine Frau, die früher einmal in dieser Stadt gelebt hat, ist in einen Fall verwickelt, den ich im Auftrag des Bezirksstaatsanwalts von Saratoga untersuche. Damals hieß sie Libby Fraser. Man hat uns mitgeteilt, daß die Muhlenbergs mit ihr bekannt waren …«

Die Augen der Schwarzen weiteten sich, und sie hob einen Arm, als wolle sie uns zur Tür hinausschieben. »Raus!« sagte sie sogleich und schüttelte dabei den Kopf. »Sind Sie noch bei Trost, hierherzukommen und solche Fragen zu stellen …«

Bevor sie uns aber wieder in die Nacht zurückscheuchen konnte, ertönte eine Frauenstimme aus dem Wohnzimmer. »Wer ist das, Emmeline?« erkundigte sich jemand mit brüchiger Stimme. »Ich habe doch jemanden sprechen gehört … Emmeline! Wer ist es?«

»Nur eine Frau, die Fragen stellt«, sagte die Alte. »Ich schick sie schon wieder weg, keine Sorge.«

»Was für Fragen?« erkundigte sich die Stimme. Dabei fiel mir etwas auf, was der Doktor vermutlich ein Paradox genannt hätte: Dem Klang nach zu urteilen mußte die Frau etwa im Alter der Schwarzen gestanden haben, doch kamen die Wörter scharf und prompt, als stammten sie von einer weit Jüngeren.

Furchtsam aufseufzend rief die Schwarze ins Haus: »Sie erkundigt sich nach Libby Fraser.«

Nach längerem Schweigen sagte die Stimme aus dem Wohnzimmer, diesmal sehr viel leiser: »Ja, das meinte ich gehört zu haben… Hat sie nicht auch gesagt, daß sie für den Bezirksstaatsanwalt arbeitet?«

»Ja.«

»Dann herein mit ihr, Emmeline. Führ sie herein.«

Zögernd trat die Schwarze beiseite und ließ mich und Miss Howard durch den langen Flur zum Wohnzimmer gehen.

Es wäre unmöglich gewesen, einen Namen für die Farbe der Wände in jenem Raum oder die Fetzen der uralten Tapeten zu finden, die hier und da noch daran hingen. Auch die um den schweren Tisch mit der Lampe gruppierten Möbel schienen dem Verfall preisgegeben. Der schwache gelbe Lichtschimmer, den die kleine, rußende Flamme von sich gab, reichte nicht bis in die Ecken des Raumes. In einer dieser Ecken saß unsere »Gastgeberin« auf einem klapprigen alten Sofa; eine gehäkelte Decke umhüllte Beine und fast den ganzen Oberkörper. Langsam wedelte sie mit einem alten Fächer vor ihrem Gesicht hin und her. Ich vermutete, daß sie sich Kühlung zufächeln wollte. Außer ihr und der Schwarzen war niemand im Haus zu sehen.

»Mrs. Muhlenberg?« sagte Miss Howard und sah in die dunkle Ecke.

»Ich wußte gar nicht, daß der Bezirksstaatsanwalt jetzt auch Frauen beschäftigt«, antwortete die rauhe Stimme. »Wer sind Sie?«

»Ich heiße Sara Howard.«

Der Kopf hinter dem Fächer nickte. »Und der Junge?«

»Mein Kutscher und Leibwächter«, sagte Miss Howard und lächelte zu mir her. Dann wandte sie sich wieder Mrs. Muhlenberg zu. »Hier am Ort will mir scheinen, daß ich einen Leibwächter gut brauchen kann.«

Der Schattenkopf nickte wieder. »Libby Fraser ist gefährlich…« Mit einer raschen Bewegung holte die Frau tief Luft und stöhnte dabei so heftig, daß selbst einem Toten ein Schauer über den Rücken gelaufen wäre. »Nehmen Sie bitte Platz«, sagte sie kurz darauf.

Wir fanden zwei Stühle, die etwas belastungsfähiger aussahen als die übrigen Möbel im Raum, und setzten uns darauf.

»Mrs. Muhlenberg«, sagte Miss Howard. »Ich gestehe, daß ich ein wenig verwirrt bin. Wir sind auf keinen Fall gekommen, um Ungelegenheiten zu machen oder jemanden zu kränken. Aber es sieht ganz so aus, als ob die bloße Erwähnung des Namens jener Frau…«

»Haben Sie die Ruine nebenan gesehen?« fiel ihr Mrs. Muhlenberg ins Wort. »Das war mein Haus. Genauer gesagt, das Haus meines Mannes. Wir haben dort mit unserem Sohn gelebt. Die Leute hier wollen nicht, daß auch von ihren Häusern nur Schutt und Asche übrigbleibt.«

Miss Howard versank kurz in Gedanken. »Wollen Sie damit sagen, daß *sie* das getan hat? Libby Fraser?«

Wieder nickte der Kopf. »Natürlich konnte ich das damals nicht beweisen, ebensowenig, wie ich beweisen konnte, daß sie mein Kind umgebracht hat. Dazu ist sie viel zu gerissen ...«

Als ich an diesem Ort und in jenem Haus hörte, daß die Hatch offenbar noch ein weiteres Kind auf dem Gewissen hatte, wäre ich am liebsten aus dem Wohnzimmerfenster gesprungen und auf den Kutschbock geklettert, um dem kleinen Hengst so lange die Peitsche gegeben, bis wir New York erreicht hätten. Miss Howard dagegen zuckte mit keiner Wimper.

»Aha«, sagte sie leise, aber bestimmt. »Ich glaube, Mrs. Muhlenberg, Sie sollten erfahren, daß der Stellvertreter des Bezirksstaatsanwalts, Mr. Picton, eine Mordanklage gegen die Frau vorbereitet, die Sie als Libby Fraser kennen. Dabei dreht es sich um Mord an ihren leiblichen Kindern.«

Daraufhin ertönte wieder das mitleiderregende Stöhnen hinter dem Fächer, und ein Fuß am Ende des Sofas begann sichtlich zu zittern. »Ihre leiblichen ...« Mit einem Mal hielt der Fuß still. »Wann? Wo?«

»Vor drei Jahren – in Ballston Spa.«

Wieder das Stöhnen. »Doch nicht etwa die Sache ... der Überfall, den angeblich ein Schwarzer verübt hat?«

»Ja«, gab Miss Howard zur Antwort. »Wissen Sie etwas darüber?«

»Wir haben Gerüchte gehört«, sagte Mrs. Muhlenberg. »Und ein Trupp Männer hat die Stadt durchsucht. Das sollen Libbys Kinder gewesen sein?«

»Ja. Unserer Überzeugung nach hat sie sie mit eigener Hand getötet. Und vermutlich noch andere Kinder in New York.«

Ein andersgearteter Laut drang jetzt hinter dem Fächer hervor, der nach erschüttertem Schluchzen klang. »Warum entsetzt mich das eigentlich?« sagte Mrs. Muhlenberg, nachdem sie sich wieder beruhigt hatte. »Wenn es eine Frau gibt, die zu so etwas imstande ist, dann Libby.«

Miss Howard beugte sich vor und legte alles Mitgefühl, dessen sie fähig war – und das war eine ganze Menge, vor allem, wenn sie es mit Angehörigen ihres Geschlechts zu tun hatte –, in ihre nächste Frage. »Können Sie mir erzählen, was hier geschehen ist, Mrs. Muhlenberg? Es könnte uns bei unseren Bemühungen helfen, Libby Fraser strafrechtlich zu verfolgen.«

Eine weitere Pause trat ein, dann hörte das leise Schluchzen gänzlich auf, dafür begann der Fuß wieder zu zucken. »Wird man sie hinrichten?«

Miss Howard nickte. »Das ist durchaus möglich.«

Jetzt lag so etwas wie Erleichterung in Mrs. Muhlenbergs Stimme, vielleicht war es sogar Erregung. »Wenn sie sterben muß – wenn Sie das fertigbringen –, dann, Miss Howard, werde ich Ihnen sagen, was geschehen ist.«

Miss Howard nahm einen Block und einen Stift heraus, um Notizen machen zu können. Als Mrs. Muhlenberg ihren Bericht begann, verließ die alte Schwarze kopfschüttelnd den Raum, als könnte sie es nicht ertragen, den Bericht mit anzuhören.

»Es ist lange her«, begann Mrs. Muhlenberg. »Für die meisten Menschen vielleicht auch nicht. Im Spätsommer 1886 kam sie hierher. Der Familie meines Mannes gehörte eine der Fabriken hier in der Stadt. Nach unserer Eheschließung sind wir in das Haus nebenan gezogen. Es hatte seiner Großmutter gehört. Ein wunderschönes Haus, mit einem herrlichen Park, der sich bis hinab zum Fluß erstreckte ... Zuvor hatte noch der Verwalter des Anwesens das Haus bewohnt. In jenem Sommer ist unser erstes Kind zur Welt gekommen. Unser einziges. Da ich es nicht stillen konnte, haben wir eine Amme gesucht. Libby Fraser hat sich als erste beworben, und wir beide fanden sie bezaubernd.« Ein Keuchen, das wie das Gelächter einer Leiche klang, unterbrach die Erzählung. »Bezaubernd ... Um die Wahrheit zu sagen, hatte ich immer geglaubt, daß mein Mann sie ein wenig zu bezaubernd fand. Sie war geradezu übereifrig mit ihrer Arbeit, ihr lag daran, uns zufriedenzustellen, und das gefiel mir ...«

Nach einer langen Pause wagte Miss Howard eine Frage. »Und wann sind bei Ihrem Sohn Gesundheitsstörungen aufgetreten?«

Mrs. Muhlenberg hob langsam den Kopf. »Aha. Sie wissen also wirklich über Libby Bescheid ... Ja, er wurde tatsächlich krank. Zuerst dachten wir, daß es Koliken wären, nichts weiter. Ich konnte ihn beruhigen und tat das, soweit das möglich war – aber ich konnte ihn nicht stillen, und sobald er mit Libby zusammen war, schien es ihm wieder schlechterzugehen. Tagelang hat er Stunde um Stunde geschrien ... Aber wir wollten Libby nicht gehen lassen – sie hatte die Arbeit so dringend haben wollen und gab sich so große Mühe. Doch bald blieb uns keine andere Wahl mehr. Michael – mein Söhnchen – gedieh unter ihrer Obhut einfach nicht. Wir beschlossen, eine andere Amme zu suchen.«

»Wie hat Libby es aufgenommen, daß sie gehen sollte?« fragte Miss Howard.

»Wäre sie doch gegangen!« gab Mrs. Muhlenberg mit nach wie vor leiser Stimme zur Antwort, in der aber Wut und Trauer mitschwang. »Hätten wir doch darauf gedrängt, daß sie ging ... Aber sie war so niedergeschlagen, als wir ihr das eröffneten, und sie hat uns so flehentlich gebeten, es noch einmal mit ihr zu versuchen, daß wir schließlich nachgaben. Danach änderten sich die Dinge. Man kann es nicht anders sagen ... Michaels Zustand änderte sich ... anfangs dachten wir zum Besseren. Seine Heulkrämpfe und Koliken ließen nach, und es sah ganz so aus, als fange er an zu gedeihen. Aber das waren nur trügerische Anzeichen – sie wiesen in Wirklichkeit auf Krankheit hin, nicht auf Wohlergehen. Es war eine schleichende, verzehrende Krankheit. Er wurde blaß und nahm ab, und Libbys Milch ging durch ihn hindurch wie Wasser. Aber Wasser war es nicht, nein, das war es nicht ...«

Dann trat so lange Schweigen ein, daß ich schon glaubte, Mrs. Muhlenberg sei eingeschlafen. Schließlich sah mich Miss Howard fragend an, aber ich konnte nur die Achseln zucken und hoffen, daß sie merkte, wie sehr ich wünschte, wir mögen aus dem Haus verschwinden. Miss Howard aber war hinter etwas her, und mir war klar, daß wir erst gehen würden, wenn sie es hatte.

»Mrs. Muhlenberg?« sagte sie leise.

»Hm, ja?« gab die Frau zurück.

»Sie sagten gerade ...«

»Was habe ich gesagt?«

»Daß Libbys Milch kein Wasser war.«

»Nein, es war kein Wasser.« Sie seufzte wieder. »Es war *Gift*.«

Ich rutschte unruhig auf meinem Stuhl hin und her, aber Miss Howard ließ nicht locker. »Gift?«

Der dunkle Kopf fuhr auf und nieder. »Wir haben den Doktor oft kommen lassen, aber er konnte sich nicht erklären, was vor sich ging. Michael war krank – schrecklich krank. Dann begann auch Libby zu verfallen. Das brachte den Doktor auf den Einfall, es müsse ein Fieber sein, irgendeine Art von ansteckender Krankheit, die sie sich von unserem Sohn eingefangen hatte. Wie hätten wir auch darauf kommen sollen, daß ...« Wieder zuckte ihr Fuß nervös. »Ich wurde mißtrauisch. Vielleicht lag es an meinen Muttergefühlen, aber ich wollte einfach nicht glauben, daß Libby sich bei meinem Sohn angesteckt hatte. Nein – ich war überzeugt, daß sie *ihm* etwas antat. Mein Mann meinte, mich zerfräßen die Sorgen so sehr, daß ich nicht mehr klar bei Verstand sei. Er sagte, Libby nehme Gefährdungen auf sich, um Michael zu helfen. Wenn man ihn und den Doktor hörte, war sie eine Heldin. Aber ich wurde meiner Sache jeden Tag sicherer. Ich wußte nicht, wie sie es machte. Ich wußte nicht, warum sie es tat. Aber ich habe mich dazugesetzt, wenn sie ihn fütterte, und schon bald habe ich mich geweigert, sie auch nur einen Augenblick lang mit ihm allein zu lassen. Trotzdem besserte sich sein Zustand nicht. Die Krankheit wurde schlimmer. Er siechte dahin, und auch sie wurde immer schwächer ...

Schließlich bin ich eines Tages in ihr Zimmer gegangen, als sie draußen spazierenging. In ihrer Kommode fand ich zwei Päckchen. Das eine enthielt ein weißes Pulver, das andere ein schwarzes. Ich hatte keine Ahnung, worum es sich handeln konnte, und zeigte beide Päckchen meinem Mann. Das schwarze Pulver kannte er auch nicht, bei dem weißen aber hatte er keinen Zweifel. Es war ...« Mrs. Muhlenberg schien sich vor dem Weitersprechen zu scheuen, brachte aber schließlich das Wort heraus: »... Arsen.«

Miss Howard hatte offenbar gemerkt, daß ich im Begriff stand, sofort davonzulaufen, und sie legte mir eine Hand auf den Arm.

»Arsen?« fragte sie. »Und das hat sie Ihrem Sohn verabreicht?«

»Wenn Sie Libby kennen«, sagte Mrs. Muhlenberg mit leisem Röcheln,

»wissen Sie, daß sie zu gerissen ist, so etwas offen zu tun. Ich habe ihr ja schließlich zugesehen, wenn sie mit ihm zusammen war – aber nicht, wenn sie allein war. Das war mein Fehler... Mein Mann fragte Libby, was das Arsen solle. Sie sagte, sie sei eines Nachts von einer Ratte in ihrem Zimmer aufgeschreckt worden. Als hätten wir je Ratten im Hause gehabt... Aber eine andere Erklärung kam uns auch nicht in den Sinn.« Mrs. Muhlenberg versuchte, ihr Schluchzen zu unterdrücken, und stieß hervor: »Bald darauf ist Michael gestorben. Libby hat die Rolle der Gramgebeugten viele Tage lang gekonnt gespielt. Erst, als wir mein Söhnchen begraben haben, ist mir die Wahrheit aufgegangen. Libby stand weinend da, und mir fiel auf, daß ihre Gesundheit in den letzten Tagen zurückgekehrt zu sein schien. Mit einem Mal sah ich alles deutlich vor mir... Sie hatte ihn doch vergiftet: Sie hatte das Arsen selbst eingenommen und mit ihrer Milch an ihn weitergegeben! Die Menge, die sie einnahm, genügte nicht, eine erwachsene Frau zu töten, wohl aber einen Säugling. Der Satan selbst hätte es sich nicht raffinierter ausdenken können.«

Das genügte. Ich flüsterte: »Miss Howard?«

Aber sie umspannte meinen Arm nur um so fester, ohne den Blick von der dunklen Ecke des Zimmers zu lösen. »Haben Sie ihr das gesagt?« fragte sie.

»Selbstverständlich«, sagte Mrs. Muhlenberg. »Ich konnte nichts beweisen, das war mir klar. Aber sie sollte wissen, daß ich die Zusammenhänge begriffen hatte. Außerdem wollte ich wissen, warum sie mein Kind getötet hatte. Was hatte der Kleine ihr denn getan?« Erneut kamen ihr die Tränen. »Was konnte ein so kleiner Junge einer erwachsenen Frau schon antun, daß sie den Wunsch hatte, ihn zu töten?«

Eine Minute lang dachte ich, Miss Howard würde ihr unsere Theorie über Libby Hatchs Gemütslage erklären, wie wir sie in den letzten Wochen erarbeitet hatten, aber das unterließ sie. Vermutlich war das klug von ihr, denn auch wenn Mrs. Muhlenberg die Gedanken hätte erfassen können, war sie bestimmt nicht in der Gemütsverfassung, sie zu ertragen.

»Natürlich hat sie alles abgestritten«, fuhr sie fort. »Aber noch in derselben Nacht...« Sie wies mit der Hand auf die geschwärzten Ruinen nebenan. »Das Feuer... hat meinen Mann getötet. Ich habe mit knapper Not überlebt. Und Libby war von Stund an fort...«

Wieder trat eine Pause ein, und ich betete im stillen, daß die Geschichte zu Ende war. Wie sich zeigte, war sie das eigentlich auch, aber Miss Howard war nicht bereit, es dabei bewenden zu lassen. »Mrs. Muhlenberg«, sagte sie. »Wären Sie bereit, vor einem Schwurgericht auszusagen, was Sie mit Libby erlebt haben? Es wäre sehr hilfreich.«

Wieder ertönte das entsetzliche, mitleiderregende Stöhnen. »Nein – nein! Warum? Sagen Sie es den Geschworenen – irgend jemand anders soll es ihnen sagen! Ich kann nichts beweisen... Sie brauchen mich nicht...«

»Ich könnte es ihnen schon sagen«, sagte Miss Howard. »Aber das hätte kein Gewicht. Wenn sie es aus Ihrem Mund hören und Ihr Gesicht sehen ...«

Daraufhin wurde aus dem Stöhnen ein rauhes, entsetzliches Lachen. »Das ist unmöglich, Miss Howard: Sie können mein Gesicht nicht sehen. Nicht einmal *ich* kann es sehen.« Nach einer schrecklichen Pause des Schweigens begriff ich entsetzt, wozu der Fächer diente. »Ich habe kein Gesicht. Ich habe es im Feuer eingebüßt. Zusammen mit meinem Mann ... mit meinem Leben ...« Der Schatten ihres Kopfes begann zu zittern. »Ich bin nicht bereit, meine Narben in einem Gerichtssaal öffentlich zur Schau zu stellen. Diesen letzten Triumph gönne ich Libby Fraser nicht. Ich hoffe, daß Ihnen meine Geschichte helfen kann, Miss Howard. Aber ich werde nicht ... ich kann nicht ...«

Miss Howard atmete tief ein. »Ich verstehe«, sagte sie. »Aber vielleicht können Sie auf andere Weise helfen. Es ist uns bisher nicht gelungen festzustellen, woher sie eigentlich stammt. Hat sie Ihnen gegenüber je ihren Heimatort erwähnt?«

»Nicht genau«, antwortete Mrs. Muhlenberg. »Sie hat oft von Orten auf der anderen Seite des Flusses gesprochen, im Bezirk Washington. Ich hatte immer den Eindruck, daß sie daher stammt. Aber ich bin mir nicht sicher.«

Miss Howard nickte, ließ endlich meinen Arm los und stand auf. »Aha. Nun ... vielen Dank, Mrs. Muhlenberg.«

Die alte Schwarze war in der Tür erschienen, um uns hinauszubegleiten. Als wir schon in den Flur treten wollte, sagte Mrs. Muhlenberg: »Miss Howard?« Wir wandten uns um. »Sehen Sie sich den Jungen an. Sehen Sie das Entsetzen in seinen Augen? Vielleicht glauben Sie, daß es nur an seiner blühenden Phantasie liegt. Aber das sollten Sie nicht glauben – was einst mein Gesicht war, sieht schlimmer aus als alles, was man sich vorstellen kann. Wissen Sie, wie es ist, wenn man Menschen mit einem Gesicht wie meinem in Angst und Schrecken versetzt? Es tut mir leid, daß ich mehr nicht tun kann – und ich hoffe, daß Sie wirklich verstehen ...«

Miss Howard nickte, dann gingen wir hinaus, und die Schwarze schloß leise die Tür hinter uns.

Ich stürmte auf den Einspänner zu, so schnell ich konnte, und sah erstaunt, daß Miss Howard meinem Beispiel nicht folgte. Sie blickte zum Hudson hinüber und war sichtlich in Gedanken.

»Sind wir nicht auf dem Weg hierher an einem Fähranleger vorbeigekommen?« fragte sie gelassen und trat an den Einspänner.

»O nein«, sagte ich. »Heute fahr ich nicht mehr über den Fluß, Miss Howard. Auf keinen Fall.« Die Angst war wohl die Ursache für meine Dreistigkeit. Dann sagte ich, während ich nach meinen Zigaretten suchte: »Entschuldigung, aber ...«

Mit einem Mal hörte ich ein äußerst beunruhigendes Geräusch.

Schritte, viele Schritte, die sich durch den trockenen Staub der Straße näherten. Miss Howard und ich traten beiseite und spähten an der Kutsche vorbei in die Dunkelheit. Sie spie schon bald etwa ein Dutzend der Männer aus, die wir im Wirtshaus gesehen hatten. Sie kamen auf uns zu – und gelinde gesagt, sahen sie nicht aus, als wollten sie sich mit uns unterhalten.

»Ach Scheiße«, sagte ich (so reagiere ich üblicherweise auf solche Situationen). Dann sah ich mich rasch um und überlegte, was man tun könnte. »Wir können uns immer noch nach Süden absetzen«, sagte ich, da ich in dieser Richtung nichts entdeckte, was auf Unannehmlichkeiten schließen ließ. »Wir müssen uns nur beeilen ...«

Das Geräusch einer rotierenden Revolvertrommel veranlaßte mich, den Kopf zu drehen. Miss Howard hatte den Colt herausgeholt und prüfte die einzelnen Kammern mit einem Blick, der zeigte, daß sie es ernst meinte. »Mach dir keine Sorge, Stevie«, sagte sie beherrscht. Den Revolver hielt sie hinter dem Rücken verborgen. »Ich denke nicht daran, mich oder dich von solchen Leuten herumschubsen zu lassen.«

Ich warf erst einen Blick auf den näher kommenden Trupp betrunkener finsterer Gestalten, dann wieder auf Miss Howard, und ahnte, daß ich bald Zeuge einer wahrhaft schrecklichen Szene werden würde. »Miss Howard«, sagte ich. »Das ist nicht nötig ...«

Aber es war zu spät: Die Männer hatten uns erreicht und bildeten eine Linie quer über die Straße. Der Mann, den wir bei unserem Eintreffen in der Stadt angesprochen hatten, trat vor.

»Wir haben doch gewußt, daß Sie schwer von Kapee sind«, sagte er und trat noch näher an Miss Howard heran.

»Was gibt's da zu kapieren?« fragte sie zurück. »Ich sehe eine Horde erwachsener Männer, die Angst vor einer einzelnen Frau haben.«

»Sie haben es nicht nur mit uns zu tun«, sagte der Mann. »Wenn es um Libby Fraser geht, haben Sie es mit der ganzen Stadt zu tun. Die hat hier genug Schaden angerichtet. Keiner will was mit ihr zu tun haben, und auch mit keinem, der nach ihr fragt. Falls das nicht klar genug ist ...«

Der ganze Pöbelhaufen rückte immer näher. Ich konnte mir nicht denken, was sie mit uns vorhatten, aber das spielte auch keine große Rolle. Miss Howard zog nämlich ihre Waffe hinter dem Rücken hervor und richtete sie auf den vordersten Mann.

»Zurück«, sagte sie durch zusammengebissene Zähne. »Ich weise Sie darauf hin, daß es mich überhaupt nichts kostet, Sie ins Bein zu schießen – oder an eine empfindlichere Stelle, sofern Sie mich dazu zwingen.«

Zum ersten Mal lächelte der Mann. »Ach, Sie wollen auf mich schießen, was?« Er wandte sich seinen Kumpanen zu. »Sie will auf mich schießen, Jungs!« sagte er und erntete mit diesen Worten das übliche Hohngelächter. Dann sah er wieder zu Miss Howard hin. »Haben Sie denn schon mal auf wen geschossen, Fräulein?«

Sie sah ihn einige Sekunden lang scharf an und sagte dann ganz ruhig: »Ja, hab ich.« Als wollte sie ihre Aussage unterstreichen, zog sie blitzschnell den Hammer ihres Colts zurück.

Die Ernsthaftigkeit ihrer Worte und das Spannen der Waffe genügten. Das Lächeln des Mannes gefror, und ich nehme an, daß er im Begriff stand, sich umzudrehen und die ganze Sache abzublasen. Da aber hörte man in der Stille ein leises Zischen, der Mann schrie auf und faßte sich ans Bein. Als er etwas aus seiner Kniesehne zog, sah er noch einmal zu Miss Howard und sank dann langsam zu Boden. Er verdrehte die Augen und rollte auf die Seite.

In der ausgestreckten Hand hielt er ein spannenlanges dünnes Stöckchen, das an einem Ende angespitzt war.

# Kapitel 37

Miss Howard und ich sahen uns mit einem wissenden Blick entsetzt an, während die übrigen Männer zu ihrem Kumpan eilten.

»Was zum Teufel habt ihr gemacht?« rief einer von ihnen. Diese Frage hatte ich unter ähnlichen Umständen schon einmal gehört.

Ich brachte nur heraus: »Glauben Sie mir, wir waren es nicht...« Die Männer hatten ihren Kumpan schon aufgehoben und machten sich daran, ihn fortzuschaffen.

»Haut bloß ab!« rief einer von ihnen. »Und zwar für immer!« Damit entfernten sie sich in Richtung auf das Wirtshaus.

Miss Howard hielt ihren Revolver schußbereit, als wir uns umwandten und in die Dunkelheit spähten. »Wo ist er?« fragte sie flüsternd.

»Hier, wo es so dunkel ist, könnte er sonstwo sein«, gab ich im Flüsterton zurück. Eine Minute lang rührten wir uns nicht, sondern lauschten und warteten, da wir annahmen, daß sich unser kleiner Feind irgendwie bewegen würde – sofern er überhaupt ein Feind war, was ich inzwischen stark bezweifelte. Aber wir sahen nicht die kleinste Regung, weder auf der Straße noch im Schatten der Bäume und Büsche, die sie säumten. Das genügte mir. »Kommen Sie«, sagte ich und nahm Miss Howards Arm.

Inzwischen brauchte ich sie nicht mehr besonders zu überreden, und kurz darauf saßen wir in unserem Einspänner und trabten wieder nach Norden. Als wir am Wirtshaus vorüberkamen, sah ich durch das Fenster, daß uns einige wütende Augenpaare nachstarrten. Der Mann, den der Pfeil des Eingeborenen getroffen hatte, lag auf dem Tresen; wie lange er bewußtlos bleiben würde oder ob er womöglich gar tot war, wußte ich nicht. Ich konnte mir nicht denken, warum uns Señor Linares' Diener erneut zu Hilfe gekommen war. Beim ersten Mal, als wir mit den Dusters zusammengestoßen waren, hätte man vermuten können, daß der Eingeborene mit seinem Pfeil das eigentliche Ziel verfehlt hatte; dieser zweite Vorfall aber zeigte, daß dem kleinen Fremden, der mich noch am Samstag abend mit dem Tod bedroht zu haben schien, daran lag, uns am Leben zu erhalten.

»Vielleicht will er es sich nicht nehmen lassen, uns eigenhändig umzubringen«, sagte ich, als Stillwater einen knappen Kilometer hinter uns lag.

»Das ergibt alles keinen Sinn«, sagte Miss Howard kopfschüttelnd, »denn dazu hatte er mehr als genug Gelegenheiten.« Schließlich ließ sie ihren Revolver wieder in seinem Versteck verschwinden und holte tief Luft. »Du hast nicht zufällig eine Zigarette, Stevie?«

Leise lachend schüttelte ich den Kopf. Ich war erleichtert, daß wir entkommen waren. »Man sollte glauben, daß die Leute es müde werden, mich danach zu fragen«, sagte ich und fuhr mit einer Hand in die Hosentasche, wobei ich mit der anderen die Zügel ein wenig locker ließ. Ich zog das Päckchen heraus und gab es ihr. »Stecken Sie mir bitte auch eine an.« Sie entzündete mit einem Streichholz zwei Zigaretten und gab mir eine. Nach ein paar tiefen Zügen legte sie den Kopf zwischen die Hände und rieb sich die Schläfen. »Sie waren dahinten ja richtig in Fahrt«, sagte ich.

Sie brachte ein leises Lachen heraus. »Tut mir leid, Stevie. Du weißt hoffentlich, daß ich dich niemals mit Absicht in Gefahr bringen würde. Aber diese Art von unerträglicher Dummheit ...«

»Die Welt ist voller Männer von der Sorte, Miss Howard. Sie können aber nicht gut hingehen und denen allen den Kopf zurechtsetzen – und dann noch erwarten, daß sich keiner darüber ärgert.«

»Ich weiß, ich weiß«, sagte sie. »Aber es gibt gewisse Momente ... Auf jeden Fall ist dir hoffentlich klar, daß wir keinen Augenblick lang in wirklicher Gefahr waren.«

»Sicher«, antwortete ich. Dann betrachtete ich meine Begleiterin einige Sekunden lang. »Sie hätten wohl tatsächlich auf ihn geschossen, was?«

»Wenn er einen von uns angefaßt hätte? Absolut. Nichts erinnert solche Kerle so nachdrücklich an ihre Manieren wie ein Schuß ins Bein.«

Ich lachte wieder leise vor mich hin, obwohl mir klar war, daß das ihr völliger Ernst war. Wahrscheinlich gab es auf der ganzen Welt keine weitere Frau, die mit Waffen so vertraut war – und, nebenbei gesagt, so wenig Skrupel hatte, auf Menschen zu schießen – wie Miss Howard. Dafür gab es eine ganze Reihe sehr persönlicher Gründe, aber es ist nicht meine Aufgabe, sie hier anzuführen. Bestimmt tut sie das eines Tages selbst. Würde zu ihrer Art passen. Mir war an jenem Abend nur wichtig, daß sie in vollem Ernst sagte, sie hätte auf jemanden geschossen, wenn es nötig gewesen wäre, mich zu beschützen. Angesichts dieser Gewißheit konnten sich meine Nerven beruhigen, und so stellte ich ihr noch weitere Fragen, während wir über die vom Mond beschienene Straße am Flußufer dahinrollten.

»Wie kann sie so was tun, Miss Howard?« fragte ich schließlich, als meine Zigarette fast runtergebrannt war.

Darauf stieß sie einen langen, tiefen Seufzer aus. »Ich weiß es nicht, Stevie. Ich vermute, daß Menschen, die von Gefühlen der Machtlosigkeit zerrissen werden, dazu neigen, mit Gewalt Macht über solche auszuüben, die schwächer sind als sie selbst – und Gott stehe diesen schwächeren Geschöpfen bei, wenn sie sich nicht fügen. Betrunkene und vom Leben enttäuschte Männer verprügeln und töten ihre Frauen; Frauen, die unbedingt zeigen wollen, daß sie die Herrschaft über *etwas* haben, prügeln und töten Kinder; und diese Kinder wiederum quälen Tiere ... Vergiß nicht, daß Säuglinge auf Menschen, die keine kleinen Kinder haben, niedlich wirken, daß es aber viele Mütter gibt, die angesichts all des Geschreis, des Schlafmangels und der nicht enden wollenden Aufgabe, sich um die Säuglinge zu kümmern, die Nerven verlieren.«

Ich schüttelte den Kopf. »Das meinte ich nicht. Ich glaube, daß ich allmählich verstehe, was es mit dem Töten auf sich hat. Aber wie schafft sie es, andere Menschen so zu beeinflussen? Sehen Sie doch mal, was wir gehört und gesehen haben. Manch einer von denen, die mit ihr in New York zusammengearbeitet haben, hält sie für eine Art Heilige, andere, am *selben* Arbeitsplatz, halten sie für eine Mörderin. Der arme Trottel von Ehemann behandelt sie, als wäre sie seine einzige Rettung – und sie geht her und heizt Kerlen wie Goo Goo Knox mehr ein, als es irgendein Freudenmädchen oder eine Halbweltdame tun könnte, die je im Stammlokal der Dusters verkehrt hat. Dann kommen wir hierher und stellen fest, daß die Leute in Ballston Spa sie zuerst für eine Schlampe und dann für eine gute Seele gehalten haben – anschließend galt sie dann wieder als Schlampe. Jetzt fahren wir zu diesem verdammten Stillwater… und merken, daß der ganze Ort in Todesangst vor ihr lebt! Wie zum Teufel bringt ein einzelner Mensch so was nur fertig?«

»Nun«, antwortete Miss Howard mit einem Lächeln. »Ich fürchte, die Antwort ist ein bißchen kompliziert.« Sie hielt ihre Zigarette hoch und dachte nach. »Wenn du all das, was du gerade gesagt hast, noch einmal durchgehst, Stevie – welches Merkmal haben diese Punkte alle gemeinsam?«

»Wenn ich das wüßte…«, sagte ich.

»Schon gut, schon gut. Sagen wir mal so: Keiner dieser verschiedenen Charaktere, welche die Menschen da erleben, ist vollständig. Keiner entspricht der Beschreibung eines wirklichen Menschen – es sind Vereinfachungen, Übertreibungen, eigentlich eher Symbole. Ganz gleich, ob man vom Engel spricht, der sich im Dienste anderer aufopfert, oder von der erbarmungslosen Mörderin, von der hingebungsvollen Ehefrau und Mutter oder der liederlichen Hure, dem schamlosen Flittchen, sie alle wirken wie Gestalten aus einer Geschichte oder einem Theaterstück.«

»Etwa so wie die – was war das noch –, die ›Mythen‹, von denen Sie gesprochen haben? Damals vor dem Museum?«

»Genau. Und wie in jenen Mythen ist es nicht einfach so, daß sich jemand solche Gestalten ausdenkt. Das könnte jeder, der verrückt genug ist oder einfach genug Phantasie dazu hat. Entscheidend ist, daß eine so große Anzahl von Menschen – nicht nur die Bewohner von Orten wie Stillwater, sondern Libbys ganze Umgebung – die unterschiedlichen Charaktere tatsächlich hinnimmt und glaubt. Und ich fürchte, all das geht auf etwas zurück, was für dich vielleicht ein bißchen schwer zu verstehen ist.« Miss Howard muß so etwas wie verletzten Stolz auf meinen Zügen gesehen haben, denn sie legte mir beschwichtigend eine Hand auf den Arm. »Das sage ich nicht, weil du zu ungebildet oder nicht klug genug wärest, Stevie. Du gehörst zu den klügsten männlichen Geschöpfen, denen ich je begegnet bin. Aber du bist nun einmal keine Frau.«

»Und was hat das damit zu tun?« fragte ich.

»Ich fürchte, alles«, sagte sie achselzuckend. »Kein Mann kann wirklich verstehen, wie sehr der Welt daran liegt, daß Frauen keine vollständigen Personen sind. Unserer Gesellschaft ist bei einer Frau wichtig – mehr noch als ihr Anstand oder ihre Ehrlichkeit –, daß man sie in eine bestimmte Schublade stecken kann. Obwohl Libby böse ist, läßt sie sich leicht einer bestimmten Kategorie zuordnen, mit einer Stecknadel aufspießen wie ein naturwissenschaftliches Präparat – vielleicht gerade dann, *wenn* sie böse ist. Die Männer da in Stillwater ängstigen sich vor ihr, und diese Angst sagt ihnen, wer die Frau ist: Sie wissen, woran sie sind. Stell dir nur vor, wieviel schwerer es wäre zu sagen: Ja, sie ist eine Frau, die zu schrecklichen Ausbrüchen und Gewalttaten fähig ist, aber sie ist *zugleich* eine Frau, die sich verzweifelt bemüht hat, fürsorglich zu sein, ein guter Mensch, der anderen hilft. Wenn man all das hinnimmt und eingesteht, daß sie im Innersten ihres Wesens nicht nur das eine *oder* das andere ist, sondern beides, was sagt das dann über die anderen Frauen in der Stadt? Wie will man je in der Lage sein zu sagen, was in deren Herzen vor sich geht – und in ihren Köpfen? Das Leben an jenem schlichten Ort würde mit einem Mal schrecklich kompliziert. Um das zu vermeiden, trennen die Leute die Dinge voneinander. Die normale Durchschnittsfrau wird als fürsorglich und liebevoll, fügsam und anpassungsfähig definiert. Jede Frau, die mit dieser Art von Schubladendenken nicht einverstanden ist, gilt als so bis ins Mark böse, daß man sie fürchten muß, und zwar noch mehr als einen gewöhnlichen Verbrecher – man unterstellt ihr, daß sie die Mächte des Teufels im Leibe hat. Wahrscheinlich hätte man sie in früheren Zeiten als Hexe bezeichnet, denn sie bricht nicht nur das Gesetz, sondern stellt auch die Ordnung der Dinge in Frage.«

Ich wandte mich Miss Howard zu und lächelte sie unsicher an. »Passen Sie bloß auf – allmählich klingt das so, als ob Sie sie ein bißchen bewundern würden.«

Sie erwiderte mein Lächeln kurz. »Das kommt mir manchmal selbst so vor«, räumte sie ein. »Dann denke ich an das Bild von Ana Linares und begreife, wie verzweifelt wenig Libby ihre eigenen Motive kennt und wie groß gerade deshalb die Gefahr ist, die von ihr ausgeht.«

»Na schön«, sagte ich und versuchte, Miss Howard aus ihrer trüben Stimmung zu reißen. »Und was ist mit einem wie Goo Goo Knox? Er weiß, daß Libby mit Micah Hunter verheiratet ist, ihm die treusorgende Ehefrau vorgaukelt, ihn umsorgt – und trotzdem macht er mit ihr weiter.«

Miss Howard nickte heftig. »Das ist die gleiche Sache. Knox ist zwar ein Bandenchef, aber er ist vor allem ein Mann – er möchte Frauen in Kategorien einordnen, mit denen er etwas anfangen kann, damit sein Weltbild stimmt. Er glaubt nicht, daß sich Libby etwas aus Hunter macht. Er nimmt an, daß sie im tiefsten Herzen keine Bindungen kennt, eine Hure ist und daß er die wahre Libby sieht, wenn sie sich vor ihm produziert und es mit ihm treibt. Doch was haben wir festgestellt? Daß sie Knox dazu gebracht hat, ihr Haus unter den Schutz seiner Bande zu stellen. Ihre Schläger wachen über das Haus, in dem sie eine Art Versteck für die Kleinkinder geschaffen hat, um die sie sich nach wie vor kümmert, weil sie verzweifelt beweisen will, daß sie dazu imstande ist. Also müssen wir annehmen, daß es ihr in Wirklichkeit zuwider ist, sich bei den Dusters aufzuhalten, und sie es nur tut, damit sie sich besser um kleine Kinder kümmern kann.«

Ich fuhr mir mit der Hand an die Stirn, als könnte ich besser denken, wenn ich sie mir rieb. »Heißt das, sie ist nicht die leichtfertige Frau, für die Knox sie hält?«

»Das kann sie durchaus sein«, antwortete Miss Howard und verwirrte mich damit erneut.

»Aber Sie haben doch gerade gesagt, daß sie das Ganze nur tut, weil sie sich um die Kinder kümmern will ...«

»Auch das.«

»Und wer ist sie wirklich?« hätte ich fast geschrien, denn ich kam mir allmählich ziemlich dumm vor, und das gefiel mir überhaupt nicht.

»Keine von all jenen, Stevie«, erklärte Miss Howard und bemühte sich, mir die Dinge verständlicher zu machen. »Ihr eigentliches *Ich* ist schon vor langer Zeit in Stücke gegangen. Die verschiedenen Rollen, die sie ausfüllt, sind nichts als die voneinander getrennten Bruchstücke, zwischen denen kein Zusammenhang mehr besteht. Wir kennen den Kindheits-Kontext noch nicht, der sie zu der Mörderin gemacht hat, die sie heute ist. Wohl aber wissen wir – vor allem, wenn wir bedenken, was wir seit unserer Ankunft gesehen und erlebt haben –: Schon von früher Jugend an hat man ihr höchstwahrscheinlich gesagt, daß es für sie nur eine Möglichkeit gibt, eine vollständige Frau zu sein.«

»Als Mutter«, sagte ich nickend. »Und diese Rolle konnte sie nicht besonders gut ausfüllen.«

»Vielleicht hat sie das letzten Endes auch gar nicht gewollt«, sagte Miss Howard. »Darüber können wir nichts sagen. Wohl aber wissen wir, was die Gesellschaft heranwachsenden Mädchen – vor allem in Weltteilen wie dem unseren – klarmacht: Einer Frau, die mit ihrem Leben etwas anderes anfangen will, als Kinder aufzuziehen, werden nicht nur Steine in den Weg gelegt, sie gilt vor allem nicht als vollwertige Frau. Man sieht in ihr äußerstenfalls einen Menschen weiblichen Geschlechts, der einen unbestimmten und nicht besonders ansprechenden Typus verkörpert: vielleicht eine Dirne oder ein Dienstmädchen. Sofern sie einen gehobenen Beruf ergreift, sieht man sie möglicherweise als kühle Funktionärin an – auf jeden Fall aber als kalt, gefühllos und abartig.« Mit einem wütenden Fingerschnippen ließ Miss Howard Funken von der Glut ihrer Zigarette auf die Straße unter uns rieseln. »Es sei denn, sie entschließt sich, Nonne zu werden. Aber nicht einmal damit ist man immer einverstanden... Ein Mann hingegen kann als Junggeselle leben und trotzdem Mann sein – man hält ihm seine geistigen Gaben zugute, seinen Charakter, seine

Arbeit. Doch eine kinderlose Frau? Das ist eine alte Jungfer, Stevie – und so eine alte Jungfer ist grundsätzlich weniger wert als eine Frau.«

»Und was ist mit *Ihnen*?« fragte ich, so heftig bemüht, mit ihren Gedanken Schritt zu halten, daß mir dabei offensichtlich das Feingefühl abhanden kam.

Langsam glitt der Blick ihrer grünen Augen zu mir her. Ich erkannte darin die Aufforderung, deutlich zu sagen, was ich mit der Frage meinte.

»Nun ja«, fügte ich eilig hinzu, wußte ich doch, wie plötzlich ihr Zorn aufflammen konnte, »es ist doch so: Sie sind nicht verheiratet, Sie haben keine Kinder, aber Sie sind …« Ich sah verlegen beiseite. »Sie sind – na ja, ebensosehr eine Frau wie jede Mutter, die ich kennengelernt hab. Wenn Sie verstehen, was ich meine.«

Darauf legte sie mir die Hand sanft auf den Arm, und ihre grünen Augen öffneten sich weiter. »Das ist das Liebenswürdigste, was mir irgend jemand seit langem gesagt hat. Vielen Dank, Stevie. Aber denk dran, du bist noch jung.«

»Ach«, sagte ich und ergriff meinerseits die Gelegenheit, ärgerlich zu werden. »Heißt das, daß meine Ansicht nicht gilt? Oder meinen Sie, ich werde sie ändern, nur weil ich älter werde?«

Jetzt war Miss Howard an der Reihe, sich ein wenig zu winden. »Na ja«, erklärte sie, »das kommt schon vor …«

»Schön«, fuhr ich fort, »und was ist mit den anderen? Mit dem Doktor, den Isaacsons und Cyrus – sogar Mr. Moore? Sie sind doch derselben Ansicht wie ich.«

Miss Howard warf mir einen zweifelnden Blick zu. »Das ist kaum eine durchschnittliche Auswahl amerikanischer Männer. Tut mir leid, Stevie. Natürlich achte und schätze ich die Art, wie du und die anderen empfinden – möglicherweise erfährst du nie, wie sehr. Aber in den Augen aller übrigen Menschen in unserer Welt werde ich wahrscheinlich immer die sonderbare Sara Howard sein, die alte Jungfer, die als Detektivin arbeitet – es sei denn, ich entschlösse mich, zu heiraten und Kinder zu bekommen. Es ist durchaus möglich, daß ein Teil von mir das eines Tages möchte. Wenn ich je den Eindruck haben sollte, daß meine Arbeit irgend etwas bewirkt hat, könnte ich die Mutterrolle in Erwägung ziehen. Aber ich widersetze mich der Vorstellung, daß ich erst dann *vollständig* bin, wenn ich das tue. Es ist ein grausamer Maßstab, vor allem für Frauen, die ihm nicht gewachsen sind. Das war bei Libby der Fall, und ihr Versagen hat sie zerbrochen. Ja … bei all ihrer Klugheit ist sie ein gebrochener Mensch. In gewisser Hinsicht ein bißchen wie deine Freundin Kat. Klug, aber verloren. Verloren und irgendwie … irgendwie …«

Mit einem Mal verlor Miss Howards Gesicht, das so leidenschaftlich gewirkt hatte, während sie ihre Gedanken vortrug, von denen ich wußte, daß sie ihr so wichtig waren wie nur irgendwelche auf der Welt, jeden Ausdruck. Ihre Worte kamen so unvermittelt, daß ich annehmen mußte, sie hätte etwas gesehen. Mir war klar, daß es sich bei diesem »Etwas« nur um eines handeln konnte, und so fragte ich, mit dem Kopf hin und her fahrend: »Wo ist er?«

Beruhigend legte sie mir eine Hand auf die Schulter. »Immer mit der Ruhe, Stevie«, flüsterte sie. »Falls ich mich nicht irre, genau vor uns ...«

Ich suchte die finstere Straße ab, und tatsächlich sah man dort den Schemen eines kleinen Menschen. Seine sackartige Kleidung und sein buschiges Haar verrieten, um wen es sich handelte: El Niño. Er bewegte sich weder von uns fort noch auf uns zu, sondern schien darauf zu warten, daß wir näher kamen. Bald konnte ich wieder sein verdammtes Grinsen sehen.

»Was zum Teufel ...«, murmelte ich, »ist der Kerl überhaupt wirklich? Er ist in einem Augenblick hier und im nächsten woanders.«

»Wirklich ist er«, sagte Miss Howard. »Fragt sich nur, was er will.«

»Sollen wir anhalten?«

Sie schüttelte den Kopf. »Nein, wir fahren im Schritt weiter.« Sie nahm ihren Revolver heraus und legte ihn sich auf den Schoß. »Wollen doch mal sehen, was passiert.«

# Kapitel 38

Ich folgte ihrer Anweisung. Ohne sich zu rühren, stand der Eingeborene einfach lächelnd da, bis wir noch etwa gut fünf Meter von ihm entfernt waren. Dann hob er ganz bedächtig die Hände. Ich hielt den Hengst an, und wir warteten. El Niño wies mit einem Arm zu Boden.

»Ich euch nichts tu«, sagte er, und sein Lächeln wurde noch breiter. Der Richtung seines Fingers folgend sahen wir, daß auf dem Straßenpflaster ein kleiner Bogen, mehrere primitive Pfeile und ein geschwungener Kris lagen. »Ihr nicht schießt auf mich«, fuhr er fort und hob den Arm wieder. »Ja?«

Miss Howard nickte, ließ den Revolver aber, wo er war. »In Ordnung«, sagte sie. »Was willst du?«

»Euch helfen«, sagte der Eingeborene. »Kann helfen euch, ja! Manchmal schon geholfen.«

»Aber du arbeitest für Señor Linares«, sagte Miss Howard. »Warum hilfst du uns?«

Als sich der Eingeborene bückte, um seine Waffen aufzuheben, ließ Miss Howard den Hammer ihres Colts zurückschnappen. Die Augen des kleinen Mannes öffneten sich sehr weit, dann warf er die Hände erneut in die Luft. »Ist gut – ich tu nichts, und ihr nicht schießt! Ich *helf* euch!«

»Dann sag uns einfach, warum du uns hilfst, bevor du das da aufhebst«, sagte Miss Howard streng.

El Niños rührendes Lächeln kehrte wieder, dann zeigte sich auf seinem runden Gesicht etwas, was man gekünstelten Abscheu nennen könnte. »Nicht arbeite mehr für Señor – nicht mehr! Er mich geschlagen … hat Frau geschlagen … hat alle geschlagen, mit Fäusten wie …« Er sah sich rasch um, hob einen großen Stein vom Straßenrand auf und hielt ihn Miss Howard entgegen.

»Wie Stein«, sagte sie.

»Ja, wie Stein!« bestätigte El Niño. »Hat mir Anzug gegeben …« Er hob die Arme, wobei man die aufgekrempelten Jackettärmel sah, und wies dann auf die Hose hinab, die an den Knöcheln kunstlos abgeschnitten war. »Zu groß! Nicht für mich. Früher hab für den Vater gearbeitet, alten Señor …«

»Für den Vater von Señor Linares?« fragte Miss Howard.

»Ja. War anders. Guter Mann. Sohn nicht wie er. Schlägt mit Fäusten, denkt, er großer Mann, weil Mama ihn hatte lieb!«

Bei diesen Worten platzte ich vor Lachen heraus, woraufhin mir Miss Howard scharf den Ellbogen in die Rippen stieß. Aber auch ihr fiel es schwer, ihre Belustigung über den kleinen Burschen im Zaume zu halten. »Und was willst du also von uns?« fragte sie und senkte den Colt.

El Niño zuckte die Achseln. »Arbeiten für euch. Ja. Euch beobachtet, wie kleine Ana suchen. Das ist gut. Señor will nicht finden. Aber ist noch so klein! Ihr findet, weil gute Menschen. Arbeite für euch – bestimmt.«

Miss Howard und ich tauschten entsetzte Blicke. Was sollten wir dazu sagen? Der Vorschlag kam uns so sonderbar vor, daß wir ihn nicht annehmen konnten, das aber wollte ihm keiner von uns beiden sagen. Nicht mit dem Waffenarsenal, das da vor ihm auf der Straße lag. Immerhin mußte er schon seit Wochen jeder Bewegung gefolgt sein, die wir gemacht hatten. Allerdings hatten wir beide etwas Liebenswertes an dem merkwürdigen Burschen entdeckt – er machte einen umgänglichen und anständigen Eindruck. Vielleicht war sein Vorschlag doch nicht so abwegig.

»Was meinst du mit ›für uns arbeiten‹?« fragte Miss Howard. »Was würdest du tun?«

Er wollte schon antworten, warf dann aber einen Blick auf seine Besitztümer, die nach wie vor auf der Straße lagen. »Kann aufheben?« erkundigte er sich vorsichtig.

Miss Howard nickte bestätigend, wobei sie ihn ansah, als wäre er ein ungezogenes Kind. »Aber langsam«, forderte sie ihn auf.

Gehorsam verstaute er seelenruhig seine gesamte Ausrüstung in große Taschen, die im Futter seines Jacketts eigens zu diesem Zweck angebracht zu sein schienen. Dann trat er mit prahlerischen Bewegungen auf uns zu, als wäre er doppelt so groß. »Tu vieles!« erklärte er. »Schütze vor Feinden – töte oder mache bewußtlos! Koche auch!« Weit ausholend beschrieb er mit der Hand einen großen Bogen um uns herum. »Schlangen – Hunde, Ratten, wenn großer Hunger!« Trotz des Lächelns, das sich auf unseren Gesichtern ausgebreitet hatte, entfuhr Miss Howard und mir ein Laut des Ekels. »Seh Dinge, finde Dinge! Wenn El Niño arbeitet, ihr habt Augen *überall*!« Erneut machte er eine weit ausholende Armbewegung über den Horizont.

»Und wie hoch müßten wir dich dafür honorieren?« fragte Miss Howard.

»Hono...?« fragte er verwirrt.

»Was müßten wir dir dafür zahlen?«

»Zahlen, ach ja!« sagte er mit stolzgeschwellter Brust. »El Niño ist Filipino, Filipino arbeitet nur für Bezahlung! Señor zahlt nichts – nur Scheißdreck!« Wieder lachte ich laut auf, und diesmal unternahm Miss Howard keinen Versuch, mich daran zu hindern, sondern stimmte mit ein, wie auch El Niño, dem unsere Reaktion offenbar gefiel.

»Zahlt nur *Scheißdreck*!« fuhr er fort. »Schlechte Kleider – Essen, was alt – und Señora will, ich draußen schlafe, auch in Winter! Mir Essen geben – Bett zum Schlafen, ja? Haus viele Betten. Und du ...«, er wies auf mich und fuhr sich dann wieder mit einer Hand um den Hals, was mein breites Lächeln zur Grimasse erstarren ließ.

»Fang bloß nicht wieder damit an!« sagte ich. »Ich will keinen Ärger ...«

»Nein, nein!« beruhigte er. »Nicht Ärger! Kleider! Deine Kleider – dreimal Nacht vor heute –, du magst Kleider nicht, was?«

Während ich mir die vergangenen Tage an den Fingern abzählte und mich fragte, wovon er wohl sprach, fiel mir die Fahrt nach Saratoga ein. Dabei kam mir siedendheiß die Erinnerung an unsere Begegnung im Park des Kasinos. Ich hatte ihn für ein Kind gehalten… »Ach, das warst du!« sagte ich. »Du hast mich in dem affigen Anzug gesehen!«

»Affig?« sagte El Niño verwirrt. »Nicht für Affen – feine Kleider für feinen Mann – passen mir! Du magst nicht!« sagte er und hielt sich wieder den Finger an den Hals. Dann verstand ich endlich: Er hatte mich an der Frackschleife zerren sehen und daraus geschlossen, daß ich sie nicht gern trug.

»Stevie«, fragte Miss Howard. »Was meint er?«

»Er hat mich am Kasino gesehen und gemerkt, daß ich die Gesellschaftsklamotten nicht gern trag. Ich glaub, er hätte sie gern.« Lauter sagte ich zu unserem neuen Freund: »Du willst die Sachen? Ist es so?«

»Feine Kleider für feinen Mann!« wiederholte er und schlug sich auf die Brust. »Du gibst El Niño, und er arbeitet!«

Ich schüttelte den Kopf. »Aber du kannst sie doch nicht dauernd tragen…«

»Warum nicht?« fragte mich Miss Howard. »Offen gesagt, Stevie, bin ich der Ansicht, daß er das ruhig tun kann, wenn ihm der Sinn danach steht.«

Ich dachte darüber nach und nickte dann. »Ja, da haben Sie wohl recht. Aber was zum Teufel wird der Doktor zu allem sagen?«

»Was glaubst du, was er sagen wird, wenn er erfährt, daß sich einer unserer vermeintlichen Hauptgegner auf unsere Seite geschlagen hat?« konterte Miss Howard lächelnd.

Ich nickte wieder und dachte dann an unseren Gastgeber in Ballston Spa. »Und Mr. Picton?« Ich brauchte die Antwort nicht einmal abzuwarten; Miss Howard sah mich nur an, und ich lächelte. »Ja, Sie haben recht. Er wird sich schieflachen – und mit seinem ständigen Gequassel steckt der Bursche ihn glatt in die Tasche. Warum also nicht…«

Miss Howard wandte sich dem Eingeborenen zu. »Gut«, sagte sie und wies hinter sich. »Steig ein – und sag, wie wir dich nennen sollen.«

»El Niño!« gab er zur Antwort und schlug sich erneut gegen die Brust. Dann legte sich Mißtrauen auf seine Züge. »Arbeite für euch?« fragte er, als könnte er es nicht ganz glauben.

»Das tust du«, sagte Miss Howard. »Und jetzt steig ein.«

»Nein, nein! Das nicht recht – El Niño kann gehen, Dame fährt.«

Miss Howard seufzte. »Nein, El Niño. Das ist nicht recht. Wenn du für uns arbeitest, bist du einer von uns, und das bedeutet, daß du mit uns fährst.«

Vor Stolz fast platzend tanzte er auf der Straße umher und sprang dann mit der Schnellkraft einer Dschungelkatze in den Einspänner. Er stellte sich hinter uns und erklärte, von einem Ohr zum anderen grinsend: »Wenn El Niño hilft, findet kleine Ana bestimmt!«

Ohne recht zu glauben oder zu verstehen, worauf wir uns da eingelassen hatten, gab ich dem Hengst die Zügel, und es ging heimwärts.

Unterwegs erfuhren wir El Niños vollständige Lebensgeschichte, und in Mr. Pictons Haus berichteten wir sie den anderen. Als Junge schien er im Dschungel der philippinischen Insel Luzon mit den Männern der Aetas auf der Jagd gewesen zu sein, als sich eine Gruppe von Spaniern auf sie gestürzt hatte. Die älteren Stammesangehörigen hatte man »einfach so zum Spaß« umgebracht und die jüngeren mit nach Manila genommen, wo sie in lebenslängliche Leibeigenschaft verkauft worden waren. El Niño war seinem ersten Herrn nach mehreren Jahren entkommen und hatte seine frühen Mannesjahre als eine Art Söldner im Hafen von Manila verbracht. Er war Seeräuber gewesen, hatte in kleineren Kriegen im ganzen südchinesischen Meer gekämpft und war schließlich nach Manila zurückgekehrt, wo man ihn wegen kleiner Diebereien ins Gefängnis steckte. Ein spanischer Richter hatte ihn zu lebenslänglicher Zwangsarbeit verurteilt. Bei dieser Gelegenheit war der ältere Señor Linares, ein Beamter im diplomatischen Dienst, auf den Plan getreten und hatte ihm Gelegenheit gegeben, als Diener im Haushalt seine ›Schuld‹ Spanien gegenüber abzuarbeiten. Ich mußte, als ich diese Lebensgeschichte hörte, unwillkürlich an meine eigenen Erfahrungen mit Dr. Kreisler denken, und dieser gemeinsame Hintergrund sorgte bald dafür, daß unser neuer Mitarbeiter und ich uns recht gut verstanden.

Er war unbestreitbar eine Persönlichkeit. Jeden in Mr. Pictons Haus belustigte und rührte die sonderbare Mischung aus betont männlichem Gehabe und nahezu kindlicher Umgänglichkeit und Freundlichkeit, die er an den Tag legte. Vor allem Cyrus gegenüber verhielt er sich in einer Weise, die einerseits sehr anrührend und zugleich irgendwie komisch war. Er verbeugte sich tief und achtungsvoll vor dem deutlich Größeren und schien verblüfft, als ihm dieser – den er wohl für eine Art Orakel hielt – tatsächlich die Hand hinstreckte. Er hatte wohl den Eindruck, daß dieser Mr. Montrose, der wie einer der ihren geachtet unter den Weißen lebte – er kleidete sich wie sie, aß, was sie aßen, und bewohnte einen ebensolchen Raum wie sie –, eine hohe Stufe geheimen Wissens erreicht hatte, und so ging El Niño dazu über, meinen großen dunkelhäutigen Freund in allem, was er tat, nachzuahmen. Das war für einen lebhaften und geschwätzigen kleinen Burschen wie ihn gewiß nicht einfach.

Doch nichts von all dem sagte uns im geringsten, was wir mit unserem neuen Verbündeten tun sollten. Eigentlich brauchten wir momentan niemanden, der einem Gegner folgte oder ihn bewußtlos machte, und wo immer El Niño in Ballston Spa auftauchte, redeten die Leute über ihn – vor allem, nachdem ich ihm die versprochene Gesellschaftskleidung gegeben hatte, die er sogleich anzog. Er stolzierte auf und ab wie ein Pfau (mit seiner Vermutung, daß ihm die Sachen passen würden, hatte er recht gehabt) und sah aus, als wollte er die ganze Welt in die Schranken fordern. Allerdings fragten wir uns, ob die Welt entsprechend auf ihn vorbereitet war. Mrs. Hastings, die nicht recht wußte, was sie von der ganzen Sache halten sollte, dachte praktisch und stellte ihn nach dem Abendessen an den Abwasch, eine Aufgabe, der er sich mit ausgesprochen guter Laune widmete.

Die Erkenntnisse, die Miss Howard und ich aus Stillwater mitbrachten, wurden umgehend in Mr. Pictons Salon auf die Tafel geschrieben. Dann verzogen wir uns auf die hintere Terrasse, um über die Bedeutung der Geschichte zu reden. Es überraschte niemanden, daß Mrs. Muhlenberg die Einzelheiten des Falles Hatch nicht gekannt hatte, da sie an einem anderen Ort lebte, für den ein anderer Sheriff zuständig war – und die Polizeichefs der kleinen Landstädte waren im allgemeinen noch unkooperativer und teilten einander noch weniger mit als die einzelnen Polizeireviere in New York. Was die Weigerung der armen Frau betraf, als Zeugin aufzutreten, erfuhren wir von Mr. Picton, daß das nicht weiter schlimm sei, da der für den Bezirk Saratoga zuständige Salomo, nämlich Richter Charles H. Brown, peinlich darauf bedacht sei, jeden Fall streng im Rahmen der Vorfälle zu behandeln, um die es gehe, und nahezu mit Sicherheit nicht zugelassen hätte, daß man den Geschworenen unbewiesene Behauptungen über Ereignisse zu Ohren brachte, die zehn Jahre zurücklagen. Das gleiche gelte für alles von uns in New York Ermittelte, was ja, woran unser Gastgeber uns nachdrücklich erinnerte, nicht einmal zu einer polizeilichen Untersuchung geführt habe. Die Verhandlung im Zusammenhang mit den von Libby Hatch ermordeten Kindern würde sich genau auf diesen Tatbestand beschränken; Mrs. Muhlenbergs Geschichte könne uns ausschließlich dazu dienen, das Wesen der Frau, mit der wir zu tun hatten, besser zu verstehen.

Das lieferte uns einen weiteren Beweis für die Gerissenheit unserer Gegenspielerin, nur daß uns das in keiner Weise weiterbrachte. Der Doktor bestätigte uns, daß Mrs. Muhlenbergs Hypothese über die Art und Weise, wie Libby deren Söhnchen Michael getötet habe, ohne weiteres stimmen könne, auch wenn manch einer darin nichts als das haltlose Gewäsch einer vom Kummer halb verrückten Frau sehen würde: Giftige Substanzen, die eine stillende Frau zu sich nehme, könnten tatsächlich durch ihre Milch in den Säugling gelangen. Das schwarze Pulver, das Mrs. Muhlenberg in Libbys Zimmer zusammen mit dem Arsen gefunden hatte, konnte nach Ansicht des Doktors gereinigte tierische Holzkohle sein oder, wie er sagte, *carbo animalis purificatus*. Diese in der Alltagssprache als »Knochenkohle« bekannte Substanz dient häufig als Gegenmittel bei allerlei Giften – unter anderem Arsen. Wahrscheinlich hatte Libby sie für den Fall bereitgehalten, daß sie die Geduld verlor und eine zu hohe Dosis des Arsens einnahm. Die *Gründe* für ihr Handeln waren uns inzwischen hinlänglich bekannt: Der kleine Michael Muhlenberg hatte den tödlichen Fehler begangen zu zeigen, daß Libby keine besondere mütterliche Begabung besaß, und statt das einfach einzusehen und sich eine andere Rolle im Leben zu suchen, hatte die Mörderin die Situation so hingebogen, daß sie wegen ihrer Bemühungen, das in Wirklichkeit von ihr getötete Kind zu retten, wie eine Heldin dastand. Genau dieses Verhaltensmuster kannten wir bereits aus den Fällen von Libbys »Adoptiv«-Kindern wie auch denen der Säuglinge im städtischen Entbindungsheim von New York: Die Frau hatte ihr grausiges Werk weit länger betrieben, als jeder von uns – außer natürlich dem Doktor – vermutet oder für möglich gehalten hätte.

Doch *einen* Hinweis enthielt Mrs. Muhlenbergs betrübliche Geschichte, der als hilfreiche Spur dienen konnte: Wenn sich Libby Hatch als Amme verdingt hatte, konnte das nur bedeuten, daß sie irgendwann selbst ein Kind zur Welt gebracht haben mußte. Wenn die Angaben auf den Krankenhausformularen, die wir eingesehen hatten, zutrafen, war Libby jetzt neununddreißig Jahre alt und im Jahre 1886 also achtundzwanzig gewesen. Mithin könnte ihr Kind ohne weiteres so alt sein wie ich – da sie aber bei den Muhlenbergs ohne Kind aufgetaucht sei, mußten wir annehmen, daß es damals nicht mehr lebte. Das fand niemand von uns verwunderlich. Doch ob tot oder lebend, irgendwo mußte es Hinweise auf die einstmalige Existenz dieses Kindes geben.

Also würden Miss Howard und ich jenseits des Hudson nicht nur nach Libbys Eltern suchen; höchstwahrscheinlich erwartete uns dort auch ein weiteres Kindergrab. Das Gespräch mit Mrs. Muhlenberg hatte uns lediglich eine ganz allgemeine Vorstellung davon geliefert, wo wir mit unserer Suche beginnen konnten. Auf dem gegenüberliegenden Flußufer lag eine ganze Reihe kleiner Landstädte, und daher mußten wir so bald wie möglich mit der Suche beginnen. Ich vermute, daß Miss Howard am liebsten gleich in derselben Nacht aufgebrochen wäre, aber ich dachte nicht im Traum daran, noch einmal im Dunklen irgendwohin zu reisen. Außerdem schuldeten wir es El Niño, daß er die erste Nacht in dem Bett verbringen durfte, das wir ihm versprochen hatten. Mr. Picton führte ihn zu einem Zimmer im obersten Stock, und auf dem Weg nach oben plauderten sie wie alte Bekannte miteinander. Mit unserer Annahme, daß sie wegen ihrer Redseligkeit von Anfang an gut miteinander auskommen würden, hatten wir recht gehabt. Zu der Frage, was aus El Niño werden würde, wenn der Fall vorüber war, erklärte Mr. Picton, er habe nichts dagegen, ihn als Dienstboten zu behalten, und sei es nur, weil dann die Einwohner von Ballston Spa ein Gesprächsthema hätten. Nachdem das Schicksal des Eingeborenen diese glückliche Wendung genommen hatte, tauchte er in das nicht besonders große Bett in seinem Zimmer, als wäre es ein Ozean, und unterbrach sein ungestümes Feiern nur, als ihm Mr. Picton mitteilte,

Mrs. Hastings schätze es nicht besonders, wenn sich jemand mit Lackschuhen im Bett wälze.

Der Doktor entschied, daß unser neuer Mitarbeiter erst einmal mich und Miss Howard begleiten sollte: Es lasse sich unmöglich voraussagen, auf welche neuen Schwierigkeiten wir bei unserer Suche nach Libby Hatchs Herkunft stoßen würden, doch dürften wir als sicher annehmen, daß uns El Niños Fertigkeiten von Nutzen sein würden, sofern wir wieder in Gefahr gerieten. Das war leicht einzusehen. Weniger klar war, ob unser Gefährte auch künftig so belustigend sein würde wie bisher, aber das sollte sich an den nächsten beiden Tagen dann doch bestätigen. Während wir uns durch die Dörfer am Ostufer des Hudson voranarbeiteten, und Miss Howard jeden, auf den sie stieß, nach den Frasers befragte, freundeten sich El Niño und ich uns immer mehr an, tollten herum, lachten und teilten Leuten, die uns feindselig begegneten oder Ärger machen wollten, unverhohlen mit, wohin sie sich ihre Kleinstadtfeindseligkeit stecken konnten. El Niños unverbrüchliche Treue – die er jetzt begeistert auf uns übertragen hatte, nachdem er sie über Jahre hinweg dem knauserigen Sohn seines Wohltäters nur unwillig geschenkt hatte –, veranlaßte Miss Howard, ihn auf eine Weise ins Herz zu schließen, die ihr bei einem durchschnittlichen weißen Amerikaner gar nicht möglich gewesen wäre: El Niños Haltung ihr gegenüber war weder herablassend, noch bemühte er sich um Ritterlichkeit, er erwies ihr einfach die Achtung, die ein Mensch verdiente, der ihm mit großem Entgegenkommen begegnet war.

Am ersten Tag unserer Suche konnten wir Munterkeit gut gebrauchen, denn die Suche trug uns nichts ein als verneinende Antworten auf Miss Howards Fragen und mißtrauische übellaunige Blicke von den Bewohnern der Ortschaften. Daß wir einer Mörderin auf der Fährte waren, schien jene Leute nicht besonders zu beeindrucken; in allererster Linie waren wir Fremde, und was auch immer wir an Gutem beabsichtigen mochten, es konnte diese Schranke nicht überwinden. Am Mittwoch abend kehrten wir mit leeren Händen in Mr. Pictons Haus zurück, standen aber am Donnerstag schon vor Morgengrauen auf, um unser Glück erneut zu versuchen. Bei Sonnenaufgang überquerten wir, entschlossen, uns nicht von Mißerfolgen niederdrücken zu lassen, auf einer kleinen Fähre den Hudson und fuhren unmittelbar in das grelle Licht des Morgens hinein. Ohne El Niño – der hinten im Wagen lag und, seinen Kris wetzend, fröhlich in seiner Muttersprache ein Lied sang, von dem er mir erklärte, es gehe darin um den frühen Morgen im tropischen Dschungel, der einst seine Heimat gewesen war – wäre die Sache entmutigend gewesen.

Der Rest *unseres* Morgens war voller weiterer Enttäuschungen. Der Nachmittag sah nicht anders aus. Kleinstadt auf Kleinstadt durchzogen wir, suchten Wirtshaus um Wirtshaus und Postamt um Postamt auf, wobei Miss Howard jedesmal dieselben Fragen nach einer Familie namens Fraser stellte. Als sich das Licht des Tagesgestirns allmählich golden verfärbte, war zumindest ich nur allzubereit einzugestehen, daß es aussichtslos war, etwas in Erfahrung zu bringen, bevor das Anklageschwurgericht zusammentrat: Schließlich wußten wir nicht einmal, ob Fraser Libby Hatchs ursprünglicher Nachname oder nur ein Deckname gewesen war. Vielleicht hatte ja auch der Vater ihres ersten Kindes so geheißen. Das einzige, was wir als einigermaßen gesichert annahmen, war, daß es irgendwo – vielleicht in einem völlig anderen Bundesstaat – ein Grab mit dem Namen des ersten Kindes darauf geben mußte. Als der Spätnachmittag dem frühen Abend wich, machte sich auch Miss Howard allmählich mit dem Gedanken vertraut, daß es zumindest im Augenblick genügte, das und nichts weiter herauszubekommen. Sofern Mr. Picton der Ansicht war, er brauche für das Verfahren (immer vorausgesetzt, es kam überhaupt soweit) weitere, genauere Angaben über jenen Abschnitt von Libby Hatchs Leben, konnten wir uns immer noch bemühen, sie zu finden. Außerdem konnte er Libby danach fragen, wenn sie erst auf der Anklagebank vor ihm saß. Da Miss Howard immer mehr der Ansicht zuneigte, Libbys Gewalttätigkeit gehe ebensosehr darauf zurück, daß sie in einer heuchlerischen und repressiven Gesellschaft als Mädchen zur Welt gekommen war, wie auf mögliche Unregelmäßigkeiten in ihrem Familienleben, erschien ihr unsere nachdrücklich betriebene, aber ergebnislose Suche allmählich als Zeitverschwendung. Überflüssig zu sagen, daß sich jemand wie sie solchen Empfindungen nicht lange hingab.

So kam es, daß wir das Siebenuhrläuten der Glocke auf dem Gerichtsgebäude von Ballston Spa hörten, denn gerade in dem Augenblick kehrten wir über die von Malta kommende Straße ins Städtchen zurück. Es ging vorüber an den geschlossenen Geschäften und stillen Häusern Ballstons, um den Bahnhof herum, die Bath Street hinauf, vorüber an Mr. Pictons Bürofenster. El Niño schlief hinten im Wagen, Miss Howard neben mir war in ihre Gedanken vertieft, und mir fiel es schwer, die Augen offenzuhalten, denn das beständige Hufgeklapper unseres treuen Hengstes lullte mich allmählich ein.

Und genau in dem Augenblick war plötzlich der Teufel los.

»Stevie!« Ich hatte mehr oder weniger den Eindruck, daß die Stimme in meinem Kopf ertönte und zu einem Traum gehörte, in den ich hinabgeglitten war. »Stevie! Sara! Verdammt noch mal, können Sie mich nicht hören?«

Miss Howard rüttelte mich wach, und gemeinsam sahen wir auf die stille Straße um uns herum, ohne eine Menschenseele zu sehen. Als die Stimme noch einmal ertönte, erkannte ich, daß sie Mr. Picton gehörte, und begriff, daß sie aus seinem Amtszimmer kam.

»Hier oben!« rief er, und als wir den Blick hoben, sahen wir, daß er fast mit dem halben Körper aus dem Fenster des Gerichtsgebäudes heraushing. Die Pfeife in einer und ein Blatt Papier in der anderen Hand, winkte er, verzweifelt bemüht, unsere Aufmerksamkeit auf sich zu lenken. »Hör mal, Stevie«, rief er, »du mußt zu den Westons rausfahren und den Doktor holen! Die haben kein Telephon, aber wir müssen unbedingt miteinander reden! Er wollte gegen neun zurück sein, aber ich habe gerade ein Telegramm von John bekommen – wir müssen *sofort* darüber sprechen.«

»Aber die Verhandlung ist morgen früh«, versuchte Miss Howard einzuwenden, »und er muß noch ...«

»Schon gut – es steht alles zum besten!« rief Mr. Picton, so daß Miss Howard und ich endgültig nicht mehr wußten, woran wir waren. »Sara, Sie nehmen am besten meine Kutsche und bringen Lucius und Cyrus her. Stevie, du mußt unbedingt den Doktor holen, so schnell du kannst!«

Flink sprang Miss Howard ab und rannte der High Street und dem Gerichtsgebäude entgegen. Auf halbem Weg drehte sie sich um und rief mir zu: »Weck El Niño, Stevie – er soll dafür sorgen, daß du nicht wieder einschläfst!«

»Kann mir doch nicht passieren!« sagte ich voll neuer Tatkraft. »Schließlich will ich wissen, was zum Teufel hier gespielt wird!«

Mit einem Lächeln raffte Miss Howard ihre Röcke und lief weiter. Als ich über die Sache nachdachte, ging mir auf, daß ich durchaus Gesellschaft brauchen könnte, damit die Fahrt über die Straße, die wir gerade gekommen waren, nicht so langweilig würde. Also rüttelte ich an meinem Begleiter, so daß er senkrecht hochfuhr, seinen Kris hervorholte und sich bereit machte, ihn zu werfen, alles in einer einzigen blitzartigen Bewegung.

»Immer mit der Ruhe, mein Junge«, sagte ich und klopfte mit der Hand neben mich auf den Bock, wo kurz zuvor noch Miss Howard gesessen hatte. »Setz dich her und halt dich fest – die Fahrt wird ein bißchen ungemütlich!« Mit einem jubelnden Lachen, weil er auf dem Kutschbock sitzen durfte, sprang er neben mich und machte sich bereit. Ich wendete das Gefährt und ließ die Zügel auf das Hinterteil des Hengstes klatschen. Im vollen Galopp würden wir erst fahren können, wenn wir aus der Stadt heraus waren, und als es soweit war, zeigte der Hengst, daß ihn das keine übermäßige Mühe kostete. Während wir dahinstürmten, erhob sich eine solche Staubwolke – von dem mörderischen Lärm gar nicht zu reden –, daß El Niño wiederum ein Lied anstimmte, von dem er mir sagte, er habe es bei den Seeräubern im südchinesischen Meer gelernt.

Als wir bei den Westons eintrafen, war es noch nicht ganz dunkel, zu gleichen Teilen eine Bestätigung für die Ausdauer unseres Pferdes wie für meine Fahrkunst. Josiah Weston war beim Anblick des Eingeborenen in Abendanzug sichtlich entgeistert. Er teilte mir mit, daß sich der Doktor mit Clara zum Malen irgendwo unten am Bach hinter dem Haus befände. Das wunderte mich nicht, denn in diesen Dingen war der Doktor von einer erstaunlichen Geduld, und wenn ein Kind auf eine bestimmte Art der Behandlung ansprach, hielt er es tagelang an dessen Seite aus. Ich forderte El Niño auf, das Pferd zu füttern und zu tränken, und machte mich im Laufschritt zum Bach auf.

Nachdem ich erst durch den großen Gemüsegarten, dann durch ein Maisfeld und schließlich am Ufer des laut plätschernden hellen Baches entlanggelaufen war, spürte ich, daß meine Erregung zunahm, ohne daß ich hätte sagen können, warum. Ich sprang über Steine und rutschte auf dem schlammigen Gras am Ufer aus, ohne den Doktor und Clara gleich zu finden. Obwohl mir klar war, daß sie mich über dem Lärm des dahinschießenden Wassers nicht würden hören können, rief ich wiederholt ihre Namen, ohne auf eine Antwort zu lauschen. Schließlich sah ich nach etwa fünf Minuten des Herumrennens ein paar hundert Meter bachaufwärts den Rücken des Doktors. Er saß unter einem großen Ahornbaum, dessen Wurzeln über dem Bachbett eine Art Plattform gebildet hatten. Clara saß ihm still gegenüber und malte.

Als ich schließlich in Hörweite des Doktors gelangte, verhielt ich den Schritt ein wenig. Wo die beiden saßen, machte der Bach eine Biegung, und das Wasser dehnte sich auf einer größeren Fläche wie ein Teich aus. Dort war es so still, daß ich die leise Stimme des Doktors hören konnte, der mit Clara sprach. Nach den Worten zu urteilen, die ich hören konnte, schien er in seinen Bemühungen an einem kritischen Punkt angekommen zu sein: »... du siehst also, Clara, ich begann zu verstehen, daß nicht ich die Schuld an den Vorfällen trug – und wenn ich den anderen die Wahrheit darüber sagte, würde das helfen. Es würde mir helfen, daß mir so etwas künftig nicht wieder geschah, und es würde meinem Vater helfen, daß er damit aufhörte.«

All das war für mich nichts Besonderes: Ich hatte dergleichen schon früher von ihm gehört. Zwar wußte ich, daß es angeraten war, mich leise zu nähern, doch kam es mir so vor, als würde jetzt eine Pause folgen, allein schon, damit Clara Gelegenheit hatte, diesen letzten Gedanken allmählich in ihren gequälten jungen Geist sinken zu lassen. Ich wartete und nahm mir vor, sobald es geraten schien, anmutig vorzutreten und die Nachricht zu überbringen, daß wir dringend in der Stadt erwartet wurden.

Doch statt dessen fiel mir der Unterkiefer herunter, als ich hörte, wie Clara den Doktor mit leiser – etwas rauher, aber verblüffend klarer – Stimme fragte: »Und ist es deinem Papa bessergegangen?«

Ich sah, wie der Doktor langsam nickte. »Er war sehr krank. Wie deine Mama. Aber ja, zum Schluß ist es ihm bessergegangen. Und so wird es auch ihr gehen.«

»Aber nur, wenn ich die Wahrheit sag...« schloß Clara leise und mit erkennbarer Furcht in der Stimme.

Es gab keinen Zweifel: Die beiden sprachen miteinander.

# KAPITEL 39

Ich wollte nicht stören, denn mir war bewußt, daß es sich hier um einen entscheidenden Moment handelte, aber das aufgeweichte Bachufer unter meinen Füßen hinderte mich daran, diesem Vorsatz gerecht zu werden. Während ich mit angehaltenem Atem dastand, spürte ich, wie mein Fuß tief in ein Schlammloch sank. Mit einem leisen Ausruf riß ich das Bein hoch, was ein lautes und, na ja, lustiges Geräusch hervorrief. Daraufhin fuhren der Doktor und Clara herum und sprangen auf. Die Kleine versteckte sich eilig hinter dem Doktor, als sie aber sah, daß nur ich es war – und dann, daß eins meiner Beine dick mit Schlamm bedeckt war –, lachte sie laut auf. Der Doktor lächelte, und ich spürte, wie ich rot wurde.

»Tut mir leid«, sagte ich und schüttelte Lehm und Schlamm aus dem Schuh, »ich wollte nicht stören, aber…«

Wie ich so dastand und auf meinem Fuß hinabstarrte, lachten die beiden nur noch mehr.

»Na, Clara«, sagte der Doktor, »ich glaube, hier wollte sich jemand an uns heranschleichen. Was meinst du?« Aus dem Lachen wurde ein Lächeln, und Clara sah mich an. Dann reckte sie den Kopf, weil sie dem Doktor etwas ins Ohr flüstern wollte. Er beugte sich nieder, um ihr zuzuhören und lachte dann. »Nein, das kann er *bestimmt* nicht gut!« Mit einem bedeutungsvollen Blick, dem zu entnehmen war, daß ich am besten verschwände, wenn ich keinen dringenden Grund für meine Anwesenheit hätte, fuhr der Doktor fort: »Und was führt dich hierher, Stevie?«

Ich versuchte, möglichst gleichmütig zu sprechen, weil ich nicht wollte, daß sich Clara aufregte. »Mr. Picton ist der Ansicht, daß Sie vielleicht Feierabend machen sollten, Sir.« Etwas nachdrücklicher fügte ich hinzu: »Er scheint ein Telegramm bekommen zu haben – von Mr. Moore.«

In den Augen des Doktors tanzte etwas, aber er beherrschte seine Empfindungen. »Aha.« Er sah zu Clara hinab, dann wieder zu mir. »In Ordnung. Ich komme zum Haus. In fünf Minuten.«

Mit einem Nicken verschwand ich, und der Doktor fuhr fort, sich mit seiner kleinen Patientin ernsthaft unter vier Augen zu unterhalten.

Bis ich zum Haus zurückgekehrt war, hatte der Schlamm an meinem Fuß und Bein angefangen zu trocknen, aber das Ganze sah immer noch so blöd aus, daß sich El Niño darüber vor Lachen ausschütten konnte. Er hörte nicht einmal auf, als ich meinen Schuh auszog und mich ein wenig zu säubern versuchte. Als aber der Doktor mit Clara auftauchte, wurde er schlagartig ernsthaft und war ganz bei der Sache. Die Kleine fand seinen Anblick sonderbar, aber offenbar nicht bedrohlich; und wieder flüsterte sie dem Doktor etwas ins Ohr, nachdem sie El Niño lange betrachtet hatte. Lächelnd legte ihr der Doktor eine Hand auf den Kopf und teilte ihr mit, daß El Niño dort, wo er herkam, von normaler Größe sei.

»Er stammt von der anderen Seite der Erde«, erklärte er. »Dort gibt es viele ungewöhnliche Dinge. Vielleicht siehst du sie eines Tages ja mal, wenn du möchtest.« Dann ging er in die Knie, um sie anzusehen. »Ich komme morgen früh wieder und hole dich ab, Clara. Im Gericht bleibe ich bei dir, wie ich es versprochen habe. Nur Mr. Picton stellt dir Fragen – du siehst also, du brauchst keine Angst zu haben. Es hilft bestimmt – die Wahrheit hilft allen.«

Clara nickte und schien sich große Mühe zu geben, den Worten des Doktors Glauben zu schenken. Dann kam Josiah Weston und legte einen Arm um sie. Ihm war offensichtlich klar, daß am morgigen Tag Claras erste große Probe bevorstand. Als er dem Doktor die Hand schüttelte, wirkte er zuversichtlich, doch glaubte ich in seinen Augen einen gewissen Zweifel an der Richtigkeit dessen lesen zu können, was sie zu tun im Begriff standen. Als sich der Doktor abwandte, um zu gehen, lief Clara noch einmal zu ihm hinüber und klammerte sich an sein Bein, so, wie ich es viele Kinder im Institut hatte tun sehen. Ich denke, das überzeugte Mr. Weston weit mehr, als es noch so viele Worte vermocht hätten, daß ihrer aller Vorhaben die einzige Möglichkeit war, Clara je zum wirklichen inneren Frieden zu verhelfen.

Auf der Zufahrt zur Straße lenkte ich beiseite, so daß der Doktor mit seiner Mietdroschke und ich nebeneinander fahren konnten. Dann teilte ich ihm in aller Eile mit, wie die Dinge in der Stadt standen, soweit ich selbst davon informiert war. Was Mr. Pictons Aussage betraf, im Hinblick auf das, was der Doktor bei den Westons zu erledigen habe, stehe alles zum besten, zeigte sich, daß Clara bereits am Vormittag angefangen hatte zu sprechen, woraufhin der Doktor unverzüglich Peter Weston mit dieser Nachricht in die Stadt geschickt hatte, damit Mr. Picton wußte, daß er zumindest diesen Pfeil im Köcher hatte, wenn er vor das Anklageschwurgericht trat. Nachdem wir unsere Neuigkeiten ausgetauscht hatten, ließ sich der Doktor wieder hinter unser Gefährt zurückfallen und konzentrierte sich darauf, mit ihm Schritt zu halten: Die Heimfahrt verlief ebenso zügig und unbequem wie die Herfahrt. Am Gericht angekommen, gab der Morgan-Hengst schweratmend zu verstehen, daß er nicht die Absicht hatte, an diesem Tag noch mehr zu rennen, und als El Niño die beiden Pferde mitsamt den Fahrzeugen zum Mietstall zurückbrachte, forderte ich ihn auf, er möge dafür sorgen, daß Mr. Wooley das bemerkenswerte Tier zum Dank für seine Mühe besonders gut fütterte und striegelte.

Der Anblick von Mr. Pictons Kutsche vor dem Gericht zeigte dem Doktor und mir, daß Miss Howard mit den ihr Anvertrauten schon vor uns zurückgekehrt war. Die Vorstellung, daß die drei Mr. Picton schon ausfragten, welche geheimnisvolle Botschaft aus New York gekommen sei, veranlaßte uns, im Sturmschritt ins Gebäude und die Marmortreppe empor zu eilen. Der breitschultrige Wachmann an der Tür, den Mr. Picton Henry genannt hatte, teilte uns vorwurfsvoll mit, daß es Vorschriften gebe, die man zu befolgen habe, und wir dort nicht herumrennen dürften, als ob uns das Haus gehörte, aber wir achteten nicht auf ihn. Ähnlich formlos platzten wir einfach in Mr. Pictons Amtszimmer, wo die anderen uns schon erwarteten.

»Endlich!« sagte Mr. Picton, der seine Pfeife rauchte und auf ihrem Stiel herumkaute wie einer der schweren Fälle, die ich gelegentlich bei den Besuchen des Doktors in der Irrenabteilung des Bellevue-Krankenhauses in New York gesehen hatte. »Ich hatte schon gefürchtet, die drei hier würden mich überfallen und mir das Telegramm entreißen, wenn Sie nicht bald kämen! Aber alles, was recht ist, hab ich ihnen gesagt – der Doktor und Stevie verdienen es, die Nachricht zur selben Zeit wie alle anderen zu hören!«

»Wir sind bereit«, sagte der Doktor atemlos, ohne auf Mr. Pictons freundliche Rücksichtnahme einzugehen.

»Dieses Telegramm ist kurz nach sechs eingetroffen«, sagte Mr. Picton, legte die Pfeife einen Augenblick beiseite und setzte sich nervös in seinem Sessel in Positur. »Ich hoffe, daß wir es mit vereinten Kräften besser verstehen werden, als es mir allein möglich war. Ich lese es einfach vor...« Er entfaltete das Blatt mit lautem Rascheln, räusperte sich und begann:

*Mr. Rupert Picton, Amtsgericht, Ballston Spa, dringend. L. H. verzichtet auf Erscheinen vor Schwurgericht, Anklage soll ihre frühere eidliche Aussage beiziehen. Nichts weiter. Rev. Parker lebt, ist aber leicht mitgenommen und nur aussagebereit, falls Schutz gewährleistet. Micah Hunter gestern an Überdosis Morphium verstorben. Von zwei Stadtpolizisten begleiteter Coroner sagt, Selbsttötung, aber Fall jetzt klar. L. H. weiß, daß Behörde ihr Treiben nicht untersucht. Weitere Überwachung unmöglich. Dusters inzwischen zu gefährlich, wurden fast getötet, als wir bei Verlegung von A. L. zu Dusters folgten. Bemühen uns um Beobachtung im Inneren. Vanderbilt wieder zurück. L. H. war in Trauerkleidung bei ihm. V. hat ihr Chicagoer Anwalt engagiert. Marcus gestern nacht abgereist, Erkundigungen einziehen. Rückkehre mit nächsterreichbarem Zug. Bitte abholen Bahnhof. Großer Whiskey willkommen: Moore.*

»Das wär's, meine Freunde«, sagte Mr. Picton und nahm die Pfeife wieder zur Hand, »Ich habe mir den Fahrplan angesehen – John müßte gegen elf eintreffen, aber natürlich wird der Zug Verspätung haben. Uns bleiben also noch ein paar Stunden, in denen wir herausbekommen können, wovon er redet.« Mr. Picton schwenkte das Telegramm über seinem Kopf. »Manches ist natürlich klar und nicht besonders überraschend – so hatte ich nicht ernstlich damit gerechnet, daß Libby bei der Verhandlung vor dem Anklageschwurgericht auftritt. Aber andere Aussagen sind doch ziemlich verwirrend.«

Der Doktor stand auf und griff nach dem Telegramm. »Darf ich?«

»Selbstverständlich, Doktor«, antwortete Mr. Picton und gab es ihm. »Da Sie John weit länger kennen als ich, können Sie vielleicht mit seinen undeutlichen Verweisen etwas anfangen – beispielsweise mit der Aussage, daß der Prediger Parker ›lebt, aber leicht mitgenommen‹ sei.«

»Entweder hat Moore hier einfach wieder seine übliche sprachliche Klarheit demonstriert«, erklärte der Doktor trocken und überflog das Blatt, »oder er wollte vermeiden, daß jemand, dem diese Mitteilung in die Hände fällt, mit der Aussage etwas anfangen kann. In diesem Zusammenhang wirkt Vanderbilts erneutes Auftauchen durchaus bedrohlich.«

»Ja«, stimmte Lucius zu. »Es gibt nicht viel, was seine Leute nicht herausbekommen könnten, wenn ihnen darum zu tun ist.«

»Bestimmt bedeutet der Hinweis auf Parkers Zustand, daß Libby die Dusters irgendwann einmal auf ihn gehetzt hat«, meldete sich Miss Howard zu Wort. »Wenn John und Marcus ihn finden konnten, war sie dazu bestimmt ebenfalls imstande, und Gott weiß, wie sie ihn zugerichtet haben.«

Cyrus schüttelte den Kopf. »Bestimmt so, daß sein restliches Leben ziemlich elend sein dürfte, Miss«, sagte er ruhig. »Vielleicht so schlimm, daß er wünscht, er wäre tot. Möglicherweise hat sie daraus eine größere Befriedigung gezogen, als wenn sie ihn tatsächlich umgebracht hätte.«

Miss Howard warf ihm einen finsteren Blick zu, dem zu entnehmen war, daß sie seine Ansicht teilte, und auch der Doktor nickte bestätigend. »Ja«, sagte er, den Blick nach wie vor auf das Telegramm geheftet, »aber der Fall Micah Hunter hat offenkundig nach einer dauerhafteren Lösung verlangt. Auch das ist verständlich. Wahrscheinlich hatte er bei seiner Eheschließung keine Ahnung von Libbys Vorleben, aber als Marcus die Mitteilung überbrachte, daß das Anklageschwurgericht zusammentreten wird, hat er zweifellos angefangen, hinter die Wahrheit zu kommen. Es dürfte nicht einmal seinem drogenverseuchten Gehirn schwergefallen sein, aus dem Schicksal der armen Kinder, um die sich seine Frau in New York ›gekümmert‹ hatte, die naheliegende Schlußfolgerung zu ziehen.«

Mr. Picton neigte den Kopf mit einem Ausdruck, der fast wie Respekt wirkte. »Auch im Hinblick auf das bevorstehende Verfahren war es ein kluger Schachzug, ihn aus dem Weg zu räumen. Jetzt kann Libby als die trauernde Witwe auftreten, die jahrelang hingebungsvoll einen Bürgerkriegsveteranen gepflegt hat.« Dann schwand der sonderbare Ausdruck der Bewunderung, und er zuckte zusammen. »Großer Gott, was für ein entsetzlicher Gedanke. Richter, Geschworene und die Öffentlichkeit neigen ohnehin dazu, sich grundsätzlich auf die Seite einer angeklagten Frau zu schlagen – aber die kummervolle Witwe eines Soldaten… Nichts ist dem Mitgefühl so förderlich wie ein schwarzes Kleid und die Unionsflagge. Aber sagen Sie, Doktor – was meint Moore damit, daß er sich um eine ›Beobachtung im Inneren‹ bemüht.«

»Ich fürchte, dabei geht es um einen weiteren klugen Schachzug unserer Gegenspielerin«, sagte der Doktor. »Ich hatte gehofft, daß sie eine Pflegerin für Ana in ihr Haus holt, wenn sie nach Ballston Spa geladen wird.«

»Und inwiefern hätte das unserer Sache geholfen?« fragte Mr. Picton.

»Überhaupt nicht«, sagte der Doktor. »Jedenfalls nicht in bezug auf das Verfahren. Aber falls wir keinen Erfolg haben und sie freigesprochen wird ...«

»Muß sie sich nach ihrer Rückkehr nach New York der Pflegerin entledigen«, beendete Lucius, der offenbar verstanden hatte, den Satz des Doktors. »Falls wir Glück hätten, könnten wir sie auf frischer Tat ertappen und das Verbrechen verhindern.«

»Andernfalls aber hätten wir zumindest – und ich möchte hier nicht übermäßig abgebrüht wirken – einen weiteren Mordfall, für den wir versuchen könnten, sie vor Gericht zu stellen«, sagte der Doktor. »Da sie aber weiß, daß die Polizei *nicht* hinter ihr her ist, kann sie weit dreister vorgehen – Moore sagt hier, daß er gesehen hat, wie sie das Kind ins Hauptquartier der Dusters geschafft hat. Das Lokal sucht die New Yorker Polizei nur auf, wenn es gar nicht anders geht.« Der Doktor ließ eine Pause eintreten und richtete den Blick schärfer auf das Telegramm. »Ich würde sagen, John will erreichen, daß ein Mitglied der Dusters oder zumindest jemand, der ihnen nahesteht, ein Auge auf Ana hat – denn für den Fall, daß Libby schuldig gesprochen wird, ist das Schicksal des Kindes besiegelt, es sei denn, wir hätten Hilfe aus dem inneren Kreis.«

»Aber... mit wem könnte er Kontakt aufnehmen?« fragte Lucius. »Allein schon, wenn er jemanden anspricht, von dem man weiß, daß er dort verkehrt, könnte das bedeuten, daß man ihm den Schädel einschlägt.«

In dem Augenblick merkte ich, daß ein Augenpaar unverwandt auf mir ruhte, und ich sah zu Cyrus hinüber. »Nicht unbedingt«, sagte er. Bei diesen Worten sank mein Herz, denn ich begriff, was, oder besser gesagt, wen, er meinte.

»Nun, Cyrus«, wandte sich Miss Howard an ihn, »wer käme denn dafür...« Sie folgte seinem Blick, sah zu mir her und verstand mit einem Mal. Auch der Doktor und Lucius sahen wissend und sorgenvoll zu mir her.

Diese ganze Aufmerksamkeit machte mich unruhig. »Aber sie ist doch weg«, sagte ich. Mein Herz schlug von Sekunde zu Sekunde schneller, und bald konnte ich schon nicht mehr leise sprechen. »Sie ist in Kalifornien ...«

»Das können wir aber nicht mit Bestimmtheit sagen, Stevie«, sagte der

Doktor gelassen. »Es scheint sonst niemanden zu geben, den Mr. Moore damit meinen könnte.«

Ich schüttelte den Kopf, schon bevor der Doktor zu Ende gesprochen hatte. »Nein«, sagte ich, wie um mich selbst zu überzeugen. »Sie ist fort, sie ist abgereist!« Dann aber erinnerte ich mich, wie mich Ding Dong vor unserem Aufbruch am Anleger an der Zweiundzwanzigsten Straße angesehen hatte, und meine Stimme erstarb. Ich hatte begriffen, daß meine Sätze die Luft nicht wert waren, die ich brauchte, um sie auszusprechen.

»Irgendwie bin ich nicht ganz im Bilde«, sagte Mr. Picton und zog kräftig an seiner Pfeife. Er schien zu spüren, daß es um eine heikle Angelegenheit ging. »Möglicherweise geht es mich ja auch nichts an – aber von wem reden Sie?«

Da der Doktor gemerkt hatte, daß ich mich angestrengt um Beherrschung bemühte, wandte er sich an Mr. Picton. »Eine gute Bekannte Stevies, von der wir schon gesprochen haben – Miss Devlin. Wir hatten angenommen, daß sie nach Kalifornien abgereist sei.« Er sah noch einmal zu mir her. »Es sieht so aus, als hätten wir uns geirrt.«

»Aber das ist ja glänzend!« Einen Augenblick lang glaubte ich, nicht richtig gehört zu haben, obwohl Mr. Picton das mit seiner wohlklingenden Stimme vernehmlich genug gesagt hatte, und ich sah ihn verwirrt an. »Nun, ich meine«, fuhr er ganz aufrichtig fort, »die junge Dame ist uns bisher eine große Hilfe gewesen. Sofern sie sich noch in New York aufhält, gibt es doch kaum jemanden, der besser geeignet wäre, uns weiterhin zu unterstützen.«

Dieser Gedanke, den niemand geäußert hätte, der Kat kannte, wirkte irgendwie tröstend auf mich. Er besänftigte das Hämmern in meinem Kopf und meiner Brust so sehr, daß ich sogar ein wenig nicken konnte.

»Das stimmt, Stevie«, sagte Miss Howard ermutigend. »Wir haben keinen Grund anzunehmen, daß Kat nicht das Richtige tun würde. Schließlich hat sie es auch bisher getan, trotz ihrer Ausraster.«

Selbst Cyrus, der am besten von allen wußte, wie dubios Kats Beteiligung vermutlich sein würde, bemühte sich, die Sache positiv darzustellen: »Da ist was dran, Stevie – sie ist ein zähes Biest. Sie ist weiß Gott auch unberechenbar, aber uns gegenüber hat sie sich immer anständig verhalten.«

»Ja«, sagte ich leise. »Schon möglich ...« Aber erst, wenn ich auch im Gesicht des Doktors Zustimmung lesen würde, wäre ich bereit, die Sache ernst zu nehmen.

Ich wandte mich ihm zu – nichts. »Wir müssen hoffen, Stevie«, sagte er lediglich, wobei sich eine Augenbraue hob. Er hatte mich noch nie belogen, und ich glaube, ich habe auch in jener Situation nicht gewollt, daß er es tat. »Mehr können wir nicht tun. Aber es ist keine blinde Hoffnung – das zumindest ist die Wahrheit. Sie war uns in dieser Angelegenheit tatsächlich bisher eine große Hilfe.«

Ich nickte, schluckte schwer und war bereit, das Thema zu wechseln, da ich mich mit der Frage ohnehin erst später würde richtig auseinandersetzen können, nachdem ich ungestört ein paar geraucht hatte.

Gott sei Dank lenkte der Doktor die Aufmerksamkeit aller auf ein anderes Thema, indem er sich wieder dem Telegramm zuwandte. »Die letzte – und ich fürchte verwirrendste – Frage ist, wer zum Teufel dieser ›Chicagoer Anwalt‹ sein mag, von dem Moore spricht.«

»Wirklich verwirrend!« sagte Mr. Picton, stand auf und trat hinüber ans Fenster. Er sah hinaus und begann so kräftig an den rötlichen Stoppelhaaren auf seinem Kopf zu zerren, daß ich schon dachte, er würde sie sich büschelweise ausreißen. »Chicago... Warum in drei Teufels Namen Chicago! In New York sitzen die besten Strafverteidiger unseres Landes – und wenn Vanderbilt hinter Libby steht, könnte sie jeden von denen haben!«

»Vielleicht verfügt Vanderbilt in Chicago über besondere Kontakte«, sagte Lucius. »Er muß seine Gründe dafür haben, daß er Hilfe aus so großer Entfernung herbeiholt. Schließlich ist er kein Dummkopf.«

»Nein«, stimmte Mr. Picton zu und trat gegen einen Stapel Papiere, der auf dem Boden lag. »Aber er ist und bleibt ein Mann der Eisenbahn. Die einzigen Leute, die er in Chicago wirklich gut kennen dürfte, sind vermutlich Verwaltungsrechtler. Ich kann mir nicht vorstellen, daß einer von denen...«

In dem Augenblick wandten wir uns alle um, denn es hatte an die Tür des Vorraums geklopft. Gleich darauf ertönte die Stimme des Wachmanns. »Mr. Picton? Mr. Picton, Sir?«

»Kommen Sie herein, Henry!« rief Mr. Picton.

Der Mann öffnete langsam die Tür zum Vorzimmer und kam dann vorsichtig und leicht vornübergebeugt herein. Es sah so aus, als wäre es eine unwillkürliche Geste der Ehrerbietung, weil er sich in einem der Amtsräume befand. In den Händen hielt er einen Umschlag.

»Das ist gerade für Sie gekommen, Sir«, sagte er und gab den Umschlag Mr. Picton, der durch das Zimmer auf ihn zugegangen war. »Vom Büro der Western Union. Ich hab gesagt, sie sollen es dem Konto des Bezirksstaatsanwalts belasten.«

»Nun – das haben Sie gut gemacht, Henry«, sagte Mr. Picton und öffnete den Umschlag. Der Mann runzelte die Stirn; er schien nicht zu wissen, ob Mr. Picton das ernst gemeint hatte oder sich über ihn lustig machte. Aber was Mr. Picton als nächstes sagte, machte seine Haltung ziemlich deutlich: »Kennen Sie alle Anwesenden, Henry?« fragte er mit einem Blick in das teigige Gesicht des Mannes und wies auf uns. »Oder soll ich Sie vorstellen?«

Niedergeschlagen sagte der Mann: »Nein, Sir«, und sah uns dann gekränkt an. »Ich glaube, ich kenne die Herrschaften alle, Sir.«

»Nun«, sagte Mr. Picton. »Falls Sie auf ein Trinkgeld warten, muß ich

Sie daran erinnern, daß das gegen die Grundsätze der Bezirksregierung verstieße. Guten Abend, Henry.«

Da er nicht wußte, was er darauf sagen sollte, nickte er lediglich und machte sich brummelnd auf den Rückweg.

»Blöder Kerl«, murmelte Mr. Picton, nachdem er gegangen war. »Wenn man überlegt, daß jemand mit einem Gehirn all die Nahrung und den Sauerstoff nutzen könnte, der nötig ist, um so was ...« Er unterbrach sich, als er den Umschlag geöffnet hatte. »Wunderbar! Neuigkeiten von Marcus.« Er überflog die Mitteilung, zuckte dann die Achseln, gab das Papier dem Doktor und kehrte an seinen Schreibtisch zurück. »Allerdings äußerst wenig! Er scheint den Namen des von Vanderbilt beauftragten Anwalts in Erfahrung gebracht zu haben. Er versucht Mandate zusammenzustellen, die der Mann übernommen hat, und mit Leuten zu reden, mit denen er zu tun hatte. Es sieht so aus, als könnte er auch ein Gespräch mit ihm arrangieren.«

»All das könnte nützlich sein«, kommentierte Lucius achselzuckend.

»Wie heißt der Mann, Rupert?« fragte Miss Howard. »Sagt Ihnen der Name etwas?«

Mr. Picton zerrte wieder an seinen Haaren und sah zum Fenster hinaus. »Hm? Ach ja! Darrow. Clarence Darrow. Ich kann ihn nicht so richtig unterbringen – aber da ist was ...«

»Mir ist er mit Sicherheit nicht bekannt«, sagte der Doktor einfach und ließ das Telegramm auf den Tisch fallen.

Mr. Picton überlegte weiter und warf dann die Hände in die Luft. »Mir, wie es scheint, auch nicht«, sagte er, sein Gesicht unglücklich verzogen. Dann glättete es sich. »Oder doch? Da war doch was – Augenblick mal!« Er stürmte quer durch den Raum, nahm einen Stapel juristischer Zeitschriften vom Fußboden auf und warf sie auf seinen Schreibtisch. »Irgendwo gibt es was ...« Er ging die Zeitschriften auf seine übliche Weise durch – das heißt, er schleuderte sie durch den Raum, so daß wir uns gelegentlich ducken mußten, um keine an den Kopf zu bekommen –, bis er schließlich das Heft hatte, das er suchte. »Ah-ha!« sagte er und ließ sich in seinen Sessel fallen. »Da ist es ja! Ein Artikel, in dem Clarence Darrow erwähnt wird. Er steht tatsächlich in Diensten der Eisenbahngesellschaft Chicago and Northwestern, allerdings ist es nur ein Teilzeitmandat. Er ist als Firmenanwalt für das Unternehmen aufgetreten, und dabei hat Vanderbilt zweifellos zum ersten Mal von ihm gehört.«

»Trotzdem verstehe ich das nicht«, sagte der Doktor. »Warum nimmt sich jemand für einen Strafprozeß einen Firmenanwalt?«

»Nun«, sagte Mr. Picton und hielt einen Finger hoch. »Hier stehen einige aufschlußreiche Einzelheiten, die vielleicht eine Antwort liefern können. Erinnern Sie sich an den Pullman-Streik von 1894?« Man hörte allgemeines zustimmendes Gemurmel, und wir alle dachten an die schreckliche Zeit zurück, als die amerikanische Eisenbahnergewerkschaft gegen die Pullman Car Company in Chicago gestreikt hatte. Dabei war es zu so entsetzlichen Ausschreitungen und blutigen Auseinandersetzungen gekommen, die die arbeiterfreundlichen Menschen in meinem früheren Wohnviertel lautstark kommentierten, so daß sogar ein Kind wie ich davon gehört hatte.

»Nun, obwohl er beratender Anwalt der Eisenbahngesellschaft Chicago and Northwestern war, hat sich Clarence Darrow bereit erklärt, Eugene Debs und verschiedene andere Angehörige der Eisenbahnergewerkschaft zu vertreten. Obwohl es sich dabei nicht um einen Strafprozeß handelte – der Vorwurf gegen Debs und die anderen lautete lediglich, daß sie Arbeiter zum Streik aufgerufen hatten, verfahrensrechtlich ein Verstoß gegen die Anti-Trust-Gesetzgebung –, ist es Darrow gelungen, den Fall bis vor das Oberste Bundesgericht zu bringen.« Mr. Picton blätterte noch ein paar Seiten der Zeitschrift um und schwieg dann.

»Und?« fragte Miss Howard.

»Er ist natürlich unterlegen«, erklärte Mr. Picton, »hat aber einen ziemlich guten Kampf hingelegt. Wesentlich aber ist, daß Debs und die anderen, während sie wegen der genannten Verstöße eine Haftstrafe von einigen Monaten verbüßten, wegen deutlich schwerer wiegender Tatbestände angeklagt wurden. Der Vorwurf lautete ›Behinderung der Postdienste mit Hilfe des Eisenbahnerstreiks‹. Wieder hat Darrow den Fall übernommen, und er hat ihn gewonnen – wenn auch nur durch Versäumnisurteil. Jedenfalls hat die Regierung die Sache nicht weiter verfolgt. Zwar hat Darrow den zivilrechtlichen Fall verloren, den wichtigeren strafrechtlichen aber gewonnen.«

»Damit wissen wir allerdings immer noch nicht«, sagte Lucius, »warum Mr. Vanderbilt jemanden, der teils für die Eisenbahngesellschaft und teils für die Gewerkschaften arbeitet – was mir nebenbei bemerkt, ausgesprochen sonderbar erscheint –, für den idealen Verteidiger in einem Mordfall hält.«

»Stimmt«, sagte Mr. Picton, und seine Stimmung besserte sich. »Das wissen wir nicht. Aber ich sage Ihnen etwas, Detective Sergeant – ich bin erleichtert! Welche Gabe Darrow auch immer besitzen mag, Vanderbilt hätte, wie ich schon gesagt habe, in New York erstklassige Juristen verpflichten können, wenn er schon unbedingt in den Fall eingreifen will.«

»Vielleicht liegt da der Hund begraben«, sagte der Doktor. »Möglicherweise spürt Mr. Vanderbilt, daß etwas an dem Fall nicht ganz hasenrein ist, und er möchte vermeiden, daß sein Name in New Yorker Kreisen damit in Verbindung gebracht wird.«

Mr. Picton dachte darüber nach und nickte dann. »Vermutlich haben Sie recht, Doktor – ich vermute, daß Sie ganz und gar recht haben! Zweifellos kann Marcus diese These für uns überprüfen, sobald er zurück ist. Im Augenblick aber …«, Mr. Picton klemmte sich die Pfeife zwischen die Zähne und stemmte die Hände in die Hüften, »sollten wir nach Hause gehen und in aller Ruhe zu Abend essen. Allmählich entwickeln sich die Aussichten gar nicht schlecht!«

Durch diese Wendung der Dinge ebenso erleichtert wie durch Mr. Pictons Zuversicht, strebten wir alle dem Ausgang zu. Immerhin hatten wir Hunger und waren mehr als bereit, seinem Rat zu folgen und uns einen ruhigen Abend zu gönnen. Zwar stand uns für den nächsten Vormittag die Konfrontation mit dem Anklageschwurgericht bevor, doch jetzt, da Clara Hatch redete, schien es wenig Grund zur Annahme zu geben, daß es uns nicht gelingen sollte, dieses Hindernis auf dem Weg zum Strafverfahren mühelos zu überwinden. In diesem Verfahren aber, versicherten wir einander voll Zuversicht, würden wir dann einem in solchen Fällen unerfahrenen Anwalt gegenüberstehen, der zwei so alten Hasen auf diesem Gebiet, wie es der Doktor und Mr. Picton waren, sicher nicht viel entgegenzusetzen hatte.

Das war eine der schlimmsten Fehleinschätzungen, die uns im Verlauf des gesamten Falles unterliefen.

# KAPITEL 40

Als Mr. Moore an jenem Abend ankam, wirkte er abgekämpft und ausgelaugt. Das hatte seinen guten Grund, denn die Woche in New York war für ihn äußerst anstrengend gewesen, und um ein Haar wäre er sogar nicht mit heiler Haut davongekommen. Selbst in Situationen, in denen Marcus' Leben nicht unmittelbar bedroht war – beispielsweise beim Gespräch mit dem Prediger Clayton Parker –, hatte sich immer alles um Gewalttätigkeit gedreht. Offensichtlich hatten diesen etwa sechs Monate zuvor mehrere Männer überfallen, von denen wir getrost annehmen durften, daß es sich dabei um die Hudson Dusters handelte. Nicht nur hatten sie dem Geistlichen beide Kniescheiben mit Baseball-Schlägern zerschmettert, sondern auch ein Ohr abgeschnitten. Noch während uns Mr. Moore das berichtete, nahm es ihn so mit, daß er mehrere Gläser von Mr. Pictons bestem Whiskey brauchte, um seine Nerven zu beruhigen. Die Mitteilung jedoch, daß alles bereit sei und wir uns am nächsten Morgen dem Anklageschwurgericht stellen konnten, munterte ihn sichtlich auf. Dazu trugen auch die Überbleibsel unseres Abendessens bei, die er noch ziemlich spät in Mr. Pictons Küche in sich hineinstopfte. Als er zu Bett ging, hatte er so viele ermutigende Neuigkeiten – wie auch genug Whiskey – in sich aufgenommen, daß er ebenso tief schlafen konnte wie wir übrigen.

Bevor ich ihm die wohlverdiente Ruhe gönnen konnte, mußte ich aber noch in Erfahrung bringen, ob er wirklich mit Kat gesprochen hatte, und falls ja, was dabei herausgekommen war. Während er sich in seinem Badezimmer mit zittriger Hand die Zähne putzte, nachdem er die halbe Dose Zahnpulver verschüttet hatte, schlich ich mich zu ihm hinüber und fragte ihn danach. Mit Schaum vor dem Mund wie ein tollwütiger Hund teilte er mir mit, daß er außerhalb des Gebiets der Dusters mit Kat zusammengetroffen sei, sie von unserer schwierigen Lage in Kenntnis gesetzt und sie gefragt habe, ob sie bereit sei, ein Auge auf Ana Linares zu haben. Sie hatte für ihre Dienste Geld verlangt, woraus ich schloß, daß alles, was wir ihr gegeben hatten, zusammen mit der Fahrkarte, in Ding Dongs Hände gefallen war. Dem aber widersprach Mr. Moore, und er sagte, Kat habe ihm die Karte gezeigt und ihm zu verstehen gegeben, daß sie nur auf die Mitteilung ihrer Tante warte, um dann sofort nach Kalifornien aufzubrechen. Als ich ihn fragte, ob Kat seiner Ansicht nach immer noch kokse, brachte er seine Antwort, er habe dergleichen nicht feststellen können, so nervös hervor, daß man merkte, wie er log. Ich beließ es dabei, daß Kat die Fahrkarte noch besaß und nach wie vor bereit war, für uns zu arbeiten. Alles andere mußte warten, bis wir nach New York zurückkehrten.

Mr. Picton hatte uns auf die Möglichkeit vorbereitet, daß sich manch einer der Bewohner von Ballston Spa für die Arbeit des Anklageschwurgerichts interessieren würde, das am Freitag morgen um elf im kleineren Saal im zweiten Flügel des Gerichts zusammentreten sollte. Mit dem Anblick aber, der sich uns bot, als wir mit der Kutsche dorthin fuhren, hatten wir nicht gerechnet (und wie ich vermute, auch er nicht). Auf den Stufen und dem Rasen vor dem Gebäude wimmelten bestimmt hundert Leute jeglichen Alters und aus allen Schichten der Bevölkerung wie hungrige Hühner durcheinander. Der Wachmann Henry versperrte oben auf der Treppe den Zutritt, da die Sitzungen eines Anklageschwurgerichts nicht öffentlich sind (was vielen der Leute, die da gekommen waren, offensichtlich unbekannt war). Aber der stämmige Henry mit seinem Pferdegesicht schien sie nicht nur in Schach zu halten, sondern auch beruhigend auf sie einzureden. Je näher wir kamen, desto deutlicher wurde, daß die allgemeine Stimmung jener Menschen – und das galt auch für Henry – nicht besonders freundlich war.

»Na schön«, sagte Mr. Picton, als er sein Pferd festband. Dann knurrte er verärgert, wobei aus seiner Pfeife Funken stoben: »Ich hatte so gehofft, daß sich meine Mitbürger für das Verfahren interessieren – es geht doch nichts darüber, als wenn die Öffentlichkeit an den Angelegenheiten der Regierung und Verwaltung beteiligt ist, vor allem dann, wenn ihre Unwissenheit sie daran hindert zu erkennen, wann sie sich *nicht* beteiligen sollen!« Er holte einen der großen Bücher- und Aktenstapel unter dem Kutschbock hervor und sprang auf die Straße hinab. »Ich rate Ihnen, Clara nicht unbegleitet zu holen, Dr. Kreisler«, sagte er, während der Doktor nach vorn auf den Bock stieg. »Gott weiß, wie viele Leute in anderen Teilen der Stadt noch auf den Beinen sind, um ihre Meinung kundzutun.«

»Cyrus und Stevie fahren mit«, sagte der Doktor mit einem Nicken, während ich die Zügel in die Hand nahm.

»Und El Niño!« betonte der Eingeborene, der hinten auf dem Trittbrett gestanden hatte und sich jetzt ins Innere der Kutsche schwang. »Mit El Niño gibt für Señor Doktor keinen Ärger!« Ein breites Lächeln trat auf seine Züge, und der Doktor konnte nicht einmal in dieser Situation umhin, es zu erwidern.

»Von mir aus, El Niño«, sagte er. »Dann kommst du eben auch mit. Aber daß du mir nicht zu schnell mit deinen Werkzeugen zur Hand bist.« Der Doktor warf einen Blick auf die vor dem Gerichtsgebäude versammelte Menge. »Solche Menschen muß man mehr wegen ihrer Unwissenheit fürchten als wegen ihres Wagemuts.«

»Ja, Señor Doktor«, sagte El Niño und sprang auf den Rücksitz neben Cyrus, kaum, daß Mr. Moore aufgestanden war. »Stimmt!«

»Soll ich nicht auch mitkommen, Laszlo?« fragte Mr. Moore, der immer noch müde aussah, obwohl er zum ersten Mal seit fünf Tagen eine ganze Nacht durchgeschlafen hatte.

»Ich glaube, unsere kleine Eskorte ist schon beeindruckend genug, John«, sagte der Doktor mit einem Blick auf seine Begleiter. »Außerdem muß jemand Mr. Picton durch die Menge bugsieren. Und zwar jemand«, fuhr er mit einem flüchtigen Lächeln fort, das Miss Howard galt, »der nicht sofort zur Schußwaffe greift.«

»Nun, *ich* habe alle Hände voll«, teilte ihm Miss Howard mit und hob lächelnd einen weiteren Stapel Bücher und Akten auf. »Zum Glück für die Leute hier.«

»Zum Spaßen ist das nicht gerade«, sagte Lucius und wischte sich die Stirn, auf der in der heißen Morgensonne schon der Schweiß glänzte. »Seien Sie vorsichtig, Doktor! Die Kleine ist schließlich unser Schlüssel zum Fall!«

»Ja, Detective Sergeant«, sagte der Doktor. »Und noch viel mehr als das. Ich verbürge mich dafür, daß weder ihr noch sonst jemandem ein Haar gekrümmt wird.«

»Und El Niño auch!« erklärte der Eingeborene, woraufhin ich zu Lucius hinüberlächelte.

»Und El Niño auch«, wiederholte ich, Mr. Pictons Pferd mit der Zunge zuschnalzend, so daß wir langsam davonrollten.

Eine Weile noch sahen wir, wie sich die vier ihren Weg durch die Menge vor dem Gerichtsgebäude bahnten. Mr. Pictons Pfeife rauchte nach wie vor wie eine Schlot, während er mit aufgesetzter Munterkeit Menschen begrüßte, die er kannte. »Ah, Mr. Grose. Ich bin wirklich erleichtert, einen Vertreter unseres Wochenblattes zu sehen – und dann noch den Herausgeber in höchsteigener Person! Das ist wahrhaft erfreulich! So offen bekommt ein Mann meines Berufs selten Unterstützung!«

Wir hörten noch die verärgerte Antwort des Herausgebers: »Das *Ballston Weekly Journal* beabsichtigt unter keinen Umständen, Sie zu unterstützen, Sir, sofern Sie in der Tat auf eine Anklageerhebung gegen die unglückliche Mrs. Hatch hinarbeiten!« und Mr. Pictons Erwiderung: »Ah! Wie schade! Sheriff Dunning, erinnern Sie bitte diese Leute einschließlich unseres Freundes Grose daran, daß die heutige Verhandlung nicht öffentlich ist. Vielen Dank ...«

Der Doktor seufzte tief auf, und ich wandte mich ihm zu. »Zum Teufel«, flüsterte er. Er hatte den Blick von dem Schauspiel vor dem Gerichtsgebäude genommen und rieb sich mit der Rechten den verkrüppelten Arm. »Das fängt ja gut an ...«

Als wir das Gehöft der Westons erreichten, fanden wir die ganze Familie, wie zum Kirchgang bereit, um ihr einfaches schwarzes Fuhrwerk versammelt, das wie frisch lackiert glänzte. Alle waren sauber gewaschen und trugen dunkle Feiertagskleidung, die sie höchstwahrscheinlich sonst nur sonntags sowie zu Hochzeiten und Beerdigungen anlegten. Der Doktor bestieg ihr Fuhrwerk und nahm neben Clara auf der einen Bank Platz, das Ehepaar Weston hingegen setzte sich auf die andere, und

Kate kletterte auf den Kutschbock zu Peter, der die Zügel in der Hand hielt.

Verständlicherweise war Clara recht aufgeregt, und ihre goldenen Augen wirkten so unruhig wie bei einem verängstigten Vollblutpferd. Kaum saß der Doktor im Wagen, ließ er sie ihren Zeichenblock aufschlagen und sich mit ihren Stiften an die Arbeit machen. Offensichtlich war er der Ansicht, daß das die beste Möglichkeit sei, sie vom Ziel und Anlaß ihrer Fahrt abzulenken. Als Peter sein Pferd antraben ließ, setzte ich mich mit der Kutsche des Doktors dahinter, und auf dem ganzen Weg in die Stadt hielten Cyrus, El Niño und ich aufmerksam Ausschau nach verdächtigen oder feindseligen Gesichtern entlang der Straße.

Erst am Ortsrand von Ballston Spa sahen wir welche; und die kalten Blicke, die man uns zuwarf, ließen erkennen, daß inzwischen der ganze Ort wußte, was im Gerichtsgebäude vor sich ging. Die Leute schienen die gleiche Haltung zu haben wie jene, die geschlossen zum Gericht marschiert waren. Man kann nicht sagen, daß es sich um eine Zusammenrottung von Pöbel gehandelt hätte – ich habe Pöbelhaufen am Werk gesehen, und das war etwas anderes. Die Bürger von Ballston Spa schienen in erster Linie verwirrt; auf ihren vor Unruhe gefurchten Gesichtern ließ sich erkennbar der Wunsch ablesen, daß wir in die lasterhafte Stadt zurückkehren sollten, die uns ausgespien hatte.

»Seltsam, Señorito Stevie«, sagte El Niño einmal. »Leute hier wollen nicht, daß Baby Ana gefunden?«

»Sie verstehen die Zusammenhänge nicht«, sagte ich, als wir am Hotel »Eagle« vorbeifuhren und mit einer ganzen Salve von Blicken eingedeckt wurden. »Und wir können es ihnen nicht sagen, weil der Señor das nicht will. Es ist ein Geheimnis, wenn du verstehst, was ich meine.«

»Drum also sehen so aus«, sagte El Niño nickend. »Wenn Geschichte von Baby Ana kennen, denken aber anders.«

Ich konnte nur hoffen, daß er damit recht hatte.

Am Gerichtsgebäude sah es mehr oder weniger so aus wie zuvor, und als unsere beiden Fahrzeuge durch die High Street fuhren, kam ein vierschrötiger Mann mit einem dichten grauen Schnurrbart auf uns zu, der einen breitkrempigen Strohhut trug und an dessen Jackettaufschlag ein Abzeichen prangte.

»Josiah«, sagte er mit höflicher, aber ernster Stimme, und machte eine Handbewegung zu Mr. Weston hin.

»Sheriff Dunning«, sagte Mr. Weston mit einem Nicken. In seiner Stimme war keinerlei Gefühlsregung zu erkennen. »Da scheinen ja ein paar Leute auf den Straßen zu ein.«

»Ja, Sir«, sagte Sheriff Dunning und sah ein bißchen unbehaglich zu der Menge hinüber. »Nichts Ernsthaftes – aber vielleicht sollten Sie hinten herum fahren. Sie können dann durch das Erdgeschoß in das Gebäude hineingehen. Ist wohl für alle einfacher.« Er warf einen Blick auf Clara.

»Hallo, kleines Fräulein«, sagte er mit einem Lächeln. »Machst du einen Besuch im Gericht?«

Als sich Clara daraufhin hinter dem Doktor versteckte, richtete der Sheriff seinen Blick auf ihn, wobei sein Lächeln verschwand. »Auf jeden Fall halte ich das für das beste, Josiah«, sagte Sheriff Dunning.

Mr. Weston nickte, Peter lenkte das Fuhrwerk in die Bath Street und bergab zum Hintereingang des Gerichtsgebäudes. Ich wollte mit der Kutsche folgen, aber Cyrus griff nach meinem Arm.

»Nein, Stevie«, sagte er. »Wir gehen zum Haupteingang. Wir wollen dafür sorgen, daß dic Leute denen nicht folgen.«

Ich wußte, was er meinte: Seine und El Niños Anwesenheit in der Kutsche würde dafür sorgen, daß die Menge ihre Aufmerksamkeit auf uns richtete, wohin auch immer wir fuhren, und wenn wir vor dem Gerichtsgebäude anhielten und kühn zum Haupteingang hineingingen, durften wir annehmen, daß Clara und die Westons ohne Schwierigkeiten ins Gebäude gelangen konnten.

Also trieb ich Mr. Pictons Pferd den halben Häuserblock, den wir noch zu fahren hatten, zu einer schnellen Gangart an. Ganz wie Cyrus vermutet hatte, richteten sich alle Augen auf uns, als wir ausstiegen und die Treppe hinaufgingen. Hier und da hörte man Gelächter, noch häufiger aber mißbilligendes Zungenschnalzen und leise Verwünschungen sowie ein gelegentlich gemurmeltes »verdammte Nigger«. Diese Schmähungen sollten Cyrus und El Niño provozieren, doch wußten deren Urheber nicht, mit wem sie es zu tun hatten. Sofern El Niño hörte, was sie sagten, zeigte er nicht, daß er es verstand, und Cyrus hatte ohnehin längst gelernt, seine Empfindungen im Zaum zu halten, wenn ihm derlei an den Kopf geworfen wurde.

Am Eingang sahen wir uns dem Wachmann Henry gegenüber, dem sehr daran gelegen zu sein schien, wie die Menge sein Verhalten einschätzte. Er kaute vor Nervosität an den Fingernägeln.

»Was soll das, Henry?« fragte ein aufgeblasen wirkender Mann, den ich an seiner Stimme als den Herausgeber des *Ballston Weekly Journal*, Mr. Grose, erkannte. »Will man geachteten Bürgern dieser Gemeinde und Mitgliedern der Presse verwehren, diesem Verfahren beizuwohnen, während man Kinder und ... nun ...«, seine Augen wanderten von Cyrus zu El Niño, »... *Wilde* einläßt?«

Henry, der offensichtlich nicht wußte, was er tun sollte, gehorchte den Instinkten des wahren Mitläufers: Mit gekreuzten Armen stellte er sich noch breitbeiniger hin und sah Cyrus ins Auge. »Bedaure«, sagte er. »Das Anklageschwurgericht tagt als Klausur-Konsul...«

»Konsilium«, half ihm Cyrus mit unbewegter Miene aus.

Der Ausdruck von Groll trat in die Augen des Wachmanns. »Jedenfalls ist die Sitzung nicht öffentlich.«

»Sir«, gab Cyrus gelassen zur Antwort. »Sie wissen sehr wohl, daß wir als Ermittler im Dienst des Zweiten Bezirksstaatsanwalts Picton tätig sind. Also lassen Sie uns entweder durch – oder Sie tanzen nach der Pfeife der Leute hier draußen und rechtfertigen anschließend Ihre Entscheidung Mr. Picton gegenüber. Er ist Ihr Vorgesetzter.« Cyrus wies mit dem Kopf hinter sich. »Die da sind es nicht.«

Jemand hinter ihm murmelte: »Nigger-Klugscheißer«, dann sah ich eine Hand aus dem Gedränge nach Cyrus' Schulter greifen, offensichtlich versuchte der dazugehörige Arm meinen Freund nach hinten zu ziehen. Auf dem Gesicht des Mannes, dem der Arm gehörte, lag der Ausdruck von Haß, den ganz offensichtlich einige morgendliche Gläser Schnaps verstärkt hatten. Doch wer immer auch der Kerl war, der Alkohol hatte ihn schlecht beraten: Cyrus packte die Finger auf seiner Schulter mit einer Hand und hielt sie wenige Zentimeter in die Höhe. Ohne den Blick vom Gesicht des Wachmanns zu wenden, begann er zuzudrücken – und als Schweißtropfen auf Henrys Stirn traten, drückte Cyrus noch kräftiger zu.

Nun hatte Cyrus' Griff schon immer große Ähnlichkeit mit einem Schraubstock gehabt, und nach etwa zwanzig Sekunden hörte man, wie der Mann, dessen Hand er hielt, anfing zu keuchen. Als schließlich seine Knochen knirschten, brüllte er hemmungslos heraus.

»Schon gut, schon gut!« sagte Henry und trat von der Tür beiseite. »Sie drei können reingehen – aber ich werde Mr. Picton Meldung von dem Vorfall machen.«

Cyrus versicherte ihm, daß auch er Mr. Picton einen genauen Bericht liefern werde. Dann gingen wir hinein, und noch nachdem wir die Tür hinter uns zugeschlagen hatten, hörten wir, wie der Lärm der Menge draußen immer lauter und wütender dagegen anbrandete.

In der Eingangshalle sahen wir Mr. Moore, Miss Howard und Lucius, die vor der zur Linken liegenden Tür zum kleinen Beratungszimmer unruhig auf und ab gingen.

»Was zum Henker war da draußen los?« fragte Mr. Moore, als wir eilig zu ihnen traten.

»Sieht ganz so aus, als ob die Wellen da ziemlich hoch gingen«, sagte ich. »Einer von den Kerlen wollte sich mit Cyrus anlegen.«

»Ist alles in Ordnung?« fragte Miss Howard und sah Cyrus besorgt an, dessen gleichmütiger Ausdruck nichts verriet.

»Natürlich!« sagte El Niño mit ehrfurchtsvollem Blick auf Cyrus. »Mr. Montrose ist *el maestro* – Schweine da draußen können nichts anhaben.«

Ein wenig peinlich berührt nickte Cyrus zu Miss Howard hin. »Nichts Ungewöhnliches, Miss. Hat die Sitzung bereits begonnen?«

»Ich glaube schon«, sagte sie. »Gott sei Dank durften die Angehörigen Clara hineinbegleiten – sie war bleich wie ein Laken, als sie hier ankam.«

»Nun«, sagte ich und versuchte, einen Blick durch einen Spalt zwischen den Mahagonischiebetüren zum Beratungszimmer zu werfen, erkannte aber nichts. »Sieht aus, als müßten wir 'ne Weile warten.« Ich hob die Hände. »Und bevor jemand fragt – ja, ich hab reichlich Zigaretten ...«

Die nächsten Stunden zerrten an unseren Nerven. Es kam überhaupt nicht in Frage, daß wir irgendwo hingingen (ein Spaziergang verbot sich von selbst), und so blieb uns nichts anderes übrig, als zu rauchen und uns Sorgen zu machen. Wer auch immer die Türen im Gerichtsgebäude gemacht hatte, er hatte solide Arbeit abgeliefert, denn nicht nur war durch die Spalten nichts zu sehen, es drang auch außer gelegentlichem, undeutlichem Murmeln keinerlei Geräusch nach draußen. Mr. Moore hielt das für ein gutes Zeichen, doch gut oder nicht, es war merkwürdig und auch ziemlich beunruhigend, vor einem Gerichtssaal zu stehen, ohne die üblichen Laute der Auseinandersetzung zu hören. Nicht einmal das Geräusch des von Zeit zu Zeit niederfahrenden Hammers eines Richters unterbrach die Stille, denn wie gesagt leitet ein Staatsanwalt (beziehungsweise in diesem Fall sein Stellvertreter) die Verhandlung vor einem Anklageschwurgericht, und so gab es im Sitzungssaal auch keinen Richter, der sich in den Gang der Dinge einmischen konnte – lediglich Mr. Picton mit seinem Beweismaterial, seinen Zeugen und die Geschworenen. Bei diesem Stand der Dinge und dem Wenigen an Geräusch, was durch die Türen nach außen drang, schienen wir allen Grund zu der Annahme zu haben, daß es ziemlich gut um unsere Sache stand, und je mehr sich die Zeit dahinschleppte, desto mehr freundete sich jeder von uns mit diesem Gedanken an.

Ausnahmsweise stimmten unsere Annahmen mit den Fakten überein. Gegen halb zwei hörten wir im Sitzungssaal Stühlerücken und Füßescharren, dann schoben zwei Gerichtsdiener die Mahagonitüren auseinander. Als erste kamen die Westons und der Doktor heraus, wobei letzterer freundlich auf die noch immer bleiche Clara einredete. Als er an uns vorüberkam, nickte er kurz und bestätigend – man würde also Anklage erheben. Unsere gegenseitigen Glückwünsche brachen jäh ab, als die Familie Weston herauskam: Josiah sah aus, als hätte er eine Schlacht hinter sich, und seine Frau Ruth wirkte bleich und sehr matt – sie wäre wohl zu Boden gesunken, wenn Peter und Kate sie nicht gestützt hätten. Als die Familie vorüberging, legte sich die Erkenntnis dessen, was gerade geschehen war und noch zu tun blieb, wie ein Rauhreif auf die Freude, die wir empfanden – zumal wir bedenken mußten, welcher Gefahr sie möglicherweise alle ausgesetzt waren, wenn man Libby Hatch nach Ballston Spa brachte.

Die Geschworenen schoben sich nach wie vor im Sitzungssaal durcheinander, als hätten sie Angst, ihn zu verlassen. Als schließlich Mr. Picton zusammen mit Sheriff Dunning herauskam, wirkte er so mitgenommen und verwirrt, daß sich leicht voraussagen ließ, wie groß die Erschütterung für die Stadt Ballston Spa sein würde, deren Bewohner schon am frühen Morgen eine so feindselige Gesinnung an den Tag gelegt hatten. Mit Sicherheit würden die Wogen noch um ein Vielfaches höher gehen als bisher. Mr. Pictons Pfeife war ausgegangen, und er hielt sie dem Sheriff wie eine Pistole entgegen, während er ihn belehrte: »... das ist mein voller Ernst, Dunning. Die Verfahrensordnung muß eingehalten werden, ganz gleich, wie Sie persönlich zu diesem Fall stehen mögen, und ich erwarte, daß Sie und jeder andere Vertreter der Rechtspflege in diesem Bezirk die Entscheidung der Geschworenen respektieren und dahinterstehen. Dazu gehört auch, daß Sie Ihren Schutz auf alle Personen ausdehnen, mit denen meine Dienststelle zusammenarbeitet, wie auch auf jeden anderen, der ihn meiner Ansicht nach braucht. Da Bezirksstaatsanwalt Pearson für die Dauer des Prozesses abwesend sein wird, bin ich zuständig. Ich hoffe, daß ich nicht der einzige bin, der das begriffen hat – habe ich mich klar ausgedrückt?«

Der Sheriff hob die Hand. »Mr. Picton, Sir, Sie können sich die Mühe sparen. Ich gebe zu, daß ich ursprünglich weder für diese Untersuchung noch für diese Verhandlung war – aber nach allem, was ich da drin gesehen und gehört habe ...« Der Mann sah zu Clara Hatch hinüber; und ich hatte den Eindruck, daß die eine oder andere Träne in seinen von Fältchen umgebenen Augen stand. »Ich bin Manns genug, zuzugeben, wenn ich mich geirrt habe, Sir«, fuhr er fort und strich sich den dichten grauen Schnurrbart, »und in diesem Fall haben wir uns geirrt.« Erneut sah er Mr. Picton fest an. »Wir schaffen die Frau her, Sir, vorausgesetzt, die New Yorker Polizei geht uns zur Hand. Und im Hinblick auf alles, was danach kommt, kann ich nur sagen, der Herr sei mit Ihnen, denn Sie tun sein Werk.« Bei diesen Worten hielt er Picton die Hand hin.

Statt sich, wie man vielleicht hätte erwarten können, angesichts dieses ziemlich ernsten Reuebekenntnisses ein bißchen dankbar oder gerührt zu zeigen, schüttelte Mr. Picton ihm lediglich flüchtig die Hand und nickte. Das wirkte so, als sei es ihm gleichgültig, ob Menschen wie Sheriff Dunning ihn priesen oder verdammten. »Nun, zum Werk des Herrn gehört im Augenblick, daß ich draußen zu der Menge rede«, sagte er mit einer Kopfbewegung. »Wenn Sie und Ihre Gehilfen mir also ein bißchen Platz auf der Treppe schaffen würden ...«

»Wird gemacht, Sir«, gab der Sheriff sogleich zur Antwort. »Abe! Gully! An die Arbeit, Männer!«

Die drei gingen auf die nach wie vor fest geschlossene Eingangstür zu, und wir übrigen folgten ihnen. In mir machte sich eine sonderbare Anspannung bemerkbar, in der zugleich Furcht und vielleicht auch ein wenig Trauer lag, und ich vermute, daß es den anderen in unserer Gruppe ähnlich ging. Was die Familie Weston betraf, empfanden sie weniger Anspannung als eher Angst und Trauer, das ließ sich ziemlich deutlich erkennen. Sie umgaben Clara wie ein Wall aus Menschenleibern, als fürchteten sie, jemand könnte versuchen, sie aus ihrer Mitte zu reißen – eine angesichts der Stimmung vor dem Gerichtsgebäude alles andere als unbegründete Annahme.

Als sich die Tür öffnete, erhob sich wieder das wütende Murren, das wir schon zweieinhalb Stunden zuvor draußen gehört hatten, und Sheriff Dunning machte sich mit seinen Männern daran, für Mr. Picton auf der obersten Treppenstufe etwas Platz zu schaffen. Da gutes Zureden allein nichts nützte, mußten sie schließlich energisch stoßen und schieben. Mr. Picton trat hinaus, hielt ein Zündholz an seine Pfeife und ließ den Blick mit dem Ausdruck tiefster Verachtung über das Meer sich reckender Köpfe vor sich gleiten, aus dem ihm Schimpfworte entgegenflogen. Nachdem er sich das zwei oder drei Minuten lang angehört hatte, hob er die Hände.

»Ruhe jetzt, Ruhe, jetzt beherrschen Sie sich mal ein wenig, falls Ihnen das möglich ist!« rief er der Menge zu. »Weder der Sheriff noch ich haben den Wunsch, diese gesetzwidrige Versammlung aufzulösen, aber ich muß Sie auffordern, äußerst aufmerksam dem zuzuhören, was ich zu sagen habe!« Die Menge wurde leiser, und Mr. Picton ließ prüfend den Blick über die Gesichter in den Reihen vor sich wandern. »Ist Mr. Grose noch hier?«

»Ja!« ertönte die Stimme des Zeitungsherausgebers. Er trat vor die Menge. »Allerdings bin ich nicht besonders begeistert davon, daß ich stundenlang in der Julihitze herumstehen mußte, Sir!«

»Verständlich«, gab Mr. Picton zurück. »Aber der Lohn für Rädelsführertum war noch nie besonders gerecht, nicht wahr, Mr. Grose? Auf jeden Fall möchte ich, daß Sie verstehen, was ich Ihnen zu sagen habe, damit ich es nicht in den nächsten Wochen immer wieder neu herunterbeten muß. Das Anklageschwurgericht ist zusammengetreten und hat seine Entscheidung gefällt – und wir alle müssen sie respektieren.«

»Das tun wir auch!« sagte Mr. Grose und sah sich lächelnd um. »Ich hoffe nur, daß auch Sie dazu bereit sind, Mr. Picton!«

»Durchaus, Mr. Grose«, entgegnete ihm Mr. Picton, den es sichtlich freute, daß der Herausgeber offenbar annahm, die Staatsanwaltschaft sei unterlegen. »Gegenwärtig wird gegen Mrs. Elspeth Hunter aus New York, einst Mrs. Elspeth Hatch aus Ballston Spa, und davor Miss Elspeth Fraser aus Stillwater im Staat New York, eine Anklage vorbereitet. Man legt ihr die Ermordung von Thomas Hatch und Matthew Hatch sowie einen Mordversuch an Clara Hatch zur Last, was sich alles am Abend des 31. Mai 1894 zugetragen hat.«

Ich gebe zu, daß ich annahm, die Menge würde bei dieser Mitteilung in einen richtigen Aufruhr ausbrechen, wie man das von früher her kannte. Daher überraschte es mich – wie auch Mr. Picton, seinem Gesichtsausdruck nach zu urteilen –, daß lediglich gedämpfte Schreckenslaute in der Menge hörbar wurden, so, als wäre ihnen allen soeben ein Gespenst erschienen.

»Wa…, was sagen Sie da?« sagte Mr. Grose. Dann sah er zu Sheriff Dunning hin. »Phil, soll das etwa heißen…«

Der Sheriff sah Mr. Grose lange und ernsthaft an. »Ich an deiner Stelle würde ihn ausreden lassen, Horace.«

Stille legte sich über die Menge, als Mr. Picton – nicht mehr ganz so gereizt wie am Anfang – seine Erklärung beendete: »Wir verfügen über Beweismaterial für die Schuld der Frau, es gibt ein starkes Motiv, das Zeugenaussagen erhärten werden, und ein Augenzeuge war zugegen, als die Schüsse abgefeuert wurden. Die Staatsanwaltschaft würde in einer solchen Angelegenheit nicht tätig werden, wenn die Beweislast weniger erdrückend wäre.« Mr. Picton ließ eine Pause eintreten. Er sah immer noch aus, als rechnete er mit einem Ausbruch der Menge, aber alles, was wir hörten, war der plötzliche Ausruf »Großer Gott im Himmel!« Er kam von einem Mann ganz hinten, der sich augenblicklich auf dem Absatz umwandte und zur Straßenbahnhaltestelle rannte. Es gelang mir, einen Blick auf sein Gesicht zu erhaschen. Ich kannte ihn.

Es war der Kellner, der sich in Canfields Kasino um uns gekümmert hatte. Man brauchte kein Genie zu sein, um zu verstehen, daß ihn sein Chef ausgeschickt hatte, um die jüngste Entwicklung in dem Fall zu erkunden, damit man die Wettquoten für die Aussichten im Verfahren gegen Libby Hatch für diejenigen unter Mr. Canfields Kunden festlegen konnte, denen Roulette, Poker und Pharo nicht genug Spannung boten. Der Mann hatte offenkundig mit einem anderen Ergebnis gerechnet, und nach der Geschwindigkeit zu urteilen, mit der er der Haltestelle entgegeneilte, würde Mr. Canfield den wahren Spielern in Saratoga an jenem Abend eine sehr hohe Wettquote für einen Schuldspruch nennen.

Die Menge aber blieb einfach stehen und starrte Mr. Picton wortlos an, ungefähr so, wie uns am Vormittag die Leute überall in der Stadt angestarrt hatten, als wir mit Clara zum Gericht gefahren waren. Zwar war ihre Stimmung nach wie vor irgendwie feindselig, doch hatte sich unterdessen die Art von dumpfem Staunen dazugesellt, das eine wütende Kuh empfinden mag, der man mit einer Schaufel vor den Kopf geschlagen hat. Die meisten sahen aus, als wüßten sie nicht, was sie tun sollten. Schließlich trat Sheriff Dunning vor Mr. Picton.

»Ist das alles, Sir?« fragte er.

»Ja, Dunning«, kam die Antwort. »Schicken Sie die Leute nach Hause – es gibt nichts mehr zu sagen.«

»Nichts mehr zu sagen?« ertönte Mr. Groses Stimme. Sie klang jetzt ganz anders als zuvor: Die aufgeblasene Überheblichkeit war verschwunden. »Picton«, fuhr er eindringlich fort, »ist Ihnen eigentlich klar, was Sie gesagt haben?«

Mr. Picton nickte sehr ernsthaft. »Durchaus, Horace. Und ich wäre Ihnen dankbar, wenn Sie das in der morgigen Ausgabe wortgetreu abdrucken würden.« Seine silbern glänzenden Augen blickten über die Menge, während er weiterrauchte. »Das ist kein Thema für müßiges Geplauder, meine Damen und Herren. Ballston Spa und der Bezirk Saratoga werden in den nächsten Tagen in sich gehen müssen. Ich hoffe, wir können mit dem leben, was wir da finden werden.«

Damit wandte sich Mr. Picton um und kam wieder herein. Als Sheriff Dunning und seine Männer darangingen, die Menge aufzulösen, schloß Mr. Picton langsam die Eingangstür hinter sich und trat auf den Doktor zu.

»Nun«, sagte er. »Wie Sie vermutet haben, wird es keine Störungen geben – jedenfalls noch nicht.«

Der Doktor nickte. »Die Abgründe, die sich bei diesem Verbrechen in der menschlichen Seele aufgetan haben, reichen weit tiefer, als wir uns das vorzustellen vermögen. Sie befassen sich seit Jahren damit, Mr. Picton – wir seit Wochen. Und die Menschen hier am Ort? Ein Wutausbruch war zu diesem Zeitpunkt nicht zu erwarten. Eine Weile wird Benommenheit vorherrschen – vielleicht sogar sehr lange. Uns wird das nützen. Uns bleibt noch viel zu tun, bis unsere Gegnerin kommt. Wenn sie aber eintrifft, wird an die Stelle der allgemeinen Benommenheit womöglich etwas weit Häßlicheres treten ...«

Der Doktor führte uns zur Familie Weston hinüber, dann brachen wir – mit Ausnahme Mr. Pictons, der noch Akten aufarbeiten mußte – alle miteinander auf, um sicherzustellen, daß sie unversehrt nach Hause kamen.

Auf dem Rückweg von der Stadt berichtete uns der Doktor über die Verhandlung des Anklageschwurgerichts. Es war zwar eine zutiefst anrührende Geschichte, aber sie war nicht besonders kompliziert: Sorgfältig hatte Mr. Picton den größten Teil des von uns zusammengetragenen Beweismaterials vorgelegt und dann Libby Hatch mit Mrs. Louisa Wrights Hilfe geschildert: ein scham- und sittenloses Geschöpf, eine Erbschleicherin, die auch vor einem Verbrechen nicht zurückschreckte und die, selbst wenn sie für den Tod ihres Mannes nicht unmittelbar die Verantwortung trug, zumindest damit gerechnet habe, einen Vorteil daraus zu ziehen. Als ihr aufgegangen sei, daß ihre Kinder zwischen ihr und diesem Vorteil standen, hatte Mr. Picton klargemacht, habe Libby versucht, sie aus dem Weg zu räumen. Der Doktor teilte uns mit, Mr. Picton habe so eindringlich und – genau wie von Mr. Moore vorausgesagt – so schnell und alles überrollend gesprochen, daß es so aussah, als seien manche Geschworene bereits überzeugt gewesen, bevor Clara Hatch als Zeugin aufgerufen worden war. Mr. Picton habe dem Mädchen lediglich vier Fragen gestellt: »Hast du am Abend des 31. Mai 1894 mit deiner Mutter und deinen Brüdern in eurem Fuhrwerk gesessen?« Das hatte sie mit einem »Ja« beantwortet, das sie allerdings nur unter großer Mühe herausbrachte.

»Hast du auf eurem Heimweg sonst jemanden gesehen?« Antwort: ein klares »Nein«.

»Und hat dann jemand im Fuhrwerk auf euch geschossen?« Darauf hatte Clara lediglich genickt.

»Clara, war das deine Mutter?« Eine gute Minute war vergangen, bis sich die Kleine dieser Frage stellen konnte; aber beruhigende Blicke des

Doktors sowie liebevolle und aufmunternde Blicke von Josiah und Ruth Weston hatten ihr den Mut gegeben, schließlich »ja« zu flüstern.

Niemand im Saal hatte einen Laut von sich gegeben, als die Kleine den Zeugenstand verließ. Die Geschworenen, sagte der Doktor, hatten den gleichen Gesichtsausdruck gehabt wie die Menge vor dem Gerichtsgebäude bei der Mitteilung, daß die Staatsanwaltschaft Anklage erheben werde: so, als hätte man sie alle miteinander mit einem riesigen Backstein auf den Kopf geschlagen. Danach hatte Mr. Picton die Sache bald abgeschlossen, und schon sehr bald waren die Geschworenen übereingekommen, einer Anklage wegen versuchten Mordes sowie wegen Mordes in zwei Fällen zuzustimmen.

Es war nicht die Art Geschichte, bei der man ins Jubeln gerät oder Triumphgefühle empfindet; und auf unserem Rückweg zu Mr. Pictons Haus empfanden wir alle angesichts der Belastungen, die der Tag der kleinen Clara gebracht hatte, tiefes Bedauern und ein großes Maß an Betrübnis. Unter diesen augenblicklichen Empfindungen lag aber etwas noch Tieferes: ein unausgesprochenes Gefühl, daß es für uns als Gruppe »lief«, wie meine würfelspielenden Kumpane in New York sagen würden. Es sah ganz so aus, als wäre aus unserer Ermittlung eine Art lautlose Lokomotive geworden, welche sich unaufhaltsam der Frau näherte, die über so viele Jahre hinweg so großes Unheil angerichtet hatte. Beweismaterial und Zeugenaussagen, an die wir mit viel Mühe und unter Opfern gelangt waren, bildeten sozusagen die Seile, mit denen wir die goldäugige Mörderin an die Schienen fesseln wollten. Gewiß, unsere Verantwortung gegenüber Clara, den Westons, der kleinen Ana wie auch unserer eigenen Sicherheit war beträchtlich – aber wichtiger als alles andere war die Verantwortung dafür, daß unserer Lokomotive der Dampf nicht ausging. An jenem Freitag abend sah es so aus, als stünden wir unter Volldampf und als wäre die Strecke vor uns frei von Hindernissen.

So stellten sich die Dinge jedenfalls dar, bevor Marcus aus Chicago zurückkehrte.

# KAPITEL 41

Mit seiner Annahme, der von ihm »moralische Verwirrung« genannte allgemeine Zustand, der sich der Bevölkerung von Ballston Spa zu der Zeit bemächtigte, als der Beschluß gefaßt wurde, Libby Hatch unter Anklage zu stellen, werde unsere Aufgabe erleichtern, hatte der Doktor recht behalten. Zwar betrachteten uns die Menschen nicht etwa mit einem Mal freundlich, wohl aber hatten sie genug damit zu tun, die Angelegenheit – und ihre lange entsetzliche Vorgeschichte – zu verstehen, so daß sie nicht weiter auf uns achten konnten. Da Leute wie Sheriff Dunning so sehr von Libbys Schuld überzeugt waren, nachdem sie bei der Verhandlung des Anklageschwurgerichts Kenntnis von ihren Taten bekommen hatten, war es den aufgebrachten Bürgern unmöglich, das bevorstehende Verfahren einfach als das Werk gottloser Störenfriede aus New York hinzustellen. Selbst solchen, die hartnäckig an der Geschichte von dem geheimnisvollen Schwarzen festhielten, fiel es ausgesprochen schwer, darüber hinwegzukommen, daß eine Achtjährige, die jahrelang unter körperlichem Schmerz und seelischen Qualen gelitten hatte, vor einer Versammlung von Erwachsenen aufgetreten war und unumwunden erklärt hatte, in Wahrheit stehe ihre eigene Mutter hinter all diesen Greueltaten.

Libby Hatch – oder, wie es in der Anklageschrift hieß, Mrs. Elspeth Hunter – wurde am Dienstag nachmittag in New York im Haus Bethune Street Nr. 39 festgenommen. Sheriff Dunning hatte sich noch am Freitag mit der New Yorker Polizei in Verbindung gesetzt und war an die Kriminalabteilung verwiesen worden. Gemeinsam mit Beamten des Neunten Polizeireviers hatten sie sogleich Mrs. Hunter unter Überwachung gestellt und berichtet, daß sie keine Anstalten zu treffen scheine, die Stadt zu verlassen (im Verlauf des Beobachtungszeitraums wurden die Polizeibeamten offensichtlich nicht Zeugen irgendwelchen Eingreifens durch die Dusters, was wir als weiteren Hinweis darauf verstanden, daß sich Libby der Festnahme nicht zu entziehen gedachte). Sheriff Dunning ersuchte die Beamten des Neunten Reviers, die Frau erst festzunehmen, nachdem er in der Stadt eingetroffen war, es sei denn, sie unternehme einen plötzlichen Fluchtversuch. Am Montag bestieg er mit zwei seiner Beamten den Zug nach New York.

Die eher gemütliche Art, in der man die Festnahme einer Mörderin in die Wege leitete, verwirrte uns in der Ermittlungsgruppe des Doktors ein wenig; aber Mr. Picton erklärte, wir könnten die geradezu unheimliche Ruhe, die sich über die Stadt gelegt hatte, um so länger nutzen, je später Libby Hatch in Ballston Spa eintreffe. So gab er Sheriff Dunning und seinen Männern die Mahnung mit auf den Weg, als er sie am Bahnhof verabschiedete, die Sache nicht zu übereilen. Dunning legte das offenbar so aus, daß sie sich eine vergnügliche Nacht in der Großstadt gestatten durften, bevor sie mit ihrer Gefangenen heimkehrten. Einige Kriminalbeamte holten die Delegation am Kopfbahnhof der Grand-Central-Gesellschaft ab und brachten sie auf die Wache des Neunten Polizeireviers in der Charles Street. Da Sheriff Dunning nicht wußte, daß New Yorker Polizeibeamte an Mr. Pictons Nachforschungen beteiligt waren, ersparte er sich die kalte Aufnahme, die ihm wohl sicher gewesen wäre, wenn er die Namen der Brüder Isaacson genannt hätte. Gemeinsam beschlossen die Hüter des Rechts, Mrs. Hunter erst am Dienstag morgen in Handschellen zu legen; und wir durften uns ausmalen, wie sich der Sheriff und seine Leute jene Nacht um die Ohren geschlagen haben mochten, denn kaum jemand eignete sich besser, ihnen die Freuden der Großstadt nahezubringen, als die Beamten vom Neunten Revier. Daß Dunning mit der Festnahme schließlich bis Dienstag nachmittag wartete, dürfte ein klarer Hinweis darauf sein, daß er und seine Männer New Yorks kulturelles Angebot bis zum Rande ausgeschöpft hatten. Doch zeigte sich, daß ein Kater am Dienstag kein großer Nachteil war: Als sie in der Bethune Street eintrafen, hatte Mrs. Hunter schon fertig gepackt und war zum Aufbruch bereit. Fast habe es ausgesehen, teilte Sheriff Dunning bei seinem Anruf vom Bahnhof Grand Central in New York, bevor er in den Zug nach Norden stieg, mit, als könne die Frau den Beginn des Prozesses kaum erwarten. Er erklärte, sofern es keine Verspätung gebe, werde der Gefangenentransport gegen Mitternacht eintreffen.

Den ganzen Dienstag hindurch hatten sich die Bürger von Ballston Spa mit dem beschäftigt, was Mr. Moore – bezeichnenderweise – die »moralische Tragweite« des Falles nannte. Es blieb ihnen gar keine Wahl, als damit bis weit in den Abend hinein fortzufahren, in dessen Verlauf das Eintreffen Libbys in Handschellen erwartet wurde. Allmählich gewann man den Eindruck, dieses Grübeln werde die Stadt endlos lange beschäftigen, oder zumindest, bis jemand eine Erklärung für die Morde lieferte, die es ermöglichte, die Allgemeinheit von jeder Schuld freizusprechen – immerhin hatte sie, auch wenn sie das Phänomen Libby Hatch nicht hervorgebracht haben mochte, auf jeden Fall ihren Lügen geglaubt. Bestimmt wäre die Stimmung der Leute umgeschlagen, hätten sie gewußt, daß just zu jenem Zeitpunkt einer der wenigen Männer im ganzen Lande, die imstande waren, eine solche Erklärung zu liefern, in Chicago seine Koffer packte und sich auf den Weg in ihre Stadt machte.

Zu unserem Glück war damals aber Marcus der einzige, der die Pläne des geheimnisvollen Mr. Clarence Darrow kannte. Er kehrte am späten Dienstag nachmittag aus Chicago zurück, bevor der Anwalt aus dem Mittelwesten eintraf. Nachdem wir einander am Bahnhof herzlich begrüßt hatten, gab er mir seinen Koffer (El Niño griff im gleichen Augenblick danach wie ich und weigerte sich dann, mich den Koffer tragen zu lassen), dann gingen wir alle die Bath Street hoch zum Gerichtsgebäude. Wir hatten Anweisung. den Kriminalbeamten gleich nach der Ankunft seines Zuges dort hinzubringen. Zwar mußte Mr. Picton im Amt viele dringende Aufgaben erledigen (die Verhandlung sollte am folgenden Dienstag, also dem dritten August, eröffnet werden), doch sagte er, das wichtigste sei jetzt, etwas über die Hintergründe und das vermutliche Vorgehen des Anwalts zu erfahren, den die Gegenseite von so weit heranschaffte. Zwar nahm ich an, daß Marcus nach seiner langen Reise gut ein heißes Bad und eine anständige Mahlzeit hätte vertragen können, aber Auftrag war Auftrag. Außerdem war das, was er über Mr. Darrow in Erfahrung gebracht hatte, von der Art, daß er selbst kaum abwarten konnte, es uns mitzuteilen. Deshalb hatte der Doktor seinen Aufenthalt bei Clara Hatch (mit der er so hingebungsvoll wie eh und je arbeitete) abgekürzt und war am Bahnhof zu uns gestoßen, bereit, Marcus mit seiner ganz besonderen Variante des dritten Grades zu beglücken. Dazu gehörte statt greller Lampen eine Kiste der besten, speziell für den Doktor handgerollten, Zigarren und statt eines Totschlägers ein Flasche von Mr. Pictons ausgezeichnetem Whiskey.

»Seine persönlichen Daten haben sich ziemlich leicht ermitteln lassen, jedenfalls das meiste«, sagte er, nahm einen Schluck aus der Flasche, stellte sie beiseite und zog ein Notizbuch heraus. »Er ist neununddreißig oder vierzig Jahre alt – ich konnte das genaue Geburtsdatum nicht in Erfahrung bringen. Die Mutter war eine Frauenrechtlerin aus Neuengland, der Vater Prediger der Unitarier, der die Kanzel aufgegeben hat, um Möbelfabrikant zu werden. Ihm scheint Darrow in erster Linie nachzuschlagen – der Alte hat seinen Hang zu missionieren nie aufgegeben. Der Herr Anwalt sieht sich als Rationalisten, und schon als kleinen Jungen haben ihn Darwin, Spencer und Thomas Huxley gefesselt. Ach ja, Ihre Schriften kennt er auch, Doktor Kreisler.«

»Tatsächlich?« fragte der Doktor erstaunt. »Woher wollen Sie das wissen?«

»Ich hab ihn gefragt«, sagte Marcus schlicht. »Ich war gestern abend bei ihm – hab mich als Verleger aus New York ausgegeben und erklärt, daß ich ihn unter Umständen als Verteidiger für einen Anarchisten anheuern will, der in New York wegen Bombenbastelei vor Gericht steht. Der letzte Teil der Geschichte stimmt übrigens – du erinnerst dich doch noch an Jochen Dietrich, Lucius? Der Trottel, der im Süden der Stadt immer wieder Wohnungen in die Luft gejagt hat, weil er mit seinen selbstgebauten Zeitzündern nicht zurechtkam.«

»Ach ja«, sagte Lucius, dem der Name etwas zu sagen schien. »Haben ihn nicht die Jungs vom Siebten Revier kurz vor unserer Abreise hochgenommen?«

»So ist es«, sagte Marcus, fuhr sich bedächtig mit einer seiner großen

Hände durch das dichte schwarze Haar und rieb sich die müden braunen Augen. »Auf jeden Fall hat einer der Kollegen in Chicago, mit dem ich gesprochen habe, gesagt, Darrow habe eine Schwäche für Anarchisten. Er hält sich auf intellektueller Ebene wohl selbst für eine Art Anarchist und hat sich daher bereit erklärt, das Mandat zu übernehmen.«

Marcus schüttelte den Kopf und zog an der Zigarre. »Er ist ein sonderbarer Bursche – überhaupt nicht so, wie man sich einen Mann vorstellt, der von seinem Gehalt als Firmenanwalt gut leben kann. Sein Äußeres scheint ihm völlig gleichgültig zu sein – sein Anzug ist verknittert, sein Haar schlecht geschnitten und hängt ihm ins Gesicht. Aber irgendwie wirkt das aufgesetzt – ich würde fast sagen, daß es Berechnung ist. Als wollte er unbedingt den handgestrickten Helden spielen, den unkomplizierten Anwalt vom Lande. Dazu paßt seine Art zu reden: Er gibt sich als einzelgängerischer Zyniker, achtet aber darauf, daß man auch die Herztöne eines idealistischen Romantikers heraushören kann. Was davon echt ist, kann ich auf keinen Fall sagen.« Marcus blätterte in seinem Notizbuch. »Noch zwei Kleinigkeiten: Er sieht sich leidenschaftlich gern Baseball-Spiele an und ist Agnostiker ...«

»Natürlich ist er Agnostiker«, sagte Mr. Picton. »Er ist schließlich Verteidiger. Diese Welt hat nur für einen erhabenen Erlöser Platz, und diese Rolle spielen Verteidiger gern selbst.«

»Rupert, Rupert«, tadelte Mr. Moore. »Sei nicht verbittert.«

»Außerdem beschäftigt er sich gern mit Lyrik, Philosophie und russischer Literatur«, fuhr Marcus fort. »Er hat da draußen eine Art Salon Gleichgesinnter, denen er bei ihren Zusammenkünften vorliest. Alles in allem scheint er mir ein sehr theatralischer und zur Manipulation neigender Charakter zu sein, trotz all seiner großen Worte über soziale Gerechtigkeit. Das sagen selbst seine Mitarbeiter. Ich hab mit einer Sozia seiner Kanzlei gesprochen ...«

»Er hat eine Frau in der Kanzlei?« fragte Miss Howard. »Als gleichberechtigte Partnerin?«

»So ist es«, sagte Marcus.

»Ist sie sein Aushängeschild gegenüber Frauenrechtlerinnen«, fuhr sie fort, »oder tut sie da selbst was?«

»Eine interessante Frage«, sagte Marcus. »Eigentlich setzt er sich nicht besonders für die Rechte der Frau ein. Die Frau ist seiner Ansicht nach in unserer Gesellschaft nicht eigentlich ›unterdrückt‹ – nicht wie Arbeiter oder Schwarze zum Beispiel.«

»Nun«, meldete sich der Doktor zur Wort. »Vielleicht bleiben uns dann die üblichen Vorträge über die Heiligkeit der Mutterschaft erspart.«

»Das denke ich auch«, gab Marcus zurück. »Aber was er uns statt dessen auftischen wird, dürfte gefährlicher sein – weit gefährlicher.« Nachdem er einen weiteren Schluck aus der Flasche genommen hatte, seufzte Marcus tief auf und wandte sich an unseren Gastgeber. »Mr. Picton, was haben Sie über Darrows Tätigkeit als Anwalt herausbekommen können?«

»Ich habe einen Artikel über den Prozeß gegen Eugene Debs gefunden«, sagte Picton achselzuckend. »Er enthält einen Hinweis auf seinen Eisenbahn-Hintergrund. Viel mehr steht aber nicht darin.«

»Nichts über den Fall Prendergast?« fragte Marcus.

»Den Fall Prendergast?« sagte Mr. Picton und setzte sich kerzengerade auf. »Heiliges Kanonenrohr, hatte er etwa *damit* zu tun?«

»Ich befürchte, sogar ziemlich«, sagte Marcus.

»Oh, oh«, sagte Mr. Picton. »Vermutlich erinnern Sie sich an die Angelegenheit, Doktor.«

Der Doktor nickte bereits mit düsterem Gesicht. »Durchaus. Es dürfte kaum einen Fall geben, in dem man die Gerechtigkeit auf so haarsträubende Weise pervertiert hat, um die öffentliche Meinung zu hofieren.«

Marcus lachte leise auf. »Sonderbarerweise sieht Darrow das genauso, Doktor.«

Mr. Moore schlug sich mit der Faust gegen die Schläfe, weil ihm das Ereignis, um das es ging, nicht einfiel. »Prendergast, Prendergast...« Dann leuchtete sein Gesicht auf. »War das nicht der Bursche, der den Oberbürgermeister von Chicago erschossen hat?«

»Genau der«, antwortete Marcus. »Am letzten Tag der Weltausstellung von 1893. Es war die erste Ermordung eines Politikers in der Geschichte der Stadt. Eugene Patrick Prendergast hat sich, seinen Vier-Dollar-Revolver noch in der Hand, der Polizei gestellt und erklärt, er habe Oberbürgermeister Carter Harrison getötet, weil dieser sich nicht an seine Zusage gehalten habe, Prendergast den Auftrag für den Bau der neuen Hochbahn der Stadt zu erteilen. Der Mann war offenkundig verrückt und hatte sich das Ganze aus den Fingern gesogen. Aber Harrison war auf der Ausstellung tatsächlich erschossen worden, was in der internationalen Presse hohe Wellen geschlagen hat...«

»Und so hat der Staat Illinois«, fuhr der Doktor verbittert fort und sah diejenigen von uns an, welche die Geschichte noch nicht kannten, »den Oberarzt des im Bezirk Cook gelegenen Gefängnisses damit beauftragt, Prendergast auf seinen Geisteszustand zu untersuchen – einen Allgemeinmediziner ohne jegliche Ausbildung auf dem Gebiet von Geisteskrankheiten! Doch nicht einmal diesem handverlesenen Erfüllungsgehilfen bereitete es die geringsten Schwierigkeiten zu erklären, daß Prendergast schlicht und einfach geisteskrank sei.«

»Nur spielte das keine Rolle«, beendete Mr. Picton den Bericht. »Die Geschworenen haben Prendergast umgehend für zurechnungsfähig erklärt und zum Tode durch den Strang verurteilt. Dann hat man ihn aufgehängt, war's nicht so?«

»Damit ist die Geschichte aber noch nicht zu Ende«, fuhr Marcus fort. »Nach Abschluß des Verfahrens hat Darrow – der schon immer in fast fanatischer Weise gegen die Todesstrafe aufgetreten ist –, Prendergasts Anwalt angeboten, ihn zu unterstützen, damit es zu einer neuen Verhandlung über die Frage von Prendergasts Zurechnungsfähigkeit komme. Sie begann am 20. Januar 1894 und dürfte besonders für uns ungewöhnlich aufschlußreich sein.« Während Marcus seine Notizen weiter durchblätterte, nahm er noch einen Schluck aus der Flasche. »Darrow hat die Verteidigung zu seiner Sache gemacht und dabei, der Aussage verschiedener Prozeßbeobachter zufolge, eine völlig neue Art des Vorgehens entwickelt. Er hat von Anfang an die Aufmerksamkeit von Prendergast ab und auf die Geschworenen hin gelenkt; er hat ihnen gesagt, um den Wunsch der Gesellschaft nach Rache zu befriedigen, erwarte die Anklagevertretung von ihnen, daß sie gegen ihren heiligen Eid verstießen, den Fall losgelöst von allen anderen Erwägungen zu betrachten. Inzwischen hatte sich aber herumgesprochen, daß Darrow dafür bekannt war, Geschworene zu manipulieren, also konnten sich diese Leute zumindest mehr oder weniger auf ihn einstellen. Doch wie sich zeigte, wußte er, daß man sie diesbezüglich informiert hatte. Statt sich nun über einen Regelverstoß zu beklagen, hat er sich das zunutze gemacht. In seinen Eröffnungsworten hat er die Gerüchte offen angesprochen, denen zufolge er versuchen wolle, die Geschworenen mit Theaterdonner und einer Unzahl von Verfahrenskniffen hereinzulegen. Er hat feierlich erklärt, daß er nicht im Traum daran denke, denn sofern ihm ein solcher Versuch mißlinge, trage er die Verantwortung für Prendergasts Tod. Verantwortung ist nebenbei bemerkt ein Schlüsselbegriff, mit dem er gern operiert. Eine solche moralische Bürde zu tragen weigere er sich, hat er auf die schnörkellose Weise gesagt, die er so gut beherrscht. Er werde also bei seiner Beweisführung ganz offen sein, und sofern die Geschworenen zu dem Ergebnis kämen, daß seine ehrlich gemeinten Bemühungen nicht ausreichten, Zweifel an Prendergasts Geisteszustand auszuräumen, liege die Verantwortung dafür, daß ein unzurechnungsfähiger Mensch in den Tod geschickt werde, auf ihren Schultern – keinesfalls aber auf seinen.«

»Gerissen«, sagte Mr. Picton, auf dessen Gesicht ein Lächeln trat. »Ein ganz gerissener Bursche ...«

»Natürlich war das alles reine Augenwischerei«, fügte Marcus hinzu, »denn in Wirklichkeit hat er im Verlauf des Verfahrens jeden Kniff angewendet, den er kannte. Er hat – das muß man sich mal vorstellen – Tränen über den Tod des Stadtoberhaupts und über die Grausamkeit einer Welt vergossen, die ein Geschöpf wie Prendergast hervorbringen kann, und die Geschworenen buchstäblich angefleht, menschlich zu sein. Das Wichtigste aber, was uns betrifft, ist, daß er die Anklagevertretung auf persönlicher Ebene angegriffen hat. Aus einem Mordprozeß hat er ein Tribunal gemacht und mit beredten sarkastischen Worten – kein Zweifel, daß der Mann über brillante geistige Gaben verfügt – zu ergründen versucht, welche Motive die Behörden und ihre Vertreter haben könnten, einen unzurechnungsfähigen Menschen schuldig zu sprechen, und sei es auch einer, der getötet habe. Jeden, der das Pech hatte, von der Anklage als Zeuge aufgeboten zu werden, hat Darrow mit jeglicher Art von Unterstellung gepiesackt, die ihm in den Sinn kam, so daß es bei der Vernehmung nicht mehr um Prendergast ging, sondern ausschließlich um sie und ihre Ansichten. Er hat das ganze Verfahren auf den Kopf gestellt, indem er beständig die Motive der Gegenseite in Frage stellte, statt seinen Mandanten zu verteidigen.«

Ich wandte mich dem Doktor zu, der auf dem Fußboden saß und sich am Bärtchen unterhalb seiner Unterlippe zupfte. »Aber er ist damit nicht durchgekommen«, sagte er.

»Nein, letzten Endes nicht«, sagte Marcus. »Die Geschworenen haben standgehalten und das ursprüngliche Urteil bestätigt, demzufolge Prendergast zurechnungsfähig war. Entscheidend aber ist, daß er es beinahe geschafft hätte, in einem Fall das Steuer herumzuwerfen, bei dem man geglaubt hatte, man könne einen unzurechnungsfähigen Menschen ohne weiteres abservieren.«

Der Doktor lehnte sich zurück und seufzte. »Bedauerliche Methoden«, sagte er leise. »Doch kann ich nicht sagen, daß ich sein Ziel mißbillige.«

»In *dem* Fall möglicherweise nicht«, sagte Marcus. »Aber wenn ich mit meiner Vermutung recht habe, was er *diesmal* beabsichtigt, kommen Sie vielleicht zu einem anderen Ergebnis, Doktor.«

»Mag sein, Marcus«, sagte der Doktor mit einem leichten Lächeln.

»Was kann er denn schon groß wollen?« meldete sich Lucius zu Wort. »Von mir aus kann er Gerichtsgutachter aufbieten, die unsere Ergebnisse bestreiten, und unter Umständen findet er auch gute Bekannte von Mrs. Hatch, die unserer Deutung ihrer Motive widersprechen. Aber was ist mit Clara? Wie kann er die Aussage einer Augenzeugin vom Tisch wischen?«

»Indem er den Mann angreift, der dahintersteht«, sagte Marcus, ohne den Blick vom Doktor zu nehmen. »Oder von dem er zumindest behaupten wird, er stehe dahinter.«

»Ja«, sagte Mr. Picton. »Ich fange an zu verstehen. Und wir dürfen uns auf keinen Fall darauf verlassen, daß Claras Aussage einen solchen Angriff abzuwehren vermag. Kleine Kinder – vor allem, wenn sie so zartbesaitet sind wie Clara – sind keine besonders zuverlässigen Zeugen, denn sie lassen sich allzu leicht einschüchtern oder beschwatzen. Daher war es ja so wichtig, daß der Doktor weiter mit Clara gearbeitet hat – damit sie lernen kann, den Vorfall eingehend zu schildern, damit die Aussage nicht unverzüglich wie ein Kartenhaus in sich zusammenbricht, wenn sich die Verteidigung die Kleine vornimmt.«

»Entscheidend scheint mir«, fuhr Marcus fort, »daß in diesem Prozeß die Rollen in einer sehr sonderbaren Weise umgekehrt werden sollen, was uns gegebenenfalls schaden kann: Darrow wird eine Beweisführung durch Verneinung anstreben, da ihm klar ist, daß niemand glauben möchte, was wir über Libby Hatch sagen, und wir werden die Aufgabe haben, unsere Sichtweise zu verteidigen. Wie Sie schon vermutet haben, Doktor, denkt der Mann nicht daran, den Leuten fromme Behauptungen über die Heiligkeit der Frauenrolle und Mutterschaft aufzutischen – er wird nicht verteidigen, sondern angreifen. Damit will er uns in die Ecke drängen, bevor wir wissen, wie uns geschieht. Für einen Angriff aber bietet sich nun einmal die schwächste Stelle an, und in den Augen der Öffentlichkeit, fürchte ich …«

»Bin das ich«, ergänzte der Doktor seinen Gedanken.

Während wir alle über diese Worte nachdachten, stopfte sich Mr. Picton die Pfeife aus einem Tabaksbeutel, den er seiner Jackettasche entnommen hatte, und riß an seinem Stuhl ein Zündholz an. »So!« sagte er, als sie schließlich brannte. Da Siegeswille im Angesicht von Hindernissen die Eigenschaft war, die ihn auszeichnete, sagte er: »Wir müssen uns also überlegen, wie wir uns gegen ein solches Vorgehen verteidigen, und dafür sorgen, daß der Wert von Claras Aussage ungeschmälert bleibt, nicht wahr?« Kräftig an seiner Pfeife ziehend, dachte er einen Augenblick lang nach. »Doktor, Sie wissen, daß ich gehofft hatte, die Diskussion psychologischer Theorie in diesem Fall auf ein Mindestmaß begrenzen zu können. Aber wenn Darrow auf diesem Feld angreift, müssen Sie bereit sein zurückzuschlagen. Und zwar in gleicher Münze und mit der Überlegenheit des Fachmanns!«

Der Doktor stand auf und schritt langsam auf der kleinen Fläche, die dazu zur Verfügung stand, auf und ab. »Zwar ist mir solch eine Situation keineswegs unbekannt«, sagte er und rieb sich den verkrüppelten Arm, »doch muß ich gestehen, daß ich gehofft hatte, hier ausnahmsweise in die Offensive gehen zu können. Vielleicht ist es mir vorbestimmt, daß es nie dazu kommt.«

»Aber das muß es!« stieß Mr. Picton hervor, packte entschlossen seine Pfeife und schwang sie durch die Luft. »Genau das meine ich mit ›zurückschlagen‹. Sie sollen sich nicht hinter einer intellektuellen Barrikade verstecken, sondern zum Gegenangriff übergehen, auf dem offenen Schlachtfeld der Gedanken, wo die Geschworenen Sie sehen können! Treffen Sie Darrow bis ins Mark – möglichst gleich zu Anfang! Ich werde alle von Marcus zusammengetragenen persönlichen Daten über den Mann auswerten – und ich werde nicht zögern, sie zu Ihrer Unterstützung zu verwenden. Wir sind *nicht* bereit zuzulassen, daß man uns dieses Verfahren aus den Händen reißt.« Mr. Picton ließ die Faust auf den Schreibtisch knallen. »Schon möglich, daß Darrow eine neue Art von Anwalt darstellt, aber zum Kuckuck, wir werden ihm zeigen, daß wir seinen Winkelzügen gewachsen sind!«

Mit den Worten »Señor Doktor« näherte sich El Niño, der die ganze Zeit mit gekreuzten Beinen auf dem Boden gesessen hatte, achtungsvoll dem Doktor. »Ist Mann gefährlich? Soll El Niño töten?«

Diese Worte, die in einem so schwierigen Augenblick geäußert wurden, eigneten sich glänzend, das Eis zu brechen, das immer dicker geworden war: Nachdem wir den Eingeborenen einige Sekunden lang verblüfft angesehen hatten, lachten wir alle laut heraus, und der Doktor legte seinem kleinen Beschützer den rechten Arm um die Schulter.

»Nein, El Niño«, sagte er. »Der Mann ist uns in dieser Weise nicht gefährlich. Er will mich nicht körperlich verletzen.«

»Aber wenn nicht will Baby Ana finden«, sagte El Niño und lächelte breit beim Anblick unseres Lachens, dessen Grund er offensichtlich nicht recht verstand, »dann töten, ja?«

»Ich glaube«, sagte Miss Howard, die sich erhoben hatte und zum Doktor und zu El Niño getreten war, »wir sollten jetzt eine Pause machen und zu Abend essen. Komm mit. Auf dem Heimweg will ich dir erklären, warum sich der Fall nicht dadurch lösen läßt, daß man den Mann umbringt.« Während sie den Eingeborenen zur Tür führte, neigte sie den Kopf. »Immer vorausgesetzt, daß es sich tatsächlich so verhält.«

Während ihnen die beiden Isaacsons folgten, traten Mr. Moore, Cyrus und ich zum Doktor. »Wird dir das auch nicht zuviel, Laszlo?« fragte Mr. Moore.

»Um mich mache ich mir keine Sorgen«, gab der Doktor zurück, »wohl aber um Clara. Es war ohnehin abzusehen, daß der Prozeß für sie quälend genug werden würde – aber jetzt, wo sie als Zielscheibe für einen Anwalt dienen soll, der mit solchen Mitteln arbeitet, wie sie Marcus beschrieben hat … Ich werde sie eben noch gründlicher vorbereiten müssen«, fuhr er fort und hob seufzend die Hände. »Ich glaube, es besteht die Aussicht, daß sie die Sache gut – oder zumindest unbeschadet – übersteht, solange sie nicht ihrer Mutter gegenübertreten muß, bevor sie ihre Aussage gemacht hat.«

»Wie sieht es aus, Rupert?« wandte sich Mr. Moore an Mr. Picton, der einen Stapel Papiere in eine Aktentasche stopfte, um sie mit nach Hause zu nehmen. »Können wir uns darauf verlassen, daß Richter Brown in einem solchen Fall eine hinlänglich hohe Kaution festsetzt?«

»Über Richter Brown mache ich nur ungern Voraussagen«, sagte Mr. Picton, »aber der glänzende Mr. Darrow ist nicht hier, und offenkundig hat irgend jemand Irving W. Maxon als Verteidiger vor Ort benannt. Er versteht zwar sein Fach und verfügt über gute Verbindungen in New York, aber ich glaube nicht, daß er es aus eigener Kraft fertigbringen kann, den Richter von der Notwendigkeit einer angemessenen Kaution zu überzeugen. Andererseits müssen wir bedenken: Sofern Vanderbilt diese Sache tatsächlich insgeheim finanziert, dürfen wir nicht sicher sein, daß eine Kaution, in welcher Höhe auch immer, ihren Sinn erfüllt. Ich muß darauf hinarbeiten, daß die Anträge der Verteidigung in Bausch und Bogen zurückgewiesen werden – und das ist nie einfach. Außerdem haben wir morgen noch die Vernehmung zur Anklage und die Stellungnahme der Verteidigung vor uns.«

»Was heißt das, Sir?« fragte Cyrus verwirrt.

»Nun, Cyrus«, antwortete Mr. Picton, schloß die Aktentasche und sah dann auf. »Falls Darrow vor der Klageerhebung hier eintreffen sollte, besteht durchaus die Möglichkeit, daß er versucht, sich für den Fall Prendergast schadlos zu halten, indem er Libby Hatch als unzurechnungsfähig hinstellt. Damit könnte er gegenüber dem Prendergast-Prozeß einen Punkt gutmachen. Anwälte sind ebenso nachtragend wie andere Leute – vielleicht sogar noch mehr. Was *mich* betrifft, ist das ziemlich unerheblich. Ich habe genug Motive und Beweise für ein planvolles Vorgehen der Angeklagten und kann zeigen, daß sie kaltblütig getötet hat. Aber auch an diesem Punkt könnte er sich gegen Sie wenden, Doktor. Trauen Sie sich zu, überzeugend darzulegen, daß eine Frau zurechnungsfähig sein kann, obwohl sie ihre eigenen Kinder getötet hat?«

Der Doktor holte tief Luft. »Natürlich wäre mir wohler, wenn wir mehr über ihre Jugend in Erfahrung gebracht hätten – auf rein hypothetischer Basis zu argumentieren ist immer problematisch. Aber es gibt Präzedenzfälle, und wie Sie gesagt haben, Mr. Picton, haben wir es mit kaltblütiger und sogar raffinierter Planung zu tun. Daher können wir die Möglichkeit einer nachweisbaren Geisteskrankheit wie beispielsweise *dementia praecox* oder eines hinreichend schweren Gehirntraumas ausschließen. Sofern Darrow sie als unzurechnungsfähig hinstellen wollte, müßte er auf die Vorstellung der ›moralischen Geisteskrankheit‹ zurückgreifen, also die Annahme, daß jemand moralisch unzurechnungsfähig sein kann, ohne es geistig zu sein. Diese Vorstellung aber wird von der Fachwissenschaft nahezu einhellig zurückgewiesen. Natürlich wollen wir die Möglichkeit nicht ausschließen, daß unsere fleißigen Helfer« – bei diesen Worten fuhr er mir durch die Haare –, »noch vor Beginn des Verfahrens weitere Einzelheiten über die Vergangenheit der Frau zutage fördern.«

»Nun denn!« sagte Mr. Picton und griff nach seiner Aktentasche. »Wir haben Anlaß zu vorsichtigem Optimismus. Insbesondere, wenn man unsere gegenwärtige Position bedenkt: Die Frau ist in polizeilichem Gewahrsam auf dem Weg hierher und wird sich dem Verfahren stellen. Ich muß gestehen, ich war keineswegs sicher, daß wir je so weit kommen würden! Wir sollten uns also keiner Hoffnungslosigkeit hingeben – das ist schlecht für den Appetit, und bestimmt hat Mrs. Hastings den ganzen Nachmittag gekocht. Wir dürfen sie auf keinen Fall enttäuschen!«

Während unser Gastgeber uns weiterhin Mut zusprach, gingen wir in die Vorhalle, von wo wir mit den anderen über die Marmortreppe zum Erdgeschoß hinabgingen. Da Libby Hatch erst am folgenden Tag zur Anklage vernommen werden sollte, vergewisserte sich Mr. Picton, daß der Wachmann Henry eine der Zellen im Keller des Gerichtsgebäudes zu ihrer Aufnahme vorbereitet hatte, denn sie mußte zumindest eine Nacht lang in sicherem Gewahrsam gehalten werden. Der Wächter bestätigte, daß eine der Zellen bereit sei, dann verließen wir alle das Gerichtsgebäude; unser Ziel war Mr. Pictons Anwesen.

Unmittelbar bevor wir hinaustraten, um uns auf den Weg zu Mr. Pictons Haus zu machen, blieb ich stehen und sah mich in der großen Eingangshalle um, die vom weichen, strohfarbenen Lichtschein des Juliabends erhellt wurde.

»Was ist, Stevie?« fragte Mr. Picton.

Ich zuckte die Achseln. »Das wird hier wohl für eine Weile zum letzten Mal so ruhig sein«, sagte ich. »Ab morgen dürfte ja ziemlich viel los sein.«

»Und wir bekommen hier eine neue Bewohnerin«, sagte Mr. Picton mit einem Nicken. »Vorausgesetzt, wir können erreichen, daß keine Kaution festgesetzt wird, muß sie sich zumindest in den nächsten Wochen hier aufhalten. Das wird Henry nicht recht sein – wohl keinem von euch Wachmännern, was, Henry?« neckte Mr. Picton den Mann lächelnd. »Da müßt ihr zur Abwechslung ja tatsächlich mal was arbeiten!«

Leise in sich hineinlachend, steckte er sich die Pfeife in den Mund und trat hinaus. Als ich ihm folgte, sah ich in den Augen des Wachmanns Groll aufblitzen.

Beim Abendessen lachten und redeten wir alle ziemlich viel, sprachen aber kaum über den Fall. Es war, als wollten wir im Bewußtsein dessen, was noch geschehen mußte, bis Libby Hatch hinter Schloß und Riegel saß, die Ereignisse nicht durch unsere Worte beeinflussen – eine Art Aberglaube. Als Mr. Moore bei der Mahlzeit auffiel, welches Datum wir schrieben, hätte ihn fast der Schlag getroffen: Es war der 27. Juli, und das bedeutete, daß er den Eröffnungstag der Rennsaison in Saratoga verpaßt hatte. Im Versuch, ihn ein wenig aufzumuntern, schlug Miss Howard eine Runde Poker nach dem Abendessen vor. Das, meinte sie, werde nicht nur Mr. Moore auf andere Gedanken bringen, sondern uns alle.

Nachdem wir eine von Mrs. Hastings' ausgezeichneten Pasteten vertilgt hatten, versammelten wir uns daher, mit Ausnahme von Cyrus und Lucius, um den Kartentisch im Salon. Der Jüngere der Isaacsons war zu aufgeregt, um still zu sitzen, und Cyrus vertrieb sich die Zeit lieber damit, daß er auf Mr. Pictons Flügel spielte. Wir übrigen aber stürzten uns mit aufrichtiger Begeisterung auf ein Spiel mit kleinen Einsätzen. Im Verlauf des Abends wurde es so spannend, daß wir nicht merkten, wie die Zeit verging. Mrs. Hastings mußte aus ihrem Zimmer herunterkommen, um uns daran zu erinnern, daß wir aufbrechen sollten, wenn wir rechtzeitig zum Eintreffen des Mitternachtszugs am Bahnhof sein wollten. Ich denke, daß inzwischen jeder von uns ein wenig unruhig war. Jedenfalls liefen alle ziemlich sinnlos hin und her, bis wir das Haus verließen, wie Leute, die irgendwie unerwartet an ein lange erträumtes Ziel gelangt sind.

Auf dem Weg zum Bahnhof wurde nicht viel geredet, und mir fiel auf, daß uns viele Gesichter aus schwach erleuchteten Fenstern nachsahen. Das war in einer Stadt, deren Bewohner, wie ich schon gesagt habe, normalerweise früh zu Bett gingen, besonders ungewöhnlich. Das Verhalten ließ sich leicht erklären: Der Eindruck, daß es sich für alle Bewohner um etwas handelte, was ihre Vorstellungen von manchem – nicht zuletzt von sich selbst – ändern konnte, war stärker spürbar als im Verlauf der vergangenen fünf Tage, sogar stärker als zu dem Zeitpunkt, da Mr. Picton verkündet hatte, daß man Anklage erheben würde. Als wir schon viele Kilometer entfernt aus Südosten die Lokomotive des Mitternachtszugs pfeifen hörten, war ich sicher, daß wir nicht die einzigen in der Stadt waren, die spürbar am ganzen Leibe zitterten.

Außer uns waren nur wenige Leute auf dem Bahnsteig: der Wachmann Henry, den Sheriff Dunning an den Zug bestellt hatte, Mr. Grose vom *Ballston Weekly Journal* und einige seiner Mitarbeiter. Der Bürgermeister war schon im Urlaub gewesen, als wir angekommen waren, und er hatte den Beschluß gefaßt, seine Erholungszeit zu verlängern, als er von der Anklageerhebung erfahren hatte. Ähnlich wie Bezirksstaatsanwalt Pearson dachte er wohl, daß sich aus dem Prozeß kein politisches Kapital schlagen ließ. Eher schon schien er, möglicherweise sogar nicht unbeträchtlichen, Schaden zu befürchten. Mr. Grose richtete an niemanden von uns das Wort, und Mr. Picton bot ihm seinerseits keinerlei Neuigkeiten für seine Zeitung an. Es war auch nicht anzunehmen, daß Mr. Grose etwas davon gedruckt hätte. Vermutlich war er lediglich für den Fall gekommen, daß Dunning mit leeren Händen einträfe oder es am Bahnhof zu irgendeiner Katastrophe käme. Ich war bereit zu wetten, wenn alles glattginge, würden in der nächsten Ausgabe seiner am Samstag erscheinenden Wochenpostille höchstens ein paar Zeilen über die Ereignisse jenes Abends stehen.

Die Mitternacht ging vorüber, ohne daß der Zug kam. Mr. Picton kommentierte das mit den Worten, er könne für den Fall, daß die Vereinigten Staaten tatsächlich Krieg gegen Spanien zu führen gedächten, nur hoffen, daß Regierung und Bevölkerung jenes Landes noch unpünktlicher seien als wir Amerikaner. Dann aber ertönte doch gegen Viertel nach zwölf die Dampfpfeife der Lokomotive, diesmal weit näher. El Niño sprang auf die Gleise, legte wie ein Indianer ein Ohr darauf und trat dann begeistert nickend wieder zu uns auf den Bahnsteig. Wir hörten die Lokomotive im selben Augenblick, in dem in einer Öffnung zwischen den Gebäuden hinter dem Bahnhof ein Lichtschein sichtbar wurde; wenige Sekunden später stürmte die dampfende Lokomotive mit den fast leeren Waggons in den Bahnhof, so daß wir alle einige Schritte zurücktraten.

Sheriff Dunning verließ den vordersten Waggon als erster. Obwohl es ziemlich dunkel war, wirkte er deutlich erschöpft. Ihm folgte einer seiner Gehilfen, und nach einer langen Pause schließlich – sie.

In ihrem schwarzen Seidenkleid mit steifer Krinoline wirkte sie wie aus dem Ei gepellt, und die altmodischen Handschellen wollten nicht recht dazu passen. Ein Hütchen mit einer pechschwarzen Hahnenfeder saß ihr schräg vorn auf dem Kopf. Da der gleichfalls schwarze Schleier am Hut nicht besonders engmaschig war, sah man deutlich ihre goldenen Augen, als sie der Lichtschein einer der Gaslaternen auf dem Bahnsteig erfaßte.

»Nun ...«, sagte Libby Hatch im gleichen schwebendem Ton wie beim ersten Mal, als wir sie hatten sprechen hören. Er ließ sich auf die unterschiedlichste Art und Weise deuten, und ich mußte an Miss Howards Worte denken, daß Libbys Persönlichkeit aus unterschiedlich gearteten Bestandteilen zusammengesetzt war. Sie sah an uns vorüber zu Mr. Grose und den anderen hin und machte ein schwermütiges Gesicht. »Mr. Picton«, sagte sie, während sie langsam auf den Bahnsteig herabstieg, wobei ihr Sheriff Dunning half, »ich hätte nie erwartet, Sie wiederzusehen – und schon gar nicht unter solchen Umständen.«

»Tatsächlich?« sagte Mr. Picton gelassen und konnte sich ein leises Lächeln nicht verkneifen. »Wie merkwürdig – ich war immer vom Gegenteil überzeugt gewesen und hatte mir *genau* diese Umstände vorgestellt.«

Ein kurzer Blick des Hasses aus den goldenen Augen streifte uns, dann wurden sie weich, als sie auf Mr. Grose zur Ruhe kamen. »Sind Sie das, Mr. Grose?«

»Ja, Mrs. Hatch«, sagte er ein wenig verwundert. »Erinnern Sie sich noch an mich?«

»Wir sind einander nur ein- oder zweimal begegnet«, sagte Libby mit einem angedeuteten freundlichen Nicken. »Aber natürlich.« Goldene Tränen begannen unter dem Schleier aufzusteigen. »Wie geht es meiner Kleinen – meiner Clara? Ich habe gehört, daß sie endlich wieder sprechen kann. Aber ich kann nicht glauben, daß sie ... daß sie ...« Ihre Schultern hoben sich, und ihrem fest zusammengepreßten Mund entrang sich ein leises Schluchzen.

Mr. Grose, der sehr verwirrt, aber auch sehr gerührt aussah, wollte schon antworten, doch der Doktor trat entschlossen zwischen die beiden. »Mr. Picton«, sagte er leise, aber mit Nachdruck. »Darf ich vorschlagen ...«

»Natürlich«, ging Mr. Picton darauf ein, der sofort begriff. »Dunning, Sie und ich begleiten Mrs. *Hunter*, wie sie zur Zeit heißt, zum Gericht. Dort wartet eine Zelle. Haben Sie einen Wagen mitgebracht, Henry?«

Der Wachmann, der ebenfalls von der Szene gerührt zu sein schien, trat vor. »Ja, Sir«, sagte er.

»Dann hält uns nichts mehr, meine Dame.« Mit diesen Worten wies Mr. Picton auf den Vorplatz des Bahnhofs. »Sofern Sie mit der Presse sprechen wollen oder die Presse mit Ihnen, kann ein Antrag in meinem Büro gestellt werden.«

Sheriff Dunning trat hinter sie. »Kommen Sie«, sagte er. »Sie sollten tun, was Mr. Picton sagt.«

Libby Hatch schluchzte noch einige Sekunden. Als sie aber merkte, daß sie damit nichts erreichen würde, wandte sie sich dem Doktor zu, wobei die Trauer schlagartig verschwand. »Das ist Ihr Werk, Doktor. Glauben Sie nicht, daß ich das nicht wüßte. Aber es ist mir gleich, was Sie meiner Tochter gesagt oder ihr eingeredet haben – sobald sie mich sieht, wird sie wissen, was sie zu tun hat. Ich bin ihre *Mutter.*« Mr. Picton nahm mit festem Griff Libbys rechten Arm und wies Sheriff Dunning an, sie am linken zu fassen. Gemeinsam setzten sie sich in Bewegung. »Verstehen Sie, Doktor?« rief sie über die Schulter. »Ich bin ihre Mutter! Ich weiß, daß Ihnen das nichts bedeutet, aber ihr – und jedem, der ein Herz hat! Was auch immer Sie getan haben, daran können Sie nichts ändern!« Erneut schluchzend trat sie mit ihren Begleitern auf den Bahnhofsvorplatz, von den Gehilfen des Sheriffs und dem Wachmann gefolgt.

Wir übrigen sahen zu, wie sie in ein großes zweispänniges Fuhrwerk mit drei schlichten Sitzbänken stieg. Als es davonfuhr, wobei die einsame Insassin nach wie vor weinte, warf Mr. Grose stumm einen wütenden Blick auf den Doktor, nickte dann seinen Leuten zu und schritt wortlos dem unteren Ende der Bath Street entgegen, wo die Räume des *Journal* lagen.

»Nun, Kreisler«, sagte Mr. Moore, als wir auf dem stillen Bahnhofsvorplatz standen, »das ist wohl tatsächlich die Frage, was?«

Der Doktor wandte sich ihm zu, mit den Gedanken sichtlich gänzlich woanders. »Welche Frage?« sagte er leise.

»Sie ist Claras Mutter«, sagte Mr. Moore mit einem merkwürdigen Blick. »*Können* Sie das ändern?«

Der Doktor schüttelte mit weit aufgerissenen Augen den Kopf. »Nein. Aber vielleicht können wir ändern, was das *bedeutet.*«

# KAPITEL 42

Die Vernehmung zur Anklage war auf zehn Uhr am nächsten Vormittag festgesetzt worden, und schon eine Viertelstunde zuvor hatten wir uns alle im großen Sitzungssaal des Gerichts eingefunden. Mr. Picton saß rechts an einem langen Tisch hinter einer niedrigen geschnitzten Eichenschranke, welche den Zuschauerraum von den Sachwaltern der Gerechtigkeit trennte. Zur Linken befanden sich, ähnlich abgetrennt, Libby Hatch und ein gutgekleideter dunkelhaariger Mann, auf dessen langer, schmaler Nase ein goldgeränderter Zwicker thronte. Doch weder die modische Brille noch der teure Anzug vermochten zu verhindern, daß Irving W. Maxon unverhohlen besorgt dreinblickte: Er sah sich im Saal um wie ein aufgeregter Vogel, als wäre er nicht sicher, auf welche Weise er in diese mißliche Lage gekommen war oder was er tun sollte, um sich daraus zu befreien. Libby Hatch hingegen – sie trug nach wie vor ihr schwarzseidenes Kleid, nicht aber den Hut mit dem Schleier – war die Zuversicht in Person und blickte mit einem Gesicht, das am Rande des von ihr so oft gezeigten koketten Lächelns stand, unausgesetzt auf die vor ihr stehende hohe Bank aus Obstbaumholz.

Mr. Picton hatte seine Taschenuhr offen auf den Tisch vor sich gelegt und sah darauf; er wirkte gelassener als zu irgendeinem Zeitpunkt, seit wir ihn kennengelernt hatten.

Der Doktor, Mr. Moore, die beiden Isaacsons und Miss Howard saßen auf dem Podium in der ersten Reihe hinter Mr. Pictons Tisch und der hölzernen Abschrankung; Cyrus, El Niño und ich in der Reihe dahinter. Wir hatten den Eingeborenen für das Ereignis gründlich gewaschen und in meinen Abendanzug gesteckt. So wie er dasaß, war er einer der präsentabelsten Menschen auf den Zuhörerbänken, die sich seit neun Uhr mit allerlei Pöbel aus der ganzen Stadt gefüllt hatten. Außer ihnen waren noch einige recht elegant gekleidete Besucher aus Saratoga gekommen. Sheriff Dunning saß an einem Tischchen unmittelbar rechts hinter Mr. Picton, gleich an der rechten Wand befand sich die Geschworenenbank, deren zwölf Sitze noch leer waren. Auf der anderen Seite des Saals stand ein Wachmann, vor ihm saß die Gerichtsstenographin, eine gepflegte Dame mit dem ungewöhnlichen Namen Iphegeneia Blaylock. Der Tisch des Gerichtsdieners war noch leer. Zu beiden Seiten der Bank ragten zwei eiserne Lampenhalter auf und hingen zwei Fahnen: die der Union und die des Staates New York. Hinten an der Eingangstür hielten der Wachmann Henry und ein etwas kleinerer (aber, wie es aussah, ebenso kräftiger) Uniformierter ein wachsames Auge auf jeden, der kam oder ging, und achteten darauf, daß sich jeder gebührlich aufführte.

Es war für mich ein sonderbares Erlebnis, all diese Einzelheiten aus einer anderen Perspektive als der des Angeklagten zu erleben; aber schon bald verdrängte Erleichterung und sogar Erregung dieses sonderbare Gefühl. Mir ging auf, daß es in den nächsten Tagen an jenem Ort zu einer Art Ergebnis all unserer Bemühungen der jüngeren Vergangenheit kommen würde. Es war, als stünde man auf der Rennbahn unter dem Draht und wartete darauf, daß die Pferde aus dem Starttor hervorstürmten: Ich ertappte mich dabei, wie ich mit Händen und Füßen unruhig klopfte und mir wünschte, man möge endlich anfangen. Nach den Geräuschen um mich herum zu urteilen, war ich nicht der einzige, der so empfand: Das Reden, das Gemurmel und das unruhige Gelächter im Saal wurden mit jeder Sekunde des Wartens lauter, bis ich um drei Minuten vor zehn merkte, daß ich fast brüllen mußte, um mich Mr. Moore verständlich zu machen.

»Was?« rief er mir zu und hielt sein Ohr hin.

»Ich hab gefragt, ob Sie schon was von Canfield über die Quote gehört haben«, rief ich zurück.

Er nickte. »Fünfzig zu eins – und ich bin sicher, daß sie noch höher wäre, wenn jemand anders als Rupert die Anklage verträte!«

Ich stieß einen leisen Pfiff aus und sah zu Boden. Dann kam mir ein Gedanke, und ich hob den Blick erneut. »Meinen Sie, wir könnten durch einen Dritten was setzen lassen?«

Lächelnd schüttelte Mr. Moore den Kopf. »Der Gedanke ist mir auch schon gekommen, aber ich hab Rupert versprochen, daß wir das nicht tun! Er ist abergläubisch – er hat Angst, daß das seine Erfolgsaussichten vermindert!«

Ich lächelte zurück und nickte: Jede Spielernatur hätte Verständnis für Mr. Picton gehabt.

Genau in dem Augenblick öffnete sich eine Tür an der Rückseite des Raumes, und der Gerichtsdiener kam mit einem Ausdruck herein, als sei er bereit, es mit jedem aufzunehmen, der versuchen könnte, seinen Gerichtssaal in einen Zirkus zu verwandeln. Auch dieser Jack Coffey war ein breitschultriger Bursche mit der Art stählernem Blick, den man eher in einer Spelunke des Wilden Westens erwartet hätte als in einem Gerichtssaal an der Ostküste, doch beim Anblick des Richters begann ich zu verstehen, warum er sich der Dienste solch bulliger Männer versichert hatte, denn Charles H. Brown war geradezu winzig. Als er die wenigen Stufen zum Richtertisch emporstieg, um dahinter Platz zu nehmen, verschwand er fast hinter dem wuchtigen Möbel. Seine Segelohren standen ab wie bei einem Affen, und sein glattrasiertes Gesicht war voller Falten. In seinen Augen unter dem kurzgeschnittenen vollen weißen Haar lag jedoch die gleiche Entschlossenheit wie in denen des Gerichtsdieners. Es war unverkennbar, daß er nicht gesonnen war, irgendwelche Unbotmäßigkeiten hinzunehmen. An seinen fest zusammengepreßten Lippen und seinem entschlossen vorgeschobenen Kinn ließ sich ablesen, daß er wohl schon oft im Laufe seines Lebens Recht gesprochen hatte.

Als ich ihn sah, war ich um so froher, daß nicht ich an Libby Hatchs Stelle war.

»Aufstehen!« donnerte die Stimme des Gerichtsdieners Coffey. Daraufhin erhoben sich alle, und Stille trat ein. Während er verkündete, um die wievielte Sitzung des Gerichts es sich handelte, ruhte sein Blick unablässig auf der Menge – vermutlich um zu sehen, ob vielleicht irgendein Neunmalkluger meinte, er habe es nicht mit der unumschränkten Macht des Staates New Yorks zu tun. Von einem Klemmbrett, das er vor sich hielt, las er die Tagesordnung ab: »Zur Verhandlung gelangt die Sache ›Bewohner des Bezirks Saratoga gegen Mrs. Elspeth Hunter aus New York, weiland Mrs. Elspeth Hatch aus Ballston Spa, weiland Miss Elspeth Fraser aus Stillwater, die beschuldigt wird, auf dem Gebiet der Stadt Ballston Spa am oder um den 31. Mai 1894 Thomas Hatch, drei Jahre alt, und Matthew Hatch, vier Jahre alt, vorsätzlich und planvoll ermordet und zugleich den Versuch unternommen zu haben, Clara Hatch, fünf Jahre alt, vorsätzlich und planvoll zu ermorden‹.«

Nach der Verlesung der Anklage lief ein Murmeln wie eine Welle durch den Saal, dem Richter Brown mit einem scharfen Schlag seines Hammers auf den Tisch ein Ende bereitete. Aus seinem gepolsterten Ledersessel – der ihn trotz seiner Höhe lediglich von der Brust an aufwärts sehen ließ – schleuderte er finstere Blicke durch den Gerichtssaal.

»Das Gericht wünscht von Anfang an eines klarzustellen«, sagte er schließlich mit einer unnachgiebig klingenden rauhen Stimme. »Im vollen Bewußtsein der Anteilnahme, welche die Öffentlichkeit diesem Prozeß entgegenbringt, wird das Gericht, ebensowenig wie in früheren Verfahren, zulassen, daß diese Anteilnahme das Bemühen um Gerechtigkeit stört. Daher möchte ich alle Zuhörer daran erinnern, daß sie hier Gäste sind, und sie mit Nachdruck darauf hinweisen, daß jeder an die frische Luft befördert wird, der sich nicht dementsprechend verhält.« Manch einer lächelte bei diesen Worten, aber nur einer im hinteren Teil des Saals lachte laut – und bedauerte das sehr bald. Sogleich erfaßten ihn die Augen des Richters, seine dünne, runzlige Hand hob den Hammer und wies damit auf ihn. »Schaffen Sie diesen Menschen hinaus«, sagte er, »und sorgen Sie dafür, daß er im Verlauf des Prozesses nicht wieder eingelassen wird.«

Der Wachmann Henry packte den völlig verblüfften Mann beim Kragen und schob ihn durch die großen Mahagonitüren hinaus, bevor jener Gelegenheit hatte, aufzubegehren.

»So«, fuhr der Richter fort und sah sich um, um festzustellen, ob jeder den Sinn seiner Worte erfaßt hatte. »Ist die Angeklagte anwesend?«

»Ja, Euer Ehren«, bestätigte Irving W. Maxon mit etwas unsicherer Stimme.

»Sie haben gehört, was der Angeklagten zur Last gelegt wird«, fuhr der Richter fort und sah zu Libby Hatch hinüber. »Bekennen Sie sich schuldig oder nicht schuldig?«

»Sofern das hohe Gericht nichts dagegen einzuwenden hat«, antwortete Mr. Maxon, bevor Libby den Mund auftun konnte, »bitten wir um einen Augenblick Geduld, denn wir warten auf...«

Richter Brown schnitt ihm das Wort mit einem langen, lauten Seufzer ab, der zu einem Stöhnen wurde, während er sich mit der Hand über das weiße Stoppelhaar auf seinem Kopf fuhr. »Jeder von uns wartet auf etwas, Herr Verteidiger. Ich selbst warte schon mein ganzes Leben auf einen Prozeß, in dem es keinerlei unnötige Verzögerungen gibt.« Die Augen des Alten durchbohrten Mr. Maxon. »Ich warte...«

»Gewiß, Euer Ehren«, gab Mr. Maxon zurück, dessen Nervosität unter dem Blick zunahm, der sich vom Richtertisch auf ihn herabsenkte. »Wenn ich etwas erklären dürfte...«

Gerade in dem Augenblick hörte man das Klappen der Mahagonitüren, und Mr. Maxon wandte wie alle anderen seine Aufmerksamkeit dorthin, um zu sehen, wer der Urheber der Unterbrechung war.

Sogar aus der Entfernung konnte ich sehen, daß es sich bei dem Neuankömmling um Clarence Darrow handeln mußte, denn er entsprach voll und ganz der Beschreibung, die Marcus von ihm geliefert hatte. Anders als sein Kollege Maxon hatte sich Mr. Darrow ziemlich alltäglich gekleidet – er trug einen einfachen hellbraunen Anzug, ein weißes Hemd und eine nachlässig um den Hals geschlungene Krawatte. Er erweckte den Eindruck, als hätte er auf der Fahrt in seinen Kleidern geschlafen. Zwar gab er sich noch nicht so nachlässig wie in späteren Jahren (er hatte gerade erst angefangen, das unordentliche Aussehen als sein Markenzeichen zu kultivieren), doch unterschied er sich im Aussehen deutlich von allen anderen, die im Auftrag des Gerichts tätig waren. Das erstreckte sich sogar auf seine Art zu gehen: Er ging langsam und vorgebeugt, was besonders auffiel, weil er sehr groß war. Eine Strähne seines – ungekämmten, ganz wie von Marcus beschriebenen – Haars hing ihm in die Stirn. Natürlich war sein von Willensstärke zeugendes Gesicht noch nicht so runzlig wie später in den Jahren des zunehmenden Ruhmes, wohl aber war es bereits jetzt schon wettergegerbt. Die Augen hatten eben die helle Farbe und den traurigen, suchenden Ausdruck, der später gleichfalls berühmt werden sollte. Die weichen Lippen waren so geschwungen, daß sie zu den tiefen Ringen unter seinen Augen paßten: Es sah ganz so aus, als wollte er damit anzeigen, wie hoch der Preis der Weisheit sei, wenn sie mit einem Übermaß an ertragener Unmenschlichkeit erkauft werde. Auf seinem Weg durch den Mittelgang nahm Mr. Darrow, der eine alte, abgetragene Aktentasche unter dem Arm trug, die Menge mit gelassenem Blick zur Kenntnis, der sich zwar deutlich von Richter Browns Art der Betrachtung unterschied, aber ebenso wirksam war. Als er die

Schranke erreicht hatte, ruhten die Augen aller im Saal Anwesenden auf ihm.

Natürlich war sein Auftritt Schauspielerei; aber es war eine der besten Vorstellungen, die ich je gesehen hatte, und ich hatte so manchen Gerichtssaal erlebt. Sie war so gut, daß ich sogleich begriff: Wir befanden uns in größeren Schwierigkeiten, als wir angenommen hatten.

Auf ein Zeichen Mr. Darrows hin sagte Mr. Maxon: »Wenn mich das hohe Gericht bitte einen Augenblick entschuldigen möchte«, und eilte ihm entgegen. Richter Brown wirkte nicht glücklich, lehnte sich aber mit einem weiteren Aufseufzen zurück und wartete, bis Mr. Maxon das Türchen in der Abschrankung geöffnet und Mr. Darrow in den der Verteidigung vorbehaltenen Bereich eingelassen hatte, wo er sogleich Libby Hatch die Hand schüttelte.

»Sofern es dem hohen Gericht beliebt«, sagte Mr. Maxon und lächelte jetzt, »ich ...«

»Es beliebt dem Gericht *nicht*, Herr Anwalt«, sagte Richter Brown und beugte sich wieder vor. »Was führen Sie eigentlich im Schilde, Sir?«

»Euer Ehren«, fuhr Mr. Maxon eilig fort. »Ich möchte Ihnen Mr. Clarence Darrow vorstellen, einen Anwalt aus dem Bundesstaat Illinois. Die Verteidigung bittet das Gericht um die Zulassung, daß der *pro hac vice* als Hauptverteidiger der Angeklagten auftritt.«

»Darrow, ja?« sagte Richter Brown. »Ich habe verschiedenes über Sie gehört, Mr. Darrow. Aus New York.«

Bescheiden lächelnd sagte Mr. Darrow mit tiefer und ruhig wirkender Stimme: »Ich hoffe nicht, daß diese Nachrichten Euer Ehren gegen mich eingenommen haben.«

Das gefiel dem Publikum, und in gewisser Weise auch Richter Brown. »Es würde ohnehin nichts nützen«, sagte er, womit er leises Gelächter in der Menge hervorrief, das er nicht ahndete. »Wenn die Angeklagte einen Anwalt von außerhalb unseres Bundesstaates hinzuziehen möchte, ist das ihr Recht. Aber dieses Gericht hier ist auf den Rat niemandes aus New York in bezug darauf angewiesen, wie es das Verfahren zu führen hat.«

»Ich verstehe, Euer Ehren«, sagte Mr. Darrow und lächelte auf eine Weise, von der ich zugeben mußte, daß sie liebenswürdig wirkte. »Wir sehen das in Chicago ebenso.«

Wieder lachte die Menge, wurde aber diesmal mit dem niedersausenden Hammer und einem finsteren Blick bedacht. »Sofern es tatsächlich dem Wunsch der Angeklagten entspricht«, sagte der Richter und wandte sich erneut dem Verteidigertisch zu, »wird das Gericht es Mr. Darrow gern gestatten, in diesem Bundesstaat *pro hac vice* tätig zu werden.« Dann sah er zu Libby Hatch hin, die sich erhob und unschuldig ihre leuchtenden Augen aufriß.

»Ich bitte um Entschuldigung, Euer Ehren«, sagte sie mit leicht gekräuselten Lippen. »Ich verstehe die lateinischen Ausdrücke nicht.«

Leise hörte man in der Menge »Ich auch nicht« und »Natürlich nicht« flüstern, woraufhin der Hammer erneut niederfuhr.

»*Pro hac vice*«, erklärte der Richter so entgegenkommend, wie er das vermutlich konnte, »bedeutet einfach ›in diesem Fall‹, Mrs. Hunter. Damit darf Mr. Darrow im Staat New York tätig werden, aber ausschließlich in diesem Verfahren. Entspricht das Ihrem Wunsch?«

Libby nickte leicht und setzte sich dann wieder.

»Und hat der Anklagevertreter Einwände dagegen vorzubringen?« fragte der Richter.

Mr. Picton lächelte mannhaft, schob die Daumen in die Ärmelausschnitte der Weste seines eleganten grauen Anzugs und erhob sich. »In keiner Weise, Euer Ehren«, sagte er und trat neben seinen Tisch. Neben Mr. Darrow wirkte er noch kleiner, drahtiger und flinker. »Mr. Darrow ist dem Gericht vom Hörensagen bekannt, und sofern die Verteidigung der Ansicht ist, daß im Bezirk Saratoga kein geeigneter Anwalt verfügbar ist, sehen wir keinen Anlaß, uns dagegen auszusprechen, daß Mr. Darrow den Fall übernimmt. Allerdings teilen wir nicht unbedingt die Einschätzung der Verteidigung, was die Fähigkeit unserer hiesigen Rechtsvertreter betrifft.«

Auch wenn das Publikum nicht in der Stimmung war, irgendeine Äußerung Mr. Pictons lustig zu finden, konnte sich manch einer bei dieser Erwiderung ein stolzes und befriedigtes Lächeln nicht verkneifen. Mr. Darrow lächelte huldvoll anerkennend zu Mr. Picton hinüber, doch wurde sein Gesicht ernst, als er dabei Marcus erblickte. Er faßte sich bald wieder und gab mit einer knappen Geste zu erkennen, daß er vor dem Kriminalbeamten wegen dessen geschickter Recherche den Hut ziehe. Dann sagte er: »Ich danke dem ehrenwerten Bezirksstaatsanwalt und muß sagen, daß mich seine Bemühungen beeindrucken, etwas über meinen – Ruf in Erfahrung zu bringen«, worauf Marcus Mr. Darrow mit einem feinen Lächeln zunickte.

Mr. Picton hatte diesen kleinen Austausch von Höflichkeiten zwischen den beiden mitbekommen und strahlte zufrieden. »Mr. Darrow würdigt mich über Verdienst, Euer Ehren. Vielleicht ist ihm nicht bekannt, daß ich lediglich Stellvertreter des Bezirksstaatsanwalts Pearson bin, da sich dieser bisher nicht bereit gefunden hat, seine überaus schönen Amtsräume mir zur Verfügung zu stellen.«

Mr. Darrow kratzte sich mit so übermäßig verwirrtem Gesichtsausdruck den Kopf, daß klar wurde, wie genau er Mr. Pictons Position in der Hierarchie kannte. »Stellvertreter? Ich bitte aufrichtig um Vergebung, Euer Ehren. Ich hatte angenommen, der Staat werde sich in einem Fall von so außergewöhnlicher Bedeutung durch seinen höchstrangigen Repräsentanten vertreten lassen.«

»Wie Euer Ehren bekannt ist, genießen die Bewohner Ballstons ebenso wie die von Chicago alljährlich einige Wochen lang die Annehmlichkeiten eines gemäßigten Klimas«, sagte Mr. Picton. »Wir wollten Mr. Pearson keine davon mißgönnen, und da ich die Ermittlung in diesem Fall geleitet habe, waren wir der Ansicht, man könne ihn ohne weiteres meinen bescheidenen Kräften anvertrauen.«

Richter Brown nickte und sah ein wenig verärgert drein. »Sollten die beiden Herren ihre gegenseitigen Sticheleien beendet haben«, sagte er, »wäre es mir recht, wenn wir vor Mittag eine Aussage der Angeklagten bekommen könnten. Mr. Darrow, da der Anklagevertreter keine Einwände erhebt, dürfen Sie vor diesem Gericht für Ihre Mandantin als Hauptanwalt tätig werden. Ich hoffe, Sie brauchen die Fahrt nicht zu bereuen. Nun, Mrs. Hunter, Sie haben gehört, welche äußerst schwerwiegenden Beschuldigungen gegen Sie erhoben werden. Was haben Sie dazu zu sagen?«

Mit einem Blick auf Libby Hatch, die ihn besorgt ansah, nickte Mr. Darrow. Daraufhin erhob sie sich, faltete die Hände vor sich und sagte: »Nicht schuldig, Euer Ehren.«

Das Flüstern, das durch den Gerichtssaal lief, wurde durch einen Schlag mit Richter Browns Hammer zum Schweigen gebracht. »Nun gut«, sagte er und sah wieder finster um sich. »Mr. Picton, in bezug auf die...« Er unterbrach sich, als er sah, daß der Angesprochene Darrow ebenso verwirrt ansah, wie ihn dieser kurz zuvor. »Mr. Picton? Hat Sie der Herr aus dem Bundesstaat Illinois in seinen Bann geschlagen, Sir?«

Mit einem Ruck kehrte Mr. Picton in die Wirklichkeit zurück und wandte sich dem Richtertisch zu. »Hm? Ich bitte um Verzeihung, Euer Ehren. Ich muß gestehen, ich hatte nicht bemerkt, daß die Verteidigung mit ihrer Antwort fertig war.«

»Finden Sie sie unzulänglich, Mr. Picton?« fragte der Richter.

»Das ist nicht meine Aufgabe, Euer Ehren«, verwahrte sich Mr. Picton. »Ich war nur der Ansicht, daß sie... vielleicht ein wenig erläutert werden müßte. Vielleicht mit Hilfe von ›Und zwar aus folgendem Grund‹ – so in der Art.«

Der Richter sah ihn mißbilligend an. »Mr. Picton – Sie und ich haben in diesem Saal in den letzten Jahren so oft miteinander zu tun gehabt, daß mir jetzt nicht verborgen bleiben kann, worauf Sie hinauswollen. Aber noch sitzen hier keine Geschworenen, die Sie mit Ihren Anregungen irritieren könnten, und Effekthascherei dulde ich nicht. Mr. Darrow ist ein fähiger Verteidiger, der an keinerlei Sprechhemmung zu leiden scheint. Sofern er die Absicht gehabt hätte, die Aussage der Angeklagten in irgendeiner Weise näher zu erläutern, hätte er das gewiß getan. Haben Sie den Wunsch, das zu tun, Mr. Darrow?«

»Keineswegs, Euer Ehren«, sagte Mr. Darrow, und man merkte, daß es ihm damit ernst war. »Die Einlassung lautet einfach, klar und unmißverständlich ›nicht schuldig‹.«

»Das war ja wohl deutlich«, erklärte Richter Brown. »Es wäre mir recht,

Mr. Picton, wenn die Anklagevertretung ihre Erwartungen sowie ihre Anmaßungen in Zukunft für sich behielte.« Darauf lächelte Mr. Picton lediglich und verbeugte sich. »Nun zur Frage der Kaution«, fuhr der Richter fort.

»Kaution?!« platzte Mr. Picton heraus, was ihm ein Aufstöhnen des Richters und einen weiteren finsteren Blick eintrug.

»Gewiß, Mr. Picton«, sagte der alte Herr. »Kaution. Sie sind doch gewiß mit den Gepflogenheiten des Strafverfahrens vertraut?«

»Ich fürchte, nicht in einem Fall wie diesem, Euer Ehren«, gab Mr. Picton zu bedenken. »Der Angeklagten wird das schlimmstmögliche Gewaltverbrechen, begangen an den leiblichen Kindern, zur Last gelegt, wobei ein Kind, das kaum mit dem nackten Leben davongekommen ist, Hauptzeuge der Anklage sein wird. Erwartet das hohe Gericht allen Ernstes, daß die Anklagevertretung in dieser Sache auch nur einen Augenblick lang die Möglichkeit einer Kaution in Erwägung zieht?«

»Das Gericht erwartet, daß sich die Anklagevertretung an die Vorgaben des Verfahrensrechts hält, ganz gleich, wie die zur Last gelegte Tat aussehen mag!« blaffte Richter Brown zurück. »Es wäre nicht gut für Sie, Mr. Picton, wenn Sie sich weiterhin bemühten, zu einem so frühen Zeitpunkt in diesem Verfahren mein Mißfallen zu erwecken!«

Ein Lächeln unterdrückend, nickte Mr. Picton mit allen Anzeichen deutlicher Ehrerbietung. »Sicherlich, Euer Ehren. Ich bitte das hohe Gericht um Entschuldigung. Die Anklagevertretung weist das hohe Gericht mit allem Nachdruck auf die Schwere des Verbrechens hin, dessen die Angeklagte beschuldigt wird, und zugleich darauf, welche Gefahr eine Entlassung der Angeklagten aus dem Gewahrsam des Gerichts für die Hauptbelastungszeugin bedeuten könnte. Wir ersuchen das hohe Gericht, von der Festsetzung einer Kaution abzusehen, in welcher Höhe auch immer.«

»Euer Ehren«, setzte Mr. Darrow mit gespieltem Erschrecken dagegen. »Meine Mandantin ist eine geachtete Frau und hat die für eine Angehörige ihres Geschlechts denkbar belastendste Tragödie durchlebt: Sie mußte mit ansehen, wie zwei ihrer eigenen Kinder grausam ermordet wurden und das dritte diesem Anschlag nur mit knapper Not entkam ...«

»Ich bitte den kenntnisreichen Herrn Verteidiger um Vergebung«, sagte Mr. Picton mit unüberhörbarem Sarkasmus. »Mir war nicht bewußt, daß die Frage bereits so schlüssig entschieden ist. Ich hatte immer angenommen, wir seien hier zusammengekommen, um festzustellen, was mit den Kindern der Angeklagten geschehen ist.«

Nach wie vor finstere Blicke schleudernd, nickte Richter Brown. »Ich fürchte, ich muß mich hier der Ansicht des Anklagevertreters anschließen, Mr. Darrow. Zwar obliegt es ihm, die Beweise für seine Anschuldigungen zu erbringen, doch solange ihm die Beweisführung nicht widerlegt wird, kann ich Ihre Behauptung nicht hinnehmen, daß Mrs. Hunter Opfer einer solchen Tragödie geworden sei, und muß Sie ersuchen, die ohnehin schon sehr gefühlsgeladene Atmosphäre durch Aussagen dieser Art nicht weiter anzuheizen. Haben Sie die Absicht, einen Antrag auf Kaution zu stellen?«

»So ist es, Euer Ehren«, sagte Mr. Darrow. »Wäre meine Mandantin eines Gewaltverbrechens gegen Kinder schuldig, würde es sich um das erste handeln, von dem dieser oder irgendein anderer Bundesstaat Kenntnis hat. Sie ist nicht nur als sich aufopfernde Mutter bekannt, sondern war auch als Pflegerin und Kinderfrau vieler fremder Kinder tätig und hat dabei so manches Mal den gleichen Heldenmut bewiesen wie an dem fraglichen Abend. Wir bitten das hohe Gericht, festzustellen, daß sie weder für die Belastungszeugin noch für die Allgemeinheit eine Bedrohung darstellt, und daher angesichts ihrer nicht besonders kräftigen Natur und ihrer Zugehörigkeit zum zarten Geschlecht eine angemessene Kaution festzusetzen, damit sie nicht im Bezirksgefängnis schmachten muß, solange das möglicherweise langwierige Verfahren andauert.«

Während die Zuhörer – vor allem in den beiden ersten Reihen – mit angehaltenem Atem warteten, ließ sich Richter Brown in seinem Sessel nach hinten sinken, so daß er fast hinter dem Richtertisch verschwand. Nach einer langen Minute beugte er sich wieder vor.

»Das Gericht bringt für Mr. Darrows Ausführungen in bezug auf das Geschlecht und das Wesen der Angeklagten durchaus Verständnis auf«, sagte er langsam. »Es denkt aber zugleich daran, daß man ihr ein besonders schweres Gewaltverbrechen zur Last legt. Wir würden es bedauern, sollte Mrs. Hunter Unzuträglichkeiten erleiden müssen, und werden Sheriff Dunning anweisen, jede erdenkliche Vorkehrung zu treffen, damit ihr Aufenthalt in diesem Gebäude wenn schon nicht angenehm, doch zumindest erträglich ist. Der Antrag auf Kaution hingegen wird abgelehnt.«

Daraufhin murmelte die Menge erneut, und der Richter ließ den Hammer niederfahren. »Ich erinnere unsere Gäste an das, was ich zuvor gesagt habe!« sagte er in warnendem Ton, »und versichere Ihnen, daß es mir damit ernst war!« Nachdem wieder Ruhe eingekehrt war, sah Richter Brown auf die beiden Tische unter ihm. »Wir wollen am Dienstag morgen um neun Uhr wieder zusammentreten, um mit der Auswahl der Geschworenen zu beginnen. Doch bevor ich die heutige Sitzung schließe, möchte ich noch einmal mit Nachdruck auf eines hinweisen: Das Gericht ist sich der von diesem Fall hervorgerufenen Empfindungen bewußt und ersucht beide Seiten, von Appellen an Gefühle oder das Volksempfinden abzusehen. So etwas würde keiner der Parteien etwas nützen, wohl aber dem von Ihnen verfolgten Zweck Schaden zufügen, der sich nicht wiedergutmachen ließe. Die Sitzung ist vertagt!«

Ein weiterer Schlag mit dem Hammer, und wir alle erhoben uns, während sich Richter Brown auf den Weg zur Tür hinter seinem Tisch machte und durch sie verschwand. Kaum war er fort, als Unterhaltungen und Äußerungen durch den Saal hallten, vor allem, nachdem Libby Hatch von Sheriff Dunning und dem Gerichtsdiener Coffey durch einen Seiteneingang hinausgebracht worden war, der unmittelbar zu den Zellen im Untergeschoß des Gebäudes führte. Mr. Darrow gab ihr einige ermutigende Worte mit auf den Weg, und sie tat ihr Bestes, bescheiden und dankbar dreinzusehen. Dabei lag wieder das kokette verführerische Glänzen in ihren Augen – es schien ihr unmöglich zu sein, das Männern gegenüber zu unterdrücken, die sie gerade erst kennengelernt hatte. Nach ihrem Fortgang verwickelte Mr. Darrow Mr. Maxon in ein Gespräch, wurde aber von Mr. Picton unterbrochen, der stracks zu ihrem Tisch hinüberging und laut erklärte: »So, Maxon! Sie haben sich also Hilfe geholt. Ich weiß ja nicht, was ich an Ihrer Stelle empfinden würde, andererseits nehme ich an, daß man nichts dagegen sagen kann, wenn die Hilfe von jemandem kommt, der sich auf so vielen juristischen Gebieten tummelt wie Mr. Darrow!« Er hielt ihm die Hand hin. »Mr. Darrow, ich heiße Picton.«

»Das ist mir bekannt«, sagte dieser und schüttelte ihm sichtlich lustlos die Hand, wobei er ihn mit unverkennbarer Herablassung musterte. »Sie müssen wissen, daß auch ich schon von Ihnen gehört habe. Allerdings haben mich meine Informationen auf etwas minder gewundenen Wegen erreicht.« Bei diesen Worten warf er einen Blick zu Marcus hinüber.

»Nun, große Männer tun, wonach ihnen der Sinn steht, und minder bedeutende, was sie müssen«, sagte Mr. Picton leichthin. »Wo hat Vanderbilt Sie untergebracht, Darrow? Ich hoffe, daß Sie es behaglich haben, auch wenn Ballston keinen großen Luxus bieten kann. Vielleicht gestatten Sie mir, Sie gelegentlich in meinem Haus zum Essen einzuladen, wenn Sie das Bedürfnis danach empfinden.«

Bei der Erwähnung des Namen Vanderbilt sah Mr. Darrow Mr. Picton nicht mehr herablassend, sondern ausgesprochen feindselig, an. »Ich muß zugeben, Mr. Picton, Ihrer Aufmerksamkeit scheint kaum ein Aspekt der Umstände entgangen zu sein. Kennt hier in Ballston Spa etwa Hinz und Kunz die Einzelheiten im Zusammenhang mit Mrs. Hunters Verteidigung?«

»Gott behüte, nein!« wehrte Mr. Picton lachend ab. »Ich an Ihrer Stelle würde kein Wort darüber verlauten lassen. Richter Browns Haltung gegenüber den Einwohnern der Metropole im Süden unseres Bundesstaates ist durchaus repräsentativ für die der Menschen in unserem Bezirk. Sie brauchen sich keine Sorge zu machen, daß ich es weiterberichte – das verstieße ja wohl gegen den Sportsgeist, was?«

Es war unschwer zu erkennen, daß Mr. Picton sein Bestes tat, Mr. Darrow zu ärgern, und das gelang ihm offenbar auch. »Ich bin nicht sicher, daß ich den Begriff ›Sportsgeist‹ im Zusammenhang mit einem so tragischen Fall verwenden würde«, knurrte Darrow zurück. »Außerdem fürchte ich, daß ich Ihre Einladung nicht werde annehmen können, da ich im Hotel der Grand Union in Saratoga abgestiegen bin. Wir planen unser Vorgehen von dort aus.«

Bei dieser Mitteilung runzelte Mr. Picton die Stirn. »Hm«, sagte er. »Das würde ich aber ebensowenig an die große Glocke hängen – die Leute hier in Ballston halten von Saratoga nicht viel mehr als von New York. In ihren Augen ist das eine Art Spielwiese für reiche Fremde und deren Mietlinge.« Bei diesem Seitenhieb riß Mr. Darrow entsetzt die Augen auf, doch Mr. Picton plauderte munter weiter. »Ich hoffe, die Ratschläge, die ich Ihnen so freigebig erteile, stören Sie nicht. Ich möchte einfach sicher sein, daß alles so glatt wie möglich abläuft. Nun, bis dann, Maxon – viel Glück. Und, Darrow, sofern Sie es sich mit der Esseneinladung anders überlegen, lassen Sie mich das bitte unbedingt wissen, ja?«

Als Antwort brummelte Mr. Darrow halblaut etwas vor sich hin, als er mit Mr. Maxon durch das Türchen in der Schranke hinaustrat. Auf dem Weg zum Ausgang beäugte er unsere Gruppe mit kaltem Blick; als er den Doktor sah, überlegte er es sich jedoch offenbar anders. Er machte auf dem Absatz kehrt und trat mit etwas freundlicherem Gesicht an unsere Sitzreihe.

»Sie sind doch Dr. Kreisler, nicht wahr?« sagte er, wobei seine tiefe Stimme mit einem Mal einen herzlichen Klang gewann. Der Doktor schüttelte die Hand, die ihm Mr. Darrow bot. »Ich bin ein großer Bewunderer Ihrer Arbeit, Doktor, wenn Sie mir gestatten, das zu sagen.«

»Nur zu«, sagte der Doktor und betrachtete den Anwalt aufmerksam, wobei er gewinnend lächelte. »Vielen Dank, Mr. Darrow.«

»Sagen Sie, Sir«, fuhr Mr. Darrow fort, »stimmt es, daß Sie in diesem Fall die Anklagevertretung beraten?«

»Überrascht Sie das?« fragte der Doktor.

»Eigentlich ja«, sagte Mr. Darrow. »Ich hätte Sie nicht für jemanden gehalten, der daran mitwirkt, das Streben des Staates nach Bestrafung eines jeden zu unterstützen, dessen er habhaft werden kann, mit dem ausschließlichen Ziel, den letzten Akt dieser geheimnisvollen Tragödie schreiben zu können.«

»Sehen Sie das als mein Motiv an, Mr. Darrow?«

Die breiten Schultern zuckend, sagte Mr. Darrow: »Ein anderes kann ich mir nicht vorstellen. Und ich muß sagen, daß Ihnen ein solches Verhalten gar nicht ähnlich sieht. Aber vielleicht habe ich auch einen falschen Eindruck von Ihnen gewonnen, oder Sie haben Ihre eigenen Gründe dafür, mit dem Bundesstaat New York zu paktieren.« Als er sah, daß sich die Augen des Doktors bei diesem kaum verhüllten Hinweis auf die noch nicht abgeschlossene Untersuchung im Zusammenhang mit den Vorgängen im Kreisler-Institut ein wenig weiteten, lächelte Mr. Darrow. »Wie auch immer, ich hoffe, daß wir irgendwann einmal Gelegenheit haben, uns miteinander zu unterhalten. Ich meine, außerhalb des Gerichtssaals. Es ist mein voller Ernst, wenn ich Ihnen sage, wie aufrichtig ich Ihre Arbeit bewundere. In der Regel jedenfalls. Guten Morgen.«

Der Doktor nickte, nach wie vor lächelnd. »Auch Ihnen einen guten Morgen, Sir.«

Mr. Darrow folgte Mr. Maxon zu den Mahagonitüren, wo sich sogleich Mr. Grose und einige andere Zeitungsleute auf sie stürzten, die aus Saratoga herübergekommen waren.

»Ein kluger Kopf«, sagte der Doktor und sah zu, wie der Anwalt aus Chicago im Kreise der Journalisten auf eine Art hofhielt, die zeigte, daß er damit bestens vertraut war.

»Durchaus«, sagte Mr. Picton, der zu uns getreten war. »Ein kluger, scheinheiliger, eingebildeter Tugendbolzen, der so tut, als ob er das einfache Volk verträte.« Er wandte sich um, nahm seine Aktentasche und lachte kurz auf. »Es ist ganz leicht, ihn zu ärgern.«

»Auf jeden Fall hast du dir die größte Mühe gegeben, Rupert«, sagte Mr. Moore kopfschüttelnd. »Beabsichtigst du tatsächlich, dich bei diesem Prozeß pausenlos mit dem Mann anzulegen?«

»Bestimmt teilt der Doktor meine Ansicht«, sagte Mr. Picton und steckte sich die kalte Pfeife in den Mund, »daß jemand, der fortwährend voll Zorn ist, weit eher Fehleinschätzungen zum Opfer fällt, als wenn er kühlen Kopf behielte.«

»Ich hatte mir schon gedacht, daß Sie dieses Ziel verfolgen, Mr. Picton«, sagte der Doktor. »Und Sie haben es in bewundernswerter Weise erreicht.«

»Ach, nicht der Rede wert«, sagte Mr. Picton und schob sich die Aktentasche unter den Arm. »Wie ich schon gesagt habe, sind solche Anwälte im allgemeinen davon überzeugt, daß sie nicht einmal von Jesus Christus etwas lernen könnten, wenn es darum geht, die Welt zu retten. In Wirklichkeit ist es kinderleicht, sie auf die Palme zu bringen. Nun! Die Eröffnungssitzung ist recht gut gelaufen, aber ich würde mich jetzt ganz gern noch einmal mit Ihnen zusammensetzen, Doktor, und unsere nächsten Schritte mit Ihnen durchgehen.« Er nahm wieder die Uhr heraus und sah darauf. »Wenn es Ihnen recht ist, können wir das in meinem Amtszimmer tun.«

»Selbstverständlich«, sagte der Doktor und ging ihm durch den Gang voraus, an der kleinen Gruppe von Journalisten vorüber, die Mr. Darrow und Mr. Maxon nach wie vor mit Fragen bestürmten. Sie versuchten sich auch Mr. Pictons zu bemächtigen, dem sie Fragen stellten, die man sich leicht denken kann: ob nicht die Anklage gegen Libby Hatch ein Akt der Verzweiflung sei, welches Motiv eine Mutter haben könne, ihre eigenen Kinder zu töten, ob nicht eine solche Frau geisteskrank sein müsse – und dergleichen. Aber Mr. Picton, der darauf eingestellt war, beantwortete alle Fragen wortreich, ohne etwas Wichtiges preiszugeben. Dabei verwies er die Presseleute immer wieder an Mr. Darrow, indem er sagte, er sei sicher, daß jener Beachtenswerteres zu sagen habe als ein kleiner Zweiter Bezirksstaatsanwalt.

Oben in seinem Amtszimmer teilte uns Mr. Picton mit, daß seine Aufmerksamkeit gegenwärtig der Überlegung gelte, welche Bürger am ehesten als Geschworene für die Verhandlung in Frage kämen. Auch wolle er eine Reihe von Fragen zusammenstellen, mit deren Hilfe sich diese Leute aus den Aspiranten ermitteln ließen. Er erkundigte sich nach der Meinung des Doktors und bekam eine rasche Erwiderung: Am besten eigneten sich seiner Ansicht nach arme Männer, in erster Linie Bauern – Männer, die ein hartes Leben führten und deren Familie schwere Zeiten durchgemacht hatte. Sie würden am ehesten wissen, wie leicht persönliche Konflikte und Geldsorgen die Ursache für Gewalttätigkeit werden können, sogar in einer Familie, die allem Anschein nach glücklich und friedlich zusammenlebt: Sie würden auch gesehen oder zumindest davon gehört haben, wie Frauen tätlich gegen ihre eigenen Kinder vorgingen, wenn die Dinge besonders schlimm standen. Bei solchen Leuten fänden sich auf keinen Fall die bei Wohlhabenderen anzutreffenden Vorstellungen von der Reinheit der Motive und Handlungsweise von Frauen. Mr. Picton sagte, es erleichtere ihn, das zu hören, denn es passe glänzend zu seinen eigenen Vorstellungen. Die Schwierigkeit bestehe für ihn nunmehr darin, zu überlegen, wie sich solche Männer aus den Anwesenden herausfischen ließen, ohne damit Mr. Darrow Hinweise darauf zu liefern, was er da tue.

Des Doktors Hauptsorge war es nach wie vor, Clara Hatch auf das vorzubereiten, was ihr bevorstand: Jetzt, da wir Mr. Darrow begegnet waren, ließ es sich leicht vorstellen, daß er klug genug war, auf mancherlei Wegen zu erreichen, daß sie nicht unbedingt als Lügnerin dastünde, wohl aber als verwirrtes kleines Mädchen, dem die Anklagevertretung eine Geschichte eingetrichtert hatte, weil es sich nicht genau erinnern konnte, was mit ihm geschehen war. Wahrscheinlich, sagte der Doktor, würde Mr. Darrow dabei so gewinnend und herzlich wie möglich vorgehen, so daß sich Clara versucht sähe, darauf einzugehen. Also mußte man ihr vorsichtig beibringen, daß selbst jemand, der einen achtbaren und angenehmen Eindruck macht, darauf aus sein könnte, einem eine Falle zu stellen: Sicherlich kenne sie das bereits aus Erfahrung, ohne es möglicherweise aber in ihrem »Bewußtsein«, wie es der Doktor nannte, entwickelt zu haben.

Der Doktor würde das ganze Wochenende hindurch bis Montag hinein doppelt Dienst tun, denn nicht nur mußte er tagsüber Clara vorbereiten, sondern abends auch mit Libby Hatch reden und ihren Geisteszustand erkunden. Da er mich diesem Verfahren bereits unterzogen hatte und ich Zeuge gewesen war, wie er andere Menschen befragte, wußte ich im großen und ganzen, was in Libbys Kellerzelle geschehen würde: Er würde nur wenige oder sogar überhaupt keine direkten Fragen hinsichtlich der Mordfälle stellen, sondern eher eine Reihe willkürlich scheinender Fragen über die Kindheit der Frau, ihre Familie und ihr Leben ganz allgemein. Das Gesetz verlangte von Libby, daß sie dabei mitwirkte, doch bedeutete das nicht unbedingt, daß sie nicht zumindest versuchen könnte, so zu antworten, daß der Doktor kein klares Bild von ihr gewann. Ich hatte aber schon weit verstocktere Verbrecher erlebt, die bei diesem Versuch kläglich Schiffbruch erlitten hatten: Es sah nicht so aus, als hätte Libby bei all ihrer Klugheit besonders große Erfolgsaussichten. Trotzdem, das war mir klar, würde es durchaus interessante Begegnungen geben, und ich hoffte, daß es mir meine Zeit gestatten würde, zumindest bei einem Teil als Zuhörer anwesend zu sein.

Danach aber sah es gar nicht aus, denn wir übrigen würden in den wenigen Tagen vor dem Beginn des eigentlichen Prozesses alles andere als müßig sein. Die Isaacsons – zu ihnen hatte sich Mr. Moore gesellt, dem jeder Vorwand recht war, wieder an die Spieltische in Saratoga zu kommen – wollten nicht nur feststellen, welche Zeugen und Sachverständige Mr. Darrow aufzubieten gedachte, sondern außerdem seine Verfahrensstrategie so gut wie möglich im voraus erkunden. Miss Howard war nach wie vor entschlossen, wenn sich schon kein Verwandter Libby Hatchs auftreiben ließ, jemanden zu finden, der etwas über ihre Kindheit wußte, und es sah ganz so aus, als würde ich ihr bei der Suche weiterhin zur Hand gehen müssen, zumindest bis Dienstag. Das begeisterte mich nicht unbedingt, denn es kam mir mittlerweile ganz so vor, als handelte es sich um eine ausgesprochene Jagd nach einem Phantom. Viel lieber wäre ich mit Mr. Moore nach Saratoga gefahren, aber da ich wußte, wie wichtig Miss Howards Aufgabe war, versuchte ich, den Auftrag mit ähnlichem Gleichmut wie El Niño hinzunehmen, der weiterhin den Leibwächter für die Dame in unserer Gruppe spielen wollte, die von Anbeginn seine Wohltäterin gewesen war.

Aber gute Vorsätze und Pflichtbewußtsein zahlen sich nicht immer aus, und bis zum Wochenende hatten wir nichts herausgebracht, was sich als nützlicher Hinweis hätte deuten lassen. Man konnte fast den Eindruck haben, jemand hätte mit voller Absicht alle Spuren von Libbys Dasein zu tilgen versucht. Nach einer Weile führten uns unsere Reisen ziemlich weit in den Norden, bis ans südliche Ufer des Lake George und in die Ausläufer der Wälder des Adirondack-Gebirges. Die Landschaft wurde immer schöner, die Ortschaften wurden immer kleiner und spärlicher, bis es fast einen ganzen Tag dauerte, eine von ihnen zu erreichen, und die Rückkehr den größten Teil des Abends in Anspruch nahm. Eins immerhin war sicher: Falls Libby Hatch in einer Provinzstadt des Bezirks Washington zur Welt gekommen und aufgewachsen war, war weder sie noch ihre Familie weit herumgekommen – immer vorausgesetzt, sie hatte nicht schon vor Jahren alle miteinander um die Ecke gebracht. Diese Vorstellung bemächtigte sich meiner auf jenen langen und nutzlosen Fahrten von Dorf zu Dorf jedoch immer mehr. Auch Miss Howard schien die Aussicht, weiterhin eine Nadel in etwas zu suchen, was möglicherweise nicht einmal der uns zugewiesene Heuhaufen war, ebensowenig zu schätzen wie ich; und mir war klar, daß sie meinen Wunsch teilte, Zeuge von Gesprächen des Doktors mit Libby Hatch zu sein. Aber sie hielt mich und El Niño weiter bei der Arbeit, denn ihr war klar, daß jeder vor Gericht verwertbare Hinweis auf Libbys Vergangenheit weit bedeutender war als das Vergnügen, das es uns bereiten würde, dem geistigen Kräftemessen beizuwohnen, das im Keller unter dem Gerichtsgebäude von Ballston stattfand.

Während wir bei unseren Abendmahlzeiten, die wir angesichts unserer Tätigkeit gewöhnlich erst sehr spät einnehmen konnten, um Mr. Pictons Eßzimmertisch saßen, bekamen wir Tag für Tag Berichte über diese Zusammenkünfte. An den ersten Abenden erklärte der Doktor, Libbys Haltung ihm gegenüber habe sich in typischer Weise verändert: Anfangs habe sie ihn mit zutiefst beleidigenden Äußerungen bedacht, als habe ihr der Doktor – für den sie bei ihrer ersten Begegnung Bewunderung ausgedrückt hatte – mit voller Absicht eine tiefe Kränkung zugefügt, indem er ihr neben der Entführung der Linares-Tochter auch noch den Tod der Kinder, um die sie sich in New York gekümmert hatte, sowie die Ermordung der leiblichen Kinder zur Last legte. Diese Vorgehensweise sei durchaus klug, teilte uns der Doktor mit: Ob nun bewußt oder unbewußt, sie versuche, nicht nur Nutzen aus dem tiefverwurzelten Abscheu zu schlagen, den jeder Mensch empfindet, wenn man eine Mutter abscheulicher Verbrechen an den Kindern beschuldigt, die ihrer Obhut anvertraut sind, sondern auch aus dem in der Gesellschaft verbreiteten hoffnungsvollen Glauben, daß die von Miss Howard als »Nährmutter-Mythos« bezeichnete Haltung in der Tat so fest und unverrückbar sei wie die Rocky Mountains. Doch sobald sich abgezeichnet hatte, daß der Doktor nicht bereit war, seinen Intellekt durch sein Unbehagen überlagern zu lassen, war Libby sogleich in eine ihr ebenso vertraute Rolle geschlüpft: die der Verführerin. Sie hatte angefangen, den Doktor mit Hinweisen zu necken, daß unter seinem disziplinierten und distanzierten Äußeren gewiß geheime Begierden und Wünsche verborgen seien. Da sie selbstverständlich auch damit nicht weitergekommen war, hatte sie sich schließlich dazu gezwungen gesehen, den Rückzug auf die letzte ihrer üblichen Verhaltensweisen anzutreten: die Wut. Sie habe, berichtete der Doktor, die Maske des Opfers und der Versucherin fallengelassen und spiele jetzt den Racheengel. Verdrießlich sitze sie in ihrer Zelle, gebe ihm auf seine Fragen kurze, verärgerte Antworten – in vielen Fällen offenkundige Lügen – und flechte immer wieder drohend in ihre Aussagen ein, es werde ihm noch leid tun, daß er sich in ihren Fall eingemischt habe. Ihr sei nicht klar, daß sie mit dieser veränderten Haltung dem Doktor genau das liefere, was er haben wolle: Ihre Fähigkeit zu durchschauen, worauf er hinauswollte, und der große Fächer verschiedener, aber sorgfältig geplanter Reaktionen darauf, die sie anbot, zeigten deutlich, daß keine ernsthafte geistige Erkrankung oder Schädigung des Gehirns ihr Verhalten bestimmte – wie er es schon immer vermutet habe. Allein schon, daß sie auf seine Fragen unaufrichtige und boshafte Antworten gebe – die insgesamt in einem Zusammenhang standen –, beweise, daß sie geistig so gesund war wie nur irgendeiner.

All das war sehr aufschlußreich, und Miss Howard und ich wünschten uns sehr, daß wir hätten dabeisein können, aber angesichts der uns bekannten zahlreichen Beispiele dafür, auf welche Weise sie mit – ob jungen oder alten – Menschen umging, die ihre Pläne durchkreuzt hatten, beneidete niemand den Doktor darum, daß er das Objekt von Libbys Haß geworden war. Ich gebe zu, daß ich mir immer größere Sorgen um ihn machte, je mehr ich über die Begutachtungssitzungen erfuhr, und so fragte ich ihn schließlich, ob er dafür gesorgt habe, daß bei den Gesprächen jemand anwesend sei, der die Frau daran hindern könne, ihn unerwartet anzugreifen und ihm Schaden zuzufügen. Er erwiderte, solange er sich in der Zelle befinde, warte der Wachmann Henry unmittelbar vor der Tür und achte aufmerksam auf alles, was darin vorgehe.

Die Bemühungen der beiden Isaacsons und Mr. Moores festzustellen, was Mr. Darrow in Saratoga trieb, waren etwa ebenso erfolgreich wie die Anstrengungen, die Miss Howard und ich bezüglich Libbys Vergangenheit unternahmen – bis Samstag jedenfalls. An jenem Abend kamen die drei, als der Rest von uns schon in Mr. Pictons Eßzimmer saß und sich den Bericht des Doktors über seine jüngste Unterhaltung mit Libby anhörte, später als gewöhnlich und in deutlich besserer Stimmung, als sie das Haus am Vormittag verlassen hatten. Es sah ganz so aus, als wären sie endlich fündig geworden. Sie waren einem Privatdetektiv begegnet, der in New York für Mr. Darrow gearbeitet hatte und den Lucius zudem kannte. Als sich jener am Hotel der Eisenbahngesellschaft Grand Union gezeigt hatte, um Mr. Darrow Bericht zu erstatten, hatte Lucius ihn abgefangen und verschiedenes aus ihm herausbekommen – natürlich ohne zu sagen, daß er für die Gegenseite arbeitete. Auch wenn ihm der Mann nicht viele Einzelheiten geliefert hatte, genügten seine allgemein gehaltenen Angaben, um zu bestätigen, daß sich Mr. Darrow in der Tat bemühte, soviel wie möglich über das gegenwärtige Tun des Doktors und seine Fortschritte in der Stadt in Erfahrung zu bringen. Sogar nach der Geschichte von Paulie McPhersons Selbstmord hatte er sich erkundigt, der ja zum Anlaß geworden war, dem Doktor wieder einmal Steine in den Weg zu legen. Nichts von alldem war besonders aufregend, hatten wir doch von Anfang an vermutet, daß Darrow die Anklage gegen Libby Hatch aushebeln wollte, indem er den Doktor angriff. Deutlich mehr beunruhigte den Doktor eine Bemerkung, die Lucius ganz nebenbei über etwas ganz anderes machte, was ihm der Detektiv gesagt hatte.

»Er läßt übrigens einen eigenen Seelenarzt kommen, der Libby begutachten soll«, sagte Lucius und lächelte Mrs. Hastings zu, die ihm gerade einen großen vollen Teller hinstellte.

Mit einem Mal wirkte Mr. Picton verwirrt. »Tatsächlich? Ich frage mich, warum. Er hat doch eigentlich ziemlich deutlich gemacht, daß er nicht auf Unzurechnungsfähigkeit plädieren will.«

»Gewiß«, sagte der Doktor. »Aber wenn in einem Fall wie diesem die Anklagevertretung ein Gutachten über die Zurechnungsfähigkeit einbringt, hält es die Verteidigung im allgemeinen für erforderlich, irgendwie darauf zu reagieren. Höchstwahrscheinlich wird Darrow die Gelegenheit nutzen zu zeigen, wie sehr der Tod der Kinder Libby mitgenommen hat, und zugleich nachweisen, daß diese tüchtige Frau über genug seelische Kraft verfügt, sich nicht nur um ihre eigenen Kinder zu kümmern, sondern außerdem um die anderer Leute. Ihr Kollege hat nicht zufällig den Namen des Seelenarztes genannt, Lucius?«

»Hm, doch«, antwortete Lucius, während er sich über die Hausmannskost hermachte, der wir seit unserer Ankunft in Ballston Spa sehr zugetan waren. Er suchte nur mit einer Hand in seinen Taschen, weil er offenbar die Gabel nicht weglegen wollte. »Ich hab ihn irgendwo aufgeschrieben… ja.« Er zog einen Notizzettel aus der Brusttasche seines Jacketts. »Hier – White. William White.«

Der Doktor hielt mitten im Kauen inne und hob besorgt den Blick. »William Alanson White?« fragte er Lucius.

Lucius sah noch einmal auf das Stück Papier. »Ja, so heißt der Mann.«

»Was ist, Kreisler?« fragte Mr. Moore. »Kennst du den?«

»Das kann man wohl sagen«, gab der Doktor zurück und schob seinen Teller von sich. Dann stand er langsam auf und griff nach einem Glas Wein.

»Gibt es Komplikationen?« fragte Mr. Picton.

Die schwarzen Augen des Doktors wandten sich dem Fenster zu und sahen in die Nacht hinaus. »Auf jeden Fall ist die Sache mysteriös. White …« Er blieb noch einige Zeit in Gedanken versunken, schüttelte schließlich sein sichtliches Unbehagen ab und beteiligte sich wieder an der Konversation. »Er ist einer der besten Vertreter der jüngeren Generation – überragend und äußerst phantasievoll. Er hat im staatlichen Krankenhaus von Binghamton gearbeitet und ziemlich eindrucksvolle Ergebnisse in bezug auf das Wesen von Straftätern erzielt, wobei er sich vor allem auf deren unbewußte Antriebe konzentriert hat. Trotz seiner Jugend ist er ein erfahrener Gerichtsgutachter.«

»Sind Sie miteinander verfeindet?« fragte Marcus.

»Eher im Gegenteil«, erklärte der Doktor. »Wir sind einander oft begegnet und korrespondieren häufig miteinander.«

»Sonderbar«, sagte Miss Howard. »Man sollte glauben, daß Darrow versuchen würde, jemanden zu finden, der Ihren Theorien mit offener

Feindseligkeit gegenübersteht, wenn er sich schon die Mühe macht, überhaupt jemanden aufzubieten.«

»Ja«, sagte der Doktor mit einem Nicken. »Aber das ist nicht das Mysteriöse, Sara. White hat wie ich eine ziemlich ungünstige Meinung vom Strafsystem unseres Landes und den dabei angewendeten Methoden, die Menschen von Verbrechen abzuhalten, wie auch von der Art, für Geisteskranke zu sorgen. Aber wir sind grundlegend unterschiedlicher Ansicht über die Definition dessen, was Geisteskrankheit ist. Er faßt den Begriff sehr viel weiter als ich. Daher schließt er in seine Kategorien von »Taten Geistesgestörter« sehr viel mehr Verbrechen ein, als ich das je tun würde. Wenn er als Gutachter auftritt, steckt dahinter nahezu immer die Absicht zu zeigen, daß bestimmte Angeklagte nicht ganz zurechnungsfähig und mithin für ihr Tun nicht verantwortlich sind.«

»Hm«, machte Mr. Picton. »Damit wären wir wieder bei der Vorstellung, daß Darrow die Karte mit der Unzurechnungsfähigkeit für den Fall im Ärmel behält, daß er sie später ausspielen muß. Allerdings hätte ich ihn nicht für so töricht gehalten.«

»Ich auch nicht«, stimmte der Doktor zu. »Wenn die Frage der Unzurechnungsfähigkeit mitten in einem Prozeß aufs Tapet gebracht wird, nützt das selten etwas – die wenigsten Schwurgerichte sehen in einer solchen geänderten Strategie etwas anderes als einen Akt der Verzweiflung.«

»Nun denn«, sagte Mr. Moore und sah verständnislos vom Doktor zu Mr. Picton. »Was also glaubt ihr, daß Darrow vorhat?«

Der Doktor schüttelte nur bedächtig den Kopf. »Ich weiß es nicht – und das macht mir Sorgen. Es gibt an unserem Gegner allerdings so einiges, was mir Sorgen bereitet.« Vor dem Fenster auf und ab schreitend, drehte er das Weinglas in den Händen. »Haben Sie herausbekommen, wann White eintreffen soll?«

»Dienstag abend«, sagte Lucius. »Nach Prozeßbeginn.«

»Das heißt, mir bleibt nur wenig Zeit, mit ihm zu sprechen«, sagte der Doktor und wiegte den Kopf. »Ja, klug eingefädelt. Aber welche Aussage erwartet Darrow um Gottes willen von ihm?«

Das würden wir schon bald erfahren, und wie beinahe alles im Zusammenhang mit Mr. Darrow zeigte es uns, warum er eines Tages der bedeutendste Strafverteidiger werden sollte, den das Land je gesehen hat.

# Kapitel 43

Unser »Unterricht« begann am Dienstag vormittag, als Männer, die man im ganzen Bezirk Saratoga vom Feld, hinter der Ladentheke hervor und aus dem Wohnzimmer geholt hatte, ins Gerichtsgebäude von Ballston Spa drängten, um zu erfahren, ob sie im Verlauf der kommenden Wochen als Geschworene am Verfahren mitwirken würden, das unter der Bevölkerung mittlerweile als »Hatch-Prozeß« bekannt war.

Vom Beginn des Auswahlverfahrens an gab Mr. Darrow zu erkennen, daß er Mr. Pictons Absicht durchschaute und deren Verwirklichung nach Kräften zu verhindern suchte. Beide Seiten hatten die Möglichkeit, Kandidaten ohne Angabe von Gründen abzulehnen, und die ersten zehn von Mr. Darrow zurückgewiesenen Männer hätten nicht besser zu dem Bild des idealen Geschworenen passen können, das sich der Doktor und Mr. Picton machten. Jeder von ihnen war arm, aber aufgeweckt, und besaß eine Art Weltwissen, die nicht damit vereinbar schien, daß die meisten von ihnen ihren Heimatbezirk, geschweige denn ihren Bundesstaat, nie verlassen hatten. Als Mr. Darrow an der Reihe war, diese Männer zu befragen, trat er ihnen durchaus freundlich entgegen – ihm lag zuviel an der guten Meinung des Publikums, als daß er sich anders verhalten hätte. Er verwickelte sie in ein wohlwollendes Gespräch über den Geschäftsgang in der Stadt oder über die Art und Weise, wie das naßkalte Wetter in jenem Sommer die Ernteaussichten beeinträchtigte; aber kaum hatte einer von ihnen beispielsweise gesagt, er sei in einem Bauernhaus mit einem einzigen Raum aufgewachsen oder, schlimmer noch, seiner Mutter, Großmutter, Tante oder Schwester sei gelegentlich die Hand ausgerutscht, sah er sich mit einem freundlichen »Danke« (und ohne jedes Wort der Erklärung) vom Verteidiger entlassen.

Mr. Picton seinerseits ließ sich nicht von der scheinbar naiven, schlichten Weise hinters Licht führen, mit der Mr. Darrow die bessergestellten und gebildeteren unter den Kandidaten über die »natürliche Aufgabe« von Mann und Frau befragte. Er wollte von ihnen wissen, ob sich ihrer Ansicht nach der Zustand der menschlichen Gesellschaft so sehr verschlechtert haben könnte, daß es möglich sei, grundlos die fundamentalsten Bindungen zwischen Artgenossen – »das natürliche Gesetz menschlicher Gemeinschaftsbildung«, wie er es formulierte – zu zerrütten. Mr. Darrow sagte nicht offen heraus, daß seiner Auffassung nach die Bindung zwischen einer Mutter und ihren Kindern Bestandteil jenes »natürlichen Gesetzes« war. Das war aber auch nicht nötig, denn offenkundig setzten das die meisten der im Gerichtssaal Anwesenden stillschweigend voraus. Doch ebenso, wie Mr. Darrow Anwärter abgelehnt hatte, die von

Gewalttätigkeit bei Frauen gesprochen hatten, schickte Mr. Picton jeden davon, der sich zu solchen »natürlichen« oder »fundamentalsten« Bindungen bekannte, so daß Mr. Darrow schließlich klagte, Mr. Picton scheine »die Vorstellung des Naturrechts in Bausch und Bogen« abzulehnen, obwohl diese, wie er erklärte, der Unabhängigkeitserklärung und der amerikanischen Verfassung zugrunde liege. Mr. Picton erwiderte darauf, es sei nicht Aufgabe des Gerichts, philosophischen Spekulationen nachzuhängen – es beschäftige sich mit Strafrecht, nicht aber mit Naturrecht. Auch wenn ihm diese Haltung nicht gerade Richter Browns Zuneigung eintrug, war sie nicht nur angemessen, er hatte auch durchaus das Recht, so zu argumentieren. So kam es, daß viele der Männer, die Mr. Darrow wohl gern als Geschworene gesehen hätte, wieder nach Hause geschickt wurden.

Gegen Mittag hatten beide Männer den größten Teil der ihnen zustehenden Zahl an Ablehnungen verbraucht, bei denen keine Begründung erforderlich war, und obendrein einige Geschworene aus von ihnen näher dargelegten Gründen abgelehnt. So kam es, daß erst die Hälfte der Geschworenen feststand, als sich das Gericht für die Mittagspause vertagte. Es sah ganz so aus, als würde der Nachmittag etwas angespannter verlaufen als der Vormittag, denn sobald keine der beiden Seiten mehr jemanden ohne weiteres zurückweisen konnte, mußten in jedem Einzelfall die Gründe für die Ablehnung offen dargelegt werden. Um drei Uhr war es soweit, und immer noch fehlten fünf der zwölf Geschworenen. Zwar meinte Mr. Picton, er könne wohl die meisten der Männer, die bereits auf der Geschworenenbank saßen, dazu bringen, die Dinge so zu sehen wie er, vermutete aber, daß der Richter weit eher Mr. Darrows Ablehnungsgründen zustimmen würde als den seinen. Das erwies sich dann auch als zutreffend. Mr. Darrow wiederholte lediglich seine Behauptung, derzufolge das »Naturrecht« die Grundlage des gesamten amerikanischen Regierungs- und Gesellschaftssystems sei: Wer die Ansicht vertrete, »natürliche Bindungen« ließen sich »aus einer Laune heraus auflösen«, erklärte er, sage damit nichts anderes, als daß die Vereinigten Staaten auf einem äußerst brüchigen Fundament gründeten. Wer aber so denke, folgerte er, habe das Recht verwirkt, einem amerikanischen Gericht als Geschworener zu dienen.

Damit vertrat Mr. Darrow, wie der Doktor sagte, eine »lachhafte, aber einzigartig wirksame Logik«, als handelte es sich um eine in seinem tiefsten Inneren verwurzelte Überzeugung, die er aber vermutlich weit eher speziell für diesen Prozeß und den Ort, an dem er stattfand, entwickelt hatte. (Das schien seine Bestätigung darin zu finden, daß Richter Brown, wie wir im Laufe der Zeit entdeckten, als Offizier im Bürgerkrieg gedient hatte – höchstwahrscheinlich hatte Mr. Darrow das schon vorher herausbekommen.) Mr. Picton gebot für die Zurückweisung von Kandidaten über keine philosophische Rechtfertigung von ähnlich schlichter Machart. Er konnte, wie sich zeigte, an Begründungen vorbringen, was er wollte – keine davon hatte vor Richter Browns überkommenem Patriotismus Bestand. Mr. Picton blieb nichts anderes, als die Kandidaten immer wieder darauf hinzuweisen, daß persönliche Ansichten zu Fragen von Politik, Philosophie oder auch Religion keinen Einfluß auf ihr Urteil in einem Strafverfahren haben dürften, in dessen Verlauf die Frage, ob jemand schuldig oder nicht schuldig war, anhand von Beweismitteln geklärt werde, nicht aber mit Hilfe von Glaubenssätzen. Dieses Denken erschien Leuten wie Richter Brown offenbar eine Spur blutleer, und bis die Schatten auf dem Boden des Saals länger wurden, hatte das Verfahren Mr. Picton sichtlich mitgenommen, während Mr. Darrows unverhüllte Versuche, an die Überzeugungen des Alten zu appellieren – er trug sie in der »ungekünstelten Sprechweise des Mittleren Westens« vor, die er sich zugelegt hatte –, nur um so lebhafter und überzeugender zu wirken schienen.

Als alle zwölf Plätze auf der Geschworenenbank besetzt waren, ließ sich nicht mit Sicherheit sagen, welche Seite in bezug auf die persönlichen Neigungen der Ausgewählten die Oberhand behalten hatte. Hätte ich aber darauf wetten müssen, ich hätte gesagt, daß sich die Waage Mr. Darrow zuneigte. Diesen Eindruck schien zu bestätigen, daß Mr. Moore am selben Abend mit der Mitteilung aus dem Kasino zurückkehrte, die Wetten gegen einen Schuldspruch stünden mittlerweile sechzig zu eins. Für Mr. Picton würde der Prozeß ein mühseliger Kampf werden.

Aber wir hatten Zeugen und Beweismaterial auf unserer Seite, und noch gab es keinen wirklichen Grund, anzunehmen, daß sich von ihnen nicht sogar jene Geschworenen umstimmen ließen, die an der Berechtigung der Anklage gegen Libby Hatch insgeheim zweifelten; immerhin hatte auch der anfangs skeptische Sheriff Dunning seine Ansicht grundlegend geändert, nachdem er gehört hatte, was vor dem Anklageschwurgericht vorgebracht worden war. Im Bewußtsein all dessen blieb Mr. Picton am Montag abend sehr lange in seinem Amtszimmer und überarbeitete nicht nur seine Eröffnungserklärung noch einmal, die er am nächsten Morgen vortragen mußte, sondern auch den zeitlichen Ablauf, in dem er das Beweismaterial aufdecken und seine Zeugen aufrufen wollte. Mrs. Hastings bat mich gegen Mitternacht, ich möge ihm etwas zu essen ins Gerichtsgebäude bringen. Als ich dort eintraf, rauchte, las und probte Mr. Picton immer noch mit größtem Eifer und zerrte an seinem Haupt- und Barthaar, als wollte er sich selbst ein Leids antun. Unwillkürlich fragte ich mich, wie er es wohl fertigbrachte, in der Verhandlung immer so kühl und gesammelt zu erscheinen. Zwar war mir bekannt, daß man einem Menschen anmerken konnte, ob er sich mit der Welt im Einklang befand oder nicht, aber in diesem Fall war der Unterschied zwischen dem besorgten und ein wenig sonderbaren Mann, den wir außerhalb des Gerichtssaals kennengelernt hatten, und dem unbeirrbaren, glänzenden Ankläger, der den Fall gegen Libby Hatch verfolgte, so außergewöhnlich, daß einem davon ganz wirr im Kopf wurde.

Aber es sollte sich zeigen, daß Mr. Picton vor Gericht *immer* eindrucksvoll war. Das galt vor allem am nächsten Morgen, als er die Anklage gegen Libby Hatch vortrug. Um zehn Uhr erklärte Richter Brown das Verfahren für eröffnet, und Iphegeneia Blaylock machte sich bereit, mit flinker Hand die Worte des Anklägers zu protokollieren. Als sich Mr. Picton erhob, um das Wort an die Geschworenen zu richten, war auf seinem Gesicht nicht die Spur des diabolischen Lächelns zu erkennen, das man beim Aufruf der Angeklagten und der Auswahl der Geschworenen hatte sehen können. Er war ganz ernst, und ich nahm an, dieser Umschwung seiner Stimmung würde die Geschworenen veranlassen, der Verhandlung von Anfang an aufmerksam zu folgen. In einem dunklen Anzug, der die Vorstellung zu verstärken schien, daß er in einer Angelegenheit vor sie getreten war, die er persönlich nicht unbedingt zu verfolgen wünschte, schritt Mr. Picton etwa eine Minute lang wortlos vor der Geschworenenbank auf und ab; erst als er sah, daß die Gesichter der zwölf Männer rückhaltlose Aufmerksamkeit spiegelten, tat er den Mund auf.

»Meine Herren«, begann er, sehr viel langsamer und getragener, als das sonst seine Art war. »Sie haben gehört, was die Staatsanwaltschaft der Angeklagten zur Last legt. Darüber hinaus aber gibt es im Anklagebeschluß nicht enthaltene Tatsachen, die Sie gleichfalls kennen sollten.« Er hob eine Hand zum Tisch der Verteidigung, ohne Libby Hatch anzusehen. »Diese Frau hat kürzlich ihren Gatten verloren, einen überaus tapferen Mann, der in einem früheren Abschnitt seines Lebens seine Gesundheit auf dem Altar der Union und der Sklavenbefreiung zum Opfer gebracht hat. Niemand von Ihnen soll denken, die Staatsanwaltschaft sei sich dessen nicht bewußt, und niemand möge glauben, sie bringe die trauernde Witwe nur deshalb vor Gericht, um ein lange zurückliegendes, erschreckendes Verbrechen aufzuklären – das jedenfalls hat die Verteidigung in der Lokalpresse durchblicken lassen. Ich sage Ihnen ganz offen, solch fragwürdigen Neigungen würden wir nicht einmal dann nachgeben. wenn unsere Zeit uns das erlaubte. Daran würde uns die Erinnerung an einen Mann, der sich in einem bedrohlichen Augenblick unter die vielen Helden unseres Landes eingereiht hat, so gewiß hindern, wie das Fällen eines gewaltigen Baumes den Verkehr auf der Straße nach Charlton zum Stillstand brächte.«

Ich beugte mich auf meinem Sitz vor, nicht nur, weil ich mir keins von Mr. Pictons Worten entgehen lassen wollte, sondern auch, um zu sehen, wie der Doktor darauf reagierte. Bei der Erwähnung des armen alten Micah Hunter nickte er und gab sich große Mühe, ein völlig ausdrucksloses Gesicht zu machen. »Gut«, flüsterte er. »Gut – dann kann Darrow schon mal nicht auf diesem Thema herumhacken.«

Mr. Picton ließ eine Pause eintreten und hob den Blick zur Decke. »Ja, die Straße nach Charlton...« Er wandte sich erneut den Geschworenen zu. »Wir sind hier zusammengekommen – nur schweren Herzens, meine Herren, zweifeln Sie keinen Augenblick daran –, weil vor drei Jahren auf jener Straße etwas ganz und gar Widerwärtiges geschehen ist. Als Angehörige des Gemeinwesens beten wir, daß sich ein solches Ereignis nie wiederholt, und vielleicht würden wir es gern vergessen. Aber das können wir nicht. Zwei Gräber auf dem Friedhof an der Ballston Avenue lassen es nicht zu, und ein kleines Mädchen – halb gelähmt und bis vor wenigen Tagen vor Entsetzen unfähig, auch nur ein Wort zu sagen –, läßt es nicht zu. Die bloße Existenz dieses Kindes ist seit drei Jahren eine beständige Erinnerung an das Entsetzliche, das an jenem Abend geschehen ist. Jetzt aber kann sie mit mehr aufwarten als ihrer bloßen bedrückenden Gegenwart. Endlich, nach drei langen Jahren, in deren Verlauf sie Qualen erlitten hat, wie sie sogar das Vorstellungsvermögen jener tapferen Männer übersteigen dürften, die das Gemetzel unseres großen Bürgerkrieges überlebt haben, kann die kleine Clara Hatch endlich sprechen! Und vermag jemand zu glauben, meine Herren, daß sich ein solches Kind, wenn es sich endlich sicher genug fühlt, seinen entsetzlichen Erinnerungen Stimme zu verleihen, dazu bringen läßt, zu lügen? Kann einer von Ihnen allen Ernstes annehmen, nach allem, was dieses achtjährige Mädchen durchgemacht hat, ein Vertreter des Staates könne es so mir nichts, dir nichts, überreden, es möge sich eine Darstellung des Vorfalls auf der Straße nach Charlton *ausdenken*, bei dem seine beiden Brüder erschossen und es selbst so schwer getroffen wurde, daß sich der Schütze der Hoffnung hingeben durfte, die Wunde werde tödlich sein?«

Einen Augenblick lang sah Mr. Picton die Geschworenen nachdrücklich an und bemühte sich sichtlich, Herr seiner Gemütserregung zu werden. Ich kannte ihn schon gut genug, um zu wissen, daß ihm das kaum gelingen würde.

»Die Verteidigung wünscht, daß Sie das glauben«, fuhr er fort und nickte. »Aber die Verteidigung wünscht von so manchem, daß Sie es glauben. Sie wird Sie auf die frühere eidliche Aussage jener Frau verweisen, die zu jener Zeit Mrs. Libby Hatch hieß, und sie erneut in den Zeugenstand rufen, damit sie ihre abstruse Geschichte von einem geheimnisvollen Schwarzen wiederholt, der ihre Kinder, aber nicht sie selbst, angegriffen habe und dann in der Nacht verschwunden sei. Man hat ihn trotz einer äußerst gründlichen Nachforschung nie aufgefunden oder auch nur zu Gesicht bekommen. Dabei sind die Tatsachen, wie sie der einzige andere Zeuge der Vorfälle jenes Abends berichtet, bei aller Abscheulichkeit so einfach und klar, daß die Verteidigung, dessen bin ich sicher, Sie keinesfalls weiterhin mit abwegigen Spekulationen in die Irre leiten kann. Meine Sicherheit rührt daher, daß ich den Bericht über den Ablauf der Ereignisse aus dem Mund der kleinen Clara gehört habe. Nur weil ich diese entsetzliche Geschichte gehört habe, erhebt der Staat gegen die einstige Mrs. Hatch Anklage. Zweifeln Sie nicht daran, meine Herren. Seien Sie sicher, nie und nimmer hätte die Anklagevertretung die Kühnheit besessen, diesen bestürzenden Vorwurf gegen jene Frau zu erheben, wenn nicht Clara Hatch – in eben diesem Gebäude, unter Eid und im Angesicht der ganzen einschüchternden Macht eines Gerichtshofes – ausgesagt hätte, daß ihre eigene Mutter die schändliche Tat vollbracht hat, ihren drei kleinen Kindern kaltblütig den Lauf eines .45er Revolvers an die Brust zu setzen und abzudrücken, und das nicht nur einmal, sondern wiederholt, bis sie überzeugt war, keines von ihnen sei mehr am Leben! Nein, meine Herren! Wir verfolgen hier keine anderweitigen Ziele. Wir würden gewiß nicht einfach deshalb die Seelenruhe und die geistige Gesundheit eines Kindes aufs Spiel setzen, weil wir einen ungelösten Fall abschließen wollen. Es wäre besser, hundert Verbrechen blieben ungelöst, als daß sich der Staat eines solchen Verhaltens schuldig machte! Wir – *Sie* – sind nur aus einem Grunde hier: weil der einzige Mensch, der Zeuge dessen war, was sich an jenem Maiabend vor drei Jahren auf der Straße nach Charlton abgespielt hat, darüber ausgesagt hat. Wenn der Anklagebehörde eine solche entsetzliche Tat zur Kenntnis gebracht wird, bleibt ihr keine Wahl, als schweren Herzens – ich sage es noch einmal, meine Herren, schweren Herzens! – das Räderwerk der Justiz in Gang zu setzen, wie sehr auch immer das den Frieden des Gemeinwesens wie auch den Seelenfrieden jedes einzelnen Bürgers stören mag.«

An dieser Stelle ließ Mr. Picton wieder eine Pause eintreten, holte tief Luft und rieb sich die Stirn, als verursachte es ihm Pein, über den Fall zu sprechen.

»Raffiniert gemacht«, flüsterte Marcus dem Doktor zu. »Er spricht die Kritikpunkte an, die Darrow vorbringen könnte, bevor dieser selbst Gelegenheit dazu hat.«

»Ja«, sagte der Doktor. »Aber unterschätzen Sie Darrow nicht. Er hat einen wachen Geist und plant sicher schon neue Angriffswege, während ihm Picton die alten versperrt.«

Mit einem Blick zu Mr. Darrow hinüber konnte ich sehen, was der Doktor meinte: Obwohl sich der Verteidiger ganz entspannt zurücklehnte, war auf seinem Gesicht zu erkennen, daß sein Gehirn unter vollem Dampf stand.

»Meine Herren«, fuhr Mr. Picton fort. »Sie werden gleich erfahren, welches Beweismaterial die Anklage vorzubringen und welche Zeugen sie aufzubieten gedenkt, wie auch alles andere, was Sie in dieser Angelegenheit wissen müssen. Doch schon während Sie sich das anhören, wird in Ihrem Hinterkopf eine Frage auf Antwort warten, und damit Sie diese nicht daran hindert, den Beweismitteln Ihre ungeteilte Aufmerksamkeit zuzuwenden, ist es wohl besser, daß ich sie jetzt anspreche. Alle Beweismittel und alle Zeugen auf der Welt werden nicht verhindern können, daß

Sie sich fragen: Wie ist es möglich, daß eine Frau ein solches Verbrechen begeht? Müßte sie dazu nicht verrückt sein? Aber das war die Frau, die hier vor Ihnen sitzt, zu keinem Zeitpunkt ihres Lebens, und auch die Verteidigung wird nicht den Versuch unternehmen, sie als geistesgestört hinzustellen. Auch sind ihre Kinder nicht außerehelich zur Welt gekommen, was meist als Erklärung für den ›Prolizid‹ herangezogen wird, wie man die Ermordung der eigenen Nachkommen nennt. Nein, Thomas, Matthew und Clara Hatch hatten nicht nur eine Mutter, die geistig gesund war und ist, sondern auch ein Heim und einen Vater, dessen Namen sie tragen. Wie aber, werden Sie sich fragen, konnte die Tat dann geschehen? Die verfügbare Zeit und die Strafprozeßordnung hindern mich daran, schon jetzt die Theorie der Anklage zu diesem Punkt ausführlich darzustellen – das muß der Beweisaufnahme vorbehalten bleiben. Ich fordere Sie daher lediglich auf, sich Ihres eigenen Widerwillens bewußt zu sein, wenn es darum geht, eine solch ungeheuerliche Möglichkeit ins Auge zu fassen. Gerechtigkeit läßt sich nur schaffen, wenn Sie sich Ihren Vorurteilen stellen, so wie wir, die wir uns mit dem Fall beschäftigt haben, das schweren Herzens getan haben – ja, ich wiederhole es noch einmal, wir haben es schweren Herzens getan.« Erneut ließ Mr. Picton eine Pause eintreten, um sicherzugehen, daß ihn die Geschworenen verstanden hatten, dann fuhr er tief aufseufzend fort: »Was die Frage der Mittel und Möglichkeiten angeht, wird die Beweisaufnahme zeigen ...«

Hier faßte er knapp in Einzelheiten alle Beweismittel und Indizien zusammen, die wir gesammelt hatten, und breitete dann vor den Geschworenen aus, was seine beiden anderen Hauptzeugen – Mrs. Louisa Wright und der Prediger Clayton Parker – über Libby Hatchs mögliche Motive für das Verbrechen zu sagen hatten.

Währenddessen flüsterte der Doktor Mr. Moore zu: »Das ist wirklich eindrucksvoll. Selbst ich bin versucht zu glauben, daß er den Fall nur ungern verfolgt.«

»Ich hab dir ja gesagt«, erwiderte Mr. Moore mit einem Nicken, ohne den Blick von Mr. Picton zu lösen, »er ist der geborene Staatsanwalt.«

»Eine seltsame Umkehr der Rollen«, fügte Miss Howard hinzu. »Was er sagt, klingt mehr wie die Worte eines Verteidigers als wie die eines Vertreters der Anklage.«

»Genau das ist der Kniff«, sagte Marcus. »Er weiß, daß Darrow alles bestreiten wird, und so hebt er die Gegenposition hervor. Er verteidigt seine Zeugen und seine Anklage, bevor sie angegriffen werden. Wirklich gerissen – damit dürfte er Darrow eine ganze Menge Wind aus den Segeln nehmen.«

»Ich wünschte, daß dem so ist«, flüsterte der Doktor.

Wir wandten unsere Aufmerksamkeit wieder Mr. Picton zu, der jetzt zum Ende seiner Darstellung der Beweismittel kam, welche der Ankläger vorzulegen gedachte. Er kehrte an seinen Tisch zurück, als wollte er sich wieder setzen; dann aber hielt er inne wie jemand, dem im letzten Augenblick etwas eingefallen ist, von dem er aber nicht recht weiß, ob er es vorbringen soll, hob einen Finger an die Lippen und trat an die Geschworenenbank. »Eines noch, meine Herren. Gericht wie Anklage haben keine Einwände dagegen erhoben, daß sich die Angeklagte durch einen Anwalt vertreten läßt, der nicht aus unserem Bundesstaat stammt. Sie hat ein Anrecht darauf, und ihr Anwalt ist ein tüchtiger Strafverteidiger. Daran sollten Sie denken. Ein ausgesprochen tüchtiger Strafverteidiger. Er hat in den Jahren seiner Tätigkeit die Interessen einfacher wie bedeutender Mandanten vertreten, die Interessen von Großunternehmen wie die von unzurechnungsfähigen Mördern. Sie hätten recht, wenn Sie sich fragten, was ihm an diesem Fall so fesselnd erscheint, daß er ihn in unser stilles Städtchen führt, das so abgeschieden vom Menschengewimmel der Großstadt Chicago liegt. Es liegt der Anklage fern, den Anschein zu erwecken, als gäbe es keine Mächte, die dahinterstehen, hat doch die Angeklagte im Verlauf der Jahre, die sie in New York gelebt hat, in Diensten einiger der mächtigsten Menschen gestanden, die dort wohnen. Möglicherweise ist es verständlich, daß ihnen daran gelegen ist, ihr in der Stunde der Not beizustehen. Daher haben sie sich über die Grenzen unseres Bundesstaates hinaus der Unterstützung eines, wie ich schon gesagt habe, ausgesprochen tüchtigen Strafverteidigers versichert. Das geht ausschließlich sie etwas an. Aber Ihnen sollte folgendes bewußt sein: Im Verlauf der Jahre, in denen der Verteidiger so tüchtig geworden ist, hat er dies und jenes über Schwurgerichte gelernt. Er weiß, wie die Geschworenen denken und empfinden, und er weiß, wie sie die schreckliche Verantwortung sehen, die darin besteht, bei einem Kapitalverbrechen über das Schicksal eines Mitmenschen entscheiden zu müssen. Zweifellos werden Sie viel über *Ihre* Verantwortung zu hören bekommen, sobald der Verteidiger das Wort ergreift.«

Zum ersten Mal bedachte Mr. Picton die zwölf Gesichter ihm gegenüber, wenn auch nur ganz kurz, mit einem Lächeln. »Aber was *ist* Ihre Verantwortung, meine Herren?« fragte er mit unbewegtem Gesicht. »Sie müssen die Beweise und die Aussagen abwägen, die Ihnen Anklage wie Verteidigung vorlegen. Nicht weniger – und nicht mehr. Der Herr Verteidiger wird Sie ersuchen zu glauben, daß es nicht seine Absicht sei, Ihre Emotionen oder Ihre angeborenen Sympathien zu wecken, sondern Ihnen den Fall lediglich so klar und offen wie möglich vorzutragen, so daß es ausschließlich in Ihrer Verantwortung liege, falls Sie zu dem Ergebnis kämen, daß diese Frau schuldig ist. Doch in Wahrheit, meine Herren, vervollkommnet unser Geschworenensystem seit Jahrhunderten ein Mittel, das sicherstellen soll, daß kein einzelner Mann je den Eindruck hat, wie unser Herrgott das Schicksal eines Mitmenschen in Händen zu halten. Ihre Verantwortung besteht ausschließlich darin abzuwägen, was man Ihnen vorlegt. Es obliegt der Verteidigung und der Anklage, in angemessener Weise vorzubereiten und vorzutragen, was sie zu sagen haben, und die Verantwortung dafür liegt bei diesen beiden Institutionen. Sofern Sie also die Angeklagte für nicht schuldig halten, liegt die Verantwortung dafür nicht bei Ihnen, sondern bei der Anklagevertretung. Bei *mir*, meine Herren. Was für die eine Seite gilt, gilt auch für die andere. Sie sind keine Vertreter der Inquisition, die einst den Auftrag und die Macht hatte, willkürlich über das Geschick von Mitmenschen zu entscheiden. In einem solchen Fall müßten Sie tatsächlich die Verantwortung für das tragen, was hier geschieht. Das aber ist nicht Ihre Aufgabe. Sie besteht einfach darin, aufmerksam zuzuhören – dem Vortrag der Beweismittel, der Aussage der Zeugen und der Stimme des Zweifels, die jeder in seinem Innersten vernimmt. Sofern es mir nicht gelingt, diese Stimme in angemessener Weise zum Verstummen zu bringen, müssen Sie gegen die vom Staat vertretene Anklage entscheiden. Und glauben Sie mir, meine Herren, die Verantwortung dafür trägt der *Staat*.« Mr. Picton wandte sich von den Geschworenen ab, sah zu Mr. Darrow hin und fügte hinzu: »So jedenfalls ist es hier im Bundesstaat New York üblich.«

Dann kehrte er an seinen Tisch zurück und setzte sich heftig atmend nieder, nahm seine Uhr heraus, legte sie vor sich und richtete den Blick unverwandt darauf.

Richter Brown sah ihn einen Moment lang prüfend an. In seinem Blick mischte sich Ärger mit einer Art widerwilliger Achtung. Dann wandte er sich dem Tisch auf der gegenüberliegenden Seite des Raumes zu. »Mr. Darrow? Wünscht die Verteidigung jetzt schon auf die einführenden Worte der Anklage einzugehen, oder gedenkt sie damit bis nach dem eigenen Eröffnungsvortrag zu warten?«

Bedächtig erhob sich Mr. Darrow und lächelte dem Richter leicht zu, wobei ihm wieder einmal eine Strähne in die Stirn fiel. »Gerade habe ich über diese Frage nachgedacht, Euer Ehren«, sagte er, wobei seine Stimme tiefer und weniger rauh klang als zuvor. »Sie können mir da wohl auch nicht raten?«

Im Publikum konnte man leises Lachen vernehmen, was Richter Brown dazu veranlaßte, nach seinem Hammer zu greifen; aber bevor er ihn niederfahren lassen mußte, trat wieder Ruhe ein.

»Das scheint mir nicht der richtige Zeitpunkt für Frivolitäten zu sein, Herr Anwalt«, sagte der Richter streng.

Mr. Darrows Lächeln verschwand, und alle Falten in seinem Gesicht schienen sich kummervoll zu vertiefen. »Nein – das ist es wohl nicht, Euer Ehren, und ich bitte um Verzeihung, wenn meine Worte so gewirkt haben sollten. Die Verteidigung wird mit Ihrer Erlaubnis jetzt das Plädoyer halten.« Langsam schob er sich hinter seinem Tisch vor und ging schleppenden Schritts hinüber zur Geschworenenbank, wobei er seine Schultern hängen ließ wie ein Mann, der eine schwere Bürde trägt. »Meine Entschuldigung war aufrichtig gemeint, meine Herren – bisweilen kann Verwirrung die Ursache für unangemessenes Verhalten sein. Ich muß gestehen, daß mich der Ankläger überaus verwirrt hat, und nicht nur, was diesen Fall betrifft. Mr. Picton scheint ungeheuer viel über mich zu wissen – er scheint sogar zu wissen, was ich Ihnen sagen und welcher Worte ich mich dazu bedienen werde. Ich weiß, daß ich nicht mehr besonders jung bin, aber mir war nicht klar, daß ich schon *so* alt und voraussagbar bin.« Die Männer auf der Geschworenenbank lächelten zu Mr. Darrow hin, der den Blick umgehend erwiderte. »Was er sagt, läßt mich ziemlich gefährlich erscheinen, was? Na ja, ich an Ihrer Stelle würde jetzt auf der Hut sein, weil Sie damit rechnen müssen, daß der Anwalt aus der Großstadt – wie hat er noch gesagt? – ›Ihre Emotionen oder Ihre angeborenen Sympathien wecken‹ möchte. Es dürfte allerdings nicht einfach sein, zwölf erwachsene Männer alle zugleich wie Marionetten tanzen zu lassen – und ich sage Ihnen ganz offen, meine Herren, es ist auch mehr, als ich vermag. Schon gar nicht, wenn ich so verwirrt bin …«

Mr. Darrow rieb sich kräftig den Nacken, wobei er heftig zwinkerte. »Wie Sie gehört haben, will Ihnen die Anklage einreden, daß sie den Fall am liebsten auf sich hätte beruhen lassen, wäre da nicht, während sie ganz friedlich dasaß und sich um ihre Angelegenheiten kümmerte, mit einem Mal ein kleines Mädchen gekommen – Clara Hatch, die ihr unbedingt erzählen wollte, was sich am 31. Mai 1894 auf der Straße nach Charlton zugetragen hat. Nun, meine Herren, die Wahrheit sieht ein wenig anders aus. In Wirklichkeit war meine Mandantin, Clara Hatchs Mutter, nach dem … dem *Alptraum*, der unvorstellbaren *Tragödie*, die sich auf der Straße nach Charlton abgespielt hat, so verstört, daß sie erkannte, wie unmöglich es ihr sein würde, sich um ein Mädchen kümmern, dessen Bedürfnisse so außerordentlich waren wie die der kleinen Clara. Was also hat sie getan? Sie hat sich damit einverstanden erklärt, daß zwei gutherzige Bürger dieser Stadt, Josiah und Ruth Weston – die meisten von Ihnen kennen sie ja –, sich um ihre Tochter kümmern, während sie sich aufgemacht hat, um eine neue Zukunft für sie beide zu schaffen, damit sie in Sicherheit vor den Schrecken der Vergangenheit leben können. Ihre Absicht war es, Clara zu sich zu holen, sobald sie eines Tages gesund genug war, die Westons zu verlassen. Bis vor kurzem war Mrs. Hatch der Ansicht, es könne noch sehr lange dauern, bis es soweit sei. Dann aber hat sie erfahren, daß Clara wieder sprechen kann, und zwar von Sheriff Dunning, der nach New York gekommen war, um sie festzunehmen. Denn was hatte die kleine Clara nach ihrem drei Jahre andauernden, bedrückenden Schweigen allem Anschein nach als erstes gesagt? Angeblich, daß ihre Mutter auf sie geschossen habe. Dieses gequälte und verängstigte Mädchen fängt eines Tages an, sich der Welt mitzuteilen – ein Ereignis von einigem Gewicht –, und was tut es? Es kommt daher und liefert *aus eigenem Antrieb* der Anklagevertretung Aufschluß über seine tragischen Erlebnisse. Aber das paßt in keiner Einzelheit zu der Geschichte, die jeder hier im Bezirk vor drei Jahren als wahr angesehen hat, denn mit einem Mal wird für das Verbrechen ein Schuldiger benannt, dessen sich die Vertreter des Staates mit Leichtigkeit bemächtigen können!«

Mr. Darrow löste die Hand von seinem Nacken und zuckte übertrieben die Achseln. »Ausgesprochen spannend, meine Herren. Und sofern es der Wahrheit entspräche, ließe sich nur schwer etwas dagegen einwenden. Aber die Sache entspricht nicht der Wahrheit. Clara Hatch ist *nicht* eines Morgens aufgewacht und konnte auf einmal die Geschichte erzählen, und sie hat auch nicht darauf bestanden – man hat ihre Rückkehr aus der Welt der Stummheit mit großem Aufwand eingeübt, man hat ihr das Sprechen geradezu *eingepaukt*. Und wer hat das getan? Eben der Mann, der jetzt hinter dem Herrn Staatsanwalt sitzt.« Mr. Darrow sah nicht zum Doktor hin, wohl aber jeder andere im Gericht. »Ein Mann, der sein Leben lang mit Kindern arbeitet, die Opfer von Tragödien und Gewalttaten geworden sind. Er hat die ganze vorige Woche damit zugebracht, meine Mandantin auf ihre Zurechnungsfähigkeit hin zu untersuchen, und ihn wird man auch aufrufen, sich zu diesem Thema zu äußern – als Zeuge der Anklage.« Dann sah Mr. Darrow doch zu uns herüber. »Der Name Doktor Laszlo Kreisler mag Ihnen, meine Herren, nichts sagen, und er ist vielleicht auch den Bewohnern des Bezirks Saratoga eher unbekannt. In New York hingegen kennt man ihn weithin. Wirklich. Manche achten ihn. Andere …« Erneut zuckte Mr. Darrow die Achseln. »Meine Herren, Sie haben allen Grund, sich zu fragen, was und wer mich dazu veranlaßt hat, aus Chicago herzukommen, um meine Mandantin zu verteidigen. Aber *ich* frage nicht, was und wer diesen Fremden, diesen *Irrenarzt*, aus New Yorks Irrenhäusern hierhergeführt hat, damit er einem kleinen Mädchen einredet, es möge der Welt mitteilen, seine leibliche Mutter habe auf es geschossen. *Das* hat mich verwirrt, meine Herren. Das beunruhigt den ›überaus tüchtigen Strafverteidiger‹ so sehr, daß ich mich einfach nicht darauf konzentrieren kann, Ihre Emotionen oder Ihre angeborenen Sympathien zu wecken, was auch immer das nun bedeuten mag …«

Wir in den beiden Reihen hinter Mr. Picton warfen einander mit weit aufgerissenen Augen besorgte Blicke zu – zwar hatte sich Mr. Picton mit beredten Worten an die Geschworenen gewandt, aber Mr. Darrow bediente sich der gleichen Sprache wie jene Männer, und das war uns allen klar.

Sich abermals müde den Nacken reibend, zog Darrow ein Taschentuch hervor und begann sich Schweißtropfen abzuwischen, die in immer größerer Anzahl auf sein Gesicht traten, je näher die Mittagsstunde rückte. »Euer Ehren«, sagte er mit sehr leiser und trauriger Stimme. »Meine Herren Geschworenen – das Leben konfrontiert uns mit vielen Ereignissen, für die es keine Erklärung gibt. Manche von ihnen sind herrlich, andere wiederum entsetzlich. Das mag ein schlichter Gedanke sein, ist aber wie so viele andere schlichte Dinge voll tieferem Sinn. Der Mensch neigt nun einmal dazu, alles, wofür er keine Erklärung hat, von sich zu weisen, zu fürchten und zu schmähen. So war es auch in diesem Fall, vor allem bei den Männern, deren Aufgabe es ist, Verbrechen aufzuklären und dem Recht im Auftrag der Allgemeinheit Geltung zu verschaffen. Der Zweite Bezirksstaatsanwalt nennt den Bericht meiner Mandantin über das, was ihr an jenem Abend widerfahren ist, eine ›abstruse Geschichte‹... Vielleicht ist sie das. Das aber bedeutet nicht zwangsläufig, daß sie unzutreffend ist. Es bedeutet nicht einmal zwangsläufig, daß sie kompliziert ist. Sehen wir uns doch einmal an, was sie gesagt hat. Während sie nach einem langen Tag mit ihren Kindern heimwärts fuhr, den sie einträchtig in der Stadt und am Ufer des Sees verbracht hatten, hat sich ein allem Anschein nach geistesgestörter Schwarzer auf sie gestürzt, ihr Gewalt anzutun versucht und ihre Kinder bedroht, als sie ihm nicht zu Willen war. Der Mann war von Sinnen, aufs äußerste aufgebracht, zu allem bereit – und bei einer plötzlichen Bewegung meiner Mandantin, die er als Versuch deutete, daß sie Widerstand leisten wollte, hat er auf die Kinder geschossen und die Flucht ergriffen.«

Mr. Darrow steckte die Hände in die Hosentaschen und kehrte zur Geschworenenbank zurück. »Mir ist klar, daß so etwas hier im Bezirk Saratoga nicht oft vorkommt. Das aber heißt nicht, daß es nicht vorkommen kann. In Chicago geschieht so etwas jede Woche. Vielleicht sollten wir Dr. Kreisler – und er muß es wissen, meine Herren – fragen, wie oft am *Tag* dergleichen in New York geschieht. Würde man einen solchen Bericht auch dort als ›abstrus‹ ansehen, oder tut man das nur hier, weil Ballston Spa eine ruhige und friedliche Kleinstadt ist? Der Ankläger wird Ihnen gegenüber behaupten, weil niemand außer meiner Mandantin je etwas von diesem Verrückten gesehen hat, könne das nur bedeuten, daß es ihn nicht gibt. Aber vergessen Sie nicht, meine Herren – es hat lange Stunden gedauert, bis sie ihre fünf Sinne wieder soweit beisammen hatte, daß sie jemandem einen zusammenhängenden Bericht über den Vorfall auf der Straße nach Charlton geben konnte. Das war mehr als genug Zeit für einen solchen Kerl, zum Bahnhof zu gehen und sich in einem Güterwagen zu verstecken oder unbemerkt unter die Plane eines Fuhrwerks zu kriechen, so daß er sich schon am nächsten Morgen außerhalb der Reichweite von Suchtrupps befand. Vielleicht ist er in Chicago untergetaucht, vielleicht aber auch in New York. Zeit dazu hatte er jedenfalls reichlich. Unter Umständen hat ihn die New Yorker Polizei aufgegriffen, weil er mit einer wirren Geschichte über weiße Kinder prahlte, die er erschossen haben wollte. Als sich zeigte, daß dort von erschossenen weißen Kindern nichts bekannt war, hat man beschlossen, er müsse verrückt sein und ihn in den berüchtigten Irrentrakt des Bellevue-Krankenhauses eingeliefert. Vielleicht hat man Dr. Kreisler – er hat oft dort zu tun – hinzugezogen, um den Geisteszustand des Mannes zu ›begutachten‹, wie die Irrenärzte sagen. Vielleicht war er der Ansicht, daß jener Schwarze Wahnvorstellungen hatte. Vielleicht befindet sich das elende Geschöpf noch immer da, verfault in einer Zelle, von Träumen gequält, in denen die drei Kinder auf dem Fuhrwerk vorkommen ...«

Während Mr. Darrow das sagte, hielt er den Blick zu Boden gerichtet. Ein entrückter, unsicherer Klang lag in seiner Stimme. Dann zog er mit einem Mal die Brauen zusammen und schüttelte sich. »Entscheidend, meine Herren«, fuhr er fort, »ist, daß wir es unter Umständen nie erfahren werden. Es mag sein, daß dieser Fall – wie es Jahr für Jahr in Tausenden ähnlicher Fälle geschieht – ungelöst bleibt, eine offene Wunde in der Seele unserer Gesellschaft. Wir haben den Wunsch, solche Wunden zu schließen – das ist verständlich. Wer möchte schon seinen Alltagsgeschäften nachgehen, wenn er weiß, daß jeden Augenblick ein Verrückter aus dem Gebüsch springen und ihm die Dinge – oder, noch entsetzlicher, die Menschen – nehmen kann, die er am höchsten schätzt? Niemand von uns. Daher suchen wir nach Mitteln und Wegen, das zu verhindern. Wann immer wir eines finden, sagen wir uns, daß wir der vollkommenen Sicherheit wieder einen bedeutenden Schritt näher gekommen sind. Aber das ist eine Täuschung, meine Herren – eine Täuschung, der ich meine Mandantin unter keinen Umständen aufgeopfert sehen möchte. Schon möglich, daß die Vertreter des Anklage ruhiger schlafen können, wenn sie annehmen, daß sie den Mörder von Thomas und Matthew Hatch der Gerechtigkeit überantwortet haben, und unter Umständen gilt das auch für die Bürger dieses Gemeinwesens. Dadurch aber wird die gegen meine Mandantin erhobene Anklage nicht wahrer und für jene, die den Mut haben, die Dinge nüchtern im Licht der Vernunft zu betrachten, nicht glaubhafter. Der Herr Ankläger hat Ihnen gesagt, welche Beweismittel er vorlegen und welche Zeugen er aufbieten will, um seine Behauptungen zu beweisen. Ich sage Ihnen jetzt schon, daß die Verteidigung dem Punkt für Punkt die Aussage von Zeugen – allgemeinen und fachkundigen – entgegenstellen und die Behauptungen der Staatsanwaltschaft widerlegen wird.«

Bedeutungsvoll hob Mr. Darrow einen Finger, mit dem er zu Mr. Picton hinüber wies, und fuhr fort: »Die Anklagevertretung wird Ihnen sagen, sie besitze von ›Fachleuten‹ beglaubigtes Beweismaterial dafür, daß die beim Überfall auf die Hatch-Kinder verwendete Waffe ihrem Vater gehörte und von ihrer Mutter abgefeuert wurde. Diese ganze Theorie stützt sich auf die ›Wissenschaft‹ von der Kriminalistik. Wie Ihnen die ausgewiesenen Gutachter der Verteidigung selbst zeigen werden, handelt es sich aber dabei um alles andere als eine Wissenschaft. Dann wird Ihnen die Anklagevertretung mitteilen, meine Mandantin habe finanzielle und persönliche Gründe gehabt, ihren Kindern den Tod zu wünschen. Aber, meine Herren – Klatsch und Tratsch haben keine Beweiskraft!« Mr. Darrow, der sich sichtlich in Feuer geredet hatte, wandte sich blitzschnell um und ließ seinen Blick über die Reihen der Zuhörer im Saal gleiten. Es war die erste ungestüme Bewegung, die er gemacht hatte. »Abschließend wird sie Ihnen dann mitteilen, da meine Mandantin bei klarem Verstand sei, habe sie es verdient, daß man sie in einen entsetzlichen kleinen Raum im Staatsgefängnis bringt und dort auf einem Stuhl festbindet, der eher in das Verlies eines blutrünstigen mittelalterlichen Tyrannen gehörte als in ein Institut der Rechtspflege in den Vereinigten Staaten, wo man die tückische Kraft der Elektrizität auf sie einwirken lassen will, bis sie tot ist. All das dient keinem anderen Ziel, als daß die Staatsanwaltschaft den Fall als abgeschlossen betrachten kann, woraufhin die Bürger angeblich wieder ihren ›Frieden‹ haben!«

Mit einem Mal hielt Mr. Darrow inne, hielt den Atem an und ließ die Hände hilflos hängen. »Das ist es doch eigentlich, nicht wahr, meine Herren? Meine Mandantin ist zurechnungsfähig, und Sie werden im Verlauf der nächsten Tage von Menschen, die über lange Erfahrung auf diesem Gebiet verfügen, hören, daß keine Frau bei klarem Verstand eine solche Tat gegen ihre leiblichen Kinder begehen könnte oder würde. Die Anklagevertretung aber wird Ihnen Fälle zitieren, in denen angeblich genau das geschehen ist. Man wird Ihnen eine ganze Reihe abscheulicher Geschichten über Frauen auftischen, die wegen solcher Verbrechen vor Gericht gestellt und als zurechnungsfähig befunden wurden, woraufhin man sie gehenkt oder lebenslänglich eingesperrt hat. Aber, meine Herren – frühere Fälle von Ungerechtigkeit sollten Ihnen nicht als Anlaß dienen, hier Ihrerseits eine Ungerechtigkeit zu begehen. Ja, es hat solche Frauen gegeben. Aber Sie werden – wieder von Leuten, die sich mit diesen Dingen gründlich beschäftigt haben – hören, daß auch diese Frauen unter entsetzlichen geistigen Störungen litten und demselben Drang aufgeopfert wurden, der in unserem Fall die Triebkraft der staatlichen Verfolgungsbehörde ist. Hier geht es nicht um das Streben nach Gerechtigkeit, sondern um Rache – um Rache und, was sich noch weit mehr aufdrängt, den Wunsch, das Unbehagen zu beenden, die *Angst*, die im Gefolge eines schrecklichen Verbrechens auftreten.«

Jetzt ging Mr. Darrow vor der Geschworenenbank auf und ab, wobei er wieder seinen Nacken bearbeitete. »Meine Herren, ich kann Ihnen nicht erklären, warum es dazu gekommen ist. Es gibt eine ganze Menge Dinge, die ich Ihnen nicht erklären kann. Weder kann ich Ihnen erklären, warum Kinder tot und entstellt geboren werden, noch warum Blitz und Wirbelstürme ohne Vorwarnung von einem Augenblick auf den nächsten Leben und Wohnstätten vernichten, noch, warum eine Krankheit unglückseligerweise gute Menschen dahinrafft, wohingegen andere ein langes und nutzloses Leben führen dürfen. Wohl aber weiß ich, *daß* diese Dinge geschehen. Und ich frage mich … wenn an jenem Abend ein Blitz aus dem Himmel herniedergefahren wäre und das Leben der drei armen Kinder beendet hätte – so, wie der Ankläger jetzt ihrer Mutter ein Ende bereiten will –, hätte dann die Behörde des Bezirksstaatsanwalts versucht, den Himmel zu einer Erklärung zu bewegen? Damit die Bürger dieses Bezirks und dieses Bundesstaates ruhig schlafen können? Wahrscheinlich ist nämlich der Himmel die einzige Stelle, von der Sie eine Erklärung für die Vorfälle vom 31. Mai 1894 auf der Straße nach Charlton bekommen werden. Mit dem Versuch, die Lösung hier, in diesem Gerichtssaal, zu finden, verstärken Sie nur das Entsetzen. Und dafür tragen Sie – ja, Sie und ich, wie auch der Herr Staatsanwalt und alle anderen Beteiligten – die Verantwortung. Ein zufällig eingetretenes entsetzliches Ereignis hat die Kinder Mrs. Hatchs getötet, aber *ihr* Tod wäre etwas völlig anderes. Etwas ganz und gar anderes...«

Mit diesen Worten trat Mr. Darrow feierlich an seinen Tisch zurück und setzte sich. Er sah Libby Hatch nicht ein einziges Mal an, wohl aber sie ihn, und in ihren Augen lag ein Hoffnungsschimmer, aus dem schon bald eine furchterregend aufblitzende Siegesgewißheit wurde, als sie über Mr. Darrow hinweg zu uns hersah, die wir hinter Mr. Picton saßen. Es war ziemlich klar, daß sie mit einem Freispruch rechnete. Ich beobachtete die Gesichter der Geschworenen und der Zuhörer und hätte wirklich nicht sagen können, daß ich diese Siegesgewißheit für irrig hielt. Dieser Gedanke wirkte in sonderbarer Weise auf mich: Mit einem Mal konnte ich nur noch an die kleine Ana Linares und an Kat denken und an das, was ihnen blühen würde, sofern man erlaubte, daß Libby den Gerichtssaal als freier Mensch verließ – etwas, was mir zuvor nie als so wahrscheinlich erschienen war wie jetzt.

Nach dem Ausdruck auf den Gesichtern von Mr. Picton und dem Doktor zu urteilen, hatten auch sie begriffen, wie groß der von Mr. Darrows Ansprache hervorgerufene Schaden war. Geschworene wie Zuschauer, die vermutlich sogar eine schlechte Verteidigung Libby Hatchs gelten gelassen hätten, hatten sich die klug vorgetragenen und leidenschaftlichen Worte zu eigen gemacht. Jetzt ruhte unsere ganze Hoffnung mehr denn je auf dem Beweismaterial und den Zeugenaussagen. Als Clara Hatch an jenem Nachmittag zur Aussage aufgerufen wurde, begann dieser Teil unserer Strategie mit einem Paukenschlag.

# Kapitel 44

Das verängstigte kleine Mädchen traf, begleitet von seiner Pflegefamilie, im Verlauf der Mittagspause unter dem Schutz von Sheriff Dunning und einer Gruppe speziell für diese Aufgabe abgestellter Gehilfen im Gericht ein. Der Doktor ging zur Hintertür, um Clara zu empfangen, und nach ihrem Gesichtsausdruck beim Anblick der Menge zu urteilen, die auf sie wartete, war das auch gut so. Nicht einmal im Lauf meiner in New Yorks verrufenen Vierteln verbrachten Jahre hatte ich ein Kind gesehen, das so verwirrt, so verzweifelt und so einsam wirkte wie Clara. Der Blick ihrer goldbraunen Augen irrte durch den Dschungel aus Gesichtern und Leibern, der das Fuhrwerk ihrer Pflegeeltern umdrängte, und sie schien sich erst zu beruhigen, als sie den Doktor erkannte, dem sie förmlich entgegenflog, um in seine Nähe zu flüchten. Einige Zeitungsleute, die in Sichtweite standen, beobachteten diesen Umstand mit besonderer Aufmerksamkeit. Die Gründe dafür verstand ich erst, nachdem ich den Fall vom Standpunkt der Gegenseite aus betrachtete: Wer zu der Annahme neigte, der Doktor steuere Claras Worte und Taten und gebe Anweisungen aus dem Hintergrund, dem mochte ihr erkennbares Bedürfnis, in seiner Nähe zu sein, in der Tat unheilvoll erscheinen.

Während die Westons Clara und dem Doktor ins Gerichtsgebäude folgten, bildete Sheriff Dunning mit seinen Männern vor dem Hintereingang eine Sperrkette, um die neugierige Menge zurückzuhalten. Dann gingen wir alle in den ersten Stock des Gebäudes hoch, wo wir uns in Mr. Pictons Amtszimmer setzten und einige von Mrs. Hastings belegten Broten aßen, die Cyrus geholt hatte. Wir gaben uns Mühe, so munter zu sein, wie es uns angesichts der Umstände gelingen wollte, und niemand sagte etwas über den Prozeß. Aber nichts schien Claras Stimmung aufzuhellen. Sie aß nichts, trank nur ein wenig aus dem Glas mit gesüßtem Zitronensaft, das Cyrus ihr gegeben hatte, und jedesmal, wenn sie es absetzte, suchte ihre heile Hand, die von Zucker und Zitronensaft klebrig war, entweder die Hand Mrs. Westons oder des Doktors, die links und rechts von ihr saßen. Sie schien nichts von der munteren Unterhaltung oder den gequälten Scherzen mitzubekommen, die im Raum hin und her flogen, sondern sah uns alle lediglich ausdruckslos an, bis es fast Zeit war, in den Gerichtssaal zurückzukehren. Als sie glaubte, daß niemand darauf achte, hob sie den Blick zum Doktor.

»Ist meine Mama da?« fragte sie ganz leise.

Der Doktor nickte, wobei er freundlich lächelte, aber ernst blickte. »Ja, sie ist unten.«

Clara begann, gegen die Beine ihres Stuhls zu treten und sah in ihren Schoß. »Das ist mein Sonntagskleid«, sagte sie und strich mit der gesunden Hand den hellblauen geblümten Stoff glatt. »Ich wollte nicht essen, um es nicht schmutzig zu machen.«

Mrs. Weston lächelte ihr zu. »Clara, Schätzchen, mach dir darüber keine Sorgen. Wenn du Hunger hast...«

Sie aber schüttelte lediglich den Kopf, und zwar so heftig, daß der lange Zopf nach vorn flog und die häßliche Narbe in ihrem Nacken den Blicken preisgab.

Der Doktor legte ihr sanft eine Hand auf den Kopf. »Sehr vernünftig. Ich wollte, du könntest Stevie beibringen, sich so besonnen zu verhalten. Seine Kleidung ist meist entsetzlich verschmutzt.«

Clara hob den Blick zu mir und lächelte.

»Ja«, sagte ich und nickte. »Ich bin einfach ein Ferkel, ich kann es nicht ändern.« Zur Bekräftigung ließ ich von meinem belegten Brot eine Scheibe Roastbeef auf mein Hemd fallen, was unserer Zeugin ein klägliches leises Lachen entlockte. Dann wandte sie sich rasch und schüchtern ab.

Um zwei Uhr hatten wir wieder unsere Plätze im großen Sitzungssaal eingenommen. Die Westons warteten unterdessen mit Clara auf dem Flur. Mr. Picton hatte sich dafür entschieden, mit der Aussage des früheren Sheriffs, Morton Jones, zu beginnen. Dieser kräftig wirkende, grauhaarige Alte sah aus, als hätte er den größten Teil der Zeit seit seiner Pensionierung im Wirtshaus verbracht. Jones berichtete, was er vorgefunden hatte, als er am späten Abend des 31. Mai 1894 am Haus der Familie Hatch eingetroffen war, und welche Schritte er angesichts der Situation unternommen hatte – unter anderem hatte er Mr. Picton gerufen. Diese Zusammenfassung machte die Geschworenen mit den wesentlichen Tatsachen des Falls vertraut. Mr. Darrow unternahm nichts, sie in Frage zu stellen, und als er Gelegenheit bekam, den Zeugen ins Kreuzverhör zu nehmen, verzichtete er darauf.

Als nächster trat Dr. Benjamin Lawrence, der damals im Auftrag des Richters bei zweifelhaften Fällen die Todesursache zu untersuchen hatte, in den Zeugenstand. Er berichtete, daß sich Mrs. Hatch bei seinem Eintreffen im Hause im Zustand übersteigerter Hysterie befunden habe und die blutbedeckten Kinder im Wohnzimmer auf Sofas und einem Tisch gelegen hätten. Er habe der Mutter zur Beruhigung Opiumtinktur verabreicht und sich dann mit den Kindern beschäftigt, wobei er bald den Tod von Matthew und Thomas festgestellt habe. Clara habe noch gelebt, obwohl Libby und die Haushälterin, Mrs. Wright, sie für tot gehalten hätten. Als er gemerkt habe, daß der Puls des Mädchens noch sehr schwach fühlbar gewesen sei, habe er ihr eine halbe Nitroglyzerin-Tablette gegeben und anschließend Branntwein in die Armvene gespritzt, um ihren Puls zu beschleunigen. Anschließend habe er sich um ihre blutende Wunde gekümmert. Da es seine Fähigkeiten überstiegen habe, sie zu schließen, habe er in Saratoga bei Dr. Jacob Jenkins angerufen, einem

Wundarzt, und ihn gebeten, so schnell wie möglich zu kommen. Dieser sollte als nächster Zeuge aufgerufen werden. Zuvor aber fragte Mr. Picton Dr. Lawrence, ob die Hysterie Libby Hatch in irgendeiner Weise bewegungsunfähig gemacht habe. Keineswegs, lautete die Antwort, ganz im Gegenteil sei Mrs. Hatch bei seinem Eintreffen äußerst geschäftig durch alle Räume des Hauses geeilt.

»Würden Sie sagen, daß es den Eindruck erweckte, als verfolge sie damit einen bestimmten Zweck?« fragte Mr. Picton.

Gerade, als Dr. Lawrence zustimmen wollte, fuhr Mr. Darrow hoch. »Ich muß Einspruch erheben, Euer Ehren. Die Frage soll den Zeugen zu einer spekulativen Aussage verleiten, denn er kann unmöglich gewußt haben, was die damalige Mrs. Hatch zu jenem Zeitpunkt gedacht oder beabsichtigt hat.«

»Stattgegeben«, sagte Richter Brown mit einem Nicken. »Ich habe Sie darauf hingewiesen, Mr. Picton – keine Suggestivfragen. Die Geschworenen werden gebeten, die letzte Frage des Anklägers zu ignorieren.«

Ich hatte mich wieder vorgebeugt und hörte Dr. Kreisler murmeln: »Als ob sie das könnten.« Dann sah ich, wie er sich die Hand vor den Mund hielt, um ein Lächeln zu verbergen.

Mr. Picton hatte nur wenige abschließende Fragen an Dr. Lawrence. So wollte er wissen, ob er im Hause der Familie Hatch anwesend war, als Mrs. Hatch ihre drei Kinder zur Welt brachte. Dr. Lawrence bestätigte das. Auf die Frage nach Mrs. Hatchs Zustand nach ihrer dritten Niederkunft erklärte Dr. Lawrence, die Geburt des kleinen Tommy sei sehr schwer gewesen, und seine Mutter habe danach keine Kinder mehr bekommen können. Mit diesen Angaben wollte Mr. Picton die Geschworenen auf die Behauptung einstimmen, daß Libby ihre Kinder abgelehnt habe (was auch zu unseren Vermutungen in einem früheren Zeitpunkt des Falles paßte). Mr. Darrow bezweifelte, daß das etwas mit dem verhandelten Fall zu tun habe. Daraufhin setzte sich Mr. Picton hin und überließ seinem Gegenspieler den Zeugen. Doch auch in diesem Fall verzichtete der Verteidiger auf das Kreuzverhör.

Ebenso verhielt er sich bei Dr. Jenkins: Nachdem Mr. Picton diesen Zeugen nach seinen Erinnerungen über die Behandlung von Clara Hatch befragt hatte – wobei er besonderen Wert darauf legte, daß die Geschworenen erkannten, daß keinerlei Beziehung zwischen der Schußverletzung des Mädchens und ihrem drei Jahre andauernden Schweigen bestand –, war die Verteidigung an der Reihe. Aber Mr. Darrow erhob sich nur kurz, sagte: »Wir haben zur Zeit keine Fragen, Euer Ehren«, und setzte sich wieder.

Äußerungen des Erstaunens liefen durch die Reihen des Publikums, und Richter Brown begann, sich die weißen Haare zu reiben und ein wenig verstört dreinzublicken. »Mr. Darrow«, sagte er gedehnt. »Mir ist klar, daß man die Dinge drüben im Westen anders handhabt als hier –

aber ich nehme doch an, daß Sie bei Strafverfahren nach wie vor gemäß den Vorschriften der Strafprozeßordnung vorgehen?«

Lächelnd erhob sich Mr. Darrow abermals und sagte mit einem gehemmt wirkenden Lachen: »Ich danke dem hohen Gericht für seine Fürsorge. Es verhält sich einfach so, Euer Ehren, daß die Verteidigung der Anklage in bezug auf das, was unmittelbar nach den Schüssen geschehen ist, nichts entgegenzusetzen hat. Zumindest nicht, was diese Zeugen betrifft.«

Die Aussage schien die Zuhörer zu beruhigen, Richter Brown nickte einige Male und sagte: »Sehr wohl, Herr Anwalt. Ich wollte nur sichergehen, daß Sie sich darüber klar sind, was hier abläuft.«

»Ich tue mein Bestes, Euer Ehren«, erwiderte Mr. Darrow und setzte sich wieder.

Der Richter wandte sich Mr. Picton zu. »Die Anklage kann ihren nächsten Zeugen aufrufen.«

Mr. Picton stand auf und atmete tief durch. Ich sah, daß sich die Hand des Doktors fest um die Armlehne seines Stuhls schloß, bis die Fingerknöchel weiß hervortraten.

»Euer Ehren«, sagte Mr. Picton. »Die Anklagevertretung möchte eine ungewöhnliche Bitte vorbringen.«

Richter Browns Äuglein weiteten sich so weit, wie das möglich war. »Tatsächlich?«

»Ja, Euer Ehren. Unsere nächste Zeugin ist Clara Hatch. Sie ist erst acht Jahre alt und hat ihre Mutter – ich spreche von ihrer *biologischen* Mutter – über drei Jahre nicht gesehen. Die Bürger von Ballston Spa« – an dieser Stelle ließ Mr. Picton einen Blick durch den Saal gleiten, von dem ich gewünscht hätte, daß darin ein wenig mehr Volkstümlichkeit gelegen hätte – »bringen in solchen Angelegenheiten zweifellos ebensoviel Verständnis und Rücksicht auf wie die jedes anderen Gemeinwesens. Es ist angesichts der besonderen Umstände der Wunsch der Anklagevertretung, die Öffentlichkeit für die Dauer von Clara Hatchs Aussage auszuschließen.«

»Hm«, machte Richter Brown und zog an einem seiner Affenohren. »Gewöhnlich habe ich für so etwas nichts übrig, Mr. Picton. Das schmeckt mir zu sehr nach der Alten Welt. Aber ich will zugeben, daß Sie hier in gewisser Weise nicht unrecht haben. Wie stehen Sie dazu, Mr. Darrow?«

Dieser erhob sich noch langsamer als sonst und legte die Stirn in Falten. »Euer Ehren«, sagte er, als falle es ihm ausgesprochen schwer, sich dazu zu äußern. »Wie das hohe Gericht räumen auch wir ein, daß es sich hier um eine ganz besondere Zeugin handelt, die jegliche Rücksichtnahme verdient. Aber – und ich sage das mit ausgesprochen gemischten Gefühlen – die Anklagevertretung hat bereits angekündigt, daß es sich hier um ihre Hauptzeugin handelt. Auch ist das Kind bereits in einer Verhandlung unter Ausschluß der Öffentlichkeit aufgetreten, nämlich der vor dem Anklageschwurgericht. Bei allem Verständnis für seine Sensibilität muß ich sagen – Euer Ehren, meiner Mandantin würde im Falle eines Schuldspruchs die Todesstrafe drohen. Ganz gleich, wie jung die Zeugin ist, müßte sie meiner Ansicht nach imstande sein, ihre Aussage vor der gleichen Öffentlichkeit und unter dem gleichen Druck wie jeder andere Zeuge zu machen, der hier auftritt, sofern ihre Worte dazu dienen sollen, ihre Mutter auf den elektrischen Stuhl zu bringen.«

Die Zuhörer begannen, zweifellos ebensosehr aus Selbstsucht wie aus anderen Gründen, zustimmend zu murmeln, aber diesmal zögerte der Richter nicht, mit dem Hammer für Ruhe zu sorgen. »Dem Gericht«, sagte er und blickte kalt um sich, »ist die diesbezügliche Voreingenommenheit unseres Publikums bekannt – ich wünsche daher keine weiteren Äußerungen irgendwelcher Art. Widrigenfalls lasse ich den Saal räumen, und zwar umgehend!« Er machte eine Pause, um zu sehen, wie lange es dauerte, bis die Leute parierten (nur einige Sekunden), dann sah er erneut zu Mr. Picton hin.

»Das Gericht versteht die Besorgnis der Anklagevertretung«, sagte er. »Ich kann Ihnen aber versichern, daß ich Ihrem Wunsch nachkommen werde, sobald ich im Publikum auch nur eine Stecknadel fallen höre, während die Kleine aussagt. Doch bis dahin, fürchte ich, müssen die Interessen der Verteidigung Vorrang haben. Verständlicherweise ist das Mädchen nervös – aber ich glaube, das gilt auch für die Angeklagte. Rufen Sie Ihre Zeugin, Mr. Picton.«

Mit mißbilligendem Blick streckte dieser die Hände aus. »Aber, Euer Ehren …«

»Ihre Zeugin, Sir«, wiederholte der Richter und lehnte sich in seinem Sessel zurück.

Aufseufzend ließ Mr. Picton die Arme sinken. »Nun schön. Aber ich werde mir erlauben, das hohe Gericht an seine Zusage in bezug auf das Verhalten des Publikums zu erinnern, sofern es sich nachteilig auf die Gemütslage meiner Zeugin auswirkt.«

Richter Brown nickte. »Sofern Sie am Verhalten unserer Gäste noch vor mir etwas auszusetzen finden, Mr. Picton, würde mich das sehr wundern. Aber lassen Sie es mich in dem Fall unbedingt wissen, Mr. Picton. Und jetzt tun Sie Ihre Pflicht.«

Mr. Picton tat einen weiteren tiefen Atemzug und sah zu Iphegeneia Blaylock hinüber. »Die Anklagevertretung ruft Clara Hatch in den Zeugenstand.«

Sich den großen Mahagonitüren zuwendend, nickte Mr. Picton dem Wachmann Henry zu, der einen Flügel aufschob und leise, aber mit Nachdruck, »Clara Hatch« sagte.

Dann kam das kleine Mädchen in dem einfachen Sommerkleidchen herein, wobei ihre linke Hand die rechte hielt. Ihr folgten Mr. und Mrs. Weston, die den Eindruck machten, als versenge sie der brennende Blick jeden Augenpaares im Saal. Die meisten Zuhörer kannten die Westons seit Jahren, aber in solchen Augenblicken können unter dem großen Druck von Verwirrung, Mißtrauen und Angst Jahre der Bekanntschaft und Freundschaft in Vergessenheit geraten.

Flink um sich schauend, überflog Clara die Menge. Als sie das Gesicht des Doktors gefunden hatte, ließ sie es nicht mehr aus den Augen, als wäre er ein Leuchtturm, der ihr Lebensschifflein zurück in den sicheren Hafen geleiten konnte, nachdem es den Sturm überstanden hatte, der hinter dem Eisengeländer am Ende des Ganges wartete. Während sie zum Doktor hinsah, wandte ich meine Aufmerksamkeit Libby Hatch zu. Sie, die »biologische Mutter«, wie Mr. Picton sie schlau genannt hatte, sah, daß Claras Blick unverrückt auf dem Doktor ruhte, und der flehende liebende Ausdruck, den die Frau auf ihre Züge gezaubert hatte, um Clara offensichtlich auf ihre Seite zu ziehen, verwandelte sich bald in den Ausdruck von Eifersucht – und Haß. Aber als der Gerichtsdiener Clara auf die andere Seite der Abschrankung geführt hatte, gewann Libby wieder die Herrschaft über ihre Miene, und wenn auf ihrem Gesicht auch nicht mehr ganz soviel Zuneigung lag wie zuvor, zeigte es doch mehr davon, als ich bis dahin je an ihr wahrgenommen hatte.

Etwa auf halbem Weg blieb Clara stehen, als spürte sie, wie sich der Blick der goldenen Augen in ihren Hinterkopf bohrte. Sie wandte sich langsam um, sah aufmerksam die Frau im schwarzen Kleid an, die ihr freundlich zulächelte, bevor sie sich unvermittelt die Hände mit einem Keuchen vor den Mund schlug und ein einziges Mal aufschluchzte. Mit sonderbar gefaßtem Gesicht sagte die kleine Clara drei einfache Worte – »Nicht weinen, Mama« –, mit einer Stimme, die nicht erwachsener oder rücksichtsvoller hätte sein können. Der Klang dieser Worte machte jeden im Publikum so sprachlos, wie es die Zeugin in den vergangenen drei Jahren gewesen war.

Dann wandte sich Clara wieder um, kletterte in den Zeugenstand und hielt, um dem Verfahren zu gehorchen, auf das sie der Doktor viele Stunden lang vorbereitet hatte, ihre gesunde linke Hand hoch. Der Gerichtsdiener Coffey, den Mr. Picton ins Bild gesetzt hatte, nahm die leblose rechte Hand des Mädchens und legte sie auf seine Bibel.

»Schwörst du feierlich«, sagte er leiser, als er es sonst zu tun pflegte, »daß die Aussage, die du vor diesem Gericht ablegen wirst ...«

»Ja«, sagte Clara voreilig, der erste Hinweis auf ihre Nervosität.

Der Gerichtsdiener bedeutete ihr lediglich mit erhobenem Zeigefinger, daß sie noch warten müsse. »... die Wahrheit ist, die ganze Wahrheit und nichts als die Wahrheit, so wahr dir Gott helfe.«

»Ja«, wiederholte Clara und errötete ein wenig.

»Sag bitte deinen vollständigen Namen«, forderte er sie auf.

»Clara Jessica Hatch«, sagte sie leise. Auf ein Zeichen von Coffey setzte sie sich dann hin. Sie sah rasch noch einmal zu ihrer Mutter hinüber, wandte ihren Blick aber ebenso schnell wieder ab, um wieder den Doktor anzusehen. Er nickte ihr aufmunternd zu, zum Zeichen, daß sie alles richtig gemacht habe. Schließlich erhob sich Mr. Picton und trat an den Zeugenstand.

»Hallo, Clara«, sagte er zurückhaltend, aber doch recht munter. Die Kleine öffnete den Mund, um zu antworten, brachte aber nur ein Nicken heraus, wobei sie ihre rechte Hand auf den Schoß zog. »Clara«, fuhr Mr. Picton fort, »ich möchte, daß du diesen Herren dort« – er wies mit einer Hand zur Geschworenenbank – »alles berichtest, was vor drei Jahren am Abend des 31. Mai geschehen ist. Sag es mit deinen Worten. Würdest du das für mich tun, Clara?« Die Kleine schwieg eine Weile und bemühte sich sichtlich, nicht hinüber zu ihrer Mutter zu schauen. Sie nickte. »Dann fang bitte an«, sagte Mr. Picton.

Während sie tief Luft holte, umklammerten die Finger ihrer linken Hand fest den empfindungslosen rechten Unterarm. Sie stieß die Luft aus und begann mit heiserer, aber tapferer Stimme ihren Bericht.

»Wir sind in die Stadt gefahren, um etwas zu kaufen. Und dann zum See ...«

»Zum Lake Saratoga?« fragte Mr. Picton.

»Ja. Manchmal sind wir da im Sommer hingefahren. Um den Sonnenuntergang anzusehen. Und manchmal gibt es da Feuerwerk. Aber Tommy war müde, bevor das Feuerwerk angefangen hat, und Matthew hat Bauchschmerzen gehabt, weil er so viele Karamelbonbons gegessen hat. Deswegen hat Mama gesagt, wir sollten lieber nach Hause fahren.«

»›Mama‹?« sagte Mr. Picton. »Clara, siehst du deine Mama irgendwo hier im Saal?« Die Kleine nickte eifrig. »Kannst du bitte auf sie zeigen?« Sie hob ganz kurz den Blick und sah verstohlen zu Libby hinüber, dann senkte sie den Kopf gleich wieder, während sie auf den Tisch der Verteidigung wies. »Bitte vermerken Sie im Protokoll«, sagte Mr. Picton, »daß die Zeugin in der Angeklagten, Mrs. Elspeth Hunter, ihre Mutter erkennt, die damalige Mrs. Elspeth Hatch, allgemein unter dem Namen Libby Hatch bekannt.« Mr. Picton trat näher an den Zeugenstand und sagte mit leiser Stimme: »Schön, Clara. Sag mir, wolltest du an jenem Abend vom See heimfahren?«

Das Mädchen schüttelte den Kopf, wobei sie sorgfältig darauf achtete, daß der Zopf hinten blieb. »Nein, Sir – ich wollte die Raketen sehen.«

»Und deine Mama – wollte die auch die Raketen sehen?«

»Ja. Aber sie hat gesagt, wir müssen Tommy und Matthew nach Hause bringen.«

»Hat ihr das gefallen?«

»Nein, Sir. Sie ist irgendwie – böse gewesen. So wie manchmal.«

»Hat sie etwas gesagt, woran du gemerkt hast, daß sie böse war?«

Clara nickte erneut, wenn auch zögerlich. »Sie hat gesagt, daß es wohl keine Rolle spielt, was sie will – daß es immer keine Rolle spielt. Sie muß sich immer um uns kümmern und kann nicht tun, was ihr gefällt.«

»Hat sie euch gesagt, was ihr denn gefallen würde?«

Clara zuckte die Achseln – zumindest die gesunde Schulter. »Ich hab gedacht, daß sie gern die Raketen sehen will.«

Mr. Picton wartete, bis die Kleine einige Male Luft geholt hatte, um sich zu beruhigen, und fragte dann: »Nun, Clara – ihr seid dann in euer Fuhrwerk gestiegen, um nach Hause zu fahren?«

»Ja, Sir.«

»Hat deine Mutter irgend etwas getan, weil sie so ärgerlich war?«

Claras Gesicht nahm den Ausdruck der Unsicherheit an. »Sie hat uns nicht verhauen oder so was. Sie hat mir einfach gesagt, ich soll die Jungs in den Wagen setzen, und dann sind wir weggefahren.«

»Sie hat es *dir* gesagt?« fragte Mr. Picton und trat zu den Geschworenen hinüber, wobei er einen verwunderten Blick auf sein Gesicht zauberte. »Sie hat die Jungen nicht selbst in den Wagen gesetzt?«

»Sie wollte ja«, sagte Clara. »Aber Matthew hat so geweint. Also hat sie gesagt, ich soll das machen, und ist zum Wasser gegangen, um sich das Gesicht zu waschen.«

Mr. Picton warf den Geschworenen einen Blick zu, den man ohne weiteres bedeutungsvoll nennen konnte. »Hat sie dich oft gebeten, dich um die Jungen zu kümmern?«

Mit einem Nicken sah Clara wieder auf ihre Hände hinab. »Ja. Das ist meine Aufgabe gewesen.«

Mr. Picton nickte, ohne den Blick von den Geschworenen zu nehmen, die ebenso große Augen zu machen und sich ebenso verwundert zu zeigen begannen, wie Sheriff Dunning, als er aus der Verhandlung vor dem Anklageschwurgericht gekommen war. »Aha«, sagte Mr. Picton. »Das war also *deine* Aufgabe ... Und als die Jungen im Wagen saßen?«

»Ist Mama vom Wasser gekommen, und wir sind nach Hause gefahren«, antwortete Clara. Sie klang aber nicht mehr so sicher wie bisher.

Mr. Picton, der den veränderten Klang ihrer Stimme hörte, trat wieder zu ihr und stellte sich so hin, daß er mit seinem Körper jeden Blickkontakt zwischen Clara und Libby verhinderte. »Aber ihr seid nicht zu Hause angekommen, oder, Clara?«

Clara, die erleichtert schien, daß sie ihre Mutter nicht mehr sehen konnte, schüttelte etwas sicherer den Kopf. »Nein, Sir.«

»Und warum nicht?«

Nachdem sie noch einmal tief Atem geschöpft und zum Doktor hinübergesehen hatte, fuhr Clara fort: »Wir sind durch die Stadt zurückgefahren, auf der Straße, auf der es nach Hause geht ...«

»Ist das die Straße nach Charlton?« fragte Mr. Picton.

Clara nickte. »Auf einmal hat Mama den Wagen unter einen dicken Baum neben der Straße gefahren. Es ist schon dunkel gewesen, und ich wußte nicht, warum sie anhielt. Es war unheimlich auf der Straße.«

»Wie ging es dann weiter?«

»Ich hab hinten gesessen und Tommy festgehalten, damit er Matthew zufrieden läßt – der schlief schon.«

»Matthew schlief?«

»Ja, Sir. Und ich wollte nicht, daß ihn Tommy weckt, sonst hätte er wieder angefangen, wegen den Bauchschmerzen zu weinen. Das hat Mama aufgeregt. Ich hab sie gefragt, warum wir anhalten. Sie hat eine ganze Weile nichts gesagt, nur vorn gesessen und auf die Straße geguckt. Ich hab sie noch mal gefragt, dann ist sie runtergestiegen und nach hinten gekommen. Sie hat ihre Tasche in der Hand gehabt und gesagt, sie muß uns was Wichtiges sagen.«

Mr. Picton merkte, daß Claras Stimme wieder zu versagen drohte, und sagte: »Es ist alles in Ordnung, Clara. Was hat sie euch gesagt?«

»Sie hat gesagt, daß sie stehengeblieben ist … daß sie stehengeblieben ist …«

»Clara?« Die Augen des Mädchens waren glasig geworden, und einen Moment lang fiel mir das Herz in die Hosen, weil ich annahm, sie sei in das entsetzliche Schweigen zurückgeglitten, das sie so lange in seinen Fängen gehalten hatte. Ich sah den Doktor die Zähne fest aufeinanderpressen; mir war klar, daß er sich die gleichen Sorgen machte wie ich. Doch atmeten wir beide auf, als Clara fast im Flüsterton sagte: »Sie hat gesagt, sie hat unseren Papa gesehen.«

Richter Brown beugte sich vor und hielt eine Hand wie einen Schalltrichter hinter eins seiner großen Ohren. »Ich fürchte, du wirst etwas lauter reden müssen, kleines Fräulein, wenn du kannst«, sagte er.

Clara hob den Blick zu ihm, schluckte angestrengt und wiederholte: »Sie hat gesagt, sie hat unseren Papa gesehen. Sie hat gesagt, er hat ihr gesagt, daß er beim lieben Gott ist. Sie hat gesagt, daß er ihr gesagt hat, der liebe Gott will, daß wir auch bei ihm sind.«

Mr. Picton nickte mit finsterer Miene und sah zur Geschworenenbank hinüber. »Ich setze die Geschworenen davon in Kenntnis, daß Claras Vater, Daniel Hatch, am 29. Dezember 1893 – also etwa sechs Monate vor dem fraglichen Abend – verstorben ist, und zwar überraschend …«, hier wandte er sich um und sah Libby an, »… *äußerst* überraschend. Als Todesursache wurde ein Herzschlag diagnostiziert, über dessen Ursache bis auf den heutigen Tag keine Klarheit herrscht.«

»Euer Ehren«, sagte Mr. Darrow und sprang auf, so flink er konnte. »Diese Art von Unterstellung …«

»Mr. Picton«, sagte der Richter und nickte Mr. Darrow zu, worauf er den Zweiten Bezirksstaatsanwalt ansah, »ich habe Ihnen schon einmal mitgeteilt …«

»Euer Ehren, ich unterstelle nichts«, sagte Mr. Picton mit unschuldig geweiteten Augen. »Die Wahrheit ist, daß jeder Arzt in Ballston Spa Daniel Hatch im Verlauf seiner Krankheit untersucht hat und keiner von ihnen imstande war, eine Erklärung für seinen Zustand zu liefern.«

»Dann *sagen* Sie das auch«, rügte ihn Richter Brown. »Halbwahrheiten sind ebenso schlimm wie Lügen. Fahren Sie mit Ihren Fragen fort.«

Mr. Picton wandte sich Clara zu, wobei er wieder sanft und leise sprach. »Und was hat du geglaubt, was deine Mama mit den Worten gemeint hat, euer Papa hätte ihr mitgeteilt, Gott will, daß ihr bei Ihm seid?«

Claras linke Schulter zuckte. »Ich weiß nicht. Ich hab mir gedacht, sie meint... daß... daß irgendwann – aber...«

Mit einem Nicken sagte Mr. Picton: »Aber das hat sie nicht gemeint, oder?«

Clara schüttelte den Kopf, diesmal so heftig, daß sich der Zopf bewegte. Als die Narbe in ihrem Nacken sichtbar wurde, merkte ich, daß einer oder zwei der Geschworenen sie auch sahen und die anderen wortlos darauf hinwiesen. »Sie hat ihre Tasche aufgemacht«, sagte Clara, »und Papas Pistole rausgeholt.«

»Papas Pistole?« fragte Mr. Picton. »Woher weißt du, daß es die Pistole deines Papas war?«

»Sie hat immer unter seinem Kopfkissen gelegen«, sagte Clara, »und er hat sie mir einmal gezeigt. Er hat gesagt, ich soll die nie anfassen, außer wenn ein böser Mensch im Haus ist. Jemand, der stehlen will oder... Mama hat die Pistole da gelassen, als Papa gestorben ist...«

Die Stimme des Mädchens versickerte, und ihr Gesicht zeigte Angst. Allem Anschein nach konnte sie diese Angst nicht einmal dadurch überwinden, daß sie zum Doktor hinsah. Mr. Picton, dem klar war, daß er an einen sehr kritischen Punkt gekommen war, trat näher und fragte: »Was ist dann geschehen, Clara?«

»Mama hat...« Claras Kopf begann ein wenig zu zittern, und die linke Hälfte ihres Körpers folgte der Bewegung. Sie legte den gesunden Arm um sich und gab sich große Mühe weiterzusprechen. »Mama ist in den Wagen gestiegen. Dann hat sie Matthew geweckt und mir gesagt, ich soll ihn Tommy geben. Das hab ich getan. Dann hat sie mich wieder angesehen. Dann hat sie gesagt, daß wir jetzt Papa und den lieben Gott besuchen. Da ist es besser für uns und wir müssen tun, was der liebe Gott will.« Tränen traten ihr in die Augen und begannen ihr über das Gesicht zu laufen, aber sie versuchte sich zu beherrschen und faßte mit ihrer Hand noch kräftiger zu, bevor sie weitersprach: »Sie hat die Pistole an mich gehalten...«

»Wo, Clara?« fragte Mr. Picton. Das Mädchen wies oben auf ihre Brust und stieß ein ersticktes Schluchzen aus. »Und dann?«

»Ich hab noch einen lauten Knall gehört – dann weiß ich nichts mehr«, sagte Clara, die sich wieder besser in die Gewalt bekommen hatte. »Dann kann ich mich an nichts erinnern. Erst wieder, wo ich zu Hause in meinem Bett war.«

Mr. Picton nickte und stieß seinerseits tief den Atem aus. »Gut. Clara, es ist gut. Wir können jetzt über etwas anderes reden, wenn du möchtest.«

Clara fuhr sich mit der Hand über das Gesicht und sagte: »In Ordnung.«

Nachdem er ihr eine Weile Zeit gelassen hatte, sich zu erholen, fragte Mr. Picton: »Clara – kannst du dich an den Prediger Parker erinnern?«

»Er … er war bei uns in der Kirche der Pfarrer und ist manchmal zu Mama und Papa gekommen.«

»Und was hat er getan, wenn er zu Besuch kam?«

»Er ist zum Abendessen gekommen«, sagte Clara. »Und manchmal ist er mit Mama spazierengegangen. Papa wollte nicht. Er hat gesagt, die Luft tut ihm nicht gut.«

»Hat deine Mama manchmal dich oder deine Brüder dazu mitgenommen?«

Clara schüttelte den Kopf. »Sie hat gesagt, wir haben nichts dabei zu suchen.«

Mr. Picton legte dem Mädchen die Hand auf den linken Arm und sah sehr erleichtert drein. »Danke, Clara«, sagte er. Dann fügte er hinzu, und es war ihm offensichtlich gleichgültig, ob es so laut war, daß jemand anders es hören konnte: »Du warst ein sehr tapferes kleines Fräulein.« Er wandte sich um, aber bevor er zu seinem Tisch zurückging, blieb er stehen und sah den Richter und die Geschworenen an. »Die Anklagevertretung hat keine weiteren Fragen an diese Zeugin, Euer Ehren.« Dann setzte er sich, so daß Clara dem vollen Blick der Augen ihrer Mutter ausgesetzt war.

Libbys Reaktion auf die Aussage ihrer Tochter war ziemlich genau so ausgefallen, wie es der Doktor vorhergesagt hatte: Zuerst hatte sie es mit lautlosen Tränen und Händeringen versucht, dann hatte sie den Kopf hin und her gewendet und sich zu erreichen bemüht, daß Clara sie ansah. Als Mr. Picton dazwischengetreten war, damit Clara sie nicht sehen konnte, hatten ihre Tränen und ihr Kopfdrehen aufgehört, und sie hatte still dagesessen, wobei erneut der kalte, haßerfüllte Blick in ihre Augen getreten war.

Aber hatten die Geschworenen das sehen können? Oder waren nur wir wenigen, die wir die ganze Geschichte kannten, imstande gewesen, in Libbys Gesicht zu lesen?

Clara, die ohne Mr. Pictons Nähe schrecklich allein aussah, senkte den Blick und begann stumm die Lippen zu bewegen. Als der Richter sah, daß die Kleine der Verzweiflung nahe war, beugte er sich zu ihr. »Clara?« fragte er. »Kannst du jetzt weitermachen?«

Ruckartig hob Clara den Kopf zu ihm. »Weitermachen?« fragte sie leise.

»Die Verteidigung muß dich jetzt fragen«, erklärte ihr der Richter, und auf sein Gesicht trat wohl das einzige Lächeln, das ich im Verlauf des ganzen Prozesses bei ihm gesehen habe.

»Oh«, sagte Clara, als hätte sie es vielleicht vergessen. »Ja, ich kann weitermachen, Sir.«

Der Richter lehnte sich zurück und sah zum Tisch der Verteidigung. »Bitte, Mr. Darrow.«

Während Claras Befragung durch Mr. Picton hatte Mr. Darrow mit vor dem Gesicht gefalteten Händen dagesessen, so daß man nicht recht hätte sagen können, was er dachte oder wie er reagierte. Aber als er zu seinem Kreuzverhör aufstand, schienen die große Sorge und die gelegentlichen Anfälle von Empörung, die er bis dahin an den Tag gelegt hatte, vollständig verschwunden zu sein, und seine Züge waren auf eine Weise offen und entspannt, die Clara ganz offensichtlich mit Erleichterung erfüllte.

»Vielen Dank, Euer Ehren«, sagte Mr. Darrow mit liebenswürdigem Lächeln und trat zum Zeugenstand. Dabei hielt er sich so, daß Clara den Doktor nicht mehr sehen konnte. Nirgendwo im Leben gilt der Grundsatz »Wie du mir, so ich dir« mehr als in einem Gerichtssaal. »Hallo, Clara«, sagte er und trat auf sie zu, »ich weiß, daß das für dich nicht einfach ist, und deswegen will ich mich bemühen, dafür zu sorgen, daß du so bald von hier fort kannst, wie es möglich ist.« Als Antwort senkte Clara lediglich den Blick. »Clara, du sagst, daß du dich als nächstes erinnerst, in eurem Haus aufgewacht zu sein. Stimmt das?« Als das Mädchen nickte, fuhr er fort: »Aber ich nehme nicht an, daß du geglaubt hast, du hättest einen bösen Traum gehabt, oder?«

»Nein«, sagte Clara. »Ich war ... verletzt ...«

»Ja«, sagte Mr. Darrow, dem das Mitgefühl förmlich aus allen Poren quoll. »Du warst ziemlich schlimm verwundet und hattest lange geschlafen. Wußtest du das?«

»Mhm, das haben die Ärzte später gesagt.«

»Ein langer Schlaf kann die Menschen bisweilen durcheinanderbringen. Mir geht das so – wenn ich zu lange schlafe, weiß ich manchmal nicht einmal, wo ich bin oder wie ich da hingekommen bin, wenn ich wach werde.«

»Ich hab aber gewußt, wo ich bin«, sagte Clara leise, aber bestimmt. »Ich bin zu Hause gewesen.«

»Braves Mädchen«, flüsterte der Doktor und drehte den Hals im Versuch, Blickkontakt mit ihr aufzunehmen, ohne das allzu deutlich werden zu lassen.

»Natürlich warst du das«, sagte Mr. Darrow. »Aber wußtest du alles andere? Ich meine, konntest du dich an alles andere erinnern, als du aufgewacht bist?«

Wieder sah Clara, wie magisch angezogen, zu ihrer Mutter hin, die ihre Hände auf dem Tisch vor sich gefaltet hatte, als bäte sie um etwas, wobei ihr Tränen in den Augen standen. Bei diesem Anblick sank Claras Kopf wieder, als hätte jemand an einem Seil geruckt, und sie sagte: »Ich erinnere mich, daß Mama geschrien hat. Und geweint. Sie hat gesagt, daß Matthew und Tommy tot sind. Ich hab das nicht verstanden. Ich wollte aufstehen und sie fragen, aber der Arzt hat mir ein Mittel gegeben. Ich bin dann wieder eingeschlafen.«

»Und als du zum zweiten Mal aufgewacht bist?«

»Mama ist an meinem Bett gewesen. Mit den Ärzten.«
»Hat dir deine Mama irgend etwas gesagt?«
»Sie hat gesagt, daß uns ein Mann überfallen hat. Ein Verrückter. Sie hat gesagt, der Mann hat Matthew und Tommy umgebracht.« Jetzt liefen ihr erneut Tränen über das Gesicht, und sie fügte hinzu: »Ich hab angefangen zu weinen. Ich wollte meine Brüder sehen, aber Mama hat gesagt, daß das nie wieder geht. Nie wieder...«
»Ich verstehe«, sagte Mr. Darrow. Dann nahm er ein weißes Taschentuch aus seiner Brusttasche – es war deutlich sauberer als die Kleidungsstücke, in denen er es verborgen gehalten hatte. »Möchtest du das nehmen?« Clara nahm es und wischte sich das Gesicht. »Wie lange danach ist deine Mutter fortgegangen?«
»Bald, glaube ich. Ich weiß nicht genau.«
»Aber bis dahin war sie die ganze Zeit bei dir?«
Clara nickte. »Sie und Louisa – unsere Haushälterin. Manchmal sind auch die Ärzte dagewesen. Mr. Picton ist auch zu Besuch gekommen.«
»Das glaube ich gern«, sagte Mr. Darrow und sah zu den Geschworenen hin. »Und was hat deine Mama dir gesagt, bevor sie gegangen ist?«
Abermals mit einem verstohlenen Blick auf Libby erwiderte Clara: »Daß sie für uns einen anderen Ort finden muß, wo wir leben können. Damit wir nicht länger in dem Haus wohnen müssen. Es ist zu traurig, hat sie gesagt – Papa ist tot und Tommy und Matthew auch. Sie hat gesagt, sie will ein neues Zuhause finden und mich dann holen.«
»Und du hast ihr das geglaubt?«
»Ja.«
»Hast du deiner Mutter gewöhnlich geglaubt?«
»Ja. Außer...«
»Außer...?«
»Außer, wenn sie böse geworden ist. Dann hat sie manchmal Sachen gesagt, die... die ich ihr nicht geglaubt hab. Ich glaube, dann ist sie nicht ehrlich gewesen.«
»Ich verstehe«, sagte Mr. Darrow und drehte sich von ihr weg, ohne die Stelle zu verlassen, an der er stand. »Das letzte, woran du dich in bezug auf den Abend auf der Straße nach Charlton erinnern kannst, ist, daß deine Mama einen Revolver an dich gehalten und dann geschossen hat – so daß du einen lauten Knall hörtest?«
»Ja.«
»Aber du konntest dich nicht daran erinnern, als du wach wurdest?«
Clara schüttelte den Kopf.
»Und du kannst dich an nichts von dem erinnern, was mit Tommy und Matthew passiert ist?«
»Ich hab nicht – ich hab nicht gesehen, was passiert ist.«
»Bist du sicher?«
»Ja.«

»Und dann ist deine Mama fortgegangen, und du bist zu Mr. und Mrs. Weston gezogen – stimmt das?«

Clara nickte.

»Und hast du dich während der Zeit, die du bei ihnen gelebt hast, an etwas von dem erinnert, was an dem Abend geschehen ist?«

»Nicht so …« Clara strengte sich erkennbar an, sich an etwas zu erinnern. »Nicht so, daß ich was sagen konnte. Oder was zeigen. Nur so, daß ich es sehen konnte. In meinem Kopf.«

Mr. Darrow drehte sich blitzschnell zu dem Mädchen um, so daß sie ein wenig erschrak und sich bemühte, den Doktor anzusehen, wenn auch ohne Erfolg. »Das sind für ein kleines Mädchen ziemlich eindrucksvolle Worte. *Nicht so, daß du darüber etwas hättest sagen oder es zeigen können, sondern so, daß du es in deinem Kopf sehen konntest.* Hast du dir das alles selber ausgedacht?«

Clara senkte sogleich den Blick. »Aber es ist doch so gewesen.«

»Hast du dir das alles selber ausgedacht, Clara?« wiederholte Mr. Darrow. Dann zog er seine Kreise enger, ohne auf eine Antwort zu warten. »Ist es nicht vielmehr so, daß dich Doktor Kreisler dazu gebracht hat, die Dinge so zu sehen, und dir gesagt hat, du solltest das vor Gericht so und nicht anders formulieren, wenn man dich auffordert, deine Geschichte zu erzählen?«

Mr. Picton sprang auf, als bestünde die Sitzfläche seines Stuhls aus glühenden Kohlen. »Euer Ehren, ich erhebe Einspruch! Wir hatten darum gebeten, diese Zeugin schonungsvoll zu behandeln, und was geschieht? Sie wird mit Suggestivfragen gequält!«

Bevor der Richter darauf eingehen konnte, hob Mr. Darrow eine Hand. »Ich ziehe die Frage zurück, Euer Ehren, und werde mich bemühen, meine Fragen künftig auf eine dem Herrn Ankläger genehmeren Weise zu formulieren.« Er lächelte der Zeugin erneut zu und fragte: »Clara, wann hast du dich zum ersten Mal an die Vorfälle jenes Abends erinnert? Ich meine, so erinnert, daß du darüber sprechen konntest?«

Clara zuckte die Achseln. Ihr Gesicht wirkte nach der kurzen, aber scharf geführten, Auseinandersetzung zwischen den beiden Anwälten noch bekümmerter als zuvor. »Ich glaube, es ist noch nicht so lange her.«

»War das, *bevor* du Doktor Kreisler kennengelernt hast?« Clara schüttelte zögernd den Kopf. »*Danach*?« Clara rührte sich nicht. »Oder war es, *als* du Doktor Kreisler kennengelernt hast?«

Wieder sprang Mr. Picton auf. »Euer Ehren, mit allem gebührenden Respekt: Auf welche dieser Fragen soll die Zeugin dem geschätzten Kollegen aus Illinois antworten?«

»Setzen Sie sich, Mr. Picton«, gab Richter Brown zurück. »Der Herr Verteidiger handelt im Rahmen seiner Befugnisse.«

»Vielen Dank, Euer Ehren«, sagte Mr. Darrow. »Nun, Clara?«

»Ich hab es nie vergessen gehabt«, sagte das Mädchen, wobei ihr wieder die Tränen kamen. »Ich hab es wirklich nie vergessen.«

»Und was hattest du nicht vergessen? Du hast nicht gewußt, was mit Tommy und Matthew geschehen war, das hast du uns schon gesagt. Daran konntest du dich nicht erinnern und kannst es auch jetzt nicht. Aber was *hast* du gewußt, was du *nicht* vergessen hast?«

»Ich habe nie ...« Flehend sah Clara zum Richtertisch empor und sagte: »Ich weiß nicht, was der Mister meint.«

»Ich meine, Clara«, fuhr Mr. Darrow fort, jetzt mit etwas mehr Nachdruck, »was wußtest du, das du nie vergessen hast, und was hattest du vergessen, woran du dich erst vor kurzem wieder erinnert hast?«

Clara schluchzte schließlich zitternd, ließ den Blick vom Richter zu Mr. Darrow wandern, und bemühte sich, um jenen herum hinüber zum Doktor zu sehen, der ebenfalls verzweifelt bestrebt war, eine Stellung einzunehmen, aus der er Blickkontakt mit ihr aufnehmen konnte.

»Was zum Teufel?« flüsterte der Doktor. »Er will sie mit voller Absicht durcheinanderbringen ...«

»Ich verstehe nicht!« sagte Clara erneut und weinte jetzt unverhohlen.

»Clara«, fuhr Mr. Darrow fort. »Es ist ganz einfach ...«

»Ist es nicht!« rief das Mädchen. »Ich verstehe nicht ...«

»Was ist das eine, und was ist das andere?« sagte Mr. Darrow. Es überraschte jeden der Anwesenden, daß er dabei Strenge, ja, sogar ein wenig Härte, in seine Stimme legte. »Was hast du immer gewußt, und was hast du vergessen und dich erst vor kurzem daran erinnert, vielleicht etwa um die Zeit, als du Dr. Kreisler kennengelernt hast – und vielleicht, *als* du Dr. Kreisler kennengelernt hast? Clara, du mußt ...«

»Schluß damit!« rief eine Stimme, und sowohl der Anwalt wie auch das leise Murmeln, das sich unter den Zuhörern erhoben hatte, verstummte. Alle wandten sich dem Tisch der Verteidigung zu, wo sich Libby Hatch befand, tränenüberströmt wie ihre Tochter. »Lassen Sie sie zufrieden!« schrie sie Darrow an. »Sie können sie nicht so behandeln, nicht nach allem, was sie durchgemacht hat. Wenn sie sich nicht erinnern kann, dann erinnert sie sich eben nicht! Hören Sie auf, mein Kind einzuschüchtern! Schluß damit! Schluß!« Das Gesicht in den Händen vergraben, brach sie auf dem Tisch zusammen. Unterdessen begann es unter der Zuhörerschaft erneut wie in einem Bienenstock zu summen, so daß Richter Brown seinen Hammer wieder einmal in Bewegung setzte.

»Die Angeklagte wird aufgefordert, sich zu beherrschen!« gebot er. »Und das gilt auch für das Publikum! Mr. Darrow – das Gericht möchte gern wissen ...«

»Bitte, Euer Ehren«, sagte Mr. Darrow übergangslos. »Die Verteidigung verzichtet auf weitere Fragen an die Zeugin. Angesichts der Umstände bitten wir um eine Vertagung bis morgen früh.«

Bei diesen Worten wurde die Menge lauter, und der Richter schlug wieder mit dem Hammer auf den Tisch. »Ruhe! Ich will nichts mehr hören!« Da seine Anordnung befolgt wurde, legte er den Hammer mit äußerst zufriedenem Ausdruck beiseite. »Die Zeugin ist von der weiteren Aussage befreit«, rief er. »Und die Sitzung wird bis morgen zehn Uhr vertagt. Dann wünsche ich ein grundlegend anderes Verhalten zu sehen, oder ich *schließe* die Verhandlung!« Ein letzter Hammerschlag, und der Gerichtsdiener Coffey trat zu Clara, die jetzt herzzerreißend weinte, um ihr vom Zeugenstand herunterzuhelfen. Mr. Picton eilte hinzu, um ebenfalls zu helfen, aber die aufgequollenen Augen der Kleinen richteten sich unverrückbar auf ihre Mutter, die wie vernichtet mit dem Oberkörper auf dem Tisch lag.

»Nicht weinen, Mama!« rief Clara wieder, als man sie davonführte. Aber jetzt klang es anders als beim vorigen Mal: Alles Erwachsene war aus ihrer Stimme geschwunden, und ihr lautes Schluchzen unterstrich die Verzweiflung, die in ihren Worten lag. »Nicht weinen, es hilft dir! Es soll dir helfen, hat man mir gesagt...«

Libby Hatch sah nicht auf. Der Doktor, der spürte, was geschehen war, trat eilig an das Türchen in der Abschrankung; doch bei seinem Anblick schien sich Claras Qual noch zu steigern, und sie rannte durch den Mittelgang an ihm vorüber auf das Ehepaar Weston zu, die sie rasch aus dem Saal und dann aus dem Gebäude führten.

Der Richter war bereits gegangen. Als sich die Geschworenen ebenfalls zum Fortgehen anschickten, veranlaßte Mr. Darrow Libby aufzustehen und schob sie auf die Tür an der Seite des Saals zu, durch die der Weg zu ihrer Zelle führte. Doch bevor sie oder die Geschworenen den Saal verlassen hatten, begann sie zu jammern. »Sie erinnert sich nicht! Sie erinnert sich nicht. Wie können Sie das von ihr erwarten, sie ist doch noch ein Kind! Ach, meine arme Clara, meine arme Kleine!«

Bei diesen Worten wandte sich Mr. Darrow mit unbehaglichem Gesichtsausdruck der Geschworenenbank zu; doch schien ihn der Anblick der ratlosen Gesichter, die er dort sah, zu beruhigen, und so gab er dem Wachmann, der hinter Iphegeneia Blaylock wartete, mit einem Wink zu verstehen, daß dieser seine Mandantin nach unten führen könne.

Da im Augenblick nichts weiter zu erwarten war, ging Mr. Picton zum Doktor hinüber. Der Blick, den sie miteinander wechselten, verhieß nichts Gutes, und es fiel mir nicht schwer, den Grund dafür zu verstehen. Die anderen drängten sich ebenfalls herbei und sahen zutiefst bedrückt aus. Lediglich Mr. Moore kratzte sich am Kopf.

»Nun«, sagte er, »wenn ihr mich fragt, wirft Vanderbilt sein Geld zum Fenster hinaus. Wie kann man ein achtjähriges Mädchen so martern! Darrow muß den Verstand verloren haben! Verdammt noch mal, sogar ihre *Mutter*...« Dann verstummte er plötzlich: Mit einem Blick auf unsere Gesichter begriff er endlich, was wir längst verstanden hatten. »Hol's der Henker!« sagte er leise und stampfte mit einem Fuß auf. »Ich hasse es, immer als letzter zu kapieren! Er hat die ganze Szene bewußt herbeigeführt, was?«

»Der Schweinehund!« sagte Marcus, eher verwundert als erzürnt. »Er hat aus einer hoffnungslosen Katastrophe für seine Mandantin einen möglichen Vorteil herausgeschlagen.«

»Und sie hat ihre Rolle glänzend gespielt«, sagte Mr. Picton bedauernd. Dann wandte er sich Mr. Moore zu. »Männer wie Vanderbilt halten sich nicht dadurch in ihrer Position, daß sie törichte Entscheidungen treffen, John.« Er zischte durch die Zähne und schlug auf die Schranke. »Es interessiert Darrow doch einen Dreck, ob die Leute ihn für einen Schurken halten, solange es ihm gelingt, die Geschworenen davon zu überzeugen, daß Libby ihre Tochter aufrichtig liebt und ihr nie im Leben auch nur ein Haar krümmen würde.«

Ich hob den Blick zum Doktor, dessen Gesicht ein wenig bleich geworden war. Er hatte sich umgedreht und sah unverwandt die Mahagonitüren an, als glaubte er, daß Clara durch sie in den Saal zurückkehren würde. Doch alles, was er und wir alle sahen, war die Menge, die sich hinausdrängte, wobei sich einige von ihnen umwandten, um uns Blicke zuzuwerfen, die man günstigstenfalls als äußerst unfreundlich bezeichnen könnte. Er tastete nach seinem Sitz und ließ sich ein wenig schwankend nieder. Mit einem Mal war sein Gesicht aschfahl: etwa so, ging mir entsetzt auf, wie damals, als man ihm Paulie McPhersons Tod mitgeteilt hatte.

Während ich dastand und ihn ansah, zupfte jemand an meinem Arm. Als ich mich umwandte, sah ich El Niño, der mir einen bedeutungsvollen Blick zuwarf.

»Señorito Stevie«, sagte er, bemüht, von den anderen nicht gehört zu werden. »Das nicht gut.«

»Nein«, sagte ich. »Ist es nicht.«

Er schien darüber nachzudenken, nickte, strich sich die weißseidene Frackschleife glatt und stemmte die Hände in die Hüften. »Mann Darrow – sicher, ich nicht umbringen?«

»Ehrlich gesagt«, entgegnete ich, den Kopf schüttelnd, »frag ich mich das allmählich ...«

# Kapitel 45

In Mr. Pictons Haus herrschte an jenem Abend eine gedrückte Stimmung, zumal wir uns zu Beginn des Tages ausgemalt hatten, daß uns der Ablauf des Nachmittags die Herrschaft über den Fall in die Hand geben würde. Statt dessen hatte uns der gerissene Mr. Darrow eine Art Unentschieden und vielleicht sogar Schlimmeres abgetrotzt: Es war ihm gelungen, Clara als unsicher und verwirrt hinzustellen. Damit hatte er den Gedanken in die Köpfe eingepflanzt, ihre Überzeugtheit und vielleicht sogar ihre ganze Geschichte sei das Werk des Doktors und gehe nicht auf sie selbst zurück. Gewiß, die Tatsachen, an die sie sich erinnern konnte, hatten zu unseren Gunsten gesprochen; doch wie jeder weiß, der je mit der Justiz zu tun hatte, entscheiden Fakten einen Prozeß nicht in allen Fällen und nicht einmal in der Regel. Wir redeten an jenem Abend beim Essen kaum, und die Erwachsenen konzentrierten den größten Teil ihrer Energie darauf, in Mr. Pictons Weinkeller eine weitere empfindliche Lücke zu hinterlassen. Nach dem Essen nahmen Marcus und Mr. Moore die Straßenbahn nach Saratoga, um sich ein Bild von der öffentlichen Meinung über Claras Aussage zu verschaffen, obwohl man sich das auch so ziemlich gut ausmalen konnte.

Mich plagte nach Einbruch der Nacht wieder die Sorge um Kat. Auch an Ana Linares mußte ich, wie wohl die anderen auch, ziemlich viel denken. Aber die Vorstellung, was geschehen würde, falls man Libby freispräche, sie nach New York zurückkehrte und feststellte, daß Kat die Kleine zu beschützen versuchte, bedrängte mich mehr, als ich zu ertragen vermochte. Nach dem Abendessen unternahm ich einen langen Spaziergang und setzte mich nach der Rückkehr auf die vordere Veranda des Hauses, um mir über meine Empfindungen klarzuwerden. Ich versuchte mir einzureden, Kat hätte New York bereits verlassen müssen und habe sich die mißliche Lage, in der sie sich jetzt befand, selbst zuzuschreiben. Doch es nützte nichts. Je mehr ich über die Frage nachdachte, desto mehr gelangte ich in den für meine Beziehung zu Kat typischen Geisteszustand: eine Art enttäuschter Trauer, der das undeutliche Empfinden zugrunde lag, daß für diese Situation zumindest teilweise ich verantwortlich sei.

Solchen Erwägungen und Empfindungen hingegeben, merkte ich kaum, daß sich die Fliegentür hinter mir öffnete. Mir war klar, daß es der Doktor sein mußte: Bestimmt hatte er beim Abendessen mein bekümmertes Gesicht richtig gedeutet, und es sah ihm ähnlich, daß er feststellen wollte, ob es mir gutginge. Mir war nicht besonders zum Reden zumute – immer, wenn ich mit anderen über Kat sprach, kam ich mir dabei ziemlich töricht vor –, und so war ich dankbar, als er sich einfach wortlos neben mich setzte. Wir horchten eine Weile auf das Zirpen der Grillen und tauschten einige kurze Bemerkungen über einen Schwarm Glühwürmchen aus, die auf dem Rasen vor dem Haus eine recht gute Nachahmung des Sternenhimmels boten. Davon abgesehen, grübelte aber jeder vor sich hin.

Es war offensichtlich, daß sich der Doktor Sorgen machte: Der Augenblick, in dem Clara Hatch an ihm vorüber zur Tür des Gerichtssaals und hinausgelaufen war, mußte für ihn schrecklich gewesen sein und hatte ihn gewiß dazu gebracht, sich zu fragen, ob er ihr gerecht geworden war oder sie nicht eher für seine Zwecke eingespannt hatte, statt ihr zu helfen. Ich konnte ihm nichts dazu sagen – offengestanden wußte ich selbst nicht, wie ich darüber denken sollte. Vielleicht wären Schweigen und Vergessen für jemanden wie sie besser gewesen, dachte ein Teil von mir; vielleicht war es nichts als unnötige Quälerei, sie zu veranlassen, daß sie sich den Dämonen der Vergangenheit stellte, vor allem, wo sie noch so jung war; vielleicht lag der Schlüssel zum Leben trotz allem, was der Doktor annahm und wofür er ein Leben lang gearbeitet hatte, einfach darin, das Häßliche, dem man begegnete – dem *jeder* Mensch begegnet –, hinter sich zu lassen und einfach weiterzuleben. Vielleicht war die Erinnerung nichts als ein schrecklicher Fluch, und vielleicht war es ein Segen, wenn man imstande war, schmerzliche Erinnerungen einfach zu vergessen. Vielleicht...

Wir saßen noch immer auf der Veranda, als Mr. Moore und Marcus zurückkamen. Bei ihrem Anblick stand der Doktor auf und rief: »Habt ihr White gesehen?«

Mr. Moore nickte und hielt einen kleinen Umschlag hoch. »Haben wir.« An den Stufen angekommen, die zur Veranda emporführten, übergab Mr. Moore dem Doktor den Umschlag. »Viel zu sagen hatte er allerdings nicht.«

»Da ist noch etwas«, fügte Marcus hinzu, als die anderen, von den Stimmen der Zurückkehrenden angelockt, auf die Veranda heraustraten. »Heute sind noch weitere Gäste im Hotel der Grand-Union-Gesellschaft eingetroffen, und zwar auf Mr. Vanderbilts Einladung.«

»Zeugen der Verteidigung?« fragte Miss Howard.

Marcus nickte und sah dann zu seinem Bruder hin. »Sie bieten Hamilton auf, Lucius.«

Die Augen des jüngeren Isaacson weiteten sich. »Hamilton? Das ist nicht dein Ernst.«

Marcus schüttelte den Kopf, als Mr. Picton fragte: »Und wer ist ›Hamilton‹?«

»Doktor Albert Hamilton aus Auburn im Bundesstaat New York«, sagte Marcus. »Nur ist es alles andere als sicher, daß er Anspruch auf den Doktortitel hat. Früher hat er auf Jahrmärkten Wunderarzneimittel verkauft, jetzt gibt er sich als Fachmann auf allen Gebieten aus, angefangen von der

Anatomie über die Ballistik bis hin zur Toxikologie. Ein Scharlatan, wie er im Buche steht – aber er hat es verstanden, sich einen Namen als Gerichtsgutachter zu machen, und hat damit nicht nur viele kluge Leute hinters Licht geführt, sondern auch eine ganze Reihe Unschuldiger an den Galgen gebracht.«

»Und den hat Darrow verpflichtet?« fragte Mr. Picton.

Marcus nickte. »Ich vermute, daß man Sie gleich morgen früh auffordern wird, den Revolver und die Kugel herauszurücken, damit Hamilton selbst seine ›Untersuchungen‹ daran vornehmen kann.«

»Aber das ist doch lachhaft!« sagte Lucius. »Hamilton sagt grundsätzlich das, wofür ihn die Leute bezahlen!«

»Die einfachste Art, ein erfolgreicher Gerichtsgutachter zu werden«, knurrte Mr. Picton. »Sonst noch jemand?«

»Ja«, antwortete Mr. Moore. »Und was sich dahinter verbirgt, gefällt mir überhaupt nicht. Darrow möchte eine Gutachterin für Psyche und Wesen der Frau präsentieren. Die Dame ist in der Gegend bekannt und dem Publikum vertraut. Vielleicht ist es ihr sogar gewogen.« Er wandte sich an Miss Howard. »Es handelt sich um niemand anders als deine gute Freundin Mrs. Cady Stanton, Sara.«

»Mrs. Cady Stanton?« wiederholte Miss Howard.

»Aber sie war dabei, als wir die Zeichnung machen ließen«, sagte Cyrus mit besorgter Miene. »Sie wußte, daß wir hinter der Frau her waren.«

»Genau deshalb will Darrow sie wahrscheinlich haben, vermute ich«, sagte Marcus. »Er wird versuchen, das Ganze als vom Doktor inszenierte Hexenjagd hinzustellen.«

»Damit kommt er nicht weit«, sagte Mr. Picton selbstbewußt. »Ihre frühere Begegnung mit Mrs. Cady Stanton bezieht sich auf einen anderen Fall, dem behördlich noch nicht nachgegangen wurde und in dem keine Beweise vorliegen. Das kann ich zu unseren Gunsten verwenden. Sofern Darrow auch nur den kleinsten Hinweis auf die Ereignisse in New York macht, werde ich Richter Brown veranlassen, ihm mitzuteilen, daß er damit die Grenzen seiner Zuständigkeit überschreitet, die sich ausschließlich auf diesen Fall bezieht.«

»Schon«, sagte Miss Howard, »aber wahrscheinlich wird Mrs. Cady Stanton uns feindlich gesinnt sein, weil sie weiß, daß wir schon so lange Jagd auf Libby machen. Und wenn sie sich mal entrüstet, kann sie sehr überzeugend wirken.« Bei dieser Vorstellung trat sie kräftig gegen einen der Balken, die das Dach der Veranda trugen. »Verdammt noch mal, das ist ein ganz ausgefuchster Bursche.«

Der Doktor hatte all das mit angehört, ohne sich dazu zu äußern. Er war zu sehr damit beschäftigt, den Brief von Dr. White zu lesen, der ihn überaus zu beunruhigen schien.

»Weitere gute Nachrichten, Kreisler?« fragte Mr. Moore, als er den besorgten Blick auf dem Gesicht des Doktors sah.

»Auf jeden Fall ist es nicht das, was ich mir erhofft hatte«, sagte der Doktor achselzuckend. »White teilt mir mit, ein Zusammentreffen, bevor er seine Aussage gemacht hat, scheine ihm angesichts der Umstände nicht geraten. Das entspricht nicht seiner sonstigen Art.«

»Möglich«, sagte Mr. Picton. »Aber es paßt ins Bild – Darrow hält im Zusammenhang mit diesem Prozeß alles und jeden fest unter Verschluß. Ich vermute, daß unsere gute Vorbereitung ihn ein wenig aus dem Konzept gebracht hat, und er möchte nunmehr seinerseits mit etwas aufwarten, was uns aus dem Konzept bringt. Das haben wir ja heute gesehen.«

»Nun, erstaunlicherweise sieht es so aus, als brauchten wir uns über die heutigen Vorfälle keine übermäßigen Sorgen zu machen«, sagte Marcus und ging hinein. »Jedenfalls nicht, wenn man sich die Wetteinsätze bei Canfield ansieht.«

»Wie steht die Quote?« fragte Cyrus und folgte Marcus ins Haus.

»Unverändert«, rief ihm Mr. Moore nach. »Nach wie vor sechzig zu eins gegen einen Schuldspruch – und trotz der hohen Quote setzen viele Menschen auf einen Schuldspruch.«

Ohne den Blick von seinem Brief zu heben, sagte der Doktor: »Und wieviel hast du verloren, um das herauszubekommen, Moore?«

Mr. Moore trat auf die Fliegentür zu. »Es hätte schlimmer sein können«, sagte er und ging ins Haus. Es klang so verlegen, daß ich annahm, es hätte nicht *viel* schlimmer sein können.

Doch so teuer es ihn auch gekommen sein mochte, so war es doch ermutigend zu hören, daß die Leute, die am meisten auf den Prozeß achteten – nämlich die eingefleischten Wetter –, nicht annahmen, daß Mr. Darrows Possenreißerei vom Nachmittag unserer Sache geschadet habe. Ich nehme an, daß wir daher alle ein wenig ruhiger schliefen. Lucius ging als letzter zu Bett: Er mußte am nächsten Morgen im Zeugenstand über die Indizien aussagen, die für Libby Hatch als Täterin sprachen, und wollte sich vor dem Schlafengehen vergewissern, daß er nichts vergessen hatte. Er stand auch ziemlich früh auf, und als ich zum Frühstück herunterkam, schritt er bereits gestiefelt und gespornt unruhig durch den Park hinter dem Haus auf und ab, wobei er mit sich selbst redete und schon kräftig schwitzte. Zwar war er stets eiskalt, wenn es um Ermittlung und wissenschaftliche Untersuchung ging, doch mißfiel ihm (ähnlich wie auch mir) jede Art unmittelbarer Aufmerksamkeit einer größeren Zahl von Fremden. Ich nehme an, wir alle hätten uns ein wenig besser gefühlt, hätte man seinen bedeutend diplomatischer veranlagten Bruder Marcus die Aussage machen lassen. Das aber hätte Mr. Darrow Gelegenheit gegeben, darauf hinzuweisen – wenn er es schon nicht offen sagen wollte –, daß ihn die Anklagevertretung schon vor dem Prozeß hatte beobachten lassen. Zwar ist das keineswegs gesetzwidrig, hätte aber doch so vorgebracht werden können, als müßten wir unser Belastungsmaterial an den Haaren herbeiziehen.

Also wurde Lucius kurz nach zehn vereidigt und nahm Platz auf dem Zeugenstuhl, um alles über Daniel Hatchs Revolver zu berichten, was er mit seinem Bruder im Verlauf unseres Aufenthalts in Ballston Spa zusammengetragen hatte. Inzwischen herrschte im Gerichtssaal eine veränderte Atmosphäre. Das hing wohl mit den neuen Gesichtern zusammen, die man hinter dem Tisch der Verteidigung sah. Dr. William Alanson White, ein kleiner junger Mann mit Brille; Mrs. Cady Stanton, die besser denn je aussah; und schließlich ein ganz sonderbar wirkender Bursche, der seine geringe Körpergröße zu überspielen versuchte, indem er sich wichtig machte: »Dr.« Albert Hamilton, der weithin bekannte Ballistik-«Experte«. Dr. White und Mrs. Cady Stanton grüßten äußerst zurückhaltend diejenigen von uns, die sie bereits kannten, womit von Anfang an klar war, daß sie unser Vorhaben nicht billigten. Auch wenn die angespannte Situation Lucius' Nervosität kaum gelindert haben dürfte, hielt er sich bewundernswert. Während er auf seine Vernehmung wartete, wirkte er nach außen hin so gelassen, als täte er dergleichen alle Tage.

Tatsächlich hinterließ der Kriminalbeamte bei der Befragung durch Mr. Picton einen recht nachhaltigen Eindruck: Er überging nicht die kleinste Einzelheit, gab seine Antworten, ohne zu zögern, und schwitzte nicht einmal, jedenfalls nicht mehr als alle anderen an jenem warmen und feuchten Augustmorgen. Ich war in sonderbarer Weise stolz auf ihn, wußte ich doch, wie unangenehm ihm die Situation war, in die er sich da gedrängt sah. Erst gegen Ende seiner Aussage geriet die Sache ein wenig ins Stocken.

»Nur noch einige Kleinigkeiten, Detective Sergeant«, sagte Mr. Picton. »Sie haben uns mitgeteilt, wann in etwa der Revolver zuletzt abgefeuert wurde, wie viele Schüsse abgegeben wurden, daß lediglich zwei Kugeln die Wunden bei den drei Kindern hervorgerufen haben können und die aus dem Wagen der Familie Hatch herauspräparierte Kugel zum Lauf von Daniel Hatchs Revolver paßt. Sind Sie im Verlauf Ihrer Untersuchung der Waffe noch auf etwas anderes gestoßen, das Sie vermuten lassen könnte, *wer* sie als letzter abgefeuert hat?«

»Ja«, bestätigte Lucius rasch.

»Und was war das?«

»Wir haben eine daktyloskopische Untersuchung vorgenommen und die Ergebnisse mit Fingerabdrücken verglichen, die wir auf Gegenständen aus dem Haushalt der Angeklagten gefunden hatten. Sie decken sich völlig.«

Mr. Darrow fuhr wie ein Blitz hoch. »Ich erhebe Einspruch gegen diese Art der Befragung, Euer Ehren«, sagte er. »Der Ankläger versucht, Beweismaterial von einer Art einzuführen, die noch kein amerikanisches Gericht anerkannt hat. Das dürfte ihm ebenso bekannt sein wie seinem Zeugen.«

»Richtig«, bekräftigte Richter Brown und sah Mr. Picton auf seine gewohnte kritische Weise an. »Sofern der Herr Zweite Bezirksstaatsanwalt nicht über neue wissenschaftliche Ergebnisse verfügt, die erkennen lassen, daß Fingerabdrücke – denn von nichts anderem redet er, das zur Kenntnis der Geschworenen – absolut zuverlässig sind, oder sofern er mir nicht einen Präzedenzfall nennen kann, bei dem ein amerikanisches Gericht Fingerabdrücke als Beweismittel zugelassen hat, kann ich nicht gestatten, daß diese Aussage fortgeführt wird.«

»Das brauchen Euer Ehren auch nicht«, sagte Mr. Picton, »die Anklagevertretung hat gar nicht den Wunsch fortzufahren. Wir räumen ein, daß amerikanische Gerichte Fingerabdrücke bisher nicht als Beweismittel anerkennen, obwohl sie in Ländern wie Argentinien bereits ...«

»Mr. Picton«, mahnte ihn der Richter und hob den Hammer.

»... und obwohl auch die britische Regierung in Indien angeordnet hat, daß Polizei und Staatsanwaltschaft die Daktyloskopie in jener Kolonie einsetzen ...«

»Genug, Mr. Picton!« schrie der Richter und ließ den Hammer niedersausen.

»Euer Ehren«, sagte Mr. Picton und machte wieder ein ganz unschuldiges Gesicht. »Ich bitte das hohe Gericht um Vergebung, doch ich habe den Eindruck, mißverstanden zu werden. Ich erwähne diese interessanten und für manche Leute möglicherweise wichtigen Tatsachen lediglich, sage aber nicht, daß die Geschworenen ihnen irgendeine Bedeutung beimessen sollen, nur weil Argentinier, Inder und Engländer das tun. Schließlich leben wir in den Vereinigten Staaten von Nordamerika, wo es eine Weile dauert, bis sich Neues durchsetzt. Es ist nicht meine Absicht, die Ergebnisse dieser Untersuchungen als Beweismaterial einzubringen, sondern ich will lediglich auf sie verweisen, weil es sich doch um einen sehr bemerkenswerten Zufall handelt, der die Geschworenen unter Umständen interessieren könnte.« Er setzte sich sofort hin und fügte hinzu: »Ich habe keine weiteren Fragen, Euer Ehren.«

Mittlerweile rieb sich Richter Brown seine lederartige, runzlige Gesichtshaut heftig mit beiden Händen. »Mr. Picton«, sagte er, bemüht, die Herrschaft über seine Stimme nicht zu verlieren. »Sofern ich diese Art von unverhüllter Spitzfindigkeit je in einem Gerichtssaal gehört habe, kann ich mich nicht daran erinnern. Sie wissen sehr wohl, daß alles, was ein Zeuge im Verlauf seiner Aussage vorträgt, als Beweismittel zu werten ist, sofern es nicht als falsch erachtet wird. Ich müßte Sie wegen Mißachtung des Gerichtes zur Rechenschaft ziehen, Sir – und ich werde das auch tun, sollten Sie noch einmal Ihre Zuflucht zu solchen semantischen Taschenspielertricks nehmen! Sie sind hier, um Beweismaterial vorzutragen, mit dem das Gericht etwas anfangen kann, nicht aber, um sich über möglicherweise interessante, auf jeden Fall aber unbewiesene Theorien zu äußern!« Er wandte sich der Geschworenenbank zu und stieß hervor: »Die Geschworenen werden aufgefordert, nichts von dem soeben Gesagten zu berücksichtigen, und es wird aus dem Protokoll gestrichen!« Dann wandte sich der Richter Lucius zu und brüllte: »Und wenn Sie noch einmal auf das Thema Fingerabdrücke zu sprechen kommen, Detective Sergeant, werde ich *Sie* in gleicher Weise wegen Mißachtung des Gerichts zur Rechenschaft ziehen!«

Lucius' Stirn begann sich angesichts dieser scharf hervorgestoßenen Worte zu röten. »Gewiß, Sir«, sagte er verlegen.

Aufgebracht wandte sich Richter Brown jetzt dem Tisch der Verteidigung zu und knurrte: »Nun, Mr. Darrow, der Zeuge steht Ihnen zur Verfügung. Da ich gerade in der Stimmung bin, möchte ich auch Ihnen sagen, Sir – keine überkandidelte Theatervorstellung von der Art, wie wir sie gestern mit ansehen mußten! Das Verfahren wird ab sofort auf die herkömmliche Weise geführt, und wer sich nicht daran hält, ganz gleich, welcher Seite er angehört, den bringe ich hinter Schloß und Riegel!« Bei diesen Worten konnte Mr. Darrow ein Lächeln nicht unterdrücken; und sogleich wies der Richter mit dem Hammer in seine Richtung. »Begehen Sie nicht den Fehler, die Sache auf die leichte Schulter zu nehmen, Mr. Darrow, sonst werden Sie sehen, wie schnell Sie wie ein geprügelter Hund im Zug nach Chicago sitzen!«

Ohne zu lächeln, trat Mr. Darrow hinter seinem Tisch hervor. »Ja, Euer Ehren. Ich bitte um Vergebung – Sie haben ein außergewöhnliches Maß an Geduld aufgebracht.«

»Damit haben Sie verdammt recht!« sagte der Richter, was den Zuhörern ein leises Lachen entlockte. Sofort sprang er auf und hämmerte wie ein Berserker auf den Tisch. »Was ich gesagt habe, gilt auch für alle anderen!« Als wieder Ruhe eintrat, begann er sich zu beruhigen, setzte sich aber erst wieder, als völlige Stille herrschte, wobei er etwas knurrte wie »sitze schließlich schon vierzig Jahre auf diesem Platz«. Dann wies er erneut mit seinem Hammer auf Mr. Darrow. »Nun? Vorwärts, Herr Verteidiger, ich möchte nicht das Zeitliche segnen, bevor der Prozeß zu Ende ist!«

Nickend trat Mr. Darrow auf Lucius zu. »Detective Sergeant, in wie vielen Fällen, würden Sie sagen, hat die Ballistik bisher eine wichtige Rolle gespielt?«

»In den Vereinigten Staaten?« fragte Lucius.

»Ja, Detective Sergeant«, sagte Mr. Darrow. »Im Interesse der Gesundheit des Herrn Richters sollten wir uns wohl auf unser Land beschränken.« Viele Leute hätten da gern gelacht, aber niemand tat es.

Lucius zuckte die Achseln. »Da gibt es schon einige.«

»Können Sie mir eine Zahl nennen?«

»Ich fürchte, nein.«

»Aber diese Sache, daß man imstande ist, aufgrund von Rost- und Schimmelablagerungen auf einem Revolver zu sagen, wann er zum letzten Mal abgefeuert worden ist – das hat man bereits verwertet?«

»Mehrfach. Der erste Fall war der Moughon-Prozeß im Jahre 1879. Der Angeklagte wurde freigesprochen, als ein Büchsenmacher feststellte, daß sein Revolver wegen des darauf befindlichen Schimmels und Rosts unmöglich in den davorliegenden eineinhalb Jahren hatte abgefeuert werden können. Der fragliche Mord hatte in jenem Zeitraum stattgefunden.«

Kopfschüttelnd trat Mr. Darrow zur Geschworenenbank. »Ich weiß nicht, Detective Sergeant – vielleicht liegt das an mir. Ich hab in meinem Leben 'ne Menge Schimmel und Rost gesehen. Scheint mir ziemlich erstaunlich, daß Sie die Ablagerungen so genau nach ihrem Alter bestimmen können, als wären es Lebewesen.«

»Schimmelpilze sind Lebewesen«, sagte Lucius und ließ sich trotz seiner Nervosität die Gelegenheit nicht entgehen, einen Seitenhieb auf Mr. Darrow zu führen. »Und Rost ist nichts als oxydiertes Metall. Der Zeitpunkt, zu dem es dazu kommt, läßt sich gleichfalls recht genau bestimmen. Wer das einmal gelernt hat, findet es gar nicht besonders schwer.«

»Das sagen Sie. Ich vermute, daß wir Ihnen das – im Augenblick jedenfalls – abnehmen müssen. Aus der Waffe wurde also vor etwa drei Jahren plus/minus einige Monate geschossen. Und eine der Kugeln hat man im Holz des Fuhrwerks gefunden.« Mr. Darrows Gesicht verzog sich wieder. »Ich möchte nicht unbedingt den Eindruck der Begriffsstutzigkeit erwecken, aber was sagt uns das? Ich meine, daß die Kugel zu der Waffe paßt? Wie viele Fälle hat man mit Hilfe dieses Verfahrens entschieden?«

»Nun«, antwortete Lucius etwas unbehaglicher. »Büchsenmacher ordnen schon seit Jahrzehnten Kugeln den Läufen von Schußwaffen zu…«

»Es ist also eine exakte Wissenschaft.«

»Das kommt darauf an, was man unter exakt versteht.«

»Ich meine *exakt*«, sagte Mr. Darrow und trat wieder zu Lucius. »Ohne Spielraum für einen Irrtum.«

Dieser rutschte auf seinem Stuhl herum und nahm dann ein Taschentuch heraus, um sich die Stirn zu wischen. »Es gibt nicht viele Wissenschaftszweige, in denen kein Irrtum möglich ist.«

»Aha«, sagte Mr. Darrow. »Die Sache ist also nicht *exakt*. Und was ist mit der Kugel? Weist etwas darauf hin, daß sie mit den Todesfällen zu tun hat?«

»Es haben sich Blutspuren darauf gefunden.«

»Haben Sie eine Vorstellung, welche Art Blut das ist?«

Lucius begann noch auffallender zu schwitzen und wischte sich erneut die Stirn. »Man verfügt… man verfügt bisher über kein Untersuchungsverfahren, das es gestattet, verschiedene Arten von Blut zu unterscheiden.«

»So, so.« Mr. Darrow gab sich die größte Mühe, den Eindruck zu erwecken, als bemühte er sich ernsthaft um eine Lösung des Problems, und trat wieder zur Geschworenenbank. »Sie sagen also, alles in allem, wir haben eine Waffe, die vor ungefähr drei Jahren abgefeuert wurde – ohne daß wir sagen können, von *wem* – und die man am Grunde eines Brunnens hinter dem Hause der Familie Hatch gefunden hat. Es kann, muß aber nicht die sein, aus der eine Kugel abgefeuert wurde, die man im Holz des Fuhrwerks der Familie Hatch gefunden hat – eine Kugel, die bei der Tötung der Kinder eine Rolle gespielt hat oder auch nicht. Wollen Sie das sagen?«

»Ich würde es nicht so darstellen«, sagte Lucius. »Die Wahrscheinlichkeit...«

»Die *Wahrscheinlichkeit* sieht so aus, daß noch genug Platz für begründeten Zweifel bleibt. Jedenfalls *meiner* Ansicht nach. Aber probieren wir es mit einer Frage, die Sie möglicherweise etwas genauer beantworten können: In wie vielen Prozessen haben Sie bisher als ballistischer Gutachter ausgesagt?«

Damit hatte Lucius offenbar nicht gerechnet. »In wie vielen?«

»Die Frage ist nicht schwer zu beantworten.«

Mit gesenktem Blick und erneut seine Stirn mit dem Taschentuch wischend, sagte Lucius leise: »Es ist das erste Mal.«

»Das erste Mal?« tat Mr. Darrow erstaunt, warf einen kurzen Blick zum Zeugenstand und dann wieder zur Geschworenenbank. »Dafür, daß Sie zum ersten Mal schwimmen, haben Sie sich aber in ziemlich tiefes Wasser gewagt – finden Sie nicht auch?«

Im Versuch, dagegen anzugehen, sagte Lucius: »Ich beschäftige mich schon seit vielen Jahren mit Ballistik...«

»Das bezweifle ich nicht. Nur hat Sie bisher niemand nach Ihrer Meinung gefragt – und ich frage mich, warum wohl...« Schließlich löste Mr. Darrow den Blick von den Geschworenen und stolzierte an seinen Tisch zurück. »Das ist alles, Sir.«

Lucius wollte schon aufstehen, als Mr. Darrow eine Hand hob. »Ach ja – da ist *doch* noch etwas, Detective Sergeant. Sie haben bei Ihren einleitenden Worten gesagt, daß Sie Angehöriger der New Yorker Polizei sind. Würden Sie mir freundlicherweise sagen, welchen Auftrag Sie gegenwärtig ausführen?«

Äußerst verwirrt lehnte sich Lucius auf seinem Stuhl zurück, darum bemüht, Zeit zu gewinnen. »Mein gegenwärtiger Auftrag? Der Zweite Bezirksstaatsanwalt hat mich aufgefordert...«

»Ich meine den Auftrag *Ihrer* Behörde«, sagte Mr. Darrow.

Lucius atmete tief ein. »Mein gegenwärtiger Auftrag hat mit diesem Fall nichts zu tun, und es wäre unangebracht...«

»Verhält es sich nicht so«, unterbrach ihn Mr. Darrow mit vor Rechtschaffenheit fast berstender Stimme, »daß man Sie vor einigen Wochen beauftragt hat, den Fall Dr. Laszlo Kreisler zu untersuchen – insbesondere die Rolle, die er beim Selbstmord eines der seiner Fürsorge im Kreisler-Institut in New York anvertrauten Kinder gespielt hat?«

Jetzt hielt es die Menge nicht mehr. Während sie anfing zu tuscheln, fuhr Mr. Picton von seinem Stuhl empor. »Einspruch, Euer Ehren! Die Anklagevertretung erhebt schärfsten Einspruch! Welche mögliche Beziehung kann der gegenwärtige dienstliche Auftrag des Detective Sergeant mit diesem Fall haben?!«

Der Richter hämmerte, bis das Publikum wieder ruhig war, dann packte er eins seiner Ohren und wandte sich Mr. Darrow zu. »Ich hatte gehofft, daß Sie diese Art von Unterstellung dem Zweiten Staatsanwalt überließen. Welchen Zweck verfolgen Sie damit, daß Sie eine solche, ganz offenkundig in keinem Zusammenhang mit diesem Fall stehende Angelegenheit zur Sprache bringen?«

»Euer Ehren«, erwiderte Mr. Darrow. »Ich fürchte, daß ich der Bewertung dieser Auskunft durch das Gericht nicht zustimme. Wenn sich die Argumente der Anklagevertretung so sehr auf die Arbeit eines einzigen Gutachters stützen, dessen Integrität und Sachkunde gegenwärtig Gegenstand einer Untersuchung durch einen *anderen* Gutachter der Anklagevertretung sind – nun, Euer Ehren, nicht nur der Zweite Bezirksstaatsanwalt ist in der Lage, staunenswerte Zufälle zu entdecken.«

Mit wütendem Blick schlug der Richter den Hammer auf den Tisch. »Schon möglich, Sir, aber ebensowenig, wie dieses Gericht das Vorbringen von Zufällen durch den Anklagevertreter duldet, wird es ein ähnliches Verhalten seitens der Verteidigung hinnehmen! Sofern das, wovon Sie sprechen, eine unmittelbare Beziehung zu diesem Fall hat, sollten Sie das jetzt vortragen, Sir.«

Mr. Darrow hob die Hände und spielte die gekränkte Unschuld. »Für den Fall, daß meine Bemerkungen ungehörig gewesen sein sollten, bitte ich Euer Ehren um Vergebung.«

»Ungehörig *und* unzulässig«, stieß der Richter hervor. »Die Geschworenen werden aufgefordert, die Äußerungen des Herrn Verteidigers bezüglich des gegenwärtigen dienstlichen Auftrags des Zeugen nicht zur Kenntnis zu nehmen, die zugleich aus dem Protokoll gestrichen werden.« Erneut hob sich warnend der Hammer in Richtung auf den Tisch der Verteidigung. »Und probieren Sie das nicht noch einmal mit mir, Mr. Darrow. Ich bin in keiner Weise gesonnen zu dulden, daß Dinge angesprochen oder untersucht werden, die mit dem zur Verhandlung stehenden Gegenstand nicht das geringste zu tun haben. Fahren Sie jetzt mit Ihren Fragen fort.«

»Ich habe keine weiteren Fragen, Euer Ehren«, entgegnete Mr. Darrow und setzte sich.

»Mr. Picton«, sagte der Richter. »Wollen Sie noch einmal in die Befragung Ihres Zeugen eintreten?«

»Könnte ich damit die soeben stattgehabten Anwürfe aus dem Gedächtnis der Geschworenen tilgen«, sagte Mr. Picton, »würde ich das tun. Da das nicht möglich ist, unterlasse ich es.«

»Dann ist die Befragung des Zeugen beendet«, sagte Richter Brown, »und der Anklagevertreter kann seinen nächsten Zeugen aufrufen.«

»Die Anklage ruft Mrs. Louisa Wright in den Zeugenstand«, kündigte Mr. Picton an.

Im hinteren Teil des Saals entstand leichte Unruhe, als Mrs. Wright durch die Mahagonitüren eintrat.

# KAPITEL 46

Während die grauhaarige einstige Haushälterin in einem altmodischen blauen Kleid den Gang entlangkam, beugte sich der Doktor zu Mr. Picton vor und fragte: »Was ist mit Parker?«

Der Angesprochene zuckte die Achseln. »Zwei von Dunnings Gehilfen sollten ihn mit dem Frühzug heute morgen herbringen. Sie müßten inzwischen eingetroffen sein. Ich werde ihn heute nachmittag ins Gericht holen müssen.«

Selbstsicher und ohne zu zögern, trat Mrs. Wright durch das Türchen in der hölzernen Schranke, wobei sie nur einen kurzen Blick hinüber zum Tisch der Verteidigung warf. Als sie Libby Hatch sah, war auf ihren scharfgeschnittenen Zügen keine Regung erkennbar. Nachdem ihr der Gerichtsdiener Coffey den Eid vorgesprochen hatte, schrie sie fast ihr »Ja« heraus und nannte dann ihren Namen so, als rechnete sie damit, daß jemand widersprechen würde. Diese Haltung gab sie auch nicht auf, als ihr Mr. Picton die ersten Fragen stellte, und sie zeichnete in ihren Antworten ein außerordentlich deutliches Bild vom Leben im Hause Hatch. Libby sei sehr sprunghaft gewesen, erklärte sie, und habe entsetzliche Wutanfälle bekommen, wenn es ihr so vorkam, als komme sie bei der Erfüllung ihrer Wünsche zu kurz. Mr. Picton erläuterte den Geschworenen, da Louisa Wright ihren Arbeitgeber Daniel Hatch nicht besonders gut habe leiden können, sei keine Rede davon, daß sie auf Libby eifersüchtig gewesen wäre: Die Kinder waren die einzigen Menschen im Hause, denen sie wohl wollte und sich verbunden fühlte, da es ihr vorgekommen war, als seien diese wegen der Verschrobenheit ihres Vaters und der Sprunghaftigkeit ihrer Mutter in einem Zustand fortwährender Nervosität aufgewachsen.

»Nun denn, Mrs. Wright«, fragte Mr. Picton schließlich, nachdem er diese nicht besonders schmeichelhafte Darstellung von den Zuständen im Hause Hatch geliefert hatte, »wann würden Sie sagen, daß der Prediger Clayton Parker als regelmäßiger Besucher ins Haus kam?«

»Mal sehen«, überlegte die Frau. »Meist ist er an Feiertagen vorbeigekommen, zu Weihnachten und dergleichen, und natürlich hat er es sich nicht nehmen lassen, Clara zu taufen – aber regelmäßige private Besuche hat er erst später gemacht. Ich glaube, an Claras erstem Geburtstag ist er das erste Mal zum Abendessen geblieben.«

»Und wie oft ist er danach gekommen?«

»Ach, mindestens einmal die Woche, manchmal auch öfter. Inzwischen interessierte sich Mr. Hatch mehr für kirchliche Dinge, wissen Sie. Das geht vielen Leuten so, wenn sie das Gefühl haben, daß ihnen nicht mehr viel Zeit bleibt.« Diese Aussage hatte Mrs. Wright nicht als Scherz gemeint, und daher wunderte sie sich, als im Publikum darüber gelacht wurde. »Das stimmt!« beharrte sie und verschränkte ihre Hände, als sei sie peinlich berührt. »Ich hab es selbst miterlebt.«

»Gewiß«, gab ihr Mr. Picton recht. »Aber war Mr. Hatchs Interesse an kirchlichen Dingen der Hauptgrund für die häufige Anwesenheit des Predigers im Hause?«

»Einspruch, Euer Ehren«, ertönte Mr. Darrows Stimme. »Die Frage läßt sich nur mit einer Mutmaßung beantworten.«

»Dann formuliere ich sie anders«, sagte Mr. Picton, bevor ihn der Richter dazu auffordern konnte. »Mrs. Wright, hat der Prediger den größten Teil der Zeit seiner Besuche in Gesellschaft von *Mr.* Hatch verbracht?«

»Nein, Sir«, sagte Mrs. Wright leicht höhnisch. »Wie lange dauert es schon, einen Scheck auszustellen?«

Das wurde mit erneutem Gelächter aus der Menge quittiert, und der Richter reagierte in der gewohnten Weise darauf: mit ärgerlichen Hammerschlägen. Er beugte sich vor und tadelte Mrs. Wright behutsam: »Die Zeugin wird ersucht, ihre Antworten zu geben, ohne dabei in Sarkasmus zu verfallen.«

»Das tue ich, Sir!« sagte sie und wirkte ein wenig gekränkt. »Weiter hat Mr. Hatch nichts getan, wenn der Prediger kam – Schecks ausgestellt und sich vielleicht ein paar Minuten lang über religiöse Fragen mit ihm unterhalten. Die übrige Zeit hat sich die Frau des Hauses mit dem … Gast beschäftigt.«

»Und aus welchem Grund?« fragte Mr. Picton.

»Das weiß ich nicht«, entgegnete Mrs. Wright. »Ich kann nur sagen, was ich gesehen habe, sechs oder sieben Mal.«

»Und was haben Sie gesehen?«

Mrs. Wright richtete sich auf, kniff die Augen zusammen und wies mit dem Finger auf den Tisch der Verteidigung. »Ich habe die Frau da und Prediger Parker miteinander gesehen. Draußen im Birkenwäldchen, etwa einen halben Kilometer vom Haus entfernt.«

»Und was haben sie getan?«

»Nichts, was ein Geistlicher üblicherweise mit einer verheirateten Frau tut!« sagte Mrs. Wright so aufgebracht, als hätten die Vorfälle erst am Vortag stattgefunden.

Der Richter seufzte müde auf. »Mrs. Wright, es handelt sich um eine klare Frage. Versuchen Sie *bitte*, darauf eine klare Antwort zu geben. Ich habe in diesem Fall schon genug mit Wortspielereien zu tun.«

Mrs. Wright sah mit entsetztem Ausdruck zum Richtertisch empor. »Soll das heißen, Sie wollen, daß ich sage, was ich meine?«

Der Richter versuchte zu lächeln. »Das wäre äußerst erfrischend.«

Mrs. Wright faltete die Hände im Schoß. »Nun, ich weiß nicht – aber wenn Sie es geradezu verlangen. Nun …« Sie holte tief Luft und fuhr fort:

»Beim ersten Mal hab ich die Frau des Hauses gesucht, weil es Clara schlecht geworden war. Ich hab sie mit dem Prediger im Birkenwäldchen gesehen. Sie hatten sich umarmt und – küßten sich.«

Weiteres Murmeln in der Menge wurde mit weiteren Hammerschlägen des Richters beantwortet.

»Und die anderen Male?« fragte Mr. Picton.

»Die anderen Male... na ja...« Mrs. Wright rutschte unbehaglich auf ihrem Stuhl hin und her. »Manchmal war es dasselbe. Aber andere Male... was soll ich sagen, es war Mittsommer. Draußen war es warm, so wie jetzt. Der Boden ist in dem Wäldchen weich, mit Moos bedeckt. Und mehr sage ich nicht – Richter hin oder her, Gericht hin oder her. Ich bin eine anständige Frau!«

Mr. Picton nickte. »Wir würden auf keinen Fall erwarten, daß Sie sich in unanständiger Weise verhalten. Aber lassen Sie mich Ihnen die Frage so stellen, Mrs. Wright: Wäre es zutreffend zu sagen, daß Sie die Angeklagte und Prediger Parker teilweise oder vollständig unbekleidet gesehen haben?«

Mrs. Wright, die nicht mehr zu wissen schien, wohin sie blicken sollte, nickte. »Ja, Sir. Das wäre es.«

»Und waren sie körperlich intim miteinander?«

Aus dem Unbehagen schien Zorn zu werden, und Mrs. Wright stieß hervor: »Ja, Sir – und dabei hatte sie zu Hause 'nen Mann und das süßeste kleine Mädchen, das man sich wünschen konnte! Eine Schande, ich kann es nicht anders sagen!«

Mr. Picton begann nickend vor dem Zeugenstand auf und ab zu gehen und fragte dann bedächtig: »Ich nehme nicht an, daß Sie genaue Daten für diese Vorfälle nennen können?«

»Genaue nicht, Sir, nein.«

»Nun ja. Aber lassen Sie mich fragen: Meinen Sie, mit Sicherheit sagen zu können, daß sie mindestens neun Monate vor der Geburt von Matthew und Thomas Hatch lagen?«

»Euer Ehren!« rief Mr. Darrow. »Ich fürchte, daß der Anklagevertreter wieder seinem Hang zu Andeutungen erlegen ist.«

»Ich bin nicht sicher, daß ich Ihre Ansicht diesmal teile«, antwortete der Richter. »Die Anklagevertretung hat in diesem Fall, wenn auch in äußerst unangenehmer Weise, Material vorgelegt, aus dem sich ergibt, daß es eine Gelegenheit und die Mittel zur Tat gab. Ich werde ihr mithin jetzt gestatten, sich der Frage des Motivs zuzuwenden. Aber tun Sie das *umsichtig*, Mr. Picton.«

Mr. Picton sah aus, als hätte er am liebsten den hinter dem Richtertisch sichtbaren struppigen weißhaarigen Kopf geküßt, und sagte: »Sehr wohl, Euer Ehren.« Dann wandte er sich wieder seiner Zeugin zu. »Mrs. Wright. Würden Sie sagen, daß die Zeit in bezug auf die Geburt der beiden jüngeren Hatch-Kinder in etwa stimmt?«

»Es war schrecklich nah dran«, sagte Mrs. Wright nickend. »Ich weiß noch, daß es mir damals selbst aufgefallen ist. Und als die Jungen dann so anders aussahen... da hab ich meine eigenen Schlüsse gezogen.«

»Und wie haben die Jungen ausgesehen?« Mr. Picton sah verstohlen zum Richtertisch empor. »Und seien Sie bitte nicht anmaßend, Mrs. Wright.«

Während sie aufs neue mit einem Finger auf den Tisch der Verteidigung wies, sagte sie: »Ihre Augen, ihre Hautfarbe und ihr Haar hatten sie nicht von Mr. oder Mrs. Hatch. Das konnte jeder sehen. Und da war noch was – wer im selben Haus lebt, in dem er arbeitet, kriegt sozusagen ein Gefühl für seinen Lebensrhythmus. Mrs. und Mr. Hatch hatten getrennte Schlafzimmer. Nach der Eheschließung haben sie manchmal die Nacht in seinem Zimmer verbracht, aber nach Claras Geburt... Kurz gesagt hat Mr. Hatch nie woanders als in seinem eigenen Bett geschlafen. Falls die Frau des Hauses je noch mal aus einem anderen Grund in sein Zimmer gegangen ist, als um ihm Essen oder Arznei zu bringen, als er starb, hätte ich das mitkriegen müssen.«

»Ich verstehe. Und wann *haben* Sie Mrs. Hatch zum letzten Mal das Zimmer ihres Mannes aufsuchen gesehen?«

»An dem Abend, als die Kinder erschossen wurden«, antwortete Mrs. Wright. »Sie rannte im ganzen Haus herum – ich konnte sie nicht daran hindern, ich hatte mehr als genug damit zu tun, den Kindern zu helfen. Aber sie hat sich gute fünf Minuten in Mr. Hatchs früherem Zimmer eingeschlossen.«

»Eingeschlossen?« wiederholte Mr. Picton. »Woher wollen Sie wissen, daß sie die Tür verschlossen hat?«

»Sie war da drin, als der Sheriff und Dr. Lawrence gekommen sind«, antwortete Mrs. Wright achselzuckend. »Sie wollten zu ihr, damit ihr Dr. Lawrence was geben konnte, um sie zu beruhigen. Aber die Tür war zu. Nach ein paar Minuten ist sie dann rausgekommen, hat immer noch geschrien und ist rumgelaufen. Sie hat gesagt, sie habe den Revolver ihres Mannes gefunden und habe Angst, sich damit was anzutun. Sie hat mir den Auftrag gegeben, ihn wegzuwerfen – also hab ich ihn in eine Tüte gepackt und in den alten Brunnen geworfen.«

»Und erinnern Sie sich daran, was für eine Tüte das war?«

Mrs. Wright nickte. »Mr. Hatch hat immer alles in großen Mengen gekauft, um Geld zu sparen. Wir hatten noch 'ne ganze Kiste voll Tüten aus Mr. Wests Fabrik.«

Mr. Picton trat an seinen Tisch und nahm das Stück Papier zur Hand, das Lucius von der Tüte abgeschnitten hatte, in die der Colt eingepackt gewesen war. »Das heißt, auf der Tüte müßte Mr. Wests Namensaufdruck stehen?«

Er gab ihr das Stück braune Papier.

Mrs. Wright sah es sich aufmerksam an und nickte. »Ja, so ist es.«

»Sind Sie sicher?«

»Natürlich bin ich sicher. Vor zwei Jahren hat nämlich die Tütenfabrik den Schriftzug vom unteren Ende der Tüte nach oben verlegt. Wenn man genug von den Dingern hat, fällt einem der Unterschied auf.«

»Und haben Sie genug von den Dingern?«

»Ja, Sir. Ich werfe nie welche weg. Eine Witwe, die von einer Heerespension lebt, kann nicht sparsam genug wirtschaften.«

»Ja, natürlich. Nun, vielen Dank, Mrs. Wright. Ich habe keine weiteren Fragen.«

Mr. Picton setzte sich und sah sehr zufrieden drein, weil keine von Mrs. Wrights Aussagen aus dem Protokoll gestrichen worden war. Mr. Darrow seinerseits schien wieder eine seiner improvisierten Strategieänderungen vorzunehmen: Er hielt sich die Hände vors Gesicht und wartete mit angestrengt zusammengezogenen Brauen eine oder zwei Minuten, bevor er sich rührte oder etwas sagte.

»Mr. Darrow«, sprach ihn der Richter an. »Haben Sie Fragen an die Zeugin?«

Schließlich gab Mr. Darrow eine Art Bewegung zu erkennen, allerdings nur in seinen Augen, und murmelte: »Nur eine oder zwei, Euer Ehren.« Dann stand er nach einer weiteren Pause auf. »Mrs. Wright, ist Ihnen je etwas am Verhalten der Angeklagten aufgefallen, was Sie zu der Ansicht gebracht hat, sie könnte imstande sein, ihre Kinder zu töten?«

Mr. Picton, der sich gerade erst gesetzt hatte, stand sofort wieder auf. »Ich muß dagegen Einspruch erheben, Euer Ehren. Die Zeugin kann über diese Art Sachverhalt keine Aussagen machen. Wir haben Seelenärzte hier, die uns sagen können, wessen die Angeklagte fähig sein mochte oder auch nicht.«

»Ja«, antwortete der Richter, »und zweifellos werden sie einander widersprechen, so daß nichts dabei herauskommt. Die Zeugin scheint mir von ausgesprochen gesundem Menschenverstand zu sein, Mr. Picton – und schließlich haben *Sie* darauf bestanden, daß ihre Eindrücke ins Protokoll aufgenommen wurden. Ich lasse die Frage zu.«

»Vielen Dank, Euer Ehren«, sagte Mr. Darrow. »Nun, Mrs. Wright.«

Als die Zeugin einen Augenblick lang über die Frage nachdachte, warf sie Libby erneut einen verstohlenen Blick zu. Dann sagte sie: »Ich ... hatte nicht damit gerechnet, daß man mir diese Frage stellen würde.«

»Nein?« fragte Mr. Darrow. »Nun, es tut mir leid, Sie zu überraschen. Aber versuchen Sie trotzdem zu antworten. Haben Sie im Verlauf all der Jahre, in denen Sie bei Mrs. Hatch in Diensten standen, den Verdacht gehegt, daß sie fähig sein könnte, ihre Kinder zu töten?«

Mrs. Wright sah zu Mr. Picton hin, und auf ihrem Gesicht war deutlich zu erkennen, welcher Kampf sich in ihrem Inneren abspielte.

»Was zum Teufel treibt Darrow da?« flüsterte Mr. Moore. »Ich war der Ansicht, daß das eine *unserer* Fragen sein sollte?«

»Ihm ist aufgegangen, welche Schlußfolgerung die Geschworenen aus ihrer Aussage gezogen haben«, entgegnete der Doktor. »Er möchte die Zeugin verwirren, indem er sie zwingt, eine unumwundene Anschuldigung zu erheben.« Er beugte sich aufmerksam vor. »Mal sehen, ob sie sich verwirren läßt…«

Mr. Darrow verschränkte die Arme. »Ich bin noch da, Mrs. Wright.«

»Es…« Louisa Wright rang einige Sekunden lang die Hände. »Es ist nicht die Art von Gesprächsstoff, über den man herumtratscht…«

»Ach tatsächlich?« entgegnete Mr. Darrow. »Es sieht mir aber ganz so aus, als hätten Sie schon ziemlich viel ›herumgetratscht‹. Ich hätte nicht geglaubt, daß es Ihnen schwerfallen könnte, diese Frage zu beantworten. Aber ich will es Ihnen leichtermachen. Sie behaupten, Mrs. Hatch habe eine, wie Sie es darstellen, ziemlich heiße Affäre mit dem Prediger Clayton Parker gehabt. Meinen Sie nicht, daß es für sie einfacher gewesen wäre, nach dem Tod ihres Mannes mit jenem auf und davon zu gehen, wenn sie sich nicht um drei Kinder hätte kümmern müssen?«

»Sie stellen das ziemlich herzlos dar«, entgegnete Mrs. Wright und sah erneut zu Libby hin.

»Wenn Ihnen eine Möglichkeit einfällt, solche Anschuldigungen weniger herzlos erscheinen zu lassen«, sagte Mr. Darrow, »teilen Sie mir das bitte mit. Nun, Mrs. Wright?«

»Sie verstehen nicht«, sagte die Frau ein wenig trotziger.

»Und was verstehe ich nicht?«

Sie beugte sich vor und sah Mr. Darrow an. »Ich habe Kinder, Sir. Mein Mann und ich hatten zwei, bevor er im Krieg gefallen ist. Ich kann mir nichts vorstellen, was eine Frau dazu bringen könnte, so etwas zu tun. Es ist widernatürlich, daß eine Mutter ein Leben beendet, das sie selbst in die Welt gesetzt hat. Es ist gegen die Natur.«

»Euer Ehren, ich sehe mich gezwungen, hier um Ihre Hilfe zu bitten«, sagte Mr. Darrow. »Ich denke, daß die Frage ziemlich klar war.«

»Mrs. Wright«, sagte Richter Brown. »Sie werden hier lediglich nach Ihrer Meinung gefragt.«

»Aber es ist entsetzlich, jemanden so zu beschuldigen, Euer Ehren«, sagte Mrs. Wright.

Mr. Darrow, der ihre Angst witterte, schob sich näher an den Zeugenstand. »Aber genau das tut ja die Staatsanwaltschaft, Mrs. Wright, und Sie sind als Zeugin *für* die Anklage hier. Kommen Sie, Sie wußten, daß Mr. Hatch seine Frau aus dem Testament gestrichen hatte – und daß für sie die einzige Möglichkeit, ihn zu beerben, der Tod der Kinder war. Hat Sie das nicht mißtrauisch gemacht?«

»Na schön!« brüllte die Frau schließlich. »Es macht mich mißtrauisch – trotzdem ist es schrecklich, jemandem so etwas vorzuwerfen!«

»*Macht* es Sie mißtrauisch, Mrs. Wright?« fragte Mr. Darrow ganz kühl, »oder *hat* es Sie mißtrauisch gemacht? Mal sehen, ob ich Ihnen folgen kann. Sie sagen, Mrs. Hatch war bisweilen aufbrausend. Sie sagen, daß sie eine Liebesbeziehung mit Prediger Parker hatte. Und Sie sagen, daß sie auf das Geld ihres Mannes aus war. Und all das, sagen Sie jetzt, sei Grund genug, anzunehmen, daß sie ihre Kinder umgebracht hat – obwohl Sie damals einen solchen Vorwurf nicht erhoben haben.«

»Natürlich nicht!« begehrte Mrs. Wright auf. »Man hat mich schließlich erst vor einer Woche oder so nach meiner Meinung gefragt!«

»Genau, Mrs. Wright«, sagte Mr. Darrow äußerst zufrieden. »Sagen Sie mir – sind Ihnen Frauen bekannt, welche die Hand gegen ihre Kinder erhoben haben?«

Verwirrung trat auf Mrs. Wrights Gesicht. »Ja, natürlich.«

»Haben Sie je von Frauen gehört, die ihrem Mann untreu waren?«

Unruhig hin und her rutschend, versuchte sie ihre Stimme zu beherrschen. »Vielleicht in einem oder zwei Fällen.«

»Und was ist mit Frauen, die reiche alte Männer geheiratet haben, um in den Besitz von deren Geld zu gelangen?«

»Vielleicht.«

»Glauben Sie, daß irgendeine von denen imstande gewesen wäre, ihre Kinder umzubringen?«

»Was meinen Sie damit?«

»Genau, was ich sage, Mrs. Wright.«

»Ich … weiß nicht.«

»Aber Mrs. Hatch gegenüber haben sie einen ziemlich klaren Verdacht. *Jetzt*, meine ich.«

»Ich verstehe Sie nicht.«

»Ich glaube schon«, entgegnete Mr. Darrow und trat wieder ganz nah an sie heran. »Mrs. Wright, stimmt es nicht, daß Sie nur deswegen annehmen, Mrs. Hatch könnte ihre Kinder umgebracht haben, weil der Zweite Bezirksstaatsanwalt und seine Helfer Ihnen eingeredet haben, daß sie es getan haben könnte?«

»Euer Ehren!« rief Mr. Picton und fuhr hoch. »Sofern der Herr Verteidiger damit zu verstehen geben will, daß die Zeugin lügt …«

»Euer Ehren, ich will damit nichts dergleichen zu verstehen geben«, erwiderte Mr. Darrow. »Ich versuche lediglich, dem Ursprung von Mrs. Wrights Verdacht auf die Spur zu kommen, und zu zeigen, daß es ganz so aussieht, als ginge er, wie so manches in diesem Fall, auf den Zweiten Bezirksstaatsanwalt zurück – und auf die Leute, die ihn in dieser Angelegenheit beraten.«

»Mr. Darrow«, sagte Richter Brown. »Ich hatte gedacht, wir hätten die Sache mit den Unterstellungen abgeschlossen …«

»Das haben wir auch, Euer Ehren«, gab Mr. Darrow verbindlich zur Antwort. »Ich habe keine weiteren Fragen an diese Zeugin.«

Nunmehr trat eine lange Pause ein, in deren Verlauf Mr. Picton zusah, wie sich Mr. Darrow mit einem Gemisch aus Zorn und Verwirrung setzte.

»Mr. Picton«, sagte Richter Brown schließlich. »Wollen Sie erneut in die Befragung Ihrer Zeugin eintreten?«

Mr. Picton wandte sich dem Richterstuhl zu. »Nein, Euer Ehren.«

»Dann ist die Aussage dieser Zeugin abgeschlossen«, sagte der Richter, woraufhin die ziemlich mitgenommene Mrs. Wright den Zeugenstand verließ. Richter Brown sah noch einmal zu Mr. Picton hin. »Haben Sie noch weitere Zeugen, Sir?«

Um Haltung bemüht, sah Mr. Picton besorgt zur Tür und dann zu Sheriff Dunning, der lediglich die Achseln zuckte. »Der nächste Zeuge der Anklage, Euer Ehren«, antwortete Mr. Picton, »ist allem Anschein nach noch nicht eingetroffen. Er sollte von zwei Gehilfen des Sheriffs in die Stadt gebracht werden, aber ich weiß nicht...«

In eben dem Augenblick schlüpfte ein Junge durch die Mahagonitüren. Er trug die Uniform der Telegraphengesellschaft *Western Union* und hielt einen Umschlag in der Hand. Nachdem er dem Wachmann an der Tür eine Frage gestellt hatte, wurde er zu Mr. Pictons Tisch gewiesen und machte sich unverzüglich auf den Weg dorthin.

Bei seinem Anblick sagte Mr. Picton: »Das könnte eine Mitteilung des Zeugen sein, Euer Ehren – wenn Sie mir bitte einen Augenblick Zeit einräumen wollen.«

»Einen *Augenblick*, meinetwegen, Mr. Picton«, sagte der Richter und lehnte sich zurück.

Der Telegrammbote kam an unseren beiden Sitzreihen vorüber, gab Mr. Picton den Umschlag und ließ sich von ihm den Empfang quittieren. Daraufhin riß Mr. Picton das Telegramm mit fliegenden Fingern auf und las es. Er las es erneut, als könnte er den Inhalt nicht verstehen. Beim dritten Lesen schließlich wich ihm alle Farbe aus dem Gesicht, und er sank auf seinen Stuhl.

»Picton«, flüsterte der Doktor, der ihn nicht aus den Augen gelassen hatte. »Was gibt es?«

Richter Brown beugte sich vor und sah zugleich beunruhigt und ein wenig verärgert aus. »Mr. Picton? Fehlt Ihnen nichts, Sir?«

»Euer... Euer Ehren«, stieß Mr. Picton hervor und bemühte sich, wieder auf die Beine zu kommen. »Ich...« Er sah vergeistigt auf den Boden zu seinen Füßen, atmete schließlich tief durch, räusperte sich und hob den Blick. »Es tut mir leid, Euer Ehren. Ursprünglich hatte die Staatsanwaltschaft die Absicht, als nächstes den Geistlichen Clayton Parker aufzurufen. Er sollte in Begleitung zweier Gehilfen von Sheriff Dunning heute den Frühzug von New York aus nehmen. Offensichtlich hat es einen... einen Unfall gegeben.«

»Einen Unfall?« wiederholte der Richter. »Welche Art Unfall?«

Mr. Picton schwieg eine Weile und sah wieder auf das Telegramm. Dann sagte er bedächtig: »Es sieht ganz so aus, als sei der Prediger heute morgen am Bahnhof Grand Central unter die Räder eines einlaufenden

Zuges gekommen. Er wurde schwer verletzt in ein Krankenhaus in der Nähe gebracht. Dort ist er vor einer Dreiviertelstunde verschieden.«

Die Nachricht traf die Zuhörer im Saal so heftig, wie der Zug den Prediger getroffen haben dürfte. Unter ihnen – die zum Teil zu Parkers Gemeinde gehört hatten – brach offene Unruhe aus, und einige waren zu Tränen gerührt. In unserer Gruppe war jeder viel zu benommen, als daß wir etwas hätten sagen oder tun können. Natürlich gab es bei uns keinerlei Verwirrung: Uns allen war klar, daß dieser Tod mit Sicherheit nicht auf einen Unfall zurückging. Es war nahezu unmöglich, im Bahnhof Grand Central von einem Zug getötet zu werden, sofern nicht jemand daran mitwirkte, der über Erfahrung bei derlei Unternehmung gebot – ein kräftiger Mensch, verrückt genug, inmitten einer großen Menschenmenge derlei zu unternehmen, jemand, dem die Anwesenheit zweier Sheriffgehilfen gleichgültig war. Beispielsweise ein Kokser, einer aus der Bande der Hudson Dusters.

Libby Hatch entfuhr ein kurzes lautes Geräusch, von dem ich hätte schwören können, daß es Gelächter war. Als ich aber hinsah, hatte sie ihr Gesicht in den Händen vergraben und schien zu weinen.

Richter Brown machte sich daran, die Ordnung im Saal wiederherzustellen, allerdings etwas weniger schroff als sonst. Als sich das Publikum allmählich beruhigte, sah er mit finsterer Miene im Saal um sich.

»Das Gericht bedauert diese Nachricht in der Tat«, sagte er. »Immerhin war Parker trotz aller Anschuldigungen, die in diesem Saal gegen ihn erhoben worden sind, in der Gemeinde weithin bekannt und geachtet. Unter den gegenwärtigen Umständen schlage ich vor, daß wir uns bis zwei Uhr vertagen – dann können Sie, Mr. Picton, Ihren nächsten Zeugen aufrufen. Falls Sie aber mehr Zeit brauchen ...«

Mr. Picton, der immer noch sehr erschüttert wirkte, schüttelte den Kopf. »Nein, Euer Ehren. Vielen Dank. Die Anklagevertretung wird um zwei Uhr bereit sein. Mit ihrem nächsten Zeugen ...«

Kaum hatte der Richter den Saal verlassen, als erneut Unruhe eintrat. Mr. Picton ließ sich wieder auf seinen Stuhl fallen, und keiner von uns trat auf ihn zu, wußten wir doch nicht, was wir hätten sagen können. Wieder einmal nahmen die Dinge nicht den von ihm geplanten Verlauf, und um unseren Fall schien es bedenklich zu stehen – vor allem, wenn man bedachte, auf welche Weise Mr. Darrow mit der Zeugin Louisa Wright umgesprungen war, deren Aussage sich jetzt keinesfalls bestätigen ließ. Im Bewußtsein all dessen, saß Mr. Picton einfach eine ganze Weile da und stierte auf das Telegramm in seiner Hand. Schließlich hob er den Blick und sah zu uns herüber – insbesondere zu einem von uns.

»Nun, Doktor«, sagte er ganz ruhig. »Ich hoffe, daß Sie um zwei Uhr bereit sind, denn ich kann die Geschworenen unmöglich mit dem nach Hause gehen lassen, was sie heute gehört haben.« Er machte eine kurze Pause und hob eine Braue. »Sie sind alles, was uns noch bleibt.«

Der Doktor nickte. Ihm schien durchaus klar zu sein, in welcher Zwickmühle er sich jetzt befand. Aber als er sprach, klang seine Stimme beherrscht – ja, sogar gelassen. »Das ist schon in Ordnung, Mr. Picton«, sagte er und faßte sich an das Bärtchen unter seiner Unterlippe. »Es ist nicht ausgeschlossen, daß ich unserem Freund Darrow das eine oder andere abgeschaut habe ...«

# Kapitel 47

Bei meiner Rückkehr in den Gerichtssaal fiel mir an jenem Nachmittag auf, daß die Wachleute ihre Plätze getauscht hatten. Dem maß ich anfangs keine besondere Bedeutung bei. Der vierschrötige Mann, der gewöhnlich hinter Iphegeneia Blaylock gestanden hatte, tat jetzt am Eingang Dienst, unser alter Freund Henry mit dem schmalen Kopf und dem trägen Gehirn hingegen stand innerhalb der eichenen Schranke nahe dem Tisch der Verteidigung. Da ich annahm, die beiden hätten gern etwas Abwechslung gehabt, dachte ich, wie gesagt, nicht weiter darüber nach. Im Rückblick aber begreife ich, daß es der erste Fingerzeig auf etwas Unheilverkündendes war, auf etwas, was schließlich zu einem unerwarteten und fürchterlichen Ende des Prozesses führen würde. Es hätte viel Kummer erspart, wenn damals ich oder sonst jemand aus unserer Gruppe erfaßt hätte, was hinter dieser Veränderung steckte. Der einzige aber, von dem man vernünftigerweise die richtige Deutung hätte erwarten können, war der Doktor; er aber konzentrierte sich zu sehr auf die bevorstehende Kraftprobe mit Mr. Darrow, als daß er solchen, auf den ersten Blick unbedeutenden, Einzelheiten Beachtung geschenkt hätte.

Er trat kurz nach zwei in den Zeugenstand. Es nahm den größten Teil der folgenden Stunde in Anspruch, Mr. Pictons Fragen nach seiner Arbeit mit Clara Hatch zu beantworten. Anschließend bat ihn dieser, er möge sich zu Clara Hatchs Geisteszustand äußern. Anfangs standen die Geschworenen wie auch die Zuhörer ganz offensichtlich den Aussagen des Doktors mit einer gewissen Skepsis gegenüber, doch gelang es ihm, wie so häufig, wenn er vor Gericht auftrat, mit seiner klaren und einfühlsamen Darstellungsweise nach einer Weile einige von ihnen auf seine Seite zu ziehen, vor allem, als es um Clara ging. Während er klarmachte, daß er bei ihrer Behandlung lediglich auf die in solchen Fällen übliche Weise vorgegangen war – zugleich wies er darauf hin, wie viele ähnlicher Fälle er schon behandelt hatte –, malte er ein Bild eines überaus klugen und sensiblen Mädchens, dessen Geist die Ereignisse des 31. Mai 1894 zwar schrecklich aufgewühlt, aber nicht gebrochen hätten. Mit seiner Beschreibung Claras erreichte er, daß die Geschworenen aufmerkten und sich sogar für die Einzelheiten seiner medizinischen Diagnose interessierten, statt von ihnen abgestoßen zu werden. Indem er über die langen Tage sprach, an denen er bei Clara gesessen hatte, während sie malte, legte er dar, daß er weder versucht hatte, sie zum Sprechen zu zwingen, noch ihr Worte in den Mund zu legen, als sie ihre ersten mündlichen Äußerungen tat. Im Laufe der Zeit wurden die zwölf Männer immer empfänglicher, so daß sie bereit waren, sich auch alles anzuhören, was der

Doktor zu sagen hatte, als ihn Mr. Picton nach Libby Hatch zu befragen begann. Bei all dem gab es keinerlei raffinierte Schachzüge: Trotz seiner ungewöhnlichen Erscheinung, seines fremdartigen Zungenschlags und obwohl ein großer Teil seiner Arbeit eher ungewöhnlich war, sprach der Doktor so aufrichtig und liebevoll von den ihm anvertrauten Kindern, daß kein noch so mißtrauischer Zweifler seine ehrlich gemeinte Fürsorge im Umgang mit ihnen in Frage zu stellen vermochte.

Alle Fragen, die Mr. Picton dem Doktor bezüglich Libby Hatch stellte, hatten zum Ziel, sie als berechnend und keinesfalls unzurechnungsfähig darzustellen und daß sie durchaus imstande war, unter Anwendung verschiedener Methoden ihre Ziele zu erreichen. Der Doktor berichtete, wie sie ihn auf dreierlei Weise auf ihre Seite zu ziehen versucht hatte – indem sie sich nacheinander als Opfer, als Verführerin und schließlich als zornige Bestraferin gebärdet habe –, und erklärte, inwiefern nichts davon seinem Wesen nach als »pathologisch« bezeichnet werden könne. Es handele sich in Wirklichkeit um bei den verschiedensten Frauen häufig anzutreffende Vorgehensweise, wenn es ihnen darum gehe, in einer bestimmten Situation die Oberhand zu gewinnen – vor allem Männern gegenüber. Einen Augenblick lang spielte Mr. Picton den *Advocatus diaboli* und fragte, ob man die Ermordung der eigenen Kinder als Bestandteil einer solchen Bemühung ansehen könnte – ob es wirklich möglich wäre zu behaupten, daß sie damit versuche, ihr Leben und ihre Umgebung besser in die Hand zu bekommen. An dieser Stelle flocht der Doktor einen langen Exkurs über ähnliche Fälle ein, mit denen er im Laufe der Jahre zu tun gehabt oder über die er gelesen hatte. In diesen Fällen hatten tatsächlich Frauen ihre eigenen Nachkommen aus dem Weg geräumt, als diese zwischen ihnen und dem standen, was die jeweilige Mutter als ihre Grundbedürfnisse ansah.

Zum Teil ging es bei dieser Unterhaltung recht ausführlich um einen Fall, den jeder von uns nur allzu gut kannte, nämlich um Lydia Sherman, die »Königin der Giftmischerinnen«. Der Doktor wies auf einige äußerst aufschlußreiche Ähnlichkeiten im Leben und bei den Morden hin, die zwischen dieser und Libby Hatch bestanden: Lydia Sherman habe sich »ihrem Temperament wie auch ihrer seelischen Verfassung nach weder für die Ehe noch für die Mutterschaft geeignet«, doch habe sie das nicht gehindert, immer wieder Männern nachzujagen, die sie geheiratet und denen sie Kinder geboren habe. Wann immer ihr die Dinge über den Kopf wuchsen – was angesichts ihrer Persönlichkeitsmerkmale nicht ausbleiben konnte –, habe sie einfach Mann und Kinder umgebracht, statt sich einzugestehen, daß unter Umständen sie selbst Ursache ihrer Schwierigkeiten sei. Von der gleichen Art »Dynamik«, sagte der Doktor, werde Libby Hatchs Verhalten gesteuert: Aus welchem Grund auch immer (und er wies darauf hin, daß die Angeklagte nie bereit gewesen sei, mit ihm über ihre Kindheit zu sprechen), bringe sie es nicht fertig, die Kluft zwischen dem, was sie wünsche, und dem zu überbrücken, was die Gesellschaft ihrer Ansicht nach von einer Frau erwartete. Starrköpfig und auf die Befriedigung der eigenen Wünsche und Bedürfnisse bedacht, könne Libby nicht einmal dulden, daß Kinder ihren Plänen im Wege standen; zugleich aber erfülle sie ein geradezu verzweifeltes Bedürfnis, in den Augen anderer als guter Mensch, fürsorgliche Mutter und liebende Gattin zu erscheinen. Von diesem Blickwinkel aus betrachtet sei die merkwürdige Geschichte über den Phantom-Schwarzen auf der Straße nach Charlton gar nicht so sonderbar, wie man annehmen könne: Nur mit Hilfe einer so abstrusen Geschichte habe sie sich vor den Menschen ihrer Stadt als Heldin zeigen können statt als Frau, die drei Kindern nach dem Leben trachtete, die ihr im Wege waren. Darin aber, betonte der Doktor, liege in keiner Weise eine Geisteskrankheit: Männer kämen häufig für ähnliche Verbrechen an den Galgen, ohne daß jemand sie für unzurechnungsfähig halte.

Aber bestünden nicht, wollte Mr. Picton wissen, in dieser Hinsicht Unterschiede zwischen Männern und Frauen? Nur in den Augen der Gesellschaft, erwiderte der Doktor. Der Mensch sei schlichtweg nicht bereit, sich mit der Vorstellung anzufreunden, daß das, was die meisten als einzige wahre Blutsverwandtschaft auf der Welt ansehen – nämlich die Beziehung zwischen einer Mutter und ihren Kindern –, in Wahrheit alles andere als heilig sei. Indem er die Fragen formulierte, die seiner festen Überzeugung nach in den Köpfen der Geschworenen herumspukten, wollte Mr. Picton als nächstes wissen, warum Libby nicht einfach ihre Kinder verlassen habe und verschwunden sei, um irgendwo anders ein neues Leben zu beginnen, wie das andere Frauen oft taten. Habe lediglich die Gier nach dem Gelde sie zum Blutvergießen getrieben, das sie aus dem Erbe ihres Mannes zu bekommen hoffte, wenn ihre Kinder tot waren? Diese Fragen gaben dem Doktor Gelegenheit, den Hauptgedanken seiner Aussage zu wiederholen und den Geschworenen einzuhämmern – und er nutzte sie. Noch ausgeprägter als Libbys Verlangen nach Wohlstand, betonte er, sei ihre Wunsch gewesen, von ihrer Umgebung als gute Mutter anerkannt zu werden. Jeder Mensch, erklärte er, sei von der Überzeugung beseelt – und wolle, daß alle anderen das ebenfalls glaubten –, er (oder sie) sei imstande, die grundlegenden Funktionen des Lebens zu erfüllen. Das gelte insbesondere für in der amerikanischen Gesellschaft aufgewachsene Frauen. Hier machte der Doktor eine Anleihe bei Miss Howard, die immerhin dafür verantwortlich war, daß er verstanden hatte, was er nunmehr zu erklären im Begriff stand. Die Gesellschaft Amerikas, fuhr er fort, impfe jungen Mädchen die Vorstellung ein, keine noch so bedeutende Leistung, auf welchem Gebiet auch immer, könne es wettmachen, wenn eine Frau nicht zur Fortpflanzung der Art beitrage. Libby Hatch sei mit diesem Glaubenssatz in besonderer Weise »indoktriniert« worden, wahrscheinlich von der eigenen Familie. Es sei ihr einfach unerträglich, als Frau zu gelten, die sich nicht in angemessener Weise um ihre Kinder kümmern wolle oder könne. So komme es, daß in ihren Augen deren Tod dem vorzuziehen sei, daß man ihr diesen Vorwurf machen könne. Aber gewiß, sagte Mr. Picton, gelte eine solche Denkweise bei manchen als krankhaft – und handele es nicht in Wahrheit auch um irgendeine Art Geisteskrankheit? Nein, antwortete der Doktor darauf, es sei nichts anderes als Intoleranz, wenn auch eine niedrige und rachsüchtige Spielart davon. Bisher aber habe niemand Intoleranz als Geisteskrankheit eingestuft, und er könne sich auch nicht vorstellen, daß es je dazu kommen werde.

Wir hatten all das natürlich in den letzten Wochen schon oft gehört; aber es gelang dem Doktor und Mr. Picton, die Diskussion so lebhaft zu gestalten, daß selbst wir der Vernehmung mit gespannter Aufmerksamkeit folgten. Auf die Geschworenen schien sie, wenn man nach dem Augenschein urteilen durfte, noch stärker zu wirken – und deshalb bemühte sich Mr. Darrow sogleich um einen Gegenstoß, kaum, daß sich Mr. Picton gesetzt hatte.

»Dr. Kreisler«, sagte er und trat mit kaltem Blick an den Zeugenstand. »Es stimmt doch, daß Sie und Ihre Gefährten kürzlich den Beweis zu führen versucht haben, daß die Angeklagte für den unerklärlichen Tod einer ganzen Anzahl von Kindern in New York verantwortlich ist?«

Mr. Picton brauchte nicht einmal aufzustehen: Bevor er einen Einspruch formulieren konnte, ließ Richter Brown seinen Hammer herniederfahren, so daß das Getuschel, das die Frage sowohl im Publikum wie auch unter den Geschworenen ausgelöst hatte, sogleich verstummte. »Mr. Darrow!« brüllte er. »Ich habe diese Art unverantwortlicher Fragerei von *beiden* Seiten satt! Ich möchte mit Ihnen und Mr. Picton in meinem Amtszimmer sprechen – und zwar auf der Stelle!« Noch während er sich erhob, wandte er sich der Geschworenenbank zu. »Und Sie, meine Herren, werden die letzte Frage nicht zur Kenntnis nehmen. Sie wird aus dem Protokoll gestrichen!« Er wandte sich wieder um und sah zum Doktor hinab. »Der Zeuge kann sich frei im Saal bewegen – aber Sie stehen nach wie vor unter Eid, Doktor, wenn die Befragung nachher fortgesetzt wird. Vorwärts, meine Herren!«

So schnell verschwand Richter Brown durch die Hintertür des Saales, daß man kaum mehr als einen verschwommenen dunklen Schatten wahrnahm, und Mr. Darrow und Mr. Picton folgten ihm auf dem Fuß. Sobald sie fort waren, begann sich die Menge der Zuhörer lebhaft zu unterhalten. Der Doktor, der nicht den Eindruck erwecken wollte, als habe ihn die Frage getroffen, erhob sich langsam und trat zu uns herüber.

»So, Doktor«, sagte Lucius. »Jetzt fängt der Prozeß wahrscheinlich erst richtig an.«

»Darrow bereitet seinen Gutachtern den Boden«, fügte Marcus hinzu und sah quer durch den Saal zu Mrs. Cady Stanton, Dr. White und

»Dr.« Hamilton hinüber. »Er weiß, daß er Sie auf der Ebene der Fachkunde nicht packen kann, also wird er versuchen, Ihnen niedrige Motive zu unterstellen. Allerdings hatte ich nicht geglaubt, daß er es damit so eilig hatte.«

»Ihm blieb keine Wahl«, erwiderte der Doktor. »Wenn er sich schrittweise an diese Art von Anwürfen herangearbeitet hätte, wäre er nie so weit gekommen, denn der Richter hätte es nicht zugelassen. So hat er zumindest dafür gesorgt, daß die Geschworenen seine Unterstellung gehört haben. Dafür nimmt er gern einen Rüffel in den Räumen des Richters in Kauf.«

»Seine Handlanger scheinen da drüben gerade sehr aktiv zu werden«, sagte Cyrus und wies zum Tisch der Verteidigung hinüber. Libby Hatch war aufgestanden, um sich Mrs. Cady Stanton vorzustellen, und während sie einander die Hand schüttelten, las ich von den Lippen der alten Dame die Worte »Danke, danke« ab. Vermutlich hatte die Angeklagte ihr etwas sehr Schmeichelhaftes gesagt – ganz wie dem Doktor, als sie ihn kennengelernt hatte.

»Vielleicht sollte ich versuchen dazwischenzugehen«, sagte Miss Howard, die mit ansah, wie die beiden miteinander plauderten. »Nachdem das Thema sozusagen zur Sprache gekommen ist, wird Mrs. Cady Stanton sicherlich verstehen …«

»Ich an Ihrer Stelle würde das unterlassen«, sagte der Doktor. »Wir sollten Darrow nicht noch dadurch Munition liefern, daß wir versuchen, uns mit seinen Zeugen zu verbrüdern.« Seine schwarzen Augen wanderten zur Hintertür des Gerichtssaals, und mit einem Lächeln sagte er: »Ich kann mir richtig vorstellen, wie es da drinnen zugeht …«

Später erfuhren wir von Mr. Picton, daß er dem Richter einen vollständigen Bericht darüber hatte abstatten müssen, was uns alle nach Ballston Spa geführt hatte. Allem Anschein nach hatten Mr. Darrows Privatdetektive (in Wirklichkeit waren es, wie sich später zeigte, Mr. Vanderbilts Privatdetektive) mit Hilfe der Zentrale in New York und verschiedener Angestellter des städtischen Entbindungsheims sowie des St.-Luke's-Krankenhauses ein recht vollständiges Bild unserer jüngsten Bemühungen im Fall Libby Hatch zusammengestellt. Das einzige, wovon Mr. Darrow nichts zu wissen schien, war der Fall Linares, und Mr. Picton achtete sorgfältig darauf, daß nichts darüber verlautete. Richter Brown nahm all das recht verärgert zur Kenntnis, und obwohl es nicht dazu beitrug, ihm eine bessere Meinung von Mr. Picton oder uns anderen zu vermitteln, steigerte es seine Entschlossenheit, alles aus dem Protokoll herauszuhalten, was nichts mit dem zur Verhandlung stehenden Fall zu tun hatte. In dieser Hinsicht war er Mr. Darrow gegenüber unerbittlich: Er teilte ihm mit, die Verteidigung könne über die persönlichen oder beruflichen Beweggründe und Methoden des Doktors sagen, was sie wolle, müsse sich aber Behauptungen in bezug auf außerhalb des Falles liegende Untersuchungen unter allen Umständen versagen. Mr. Darrow hielt dagegen, es werde schwerfallen, ein genaues Bild von den wahren Beweggründen des Doktors zu zeichnen, ohne auf diese anderen Untersuchungen einzugehen, aber wie von Mr. Picton vorausgesagt, rückte der Richter nicht von seinem Standpunkt ab und erklärte, der Fall Hatch müsse losgelöst von allem anderen verhandelt werden. Er forderte Mr. Darrow auf, von seiner Überrumpelungsstrategie Abstand zu nehmen, und ermahnte ihn, er solle auf keinen Fall erneut versuchen, die Geschworenen mit Fragen dieser Art zu beeinflussen, die ohnehin aus dem Protokoll gestrichen würden. (Aber natürlich ließen sie sich nie und nimmer aus deren Gedächtnis tilgen). Anschließend kehrten die drei Männer in den Saal zurück, wo die Befragung des Doktors durch die Verteidigung ihren Fortgang nahm.

»Dr. Kreisler«, sagte Mr. Darrow, nachdem sich das Publikum wieder beruhigt hatte. »Was ist Ihr genauer Beruf?«

»Ich bin Irrenarzt und Psychologe«, antwortete der Doktor. »Ich arbeite in dieser Eigenschaft in den meisten Krankenhäusern der Stadt New York, führe auf Anforderung durch die Behörden der Stadt Untersuchungen des Geisteszustands von Patienten durch und trete in Verfahren wie diesem als Gutachter auf. Den größten Teil meiner Zeit jedoch verbringe ich in einem Institut für Kinder, das ich vor einigen Jahren ins Leben gerufen habe.« Gerade wollte Mr. Darrow eine weitere Frage stellen, als der Doktor zeigte, was er mit den Worten gemeint hatte, er habe dem Verteidiger das eine oder andere abgeschaut. »Ich muß aber hinzufügen, daß ich im Augenblick nicht als geschäftsführender Direktor dieses Instituts tätig bin, weil infolge des Selbstmords eines Jungen, den wir kürzlich aufgenommen haben, zur Zeit eine gerichtliche Untersuchung stattfindet.«

Mr. Darrow schien enttäuscht zu sein, daß man ihn der Gelegenheit beraubt hatte, diese Angabe aus dem Doktor herauszuquetschen, und fragte: »Man hat Sie angewiesen, sechzig Tage lang nicht in Ihr Institut zurückzukehren, nicht wahr?«

»Ja«, sagte der Doktor. »Es ist nicht ungewöhnlich, daß ein Gericht bei einem Sachverhalt wie diesem eine solche Anordnung trifft. So ist es möglich, ungehindert und mit größerer Aussicht auf Erfolg den Beweggründen nachzugehen, die den Jungen veranlaßt haben, sich das Leben zu nehmen.«

»Und hat die Untersuchung bisher solche Gründe geliefert?«

Der Doktor senkte den Blick ein wenig. »Nein.«

»Das muß besonders enttäuschend für einen Mann sein, der den größten Teil seines Lebens mit dem Versuch verbracht hat, Kindern zu helfen.«

»Ich würde es nicht enttäuschend nennen«, sagte der Doktor. »Aber gewiß ist es beunruhigend und betrüblich.«

»Nun, ich bin kein Irrenarzt, Doktor«, sagte Mr. Darrow und trat an die

Geschworenenbank. »Aber ich würde sagen, daß etwas Beunruhigendes und Betrübliches miteinander durchaus zur Enttäuschung werden kann? Sind Sie nicht auch dieser Ansicht?«

Der Doktor zuckte die Achseln. »Möglich.«

»Und wer auf einem Gebiet eine Enttäuschung erlebt, könnte sich versucht sehen, Befriedigung auf einem anderen zu suchen – zumindest habe ich das immer so gesehen.« Er kehrte zu seinem Tisch zurück und nahm ein Buch zur Hand. »Sagen Sie, kennen Sie einen gewissen Dr. Adolf Meyer?«

Der Doktor nickte und sagte: »Gewiß. Er ist Kollege und ein guter Freund.«

»Auch ihn scheinen Kinder besonders zu interessieren, wenn man nach seinen Schriften urteilt.«

Der Doktor nickte schweigend.

»Ich nehme an, daß Sie gelesen haben, was er über Kinder schreibt, die an ›krankhaften Phantasien‹ leiden, wie er es nennt?« Nach einem weiteren Nicken des Doktors forderte ihn Mr. Darrow auf: »Vielleicht könnten Sie den Geschworenen sagen, was damit gemeint ist.«

»Krankhafte Phantasien«, sagte der Doktor und wandte sich den Geschworenen zu, »sind kennzeichnend für Kinder, deren Vorstellungskraft sich nicht einmal mittels bewußter Anstrengung beherrschen läßt. Solche Kinder leiden oft unter Alpträumen und nächtlichen Angstanfällen bis, im äußersten Fall, hin zu Wahnvorstellungen.«

Mr. Darrow nahm ein zweites Buch vom Tisch und trat zum Zeugenstand. »Und was ist mit Breuer und Freud? Sind Ihnen die beiden ein Begriff?«

»Ja.«

»Diese beiden europäischen Seelenärzte scheinen sich recht gründlich mit der Hysterie und ihren Auswirkungen beschäftigt zu haben. Ich muß gestehen, daß mir die Bedeutung des Wortes eigentlich nicht klar war, bevor ich mich mit diesem Buch beschäftigt habe. Ich war immer der Ansicht gewesen, der Ausdruck beziehe sich ausschließlich auf überreizte Damen.«

Unterdrücktes Gelächter erhob sich im Publikum. Der Doktor wartete, bis es sich gelegt hatte, dann sagte er: »Ja, das Wort hat seinen Ursprung bei den alten Griechen, die der Ansicht waren, ausgeprägte nervöse Störungen entstünden aus der Gebärmutter heraus und fänden sich daher speziell bei Frauen.«

Lächelnd schüttelte Mr. Darrow den Kopf und legte die Bücher hin. »Nun, das wissen wir jetzt besser, was? Heutzutage kann so gut wie jeder Mensch hysterisch sein. Ich fürchte gar, Euer Ehren ganz absichtslos fast in diesen Zustand getrieben zu haben.« Diesmal lachten die Zuhörer ein wenig lauter, aber der Richter warf Mr. Darrow lediglich einen eisigen Blick zu. »Und ich bitte dafür um Entschuldigung«, sagte der Anwalt mit erhobener Hand. Dann sah er wieder den Doktor an. »Aber mich interessiert, was jene Herren – Breuer und Freud – über die Hysterie zu sagen haben. Sie scheinen die Auffassung zu vertreten, daß sie, ganz wie krankhafte Phantasien, in der Kindheit entsteht. Ist es denkbar, daß Clara Hatch an krankhaften Phantasien oder an Hysterie leidet, Doktor?«

Ich merkte, daß es den Doktor große Mühe kostete, auf diese Frage nicht voll Hohn zu antworten. »Nein«, sagte er. »Ich denke, nein. Wie ich dem Herrn Staatsanwalt bereits gesagt habe, leidet Clara an einer ›verschleppten hysterischen Ich-Spaltung‹. Das ist etwas ganz anderes als die Art Hysterie, von der Breuer und Freud sprechen.«

»Sie scheinen sich Ihrer Sache ja ausgesprochen sicher zu sein. Wieviel Zeit haben Sie mit dem Mädchen zugebracht?«

»Insgesamt zehn Tage.«

»Schnelle Arbeit.« Mr. Darrow tat so, als lobe er den Doktor. »Was ist mit Paul McPherson – dem Jungen, der sich in Ihrem Institut das Leben genommen hat?«

Die Züge des Doktors regten sich bei der Nennung des unglücklichen Jungen nicht. »Was soll mit ihm gewesen sein?«

»Hat auch er daran gelitten?«

»Das kann ich nicht sagen. Er war noch nicht lange bei uns gewesen.«

»Ach ja? Wie lange?«

»Einige Wochen.«

»Einige Wochen? Hätte das nicht für eine genaue Diagnose genügen müssen? Schließlich haben Sie bei Clara Hatch nur zehn Tage gebraucht.«

Die Augen des Doktors zogen sich zu schmalen Schlitzen zusammen, als er begriff, worauf Mr. Darrow hinauswollte. »In meinem Institut kümmere ich mich um Dutzende von Kindern gleichzeitig. Clara hingegen habe ich meine ungeteilte Aufmerksamkeit zugewendet.«

»Davon bin ich überzeugt, Doktor. Und Sie haben ihr erzählt, daß Ihre gemeinsame Bemühung ihr helfen würde, nicht wahr?«

Der Doktor nickte.

»Haben Sie ihr auch gesagt, sie würde ihrer Mutter ebenfalls helfen?«

»Bei einem Kind wie Clara«, erläuterte der Doktor, »führt die Erinnerung an ein entsetzliches Erlebnis zu einer Aufspaltung der Psyche. Sie hat sich von der Wirklichkeit gelöst, indem sie sich geweigert hat, in eine Beziehung mit der Umwelt einzutreten ...«

»Das ist sehr interessant, Doktor«, sagte Mr. Darrow. »Aber wie wäre es, wenn Sie mir die Frage beantworten würden?«

Nach einer kurzen Pause nickte der Doktor bedächtig und sagte: »Ja. Ich habe ihr gesagt, daß es ihr – und ihrer Mutter – helfen würde, wenn sie es über sich brächte, von den Ereignissen zu sprechen.«

»Die Möglichkeit, ihrer Mutter zu helfen, war ihr also sehr wichtig?«

»So ist es. Clara liebt ihre Mutter.«

»Obwohl sie anzunehmen scheint, daß ihre Mutter sie zu töten versucht hat? Und ihre Brüder getötet *hat*?« Ohne auf eine Antwort zu warten, setzte Mr. Darrow nach. »Sagen Sie mir, Doktor – als Sie mit Clara gearbeitet haben, wer hat da zum ersten Mal den Gedanken formuliert, daß ihre Mutter bei den Ereignissen auf der Straße nach Charlton die Täterin war? Sie oder Clara?«

Mit dem Ausdruck höchster Empörung trat der Doktor einen Schritt zurück. »Natürlich Clara.«

»Aber Sie hielten zu jenem Zeitpunkt ihre Mutter bereits für die Täterin, stimmt das?«

»Ich ...« Es fiel dem Doktor schwer, die richtigen Worte zu finden: ein seltener Anblick. »Ich war meiner Sache nicht sicher.«

»Sind Sie etwa auf Betreiben des Zweiten Staatsanwalts bis Ballston Spa gereist, weil Sie Ihrer Sache nicht sicher waren? Ich will die Frage anders formulieren, Doktor: Haben Sie *vermutet*, daß Claras Mutter die Täterin war?«

»Ja.«

»Ich verstehe. Sie sind also nach Ballston Spa gekommen und haben ganze Tage mit einem Mädchen verbracht, das drei Jahre lang mit niemandem geredet hat, wobei Sie alle Kniffe und Techniken Ihres Berufes aufgeboten haben ...«

»Ich arbeite nicht mit Kniffen«, sagte der Doktor verärgert.

Aber Mr. Darrow ließ sich nicht aus dem Konzept bringen.

»... um das Vertrauen dieses kleinen Mädchens zu gewinnen, damit es annahm, Sie wollten ihm helfen, während Sie in Wirklichkeit seine Mutter verdächtigten, daß sie auf Clara geschossen hatte. Erwarten Sie allen Ernstes, daß wir Ihnen glauben, dieser Verdacht habe sich im Verlauf jener zehn Tage bei Ihrem Umgang mit dem Kind zu keinem Zeitpunkt geäußert?«

Der Doktor biß die Zähne so fest aufeinander, daß man seine nächsten Worte fast nicht verstehen konnte. »Ich erwarte nicht, daß Sie etwas *glauben*, sondern berichte, was geschehen ist.«

Auch diese Aussage überging Mr. Darrow. »Doktor, Sie haben Ihren seelischen Zustand nach dem Verlust Paul McPhersons selbst als ›beunruhigt und betrübt‹ beschrieben. Trifft es zu, daß Sie nach wie vor davon beunruhigt und darüber betrübt sind?«

»Ja.«

»Beunruhigt, betrübt und möglicherweise in den Augen Ihrer Kollegen mit Schande bedeckt, vermute ich, sofern die Untersuchung ergibt, daß Paul McPherson gestorben ist, weil er in Ihrem Institut nicht das Ausmaß an Aufmerksamkeit und Zeit bekommen hat, das er brauchte. Wie Sie selbst gesagt haben, konnten Sie dem Jungen Ihre ›ungeteilte Aufmerksamkeit‹ nicht zuwenden. Daher ist er aus dem Leben geschieden. Jetzt kommen Sie hierher, voller Schuldgefühle wegen des toten Jungen und voller Verdachtsmomente gegen die Angeklagte. Sie sehen sich einem kleinen Mädchen gegenüber, dem Sie Ihre ›ungeteilte Aufmerksamkeit‹ zuwenden und das sie vor Paul McPhersons Schicksal bewahren können. Aber *nur* unter der Voraussetzung, daß es eine Lösung für das rätselhafte Ereignis gibt, das die Kleine dazu veranlaßt hat, in all diesen Jahren zu schweigen. Und aus diesem Grund – lassen Sie sich eine solche Lösung einfallen.«

»So verhält es sich nicht!« protestierte der Doktor und griff sich an den linken Arm, ohne es zu merken.

»Sind Sie sich dessen sicher, Doktor?« fragte Mr. Darrow mit erhobener Stimme. »Sind Sie sicher, daß Sie nicht Clara Hatch den Gedanken *eingeredet* haben, wie das nur ein kundiger Seelenarzt tun kann, ihre Mutter sei für die Tat verantwortlich, nicht aber irgendein Verrückter, der verschwunden war und sich nicht mehr fassen läßt? All das mit dem ausschließlichen Ziel, daß sie wieder reden und ein glückliches Leben führen kann?«

»Euer Ehren!« rief Mr. Picton. »Das ist ein eklatanter Fall von Drangsalierung eines Zeugen!«

Aber Richter Brown winkte lediglich ab, und so fuhr Mr. Darrow fort: »Dabei gibt es nur einen Haken, Doktor, einen störenden Faktor. Damit Ihr Plan funktioniert, der sich mit dem Plan der Anklagevertretung deckt, muß meine Mandantin auf den elektrischen Stuhl! Doch was interessiert Sie das schon? Sie sehen sich bestätigt, in Ihren Augen und in denen Ihrer Kollegen. Das Versagen im Fall McPherson ist durch den Fall Hatch mehr als wettgemacht! Ihre Unantastbarkeit ist wiederhergestellt, und die Staatsanwaltschaft kann die Akte in einem bisher ungelösten Mordfall schließen! Nun, Sie entschuldigen, Doktor, aber diesen Handel mache ich nicht mit. Es gibt Tragödien im Leben, für die sich keine Lösungen finden lassen!«

Unvermittelt packte sich Mr. Darrow in einer Bewegung, die Miss Howard, Mr. Moore, Cyrus und mich zum Aufstöhnen veranlaßte, an den linken Arm, so wie zuvor der Doktor den seinen; dann hob er den Arm und machte auf diese Weise klar, daß er irgendwie das Geheimnis der Vergangenheit des Doktors kannte.

»Ja – Tragödien, für die es keine Lösungen gibt, Doktor, wie Sie sehr wohl wissen! Und der Versuch, das Konto auszugleichen, ändert daran überhaupt nichts! Damit, daß Sie meiner Mandantin die Schuld an diesen Morden anhängen, werden Sie weder erreichen, daß Clara Hatch ihren gelähmten Arm wieder bewegen kann, noch Paul McPherson ins Leben zurückrufen. Die Dinge sind nun einmal nicht so einfach, Doktor, sie lassen sich nicht ohne weiteres erklären. Ein Verrückter hat ein Verbrechen begangen und ist verschwunden. Ein Junge ist in einen Waschraum gegangen und hat sich aufgehängt. Grausige, unerklärliche Ereignisse – aber ich bin nicht bereit zuzulassen, daß Sie und die Anklagevertretung meine Mandantin ans Kreuz schlagen, weil Sie ohne Erklärungen nicht leben können! Nein, Sir – dazu bin ich nicht bereit!« Mr. Darrow wandte sich den Geschworenen zu und streckte bedeutungsvoll einen Finger in die Luft und ließ ihn dann sinken, als wäre er plötzlich vollständig erschöpft. »Und ich hoffe – vielleicht bete ich sogar – daß Sie, meine Herren, dazu ebensowenig bereit sind.« Er holte tief Luft und ging an seinen Platz zurück. »Keine weiteren Fragen.«

Es schien ziemlich lange her zu sein, daß Mr. Darrow mit seinen Ausführungen begonnen hatte, und ich glaube nicht, daß ich je größeres Mitgefühl für den Doktor hatte als zu dem Zeitpunkt, da er den Zeugenstand verlassen durfte und den langen Weg zurück zu uns machen mußte. Ich konnte mir denken, was er empfand, wie tief ihn Mr. Darrows Worte verletzt hatten. Als er, an seinem Platz angekommen, nicht stehenblieb, sondern einfach in Richtung auf die Mahagonitüren weiterging, verwunderte mich das nicht im geringsten. Ich unternahm keinen Versuch, ihm zu folgen, denn mir war klar, daß er unbedingt einige Minuten allein sein wollte. Doch sobald der Richter die Sitzung auf zehn Uhr am nächsten Vormittag vertagt hatte, rannte ich zum Ausgang, dicht gefolgt von Cyrus und Mr. Moore.

Wir fanden den Doktor auf der anderen Straßenseite. Er stand unter einem Baum und rauchte eine Zigarette. Er rührte sich nicht, als wir kamen, sondern stierte lediglich auf das Gerichtsgebäude. Cyrus und ich nahmen ihn in die Mitte, und Mr. Moore stellte sich ihm gegenüber.

»Nun, Laszlo«, sagte er, freundlich und mit einem Lächeln. »Ich vermute, du mußt ihm noch mehr abschauen, als du gedacht hast.«

Der Doktor stieß mit dem Rauch seiner Zigarette einen Seufzer aus und lächelte seinem Jugendfreund kaum wahrnehmbar zu. »Ja, John, das glaube ich auch …«

Dann hörten wir Mr. Pictons Stimme und sahen ihn mit Miss Howard, den Isaacsons und El Niño auf der Treppe des Gerichtsgebäudes. Sie kamen zu uns herübergeeilt. Mr. Picton rauchte seine Pfeife und schwang drohend eine Faust in die leere Luft.

»Der Teufel soll den Kerl holen!« sagte er, nachdem er sich vergewissert hatte, daß dem Doktor weiter nichts fehlte. »Eine unglaubliche Unverfrorenheit. Es tut mir wirklich leid, Doktor. Er hat unrecht – schrecklich unrecht.«

Der Blick des Doktors ging hinüber zu Mr. Picton, ohne daß sich sein Kopf bewegte. »Unrecht«, sagte er leise. »Unrecht hat er, das stimmt – was Libby Hatch und diesen Fall betrifft. Aber was mich angeht auch?«

Achselzuckend warf der Doktor den Rest seiner Zigarette in den Rinnstein und entfernte sich über die High Street – allein.

# Kapitel 48

An jenem Donnerstag stand in Canfields Kasino um Mitternacht die Quote gegen einen Schuldspruch für Libby Hatch auf hundert zu eins. Der Grund dafür war nicht schwer zu verstehen: Es war Mr. Darrow gelungen, bei den Geschworenen Zweifel an Lucius' ballistischem Gutachten zu erwecken, bevor der von ihm mitgebrachte »Fachmann« Albert Hamilton den Zeugenstand überhaupt betreten hatte, und Mrs. Louisa Wrights Vermutungen, daß eine Liebesbeziehung den Hintergrund für die Mordanschläge gebildet haben könnte, waren durch den plötzlichen und schrecklichen »Unfall«, dem der Prediger Clayton Parker am Vormittag im New Yorker Bahnhof Grand Central zum Opfer gefallen war, unbeweisbar geworden. Mr. Darrows überaus verschlagenes Vorgehen, mit dessen Hilfe er die Beweggründe und Vorgehensweise des Doktors in Frage gestellt hatte, bildete das Sahnehäubchen auf diesem unerquicklichen Kuchen. Jedem von uns war klar, daß die Niederlage unausweichlich war, wenn der Prozeß weiter so verlief wie bisher.

Daher war es kein Wunder, daß die Stimmung in Mr. Pictons Haus an jenem Abend immer niedergeschlagener wurde, bis man fast glauben konnte, dort werde Totenwache gehalten. Wir sahen keine Möglichkeiten, weiter in den Prozeß einzugreifen, und statt auf das, was noch vor Gericht zu tun war (mehr oder weniger nichts, was uns betraf, wenn man davon absah, daß Mr. Picton die eigene Beweisführung noch offiziell für abgeschlossen erklären mußte), begannen wir unsere Überlegungen darauf zu konzentrieren, welche Schritte unternommen werden mußten, um Ana Linares aus dem Hauptquartier der Dusters zu schaffen, bevor Libby nach New York zurückkehrte. Dazu war es nötig, Kat mit Hilfe der von Mr. Moore engagierten Vermittlerin, ihrer Freundin Betty, eine Nachricht zukommen zu lassen. Vermutlich wartete sie darauf, daß wir ein Telegramm an Frankies Kneipe schickten, sobald klar war, daß Kat tätig werden mußte. Schon als wir über diese Möglichkeit sprachen, drohten mir meine Nerven zu versagen, und einige Minuten lang spielte ich mit dem Gedanken, selbst nach New York zu fahren, um festzustellen, ob alle Vorkehrungen getroffen waren. Aber mir war klar, daß es für Kat nur um so riskanter würde, wenn man mich in der Nähe herumlungern sah. Also blieb ich, wo ich war, und wartete mit den anderen auf das vorauszusehende fürchterliche Ende des Prozesses, um dessentwillen wir nach Ballston Spa gekommen waren.

»Und so wird das neue Jahrhundert eine neue Art von Gesetz mit sich bringen«, faßte Mr. Picton die Dinge zusammen, während wir am späten Abend auf der vorderen Veranda seines Hauses beieinander saßen. »Prozesse, in deren Verlauf nicht gegen Angeklagte, sondern gegen Opfer und Zeugen verhandelt wird, in denen man eine Mörderin ›Frau‹ nennt und nicht ›Individuum‹ … Ach, Doktor, es ist kein Schritt nach vorn, das kann ich Ihnen versichern, und ich möchte nichts damit zu tun haben. Wenn das so weitergeht, werden wir uns in einer Schattenwelt wiederfinden, in der Anwälte die Unwissenheit des Durchschnittsbürgers dazu ausnutzen werden, das Rechtswesen ebenso zu manipulieren, wie das einst die Priester im Mittelalter getan haben. Nein, das dürfte mein letzter Fall sein, wenn wir ihn verlieren, was mir offen gestanden unabwendbar scheint.«

»Könnte ich doch irgendeinen Aspekt der Sache finden, der Sie zu trösten vermag«, sagte der Doktor ruhig. »Aber ich fürchte, ich sehe keinen. Darrow ist der Jurist der Zukunft, das dürfte klar sein.«

»Und ich bin ein Relikt aus einer anderen Zeit«, stimmte Mr. Picton nickend zu. Dann lachte er einmal kurz auf. »Ein Relikt, mit einundvierzig Jahren! Eigentlich habe ich das nicht verdient, was? Nun ja – so sieht nun einmal das neue Zeitalter aus.«

Das mußte man dem Mann lassen: Im Unterschied zu vielen anderen Sportstypen, die ich kennengelernt habe, war er wirklich ein guter Verlierer. Es dürfte kaum einen unter uns gegeben haben, der seine Fähigkeit nicht hoch geschätzt hätte, kühl und gelassen zu bleiben, obwohl ihm vor Gericht der Fall aus der Hand geschlagen worden war – natürlich abgesehen von Miss Howard, die immer als letzte in unserer Gruppe eine Niederlage oder einen Fehlschlag hinnahm.

Sie saß mit einer kleinen Kerosinlampe und einer große Karte des Staates New York auf den Stufen der Veranda und forderte Picton und den Doktor auf: »Tun Sie doch nicht so, als wäre die Sache schon vorbei. Darrow ist ja noch gar nicht richtig warm geworden – wir haben noch genug Zeit, mit irgend etwas dagegenzuhalten.«

»Ach ja? Und was?« fragte Mr. Moore. »Gesteh es dir nur ein, Sara – du kannst nicht gegen die Vorurteile einer ganzen Gesellschaft *und* gegen eine Frau von so tödlicher Gerissenheit ankämpfen, wie die da, wenn außerdem noch eine der übelsten Banden in New York *und* ein juristischer Wunderknabe wie Darrow dahinterstehen. Du kannst nicht gegen die alle angehen und damit rechnen, daß du es überlebst.« Er wandte sich an Mr. Picton und senkte den Blick. »Ich will dich damit nicht kränken, Rupert.«

Aber Mr. Picton hielt seinem Freund lediglich salutierend die Pfeife entgegen. »Tust du nicht, John, bestimmt nicht. Du hast völlig recht – der Mann hat aus einer Situation, die eigentlich eine Katastrophe für ihn hätte werden müssen, einen Triumph gemacht. Ich ziehe den Hut vor ihm.«

»Schön, aber bevor ihr euch vor Huldigungen an diesen Winkeladvokaten überschlagt«, giftete Miss Howard, »darf ich vielleicht noch das eine oder andere vorschlagen, womit wir unsere Sache retten könnten, oder?« Sie sah wieder auf ihre Karte. »Eine bedeutende Aussage fehlt uns nach wie vor – die von jemandem, der etwas über Libby Hatchs Familie weiß.«

»Sara«, sagte Marcus und wies zum Gerichtsgebäude hinüber. »Ich kann mir nicht vorstellen, daß die Geschworenen gegenwärtig eine psychologische Untersuchung von Libby Hatchs Kindheits-Kontext besonders günstig aufnehmen würden.«

»Nein«, sagte Miss Howard. »Das ist auch gar nicht meine Absicht. Vergeßt nicht, daß sie als Amme zu den Muhlenbergs gegangen ist. Deshalb muß sie doch ein eigenes Kind gehabt haben, und das muß irgendwo sein, entweder über oder unter der Erde.«

»Aber Sie suchen doch schon seit Tagen, Sara«, sagte Lucius. »Und haben praktisch jeden Quadratzoll des Bezirks Washington durchforstet...«

»Das war vielleicht mein Fehler«, antwortete Miss Howard. »Überlegen Sie doch mal, Lucius – hätten Sie an Libbys Stelle den Muhlenbergs eine Möglichkeit gegeben, sich in Einzelheiten nach Ihrer Vergangenheit zu erkundigen?«

Bevor Lucius etwas darauf sagen konnte, fragte der Doktor: »Worauf wollen Sie hinaus, Sara?«

»Ich will damit sagen, daß sie dafür zu klug ist«, sagte Miss Howard. »Es besteht immerhin die Möglichkeit, daß es in ihrer Heimatstadt irgendein Geheimnis gab. Und wenn auch nur Angehörige von ihr dort lebten, hätten diese wahrscheinlich Dinge gewußt, von denen Libby keinesfalls gewollt hätte, daß sie bekannt wurden, schon gar nicht Leuten, die sie als Amme beschäftigen sollten. Sie haben selbst gesagt, Doktor, das charakteristische Verhalten dieser Frau gehe mit Sicherheit auf ihre Kindheit zurück. Wenn das so ist, mußte Libby unbedingt dafür sorgen, daß niemand erfuhr, woher sie kam. Auf der anderen Seite mußte sie natürlich irgendeinen Ort angeben, den sie auch beschreiben konnte, irgendeinen Ort, über den sie zumindest irgend etwas wußte, um ihre Geschichte glaubwürdig erscheinen zu lassen.«

»Das stimmt«, sagte Cyrus nach kurzem Nachdenken. »Zumindest soweit hätte sie sich bestimmt abgesichert.«

»Aber sie hätte doch von sonst woher kommen können!« wandte Mr. Moore ein.

»John, versuch doch einmal, mir mehr als eine halbe Minute am Stück zuzuhören«, fauchte ihn Miss Howard an. »Sie konnte eben *nicht* von sonst woher kommen. Sie hatte aus einer Anzeige erfahren, daß die Muhlenbergs eine Amme suchten – folglich muß sie aus der näheren Umgebung stammen. Sie hat viel über Kleinstädte im Bezirk Washington geredet – folglich hat sie dort eine gewisse Zeit verbracht. Wenn sie aber versucht hat, ihre Herkunft zu vertuschen, stammt sie nicht aus dem Bezirk Washington. Das wiederum heißt...«

Mr. Picton schnippte mit den Fingern. »Das heißt, daß Sie vielleicht nach Troy fahren sollten, Sara. Das ist der Verwaltungssitz des Bezirks

Rensselaer, der südlich des Bezirks Washington liegt – am Ostufer des Hudson. Stillwater am anderen Ufer liegt genau gegenüber der Grenze zwischen den beiden Bezirken.«

Miss Howard schlug mit der flachen Hand auf die Karte und stellte die Kerosinlampe hin. »Genau das ist mir vor fünf Minuten aufgegangen«, sagte sie mit breitem, zufriedenem Lächeln.

»Es ist trotzdem eine unsichere Sache«, sagte Marcus und schüttelte verzagt den Kopf. »Und es bedeutet, daß Sie morgen hinfahren müßten und verschiedenes verpassen würden ...«

»Was würde ich schon verpassen?« fiel ihm Miss Howard ins Wort. »Darrows Expertenrunde? Mrs. Cady Stanton? Was die sagen werden, kann ich mir auch so ausdenken, Marcus, und Sie können es sich ebenfalls denken. Es liegt auf der Hand und ist in diesem Stadium demnach vielleicht sogar überflüssig. Aber *wir* müssen rasch handeln. Cyrus, dich könnte ich brauchen, falls du mitkommen möchtest – und dich auch, Stevie.«

»Und El Niño zum Schutz!« schrie der Eingeborene fast heraus, der sich an Miss Howards Begeisterung entflammt hatte.

»Natürlich«, sagte sie und fuhr ihm mit der Hand durch das dichte Wuschelhaar. Dann sah sie zum Doktor und zu Mr. Picton hinüber. »Nun?«

Mr. Picton rauchte weiter, überlegte eine Weile, und zuckte dann die Achseln. »Verlieren können wir dabei wohl nichts. Ich würde sagen, fahren Sie hin.«

»Und Sie, Doktor?«

Der Doktor sah sie mit einer kaum wahrnehmbaren Spur Hoffnung an; jedenfalls wirkte er hoffnungsvoller als den ganzen bisherigen Abend. »Ich denke, Sie sollten sich alle miteinander ausruhen. Sie werden den frühestmöglichen Zug nehmen müssen, wenn Sie den ganzen Tag in Troy zur Verfügung haben wollen.«

Also standen wir vier auf – Miss Howard, ich, Cyrus und El Niño – und traten durch die Fliegentür ins Haus. Ich will nicht sagen, daß wir besonders zuversichtlich waren, aber die Aussicht, etwas zu tun, statt einen weiteren Tag herumzusitzen und zuzusehen, wie Mr. Darrow aus dem Gerichtssaal von Ballston seine Privatarena machte, war an und für sich schon eine gewisse Erleichterung, und so war ich froh, mitfahren zu dürfen. Auch schienen mir die Erwägungen, die hinter Miss Howards Plan steckten, erfolgversprechend zu sein, selbst wenn uns zur Erkundung nicht viel Zeit blieb. Auf dem Weg nach oben zu unseren Zimmern nahm ich die Gelegenheit wahr, Miss Howard auf meine Weise zu ihren Überlegungen zu gratulieren: »Ich vermute«, sagte ich, als wir im ersten Stock angekommen waren, »eine alte Jungfer, die als Detektivin arbeitet, hat viel Zeit nachzudenken.«

Bevor ich in mein Zimmer schlüpfen konnte, fing ich mir eine zwar spaßhaft gemeinte, aber durchaus gutgezielte Kopfnuß ein.

So begann eine neue Runde in der Erkundung des Hudsontals. Wohl stand uns dabei weniger Zeit zur Verfügung als bei all dem Herumreisen mit Miss Howard und El Niño vor Prozeßbeginn, sie war aber auch vom methodischen Standpunkt her weniger mühselig. Am nächsten Morgen nahmen wir den ersten Zug nach Troy. Dort gelangten wir ohne allzu große Komplikationen in die Räume der Verwaltung des Bezirks Rensselaer. Sie war in einem Gebäude untergebracht, das eher einer Bank ähnelte. Beim Blick nach draußen sah man eine kleinen Park in der Ortsmitte, und aus den Fenstern des Archivs machte die Stadt nur einen halb so häßlichen Eindruck wie vom Zug aus. Über ihr, oder besser gesagt, über jenem Teil der Stadt schien eine Art Zauber zu liegen. Vermutlich ging dieser Eindruck einfach darauf zurück, daß es für die Jahreszeit kalt und ich dankbar war, nicht im Gerichtssaal von Ballston sitzen zu müssen. Jedenfalls vergingen mir die ersten zwei oder drei Stunden, die wir damit zubrachten, Geburts- und Sterberegister durchzugehen, wie im Fluge. Da sich abgesehen von einem Beamten, dessen schwierigste Aufgabe neben dem Heranschaffen von Unterlagen für uns darin zu bestehen schien, daß er sich wachhielt, niemand bei uns im Raum befand, konnten wir recht offen miteinander sprechen und uns auch recht frei bewegen. So kam es schon bald, daß El Niño (der nicht Englisch lesen konnte), und ich (der amtlichen Dokumenten nicht viel abgewann) unter den Stühlen und Tischen herumalberten, während Cyrus und Miss Howard die Arbeit taten und nur dann den Blick von den Dokumenten hoben, wenn sie uns baten, den Beamten wachzurütteln, damit er weitere Akten und Registerjahrgänge herbeiholte.

Gegen eins waren der Eingeborene und ich von unserer Herumalberei ziemlich hungrig geworden, und so machten wir uns auf die Suche, um festzustellen, wo man Lunchpakete für uns alle kaufen konnte. Bei der Erledigung dieser Aufgabe besserte sich unser Verhalten nicht, und so nahm uns, als wir mitsamt den gekauften Eßwaren den Rückweg zum Archiv antraten, ein Bulle beiseite, den El Niños Aussehen wahrscheinlich mehr interessierte, als was wir so trieben. Er begleitete uns zur Verwaltung, um festzustellen, ob wir ihm die Wahrheit gesagt hatten, und forderte Miss Howard dann auf, uns nicht auf den Straßen »herumtoben« zu lassen. Es kostete mich Mühe, mir die Bemerkung zu verkneifen, wenn er unser Treiben als »Herumtoben« ansehe, müsse er unbedingt eine Weile in New York verbringen. Anschließend trollte er sich, und wir alle gingen in den kleinen Park, um zu essen.

Kaum waren wieder wir im Archiv, als Cyrus, der nach dem ungewöhnlichen Vornamen »Elspeth« suchte, in einem abgewetzten Büchlein fündig wurde. Es verzeichnete für die Jahre 1850 bis 1860 Geburts- und Todesfälle in einem Städtchen mit dem seltsamen Namen Schaghticoke. Allerdings stand dort nicht »Elspeth Fraser«, sondern »Elspeth Franklin« – allem Anschein nach hatte Libby Hatch den Nachnamen ihrer Mutter angenommen, als sie nach Stillwater zog.

»Soll das heißen, daß die beiden nicht verheiratet waren?« fragte Miss Howard, während wir uns alle um Cyrus drängten, um über seine Schultern auf die verblaßte Schrift zu schauen. »War Libby ein uneheliches Kind?«

Er zuckte die Achseln. »Das dürfte sich ziemlich leicht feststellen lassen und könnte allerlei an ihrem Verhalten erklären. Stevie, weck mal unseren Freund«, er wies mit einem Daumen zu dem dösenden Beamten hinüber, »und sag ihm, daß wir das Heiratsregister für die Stadt da brauchen, sagen wir, aus den zehn Jahren vor – wann ist sie noch mal geboren? – 18. März 1858. Für die zehn Jahre davor.«

»Hab verstanden«, sagte ich, eilte zu dem trägen Beamten und weckte ihn, indem ich mit den Händen auf den Tisch schlug, auf dem er seinen Kopf auf einem Bücherstapel zur Ruhe gebettet hatte. Knurrend und Verwünschungen ausstoßend, erhob er sich und schlurfte davon. Er kehrte mit einem weiteren kleinen und verstaubten Buch zurück. Ich brachte es im Laufschritt zu Miss Howard, die neben Cyrus saß und sich sogleich daran machte, es durchzusehen, wobei sie auf die Namen Franklin und Fraser achtete.

»Hier«, sagte sie nach etwa zehn Minuten. »Nachträgliche amtliche Legitimation einer Ehe ohne Trauschein – George Franklin und Clementine Fraser, am 22. April 1852.«

»Hier stehen noch zwei Kinder«, sagte Cyrus, der weitergesucht hatte. »George, geboren im September 1852, und Elijah, geboren zwei Jahre später.«

»Nun denn«, sagte Miss Howard und sah fast enttäuscht drein. »Damit ist unsere These von der Unehelichkeit widerlegt. Es sieht so aus, als hätte sie einfach den Mädchennamen ihrer Mutter als Decknamen benutzt, nachdem sie das elterliche Zuhause verlassen hat.«

»Und wie kriegen wir raus, wann das war?« fragte ich. »Ich denke mir, daß wir die Eltern nicht aufstöbern können.«

»Wir wissen, daß sie 1886 für die Muhlenbergs gearbeitet hat«, antwortete Miss Howard. »Wir könnten uns die Volkszählungsunterlagen von 1880 ansehen – damit kommen wir wahrscheinlich schon ziemlich nahe heran.«

»Vorwärts!« sagte ich und kehrte zum Tisch des Beamten zurück. Diesmal hörte er mich und hob den Kopf, bevor ich eine Gelegenheit hatte, ihn zu erschrecken. Als er aus einer Ecke irgendwo weit hinter seinem Tisch hervorkam, beglich er die Rechnung zwischen uns damit, daß er mir eine gewaltige Schwarte auf die Hände fallen ließ. Ich schrie auf, während ich mich zugleich bemühte, den schweren Wälzer nicht zu Boden fallen zu lassen, und schleppte ihn dann fort, wobei ich knurrte: »Die Leute, die bei der Behörde arbeiten, haben wohl keinen Humor, was?«

Ich kehrte zu den anderen zurück.

Den Angaben der Volkszählung von 1880 entnahmen wir, daß Libby

Hatch in jenem Jahr, also mit einundzwanzig Jahren, noch im Elternhaus gewohnt hatte. Wir erfuhren auch, daß George Franklin den Beruf als »Landwirt« angegeben hatte (was uns nicht übermäßig erstaunte) und die beiden erwachsenen Söhne nach wie vor bei den Eltern lebten und dem Vater bei der Arbeit zur Hand gingen. Die einzige weitere Frage, auf die wir im Archiv die Antwort zu finden hofften, war, ob Libby je verheiratet gewesen war, solange sie im Bezirk Rensselaer lebte: Eine weitere Suche im Eheregister blieb aber ergebnislos, so daß wir uns fragten, ob sie zwischen 1880 und 1886 in einem anderen Bezirk die Ehe geschlossen hatte oder ob das Kind, das sie bestimmt gehabt hatte, unehelich zur Welt gekommen war. Das Geburtsregister für jene Jahre löste auch dies Geheimnis nicht, das heißt, keine Frau namens Franklin oder Fraser hatte die Geburt eines Kindes gemeldet. Also gaben wir dem Beamten alle Bücher und Akten zurück und machten uns, obwohl die Fragen nicht gelöst waren, auf den Weg zum Bahnhof.

Wir bekamen den Vier-Uhr-Zug nach Ballston Spa, und die Rückfahrt verlief aufgrund der Angaben, die wir gefunden hatten, ausgesprochen munter und in heiterer Stimmung. Gewiß, es war durchaus möglich, daß wir mit unseren Angaben nicht weiterkamen: Es ließ sich unmöglich sagen, was aus der Familie Franklin seit 1880 geworden war (ich vermutete insgeheim, daß Libby sie alle miteinander um die Ecke gebracht hatte), aber zumindest wußten wir jetzt, wo wir mit unserer Suche sinnvoll ansetzen konnten. Darauf bedacht, dem Doktor und den anderen unser neues Wissen mitzuteilen, rannten wir in Ballston den Hügel vom Bahnhof zum Gerichtsgebäude hoch. Da aber die Verhandlung bereits vertagt war, ging es zurück zu Mr. Pictons Haus, wo wir verkündeten, daß begründete Aussichten auf weitere Erkenntnisse bestanden.

Diese Nachricht vermochte die anderen nicht besonders aufzumuntern, was mit dem Verlauf des Tages im Gerichtssaal zusammenhing. Wie erwartet, hatte Mr. Darrow als erstes seine drei Fachleute aufgeboten, von denen sich jeder nach Kräften bemüht hatte, die Geschworenen in ihrer offensichtlichen Tendenz zu bestärken, auf ›nicht schuldig‹ zu erkennen. Dem einstigen Schlangenöl-Verkäufer und jetzigen selbsternannten Gerichtsgutachter Albert Hamilton war es gelungen, so viele verwirrende Angaben über Schußwaffen und Geschosse zu machen, daß Lucius' Aussage, wenn schon nicht falsch, so zumindest unbeweisbar erschien. Als erstes hatte er erklärt, die von der Seite der Anklage im Fuhrwerk der Familie Hatch entdeckte Kugel könne zwar unter Umständen aus Daniel Hatchs Colt stammen, aber es sei ebenso wahrscheinlich, daß sie nicht aus jener Waffe abgefeuert worden war. Da es (was wir bereits von Lucius und Marcus wußten) kein zentrales Schußwaffenregister gebe und der Colt vom Modell Peacemaker über so viele Jahre hinweg so weit verbreitet gewesen sei, stehe die Aussicht, daß die Kugel aus einer anderen Waffe stammen könne, nicht im entferntesten eins zu einer

Million, wie Lucius behauptet hatte. Hinsichtlich der Markierungen am Geschoß gab sich Hamilton die größte Mühe, auf das hohe Qualitätsniveau in Samuel Colts Fabrik und darauf hinzuweisen, daß jeder produzierte Revolver allen der gleichen Serie bis ins kleinste Detail gleiche. Sogar die kleine Unebenheit im Lauf von Hatchs Revolver, die Ursache der bewußten Kerbe auf den Kugeln sei, könne Ergebnis eines unbedeutenden Produktionsfehlers sein, erklärte »Dr.« Hamilton, und finde sich womöglich bei Dutzenden, wenn nicht gar Hunderten weiterer Faustfeuerwaffen vom Modell Peacemaker. Im Kreuzverhör hatte Mr. Picton gefragt, wie eine Fabrik, in der ein so hohes Qualitätsniveau herrsche, Hunderte von Revolvern mit dem gleichen Fehler am Lauf produzieren könne. Obwohl ihm Hamilton die Antwort darauf schuldig geblieben war, hatte er ungeachtet seiner offenkundigen Inkompetenz in den Augen eines jeden, der etwas von Ballistik verstand, bei den Geschworenen – die in Sachen Waffenkunde alle miteinander Laien waren – schon ziemlich großen Schaden angerichtet. Daher sah es ganz so aus, als hätte er Mr. Darrows Behauptung erhärtet, das ballistische Gutachten der Anklagevertretung sei fragwürdig.

Der Fachkollege des Doktors, William Alanson White, hatte die Aufgabe gehabt, die Behauptung der Anklage zu bestreiten, eine geistig gesunde Frau könne den Mord an ihren leiblichen Kindern planen und ausführen – und allem Anschein nach hatte er sich dieser Aufgabe auch recht erfolgreich entledigt. Dabei kam ihm zugute, daß er im Verlauf seiner Berufslaufbahn viel mit der Psychologie von Familienbeziehungen zu tun gehabt hatte, und das nicht auf die kontroverse Weise wie der Doktor und andere (beispielsweise Dr. Adolf Meyer), die sich nahezu ausschließlich mit Gesetzesbrechern und deren seelischen Störungen beschäftigten. Daher hielt man ihn von Anfang an für weniger sonderbar als den Doktor und sah ihn mithin als vertrauenerweckender an. Hinzu kam, daß er nicht unmittelbar mit Clara Hatch zu tun gehabt hatte. Unter normalen Umständen hätte man angenommen, er sei in der Sache nicht vollständig auf dem laufenden, doch ließ ihn das in diesem sonderbaren Fall, der in einer verkehrten Welt zu spielen schien, nur um so distanzierter und dadurch zuverlässiger erscheinen. Auf Mr. Darrows Bitte, ihm seine »wohlerwogene Ansicht« zu Claras geistigem Zustand zu erläutern, antwortete Dr. White, er glaube nicht, daß man sich auf die Erinnerungen eines Mädchens verlassen könne, das solch erschütternde Erfahrungen gemacht habe – und letzten Endes noch sehr jung sei. Genau das hatten die Geschworenen hören wollen, denn es war viel einfacher, als zu akzeptieren, daß Clara die Wahrheit sagte. So schien es ihnen nicht so wichtig, daß Dr. White einräumen mußte, er sei kein Fachmann auf dem Gebiet der Kinderpsychologie, und sie nahmen einfach als gegeben hin, was er erzählt hatte.

Der größte Teil seiner Aussage aber hatte sich auf Libby Hatch konzentriert und auf die Frage, ob sie des ihr zur Last gelegten Verbrechens fähig sei. Dr. White erklärte, nachdem er rund drei Stunden mit der Frau verbracht habe, sei er zum selben Ergebnis gekommen wie Dr. Kreisler: Zwar sei Libby impulsiv und gefühlsbetont, doch leide sie an keiner Geisteskrankheit und sei, vor allem im juristischen Sinne des Wortes, zurechnungsfähig. Allerdings zog er daraus die gegenteilige Schlußfolgerung wie Dr. Kreisler: Gerade Libbys Zurechnungsfähigkeit sei ein deutlicher Hinweis darauf, daß sie nicht auf ihre Kinder habe schießen können – eher schon müsse man sie als Beweis für die Unhaltbarkeit einer solchen Unterstellung ansehen. Seiner Erfahrung nach, sagte er, gebe es lediglich drei Gründe, aus denen heraus ein Frau solche Verbrechen begehe: Geisteskrankheit, Armut oder uneheliche Geburt der Kinder. Da in diesem Fall offenkundig keiner der drei Gründe zutreffe, müsse man die von der Anklagevertretung vorgebrachte Erklärung der Vorfälle als »unglaubwürdig« bezeichnen. »Allein schon die Art des Verbrechens«, hatte Dr. White gesagt – und diese Äußerung war Mr. Picton so empörend erschienen, daß er sie wörtlich mitgeschrieben hatte –, »reicht hin, beim Täter auf das Vorliegen einer Geisteskrankheit zu schließen.« Da Libby Hatch aber nicht geisteskrank sei, könne sie, fuhr er mit einer Folgerichtigkeit fort, die dem Fachmann fatal klang, den Geschworenen aber aus dem Herzen sprach, die Tat nicht begangen haben.

Was aber, hatte Mr. Darrow gefragt, sei dann mit all den anderen von Mr. Picton und Dr. Kreisler angesprochenen Fällen, in denen Frauen unzweifelhaft ihre leiblichen Kinder getötet hatten, vom Gericht und den Geschworenen aber gleichwohl für zurechnungsfähig erklärt worden waren? Wie müsse man beispielsweise den Fall Lydia Sherman beurteilen? Darauf hatte Dr. White erwidert, zur Zeit, da jene »Königin der Giftmischerinnen« ihre Verbrechen begangen habe, sei die Wissenschaft von den Vorgängen in der menschlichen Seele noch nicht so weit fortgeschritten gewesen, und überdies habe neben einer Fülle an Beweismaterial und der großen Zahl an Zeugen gegen sie die Tatsache, daß die ihr zur Last gelegten Morde die Mitmenschen angewidert hatten, dafür gesorgt, daß die Wahrscheinlichkeit eines einwandfreien Verfahrens praktisch Null gewesen sei – von der Aussicht, sie für unzurechnungsfähig zu erklären, ganz zu schweigen. Die damaligen Irrenärzte seien außerstande gewesen, hinreichend zu differenzieren, so daß sie nicht erkennen konnten, was der Frau fehlte, und die Öffentlichkeit habe keinen anderen Gedanken als den Wunsch nach Rache gehabt: So sah Dr. Whites schlichte Erklärung dafür aus, daß man Lydia Sherman verurteilt hatte. Daraufhin hatte ihn Mr. Darrow gefragt, ob der auf einen Schuldspruch und eine Hinrichtung Libby Hatchs abzielende Versuch der Behörden des Bundesstaates New York geeignet seien, dieses Unrecht zu wiederholen, wenn nicht gar zu übertreffen? Auf jeden Fall, hatte Dr. White feierlich geantwortet. Da Libby Hatch seiner Ansicht nach keine Schuld treffe, sei das Unrecht sogar noch größer.

Mrs. Cady Stanton schließlich hatte den Reigen der Zeugen der Verteidigung beendet. Ihre Befragung hatte Mr. Darrow besonders raffiniert eingefädelt. Von ihr als einer Frau, die sich ein Leben lang für die Rechte ihrer Geschlechtsgenossinnen eingesetzt hatte, wollte er wissen, ob nicht die Frau alle Lasten der Gleichberechtigung ebenso auf sich nehmen müsse wie alle damit verbundenen Vorteile? Oder dürfe man den Frauen gestatten, sich »hinter ihren Röcken zu verstecken«, ihr Geschlecht als Ausrede oder gar als Erklärung für bestimmte Verbrechen anzuführen? Die erste Frage hatte Mrs. Cady Stanton mit Nachdruck bejaht und die zweite ebenso nachdrücklich verneint. Sofern es sich bei dem Verbrechen, dessen man Libby Hatch bezichtigte, um nichts weiter gehandelt hätte als einen Mord an ihren leiblichen Kindern, hätte sich die schlachtenerprobte Frauenrechtlerin nicht die Mühe gemacht, um einer Aussage willen nach Ballston Spa zu reisen. Aber hinsichtlich dieser Punkte, nämlich Geburt und Elternschaft, sagte sie, seien Mann und Frau nicht gleich und könnten es auch nie sein. Sie wiederholte, was sie uns am Broadway Nr. 808 vorgetragen hatte, und hielt den Geschworenen und Zuhörern einen Vortrag über die »göttliche Schöpferkraft« der Frau, die sich in der Bindung zwischen Mutter und Kind spiegele. Ein Mißbrauch dieser Kraft, sagte sie, gehe nicht von der Frau aus – schließlich könne sie unmöglich an einem Antrieb zur Verräterin werden, der kraft seiner Göttlichkeit stärker als ihr eigener Wille sei. Nein, wenn eine Frau Gewalttaten gegen das eigene Kind begehe, liege das entweder an ihrer Unzurechnungsfähigkeit oder daran, daß die Männergesellschaft sie auf irgendeine Weise dazu gebracht habe – wahrscheinlich an beidem.

Diese letzte Aussage konnte Mr. Picton im Kreuzverhör nur schwer bestreiten, denn im Verlauf der mit Dr. Kreisler verbrachten Zeit hatte er erfaßt, wie sehr Libby Hatchs Handlungsweise tatsächlich durch die Männergesellschaft beeinflußt worden sein konnte. Allerdings vertrat er wie der Doktor die Ansicht, daß sie ungeachtet solcher Einwirkungen im rechtlichen Sinne nach wie vor für ihr Handeln verantwortlich sei, und er hatte Mrs. Cady Stanton gefragt, ob sie dem nicht zustimme. Das hatte sie verneint und dem Doktor dabei einen Blick zugeworfen, dem sich entnehmen ließ, daß sie fest davon überzeugt war, er beteilige sich da an einer Art undurchsichtiger Hexenjagd, was sie leider aber nicht aussprechen durfte. Nein, erklärte sie, eine Frau, die man so bedrängt und gequält habe, daß sie sich imstande sehe, die eigenen Kinder zu töten, müsse unbedingt von der Männergesellschaft in den Wahnsinn getrieben worden sein – zumindest im Sinne des Gesetzes. Daher könne sie sich ihres Tuns oder dessen Unrechtmäßigkeit nicht bewußt gewesen sein. Da aber weder der psychologische Gutachter der Anklage noch jener der Verteidigung Libby für unzurechnungsfähig befunden habe, könne sie die Verbrechen nicht begangen haben.

All diese Aussagen hatten lediglich einen Tag in Anspruch genommen und waren, wie Mr. Picton sagte, in ihrer Gesamtheit nichts als ein weiterer Beweis für Mr. Darrows Meisterschaft auf dem Gebiet der Verdrehung von Tatsachen, eines Beweises, dessen es allerdings nicht mehr bedurft hätte. Ohne seine Mandantin nur ein einziges Mal in den Zeugenstand zu rufen (was in einem Mordfall für die Verteidigung stets gefährlich ist), war es ihm gelungen, die Behauptungen der Anklagevertretung mit Hilfe einer Logik in Stücke zu reißen, die so verdreht war, daß sie schon wieder eine Art Sinn ergab. Zuerst waren die Geschworenen verwirrt, dann ließen sie sich augenscheinlich allmählich überzeugen. Mr. Picton machte dagegen, ganz wie er es am Vorabend gesagt hatte, den Eindruck einer Stimme aus einem anderen Zeitalter, als er den verzweifelten Versuch unternahm, darauf hinzuweisen, es müsse reine Wortverdreherei sei, wenn jemand sagte, eine als zurechnungsfähig bezeichnete Angeklagte sei ohne jeden Zweifel nicht schuldig, weil das ihr zur Last gelegte Verbrechen *Verrücktheit* voraussetze. Mr. Darrows perverser Logik haftete der Geruch eines neuen Jahrhunderts und eines neuzeitlichen Denkens an; doch sei sie, und auch das hatte Mr. Picton am Vorabend gesagt, deshalb um nichts achtbarer oder ehrenwerter – sie wirke lediglich stärker auf die Geschworenen. In einer solchen Wirkung aber, und nur darin, fürchte ich, haben fast alle Anwälte zu allen Zeiten jeweils den Fortschritt gesehen.

Mr. Darrow hatte seine Beweisführung noch nicht abgeschlossen und hätte theoretisch am Montag Libby Hatch in den Zeugenstand rufen können, wenn er das gewollt hätte. Dazu aber gab es keinerlei Grund. Die Szene, die sie aufgeführt hatte, als sich Clara im Zeugenstand befand, war wirksamer gewesen als jede Aussage, die sie über die Beziehung zwischen sich und ihren Kindern hätte machen können, und es konnte die Lage nur verschlimmern, wenn man Mr. Picton die Möglichkeit gab, sie ins Kreuzverhör zu nehmen. (Die Anklagevertretung hatte nicht das Recht, von sich aus die Angeklagte zu befragen). Nein, von Mr. Darrows Standpunkt aus war es besser, die von schrecklichen Verlusten und Tragödien gezeichnete Witwe und liebende Mutter mit den verweinten Augen zu lassen, wo sie war. Am Tisch der Verteidigung war diese Frau am besten aufgehoben, die Frau, die es sich trotz all ihrer heldenmütigen Versuche, ein Meer von Unannehmlichkeiten zu überwinden, gefallen lassen mußte, daß ein Staatsanwalt sie verfolgte, der es nicht verwinden konnte, daß es ihm bisher nicht gelungen war, ein lange zurückliegendes schreckliches Verbrechen aufzuklären, wobei ihn ein Irrenarzt unterstützte, der keinen anderen Ehrgeiz kannte, als seinen angeschlagenen Ruf wieder aufzupolieren.

Es war nicht schwer einzusehen, warum unseren Freunden die Nachrichten, die wir aus Troy mitbrachten, so wenig Trost spendeten: Die Frage, was in Libby Hatchs Vergangenheit aus ihr die Frau gemacht hatte, die sie heute war oder an jenem Abend gewesen war, an dem sie auf ihre drei Kinder geschossen hatte, wirkte wie ein Schiff, das den Hafen bereits verlassen hatte. Wie Marcus am Vorabend gesagt hatte, waren den Geschworenen mittlerweile psychologische Erklärungen gleichgültig, die den *Kontext* erkennen ließen, aus dem ein normales, geistig gesundes junges Mädchen hervorgegangen war, das eines Tages imstande sein würde, die eigenen Kinder zu töten. Inzwischen waren die Geschworenen wohl auch nicht mehr davon zu überzeugen, daß sie die Tat überhaupt begangen hatte, und sofern wir solche Hinweise in die Beweisführung einzubringen versuchten, wäre das gleichbedeutend mit Haschen nach Wind. Es sah ganz so aus, als könnte die Suche nur dann sinnvoll sein, wenn sich dabei herausstellte, daß Libby im Verlauf der Jahre, bevor sie die Stelle bei den Muhlenbergs angetreten hatte, ein weiteres Gewaltverbrechen auf ihr Gewissen geladen hatte, und wir eine Möglichkeit fanden, eine Verbindung zwischen diesem Verbrechen und den im gegenwärtigen Prozeß zur Diskussion stehenden Verbrechen herzustellen.

Doch gerade diese Möglichkeit hielten wir alle für ziemlich unwahrscheinlich – wieder einmal mit Ausnahme Miss Howards, die immer erst dann bereit war, aus dem Sattel zu steigen, wenn das Pferd auch sicher tot war. Also saßen am frühen Samstag morgen dieselben vier, die nach Troy gefahren waren, in Mr. Pictons Kutsche. Der Doktor hatte eigentlich mitkommen wollen, sich aber dann für verpflichtet gehalten, zu den Westons hinauszufahren, um zu sehen, wie es Clara ging. Da das Städtchen Schaghticoke etwa zehn Kilometer vom Ostufer des Hudson entfernt lag, mußten wir noch einmal über den Hudson setzen und abermals die eintönige Fahrt zwischen Äckern hindurch unternehmen, die sich nicht sehr von denen unterschieden, die wir in den Bezirken Saratoga und Washington kennengelernt hatten. In Schaghticoke sahen wir, daß die Bewohner im Begriff standen, einige Felder für die landwirtschaftliche Leistungsschau des Bezirks Rensselaer herzurichten, was dazu führte, daß die allgemeine Atmosphäre und damit auch die Stimmung einzelner Bewohner fröhlicher war als üblich. Wir brauchten nicht oft zu fragen, bis wir auf einen hilfsbereiten Menschen stießen, der bereit war, uns genau zu erklären, wie wir das Anwesen der Franklins erreichen konnten.

Es lag ostwärts des Städtchens an einer unwegsamen Nebenstraße. Miss Howard und ich nahmen schon an, wir befänden uns auf dem Weg zu einem weiteren trostlosen Haus, in dem die Gespenster einstiger Gewalttat und Tragödie herumgeisterten. Man kann sich daher vorstellen, wie erstaunt wir waren, als wir nach einer Windung des von Schlaglöchern übersäten Weges links von uns einige ausgesprochen gepflegte Maisfelder und zu unserer Rechten einige Viehweiden mit frisch instand gesetzten Stacheldrahtzäunen sahen. Am meisten aber verblüffte mich der Anblick eines inmitten der Felder stehenden kleinen, aber gepflegt wirkenden Hauses. Nicht nur war seine weiße Bretterverkleidung frisch gestrichen, darüber hinaus säumten hübsche Blumenrabatten den kurzgeschorenen Rasen davor.

Als wir uns dem Haus über die kurze Auffahrt näherten, sahen wir anfangs kein Lebenszeichen, erspähten aber schließlich einen Mann in einer Latzhose, der vom Haus zu einer großen, grün gestrichenen Scheune hinter einem der Maisfelder ging. Er mochte um die fünfundvierzig Jahre alt sein und machte einen anständigen und freundlichen Eindruck. Während er den Hühnern, die auf einer eingezäunten Fläche vor der Scheune herumliefen, aus einem Eimer Futter hinstreute, lockte er sie mit freundlichen Lauten und sah lächelnd zu, wie sie durcheinanderliefen und nach den Körnern pickten. Bei seinem Anblick brachte ich die Kutsche vor dem Haus zum Stehen.

»Wir sind am falschen Ort«, brachte ich heraus.

Miss Howard sah sich einige Minuten lang um und machte einen verwirrten Eindruck. Dann sprang sie hinab und trat zu einem Tor im weißen Lattenzaun, der den Rasen vor dem Haus umgab.

»Wartet hier«, sagte sie und betrat das Grundstück. El Niño schien die Vorstellung nicht zuzusagen, daß sie allein zu dem Unbekannten vor der Scheune hinübergehen wollte, aber ich forderte ihn auf, sitzen zu bleiben, und wies darauf hin, daß sie höchstwahrscheinlich irgendeine Schußwaffe bei sich trug. Trotzdem nahm er vorsichtshalber seinen kleinen Bogen und einen seiner kurzen Pfeile aus dem Frackfutter, das er zur Aufnahme seines Waffenarsenals eingerichtet hatte, und ließ den Hof nicht aus den Augen.

»Entschuldigung!« rief Miss Howard, als sie die Ecke des Hauses erreicht hatte. Der Mann wandte sich um und trat mit liebenswürdigem Lächeln auf sie zu. Sie waren gerade so weit entfernt, daß wir noch hören konnten, was sie sagten.

»Hallo«, sagte er, setzte den Eimer ab und wischte sich die Hände an der Latzhose. »Kann ich etwas für Sie tun?« An Miss Howard vorbeiblickend, sah er uns in der Kutsche, und obwohl ich nicht annehme, daß ihn der Anblick zweier Schwarzer besonders beruhigte, schien er ihn auch nicht übermäßig nervös zu machen.

»Ich hoffe doch«, antwortete Miss Howard. »Ich heiße Sara Howard und arbeite als Ermittlerin für die Staatsanwaltschaft des Bezirks Saratoga. Ich suche Mr. und Mrs. George Franklin.«

Auch die Erwähnung der Bezirksstaatsanwaltschaft von Saratoga schien den Mann nicht besonders zu beunruhigen, jedenfalls beeindruckte sie ihn weit weniger als die anderen Menschen, die wir in jenem Bezirk aufgesucht hatten. Wohl sah er ein wenig erstaunt drein, hörte aber trotzdem nicht auf zu lächeln. »Das sind meine Eltern«, sagte er. »Mein Vater ist allerdings vor fünf Jahren gestorben.«

»Oh«, sagte Miss Howard. »Das tut mir leid. Und Ihre Mutter?«

»Die ist drüben in Hoosick Falls zu Besuch bei meinem Bruder und meiner Schwägerin«, gab er Auskunft. »Die haben da ein Geschäft. Sie kommt erst morgen nachmittag wieder. Worum geht es denn?«

Miss Howard ging auf den freundlichen Ton des Mannes ein und sagte: »Sind Sie George Franklin? Oder Elijah?«

Der Mann neigte erstaunt den Kopf. »Sieht ganz so aus, als wüßten Sie alles über uns. Ich bin Eli – so werde ich gerufen. Stimmt was nicht?«

»Ich …« Miss Howard warf einen Blick zu uns herüber, als wüßte sie nicht recht, wie sie fortfahren sollte. »Mr. Franklin – darf ich fragen, ob Sie in jüngster Zeit etwas von Ihrer Schwester gehört haben?«

»Libby?« Zum ersten Mal schien eine dunkle Wolke über Eli Franklins Züge zu huschen, und er richtete den Blick unbehaglich zu Boden. »Nein. Keiner von uns hat von Libby gehört seit … nun, seit einer Reihe von Jahren.« Als er den Blick wieder hob, lächelte er nicht mehr. »Hat sie Ärger?«

»Ich … ich würde die Sache gern mit Ihrer Mutter besprechen«, antwortete Miss Howard.

»Wissen Sie«, sagte Franklin, »wenn es etwas gibt, was meine Mutter hören soll, dürfte es besser sein, daß ich es ihr sage. Was hat Libby angestellt?«

»Warum rechnen Sie damit, daß sie etwas angestellt hat?« fragte Miss Howard neugierig. »Es könnte doch auch sein, daß ihr jemand etwas angetan hat.«

Franklin riß die Augen weit auf, während er über diese Möglichkeit nachdachte. »*Ist* ihr etwa was passiert?«

»Mr. Franklin …« Miss Howard verschränkte die Arme und richtete den Blick ihrer grünen Augen unverwandt auf den Mann ihr gegenüber. »Ich bedaure, Ihnen sagen zu müssen, daß Ihre Schwester in Ballston Spa unter schwerer Anklage vor Gericht steht.«

Diese Nachricht, die ihn eigentlich hätte erschüttern müssen, schien den Mann weit weniger zu beeindrucken, als ich es für möglich gehalten hätte. »So«, sagte er nach einer Weile des Schweigens. »So also ist das.« Seine Stimme klang weder aufgeregt noch empört, lediglich … nun, man muß es schon als kummervoll bezeichnen. »Was ist passiert? Vermutlich steckt 'n Kerl dahinter. Ist er verheiratet oder etwas in der Art?«

»Etwas in der Art«, log Miss Howard ungerührt. Mir war klar, daß sie annahm, mehr aus ihm herauszubekommen, wenn sie seine Vermutung bestätigte, als wenn sie ihm die Wahrheit sagte. »Warum? Hatte sie früher schon mal Unannehmlichkeiten dieser Art?«

»Libby?« knurrte Franklin. »Wenn es um Männer ging, hatte sie nichts als Unannehmlichkeiten.« Er wandte den Blick ab, stieß ein leises, seufzendes Zischen aus und sagte: »Was wollen Sie also hier? Will man uns als Zeugen vorladen? Ich verstehe nicht, warum …«

»Nein«, entgegnete Miss Howard beruhigend. »Nichts in der Art. Ich dachte nur, daß vielleicht Sie und Ihre Angehörigen uns Angaben über das frühere Leben Ihrer Schwester machen können. Sie selbst will nicht so recht mit der Sprache herausrücken.«

Franklin schüttelte den Kopf. »Das wundert mich nicht besonders«, sagte er. »Nun... es ist wohl wirklich besser, daß Sie auf die Rückkehr meiner Mutter warten, wenn Sie so was erfahren wollen. Bestimmt kann sie sich an mehr erinnern als ich. Sie könnten morgen wiederkommen ...«

»Das tun wir«, antwortete Miss Howard bereitwillig. »Vielleicht könnten Sie mir aber noch schnell ein paar allgemeine Angaben machen?« Sie drehte sich um und ging über den Rasen auf die Tür des kleinen Hauses zu. »Wohnen Sie schon immer hier?«

»Ja«, antwortete Franklin. Dann besann er sich: »Entschuldigen Sie – darf ich Ihnen was anbieten? Vielleicht was zu trinken oder ...«

»Ja, das wäre ausgesprochen freundlich von Ihnen«, sagte Miss Howard. »Es war eine lange, staubige Fahrt.«

»Und Ihre ... Ihre Begleiter da drüben?« sagte Franklin und wies auf die Kutsche.

»Hm?« machte Miss Howard. »Nein, machen Sie sich keine Umstände. Es dauert bestimmt nicht lange. Ich werde die meisten meiner Fragen morgen stellen, wenn Ihre Mutter hier ist.«

»Nun, dann – kommen Sie bitte rein«, sagte Franklin.

Mit einem kurzen Blick und einer Kopfbewegung forderte uns Miss Howard auf zu bleiben, wo wir waren, dann verschwand sie im Inneren des Hauses, während ihr Gastgeber an einem neben den Steinstufen vor der Tür befestigten Kratzeisen seine Stiefelsohlen von Schlamm und Hühnermist reinigte.

»Ich versteh das nicht«, sagte ich, als sie hineingingen. »Hier soll Libby Hatch groß geworden sein?«

»Scheint irgendwie nicht zu ihr zu passen«, sagte Cyrus und sprang von der Kutsche herab, um sich die Beine zu vertreten. »Aber man kann das nie so genau wissen ...«

»Señorito Stevie«, meldete sich El Niño und steckte seinen Bogen wieder ein. »Mann dort – er Dame nichts tun?«

»Glaub ich nicht«, sagte ich und kratzte mich am Kopf.

»Dann schläft El Niño«, sagte er nickend und legte sich auf die hintere Sitzbank der Kutsche. Aber bevor er die Augen schloß, hob er noch einmal den Kopf und sah mich an. »Señorito Stevie – seltsam, wie Baby Ana zurückholen, oder? Oder El Niño nicht richtig verstehen?«

»Doch, das hast du schon richtig verstanden«, sagte ich und steckte mir eine Zigarette an. »Ein seltsamer Weg, das stimmt ...«

# Kapitel 49

Miss Howard verbrachte lediglich eine halbe Stunde im Hause der Familie Franklin. Die aber genügte ihr, um eine ganze Reihe aufschlußreicher Angaben zu bekommen, die sie uns aber erst mitteilen wollte, nachdem wir Mr. Pictons Haus erreicht und uns zusammen mit dem Doktor und allen anderen um die Tafel versammelt hatten.

Wie es aussah, war das Haus der Franklins schon sehr alt und enthielt nur wenige Zimmer – lediglich zwei waren Schlafräume. Die Brüder hatten sich einen davon geteilt, Libby hingegen hatte die Nächte ihrer gesamten Kindheit und frühen Erwachsenenjahre im Schlafzimmer der Eltern verbracht. Dort hatte es weder einen Vorhang noch eine sonstige Abtrennung gegeben, und daher hatte Libby den größten Teil ihres Lebens über keinerlei Privatsphäre verfügt, was der Doktor für außerordentlich bedeutsam hielt. Offensichtlich hatten er und Dr. Meyer viel über Kinder gearbeitet, denen die Eltern fast unausgesetzt ihre Aufmerksamkeit schenken. Dabei war ihnen aufgefallen, daß solche Kinder in späteren Jahren auf vielen Gebieten Schwierigkeiten mit ihrer Umwelt haben: Sie neigen im allgemeinen zum Jähzorn, reagieren überempfindlich auf Kritik jeder Art und legen, wie der Doktor sagte, »eine geradezu psychotische Angst vor peinlichen Situationen an den Tag, so daß man mit Dr. Krafft-Ebings Worten schon fast von ›Paranoia‹ sprechen kann«. Hinzu kam, daß diese Menschen als Erwachsene oft stark an ihrer Fähigkeit zweifeln, allein in der Welt zurechtzukommen. Meist haben sie das ausgeprägte Bedürfnis, von Menschen umgeben zu sein, die sie aber zugleich auch zurückweisen und sogar hassen.

»Hier geht es natürlich um nichts, was körperlicher Gewalt oder Beschimpfungen vergleichbar wäre«, erklärte der Doktor, als er sich daran machte, die ersten Angaben auf den Teil der Tafel zu schreiben, der für Aussagen über Libbys Kindheit vorgesehen war. »Aber das Fehlen einer Privatsphäre kann viele vergleichbare Folgen hervorrufen – in erster Linie die, daß sich die Psyche nicht zu einem unabhängigen, zusammengehörigen Ganzen entwickelt.« Erneut dachte ich daran, daß Miss Howard gesagt hatte, Libbys Persönlichkeit sei in jungen Jahren in Stücke zerbrochen worden, die sie nie wieder hatte zusammensetzen können. »Man kann sich nur schwer vorstellen«, fuhr der Doktor fort, »wie entsetzlich es sein muß, wenn man gezwungen ist, jede Stunde seines Lebens, ob schlafend oder wachend, in Anwesenheit anderer zuzubringen, unausgesetzt beobachtet zu werden und selten oder nie das Gefühl des Alleinseins zu haben. Denken Sie nur an die damit verbundene beispiellose Frustration und Wut, das Gefühl, daran zu … daran zu …«

»... ersticken«, beendete Cyrus den Gedanken des Doktors; und mir war klar, daß er an die kleinen Kinder dachte, die Libby auf diese Weise aus der Welt geschafft hatte.

»Genau, Cyrus«, sagte der Doktor, schrieb in Großbuchstaben das Wort »Ersticken« auf die Tafel und unterstrich es. »Hier haben wir den ersten Schlüssel, der sowohl Zugang zu Libbys Empfindungen wie zum augenscheinlichen Rätsel ihres Verhaltens ermöglicht – ERSTICKEN. Aber was hat in ihren ersten Erwachsenenjahren dazu geführt, Sara? Hat ihr Bruder Ihnen irgend etwas in dieser Richtung gesagt?«

»Über *ein* Thema war er bereit zu sprechen«, sagte Miss Howard, »in erster Linie wohl, weil er nicht wollte, daß seine Mutter das mit anhören mußte, nehme ich jedenfalls an. Libby scheint schon in ganz jungen Jahren viel Umgang mit Jungen gehabt zu haben. Sie muß auf der Gefühlsebene wie auch sexuell gesehen ausgesprochen frühreif gewesen sein.«

»Auch das ist erklärlich«, sagte der Doktor, nachdem er darüber nachgedacht hatte. »Diese Art von Umgang verlangt nach Geheimhaltung und nach einer Privatsphäre – zugleich spiegelt sich darin ihre Unfähigkeit, ihre überaus enttäuschende Unfähigkeit, aus eigener Kraft diese Art Privatsphäre und Unabhängigkeit zu erlangen.« Während er diese Gedanken auf der Tafel niederschrieb, fügte er hinzu: »Ich vermute daher, daß sie mit den ahnungslosen jungen Männern, die sich mit ihr einließen, nicht besonders zartfühlend umgesprungen ist.«

»Das stimmt«, entgegnete Miss Howard. »Sie war wohl eine ziemliche Herzensbrecherin, um den zurückhaltendsten Ausdruck dafür zu verwenden.«

»Gut«, sagte der Doktor und nickte. »Sehr gut.«

Mr. Moore, der in der Ecke vor einem großen Krug eigenhändig gemixter Martinis saß, entfuhr bei dieser Äußerung ein lautes Stöhnen. Das Klagen der Dampfpfeife eines Zuges in der Ferne schien darauf zu antworten. Als sie ertönte, hob Mr. Moore einen Finger.

»Hörst du das, Kreisler? Das ist das Geräusch, mit dem sich dieser verdammte Fall von uns entfernt. Er verschwindet in der Nacht, und was tust du? Du hockst da mit deiner verdammten Tafel und tust so, als gäbe es 'ne Möglichkeit, wie du dich mit Hilfe von Denken davor bewahren kannst, den Prozeß zu verlieren. Wir sind am Ende! Wen zum Teufel interessiert es jetzt noch, aus welchen Gründen Libby Hatch so geworden ist, wie sie ist?«

»Die ewige Stimme der Ermutigung«, sagte Mr. Picton mit einem Blick auf Mr. Moore. »Gieß dir noch sechs oder sieben Drinks von deinem üblen Gebräu hinter die Binde, John, vielleicht schläfst du dann ein – und wir können in Ruhe weitermachen.«

»Ich weiß, daß wir uns kurz vor dem Ende des Rennens befinden, Moore«, sagte der Doktor und steckte sich eine Zigarette an, wobei er die

Tafel betrachtete. »Aber wir müssen tun, was wir können, und zu dem Zeitpunkt, da es uns möglich ist. Wir *müssen.*«

»Warum?« knurrte Mr. Moore. »Kein Mensch will, daß das verdammte Weib schuldig ist, das haben die alle deutlich gezeigt. Für wen zum Teufel machen Sie jetzt noch weiter?«

»Der Fall Ana Linares ist nach wie vor nicht gelöst, John«, sagte Lucius.

Mr. Moore stieß ein weiteres Knurren aus. »Ein Mädchen, dessen Vater es einerlei ist, ob sie lebt oder stirbt. Wahrscheinlich sind ihre Überlebensaussichten bei Libby genauso gut wie bei diesem spanischen Mistkerl von Vater.«

»Ich hatte eigentlich gerade nicht an Ana Linares gedacht«, sagte der Doktor mit sehr leiser Stimme.

»Nein«, sagte Miss Howard. »An Clara, nicht wahr? Wie geht es ihr? Ich hab mich nicht mal erkundigt.«

Der Doktor zuckte die Achseln und sah unbehaglich drein. »Sie ist völlig durcheinander. Und auch nicht besonders redselig. Das allerdings kann ich ihr wirklich nicht übelnehmen. Ich hatte ihr versprochen, daß diese Quälerei ihr und ihrer Mutter hilft. Es hat keins von beiden getan – und jetzt kommt zu ihrer abgrundtiefen Angst bei der Erinnerung an die Ereignisse von vor drei Jahren ihre Angst vor dem, was nach einem Freispruch ihrer Mutter geschehen wird. Sie ist nicht so klein, daß ihr die Gefahr nicht klar wäre, in der sie sich befindet, wenn Libby die Möglichkeit hat, sich am einzigen Zeugen ihrer blutigen Tat zu rächen, denn zweifellos sieht sie ihr Kind als Verräterin an.« Er legte die Kreide aus der Hand, nahm ein Glas Wein und wollte wohl daran nippen, aber mitten in der Bewegung hielt er inne, als läge ihm nicht an einem Genuß irgendwelcher Art.

»Sie können sich da keine Vorwürfe machen, Doktor«, sagte Marcus. »Der Fall sah nach einer klaren Lösung aus. Es gab keinen Grund anzunehmen, daß er sich so entwickeln würde.«

»Möglich«, sagte der Doktor, setzte sich und stellte das Glas beiseite.

»Und darf ich alle Anwesenden noch einmal daran erinnern …«, setzte Miss Howard an, als Mr. Moore erneut ein lautes Stöhnen ausstieß.

»Ja, ja, wir wissen schon, Sara, es ist noch nicht vorbei! Großer Gott, wirst du eigentlich nie müde, das zu sagen?«

»Sofern du damit sagen willst, ob ich nicht möchte, daß die Sache ein Ende nimmt, damit ich einen guten Vorwand habe, mich in mein Schneckenhaus zu verkriechen und da den Rest meiner Tage zu verbringen, heißt die Antwort nein!« blaffte ihn Miss Howard an. »Schon möglich, daß wir heute nicht besonders viel in Erfahrung gebracht haben – aber bestimmt weiß Libbys Mutter mehr, und sie kommt morgen zurück. Wir fahren noch mal raus.« Sie sah zum Doktor hinüber. »Wollen Sie uns begleiten? Ich weiß nicht, ob ich alle wichtigen Fragen stellen würde.«

Irgendwo aus der Tiefe seines Wesens brachte er es fertig, noch eine Art Ermutigung auszusprechen. »Selbstverständlich«, sagte er, legte die Hände auf seine Oberschenkel und stand auf. »Aber wenn es Ihnen nichts ausmacht, möchte ich mich jetzt schon vor dem Abendessen zurückziehen. Ich habe keinen besonderen Hunger. Wir brauchen erst am Nachmittag bei den Franklins zu sein, sagten Sie, Sara?«

»So ist es.«

»Dann gibt es zumindest keinen Grund, früh aufzustehen.« Er sah sich ein wenig unsicher im Raum um. »Gute Nacht.«

Wir alle murmelten etwas und verstummten dann, als der Doktor mit schleppenden Schritten die Treppe hochstieg.

Als sich die Tür seines Schlafzimmers hörbar geschlossen hatte, nahm Miss Howard ein Stück Kreide und warf es Mr. Moore an den Kopf. Sie traf ihn genau zwischen die Augen, so daß er aufschrie.

»Weißt du, John«, sagte sie, »wenn man dich bei der *Times* nicht wieder haben will, kannst du deinen Lebensunterhalt immer noch damit bestreiten, daß du kranke Hunde trittst oder Krüppeln die Krücken unter den Armen wegschlägst.«

»Eines Tages wirst du mir noch eine schwere Verwundung zufügen, Sara«, stöhnte Mr. Moore und rieb sich die Kreide von der Stirn. »Ich bring dich dann gnadenlos vor Gericht. Es tut mir leid, wenn mich jetzt alle für 'nen Defätisten halten, aber ich versteh einfach nicht, was ihr bei Libby Hatchs Mutter finden wollt, was die Sache ändern könnte.«

»Vielleicht nichts!« gab Miss Howard ungestüm zurück. »Aber du hast gesehen, was der Doktor diese Woche durchgemacht hat – und vergiß nicht, daß *wir* ihn in den Fall hineingezogen haben, damit er seine Probleme in New York vergißt. Jetzt sieht es ganz so aus, als hätten wir alles nur verschlimmert. Zumindest könntest du versuchen, ein bißchen aufmunternder zu wirken.«

Mit einem Blick zur Treppe hinüber sah Mr. Moore ein wenig beschämt drein. »Nun – ich nehme an, da hast du recht...« Er goß sich noch einen Martini ein und wandte sich dann wieder an Miss Howard. »Soll ich morgen mitkommen?« Er gab sich große Mühe, einen aufrichtigen Klang in seine Stimme zu legen. »Ich versprech dir, daß ich mich bemühen will, die Dinge positiv zu sehen.«

Seufzend schüttelte Miss Howard den Kopf. »Ich glaube nicht, daß du das im Augenblick könntest, und wenn dein Leben davon abhinge. Nein, es ist wohl besser, wenn ich mit Stevie allein hinfahre – je weniger wir sind, desto weniger bedrückend wird das Schweigen sein.« Sie hob den Blick zur Decke. »Und ich hab den Eindruck, daß es eine ganze Menge Schweigen geben wird...«

Die Voraussage erwies sich als zutreffend. Der Doktor kam am Sonntag erst kurz vor Mittag aus seinem Zimmer herunter und schien nach wie vor keinen besonderen Appetit zu haben. Er gab sich große Mühe, sich für unser Vorhaben zu interessieren, aber es war ziemlich hoffnungslos: Er schien zu wissen, wie gering die Wahrscheinlichkeit war, auf dem Hof der Franklins etwas zu entdecken, was dafür sorgen konnte, daß sich die Waage vor Gericht auf die andere Seite neigte. Bis wir in die Kutsche kletterten, hatte er jeden Versuch aufgegeben, eine Unterhaltung zu führen, und war wieder in sein nachdenkliches Schweigen versunken. Darin verharrte er auch auf dem langen Weg nach Schaghticoke.

Das Haus der Familie Franklin wirkte ebenso friedlich wie am Vortag; aber diesmal sah man nicht nur Eli Franklin, sondern auch eine ältere Frau – kräftig gebaut, aber nicht dick –, die in einem der Blumenbeete nahe dem Haus Unkraut zupfte. Ein breitrandiger Strohhut schützte ihr weißhaariges Haupt vor der Sonne, und sie trug eine leicht fleckige Schürze, um ihr Kleid zu schonen. Schon aus einer gewissen Entfernung konnten wir hören, daß sie vor sich hinsang, und ein Hündchen, das sie fröhlich umsprang, kläffte von Zeit zu Zeit, um ihre Aufmerksamkeit auf sich zu lenken. Offenbar wollte es, daß sie ihm den Kopf tätschelte und einige freundliche Worte sagte.

Der Doktor nahm das Bild in sich auf, das sich ihm bot, und in seine Augen trat ein Glanz, den ich schon seit einigen Tagen nicht mehr wahrgenommen hatte. »Also ...«, sagte er, während ich die Kutsche neben dem Tor im weißen Lattenzaun zum Stehen brachte. Als er ausstieg, lag der Anflug eines Lächelns auf seinem Gesicht.

»Das ist wohl genau das, was Sie erwartet hatten?« sagte Miss Howard, als sie zu ihm trat.

»Tragik und Entsetzen kommen nicht immer im dazu passenden Rahmen daher, Sara«, sagte der Doktor leise. »Wenn es sich anders verhielte, wäre mein Beruf ziemlich sinnlos.«

Als ich das Pferd anband, sah ich, daß Eli Franklin uns erkannt hatte und zielstrebig zum Tor gelaufen kam.

»Hallo, Miss Howard«, sagte er mit sorgenvoller Miene.

»Mr. Franklin«, entgegnete sie mit einem Nicken. »Das ist Dr. Kreisler, der ebenfalls an dem Fall arbeitet. Ich glaube, ich habe Ihnen gestern unseren jungen Helfer, Stevie Taggert, nicht vorgestellt ...«

Wortlos schüttelte uns Eli Franklin die Hand und wandte sich dann wieder an Miss Howard. »Als ich meiner Mutter sagte ...«

Inzwischen hatte sich die Frau von ihrem Blumenbeet abgewandt und uns gesehen. Als ihr Hündchen gleichfalls die Anwesenheit von Fremden bemerkte, bettelte es lauter und in immer kleineren Abständen um Aufmerksamkeit. »Oh!« rief die Frau mit lauter, aber zugleich wohltönender Stimme. »Das also sind Elspeths Bekannte, mein Junge?«

Sie eilte auf uns zu, und Eli Franklin teilte uns rasch und eindringlich mit: »Ich konnte ihr nicht sagen, daß Libby Unannehmlichkeiten hat – es würde sie beunruhigen, und ihr Herz ist nicht besonders widerstandsfähig. Falls es eine Möglichkeit gibt, wie Sie in Erfahrung bringen können, was Sie wissen wollen, ohne …«

»Wir werden es versuchen, Mr. Franklin«, sagte der Doktor freundlich. »Möglicherweise kann Ihre Mutter uns alles sagen, was wir wissen müssen, ohne daß wir ihr die Situation zu erläutern brauchen.«

Auf Elis Gesicht trat der Ausdruck der Erleichterung, und er hatte gerade noch Zeit zu sagen: »Vielen Dank, Doktor. Ich weiß das zu schätzen …«, als seine Mutter auch schon am Tor eintraf.

Das Hündchen kläffte noch lauter als zuvor. Mrs. Franklin hielt ihren Hut fest, sah zu ihm hinab und schalt ihn liebevoll: »Leopold, Schluß jetzt, das ist Besuch!« Der Hund versuchte sich zu beruhigen, was ihm aber sichtlich schwerfiel. »Tut mir leid«, sagte sie, und ihre Stimme wurde ein wenig weicher. »Er will uns immer beschützen! Nun! Sie sind also Freunde meiner Tochter und wollen feststellen, wo sie sich aufhält, wie mir mein Sohn sagt?«

Im Blick ihrer bernsteinfarbenen Augen konnte man erkennen, daß Mrs. Franklin – die einst sehr schön gewesen sein mußte – die Geschichte nicht so recht glaubte, doch fiel es ihr wohl leichter, sie zu akzeptieren, als andere, weniger angenehme Möglichkeiten in Erwägung zu ziehen. »Ich fürchte, wir können Ihnen nicht helfen«, fuhr sie fort, bevor der Doktor oder Miss Howard etwas sagen konnten. »Wie Ihnen Eli gestern schon gesagt hat, haben wir seit einigen Jahren nichts von ihr gehört. Allerdings wundert mich das überhaupt nicht! Libby war schon immer verantwortungslos und konnte nie die einfachste Aufgabe …«

»Ja, Mutter«, sagte Eli Franklin und faßte sie am Ellbogen, damit sie sich beruhigte. »Das sind Miss Howard und Doktor… Kreisler, nicht wahr? Und der Junge heißt …«

»Stevie genügt«, sagte ich mit einem Blick zu der Frau hin, woraufhin sie mich mit breitem Lächeln ansah.

»Ach, Stevie, ja?« sagte sie und tätschelte mir die Wange. »Ja, das genügt – bist ein hübscher Bursche!«

»Sie sind der Ansicht, daß sie Libby vielleicht mit Hilfe von etwas finden können, was wir über ihre Vergangenheit wissen«, fuhr Eli Franklin fort.

Miss Howard nickte. »Ja, auch *wir* hatten ziemlich lange keine Verbindung mit ihr. Vielleicht, wenn wir etwas mehr über ihre Gewohnheiten wüßten …«

Mrs. Franklin nickte. »Sie hat sich also bei Ihnen nicht gemeldet? Nun, auch das wundert mich nicht! Weiß der Geier, warum sich das Mädchen nie auch nur um die einfachsten Dinge kümmern konnte. Wir haben im Laufe der Jahre ein oder zwei kurze Nachrichten von ihr bekommen, aber zu Besuch gekommen ist sie kein einziges Mal! Sie nimmt das Leben von der leichten Seite und tut, was ihr gefällt. Nun, manche Leute sind wohl so.« Sie öffnete das Gartentor. »Bitte, treten Sie näher, und setzen Sie sich zu uns auf die Veranda hinter dem Haus. Da haben Sie hinter den Fliegengittern vor den schrecklichen Insekten Ruhe. Bei der Feuchtigkeit diesen Sommer haben sich die Biester ja schrecklich vermehrt!« Wir folgten ihr um das Haus herum, wobei keiner von uns zu Wort kam. »So, ich habe Zitronenlimonade und Eistee gemacht – für alles andere ist es wohl zu warm. Wir haben auch Ingwerkekse da, und für dich finden wir sicher auch noch was Süßeres, Stevie, falls du ebenso großen Appetit darauf hast wie früher meine Jungen! Was Libby betrifft, ich weiß nicht, ob ich da irgendwie helfen kann…« Auf der Veranda zeigte sich, daß die großen Fliegengitter tatsächlich die lästigen Mücken fernhielten, die in dichten Schwärmen in der Nachmittagssonne herumsummten. »Ich würde mich gar nicht wundern, wenn Sie mir mehr mitteilen könnten, als ich Ihnen. Wie schon gesagt haben wir sie ewig nicht gesehen – wie lange ist das her, Eli?«

Franklin warf Miss Howard einen bedeutungsvollen Blick zu und sagte: »Zehn Jahre.«

»Zehn?« wiederholte seine Mutter. »Das kann nicht stimmen. Da mußt du dich irren, Eli. Nicht einmal von Libby kann ich glauben, daß sie uns bei aller Sorglosigkeit zehn Jahre lang nicht besuchen würde. Ist es wirklich schon so lange her? Nun, setzen Sie sich, und trinken Sie was.«

Ich nahm, leise vor mich hinseufzend, in einem großen Korbsessel Platz. Von diesem Tantchen etwas Vernünftiges zu erfahren dürfte ausgesprochen schwerfallen.

»Danke, Mrs. Franklin«, sagte der Doktor und setzte sich in einen der anderen Korbsessel. »Der Nachmittag ist warm, und die Fahrt war lang.«

»Ja«, sagte Mrs. Franklin, goß allen ein kühles Getränk ein und gab die Gläser weiter. »Von Ballston Spa bis hierher! Ich muß gestehen, daß ich nie auf den Gedanken gekommen wäre, Elspeth könnte im Mittelpunkt von soviel Aufmerksamkeit stehen.« In den Worten und auch in dem Ton, mit dem sie gesprochen wurden, lag etwas von der Kälte, die ich empfunden hatte, als wir Libby Hatch zum ersten Mal vor ihrem Haus in der Bethune Street hatten reden hören. »Sie war nie die Art Mädchen, für die sich die Leute besonders interessieren.« Erneut warf Eli Franklin mit seinen braunen Augen Miss Howard einen Blick zu, in dem die flehentliche Bitte lag, nichts von dem anzusprechen, was er am Vortag gesagt hatte. »Ihre Brüder waren natürlich umgänglicher – vermutlich haben sie das von mir. Elspeth schlägt mehr ihrem Vater nach – sie träumt in den Tag hinein, hat zuviel Flausen im Kopf, als daß sie jemandem nützlich sein könnte.«

»Soweit ich weiß, weilt Ihr Gatte nicht mehr unter uns?« sagte Miss Howard.

»Nein, Gott hab ihn selig«, antwortete die Frau, nahm frisch geschnittene Minzezweige vom Tisch, steckte jedem von uns einen ins Glas und reichte dann einen Teller mit Ingwerkeksen herum. »Es sind jetzt fast fünf Jahre. Der arme George hat sich mit der Bewirtschaftung des Hofes ins

Grab gebracht. Eigentlich lag ihm diese Arbeit nicht besonders. Wenn ihm die Jungen nicht geholfen hätten ... das sind beide geborene Arbeitstiere. Das haben sie auch von mir, nehm ich an. Praktisch veranlagt. George war ein Träumer, wie Elspeth. Es hat uns die größte Mühe gekostet, unsere drei Kinder aufzuziehen und den Hof in Gang zu halten.«

»Und Elspeth?« fragte der Doktor vorsichtig. »Gewiß ist sie Ihnen zur Hand gegangen?«

Mrs. Franklin lachte: das leichte, gekonnte Lachen einer Frau, die es gewohnt war, mit Männern fertig zu werden. »Nun, ich weiß nicht, wie ich es sagen soll, Doktor, aber das Mädchen hat wirklich keinem je genützt, nicht, wenn es um praktische Dinge des Lebens ging. Hübsch war sie ja, und auch nicht dumm, vor allem, wenn es ums Lernen ging. Aber nützlich war sie in keiner Weise, die für eine junge Dame irgendeine Bedeutung gehabt hätte.« Ich sah, wie Miss Howard fast an ihrem Ingwerkeks erstickt wäre, doch gelang es ihr, ein freundliches Gesicht zu machen. »In der Küche war sie der reinste Schrecken«, fuhr Mrs. Franklin fort. »Und Hausarbeit, nun ... Ich konnte sie nicht mal ans Staubwischen stellen, ohne daß sie alles zerschlug, was sich irgendwie zerschlagen ließ. Ein süßes Geschöpf, aber was nützt das, wenn man erwachsen ist? Kein Wunder, daß ihr nie jemand den Hof gemacht hat. Sie hat bei uns gewohnt, bis sie ein richtiggehendes spätes Mädchen war, und nie ist ein einziger Mann gekommen und hat um ihre Hand angehalten. Das hat mich nicht weiter gewundert. Die Männer hier in der Gegend arbeiten schwer – sie brauchen Frauen, die einen Haushalt führen können, keine klugen Träumerinnen. Und Schönheit vergeht, Doktor, Schönheit vergeht ...« Das Hündchen, das uns auf die Veranda gefolgt war und erregt neben Mrs. Franklins Sessel hechelte, kläffte wieder. »Ach, Leopold, du willst bestimmt einen Keks ...« Sie gab dem Hund einen – ich muß zugeben, daß ich nie bessere Ingwerkekse gegessen hatte – und streichelte seinen Kopf. »Da, mein süßer Junge. Du kennst Libby nicht, was, Leopold? Sie ist verschwunden, bevor du gekommen bist ...« Sie hob gedankenverloren den Blick. »Damals hatten wir einen anderen Hund – Libbys Hund. Wie hieß er noch mal, Eli?«

»Fitz«, antwortete Eli mit vollem Mund und stürzte sein drittes Glas Zitronenlimonade hinunter.

»Ach ja, richtig, Fitz. Den hat sie geliebt. Sie hat furchtbar geweint, als er gestorben ist – man hätte glauben können, sie müßte selbst sterben! Erinnerst du dich noch, Eli?«

Mit einem Mal hörte ihr Sohn auf zu kauen: Er sah sich, wie es schien, vorsichtig in unserer Runde um und schluckte dann den letzten Bissen herunter. »Nein«, sagte er rasch und mit leiser Stimme.

»Natürlich erinnerst du dich!« beharrte Mrs. Franklin. »Sei nicht albern – es war unmittelbar bevor sie fortging, um bei der Familie in Stillwater Dienst zu nehmen ...«

»Bei den Muhlenbergs?« fragte Miss Howard hoffnungsvoll.

»Ach, Sie kennen die Leute, Miss Howard?« sagte Mrs. Franklin, offenbar angenehm überrascht. »Elspeth fand sie damals großartig – sie hat uns von da aus einmal geschrieben. Wirklich großartig. Unmittelbar, bevor sie ging, hatte sie noch eine Gallenkolik ...«

»Mutter ...«, sagte Eli Franklin und sah nach wie vor ein wenig beunruhigt drein.

»... und am Morgen danach ist Fitz verendet. Du mußt dich erinnern, Eli – wir haben ihn draußen bei der Scheune beerdigt. Du hast ihm einen kleinen Sarg gemacht, und Libby hat eine Holztafel bunt angemalt ...«

»Mutter!« sagte Eli Franklin ein wenig barsch. Dann lächelte er uns anderen zu, aber ich sah, daß es ihn Mühe kostete. »Bestimmt wollen die Leute nicht in allen Einzelheiten hören, was mit Libby war, als sie bei uns wohnte – sie interessiert, was jetzt mit ihr ist.«

»Nun ...« Mrs. Franklin sah ein wenig erstaunt auf ihren Sohn; aber man spürte auch eine Spur plötzlichen kalten Zorns von der Art, wie wir ihn manchmal in Libby Hatchs Gesicht gesehen hatten. »Es ist mir wirklich nicht recht, wenn ich dem eigenen Sohn lästig bin. Aber ich wollte gerade über die Muhlenbergs berichten ...«

»Du sagtest ...«, sagte Eli Franklin, hörte aber auf, als er den Blick seiner Mutter auffing. »Na schön. Erzähl ihnen alles ... über die Muhlenbergs.«

»Es waren großartige Menschen«, fuhr Mrs. Franklin fort, und während sie ihrem Sohn einen letzten warnenden Blick zuwarf, wurde ihre Stimme wieder melodiös. »Das hat sie in ihrem Brief geschrieben. Natürlich war ich froh, denn die Arbeit dort schien für sie genau richtig zu sein!«

Auf Miss Howards Gesicht trat der Ausdruck verblüfften Staunens, und vermutlich auf meins auch. Daß jemand sagen konnte, die Tätigkeit als Amme sei für Libby Hatch »genau richtig« gewesen, konnte nur bedeuten, daß der Betreffende sie überhaupt nicht kannte – doch schien Mrs. Franklin, wie wenig sie auch sonst mitunter wissen mochte, Stärken und Schwächen ihrer Tochter genau zu kennen. Bevor einer von uns beiden seiner Verblüffung Worte verleihen konnte, fragte der Doktor, der offenbar vermutete, daß der Bericht irgendwo falsch angekommen sein mußte: »Und welche Arbeit war das, Mrs. Franklin?«

»Ja, wissen Sie das denn nicht?« sagte sie verblüfft. »Wenn Sie die Muhlenbergs kennen, wissen Sie doch bestimmt, daß Libby Erzieherin von deren Sohn war – das heißt, bevor sie nach New York gegangen ist. Aber vielleicht haben Sie die Leute ja erst kennengelernt, als Libby nicht mehr bei ihnen lebte ...«

»Ja, so ist es«, sagte Miss Howard nervös. »Eigentlich erst kürzlich. Und Ihre Tochter haben wir erst in New York kennengelernt – wir kommen nämlich alle von dort.«

»Ach ja?« entgegnete Mrs. Franklin. »Dann wissen Sie bestimmt mehr über sie als ich. Sie hat mir nämlich erst einmal geschrieben, seit sie dort hingegangen ist, und das ist schon so lange her – ich hab schon seit Jahren nichts mehr von ihr gehört. Aber ich sag ja, so war Elspeth schon immer. Es würde mich gar nicht wundern, wenn sie sich nicht einmal darüber klar wäre, daß sie nicht geschrieben hat! Ein ausgesprochen gedankenloses Geschöpf, immer hat sie irgendwelchen Tagträumen nachgehangen ...«

Einen Augenblick lang schienen Mrs. Franklins Gedanken abzuschweifen, wie wir es schon einmal erlebt hatten, aber diesmal begriff ich, daß ihr diese scheinbare Unkonzentriertheit eine Möglichkeit bot, Themen zu meiden, über die sie nicht gern sprach oder sprechen konnte – sei es, daß sie zu schmerzlich waren, sei es, daß dabei Dinge über sie selbst ans Tageslicht gekommen wären, die sie nicht preisgeben wollte, schon gar nicht Fremden gegenüber. Daher erwartete ich, daß der Doktor anfangen würde, Dinge aus ihr herauszufragen: Er gehörte nicht zu den Menschen, die andere einfach vom Thema abschweifen lassen. Um so erstaunter war ich, als er sich plötzlich erhob, Mrs. Franklin in die Augen sah, die in die Ferne zu starren schienen, und nach einer Weile sagte: »Ja, vermutlich haben Sie recht, Mrs. Franklin. Vielen Dank für die Erfrischung – wir werden uns in New York weiter nach Ihrer Tochter umsehen.«

Mrs. Franklin, die bei diesen Worten unvermittelt aus ihrem scheinbaren Dämmerzustand zurückkehrte und sehr erleichtert wirkte, erhob sich ebenfalls. »Es tut mir aufrichtig leid, daß ich Ihnen nicht mehr behilflich sein konnte. Sollten Sie Elspeth begegnen, sagen Sie ihr doch bitte, daß ihre Angehörigen gern wüßten, was sie so treibt.« Mit diesen Worten brachte sie uns zur Tür.

»Doktor«, begann Miss Howard mit besorgtem Blick. »Ich bin nicht sicher, daß wir ...«

»Doch, ich denke, daß Mrs. Franklin uns alles gesagt hat, was sie weiß«, sagte der Doktor mit freundlicher Stimme. »Und bestimmt wird es *äußerst* nützlich sein.« Bei diesen Worten warf er Miss Howard einen bedeutungsvollen Blick zu. Sie nahm wohl an, daß er recht hatte, zuckte lediglich die Achseln und trat gleichfalls an die Tür. Ich hatte nicht die blasseste Ahnung, wovon sie sprachen, aber damit hatte ich auch nicht gerechnet. Ich hatte nicht einmal angenommen, daß man mich mit ins Haus einladen würde, und war von vornherein davon ausgegangen, bis zur Heimfahrt auf Erklärungen warten zu müssen.

Auf dem Rückweg von der Veranda zum Rasen vor dem Haus hob Mrs. Franklin einen Finger. »Wissen Sie, Doktor – Sie könnten es in den Theatern probieren. Ich hatte immer den Eindruck, daß Elspeth eines Tages beim Theater landen würde. Ich weiß nicht so recht, warum, aber das war meine Vorstellung. Nun, und jetzt auf Wiedersehen! Es war schön, mit Ihnen und Ihren Begleitern zu sprechen!«

Miss Howard und ich bemühten uns, nicht noch verwirrter dreinzusehen, während wir uns von Mrs. Franklin verabschiedeten, die ihrem Hündchen rief und dann im Haus verschwand.

»Ich begleite Sie zum Wagen«, sagte Eli Franklin, der angesichts unseres Aufbruchs recht erleichtert wirkte. »Und vielen Dank, daß Sie meiner Mutter gegenüber nichts von Libbys Unannehmlichkeiten gesagt haben. Sie sehen ja, wie sie ist, und ...«

»Ja, Mr. Franklin.« Die Stimme des Doktors hatte mit einem Mal den angenehmen und höflichen Ton verloren, den er der Mutter des Mannes gegenüber verwendet hatte. »Wir sehen in der Tat, wie Sie sagen, ›wie Ihre Mutter ist‹, vielleicht deutlicher, als Ihnen klar ist. Ich fürchte, ich muß Sie dafür, daß wir ihr den wahren Grund unseres Besuches verschwiegen haben, um eine Gegenleistung bitten.«

Die Worte und die Art, wie der Doktor sie sagte, weckten in Eli Franklin erneute Nervosität, wenn nicht gar Furcht. »Gegenleistung?« murmelte er. »Was wollen Sie ...«

»Die Scheune, Mr. Franklin«, sagte der Doktor. »Wir würden uns gern die Scheune und das Gelände um sie herum näher ansehen.«

»Die Scheune?« Franklin versuchte ein Lachen. »Warum um alles in der Welt wollen Sie *die* sehen? Da gibt es nichts ...«

»Bitte, Mr. Franklin.« Die schwarzen Augen des Doktors ruhten unverwandt auf dem Gesicht des Mannes.

Franklin schüttelte den Kopf, erst langsam, dann schneller. »Nein, es tut mir leid, ich weiß nicht einmal, was Sie wollen. Ich werde nicht zulassen, daß Sie ...«

»Nun schön.« Der Doktor wandte sich erneut der Veranda zu. »Dann muß ich Ihre Mutter darum bitten ...«

Kaum hatte er die Hand auf die Türklinke gelegt, als Franklin den Unterarm des Doktors packte: nicht grob, aber offensichtlich voller Verzweiflung.

»Augenblick!« sagte Franklin. Als der Doktor herumfuhr und ihn anblitzte, lockerte er den Griff seiner kräftigen Hand. »Sie – Sie wollen sich einfach in der Scheune umsehen?«

»Mr. Franklin, Sie wissen sehr genau, was wir sehen wollen«, entgegnete der Doktor. Bei diesen Worten schlug sich Miss Howard plötzlich an die Stirn. Offensichtlich begriff sie, worauf der Doktor hinauswollte.

Franklin schluckte schwer und sah sie an. »Libby hat wohl größere Unannehmlichkeiten, als Sie gesagt haben, was?«

»Ja«, sagte Miss Howard. »Das fürchte ich.«

Diese Angabe schien den Mann ein wenig zu schmerzen. Er nickte ein paarmal und sagte dann: »Na schön, kommen Sie mit.«

Er ging schleppenden Schritts voraus und führte uns über den Rasen hinter dem Haus auf den staubigen Fahrweg, dann in den Hühnerhof voller Schlamm und Hühnerkot. Miss Howard und ich drängten uns in die Nähe des Doktors.

»Sie vermuten ...«, sagte Miss Howard.

»Ich vermute gar nichts«, sagte der Doktor. »Ich bin meiner Sache sicher. Wir brauchen lediglich eine genaue Beschreibung der Stelle, um der Frau klarzumachen, daß wir tatsächlich an Ort und Stelle waren und es uns mit der Sache ernst ist.«

»Eine Beschreibung welcher Stelle?« fragte ich, denn ich war inzwischen offenbar der einzige, der nicht begriff, was gespielt wurde. Miss Howard und der Doktor aber folgten Franklin schweigend um die Scheune herum.

Hinter dem Gebäude lag an einer Seite ein schlammiges Wasserloch, auf der anderen erhob sich ein dichtes Himbeergestrüpp. Franklin ging dorthin und nahm seufzend mit einem Blick auf uns einen alten Ast, der von einem in der Nähe des Wasserlochs stehenden knorrigen Holzapfelbaum gefallen war. Mit seiner Hilfe bahnte er sich einen Weg in das Gestrüpp. Dabei wurde über dem Boden ein Stück Holz sichtbar: eine an einigen Stellen von Rissen durchzogene etwa zwei Spannen hohe Holztafel. Die darauf gemalten Buchstaben waren zwar verblaßt, ließen sich aber unschwer entziffern:

FITZ
1879-1887
IN IMMERWÄHRENDER LIEBE, MAMA

Als ich die letzte Zeile las, kam es mir vor, als wäre mir jemand mit dem Kiel einer Gänsefeder über den Rücken gefahren: Es waren dieselben Wörter, die auf den Gräbern von Thomas und Matthew Hatch in Ballston Spa eingraviert standen.

»Klar«, flüsterte ich vor mich hin und tat einige furchtsame Schritte zurück, während ich unverwandt den Blick auf die Tafel gerichtet hielt. »Natürlich – sie war ja *Amme.*«

Als ich die Stimme des Doktors hörte, hob ich schließlich den Blick. »Woran ist der Hund gestorben, Mr. Franklin?« fragte er.

Franklin schüttelte den Kopf. »Keine Ahnung. Sie hat ihn mir gebracht – tot. Es war keine Verletzung oder dergleichen zu sehen. Ich hab ihr den Sarg gezimmert, sie hat ihn mitgenommen und verschlossen. Dann hab ich ihr geholfen, den Hund zu beerdigen.«

»Und die ›Gallenkolik‹ Ihrer Schwester?« fragte der Doktor.

»Die hat die ganze Nacht gedauert«, antwortete Franklin und wandte den Blick zur Holztafel. Mit eher sachlicher Stimme fügte er hinzu: »Es hat angefangen, als alle schon im Bett waren... Sie wäre fast dran gestorben. Aber wissen Sie was? Sie hat erst am nächsten Morgen darüber gesprochen. Vorher hat sie keinen Mucks von sich gegeben...

Meine Eltern haben die ganze Nacht durchgeschlafen. Die ganze Nacht.«

Der Doktor nickte. »Ihnen ist klar, Mr. Franklin, daß jemand, der im Zusammenhang mit einem Verbrechen Beweismaterial beseitigt, als Mittäter vor Gericht gestellt werden kann?«

Franklin nickte, sein Gesicht wirkte verständnislos. »Es ist doch nur ein Hund ...«

Der Doktor trat näher an ihn heran. »Um Ihretwillen hoffe ich, daß sich Ihre Schwester der Vernunft zugänglich zeigt, damit wir nicht mit einer Anordnung des Gerichts zur Exhumierung des ... *Hundes* hierher zurückkehren müssen. Sie sollten unbedingt dafür sorgen, daß sich niemand an dem Grab zu schaffen macht.«

Darauf sagte Franklin nichts. Er nickte lediglich und sah auf die Holztafel. Der Doktor, der sicher zu sein schien, daß der Mann verstanden hatte, worum es ging, sah zu Miss Howard und mir her, dann wandte er sich um und machte sich auf den Weg zur Kutsche.

»Doktor«, murmelte Franklin nach einer Weile, so daß wir stehenbleiben und uns zu ihm umwenden mußten. »Sie – ich meine Libby – hatte nie viel. Sie haben meine Mutter gehört – in unserem Haus war sie nichts als eine Dienstmagd. Nicht mal das – denn eine Dienstmagd hat ihr eigenes Zimmer.« Er sah zum Grab hinüber. »Männer – eigentlich waren es eher halbwüchsige Jungen – sind ihr nachgelaufen. Sie war unvernünftig. Aber es war etwas, was sie für sich allein hatte. Das zumindest hatte sie verdient, ohne daß es ihr Leben zugrunde richtete. Sie hatte mehr verdient als bloß 'nen Hund ...«

Der Doktor nickte einmal, dann setzten wir unseren Weg fort.

»Meinen Sie, daß Richter Brown eine Exhumierungsanordnung ausstellen wird?« fragte Miss Howard ihn leise.

»Ich bin überzeugt, daß das nicht erforderlich sein wird«, sagte der Doktor. »Darrow und Maxon werden sich den Fakten zu beugen wissen, selbst wenn Libby dazu nicht imstande sein sollte.«

Als wir in die Kutsche stiegen, warf Miss Howard einen Blick zur Scheune zurück. »Und hat ihr Bruder davon gewußt? *Weiß* er was?«

»Bestimmt vermutet er etwas«, sagte der Doktor, während er das Pferd antraben ließ. »Aber ob er etwas Genaues weiß ...«

»Und was ist mit der Mutter?« fragte ich. »Sie kann doch nicht so dämlich sein, wie sie tut – vielleicht weiß sie auch was.«

»Möglich ist das natürlich«, sagte der Doktor. »Auch sie vermutet manches im Zusammenhang mit ihrer Tochter und wäre von dieser Sache wohl in keiner Weise überrascht. Aber ich glaube nicht, daß ihr die tatsächlichen Ereignisse bekannt sind. Eine Frau wie Libby Hatch hat bestimmt Möglichkeiten gefunden, ihre Schwangerschaft geheimzuhalten – du hast ja gehört, wie es war, als sie das Kind zur Welt brachte. Sie hat ›keinen Mucks von sich gegeben‹. Bei den meisten Frauen würde ich das nicht für möglich halten, aber hier haben wir es mit einem Menschen von unglaublicher Willenskraft zu tun. Diese Frau ist offenbar zu allem fähig, wenn sie sich in die Ecke getrieben sieht.«

»Aber wer war der Vater?« fragte Miss Howard.

»Auf alle Fragen gibt es später eine Antwort«, erwiderte der Doktor. »Stevie – ich habe auf unserem Weg durch den Ort ein Wirtshaus gesehen. Vielleicht haben die Leute da ein Telephon. Wir müssen unbedingt Mr. Picton anrufen und uns mit ihm für die Zeit gleich nach unserer Rückkehr in seinem Büro verabreden. Dann muß er mit Darrow und Maxon Kontakt aufnehmen und dafür sorgen, daß die uns zusammen mit ihrer Mandantin aufsuchen, sagen wir um …« Er nahm die Uhr heraus, sah darauf und rechnete rasch. »… neun Uhr. Ja, damit müßte uns genug Zeit für die Einzelheiten bleiben.« Er steckte die Uhr wieder ein und verschränkte mit einem Ausdruck der Besorgnis die Arme. »Und dann werden wir sehen.«

# Kapitel 50

Um halb acht an jenem Abend drängten wir uns alle wieder einmal in Mr. Pictons Dienstzimmer, diesmal um die Ergebnisse unserer Fahrt zu den Franklins abzuwägen und zu entscheiden, was zu tun war. Selbst El Niño war anwesend: Wie gewöhnlich verstand er den größten Teil der Vorgänge zwar nicht und hatte auch nichts dazu beizutragen, aber er war stets besorgt, irgendein Halunke könne »die Dame«, Mr. Montrose, Mr. Picton (seinen künftigen *»jefe«*) oder einen von uns anderen angreifen. Er war zu der Überzeugung gelangt, daß es seine Aufgabe war, einen solchen Angriff zu unterbinden; und während jene von uns, die etwas zu dem Fall beizutragen hatten, im Kreis um Mr. Pictons Schreibtisch herumsaßen, stand er an der Tür und hielt seine Waffen bereit. Damals kam mir das, wie so vieles andere an seinem Verhalten, lediglich lustig und rührend vor; später wünschte ich, wir alle wären seinem Beispiel gefolgt und ein wenig wachsamer gewesen.

Das Hauptthema des Gesprächs – aus dem bald eine hitzige Debatte wurde – drehte sich darum, ob wir unsere Entdeckung den Anwälten der Verteidigung vorlegen sollten oder nicht, und wie man am besten dabei vorginge, um die Situation wieder zu unseren Gunsten zu wenden. Wir waren allgemein der Ansicht, Mr. Picton sollte Libby Hatch mitteilen, die Anklagevertretung sei bereit, den Sarg hinter der Scheune ihres Elternhauses zu ignorieren, sofern sie sich schuldig bekenne – aber schuldig wessen? Mr. Picton zögerte sehr, die Anklage wegen besonders schweren Mordes aufzugeben, bei der Libby im Fall eines Schuldspruchs mit dem elektrischen Stuhl rechnen mußte. Da ihm aber klar war, daß es für sie keine besondere Verlockung bedeuten konnte, zwischen sofortigem und späterem Tod zu wählen, versuchte er, sich mit der nächstbesten Lösung anzufreunden, nämlich Mord in einem minder schweren Fall, der mit lebenslänglicher Haft ohne die Möglichkeit einer Begnadigung bedroht war. Einige von uns – vor allem Marcus und Mr. Moore – sahen voraus, daß ihr Charakter es ihr verbieten würde, sich auf diese Möglichkeit einzulassen: Eine Frau wie sie, die ihre Freiheit auf so viele verschiedene Arten zu genießen schien, würde vermutlich die Aussicht nicht besonders begeisternd finden, den Rest ihrer Tage hinter Gittern zu verbringen.

Aber der Doktor widersprach dem. Er nahm an, daß sie sich zwar nach außen hin gegen den Gedanken an eine solche Strafe auflehnen, sie aber im tiefsten Inneren akzeptieren und vielleicht sogar gutheißen werde. Auch diesem Gedanken standen Mr. Moore und Marcus skeptisch gegenüber, bis ihn der Doktor näher erläuterte. Das Gefängnis, erklärte er, werde die im Widerstreit miteinander liegenden Sehnsüchte Libbys befriedigen: das Bedürfnis, allein zu sein, und zugleich Menschen um sich zu haben; das Bedürfnis, etwas zu tun, was sie als nützliche Aufgabe ansah (denn zweifellos werde man einer so klugen Frau wie ihr in der Frauenabteilung von Sing Sing einen verantwortungsvollen Posten übertragen), gleichzeitig werde sie den Eindruck haben, überlieferten Verhaltensweisen und Machtverhältnissen in der Gesellschaft zu trotzen, denn trotz allem werde sie Insassin eines Gefängnisses sein. Außerdem sei da noch ihr Wunsch, über das zu bestimmen, was um sie herum vorgehe: Viele Verbrecher, sagte der Doktor, vor allem solche von Libbys Schlag, sehnten sich in ihrem Leben insgeheim nach so etwas wie Vorschriften und strenger Zucht. (Immerhin, erinnerte er uns, hatte sie die mehrere Stunden dauernden Geburtswehen ertragen, ohne auch nur einen einzigen Laut von sich zu geben, der ihre im selben Zimmer schlafenden Eltern hätte wecken können.) Zwar liege die Festlegung der Umstände in diesem Fall in den Händen der Gefängnisverwaltung, doch werde sich Libby mit ihrer Begabung zur Selbsttäuschung bald einreden, daß in Wirklichkeit alle nach *ihrer* Pfeife tanzten. In gewisser Weise, erklärte der Doktor, verhalte sich das auch so, denn schließlich habe sie es ihrem verbrecherischen Verhalten zuzuschreiben, daß sie ins Gefängnis mußte. Doch ein Gedanke vor allem überzeugte den Doktor davon, daß sie dem Handel zustimmen würde, den ihr Mr. Picton vorzuschlagen gedachte: Immer wieder waren wir Zeugen dessen gewesen, daß sie ihr Leben höher setzte als alles andere, nicht ausgenommen die Gesundheit und Sicherheit der eigenen Nachkommen – die Aussicht, einer Hinrichtung zu entgehen, würde auch ohne die anderen Erwägungen genügen, sagte der Doktor, um sie zum Einlenken zu bewegen.

Marcus ließ sich von diesen Argumenten überzeugen, Mr. Moore hingegen zweifelte immer noch; und Mr. Picton fühlte sich angesichts dessen, daß er nicht auf die Todesstrafe plädieren konnte, nach wie vor ein wenig betrogen. Doch ihnen allen gegenüber bestand der Doktor darauf, entscheidend sei einzig und allein, daß man Libby Hatch irgendwo hinbringe, wo sie nie wieder mit Kindern zusammenkomme – schon gar nicht mit der eigenen Tochter. Auch werde das Bewußtsein, daß ihre Mutter lebenslänglich ins Gefängnis müsse, statt hingerichtet zu werden, Clara Hatchs Erholung förderlich sein, denn auf diese Weise brauche das Mädchen nicht für den Rest seines Lebens die gewaltige Last des Bewußtseins zu tragen, daß sie daran mitgewirkt habe, ihre Mutter auf den elektrischen Stuhl zu schicken. Miss Howard bezeichnete das als den einleuchtendsten aller Gründe für eine Änderung der Anklage. Sie sagte, angesichts dessen, wie sich eine Hinrichtung ihrer Mutter auf Clara auswirken könnte, frage sie sich, warum Mr. Picton nicht von Anfang an auf eine lebenslängliche Gefängnisstrafe für Libby hingearbeitet habe. Das führte zu einigen recht leidenschaftlichen Äußerungen Mr. Pictons über die Unvorhersagbarkeit der Zukunft, und daß man nicht sicher sein könne, ob sich nicht irgendein Gouverneur – beispielsweise in zwanzig oder dreißig Jahren – durch eins von Libbys Schauspiel-Kunststückchen dazu veranlaßt sehen könnte, den Teil ihrer Strafe aufzuheben, in dem es heiße, daß eine Begnadigung nicht möglich sei. Der Doktor und Miss Howard, sagte er, hätten zwar an jenem Tag möglicherweise einen bedeutenden Beitrag dazu geleistet, Libbys durch und durch verderbtes Verhalten zu erklären, aber nicht dazu, es aus der Welt zu schaffen: Diese Lösung sei ausschließlich dem Tod vorbehalten.

Das veranlaßte den Doktor, erneut das Wort zu der Frage zu ergreifen, auf welche Weise die Wissenschaft je etwas über Straftäter wie Libby erfahren könne, wenn die Staatsgewalt sie auf dem elektrischen Stuhl oder durch den Strang hinrichte. Die Unterhaltung über dieses Thema und eine Reihe weiterer im Zusammenhang damit zog sich immer noch hin, als die Sonne hinter dem Bahnhof unterging, den man von Mr. Pictons Fenster aus am Fuß des Hügels sehen konnte. Kurz nach neun schließlich klopfte es an der Tür des Vorzimmers. El Niño öffnete, und herein traten Mr. Darrow und Mr. Maxon. Ersterer nahm mit befremdetem, aber zuversichtlichem Blick die Szene auf, die sich ihm darbot, der andere wirkte wie immer ausgesprochen nervös. Mit formellen Gesten führte El Niño die beiden in Mr. Pictons Amtszimmer, und wir alle erhoben uns.

»Ah, Maxon, Darrow«, sagte Mr. Picton. »Schön, daß Sie uns an einem Sonntagabend noch so spät beehren.«

»Sie haben ja hier eine ziemliche Gesprächsrunde zusammengebracht«, sagte Mr. Darrow, sah sich in unserem Kreis um und nickte höflich grüßend. »Sie kommen wohl mit Ihrem Schlußplädoyer nicht zurande, Mr. Picton?«

»Mein Schlußplädoyer?« sagte Mr. Picton mit gespielter Verwunderung. »Das habe ich doch tatsächlich angesichts all dessen, was heute geschehen ist, völlig vergessen! Aber ich bin auch gar nicht sicher, ob wir das brauchen.« Er nahm seine Pfeife heraus und steckte sie sich mit äußerst befriedigtem Gesichtsausdruck zwischen die Zähne.

Mr. Maxon – der schon häufig im Gerichtssaal mit Mr. Picton zu tun gehabt hatte und daher wußte, wann dieser etwas im Schilde führte – sah noch unruhiger aus als bei seinem Eintritt. »Was gibt es, Picton?« fragte er und rückte den Zwicker fester auf seiner schmalen Nase zurecht. »Was haben Sie?«

»Was kann er schon haben?« sagte Mr. Darrow mit leisem Lachen. »Die Anklage hat ihren Fall abgeschlossen. Ich hoffe jedenfalls, Mr. Picton, daß Sie nicht den Fehler begangen haben, noch etwas für einen Knalleffekt in letzter Minute zurückzubehalten. Richter Brown scheint mir nicht der Mann zu sein, der so etwas gern sieht.«

»Das ist mir bekannt«, antwortete Mr. Picton. »Und Ihr Kollege Maxon dort weiß bestens, daß mir das bekannt ist. Was immer ich also habe, muß also ziemlich stichhaltig sein, wenn ich Ihnen die Ungelegenheit bereite, Sie eigens heute abend herzubitten – finden Sie nicht auch, Maxon?« Im Unterschied zu Mr. Darrow schien sich der Angesprochene diese Aussage zu Herzen zu nehmen, und Picton sah mich darüber hocherfreut an. »Stevie? Du könntest doch schnell nach unten laufen und Henry bitten, daß er Mrs. Hatch – Entschuldigung, ich meine, Mrs. Hunter – aus ihrer Zelle heraufbringt.«

»Wird gemacht«, sagte ich und lief zur Tür.

Im Hinauseilen hörte ich, wie Mr. Picton fortfuhr: »Doktor, warum bleiben Sie nicht mit uns dreien hier drin? Die übrigen können sich gern ins Vorzimmer setzen – schließlich wollen wir die Angeklagte nicht einschüchtern ...«

Vom Vorplatz strebte ich die Marmortreppe hinab dem Schilderhäuschen des Wachmanns am Eingang entgegen, wobei ich immer zwei Stufen auf einmal nahm. Ohne den Blick zu heben, sagte ich: »Mr. Picton möchte ...«

Dann sah ich erst, mit wem ich sprach. Es war nicht Henry, sondern einer der anderen breitschultrigen Männer, die ich im Verlauf der ganzen Verhandlung an den Türen des Gerichtssaals hatte Wache stehen sehen.

»Wo ist Henry?« fragte ich.

Der Mann sah mich mit finsterer Miene an. »Was geht dich das an, Junge?«

Ich zuckte die Achseln. »Nichts. Aber Mr. Picton hat einen Auftrag für ihn.«

Mit noch ärgerlicherem Blick nickte der Wachmann zu einer Tür, die hinter ihm lag. »Henry ist unten. Er bewacht die Gefangene.«

Ich hörte seine Worte und nahm sie nickend zur Kenntnis, ohne weiter darüber nachzudenken. Jetzt aber, nach so vielen Jahren, wünsche ich wieder einmal verzweifelt, etwas hätte dafür gesorgt, daß ich verstand, was da vor sich ging.

»Nun«, teilte ich dem Wachmann mit. »Mr. Picton möchte, daß er die Gefangene in sein Büro bringt.«

»Was, jetzt?« fragte der Wachmann.

»Ich glaube nicht, daß er nächsten Donnerstag gemeint hat«, sagte ich, wandte mich um und ging zurück zur Treppe. »Ich an Ihrer Stelle würde runtergehen – die warten oben alle.«

»He!« rief er mir nach, als ich schon die Treppe hinauflief. »Vergiß nicht, daß ich nicht dafür bezahlt werde, zu springen, wenn 'n Rotzlöffel was sagt!« Dann wandte er sich um und ging durch die hinter ihm liegende Tür.

»Gerade bist du aber gesprungen, Trottel«, knurrte ich mit befriedigtem Lächeln, während ich wieder nach oben ging. »Nur weiter so.«

In Mr. Pictons Vorzimmer sah ich Cyrus, die beiden Isaacsons, Mr. Moore, Miss Howard und El Niño, die sich um die Eichentür zum Büro drängten. El Niño spähte, auf Cyrus' Schultern hockend, durch ein spaltbreit geöffnetes Oberlicht und versuchte mitzubekommen, was drinnen vor sich ging. Er flüsterte den anderen zu, was er vom Gespräch der drei Juristen und des Doktors mitbekam. Der einzige Haken war, daß sein Englisch nicht genügte, viel mehr als die Hälfte davon zu verstehen.

»Jetzt sprechen von kleiner Clara«, flüsterte er, als ich hereinkam.

»Was sagen sie?« fragte Miss Howard.

»Etwas… etwas…« El Niño schüttelte verärgert den Kopf, weil er es nicht mitbekam. »Señor Doktor sagt, was nicht verstehe – mit Krankheit und Mutter… Mörderin…«

»Hat doch keinen Sinn«, sagte Mr. Moore resigniert. Dann machte er mir ein Zeichen. »Stevie, tausch den Platz mit deinem Freund. Ich möchte wissen, was zum Teufel da drin passiert.«

Gerade wollte ich seiner Aufforderung folgen, als es an der äußeren Tür klopfte. Während ich darauf wartete, daß El Niño von Cyrus' Schultern herabstieg, öffnete ich und sah mich dem Wachmann Henry und Libby Hatch gegenüber. Obwohl sie mehr als eine Woche in der Zelle verbracht hatte, hielt sie sich wie immer – ihr schwarzes Kleid sah ebenso faltenlos aus wie an dem Abend, an dem sie aus dem Zug gestiegen war –, und auch der teuflische Glanz in ihren goldenen Augen hatte sich nicht vermindert. Noch nie zuvor war ich ihren Augen so nahe gewesen, und sie hatte sie auch nie zuvor unmittelbar auf mich gerichtet. Ich merkte, daß ich unter der Wirkung dieses Blicks langsam und schweigend zurückwich, bis ich fast über den Tisch der Sekretärin im Vorzimmer gefallen wäre. Das entlockte Libby ein Lächeln, wie ich es nie wieder bei einem Menschen zu sehen hoffe, und es rief mir in Erinnerung, was Mr. Moore damals im Café Lafayette so unumwunden gesagt hatte: Man konnte dem Blick wirklich nicht entnehmen, womit einen diese Frau bedenken wollte – Liebe oder Haß, Leben oder Tod. Alles war, wie es schien, möglich, solange es ihren Zwecken diente.

Der stolzen Haltung nach, mit der sie sich zwischen den anderen zu den dicken Türen von Mr. Pictons Amtszimmer bewegte, schien Libby Hatch fest überzeugt zu sein, daß es gut um ihre Sache stand. Sie sah die stummen Gesichter vor ihr lächelnd an und schüttelte dann den Kopf, als wollte sie sagen, daß es eine große Torheit von uns allen gewesen sei, auch nur zu erwägen, gegen sie anzutreten. Henry hatte ihr eine Hand auf den Arm gelegt (sie trug keine Handschellen, was mir ebenfalls hätte auffallen müssen), während er mit der anderen Hand an die Tür klopfte. Auf Mr. Pictons »Herein« öffnete er sie und ließ Libby hineingehen. Dabei warf er ihr einen kurzen bedeutungsvollen Blick zu, wie ihn Menschen wechseln, die einander sehr gut kennen.

»Treten Sie näher, Mrs. Hunter«, hörte ich Mr. Picton sagen. »Vielen Dank, Henry. Ich schicke jemanden nach unten, wenn wir fertig sind.«

»Soll ich nicht warten?« fragte der Wachmann.

Mr. Picton seufzte. »Henry, spreche ich Griechisch? Wenn ich gewollt hätte, daß Sie warten, hätte ich Ihnen das gesagt. Gehen Sie wieder nach unten, und ich schicke Ihnen jemand, wenn wir fertig sind.«

Mit dem gleichen Gesichtsausdruck wie immer, wenn er sich von Mr. Picton hart angefaßt fühlte – wie eine Art weidwundes Tier –, warf der Wachmann Libby noch einmal einen Blick zu, und sie nickte. Erst auf dieses Zeichen hin wandte er sich um und stürmte beleidigt aus dem Raum. Libby trat vor und setzte sich neben Mr. Darrow an Mr. Pictons Schreibtisch, während Mr. Maxon die Tür vor unserer Nase schloß.

»Jetzt, Stevie«, flüsterte Mr. Moore. »Rauf!«

Mit einer raschen Bewegung setzte ich meinen Fuß auf die Räuberleiter, die Marcus mit seinen Händen gebildet hatte, und faßte dann Cyrus' Hände, damit er mich auf seine Schultern hochziehen konnte. Dort setzte ich mich bequem hin, Cyrus hielt mich an den Beinen, und ich schob mein Gesicht vorsichtig an das Oberlicht heran, das gerade weit genug offenstand, um mir einen Blick auf alle Akteure im Raum unter mir sowie auf ein Stück von Mr. Pictons Schreibtisch zu gestatten. Ich flüsterte den anderen in regelmäßigen Abständen zu, was ich mitbekam: »Warum ruft man mich um diese Stunde hierher?« fragte Libby leise und betrübt. Ich konnte ihr Gesicht nur im Profil sehen. Der Ausdruck darauf wirkte deutlich zurückhaltender als im Vorzimmer. »Geht es um Clara? Ist meinem Schätzchen was passiert?«

»Schon gut, Mrs. Hatch«, sagte Mr. Maxon und legte ihr eine Hand auf den Arm. »Ich bitte um Entschuldigung – Mrs. Hunter. Beruhigen Sie sich bitte.«

»Ja, sparen Sie sich die Mühe«, sagte Mr. Picton, ohne jeden Anflug von Mitgefühl in der Stimme. »Sie sind jetzt nicht im Gerichtssaal, und es lungern auch keine Pressevertreter herum. Ihr übliches Theater ist hier nicht vonnöten.«

»Statt meine Mandantin zu beschimpfen, Mr. Picton«, sagte Mr. Darrow, der sich, ein Bein über das andere geschlagen, in seinem Sessel zurücklehnte, »könnten Sie uns sagen, was zum Teufel Sie wollen.«

»Ja«, gab Mr. Picton zurück und entzündete mit flinken Bewegungen seine Pfeife. »Ich sehe keinen Grund, Ihnen vorzuenthalten, was im Busch ist.« Nachdem er große Rauchwolken ausgestoßen hatte, beugte er sich vor. »Genauer gesagt, im Himbeerbusch. Mrs. Hunter – dem Himbeerbusch hinter der Scheune Ihres Elternhauses in Schaghticoke.« Er riß die Augen ein wenig auf. »Oder stand der nicht da, als Sie noch zu Hause lebten? Nein, vermutlich nicht – darunter zu graben wäre viel zu schwer gewesen. Jedenfalls wachsen Himbeeren wie Unkraut – inzwischen ist das Gestrüpp ziemlich dicht. Es verbirgt die Sache beinahe. Aber eben nur beinahe.«

Libby war erstarrt, und ihre Hände umkrallten die Armlehnen ihres Sessels. Ich konnte nur eins der goldenen Augen sehen, aber sie hatte es sehr viel weiter aufgerissen, als ich es je zuvor erlebt hatte: so weit, daß ich überzeugt war, diesmal sei sie wahrhaft überrumpelt und wisse nicht mehr aus noch ein.

»Picton«, sagte Mr. Darrow, der sich am Kopf kratzte und äußerst ärgerlich aussah. »Haben Sie vollständig den Verstand verloren, oder hat dies Gewäsch irgend etwas zu bedeuten?«

Mr. Maxons Züge ließen eine gänzlich andersgeartete Reaktion erkennen; wahrscheinlich wußte auch er nicht, wovon sein Gegenspieler sprach, aber offensichtlich war ihm klar, daß jener seine Zeit nicht damit vergeudete, sinnloses Zeug zu brabbeln.

»Picton«, sagte Mr. Maxon leise. »Verfügen Sie über neue Angaben, die Sie einzubringen gedenken?«

Mr. Picton antwortete auf keine der Fragen, sondern sah einfach weiterhin Libby an, wobei in seine grauen Augen der sonderbare silbrige Schimmer trat, den sie immer annahmen, wenn er erregt war. Nach wenigen Sekunden nickte er. »Ja, Mrs. Hunter. Wir haben sie gefunden – Ihre Mutter und Ihren Bruder Elijah. Noch wichtiger, wir haben *es* gefunden, und die ganze Geschichte gehört.« Diese letzte Aussage entsprach, das war mir klar, nicht ganz der Wahrheit – aber jeder gute Anwalt weiß, wie wichtig ein gutkalkulierter Bluff ist.

Libby schwieg nach wie vor, was ihre beiden Anwälte veranlaßte, sich ihr besorgt zuzuwenden. »Wovon redet er?« fragte Mr. Darrow. Seine tiefe Stimme klang so, als begänne auch er zu vermuten, daß Mr. Picton tatsächlich etwas in der Hand haben könnte.

Sie sah Mr. Picton lediglich schweigend an, schien aber zu wittern, daß nicht er die eigentliche Ursache ihrer ausweglosen Lage war. Bald schon wanderte der Blick der goldenen Augen zum Doktor hinüber und blieb auf ihm ruhen.

»Wer… *was* zum Teufel sind Sie eigentlich?« fragte sie fast im Flüsterton und mit so eisiger Stimme, daß sie sogar Mr. Maxon und Mr. Darrow zu entsetzen schien.

Der Doktor jedoch zuckte lediglich die Achseln und erwiderte den kalten Blick. »Nichts als ein Mann, der weiß, wessen Sie fähig sind, Mrs. Hunter. Das ist alles.«

Mr. Darrow, dem es inzwischen offenbar sehr unbehaglich geworden war, stand auf und schob seine Hände in die Taschen. »Sagt uns jetzt bitte jemand, was hier gespielt wird, oder nicht?«

»Es ist ziemlich einfach, Darrow«, sagte Mr. Picton und nahm endlich den Blick von Libby. »Allerdings ist es in seiner Einfachheit entsetzlich. Vor zehn Jahren – ich fürchte, daß ich Ihnen keinen genauen Zeitpunkt nennen kann, doch vermuten wir, daß es im Frühjahr war – hat Ihre Mandantin ein Kind zur Welt gebracht. Unehelich. Sie hat es getötet und auf dem elterlichen Grundstück in einem Sarg beigesetzt, der zugleich den Kadaver ihres Hundes enthielt. Ich bin sicher, daß sie auch ihn getötet hat, um einen Vorwand für die Beisetzung des Kindes zu schaffen. Wir haben hinter der Scheune die Grabstelle gesehen und verfügen über Aussagen von Angehörigen, die den Vorgang bestätigen. Wir sind bereit, über eine Absprache zu verhandeln.«

Mr. Darrow riß die Augen weit auf.

»Einen solchen widerwärtigen Taschenspielertrick in letzter Minute habe ich noch nie erlebt…«

Er hielt inne, als Libby wortlos die Hand hob. »Und wenn wir Ihr Angebot zurückweisen?« fragte sie.

»Wird das Kind exhumiert«, antwortete Mr. Picton, der wieder begonnen hatte zu rauchen. »Auf diese Weise würde Ihre Mutter – sie weiß noch nichts von unserer Entdeckung – Kenntnis von dem Verbrechen erlangen. Anschließend nehmen wir Sie fest, sobald das gegenwärtige Verfahren abgeschlossen ist. Wir können auch Ihren Bruder als Mittäter festnehmen – immerhin hat er den Sarg angefertigt und das Grab geschaufelt…«

»Er hat nichts davon gewußt!« entfuhr es Libby.

Mit einer mechanischen Bewegung legte Mr. Darrow seiner Mandantin die Hand auf die Schulter. »Sagen Sie kein Wort, Mrs. Hunter.« Sicher, daß sie ihm gehorchen würde, wandte er sich wieder an Mr. Picton. »Sind Sie fertig?«

»Mehr oder weniger«, antwortete Mr. Picton.

Mr. Darrow setzte sich wieder und betrachtete ziemlich lange Libbys Gesicht, wobei er sich die gerunzelte Stirn rieb. Offensichtlich lag auf ihrem Gesicht ein Ausdruck, der ihm nicht gefiel, etwas, was ihm sagte, daß Mr. Picton nicht einfach drauflos schwadronierte. »Ich frage rein hypothetisch«, sagte Mr. Darrow langsam, ohne den Blick von Libby zu lösen. »Von welcher Art von ›Absprache‹ reden Sie?«

»Wir würden die Anklage im vorliegenden Prozeß auf Mord in zwei minder schweren Fällen abschwächen, vorausgesetzt, daß sie sich schuldig bekennt.«

»Und«, fügte der Doktor umsichtig hinzu, »sofern sie gleich morgen früh Verbindung mit ihren Spießgesellen in New York aufnimmt und sie anweist, uns die kleine Ana Linares nach unserer Rückkehr zu übergeben.«

Mr. Picton nickte. »Im Gegenzug wird sie zu lebenslänglich ohne die Möglichkeit einer Begnadigung verurteilt.«

Es sah einen Augenblick lang so aus, als wollte Libby darauf antworten; aber Mr. Darrow legte ihr wiederum eine seiner großen Hände auf die Schulter. »Kein Wort«, forderte er sie auf, diesmal noch nachdrücklicher. Dann sah er zu Mr. Picton hinüber. »Meinen Sie, daß Mr. Maxon und ich das mit unserer Mandantin ungestört besprechen können – möglicherweise räumen Sie uns auch Bedenkzeit ein?«

»Sie können das in diesem Zimmer etwa eine Viertelstunde lang besprechen«, antwortete Mr. Picton. »So lange gilt das Angebot. Der Doktor und ich gehen so lange hinaus.«

Mr. Picton erhob sich und nickte dem Doktor zu, der ihm langsam zur Tür folgte. Da ich nicht beim Lauschen ertappt werden wollte, ließ ich mich eilig von Cyrus' Schultern herabgleiten und sprang zu Boden, was nicht ganz geräuschlos abging. Als sich die Tür öffnete, hatte ich gerade noch Zeit, mich wieder aufzurichten, aber der Doktor warf mir einen kritischen Blick zu. Offenbar vermutete er, daß ich etwas angestellt hatte. Aber als Mr. Picton die Tür schloß, wandte sich aller Aufmerksamkeit anderen Dingen zu.

»Nun?« fragte Mr. Moore. Zwar hatte ich ihm und den anderen den Stand der Dinge bereits mitgeteilt, doch war er wohl der Ansicht, die Form wahren zu müssen.

»Nun«, echote Mr. Picton als Antwort darauf, »ich denke, daß unsere Aussichten recht gut stehen. Sie scheint uns ziemlich ernst zu nehmen. Sie dürfte kaum den Wunsch haben, daß ihre Mutter erfährt, was ihre einzige Tochter aus ihrem Leben gemacht hat, oder vor Gericht gezerrt wird, um über eine Kindestötung auszusagen, die unmittelbar vor ihrer Nase erfolgt ist. Auch die Möglichkeit, daß ihr Bruder unter Anklage gestellt werden könnte, scheint ihr nicht recht zu behagen.«

»Man wird aus der Frau nicht schlau«, fügte der Doktor nachdenklich hinzu. »Irgend etwas an dem Ton stimmt nicht, mit dem sie gesprochen hat. Sicher, sie war getroffen, aber – sie ist mir nicht wie ein Mensch vorgekommen, der sich in einer ausweglosen Lage sieht. Noch nicht.«

»Vielleicht stimmt das, was Sie vorher gesagt haben, Doktor«, entgegnete Lucius. »Vielleicht fühlt sie sich in ihrem Unbewußten vom Gedanken an eine Gefängnishaft teilweise angesprochen.«

Rasch schüttelte der Doktor den Kopf. Er kämpfte erkennbar mit etwas. »Nein, da war etwas anderes. Ich kann es nicht genau erklären, und ich werde wohl auch nicht so schnell dahinterkommen. Jedenfalls nicht ...«, er zog die Uhr heraus, »vor Ablauf der nächsten vierzehn Minuten ...«

Die Zeit verging in nahezu vollständigem Schweigen. Die drei Personen in Mr. Pictons Amtszimmer sprachen so leise, daß wir unmöglich hören konnten, was sie sagten. In unserer Gruppe war wohl jeder viel zu unruhig, als daß er Spekulationen darüber hätte anstellen mögen, wie es weitergehen würde. Der Doktor und Mr. Picton sahen nahezu minütlich auf die Uhr und stießen jedesmal einen tiefen Atemzug der Enttäuschung aus, wenn sie sahen, wie wenig die Zeit vorangeschritten war. Endlich aber war es soweit, und sie konnten nach nebenan zurückkehren. Mr. Picton nickte dem Doktor zu und klopfte dann leise an die Tür. Ohne auf eine Antwort zu warten, trat er ein, hielt dem Doktor die Tür auf und schloß sie uns anderen vor der Nase.

»Stevie!« flüsterte Mr. Moore, aber ich war schon halb auf Cyrus' Rücken und hatte Auge und Ohr am Spalt des Oberlichts, als Mr. Picton fragte: »Nun, Darrow? Sind Sie zu einer Entscheidung gekommen?«

Mit gesenktem Blick sagte Mr. Darrow, wobei er geschäftig, aber erkennbar ziellos in seinen Taschen kramte: »Ich fürchte, Sie werden Ihre Fragen ab sofort an Mr. Maxon richten müssen.«

Mr. Picton machte ein verblüfftes Gesicht. »Ach ja?«

»Ja«, antwortete Mr. Darrow, nach wie vor nicht bereit, Mr. Picton oder dem Doktor ins Gesicht zu sehen. »Mrs. Hunter hat es für richtig gehalten, auf die Beratung durch mich zu verzichten. Aus diesem Grund beabsichtige ich, mit dem nächsten Zug nach Chicago zurückzukehren.«

Mr. Picton und der Doktor wechselten erstaunte Blicke und taten ihr Bestes, weder Erleichterung noch offenkundige Freude zu zeigen. »Das ist doch nicht möglich!« sagte Mr. Picton.

»Bitte ersparen Sie mir die Förmlichkeiten, Mr. Picton«, sagte Mr. Darrow. »Wenn Ihnen danach zumute ist, stimmen Sie ruhig Ihr Triumphgeheul an – Sie haben eine großartige Nummer abgezogen.«

Währenddessen saß Libby Hatch einfach da und sah mit einem Gesichtsausdruck vor sich hin, der deutlich zeigte, daß sie mit Mr. Darrow fertig war. Auf Mr. Maxons Zügen trat zum ersten Mal statt der gewohnten Nervosität eine Art Erleichterung.

»Ich muß zusehen, daß ich die Straßenbahn bekomme und meine Sachen packe«, fuhr Mr. Darrow fort und ging zur Tür. Seine breiten Schultern schienen mir ein wenig herabzuhängen, ich kann es mir aber auch eingebildet haben. »Soweit ich weiß, geht um Mitternacht ein Zug nach Buffalo – dort habe ich dann Anschluß nach Chicago.«

»Nun!« sagte Mr. Picton und zündete sich wieder seine Pfeife an. »Es tut mir wirklich leid, daß Sie nicht dabeisein werden ...«

»Das glaube ich Ihnen gern, Mr. Picton«, sagte Mr. Darrow mit dem Anflug eines Lächelns. Er packte den Türknauf und öffnete, bevor ich mehr tun konnte als Cyrus mit einem Klopfen auf den Kopf anzukündigen, daß ich herunterkommen wollte. Er sprang beiseite, so daß uns zumindest die anderen in Mr. Pictons Zimmer nicht sehen konnten, aber als Mr. Darrow herauskam und die Tür hinter sich schloß, hob er den Blick und sah mich nach wie vor auf Cyrus' Schultern hocken. Ich hatte mehr oder weniger mit einem empörten Vortrag über das Ungehörige unseres Verhaltens gerechnet und war daher sehr überrascht, als er lediglich den Kopf schüttelte, wobei ihm wieder eine Strähne ins Gesicht fiel. Er stieß ein durchaus gutmütig klingendes leises Lachen aus.

»Das stellt alles in den Schatten, was ich je erlebt hab«, sagte er, salutierte mit zwei erhobenen Fingern und trat in den Flur.

Als er das Vorzimmer verlassen hatte, trat Cyrus nach rechts, so daß ich wieder durch das Oberlicht spähen und lauschen konnte. Ich sah, daß der Doktor, Mr. Picton und Mr. Maxon die nach wie vor schweigende Libby Hatch unverwandt ansahen.

»Mrs. Hunter ist bereit, Ihre Bedingungen anzunehmen«, sagte Mr. Maxon und wirkte von Sekunde zu Sekunde gelassener. »Mr. Darrow hat ihr zwar abgeraten, ich hingegen ...«

»Sie brauchen es nicht zu erklären, Maxon«, sagte Mr. Picton gutmütig. »Darrow ist ein Großstadt-Anwalt, der seinen Namen im ganzen Land bekannt machen möchte. Mit einem Handel zwischen Anklagevertretung und Verteidiger ist natürlich kein Ruhmesblatt zu gewinnen, jedenfalls dann nicht, wenn man glaubte, kurz vor einem eindrucksvollen Sieg zu stehen. Aber bestimmt weiß Mrs. Hunter, daß es Ihnen mehr um ihr Interesse als um den eigenen Ruf geht.«

»Vielen Dank, Picton«, sagte Mr. Maxon mit einem Nicken. »Das ist sehr anständig von Ihnen. Alles in allem denke ich, daß es das klügste wäre, Ihre Bedingungen zu akzeptieren. Müssen Sie mit uns jetzt noch etwas besprechen, oder sollen wir alles andere bis zur morgigen Verhandlung zurückstellen?«

Mr. Picton schüttelte den Kopf und sagte: »Nein, das ist alles – es sei denn, Mrs. Hunter möchte eine Erklärung abgeben.«

Libby, die bis dahin reglos dagesessen hatte, schüttelte langsam den Kopf. Dann fiel ihr etwas ein, und sie hob einen Finger. »Da wäre eine Sache«, sagte sie leise. »Mein Bruder Eli. Ich möchte nicht, daß Sie ihm etwas tun. Er hat von der Sache nichts gewußt.«

»Aber doch bestimmt etwas vermutet?« sagte Mr. Picton.

»Werden inzwischen schon Leute vor Gericht gestellt, weil sie einen Verdacht haben?« hielt Libby dagegen. »Nein – ich möchte Ihre feste Zusage, daß Sie nichts gegen ihn unternehmen.«

Mr. Picton nickte. »Machen Sie sich keine Sorgen, Mrs. Hunter. Wenn Sie unserer Absprache zustimmen, erfolgt keinerlei Nachforschung bezüglich dessen, was im Hause Ihrer Eltern vor sich gegangen ist. Ich hoffe, daß ich mich nicht zu ungeschickt ausgedrückt habe …« Mit einem Blick zur Tür rief er dann: »Stevie!«

»Laß mich runter!« flüsterte ich Cyrus zu, der mich an den Armen packte und auf den Boden stellte, wo ich diesmal etwas sanfter landete. Ich steckte den Kopf durch die Tür nach nebenan und sah, wie Mr. Maxon Libby auf die Füße half.

»Stevie, würdest du Henry bitten, daß er kommt und Mrs. Hunter in ihre Zelle zurückbringt?« sagte Mr. Picton.

Ich nickte nur und rannte gleich wieder los – allerdings kam ich diesmal nur bis auf den Vorplatz im ersten Stock.

Dort schritt Henry nervös auf und ab, sog abwechselnd an der Zigarette, die er in der einen Hand hielt, und benagte die Fingernägel der anderen.

»Hören Sie!« rief ich ihm zu. »Mr. Picton sagt, Mrs. Hunter soll in ihre Zelle zurückgebracht werden.«

Sogleich schleuderte er die Zigarette zu Boden, trat sie mit einem seiner schweren Stiefel aus und rannte an mir vorbei in Mr. Pictons Amtszimmer. Ich hatte es selbst noch nicht wieder erreicht, als er bereits mit seiner Schutzbefohlenen herauskam, die ganz so aussah, als wäre ihre Welt gerade in Trümmer gegangen.

Ich hatte keinen Grund, etwas anderes anzunehmen, und während ich zusah, wie sie der Treppe entgegenging, fühlte ich mich deutlich besser, wenn auch auf eine eher stille Weise. Dieses Gefühl steigerte sich noch, als auch Mr. Maxon eilig verschwand. Alle in Mr. Pictons Zimmer Versammelten schienen ebenso zu empfinden wie ich: Sie waren zwar glücklich, aber irgendwie auch benommen von der Schnelligkeit, mit der das Blatt sich gewendet hatte.

Mr. Moore öffnete als erster den Mund. »Nun, Rupert, wie geht es jetzt weiter? Ist es Zeit zu feiern oder…« Er ließ den Satz unbeendet und sah seinen Freund an.

Mr. Picton lächelte nur, zuckte die Achseln und gab sich Mühe, nicht allzu erregt zu erscheinen. »Gemach, John – gemach. Noch muß Richter Brown die Absprache genehmigen, und er schätzt unerwartete Wendungen nicht besonders.«

»Er kann sie aber doch nicht für ungültig erklären, oder?« wollte Miss Howard wissen, die ebenfalls nicht sicher zu sein schien, ob sie endgültig aufatmen durfte. »Immerhin hat die Angeklagte zugestimmt.«

»Ich bin ausgesprochen abergläubisch, Sara«, entgegnete Mr. Picton und begann, einige Papiere auf seinem Schreibtisch zu ordnen. »Bestimmt ist Ihnen das nicht entgangen. Ich möchte keine Voraussagen über das machen, was morgen früh geschehen wird.«

»Und Sie, Doktor?« fragte Lucius.

Der Doktor war ans Fenster getreten und sah auf die presbyterianische Kirche hinab. »Hm?« machte er.

»Wollen Sie irgendwelche Voraussagen machen?« fragte Lucius. »Oder haben Sie immer noch das Gefühl, daß mit der Sache etwas nicht stimmt?«

»Nicht mit der *Sache*, Lucius«, antwortete der Doktor. »Mit der Frau. Die Absprache ist hieb- und stichfest, und ich bin überzeugt, daß Richter Brown sie trotz seines ausgeprägten Starrsinns akzeptieren wird.«

Mr. Picton sog Luft durch die Zähne, und obwohl er lächelte, schien er sich mehr als nur ein wenig unbehaglich zu fühlen. »Es wäre mir wirklich lieber, Doktor, Sie sagten so etwas nicht…«

»Na hör mal, Rupert!« meldete sich Mr. Moore zu Wort, dessen Stimmung schon wieder ihrem Höhepunkt zustrebte. »Überlaß diesen Mumpitz den finsteren Bereichen der Welt! Du bist in diesem Fall Herr deines eigenen Geschicks, ich weiß wirklich nicht, wie du das hättest deutlicher zeigen können. Du und Kreisler – ja, und du auch, Sara. Ihr habt einen Knalleffekt bewirkt, und ich bin der Ansicht, wir sollten zu dir nach Hause gehen und einigen Flaschen von dem exzellenten Schampus den Hals brechen, die ich hinten in einer Ecke deines Kellers gesehen habe.«

»Ich kann mich seinen Worten nur anschließen«, sagte Marcus. »Wir haben so lange in den Sielen gelegen, daß wir gar nicht mehr wissen, wie es ist, wenn man einen ordentlichen Erfolg landet. Ach was, ordentlicher Erfolg – wir haben die Gegenseite in der Luft zerrissen!«

Cyrus sah den Doktor aufmerksam an und sagte: »Es sieht tatsächlich so aus, als hätte sich das Blatt gewendet.«

Auch ich hatte das Gefühl, von dem zunehmenden Siegestaumel mitgerissen zu werden, doch dann kam mir ein praktischer Gedanke. »Und was ist mit Kat?« fragte ich. »Müßten wir uns nicht mit ihr in Verbindung setzen?«

»Noch nicht, Stevie«, sagte der Doktor rasch. »Erst, wenn Richter Brown die Absprache gebilligt hat und sie amtlich ist. Wenn Miss Devlin irgend etwas Auffälliges unternähme, bevor wir wieder in New York sind und ihr helfen können, würde sie sich damit nur in Gefahr bringen.«

Ich nickte dazu und durchdachte die Sache. Es schien mir wirklich keinen Grund zu geben, warum wir nicht zum Haus zurückkehren und feiern sollten. »Warum stehen wir dann noch hier rum?« fragte ich. »Und wieso freuen sich nicht alle wie verrückt?«

Miss Howard wandte sich mir zu. »Denk an die Männer in Stillwater«, sagte sie. »Man hätte nicht glauben sollen, daß die etwas zu fürchten haben – das Haus der Muhlenbergs ist vor Jahren abgebrannt. Trotzdem ist ihre Angst nie von ihnen gewichen ...«

»Papperlapapp, wie meine Großmutter immer zu sagen pflegte«, hielt Mr. Moore dagegen. »Die Frau sitzt hinter Schloß und Riegel, und ihr Schicksal ist besiegelt. Los, wir gehen jetzt nach Hause und klopfen uns gegenseitig auf die Schulter!«

»Ja«, stimmte Mr. Picton schließlich mit einem Nicken zu. »Ich denke auch, daß wir uns zumindest einen Abend frei von Sorgen gönnen sollten. Warum gehen Sie nicht alle schon mal vor? Ich möchte nur noch dies und jenes durchgehen und meinen Vorschlag an Richter Brown schriftlich fixieren. Ich wäre dir aber dankbar, John, wenn du mir einen Schluck Champagner übrig ließest.«

So traten wir denn hinaus in die laue Nacht und machten uns, kräftig ausschreitend, auf den Heimweg. Als wir die High Street entlangzogen, stieg unsere Stimmung immer mehr, und wenn ich auch nicht unbedingt sagen kann, daß wir im siebten Himmel schwebten, als wir Mr. Pictons Haus erreichten, so jubelten wir doch laut heraus, als wir entdeckten, daß unser Gastgeber angerufen und Mrs. Hastings beauftragt hatte, einige Flaschen Champagner heraufzuholen und kalt zu stellen. Das Abendessen stand schon auf dem Tisch, und noch nie zuvor hatte das Ergebnis des Wirkens der liebenswerten alten Haushälterin so verlockend ausgesehen: Es gab gebratenen Kapaun, kaltes Lammcurry mit Rosinen, auf verschiedene Weisen zubereitete köstliche Kartoffeln (darunter mit Salz bestreute Bratkartoffeln für mich) – und eine Fülle von Gemüse, das Bauern aus der Umgebung am selben Tag angeliefert hatten. Dann waren da noch Torteletts mit frischen Erdbeeren und hausgemachtes Speiseeis. Es war ein so verlockender Schmaus, daß wir es nicht fertigbrachten, auf unseren Gastgeber zu warten, sondern gleich darüber herfielen. Je mehr wir aßen und tranken, desto lauter wurde unser Gelächter und desto höher schlugen die Wellen unserer guten Laune. Obwohl ich nur Limonade trank, war ich schon bald ebenso der allgemeinen Stimmung hingegeben wie die Champagner trinkenden Erwachsenen. Ich glaube kaum, daß irgendeiner von uns in dieser Gemütsverfassung merkte, wie die Zeit verging: Wir hätten die ganze Nacht am Tisch sitzen bleiben können, so mächtig war das Gefühl der Erleichterung, war das Bewußtsein, daß wir endlich vor einem glücklichen Abschluß des Falles Libby Hatch standen.

Dann, unmittelbar vor Mitternacht, hörten wir in der Ferne eine Glocke läuten.

Marcus fiel es als erstem auf. Während wir uns laut lachend Mr. Moores Bericht anhörten, wie ihn bei seiner Fahrt nach New York vor einer Weile ein Haufen Hudson Dusters um den Abingdon Square gejagt hatte, neigte der Kriminalbeamte mit einem Mal den Kopf und sah zum Fenster hinüber. Er hörte zwar nicht auf zu lächeln, aber sein Gelächter erstarb bald.

»Was zum Teufel«, murmelte er, »habt ihr das gehört?«

»Was sollen wir gehört haben?« wollte Mr. Moore wissen, der gerade mit Nachschub an Champagner aus dem Keller kam. »Sie hören Gespenster, Marcus...«

»Nein, es ist ganz deutlich«, sagte Marcus, nahm die Serviette vom Schoß und stand auf. »Es ist Glockenläuten.«

Aus dem Augenwinkel sah ich, wie der Kopf des Doktors hochruckte: Auch er hatte inzwischen das Geräusch gehört, wie wir alle.

»Was um alles in der Welt soll das?« fragte Lucius.

El Niño eilte zur Fliegentür am Eingang. »Kommt von Kirchturm!« rief er uns über die Schulter zu.

»Ein Gottesdienst?« sagte Cyrus. »Eine Mitternachtsmesse im August?«

Mit einem Mal empfand ich Unbehagen und sah zum Doktor hinüber, der eine Hand hob, um uns allen Schweigen zu gebieten. Als es allmählich ruhiger wurde, hörte man über dem rhythmischen Zirpen der Grillen und Heuschrecken draußen ein anderes Geräusch: die Stimme eines Mannes, der verzweifelt um Hilfe rief.

»Picton«, flüsterte der Doktor.

»Das ist nicht Ruperts Stimme«, gab Mr. Moore sogleich zur Antwort.

»Ich weiß«, sagte der Doktor, »gerade das macht mir Sorgen.« Mit diesen Worten lief er zur Haustür, von uns anderen in kurzem Abstand gefolgt.

# Kapitel 51

Zielstrebig rannten wir die High Street entlang zum Gerichtsgebäude. Alle Freude, die wir beim Abendessen empfunden hatten, war mit einem Schlag verflogen, und die Erwachsenen schienen ziemlich schnell nüchtern geworden zu sein. Etwa auf halbem Wege merkten wir, daß das Läuten vom Turm der presbyterianischen Kirche kam: kein gutes Zeichen. Als wir über den Gehsteig rannten, flammte in verschiedenen Häusern entlang des Weges Lichtschein auf, doch nur wenige Wagemutige traten im Nachtgewand vor die Tür, um zu sehen, was los war. Ein Zipfel des Geheimnisses hob sich erst, als wir das Gerichtsgebäude fast erreicht hatten. Mit einem Mal wurde mir klar, daß ich die Stimme kannte, die da um Hilfe schrie.

»Es ist der andere Wachmann!« rief ich dem Doktor zu. »Der an der Tür war, als wir gegangen sind.«

»Bist du sicher?« rief der Doktor zurück.

»Ich hab mit ihm gesprochen, bevor Libby aus der Zelle geholt wurde!« antwortete ich und lauschte erneut auf die Stimme. »Ja, das ist er.«

Während ich in die fast vollständige Finsternis vor uns spähte – zwischen Mr. Pictons Haus und dem Gerichtsgebäude standen nur zwei oder drei Straßenlaternen –, versuchte ich, irgendwelche Anzeichen menschlichen Tuns zu entdecken. Dann merkte ich, daß die Glocke nicht mehr tönte. Kurz bevor wir am Ziel waren, sah ich eine Gestalt auf der Treppe vor dem Gerichtsgebäude, die heftig mit den Armen wedelte.

»Das ist er!« rief ich.

Auf das Gesicht des Doktors, der sein Tempo nicht verminderte, trat ein entsetzter Ausdruck, als er begriff, daß ich recht hatte. Schon bald standen wir dem von Panik gezeichneten Mann gegenüber.

»Um Gottes willen!« sagte der Wachmann und wies nach unten. »Gehen Sie rein, Doktor, versuchen Sie, ihnen zu helfen! Ich muß Sheriff Dunning holen.«

»Aber was ...«, setzte der Doktor an, aber der Wachmann machte sich schon auf.

»Helfen Sie ihnen, bitte!« rief er noch im Davoneilen.

Marcus sah ihm erstaunt nach. »Warum zum Kuckuck hat er nicht angerufen?«

»Er hat wohl vor Angst den Verstand verloren«, sagte der Doktor wie beiläufig und rang nach Atem. »Und dafür kann ich mir nur einen Grund denken – kommt!«

Er betrat das Gerichtsgebäude als erster und eilte zur Tür hinter dem Schilderhäuschen. Dahinter lag eine steinerne Treppe. Da er sie bei seinen Gesprächen mit Libby Hatch schon viele Male hinab und hinauf gegangen war, verlangsamte der Doktor seine Schritte nicht im geringsten und führte uns rasch in die Tiefen des Kellers unter dem Gebäude. Dabei murmelte er immer wieder vor sich hin: »Wie kann man nur so dumm sein – wie kann man nur so dumm sein!«

In einem nur schwach erleuchteten Raum, um den herum die verschiedenen Zellen lagen, blieb er unvermittelt stehen – wie auch wir, als wir sahen, welches Bild sich uns bot.

Vor einer der steinernen Wände saß, den Oberkörper an die Mauer gelehnt, der Wachmann Henry mit weit aufgerissenen Augen. Sein Unterkiefer stand in einem merkwürdigen Winkel ab, und seine Kehle war von einem Ohr zum anderen durchgeschnitten. Obwohl seine Brust mehrere Stichwunden aufwies, blutete er nicht – nicht mehr. Es schien, als sei alles in seinem Körper enthaltene Blut bereits ausgetreten; es hatte seine Kleidung getränkt und bildete auf dem Boden unter seinem und um seinen Körper eine riesige dunkle Lache.

Ihm gegenüber befand sich Mr. Picton, wie der Wachmann an die Wand gelehnt. Auch er hatte einige schreckliche Wunden in der Brust sowie einen häßlichen Schnitt an der Halsseite, aber im Unterschied zu Henry glomm in seinen geöffneten Augen noch ein schwacher Lebensfunke, und sein Mund schien nach Luft zu schnappen, wenn auch in mühseligen kleinen Schluckbewegungen.

Die Blutlache um ihn herum war nicht annähernd so groß wie die, welche den toten Wachmann umgab.

Während wir übrigen voll Schauder das Bild betrachteten, ging der Doktor sogleich zu Mr. Picton hinüber und untersuchte rasch dessen Wunden. »Cyrus!« rief er. »Meine Arzttasche; sie ist im Haus!« Wortlos verschwand Cyrus die Treppe hinauf. »Detective Sergeant!« fuhr der Doktor mit einem Blick zu Lucius fort. »Und Sie, Sara – helfen Sie mir! John, Marcus, wir brauchen Verbandzeug – reißt eure Hemden in Streifen!«

Alle taten, wie ihnen geheißen, und ich trat mit El Niño zögernd hinter die anderen. Der Anblick war so grauenerregend, daß zumindest ich das Vorgefallene nicht sogleich zur Gänze erfaßte. El Niño hingegen – der im Lauf seines Lebens wohl schon so einiges brutale Blutvergießen erlebt hatte – schien augenblicklich zu erfassen, was vorgefallen war: Er ließ sich auf die Knie sinken, neigte einen Augenblick lang den Kopf, hob ihn dann und sah mit großen, verzweifelten Augen zur Decke hoch. Dann ließ er unvermittelt einen langen, schrecklichen Klagelaut ertönen, der wie das Geheul eines Wolfes die Nacht durchdrang und mir zum ersten Mal klarmachte, was ich da eigentlich sah.

»Jefe!« jammerte er und begann zu weinen. »Señor Picton, nein! Nein!«

Beim Klang von El Niños Kummerlauten wandte Mr. Picton den Kopf ganz leicht, eine Bewegung, die ihm starke Schmerzen zu bereiten schien. Während er den Blick hob und zusah, wie der Doktor, Lucius und

Miss Howard seine Wunden verbanden, versuchte er, genug Speichel zu sammeln, um sprechen zu können.

»Großer Gott…«, stieß er hervor. »Ganz schön viel Lärm für einen so kleinen Mann…«

»Du mußt still sein, Rupert«, sagte Mr. Moore, der wie Marcus eifrig damit beschäftigt war, aus seinem Hemd Stoffstreifen herzustellen. Der Anblick seines alten Freundes, der dort so schwer verletzt am Boden lag, schien ihn zu Tränen zu rühren; aber er biß die Zähne zusammen und beschäftigte sich weiter mit seiner Aufgabe. »Du kommst wieder auf die Beine, aber halt doch *bitte* ein einziges Mal den Mund!«

Mr. Picton stieß ein leises Lachen hervor, was ihn schmerzlich zusammenzucken ließ. »Tut mir leid, John«, flüsterte er. »Tut mir leid, daß ich immer zuviel geredet habe… Ich weiß, daß es dir manchmal auf die Nerven gegangen ist…«

»Sei nicht albern«, sagte Mr. Moore, dem es immer schwerer fiel, seine Tränen zurückzuhalten.

»Und der Doktor…«, fuhr Mr. Picton fort und sah auf den Mann, der sich bemühte, seine Wunden zu verbinden und die Blutungen zum Stillstand zu bringen. »Sie wollten immer… wissen… warum ich so war… wollten meinen Kontext… erfahren…« In einem plötzlichen Hustenanfall spie er dem Doktor Blut auf die Brust, ohne daß dieser seine Bemühungen unterbrach. »Ich wollte es Ihnen sagen…«, fuhr Mr. Picton fort. »Ich wollte es Ihnen sagen…«

»Mr. Picton, Sie müssen auf John hören«, mahnte ihn der Doktor. »Es ist äußerst wichtig, daß Sie nicht reden.«

»Das hab ich doch schon mal gehört…«, stieß Mr. Picton hervor. Dann versuchte er ein- oder zweimal verzweifelt einzuatmen, wobei eine Art Krampf seine Brust schüttelte, der aber nach einer Weile wieder nachzulassen schien. Dann sah er mit dem linken Auge zur Leiche des Wachmanns Henry hinüber. »Ich hab ihn… hier… liegen sehen…« Ein weiteres leises Lachen folgte. »Der Dummkopf… In wie vielen Geschichten… wahren oder erfundenen… lassen sich Gefängniswärter… von einer Gefangenen verführen, Doktor…«

»Bitte, Rupert«, sagte Miss Howard, die selbst den Tränen nahe zu sein schien. Sie legte ihm zwei blutbeschmierte Finger auf die Lippen und lächelte schwach. »Versuchen Sie still zu liegen. Ich weiß, daß es Ihnen schwerfällt…«

Mr. Picton zog den Kopf von ihren Fingern fort und lächelte sie an. »Sara… man soll… mein Sterben… so wenig… wie möglich… stören.« Mit einem weiteren Blick auf Henry fuhr er fort, wobei er noch einmal unter großer Mühe keuchend Luft holte: »Ich würde sagen… es gibt Hunderte… solcher Geschichten… Da sieht man… was für ein Analphabet… der Mann war… Wenn das nicht… interessant ist…« Er begann erneut, Blut zu husten, was ihm diesmal größere Schmerzen zu bereiten schien. Er packte den Doktor am Jackettaufschlag, wobei seine Augen weit hervortraten. »Sie... war es nicht...«, stieß er hervor, wobei ihm Blut aus dem Mund und in den Bart lief. »Sie hat *ihn*... aufgefordert... mich umzubringen... Aber der Trottel... hat nicht mal das... richtig hingekriegt...« Er lehnte sich gegen die Mauer, wobei sein Gesicht entsetzlich bleich wurde, und fügte hinzu: »Dann hat sie ihn... umgebracht... Es ist über eine Stunde her... Sie hat also... einen großen Vorsprung... Sie müssen ihr nach... *nach*...«

»Rupert, sei um Gottes willen still!« sagte Mr. Moore, dem die Tränen jetzt ungehemmt über die Wangen liefen.

Mr. Picton lächelte ihm noch einmal zu und versuchte, uns dann alle anzusehen.

»Ihr habt alle... Ich möchte euch danken...« Wieder nach dem Jackettaufschlag des Doktors fassend, flüsterte er: »Wenn man... mich beerdigt, Doktor... achten Sie auf die Gräber... Meine Angehörigen... ein Hinweis...«

Dann fiel sein Kopf zur Seite, und der silberne Glanz wich aus seinen Augen. Sie waren erloschen.

Der Doktor faßte nach Mr. Pictons Halsschlagader, zog seine Uhr hervor, klappte den metallisch glänzenden Deckel auf und hielt ihn Mr. Picton unter die blutbedeckte Nase. »Noch atmet er«, verkündete er und machte sich wieder an die Arbeit. »Aber nur ganz schwach.«

Schritte hallten die steinerne Treppe herab, dann tauchte Cyrus mit der schwarzen Arzttasche des Doktors auf. Mrs. Hastings, die ihm in kurzem Abstand folgte, schlug beim Anblick der blutigen Szene auf dem Fußboden beide Hände vor den Mund.

»Ach, Euer Ehren!« sagte sie mit tränenerstickter Stimme und trat neben den Doktor. »Ach, Euer Ehren, nein!«

»Mrs. Hastings«, sagte der Doktor, dem offenbar darum zu tun war, möglichst jeden zu beschäftigen. »Mrs. Hastings!« wiederholte er und packte die Frau am Arm, damit sie ihm zuhörte. »Wissen Sie, ob Dr. Lawrence in seiner Praxis alles für eine Operation Erforderliche hat? Wir können Mr. Picton nicht bis Saratoga transportieren, ihm aber auch hier unten nicht die nötige Hilfe leisten.«

Sie versuchte, ihr Schluchzen zu unterdrücken, und nickte. »Ja, ich glaube... das heißt, wir haben meinen Mann hingebracht, als er... ach, Euer Ehren, ich ertrage es nicht!«

»Hören Sie zu!« sagte der Doktor. »Gehen Sie mit dem Detective Sergeant zum Haus, und rufen Sie Dr. Lawrence an.« Mit einem Nicken wies er auf Marcus, der sich das Jackett über das Unterhemd gezogen hatte. »Sagen Sie ihm, er soll alles vorbereiten. Dann gehen Sie zu Mr. Wooley in den Mietstall. Er soll seinen am besten gefederten Wagen mit allem auspolstern, was er zur Verfügung hat. »Würden Sie das bitte tun, Mrs. Hastings?« Bei diesen Worten faßte er kräftiger nach dem Arm der vom Kummer überwältigten Frau.

»Ich …« Sie nickte und versuchte, sich zusammenzunehmen. »Ja, Doktor. Wenn mir der Detective Sergeant dabei hilft.«

»Kommen Sie, Mrs. Hastings«, sagte Marcus und geleitete sie zur Tür. »Wenn wir uns beeilen, wird alles gut.«

Während die beiden den Raum verließen, fuhr der Doktor fort, Mr. Pictons Wunden zu verbinden. »Ja – hoffentlich sind sie schnell genug …«, sagte er leise. In seiner Stimme lag nicht viel Hoffnung.

Bei diesen Worten ging mir zum ersten Mal auf, daß Mr. Picton tatsächlich sterben könnte, und zusammen mit der schrecklichen Trauer, die diesen Gedanken begleitete, kam mir die Erkenntnis, wer hinter dem Angriff auf ihn stand und was das Ganze zu bedeuten hatte: Libby Hatch war auf freiem Fuß und höchstwahrscheinlich auf dem Weg nach New York.

»Was ist mit der Frau?« fragte Lucius den Doktor, dem er beim Verbinden zur Hand ging. »Mr. Picton hat recht – sie hat einen großen Vorsprung.«

»Daran können wir nichts ändern«, gab der Doktor zur Antwort. »Wir schulden diesem Mann zu viel – wir müssen alles für ihn tun, was menschenmöglich ist. Außerdem müssen wir mit Sheriff Dunning sprechen. Ich möchte, daß deutlich gemacht wird, was hier vorgefallen ist, damit wir diesmal beim Versuch, ihr das Handwerk zu legen, ganz offiziell vorgehen können.«

Unter dem Eindruck all des Blutes im Raum konnte ich nur an eines denken: Was würde mit Kat geschehen, wenn Libby wieder in New York war? Mitternacht war vorüber – es war um diese Zeit schwer, vielleicht sogar unmöglich, rechtzeitig eine Nachricht an Betty durchzugeben, damit sie zu den Dusters hinüberlief und Kat davon in Kenntnis setzte, wessen Ankunft bevorstand. Was wird geschehen? fragte ich mich mit zunehmender Beklemmung. Meine Hände wurden kalt, und unruhig trat ich von einem Fuß auf den anderen. Wenn die Frau dem armen Mr. Picton das hatte antun können, ganz zu schweigen von dem breitschultrigen Toten, der ihm gegenüber an der Wand lehnte, was würde dann erst mit Kat geschehen …

Ich spürte ein Zupfen hinten an meinem Hemd. Ich wandte mich um und sah El Niño, der seinen Kummer fürs erste abgeschüttelt zu haben schien: Statt der Tränen erkannte ich in seinen Augen ein leuchtendes Feuer, und sein Gesicht zeigte mir zum ersten Mal, welcher Art von Gewalttat er wohl fähig war, wenn man ihn nur genug reizte. In jenem Augenblick sah ich keinen liebenswerten kleinen Eingeborenen vor mir, sondern einen Mann, den man in jungen Jahren gewaltsam aus seiner Stammesgemeinschaft herausgerissen und in die Sklaverei verkauft hatte, aus der er entflohen war, um forthin ruhelos als Söldner durch die Welt zu ziehen.

»Señorito Stevie«, flüsterte er und drängte mich zur Treppe hinüber, während die anderen Mr. Picton ihre ungeteilte Aufmerksamkeit zuwandten. Ich folgte ihm, ohne den Blick von den sich rasch und kundig bewegenden Händen des Doktors zu lösen.

»Señorito Stevie«, wiederholte El Niño, als uns die anderen nicht mehr hören konnten. »Muß fort.«

»Fort? Wohin?« fragte ich mit einem kurzen Blick auf sein Gesicht, das noch entschlossener wirkte als zuvor.

»*Jefe* muß sterben«, sagte El Niño, und trotz des sachlichen Klangs verriet seine Stimme nach wie vor, wie tief sein Kummer war. »Wunden oft gesehen. Augen von Señor Doktor sagen, Señor Picton retten – kann aber nicht. Viele Stunden. Nicht bleiben, wenn *jefe* tot. Muß fort.« Mit einem Mal tauchte der blitzende Kris aus seinem Frack auf. »Spur von Frau finden. Für Señor Picton. Er mir Leben geben – Leben von Señor rächen.«

»Warum sagst du mir das?« fragte ich und wandte mich ihm ganz zu.

»Die mich nicht gehen lassen«, sagte er und nickte zu den anderen hinüber. »Mich festhalten wollen – dich auch.«

»Mich?« fragte ich.

»Nicht warten, bis *jefe* tot«, sagte der Eingeborene. »Nicht, wenn Freundin von Señorito Stevie und Baby Ana retten. Gehen mit mir, Señorito Stevie, jetzt. Stevie kennt Orte, wohin. Ich stark«, er sah auf den geflammten Dolch in seiner Hand hinab, »alles tun. Die nicht erlauben, wenn ihnen sagen.«

Ich wandte mich um und sah zum Doktor hin. Ich hatte verstanden, was El Niño meinte. Bei der leisesten Andeutung, daß ich mich allein um Kats Sicherheit kümmern wollte, würde der Doktor es mir sofort verbieten. Er hatte mir von Anfang an erlaubt, mich an dem Fall zu beteiligen, weil ich ihm versprochen hatte, mich nicht unnötig in Gefahr zu bringen – und höchstwahrscheinlich würde es ihm zu gefährlich erscheinen, wenn ich im Versuch, Kat zu beschützen, allein nach New York aufbrach. Vermutlich hatte er mit dieser Annahme auch recht.

»Aber«, flüsterte ich, »wie würden wir ... wo ...«

»Nicht schwer«, sagte El Niño. »Señorito Stevie und El Niño wissen.«

Ich dachte einige Sekunden lang darüber nach. »Sie würden annehmen, daß wir mit der Bahn fahren wollen«, sagte ich, laut nachdenkend. »Also würden sie versuchen, uns am Bahnhof abzufangen. Wir könnten ein Pferd aus dem Mietstall stehlen, bis Troy reiten und von da den Schnellzug nehmen ...«

Der Eingeborene legte mir fest die Hand auf die Schulter. »So gut. Señorito Stevie und El Niño machen.«

Ich holte ein paarmal tief Luft, um das Hämmern in meiner Brust zu beruhigen, das mir die Vorstellung von Mr. Pictons möglichem Tod und der Gefahr verursacht hatte, in der Kat mit einem Mal schwebte, und nickte dann. »Schön«, sagte ich. »Nur eins noch ...«

Ich trat an die Tür zum Treppenhaus und zischte leise in Mr. Moores

Richtung. Ich mußte es mehrfach wiederholen, bis er es endlich merkte und sich umwandte.

»Mr. Moore!« flüsterte ich, dann winkte ich ihn zu mir.

Mit langsamen Bewegungen und ohne den Blick von Mr. Picton zu lösen, trat er zu uns auf die Treppe. »Was gibt's, Stevie?«

»Mr. Moore«, sagte ich und trat unruhig von einem Fuß auf den anderen. »Ich hab … wir haben … wir verschwinden hier. Jetzt.«

Das erweckte seine Aufmerksamkeit, und er wandte mir sein tränenüberströmtes Gesicht zu. »Was meinst du damit?«

»Sie hat 'nen großen Vorsprung«, antwortete ich. »Sie und die anderen müssen sich um Mr. Picton kümmern und die Sache mit dem Sheriff klären. Bis das erledigt ist …«

Mr. Moore dachte einen Augenblick lang darüber nach und sah dann wieder zu Mr. Picton hinüber. »Aber was könnt ihr …« Dann wandte er sich uns zu, und sein Blick blieb an El Niños Kris hängen. Er zog das Gesicht finster zusammen, aber es lag keine Mißbilligung darauf. »Und wie wollt ihr hinkommen?«

»Das schaffen wir schon«, sagte ich. »Wir brauchen nur 'nen kleinen Vorsprung, bevor jemand was merkt.«

Mit einem erneuten Blick auf seinen blutbedeckten Freund griff Mr. Moore in die Tasche. »Geld braucht ihr auch«, sagte er sachlich.

»Sie wollen uns helfen?« sagte ich erleichtert.

Mr. Moore nickte. »Kreisler wird mich dafür zwar ungekocht frühstücken«, flüsterte er. »Aber es gibt keine andere Möglichkeit.« Er nahm die Geldbörse heraus, gab mir ein Bündel Banknoten – offenbar alles, was er bei sich hatte – und legte dann eine Hand auf meine und die andere auf El Niños Schulter. »Sagt mir nicht, wie ihr hinkommen wollt – ich kann nichts ausplaudern, was ich nicht weiß. Und gebt auf euch acht. Wir folgen euch so bald wie möglich. Sowie …«

»Ich weiß«, sagte ich. »Und sagen Sie dem Doktor …« Ich sah noch einmal zu dem Mann hinüber, der so viel für mich getan hatte und den ich jetzt hinterging. »Sagen Sie ihm, daß es mir leid tut …«

»Ist klar«, sagte Mr. Moore. »Mach dir keine Sorgen – und vergeudet keine weitere Zeit. Geht einfach und tut, was ihr tun müßt.« Er warf mir einen bedeutungsvollen Blick zu. »Vorwärts, Stevepipe …«

Dann wandte er sich ab und kehrte zu den anderen zurück, während El Niño und ich leise, aber flink und mit der Übung zweier Menschen die steinerne Treppe emporstiegen, die es sich in vielen Jahren angewöhnt hatten, sich verstohlen zu bewegen.

# Kapitel 52

An Mr. Wooleys Mietstall angekommen, sahen El Niño und ich, daß der Besitzer auf war. Gerade fuhren nämlich Mrs. Hastings und Marcus in der Kutsche fort, die Mr. Wooley entsprechend der Anweisung des Doktors mit einer Federkernmatratze im Wagenkasten ausgepolstert hatte. Wir warteten, bis der Mann ins Haus zurückgekehrt war, denn er wäre wohl kaum bereit gewesen, uns eines oder zwei seiner Tiere zu leihen. Dann rannten wir hinüber zum Stall, wo ich ein großes, aber einfaches Vorhängeschloß öffnete, das meinem Dietrich keinen großen Widerstand entgegensetzte. Im Inneren sah ich mich nach dem kleinen Morgan-Hengst um, den ich als stark und zuverlässig kennengelernt hatte. Als ich ihn gefunden hatte, forderte ich El Niño auf, Zaumzeug und einen Sattel herbeizuschaffen. Unterdessen suchte ich in einem alten Pult neben der Tür nach einem Bleistift und einem Stück Papier. Darauf teilte ich Mr. Wooley mit, wo er sein Tier wiederfinden würde (nämlich am Bahnhof von Troy). Dann faltete ich den Zettel über einem Geldschein zusammen, der mir als »Leihgebühr« mehr als ausreichend erschien.

Bis ich fertig war, hatte El Niño den Hengst aufgezäumt und gesattelt. Offenbar hatte er in Französisch-Indochina eine Zeitlang einer berittenen Räuberbande angehört. Also half ich ihm, die Steigbügel zu verkürzen, ließ ihn vorn im Sattel sitzen und die Zügel halten, stieg hinter ihm auf und hielt mich an seinen Schultern fest. Leise ging es im Schritt an Mr. Wooleys Haus vorüber. Als wir uns dem südwestlichen Ende der Stadt näherten, fielen wir dann in Trab, und auf der Straße nach Malta gab der Eingeborene dem Tier den Kopf frei, so daß wir in beruhigendem Tempo dahinflogen, wenn wir dabei auch ordentlich durchgeschüttelt wurden.

Bis Troy waren es mehr als dreißig Kilometer, aber der kleine Hengst legte die Strecke trotz der Belastung durch zwei Reiter in erstaunlich kurzer Zeit zurück, ganz wie ich es erwartet und erhofft hatte. Weniger ermutigend war, was wir am Bahnhof erfuhren: Wir hatten den letzten Personenzug nach New York verpaßt; der nächste fuhr erst am nächsten Morgen um sechs Uhr. Da aber in weiteren zwanzig Minuten ein Güterzug der *West Shore Railroad* durchkommen sollte, ließen wir unser treues Tier zurück und schlichen uns an den Rand des Güterbahnhofs, wo wir auf eine Gelegenheit warteten, auf einen der gedeckten Wagen aufspringen zu können, wenn der Zug sich bei der Fahrt durch die Stadt verlangsamte. Zwar war dieses Transportmittel nicht besonders bequem, und wir würden auch weniger von der Landschaft mitbekommen als bei der Fahrt mit dem Personenzug, denn die Güterzüge nahmen eine völlig andere Strecke, die im Süden über Poughkeepsie verlief. Es erwies sich aber, daß uns damit viel mehr gedient war, da der Zug auf dem Weg nach Süden so gut wie nie Halt machte. Sein Bestimmungsbahnhof war der Ort Weehawken im Bundesstaat New Jersey, genau gegenüber von Manhattan. Von dort aus gab es eine Fähre über den Hudson, deren Betrieb nachts nicht eingestellt wurde und die an der Franklin Street anlegte, nur etwa fünfundzwanzig Nebenstraßen südlich vom Hauptquartier der Dusters in der Hudson Street.

Trotz allem stimmte uns die Fahrt keineswegs heiterer. Während ihres ersten Teils saß El Niño einfach in der offenen Tür unseres Waggons und starrte in die schwarze Landschaft hinaus, die uns umgab. Nichts, was ich sagte, konnte ihn trösten. Ich muß allerdings zugeben, daß meine Bemühungen nicht besonders entschlossen waren. Nicht nur war mir selbst über Mr. Pictons Schicksal fast das Herz gebrochen, ich machte mir auch viel zu große Sorgen um Kat, als daß ich die Kraft gehabt hätte, zu behaupten, es werde alles gut werden. Als daher südlich von Poughkeepsie das Westufer des Hudson in Sicht kam, setzte ich mich einfach neben El Niño und starrte trübselig auf den Fluß hinaus, wobei ich mich vergeblich bemühte, nicht darüber nachzudenken, wieviel Blut Mr. Picton in der langen Zeit verloren haben mußte, in der er allein dort auf dem Boden im Keller des Gerichts gelegen hatte, oder wie eilig Libby Hatch es wohl gehabt hatte, das Weite zu suchen.

Klar war, daß sie längst in New York wäre, bis wir eintrafen. Die einzige Frage lautete, was sie dort als erstes tun würde. Galt ihre Hauptsorge der Bemühung, alle Spuren zu tilgen, die zu Ana Linares führten, sich von Goo Goo Knox so viel Geld zu besorgen, wie sie bekommen konnte, um dann im Westen des Landes unterzutauchen, wo so mancher gesuchte Verbrecher unter falschem Namen ein neues Leben gesucht und gefunden hat? Das wäre das Nächstliegende gewesen, aber Libby Hatch hatte bis dahin noch nie getan, was am nächsten lag. Bei aller Klugheit und Gerissenheit, die sie bisweilen geradezu außerordentlich erscheinen ließ, hatte im Grunde tödliche Unsinnigkeit all ihr Handeln gekennzeichnet, ihr ganzes Leben lang. Sofern ich ihre nächsten Schritte vorhersagen wollte, mußte ich wie der Doktor denken und durfte mich nicht auf meine lebenslange Erfahrung unter Kriminellen verlassen, deren Ziele sich an der Wirklichkeit ausrichteten.

Als wir nach New Jersey hinüberfuhren und die Morgendämmerung den Himmel mit einem eigentümlichen blauen Schimmer überzog, versuchte ich mich auf meine Aufgabe zu konzentrieren. Dabei stieß ich auf eine einzige Erwägung, die mir eine gewisse Hoffnung gab: Nach allem, was Libby in Ballston Spa durchgemacht hatte und was dabei über ihr aus Mord und Zerstörung bestehendes Leben entdeckt und enthüllt worden war, würde sie mehr denn je den Wunsch empfinden, wenn nicht sogar das Bedürfnis, Ana am Leben zu erhalten – um endlich zu beweisen, daß sie doch imstande war, sich in angemessener Weise um ein Kind zu kümmern. Es konnte kein Zweifel daran bestehen, daß sie versuchen würde, aus der Stadt zu verschwinden, aber dabei würde sie das Kind vermutlich mitnehmen. Solange sie keine Schritte unternahm, Ana zu schaden, gäbe es für Kat keinen Anlaß einzuschreiten, um dabei womöglich den Tod zu finden. Immer wieder versicherte ich mir, daß die Überlegungen, die zu dieser Schlußfolgerung geführt hatten, stichhaltig seien, und klammerte mich fest an sie, als unser Zug auf seinem Weg nach Weehawken an den »Palisades« vorüberdampfte.

Sobald Weehawken in Sicht kam, sprangen El Niño und ich ab und strebten im Laufschritt dem Fähranleger entgegen, nach wie vor ohne ein Wort miteinander zu wechseln. Es zeigte sich immer deutlicher, wie sehr der Eingeborene mit seinem Vorhaben verschmolz: Nachdem er alle Hoffnungen für ein neues Leben auf Mr. Picton gesetzt hatte, war er jetzt entschlossen, sich zu rächen. Das war in der Welt, aus der er kam, offenbar unumgänglich. Während wir den Hudson überquerten, spitzte er nicht nur unablässig seine Pfeile zu, wetzte seinen Dolch und richtete seinen kurzen Bogen, er mischte auch verschiedene Pulver aus kleinen Beutelchen in ein kleines Holzgefäß, das eine klebrige Masse enthielt. Vermutlich handelte es sich dabei um das Gift, mit dem er die Spitzen seiner Pfeile zu bestreichen pflegte. Ich konnte nur vermuten, daß er im Begriff stand, eine giftigere Mischung herzustellen, als er sie bei den Gelegenheiten verwendet hatte, die ich miterlebt hatte. Sein Gesicht wirkte bei diesen Vorbereitungen so finster und entschlossen, daß ich den Eindruck gewann, ich müßte verschiedenes mit ihm klären.

»El Niño«, sagte ich. »Niemand weiß besser als ich, wie du dich fühlst. Aber unsere Hauptsorge besteht darin, Ana und Kat lebend in Sicherheit zu bringen, verstanden?« Er nickte lediglich bedächtig und tunkte die Spitzen seiner Pfeile in das hölzerne Gefäß. »Du weißt, was die anderen – der Doktor, Miss Howard und die übrigen – von uns verlangen würden, danach zu tun? Sie würden sagen, daß wir versuchen sollen, Libby Hatch lebend in die Hände zu bekommen, damit man ihr den Prozeß machen kann, sofern uns das möglich ist.«

»Hatte schon Prozeß«, knurrte El Niño zurück. »Ist fast freigekommen. Was Doktor und Leute wollen, weiß El Niño, Señorito Stevie…« Er steckte seinen letzten Pfeil behutsam ein und sah mir geradenwegs in die Augen. »Aber Señorito Stevie?«

Ich schüttelte den Kopf. »Ich sage nur, was die *anderen* sagen würden. Sobald wir sicher sein dürfen, daß es Kat und der Kleinen gutgeht, ist, was mich betrifft, alles andere deine Angelegenheit.«

Er nickte und sah zum Fähranleger an der Franklin Street, der allmählich vor uns aufzuragen begann. »Ja. Señorito Stevie und El Niño verstehen…«

Es gab keine andere Möglichkeit vorzugehen. Der Versuch, El Niño bei dem in den Arm zu fallen, was er für seine Pflicht hielt, hätte zwangsläufig bewirkt, daß wir uns zerstritten hätten. Überdies war ich keineswegs überzeugt, daß die von ihm angestrebte Lösung nicht ohnehin die beste war. Libby Hatch war wie eine Schlange, die imstande schien, sich aus jeder mißlichen Lage herauszuwinden oder sich zu befreien, indem sie ihren Gegner tötete. Ich konnte mir keinen Geeigneteren vorstellen, mit einer solchen tödlichen Schlange fertig zu werden, als den kleinen Mann von jenseits der Meere, der jetzt neben mir saß.

New York ist zu keinem Zeitpunkt häßlicher als bei Tagesanbruch, und nie riecht die Stadt entsetzlicher als im August. Beides wurde uns in äußerst eindrucksvoller Weise an jenem Morgen bestätigt, als wir am Fähranleger Franklin an Land gingen. Gewiß, in der Ferne waren all die Sehenswürdigkeiten zu erkennen, von denen sich Dummköpfe, die nicht in der Stadt wohnen, so hinreißen lassen – das Gebäude der *Western Union*, die Türme am Printing House Square, der aufragende Turm der Trinity-Kirche –, doch nichts davon entschädigte für den Gestank verfaulenden Unrats und verdreckten Wassers, der in der Luft hing, oder für den Anblick der elenden, schmutzigen Mietskasernen, die jenseits des Fähranlegers standen. Natürlich trug die Stimmung, in der sich mein Gefährte und ich bei unserer Ankunft befanden, nicht dazu bei, uns einen günstigeren Eindruck von der Stadt zu vermitteln. Nach einer so schrecklichen – und schlaflosen – Nacht, wie wir sie hinter uns hatten, hätte *keine* Stadt einen wirklich guten Eindruck machen können. Dankbarkeit brachte ich ausschließlich dafür auf, daß der Auftrag, in dem wir unterwegs waren, uns kaum oder gar keine Zeit ließ, uns dem elenden Gefühl hinzugeben, das mit einem Aufenthalt inmitten des Schmutzes und der Gefahren der Weltstadt verbunden war: Im selben Augenblick da wir den Fuß ans Ufer setzten, begannen wir, die knapp zwei Kilometer unserem Ziel entgegenzurennen. Keine Sekunde lang kam uns der Gedanke, eine Droschke zu nehmen.

Natürlich würden wir uns in erster Linie einen Überblick darüber verschaffen müssen, was im Hauptquartier der Dusters vor sich ging. Zu jener frühen Morgenstunde dürfte es dort ziemlich still sein (obwohl man nie sicher sein konnte, da alle Dusters koksten und solche Leute zu den sonderbarsten Stunden schlafen, wenn sie *überhaupt* je zu Bett gehen). Also schien es mir das klügste, uns irgendwo zu verstecken, von wo aus man sehen konnte, wer dort kam und ging. Am einfachsten war das vom Dach eines der Gebäude auf der gegenüberliegenden Seite der Hudson Street aus möglich: Es dürfte wohl nicht viele Straßenecken oder dergleichen geben, wo wir im hellen Tageslicht herumlungern konnten, ohne von einem Mitglied der Bande bemerkt zu werden. An den Lagerhäusern, Geschäften und Pensionen der Hudson Street und später an der alten kleinen Kapelle von St. Luke vorüber (mir fiel auf, daß es derselbe Weg war, den ich mit Cyrus und den beiden Isaacsons am ersten Abend gefahren war, an dem wir uns mit dem Fall beschäftigten) drangen wir schließlich ins Herz des Territoriums der Dusters vor. Daher achteten wir darauf, uns westlich der Hudson Street zu halten, als wir uns dem Hauptquartier der Bande näherten. Wir umgingen es durch die Horatio Street und suchten uns auf der Westseite der Hudson Street ein Gebäude, von dem aus wir einen guten Überblick über alle Vorgänge im Lokal der Dusters haben würden, das trotz seiner Schmuddeligkeit von einer ganzen Reihe feiner Pinkel aufgesucht wurde, die sich dort unter das gemeine Volk mischten. Wir gingen durch eine alte Lieferzufahrt auf den Hinterhof, ich knackte ein Türschloß, und schon wenige Minuten später befanden wir uns auf dem Dach, wo wir uns hinter das niedrige Mäuerchen duckten, das es zur Straße hin begrenzte.

Es war noch nicht einmal acht Uhr, und man sah im Eingang des Lokals lediglich einige gutgekleidete Besucher des Lokals. Sie standen erkennbar unter dem Einfluß von Koks und schienen von der gewalttätigen Atmosphäre in der Spelunke, die so sehr von der ihres Alltagslebens abstach, noch nicht genug zu haben: Aber der breitschultrige Bursche, der sie hinausschob, machte ihnen unmißverständlich klar, daß die »Gastgeber« von ihresgleichen die Nase voll hatten und etwas Ruhe haben wollten. Das war uns recht, denn das gab uns noch etwas Zeit, in der wir überlegen konnten, wie wir es anstellen sollten, Kat eine Botschaft zu übermitteln, um festzustellen, ob Libby Hatch schon dort war. Ich konnte natürlich auf keinen Fall hingehen und Fragen stellen, und wenn El Niño sein Glück versuchte, bestand die Möglichkeit, daß Libby ihn sah, falls sie dort war. Die schnellste Möglichkeit, eine Antwort auf die Frage zu finden, schien mir darin zu bestehen, daß ich mich auf den Weg zu Frankies Kneipe machte und Kats Freundin Betty auftrieb. Sie konnte jederzeit und ohne Verdacht zu erregen bei den Dusters ein und aus gehen und uns Bericht erstatten. Unterdessen würde El Niño vom Dach aus die Beobachtung fortsetzen, und sofern Libby Hatch auftauchte und zu verschwinden versuchte, sich an ihre Fährte heften. Etwas gegen sie unternehmen aber sollte er nur, wenn er sicher sein durfte, daß Ana Linares mit heiler Haut davonkam.

Also ging ich wieder hinab auf die Straße. Dort hielt ich die erste Droschke an, die vorüberkam. Der Kutscher hatte offenbar sein Pferd gerade aus dem Stall geholt und war auf dem Weg in die Stadt, um mit der Tagesarbeit zu beginnen. Mir war klar, daß er wie alle anderen Droschkenkutscher um keinen Preis bereit sein würde, zu Frankies Kneipe an der Worth Street zu fahren, denn dort mußten sie damit rechnen, ausgeraubt, wenn nicht gar ermordet zu werden. Also nannte ich ihm das erstbeste Ziel, das mir in den Kopf kam und von dem ich annahm, daß er bereit wäre, es anzusteuern: das Gerichtsgebäude des alten Boss Tweed unmittelbar nördlich des Rathauses. Es lag nur wenige Nebenstraßen von Frankies Kneipe entfernt (angesichts der Unterschiede zwischen den beiden Lokalitäten hätten es aber ebensogut fünfzig sein können). Bedauerlicherweise setzte gerade die morgendliche Stoßzeit ein, und obwohl ich dem Mann jeden Tip gab, den ich kannte, durch Seitenstraßen dem Verkehr auszuweichen, dauerte es immer noch entsetzlich lange, bis ich mein Ziel erreicht hatte.

Der Vormittag war nie besonders günstig für einen Besuch von Frankies Kneipe, und jener Tag bildete keine Ausnahme. Da es Sommer war, lagen junge Leute als Ergebnis der Wirkung des entsetzlichen Gebräus, das Frankie ausschenkte, »schlafend« oder besser gesagt besinnungslos über die ganze Straße ausgebreitet. Manche waren wach und übergaben sich in den Rinnstein, wobei sie stöhnten, als lägen sie im Sterben. Über menschliche Leiber und allerlei menschliche Ausscheidungen hinweg bahnte ich mir einen Weg in die Kaschemme. Es erfüllte mich mit Erleichterung zu hören, daß zumindest in der Hundekampfgrube Ruhe herrschte. Tatsächlich war drinnen niemand wach, mit Ausnahme eines ziemlich tückisch wirkenden jungen Italieners von etwa fünfzehn Jahren, der hinter dem Tresen stand. Eine häßliche Narbe, die sich über eine Wange zog, schien im Halbdunkel des finsteren Drecklochs wütend zu glühen.

Auf meine Frage, ob Frankie da sei, erfuhr ich, »der Chef« schlafe in einem der Hinterzimmer – und zwar, wie mein Unstern es wollte, mit Betty. Ich teilte dem Burschen mit, daß ich dringend mit ihr sprechen müsse, worauf er kopfschüttelnd antwortete, Frankie habe angeordnet, niemand solle die beiden stören. Das durfte mich nicht hindern, und so suchte ich vorsichtig den Raum ab, um festzustellen, ob einer von den Kerlen, die da lagen, irgendein Schlaginstrument bei sich hatte. Einem Jungen weiter hinten im Raum – er war wohl höchstens zehn Jahre alt – hing eine verräterische Lederschlaufe aus der Hosentasche, und da sein Kopf auf einem Tisch in einer Pfütze seines eigenen Erbrochenen lag, nahm ich nicht an, daß er sich groß sträuben würde, wenn ich mir seine Waffe ausborgte. Also ging ich einfach auf den schmalen Gang zu, der zu den hinten liegenden »Schlafzimmern« führte, wobei mir der Bursche hinter dem Tresen eilends folgte und Flüche ausstieß. Doch hielt ich den Knüppel des Jungen schon in der Hand, als mich mein Verfolger erreichte, und im Handumdrehen lag er am Boden und hatte zusätzlich zu der Narbe im Gesicht eine hübsche Beule auf dem Kopf.

Ein kurzer, prüfender Blick durch die hinteren Räume zeigte mir, daß Frankie und Betty völlig weggetreten in einem der letzten kleinen Verschläge lagen. Ich zerrte das Mädchen hoch und schleppte es zur Bar, wo ich etwas Wasser fand, mit dem ich sein Gesicht besprengte. Blitzschnell zog Betty ein Messer – offenbar hatte sie nicht begriffen, was vor sich ging. Wären meine Reflexe nicht schneller als ihre gewesen, sie hätte mir die handbreite Klinge in die Eingeweide gestoßen. Als sie mich jedoch erkannte, steckte sie das Messer wieder ein, aber ihre Laune wurde nicht übermäßig besser. Nachdem ich ihr allerdings berichtet hatte, wie es um Kat stand, gab sie sich große Mühe, sich zusammenzureißen, und erklärte sich bereit, an unserem Plan mitzuwirken und mich zu begleiten – natürlich erst, nachdem ich ihr ein paar Dollar zugesteckt hatte. Für ein Mädchen wie sie war Freundschaft eine Sache, aber Geld eine andere, und wenn es eine Möglichkeit gab, beide miteinander zu verbinden, würde ihr niemand Vorwürfe machen, weil sie die Gelegenheit nutzte.

Wir gingen, so schnell Betty konnte, hinüber zum Gerichtsgebäude von Boss Tweed und fuhren von dort mit einer Droschke zur Hudson Street. Damit sich der Kutscher sicherer fühlte, sagte ich ihm, daß wir zum Krankenhaus an der Hudson Street wollten, das nahe dem Hauptquartier der Dusters lag. Bis wir angekommen waren, hatte sich Betty ein wenig erholt. Dazu hatte sie etwas Koks geschnupft, das sie in ihrem abgewetzten Handtäschchen bei sich trug. Ich versuchte nicht einmal, sie daran zu hindern oder ihr einen Vortrag zu halten – damals lag mir an Kat –, aber es war wirklich nicht herzerhebend zu sehen, wie sich ein so junges Mädchen mit dem üblen weißen Pulver aufputschte, noch dazu am frühen Morgen. Doch machte ihr das Mut, zu den Dusters hineinzugehen, so daß ich guten Grund hatte anzunehmen, unser Plan werde gelingen, als ich zum Dach hochgeeilt war, wo El Niño nach wie vor Wache hielt.

Meine Annahme, daß uns Erfolg beschieden sein würde, steigerte sich, als er mir berichtete, er habe Libby Hatch gesehen: Sie sei bald nach meinem Fortgang kurz aufgetaucht und habe eine vorüberkommende Droschke angehalten. Vermutlich war es ihr nicht besonders recht gewesen, sich so früh schon um die Bedürfnisse der kleinen Ana kümmern zu müssen. Immerhin war sie wieder ins Haus gegangen, und zumindest das schien für den Augenblick zu bedeuten, daß sie keine bedrohlichen Schritte plante. Noch hatte sie auch keinen wirklichen Grund dazu: Sicher war ihr klar, daß es eine Weile dauern würde, bis der Doktor und die anderen sie aufstöberten, und selbst dann mußten sie zuerst die Bullen von den Vorfällen unterrichten und jemanden im Polizeipräsidium an der Mulberry Street dazu bringen, das Hauptquartier der Dusters auszuheben. Das würde viel Überredung kosten, denn nicht einmal ein ganzes Überfallkommando würde sich ohne weiteres zu einem solchen Unternehmen hergeben. Für mich aber bedeutete es eine gewisse Befriedigung zu wissen, wo sich die Frau und das Kind aufhielten.

Weniger ermutigend war, daß Betty schon nach einer Viertelstunde mit verwirrtem und enttäuschtem Blick auf die Straße trat. Sie wirkte außergewöhnlich besorgt. Ich pfiff ihr vom Dach herunter zu und wies sie an, mich um die Ecke an der Einmündung der Lieferzufahrt zu treffen. Was sie mir dort berichtete, machte mir, gelinde gesagt, einen befremdlichen Eindruck: Libby Hatch sei um kurz nach drei in der Nacht bei den Dusters eingetroffen und habe sich sogleich zusammen mit Ana Linares in Goo Goo Knox' Zimmer eingeschlossen. Getreu dem Mr. Moore gegebenen

Wort sei Kat gleich nach oben gegangen und habe, als Vorwand, um sich Zutritt zu seinem Zimmer zu verschaffen, Goo Goo gefragt, ob sie etwas für das Kind tun könne. Libby aber habe sich nur zu genau erinnert, daß Kat mit mir befreundet war. Sie sei wütend geworden und habe Kat als Spionin bezeichnet, deren wahre Absicht es sei, Ana zu entführen und die Polizei auf sie, Libby, zu hetzen. Normalerweise hätte Goo Goo eine solche Situation bereinigt, indem er Kat hätte zum Fluß schaffen, umbringen und hineinwerfen lassen; doch inzwischen sei Ding Dong dazwischengetreten – vermutlich ebensosehr, um der Bande gegenüber das Gesicht zu wahren, wie aus wahrer Sorge um Kat – und habe erklärt, niemand werde ohne seine Zustimmung eins seiner Mädchen aus dem Weg schaffen. Dann hätten sich Knox und Ding Dong wie die Besenbinder geprügelt, was all die feinen Pinkel, die wir gesehen hatten, aufs höchste amüsiert haben dürfte. Anfangs habe sich Kat dazwischengeworfen und versucht, Ding Dong zu verteidigen, doch nach etwa einer halben Stunde habe Libby mit ihrer Unvorhersagbarkeit, die wir alle nur allzugut kannten (und die gewöhnlich nichts Gutes bedeutete), den Kampf beendet. Sie habe gesagt, es genüge ihr, wenn Kat einfach verschwände. Das habe Kat getan, sei aber nur bis zur nächsten Ecke gegangen. Vermutlich habe sie die Absicht gehabt, die Entwicklung der Dinge von außen weiter zu beobachten, damit sie dem ersten von uns, der in die Stadt kam (vermutlich war sie zu dem Ergebnis gekommen, daß wir Libby mehr oder weniger auf dem Fuße folgen würden), berichten konnte, wohin unsere Gegnerin sich begeben hatte, falls sie das Gebäude verließ, ob sie das Kind noch bei sich hatte oder nicht und so weiter.

Dann aber sei Kat aus irgendeinem Grund verschwunden, auf den sich niemand drinnen einen Reim machen konnte, und zwar ziemlich kurz bevor El Niño und ich auf der Bildfläche erschienen waren. Betty hatte festzustellen versucht, ob jemand wußte, wo sie sich aufhalten konnte; sie hatte sich sogar so weit vorgewagt, mit Ding Dong zu sprechen, der sich um seine Abschürfungen und Messerwunden kümmerte und erklärte, weder wisse er, wo sich »die kleine Höllenkatze« aufhalte, noch interessiere es ihn sonderlich. Kats plötzliches Verschwinden aber war das Beunruhigendste an der ganzen Geschichte, denn auch wenn sie sich wenigstens außerhalb Libbys unmittelbarer Reichweite befand, bestand doch die Möglichkeit, daß Knox sie beim Herumschnüffeln entdeckt und ihr jemanden auf den Hals geschickt hatte. Außerdem gab es für den Fall, daß sie sich in Sicherheit befand, nur ganz wenige Lokale, die sie aufgesucht hätte, und Frankies Kneipe rangierte auf dieser kurzen Liste ganz oben. Dort aber war sie offensichtlich nicht aufgetaucht. Andererseits war es August, und wenn auch den ganzen Vormittag hindurch ein Gewitter in der drückenden Luft gelegen hatte, war es doch noch nicht losgebrochen – also konnte sich Kat in einem der vielen Parks oder an einem von Dutzenden anderen Schlupfwinkel aufhalten, die in der warmen Jahreszeit auf der Flucht befindlichen jungen Leuten im Freien offenstanden. Da im Augenblick bei den Dusters Ruhe herrschte, beschloß ich, so zu tun, als ginge es Kat gut und sie hielte sich irgendwo versteckt: Später würde ich dann bei einigen der Verstecke vorüberschauen, auf die sie vielleicht am ehesten verfallen wäre, und außerdem Bekannte befragen – unter ihnen Hickie den Teutonen –, die sie vielleicht schon gesehen hatten oder von denen man annehmen durfte, daß sie sie im Laufe des Tages sehen würden.

Ich gab Betty die Telephonnummer vom Doktor, bevor sie zu Frankies Kneipe zurückkehrte, und ließ sie versprechen, sie würde anrufen, falls Kat auftauchte, und zwar so lange, bis sie jemanden an den Apparat bekam. Dann kehrte ich aufs Dach zurück, um El Niño meinen Plan mitzuteilen. Ich wußte, daß er möglichst bleiben wollte, wo er war, um für den Fall, daß Libby etwas unternahm, das Hauptquartier der Dusters im Auge zu behalten. Also gab ich auch ihm die Telephonnummer des Doktors, wies El Niño aber darauf hin, daß ich frühestens in einer oder zwei Stunden im Hause sein würde. Falls Libby herauskam und fortging, sollte er sich in ihrer Nähe halten und versuchen, mir Bericht zu erstatten. Dann kam mir der Gedanke, daß er vermutlich kein Geld hatte, und ich gab ihm die Hälfte des verbliebenen Betrags, den mir Mr. Moore in die Hand gedrückt hatte. Dann machte ich mich endlich auf die Suche.

Der erste und nervenaufreibendste Teil dieser Aufgabe bestand darin, daß ich zum Hudson hinübereilte und mich erkundigte, ob jemandem am frühen Morgen dort ein Kampf aufgefallen war oder ob man Leichen im Wasser gefunden hatte. Auf meinem Weg zum Cunard-Anleger sprach ich mit verschiedenen Gruppen von Hafenarbeitern im Hafen, aber keiner hatte von Vorkommnissen dieser Art gehört. Ich stieß sogar auf meinen alten Kumpan Nosy, der wie gewohnt seine Nase in alles steckte, was am frühen Morgen da vor sich ging – ob nun Passagiere ein Schiff verließen oder Ladung gelöscht wurde. Auch er sagte, er habe Kat weder gesehen noch etwas über Gewalttaten am Ufer gehört. Zwar beruhigte mich das in etwa so wie das, was ich von Betty erfahren hatte, steigerte aber zugleich meine Unruhe, da ich nicht wußte, wohin Kat gegangen sein mochte und was sie möglicherweise trieb. Vor allem eine Frage ging mir nicht aus dem Kopf: Warum hatte Libby Hatch zugelassen, daß sie fortging, statt ihr das gleiche Schicksal wie dem armen törichten Wachmann Henry zu bereiten, das vielleicht auch das Mr. Pictons war? Mitleid schien unter all den eigenartigen Wesensmerkmalen Libbys nicht zu denen zu gehören, die sie besonders oft an den Tag legte, schon gar nicht, wenn es um ihre Sicherheit und ihre Pläne ging. Warum also hatte sie Kat gehen lassen?

Ich arbeitete mich durch mein altes Stadtviertel südwärts, schaute bei einem halben Dutzend anderer beliebter Spelunken vorbei, die sich von der Frankies nicht sehr unterschieden, fand aber keine Spur von Kat. Hickie war drüben in Fulton am Fischmarkt, weil er rasch noch ein wenig schwimmen wollte, bevor das Gewitter über der Stadt niederging. Er teilte mir mit, daß er in der vergangenen Nacht mit ein paar unserer alten Kumpel in einigen Häusern an der West Side gearbeitet hatte. Sie waren erst in den frühen Stunden nach Hause gekommen und hatten auf dem Heimweg in der Bleecker Street pausiert, um ein paar Krüge Bier zu kippen. Auch er hatte nichts von Kat gesehen oder gehört, was eher Anlaß zur Hoffnung gab. Sofern ihr etwas geschehen *wäre*, hätte sich das unter diesen Leuten ziemlich bald herumgesprochen. Wo aber zum Teufel mochte sich das Mädchen aufhalten?

Als ich noch einmal bei Frankies Kneipe vorbeisah (wo der Italiener, den ich flachgelegt hatte, Gott sei dank nirgendwo zu sehen war), bekam ich endlich eine Antwort: Kat hatte auf Betty gewartet, als diese von dem Ausflug zurückkehrte, den sie mit mir zu den Dusters unternommen hatte. Wie es aussah, hatte sie sich ziemlich elend gefühlt und deswegen auch ihren Wachposten bei den Dusters verlassen. Von einem Augenblick auf den anderen hatte sie starke Schmerzen im Unterleib empfunden, ohne zu wissen, woher sie kamen, und weder sie noch Betty konnten etwas dagegen unternehmen. Als sie erfahren hatte, daß ich wieder in der Stadt war, hatte sie beschlossen, am Haus des Doktors auf mich zu warten, da ich, wie sie Betty gesagt hatte, Zugang zu einer Arznei hätte, die bei dieser Art Leiden geradezu Wunder wirke. Betty hatte sie begleiten wollen, da Kat angefangen hatte, heftig zu erbrechen, aber Frankie war immer noch wütend, weil Betty ihn verlassen hatte, und so hatte Kat allein gehen müssen. Inzwischen, meinte Betty, befinde sie sich wohl am Haus in der Siebzehnten Straße.

Ich rannte zurück zum Park am Rathaus, um eine Droschke zu nehmen. Vor meinem inneren Auge sah ich Kat zusammengekauert dort hocken, wo sie sich schon einmal versteckt hatte, nämlich unter der Hecke im Vorgarten des Doktors. Damals hatte sie ziemlich elend ausgesehen, und nach Bettys sonderbarem Bericht nahm ich nicht an, daß es ihr diesmal viel besser ginge. Ihr plötzliches Verschwinden aus dem Hauptquartier der Dusters hatte wahrscheinlich damit zu tun, daß sie keinen Koks mehr hatte und jetzt unter Entzugserscheinungen litt. Wir würden die Behandlung wiederholen müssen, die ihr schon beim vorigen Mal geholfen hatte, auch wenn ich mir dafür eine erneute Strafpredigt des Doktors einhandeln würde. Zumindest wäre ich in der Lage, ihr zu helfen, sobald ich im Hause war.

Ich fand sie genau an der Stelle, wo ich es vermutet hatte; wie ein neugeborenes Kätzchen hatte sie sich im Gesträuch am Rande des Vorgartens zusammengerollt. Sie trug dasselbe Kleid wie immer im Sommer: ein altes dünnes Fähnchen, unter dem sich die Rundungen deutlich abzeichneten, die sich an ihrem jungen Körper gerade erst herausbildeten. Sie schlief, die Handtasche fest an den Unterleib gedrückt, und atmete in keuchenden kurzen Stößen. Hinter ihrem gekrümmten Rücken lag Erbrochenes – eigentlich war es nicht mehr als Galle –, und ihr Gesicht sah aus wie erkaltete Asche. Unter ihren Augen hatten sich große Ringe, schwarz wie Holzkohle, gebildet, und als ich ihre Hand nahm, fiel mir die eigentümliche und beunruhigende Farbe ihrer Fingernägel auf. Sie sahen aus, als wäre jemand darauf getreten.

Sogar ich konnte sehen, daß es ihr viel schlechter ging als beim vorigen Mal.

Als ich ihr einige der schweißverklebten blonden Strähnen aus dem Gesicht strich, merkte ich, daß sich ihre Haut seltsam kalt anfühlte, und um sie zu wecken, mußte ich eine gute Minute lang ihren Namen rufen und sie leicht auf die Handflächen schlagen. Kaum war sie zu sich gekommen, als sie ihren Unterleib heftig umklammerte und würgte, ohne daß etwas hochkam. Ich half ihr, sich hinzusetzen. Dabei schwankte ihr Kopf hilflos hin und her. Es schien ihr schwerzufallen, den Blick ihrer blauen Augen auf etwas zu konzentrieren.

»Stevie…«, stieß sie hervor und fiel kraftlos gegen meine Brust. »O Gott, ich hab so entsetzliche Bauchschmerzen…«

»Weiß ich doch«, sagte ich und versuchte sie hochzuziehen, um sie ins Haus zu bringen. »Betty hat's mir gesagt. Wie lange bist du jetzt schon ohne das Zeug, Kat?«

Sie bemühte sich, den Kopf zu schütteln, was ihr kaum gelang. »Das ist es nicht. Ich hab 'ne ganze Dose davon, und ich hab's den ganzen Morgen genommen. Das ist was anderes…« Als sie sich taumelnd aufrichtete, schien der Schmerz in ihrem Leib ein wenig nachzulassen. Sie hob den Blick und sah mich zum erstenmal richtig an. »Na«, flüsterte sie mit dem Anflug eines Lächelns, »wenn wir uns sehen, bin ich meistens nicht in Hochform, was?«

Ich lächelte zurück, so gut ich konnte, und schob ihr noch einige Strähnen aus dem Gesicht. »Das wird schon wieder. Laß uns reingehen und was für dich tun.«

Mit besorgtem und vielleicht auch ein wenig beschämtem Gesichtsausdruck krallte sie mir ihre Hand ins Hemd. »Ich hab's versucht, Stevie – ich hab deinem Freund Mr. Moore versprochen, daß ich mich um die Kleine kümmere, und das hab ich auch versucht. Aber die Schmerzen sind so schlimm geworden…«

»Ist schon gut, Kat«, sagte ich und hielt sie fester. »Du hast es richtig gemacht – da paßt jetzt jemand anders auf. Jemand, dem Libby nicht entkommen kann.«

»Schon möglich, aber kann er *ihr* entkommen, Stevie?« sagte sie mit rauher Stimme.

»Keine Sorge«, entgegnete ich. »Der Bursche ist aus härterem Holz geschnitzt – er ist ihr in jeder Beziehung gewachsen.«

Sie nickte, und während ich sie zur Haustür zog, stolperte sie. Sie versuchte zu schlucken, was ihr ausgesprochen schwerzufallen schien. »Dann muß er gut sein«, sagte sie und hustete. »Denn ich sag dir, Stevie – das Weibsstück ist das Ende der verdammten Welt ...«

Ich nahm meinen Schlüssel heraus, schloß auf und führte Kat in die warme, abgestandene Luft des Hauses. Wir hatten gerade den Fuß der Treppe erreicht, als sie sich abermals krümmte, gelbe Galle erbrach und vor Schmerz aufschrie. Das Schreien schien sie unendlich viel Kraft zu kosten, und als sie aus meinen Armen auf eine der Treppenstufen sank, begann sie, lautlos zu weinen.

»Stevie«, brachte sie heraus, als ich neben ihr saß und sie fest an mich drückte. »Ich weiß, daß du es nicht sollst, und ich möchte dir auch keine Ungelegenheiten machen ...«

Ich hatte gar nicht mehr an die Opiumtinktur gedacht. »Ach richtig«, sagte ich, lehnte sie gegen die Wand des Treppenhauses und stand auf, um ins Sprechzimmer des Doktors zu laufen. »Warte, ich hol das Zeug.«

Als ich durch das Vestibül fortgehen wollte, spürte ich, wie sie sich an meine Hand klammerte, als würde ich nie zurückkehren, wenn sie losließe. Ich drehte mich um und sah, daß ihr nach wie vor die Tränen über das entsetzlich bleiche Gesicht liefen. Sie sah mich ungefähr so an, als hätte sie mich noch nie wirklich gesehen. »Ich hab nicht verdient, daß du so gut zu mir bist«, flüsterte sie. Irgend etwas in ihren Worten veranlaßte mich, gleich zu ihr zurückzueilen und sie so fest zu halten, wie es mir möglich schien, ohne ihr weh zu tun.

»Ach, hör doch auf«, sagte ich. Es kostete mich große Mühe, meine Tränen zurückzudrängen. Vielleicht waren es die Nachwirkungen der langen Nacht, vielleicht die Erinnerung an das entsetzliche Verbrechen an Mr. Picton, vielleicht auch die mit Angst gemischte Freude, die ich empfand, als ich hörte, daß sie das Bestehen einer Art tiefer und reiner Beziehung zwischen uns bestätigte, und das in einem Augenblick, in dem sie so verzweifelte Schmerzen empfand. Was auch immer die Erklärung dafür war, die Aussicht, sie zu verlieren, war in jenem Augenblick das Schrecklichste, was ich mir vorstellen konnte. »Du kommst wieder auf die Beine«, fuhr ich fort, trocknete ihr das Gesicht mit meinem Hemdsärmel und sah ihr tief in die blauen Augen. »Wir haben das schon mal überstanden, weißt du noch? Und wir schaffen es wieder. Diesmal aber«, fügte ich mit einem Lächeln hinzu, »setz ich dich anschließend eigenhändig in den verdammten Zug – und du verschwindest aus dieser Stadt.«

Sie nickte und senkte dann den Blick. »Vielleicht ... vielleicht kommst du sogar mit, hm?« sagte sie.

Ohne zu begreifen, was ich sagte, flüsterte ich zurück: »Ja, vielleicht.«

Ein wenig beschämt dreinblickend, murmelte sie: »Ich wollte nie zu ihm zurückkehren, Stevie. Aber ich hab nichts von meiner Tante gehört und wußte nicht, was ich ...«

»Laß es gut sein«, sagte ich. »Wir müssen jetzt nur dafür sorgen, daß es dir wieder bessergeht.«

Dann lief ich ins Sprechzimmer, um die große Flasche mit der Opiumtinktur zu holen, aus der ich Kat einen ordentlichen Schluck einflößte. Sie beschwerte sich nicht im geringsten über den unangenehmen Geschmack, da sie sich an die krampflösende Wirkung erinnerte, die das Mittel beim vorigen Mal gehabt hatte; aber das Schlucken schien ihr so schwerzufallen, daß sie es kaum hinunterbekam. Dann aber schien es recht bald zu wirken und ihre Schmerzen so sehr zu lindern, daß sie aufstehen und mir einen Arm um den Hals legen konnte, um die Treppe hinaufzugehen. Aber die Wirkung war nur von kurzer Dauer: Schon im zweiten Stock krümmte sie sich unter Schreien wieder. Diesmal war es so schlimm, daß ich Angst hatte, mit ihr weiterzugehen. Wir befanden uns unmittelbar vor der Tür zum Schlafzimmer des Doktors, und ich beschloß, daß es am besten wäre, sie hineinzubringen und auf sein großes Himmelbett zu legen.

»Nein, Stevie!« stieß sie hervor, als ich sie halb hineintrug. »Das geht nicht! Es ist sein Bett, er zieht dir das Fell über die Ohren!«

»Kat«, sagte ich, als ich sie auf die dünne dunkelblaue Tagesdecke legte. »Wie oft muß ich es dir noch sagen? So *ist* er nicht.« Während ihr Kopf in das hoch aufgetürmte, mit weichen Gänsedaunen gefüllte Kissen des Doktors sank, sah ich mich im Zimmer um, auf der Suche nach etwas, womit ich sie zudecken konnte. Dabei fiel mir schließlich eine Steppdecke aus grün-silbern gemusterter chinesischer Seide auf, die zusammengefaltet auf einem Sofa am Fenster lag. »Hier«, sagte ich und breitete sie über Kat. »Du mußt dich warm halten und die Arznei wirken lassen.«

Trotz ihrer Schmerzen zog sie die Steppdecke bis ans Kinn hoch. »Er hat hübsche Sachen«, murmelte sie. »Richtige Seide – ganz gleich, wie heiß es ist, sie bleibt immer kühl... Wie das wohl kommt, Stevie?«

Ich kniete mich neben das Bett und legte ihr lächelnd die Hand auf die Stirn. »Ich weiß nicht. Die Chinesen sind eben schlaue Burschen.« Wieder zuckte sie zusammen, und ich hielt die Flasche mit der Opiumtinktur hoch. »Willst du versuchen, noch was davon zu schlucken?«

»Ja«, sagte sie, brachte aber trotz aller Mühe nur einen winzigen Schluck hinunter und gab den Versuch schließlich auf. Die Hände auf den Unterleib gepreßt, schrie sie wieder auf und begann dann in entsetzlicher Weise mit den Zähnen zu knirschen.

Allmählich ging mir auf, daß es sich da möglicherweise um etwas handelte, dem mit einer Dosis Opiumtinktur nicht beizukommen war, und so rief ich Kat zu, sie solle durchhalten, lief ins Sprechzimmer des Doktors und schlug sein Adreßbüchlein auf. Schließlich fand ich darin die Telephonnummer Dr. Osbornes, eines gutherzigen Kollegen des Doktors, der nicht weit von uns entfernt wohnte und uns oft geholfen hatte, wenn jemand im Hause verletzt war oder es ihm nicht gutging.

Ich stürmte zum Telephon hinten in der Speisekammer und ließ mich von der Vermittlung mit Dr. Osborne verbinden. Sein Mädchen sagte mir, daß er zur Visite im St.-Luke's-Krankenhaus sei und erst in einigen Stunden zurückerwartet werde. Ich bat sie, ihm auszurichten, daß er anrufen solle, sobald er zurück sei, dann ging ich wieder nach oben. Ich stieß einen tiefen Seufzer der Erleichterung aus, als ich sah, daß Kats schmerzhafte Krämpfe zumindest für den Augenblick vorbei zu sein schienen. Wieder kniete ich mich neben das Bett und nahm ihre kalte Linke in beide Hände.

Sie drehte den Kopf und lächelte mir zu. »Ich hab dich gehört. Du versuchst, 'nen Arzt zu holen.«

»Er kommt bald«, antwortete ich mit einem Nicken. Dann sagte ich scherzend: »Ich hoffe, du hältst bis dahin durch.«

Kat nickte. »Noch viel länger, Stevie Taggert«, flüsterte sie, nach wie vor lächelnd. »Wart's nur ab.« Sie sah sich im Schlafzimmer um und holte mit einem Mal tief Luft. »Mich hat noch nie 'n Arzt behandelt. Und ich hatte noch nie 'ne Seidendecke. Fühlt sich gut an…« Dann verschwand das Lächeln, und einen Augenblick lang hatte ich Angst, daß sich der Schmerz wieder einstellen würde; aber auf ihrem Gesicht zeigte sich lediglich Neugier. »Stevie – eins hab ich dich nie gefragt…«

»Ja, Kat?«

»Wieso kümmerst du dich dauernd um mich?«

Ich griff fester nach ihrer Hand. »Das klingt nicht wie das Mädchen mit den großen Plänen, das ich kenne«, sagte ich. »Wie darf ich damit rechnen, daß du mich später als deinen Diener einstellst, wenn ich nicht nett zu dir bin?«

Mit ihrer Rechten gab sie mir einen leichten Klaps auf den Arm. »Es ist mein Ernst«, sagte sie. »Warum, Stevie?«

»Frag Dr. Kreisler, wenn er kommt. Er weiß für alles eine Erklärung.«

»Ich frag aber dich. Warum?«

Ich schüttelte den Kopf und zuckte die Achseln, dann sah ich auf ihre Hand hinab. »Weil ich dich gut leiden kann. Darum.«

»Vielleicht«, sagte sie leise, »vielleicht hast du mich sogar ein bißchen lieb, was?«

Ich zuckte erneut die Achseln. »Schon möglich.«

Ich hob den Blick, als sie mir sanft einen Finger aufs Gesicht legte. »Nun«, sagte sie, wobei ihr Mund zuerst schmollte, dann aber lächelte. »Es bringt dich nicht um, wenn du das sagst, weißt du…« Dann drehte sie sich zum Fenster, von wo das graue Licht des stark bewölkten Himmels hereinfiel. »Vielleicht liebt mich Stevie Taggert«, flüsterte sie. Es klang erstaunt. »Was soll man *dazu* sagen…«

Die Fensterscheiben bebten ein wenig, als schließlich der erste Donnerschlag über die Stadt hallte. Kat schien ihn nicht zu hören; sie war bei ihren Worten eingeschlafen, wie ich annahm, weil die schmerzstillende Tinktur schließlich doch gewirkt hatte. Ich hielt ihre Hand mit beiden Händen fest, so daß ich das Blut durch ihr Handgelenk strömen fühlte, legte den Kopf auf die Steppdecke und wartete, daß sich Dr. Osborne meldete …

Doch nicht das Telephon weckte mich. Es war die sanfte, aber feste Berührung Dr. Kreislers, der meine Finger von Kats toter Hand löste.

# KAPITEL 53

Wäre mein Verstand nicht durch all das getrübt gewesen, was ich für und in bezug auf Kat empfand, hätte ich vielleicht rechtzeitig gemerkt, was ihr fehlte, und ihr noch helfen können. Der Gedanke verfolgt mich seit jenem Tag. Ich hatte mit meiner Vermutung recht gehabt – es war ein wenig zu einfach und zu menschenfreundlich, daß Kat die Dusters mit Libbys Einverständnis hatte verlassen dürfen. Als der Doktor und die anderen gegen Mittag im Haus eintrafen, war sie bereits tot, und noch bevor sie mich weckten, hatte Lucius, von Kats schrecklichem Aussehen dazu veranlaßt, dem Erbrochenen am Fuß der Treppe im Erdgeschoß eine kleine Probe entnommen und sie auf ihre Bestandteile hin analysiert. Das Ergebnis war eindeutig: Das Kokain, das Kat geschnupft hatte, seit sie am frühen Morgen die Dusters verlassen hatte, war mit Arsen versetzt. Natürlich gab es keinen Zweifel, wer dahinterstand, und es ließ sich auch nicht schwer erraten, wann und auf welche Weise das Gift in Kats Kokaindose gelangt war: Während sich Goo Goo Knox und Ding Dong wie die Besenbinder geprügelt hatten und Kat versucht hatte, sich dazwischenzuwerfen, hatte Libby Kats Handtasche an sich gebracht und die Manipulation vorgenommen. Dabei hatte sie sich vermutlich darauf verlassen, daß Kat den sehr geringen Farbunterschied zwischen den beiden Pulvern nicht bemerken würde.

Noch benommen vom Schlafmangel und den entsetzlichen Ereignissen der vergangenen vierundzwanzig Stunden, saß ich auf der Bettkante des Doktors und hörte mir all das an. Dabei hielt ich den Blick unverwandt auf Kats sonderbar friedliches Gesicht gerichtet und wartete darauf, daß die Männer aus der städtischen Leichenhalle kamen, um sie abzuholen. Die anderen – mit Ausnahme von Marcus, der vom Bahnhof Grand Central auf kürzestem Weg das Polizeipräsidium in der Mulberry Street aufgesucht hatte, um seinen Vorgesetzten zu erklären, daß sich eine flüchtige Mörderin in der Stadt aufhalte – bewegten sich geräuschlos im Haus und besprachen die nächsten Schritte mit gedämpfter Stimme. Ihnen war klar, daß es das beste war, nicht mit mir zu reden, solange ich nicht aus dem schrecklichen Nebel hervorgekommen war, der mich umgab.

Er begann sich ein wenig zu heben, als ich den Leichenwagen vorfahren hörte. Als zwei Männer ausstiegen und ins Haus traten, ging mir erst richtig auf, daß sie gekommen waren, um Kat zu holen, und daß das Gesicht, das da unbeweglich vor mir lag, bald auf immer meinem Blick entzogen sein würde. Mir war klar, daß es keine Möglichkeit gab, das zu verhindern; aber ich merkte, daß ich in meiner fortwährenden Verwirrung nichts dringender brauchte als den Abschied, den mir Libby Hatch verwehrt hatte. Ich sah mich fieberhaft im Raum um, bis mein Blick auf Kats abgewetzte alte Handtasche fiel. Ich nahm sie und betete insgeheim, daß sie die wenigen Dinge enthielt, die ihr auf der Welt etwas bedeutet hatten – die Brieftasche ihres Vaters, das Bild ihrer Mutter und ihre Fahrkarte nach Kalifornien –, und ich dankte Gott, als ich sah, daß es an dem war. Dem Doktor sagte ich, wir könnten unmöglich zulassen, daß man Kat ohne diese Gegenstände auf irgendeinem Armenfriedhof verscharrte, und er sagte, ich solle mir den Kopf nicht darüber zerbrechen, er selbst werde dafür sorgen, daß sie ein anständiges Begräbnis auf dem Calvary-Friedhof in Queens bekomme.

Beim Klang des Wortes »Begräbnis« verflog der letzte Rest der Benommenheit, in der ich seit meinem Erwachen verharrt hatte, und in meiner Kehle wuchs ein dicker Kloß. Im Regen, der inzwischen fiel, lief ich hinaus zum Leichenwagen, fiel den beiden Männern in den Arm, die Kat gerade einladen wollten, und zog das Laken zurück, das sie verhüllte. Ein letztes Mal legte ich ihr die Hand auf das kalte Gesicht, beugte mich darüber und flüsterte ihr ins Ohr: »Nicht *vielleicht*, Kat – *bestimmt*. Vorher und immer noch ...«

Dann deckte ich sie langsam wieder zu und trat zurück, damit die beiden Männer ihre Aufgabe erfüllen konnten. Während ich dem Wagen nachsah, überwältigte mich die schreckliche Wirklichkeit so sehr, daß ich zu Miss Howard hinüberlief, die im Vestibül stand und mich mit einem Blick ansah, dem zu entnehmen war, daß sie wußte, wieviel mir Kat bedeutet hatte und was ich jetzt empfand. Ich vergrub mein Gesicht in ihrem Kleid und gab mich lange meinen Tränen hin.

»Sie hat sich Mühe gegeben, Stevie«, flüsterte Miss Howard und legte mir ihre Arme um die Schultern. »Sie hat sich zum Schluß große Mühe gegeben.«

»Aber es hat ihr nichts genützt«, brachte ich schließlich heraus.

»Das wäre auch gar nicht möglich gewesen«, entgegnete Miss Howard. »Sie hatte von Anfang an keine Chance ...«

Ich nickte und bemühte mich schniefend, meinen Kummer zu unterdrücken. »Ich weiß«, sagte ich.

Der Doktor, der dem Wagen bis zum letzten Augenblick nachgesehen hatte, trat durch den Vorgarten auf uns zu. »Das Leben hat ihr nicht viel geboten«, sagte er gefaßt, während er durch die offene Tür hinaussah. »Aber nicht das Leben hat ihr zum Schluß die letzte Möglichkeit genommen. Aus eigener Kraft hätte sie sich möglicherweise allem entziehen können, was sie hier erlebt hat, Stevie.« Er legte mir eine Hand auf den Kopf. »Dieses Bewußtsein muß immer im Vordergrund deines Denkens stehen.«

Ich nickte, wischte mir über das Gesicht und gab mir Mühe, mich zusammenzunehmen. Dann fiel mir etwas ein, was durch die Aufregung um Kats Tod in den Hintergrund gedrängt worden war. »Was ist mit Mr. Picton?« fragte ich. »Ist er ...«

»Er ist tot«, sagte der Doktor sanft. »Er ist gestorben, wo wir ihn aufgefunden haben – er hatte einfach zu viel Blut verloren.«

Mit einem Mal war mir, als gäbe der Boden unter mir nach. »Ach Gott...«, stöhnte ich; dann glitt ich an der Wand entlang zu Boden, faßte mir mit einer Hand an die Stirn und ließ die Tränen wieder laufen. »Warum nur? Was zum Teufel soll das alles...«

Der Doktor hockte sich vor mich. Seine schwarzen Augen waren rot gerändert. »Stevie«, sagte er. »Du bist in einer Welt aufgewachsen, in der die Menschen für Geld stahlen, für ihren Vorteil oder aus blinder Wut töteten, andere überfielen, um ihre Lust zu befriedigen – es war eine Welt, in der das Verbrechen eine Art entsetzlichen Sinn zu ergeben schien. Das Handeln dieser Frau kommt dir ganz und gar anders vor. Das aber ist es nicht. Alles geht auf die Art unserer Wahrnehmung zurück. Ein Mann vergewaltigt eine Frau, weil er keine andere Möglichkeit sieht, ein dringendes Bedürfnis zu befriedigen. Libby tötet, weil sie keine andere Möglichkeit sieht, Ziele zu erreichen, die für sie ebenso wichtig sind wie die Luft, die sie atmet, und die ihr eingepflanzt worden sind, als sie so jung war, daß sie nicht wissen konnte, was da vor sich ging. Wie der Vergewaltiger handelt sie entsetzlich unrecht, und es ist unsere Aufgabe – deine, meine, Saras, die Aufgabe von uns allen – zu verstehen, welche Art der Wahrnehmung zu einer solchen Handlungsweise führt, damit wir die Hoffnung haben dürfen, zu verhindern, daß sich andere davon versklaven lassen.« Er legte mir eine Hand aufs Knie und sah mir mit einem Ausdruck in die Augen, in dem aller Schmerz lag, den er empfunden hatte, als seine geliebte Mary Palmer gestorben war, nur wenige Schritte von dort entfernt, wo ich jetzt saß. »Dich hat ihre entsetzliche Art der Wahrnehmung und jene Versklavung einen Menschen gekostet, an dem dir sehr lag. Kannst du jetzt weitermachen? Uns bleibt nicht viel Zeit. Wenn du uns auf den letzten Schritten des Weges lieber nicht begleiten möchtest...«

Zwei Geräusche unterbrachen ihn: ein Donnergrollen vom Himmel und das Klingeln des Telephons aus der Speisekammer hinter der Küche. Ich weiß nicht, wie es kam, aber aus irgendeinem Grund erinnerte mich die Gleichzeitigkeit der beiden Geräusche daran, daß El Niño nach wie vor auf seinem Posten ausharrte und ich noch nichts von ihm gehört hatte. Als mir das bewußt wurde, hörte ich auf zu weinen und bemühte mich, auf die Füße zu kommen.

»Ich geh besser ran«, sagte ich und lief in Richtung Küche. »Vielleicht ist es El Niño – ich hab ihm den Auftrag gegeben, das Haus der Dusters zu überwachen.«

»Stevie.« Ich blieb stehen und wandte mich um. Der Doktor sah mich nach wie vor aufmerksam an, ernst und voll Mitgefühl. »Wenn du nicht weitermachen kannst, wird dir das niemand vorwerfen. Wenn du aber weitermachen möchtest, denk daran, was unsere Aufgabe ist.«

Ich nickte nur, eilte dann durch die Küche zum Telephon, nahm den Hörer auf und drückte die Sprechmuschel nach unten. »Ja?« sagte ich.

»Señorito Stevie.« Es war in der Tat El Niño, seine Stimme klang nach wie vor ausgesprochen entschlossen und sachlich. »Nachricht von Freundin?«

Ich seufzte tief auf und bemühte mich, den erneuten Ansturm der Tränen zu unterdrücken. »Die Frau hat sie gekriegt«, sagte ich. »Kat ist tot. Und Mr. Picton auch.«

El Niño murmelte leise etwas in einer Sprache, von der ich nicht einmal wußte, was es war, denn es klang weder englisch noch spanisch. Vermutlich war es die Sprache seines Stammes. »Oh«, fuhr er nach einer kurzen Pause fort. »Muß rächen. Kummer mit Señorito Stevie.«

»Wo bist du?« fragte ich.

»In Mietstall bei Haus von Frau. Mit Baby Ana gekommen. El Niño Mann Geld gegeben, damit telephonieren.«

»Und die Dusters?«

»Ganze Straße voll.«

»Laß dich auf nichts ein«, sagte ich ihm. »Wenn du ein paar von denen sehen kannst, heißt das, daß noch mehr da sind, die du *nicht* sehen kannst. Halt dich versteckt.«

»Ja. Aber wenn möglich – sie stirbt, ja?«

Ein Blick in die Küche zeigte mir, daß der Doktor und Miss Howard gekommen waren. Sie sahen zu mir her, wahrscheinlich wußten sie, wer am anderen Ende der Leitung war.

»Davon weiß ich nichts«, sagte ich und sah zum Doktor hin.

»Aber Señorito Stevie – Freundin *tot*...«

»Ist mir klar«, erwiderte ich. »Aber es könnte komplizierter sein, als wir gedacht haben. Wir müssen wissen... wissen, warum sie das tut.«

Der Eingeborene dachte einen Augenblick lang darüber nach und seufzte, bevor er antwortete: »Señorito Stevie – El Niño viele Menschen gesehen in Urwald, wo Tiger. Viele töten Menschen – viele nicht. Aber wenn Tiger Mensch tötet, dann muß töten Tiger – einmal Blut von Mensch, Tiger will immer Blut von Mensch.«

Ich konnte ihm unmöglich darauf antworten: Irgendwie war mir klar, daß seine Worte, so schrecklich sie klangen, durchaus einen Sinn ergaben.

»Señorito Stevie, noch da?«

»Ja.«

»Du auch Tiger jagen, oder Tiger ›verstehen‹?«

Ich sah zum Doktor hin. Trotz meines Kummers war mir klar, was ich zu tun hatte. »Das kann ich nicht«, sagte ich und wandte mich ab, damit der Doktor und Miss Howard meine Worte nicht hören konnten. »Ich kann mich dir nicht anschließen. Aber du mach weiter. Und ruf hier nicht wieder an – sie werden versuchen, dich zu hindern.«

Nach einer Pause sagte El Niño: »Ja. So gut. Wir nicht entscheiden, wie sein soll – nur Götter und Schicksal entscheiden, wer bei ihr zuerst. El Niño verstehen Freund Stevie.«

»Ja«, flüsterte ich. »Ich dich auch.«

»Hoffe, wir uns wieder sehen. Wenn nicht sehen – nicht vergesse, El Niño immer noch die Kleider von Señorito Stevie. Wenn sehen, dann El Niño dein Gesicht sieht, und wir Freunde. El Niño stolz.«

Bei diesen Worten wären mir fast wieder die Tränen gekommen. »Ich muß aufhören«, sagte ich und hängte den Hörer auf den Haken, bevor El Niño noch etwas sagen konnte.

»Der Eingeborene?« fragte der Doktor.

Ich nickte und trat in die Küche. »In der Bethune Street. Sie ist mit Ana dorthin zurückgekehrt. Um ihr Haus herum wimmelt es von Dusters.«

»Ich verstehe.« Nachdenklich umschritt der Doktor den Küchentisch. »Hat sie das Haus lediglich aufgesucht, um ihre Sachen zu packen? Oder will sie sich in der Sicherheit ihres Verstecks der Last entledigen, die Ana Linares jetzt für sie bedeutet?« Nachdem er eine Weile darüber nachgedacht hatte, schlug er mit der Faust auf den Tisch. »So oder so – wir haben keine Zeit mehr zu verlieren. Heute nacht muß es zur Entscheidung kommen. Falls Marcus Erfolg hat, können wir mit der Polizei ins Haus eindringen. Andernfalls ...«

»Aber selbst, wenn es dazu kommen sollte«, fügte Miss Howard hinzu, »dürfen wir dann sicher sein, daß sie dem Kind nichts tut, bevor wir da sind? Oder während wir versuchen, ins Haus zu gelangen?«

»Es gibt keine Sicherheit«, sagte der Doktor. »Wir müssen versuchen zu tun, was wir können. Daher schlage ich vor, Sara, daß Sie Señora Linares anrufen. Teilen Sie ihr mit, daß wir jetzt eingreifen müssen und das Ergebnis unseres Tuns ihrem Gatten möglicherweise nicht gefallen wird. Vielleicht zieht sie es vor, außerhalb ihres Hauses Zuflucht zu suchen.« Miss Howard nickte zum Zeichen, daß sie verstanden hatte, und trat in dem Augenblick ans Telephon, als Cyrus in die Küche kam und mir tröstend eine seiner kräftigen Hände auf die Schulter legte. »Aha, Cyrus«, fuhr der Doktor fort. »Ich glaube, wir können etwas von deinem ausgezeichneten Kaffee brauchen. Es sieht so aus, als würden wir so bald keine Gelegenheit bekommen, unseren Schlaf nachzuholen, und wir brauchen einen klaren Kopf.«

»Ja, Sir«, sagte Cyrus. Dann sah er zu mir herab. »Aber vielleicht reicht die Zeit, daß *du* ein Nickerchen machst, Stevie. Du könntest es brauchen.«

Ich schüttelte nur den Kopf. »Ich will nicht schlafen«, sagte ich und dachte an das, was geschehen war, als ich das vorige Mal eingenickt war. »Mach den Kaffee schön stark.«

»Wie immer«, sage Cyrus. »Ach ja, Doktor – der Detective Sergeant hat mich gebeten, Ihnen zu sagen, daß er ins Präsidium gegangen ist, um seinem Bruder zur Seite zu stehen. Er sagt, er macht sich Sorgen, weil das so lange dauert.«

»Ich auch«, entgegnete der Doktor und sah auf seine Uhr. »An und für sich müßte das eine ziemlich einfache Angelegenheit sein. Wie so vieles in diesem Fall…«

Da ich mich noch nicht imstande sah, über die Einzelheiten unseres weiteren Vorgehens zu sprechen, ging ich nach oben. Dort fand ich Mr. Moore im Salon. Er hatte einen der Großvatersessel des Doktors zu einem Fenster herumgedreht, das er geöffnet hatte, und gab sich dem Anblick des Gewitters hin, das weiterhin über der Stadt tobte. Ich ließ mich auf ein Sofa in seiner Nähe fallen und sah schweigend zu, wie der Wind an den Bäumen im Stuyvesant Park zerrte.

»Ein gräßliches Gewitter«, murmelte ich mit einem Blick zu Mr. Moore hinüber. Ich wollte sehen, ob auch auf seinem Gesicht etwas von der Trauer und Verwirrung lag, die an meiner Seele nagten.

»Ein gräßlicher Sommer«, antwortete er. »Aber in dieser gottverdammten Stadt spielt das Wetter immer verrückt…« Er wandte sich mir zu. »Es tut mir wirklich leid, Stevie.«

»Ja, mir auch. Ich meine, das mit Mr. Picton…«

Mr. Moore nickte und stieß den Atem laut aus, wobei er den Kopf schüttelte. »Und jetzt sollen wir das Weib fangen«, murmelte er. »Fangen und untersuchen. Das schmeckt mir in keiner Weise.«

»Nein«, stimmte ich zu.

Er hob einen Finger, als hielte er dem wütenden Himmel einen Vortrag. »Es war Ruperts feste Überzeugung«, sagte er, »daß sich von einem Mörder nichts mehr erfahren läßt, nachdem man ihn gefaßt hat. Er hat immer gesagt, das sei genauso, als wollte man die Jagdgewohnheiten wilder Tiere untersuchen, indem man ihnen zur Fütterungszeit im Zoo zusieht. Er hätte als erster gesagt, daß wir das Miststück umbringen sollen, falls wir eine Gelegenheit dazu haben.«

»Vielleicht kommt es ja so«, sagte ich achselzuckend. »El Niño ist noch immer irgendwo da draußen. Er wird sie bestimmt nicht nach ihren Motiven fragen. Ihm steht der Sinn nach nichts anderem als einem sauberen Schuß, sobald sie das Kind mal nicht auf dem Arm hat.«

»Nun, hoffentlich hat er Gelegenheit dazu«, sagte Mr. Moore tonlos. »Oder ich.«

Ich sah zu ihm hin. »Meinen Sie wirklich, daß Sie sie umbringen könnten?«

»Könntest du es?« fragte er und suchte eine Zigarette.

Ich zuckte die Achseln. »Ich hab schon darüber nachgedacht. Warum nicht ebensogut ich wie ein Elektriker in Sing Sing, wenn sie sowieso sterben muß? Aber… ich weiß nicht. Davon wird keiner wieder lebendig.«

Mr. Moore zündete sich seinen Glimmstengel an und stieß den Rauch aus. »Weißt du«, sagte er, wobei sein Gesicht nach wie vor traurig, aber auch zornig wirkte. »Ich hab diesen Spruch nie ausstehen können.«

Einige Minuten lang saßen wir stumm da, fuhren hin und wieder auf, wenn der Donner laut grollte oder ein Blitz mitten ins Herz der Stadt herabzufahren schien. Nach einer Weile kamen die drei anderen herein. Cyrus stellte das Tablett mit einem Kaffeeservice darauf auf dem Servierwagen ab. Offensichtlich konnte der Doktor Mr. Moores und meinen Gemütszustand deuten und unterließ es einstweilen, mit uns über irgendwelche Pläne zu reden. So tranken wir während der nächsten halben Stunde einfach Kaffee und sahen dem Gewitter zu – bis vor dem Haus eine Droschke vorfuhr, der die Brüder Isaacson entstiegen. Sie schienen sich unterwegs gestritten zu haben und hörten auch nicht damit auf, als sie ins Haus traten. Es sah ganz so aus, als hätten sich die Dinge in der Stadt nicht besonders günstig entwickelt.

»Nichts als die reine Feigheit«, erklärte Marcus, nachdem er sich Zeit genommen hatte, mir sein Beileid auszusprechen. »Hündische Feigheit! Natürlich ist man bereit, den Haftbefehl auszustellen. Wenn aber die Festnahme der Frau bedeutet, daß man gegen die Dusters vorgehen muß, will niemand was davon wissen.«

»Ich hab versucht, meinen Bruder daran zu erinnern«, sagte Lucius und goß sich eine Tasse Kaffee ein, »wie es beim vorigen Mal war, als die Polizei eine Großrazzia gegen die Hudson Dusters durchführen wollte. Es sind dermaßen viele Beamte im Krankenhaus gelandet, daß kleine Jungs an der West Side noch heute Streifenpolizisten mit Spottliedchen ärgern, in denen es um den Einsatz von damals geht.«

»Wir sollten auch daran denken, wen man gewöhnlich bei den Dusters herumhängen sieht«, fügte Miss Howard hinzu. »So mancher, der in der Stadt über gute Verbindungen verfügt, geht gern dorthin, um zu koksen und sich romantischen Vorstellungen über das Leben in der Unterwelt hinzugeben. Dummköpfe, die.«

»Das ist keine Entschuldigung für Feigheit«, beharrte Marcus und goß sich gleichfalls etwas von Cyrus' Gebräu ein. »Zum Kuckuck, es geht um eine einzige Frau, noch dazu eine Massenmörderin. Aber die Polizei will sich da nicht einmischen, weil sie fürchtet, sie könnte ihr Gesicht verlieren!«

»Sie will sich nicht einmischen«, sagte der Doktor, »weil bisher niemand ums Leben gekommen ist, den sie für wichtig halten. Marcus, Sie wissen ebensogut wie ich, daß das hier in New York immer so war – nur unter Roosevelt war das eine Weile anders, aber es hatte ja keine seiner Reformen Bestand.«

»Und was tun wir also?« fragte Lucius und sah sich im Raum um.

Ich wußte, was *ich* dachte, und ich wußte, daß Mr. Moore und Marcus wahrscheinlich ebenso empfanden: Wenn sonst niemand bereit war, die Aufgabe zu erledigen, würden wir eben in die Bethune Street gehen müssen, uns Zutritt zu jenem satanischen Haus verschaffen und tun, was zu tun war. Aber diese Ansicht würde keiner von uns dreien laut äußern, solange sich der Doktor im Raum befand, wußten wir doch, welch großen Wert er darauf legte, Libby Hatch lebend in die Hände zu bekommen.

Daher machte uns sein nächster Gedanke sprachlos: »Die Marine«, sagte er, wobei es in seinen schwarzen Augen aufblitzte.

»Die was?« fragte Mr. Moore und sah verwirrt drein.

»Die Marine«, wiederholte der Doktor und wandte sich an Marcus. »Detective Sergeant – wir wissen, daß Zusammenstöße mit der New Yorker Stadtpolizei den Hudson Dusters eine hochwillkommene Abwechslung sind. Was würden sie Ihrer Meinung nach sagen, wenn sie es mit der Marine der Vereinigten Staaten zu tun bekämen?«

»Kreisler«, sagte Mr. Moore. »Bei dir scheint eine Schraube locker zu sein …«

Ohne auf ihn zu achten, nickte Marcus. »Spontan würde ich sagen, daß die Dusters kneifen würden – jeder weiß, daß Matrosen als Schläger verrufen sind. Außerdem steht hinter ihnen die Macht der Bundesregierung und nicht nur die der Stadt – lokalpolitische Verflechtungen und örtliche Eifersüchteleien würden also keine Rolle spielen.«

Der Doktor schlug sich mit den Knöcheln der Rechten gegen den Mund. »Ja«, sagte er leise. Dann schien ihm ein weiterer Gedanke zu kommen. »Liegt nicht der Anleger der White-Star-Linie nur einige Nebenstraßen hinter Libby Hatchs Haus an der Bethune Street?«

»So ist es«, sagte Miss Howard mit fragendem Gesicht. »An der Zehnten Straße. Warum, Doktor?«

Der Doktor sah die Morgenausgabe der *Times* aus Marcus' Jackettasche ragen, stand auf und zog sie heraus. Flink durchblätterte er sie auf der Suche nach einer kleinen, aber, wie es schien, wichtigen Angabe. Schließlich sagte er nickend: »Zur Zeit liegt kein Schiff der White-Star-Linie im Hafen. Er könnte also ein Boot dort anlegen, was uns die Möglichkeit gäbe, uns von hinten an das Haus heranzupirschen. Damit würden wir die Bande vermutlich ziemlich überraschen.«

»Wer könnte das?« schrie Mr. Moore fast heraus. »Laszlo, was zum Teufel …« Mit einem Mal klappte sein Unterkiefer herunter, als er verstand. »Nein, nein, Kreisler, das ist verrückt. Du kannst doch nicht – nicht *Roosevelt*!«

»Doch«, antwortete der Doktor und hob lächelnd den Blick von der Zeitung. »Roosevelt.«

Mr. Moore erhob sich mühsam. »Du willst Theodore in diesen Fall verwickeln? Wenn der merkt, was da gespielt wird, bricht er gleich hier in der Stadt seinen verdammten Krieg gegen Spanien vom Zaun!«

»Genau deshalb darf er nicht alle Einzelheiten erfahren«, sagte der Doktor. »Ana Linares' Name und Herkunft gehen ihn nichts an. Unser Versuch, eine Kette von Morden und eine Entführung aufzuklären, ohne daß die New Yorker Polizei uns dabei unter die Arme greift, dürften mehr als genügen, um sein Interesse zu wecken.«

»Aber«, sagte Miss Howard, die wie Mr. Moore und der Doktor den größten Teil ihres Lebens hindurch mit Roosevelt bekannt gewesen war, »was könnte Theodore denn tun? Er ist zwar Unterstaatssekretär im Marine-Ministerium, aber...«

»Gerade jetzt tut er so, als wäre die Flotte sein Privatbesitz«, erwiderte der Doktor und hielt einen Umschlag hoch. »In unserer Abwesenheit ist ein Brief von ihm gekommen. Sein Chef, Minister Long, befindet sich offenbar den ganzen August über im Urlaub, und Theodore hat kühne Entscheidungen getroffen. In Washington nennt man ihn inzwischen den ›Sommer-Minister‹, und er ist ungemein stolz darauf. Etwas anderes dürften wir von ihm auch gar nicht erwarten. Bestimmt liegen ein oder zwei einsatzfähige Schiffe draußen auf der Marinewerft von Brooklyn – vielleicht sogar noch näher. Die Mannschaften dürften für unsere Zwecke mehr als ausreichen. Ein Einsatzbefehl von Roosevelt ist alles, was nötig ist.«

Mr. Moore schlug sich leicht gegen die Wange und versuchte, sich mit der Vorstellung anzufreunden. »Mal sehen, ob ich das verstanden habe: Du schlägst vor, daß Roosevelt der *Marine* der Vereinigten Staaten den Befehl gibt, Greenwich Village zu besetzen und gegen die Hudson Dusters zu kämpfen.«

Erneut verzog der Doktor leicht den Mund. »Mehr oder weniger, ja.«

Sogleich mischte sich Marcus ein. »Das klingt möglicherweise befremdlich, John«, sagte er, offenbar von der Vorstellung angetan. »Aber in etwaigen Berichten darüber wird das nicht so aussehen. Sollte es zu Tätlichkeiten kommen, wird jeder annehmen, daß es eine typische Prügelei zwischen Matrosen und Verbrechern war. Unterdessen können wir unsere Aufgabe erledigen.«

Der Doktor steckte Mr. Roosevelts Brief in die Tasche und lief zur Treppe. »Ich ruf ihn gleich in Washington an«, sagte er und war schon auf dem Weg nach unten zur Küche. »Wir haben keine Zeit zu verlieren – ich bin überzeugt, daß die Frau gerade in diesem Augenblick ihre Flucht aus der Stadt plant!«

Mit einem Mal erfüllte ein neues Lebensgefühl das Haus. Mir war klar, daß es auf die bloße Möglichkeit eines Eingreifens durch Roosevelt zurückging. So wirkte New Yorks früherer Polizeipräsident nun einmal auf Menschen: Keiner der engen Freunde des Doktors schätzte lebendiges Handeln mehr als er – das galt vor allem für eine ordentliche Auseinandersetzung, ganz gleich, ob im Boxring, in der politischen Arena oder auf dem Kriegsschauplatz. Zugleich aber war Mr. Roosevelt gütiger als die meisten Menschen, die ich in all den Jahren im Hause des Doktors kennengelernt hatte, und ich merkte, daß sogar ich in meiner Trübsal viel Trost in dem Gedanken fand, er könnte uns dabei helfen, Libby Hatch der

Gerechtigkeit zu überantworten. Natürlich war der Einfall verrückt, da hatte Mr. Moore schon recht; aber fast alles, was Mr. Roosevelt tat, wirkte anfänglich verrückt – trotzdem kam dabei am Ende meist nicht nur etwas Bedeutendes heraus, sondern auch etwas Gutes. Während wir also darauf warteten, daß der Doktor aus der Speisekammer zurückkehrte, begannen wir uns mit einem Interesse, das an Begeisterung grenzte, über Einzelheiten des Planes auszulassen. Angesichts all dessen, was wir erlebt hatten, wirkte das überraschend.

Als der Doktor wieder nach oben kam, wirkte er zwar nicht gerade erregt, aber doch sehr zufrieden. »Er macht's. Wir sollen hier warten – er sorgt dafür, daß uns jemand von der Marinewerft mitteilt, welches Schiff zur Verfügung steht, und wann. Jedenfalls hat er mir zugesagt, daß es heute abend noch losgeht.«

Mr. Moore stieß einen weiteren ungläubigen Seufzer aus, doch selbst er lächelte inzwischen ein wenig. »Gott steh uns bei ...«

So begannen weitere lange Stunden des Wartens, die wir mit weiteren Tassen von Cyrus' Kaffee überbrückten. Anfangs verwandelte sich unsere stille Vorfreude allmählich in ein sonderbar unruhiges Hoffen; doch ließ dieses Gefühl allmählich nach, während der Nachmittag verging, vor allem deshalb, weil Telephon und Türklingel auffällig still blieben. Mr. Roosevelt pflegte keine Zeit zu vergeuden; und daß wir von keinem seiner Männer, weder in Brooklyn noch sonstwo, etwas hörten, wirkte eigenartig. Der Regen ließ nicht nach, und schließlich sorgte sein gleichmäßiges Klopfen ans Fenster dafür, daß uns alle die Erschöpfung übermannte. Zwar warteten wir begierig darauf, etwas tun zu können, aber das änderte nichts daran, daß seit Samstag nacht keiner von uns mehr als eine oder zwei Stunden richtig geschlafen hatte. Einer nach dem anderen verzog sich zu einem Nickerchen in sein Zimmer, und jedesmal, wenn einer aus seinem unruhigen Schlaf hochfuhr, bekam er die enttäuschende Mitteilung, daß nach wie vor keine Botschaft aus Washington oder Brooklyn eingetroffen war.

Als es schließlich fast fünf Uhr war, ging der Doktor wieder nach unten, um Mr. Roosevelt noch einmal anzurufen. Als er zurückkehrte, wirkte seine Stimmung völlig verändert. Zwar hatte er seinen Freund nicht erreicht, wohl aber beim Gespräch mit dessen Sekretärin den deutlichen Eindruck gehabt, daß sich der Mann im Büro befand und den Anruf nicht entgegennehmen wollte. Niemand verstand das: Mr. Roosevelt war nicht der Mann, der das offene persönliche Gespräch scheute, schon gar nicht, wenn es sich um jemanden handelte, an dem ihm lag und den er achtete. Falls er zu dem Ergebnis gekommen wäre, daß er seine Zusage nicht einhalten konnte, hätte er sich bestimmt am Telephon gemeldet und das gesagt. Was also konnte die Erklärung für sein Verhalten sein? War er auf irgendeine Weise dahintergekommen, daß zwischen dem Fall Libby Hatch und der Frage der spannungsgeladenen Beziehungen zwischen den Vereinigten Staaten und Spanien eine Verbindung bestand, und wollte er jetzt auf eigene Faust Erkundigungen einziehen?

Diese Art Frage war nicht dazu angetan, unsere abflauende Begeisterung anzustacheln, und um sieben Uhr dösten wir, allesamt im Salon des Doktors verstreut. Endlich hatte der Regen nachgelassen. Ich lag an einer der offenen Fenstertüren auf dem Teppich, ließ mein Gesicht von der kühlen Luft umwehen, die das Gewitter mit sich gebracht hatte, und genoß die erste wirkliche Ruhe, die mir an jenem Tag gegönnt war. Dennoch war es ein leichter Schlaf, in den Geräusche mühelos eindrangen. Was ich gegen halb acht hörte, war so vertraut und zugleich so unerwartet, daß ich nicht hätte sagen können, ob ich schlief oder wachte. Durch das Fenster drang Mr. Roosevelts laute, krähende Stimme herein.

»Warten Sie hier!« sagte sie. Dann hörte ich, wie sich ein Kutschenschlag schloß. »Sie bringen uns zur Werft, sobald ich mit den anderen gesprochen habe!«

»Ja, Sir!« kam zackig die Antwort. Ich drehte mich auf die Seite und sah hinaus.

Dort stand in seinem besten schwarzen Leinenanzug der Unterstaatssekretär der Marine an der Seite eines Mannes in der Uniform eines Marineoffiziers.

»Heiliger Strohsack«, murmelte ich und rieb mir die Augen, um sicher zu sein, daß ich nicht träumte. »Heiliger Strohsack!« wiederholte ich so laut, daß die anderen aus ihrem Schlaf auffuhren. Ich mußte unwillkürlich lächeln, sprang auf und rüttelte an jeder Schulter, die ich zu fassen bekam. »Er ist da! Doktor... Miss Howard... es ist Mr. Roosevelt! Er ist hier! Ist es denn zu fassen!«

Bei dieser Nachricht erhoben sich die anderen und sahen ebenso verwirrt drein wie zuvor ich – bis sie hörten, daß sich die Haustür öffnete.

»Doktor?« ertönte es von unten. »Moore! Wo zum Teufel steckt ihr alle?« Schwere Schritte ertönten auf der Treppe und wurden von weiteren Rufen begleitet. »Und wo ist die sagenhafte Sara Howard, meine frühere Sekretärin?«

Noch ein paar schwere Schritte, dann zeigten sich die unverkennbaren Züge im Schatten des Treppenabsatzes: Umgekehrt wie bei Mr. Lewis Carrolls Cheshire-Katze sah man bei Mr. Roosevelt im allgemeinen zuerst das breite Grinsen, wobei die großen Zähne noch in der schwärzesten Finsternis deutlich sichtbar waren. Als nächstes erkannte man die zwinkernden Äuglein hinter der kleinen Nickelbrille und schließlich den kantigen Kopf, den weit ausladenden Schnurrbart und den riesigen gewölbten Brustkorb, den er nach einer Kindheit voll entsetzlichen Leidens an Asthma zu einem der mächtigsten der Welt entwickelt hatte.

»Nun!« rief er und trat auf uns zu, von dem wesentlich zurückhaltenderen und außerordentlich umsichtig wirkenden Marineoffizier gefolgt. »Das hab ich gern! Verbrecher begehen ungehindert Greueltaten, und ihr lungert alle hier herum, als gäbe es nichts zu tun!« Mit in die Hüften gestützten Händen trat er in den Salon, immer noch von einem Ohr bis zum anderen grinsend. Dann stieß er dem Doktor seine Rechte entgegen. »Kreisler! Ich bin entzückt, Sie zu sehen, Doktor, wirklich *entzüückt*!«

»Hallo, Roosevelt«, gab der Doktor mit einem Lächeln zurück. »Ich hätte mir denken können, daß Sie sich das nicht entgehen lassen wollen.«

»Teufel auch«, sagte Mr. Moore. »Das hätten wir uns *alle* denken müssen.«

Mr. Roosevelt ging von einem zum anderen, drückte jedem fest die Hand und ließ sich von Miss Howard liebevoll umarmen. Besonders schien er sich zu freuen, daß die Brüder Isaacson da waren und nach wie vor für die Polizei arbeiteten – schließlich hatte er selbst sie eingestellt, im Zusammenhang mit seinem Versuch, den eisernen Griff zu lösen, in dem der verschworene Verband der Iren in Tammany Hall das Polizeipräsidium gehalten hatte. Als er schließlich auch mich begrüßte, war ich von seiner Anwesenheit und der neuen Hoffnung, die er mit sich zu bringen schien, so aufgeregt, daß ich unruhig von einem Fuß auf den anderen trat. Doch muß noch ein großer Teil der Trauer auf meinem Gesicht gelegen haben, denn Mr. Roosevelt sagte mit ernstem Gesicht und aufrichtigem Mitgefühl, während er mir die Hand schüttelte und in die Augen sah: »Nun, mein Junge. Du hast, wie ich höre, ziemlich viel mitgemacht. Aber zweifle nicht, Stevie ...« Er legte mir eine seiner kräftigen Pratzen auf die Schulter. »Wir sind gekommen, um der Gerechtigkeit zum Sieg zu verhelfen!«

# Kapitel
# 54

Während die Isaacsons für unseren Angriff auf das Haus Bethune Street Nr. 39 bereitlegten, was sie an Einbruchswerkzeug und Waffen besaßen, gingen wir anderen daran, uns passend umzuziehen. Wenn Mr. Roosevelt in der Nähe war, stand niemand lange still und verschwendete auch keine Zeit. Als wir wieder im Salon zusammenkamen, stellte uns der einstige Polizeipräsident seinen Begleiter vor.

»Kapitänleutnant William W. Kimball«, sagte Mr. Roosevelt stolz, fast, als wäre der Offizier einer seiner Söhne und nicht ein Mann, der erkennbar deutlich älter war als er. Als ich an der Reihe war, ihm die Hand zu schütteln, fragte ich mich im stillen, warum der Mann in seinem Alter (er mußte um die Fünfzig sein) einen doch eher niedrigen Rang bekleidete. Erst später erklärte man mir, daß seine Situation nicht ungewöhnlich war: Da seit dem Bürgerkrieg die Marine der Vereinigten Staaten nicht in Gefechte verwickelt worden war, ging es mit der Beförderung nur noch sehr langsam voran. »Kapitänleutnant Kimball ist Dozent an der Marine-Akademie«, fuhr Mr. Roosevelt fort, »und er hat nicht seinesgleichen, wenn es um Schlachtpläne geht.«

»Na, hör mal, Roosevelt«, spottete Mr. Moore. »Planst du etwa einen Krieg?«

Mr. Roosevelt hob einen Finger. »Nein, Moore, mich legst du mit keiner Reporterfrage rein. Die Marine arbeitet *immer* an Einsatzplänen, für den Fall, daß es zu einem Konflikt kommt, ganz gleich, mit welcher Macht.«

»Ich hätte nicht geglaubt, daß wir für das Unternehmen, das wir heute abend vorhaben, einen strategischen Plan brauchen«, sagte der Doktor mit einem neugierigen Blick auf den Offizier. »Aber selbstverständlich sind Sie uns willkommen, Kapitänleutnant Kimball.«

»Vielen Dank, Doktor«, sagte dieser verbindlich. Zwar schien auch er (neben dem üblichen ausladenden Schnurrbart) den wiegenden Gang eines Seemanns zu haben, doch erkannte man schon an seiner Stimme, daß er auch weit klüger war als der durchschnittliche Marineangehörige. »Im übrigen ist nicht strategische Planung der Grund dafür, daß Mr. Roosevelt mich mitgebracht hat. Ich verfüge über Kenntnisse auf anderen Gebieten, von denen er annahm, daß sie nützlich sein könnten.«

»So ist es!« stimmte Mr. Roosevelt zu und schlug dem Kapitänleutnant auf den Rücken. »Kimball ist seiner Zeit voraus. Von den meisten unserer Militärs höre ich nichts als ›Schlachtschiffe, Schlachtschiffe, Schlachtschiffe‹, aber Kimball hat sich mit der Entwicklung einer Waffengattung beschäftigt, welche die Seeschlachten des *nächsten* Jahrhunderts statt die des *vorigen* entscheiden wird. Torpedos! Unterseeboote! Ich sage Ihnen, unser Kapitänleutnant hier steht dem französischen Romancier Verne in nichts nach!«

Das erweckte mein Interesse, denn der Doktor hatte mir oft Bücher von Jules Verne zum Lesen gegeben, und dessen Berichte vom Leben unter dem Meere, von Reisen zum Mond und von leistungsfähigen neuen Waffen hatten mich an mehr als einem Abend lange wachgehalten, wobei mich immer die Frage beschäftigt hatte, welche Welt uns in der Zukunft tatsächlich erwarten mochte. »Stimmt das, Sir?« fragte ich, so achtungsvoll, wie ich konnte. »Werden wir wirklich unter Wasser kämpfen wie Kapitän Nemo?«

Kimball lächelte und fuhr mir durch die Haare. »Gewiß, junger Freund – aber ohne Nemos Elektrokanonen. Jedenfalls im Augenblick nicht. Die wichtigste Waffe der Unterseeboote wird der *Torpedo* sein, und im Verein mit Torpedobooten werden sie die tödlichsten Feinde *aller* Schiffe werden.«

»Torpedoboote?« sagte ich. »Wie sehen die aus?«

»Die sind der Grund, warum Kapitänleutnant Kimball hier ist, Stevie«, antwortete Mr. Roosevelt. »Es sind kleine, leicht gepanzerte Schiffe, die erstaunliche Geschwindigkeiten erreichen. Ich bin vor einigen Wochen auf einem von Oyster Bay nach Newport gefahren und kann euch allen sagen – es war einzigartig! Man kann diese Boote mit temperamentvollen Pferden vergleichen – sie sind schnell, wendig, können von einem Augenblick auf den anderen zuschlagen und gleich wieder verschwinden.« Er wandte sich dem Doktor zu. »Ich hatte den Eindruck, daß für unseren Einsatz heute abend genau diese Eigenschaften erforderlich sind, Kreisler.«

Der Doktor dachte darüber nach. »Ja – ja. Die Fähigkeit, plötzlich aufzutauchen und schnell zu verschwinden, wird von großem Vorteil sein. Und wo befinden sich diese Boote im Augenblick?«

»Wir haben mehrere drüben auf der Werft liegen«, antwortete Kapitänleutnant Kimball. »Sie kommen mit einer vergleichsweise kleinen Besatzung aus, aber wir können weitere Männer an Bord nehmen, wenn uns das erforderlich scheint.«

»Wenn es gegen die Dusters geht, kann die Parole nur heißen: ›je mehr, desto besser‹«, sagte Mr. Moore. »Vermutlich genügt die Reichweite dieser ›Torpedos‹ nicht, um sie ein paar Häuserblocks weit ins Binnenland abzufeuern?«

»Ich fürchte, nein, Mr. Moore«, antwortete Kapitänleutnant Kimball mit einem Lächeln. »An Land sind wir auf uns selbst angewiesen.«

»Ja«, sagte Mr. Moore. Es klang nicht besonders begeistert. »Das hatte ich schon befürchtet.«

»Nur Mut, John!« sagte Mr. Roosevelt und schlug seinem alten Freund in der gleichen Weise wie zuvor Kapitänleutnant Kimball auf den Rücken. Mr. Moore allerdings schien das nicht besonders zu behagen. »Wir können eine halbe Hundertschaft Matrosen gegen die Rabauken aufbieten ...«

»Teddy«, unterbrach ihn Mr. Moore, der sehr wohl wußte, daß Mr. Roosevelt diesen Spitznamen aus Kindertagen nicht übermäßig schätzte. »Es wird ein anstrengender Abend, und wenn du jetzt schon anfängst, auf mir rumzudreschen, kann ich bestimmt nicht mehr stehen, wenn es vorbei ist.«

»Ha! Mit solchen Worten führst du mich nicht hinters Licht. Ich kenne deine wahren Fähigkeiten, Moore – du hast sie bei unserem letzten gemeinsamen Abenteuer deutlich bewiesen!« Dann trat er zu Miss Howard und nahm ihre Hände in seine. »Und Sie, Sara – Ihr Kleid wirkt zwar unauffällig, aber ich möchte wetten, daß darin genug Platz für deinen Colt mit den Perlmutt-Griffschalen ist!«

»Und für einen reichlichen Vorrat an Patronen«, sagte Miss Howard nickend. »Es soll also keiner auf den Gedanken kommen, sich damit in Gefahr zu bringen, daß er sich um mich kümmert.«

»Als ob wir *das* nicht wüßten«, sagte Lucius und schüttelte den Kopf.

»Ah, und meine Makkabäer!« sagte Mr. Roosevelt und trat zu den Isaacsons. »Kimball, Sie werden nie zwei Männern begegnen, die mehr Mut und Klugheit verkörpern als die beiden Detective Sergeants hier. Man hat mir alles mögliche an den Kopf geworfen, weil ich Juden bei der Polizei eingestellt habe, aber ich rücke keinen Millimeter von meiner Entscheidung ab. Sechs oder sieben solcher Männer in der Marineabwehr – ah.« Er merkte, daß er im Begriff stand, zu viel über seine Arbeit in Washington auszuplaudern, und so lächelte er lediglich und hob eine Hand. »Aber ich schweife von den anstehenden Aufgaben ab. Cyrus!« fuhr er fort und trat zu meinem kräftigen Freund. »Was ist mit Ihnen – wollen Sie sich ausschließlich auf Ihre Fäuste verlassen oder etwas Handfesteres mitnehmen?«

»Die Fäuste genügen mir, Sir«, sagte Cyrus mit einem Lächeln. »Ich schulde dem einen oder anderen von den Dusters ein paar ordentliche Prügel.«

»Ich zweifle keine Sekunde daran, daß Sie die loswerden. Wissen Sie, wir beide müssen eines Tages unbedingt mal ein paar Runden miteinander in den Ring steigen!« Mr. Roosevelt hielt die Arme wie ein Boxer vors Gesicht und stieß einige Male leicht in Cyrus' Richtung. »Das müßte doch Spaß machen, was?«

»Ich stehe zu Ihrer Verfügung, Sir«, antwortete Cyrus mit einer leichten Verbeugung und nach wie vor lächelnd.

»Erstklassig«, antwortete Mr. Roosevelt. »Großartig. Nun, man erwartet uns auf der Werft! Die Besatzungen sind informiert und warten auf ihren Einsatz. Sind alle bereit? Gut! Ich habe einen Landauer unten, der die meisten von uns aufnehmen kann. Vielleicht können die übrigen in einer Ihrer Kutschen fahren, Doktor.«

»Ich fürchte, wir brauchen Droschken«, erwiderte der Doktor, »da wir noch keine Gelegenheit hatten, unsere Pferde aus dem Tattersall zurückzuholen.«

»Gut. Wer fährt dann mit dem Kapitänleutnant und mir?« fragte Mr. Roosevelt. »Was ist mit dir, Stevie? Möchtest du noch mehr Geschichten über die großartigen Waffen hören, die Kapitänleutnant Kimball auf die Welt loszulassen gedenkt?«

Rasch und mit begierigem Blick sah ich zum Doktor hinüber. Er nickte mir zu, da ihm wohl klar war, wie gern ich mit jenem Mann fahren wollte, und warum. Eine Unterhaltung über Waffen und Kriegstaktik war für mich nicht nur spannend wie für jeden Jungen, sondern sprach in jenem Augenblick auch einen durch Kats Tod ausgelösten tief in mir verborgenen Wunsch an, der im Laufe des Tages immer stärker geworden war: die Hoffnung, daß wir schließlich einen Schlag gegen Libby Hatch würden führen können, auf den nicht einmal *sie* vorbereitet war.

»Ja, Sir«, sagte ich zu Mr. Roosevelt. »Das würde mir gefallen.«

»Gut! Kimball, ich ernenne für die Dauer dieses Einsatzes den jungen Taggert zu Ihrer Ordonnanz. Unterschätzen Sie ihn nicht – eine Reihe von Beamten der Stadtpolizei haben diesen Fehler gemacht, und manche von ihnen können bis auf den heutigen Tag nicht ordentlich gehen.« Dann wandte er sich mit ernsterem Ausdruck dem Doktor zu. »Ich hoffe, *Sie* werden auch mit uns fahren, Doktor«, sagte er, und mit einem Blick auf Miss Howard fügte er hinzu: »Und auch du, Sara, denn ich muß gestehen, daß ich gern mehr über diese teuflische Frau wüßte, hinter der wir her sind.«

Während wir aus dem Haus traten und zur Ecke der Zweiten Avenue gingen, wohin uns Mr. Roosevelts großer Landauer folgte, dessen beide Verdecke als Wetterschutz hochgeklappt waren, lösten sich die dicken grauen Gewitterwolken auf, die den ganzen Tag über der Stadt gehangen hatten und zeichneten sich als schwarze Flecken am mondhellen Himmel ab. Nachdem wir für Mr. Moore, die Detective Sergeants und Cyrus zwei Droschken angehalten hatten, stiegen wir hinter Mr. Roosevelt und Kapitänleutnant Kimball in den geräumigen Landauer. Schon bald sprachen der Doktor, Miss Howard und Mr. Roosevelt über Libby Hatch und den Fall, aber leise, um meine Gefühle zu schonen, was ich sehr zu schätzen wußte. Der freundliche Kapitänleutnant wirkte so entschlossen, mich zu unterhalten, daß ich mich fragte, ob ihm möglicherweise Mr. Roosevelt – der zumindest in Grundzügen wußte, was ich an jenem Tag durchgemacht hatte – Anweisungen gegeben hatte, mich möglichst aufzumuntern. Falls sich das so verhielt, befolgte er den Befehl buchstabengetreu. Nachdem er all die Wunderdinge beschrieben hatte, von denen er erwartete, daß sie in den nächsten zehn oder zwanzig Jahren den Seekrieg verändern würden, berichtete er über fremde Länder, in denen er gedient hatte, und über die sonderbaren Menschen, denen er dort begegnet war. Zwar konnten mich diese Geschichten nicht recht aufmuntern, doch lenkten sie mich zumindest eine Weile von den finsteren Gedanken ab, die nach wie vor nur darauf warteten, meine Seele zu verdunkeln.

Wir überquerten den East River auf der Brooklyn Bridge, bogen dann scharf nach links ein und fuhren am Wasser entlang, bis wir die Bucht von Wallabout erreichten, von wo es in das riesige Gewirr aus Trockendocks, Anlegern, Kränen, Bahngleisen, Versorgungsdocks, Gießereien und Werfthallen ging, aus denen die Marinewerft von Brooklyn bestand. Das Ganze war eine richtige New Yorker Institution, die noch vom Anfang des Jahrhunderts stammte und den Bewohnern der Stadt so vertraut war wie jeder andere Teil des Hafens. Aus irgendeinem Grund aber machte sie auf mich an jenem Abend einen ganz anderen Eindruck als sonst. Ich überlegte, daß es vielleicht an meiner trüben Stimmung lag, vielleicht aber auch daran, daß ich in Begleitung des Mannes dorthin fuhr, der im Augenblick der höchstrangige Vertreter der Marine im Lande war. Bald aber merkte ich, daß keins von beiden zutraf.

Es lag an der Beleuchtung. Alles war in helles Licht getaucht, und im Schein der Lampen arbeiteten Dutzende von Männern, und das an einem Montag abend kurz vor zehn. Dann fiel mir auf, woran die Männer arbeiteten: Überall, wo Platz dafür war, lagen gepanzerte Kriegsschiffe – manche halbfertig, andere fast bereit auszulaufen, alle aber riesig und eindrucksvoll.

»Hier wird ja mächtig gebaut, Mr. Roosevelt«, sagte ich und sah staunend zu, wie Männer mit lauten Rufen rotglühende Stücke Stahl durch die Schwärze der Nacht zu den Nietern hinüberwarfen.

»Ja«, antwortete Mr. Roosevelt und sah sich um wie ein Kind bei der Weihnachtsbescherung. »Vor zwei Jahren haben wir hier die *Maine* vom Stapel laufen lassen, und so manches andere Schiff seither. Ihnen werden noch viele folgen!«

Aus dem Augenwinkel sah ich, wie der Doktor Miss Howard einen Blick zuwarf: eine stumme Erinnerung daran, wie wichtig es war, daß Mr. Roosevelt keinesfalls merkte, wessen Kind wir zu retten versuchten oder warum wir uns gezwungen gesehen hatten, so vorzugehen, wie wir es getan hatten. Die Tochter eines hohen spanischen Konsularbeamten war verschwunden, eben dieser Beamte hatte seine Frau verprügelt, ohne daß es ihm darauf anzukommen schien, ob er sein Kind wiedersah oder nicht; die Lügen, mit denen das spanische Konsulat den Fall in der Öffentlichkeit vertuscht hatte; mit einem Mal sah es ganz so aus, als ließe sich zwischen all dem und dem geschäftigen Treiben in der Marinewerft ohne weiteres eine Verbindung herstellen, und zwar auf eine Weise, die weit größeres Unheil bedeutete als alles, was *wir* in jüngster Zeit erlebt hatten.

Die Torpedoboote, von denen Mr. Roosevelt und Kapitänleutnant Kimball gesprochen hatten, lagen weit hinten an einem Betonanleger, und es waren ziemlich viele. Sie waren kaum größer als die Dampfjachten und -barkassen, die den Verkehr im Hafen besorgten, besaßen aber um ein Vielfaches stärkere Maschinen, die zwei oder gar drei Schornsteine verlangten. Gleichzeitig waren sie weit schnittiger gebaut als die Jachten und

Barkassen, und ihre elegante Tropfenform ließ es unmöglich erscheinen, daß sie überhaupt mit Stahl gepanzert waren. Dick war die Panzerung auf keinen Fall – wie Mr. Roosevelt sagte, ging es bei ihnen mehr um Geschwindigkeit als um Sicherheit, und sie konnten notfalls eine Geschwindigkeit von über dreißig Knoten erreichen.

Zusätzlich zu den Besatzungen der Torpedoboote standen rund zwei Dutzend weitere Männer am Kai bereit. Es sah ganz so aus, als hätte man sie für die bevorstehende Aufgabe eigens ausgewählt. Ich hatte in jungen Jahren viele Schlägereien miterlebt, an denen Seeleute beteiligt waren, und gesehen, wie diese das eine oder andere Tanzlokal und mehr als ein Wirtshaus zu Kleinholz gemacht hatten, wenn sie sich von einem zu fingerfertigen Kartenspieler oder einer überredungskräftigen ›Tänzerin‹ übervorteilt fühlten. Aber sie alle hätten den Burschen, die an jenem Abend in der Werft auf uns warteten, nicht das Wasser reichen können. Diese muskelbepackten, narbenbedeckten Kerle juckte es offensichtlich in den Fingern, sie schienen ihre Vorfreude kaum so weit bändigen zu können, daß sie strammstehen konnten, als Kapitänleutnant Kimball und Mr. Roosevelt aus dem Landauer stiegen. Kimball besprach sich kurz mit den drei Torpedoboot-Kommandanten, die dann ihre Besatzungen neben den bereits am Kai stehenden Schlägern Aufstellung nehmen ließen. Dann trat er vor die Versammelten – sie machten, wie ich zugeben mußte, durchaus den Eindruck, den Dusters gewachsen zu sein –, ließ sie sich rühren und begann dann am Kai auf und ab zu schreiten, während er den Auftrag erläuterte, der an jenem Abends zu erledigen war.

»Meine Herren!« rief er, wobei man seiner kräftigen Stimme weder seine fünfzig Jahre noch seine übliche Aufgabe als Stratege anhörte. »Die meisten von Ihnen wissen bestimmt, daß es unmöglich ist, in Onkel Sams Dienst dreißig, zehn oder auch nur fünf Jahre über die Meere zu fahren, ohne zu merken, daß die Vereinigten Staaten von Amerika das beste und ruhmreichste Land der Erde sind und eine Führungsrolle beanspruchen – in allem!« An dieser Stelle brachen die Männer in Hochrufe aus, und Mr. Roosevelt stimmte kräftig mit ein. Wir übrigen hielten uns zurück, denn wir hatten den Eindruck, daß es sich nicht ziemte mitzugrölen – obwohl ich das Bedürfnis danach empfand. »Aber«, fuhr der Kapitänleutnant fort, »vermutlich wissen Sie auch, daß die Vereinigten Staaten nicht in allem führen können, solange ihnen Feinde im Wege stehen. *Äußere* Feinde – sie werden, wenn wir Glück haben, bald die Macht der großartigen Schiffe spüren, die wir hier gerade bauen – und Feinde im *Inneren*, die noch heute abend unsere Macht zu spüren bekommen sollen!« Darauf legten die Männer erneut mit ihrem Hurra-Gebrüll los, und es kostete Kimball große Mühe, sie wieder zu beruhigen. »Ich fordere Sie jetzt auf, Ihre ungeteilte Aufmerksamkeit dem ehrenwerten Unterstaatssekretär der Marine, Mr. Theodore Roosevelt, zu schenken!«

Mr. Roosevelt trat vor, zog die Augen zu Schlitzen zusammen und sah die Männer an, die vor ihm standen. »Männer«, sagte er auf seine typische knappe Weise. »Manchem von euch mag die Aufgabe, die vor uns liegt, sonderbar erscheinen. Warum, mögt ihr euch mit Recht fragen, überträgt man uns die Aufgabe, auf eigenem Boden dem Gesetz dieses Landes zur Geltung zu verhelfen?« Er ballte eine Faust und schlug sich damit in die Fläche der anderen Hand, was trotz des Baulärms, der in der Werft weiterging, mühelos zu hören war. »Die Antwort, Männer, ist einfach – weil diejenigen ihre Pflicht nicht tun, denen die Sicherheit der Öffentlichkeit und die Aufgabe anvertraut ist, in diesem Teil unseres Landes dem Recht zur Geltung zu verhelfen! Wen aber rufen die Vereinigten Staaten immer wieder zu Hilfe, wenn ihre Bürger in Gefahr sind – wo auch immer auf der Welt – und sonst niemand die Verantwortung übernehmen kann oder will, sie zu beschützen?!«

Mit einem Einklang, der (angesichts der Männer) eindrucksvoll und (angesichts der Situation) aufwühlend war, stießen sie alle hervor: *»Die Marine der Vereinigten Staaten, Sir!«* Sie schrien es so laut, daß wir, die wir hinter Mr. Roosevelt standen, davon fast umgefallen wären. Er aber schwang lediglich mit breitem Lächeln die Faust in der Luft.

»So ist es!« rief er aus. »Ich erwarte, daß ihr fair kämpft, Männer, aber ich erwarte auch, daß ihr hart durchgreift! Ich danke euch allen!« Dann trat er beiseite und gab wieder Kapitänleutnant Kimball Gelegenheit, das Wort zu ergreifen.

»Offiziere sind mit Handfeuerwaffen ausgerüstet, Unteroffiziere und Mannschaften mit Schlagstöcken! Gewalt wird mit Gewalt beantwortet! Es handelt sich um eine militärische Polizeiaktion, meine Herren – ich weiß, daß Sie sich entsprechend verhalten werden. Und jetzt – abtreten, und auf die Boote!«

Mit einem weiteren mächtigen Gebrüll, das diesmal auf reine Erregung und Kampfeslust zurückging, lösten sich die Reihen auf. Die Männer eilten zu den Torpedobooten und sprangen an Bord, während die Maschinisten laut zischend Dampf abließen. Kapitänleutnant Kimball führte unsere Gruppe zum vordersten Boot, wo wir unmittelbar hinter dem Steuerhaus Aufstellung nahmen. Befehle zum Ablegen ertönten, die Kolben der Dampfmaschinen setzten sich zischend in Bewegung, und dann begannen die Schrauben des Bootes – sehr plötzlich, wie es schien – das Wasser der Bucht aufzuwühlen. Schon schossen wir mit einer Geschwindigkeit, die ich auf dem Wasser noch nie erlebt hatte und die mich zurücktaumeln ließ, dem Fluß zu. Als der Druck der durch die zunehmende Geschwindigkeit des Bootes gegen unser Gesicht und unseren Körper gepreßten Luft immer stärker wurde, legte mir Mr. Roosevelt einen seiner kräftigen Arme um die Schulter und hielt mich fest. Ich lächelte zu ihm hoch und drehte mich zu den beiden anderen Boote um, die uns in Kiellinie folgten.

Ich weiß nicht, ob ich je wirklich das Gefühl habe beschreiben können, das in jenem Augenblick von mir Besitz ergriff, obwohl ich es oft versucht habe. Der Anblick der beiden Boote hinter uns und das machtvolle Stampfen der Dampfmaschinen unseres Bootes beruhigten mich mehr, als ich sagen kann: Alle Empfindungen des vergangenen Tages und der Nacht davor – ganz zu schweigen von denen der harten und oft angsteinflößenden zurückliegenden Wochen – entströmten meinem Mund mit einem Mal in einem lauten Schrei, dem sich Mr. Roosevelt anschloß. Ich wandte mich wieder nach vorn und sah, wie wir uns der Brooklyn Bridge, die wir erst vor einer halben Stunde überquert hatten, mit einer Geschwindigkeit näherten, die mir unglaublich erschien. Die Brücke von unten zu sehen war so merkwürdig, daß es mir wie ein Traum vorkam, vor allem, wenn man bedenkt, wie schnell wir fuhren; doch merkte ich, daß sich diese Geschwindigkeit noch steigern ließ. Als wir am Fischmarkt von Fulton, vorüberkamen, wo Hickie der Teutone am liebsten schwamm, und Kurs auf das südliche Ende von Manhattan und den Battery Park nahmen, gab der Kommandant unseres Bootes den Befehl, die Maschinen auf volle Kraft zu stellen. Daher sah es, als die Freiheitsstatue in Sicht kam, so aus, als könnten wir die Insel, auf der sie steht, in Sekunden erreichen.

Ein Blick auf die anderen zeigte mir, daß die Geschwindigkeit und Wendigkeit des großartigen kleinen Bootes, auf dem wir mitfuhren, auch sie beeindruckte: Der Doktor, Mr. Moore und die Brüder Isaacson deckten abwechselnd Kapitänleutnant Kimball mit Fragen ein, von denen viele der Lärm der machtvollen Maschinen verschluckte. Ich hatte keine Fragen; mich überkamen nur weitere Empfindungen, die so unwiderstehlich waren wie die schwimmende Waffe, auf der wir uns befanden. Als wir uns nordwärts wandten, um in den Hudson einzufahren, und ich all die Stellen am Ufer sah, an denen ich so häufig über Kat nachgedacht hatte, ließ ich diesen Gefühlen freien Lauf, und meine Tränen der Trauer, der Wut und Entschlossenheit mischten sich mit denen, die der Fahrtwind meinen Augen entlockte, der unsere Gesichter immer heftiger peitschte.

»Wir kriegen dich, Libby Hatch«, flüsterte ich durch zusammengebissene Zähne vor mich hin. »Wir kriegen dich, wir *kriegen* dich.«

# Kapitel 55

Es war genau so, wie es sich der Doktor vorgestellt hatte: Der gewaltige, zwei Stockwerke hohe Anleger der White-Star-Linie verschaffte uns die Deckung, die wir an einem gewöhnlichen Kai nicht gehabt hätten. Etwa auf der Höhe der Zehnten Straße gab der Kommandant unseres Bootes seiner Torpedoboot-Flottille den Befehl, die Fahrt zu vermindern, und wir näherten uns nahezu geräuschlos der langen grünen Konstruktion des Anlegers. Dort wurden die Boote an Pollern in der Nähe einiger Leitern vertäut, die vom Wasser zu einer Tür im Gebäude führten. Etwa die Hälfte der Besatzung blieb als Wache zurück, dann stiegen wir mit allen zusätzlichen Männern, die für die Aufgabe abgestellt worden waren, auf den schwankenden Leitern rasch ins Untergeschoß des Anlegers. Gewöhnlich war dieser riesige Raum, in dem Reisende ihr Gepäck in Empfang nahmen, ein Tollhaus. An jenem Abend lag er verlassen da und wirkte geisterhaft, und zum erstenmal mischte sich eine gesunde Dosis Besorgnis in meine Gewißheit, nichts könne unser Unternehmen aufhalten. Offensichtlich waren die wenigen Wachmänner und Angestellten der White-Star-Linie von unserer Ankunft in Kenntnis gesetzt worden, denn sie führten Mr. Roosevelt (der in ganz New York keinen anderen Ausweis als sein Gesicht brauchte, so wie schon bald in den Vereinigten Staaten und auf der ganzen Welt) und uns zum Ausgang, ohne Fragen zu stellen.

Auf dem Marsch unserem Ziel entgegen schob sich der Doktor neben mich. »Angesichts der Ereignisse des heutigen Tages«, sagte er ruhig, »habe ich euren plötzlichen Aufbruch von Ballston Spa nicht angesprochen, Stevie. Das will ich auch jetzt nicht tun. Ich erwarte lediglich, daß du dich jederzeit an der Seite eines Menschen hältst, der kräftiger gebaut oder besser bewaffnet ist als du. Ich habe keine Zweifel an deiner Fähigkeit, dich zu verteidigen, aber diese Frau …«

»Das müssen Sie *mir* nicht sagen«, sagte ich im Versuch, ihn und mich zu beruhigen, während der Anleger hinter uns blieb und die Dunkelheit uns verschluckte. »Ich denke nicht daran, mich ihr allein zu stellen, so gern ich das auch tun würde.«

Der Doktor legte mir flüchtig einen Arm um die Schultern. »Ich weiß. Aber sie ist ein unendlich raffiniertes Geschöpf. Sogar angesichts *dieser* Streitmacht kann ich nur hoffen, daß wir angemessen auf sie vorbereitet sind.«

Wir kamen an einigen Gruppen von Hafenarbeitern vorbei, die aber so klug waren, angesichts von fünfzig oder sechzig bewaffneten Fahrensleuten, die so entschlossen wirkten, wie unsere Männer, ihr loses Mundwerk zu halten. Da wir vermuteten, die Dusters würden nicht erwarten, daß aus dieser Richtung jemand in ihr Gebiet eindrang, entschieden wir uns dazu, die fünf Nebenstraßen bis zur Bethune Street über die West Street zurückzulegen, die dem Fluß folgte. Auf diese Weise würden wir zumindest unentdeckt nahe an Libby Hatchs Haus herankommen. Aber es lagen noch keine zwei Nebenstraßen hinter uns, als sich auf der dem Fluß abgewandten Seite der breiten Straße geheimnisvolle dunkle Gestalten zu zeigen begannen. Zuerst paarweise, aber schon bald kamen sie in Rudeln wie räudige, abgemagerte Hunde, die eine mögliche Nahrungsquelle entdeckt haben. Es sah nicht so aus, als hätten sie eine Vorstellung vom Zweck unserer Anwesenheit, denn es dauerte nicht lange, bis sie uns mit ihren üblichen geistlosen Spottrufen und aufreizenden Äußerungen bedachten: Mir war klar, daß die Mitglieder der Bande ihr Revier markierten, um andere Tiere wissen zu lassen, daß es besetzt war. Klar war mir aber auch, daß sich angesichts unseres Auftrags schon bald Schlimmeres daraus entwickeln konnte.

An der Elften Straße war die Zahl der Schatten auf der gegenüberliegenden Seite auf etwa fünfzehn angewachsen, und sie fühlten sich mutig genug, mit Steinen und Flaschen zu werfen. Mr. Roosevelt und Kapitänleutnant Kimball waren nicht gesonnen, derlei hinzunehmen, und machten das auch schnell klar: Kaum erreichte uns das erste Geschoß, da bellte Mr. Roosevelt: »Kimball!«

Der Angesprochene wandte sich an einen der Offiziere: »Korvettenkapitän Simmons! Gehen Sie mit zehn Männern gegen diese Elemente vor, Sir!«

Ich wollte nun nicht etwa den Mund auftun und den Jungs von der Marine sagen, was sie zu tun hatten; aber ich fand, daß das möglicherweise falsch war. Vermutlich hatten die Dusters nicht mit einer so harschen Reaktion gerechnet, und so konnte sie ihnen unter Umständen einen Hinweis darauf liefern, daß sie es nicht mit Matrosen auf Landgang zu tun hatten, die sich in Spielsalons und Freudenhäusern eine schöne Nacht machen wollten. Trotzdem bereitete es mir keine geringe Befriedigung zu sehen, wie einer der Torpedoboot-Kommandanten mit gezogenem Revolver – gefolgt von seinen Männern mit einsatzbereiten Schlagstöcken – im Laufschritt über das Pflaster der West Street vorging. Sie fielen mit solchem Nachdruck über die vom Kokain benommenen und verwirrten Dusters her, daß von einem Kampf keine Rede sein kann. Einer oder zwei von der Bande bekamen ordentlich den Scheitel gezogen, bei ein paar anderen reichte ein anständiger Schlag in die Magengrube, die übrigen aber liefen, so schnell ihre Beine sie trugen, davon, als sie den Revolver des Korvettenkapitäns sahen. Unglücklicherweise war mir nur allzu klar, daß sie zurück zur Hudson Street eilten, um Verstärkung zu holen, sich ihrerseits zu bewaffnen und Goo Goo Knox und Ding Dong mitzuteilen, was vor sich ging.

»Jetzt geht's los«, flüsterte ich nervös vor mich hin, als wir an der Bethune Street die West Street überquerten und die Abteilung wieder zu uns stieß, welche die erste Gruppe der Dusters in die Flucht geschlagen hatte. Jetzt, nach unserer Feindberührung, schien mir die Entfernung von eineinhalb Nebenstraßen bis zu Libby Hatchs Haus mit einem Mal ziemlich groß zu sein, und als ich sah, daß Miss Howard und Lucius ihre Revolver hervorholten, verzog ich mich hinter ihren Rücken. Cyrus schob unterdessen seine Rechte in die Jackentasche und streifte sich den Schlagring über: Uns allen war klar, daß die Begegnung, die uns bevorstand, mit Sicherheit ausgesprochen unerquicklich sein würde.

Wir sahen ein paar schattenhafte Gestalten aus Türen und Gäßchen auf der Nordseite der Bethune Street schlüpfen, andere kamen von der auf unserer Seite gelegenen Baustelle der Telephongesellschaft Bell. Die Matrosen sahen darin einen Beweis dafür, daß die Dusters begriffen hatten und keinen Ärger mehr machen würden; unglücklicherweise wußten wir Zivilisten es besser. Wie die meisten Banden scheuten sie sich vor einem offenen Kampf, solange sie zahlenmäßig oder an Bewaffnung nicht überlegen waren. Es war leicht zu sehen, daß sie sich einfach neu gruppierten, vermutlich, um sich uns an der Washington Street zu stellen. Dazu würde es, in dem Punkt war ich meiner Sache sicher, erst kommen, nachdem sie eine beträchtliche Menge von Kokain geschnupft hatten. Das aber bedeutete, daß sie anschließend glauben würden, sie könnten es mit der gesamten Marine der Vereinigten Staaten aufnehmen, ganz zu schweigen von den paar Burschen, die da in ihr Gebiet eindrangen.

Mehrere lange Minuten hindurch blieb die Bethune Street vor uns jedoch still und verlassen, was mir sonderbar vorkam. Meine Nervosität ließ ein wenig nach, als ich mir den Gedanken gestattete, daß ich vielleicht einfach ein Angsthase war.

Aber das war natürlich nicht der Fall.

Unmittelbar vor der Einmündung in die Washington Street schwärmten die Dusters in geschlossener Linie vor uns aus: Es waren mehr, als ich je im Leben auf einem Haufen gesehen hatte, bestimmt an die sechzig oder siebzig. Ding Dong warf die meisten seiner aus Halbwüchsigen bestehenden Hilfstruppen ins Gefecht, und all diese jungen Angeber taten, was wir bei unserem ersten Besuch in Libby Hatchs Haus erlebt hatten: Sie schlugen große Knüppel gegen ihre Handflächen, polierten Schlagringe und erweckten in jeder Beziehung den Eindruck, als kostete es sie große Mühe, sich von einem Angriff auf uns zurückzuhalten. Zu allem Überfluß glänzten ihre Augen wie die Schaufenster des Kaufhauses McCreerys an einem Donnerstagabend, wenn langer Einkaufstag war; ich hatte also mit meiner Vermutung recht gehabt, daß sie sich noch einmal ordentlich Mut ankoksen würden, bevor sie sich uns stellten.

An der Spitze jenes äußerst gefährlich aussehenden Haufens standen Goo Goo Knox und Ding Dong, die ihren Streit vom frühen Vormittag beerdigt oder – was wahrscheinlicher war – einfach eine gute Prügelei zugunsten einer anderen aufgeschoben hatten. Entsprechend seiner Gewohnheit grinste Ding Dong wie ein Blöder – ausgerechnet das hatte Kat unfaßlicherweise an ihm so bezaubernd gefunden. Knox hingegen sah man an – auch wenn sein Gesichtsausdruck und der Axtstiel in seiner Hand zeigten, daß er zum Losschlagen bereit war –, daß er weit besser erfaßt hatte als die anderen, mit wem er es zu tun hatte. Das war verständlich, hatte er doch als Anführer der Hudson Dusters in der Amtszeit unseres Freundes als Polizeipräsident den Weg Mr. Roosevelts oft gekreuzt. Daher wußte er: Der vierschrötige feine Pinkel mit der Brille bluffte nicht, wenn er auftauchte und zu erkennen gab, daß er bereit war, sich einer Auseinandersetzung zu stellen.

Der Anblick von Knox konnte einem schon Angst einjagen, denn nicht nur rollten seine Augen wild, er war auch sehr kräftig, und seine Haut war so bleich, daß er aussah wie ein Gespenst. Zum Teil war das wohl angeboren, ging aber in erster Linie darauf zurück, daß er fast nie das Licht des Tages erblickte: Bevor er die Dusters mitbegründete, hatte er den Gophers angehört, einer weiteren angsteinflößenden und unberechenbaren Bande gewalttätiger Iren, die mit eiserner Hand in Hell's Kitchen regierte und wie die Erdmännchen ihre Tage in den Kellern ihres Viertels zubrachten, wobei sie sich Trinkgelagen und sonstigen Tätigkeiten hingaben, die ihrer Vorstellung nach zum Leben gehörten. Sie kamen lediglich in der Dunkelheit heraus, überfielen Güterbahnhöfe an der West Side, prügelten sich mit anderen Banden oder gingen ihrem zweitliebsten Straßensport nach: Sie schlugen Bullen bewußtlos und zogen ihnen die Uniform aus, die sie dann ihren Freundinnen als Siegestrophäen schenkten. Die Furcht der Polizei vor den Dusters hatte teilweise damit zu tun, daß so viele von ihnen frühere Gophers waren: Neben den Überfällen auf die Güterbahnhöfe hielten die Dusters auch den von den Gophers gepflegten Brauch hoch, Jagd auf Männer in Uniform zu machen. Zwar wußte ich nicht, ob dazu auch die Marineuniform zählte, doch nach dem Ausdruck auf Knox' Gesicht an jenem Abend zu urteilen schien das der Fall zu sein.

»Mr. Roosy-velt«, rief Goo Goo, als sich unserer Trupp seiner Bande näherte. »Ich hab gehört, daß Sie in Washington mit Schiffchen spielen. Was bringt Sie aufs Gebiet der Dusters?«

»Als ich zum letzten Mal nachgesehen habe, Knox«, gab ihm Mr. Roosevelt zu verstehen, »war die West Side der Stadt New York nach wie vor Bestandteil der Vereinigten Staaten. Diese Männer hier gehören der Marine der Vereinigten Staaten an und sind gekommen, um die Detective Sergeants« – er wies mit einem kräftigen Finger auf die Isaacsons – »in der Ausübung ihrer Pflicht zu unterstützen.«

»Und worin besteht diese Pflicht?« fragte Knox, obwohl deutlich zu erkennen war, daß er die Antwort kannte.

»Das geht Sie nichts an«, antwortete Mr. Roosevelt. »Sie und Ihre... Anhänger sollten besser den Weg freimachen.«

»Ich glaube, Sie verstehen nicht«, sagte Knox und sah mit einem Lächeln zu seinen Leuten hinüber. Dann fuhr er sich mit der Zunge über das Zahnfleisch im Oberkiefer – ein deutlicher Hinweis darauf, daß er viel gekokst hatte. Wenn man die Droge schnupfte, wurde der obere Teil des Mundes gefühllos, und so schienen diese Leute alle paar Sekunden kontrollieren zu müssen, ob noch alles an Ort und Stelle war. »Wie gesagt«, fuhr er fort, »das ist *Duster*-Gebiet. Hier kommen keine anderen Banden her, und hier kommen keine Bullen der Stadt her. *Niemand* kommt hierher, wenn er keine Prügel beziehen will.«

»Tatsächlich?« sagte Mr. Roosevelt.

»Ja, tatsächlich«, bestätigte Knox mit zuversichtlichem Nicken.

»Nun«, erklärte Mr. Roosevelt und sah ihn unverwandt an. »Ich fürchte, es gibt zu dieser Regel eine Ausnahme, die Sie vielleicht übersehen haben.«

»Ach? Und was könnte *die* sein, Sie Stück Sch...«

Bei diesen letzten Worten holte er plötzlich aus und versuchte mit dem Axtstiel nach Mr. Roosevelt zu schlagen: ein verhängnisvoller Fehler. Mit einer Geschwindigkeit, die bei einem Mann seiner Größe und Körperfülle immer wieder verblüffte, riß ihm Mr. Roosevelt das Holz aus der Hand, so daß sich die Augen aller Dusters voll Staunen weiteten. Mit einer weiteren raschen Bewegung schlug er es Goo Goo äußerst unsanft um die Ohren. »*Die* könnte zum Beispiel die *Bundesregierung* der Vereinigten Staaten sein!« brüllte Mr. Roosevelt, während Knox auf die Knie stürzte und wimmerte wie das verwundete Tier, das er letztlich auch war.

Die anderen Dusters traten einige Schritte vor, als wollten sie angreifen; doch waren sie dazu noch zu verwirrt. Ich konnte aber sehen, daß dieser Zustand nicht besonders lange andauern würde, daher zupfte ich den Doktor am Ärmel, nickte zum Fluß hin und versuchte ihm zu erklären, daß die Schlacht gleich losbrechen würde und es für uns das beste wäre, unterdessen zur West Street zurückzukehren und uns dem Haus Libby Hatchs aus einer anderen Richtung zu nähern. Er verstand, und als die Matrosen ihre Reihen für den bevorstehenden Angriff schlossen, zogen sich alle Angehörigen unserer Gruppe langsam zurück – alle mit Ausnahme von Cyrus, der sich mit den Augen an Ding Dong festgebissen hatte und den Kampfplatz um keinen Preis verlassen würde.

Von Sekunde zu Sekunde lud sich die Atmosphäre mehr auf; dann nahm Knox, dessen Stirn blutete, alle Kraft zusammen, hob den Blick zu seinen Leuten und brüllte: »Worauf zum Teufel wartet ihr?«

Daraufhin brach der Sturm los. Als geschlossene aufbrüllende Mauer stürmten die Dusters vor, und die Matrosen taten es ihnen gleich. Beide Seiten vermengten sich so schnell miteinander, daß der Einsatz von Schußwaffen von Anfang an so gut wie unmöglich war. Es war deutlich, daß die Auseinandersetzung mit Fäusten und Knüppeln ausgetragen und sich wahrscheinlich über die ganze Länge des Häuserblocks erstrecken würde; es wurde höchste Zeit, daß wir verschwanden.

»Los!« forderte ich Mr. Moore auf, der zustimmend nickte und wie auch die beiden Isaacsons in Richtung Westen zu laufen begann. Miss Howard und der Doktor wollten warten, bis Cyrus nachkam.

»Cyrus!« gebot der Doktor, während Miss Howard den Rückzug unseres kräftig gebauten Freundes mit ihrem Colt deckte. »Komm jetzt, sofort!«

Aber Cyrus hörte auf keine Weisungen mehr: Kaum war die Schlägerei in Gang gekommen, hatte er bereits Ding Dong am Kragen gepackt, ihn buchstäblich vom Boden hochgerissen und etwa zwei Meter hinter die Linie unserer Matrosen geschleudert, wo ihm seine Kumpanen nicht zu Hilfe kommen würden. Beim Aufschlag auf den Boden fiel Ding Dong der Knüppel aus der Hand, und der zugeeilte Cyrus trat ihn beiseite. Dann riß er Ding Dong auf die Füße und herrschte ihn an: »Keine Knüppel, keine Messer, keine Schußwaffen – außerdem bin ich kein vierzehnjähriges Mädchen. Jetzt zeig mal, was du kannst.«

Mit diesen Worten begann er auf den Duster einzudreschen, der große Mühe hatte, die Schläge abzuwehren und selbst den einen oder anderen anzubringen.

Aufseufzend wandte sich der Doktor Miss Howard zu. »Wir werden ihn sich selbst überlassen müssen, Sara – hier gilt es eine Rechnung zu begleichen. Ihm wird nichts passieren, aber *wir* müssen fort von hier!«

Zögernd wandte sich Miss Howard nach Westen, hielt aber den Blick weiter auf Cyrus gerichtet – und das war gut so. Gerade, als wir uns davonmachen wollten, gelang es zwei Dusters, sich aus der allgemeinen Keilerei zu lösen, die weiter oben in der Straße tobte. Sie liefen zu Ding Dong hinüber, um ihm zu helfen. Beide hatten mit Sackleinen umwickelte Eisenstangen in der Hand, und Cyrus wandte ihnen den Rücken zu: Wieder einmal sah es aus, als würde ihn die Bande von hinten packen.

Miss Howard aber machte auf dem Absatz kehrt, hob ihren Colt, hielt ihn mit beiden Händen und feuerte zwei Schüsse ab, die laut von den Hauswänden widerhallten. Als sich der Rauch verzog, lagen die beiden Dusters am Boden und hielten sich die zerschmetterte Kniescheibe. Da Miss Howard sah, daß Cyrus ungestört Ding Dong weiter bearbeiten konnte, wandte sie sich lächelnd um und folgte uns.

Als sie merkte, daß ich sie verwundert ansah, sagte sie lediglich: »Ich hab dir doch gesagt, Stevie, daß Männern nichts so gut die Manieren in Erinnerung ruft wie eine Kugel im Bein.« Dann schob sie mich in Richtung West Street.

Die Wut- und Schmerzensschreie aus der sich prügelnden Menge füllten mittlerweile die gesamte Nachbarschaft; und während wir zu sechst um die Ecke in die Bank Street liefen, klang es, als wäre in der Bethune

Street die Hölle los. Sogar die Hafenarbeiter am Kai blieben in respektvoller Entfernung, und die Bewohner des Viertels hielten ihre Wohnungen fest verschlossen: Wir konnten an der Greenwich Street im Vorbeilaufen hören, wie Riegel vorgeschoben wurden. Insgesamt aber erwies sich die Schlacht für uns als günstig, denn als wir uns nordwärts wandten und uns der Bethune Street näherten, sahen wir keinen einzigen Duster: Alle waren herbeigeströmt, sich an dem »Spaß« zu beteiligen. Damit war für uns von Osten her der Weg zu Libby Hatchs Haus offen, und schon wenige Sekunden später waren wir dort.

»Anklopfen dürfte keinen Sinn haben«, sagte der Doktor außer Atem. »Detective Sergeant?«

Marcus holte sein Brecheisen hervor und setzte es gleich neben dem Türknauf an der Zarge an. Er und Lucius machten sich bereit, die Tür mit ihrem ganzen Gewicht und all ihrer Kraft aufzustemmen. »Wenn wir ziehen«, sagte Marcus, der inzwischen ebenso schwitzte wie sein Bruder, »versuchen die anderen, die Tür aufzudrücken. Sara, es dürfte sich empfehlen, den Colt bereitzuhalten.« Daraufhin tat Miss Howard einen Schritt von der Tür zurück, und der Doktor, Mr. Moore und ich nahmen Aufstellung, um uns dagegenzuwerfen. »Fertig?« fragte Marcus, und wir alle knurrten zustimmend. »Also, eins, zwei ...«

Bei »Drei!« rissen er und Lucius mit aller Kraft am Brecheisen, und wir übrigen drückten gegen die Tür. Die schon recht alte hölzerne Zarge begann fast sogleich zu splittern, und nach ein paar kräftigen Rucken und Stößen war das Werk getan. Auf einen kräftigen Tritt von Marcus hin flog die Tür auf. Wir alle sprangen beiseite, so daß Miss Howard freies Schußfeld hatte, sobald sich ...

Niemand war zu sehen. Kein Lebenszeichen ließ sich im Hauseingang entdecken. Die Stufen zur Rechten führten in die Dunkelheit, und auch dort war kein Hinweis auf die Anwesenheit eines Menschen zu entdecken. Miss Howard ging voran, nach wie vor den Colt im Anschlag, und wir anderen folgten, zwar furchtsam, aber allmählich auch von einer schrecklichen Enttäuschung übermannt.

»Sie kann unmöglich wieder entkommen sein«, flüsterte der Doktor.

Vorsichtig schoben wir uns weiter in das im Dunkeln liegende Haus und begannen uns zu verteilen. Lucius holte seinen Revolver hervor und ging einige Stufen nach oben. Er wäre, von Mr. Moore und Marcus gefolgt, die Treppe noch weiter hochgestiegen – aber dann hörten wir plötzlich, wie im Wohnzimmer eine Tür ins Schloß fiel. Von meinem letzten Besuch her wußte ich, daß es in jenem Teil des Hauses nur eine einzige Tür gab.

»Die Kellertür«, flüsterte ich, und die drei Männer kamen von der Treppe herunter. Wieder zählte Marcus, und wir verschafften uns auf die gleiche Weise wie zum Haus Zugang zum Wohnzimmer. Miss Howard und Lucius gingen als erste hinein.

Aber der Raum war zu dunkel, als daß man anfangs mehr hätte erkennen können als die Umrisse der Möbel nahebei und die Tür, die vom hinteren Teil des Raumes zum Küchenflur führte. Um so schreckenerregender war es, als aus der Finsternis eine Stimme ertönte: »Es spielt jetzt keine Rolle mehr«, sagte Libby Hatch ganz gelassen. »Sie haben den Weg in mein Haus gefunden – aber Sie werden nie finden, was Sie suchen.«

Lucius öffnete den Mund, als wollte er ihr mitteilen, daß sie verhaftet sei, aber der Doktor legte ihm die Hand auf den Arm und sagte ganz ruhig: »Hören Sie mir zu, Elspeth Franklin – Sie brauchen keine Todesstrafe zu befürchten...«

Daraufhin schrie Libby Hatch lediglich: »Der Teufel soll euch alle holen!«

Dann sahen wir plötzlich einen Schatten im Flur, der sich in Richtung auf die Küche bewegte. Es war nur eine ganz flüchtige Bewegung, der zu unserer unendlichen Verwirrung und Enttäuschung das Geräusch von Füßen auf Treppenstufen folgte.

»Da muß es eine Hintertreppe geben!« sagte der Doktor.

»Die hab ich nie gesehen«, sagte ich.

»Vielleicht eine Geheimtreppe«; sagte Marcus, »die sie hat einbauen lassen, als Bates ihr den Keller umgebaut hat.«

»Und zweifellos ist der Zutritt dazu ebenso schwierig wie zu dem Zimmer unten«, stimmte der Doktor mit erregtem Nicken zu. »Schnell – Sie, Marcus, Lucius und Moore gehen nach unten! Versucht festzustellen, ob ihr in das Zimmer einbrechen könnt! Sara und Stevie kommen mit mir!«

Während man von der Straße nach wie vor den Lärm der Schlägerei hörte, ging jeder in die ihm angewiesene Richtung. Die Männer suchten den Keller auf, Miss Howard und ich hingegen folgten dem Doktor. Es zeigte sich, daß die Treppe zwei Stockwerke hochführte. Von der zweiten Etage ging eine stählerne Leiter zu einer Dachluke. Miss Howard ging voraus, öffnete sie und versuchte, flink auf das Dach zu springen.

Wir hätten wissen müssen, daß es nicht klug war, einer so gerissenen Feindin wie Libby offen zu folgen. Da ich der letzte war, bekam ich nicht recht mit, was geschah. Der Doktor hat es mir später berichtet. Kaum spähte Miss Howard aus der Luke, als sie einen Schlag mit einem Revolverknauf auf den Kopf bekam, der so heftig war, daß sie sofort das Bewußtsein verlor und ihren Colt losließ (er fiel am Fuß der Leiter zu Boden). Mit erstaunlicher Kraft – und gewiß vom Bewußtsein ihrer aussichtslosen Lage angetrieben – zerrte unsere Feindin sie auf das mit Teerpappe gedeckte Dach und bedrohte dann den Doktor mit einem Revolver.

»Niemand dürfte besser wissen als Sie, daß ich bereit bin, Gebrauch davon zu machen, Dr. Kreisler«, hörte ich sie sagen. »Jetzt rauf hier – und zwar ganz langsam.«

Als der Doktor nach oben stieg, merkte ich, daß ich für Libby Hatch einen Augenblick lang nicht sichtbar sein würde; also kletterte ich hastig nach unten, nahm Miss Howards Revolver, schob ihn mir in den Hosenbund und ließ mein Hemd darüberhängen, damit man die Waffe nicht sehen konnte. Dann kletterte ich eilig wieder auf die Leiter, in der Hoffnung, daß Libby nichts gemerkt hatte.

Es klappte. Sobald der Doktor auf dem Dach war, sah ich, wie sich ihre weit aufgerissenen goldenen Augen auf mich richteten. Ein irrer Glanz lag darin. »Du auch, Junge«, sagte sie. Es war deutlich, daß sie von meinem Revolver nichts ahnte. »Rauf hier!«

Ich folgte ihrer Aufforderung, bemüht, mich so langsam und bedächtig zu bewegen, daß mir der Colt nicht aus der Hose fiel. Als ich oben war, knallte Libby die Luke zu, hielt den Doktor und mich mit ihrem Revolver in Schach und zerrte Miss Howards regungslosen Körper mit der freien Hand auf die Luke, womit diese von unten nur schwer zu öffnen sein dürfte. Dabei stand sie aufrecht und wedelte ständig mit dem Revolverlauf zwischen dem Doktor und mir hin und her. Offenbar war sie unentschlossen, was sie als nächstes tun sollte. Sie machte mir den Eindruck, so unzurechnungsfähig zu sein wie nie zuvor.

»Wer nur, wer nur?« murmelte sie. Dann packte sie den Doktor beim Arm und hielt ihm die Waffe an den Kopf. »Hände hoch! Du auch, Junge, und bleib ganz ruhig stehen, wenn du möchtest, daß das einzigartige Gehirn des Doktors heil bleibt.«

Ich sah zu Miss Howard hinüber, die zwar bewußtlos war, aber nach wie vor gleichmäßig atmete. Ich gab mir Mühe, die Hände nicht zu hoch zu heben, damit man nicht den Knauf des Colts in meinem Hosenbund sah. Libby schien sich ein wenig zu entspannen, vermutlich war sie davon überzeugt, daß der Doktor und ich ihren Anweisungen folgen würden. Mit einer Hand strich sie sich zuerst das Haar und dann das Kleid glatt – dasselbe rotgemusterte Kleid mit schwarzem Spitzenkragen, das sie bei unserem ersten Besuch getragen hatte. An die Stelle ihres irren Blicks trat etwas, was man fast als Bedauern hätte deuten können.

»Warum?« fragte sie den Doktor, und sah ihn an.

»Ich dachte, daß sich das von selbst versteht«, antwortete der Doktor und hielt die Hände weiter oben.

Bevor Libby darauf antworten konnte, ertönte von der Straße ein besonders lautes Gebrüll und Geheul, und sie lauschte einen Augenblick hinüber. »Hören Sie das?« sagte sie. »Das ist *Ihre* Schuld – Sie *alle* tragen die Schuld daran! All das wäre nicht nötig gewesen.«

»Sie meinen, wenn wir mit angesehen hätten, wie Sie weiterhin Kinder umbringen?« fragte der Doktor.

»Umbringen?« gab sie mit ausgesprochen gekränktem Gesichtsausdruck zurück. »Ich hab nie was anderes getan, als ihnen zu helfen!«

Der Doktor sah sie von der Seite an. »Ich glaube, in gewisser Weise ist es Ihnen sogar ernst damit, Elspeth Franklin«, sagte er ganz ruhig.

Sie nickte, und Tränen traten ihr in die goldenen Augen. Dann stampfte sie plötzlich wütend auf. »Wenn Sie davon überzeugt sind, warum haben Sie dann eine solche Treibjagd auf mich veranstaltet?«

»Hören Sie«, sagte der Doktor. »Wenn Sie sich ergeben, besteht vielleicht eine Möglichkeit, Ihnen zu helfen…«

Ihre Stimme wurde kalt und gemein. »Natürlich – auf den elektrischen Stuhl wollen Sie mir helfen, Sie verlogener Schweinehund!«

»Nein«, sagte der Doktor, nach wie vor gelassen. »Ich kann Ihnen helfen. Ich kann versuchen, den Behörden die Hintergründe für Ihr Handeln zu erklären…«

»Aber ich hab nichts getan!« schrie sie erneut voll Verzweiflung. »Will das nicht in Ihren Kopf?« Sie hielt inne und betrachtete aufmerksam das Gesicht des Doktors. »Nein. Nein, natürlich nicht, Sie sind ja ein Mann. Welcher Mann könnte schon verstehen, wie mein Leben ausgesehen hat – warum ich mich so und nicht anders entschieden habe? Meinen Sie, ich hätte das gewollt? Es war nicht meine Schuld, daß es so weit gekommen ist!«

Da ich annahm, daß die einzige Möglichkeit, wie ich nach dem Colt greifen konnte, darin bestand, die Frau noch mehr aus dem Gleichgewicht zu bringen, als sie schon war, begann ich sie zu reizen, obwohl mir klar war, daß das nicht im Sinne des Doktors war. »Ach ja? Und was ist mit dem Kind, das Sie zusammen mit dem Hund beerdigt haben? Wessen Schuld war das?«

»Du halt den Mund!« schäumte sie, an mich gewandt. »Du bist nicht mal 'n Mann – sondern nur 'n Junge. Du kennst nur deine eigenen verdammten Bedürfnisse, deine eigenen verdammten Wünsche! Wahrscheinlich hat sich eine Frau die Finger blutig arbeiten müssen, um dich aufzuziehen, und hast du es ihr je anders gedankt als damit, daß du ihr ins Gesicht gespuckt hast? Mit Ungehorsam, mit Klagen, mit…« Sie faßte ihren Revolver fester und sah mich mit ihren goldenen Augen noch versengender an als zuvor. »Willst du was über den Jungen im Grab wissen? Ich hatte ihn nicht gewollt. Ich hatte 'nen Verehrer – 'n anständiger Junge aus 'ner angesehenen Familie. Es war ein Junge, wie ich ihn meiner Mutter hätte mit nach Hause bringen können, um ihr zu zeigen, daß ich… daß ich…« Ihre Stimme versagte, und sie blickte einen Augenblick lang auf das flache Dach zu ihren Füßen. »Er hätte alles für mich getan. Und ich *habe* alles für ihn getan. Aber dann ist seine Familie dahintergekommen, und sie wollten nicht…« Rasch hob sie wieder den Blick. »Er hat mich sitzenlassen mit seinem verlogenen, dreckigen Samen in mir! Es war kein Unrecht, die Schande abzuwenden! Was hätte aus ihm schon werden können als ein Schweinehund – wieder was, *noch* was, das ich falsch gemacht hatte? Also hab ich getan, was richtig war – aber ich konnte es nicht mal jemandem erzählen!«

Da ich merkte, daß mein Plan funktionierte, ließ ich nicht locker: »Und als Sie auf Matthew, Thomas und Clara geschossen haben, wollten Sie das vermutlich auch nicht – Ihr Finger ist am Abzug ausgerutscht, oder die Kinder haben Sie gebeten, auf sie zu schießen ...«

Inzwischen sah mich der Doktor verwirrt und beunruhigt an. »Stevie, was tust du ...«

Ich achtete nicht auf ihn. »Was ist damit?« fuhr ich unerbittlich fort. »Wieso wollen Sie da das Richtige getan haben?«

Schwer atmend brüllte Libby: »Es war so besser für sie! Glaubst du etwa, ich wollte sie erschießen? Es war besser für sie, daß sie mit dieser Welt nichts mehr zu tun hatten ...«

»Ja!« schrie ich zurück. »Besser, weil Sie dann ihr Geld nehmen und mit Ihrem Freund, dem Prediger, hätten untertauchen können!«

»Halt's Maul! Der Teufel soll euch Gören holen! Kann keiner von euch je still sein?« Schwer schluckend bemühte sie sich um Beherrschung. »Du weißt, wozu das führt! Ich habe dich gewarnt, und jetzt werde ich es dir zeigen!«

Mit einem Mal sah sie mich so an, wie sie vermutlich all die von ihr umgebrachten Kinder unmittelbar vor der Tat angesehen hatte, hob den Revolver und ließ ihn auf den Kopf des Doktors niedersausen, so daß er zu Boden stürzte. Er war zwar noch bei Bewußtsein, blutete aber aus einer Wunde über seiner Schläfe. In dem Augenblick, als sie ihn am Kragen auf die Füße riß, zog ich Miss Howards Colt heraus, und als sie ihre Aufmerksamkeit wieder mir zuwandte, war der Lauf auf sie gerichtet.

»So«, sagte ich, während mein Herz wie wild schlug. »Wenn Sie Leute umbringen wollen, nur zu. Aber ich versprech Ihnen – Sie sind als nächste an der Reihe.«

# Kapitel 56

Sie sah mich mit dem gleichen Ausdruck an, der vor einigen Tagen auf ihr Gesicht getreten war, als Mr. Picton enthüllt hatte, daß wir das Geheimnis des Grabes hinter der Scheune auf ihrem elterlichen Anwesen kannten: sprachloses Entsetzen. Abermals hatte ich den Eindruck, daß sie in ihrem Leben noch nicht oft in einer derartigen Lage gewesen war, und mir war klar, daß das zu überraschenden Reaktionen führen konnte. Aber auch ich hatte meine kleine Überraschung bereit und war entschlossen, sie einzusetzen.

Mit vor Angst und Wut tanzenden Augen preßte Libby zuerst die Lippen fest zusammen und öffnete den Mund dann gerade lange genug, um zu sagen: »Ich bring ihn um! Ich schwör's!«

Ich nickte ihr zu und sagte: »Ich weiß. Fragt sich nur, ob Sie ihn begleiten wollen.«

»Welche Wahl bleibt mir?« rief sie zurück. »Der Teufel soll dich holen, du bist genau wie die anderen – du läßt mir keine Wahl!«

»Ich laß Ihnen eine«, sagte ich. »Lassen Sie den Doktor zur mir kommen, und verschwinden Sie dann. Wir folgen Ihnen nicht.«

Der Doktor, der als Folge des Schlages auf den Kopf noch immer ein wenig unsicher auf den Füßen stand, sah ebenso verwirrt drein wie Libby Hatch. »Stevie, was sagst du da?«

Auch jetzt achtete ich nicht auf ihn. »Nun?« sagte ich, ohne die Augen von ihr zu nehmen. Man konnte sehen, daß sie mit dem Gedanken spielte, auf meinen Vorschlag einzugehen. Dann bekam ich unerwartete Hilfe, als Mr. Roosevelts Stimme unten aus der Straße empordröhnte: »Sie ziehen sich zurück! Kapitänleutnant Kimball! Stellen Sie einige Ihrer Männer ab – ich möchte, daß Knox festgesetzt wird!«

Darauf gestattete ich mir ein leichtes Lächeln. »Hören Sie?« sagte ich und nickte zum Rand des Daches hinüber. »Ihr Kumpel Goo Goo macht sich dünne. Wie sieht es also aus? Wollen Sie nicht so klug sein und mit ihm gehen?«

»Wer garantiert mir, daß ihr mir nicht folgt?« sagte Libby.

Der nächste Teil meiner Vorstellung mußte der beste werden: Ich holte tief Luft und sagte, ihr fest in die Augen blickend: »Sie können den Revolver hier nehmen. Es ist unser einziger.«

Der Doktor war so benommen, daß er nicht verstand. »Nein!« rief er. »Stevie, auf keinen Fall ...«

Aber Libby schnitt ihm das Wort ab. »Schieb ihn hier rüber.«

Ich schüttelte den Kopf. »Erst müssen Sie den Doktor loslassen. Wenn er zwei Schritte getan hat, schieb ich das Ding rüber.«

»Stevie«, sagte der Doktor. »Du kannst ihr nicht trauen ...«

Er hielt den Mund, als ihm Libby den Lauf ihres Revolvers an den Kopf drückte. »Ach, wirklich? Man kann Libby nicht trauen – man kann der *Frau* nicht trauen. Sie wird wortbrüchig. Sie schießt Ihnen in den Rücken. Schließlich hat sie ihre eigenen Kinder umgebracht, oder? Und auch all die anderen. Wie kann man einem Menschen trauen, der zu so was fähig ist? Nun, ich will Ihnen sagen, Dr. Kreisler...« Der Lauf der Waffe entfernte sich einige Zentimeter von seinem Kopf, Libby schwankte ein wenig auf den Füßen, als würde ihr alles zuviel werden. »Ich sag Ihnen«, setzte sie erneut an, mit sanfterer und weniger schriller Stimme. »Ich hab für die Kinder *alles* getan. Meine eigenen habe ich unter Qualen zur Welt gebracht. Um die anderen hab ich mich in langen, schlaflosen Stunden unaufhörlich gekümmert. Füttern, waschen, Windeln wechseln... und wozu? Wozu, Doktor? Sie haben immerzu geschrien. Sie waren immerzu krank. Immerzu brauchten sie was.« Mit ihrer freien Hand fuhr sie sich durch das Haar, und verzweifelte Wut und Sorge traten in ihre Stimme. »Pausenlos *brauchten* sie was. Es hat nie aufgehört. Ich hab alles getan, was ich konnte, *alles*, aber es hat nie aufgehört! Es hätte genügen müssen. Mehr *konnte* ich nicht tun – es hätte genügen müssen! Aber es hat nie genügt... nie. Und so – können Sie das nicht verstehen? So ging es ihnen besser, nachdem ich...« Mit einem Mal senkte sie den Blick zum Dach und murmelte: »Danach haben sie nichts mehr gebraucht...« Sie nahm sich sichtlich zusammen, hob wieder den Blick, wobei der goldene Glanz der durchtriebenen Mörderin wieder in ihren Augen lag. »Na schön, Junge. Er macht zwei Schritte zur Seite, dann schiebst du den Revolver rüber.«

Ich nickte. »Abgemacht.«

Noch einmal versuchte der Doktor, mich zu hindern. »Stevie, tu das nicht...«

»Vorwärts, Doktor«, sagte Libby fast lachend mit einer unglaublich angsteinflößenden Stimme. »Tun Sie Ihre zwei Schritte...«

Während er beiseite trat, hielt Libby die Waffe nach wie vor auf seinen Kopf gerichtet. Als er nach meiner Einschätzung weit genug von ihr fort war, bückte ich mich und legte Miss Howards Colt auf das Dach.

»Stevie...«, versuchte es der Doktor erneut; ich aber hob nur den Blick zu ihm, weil ich hoffte, daß er die Botschaft in meinen Augen verstehen würde. Er brauchte eine oder zwei Sekunden, begriff aber schließlich. Dann schloß er den Mund und nickte.

»Schön«, sagte Libby. »Schieb ihn rüber.«

Das tat ich. Der Revolver blieb unmittelbar vor ihren Füßen liegen, und sie bückte sich rasch, um ihn aufzuheben. Als sie sich wieder aufrichtete, lief sie weder davon, noch senkte sie die eigene Waffe.

»Ehrlich gesagt, hatten Sie recht«, sagte sie mit einem äußerst verführerischen und gerissenen Lächeln. Mit lautem Klicken zog sie den Hammer ihres Revolvers zurück. »Ich denke nicht im Traum daran, einen von euch …«

Sie hatte keine Gelegenheit, ihren Satz zu beenden. Ein kaum hörbares Sirren drang durch die Nachtluft. Ich sprang vor, packte den Doktor an den Beinen und riß ihn aufs Dach hinunter. Ein Schuß löste sich, aber laut klirrend prallte die Kugel gegen einen stählernen Schornsteinaufsatz des Nachbarhauses. Dann hoben der Doktor und ich den Blick.

Libbys Lächeln war verschwunden. Ihre Augen waren nach wie vor geöffnet. Sie umklammerte den rauchenden Revolver. Ein grob geschnitzter kurzer Pfeil stak seitlich in ihrem Hals. Vermutlich war sie bereits tot, obwohl sie sich noch auf den Füßen hielt: Das Strychnin konnte sie getötet haben, bevor ihre Beinmuskeln nachgaben. Kurz darauf stürzte sie auf die Knie und rollte dann auf die Seite.

Sofort liefen der Doktor und ich zu ihr hinüber, wobei ich darauf achtete, ihr gleich den Revolver aus der Hand zu nehmen. Der Doktor hob ihren Kopf und sah ihr prüfend in die Augen, dann tastete er am Hals nach ihrem Puls. Er konnte ihn wohl noch spüren, denn er sagte: »Elspeth? Elspeth Franklin?«

Mit dem letzten Atemzug bildete sie die Wörter *»immerzu was gebraucht«*. Dann war sie tot, und der Doktor schloß ihr die goldenen Augen endgültig.

Ich weiß nicht, wie lange wir beide dort gekniet und sie angesehen haben, wohl aber weiß ich, daß uns schließlich ein Klopfen an der geschlossenen Luke in die Wirklichkeit zurückbrachte.

»Sara?« ertönte Mr. Moores Stimme von unten. »Kreisler, Stevie – was zum Teufel ist passiert? Ist alles in Ordnung?«

Als er die Luke anzuheben versuchte, wurde Miss Howard ein Stückchen in die Luft geschleudert und fiel wieder herunter. Das brachte sie offenbar wieder zu Bewußtsein. Stöhnend öffnete sie die Augen und ließ sich dann von der Luke herab seitwärts auf das Dach rollen.

»Sara«, sagte der Doktor besorgt. Er ließ Libby Hatch liegen, wo sie lag, und eilte gerade in dem Augenblick zu Miss Howard, als Mr. Moore aus der Luke sprang.

»Gott im Himmel!« rief er aus, als er sich umsah. »Was zum Teufel war denn hier los?«

Ohne auf ihn zu achten, nahm der Doktor ein Taschentuch heraus und bettete Miss Howards Schultern auf eins seiner Knie. Dann untersuchte er die Stelle an ihrem Kopf, wo sie getroffen worden war, und stellte zufrieden fest, daß es sich nicht um eine schwerwiegende Verletzung handelte. Sacht rieb und tätschelte er ihre Wangen, bis sie ihn schließlich ansah.

»Doktor«, stieß sie hervor. Sie sah sich um und versuchte benommen, sich zu bewegen. »Was ist passiert… Wo …«

Der Doktor hielt sie still. »Ruhig, Sara«, sagte er lächelnd und strich ihr die Haare aus dem Gesicht, während Mr. Moore und ich hinzutraten. »Es ist vorbei. Jedenfalls *dieser* Teil.« Dann drehte er sie so, daß sie Libby Hatch sehen konnte, ohne den Kopf unnötig zu bewegen.

»Ist sie … tot?« fragte Miss Howard. Obwohl sie noch ein wenig benommen war, hörte ich eine Spur Trauer in ihrer Stimme.

»Ja«, sagte der Doktor leise. Ich vermute, daß er begriff, was sie empfand.

Miss Howard sah den Leichnam einige Sekunden lang an und gab dann ein Geräusch von sich, das sich teils wie ein Keuchen und teils wie ein aus der Tiefe kommendes Schluchzen anhörte. Sie wandte uns den Kopf wieder zu, und ich sah eine Träne auf ihrer Wange. »Tut mir leid«, flüsterte sie und wischte die Träne ab, so schnell sie konnte. »Ich weiß, daß ich das nicht sollte …«

Der Doktor gab einen beruhigenden Laut von sich und rieb ihr wieder sanft die Wange. »Entschuldigen Sie sich nicht. Jemand sollte in diesem Augenblick eine Träne vergießen.« Nach einer Pause sah er zu Libby Hatch hinüber. »Allerdings muß ich gestehen, daß ich dazu nicht imstande bin. Ich kann es einfach nicht …«

Mit einem Mal sah Miss Howard verwirrt drein. »Aber …«, sagte sie und versuchte sich aufzusetzen, »… wer …«

»Das wüßte ich auch gern«, sagte Mr. Moore mit einem Blick auf den Doktor und mich.

»Sehen Sie sich ihren Hals an«, forderte ich ihn auf.

Er ging so vorsichtig über das Dach, als könnte Libby immer noch aufspringen und ihn sich packen, untersuchte die Leiche sorgfältig und nickte dann. »Aha … Es war also doch El Niño.« Er nahm Miss Howards Colt und suchte dann die Dächer um uns herum ab. »Wo ist er?« fragte er.

»Keine Ahnung«, sagte ich achselzuckend. »Wahrscheinlich ziemlich weit weg, und hoffentlich hört er nicht auf zu rennen.«

»Wir sollten den Pfeil lieber verschwinden lassen«, sagte Mr. Moore und zog ihn vorsichtig aus Libby Hals. »Ich möchte Roosevelt das nicht gern erklären müssen«, fügte er hinzu und warf ihn über den Rand des Daches in den Garten hinter dem Haus. »Ich bin sicher, daß kein Leichenbeschauer, den die Polizei beauftragt, mit dieser Wunde etwas anfangen kann.« Er kam über das Dach zurückgeeilt und warf mir einen fragenden und zugleich anerkennenden Blick zu. »Habt ihr beide das geplant, Stevie?«

»Ich würde nicht gerade sagen, daß wir es geplant haben«, antwortete ich.

Der Doktor sah zu mir auf. In seinem Lächeln mischten sich Verständnislosigkeit und Stolz. »Dein Hang zu Glücksspielen ist mir ziemlich unergründlich, Stevie.«

»Es war kein Glücksspiel«, sagte ich. »Nicht für jemand, der ihn so gut kannte wie ich.«

Miss Howard, die sich allmählich wieder erholte, streckte die Hand nach dem blutbedeckten Gesicht des Doktors aus. »Sie sind verwundet«, sagte sie.

»Auch das verdanke ich unserem jungen Freund«, antwortete der Doktor und nickte zu mir her. »Es ist aber nichts Ernsthaftes – und gehört, wie mir scheint, gleichfalls zu Stevies Plan.«

»Augenblick mal«, protestierte ich eifrig. »Ich hab nicht damit gerechnet, daß sie Ihnen eine verpassen würde ...«

Der Doktor hatte bereits die Hand gehoben. »Es war der Mühe wert – eine angemessene Strafe dafür, daß ich dein Urteil in solchen Dingen stets angezweifelt habe.« Dann wurde der Blick seiner schwarzen Augen ernsthafter. »Ich meine das aufrichtig, Stevie. Das hast du glänzend eingefädelt.«

Als wollte Mr. Moore die Äußerung unterstreichen, fuhr er mir durch die Haare, und Miss Howard lächelte mir zu – lauter Dinge, die mir Unbehagen bereiteten. Glücklicherweise fiel mir sogleich ein, wie ich die Sprache auf etwas anderes bringen konnte, und so fragte ich mit einem Blick zu Mr. Moore: »Und was ist mit Ana?«

Mit einem Mal verzog er das Gesicht. »Ach Gott«, sagte er, und es klang ganz besorgt. »Richtig, Ana.« Er sah zum Doktor und zu Miss Howard hin. »Schafft ihr beide es nach unten?«

Miss Howard versuchte, auf die Füße zu kommen. »Ich glaube schon«, sagte sie, als sie schließlich stand. »Warum, John? Was gibt's?«

Mit nach wie vor undurchdringlicher Miene schüttelte Mr. Moore den Kopf. »Ich könnte es euch sagen«, sagte er. »Aber ihr würdet es nie im Leben glauben.«

# KAPITEL 57

Als wir das Erdgeschoß erreichten, schien sich das Treiben auf der Straße deutlich beruhigt zu haben. Dem Jubelgeschrei unserer Matrosen entnahmen wir, daß sie siegreich aus dem Kampf hervorgegangen zu sein schienen. Als wir an der Haustür vorüberkamen, trat Marcus ein und bestätigte, daß die Dusters vom Kampfplatz geflohen waren, was ihn offenbar sehr beruhigte. So blieb mir nichts anderes übrig, als den Spielverderber zu machen und den anderen mitzuteilen, daß die Dusters mit Sicherheit höchstens für eine Weile verschwunden waren: Sie würden bald wieder anrücken, in größerer Zahl (wahrscheinlich mit weiteren Hilfstruppen) und besser bewaffnet, und das heißt: mit Schußwaffen.

»Wie kommst du darauf, Stevie?« fragte Mr. Moore, der den Kopf zur Tür hinaussteckte und sich umsah. »Die Jungs von der Marine haben ihnen eine mächtige Abreibung verpaßt – ich kann mir nicht vorstellen, daß die besonders scharf darauf sind, wiederzukommen und sich noch eine zu holen.«

»Das müssen sie«, antwortete ich. »Wir haben sie mitten in ihrem Revier geschlagen. Wenn sie sich damit abfinden, verlieren sie das Gebiet an die Banden drumrum. Man würde es als Zeichen von Schwäche verstehen, und das können sie sich nicht leisten.«

»Auch hier scheint mir Stevies Argumentation einleuchtend«, sagte der Doktor. »Wir wollen nicht vergessen, daß er diese Welt weit besser kennt als der Rest von uns. Marcus, ich schlage vor, daß Sie Roosevelt aufsuchen. Sagen Sie ihm, er soll nicht versuchen, Knox oder sonst jemanden festzusetzen, sondern lediglich einige Männer abordnen, die Libby Hatchs Leiche vom Dach holen. Dann sollten wir zu den Booten zurückkehren.«

Zustimmend nickte Marcus und fragte dann Mr. Moore. »Gehen Sie mit ihnen runter, John?«

Als dieser seinerseits nickte, wandte sich Marcus an mich. »Die Lösung hab ich im Garten gefunden, Stevie. Du erinnerst dich doch, daß er so ungepflegt wirkte – und hattest du nicht gesagt, daß das Gartenwerkzeug unten im Keller völlig unbenutzt aussah?«

Verwirrt runzelte ich die Brauen. »Ja?«

»Nun«, sagte der Detective Sergeant, als er wieder auf die Straße trat. »Dafür gibt es eine Erklärung.«

Durch diese letzte Äußerung noch mehr verwirrt, folgten der Doktor, Miss Howard und ich Mr. Moore zur Kellertür und dann hinab in das staubige Gewölbe.

Die einzige Glühbirne an der Decke brannte und zeigte mir, daß alles mehr oder weniger so war, wie ich es am Abend meines Einbruchs vorgefunden hatte: Andersrum, es gab keinen Hinweis darauf, daß man eine Geheimtür aufgebrochen hatte, was nicht nur mich, sondern auch den Doktor und Miss Howard überraschte.

»Moore«, sagte der Doktor. »Ich dachte, du hattest angedeutet ...«

Mr. Moore hob eine Hand. »Wir haben die Tür wieder geschlossen, damit ihr auch in den Genuß kommt«, sagte er, ging an dem Regal mit Einmachgläsern vorbei und trat zu dem Haufen aus altem verrostetem Gartenwerkzeug. »Wir haben alle versucht, das Ding von Hand zu bewegen«, sagte er und wies auf das Regal. »Aber selbst du hättest es schaffen können, Stevie, wenn du was anderes in die Hand genommen hättest als die alte Hacke, die du als Hebel angesetzt hast.«

»Wie meinen Sie das?« fragte ich, denn ich kapierte überhaupt nichts.

Mr. Moore wies auf die beiden längsten Werkzeuge – eine Schaufel und einen Rechen –, die nebeneinanderstanden. »Auf«, sagte er und wies auf die Schaufel, »und zu«, dabei zeigte er auf den Rechen.

»Moore, wir haben keine Zeit für Spielchen«, sagte der Doktor. »Wovon zum Teufel redest du?«

Statt eine Antwort zu geben, hob Mr. Moore lediglich einen Finger und nahm dann den Schaufelstiel in die Hand. Das Blatt blieb auf dem Boden, wo es drehbar befestigt zu sein schien. Mr. Moore neigte den Stiel, und das Regal begann sich wie von Geisterhand zu bewegen: Es löste sich von der Ziegelmauer neben dem Waschkessel und gab im Boden eine Öffnung von knapp einem Meter Durchmesser frei, die unter das Gebäude führte.

»Großer Gott«, flüsterte Miss Howard und trat vor. Sprachlos folgten ihr der Doktor und ich.

»Gerade groß genug für einen durchschnittlichen Erwachsenen«, sagte Mr. Moore und nahm eine der Taschenlampen, die in der Nähe lagen. »Und genauso ist der ganze Gang.«

»Der Gang?« wiederholte der Doktor.

»Kommt«, sagte Mr. Moore und setzte den Fuß auf eine der eisernen Stufen, die im nach unten führenden Schacht seitlich angebracht war. »Ich zeig es euch.«

Mit diesen Worten verschwand er, während wir anderen einander unruhig ansahen.

»Wie es wohl kommt, daß ich keine große Lust hab, da runterzugehen?« sagte ich ganz ruhig.

»Du hast viel mitgemacht, Stevie«, sagte Miss Howard und legte mir eine Hand auf den Arm. »Und was uns da unten erwartet, ist unter Umständen nicht besonders angenehm.«

»Es wäre absolut verständlich, wenn du lieber hier warten möchtest«, stimmte der Doktor zu.

Ich schüttelte den Kopf. »Das ist es nicht. Ich will es schon sehen, aber ...« Ich bemühte mich, mein Zittern zu unterdrücken, und setzte den Fuß auf die Stufen. »Ach zum Teufel«, sagte ich. »Wieviel schlimmer kann es denn noch werden?«

Mit vorsichtigen Bewegungen folgte ich dem schwankenden Schein von Mr. Moores Lampe, bis er in etwa fünf Metern Tiefe zum Stillstand kam. »Warte eine Sekunde, bevor du ganz runter kommst, Stevie«, rief er mir zu, »damit ich in den Seitengang treten kann. Ihr müßt das alle so machen.«

»Der Seitengang?« wiederholte ich.

»Du wirst es schon sehen, wenn du da bist.« Und so war es. Am unteren Ende des Schachtes, der aus nacktem Beton bestand, führte eine Öffnung in einen schmalen Gang. Er war gerade hoch genug, daß man sich halb aufgerichtet darin bewegen konnte, so daß man nicht zu kriechen brauchte. Mr. Moore führte erst mich und anschließend Miss Howard und den Doktor hinein, nachdem auch sie unten eingetroffen waren. Dann leuchtete er mit der Lampe in eine Richtung, von der ich vermutete, daß dort der Garten hinter dem Haus lag, wobei sich zeigte, daß sich der – ebenfalls mit Beton ausgekleidete – Gang mindestens zehn Meter weit erstreckte. Zwar roch es darin feucht und muffig, aber die Luft war nicht annähernd so stickig, wie man es hätte erwarten sollen.

»Spür ich nicht einen Luftzug?« sagte Miss Howard, leckte an einem Finger und hob ihn hoch.

»Weiter hinten wird er noch viel stärker«, sagte Mr. Moore, dessen Gesicht im Schein der Lampe wie eine Kürbislaterne aussah.

»Woher kommt er?« fragte der Doktor.

»Das ist Teil der Überraschung, Laszlo«, beschied ihn Mr. Moore und machte sich auf den Weg durch den Gang auf einen Lichtschimmer zu, der am hinteren Ende sichtbar wurde. Mit der freien Hand bildete er vor dem Mund eine Art Sprachrohr und rief: »Lucius, sind Sie noch da?«

»Ja, John«, kam flüsternd die Antwort. »Aber brüllen Sie doch nicht so, verdammt noch mal.«

Wir eilten durch den Gang wie Bergleute in gebückter Haltung, und plötzlich kam mir ein Gedanke. »Ich hör aber keinen Säugling schreien«, sagte ich finster.

»Stimmt«, antwortete Mr. Moore in dem gleichen unbeteiligten Ton wie auf dem Dach.

Wenige Sekunden später hatten wir das Ende des Ganges erreicht und standen vor einer kleinen hölzernen Tür. Sie war einen Spaltbreit geöffnet, und durch den Spalt fiel das Licht, das wir vom anderen Ende aus gesehen hatten. Die Tür schien in einen weiteren Raum zu führen, und als wir uns davor sammelten, war ich unruhiger als je zuvor. Bilder von Folterkammern in Burgverliesen zogen mir durch den Kopf: Streckbetten, Eiserne Jungfrauen, rotglühende Eisen, Schmutz und Ratten – wer konnte schon wissen, mit welchen Mitteln sich Libby Hatch die von ihr entführten Kinder gefügig gemacht hatte? Ich begann mich zu fragen, ob ich nicht lieber doch oben hätte warten sollen – aber wieder überwand ich meine Bedenken.

»Schön«, sagte Mr. Moore. »Alle fertig?« Niemand bestätigte das, aber es widersprach auch niemand, und Mr. Moore nahm das als Zeichen, daß er fortfahren sollte. »Dann folgt mir.«

Er öffnete die kleine Tür, und wir betraten den Raum.

Das erste, was darin auffiel, war Licht: helles Licht, das nicht von nackten Glühbirnen stammte, sondern von sehr angenehmen Lämpchen, die auf zwei hölzernen Nachttischen und einer kleinen, in freundlichem Rosa gestrichenen Kommode standen. Tierbabys lächelten von weißgrundigen Tapeten an den Wänden, die das Licht der Lampen reflektierten. Jemand, der aus dem dunklen Gang kam, wurde dadurch um so stärker geblendet. Wie Mr. Moore zuvor gesagt hatte, spürte man den Luftzug noch deutlicher, nachdem man den Raum betreten hatte. Es war geradezu eine erfrischende Brise. Mr. Moore teilte uns mit, daß elektrische Ventilatoren in kleinen Lüftungsschächten, die nach oben in den Garten hinter dem Haus führten, frische Luft ansaugten. An der Wand gegenüber der Kommode stand eine schöne Wiege mit einem weißen Spitzenbaldachin. An einer dritten Wand befand sich ein vollständig verglaster Fensterrahmen, hinter den ein begabter Mensch eine stille Landschaftsszene gemalt hatte, die an das sanftgewellte Hügelland und die offenen Weideflächen des Bezirks Saratoga erinnerte. Den Boden bedeckte ein handgemachter Teppich, in einer Ecke stand ein schöner eichener Schaukelstuhl, und überall fanden sich Berge von Spielzeug, von einer teuren Spieldose bis hin zu Plüschtieren und Bauklötzen.

Wenn sich der Raum nicht unter der Erde befunden hätte, wäre er ein erstklassiges Kinderzimmer gewesen.

»Heiliger Bimbam«, murmelte ich, zu verwirrt, als daß ich meinen Eindruck auf andere Weise hätte äußern können. Mein Staunen steigerte sich noch, als ich in die Ecke sah: Dort schwang Detective Sergeant Lucius im Schaukelstuhl sacht hin und her und hielt die zufriedene Ana Linares in den Armen.

Beim Anblick unserer drei verdutzten Gesichter errötete er ein wenig. »Ich mußte sie wickeln, damit sie aufhörte zu schreien«, sagte er ein wenig betreten. »Aber das war nicht weiter schlimm – ich habe viel Übung, weil ich es bei den Kindern meiner Schwester schon oft gemacht habe.«

»Das sieht man«, sagte der Doktor, trat zu den beiden, beugte sich vor und legte Ana einen Finger aufs Gesicht. »Das haben Sie sehr gut gemacht, Detective Sergeant. Respekt.«

Miss Howard und ich traten hinzu. »Und es fehlt ihr nichts?« fragte Miss Howard.

»Natürlich ist sie ein bißchen unterernährt«, antwortete Lucius.

»Außerdem scheint sie mir zu Koliken zu neigen. Aber das war wohl nicht anders zu erwarten.« Mit einem Mal fragte er mit einem interessierten Blick: »Und was ist mit Mrs. Hatch?«

»El Niño hat sie erwischt«, sagte Mr. Moore. »Die Jungs von der Marine holen gerade ihre Leiche runter. Laut Aussage unseres hauseigenen Fachmanns auf dem Gebiet der Bandenkriegsführung« – er wies auf mich – »sollten wir alle schleunigst abziehen, bevor die Dusters zurückkommen und noch mehr Ärger machen.«

»Ja«, sagte Lucius nervös, während er sich vorsichtig mit dem Kind erhob. »Das dürfte sich empfehlen. Sara, wollen Sie ...«

Statt das Kind zu nehmen, lächelte Miss Howard lediglich eine Spur hinterhältig. »Sie machen das eigentlich sehr gut, Lucius, und ich habe wieder eine schreckliche Beule am Kopf. Womöglich verliere ich auf dem Weg nach draußen das Gleichgewicht.«

»Macht es Ihnen etwas aus, sie zu nehmen, Detective Sergeant?« fragte der Doktor, der im Zimmer umherging, als wollte er sich das verblüffende Bild ins Gedächtnis einbrennen, bevor wir gingen.

»Aber nein«, sagte Lucius, das Kind nach wie vor auf den Armen wiegend. Dann warf er uns anderen einen mahnenden Blick zu. »Ich will nur nicht, daß mir das jetzt jahrelang aufs Butterbrot gestrichen wird. Das ist alles.« Er trat einige Schritte vor, bis er neben dem Doktor stand, und sah sich mit ihm gemeinsam im Zimmer um. »Schwer zu fassen, was?«

Der Doktor zuckte lediglich die Achseln. »Wirklich? Ich überlegte mir ...«

»Was wollen Sie damit sagen, Laszlo?« sagte Mr. Moore, nahm ein Plüschhündchen auf und rieb seine Nase daran. »Wenn man bedenkt, mit wem wir es zu tun hatten, hätte ich es hier eher ein bißchen – schmuckloser erwartet, um es mal so auszudrücken.«

»Das war nur eine ihrer Seiten, John«, sagte Miss Howard und fuhr mit einem Finger über die breit lächelnden Tierkinder auf der Tapete des Zimmers.

»Das kann man wohl sagen, Sara«, stimmte der Doktor gelassen zu.

»Eins ist mal sicher«, mischte ich mich ein, nachdem ich meine Sprachlosigkeit überwunden hatte.

»Stevie?« sagte der Doktor und sah zu mir her.

Ich zuckte die Achseln. »Immerhin hat sie zum Schluß ihre Privatsphäre gekriegt. Wenn sie auch dafür fast bis halb nach China graben mußte ...«

Der Doktor nickte. »Stimmt.« Er warf einen Blick auf Ana Linares. »Und trotzdem konnte sie nicht einmal hier, wo sie von der Welt abgeschnitten war – nicht einmal hier ...« Ohne den Satz zu beenden, sah er dem Kind in die riesigen runden Augen, die beinahe so dunkel waren wie seine eigenen. Er schien seinen letzten Gedanken verloren zu haben, legte ihr die Hand unters Kinn, so daß ein breites Lächeln auf ihre Züge trat, genau das

Lächeln, das wir vom Photo, das ihre Mutter uns gegeben hatte, so gut kannten. »Es war ganz schön schwer, dich zu finden, Señorita Linares. Aber Gott sei Dank bist du jetzt in Sicherheit. Gott sei Dank ...«

»Das wird nicht von langer Dauer sein, wenn wir nicht alle schleunigst von hier verschwinden«, sagte Mr. Moore. »Schau dich noch einmal gut um, Kreisler – irgendwie habe ich das Gefühl, daß wir eine ganze Weile nicht auf das Gebiet der Dusters zurückkehren werden.«

Daraufhin traten wir alle den Rückweg durch den Gang an und gaben dem Doktor Gelegenheit, sich noch etwas das sonderbare Versteck einprägen zu können, auf das Libby Hatchs besessener Geist verfallen war. Jetzt, nach ihrem Tod, blieb ihm nur dieser Beleg für die Art und Weise, wie ihr verworrener Geist gedacht haben mochte.

Wieder oben angekommen, sahen wir, daß Mr. Roosevelt mit Kapitänleutnant Kimball und Marcus ins Haus gekommen war. Die übrigen Matrosen hatten sich vor den Eingangsstufen versammelt. Einige von ihnen trugen eine Bahre, die sie wohl von einem der Torpedoboote geholt hatten. Auf ihr war Libby Hatchs von einem Bettlaken bedeckter Leichnam festgebunden. Die Stimmung der Männer schien von Jubel in Besorgnis umgeschlagen zu sein: Ein paar von ihnen hatten Dusters gesehen, die sich für einen neuen Angriff rüsteten. Daher traten wir rasch auf den Gehweg hinaus, wo die Männer einen Kreis um ihre Kameraden mit der Bahre und um Lucius bildeten, der nach wie vor die Kleine trug. Dann ging es im Laufschritt zurück zum Fluß.

Auf dem Weg dorthin gesellte ich mich zu Cyrus. Zwar war seine Kleidung ein wenig ungeordnet, er selbst aber schien gesund und munter zu sein – und rundum zufrieden. »Ich kenne nicht viele, die nach einer Keilerei mit Ding Dong noch so gut ausgesehen haben wie du«, sagte ich und sah lächelnd zu ihm hoch.

Er zuckte die Achseln und konnte den Anflug eines Lächelns nicht unterdrücken. »Wahrscheinlich liegt das daran, daß es nicht viele Leute gibt, die Gelegenheit hatten, offen von Mann zu Mann mit ihm zu kämpfen«, sagte er.

»Du hast also gewonnen?«

Er sah zur Baustelle der Telephongesellschaft Bell hinüber, die jetzt links von uns lag, und erwiderte: »Mach dir selbst ein Bild.«

Er nickte zu einem hohen Backsteinhaufen hinüber: An ihm lehnte mit marmoriertem Gesicht Ding Dong, seine Arme und Beine standen in grotesker Haltung von ihm ab.

»Großer Gott«, keuchte ich und stieß einen leisen Pfiff aus. »Lebt der noch?«

»Wie du und ich«, antwortete Cyrus. »Es ist aber möglich, daß er sich morgen früh wünscht, er wäre tot.« Ich quittierte das mit einem befriedigten Lächeln. Ohne den Trab dem Fluß entgegen zu unterbrechen, sah Cyrus bedeutungsvoll zu mir her. »Du weißt, ich war immer der Ansicht, daß sie nichts als Ärger gemacht hat, Stevie«, sagte er. »Das will ich gar nicht bestreiten. Aber letzten Endes hat sie dir, uns allen und dem Kind Gutes getan – ich hatte also wohl unrecht.«

Ich sah ihn mit einem Blick an, von dem ich hoffte, daß soviel Dankbarkeit darin lag, wie ich empfand. »Nein, unrecht hattest du nicht«, gab ich zur Antwort. »Kat war, wie du gesagt hast. Aber sie war auch anders.«

Cyrus nickte. »So ist es ...«

Die Stimmung unseres kleinen Expeditionstrupps besserte sich zusehends, nachdem wir die West Street überquert hatten und am Wasser entlang südwärts strebten, nach wie vor im Laufschritt. Während der riesige schwarze Umriß des Anlegers der White-Star-Linie vor unseren Augen immer größer wurde, konnte man spüren, wie sich die Wolke der Bangigkeit auflöste, die über uns lag. Mr. Roosevelt aber oblag es, das offizielle Signal zu geben, daß man wieder frei atmen konnte.

»Nun denn, Doktor!« dröhnte er, als wir an der Perry Street vorüberkamen. »Sieht ganz so aus, als hätten wir gewonnen!«

»Ich werde mein endgültiges Urteil aufsparen, bis wir ungefährdet abgelegt haben«, antwortete der Doktor zurückhaltend und spähte immer noch in die umgebenden Straßen. »Aber die vorläufigen Ergebnisse sehen ermutigend aus.«

Mr. Roosevelt lachte polternd. »Großer Gott, Kreisler, ich weiß nicht, ob ich je einem Menschen begegnet bin, der noch mehr zur Schwarzseherei neigt als Sie! Sicher, wir haben den Höllenhund Knox nicht in Gewahrsam genommen – aber wir haben diesen Schweinen eine Botschaft hinterlassen, die sie nicht so bald vergessen werden, und es hat unsere eigenen Männer selbst nur ein paar Kratzer gekostet! Genießen Sie also den Augenblick in vollen Zügen!«

»Hat es auf unserer Seite tatsächlich nur ein paar Kratzer gegeben?« fragte der Doktor, des Sieges nach wie vor nicht gewiß.

»Na ja, zwei Männer haben einen gebrochenen Arm«, räumte Mr. Roosevelt ein. »Und einem anderen ist der Unterkiefer gebrochen. Aber ich versichere Ihnen, die Täter haben das mit Zinsen heimgezahlt bekommen. Daher Schluß mit der Trübsal, mein Freund! Sie müssen lernen, sich über unsere Triumphe zu freuen!«

Dabei mußte der Doktor nun doch lächeln – vermutlich ebensosehr aus Belustigung über die unverbesserliche Haltung seines alten Freundes wie vor wirklicher Befriedigung über das, was wir kurz zuvor in der Bethune Street Nr. 39 erreicht hatten. Es konnte kein Zweifel daran bestehen, daß er sich aufrichtig über die Rettung der kleinen Ana freute. Doch sicherlich bedauerte er, daß die Hintergründe für all die Schrecken, die wir erlebt hatten, auf immer ein Geheimnis bleiben würden, denn die Frau, die sie verursacht hatte, lag auf der Bahre, welche die beiden Matrosen neben Detective Sergeant Lucius trugen. Da der Doktor zur Zeit den Operationsraum in seinem eigenen Institut nicht benutzen durfte, konnte er

Libby Hatchs Gehirn nicht obduzieren, um festzustellen, ob irgendeine anatomische Abnormität vorlag. Allerdings hätten die Detective Sergeants ihren Vorgesetzten nicht gut eine Leiche mit abgetrenntem Kopf abliefern können, wenn sich das anders verhalten hätte. Mir war klar, daß Libbys Tod und die damit verbundenen Umstände den Doktor immer daran hindern würden, das Ergebnis unserer Unternehmung als »Triumph« anzusehen. Auch für mich würde auf alle Zeiten die Erinnerung an unser Abenteuer mit einem Wermutstropfen versehen sein, hatte es doch zu Kats Tod geführt.

Wir erreichten ungehindert den Anleger und ließen Libby Hatchs Leichnam auf ein Torpedoboot bringen. Die Isaacsons wollten bis zu einem polizeieigenen Anleger an der Battery darauf mitfahren. Damit wäre der Fall abgeschlossen, den ihre Abteilung ursprünglich mit so großem Zögern übernommen hatte. Inzwischen sollte Miss Howard Ana Linares auf dem Führungsboot betreuen, auf dem wir alle zur Marinewerft von Brooklyn mitfahren würden, von wo wir zum Haus des Doktors zurückkehren wollten. Von dort aus wollte Miss Howard die Señora anrufen, die seit dem Nachmittag im französischen Konsulat, wo sie Zuflucht vor ihrem Mann gesucht hatte, auf eine Mitteilung wartete.

Mit inzwischen wieder völlig klarem Kopf bestieg Miss Howard das vorderste Torpedoboot und wartete darauf, daß Lucius ihr Ana übergab. Aber wie man unschwer hätte voraussagen können, ließ es sich Mr. Roosevelt nicht nehmen, selbst einzugreifen.

»Sie müssen zu Ihrem Boot zurück, Detective Sergeant«, sagte er und nahm Ana. »Ich hab ziemlich viel Erfahrung mit Bündeln wie diesem hier, und Sie können mir glauben, daß ich die Kleine sicher an Bord bringe!« Während er sie auf einem Arm wiegte, kletterte er geschickt die lange Leiter vom Anleger zu unserem Boot herab. Er bewegte sich mit der kleinen Last weit flinker, als irgendeiner von uns das gekonnt hätte; und ich mußte bei seinem Anblick daran denken, daß er selbst fünf kleine Kinder hatte, die er zweifellos oft in ähnlicher Weise herumgetragen hatte.

Als er das Kind an Bord gebracht hatte und es Miss Howard übergeben wollte, sah er sich Anas angenehme Züge einen Augenblick lang an. »Was für ein außergewöhnliches Gesicht«, sagte er, und zwar leise, was ganz und gar nicht seiner Art entsprach. »Sehen Sie nur die Augen, Doktor!«

»Ja«, sagte der Doktor und sprang von der Leiter ins Boot. »Ich hab sie schon betrachtet, Roosevelt. Ein schönes Kind.«

Mr. Roosevelt fuhr Ana mit einem seiner großen Finger über das Gesicht und fragte beiläufig: »Wer sind eigentlich die Eltern der Kleinen?«

Wir alle erstarrten; aber glücklicherweise merkte Mr. Roosevelt das nicht.

»Wer ihre Eltern sind?« wiederholte der Doktor scheinheilig, während die Maschinen unseres Bootes anliefen und die Besatzung die Leinen losmachte. »Ist das von Bedeutung?«

»Ob es von Bedeutung ist?« sagte Roosevelt achselzuckend. »Das weiß ich nicht. Allerdings würde ich sie nach allem, was wir durchgemacht haben, gern kennenlernen.« Er lächelte breit, als Ana nach seinem Finger griff. »Ich würde ihnen gern sagen, welches großes Glück sie hatten, euch alle zu engagieren.«

»Ihre Eltern«, beeilte sich Miss Howard, so unbeteiligt sie konnte, zu erklären, »sind Konsularbeamte. *Französische* Konsularbeamte. Bedauerlicherweise wollen sie nach Hause zurückkehren, sobald sie das Kind zurückhaben. Das scheint mir verständlich.«

»Ja, gewiß«, nickte Mr. Roosevelt und machte einen Augenblick lang ein ernstes Gesicht. »Das ist verständlich, doch – durchaus verständlich. Aber ich hoffe, Sara, Sie machen ihnen nachdrücklich klar, daß Vorfälle dieser Art für unser Land nicht typisch sind.«

»Natürlich«, sagte Miss Howard.

Wieder betrachtete Mr. Roosevelt Ana lächelnd und sagte: »Sie sagen also, es sind Franzosen? Schade, daß es keine Spanier sind. Die Kleine hat irgend etwas Spanisches an sich. Hätte ganz nützlich sein können, diesen Spitzbuben zu zeigen, wie sich ein *freies* Volk mit einer solchen Sache verhält!«

»Hm, ja«, sagte Mr. Moore beiläufig. »Hätte nützlich sein können.«

»Aber wie Sie sagen, Doktor«, fuhr Mr. Roosevelt fort, während unser Boot Kurs auf die Flußmitte nahm. »Ihre Abstammung ist nicht so wichtig. Sie ist ein Kind, und sie ist jetzt in Sicherheit.« Bei diesen Worten griff Ana erneut nach Mr. Roosevelts spielbereitem Finger, woraufhin sich dessen Lächeln verstärkte. »Wissen Sie«, sagte er leise, »für mich gibt es auf der Welt nichts Schöneres als so eine kleine Kinderhand.«

# Kapitel 58

Als wir alle wieder im Haus an der Siebzehnten Straße waren, trieb Lucius im Sprechzimmer des Doktors ein Trinkfläschchen für Säuglinge auf. Es diente dem Doktor sonst – angesichts unseres Falles könnte man sagen paradoxerweise – zur Unterweisung von Frauen, die Schwierigkeiten hatten, ihre Kinder zu entwöhnen. Darin braute er etwas zusammen, was gegen die Koliken der kleinen Ana helfen sollte, die in kurzen Abständen ihr glückliches Lächeln und munteres Lachen immer wieder zum Verschwinden brachten. Er mischte außer Milch und Honig auch das wenige an Opiumtinktur hinein, das noch von meinen Versuchen übrig war, Kat zu kurieren, und schon während er Ana die Flasche gab, schien sie ihre gesunde Farbe und ihr munteres Wesen wiederzuerlangen. Für uns bedeutete das so etwas wie frischer Wind in unseren Segeln, war ein zufriedenes, ja, sogar glückliches Symbol neuen Lebens in einer Gruppe von Menschen, die Tage und Nächte hindurch nichts als Gewalttat und Mord miterlebt hatten. Ihre Gegenwart wirkte so ansteckend, daß wir alle sie abwechselnd hielten und fütterten, damit ihre ungetrübte Freude, am Leben zu sein, zusammen mit unserem Bewußtsein, daß wir sie um Haaresbreite vor dem Tode gerettet hatten, die heilende Zauberkraft wirken ließ, die ausschließlich kleinen Kindern zu Gebote steht.

Gegen ein Uhr nachts verabschiedeten sich Mr. Roosevelt und Kapitänleutnant Kimball. Sie kehrten nach Washington zurück, um sich dort wieder ihrer Aufgabe zu widmen, den Krieg gegen Spanien zu planen, von dem sie glaubten und irgendwie auch hofften, daß er bevorstehe. Bis auf den heutigen Tag weiß ich nicht, ob jemand New Yorks einstigen Polizeipräsidenten je darüber aufgeklärt hat, wie eng unsere Unternehmung an jenem Abend mit dem Ausbruch jenes Krieges hätte zusammenhängen können, wenn sich die Dinge nur eine Spur anders entwickelt hätten; ich habe den Eindruck, daß Mr. Roosevelt mit dem Doktor darüber gesprochen hat, bevor er Anfang dieses Jahres starb. Aber das wichtigste ist und bleibt, daß er uns zu Hilfe geeilt war, ohne mehr wissen zu wollen, als daß seine Freunde und ein unschuldiges Kind in Not waren. Ich habe den Mann dafür nur um so mehr geschätzt und geachtet. Wenn ich ihn mir jetzt so vorstelle, wie er in seinem Landauer zum Bahnhof Grand Central aufbrach und uns noch einmal sein wunderbares breites Lächeln schenkte, das sich eines Tages als wahrer Segen für den Geschäftsgang politischer Karikaturisten erweisen sollte, frage ich mich, warum nur so wenige Menschen die Art von Stärke besaßen, die er an den Tag legte: die besondere Fähigkeit, auf der einen Seite liebevoll mit einem Kleinkind umzugehen, zugleich aber Hornochsen wie den Hudson Dusters die

Schädel gegeneinanderzuschlagen. Diese Frage hat mich bis auf den heutigen Tag nicht losgelassen.

Gegen halb zwei kehrten die Brüder Isaacson von der Polizeiwache des Ersten Reviers in der New Street zurück. Sie hatten Libby Hatchs Leichnam vom Polizeianleger dorthin gebracht, und von dort aus würde man ihn zum Leichenschauhaus schaffen. Das verursachte mir seelische Qualen, denn mir gefiel der Gedanke nicht besonders, daß sich die Mörderin im selben Gebäude befand wie Kat, auch wenn jetzt beide tot waren. Doch konnte man nichts daran ändern, denn man wollte an ihr eine Autopsie vornehmen. (Später erfuhren wir, daß deren Ergebnisse »keine besonderen Erkenntnisse« erbracht hatten, und genau das hatte Mr. Moore von Anfang an vermutet.) Was El Niño betraf, rechnete ich mehr oder weniger damit, daß er an jenem Abend im Hause anrufen würde, einfach, um sich zu erkundigen, ob alles in Ordnung war. Dann aber begriff ich, daß von seinem Standpunkt aus die Dinge ihre Ordnung hatten. Sein *jefe* war gerächt, die kleine Ana würde zu ihrer Mutter zurückkehren, wohingegen er in New York höchstens Scherereien mit der Polizei zu erwarten hatte. Nachdem ich etwas darüber nachgedacht hatte, wurde mir klar, daß es für ihn besser war, schleunigst aus der Stadt – und vielleicht sogar aus dem Land – zu verschwinden, als sich zu gefährden, indem er versuchte, mit uns Verbindung aufzunehmen.

Wie geplant, hatte Miss Howard gleich nach unserer Rückkehr ins Haus des Doktors im französischen Konsulat angerufen, um Señora Linares mitzuteilen, daß alles gutgegangen sei und sie ihr Ana bringen werde, sobald ihr Polizeischutz zur Verfügung stehe. Uns allen war klar, daß sich die Brüder Isaacson am besten dafür eigneten und sie sich für diese Aufgabe tunlichst bewaffnen sollten: Niemand konnte wissen, welche Art von Dienstboten Señor Linares eingestellt hatte, nachdem El Niño zu uns übergelaufen war, und ob diese dann etwa, wie einst jener, das Haus des Doktors beschatteten. Wie sich herausstellte, waren diese Vorsichtsmaßnahmen überflüssig: Miss Howard, Marcus und Lucius konnten der Mutter das Kind zurückgeben, ohne daß es den kleinsten Hinweis auf Schwierigkeiten gegeben hätte. Nach ihrer Rückkehr teilten sie uns mit, die Señora erwäge, zu ihren Angehörigen nach Spanien zurückkehren, vielleicht aber werde sie auch in den Westen der Vereinigten Staaten gehen. Dort war jedem ein Neuanfang möglich; auch Kat hätte ja dort, wie ich einst gehofft hatte, ein neues Leben beginnen können. Doch sehe die Señora, wie Miss Howard und die Isaacsons sagten, angesichts der überwältigenden Freude, die sie bei der Wiedervereinigung mit Ana empfunden habe – und die den dreien das großartige Gefühl vermittelt hatte, daß alles, was wir durchgemacht hatten, der Mühe wert gewesen war –, solche Entscheidungen im Augenblick als zweitrangig an.

Von ihrem Standpunkt aus mochte dieser Eindruck richtig sein, für Mr. Moore und mich jedoch würde es in alle Zukunft Fragen geben, zum

Beispiel, ob es richtig gewesen war, Menschen, an denen uns viel lag, in einen Fall mit hineinzuziehen, der sie schließlich das Leben gekostet hatte. Solche Fragen lassen sich nur selten ohne weiteres beantworten, und man kann sie eigentlich nie beiseite schieben. Noch während ich das hier schreibe, kann ich nicht sagen, daß ich einer Lösung meiner Zweifel nähergekommen wäre als in jener Nacht um zwei Uhr, nachdem schließlich alle ihrer Wege gegangen waren und ich seit einer Stunde auf meiner Fensterbank hockte, unter Tränen Zigaretten rauchte und überall am Sternenhimmel Kats Augen sah.

Natürlich mußten wir an den Beisetzungen teilnehmen, und so fuhren wir nach der schlichten Feier, die für Kat am Mittwoch nachmittag auf dem Calvary-Friedhof stattfand – ich war dankbar, daß alle Mitglieder unserer Gruppe da waren –, am frühen Donnerstag morgen alle miteinander noch einmal mit der Bahn nach Ballston Spa, um dabeizusein, wie Mr. Picton auf eben dem Friedhof an der Ballston Avenue zur Ruhe gebettet wurde, dessen Frieden wir erst vor so kurzer Zeit gestört hatten. Selbstverständlich sahen wir uns durch Trauer, Zuneigung und Achtung dazu verpflichtet, einen so weiten Weg zurückzulegen, um uns von dem aufgeregten kleinen Mann mit der ständig brennenden Pfeife zu verabschieden, der nicht bereit gewesen war, die Morde, zu denen es an der Straße nach Charlton gekommen war, ungesühnt zu lassen, und der uns durch seinen Tod die rechtliche Handhabe geliefert hatte, die wir brauchten, um in New York offen gegen Libby Hatch vorzugehen. Aber auch die Neugier trieb uns nach Norden: Wir wollten erfahren, was Mr. Picton gemeint hatte, als er in seinen letzten Worten von einem »Hinweis« auf dem Friedhof sprach.

Als man seinen Sarg ins Grab senkte, sahen wir alle verstohlen auf die Grabsteine seiner Angehörigen; und uns durchfuhr es, als wir sahen, daß für alle – nicht nur für Mr. Pictons Eltern, sondern auch eine jüngere Schwester und einen Bruder – derselbe Tag als Todesdatum angegeben war. Das veranlaßte den Doktor, Mrs. Hastings nach der Feier behutsam einige Fragen zu stellen, und sie erklärte ihm, daß Mr. Pictons Angehörige eines Nachts samt und sonders im Schlaf umgekommen seien, weil im großen Hause am Ende der High Street eine Gasleitung undicht geworden war. Mr. Picton sei damals auf der Universität gewesen und habe in späteren Jahren nie über die Angelegenheit gesprochen. Zwar war Mrs. Hastings nicht bereit, sich zu der Frage zu äußern, wie sonderbar es sei, daß das Gas in so vielen Räumen des Hauses der Pictons gleichzeitig austreten konnte, doch sagte sie, Mr. Picton habe sich nach jener Tragödie entschlossen, als Staatsanwalt tätig zu werden. Das genügte dem Doktor, denn er hatte – wie wohl auch Mrs. Hastings – begriffen, daß hier keine Rede von einem Zufall sein konnte. Jemand mußte die Familie absichtlich aus dem Weg geräumt haben, und da alle Türen des Hauses von innen verriegelt gewesen waren, mußte jemand aus der Familie Picton diesem »Zufall« nachgeholfen haben.

Über diese Tatsachen hinaus konnte der Doktor, wie auch sonst jeder, nur spekulieren. Hatte Mr. Pictons Mutter in einem Anfall von Schwermut Mann, Kinder und sich selbst getötet? Dem Doktor zufolge war so etwas bei Frauen, die unter tiefer Schwermut litten, nicht ungewöhnlich. Hatte Mr. Picton die Wahrheit vermutet, und hatte dieser Verdacht ihn nicht nur für den Rest seines Lebens gequält, sondern auch dazu gebracht, so viele Jahre lang ausdauernd auf einen Schuldspruch gegen Libby Hatch hinzuarbeiten? Wir würden es nie erfahren. Aber zusammen mit dem traurigen Anlaß der Beisetzung genügte uns allen die bloße Möglichkeit, so daß wir auf der Rückfahrt nach New York schweigend vor uns hin grübelten.

In den unmittelbar darauffolgenden Tagen wurde es um das Haus an der Siebzehnten Straße in unheimlicher Weise still. Zwar war der Fall an sein Ende gelangt, doch gab es keine Möglichkeit, zum gewohnten Tagesablauf zurückzukehren, denn selbst wenn wir die Energie aufgebracht hätten, uns so rasch wieder darein zu fügen, warteten wir nach wie vor auf das Ergebnis der gerichtlichen Untersuchung über die Zustände im Institut des Doktors. Am Freitag morgen schließlich machten die Brüder Isaacson vor dem in nichtöffentlicher Sitzung tagenden Gericht ihre Aussage, die sie seit unserer Rückkehr in die Stadt immer wieder hinausgeschoben hatten. Am selben Nachmittag wurde Pfarrer Bancroft aufgefordert, Auskunft über die Art zu geben, wie das Institut geleitet wurde, ob das Personal den Anforderungen genüge und die Einrichtung als solche wünschenswert sei. Mit seinem Spruch wartete das Gericht bis Montag, und ich übertreibe nicht, wenn ich sage, daß die beiden Tage bis dahin mit zu den längsten meines Lebens gehörten. Die Luftfeuchtigkeit in der Stadt war bedrückend, so daß man ständig den Eindruck hatte, von einer dünnen Schicht Schweiß bedeckt zu sein, und alle Leute waren entsetzlich gereizt. Am Montag war es nicht besser: Schon um zehn Uhr morgens zeigte das Thermometer gut dreißig Grad, und als Cyrus, der Doktor und ich gegen zwei Uhr die Kalesche bestiegen, um zum Gericht zu fahren, war ich nicht sicher, ob Frederick – den die im Tattersall verbrachten Wochen ein wenig träge gemacht hatten – oder auch nur einer von uns bis dorthin gelangen würde.

Doch wir schafften es, und zwar in jedem Sinne des Wortes. Nicht nur verblüffte uns Richter Samuel Welles mit der Mitteilung, daß die Angelegenheiten des Instituts geordnet seien und man den Fall Paulie McPherson als »offenkundige Abweichung von der Regel« einstufe, er erregte außerdem dadurch Aufsehen, daß er den Stadtvätern, welche die Untersuchung in die Wege geleitet hatten, ordentlich die Leviten las. Gewiß seien Dr. Kreislers Methoden möglicherweise unorthodox und mochten dem einen oder anderen nicht passen; er sei nicht einmal sicher, ob es jemanden gebe, der ganz mit ihnen einverstanden sei. Aber die Ergebnisse, die der Doktor erzielt habe, ließen sich nicht hinwegdiskutieren, und es sei nun einmal unbestreitbar, daß in all den Jahren dort nur ein einziges Kind ums Leben gekommen sei. Dabei habe es sich noch dazu um einen Jungen gehandelt, wie die Nachforschungen der Polizeibeamten einwandfrei ergeben hatten, der zumindest schon mit dem Gedanken an Selbstmord gespielt habe, bevor er ins Institut gekommen sei, und überdies das Tatwerkzeug bei der Aufnahme selbst mitgebracht habe. So wies Richter Welles die Klage ab und verband damit die Mahnung an die Kritiker des Doktors, daß die Gerichte der Stadt New York Wichtigeres zu tun hätten, als unbegründeten Verdachtsmomenten nachzugehen.

Wir hatten gewußt, daß Welles unberechenbar war, aber bis dahin hatte noch nie ein vom Staat Beauftragter die Arbeit des Doktors so offen unterstützt. Man konnte zu der Ansicht gelangen, es gebe vielleicht doch eine Art Gerechtigkeit auf der Welt. Mr. Moore hatte es voller Hoffnung darauf ankommen lassen und für die Zeit nach der Verhandlung in Mr. Delmonicos Restaurant ein Gesellschaftszimmer reserviert (ausschließlich in solchen Räumen durften Cyrus und ich dort essen), und im Verlauf der darauffolgenden Mahlzeit stopften die Erwachsenen so viele Gänge mit sonderbaren französischen Namen in sich hinein, daß ich sie nach all diesen Jahren unmöglich aufzählen könnte. Ich begnügte mich mit einem Steak und Bratkartoffeln, wozu mir Mr. Delmonico sogar eine Flasche Limonade auf den Tisch stellte. Allerdings vermute ich, daß er einen seiner Pikkolos hatte losschicken müssen, der sie aus einem Geschäft in der Nachbarschaft holen sollte. Aber wenn ich auch nicht mehr weiß, was jeder gegessen hat, so erinnere ich mich deutlich, daß es sich um einen Abend handelte, wie er bei uns selten geworden war: Es hatte weder einen Mord noch eine Entführung gegeben, und unsere Unterhaltung kreiste um kein ungelöstes Rätsel. Tatsächlich kamen Verbrechen so gut wie nicht zur Sprache – es war einfach eine Gelegenheit, es sich in Gesellschaft der anderen gutgehen zu lassen und daran zu denken, daß uns nicht nur entsetzliche Ereignisse verbanden.

Da der Tag so gut verlaufen war, hätten wir uns wahrscheinlich denken müssen, daß an seinem Ende noch irgendeine unangenehme oder zumindest beunruhigende Überraschung auf uns warten würde. Nach der Mahlzeit lud uns der Doktor in sein Haus ein. Ich teilte mir eine Droschke mit Detective Sergeant Lucius, dessen Gesicht, wie immer nach einem Besuch bei Delmonico zu einem ausgedehnten Mahl mit viel Rotwein, fröhlich und rosig war. Als wir am Haus in der Siebzehnten Straße eintrafen, stand davor ein ausnehmend hübscher Brougham am Bordstein. Die beiden Männer, die auf dem Bock saßen, paßten eigentlich nicht besonders gut zu dem Gefährt: Sie trugen grobe Seemannsjacken, die auf eine Vertrautheit mit den zwielichtigeren Seiten des Lebens am Hafen hinwiesen, und ihre tiefbraunen Gesichter mit dünnen herabhängenden Schnurrbärten und großen dunklen Augen erweckten sogleich den Eindruck, daß sie aus Indien oder sonstwoher aus dem Fernen Osten stammen müßten. Lucius erstarrte beim Anblick des Fahrzeugs und der Männer schlagartig und wurde sogar ein wenig bleich.

»Was zum …«, sagte Lucius im Flüsterton. »Bitte nein.«

»Wieso ›bitte nein‹?« fragte ich ihn mit einem Blick auf den Brougham und dann zu ihm. »Wer sind diese Männer?«

Mit einem tiefen Atemzug sagte Lucius: »Sie sehen aus wie Laskaren.«

»Laskaren?« wiederholte ich, jetzt gleichfalls etwas beunruhigt. Sogar *ich* hatte von diesen rauhen Gesellen gehört, die als Seeräuber die Gewässer des Indischen Ozeans und des Südchinesischen Meeres unsicher machten. »Was zum Teufel haben die hier zu suchen?«

»Sollen wir raten?« sagte der Detective Sergeant. »Laskaren sieht man häufig im Hafen von – Manila.«

»Ach so«, sagte ich mit einem erneuten Blick zu den beiden auf dem Kutschbock. Dann versank ich in meinem Sitz. »So ein Mist …«

Als unsere Droschke hielt, waren die anderen bereits aus der zweiten Droschke und der Kalesche des Doktors ausgestiegen und hatten sich neben dem Brougham versammelt. Als erstes Lebenszeichen vernahmen wir aus dessen Innerem eine von einer tiefen Stimme mit deutlich spanischem Akzent gestellte Frage: »Dr. Kreisler?«

Der Doktor trat vor. »Ich bin Dr. Laszlo Kreisler. Kann ich etwas für Sie tun?«

Endlich öffnete sich der Schlag des Broughams und ein sehr dunkelhäutiger, sehr gut aussehender, mittelgroßer, weder übermäßig schmächtiger noch übermäßig kräftiger Mann stieg aus. Sein Haar war sorgfältig mit Pomade geglättet, und sein Anzug war von erster Qualität und so formvollendet geschnitten, daß man sogleich den Diplomaten erkannte. In der Hand trug er einen Spazierstock mit schwerem Silberknauf.

»Ich bin Señor Narciso Linares. Ich nehme an, Sie haben von mir gehört.«

Der Doktor bestätigte das nickend und mit einem leichten Lächeln. Er hatte, wie auch wir übrigen, bereits erraten, wer der Besucher war. »Señor.«

Der Mann wies mit seinem Stock zum Haus. »Gibt es eine Möglichkeit, miteinander zu sprechen? Die Angelegenheit ist von äußerster Dringlichkeit.«

»Bitte«, sagte der Doktor und wies zum Eingang. Der Mann ging auf das Haus zu, und der Doktor folgte ihm. Als wir es ihnen gleichtun wollten, sprangen die beiden Laskaren vom Kutschbock und verstellten uns mit verschränkten Armen am Eingang den Weg. Sie schienen durchaus zu einer kleinen Auseinandersetzung bereit zu sein.

Der Doktor wandte sich mit allen Anzeichen des Entsetzens zu uns um. »Señor«, sagte er sehr streng. »Was hat das zu bedeuten? Diese Leute wohnen in meinem Hause, beziehungsweise sind sie hier Gäste.«

Der Besucher dachte einen Augenblick lang darüber nach, nickte dann und sagte: »So.« Dann rief er den Laskaren einige spanische Wörter zu, woraufhin jene mürrisch zu ihrer Kutsche zurückstrebten. Danach gingen wir alle hinein, wobei Cyrus die beiden Laskaren nicht aus den Augen ließ.

Der Doktor führte Señor Linares hinauf in den Salon und fragte ihn, ob er etwas trinken wolle. Mr. Moore holte das von ihm gewünschte Glas Kognak, und wir übrigen setzten uns. Cyrus stellte sich an ein Fenster und öffnete es, nach wie vor den Blick auf die Männer geheftet, die da unten auf dem Kutschbock thronten.

»Dr. Kreisler«, sagte Señor Linares. Offenbar erstaunte es ihn zu sehen, daß wir alle die Absicht zu haben schienen, im Salon zu bleiben. »Was ich mit Ihnen zu besprechen habe, ist privat – es ist nicht für die Ohren des Gesindes bestimmt.«

»Hier gibt es kein Gesinde«, antwortete der Doktor. »Es sind meine Mitarbeiter.«

Der Besucher sah zu Cyrus hinüber. »Auch der Schwarze?«

Der Doktor bemühte sich sehr, seinen Ärger nicht zu zeigen, und sagte lediglich: »Wenn Sie mit mir etwas zu besprechen wünschen, mein Herr, müssen Sie das vor den Ohren aller tun. Andernfalls sehe ich mich genötigt, Ihnen einen guten Abend zu wünschen.«

Achselzuckend stürzte Señor Linares seinen Kognak hinunter und stellte das Glas beiseite. »Ich werde also zur Sache kommen. Ich habe Grund zu der Annahme, daß Sie den Aufenthalt meiner Gattin und meines Kindes kennen.«

»Ach ja?«

»Ja. Sofern sich das so verhält, lege ich Ihnen dringend nahe, mir das mitzuteilen, es sei denn, es wäre Ihre Absicht, einen diplomatischen Zwischenfall hervorzurufen.«

Der Doktor ließ eine Pause eintreten und nahm sein Zigarettenetui heraus. »Ich war bisher stets der Ansicht, daß Diplomaten taktvoll sind«, sagte er. »Vielleicht hat man mich da falsch unterrichtet.«

»Die Zeit für Takt ist längst vorüber«, antwortete Señor Linares gereizt. »Ich weiß, daß meine Gattin vor einer Weile die Hilfe jener Dame dort in Anspruch genommen hat...« Er wies mit seinem Stock auf Miss Howard. »Seither ist mein Leben eine Abfolge von Mißlichkeiten gewesen. Ich muß Sie darauf aufmerksam machen, daß es mir mit der Androhung eines offiziellen Protests ernst ist.«

Während sich der Doktor eine Zigarette anzündete, betrachtete er den Besucher einen Moment lang genauer und setzte sich dann hin. »Das glaube ich nicht.«

Der Mann sah aus, als hätte man ihn geohrfeigt. »Nennen Sie mich einen Lügner?« sagte er und stand auf.

»Ich bitte Sie, mein Herr«, antwortete der Doktor mit einer wegwerfenden Bewegung seiner Zigarette und ohne das geringste Anzeichen von

Besorgnis. »Ersparen Sie mir Ihren südländischen Stolz – oder wie nennen Männer wie Sie das? *Machismo*? Ich versichere Ihnen, daß Sie ihn hier verschwenden.«

»Dr. Kreisler«, entgegnete der Mann. »Ich bin nicht der Mann, der sich derlei Worte anhört...«

»Señor Linares«, sagte der Doktor. »Bitte nehmen Sie Platz. Ich vermute, sofern es Ihre Absicht gewesen wäre, Ihr Konsulat oder Ihre Regierung in dieser Angelegenheit einzuschalten, hätten Sie das längst getan. Außerdem wären Sie bestimmt nicht in Gesellschaft solcher Kerle wie den beiden da draußen vor mein Haus gekommen« – er wies zum Fenster hin –, »deren Aufgabe es zweifellos war, die von Ihnen gewünschten Angaben durch die Androhung körperlichen Ungemachs zu erlangen. Mein Glück – weniger das Ihre – hat es gewollt, daß ich nicht allein zurückgekehrt bin. Wollen wir daher aufhören, von diplomatischen Zwischenfällen zu reden?«

Der Besucher zögerte einige Sekunden, setzte sich dann wieder hin und brachte sogar den Anflug eines gequälten Lächelns zustande. »Ja. Ich hatte schon gehört, daß Sie scharfsinnig seien.«

Das Gesicht des Doktors verhärtete sich plötzlich. »Und ich habe gehört, daß Sie nicht davor zurückschrecken, Frauen und überhaupt andere Menschen zu schlagen, die kleiner und schwächer sind als Sie selbst, und daß Sie offenkundig bereit waren, wenn Sie es nicht sogar darauf angelegt haben, die Entführung Ihres Kindes geheimzuhalten. Vielleicht können Sie mir angesichts dessen sagen, warum Sie jetzt hierherkommen, als wären Sie der Gouverneur einer abgelegenen spanischen Kolonie, um mir Angaben abzupressen, über die ich nicht verfüge?«

Der Mann hob rasch den Blick. »Heißt das, Sie wissen nicht, was aus meiner Gattin und meiner Tochter geworden ist?«

»Wäre es so, würde ich es Ihnen auch kaum sagen. Aber Sie haben mein Wort, daß ich es nicht weiß.« Das entsprach der Wahrheit: Señora Linares hatte New York im Lauf des Wochenendes verlassen, ohne Miss Howard mitzuteilen, wohin sie zu reisen gedachte. Sie hatte die Absicht geäußert, sich später zu melden, wenn sie irgendwo Fuß gefaßt hatte und alles in geordneten Bahnen lief.

Señor Linares nahm die Aussage des Doktors, wie mir schien, leichter auf, als man es von einem Mann in seiner Stellung hätte erwarten können. Er stützte den Kopf auf seinen Stock und sagte: »Aha. So. Es sieht so aus, als hätte ich mit meinem Besuch meine Zeit vergeudet.« Dann hob er den Blick zu Mr. Moore, fast als wäre er ärgerlich, daß ihm dieser nicht noch einen Kognak eingeschenkt hatte.

Mr. Moore goß dem Besucher noch ein Glas ein und konnte es sich nicht verkneifen zu fragen: »Liegt es daran, daß es nur ein Mädchen ist? Weibliche Nachkommen zählen wohl nicht viel, wo Sie herkommen?«

Der Mann schüttelte den Kopf. »Ihr Amerikaner seid solch provinzielle Moralprediger. Glauben Sie, daß ich mich ohne zwingende Gründe verhalten würde, wie ich es tue?«

»Was für Gründe könnten so ›zwingend‹ sein, daß Sie Ana aufgeben?« fragte Miss Howard beherrscht, aber auf eine Art, die man herablassend nennen konnte.

Der Mann sah jeden einzelnen von uns an, stürzte seinen zweiten Kognak herunter und nickte dann bedächtig. »Ich vermute, daß meine Motive Ihrer eher naiven Denkweise entsetzlich erscheinen müssen.«

»Sie sind uns schlicht nicht bekannt«, mischte sich Marcus ein.

»Wir haben von Anfang an versucht, uns das auszudenken«, fügte Lucius hinzu, »aber ohne Erfolg.«

Señor Linares nickte immer noch, als ihm Mr. Moore einen weiteren Kognak eingoß, und sagte dann: »Ich kann das verstehen. Wie alle Ihre Landsleute glauben Sie, was Ihre Zeitungen Ihnen vorsetzen: Die spanische Botschaft sei eine dekadente Ansammlung aufgeblasener Militaristen, die kein anderes Ziel verfolgen, als ihre Männlichkeit im Kampf gegen jede Nation zu beweisen, die ihr Land beleidigt. Nun ...« Er nahm einen kleinen Schluck Kognak. »Damit haben Sie zum Teil recht – aber nur zum Teil.« Er wies auf das silberne Zigarettenetui des Doktors, fragte »Sie gestatten?«, was der Doktor, der jetzt an seinen Worten sehr interessiert schien, durch ein Nicken bestätigte. Der Besucher steckte sich eine Zigarette an, nahm einen Zug und stieß den Rauch mit zufriedenem Ausdruck aus. »Sehr schön«, lobte er. »Russisch?«

Der Doktor nickte. »Aus Georgien. Mit Virginia gemischt.«

Der Mann nahm einen weiteren Zug. »Ja. Wirklich sehr schön ... Sagen Sie, Doktor, haben Sie je von meinem Vetter, dem General Arsenio Linares, gehört?« Der Doktor schüttelte den Kopf. »Er hat das Kommando in Santiago de Cuba. Oder von Admiral Pascual Cervera y Topete, Oberbefehlshaber unseres Geschwaders vor Cádiz?« Erneut mußte der Doktor verneinen. »Das hatte ich vermutet. Aber Sie kennen – Sie alle kennen – den als ›Schlächter‹ verschrienen General Weyler und die kriegstreiberische Clique von Monarchisten und Offizieren im Umfeld der spanischen Regentin ... Das sind die Männer, die in Ihren Zeitungen zitiert werden. Ihre Herren Hearst und Pulitzer könnten ihre Blätter nicht verkaufen, wenn sie der Stimme der Vernunft Raum gäben.«

»Vernunft?« sagte der Doktor verwirrt.

Der Besucher sah ihn offen an. »Sie halten uns doch nicht *alle* für so blind, Doktor, daß wir nicht imstande wären, zu erkennen, was um uns herum vor sich geht? Gewiß, viele Spanier auf Kuba, in Spanien und sogar dort, wo ich meine Kindheit verbracht habe, nämlich auf den Philippinen, sind davon überzeugt, daß sich Ihr Land weit über das Maß des Erträglichen hinaus in unsere Angelegenheiten eingemischt und unsere führenden Politiker beleidigt hat. Das verhält sich in der Tat so. Aber jenen liegt daran, die Sache mit Hilfe eines Krieges in reine zu bringen – und zwar sind sie fast ebenso darauf erpicht wie eine große Zahl von Amerikanern. Es gibt aber in unserem Lande auch Menschen, denen klar ist, welches Ergebnis ein solcher Krieg zwangsläufig hätte. Beispielsweise die Männer, die ich namentlich genannt habe. Und mir ist es ebenfalls klar.«

»Würden Sie uns das bitte erklären?« fragte Mr. Moore.

Señor Linares sah zu ihm hinüber und lachte in sich hinein. »Ihr Land… ist wie ein Heranwachsender, der mit einem Mal zum Mann geworden ist und die eigene Kraft noch nicht richtig einschätzen kann. Sofern Spanien gegen die Vereinigten Staaten in den Krieg zöge, käme für unser Reich eine Katastrophe dabei heraus. Wir würden das Wenige, was wir in dieser Hemisphäre noch besitzen, auch noch verlieren, vermutlich aber viel mehr als das. Aber solche Argumente nützen denen gegenüber nichts, die unseren Stolz mit Waffen zu verteidigen wünschen. Sie hören nicht auf die Warnungen erfahrener Offiziere wie mein Vetter oder Admiral Cervera, die das Ausmaß unserer Schwäche kennen. Schon gar nicht hören sie auf bloße Sekretäre von Konsuln, die gesehen haben, welch große Schiffe Sie in Brooklyn, Newport und Virginia bauen.« Señor Linares starrte in sein Glas, wobei er einen zutiefst niedergeschlagenen Eindruck machte. »Sie wollen einfach nichts davon wissen.«

Die Augen des Doktors hatten sich geweitet. »Soll das heißen«, fragte er leise, »daß Sie mit voller Absicht die Nachricht von der Entführung Ihrer Tochter zu unterdrücken versucht haben, damit nicht den politischen Extremisten Ihres Landes weiteres Material in die Hand fällt, das jenen als Vorwand für eine Kriegserklärung gegen die Vereinigten Staaten hätte dienen können?«

Ohne den geringsten Anflug von Scham antwortete der Mann: »Was hätten denn Sie getan, Doktor? Das spanische Reich siecht dahin und liegt im Sterben. Die Ursache ist die eigene Überheblichkeit, der jedes Mittel recht ist, gegen andere loszuschlagen. Das ist mir klar. Doch ich bin zugleich als *Bestandteil* jenes Reiches aufgewachsen. Meine Vorfahren haben ihm drei Jahrhunderte hindurch gedient. Ich muß alles tun, was in meinen Kräften steht, um die endgültige Zerstörung hinauszuzögern.«

»Und dafür nehmen Sie den Tod der eigenen Tochter in Kauf?« fragte Miss Howard.

Ohne sie anzusehen, erwiderte Señor Linares: »Spanien braucht Söhne – keine Töchter. Es ging darum, Aufwand und Ertrag gegeneinander abzuwägen, eine Kosten-Nutzen-Analyse, wie Ihr Amerikaner sagt.«

»Sie wollen also jetzt lediglich sichergehen«, setzte Marcus den Gedankengang unseres Besuchers fort, »daß sie nicht irgendwo wieder auftaucht. Sie wollen sich vergewissern, daß die Sache wirklich zu Ende ist.«

Mit einem Mal erhob sich der Doktor. Seine Augen schleuderten Blitze, und er sagte: »Ich habe Ihnen gesagt, daß uns der Aufenthaltsort Ihrer

Angehörigen nicht bekannt ist, Señor Linares. Das ist die Wahrheit. Und jetzt muß ich Sie bitten, mein Haus zu verlassen.«

Der Mann schien von der ziemlich ruppigen Aufforderung nicht sonderlich überrascht. Er stand auf, stützte sich auf seinen Stock, nickte und trat auf den Vorplatz hinaus.

»Señor«, rief ihm Miss Howard nach. Der Besucher blieb oben an der Treppe stehen und wandte sich um. »Wenn ein Mann sein Vaterland für wichtiger hält als das leibliche Kind und dies Vaterland ein solches Verhalten nicht nur duldet, sondern bestärkt – ist es dann nicht bereits völlig verrottet?«

»Vermutlich werden wir die Antwort auf diese Frage in den nächsten Monaten erfahren«, erwiderte Señor Linares gelassen.

Mit entschlossenen Schritten trat der Mann aus dem Haus und ging zu seiner Kutsche, während wir schweigend sitzen blieben und uns unseren Gedanken über dieses letzte Bindeglied im Fall Libby Hatch hingaben.

# KAPITEL 59

Natürlich kam es schon wenige Monate, nachdem wir im Salon des Doktors mit Señor Linares zusammengesessen hatten, zum Krieg zwischen den Vereinigten Staaten von Nordamerika und dem spanischen Reich. Trotz allem, was viele Leute allem Anschein nach vermutet haben, war für das Blutbad ebensosehr das verantwortlich, was der Señor die »Überheblichkeit« der Spanier genannt hatte, wie auch die unaufhörliche Hetze jener Amerikaner, die auf diesen Krieg hinarbeiteten. Señor Linares' Voraussagen zum Ergebnis dieser Auseinandersetzung erwiesen sich als ebenso zutreffend wie das, was er über ihre Ursachen gesagt hatte: Das spanische Reich war so gut wie zerstört, und den Vereinigten Staaten fiel eine ganze Reihe neuer ausländischer Besitzungen zu – darunter die Philippinen. Ich kann mir nicht vorstellen, daß irgend jemand, auch nicht in Washington, eine rechte Vorstellung davon hatte, worauf sie sich mit der Übernahme solcher Besitzungen einließen: Wie der Presse-Witzbold Mr. Finley P. Dunne damals schrieb, hätten die meisten Amerikaner vor dem Krieg nicht sagen können, ob es sich bei den Philippinen um »Inseln oder Dosennahrung« handelte. Mich hingegen beherrschte ein einziger Gedanke – besser gesagt, eine Frage –, als ich erfuhr, daß wir dortzulande die neuen Herren waren: Hatte El Niño es geschafft, vor unserem Einmarsch in seine Heimat zurückzukehren, und war er in die Eingeborenen-Armee eingetreten, die sich rasch gebildet hatte, um gegen uns für die Unabhängigkeit des Landes zu kämpfen? Ich habe es nie erfahren, aber ähnlich gesehen hätte es ihm.

Nachdem die Brüder Isaacson ihre Untersuchung im Institut des Doktors abgeschlossen hatten, taten sie wieder ihren üblichen Dienst bei der Polizei, doch blieb ihre Stellung dort so prekär wie eh und je. Im Laufe der Jahre kam es innerhalb der Polizei zu Untersuchungen wegen Korruptionsvorwürfen – manchmal könnte man glauben, es fänden *ständig* solche Untersuchungen statt –, und Marcus und Lucius haben vor allen Untersuchungsausschüssen ausgesagt, weil sie durchzusetzen hofften, daß wenigstens bei der Kriminalpolizei ausgemistet wurde. Doch das einzige Ergebnis ihrer Bemühungen war, daß sie immer mehr von »ihresgleichen« gemieden wurden, und ich bin sicher, man hätte ihnen längst den Stuhl vor die Tür gesetzt, wenn sie nicht in so vielen Kriminalfällen so glänzende Arbeit geleistet hätten. So machen sie weiter, streiten weiter miteinander, führen Experimente durch und bemühen sich überhaupt, die Arbeit der Polizei mit Hilfe der Kriminalistik zu verbessern. Manch ein Dieb, Mörder, Vergewaltiger und verrückter Bombenbastler würde sich freuen, wenn es die irischen Vorgesetzten endlich fertigbrächten, sich der »Judenlümmel« zu entledigen.

Miss Howard hat nach dem Fall Hatch ihre Agentur am Broadway Nr. 808 weitergeführt; genau gesagt tut sie das nach wie vor, ist aber inzwischen bereit, auch Männer von ihren Fähigkeiten profitieren zu lassen. Im Laufe der Jahre ist sie in der Welt der Verbrechensbekämpfung eine Art Legende geworden, worauf sie furchtbar stolz ist, obwohl sie das nie zugeben würde. Trotz ihres ständigen Geredes über die Schwächen der Männer hat sie sich zwischenzeitlich mit einem oder zweien von ihnen eingelassen, doch ist es nicht meine Aufgabe, in Einzelheiten zu schildern, wie es ihr dabei ergangen ist. Wohl aber kann ich sagen, daß sie nach wie vor die bemerkenswerteste Frau ist, der ich je begegnet bin. Stets legt sie ein Maß an tiefempfundener Freundschaft und Unabhängigkeit an den Tag, das für viele ihrer Geschlechtsgenossinnen heute ebenso unerreichbar ist wie für Libby Hatch vor zweiundzwanzig Jahren. Das liegt wahrscheinlich daran, wie Miss Howard stets behauptet hat, daß man jungen Mädchen allen möglichen Unsinn eintrichtert, und vielleicht bestünde die Lösung darin, daß mehr Frauen Schußwaffen tragen – ich weiß es nicht. Jedenfalls hat Miss Howard im Laufe der Jahre eine ganze Anzahl Kugeln in Männerbeine abgefeuert, was Miss Howards Unabhängigkeit in keiner Weise geschadet hat, im Gegenteil.

Die Freundschaft zwischen Cyrus und mir ist nach wie vor einer der Felsen, auf denen sich mein Leben gründet. Er hat nicht lange nach dem Ende des Falles Libby Hatch geheiratet. Damit, daß seine Frau, Marla Spotswood, zu ihm zog, war unsere lange Suche nach einer ordentlichen Köchin zu Ende. Marla ist und bleibt eine der besten, die es je gegeben hat, und ist überdies ein ebenso anständiger und charakterfester Mensch wie ihr Mann. Ich wohnte noch im Haus des Doktors an der Siebzehnten Straße, als nacheinander die drei Kinder der beiden zur Welt kamen, und es hat mir nichts ausgemacht, daß es seitdem im Dachgeschoß sehr laut zuging (die Kinder bekamen Mary Palmers früheres Zimmer). Dem Doktor ist der Lärm bisweilen ein wenig auf die Nerven gegangen, aber die Kleinen haben sich stets bemüht, leise an seinem Arbeitszimmer vorüberzugehen, und insgesamt hat es allen gutgetan, daß Kinder im Hause lebten. Es war in jenen Jahren von Glück erfüllt, und ich habe es durchaus mit schwerem Herzen verlassen, als die Zeit gekommen war, ins Zimmer hinter meinem Laden zu ziehen, um mich auf eigene Füße zu stellen.

Nachdem sein Name vom Makel befreit war, stürzte sich der Doktor wie ein Mann, dem man zeitweilig das Wichtigste im Leben vorenthalten hatte, wieder in die Arbeit an seinem Institut. Das soll nicht heißen, daß es im Frühjahr und Sommer 1897 nicht zu offenen Fragen gekommen war –

die gab es durchaus. Einige ließen sich nicht beantworten und verblaßten im Lauf der Jahre (Was hatte Paulie McPherson dazu veranlaßt, sich aufzuhängen? Was war mit Mr. Pictons Angehörigen geschehen? Wie viele Kinder mochte Libby Hatch getötet haben, von denen wir nicht einmal etwas wußten?), andere betrafen den Doktor persönlich, ohne daß eine Lösung in greifbare Nähe gerückt wäre. Sie scheinen ihn noch jetzt zuweilen zu beschäftigen, wenn er spätabends in seinem Salon sitzt und über die Wirrsale des Lebens nachdenkt. Man kann eigentlich nicht sagen, daß der gerissene Clarence Darrow ihm diese Fragen eingegeben hätte, denn eigentlich hatten ihn schon immer bohrende Zweifel gequält. Wohl aber hat Mr. Darrow mit der geschickten Formulierung jener Zweifel im Verlauf des Prozesses gegen Libby Hatch Gedanken ausgesprochen, die sonst vielleicht unter der Oberfläche geblieben wären. Vor allem scheint der Doktor nur schwer eine Antwort auf die Frage zu finden, *warum* er sich immer so sehr bemüht hat – und es nach wie vor tut –, Erklärungen für die entsetzlichen Dinge zu finden, auf die er in seinem beruflichen Leben gestoßen ist. Wie es scheint, hat Mr. Darrows Unterstellung, seine Arbeit diene ihm unter Umständen insgeheim dazu, die Zweifel zum Verstummen zu bringen, die er bezüglich sich selbst empfindet, in ihm eine starke Saite angeschlagen. Ich vermute, daß dieser Gedanke den Doktor um so mehr gequält hat, je berühmter sein einstiger Gegenspieler in den Gerichtssälen von ganz Amerika wurde. Das aber hat ihn nie daran gehindert, seine Arbeit zu tun und den Blick nach vorn zu richten. Ich würde sogar sagen, daß genau diese Fähigkeit – nämlich weiterzumachen trotz der Selbstzweifel, die jeder Mensch empfindet, der diese Bezeichnung verdient – ein sinnvolles von einem nutzlosen Leben unterscheidet, diese Fähigkeit, und sonst nichts.

Dann ist da noch Mr. Moore. Den Luxus, diese letzten Worte niederzuschreiben, kann ich mir erlauben, weil ich zum ersten Mal, seit ich den Laden eröffnet habe, über einen Gehilfen verfüge. Als wahrer Sportsmann hat Mr. Moore zugegeben, daß er die Wette verloren hat, nachdem er mein Manuskript gelesen hatte – nicht ohne darauf hinzuweisen, daß die Erzählung, ganz gleich, wie sie sonst beschaffen sein mag, »leider an schweren stilistischen Mängeln krankt«. Seiner Ansicht nach. Jedenfalls ist er jetzt da draußen und verkauft mit umgehängter Schürze Tabakwaren an feine Pinkel. Vermutlich genießt er die ihm damit gebotene Gelegenheit, solche Leute zu triezen, wie das nur ein Ladenbesitzer kann: Nichts hat meinem alten Freund je besser gefallen als eine Möglichkeit, Angehörigen der Oberschicht, der er selbst entstammt, eine lange Nase zu drehen.

Für ihn war es nicht einfach, nach dem Fall Hatch zur *Times* zurückzukehren: Er hätte gern in den Spalten des Blattes über unsere jüngsten Erlebnisse berichtet, doch war ihm klar, daß die Herausgeber ein solches Thema scheuten wie der Teufel das Weihwasser. Daher hat er beschlossen, sich mit der Berichterstattung über das Verfahren im Zusammenhang mit dem »Geheimnis des Rumpfes ohne Kopf« zu trösten. Er hoffte, es werde ihm möglich sein, in jene Mordgeschichte einige der Lehren einfließen zu lassen, die wir daraus gezogen hatten, während wir auf Libby Hatch Jagd machten. Er hätte es wirklich besser wissen müssen. Schon bald hatte alle Welt das Opfer der Tat, den zerstückelten Mr. Guldensuppe, vergessen, seine einstige Geliebte hingegen, Mrs. Nack, die das schändliche Verbrechen gemeinsam mit ihrer jüngsten Eroberung, Martin Thorn, begangen hatte, rückte in den Mittelpunkt der allgemeinen Aufmerksamkeit. Presse, Öffentlichkeit und Staatsanwaltschaft sahen in ihr schon bald die bedrohte Unschuld: Sie behauptete, Thorn habe sie verleitet und verdorben, dabei hatte sie an der Planung der Tat und an der Zerstückelung der Leiche mitgewirkt. Zu allem Überfluß schickte sie den unseligen Trottel Thorn nach Sing Sing auf den elektrischen Stuhl, indem sie dem Staatsanwalt alle erforderlichen Angaben lieferte, was diesen dazu veranlaßte, für sie die Mindeststrafe zu beantragen. Da der Richter mitspielte, wurde sie zu fünfzehn Jahren im Zuchthaus von Auburn verurteilt, die bei guter Führung auf neun Jahre verkürzt werden konnten – und wurden.

Am Tag, der für die Hinrichtung Thorns festgesetzt war, ist Mr. Moore nach Sing Sing gefahren. Er wollte unbedingt von dem Todgeweihten eine Aussage etwa des Inhalts bekommen, daß die Gesellschaft Frauen nach wie vor einfach deshalb kein Gewaltverbrechen zutraue, weil diese Vorstellung zu beunruhigend sei. Er nahm sich den unglücklichen Thorn vor, als dieser in die Hinrichtungszelle geführt wurde, und fragte ihn, was er von der milden Strafe für seine Komplizin halte.

»Was soll ich davon halten?« hatte Thorn mutlos und schicksalsergeben geantwortet. »Es ist mir ehrlich gesagt auch ziemlich egal.«

So endete Mr. Moores privater Kreuzzug, in dessen Verlauf er einige der Wahrheiten an die Öffentlichkeit hatte bringen wollen, die wir von Libby Hatch gelernt hatten. Der »brutale« Thorn und die »irregeleitete« Mrs. Nack, die ihr »Unrecht wiedergutgemacht« hatte (so die Worte des Staatsanwaltes in seinem Schlußplädoyer), hatten sich als ganz gewöhnliche Menschen erwiesen, während die »Ungeheuer«, von denen man ursprünglich allgemein angenommen hatte, daß sie Urheber der Tat waren – Raubmörder, verrückte Anatomen, blutrünstige Mörder mit schaurigen Gelüsten und so weiter – nichts als erdachte Phantome waren. Sie hatten keinem anderen Zweck gedient, als Polizisten zu verherrlichen, Zeitungsauflagen zu steigern und ungezogenen Kindern Angst zu machen. Der Doktor ist überzeugt, daß die wahren Ungeheuer unbemerkt nach wie vor auf den Straßen der Stadt ihrem befremdlichen und entsetzlichen Tun voll Hingabe nachgehen, und dennoch sieht der Durchschnittsbürger darin nicht mehr als die alltägliche Bemühung, die nötig ist, einen gewöhnlichen Tag zu bewältigen.

Wenn man bedenkt, woher ich komme, ist es mir vermutlich besser ergangen, als man hätte vorausahnen können. Die meisten meiner alten Kumpane und Weggefährten sind entweder im Zuchthaus gelandet oder haben den Tod auf der Straße gefunden. Wenn es auch schwerfällt, Bedauern darüber zu empfinden, daß Leute wie Ding Dong und Goo Goo Knox dieses Schicksal erlitten haben, stimmt es doch traurig, daß ein so gutherziger Mensch wie Hickie der Teutone den größten Teil seines Erwachsenenlebens mit Hofgängen in Sing Sing zugebracht hat. Mein eigenes Leben dreht sich hauptsächlich um den Laden hier. Zwar verdanke ich dem Tabak meinen Lebensunterhalt, zugleich aber auch diesen abscheulichen Bellhusten. Diese Krankheit ist ein Beispiel für das, was der Doktor »ein entsetzlich tragisches Paradox« nennt, und wird höchstwahrscheinlich weiter an meiner Lunge fressen, bis es nichts mehr auszuhusten gibt. Manchmal kommt es mir vor, als machte sich der Doktor Vorwürfe, weil er es nie geschafft hat, mir das Rauchen abzugewöhnen; aber ich war dem Nikotin verfallen, längst bevor ich ihn kennenlernte. Trotz aller Fürsorge und Güte konnte er so manches aus meinem früheren Leben nicht einmal unter Aufbringung all seiner Geduld und Weisheit ungeschehen machen. Selbstverständlich halte ich ihn nicht für verantwortlich und liebe ihn auch um nichts weniger, und der Gedanke betrübt mich, daß ihm mein körperliches Leiden einen weiteren Anlaß liefert, sich die Seele zu martern. Auch hier denke ich, daß ihn gerade das – zusammen mit der Fähigkeit, weiter auf ein besseres Leben für diejenigen unserer Artgenossen hinzuarbeiten, denen es meist dreckig geht – zu einem so ungewöhnlichen Menschen gemacht hat.

Hin und wieder hat es in meinem Leben Frauen gegeben, aber keine von ihnen hat mir die Art Träume vermittelt, die ich einst in der Küche des Doktors mit Kat teilte. Ich vermute, daß all das mit ihr gestorben ist. Wem es ungewöhnlich vorkommt, daß derlei schon so früh in meinem Leben geschehen ist, sage ich: Bisweilen habe ich das Gefühl, daß diejenigen unter uns, die auf der Straße aufgewachsen sind, *alles* zu früh mitgemacht haben – zu früh und zu schnell. Einmal in der Woche fahre ich mit der U-Bahn hinaus zum Calvary-Friedhof und lege Blumen auf Kats Grab. Manchmal – inzwischen geschieht es immer öfter – setze ich mich hin und unterhalte mich mit ihr, mehr oder weniger so wie an jenem Morgen, als sie den größten Teil einer Flasche schmerzstillende Tinktur heruntergestürzt hat. Wo auch immer sie sein mag – ich denke, sie weiß, daß ich ihr ziemlich bald Gesellschaft leisten werde. Zwar gefällt mir die Vorstellung nicht, meine Freunde und vor allem den Doktor zu verlassen, doch überkommt mich eine eigentümliche Erregung bei dem Gedanken, daß ich sie schließlich wiedersehen werde, erwachsen und frei von ihrer Sehnsucht nach Kokain und einem Leben auf großem Fuß. Vielleicht wären wir letzten Endes sogar imstande, eine Art friedliches gemeinsames Leben zu führen – ein Leben, das sie in der kurzen Zeit, die sie auf dieser Welt verbracht hat, nie kennenlernen durfte. Vermutlich ist das in den Augen vieler Leute ein ziemlich alberner Traum, aber wer aus der Welt kommt, der Kat und ich entstammen, würde das keineswegs so sehen.

# Danksagung

Bei der Recherche zum Vorgänger dieses Buches, *Die Einkreisung*, ging mir auf, daß im Gegensatz zur landläufigen Ansicht Frauen ebenso zu Gewalttaten neigen wie Männer. Beunruhigenderweise sind ihre Opfer aber meist Kinder – häufig die leiblichen. Das scheint nicht zu der Art von sensationslüsterner Berichterstattung zu verlocken, wie sie bei gewalttätigen männlichen Kriminellen an der Tagesordnung ist, zumal dann, wenn es sich um Massenmörder handelt. Dr. David Abrahamsen, der mir bei den Vorarbeiten zu *Die Einkreisung* tatkräftig Unterstützung zuteil werden ließ, hat mir bestätigt, daß Frauen üblicherweise Menschen mißhandeln oder töten, zu denen sie eine enge persönliche Bindung haben (im Gegensatz zu Männern, die ihren Hang zur Gewalttätigkeit häufig an Fremden ausleben, da sich diese leichter zum Objekt machen lassen). An dieser Stelle danke ich Dr. Abrahamsen erneut für seine Unterstützung und Ermutigung, ohne die dieses Projekt schon in einem frühen Stadium Schiffbruch erlitten hätte.

Wer mit dem Phänomen weiblicher Gewalttätigkeit vertraut ist, wird im Fall Libby Hatch nicht nur Elemente von Verbrechen des vorigen Jahrhunderts erkennen, sondern auch solche von Verbrechen unserer Zeit. Diese durchaus beabsichtigte Ähnlichkeit wäre ohne die wichtige Arbeit von Psychologen nicht möglich gewesen, welche die Lebensgeschichte einiger der bemerkenswerteren zeitgenössischen Mörderinnnen aufgezeichnet haben. Erwähnen muß ich unter diesen Autoren Joyce Eggington wegen ihrer bemerkenswerten Untersuchung über Marybeth Tinning, Anne Rule wegen ihrer scharfsichtigen Arbeit über den Fall Diane Downs, Andrea Peyser wegen ihres Berichts und ihrer Untersuchung der Morde der Susan Smith sowie meinem Freund John Coston wegen seiner Untersuchung zum Fall Ellen Boehm. Es verdient Anerkennung, daß keiner von ihnen der Versuchung erlegen ist, die Taten der in ihren Arbeiten vorgestellten Frauen auf soziologischer Ebene zu rationalisieren, sondern sie (in einer Abwandlung von Rupert Pictons Formulierung) in erster Linie als gewalttätige Individuen und erst in zweiter als Frauen behandelt haben.

Wie stets ermöglichen Bibliotheken die Unterscheidung zwischen Phantasie und Rekonstruktion. Ich habe den Mitarbeitern der Öffentlichen Bibliothek von New York, der Bibliothek der New York Society und der Historischen Gesellschaft von New York für ihre unermüdliche Hilfe zu danken. Ebenso gebührt mein Dank den Mitarbeitern des Brookside Museum in Ballston Spa im Bundesstaat New York sowie denen der Öffentlichen Bibliothek von Ballston Spa, der Öffentlichen Bibliothek von Saratoga Springs und der Historischen Gesellschaft des Bezirks Saratoga.

Perrin Wright hat mich nicht nur bei der Recherche unterstützt, sondern mich auch auf einigen Gedankenreisen sowie wirklichen Reisen begleitet, die für sie in gewisser Hinsicht wohl noch beunruhigender waren als für mich. Ich danke ihr für ihre Aufgeschlossenheit, ihr Verständnis und ihre Unterstützung.

Die Gestalt des Dr. Laszlo Kreisler ist vor langer Zeit im Verlauf eines Abendessens mit John Therese entstanden. Er hat mir immer wieder mit freundschaftlichen Ratschlägen zur Seite gestanden, die ich nach wie vor außerordentlich schätze.

Meinen Weg durch das Gewirr der Rechtspflege des Bundesstaates New York im 19. Jahrhundert hat die Anwältin Julie Glynn stets kenntnisreich erhellt. Darüber hinaus hat sie mir, wie auch ihr Gatte Andy Mattson, in amerikakundlichen Fragen in versierter Weise beigestanden, jederzeit bereit, mit mir über Einfälle zu reden und sich meine wortreichen Äußerungen anzuhören. All das hat dafür gesorgt, daß der innere Druck nicht zu sehr anstieg. Überflüssig zu sagen, daß alle dramatischen Zuspitzungen im Zusammenhang mit Gerichtsverfahren Freiheiten sind, die ich mir genommen habe.

Auch diesmal hat Tim Haldeman wieder unschätzbare Anregungen und Hinweise beigesteuert, wobei mich seine Freundschaft gestützt hat – ohne sie hätte ich das lange und schwierige Projekt kaum durchzuhalten vermocht. Ich stehe tief in seiner Schuld.

Meiner Agentin Suzanne Gluck und meiner Lektorin Ann Godoff danke ich für ihre unendliche Geduld und beständige Ermutigung. Langmütig haben sie hingenommen, was ich von mir gab, auch wenn es ihnen möglicherweise als weitschweifige Äußerungen einer gequälten Seele erschienen ist. Hoffentlich ist ihnen klar, daß ich ohne sie nicht bis zum Schluß gelangt wäre. Auch Marsinay Smith und Enrica Gadler haben dem Buch den Weg geebnet, und ich weiß ihre Bemühungen wahrlich zu schätzen.

Heather Schroeder hat sich unermüdlich um das Geschick dieser Erzählung im Ausland gekümmert und jederzeit Verständnis und Geduld bewiesen.

Mein aufrichtiger Dank geht an Hilary Hale, die mir von England aus wahre Freundschaft erwiesen und mir geholfen hat, den Kurs zu halten.

Auch muß ich die Bemühungen jener Mediziner hervorheben, die mir im Verlauf mehrerer sehr schwieriger Jahre immer wieder unter die Arme gegriffen haben: Ernestina Saxton, Tirso del Junco jr., Frank Petito und Bruce Yaffe haben sich durch ein Ausmaß an Interesse und Engagement ausgezeichnet, das bei jedem Arzt selbstverständlich sein sollte, es bei den meisten aber leider nicht ist. Ihnen allen danke ich. Besonderen Dank schulde ich Vicki Hufnagel, einer bahnbrechenden Chirurgin, die mir Hoffnung verhieß, wo mir andere nicht helfen konnten oder wollten. Ihre Bemühungen, Licht in verschiedene dunkle Ecken der Medizin zu bringen, haben Dr. Hufnagel regelmäßig die Feindschaft der etablierten

Schulmedizin eingetragen, die noch ebenso eifrig wie vor hundert Jahren die Hand über ihre blinden und rückwärtsgewandten Vertreter hält.

Als mein Buch noch in den Kinderschuhen steckte, hätte es fast das Schicksal so vieler Libby-Hatch-Opfer erlitten, weil ich mich auf mir unbekanntem Gelände mit offenen Augen in einen Sumpf habe locken lassen. Wegen ihrer Hilfe bei meinem Versuch, zuerst ein schwieriges Thema in den Griff zu bekommen und dann wieder zum Schreiben des Buches zurückzufinden, möchte ich ihnen in der Reihenfolge ihres Auftreten danken: Rene Carcia (und Risa Bramon Carcia), Betty Moos, Mike Finnell, Joe Dante, Kathy Lingg, Cynthia Schulte, Helen Mossler, Garry Hart, Bob Eisele, Dan Dugan, Thom Polizzi, Jamie Freitag, Sandy Veneziano, Jason La Padura, Natalie Hart, Deborah Everton, Marshall Harvey, Michael Thau, Kathy Zatarga, Bill Millar, Hal Harrison wie auch den übrigen Leuten bei Paramount sowie – denn sie dürfen auf keinen Fall übergangen werden – John Corbett, John Pyper-Ferguson, Rod Taylor, J. Madison Wright, Darryl Theirse, Carolyn McCormick (außerdem Byron Jennings und Cooper), Majorie Monaghan, Joel Swetow sowie den anderen Mitarbeitern der Chronicles. Daß dieses Buch früher herauskommt als der Film, hängt keinesfalls mit Unzulänglichkeiten ihrer Arbeit zusammen, sondern damit, daß New York zu keiner Zeit ein bestimmtes Wüstendorf in Südkalifornien als Rivalin auf dem Gebiet künstlerischer Neuerung und kultureller Ausstrahlung zu fürchten braucht.

Mein besonderer Dank gilt Lynn Freer und Jim Turner sowie meinem Gefährten und morgendlichen Mahner Otto; John und Kathy von Hartz; meinem Bruder Simon und seiner Frau Cristina sowie meinen zuverlässigsten Ratgebern, Lydia, Sam, Ben und Gabriella; meinem Bruder Ethan und seiner Frau Sara; Marta von Hartz und Jay Shapiro; William von Hartz; Debbie Deuble; Ezequiel Vinao; Oren Jacoby; Meghann Haldeman; Ellen Blain sowie dem stets verläßlichen Tom Pivinski. Ebenfalls danke ich Marvin Cochran und bin sicher, daß er mich hören wird, wo auch immer er sich aufhalten mag.

Zum Schluß sei gesagt, daß die in Elisabeth Harnois vereinigte bemerkenswerte Kombination von Vernunft und Einfühlungsvermögen die Vollendung des Buches durchgehend gefördert und dafür gesorgt hat, daß sein Verfasser darüber nicht den Verstand verlor.